김우창 金禹昌

1936년 전라남도 함평 출생. 서울대학교 문리과대학 정치학과에 입학해 영문학과로 전과했다. 미국 오하이오 웨슬리언대학교를 거쳐 코넬대학교에서 영문학 석사 학위를, 하버드대학교에서 미국 문명사 박사 학위를 취득했다. 서울대학교 영문학과 전임강사, 고려대학교 영문학과 교수와 이화여자대학교 학술원 석좌교수를 지냈으며《세계의 문학》편집위원,《비평》편집인이었다. 현재 고려대학교 명예교수, 대한민국예술원 회원으로 있다.

저서로『궁핍한 시대의 시인』(1977),『지상의 척도』(1981),『심미적 이성의 탐구』(1992),『풍경과 마음』(2002),『자유와 인간적인 삶』(2007),『정의와 정의의 조건』(2008),『깊은 마음의 생태학』(2014) 등이 있으며, 역서『가을에 부쳐』(1976),『미메시스』(공역. 1987),『나, 후안 데 파레하』(2008) 등과 대담집『세 개의 동그라미』(2008) 등이 있다. 서울문화예술평론상, 팔봉비평문학상, 대산문학상, 금호학술상, 고려대학술상, 한국백상출판문화상 저작상, 인촌상, 경암학술상을 수상했고, 2003년 녹조근정훈장을 받았다.

문학의 경계와 지평

문학의 경계와 지평

현대 문학과
사회에 관한
에세이

2010~2014

김우창 전집

11

민음사

간행의 말

  1960년대부터 글을 발표하기 시작한 김우창은 문학 평론가이자 영문학자로 글쓰기를 시작하여 2016년 현재까지 50년에 걸쳐 활동해 온 한국의 인문학자이다. 서양 문학과 서구 이론에 대한 광범위한 천착을 한국 문학에 대한 깊은 관심과 현실 진단으로 연결시킨 김우창의 평론은 한국 현대 문학사의 고전으로 읽히고 있다. 우리 사회의 대표적 지성으로서 세계의 석학들과 소통해 온 그의 이력은 개인의 실존적 체험을 사상하지 않은 채, 개인과 사회 정치적 현실을 매개할 지평을 찾아 나간 곤핍한 역정이었다. 전통의 원형은 역사의 파란 속에 흩어지고, 사회는 크고 작은 이념 논쟁으로 흔들리며, 개인은 정보 과잉 속에서 자신을 잃고 부유하는 오늘날, 전체적 비전을 잃지 않으면서 오늘의 구체로부터 삶의 더 넓고 깊은 가능성을 모색하는 김우창의 학문은 우리가 믿고 의지할 수 있는 소중한 자산의 하나가 아닌가 한다. 그리하여 간행 위원들은 그 모든 고민이 담긴 글을 잠정적이나마 하나의 완결된 형태로 묶어 선보여야 할 필요성을 절감했다. 이것이 바로 이번 김우창 전집이 기획된 이유이다.

김우창의 원고는 그 분량에 있어 실로 방대하고, 그 주제에 있어 가히 전면적(全面的)이다. 글의 전체 분량은 새로 선보이는 전집 19권을 기준으로 약 원고지 6만 5000매에 이른다. 새 전집의 각 권은 평균 700∼800쪽가량인데, 300쪽 내외로 책을 내는 요즘 기준으로 보면 실제로는 40권에 달한다고 봐야 할 것이다. 이 막대한 분량은 그 자체로 일제 시대와 해방 전후, 6·25 전쟁과 군부 독재기 그리고 세계화 시대에 이르기까지 한국 현대사를 따라온 흔적이다. 김우창의 저작은, 그의 책 제목을 빗대어 말하면, '정치와 삶의 세계'를 성찰하고 '정의와 정의의 조건'을 탐색하면서 '이성적 사회를 향하여' 나아가고자 애쓰는 가운데 '자유와 인간적인 삶'을 갈구해 온 어떤 정신의 행로를 보여 준다. 그것은 '궁핍한 시대'에 한 인간이 '기이한 생각의 바다'를 항해하면서 '보편 이념과 나날의 삶'이 조화되는 '지상의 척도'를 모색한 자취로 요약해도 좋을 것이다.

2014년 1월에 민음사와 전집을 내기로 결정한 후 5월부터 실무진이 구성되어 본격적인 활동을 시작했다. 방대한 원고에 대한 책임 있는 편집 작업은 일관된 원칙 아래 서너 분야, 곧 자료 조사와 기록 그리고 입력, 원문 대조와 교정 교열, 재검토와 확인 등으로 세분화되었고, 각 분야의 성과는 편집 회의에서 끊임없이 확인, 보충을 거쳐 재통합되었다.

편집 회의는 대개 2주마다 한 번씩 열렸고, 2016년 8월 현재까지 42차례 진행되었다. 이 회의에는 김우창 선생을 비롯하여 문광훈 간행 위원, 류한형 간사, 민음사 박향우 차장, 신새벽 대리가 거의 빠짐없이 참석했다. 이 회의에서는 그간의 작업에서 진척된 내용과 보충되어야 할 사항에 대해 서로 의견을 교환했고, 다음 회의까지 무엇을 해야 할지를 결정했다. 일관된 원칙과 유기적인 협업 아래 진행된 편집 회의는 매번 많은 물음과 제안을 낳았고, 이것들은 그때그때 상호 확인 속에서 계속 보완되었다. 그것은 개별 사안에 대한 고도의 집중과 전체 지형에 대한 포괄적 조감 그리고 짜임새 있는 편성력을 요구하는 일이었다. 이렇게 19권의 전체 목록은 점차 뚜렷한 윤곽을 잡아 갔다.

자료의 수집과 입력 그리고 원문 대조는 류한형 간사를 중심으로 서울대학교 국어국문학과 대학원의 천춘화 박사, 김경은, 허선애, 허윤, 노민혜, 김은하 선생이 해 주셨다. 최근 자료는 스캔했지만, 세로쓰기로 된 1970년대 이전 자료는 직접 타자해야 했다. 원문 대조가 끝난 원고의 1차 교정은 조판 후 민음사 편집부의 박향우 차장과 신새벽 대리가 맡았다. 문광훈 위원은 1차로 교정된 이 원고를 그동안 단행본으로 묶이지 않은 글과 함께 모두 검토했다. 단어나 문장의 뜻이 불분명한 경우에는 하나도 남김 없이 김우창 선생의 확인을 받고 고쳤다. 이 원고는 다시 편집부로 전해져 박향우 차장의 책임 아래 신새벽 대리와 파주 편집팀의 남선영 차장, 김남희 과장, 박상미 대리, 김정미 대리, 김연정 사원이 교정 교열을 보았다.

최선을 다했으나 여러 미비가 있을 것이다. 독자 여러분들의 관심과 질정을 기대한다.

2016년 8월

김우창 전집 간행 위원회

일러두기

편집상의 큰 원칙은 아래와 같다.

1 민음사판 『김우창 전집』은 1964년부터 2014년까지 한국어로 발표된 김우창의 모든 글을 모은 것이다. 외국어 원고는 제외하되, 『풍경과 마음』의 영문판은 포함했다.(12권)

2 이미 출간된 단행본인 경우에는 원래의 형태를 존중하였다. 그에 따라 기존 『김우창 전집』(전 5권, 민음사)이 이번 전집의 1~5권을 이룬다. 그 외의 단행본은 분량과 주제를 고려하여 서로 관련되는 것끼리 묶었다.(12~16권)

3 단행본으로 나온 적이 없는 새로운 원고는 6~11권, 17~19권으로 묶었다.

4 각 권은 모두 발표 연도를 기준으로 배열하였고, 이렇게 배열한 한 권의 분량 안에서 다시 주제별로 묶었다. 훗날 수정, 보충한 글은 마지막 고친 연도에 작성된 것으로 간주하여 실었다. 예외로 자전적 글과 수필을 묶은 10권 5부와 17권 4부가 있다.

5 각 권은 대부분 시, 소설에 대한 비평 등 문학에 대한 논의 이외에 사회, 정치 분석과 철학, 인문 과학론 그리고 문화론을 포함한다.(6~7권, 10~11권) 주제적으로 아주 다른 글들, 예를 들어 도시론과 건축론 그리고 미학은 『예술론: 도시, 주거, 예술』(8권)에 따로 모았고, 미술론은 『사물의 상상력과 미술』(9권)으로 묶었다. 여기에는 대담/인터뷰(18~19권)도 포함된다.

6 기존의 원고는 발표된 상태 그대로 싣는 것을 원칙으로 삼아 탈오자나 인명, 지명이 오래된 표기일 때만 고쳤다. 단어나 문장의 의미가 불분명한 경우에는 저자의 확인을 받은 후 수정하였다. 단락 구분이 잘못되어 있거나 문장이 너무 긴 경우에는 가독성을 위해 행 조절을 했다.

7 각주는 원문의 저자 주이다. 출전에 관해 설명을 덧붙인 경우에는 '편집자 주'로 표시하였다.

8 맞춤법과 외래어 표기는 국립국어원 규정에 따르되, 띄어쓰기는 민음사 자체 규정을 따랐다. 한자어는 처음 1회 병기하는 것을 원칙으로 하고, 문맥상 필요하다고 판단되는 경우 여러 번 병기하였다.

본문에서 쓰인 기호는 다음과 같다.

책명, 전집, 단행본, 총서(문고) 이름: 『 』

개별 작품, 논문, 기사: 「 」

신문, 잡지: 《 》

차례

1부

문학의 지평

삶의 진정한 테두리

샐린저의 시골 인생

지난 1월 27일 미국의 작가 샐린저(Jerome David Salinger)가 작고했다는 뉴스가 전해졌다. 그의 죽음은 미국뿐만 아니라 전 세계에 보도되었고, 우리 신문에도 보도되었다. 작고했을 때 그의 나이는 아흔하나였지만, 그를 유명하게 한 대표작은 반세기 전에 발표된 『호밀밭의 파수꾼』이었다. 이 작품은 발표 후 얼마 되지 않아서 미국 문학의 고전적인 작품의 반열에 올랐다. 처음부터 베스트셀러가 되었지만, 지금까지도 1년에 25만 부는 팔리는 장기 베스트셀러라고 한다.

그의 죽음과 관련하여 신문에 실리는 기사나 조문(弔文, obituary)에서 — 영미 전통에서 조문은 의례적인 조사라기보다는, 사실적 기록과 객관적 평가를 통하여 중요한 인사의 삶을 역사의 일정한 자리에 위치하게 하려는 글인데 — 화제가 되는 것은 그의 작품들에 못지않게 그의 특이한 생활의 방식이었다. 그는 신문과 같은 홍보 공간을 피하여 자신의 사생활을 최대한으로 보존하려고 노력하였다. 『호밀밭의 파수꾼』이 출판된 것은 1951년이고, 그에 미치지는 못하지만, 다시 높은 평가를 받게 된 『아홉 편의 이야기』가 출판된 것은 1953년인데, 같은 해에 뉴욕에 살던 그는 뉴햄프셔의 시골 코니시(2000년 현재 인구 1600명)로 이사를 했다. 이렇게 이사를 한 것은 큰 도시를 떠나 시골로 가서 살겠다는 뜻만이 아니라 유명 작가가 된 데에 따르는 여러 공적 접촉을 피하려는 뜻을 나타내는 것이었다.

그는 『호밀밭의 파수꾼』의 표지에 자기 사진이 나오는 것까지도 싫어하여 그것을 제거하게 하였다. 소설이 영화화되는 것은 작품을 넘어서 더욱 유명해지는 길이고, 돈을 버는 방법이다. 한때 수입을 생각해서 작품의 영화화를 허락한 일이 있으나, 그 결과가 자신의 작품과는 너무나 동떨어진 것을 보고, 그는 다시는 자기 작품, 특히 많은 영화 제작자들이 흥미를 보였던 『호밀밭의 파수꾼』의 영화화에 동의하지 않기로 마음먹었다. 그는 그에 대한 연구서나 전기가 나오는 것도 원하지를 않아서, 소송을 통해서 그러한 저작들의 출간을 저지하려 했다. 2009년에 있었던 유명한 사건은 스웨덴의 한 작가가 "호밀밭을 지나서, 60년 후"라는 제목으로, 『호밀밭의 파수꾼』의 소년 주인공 홀든 콜필드의 후일담 ── 늙은이가 된 홀든이 자신의 일생을 회고하는 형식으로 쓰인 이야기를 출판하지 못하게 하려고 샐린저가 소송을 제기한 사건이었다. 첫 판결에서 그가 승소하였으나 고등 법원에 다시 상고되었는데, 그 후에 어떻게 되었는지 아직은 판결 결과가 전해지지 않고 있다.

공중(公衆)의 세계로부터 숨어 들어간 다음에 새 작품의 출판도 뜸한 것이 되었다. 마지막 출간 예정이었던 것은 1940년대에 잡지에 실렸던 한 작품을 다시 펴내는 것이었는데, 이것도 제본 단계에서 출고가 중단되었다. 무엇인가 마음에 들지 않은 것이 있어서 샐린저가 출간을 원하지 않았던 것이다. 그가 글쓰기를 중단한 것은 아니었다. 그의 죽음과 함께 출간되지 않은 작품에 대한 이야기들이 나오고 있지만, 유고로 남긴 작품의 수는 둘이라고도 하고, 또는 열다섯 정도가 된다고도 이야기되고 있다.

이와 같이 그가 공중의 세계에 노출되는 것을 기피하고 숨어 살려고 한 이유는 무엇인가? 어떤 해석으로 그것은 2차 대전에 참전하였던 그가 전쟁 경험에서 얻은 심리적 상처로 인하여 생긴 정신병 때문이라고 한다. 그는 선불교나 힌두이즘 등에 큰 관심을 가지고 있었다. 이러한 종교의 탈세간적 삶의 태도가 그 원인의 하나였다고 생각해 볼 수도 있다. 그가 세속을 벗어나 살고자 했던 것은 틀림이 없다. 인세 수입으로 생활을 유지할 수는 있었던 것으로 보이지만, 그것으로 더 큰 수입을 올릴 기회들을 버린 것을 보면, 그에게 은둔에 대한 어떤 정신적 결단이 있었던 것이라고 할 것이다.

그렇다고 그가 완전히 숨어 산 것은 아니었다. 그는 코니시에서 이웃들과 자연스럽게 교류하며 지냈던 것으로 전해진다. 멀리서 찾아오는 사람들의 방문을 피할 수 있었던 데에는 이웃들의 도움이 컸다. 그들은 그의 뜻을 존중하여 집을 가르쳐 주거나 하는 일을 삼갔다. 동리 안에서는 그는 시장에도 가고, 교회에서 주관하는 만찬에도 나갔다. 몇 번의 재혼이 있었던 그의 결혼 생활이 평탄한 것만은 아니었던 것 같지만, 그는 아내가 있고 자식을 기르는 가정을 가지고 있었다. 동리를 약간 벗어난 일로 그가 한 일은, 그 마을의 고등학생들이나 멀지 않은 곳에 있는 다트머스 대학의 학생들과 만나서 이야기를 주고받는 일이었다. 그러나 근처의 고등학교 학생의 요청으로 인터뷰를 한 것이 지방 신문에 과장된 모양으로 크게 게재된 것을 계기로 그는 학생들과의 교류를 끊었다.

그는 은둔을 원한 것이 아니라 그의 삶의 범위를 일정한 테두리에 한정하여 살고자 한 것이라 할 수 있다. 그리고 이렇게 한정하여 산 것은 보통 사람이라면 전적으로 정상적인 것으로서, 조금도 주목할 만한 것이 아니었다고 할 수 있다. 그것이 특이한 것으로 보이는 것은, 유명해지면 유명한 사람으로 사는 것이 당연하고, 사람들이 원하는 것이 그런 삶이라는 것을 전제하기 때문이라고 할 수도 있다. 그가 보기에 허황해 보이는 유명인의 인생보다는 자신의 작은 삶에 충실하게 살겠다는 것이 샐린저가 원한 것이었을 것이다.

『호밀밭의 파수꾼』은 성적 불량으로, 이름난 대학예비고등학교에서 쫓겨난 학생이 학교의 숙소를 떠난 후 집으로 돌아가지 않고, 며칠을 뉴욕 시의 이곳저곳을 방랑하면서 받은 인상과 경험과 회고를 적는 형식으로 전개되는 성장 소설이다. 이 소설에서 두드러진 것은 주인공 홀든 콜필드의 사회로부터의 소외이고, 그 소외의 눈으로 본 어른들의 세계에 대한 부정적인 평가이다. 어른들의 세계를 관찰하면서, 그것을 나쁘게 설명하여 자주 쓰는 말은 "가짜(phony)"라는 말이다. 뜻이 분명치는 않지만, 그것은 세상에 보이는 일들의 안과 가죽, 명(名)과 실(實)이 서로 맞지 않는다는 느낌을 표현하는 말일 것이다. 자신의 있는 대로의 모습으로 사는 것이 아니라 무엇인 체하면서 살려고 하고, 자신의 삶의 진실에서 나온 것이 아니라 세상에서 좋다는 것을 높이 치면서 살고 있는 많은 사람들이 "가짜"의 삶을 살고 있다고 그는 느끼는 것이다. 교사가 입에 발린 좋은 말을 하는 것, 교장 선생님이 어떤 학부모를 정중하게 대하는데 그 부모가 부유한 사람들이라는 것, 학교에 기부금을 내고 학생들에게 높은 뜻을 가지라고 말하는 사람이 자신의 사업은 반드시 정직하게 운영하지 않는 것, 자동차를 타고 가면서 사고 없기를 빌고, 그 외 모든 일상적인 일에서 하느님에게 기도하면서 행한다는 것 — 이 모든 것이 홀든에게는 "가짜"로 보이는 것이다.

그렇다고 그가 반드시 엄격한 도덕적 기준을 가지고 세상을 보는 것은 아니다. 그에게 가장 "가짜"가 없는 삶의 모델은 아이들의 순진한 삶 — 가령 소설의 끝부분에 그려져 있는, 공원에서 회전목마를 타고 노는 자신의 누이와 아이들의 모습이다. 이들의 천진한 삶에는 잔인함도 속임수도 없다. 그들의 마음에 있는 것은 순진한 신뢰와 사랑이지만, 그렇다고 그들에게 선행과 악행의 구분이 있고 높은 도덕적 의식이 있는 것은 아니다. 순진한 삶은 어떤 특별하게 높은 도덕적 경지의 삶이라기보다는 있는 대로의 삶 그것을 의미한다.

샐린저가 뉴스와 소문과 평판 ─ 세론(世論)의 세계를 떠나서 코니시에서 보통의 삶을 살고자 한 것이 반드시 이러한 순진한 삶을 추구한 때문이라고 할 수는 없지만, 적어도 그의 은둔에는 그의 '가짜'에 대한 혐오감 그리고 단순한 삶에 대한 희구가 있었다고 할 수 있다. 허명(虛名)이라는 말이 있다. 이것은 이름은 있으면서도 이름에 값하는 내실을 갖추지 않은 데에 쓰는 말이지만, 명실이 부합하는가 하지 않는가에 관계없이 구체적인 자신의 삶을 넘어가서 유명해진다는 것은 벌써 허명의 세계에 들어간다는 것을 말하는 것일 수 있다. 나날의 삶에서 이름이 할 수 있는 일은 무엇인가? 그것은 잠깐 다른 사람의 눈에 사람의 값을 올려 주는 일을 하겠지만, 그 값은 진짜인가 "가짜"인가? 따지고 보면 그 값은 현실적인 내용을 가질 수 없는 환상의 값에 불과하다. 거기에 값이 있는 것은 본인이나 다른 사람이 허영의 시장(市場)의 가치를 받아들이는 동안 잠깐 그러한 것이라 할 것이다.

궁극적으로 삶의 실질적인 필요가 아니라 환상의 값, 그것도 다른 사람이 부여하는 값 또는 세론 속에 존재하는 사회가 부여하는 값과 더불어 움직인다는 것은 자신의 주체성을 잃어버리는 일이다. 샐린저가 작품의 표지에 나온 자신의 사진을 없앨 것을 요구한 것은 사진의 모습이 타인의 눈에 비치는 자기이기 때문이라 할 수 있다.(사진은 말하자면 남 보기 좋게 성형(成形)한 모습을 자기라고 내세우는 것처럼 밖으로부터 본 자기 ─ 객체로서의 자기를 보여 주는 이미지이다.) 샐린저는 『아홉 편의 이야기』를 출간했을 때, 출판사에서 표지 부분에 등장인물들을 간략하게 묘사한 글을 실은 것을 삭제하도록 요청하였다. 그러한 묘사가 인물들을 상투화하여 독자로 하여금 그 진정한 모습을 잘못 파악하게 할 수 있다고 생각하였기 때문이다.

샐린저의 작품에 대한 평가에서 중요한 것은 그의 문체이다. 그것은 당대의 청소년의 언어를 그대로 재현한다는 인상을 준다. 그것은 품격을 유지하려는 언어도 아니고, 객관화된 서술의 언어도 아니다. 그것은 인물의 내면에 들어가서 경험을 그의 관점에서 그린다. 그것을 그리는 말은 흔히 쓰는 말이다. 그러면서도 철저하게 그 상투성에 오염되지 않은 언어이다. (이 문체는 19세기 악동의 언어를 살려 낸 마크 트웨인의 『허클베리 핀』의 문체에 비교된다.) 묘사의 현실감은 이 문체에서 온다. 이 문체를 통하여 독자는 완전히 주인공의 경험 안에 잠겨 들어가게 된다. 그러면서 그 세계의 현실성을 느낀다. 주인공은 완전히 자신 안에 있으면서, 자신의 말로 자신이 보는 세계, 그러면서도 객관성을 얻은 세계를 독자에게 그대로 전달한다. 대체로 문학 작품의 특이성은 바로 내면의 독백이 곧 하나의 세계를 이루게 하는 데에 있다. 이것은 진정성을 잃지 않는 상태에서 개인과 세계가 존재하는 방식이기도 하다.

그렇다고 샐린저의 주인공들이 참으로 삶과 사회에 대한 객관적인 이해에 도달한 성숙한 인물들이라고 할 수는 없다. 그들의 독백이 그려 내는 세계는 그들의 관점에서의 객관적인 세계일 뿐이다. 그들은 당대의 현실에 타고난 선의와 진실로 맞선다. 그것은 그 나름으로 당대의 세계를 비추어 낸다. 그러나 그들이 천진한 인간이라면 그들의 천진성은 경험의 세계 이전의 순진성이다. 그것은 경험의 세계를 해명하고 다시 그 안에서의 순진함의 참의미를 되찾지 못한다. 그리하여 그들은 그들 나름으로 고독한 자기 안에 사로잡혀 있다. 그러나 그들은 그 한도에서 진정성의 인간들이다. 샐린저 자신이 같은 의미에서의 제한된 인간 그리고 고독한 존재였다고 할 수는 없다. 단지 그는 보통 사람의 차원에 트여 있는 삶의 현실을 살려고 했다고 할 수 있다. 앞에서 말했듯이 그는 마을의 자연스러운 공간에서 이웃과 교통하며 살았다. 그 마을과 이웃이란 유명한 이름이나 지위를 통하여 이루어진 것이 아니라 나날의 현실 속에 오간 삶의 환경이다.

다시 말하여 샐린저가 구한 것은 자연스러운 공동체의 삶 속에 있는 삶이다. 물론 이러한 구체적인 대면(對面) 공동체만이 사람의 삶의 현실적 테두리를 이루는 것은 아니다. 그러나 이 테두리가 구체적인 것에서 추상적인 것으로 확대될 때, 그것은 삶을 미묘하게 왜곡할 가능성이 있다. 어떤 경우에나 사람은 사람 관계 속에서 산다. 이 관계는 여러 가지로 동심원의 테두리를 이루며 존재한다. 어떤 개인이 있다면, 그에게 가장 가까운 것은 가족일 것이다. 그러나 사람은 이에 더하여 가족 너머의 친밀한 관계의 망을 원한다. 가족을 넘어서 보다 넓은 일가친척 그리고 친구들의 관계망이 필요한 것이다. 그러나 이보다도 더 구체적인 것은, 사람이 일정한 공간에 발을 붙이고 사는 한 일상의 움직임과 생활의 범위 안에 있는 사람들과의 관계이다. 이웃사촌이라는 말은 이러한 공간적 관계의 중요성을 가리키는 것일 것이다. 물론 그다음에는 국가라든가 인류라든가 하는 테두리가 있다. 이 큰 테두리는, 우리의 선 자리를 둘러 있는 지평(地平)처럼, 그 나름의 절실성과 강박성을 갖는다. 그러나 이 넓은 경계들은 커질수록 사람들로 하여금 삶의 현실을 떠나 허황한 환상으로 자신의 삶을 잘못 이해하게 할 가능성을 갖는다.

샐린저가 피하려고 한 유명(有名)이라는 것은 무엇을 뜻하는가? 사람의 삶의 테두리가 대면 공동체를 넘어가지 않을 수 없는 것이라면, 그 넓어진 테두리에서 일정한 길잡이가 되는 표지들을 찾는 것은 자연스럽다. 여기에서 유명한 이름들은 물리적 공간에서 표 나는 문화재나 길잡이 축조물과 비슷한 기능을 갖는다. 그러나 그것은 인간관계의 순수성을 보이지 않게 훼손할 수 있다. 유명해진 이름은 사람과 사람의 관계에서 일정한 이점을 확보해 줄 수 있다. 그것은 공간적 안정감을 준다. 그런데 이것은 추상적으로 확대된 삶의 테두리 속에서 권력의 도구가 될 수 있다. 그리하여 정치가에게 이름은 정치의 수단이 된다. 그런데 그것은 그에 앞서 사람의 자아의식을 뒤틀어 놓을 수 있다. 이름의 유혹은 사람들로 하여금 자연스럽게 주어진 삶을 사는 것이 아니라 밖으로부터 오는 인정을 통해서 자기의 값을 높이고, 그것으로 자신의 삶을 정당화하려는 강박에 사로잡히게 한다. 이것이 정치적, 사회적 조작과 이데올로기적 동원 체제(動員體制)에 심리적 공간을 제공한다. 물론 그것은 나르키소스 심리가 지배하는 세계에서 사람들이 원하는 바이다. 이 체제가 정당화하는 이름이 없이는 사람은 사람이 아니기 때문이다. 그리하여 사회적 지위는 삶의 필수 요건이 된다.

샐린저는 이러한 위험을 피하여 그의 삶의 테두리를 구체적인 것에 한정하려 했다고 할 수 있다. 물론 구체적인 대면 공동체를 넘어간 삶의 테두리가 중요한 것이 아니라는 말은 아니다. 다만 여기에 극히 조심스러운 접근이 필요하다는 것은 틀림이 없다. 샐린저는 자신이 2차 대전에 참가하였던 것을 자랑스럽게 생각하였다고 한다. 그러나 참전 용사라는 데에서 그 자신의 값을 얻어 내려고 했다는 말은 듣지 못했다. 많은 사람들이 인정하듯이 그는 20세기 미국 문학의 가장 중요한 작가의 한 사람이었다. 그러나 위대한 작가라는 사실에서 자신의 몫을 챙기려 하지 않았다. 그가 남긴 출판되지 않은 작품의 숫자가 얼마인지는 확실치 않으나, 그는 이 작품들을 전적으로 글 쓰는 재미로 자기 자신을 위하여 쓴다고 말하였다. 그의 자족(自足)하는 삶은 저절로 큰 사회와 역사에 기여하는 것이었다. 역설적으로 삶의 현실에 충실하려는 노력으로 하여 지나치게 꾀까다로워지고 좁아진 삶이 그 대가였던 것 같지만.

(2010년)

번역과 문학의 인식 지평

주최 측의 제안은 지난 10년간의 한국 문학의 번역을 개관하여 달라는 것이었지만, 그럴 능력이 있다고 할 수 없기 때문에 주어진 자리를 메우기 위하여 과제를 벗어난 말을 할 수밖에 없다. 이에 대하여 양해를 구하고자 한다. 번역을 직접 말하기보다, 직업적으로 적지 않은 기간 동안 영문학, 미국 문학, 한국 문학 그리고 비교 문학에 종사해 온 사람으로서 문학과 문학, 문화와 문화 사이의 경계를 넘어가는 것이 쉽지 않음을 느끼지 않을 수 없었다. 여기에 대한 약간의 생각을 피력해 보고자 하는 것이 이 강연의 의도인데, 번역의 문제를 생각하는 데에도 약간의 도움이 될 수 있기를 바란다. 여기 이야기는 번역의 어려움에 대한 것이 되기도 하겠지만, 그것보다는 어떤 문화 사이의 경계를 넘어가는 것은 거의 불가능하다는 말이 될 터인데, 그것은 사실 번역의 영역의 문제에 속한다기보다는 인식론적인 또는 인식의 조직 체계에 관한 문제를 말하는 것이 될 것이다.

문화의 불연속성은 수천 년간 별 교섭이 없었던 문화 사이, 동아시아와 서양, 특히 그런대로 외부에 대한 출입구를 완전히 닫지는 않았던 중국이나 일본과 같은 나라와는 달리 중화 문명의 일방에 위치하고 그 영향 속에 있으면서 더욱 쇄국을 고집했던 한국과 서양 사이에 큰 것이 아닐 수 없다. 그것은 언어 행위의 표면보다는 사고와 감정의 기본적인 틀에 관계되는 문제이다. 물론 이것은 번역자에게는 별다른 난점으로 의식되지 않을 수 있고, 그 경우에도 실제적인 문제가 아닐 것이다. 거기에서 오는 난점이 존재하지 않는다고 할 수는 없을 것이나, 그것은 실제적인 관점에서보다도 한 언어에서 다른 언어로, 한 문화에서 다른 문화로, 또 하나의 인식론적 공간에서 다른 인식론적인 공간으로 옮겨 갈 때, 비로소 의식되고 이론적인 관심의 대상이 될 것이다.

1

번역, 특히 시를 번역함에 있어서 간단하면서 어려운 문제는 시의 음악을 한 언어에서 다른 언어로 어떻게 옮기느냐 하는 문제이다. 대체로 인정하고 있는 것은 그것이 불가능하다는 것이다. 이 불가능은 이론적인 의문을 가지게 한다. 그것은 음악의 신비에 관계된다. 거기에 쉬운 답변이 있을 수는 없다. 소리의 일정한 유형화가 어떻게 하여 표현력을 얻게 되는가? 그러한 소리가 어떻게 하여 우리의 지각, 감정 그리고 지적 기능에 영향을 주는가? 어떻게 하여 이러한 유형화된 소리들이 보다 큰 소리의 구조를 이루고 또 그러한 구조에 근거하여 새로운 작곡이 가능하여지는가? 큰 소리의 구조의 유형은 어떻게 하여 거의 벗어나기 어려운 구속의 격자(格子)로서 각 음악의 전통마다 다른 것으로 존재하는가? 하나의 소리는 이러한 틀을 떠나서는 음악적 의미라는 관점에서는 전혀 무의미한 것이 된다. 이러한 질문을 발하여 보면, 실제적 문제를 넘어서 한없는 이론적 탐색의 영역이 펼쳐짐을 알게 된다. 다만 그 답이 쉽게 찾아지지 아니할 뿐이다.

　한 언어의 단어에 대응하는 단어를 다른 언어에서 찾는 문제는 조금 더 간단하다. 그러나 단어가 그에 상관되는 문맥 속에 존재한다는 것을 생각하면 이것도 쉬운 일은 아니다. 문맥 속에서 공명을 일으키는 연상과 내포(內包)를 지니고 있는 단어들의 상응 관계를 간단히 해결할 수 없을 것임은 말할 필요도 없다. 문맥의 문제가 상황에 관계되는 경우 그것은 주석으로 해결될 수 있다. 역사나 현실의 사정 그리고 문화적 차이를 설명하면 될 것이다. 그러나 주석이 시나 문학적 표현의 문제를 완전히 해결하지는 못한다. 문화적 특징도 원전에서는 직접적 감성의 반응을 일으키는 시적 표현의 일부이고 다른 하나, 즉 주석은 시적 표현을 일정한 거리 속에서 전달되는 정보로 간접화한다. 어떤 경우, 그것은 보다 복잡한 인식 조직에 관계되는 것일 수 있다.

　한 문화에서 다른 문화로 옮겨 갈 때 현실적 차원에서 있을 수 있는 예를 든다면, 여자의 머리 모양이라든가 화단의 꽃과 같은 사실적인 기술도 문제가 될 수 있다. 이것은 문학의 서술은 언제나 사실적인 것 같으면서 비유적인 성격을 띠게 되기 때문이다. 19세기 말의 일본의 한 번역자 니와 준이치로(丹羽純一郎)는 어떤 영어 작품을 번역함에 있어서 "금발"을 "넘실거리는 흑발"로 번역하였다. 당대의 일본 독자는 금발의 여인을 본 일이 없고 금발을 여자의 매력을 높여 주는 요인으로 보지도 않았기 때문이었다. 또 하나, 역자는 같은 작품을 번역함에 있어서 "라일락"을 모란으로 대체하였는데, 19세기 일본인들에게 라일락은 본 일이 없는 이국의 화훼였었다.[1] 여기에서도 정보보다도 감성적 직접성이 중요한 역할을 하는 것이 문

1　Jeffrey Angles, "譯することはどうすることか?", 日文硏 フォーラム 第236回, 2010年 10月(京都, 國際日本文化硏究センター), pp. 11~12.

학이라는 것을 생각하게 한다.

　이러한 직접성의 문제는 많은 시적인 연상에서도 일어난다. 시적 표현은 배경의 전체성을 하나로 하여 감성의 직접성 속에 전달한다. 문학적 표현은 그것을 둘러싼 신화적 연상, 당대적 사정, 그리고 시인의 주제적 관심 — 그의 인격적 개입을 암시하고 있는 주제적 개입을 하나의 덩어리가 되게 함으로써 독자를 감동하게 한다. 적절한 번역에서도 이러한 것들의 울림을 전부 전달한다는 것은 불가능하다고 할 수밖에 없다. 김소월의 「접동새」는 새 울음과 관련하여, 여자아이가 의붓어머니의 시새움에 목숨을 잃고 접동새가 되었다는 민간 전설을 다룬 시이다. 이 전설은 시에 충분히 설명되어 있다. 그런데 이 시의 주제 — 집을 떠났으면서도 집을 잊지 못하고 그곳을 마음으로 배회한다는 주제는 사실 김소월의 시에서 자주 발견되는 주제이다. 그것은 한편으로 신문명의 유혹에 끌리면서도 고향을 떠나지 못하는 그 자신의 처지를 이야기하고, 다른 한편으로는 이국의 식민 통치하에서 자신의 나라가 자신의 나라가 아니게 된 사정에 연결되는 주제이다. 이 시에 정치적 의미를 부여하는 것은 조금 지나친 것으로 말할 수도 있으나, 반드시 배제될 수만은 없는 배음(背音)을 이룬다고 할 수 있지 않나 한다. 접동새는 한문으로 두견이 되고 두견은 동아시아의 전통에서 정치적인 의미를 가진 새이다. 두견은 한국인에게도 잘 알려져 있는 촉(蜀) 망제의 전설 — 제위를 빼앗기고 나라에서 쫓겨났으나 나라로 돌아갈 것을 간절하게 소망하면서도 돌아가지 못하고 죽어 두견새가 되었고, 그 애절한 마음을 표현하고 있는 것이 두견새의 울음이라는 전설을 곧 연상하게 한다.(한국 현대 시에서 이 전설을 다룬 가장 유명한 시는 서정주의 「귀촉도(歸蜀途)」이다. 이 시는 제목이 곧 전설을 환기한다.) 접동새와 두견새는 다 같이 망향의 정을 상징하는 새이지만, 후자는 개인적인 운명을 넘어 정치적 의미를 가진 새이다. 김소월에서 그의 시의 전체적인 흐름으로 보아 그것을 두

견새에 겹쳐 보는 것이 반드시 황당한 것이라고 할 수는 없다.

「접동새」에 비하여서는 조금 더 간단한 것이면서도 보다 큰 의미에서 배경 지식을 필요로 하는 시들도 있다. 나는 이전에 번역과 관련하여 한국 가사 문학 또는 시조에서의 성(性)의 역할에 대하여 논한 일이 있다.[2] 그때 인용한 송강 정철의 「사미인곡(思美人曲)」에 나오는 구절을 다시 인용해 보기로 한다.

　동풍(東風)이 건듯 부러 적설(積雪)을 헤텨 내니
　창밧긔 심근 매화(梅花) 두세 가지 픠여셰라
　ᄀᆞᆺ득 냉담(冷淡)ᄒᆞᆫᄃᆡ 암향(暗香)은 므스일고
　황혼(黃昏)의 ᄃᆞᆯ이 조차 벼마틔 빗최니
　늣기ᄂᆞᆫ ᄃᆞᆺ 반기ᄂᆞᆫ ᄃᆞᆺ 님이신가 아니신가
　뎌 매화(梅花) 겻거내요 님겨신ᄃᆡ 보내오져[3]

이것은 애인을 기다리고 있는 잠자리의 여자를 그린 것이다.(여기의 애인은 여자일 것으로 생각되지만, 남자가 여자를 기다리는 것이라고 말할 수도 있다.) 하여튼 이 구절의 베갯머리나 향기 그리고 걸어 들어오고 있는 듯한 애인은 성적인 암시를 너무나 분명하게 가지고 있다. 「사미인곡」 전체가 그러하지만, 이러한 구절이 님을 기다리는 여인을 그리고 있는 것임은 의심할 여지가 없다. 그러나 이것이 임금과 신하의 관계를 말하는 것이지, 사랑하는 두 애인 관계를 말하는 것이 아니라는 것이 전통적인 주석이다. 정철은 물론 유학을 수련하고 재상의 지위에 올랐던 사람으로서 성관계를 함부로

2　"Translating Cultures and Marking a Poetic World: Thoughts on East Asian Poetic Conventions", *The Yearbook of Comparative and General Literature*, vol. 54, University of Toronto Press, 2008.

3　최강현 역주, 『한국고전문학전집 가사 1』(고려대학교 민족문화연구소, 1993), 298쪽.

노래할 사람은 아니다. 그러나 문면을 그대로 읽게 되는 현대 독자는, 군신 간의 관계가 주제라는 주석이 있어도 혹 그러한 관계에 동성애적인 요소가 작용한 것이 아닌가 하는 의아심을 가질 수 있다. 더 나아가 성적 에너지를 이성 간의 관계만으로 한정하는 것은 보편화할 수 있는 인간 현실이 아니라고 하는 것을 생각할 수도 있다. 그것은 금기(禁忌)가 없이 유연하게 여러 관계 ─ 인간 그리고 사물 사이에 움직이는 흐름이라고 할 수도 있다. 이러한 사실이 없다면 남녀 관계와 군신 관계를 하나의 비유로 이해할 수는 있지만, 그 중첩을 실감 나는 현실로서 공감할 수는 없을 것이다. 이미 시사한 대로 진정한 시적 효과는 우의(寓意)적인 비교가 아니라 시인이나 독자에게 직감될 수 있는 심정의 습관에 이어지면서 확보될 수 있는 것이기 때문이다.

2

현대의 독자에게 송강의 비유에 대한 공감이 쉽지 않은 것은 단순히 현대인에게 익숙하지 않은 성적 에너지의 흐름의 이질성 ─ 남녀 관계 또는 동성 관계에 있을 수 있는 성적 에너지의 흐름의 이질성으로 인한 것만은 아니다. 기이한 것은 사사로운 감정의 관계가 공적인 공간에 그대로 옮겨지는 것이다. 이러한 비유적 적용은 논리와 수사의 관점에서는 이해될 수 있다고 하더라도, 보다 직설적이며 정서적인 호소력을 가질 수 있는 것인가? 즉 그러한 비유에 감정의 현실이 들어가 있는 것일까? 사람의 정서적인 삶은 시대와 문화에 따라서 다르게 유형화된다. 정치 집단이나 사회관계도 사사로운 정서에, 비유적으로가 아니라 사실적으로 기초한 것이 될 수 있을 것이다. 유교적인 관점에서 정치적 충성심은 언제나 보다 정적인 관계 — 가족과 벗 사이의 관계, 부자, 부부, 벗 등의 관계와 같은 테두리 속에서 말하여진다.(정치가가 배우와 같은 이미지와 행동을 보일 것을 바라는 현대 사회에서도 말하자면 성적 에너지가 공적인 영역에 전이(轉移)되는 것을 볼 수 있기는 하다.) 시대와 문화에 따라 보게 되는 차이는 문화마다 고유한 감각이나 감정 그리고 개념 작용의 서로 다른 양식화 방안에 기인한다 할 수 있다.

이러한 차이가 번역에서 옮겨질 수 있는 것일까? 번역이 문자 그대로의 완전한 이식을 말하는 것이라면, 그것은 불가능하다고 할 수밖에 없다. 그러나 그것을 위한 노력은 인류학적인 관점에서, 인간성과 그것의 표출 양식의 이해라는 관점에서 흥미로운 일이 될 것이다. 이것은 물론 번역의 문제 영역을 완전히 벗어나는 것이 된다. 그러나 언어의 경계선을 가로질러 갈 때에, 우리는 문학이 그것을 만들어 내는 문화 속에 자리해 있으며, 사람의 내면과 그 행동적 표현을 양식화하는 문화가 문학의 존재 방식을 결정한다는 생각을 피할 수가 없다. 이것을 해명하는 것은 문학과 그 인간적 의미를 이해하는 데에 도움이 되는 일이 될 것이다. 이것은 특히 한국 문학의 경우에 그렇다. 한국의 현대 문학은, 지질학적 비유를 빌리건대, 문화의 지각적 변동에 긴밀한 관계를 가지고 성립하였다고 할 수 있기 때문이다.

현대 문학은 현대 문화의 지표(地表)가 견고해지는 것과 함께 성립한다. 이 지표가 어느 정도 굳어진 후에도 침강했던 구문화 지각의 부상은 새로운 진동을 일으킨다. 지각 충돌이 빈번한 문화 기반 위에서 문학 작품이나 철학적 성찰의 구상이 평탄하게 이루어질 수는 없는 일이다. 문학과 문화의 기반에 들어 있는 공통의 전제들이 불안정한 상태에서 문학의 현실을 이해하고자 하는 노력은 절로 문학 생산과 문화 또는 문명의 격변을 의식하는 일이 된다. 이 글이 이러한 문제를 크게 해명하지는 못할 것이다. 여기에서는 조금 두서없이 이런저런 관찰을 시도해 볼 수 있을 뿐이다. 그렇더라도 그것이 우리 현대 문학의 위상을 이해하게 하고, 번역의 작업을 그 역사적인 맥락에서 살펴보게 하는 데에 도움이 되기를 희망한다.

3

문제를 조금 더 알 수 있는 개념적 관점으로 옮겨 본다면, 여기에서 생각하고자 하는 것은 심리와 행동적 삶의 인식적 조직 — 에피스테메 (episteme)적 조직의 문제이다. 다음에서 시사하고자 하는 것의 하나는 한국의 전통에 스며 있던 — 적어도 문학과 관련해서 전제되었던 그러한 에피스테메의 존재이다. 문화가 전통으로부터 근대에, 그리고 한국에서 세계적 지평으로 이동함에 있어서, 그것을 테두리 짓는 전체적인 틀은 무엇인가? — 이것을 짐작해 보자는 것이다.

에피스테메는 물론 미셸 푸코(Michel Foucault)가 사용하는 말이다. 우선 그것은 일정한 지적 분야, 특히 인간 과학 — 그러니까 수학이나 물리학 또는 우주론과 같은 엄밀 과학이 아닌 학문에서 사실들을 일관되게 정리하는 질서이다. 지식의 구성과 정당화는 에피스테메에 기초해서 가능하여지지만, 그것은 무의식적으로 전제되는 것이어서, 말하자면 '과학의 무의식' 또는 더 일반적으로 지식의 무의식을 이룬다.[4] 푸코는 에피스테메는 시대별로 바뀔 수 있다고 생각하는데, 그 문제를 주로 다룬 저서『말과 사물(Les mots et les choses)』에서는 17세기로부터 19세기 초까지의, 그가 '고전' 시대라고 부르는 시대의 에피스테메의 문제를 다룬다. 전제되어 있는 것은 그 이후의 시기로부터 현대에 이르는 사이에는 이 에피스테메의 전환

---

4 *Les mots et les choses*의 영어 번역에 대한 서문, Michel Foucault, *The Order of Things: An Archaeology of the Human Sciences*(London: Tavistock Publications, 1970), p. 11.

이 있었다는 것이다. 그러나 이 에피스테메 또는 인간의 지식과 앎의 인식론적 조직은 어떤 시기나 인간 과학에만 적용되는 것이 아니라 어떤 문화나 시기의 전체의 여러 실천의 양식에 두루 적용되는 것이기도 하다. 더 나아가 푸코는 '서구의 에피스테메'와 같은 거대한 범주를 말한다. 이러한 넓은 의미로 이 말을 사용할 때, 그가 말하고 있는 것은 단순히 인간 과학의 전제가 아니다. 학문적 인식에 관계되는 것이라고 하더라도 그것이 참으로 중요한 것은 사회와 개인의 삶의 현실에 일정한 영향을 주는 것이기 때문이다. 그렇기에 문화나 문명의 인식론적 전체성을 말하는 이 개념은 민족학——"문화에 일정한 성격을 부여하는 무의식의 과정"으로 확대되어 적용될 수 있다.[5] 이러한 민족학의 관점에서 볼 때, 서구적 에피스테메는 다양한 민족학적 문화 에피스테메의 하나일 뿐이다.

말할 것도 없이 푸코의 생각을 언급하는 것은 아시아적인 에피스테메의 가능성을 생각해 보기 위한 것이다. 물론 이것을 여기에서 본격적으로 밝힐 수 있는 것은 아니다. 할 수 있는 것은 한국의 문화와 삶, 특히 전통 시대의 문학적 삶에 관계되는 한도에서 어떤 시사를 던지는 일 정도이다. 또는 거꾸로, 문학의 존재 방식을 생각함으로써 한국의 개념 형성의 원형을 규정하고 감정, 지각적 삶의 방향과 형태를 지배하는 큰 틀을 시사할 수 있기를 희망하는 것이다. 즉 문학의 존재 방식을 검토하여 동아시아와 한국의 에피스테메 조직을 넘겨보자는 말이다. 그러나 주안점은 오늘날 세계로 열려 있다고 할 수 있는 한국의 문학을 역사적 원근법 속에 위치하게 하는 것이다. 이제 아래에서 몇 가지 예를 들면서, 한국 문학의 전형을 밝혀 보기로 한다.

---

5 Michel Foucault, *Les Mots et les choses* (Paris: Editions Gallimard, 1966), p. 391.

4

한국의 전통 문학에서 중요한 서사 장르인 판소리는 한때 소설에 속하는 것으로 분류되었다. 그러나 이제 그것은 관객 앞에서 공연되는 구연(口演) 서사라는 것으로 받아들여진다. 그 점에서 그것은 앨버트 로드(Albert B. Lord) 그리고 그 전에 밀만 페리(Milman Parry)가 연구한 동유럽의 구연 서사에 상통한다.(마셜 필(Marshall R. Pihl) 교수는 판소리가 세계 문학의 구연 서사 장르에 속한다는 것을 설명하는 데에 중요한 기여를 했다.) 장르 구분이 달라지면 작품에 대한 기대 그리고 평가 기준과 같은 것도 달라지게 마련이다. 로드의 연구에서 두드러진 것은 이러한 작품들이 일정한 공식에 따라서 창작된다는 사실이다. 창작에 활용되는 것은 관습적으로 동원되는 말, 표현, 감정 들이고, 이러한 공식들은 공연자의 기억을 돕는 데에 중요한 역할을 한다. 동원되는 생각이나 테마나 플롯의 구성의 경우도 마찬가지이다. 전통적인 자료들과 기교를 사용한다고 해서 표현이나 서사적 전개에 있어서 창조성이 부족하게 되는 것은 아니다. 그러나 작품의 성공이 다른 문학적인 요인보다도 창자(唱者)의 공연 능력에 달리게 되는 것은 당연하다. 또 청중의 공감과 찬동이 핵심이라면, 창조적인 것보다는 전통적이고 관습적인 정형성이 오히려 요구된다고 할 수도 있다. 물론 이러한 정형성은 공연의 창조적 자발성에 이어져야 한다.

판소리는 이러한 공연적 성격들을 그대로 가지고 있다. 전통 시대에 있어서 소통적 사회성은 문학 작품이 숨 쉬는 공기이다. 좀 더 단적으로 말하면, 문학은 원칙적으로 청중 앞에서의 공연으로서만 존재한다. 시가 생산되는 마당도 많은 경우 사교적인 모임이다. 이것은 특히 그 사회적 명예나 생산량에 있어서 다른 시를 압도했던 한시의 경우에 그러하다. 한시는 '시회(詩會)'에서 쓰이는 경우가 많았다.[6] 시회는 한학을 한 사람들이 학문적, 사회적 교류를 위하여 모이는, 말하자면, 사교 모임으로서, 시작(詩作)은 관습적인 주제(topoi) 그리고 전통적 운율과 작법의 기교를 드러내 보이는 행위이다.

한국 문학 또는 한국어 문학사라는 관점에서 중요한 시적 장르는 물론 시조이다. 지금의 시조 판본은 읽을 수 있는 텍스트가 되어 있지만, 원래 그것은 문인들의 모임에서 노래되는 것이었다. 시절가조(時節歌調)의 준말이라고 하는 시조의 뜻 자체가 그러하다.[7] 시조가 그 음악에 있어서나 주제에 있어서 공식적인 요소를 많이 가진 것은 공연 전시의 장으로서의 시조의 성격상 당연하다고 할 수 있다. 이 공식적 성격은 물론 그 사회적 존재양식에 크게 관계된다고 할 것이다.

5

이 사회성의 근본은 단순히 사교적 또는 모임의 기쁨에 한정되는 것은 아니다. 그 근본은, 공중에 보이기 위하여 쓰였든 아니면 스스로를 위하여 쓴 것이든, 문학에 부여된 심각한 사회적 기능에 있다. 문학의 기능은 사회의 기풍이나 윤리를 바로잡는 것이다. 이것으로부터 시조가 가지고 있는 전체적인 교훈적 성격이 설명된다. 문면 그대로 사회적 공연이 되든 아니면 보다 넓은 의미에서 사회적인 기대를 생각하는 것이든, 이러한 사회적

---

6 Cf. Kim Jong-gil trans., *Slow Chrysanthemums: Classical Korean Poems in Chinese* (London: Anvil Press Poetry, 1987), "Introduction."

7 김대형 역주, 「서문」, 「시조의 이해」, 『한국고전문학전집 시조 1』(고려대학교 민족문화연구소, 1993), 12쪽.

요구는 시로 하여금 저절로 표현의 폭과 방식에 대한 제약을 받아들이지 않을 수 없게 한다. 이것은 물론 유교 이데올로기가 요구하는 것이었다. 유교적인 도덕 윤리의 주제 — 충효와 같은 것이 전면에 등장하는 것은 불가피하다. 전통의 시와 시조에서 자연의 주제는 그에 못지않게 중요하지만, 그것도 유교적인 이상과의 관련 속에서 안빈낙도(安貧樂道)의 이상을 구현하려는 표현 행위가 되었다.[8] (이것은 가령 자연의 삶의 고통이나 무자비성을 표현하는 경우와 대조하여 볼 수 있다.)

유교 윤리의 엄격성을 벗어나는 주제들이 없는 것은 아니다. 가령 어느 문화 전통에서나 볼 수 있는 것으로 서정시의 가장 중요한 주제는 사랑이고 성적인 연상을 가진 것이다. 그러나 성(性)은 대체로 엄격한 서열적 인간관계 속에 존재하고, 이것을 확대한 것으로 볼 수 있다. 흥미로운 것은 사랑의 서정이 대체로는 성에 밀접하게 연결되어 있어서 낭만적으로 승화되는 경우가 드물다는 점이다. 이러한 사랑의 낭만화는 남녀 관계를 일시적으로나마 평등한 것이 되게 하고 또는 서열의 전도를 가져오는 계기가 되게 한다. 「춘향가」와 같은 판소리에서 우리는 외설스럽다고 할 정도의 성 묘사를 보기도 하지만, 그것은 대체로 여성 열세의 틀 그리고 육체적인 성의 틀을 벗어나지 않는다.

성관계의 주제는, 유교적인 성의 정치학의 범위 안에서도, 물론 예외적인 주제이다. 시는 마땅히 유교 윤리의 주제를 다루어야 한다. 정몽주와 이방원의 「하여가(何如歌)」와 「단심가(丹心歌)」 또는 성삼문의 시조와 같은 것은 유교의 핵심 규범인 충효의 정치 주제를 단적으로 표현하는 시조의 예이다. 산과 물, 바위와 화초와 같은 자연물은 어떤 전통에서나 시의 주제이다. 그러나 전근대의 해석 전통 속에서 자연물은 — 물론 인공물까지

---

8 김대형, 「서문」 참조.

도—도덕의 교훈을 전하는 것으로 우의(寓意)화된다. 윤선도의「오우가(五友歌)」에서 물, 바위, 솔, 대, 달(水石松竹月)은 무상한 변화 속에서 절의를 고수하는 상징물로서 항심(恒心)의 상징이 된다. 많은 경우 시화(詩畫)는 하나의 교양적 범주 속에 생각되었지만, 그림에서도 비슷하게 알레고리화된 사물과 사항들의 예를 찾기는 어렵지 않다. 문제는 알레고리화를 통해서 교도적(敎導的) 기능이 수행되기는 하지만, 교도는 직접적인 시적 호소력을 손상한다는 것이다. 시는 그러한 경우 표현이나 현실 재현보다는 객관적 세계를 우의화한 기지(機智)를 보여 주는 수단이 된다. 그것도 심성의 자유로운 움직임이라는 관점에서 기지를 보여 준다고 할 수 없는 경우가 많다. 그렇다는 것은 자연이나 인공적인 사물들이 상투적인 모티프가 될 때, 지적 유연성은 그러한 모티프들을 정해진 사회 기율 내에서 활용하는 능력을 보여 주는 것이 되기 때문이다. 이 모든 것은 다시 한 번, 시가 개인적인 감정이나 생각을 표현하는 것이 아니라 사회성의 기율을 확인하는 사회적 행위라는 것을 확인하게 한다.

이렇게 말하는 것은 전통적 시적 관례를 비판적으로 말하는 것인데, 그 아래 들어 있는 것은 물론 낭만주의 시관 — 윌리엄 워즈워스(William Wordsworth)의 표현으로, "자연스럽게 넘쳐나는 강력한 감정(spontaneous overflow of powerful feelings)" 또는 키츠(John Keats)의 말로 "마음의 감정의 성스러움과 상상력의 진실(the holiness of the heart's affection and the truth of the imagination)"에서 시의 진정성이 나온다는 낭만주의적 시관에 동의하는 것이다. 근본적으로 현대적 감성도 시에 대한 이러한 낭만적 인식을 계승한다. 또는 더 나아가 모든 시 이해의 밑바탕에는 이러한 인식이 들어 있다고 할 수 있다. 하여튼 이러한 관점에서 시를 알레고리적으로 보는 것은 대부분의 경우 독자의 반감을 일으키게 마련이다. 개인의 주체적 삶의 표현이 시라는 생각이 일반화되어 있기 때문이다. 그러나 이러한 개인적인 관점으로 시를 말하는 경우에도 시가 단순히 개인의 마음을 있는 대로 드러내 놓는 고백이라고 하지는 않을 것이다. 시에는 늘 공적인 요인이 작용한다.(어떤 경우에나 장식 없는 고백이란 대체로 시대의 상투적 작문 방식을 뒤쫓는 일이다.)

동아시아의 시, 한국의 전통 시의 도덕적 교훈주의에 의하면, 시는 낭만주의나 현대적 선판단(先判斷)과는 다른 관점에서 나온다고 생각해 볼 필요가 있다. 즉 그 배경에 있는 것은 개인적 또는 사회적 심성의 유형화가 다른 방법으로 이루어지고 있다는 것을 말한다고 할 수 있다. 일단 개인의 심성을 그대로 읊어 내는 것이 시라는 생각을 버리면, 우의(寓意) 조작의 메마른 지엽으로 보이는 것이 한때는 많은 것을 기약하는 뿌리에 줄기 대고 있었던 것으로 생각할 수도 있을지 모른다. 이것을 짐작해 보기 위해서는 인간의 자기 형성에 관한 동아시아적인 에피스테메에서 시적 의미 작용을 어떻게 생각하였던가를 돌아보는 것이 필요하다. 이 에피스테메는, 낭만주의적 그리고 현대적인 시의 경우에서보다 시를 더 풍부한 인간 성취의 가능성을 가진 것으로 생각하였던 것이 아닌가 하는 생각을 하게 한다.

6

조선조의 시에 보이는 교훈주의 시 해석의 방법은 『시경(詩經)』의 시 읽기에 그 원형이 있다고 할 수 있다.(시의 해석학은 작시법 그것에 결정적 영향을 끼친다.) 『시경』은 물론 중국의 경전이지만, 그것은 전통 시대의 교육과 수양에 있어서 기본적인 교과서였다. 그것은 한국의 시 이해 — 정치와 윤리 그리고 시의 관계에 대한 이해에 결정적인 모범이 되었음에 틀림이 없다.

전통적으로 시를 정의하는 유명한 말은, 『모시(毛詩)』 「대서(大序)」에 나오는 "마음속에 있는 뜻을 드러내는 것이 시"라는 말이다. "정(情)이 심중에 통하면 말이 나타나고, 말로 부족하기 때문에 차탄(嗟歎)하고, 차탄으로 부족하기 때문에 영가(詠歌)하고, 영가로 부족하면 자신도 모르게 손으로 춤을 추고 발로 뛰는 것이다. 정(情)은 성(聲)에서 나타나니, 성이 문(文)을 이룬 것을 음(音)이라 한다." 시는 이렇게 성립하는 음악이나 무용과 근원을 같이한다. 여기에서 시의 해석은, 낭만주의에서나 마찬가지로, 마음의 깊이에서 우러나오는 감정의 표현이라는 것이다. 그러나 시의 기능은 윤리 교훈을 강화하는 데 있다. 시의 종류와 효과는 여러 가지이지만, 결국 시는 그 "천지를 동하고 귀신을 감동시키는" 힘으로 "부부를 다스리고 효경(孝敬)을 이루고 인륜을 후하게 하고 교화를 아름답게 하고 풍속을 바꾼다."⁹ 물론 이것은 시에 대한 해석이다. 「모시서」에서 비롯하여 많은 『시경』 해석은 『시경』의 시들을 이러한 교훈적 관점에서 해석할 것을 강조한다. 이에 대하여 그것의 구속을 기피하는 것도 『시경』 해석의 한 전통이다. 특히 현대에 와서 교훈적 해석에 대한 비판은 『시경』을 읽는 중요한 흐름을 이루게 된다. 그것은 『시경』의 시를 자연 발생적인 감정의 진정성으로 읽어야 한다는 주장이다. 그러나 보다 간접적인 시의 해석 또는 감정의 표현은 진정성을 가지지 못한 것인가?

중국의 미학에 대한 창조적인 해석을 시도한 예일대학교 비교 문학과 교수인 혼 소시(Haun Saussy)는 교훈적으로 해석하는 『시경』의 시 읽기에도 보다 심각한 의미의 진정성을 향한 지향이 있다는 것을 지적한다. 시의 텍스트와 해석의 역사에 대한 논증을 제시하면서 논하고 있는 그의 주장의 취지만을 간단히 살펴보기 위하여 『시경』의 첫 시, 「관저(關雎)」에 관한 논의를 예로 들어 본다. 우선 시를 번역으로 인용한다.

---

9   성백효 역주, 『시경집전(詩經集傳) 上』(전통문화연구회, 1993), 29~30쪽.

관관(關關)히 우는 저구(雎鳩) 새
하수(河水)의 모래섬에 있도다
요조(窈窕)한 숙녀(淑女)
군자(君子)의 좋은 짝이로다
들쭉날쭉한 마름 나물을
좌우(左右)로 물길 따라 취하도다
요조한 숙녀를
자나깨나 구하도다
구하여도 얻지 못하는지라
자나 깨나 생각하고 그리워하여
아득하고 아득해라
전전(輾轉)하며 반측(反側)하노라
들쭉날쭉한 마름 나물을
좌우로 취하여 가리도다
요조한 숙녀를
거문고와 비파로 친히 하도다
들쭉날쭉한 마름 나물을
좌우로 삶아 올리도다
요조한 숙녀를
종과 북으로 즐겁게 하도다[10]

 이 시에 대하여 소시는 전통적으로 여러 가지 해석이 있는 것은 사실이
나 「모시서」에 보이는 도덕적 알레고리의 해석이 고대 중국에서의 시적

---

10 같은 책, 26~28쪽.

이상을 대표한다고 말하고, 「모시서」를 확대하여 그 교훈을 설명한 공영달의 해석을 인용한다. 그의 영역을 다시 번역하여 인용해 본다.

저구 새는 강한 정열을 가지고 있지만, [성의] 유별(有別)함을 준수한다. 왕공(王公)은 그가 원하는 대로 하면서도 그 미모에 지나치게 탐닉하지 않게 하는 반려자의 덕을 높이 생각한다. 그녀는 성의 유별을 지키는 저구 새와 같이, 조심하고 변함이 없으면서 정숙하고 순결하다. 그럼으로써 [반려자는] 세상을 풍화(風化)할 수 있다. 부부가 유별하면 부자 유친(有親)하고, 부자 유친하면 군신(君臣)이 유의(有義)하고, 군신 유의하면 조정에 예(禮)가 있고 조정에 예가 있으면 왕화(王化)가 온전하다.[11]

이러한 해석의 요지는 다시 요약건대, '왕가가 바르게 행동하면, 왕국 전체가 평화롭다'는 것이다. 물론 이러한 시의 해석은 도덕과 윤리의 교훈을 찾아 시의 세부들을 간략화한다. 구체적 세부가 없이 시는 무슨 효과를 가질 수 있는가? 독자는 이러한 해석이 조금 지나치다는 느낌을 갖지 않을 수 없다. 이것은 비단 오늘의 독자만이 아니라 역대의 독자들이 계속 느껴 온 것이다. 많은 중국의 이론가들도 『시경』에 표현되어 있는 시적 풍경은 자연스럽게 그대로 읽어야 한다고 주장해 왔다. 그런데 이에 대하여 소시의 해석을 따르면, 우의적 해석은 그 나름으로 의미를 가지고 있고, 그것은 인간의 삶에 대한 보다 높은 이상적 해석의 차원이 있음을 시사해 준다. 이 이상의 관점에서 사람의 삶은 정치와 윤리와 심미적 이해의 융합을 통하여 하나의 이상적 상태에 이를 수 있다. 이 비전에서 시는 중요한 역할을

---

11 Haun Saussy, *The Problem of a Chinese Aesthetic*(Stanford: Stanford University Press, 1993), p. 97, 공영달(孔穎達), 『모시주소(毛詩注疏)』 번역.

맡는다. "시는 하나의 상징 형태로서, 시작자의 풍습(ethos) 그리고 그 위에서 통치하는 국가의 상황을 드러낸다. 그러나 최선의 시는 감정을 조절하여 '왕도'에 대한, 정치가 가지고 있는 문명화의 소명에 대한 모범을 보여준다." 이러한 관점에서 시는 국가 구성의 한 기구가 된다. 이 "국가는 권력이나 종교적 권위나 나아가 민족적 정체성의 담지자가 아니라, 윤리적 의의를 가진 거대한 총체적 예술(Gesamtkunstwerk)이다."[12]

이러한 정치적 이상은 비록 고상한 것이라고 하더라도 시나 예술이 그 자율성을 버리고 정치적 이념에 봉사하고 희생할 것을 요구하는 것이 아닐까?('총체적 예술'은 바그너가 그의 예술적 이상을 설명하면서 사용한 말로서 그의 음악이 나치즘에 연결된다고 보는 관점이 있다. 또는 공산주의 이상이 요구하는 것도 예술의 자유의 희생이다. 이것의 가혹한 대가는 널리 알려진 바와 같다.) 여기의 정치적 이상에 권력이 관계되는 것은 부정할 수 없다. 그러나 동아시아의 교훈적 시 해석에 있어서, 권력은 일방적인 것이 아니라 쌍방 통행적인 것이라고 생각된다. 적어도 시는 '문명화의 소명'을 보다 적극적으로 행사하여 정치를 인간화하는 힘을 가질 수 있는 것으로 생각되는 것이다.

시의 문명화 작용을 설명하기 위하여, 소시는 『모시』의 이론을 「악기(樂記)」에 있어서의 음악의 사회적 기능과 병치한다.(사실 위에 인용한 데에서 볼 수 있는 바와 같이, 「모시서」는 이미 시를 음악과 같은 기능을 가진 것으로 말하고 있다.) 음악은 시나 마찬가지로 사람의 가슴에 솟구쳐 오는 정서적, 표현적 정열에서 발원한다. 그러나 이 정열은 이성적 전환을 거치게 됨으로써 비로소 음악이 된다. 음악이 되려면, 소리(聲)는 일정한 모양 또는 무늬를 가져야 한다. 그리고 그것은 음조가 있는 악음(樂音, tone)이 되어야 한다. 그리고 악음은 일정한 음계 속에 배열될 수 있어야 한다. 이것은 중국 음악에

12 Ibid., p. 91.

서는 오음계를 말하지만, 그 음계의 간격은 소시가 설명하는 바로는 피타고라스의 비율을 따르는 것이다.[13] 그리고 이 악음은 다시 음악의 형상적 전체 구조 속에 위치하여야 한다. 이런 총체적인 전환은 군자(君子)만이 알 수 있다. 군자는 물론 수신과 정치의 이치를 아울러 깨우치게 된 사람이다. 이러한 이성적 변용의 과정을 보면, 음악은 조화의 정치 질서 — 총체적 예술로 승화된 정치 질서에 대한 모범이 된다. 또는 이러한 음악을 통하여 그러한 정치적 질서가 가능하여지기도 한다. 다시 말하여, 음악은 국가가 진정한 윤리적 질서로 성립하고 유지되는 데에 비유적인 의미를 갖고 또 그 필수적인 형성 요인이다.(물론 거기에는 늘 퇴폐와 변질의 가능성이 따른다.) 예술 일반은 같은 의미를 갖는다. 심미적 총체로서의 국가라는 이념은, 프리드리히 실러(Friedrich Schiller)의 '심미적 국가(ästhetischer Staat)'의 이념과 유사하다. 실러는 『인간의 심미적 교육에 대하여』라는 저서에서, 감각과 앎과 선(善)을 하나로 종합하고 조화시키는 국가를 생각하였다. 심미적 국가는 '힘의 국가' 그리고 '윤리 국가' 그리고 그 동력이 되는 물리적, 정신적 강제를 초월하는 국가의 이상을 나타낸다. 여기에서 갈등하는 개인의 자유와 사회적 필요, 물리력, 법 그리고 규범적 윤리는 하나로 조화되거나 극복된다. 동아시아의 전통의 이상적 시관에 함축되어 있는 바와 같은, 이성의 조정을 거친 음악의 정치적 기능은 플라톤의 『공화국(Politeia)』에서도 이야기되는 것이다. 『공화국』의 통치자의 교육에서, 시는 제외되지만, 적어도 음악과 수학은 중요한 위치를 차지한다. 여기에 전제되어 있는 것도 예술과 이성이 정치 공동체를 구성하는 여러 요소, 권력, 법, 윤리에서 그 강제력이나 의무감의 압박이 사라지게 할 수 있다는 것이다. 동아시아적인 세계관에 시사되어 있는 것도 이와 비슷한 생각이다. 얼른 보기에 시

---

13 Ibid., p. 80.

그리고 예술은 국가에 의하여 동원되는 정략의 수단인 것 같으나, 그것은 국가 권력을 변화시키는 수단이기도 하다. 이렇게 보면, 시 해석의 알레고리화는 이상화된 정치 질서의 비전에 따라 나오는 하나의 결과이다.

7

물론 문제는 유교 미학이 처방하는 이상이 그 실천에서 검증될 수 있는가 하는 것이다. 현실에 있어서 문학 표현과 해석은 원대한 사회 이상에 대한 패러다임을 생각하는 것이라기보다는 기성 사회의 지침에 맞는 교훈을 표현하고 읽어 내는 일이었다. 이것은 특히 한국에서 그러한 것이 아니었나 한다. 그리하여 시는 가장 건조한 교훈적 메시지를 전하고 이야기는 권선징악(勸善懲惡)의 플롯을 가져야 했다. 자유로운 구상이 있다면 그것은 이러한 공식들의 틈에 끼어서 존재하는 것이었다. 그리하여 문학적 상상력을 구속하는 윤리 명령은 표현의 자유를 원하고, 심정과 이성에 보다 충실한 현실 모사를 원하는 사람에게는 자주 불만의 원인이 되었다. 예술은——사실 모든 생각은 이데올로기화한 윤리의 명령에 복종하여야 하였다. 그것은 오류가 있을 수 없는 윤리적 사회 질서를 수호하여야 하는 사명을 가진 절대 군주의 통치를 정당화하는 것과 일체를 이루는 생각이었다. 이러한 정치 질서는 요순 시대에 이미 구현되었던 것이었다. 이 성군(聖君)을 보좌하는 것은 고대의 풍습을 공부하여 마음을 단련한 학자 관리들이었다. 문학은 이 고매한 정치와 윤리의 이상 속에서 일정한 자리를 가져야 했다. 이데올로기가 된 유토피아의 비전에 의하여 움직이는 사회적, 정치적 질서가 어떻게 억압적인 윤리와 정치 그리고 예술의 관료 체제에 귀착하는가는 최근의 역사의 사례에서도 보는 사실이다.

근대성의 도래는 이러한 윤리적, 정치적, 미적 질서에 대한 잠재된 불만을 표면화하고 증대시켰다. 19세기 초기부터 당위적 윤리성을 가지고 있지 않은 시가 번창하기 시작하였다. 1919년에 이미 김억은 프랑스의 상징주의의 영향하에서, 시는 지성을 버리고 감정의 세계를 방랑하는 일이라고 생각하게 되었다. 이 방랑은 한국 현대 시의 상당 부분에 있어서, 전통 시대에 당연한 것으로 생각되었던 시의 문명화 사명을 넘어가는 지역을 헤매는 일이었다. 보다 자유로운 서정적이고 표현적인 시학은 한국 문학에서 점점 커져 가는 흐름이 되었다. 그러나 근대성의 도래는 오랜 시간이 걸리고 우여곡절이 있는 사건일 수밖에 없었다. 이것은 윤리와 정치와 예술의 거리를 유지하기 어렵게 하는 역사적인 격변으로 인한 것이지만, 그 배후에는 미적 관념들과 정치적 질서를 하나로 잇는 에피스테메의 존재도 작용했다고 할 수 있다.

근대성은 그 자체로도 모호한 함축을 가지고 있었다. 그것은 국제 정치와 경제의 불균형에 힘입어 외부로부터 들어온 생각의 틀이었다. 그리하여 그것이 인간의 내면에서나 사회의 내부에서 움직이는 자체적인 동역학을 결하고 있었던 것은 자연스러운 일이었다. 중요한 근대성의 약속은 개체의 해방이었다. 개체의 재형성을 위한 내적 고민의 과정 없이 그것이 가능한 것인가? 제도의 뒷받침 없는 개체의 해방이 가능한 것인가? 그러나 더 본질적인 차원에서 서구의 근대성 그것도 매우 모호한 함축을 가진 것이었다. 거기에 들어 있는 개인의 해방 또는 더 일반적으로 인간 해방의 약속도 매우 복합적인 의미를 갖는다고 보아야 하기 때문이다. 이것은 또 하나의 거창한 문제를 말하는 것이지만, 한국의 근대성을 이해하는 데에 서양의 근대성의 변증법을 살펴보는 것— 속기의 요약으로나마 살펴보는 것이 불가피할 것이다.

8

이것을 위하여 푸코의 주제를 잠깐 다시 생각해 본다. 그에 의하면 고전 시대가 사라짐과 함께 근대적인 세계에 등장하는 것이, 이전의 에피스테메의 장(場)에는 보이지 않았던 존재 '인간'의 개념이다. 인간 과학의 목표는 인간을 객체로서 기술하는 것이다. 그러나 인간은 객체이면서 주체이다. 그리하여 "인간 과학은 그 가능성의 조건을 객체로서 추적하여야 하는 입장에 놓이게 된다."[14] 이것은 인간 과학이 하는 일은 인간의 주체성이 만들어 내는 객관적 질서를 추적하는 일이라는 말이다. 그러나 주체의 발견은 보다 전통적으로는 주체를 인식론적 확실성의 토대로, 그리고 제도적 구성의 토대로 받아들인다는 것을 말한다. 그때 주체는 주로 비판적 이성으로 이해된다. 철학적 성찰을 주체적이면서 선험적 확실성의 근거가 되는 비판적 이성으로 돌려놓은 것은 임마누엘 칸트(Immanuel Kant)이다. 이러한 재귀적 이성의 출발은 형이상학적 진리로부터 깨어나 인간 이성의 한계를 받아들이는 것이다. 그러나 이 각성은 다시 그 한계 안에 있으면서도 자연과 윤리의 필연적이고 보편적인 진리를 분명하게 수립할 수 있는 오성과 이성으로 되돌아간다. 푸코를 평가하는 글에서, 위르겐 하버마스(Jürgen Habermas)가 이 칸트의 전환을 설명하여 말한 것처럼, "인식의 주체는 자기 지시적이 되어, 형이상학의 폐허에서 일어나, 그 한정된 힘을 인정하면서, [다른 한편으로] 무한한 힘을 요구하는 계획을 받아들인다." 이 힘은, 칸트의 해석에서는 보편적 진리의 세계를 구축할 수 있는 힘을 가리킨다. 달리 말하면 칸트는 "우리의 한정된 인식의 기구의 한계를 재해석하여,

---

14 Michel Foucault, op. cit., p. 364.

한없이 진전할 수 있는 지식의 선험적 조건이 되게 한다."[15] 방금 우리는 푸코와 관련해서 칸트를 설명하는 하버마스의 두 문장을 인용했다. 하나는 비판적 이성의 무한한 힘에 관한 것이고 하나는 그 지적인 능력의 무한함에 관한 것이다. 두 문장은 사실 하나의 힘 — 인식 능력을 말한 것이지만 푸코와의 관련에서는 두 가지의 다른 함의를 갖는다. 그렇다는 것은 푸코에게 지식의 힘은 현실의 힘과 밀접하게 관련되어 있기 때문이다. 보편적 진리의 기초를 이성에 두는 것은 바로 개인 사이의 그리고 사회적인 권력의 회로를 흐르는 힘을 제어하는 것이다. 두 번째 문장의 정식 — 인간의 주체적 능력의 한계를 받아들이면서 동시에 그것을 다시 무한한 진리의 가능성으로 전환하는 것은 비판적 이성의 가능성을 보다 긍정적인 관점에서 보는 것이다. 여기에서부터 무한한 진리 분석학이 시작될 수 있다. 이 정식은 대체로 하버마스 자신의 입장을 나타낸다고 할 수 있다. 다만 그는 (그의 다른 저작들의 방향으로 미루어 볼 때) 이러한 이성의 힘이 규범적이고 비민주적인 확실성으로 변질되는 것을 두려워하여, 이것을 다시 선험적 기반보다는 사회적 소통의 기반 위에 두고자 한다. 이에 비하여 푸코는 칸트적 이성에 대해 보다 회의적이다. 그런데 이성에 대한 이러한 회의는 다른 현대 사상가, 소위 포스트모더니즘의 사상가들, 가령 자크 데리다(Jacques Derrida)나 장프랑수아 리오타르(Jean-François Lyotard) 같은 사람의 사고에서도 발견된다.

비판적 이성의 위상에 대한 이러한 두 가지 입장과 차이를 말하면서, 다시 주목하게 되는 것은 윤리와의 관련에서 이성의 중요성이 이 두 입장에서 착잡하게 교차한다는 점이다. 푸코는 이성의 진리의 존재론적 의미에

---

15 Jürgen Habermas, "Taking Aim at the Heart of the Present", *Foucault: A Critical Reader* ed. by David Couzens Hoy(Oxford: Blackwell, 1986), p. 106.

대하여 여러 가지로 회의를 표현하여 왔다. 그 점에서 그에게 계몽적 이성의 주장은 해체의 대상이라 할 수 있다. 그러나 그가 반이성주의자 또는 허무주의자라고 할 수는 없다. 그의 '고고학적' 그리고 '계보학적' 연구 자체가 이성적 분석의 힘에 대한 신념의 증거가 된다. 그러나 더 중요한 것은 그가 사람이 살 만한 삶을 선택하는 일에 있어서 이성적 선택 그리고 그것을 실천적인 것으로 전환할 수 있는 '자아의 기술'을 중시한다는 사실이다. 다만 삶에 있어서의 이성적 선택은 보편타당성과 규범적 강제성을 가진 것이 아니라 개인적인 차원에서의 지혜로운 선택을 의미한다. 그때 소용이 되는 이성은 실제적 지혜 또는 프로네시스(phronesis) 속에 들어 있는 이성이다. 이것은 개인적인 선택의 원리이지만, 푸코에게 대체로 사회적인 요청과 규범에 맞아 들어가는 것이 되는 것으로 말하여진다. 이때 사회가 대표하고 있는 것이 사회의 기풍에 맞는 선택 — 서구어에서 에토스(ethos)라는 점에서 그것은 윤리적 선택이 되기도 한다.[16] 흥미로운 것은 사회 속에서 이성의 이름으로 행하여지는 억압의 기제들을 해체하고자 하였던 그가 실존적 자아의 문제에 있어서는 이성적 고려와 윤리적 사고로 기운다는 것이다. 하버마스는 이성의 현대적 옹호자로서 이성적인 것은 중요시하면서도 윤리적인 것에 역점을 두지는 않는다. 이때 윤리적이란 실존적 절박성을 가진 개인적인 선택의 원칙을 말한다. 하버마스가 윤리에 관심을 갖지 않는 것은 아니다. 그러나 윤리는 주로 그에게 민주적 사회를 구성하는 데에 있어서의 합리적 소통의 바탕으로서 중요하다. 윤리적 관점에서의 진실성이 없이는 합리적 토의와 합의는 존재할 수 없다. 그러한 한도에 있어서 개인의 윤리적인 발전은 인간의 삶에서 필수적인 것이다.

---

16 Michel Foucault, "The Ethics of the Concern for Self as the Practice of Freedom", *Ethics: Subjectivity and Truth* ed. by Paul Rabinow(New York: The New Press,1997) p. 286.

그런가 하면 개인이 얻을 수 있는 윤리 원칙도 사회적인 소통을 통하여 비로소 보편적이고 확실한 것이 된다.[17] 순수하게 개인적인 윤리는 사회적인 규범이 될 수 없을 뿐만 아니라, 그렇게 되어서도 아니 된다. 민주적 사회 질서는 오히려 가치 중립성, 윤리 중립성을 요구한다.

이러한 현대성에 대한 서양의 담론을 이렇게 길게 이야기하는 것이 한국 문학을 말하는 데에 무슨 관계가 있는가? 반드시 맞는 말인지는 모르지만, 한국의 근대 문학이 서양의 근대 문학에서 보다 큰 자유를 얻고자 했다면, 물어보지 않을 수 없는 것은 그 자유의 약속이 어떤 것이었는가, 그것이 어떻게 얻어질 수 있는가, 그것이 가능하려면 전통적 에피스테메의 폐쇄 영역으로부터 어떻게 벗어날 수 있는가 하는 질문들이다. 이러한 질문들을 생각하기 위해서는 서양 근대성의 이념을 거칠게나마 살펴볼 수밖에 없다. 동아시아 그리고 한국의 사회관 그리고 정치 질서에 중심이 되었던 것은, 앞에서 언급한 바와 같이, 그 질서에서의 윤리의 중요성이다. 윤리는 모든 공적 행위에서 핵심을 이룬다. 그리고 문학은 공적 영역의 행위이다. 문학은 공적 질서의 윤리적 성격을 유지하고 동시에 윤리를 심미화함으로써 그 엄격성을 완화한다. 그리하여 유교의 윤리 국가는 심미적 국가에 근접될 수 있게 된다. 이 이상에 따르면, 윤리적 규범과 심미적 완성은 하나로 조화되고 정치적 필요와 개인의 자아실현은 하나가 된다. 다만 이 심미적 이상은 대체로는 교훈주의와 교조주의 그리고 억압적 정치 질서로 결과하였다. 한국에 도래한 서양의 근대성은 이러한 구질서로부터의 자유를 약속하였다. 그러나 그것은 규범적 가치의 해체를 불러올 위험을 무릅쓰는 것이었다.

---

17 Cf. Jürgen Habermas, "What is Universal Pragmatics?", "Moral Development and Ego Identity" *Communication and the Evolution of Society*(Boston: Beacon Press, 1979).

그런데 이 위험은 서양에서도 이미 문제적인 것이었다. 앞에서 말한 바와 같이, 개인 주체의 등장은 초개인적인 규범의 해체의 위험을 뜻할 수 있는 것이면서 동시에 새로운 가치 규범의 가능성을 열어 놓는다. 그러면서 그것은 개인의 자유를 가능하게 한다. 그러나 근대화란 일반적으로 시인하듯이 탈마술화(Entzauberung)를 말하고, 규범화된 가치로부터의 이탈을 말한다. 민주주의는 소통과 심의의 정치 체제이다. 이 심의는 대체로는 개인의 이해관계의 조정과 협의를 위한 것이다. 규범이 필요하다면, 그것은 논의의 규범이지 가치의 규범이 아니다. 이미 말한 바와 같이 윤리는, 공공 협의의 필요의 합의에 관계되는 것이 아닌 한, 전적으로 개인의 문제가 된다. 그러나 개인화되는 윤리는 개인 행동과 양심의 차원에서도 그 당위성의 힘을 잃게 된다. 개인의 자아실현은 거의 전적으로 개인적 이익의 추구에 있다고 생각되기 때문이다. 물론 이 개인 이익은, 『자유론(On Liberty)』의 저자 밀(J. S. Mill)에게 그러했던 것처럼 윤리적, 미적 발전을 포함할 수 있다. 그리고 정치 철학자들이 말하듯이, 사회적 인정도 이 개인 이익의 범위에 속하고, 또 그것은 사회적 에토스와의 조화를 의미할 수 있다. 그러나 이미 말한 바와 같이 개인화된 윤리는 그 힘을 잃는다. 뿐만 아니라 경제와 물질의 이익이 절대적인 것이 되는 시장 경제 속에서 이익은 물질적 이윤의 이익으로, 그리고 인정도 물질적 소유의 과시로 환원된다. 자본주의가 보편화되는 삶의 공간에서, 모든 가치는 진짜이든 가상의 것이든, 소비주의적 가치가 된다. 한국이 근대에 이른다는 것은 근대가 약속하는 다른 가능성—자유와 윤리 가치와 심미적 조화의 이상과 함께, 이러한 탈가치의 시장에 다다르게 되었다는 것을 말한다. 그러나 아마 더욱 단적으로 근대성을 가져온 것은 시장일 것이다. 시장의 근대성이, 푸코의 말을 빌려, 자유의 실천으로서의 윤리를 앞지르게 된 것이다. 그리하여 윤리를 말한다면, 그것은 당연히 전통의 윤리를 뜻하게 된다.

9

앞에 요약해 본 근대성은 한국 문학 번역에 어떤 의미를 갖는가? 별견(瞥見)이기는 하지만, 나는 이러한 별견이 오늘의 문화와 문학의 상황을 이해하는 데에 도움을 줄 수 있다고 생각한다. 근년 한국의 매체들에서 큰 뉴스거리가 된 것은 해외에서의 '한류'의 성공이었다. 그것은 아시아에서 시작하여 이제는, 최근 케이팝의 파리 공연에 관한 뉴스가 맞는 것이라면, 유럽에까지 진출하는 것으로 보인다. 한류는 주로 영화의 성공을 말하는 것이지만, 문학도 비슷한 진출을 할 수 있는 것이 아닌가 한다. 최근에 우리는 신경숙의 『엄마를 부탁해』의 영역이 미국에서 베스트셀러의 자리에 오르고 다른 외국어들로도 활발하게 번역 출판된다는 소식을 듣는다. 다른 작가들도 외국의 시장에 진출하고 있는 것으로 보인다.

한국의 문학 작품이 외국에서 성공을 거두는 것은 말할 것도 없이 작품 자체의 수준으로 인한 것일 것이다. 그러나 동시에 한국 작품의 해외 진출이 한국의 공산품, 삼성이나 엘지 또는 현대의 제품들의 해외 진출과 시기를 같이하는 것이 우연한 일은 아닐 것이다. 경제 성장은 물질적 부를 위한 조건이기도 하지만, 문화적 세계성의 조건이기도 한 것이 틀림이 없다. 2000년 대산 주최의 한국문학포럼과 관련하여 여러 해외 작가와 학자들과 함께 청와대를 방문하였을 때, 방문단에 끼어 있던 고(故) 피에르 부르디외(Pierre Bourdieu) 교수가 김대중 대통령에게 한 질문의 하나는 서양에서 발원한 경제 발전의 이념에 따라 경제가 발전하여 갈 때 국가가 문화의 주체성을 수호하기 위하여 무엇을 할 수 있는가 하는 것이었다. 김 대통령의 대답은, 경제적 번영이 일정한 수준에 이르게 되면, 사람들은 절로 자신의 문화의 상태에 대하여 마음을 쓰게 마련이라는 것이었다. 이 대답만을 가지고 한 말은 아니지만, 부르디외 교수는 대통령과의 회견에서 나오면서 김 대통령의 답들이 사려 깊은 것이었음을 인정하는 말을 하였다.

말할 것도 없이 경제와 문화 사이에 완전한 대칭 관계가 있다고 할 수는 없다. 청와대의 회견 자리에는 나이지리아의 작가 월레 소잉카(Oluwole Soyinka)도 참석하였다. 나이지리아가 경제적으로 선진 국가라고 할 수는 없지만, 소잉카는 노벨상을 수상한 작가이다. 그런데 이러한 것을 생각하면서 우리는 소잉카가 영어로 작품을 쓰는 작가라는 사실을 상기할 필요가 있다. 소위 제3세계 국가 출신으로 달리 노벨상을 수상하고 또 국제적인 명성을 얻고 있는 작가들이 있다. 그런데 이들도, 가령 마르케스나 요사의 경우, 이들이 서구어로 작품을 쓴다는 사실은 우연이 아니라고 할 수 있다. 서구 언어에 능숙하다는 것은 서구의 문화적 유산을 자연스럽게 접하게 된다는 것을 말한다. 그리고 특히 중요한 것은 그 근대성을 아는 것이라 할 수 있다. 물론 이 근대적 경제에는 근대성이 필요하다. 그것은 근대성의 동인의 하나이다. 근대성은 여러 가지로 문화 자본으로 축적된다. 세계 무대에 다다르는 데에는 근대성이 필요하다. 어찌 되었든지 간에 근대화는 오늘에 있어서 세계적 지평을 정의한다.

근대화는 세계가 받아들였기 때문에 저절로 세계화와 거의 동의가 된다. 그러나 동시에 근대화는 가치 주장을 가지고 있다. 그것은 보다 넓은 가치와 보편성에의 상승을 증거하는 지표이다. 자신의 지방을 벗어나는 것은 그 사실만으로 사상과 상상력에 있어서 지방성을 극복하는 일이다. 근대화는 이것을 촉진한다. 근대화의 이념적 매력은 개인을 해방하고 그 비판적 이성을 풀어 놓는다는 것이다. 그리하여 개인은 전통의 검토되지 아니한 형이상학과 윤리적 가설과 관습으로부터 거리를 유지할 수 있게 된다. 이것은 개인의 정신적 자유를 허용하는 여유이다. 그것은 동시에 그 끝을 알 수 없는 허무의 심연을 열어 놓는다. 그런 가운데에도 개인이 가지게 된 반성적, 구상적 능력은 일관성과 자기 동일성으로 스스로를 유지한다. 말하자면 한계 없이 풀려난 자유가 파우스트적인 탐구의 일관성으로 일정한 거점에 묶이게 되는 것이다. 그리고 이 탐구는, 괴테의 『파우스트』에서 보는 바와 같이 구원을 가져온다. 비판적 이성과 함께 움직이는 논리와 심미적 형식성이 구원을 이끄는 안내자가 된다. 그러나 현실과 실천의 관점에서는, 개인의 해방된 주체성은 정치와 법과 윤리의 상호 분리를 요구한다. 정치의 법은 주체들의 질서를 위하여 필요한 외적인 경계선이다. 그러나 윤리는 개인의 내면에 작용하는 사회적 강제성이다. 이 개인의 자유는 곧 자본주의 경제 시장에서의 경제적 이익의 추구를 위한 자유가 된다. 지금의 시점에서 이 이익의 추구는 세계화되었다. 그리고 개인의 삶은, 경제 이익을 추구하든 아니하든, 그에 상관없이 소비 경제가 내어놓는 가치들을 제한 없이 추구하는 삶이 된다.

지금 한국 문학이 진출하고 있는 곳은, 이미 말한 바와 같이 이러한 세계 시장이다. 근년에 한국의 작가들로 세계적인 주목을 받기 시작한 것은 정치적 의도를 가진 작가, 김지하, 고은, 황석영과 같은 작가였다. 이문열은, 보수적 성향을 가진 작가라고 하지만, 그 보수주의에 있어서 정치적인 작가이다. 앞에 언급한 신경숙이 반드시 비정치적인 작가라고 할 수는 없다. 그러나 그의 소설들은 주로 개인적인 서사를 담고 있다. 신경숙의 부군인 시인 남진우 또는 소설가 김연수와 같은 작가들은 전체적으로 관습과 정치의 한계를 벗어난 기발한 고안에 의지하는 작가이고 그 작품들을 읽는 데에 반드시 한국적 상황 이해가 요구되는 것은 아니다. 그 외의 젊은 세대의 작가들은 대체로 정치에서 벗어나 시장적 세계 — 한국을 넘어 다른 나라들을 포함하는 세계 시장과 가치에 열려 있다. 정치와 윤리로부터의 거리는 세계 시장에의 진출을 보다 용이한 것이 되게 한다. 물론 이것은 시장 전략과 같은 문제에 관심을 갖는 입장에서 말하는 것이다.

그러나 세계 시장에의 진출이 한국 문학이 곧 세계적인 문학의 공화국이 되는 것, 또는 더 간단히 세계 문학에서 일정한 위상을 갖는다는 것을 말하는 것이라고 할 수는 없다. 그것은 보편성의 기준에서 호소력을 갖는 문학이어야 할 것으로 생각된다. 물론 오늘과 같이 정전(正典)의 기준을 일체 부정하고자 하는 포스트모더니즘의 시대에 보편적 기준을 함부로 이야기할 수는 없다. 보편적 기준이 존재한다고 하더라도 그것은 대체로는 서양 문화 그리고 서양의 근대적 관점에서 규정되는 문화의 테두리 안에서 정의되는 것이어서, 아시아의 문학을 형성하던 심미적 이상을 제외하는 것이기 쉽다. 아시아적 기준은, 앞에서 밝히고자 한 것처럼, 정치와 윤리와 예술의 분리를 거부하는 이질적 에피스테메에서 나온다. 근대성은 이러한 일체성을 부정하고 새로운 보편성의 가능성을 암시한다. 그러나 그것이 성공적인 결과를 가져왔는지는 확실치 않다. 그것은, 적어도 지금의 상태에서는, 개인을 가치의 혼란에 빠지게 하고 공동체의 윤리적 기반을 훼손하는 결과를 가져온다. 물론 규범적 전체들을 새로이 검토하고 주체의 자율에 입각하여 새로운 보편성을 찾아보려는 정신의 모험을 가볍게 말할 수는 없다. 결국 세계화가 필요로 하는 세계적 보편 윤리의 출현은 이러한 모험에서 나올 수 있을 것이다. 그러나 다른 한편으로 지역적인 것일망정 윤리가 소멸되는 마당에 어떻게 하여 윤리가 새로 태어날 수 있을 것인가? 주체의 자율성은 개인의 한없는 자유가 되고 이 자유는 기존 질서인 시장 질서의 암시에 의하여 흔들린다. 주체의 자율성 그것도 단순히 도덕적 자연성을 거부하는 아포리아(aporia, 난관)가 된다. 이 아포리아와의 싸움은 파우스트적인 고통과 의의를 가질 수 있다. 그러나 사회적 차원에서 그것은, 앞에서 이미 말한 바와 같이, 윤리의 공동화의 지속을 말할 뿐이다. 이것은, 이야기가 가십의 수준으로 내려가는 것이기는 하지만, 최근의 큰 뉴스거리였던 IMF 총재이고 프랑스 사회당의 유력한 대통령 후보자였던 도미니크 스토로스 칸(Dominique Strauss Kahn) 사건에 대한 논의와 처리 경과에서도 볼 수 있는 것이다.

근대성의 기획하에 형성된 세계 문학의 프로블레마틱(Problematic, 복합 모순)을 생각하는 것은 한국 문학의 번역의 의의를 여러 각도에서 볼 수 있게 한다. 한국 문학 그리고 문화 생산품이 세계 시장에 진출하는 것은 사람들의 희망에 부응하는 일이다. 그것은 국제 무대에서의 한국의 성가(聲價)를 높이고 힘을 확장하는 일이다. 그 의의를 아무도 부정하지 못한다. 그러나 그러한 진출 자체가 보편적 기준의 문학의 공간에 진입하는 것을 뜻하는 것은 아니다. 노벨상의 계절마다 사람들이 한국 작가의 노벨상 수상을 기대하는 것은 한국 문학이 여러 의미에서 세계 문학의 반열에 끼게 되기를 바라서일 것이다. 그러나 세계 문학을 창조하는 것이 희망할 만한 일인 것은 사실이지만, 그것이 적어도 오늘의 상황에서, 다른 종류의 에피스테메에서 생각되었던 다른 인간적 가능성을 보이지 않게 하는 일이 된다면, 그것은 극히 유감스러운 일이라 하지 않을 수 없다. 과거 속에 숨어 있는 전통적 에피스테메는 근대적 에피스테메의 선판단(先判斷) 없이 연구되고 평가되어야 한다. 그것은 오늘의 삶을 위한 지혜를 탐구하는 일이다. 그리고 그것은 문학의 범위를 넘어가는 사회적 재구성의 문제이고 삶의 과제이다. 세계적 진출을 위한 번역 사업은 이러한 보다 넓은 삶의 이해를 위한 노력과 함께 이루어지는 것이 바람직하다.

(2011년)

사회 체제 속의 예술과 문학

위치와 역할

1. 삶의 사회적 체제의 여러 갈래

삶의 체제 삶은 그것을 목표로 하여 매진하는 작업들로만 지탱되는 것은 아니다. 밥을 먹어야 목숨이 유지되고 남녀 관계가 있어야 세대를 이어 인간 생명이 유지되는 것은 사실이지만, 밥을 먹는 일과 남녀 관계가 반드시 그러한 목표를 위한 의무의 수행이 된다면 사람의 삶은 극히 지겨운 것이 될 것이다. 뿐만 아니라 이러한 일들이 그 자체로 의미 있는 것이 될 때, 그것은 보다 높은 차원의 성취를 가능하게 해 주고 삶의 보람의 내용을 이루게 된다. 인문 과학의 경우에도 그것은 일단 다른 어떤 목적에 봉사하는 것이라기보다는 그 자체로의 의의를 가진 인간 정신의 작업이라고 할 수 있다. 그리고 많은 사람에게 그것은 사람이 추구하는 많은 일 가운데에도 가장 고귀한 추구이며 보람이며 성취라고 생각된다. 그것은 사람이 그의 삶을 바르게 영위하는 데에 없을 수 없는 정신적 질서의 한 중요한 부분을 구성한다. 이것은 개인적인 삶에 있어서만이 아니라 사회적 삶에 있어서도 그러하다.

　인간의 삶을 지탱하는 데에 수행되어야 할 더 많은 일들이 있음은 물론이다. 사람이 모여 사는 데에는 정치 질서가 있어야 하고, 그 물질적 토대로서 경제가 있어야 하고, 또 오늘과 같은 기술 산업 시대에 있어서는 이것을 키우고 뒷받침할 수 있는 과학 기술의 체제가 있어야 한다. 또 이러한 것들을 하나의 원활한 소통과 집행의 통로로 유지할 수 있는 전문인의 체제가 있어야 한다. 그러나 이러한 정치, 경제, 과학 기술, 그리고 그것을 위한 관리 체제만으로 인간다운 인간의 질서가 확보될 수는 없지 않은가 한다. 물질적 체제 그리고 사회관계의 외면적 체제가 있다고 하여도 일정한 정신적 체제가 유지되지 못하는 사회는 좋은 인간 사회가 될 수 없다. 아무리 완벽한 체제가 있다고 하더라도 사람의 일에는 언제나 현장의 판단이 요구되는 경우가 생긴다. 거기에는 체제 속에 움직이고 있는 보이지 않는 정신이 움직여야 한다. 그리고 아무리 잘되는 일이라도 그 일이 보람을 가져오는 것이 되려면, 인간 정신의 근원적인 바람을 충족시켜 주는 것이라야 한다. 사회의 여러 체제들을 이러한 것들에 이어 주는 것이 사회의 정신 체제이다. 이 자리에서 고려해 보고자 하는 것은 사회가 필요로 하는 이러한 정신 체제의 한 부분으로서의 인문 과학의 위치와 역할이다.

　정치 체제　이제 선거 날이 가까이 옴에 따라 —— 대중 매체들이 특히 그러한 것이겠지만 —— 사회 공간에서의 여러 논의들은 정치에 집중한다. 그렇지 않은 경우에도 우리 사회에서처럼 많은 사람들의 공적인 관심이 정치에 몰리는 사회도 많지는 아니할 것이다. 물론 사람이 함께 사는 데에는 삶의 질서의 핵심에 정치 질서가 있다. 뿐만 아니라 정치는 그것 자체의 의미를 가지고 있다. 스포츠에 못지않게 사람들의 관심거리가 되는 것이 정치이다. 그것은 사람을 한데 모으는 데에 있어서 축제와 비슷한 의미를 갖기도 한다. 또 정치는 개인 행동과 생애에 의미를 부여하는 기능을 가진, 가치와 서열 배분의 제도이기도 하다. 많은 사람들에게 삶은 사회와의 일정한 관계 속에서 의미 있는 것이 된다. 학생들의 장래 희망을 들어 보면, 일단은 무엇을 어떻게 하는 것이 개인적인 의미에서의 성공을 확보할 수 있는가를 생각하면서 다른 한편으로 계획하는 장래가 사회적인 기여가 될 것을 희망한다고 말한다.

정치는 집단적 동원을 필요로 한다. 이 동원은 특히 우리 사회에서 중요한 기능을 한다. 오늘의 시점에서 정치는 민주주의 체제를 말한다. 그것은 공존의 생활 질서이다. 그러나 민주주의는 또한 단순한 질서가 아니라 이념적 내용의 확장을 위한 역동적인 기제로 이해된다. 거기에는 정치 동원이 있어야 한다. 물론 동원을 위한 구호는 다른 데에서 나올 수도 있다. 어떤 정치적 입장의 사람들에게는 민족의 힘과 명성의 선양 그리고 통일이 정치적 동원 ― 개인의 삶과 집단적 삶의 에너지의 집약과 동원의 구호로 추가되어야 한다. 중요한 것은 동원 그 자체이다. 정치 동원의 필요 속에서 이러한 구호들은 민주주의의 동역학에 쉽게 합류한다.

민주주의가 개인의 자유 또는 자율을 존중하는 것을 의미한다고 하면 정치적 동원 자체는 민주주의에 대하여 모순 관계를 갖는다. 그렇지 않아도 민주주의는 모순의 체제라고 할 수 있다. 그것이 어떤 것이든지 간에 민주주의 이념의 핵심에서 자유를 빼어 버릴 수는 없는 것일 터이지만, 정치 체제로서의 민주주의는 이 자유를 일정한 테두리 안에 가두는 질서가 되지 않을 수 없다. 여러 사람이 사는 공동체의 공간에서 사람들이 누릴 수 있는 자유는 일정한 질서의 테두리 안에서만 실질적인 내용을 가지게 된다. 다만 이때의 질서는 자유를 한정하는 것이면서도 사람들이 자유롭게 동의하는 질서이다.

그러나 민주주의 질서가 아니라도 전체주의 또는 다른 형태의 전제적 정치 형태라도, 정치 이론가들이 지적하는 바와 같이, 피지배 속의 인간들의 동의 ─ 어느 정도의 동의가 없이는 체제로서 유지될 수 없다. 정치 질서는 어떠한 것이든지 피통치자의 동의를 필요로 한다. 물론 이 동의는 잠재적인 위협 아래에서, 또는 각종의 집단 최면의 체제에 의하여 얻어지는 것일 수 있다. 그리하여 정치는 어떤 경우에나 집단적 열광을 필요로 하는 것으로 보인다. 이 열광이 개인의 자유와 동의와 집단의 요구를 하나로 만드는 역할을 하기 때문이다. 그렇다 하더라도 이것이 완전히 비판 의식을 벗어날 수는 없는 것이기 때문에, 정치 체제는 언제나 여러 길항하는 요인들의 균형으로 성립할 수밖에 없다. 특히 삶의 구체적 현장은 개체이기 때문이다.

경제 체제 이미 시사한 바와 같이, 정치는, 집단의 삶에는 일정한 질서가 필요하다는 합리적인 관점에서만 이해할 수 없는 원초적인 인간 본성의 하나이다. 인간이 정치적 동물이라고 하는 것은 이러한 정치의 원초적인 존재 이유를 지칭한다. 그러나 정치에 합리적 토대가 없는 것은 아니다. 그것은 삶의 질서의 체제화의 결과이다. 정치는 한편으로는 상황의 대체에 집단적 동원을 위해서 필요하고, 다른 한편으로는 개인과 개인, 소집단과 소집단 사이의 갈등을 조정하기 위하여 필요하다. 집단적 동원이 요구되는 분명한 이유는 다른 집단에 대한 자체 방위의 목적이다. 물론 이것은 어떤 경우 다른 집단을 공략하는 목표를 가질 수도 있다. 그러나 가장 원초적인 삶의 질서는 의식주의 질서 ─ 삶의 물질적 질서이다. 정치는 여기에 복잡한 관계를 가지고 있다. 물질 질서의 체제는 그 자체의 독자성을 가진다. 그러면서 그것은 정치 질서를 요구한다. 수렵, 채취 또는 농경 등, 또 고대 중국 사회를 말할 때 이야기되는 것처럼, 후자의 경우 수리를 비롯한 거대한 토건 사업 등은 거대한 정치적 조직을 요구한다. 그러나 참으로 거대한 조직을 요구하는 것은 현대의 산업 사회이다. 산업의 발달은 사회적 동원과 조직을 필요로 한다. 산업의 발달은 일단 하나의 체제로서의 경제의 개념을 등장하게 한다. 그리하여 이 경제가 일관된 계획 속에 통괄될 수 있다는 생각이 일어난다. 자유 시장의 이념은 일관된 계획이 없이도 자기 조직화되는 경제 체제가 성립할 수 있고 그것이 국가 또는 인간 전체의 부에 기여할 수 있다는 것이다. 그러나 산업 사회의 경제가 국가적인 조정과 통합이 없이 안정과 번영을 기약한다고 할 수는 없을 것이다. 그리하여 정치와 경제는 다시 하나로 생각되지 않을 수 없다. 경제의 의의는 결국 국리민복에 기여한다는 것이다. 그것을 위하여서는 전체적인 조정이 없을 수 없다. 이 관점에서는 경제 체제는——정치와 경제를 분리하여 말하기는 어렵지만——조정과 통합뿐만 아니라 제동과 길항의 조직도 포함하는 것이 될 것이다. 정부가 가지고 있는 공정 거래 또는 식품 위생 관리의 기구, 또 노동조합 등이 그러한 조직이다. 다른 한편으로 경제는 발전의 성과물에 대한 배분의 문제를 고려하는 정치 체제에 의하여 비로소 안정된다고 할 수도 있다.

과학 기술 체제 산업 경제는 단순한 산업 체제도 아니고 경제의 체제도 아니다. 산업의 대두에는 과학 기술의 발달이 있었다. 오늘날 산업과 경제는 더욱 과학 기술의 발전에 의존하는 것이 되었다. 조선, 자동차, 전자 매체 등에 있어서의 선진 과학 기술의 도입이 경제적 도약의 기반이 된 것은 잘 알려져 있는 사실이다. 그중에도 이 시점에서 두드러진 것은 전자 매체에 관계되는 과학 기술의 발달이다. 한국의 산업의 명성이 세계적인 것이 된 것은 IT 기술의 발달로 인한 것이다. 기술이 필요한 것은 물론 IT 분야만이 아니다. 뿐만 아니라 과학 기술은 그 자체로서 복합적인 체제를 이룬다. 이 전체적인 체제가 없이 어느 특정 분야만의 기술 발전이 믿을 만한 것이 될 수는 없다.

사람의 일이 두루 그러하듯이 이 체제는 물론 기술 분야를 넘어서 확대된다. 기술 발전은 과학의 발달에 깊은 연계를 가지고 있다. 과학은 실용적 기술의 요청에 의하여 자극되면서도 반드시 그것에 예속될 수가 없다. 과학의 중요한 동기는 인간 정신의 제약 없는 탐구열이다. 그것은 탐구의 자유를 갈망하고, 또 자유로운 공간이 있어서 활발하게 발전할 수 있다. 자유로운 과학적 탐구는 인간 정신의 그 나름의 보람이 된다. 그러면서 그것은 다시 기술적 가능성을 새로 여는 일이 될 수 있다.

과학 기술의 체제와 관련하여 우리가 또 생각하여야 할 것은, 기술 문명이 기후, 환경, 자원 등의 영역에서 커다란 부정적 부작용을 낳는다는 사실이다. 삶의 체제의 일부로서의 기술의 체제는 이것을 고려하지 않을 수 없다. 어떤 환경주의자들은 이 문제는 기술 문명의 폐기에 의하여서만 해결될 수 있다고 말한다. 그러나 다른 한편으로 그것은 과학 기술의 발전을 통하여서 지양될 수 있다는 생각도 있다. 기술 문명이 해방해 놓은 인간의 탐욕을 생각할 때에 아마 커다란 위험을 안고 있는 일이면서도, 해결은 이 두 입장의 균형에서 모색될 수 있는 것이라고 해야 할 것이다.

행정 체제/관리의 질서 그 동인이 어떤 것이든지 간에, 사회의 집단화에는 그것을 합리적으로 현실화하는 기구가 필요하다. 중국 고대 국가에서 수리 시설의 필요와 관료 제도의 수립이 병행했다는 이론이 사실적 근거를 가졌다면, 그것은 이것을 극적으로 예시하는 예가 될 것이다. 관료 제도는 말할 것 없이 정치의 수족이 되는 기구이다. 그러나 경제와 과학 기술의 체제도 조직이 필요하고 거기에 따르는 전문적 경영진이 필요하다. 사회 체제의 최종적인 조정자가 정치 체제라고 한다면, 경제와 과학 기술은 각각의 전문 체제와 정치 체제 두 편으로 연결되는 것이 될 것이다.

관리와 행정의 체제는 삶의 질서의 여러 부분을 합리화하고 능률화하는 것이면서, 그것이 쉽게 강제 동원과 억압과 착취의 제도로 바뀔 수 있다는 것은 모든 역사와 사회에서 볼 수 있는 일이다. 비교적 정상적인 시기에 가장 많이 볼 수 있는 것은 부패이고 또 일의 불합리한 처리에서 일어나는 비능률과 부당함일 것이다. 그런데 근년에 와서 볼 수 있는 관리 체제에 있어서의 또 하나의 문제는 강제력이 아니라 금전적 유혹으로 체제의 합리적 개방성을 왜곡하는 경우이다. 이 후자는 어떤 경우 공공 이익의 이름으로 일어난다. 독일에서는 그간 대학 교수의 봉급에 대한 여러 논의가 진행되어 왔다. 공평성의 원칙 아래 일률적으로 지급되는 봉급은 교수들의 연구를 자극하고 격려하는 데 도움이 되지 않을 뿐만 아니라 우수 교수를 유치하는 데에도 장애가 된다는 것이 논의의 한 근거이다. 그리하여 이것을 개선할 필요가 있다는 것이다. 그러나 궁극적으로 이것은 교수와 연구의 자율성을 해치는 결과를 가져올 수 있다는 것이 그에 대한 반론이다. 결국 정신의 자유로운 논리에 의하여 추구되어야 할 진리 탐구 그리고 그것이 이루어야 할 학문적 추구의 총체적 균형이 왜곡되는 것이다. 뿐만 아니라 정신적 추구의 존엄성 자체가 사라질 수 있다. 특정한 목적 — 많은 경우 정치가 내세우는 명분에 스스로를 예속시킴으로써 자신의 존재 이유를 찾는 것이 인간 행동의 한 유형이다. 금전적인 이유가 아니라도 외부에서 부여되는 동기는 대학의 자율을 손상한다. 지금 우리나라에서 일반화되고 있는 교수 평가제나 학교 등급제와 같은 것도 학문적 추구의 존엄과 자율을 손상하는 데 크게 작용한다고 할 수 있다. 다만 그것은 그 나름의 기능과 명분을 가지고 있기 때문에, 이러한 간접적 손상의 결과는 별로 크게 느껴지고 있지 않을 뿐이다.

보편적 이성에로 민주주의는 쉽게 이러한 많은 문제들을 해결하는 이상적 정치 체제로 생각된다. 관료 제도의 억압과 부패의 문제에 있어서 민주주의의 제도적 개방성은 그 자체로 관료 제도를 비롯하여 여러 관리 체제들을 투명하게 하고 억압과 부패를 줄이는 데에 중요한 역할을 할 수 있다. 그러나 민주주의를 지나치게 이상화하여 생각할 수는 없다. 국가나 사회 질서가 필요로 하는 일이 전부 민중적 참여로 이루어질 수 있다고 생각하는 것은 철저하게 계몽된 민중을 상정하는 일이다. 계몽된 민중이란 사태의 합리적 해결을 위한 논의를 견뎌 낼 수 있는 민중이라는 말이다. 여기에서 합리적 능력은 전문적인 지식보다는 보편적인 이성적 논의 능력을 말한다.

전문적 지식을 요구하는 모든 분야는 물론 민중적인 다수 결정으로써만 유지될 수는 없는 일이다. 그러나 다른 한편으로 어떤 분야에 전문적 지식을 가진 사람도 전체적인 상황에 대한 합리적 결정을 내릴 수 있는 사람이라고 할 수는 없다. 가령 수학의 전문적인 분야의 학자가 넓은 수학 분야, 과학 분야, 기술 분야의 총체적인 체제의 문제에 대하여 바른 답을 가졌을 것이라고 말할 수 있는가? 다만 그 수학자가 자신의 전문 분야의 학문적 추구에서 작용하는 원리가 합리적인 것이라면, 그는 전문 지식과 함께 또는 그것을 넘어서 이 합리적인 정신을 체득하게 될 것이고, 또 그 합리성은 보다 넓은 의미에서의 이성의 공간에 열려 있을 것으로 생각할 수 있다. 그리하여 이러한 연계는, 관심의 폭을 넓힘에 따라, 너무 어렵지 않게 전문가로 하여금 체제 전체에 대한 바른 판단을 가진 사람이 되게 할 것으로 생각할 수 있다. 그러면서도 그가 자신의 전문 영역이 한정하는 시각의 편협함을 완전히 벗어나는 일이 쉬울 수는 없다. 이러한 연관들은 우리로 하여금 인간의 일반적 이성 능력을 생각하게 한다. 서구의 인간성의 이상에서 중요한 자리를 차지했던 르네상스의 '보편적 인간(l'uomo universale)'의 이상은 분과적 지식을 초월하여 보편적 인간 이성 그리고 — 보편적 인간은 이성 이상의 것을 포함하여야 하기 때문에 — 전 인간적 인간성이 존재할 수 있다는 것을 상정하는 것이다. 이러한 보편적 인간성 — 이성적 균형을 얻은 인간성은 우리 교육을 포함하여, 여러 사회에서 일반적인 교육의 이상으로 남아 있다. 물론 오늘날과 같은 실용적 전문화의 시대에 있어서 그것이 얼마나 현실적 의의를 가질 것인지는 알 수 없는 일이다. 민주주의는 이러한 보편적 이성의 가능성을 상정하여 비로소 문제 해결의 이상적 방법이 될 수 있다. 민중이 여러 이해관계와 관심을 대표한다는 점에서 이러한 보편성의 발전에 중요한 역할을 한다고 할 수 있다. 그러나 민중의 의사가 공공의 공간을 구성하고 유지한다는 것이 중요하다. 그러면서도 그것은 다시 사사로운 또는 집단의 이익을 넘어갈 수 있는 이성적 차원을 인정하는 것이라야 한다.

하여튼 부분과 전체의 매개를 저절로 이루어지게 하기 위해서는 보편적 이성의 능력 또는 보편적 인간 이상이 살아 있어야 한다는 것은 틀리지 않은 말일 것이다. 그것은 정신의 자유를 전제로 한다. 이 자유는 전문 지식이나 공공 공간의 자극에 노출되면서도 스스로의 이성적 원리를 널리 추구할 수 있는 자유이다. 그것은 그 나름의 특별한 정신적 훈련과 열림의 계기가 첨가됨으로써 활성화될 수 있다. 그리하여 정신의 자발적 깨우침은 많은 경우 복합적인 모순의 변증법의 전개를 기다리는 것이어서, 시간을 요하는 일이기도 하고 또 쉽게 믿기 어려운 성취를 의미할 수도 있다.

그런데 현실적으로 전문 분야를 체제 전체의 문제에 이어지게 하는 방법은 작업의 목적과 전체적인 의의에 대한 판단을 정치 지도자에게 맡기는 것이다.(물론 민주주의 체제에서 지도자는 민주적 감시 체제 안에 있다.) 이때 일단 전체적인 판단은 상부로부터의 명령의 형태를 취할 수 있다. 또는 그것은 주어지는 과제에 스며 들어가는 원칙이 될 수도 있다. 또 그것은 집단에 대한 의무로서도 주어진다. 이것은 정치 질서의 경우에도 마찬가지이다.

각자가 하고 있는 분과적인 일은 많은 경우 국가에 대한 의무로 이어지며, 그리고 그것이 내면화될 때, 애국심으로 전체 체제에 이어진다. 이데올로기는 전체를 위한 보다 추상화된 정당성의 수사이다. 이러한 것들은 사회적인 국가적인 차원에서의 이야기이지만, 나라 안에서의 작은 집단의 경우에도 집단의 명예, 사회적 지위와 평가, 정체성은 비슷하게 분과적 작업의 전체화에서 중요한 역할을 맡는다.

정신 질서 어쨌든 삶의 질서가 물질적 체제나 외면적으로 규정되는 사회적 질서만으로 바르게 유지될 수 없다는 것은 부정할 수 없다. 삶의 질서의 전문적 영역에서의 문제점들——다시 들어 말하건대, 정치 질서에서의 갈등의 조정과 전체적 질서를 위한 타협의 필요, 경제 질서의 조직화, 그 성과 분배에 있어서의 공정성의 확보와 안정화, 관리 체제의 능률과 부패 방지 및 투명성의 확보, 그리고 물론 과학 기술의 발전 등의 문제를 처리하는 데에 합리적 전체화의 기능이 작용하여야 한다는 것은 앞에서 이미 지적한 바와 같다. 정치, 경제, 과학 기술 그리고 관리 질서를 하나의 체제로 유지하는 데에는 분야별 전문 지식 이외에 질서 전체에 대한 고려가 필요한 것이다. 그리고 그 나름의 세계를 이루는 이러한 질서의 체제는 다시 한 번 인간의 삶 전체에 대한 고려에 의한 조정과 균형 그리고 전체화를 요구한다. 그리하여 현실 세계에서 이 전체화는 대체로 그것에 종사하는 이데올로그(ideologue)에 맡겨지게 된다.

그러나 이상적으로 말하면, 전체화는 모든 사유 활동의 근본에 존재하는 보편성의 확대로서 이루어져야 한다고 할 수 있다. 앞에 말한 보편적 이성 그리고 보편적 인간은 구체적인 필요에서 나오는 합리성의 고양화의 결과로 얻어지는 소득이라고 할 수 있다. 이렇게 보면 인간의 삶의 질서가 유지될 수 있는 것은, 그것이 어떤 형태를 취하든지 간에, 앞에 말한 삶의 국부적인 질서를 계열화하여 통괄할 수 있는 정신의 질서의 토대가 튼튼하게 존재함으로써만 가능하다고 할 것이다. 많은 문화 전통 속에 존재하는 인문적 유산의 핵심은 이 보편적 이상이었다. 물론 그것의 문화적 표현은 여러 가지로 다른 형태를 취할 수 있다.

2. 정신 질서의 여러 층위

보편과 개체 이렇게 말하는 것은 인문학 또는 인문 과학을 지나치게 단순화하고 또 높은 위치에 올려놓는 일이 될 수 있다. 정신 질서 하면 가장 쉽게 생각할 수 있는 것은 초월적인 관점을 설정하고, 그것을 정신에 일치시키고, 그 시각에서 인간사의 모든 것을 저울질하는 체계적인 사고이다. 여기에 대표적인 것은 물론 종교이다. 의식의 자기 성찰을 통하여 세계의 제일 동인이나 절대정신에 이를 수 있다고 생각하는 관념 철학에서도 그와 비슷한 것을 찾을 수 있을 것이다. 이러한 사변적 탐구에 전제되어 있는 절대적인 정신의 체계를 어떻게 생각하든지 간에, 인간이 사회적, 물질적 설명만으로는 완전히 해명될 수 없는 존재인 것은 틀림이 없다. 그러나 다른 한편으로 인문 과학의 관심사는 이러한 보편적인 것들이 어떻게 개인의 내면을 움직이는 원리가 되는가 하는 문제이다. 소박한 경험적인 성찰에서 확인되는 의심할 수 없는 준거점은 개체적인 존재로서의 인간이다. 모든 것은 여기에서 출발한다. 삶의 초월적 차원도 개체를 통하지 않고는 그 열림의 계기를 가질 수 없다. 그런데 이 개체적인 존재는 추상적이고 일반적인 범주로는 완전히 설명될 수 없다. 그러면서 현실적으로 개체는 보편에 이르는 통로이기도 하다.

실존주의 철학이 말하는 것은 개체로서의 인간이다. 그런데 이 개체적인 인간 현실에 가장 깊이 관심을 가지고 있는 것은 문학이다. 빼놓을 수 없는 문학의 방법으로서의 서사는 바로 문학이 개체로서의 인간에 대한 인지에 깊이 뿌리내리고 있다는 것을 말해 준다. 이야기는 늘 '누구'의 이야기이면서, 대체로는 누구에게 독특하게 일어난 이야기이다. 그러면서 심각한 문학에서 그 이야기는 보다 넓은 어떤 원리나 세계의 범례이다. 문학을 인문 과학 또는 인문학 또는 인문적 문화 자산으로 분류한다고 하면, 인문 과학은 보편적 인간과 함께 실존적 존재로서의 인간에 대한 탐구를 대표한다고 할 수 있다. 그리고 이것을 다양한 경험의 표현으로 보여 준다는 점에서 문학은 같은 관심을 대표한다.

되풀이하건대 보편과 개체의 두 관점이 반드시 따로따로 존재하는 것은 아니다. 앞에서 말한바 전문 지식의 영역에서, 전문 지식과 함께 그 영역의 전체성에 대한 식견이 필요하다는 말을 하였다. 이 보다 넓은 영역에 대한 관심 그리고 삶 전체에 대한 관심은 그러한 관심을 가지게 되는 개체를 떠나서 존재할 수 없다. 늘 그러한 것은 아니지만, 그러한 관심의 절대성은 '양심'이라는 이름으로 표현되는 경우가 있다. 그때 양심은 극히 개인적인 것이면서 보편적 의의를 가진 의식 상태를 가리킨다. 진정한 의미에서의 인문 과학의 핵심 고리는 보편과 개체의 맞부딪침이다. 인문학적 인간 해석, 특히 심각한 의미에서의 문학적 탐구는 이것이 어떻게 가능한가 하는 것이다. 개체에 대한 존재론적 탐구는 결국 보편으로 나아가고, 보편의 탐구는 그것의 토대로서의 개체적 실존을 확인하게 된다. 개체는 사실 개체이면서 보편적 생명 현상의 표현이고 대상 세계에 대한 인식은 초월적 범주들의 매개자이기 때문이다.

그러나 보편성은 여러 형태를 취할 수 있다. 보편성의 담지자로서 대표적인 것은 집단과 사회이다. 사회는 보편성의 현실적 표현의 하나이다. 개체는 사회로 나아감으로써 더 넓은 공간으로 나아간다. 그러면서 이 확장

은 개체의 보편성과의 관계를 모호하게 할 수 있다. 사회에 편입되는 개체
는 거기에서 자기 확인과 열광을 경험한다. 그러면서 동시에 마음 깊이에
서 자신의 개체성과 함께 보편적 인간의 가능성을 잃어버린다는 것을 감
지한다. 많은 면에서 이 모순과의 씨름이 문학의 주제가 된다.(이것은 정신
분석의 주제가 되기도 한다.)

사회와 개체 작업은 구체적인 삶의 필요에서 삶의 핵심이 된다. 그러나
이 작업은, 앞에서 말한 바와 같이, 사회적으로 조직화되지 않을 수 없다.
그때 그것은 여러 차원에서의 전체에 대한 의식에 의하여 조정되어야 한
다. 이것은 보다 직접적으로는 작업의 구도에 반영된다. 그러나 이미 말한
바와 같이, 이 전체는 집단적 의무의 수사로서 이야기된다. 이 의무는 단순
히 외부로부터 강제되는 명령이 아니다. 그것은 여러 통로를 통하여 사람
의 내면으로 침투한다.

이데올로기와 정체성/집단행동/축제 집단적 의무는 흔히 전체를 설명하는
이데올로기로서 제시된다. 어떤 관점에서는 인문 과학 또는 문학의 역할
도 궁극적으로는 여기에 있다고 생각될 수 있다. 이데올로기가 말하는 전
체는 보편적 이상으로서 주장되면서 집단의 이익을 나타낸다. 이 범위에
서의 전체는 집단의 이념과 일치한다. 그리고 그것은 나의 이익의 일부이
다. 뿐만 아니라 그것은 개체로서의 나의 깊은 욕구를 충족시켜 준다. 모든
것을 설명하는 이데올로기의 전체성은 현실의 지적인 장악을 원하는 사람
의 본능적인 욕구에 대응한다. 이 지적인 욕구는 동시에 대상 세계의 관리
와 통제를 원하는 본능이다. 이 관리와 통제의 대상은 타자들을 포함한다.
지식이 힘이라는 말이 있지만, 이 힘은 사회관계에서는 다른 사람에 대한
힘을 뜻한다. 집단의 이념은 또 하나의 인간의 본능을 충족시켜 준다. 사람

은 집단에 합류함으로써 자신의 정체성을 얻는다. 그리고 여러 계기를 통한 집단의 사실적 확인은 이 정체성을 확대한다. 정치 집회, 집단적 정치 행동, 축제 등은 이러한 집단적 정체성을 열광의 경험으로 실현해 준다. 이 것은 종종 문학에 있어서 집단적 일체성의 송가(頌歌)로써 표현된다. 축사, 기념사, 교가 등이 문학의 영역임은 누구나 잘 알고 있는 일이다.

일상과 그로부터의 소외 그러나 이미 말한 바와 같이, 사회 전반의 요구는 무엇보다도 직업의 구도를 통하여 사람의 삶에 편입된다. 이것은 삶의 작업을 산업 질서의 일부가 되게 하면서 거기에 일정한 형태의 안정을 부여한다. 그러나 이렇게 어셈블리 라인으로 구성되는 삶은 소외와 권태의 원인이 된다. 자본주의의 필요에 의하여 할당되는 생산 활동이 사람의 노동과 그 대상 사이에 있을 수 있는 유기적인 관계를 왜곡하고, 그것을 창조적으로 형성하는 자율성의 박탈이 인간의 본성으로부터의 소외를 가져온다. ── 이러한 주장은 마르크스의 유명한 인간론적 주장의 하나이다. 소외 노동의 심리적 효과의 하나는 권태이지만, 그것은 보다 일반적으로 환경과의 유기적 관계를 잃어버린 경우 경험할 수 있는 심리적 상태이다. 어쨌든 권태는 보들레르에서 이상(李箱)까지 문학이 즐겨 다루는 주제의 하나이다.

나날의 삶의 소외와 권태에 추가하여, 사회에 의한 삶의 규제는 하루하루의 삶만이 아니라 삶의 궤도 전체를 정형화한다. 대학의 서열이나 관직의 서열, 또는 사회적 지위와 신분의 서열은 이러한 정형화를 향한 움직임의 제도적 표현이다. 이것도 소외의 원인이 될 수 있으나, 그것은 탈락의 경험과 함께 탈락하지 않은 자에게는 승리의 흥분과 지배의 쾌감을 경험할 수 있게 한다. 사회는 하나의 체제이면서 동시에 그것을 구성하는 요인들 ── 지위와 자격과 소유를 암시하는 여러 단계의 계기와 요인들을 만들어 낸다. 사람들은 이 계기와 요인들을 자기 나름으로 조합하는 데에서 쾌감을 느낀다. 개인주의란 이 조합의 능력에 기초한 정체감의 옹호를 말한다. 그러나 많은 문학 작품들은 이러한 개인주의적 이점에서 얻어지는 긍정적 경험에 대하여 회의를 표현하는 것으로 보인다. 발자크나 디킨스 등 19세기 서구 소설들은 이러한 사회적 상승의 노력의 인간적 의미에 대한 회의를 표현한다. 이러한 소설들이 그리는 부패한 세계가 아니라도 사회적으로 정형화된 삶의 문제는 최근에 작고한 폴란드의 노벨상 수상 시인 비슬라바 쉼보르스카의 시에 재미있게 요약되어 있다. 「자기소개 이력서 쓰기」라는 제목의 이 시는 사회에서 인정하는 개인의 삶의 사실들이 — 그리고 요즘 식으로 말하여 '스펙'이 — 얼마나 삶의 체험적 진실을 왜곡하는가를 이야기한다.(영어역으로부터 중역해 본다.)

어떻게 해야 하지요?
원서에 채워 넣을 것 넣고
간략한 자기소개서를 써넣어요.

얼마를 살았든지 간에
이력서는 간단한 것이 좋아.

간략하게, 잘 고른 사실이 필수야.
풍치 대신에 주소를 기입하고.
불확실한 기억이 아니라 확실한 날짜를.

사랑은 적을 것이 없고, 혼인 관계만.
아이들 이야기는 태어난 아이들만.

참조인은 당신이 아는 사람들이 아니라 당신을 아는 사람들을.

여행은 해외여행만 적고.

회원 가입한 단체는 적되, 이유는 필요 없고.

수상 경력 그러나 업적 설명은 불요.

혼자 중얼거렸던 것들은 필요 없으니,

자기 자신의 사연은 저만치 두고.

당신의 개, 고양이, 새는 말할 필요 없고

먼지 앉은 기념품. 친구 그리고 꿈도.

가격은 적되, 자신만 아는 가치는 그만,

제목은 말하되, 내용은 덮어 두고.

세상에 자기라고 내어놓는 자기의,

구두 사이즈는 말하되, 간 곳은 감추고.

그리고 사진, 한쪽 귀가 보이는 사진.

중요한 것은 그 모양, 뭘 듣는가는 빼고.

어쨌든 들을 게 뭐가 있어?

폐지 절단기 소리 이외에는.

  관료적 사회에서의 개인적인 삶과 사물들 개인적인 입장에서 중요한 것은
세월, 풍경, 기억, 사랑, 잃어버린 아이의 아픈 기억 ─ 이러한 것들이지만,
세상의 관점에서는 정확한 일자, 사실, 혼인 관계, 가족 관계이다. 중요한
것은 내면에 남아 있는 체험이 아니라 밖에서 기록되는 그리고 중요시하
는 객관적 사실들이다. 수상 경력과 저서의 제목은 기록할 만하지만, 그 내

용은 세상의 관심사가 아니다. 아마 쉼보르스카는 말하고 있지 않지만, 우리나라 같았으면 이외에, 또는 이것보다 더 중요한 것은 출신지와 출신 학교와 학위와 소위 '역임했던' 관직의 지위 등을 잊지 않는 일일 것이다. 전쟁과 공산주의와 자유 민주주의의 과도기에 살았던 쉼보르스카의 많은 작품에는 공적인 입장에서는 중요하다고 할 수 없는 개인적인 관심과 일용품과 작은 사건들 속에서의 삶이 삶의 참내용이라는 — 결국은 허망할 수밖에 없는 삶의 참내용이라는 것을 말하는 시들이 많다.

소비재와 사회적 소통의 정열 결국은 사회적 인정이 아니라 일상적 삶 — 누구에게나 비슷하면서도 완전히 개인적이라고 할 일상적인 삶 또는 보통의 삶이 삶의 핵심이라는 말이지만, 이러한 쉼보르스카의 비판은 오늘의 소비주의 사회에서는 이 일상적 삶을 보다 황홀한 것이 되게 하는 것들이 많다는 것을 간과한 것이다. 앞의 시가 말하는 것은 관료적으로 정형화된 사회가 개인의 삶의 진실 그리고 사람의 깊은 의미를 무시한다는 것이지만, 관료적으로 외면화된 사회가, 그 나름으로 삶의 전체성 — 적어도 사회와 집단의 삶을 하나로 체험하게 하는 여러 기제 — 정치 이데올로기, 집단행동, 축제 등을 가지고 있다는 것은 앞에서 말한 바와 같다. 이러한 계기들은 고독한 개인의 소외가 아니라 다수자들의 소통의 황홀경을 만들어 내고, 이러한 소통의 천국에 대한 갈구를 유지한다.

집단의 삶이 가져오는 삶의 일체적인 만족은 이미 사람들의 일상생활 물건들에서도 얻어질 수 있다. 이것은 특히 소비주의적 자본주의 사회에서의 일이기 때문에, 개인화된 만족과 사회적 성취를 교묘하게 조합한다. 소비주의 사회에서 앞에서 쉼보르스카가 말하는 "먼지 앉은 기념품"보다 나은 것은 고가의 명품들이고, "개, 고양이, 새"도 보다 이름난 순종의 애완동물이라면 더욱 기를 만하고, "친구"는 될 수 있는 대로 유명 인사이면 좋다. "꿈"은 자신의 체험에 관계된 것이 아니라 판타지 소설과 예술품으로 대용될 수 있다. 이것들은 그 자체의 완성감으로 사람을 만족시킬 뿐만 아니라 세계에로, 일정한 소비재들의 체계에로 그리고 그것이 암시하는 사회에로 나의 삶을 열어 놓는 일을 한다.

문화와 그 콘텐츠 문화는 이러한 세계를 구성하는 데에 있어서의 소위 '콘텐츠'를 제공할 수 있다. 그리고 문학은 보다 싼 가격에 이러한 판타지로 우리의 현실 체험을 대체한다. 판타지의 작품이 베스트셀러가 된다면, 그것을 구매하는 것은 독자에게 다수 집단에 소속하는 기쁨을 준다. 물론 대규모의 문화 행사는 소비와 집단화의 열광을 위하여 문화 콘텐츠를 가장 효과적으로 활용하는 방법이다. 소비 소통의 문화에서 정치 풍자, 욕지거리, 막말, 개그, 괴담 등은 이러한 문화에서 소통을 가속화할 수 있는 잔돈을 제공한다. 이 모든 것들은 삶의 집단화 ── 그리고 소외 없는 전체화를 약속한다.

3. 사물, 자아, 진정성

사물과 개인적 삶의 진정성 이러한 소비와 소통의 열광에 대하여, 쉼보르스카가 이야기하는바 일상적 사물과 일화를 통한 삶의 구원 ── 이러한 것들이 사회적 삶의 추상화 그리고 공허화로부터 우리의 삶을 보다 본질적인 삶으로 구원해 준다는 것은 무엇을 의미하는 것인가? 이미 말한 바와 같이, 그것은 관료 체제의 삶의 단순화에 대한 대안을 말한 것이다. 앞에 언급한 시는 공산주의 체제가 무너지기 전이기 때문에, 그 전체주의 체제에서 진정한 개인의 삶이 어렵다는 것을 말한 것일 것이다. 그에게 집단주의적 열광은 그러한 삶의 소외를 크게 완화시켜 주는 것이 아니었던 것으로 생각된다. 그런데 개인 욕망을 통한 소비주의 사회의 삶은 개인적 성취와 사회적 정체성을 동시에 만족시켜 주는 것으로 보인다. 이러한 소비주의에 저항하는 대중 민주주의는 또 다른 차원에서 개인을 해방하고 사회 참여를 가능하게 한다. 그러나 쉼보르스카가 시사하는 것은 단순히 욕망과 그 사회적 충족이 일치하는 삶만이 아닐 것이다. 사물과 개인의 삶에는 그러한 사회적 충족을 넘어가는 어떤 진정성이 있다는 직관을 그는 이야기하고자 한 것으로 생각된다. 오늘의 문학이 어떤 상태에 있는가를 확실하게 말할 수는 없지만, 문학의 고전적인 관심사의 하나는 사물과 인간의 진정한 존재 방식이라고 할 수 있다. 이것을 조금 더 생각해 보기 위해서는 앞의 시에 나오는 사물과 개인적 삶의 성격을 조금 더 자세히 살펴볼 필요가 있다.

쉼보르스카가 이야기하는 사물은, 다른 시들을 참조하건대, 대체로 자연의 사물이다. 자연의 사물은 많은 시인들에게 특별한 의미를 갖는다. 그러나 여기에서 중요한 것은 사물 자체보다도 그 존재 방식이다. 앞의 시에서 먼지 앉은 기념품의 의미는 그것이 개인적인 역사에 이어져 있다는 점에 있다. 그 값은 가격에서 오는 것이 아니라 그것을 가까이하는 사람이 주는 의미에 있다.(가령 특별한 사람의 선물이라든지 또는 할아버지 때로부터의 유물이라든지.) 중요한 것은 물건이나 사건이나 사회적 계기 등이 그것에 관계된 사람의 체험의 일부, 내면적 사고의 일부가 된다는 점이다. 땅은 주소지 때문이 아니라 그것이 주는 느낌, 또는 그것이 형성하는 풍경적 성격으로 인하여 사람에게 의미를 갖는다.(아마 우리에게는 부동산의 가격으로 의미를 갖겠지만.) 태어나는 아이는 단순히 아이가 아니다. 아이는 사랑과 아낌과 기쁨과 아픔의 대상으로서의 존재이다. 그리하여 시에서 시사된 유산(流産)된 아이 또한 단순한 아이의 부재를 말하는 것은 아니다.(현재 미국 공화당 대통령 후보로 나와 있는 론 폴이 낙태에 반대하는 것은, 단순히 정치적 또는 종교적 신조 때문이 아니라, 원래 직업상 산부인과 의사였던 그가, 제왕 절개로 빼어 낸 2개월 된 태아가 숨 쉬고 발버둥하는 모습을 보았던 경험에 관계된다고 한다. 낙태 문제는 간단히 논할 수 있는 일이 아니지만, 적어도 폴이 경험한 것은 태중의 아이도 생명을 가진 존재라는 사실이다. 이것은 일단 주의할 만한 것이다.) 책의 의미가 제목이 있고 출간이 되었다는 데에 있지 않다는 것은 말할 필요가 없다. 노벨상이나 작위를 거절하는 사람들도 있지만, 사회에서 주는 명예는 복잡한 의미를 갖는다. 어떤 경우나 중요한 것은 사회적 인정과 함께 그것이 어떤 성취에 기초하는 것인가를 아는 것이 그것을 의미 있는 것이 되게 한다. 다시 말하여 물건과 사건의 의미는 그 자체의 깊은 의미에서 나온다. 그리고 특이한 것은 이 의미가 개체의 실존에 ──경험하고 생각하고 공감하고 하는 개체의 실존에 연계되어 있다는 것이다. 적어도 이 개체는 아마 이데올로기화한 집단의식이나 소비주의의 소유열에 의하여 세뇌된 사람은 아닐 것이다. 이렇게 보면 다시 문제가 되는 것은 이 개체가 얼마나 진정한 개체적인 삶의 진정성 속에 존재하는가 하는 점이다. 앞에서 우리는 개인과 개인의 삶의 작업의 전문화를 말하고, 그것의 전체화──사회적 전체화 그리고 삶의 질서에로의 전체화에 대하여 언급하였지만, 이것은 삶의 중요한 부분이다. 그러나 그것은 자칫하면 결국 관계되는 개체적 삶의 진정성을 삭제하는 요인이 된다.

릴케의 사물과 존재의 깊이 조금 우원한 이야기가 될지 모르지만, 다시 이러한 문제들을 사물의 사물 됨이라는 관점에서 접근해 보는 데에는 릴케의 사물에 대한 시적 통찰이 중요한 참고 자료가 될 수 있다. 사물의 의미를 바르게 아는 것은 그것을 아는 주체를 분명히 하는 것이다. 그리고 그것은 부분과 전체의 연계라는 점에서 중요한 의미를 갖는다. 다시 말하여 주체가 있다는 것은 동시에 객체를 상정하는 것이지만(피히테) 객체를 상정하는 것은 동시에 주체를 상정하는 것이다. 그리고 객체를 어떤 것으로 설정하는가는 주체 설정을 결정한다. 그리고 이것은 그러한 주체의 사회적 관계에 영향을 준다.

'사물시(Dinggedicht)'라는 말은 릴케의 시적 관심의 한 중요한 측면을 설명하는 말이다. 그는 그의 시로써 사물의 사물 됨을 그려 내고자 하였다. 이것은 시가 시인의 주관적인 감정을 표현한다는 흔한 생각에 배치되는 것인데, 그렇다고 시에서 시인의 주관적인 또는 주체적인 관점이 완전히 배제된다는 것은 아니다. 사물의 사물 됨은, 적어도 시적 표현에서, 단순히 객관적인 특징의 나열로 가능해지지 않는다. 그보다 사물의 사물 됨은 주체와 사물 사이의 특별한 변증법에서 나온다.

간단히 말해서 핵심에 있는 것은 시인의 또는 주체적 인간의 공감 능력이다. 사물시의 좋은 예로 흔히 말하여지는 「표범(Der Panther)」은 이 점을 곧 생각하게 한다. 창살 사이로 눈길을 보내기에 지쳐서 보기를 그치고, 창살 뒤의 세계에 대하여 완전히 무관심해지고, 사뿐사뿐한 무용의 발걸음으로 우리 안을 맴돌다가 가운데 머물러 서는 —— 이렇게 묘사된 표범의 모습은 통상적인 동정심과는 관계없지만, 우리에 갇힌 맹수에 대한 공감적 이해가 없이는 묘사될 수 없다. 이 경우는 그래도 생명을 가진 동물의 경우이니까 그렇다고 하겠지만, 생명이 없는 사물의 경우에도 공감은 필요하다. 옛 악기인 '류트'를 묘사하는 데에는 그 악기를 연주하던 옛 여인의 형편을 상상하는 것이 필요하다. 그리하여 류트 자체가 "여인의 연약함 안으로 들어가서 류트의 내면이 여인과 하나가 된다"라고 릴케는 말한다. 더 실감 나는 묘사는 「온실의 계단(Die Treppe der Orangerie)」에서의 베르사유 궁의 온실 계단이다. 빈 하늘로 뻗어 있는 듯 아래로부터 올려다본 계단을 묘사하는 데에 있어서 릴케의 중심 비유는 몸을 낮추어 읍하고 있는 신하들을 뒤로 두고 혼자 계단을 올라가고 있는, 장엄한 듯하면서 고독한 임금들의 이미지이다.

그러나 공감은, 적어도 릴케의 철학적 고찰에서, 사물에 사람의 감정을 투영하는 '감정 착각(pathetic fallacy)'도 아니고, 흔히 미학에서 말하는 감정 이입도 아니다. 「음악(Musik)」의 가르침은 시인이 사물에 이르기 위해서는 감정은 물론 또 음악의 일체성—다분히 감정에 관계되는—어떤 주관적 일체성의 느낌도 버려야 한다는 것이다. 소년이 바이올린을 켠다. 바이올린 소리는 정원으로 퍼지면서 명령이 된다. 그리고 결국 음악은—그리고 영혼은—음악의 질서가 만드는 창살 속에 갇혀 버리고 만다. 노래가 삶보다 강해지면, 삶은 스스로의 그리움 속에 흐느끼며 그 힘을 잃는다. 필요한 것은 음악을 침묵에 맡겨, 영혼으로 하여금 삶의 넘쳐 남과 다양함(das Flutende und Viele)으로 돌아와 보다 넓게 현명하게 성장하게 하는 일이다. 조금 기묘한 이야기이지만, 앞의 「류트」의 묘사에서 보는 바와 같이 사람의 마음을 사물에 넣는 것이 아니라 사물로 하여금 사람의 내면에 들어오게 해야 한다는 것이 릴케의 시적 직관이다. 그에게 공감은 사람이 필요로하는 것보다는 사물 자체에서 나오는 것—사물이 존재하는 방식이다. 그리고 사람은 거기에 대하여 하나의 매개자가 되는 것이다.

그러나 사람의 음악에 의한 매개가 없이 사물이 사물로서 존재할 수 있는가? 또는 적어도 사람이 사물의 사물 됨을 인지할 수 있는가? 「밤의 가장자리에서(Am Rand der Nacht)」는 사람과 사물의 일치의 가능성을 말하는 시이다. 이것은 조금 더 직접적으로 사물과의 공감을 말하는 것으로 보인다.

밤이 내리는 대지 위로 눈을 주고 있는
이 공간과 내 방은 하나이다.

나는 악기의 줄이다.
소용돌이 하는 공명(共鳴) 위에 팽팽히 매여 있는.

사물들은 바이올린의 몸뚱이,
웅얼거리는 어둠으로 찬.
그 안에 꿈꾸는 여인들의 울음,
그 안에 설레는 세대에 걸친
원한의 수면……
나는 은사슬처럼 떨리리. 그러면
무릇 모든 것 내 아래에 살고,
사물들 속에 헤매던 것들은
빛을 향하여 발돋움하리.
하늘 물결치는 나의 노래
내 춤추는 음조로부터, 빛은
나른하고 좁은 틈 사이로
오랜 심연 속으로
끝없이 떨어지려니.

　위 시가 공감을 말한다고 하더라도, 주의하여 볼 것은 사물이 사람의 감성에 공명하는 것이 아니라는 점이다. 사람의 감성은 바이올린 줄과 같다. 그리고 사물들은 바이올린의 몸체와 같다. 두 개가 하나가 될 때의 울림은 어디에서 생겨나는가? 그것은 마치 허공에 예비되어 있던 것과 같다. 사람의 감성과 사물이 어울릴 때, 소리와 음악은 어디라 할 것 없이 울리게 된다. 그리고 사물을 분명히 한다. 음악이 빛을 만들어 내기 때문이다. 그러나 더 원초적인 것은 어둠이다. 빛은 어둠 속으로 한없이 떨어져 갈 뿐이다.

하여튼 사물이 존재하는 것은 사람의 매개를 통하여서이다. 릴케의 존재론적 명상의 미로를 여기에서 다 추적할 수는 없지만, 『두이노 비가』는 이 매개의 필요를 최종적으로 확인하는 것으로 보인다. 「제9비가」의 한 가닥의 뜻을 요약해 본다. 사람은 지금 이 자리에 존재하고자 한다. 그리고 지구와 하나이기를 원한다. 그 증표가 사물이다. 산에 갔다가 골짜기에 돌아오는 사람은 흙을 가져오지는 못한다. 말을 전하고 꽃을 가져온다. 이와 비슷하게, 그의 존재의 몸부림으로부터, 사람은 "집, 다리, 분수, 문, 옹기, 열매 나무, 유리창 ─ 그리고 더 높게는 주랑, 탑……"을 말한다. 또 이것들은 그러한 것으로 제작된다. 이렇게 말하여지고 제작되는 사물은 사물 자체보다도 강력한 존재감을 갖는다. 그중에도 예술적으로 형상화된 사물이 그러하다. 그리하여 이러한 사물의 변증법은 사물 자체가 그러한 변형의 경로를 원한 것이라는 느낌을 준다. "지구가 우리 가운데 들어와 보이지 않게 되는 것 ─ 이것이 지구 자체의 의지가 아닌가" 릴케는 이렇게 말한다.

릴케의 이 명상은 사물의 존재가 단순하게 그 자체로 존재하는 것이 아니라는 사실을 다시 확인한다. 앞에서 우리는 그것이 사회 집단과 집단의 언어인 문화의 맥락 속에서 존재하는 것임을 시사하였다. 쉼보르스카의 시가 생각하게 하는 것은 그것이 개인의 삶과의 관계에서 존재한다는 것이었다. 이 삶의 내용이 무시될 때, 사물과 사건이나 삽화는 인간적 소외를 가져온다.(물론 삶의 집단적 규격화가 불가피하다는 것은 다시 한 번 인정하여야겠지만, 적어도 개체적인 관점에서의 삶은 그러하다는 것이다. 그리고 문학의 관점은 이러한 소외의 문제에 깊이 관여되어 있다.) 릴케의 사물론을 통해서 생각하게 되는 것은 사물의 존재가 개인의 삶의 서사에만 관련된 것이 아니라는 사실이다. 그것은 우리의 기억 속에 한 연쇄를 이루는 개인의 전기에 관계되어 있고, 더 나아가 더 깊게 존재론적 근거에 관련되어 있다. 이 존재는 개인의 실존과 함께 존재 일반에 이어져 있고, 사실 세계의 있음 그 자체에 이어져 있다. 일정한 형상으로서의 세계가 있는 것은 인간의 깊은 필요에 따라 사물로 표현되는 존재의 움직임에 연유하는 것이다.(피히테가 그의 지식 체계(Wissenschaftslehre)에서 말하는 것에 따라 좀 더 철학적인 말로 말하건대, 사물은 인간의 주체가 설정하는 것이다. 그러나 이 주체는 개인적인 것이라기보다는 '절대적인 주체'를 말한다. 이것은 다시 개인적 주체를 초월하면서 개인의 의식에 작용하고 대상 세계에 작용한다.) 예술은 주체와 대상의 복합적 움직임을 중개한다.

다시 말하여 사물은 사회와 문화에 못지않게 존재 일반으로 열려 있고 그것과의 상호 관계에 의하여 형성된다. 사회와 문화가 사물과 사물을 형성하면서 사람을 그것과 하나가 되게 하고 동시에 그 개체적 삶의 직접성으로부터 소외하는 데 대하여, 이 존재의 토대는 오히려 사람을 그 본질로 연결해 주는 역할을 한다. 그런 점에서 그것은 사회와 문화의 근본이 될 수 있다. 앞에서 사회에서 노동과 지식의 분업화를 말하면서, 사회 체제가 바르게 유지되는 데에는 여기에 더하여 전체성에 대한 느낌이 있어야 된다고 말하였다. 개체적인 삶의 뿌리로서의 존재의 느낌은 직접적으로 존재 전체에로 연결된다. 앞에서 본 바와 같이 공감은 사물을 사물로 드러나게 하는 한 통로이다. 그러나 그것은 감정적 일치가 아니라 사물의 존재 방식에 대한 공감이다. 물론 이것은 자신의 존재 방식에 대한 직관적 이해에 이어져 있다. 그렇다고 하더라도 이것은, 앞에서 말한 바와 같이, 금욕적인 자기 절제를 요구한다. 그리하여 비로소 대상에 대한 공감이 들어설 수 있다. 그런 경우 저절로 울리는 바이올린 소리에는 여인의 울음이 들어 있다. 표범은 자연스러운 삶의 공간을 박탈당한 생명의 존재에 대한 느낌을 통해서 이해된다. 빈 공간으로 뻗어 있는 계단은 권력자의 고독에 중복되어 실감 나는 이미지가 된다.

인간 존재의 깊이로부터 인간을 이해하려면, 자연과 인간사의 모든 소리에 귀 기울일 수 있어야 한다. 자기를 극도로 억제한 성인처럼 그 소리를 들어야 한다. "소리들, 소리들, 가슴이여, 들어라, 성자(聖者)들만이 할 수 있는 그런 자세로./ 그리하여 거대한 부름이 그들을 바닥으로부터 일어서 게 하건만,/ 그들은 꿇어 엎드린 채 있고, 그 소리에 주의하지 않거니./ 그 들은 완전히 듣는 자세였기에."[1] 이 부름은 하느님의 부름일 수도 있지만, 성자는 그것에 더욱 복종하기 위해서 곧 일어서는 것이 아니라, 더욱 바닥에 엎드리고, 바람의 소리를 듣고 침묵의 소리를 듣고, 아깝게도 젊어서 죽은 사람의 목소리를 듣는다. 그리고 또 억울한 누명의 아래에 들어 있는 진실을 듣는다.(「제1비가」) 옛 성자들은 신의 부름 소리를 듣는다. 그 소리는 그들에게 일어서라고 하는 것이지만, 바로 그로 인하여 그들은 더욱 바닥에 엎드린다. 낮은 세상에 주의하는 것이다. 이에 비슷하게 오늘의 시인이 신의 목소리를 듣는가? 그것은 확실치 않다. 그러나 그 소리를 듣는 듯하면서, 바람 소리를 듣고 여러 세간사를 듣는 것이다.

4. 인간 존재의 다양한 그물

사물과 인간의 존재론적 연계를 비쳐 보는 것은 사람이 언제나 이러한 연계 속에서 산다는 것도 아니고 그것을 의식하여야 한다는 것도 아니다.(물론 그것이 참으로 인간과 세계의 토대라고 한다면, 그것은 사람이 그것을 감춘 어떤 표면에서 살아간다고 하더라도 그 기초는 존재한다고 하겠지만.) 사람은 그러한 토대를 떠나서도 여러 관련의 그물 속에서 살아간다.(스스로를 고립한 단

---

1 Stimmen, Stimmen. Höre, mein Herz, wie sonst nur/ Heilige hörten: daß sie der riesige Ruf/ aufhob vom Boden; sie aber knieten,/ Unmögliche, weiter und achtetens nicht:/ So waren sie hörend. Nicht, daß du Gottes ertrügest/ die Stimme, bei weitem. Aber das Wehende höre,/ die ununterbrochene Nachricht, die aus Stille sich bildet./ Es rauscht jetzt von jenen jungen Toten zu dir.

자(單子)라고 생각하고 그 전제하에서 살아가는 경우에도 그러하다.) 이제 다시 한 번 이 관련의 그물을 돌아봄으로써 이 글을 끝내고자 한다.

조금 이상한 정신병의 사례를 말하면서, 이 관련을 생각해 본다. 이즈음에 와서 인간의 의식을 연구하는 데에 신경 과학은 점점 중요한 의의를 가지게 되었다. 안토니오 다마지오는 주로 뇌의 특정 부분이 손상된 환자들을 연구하여 뇌와 의식의 관계를 밝히고자 하는 신경 과학자이다. 여기에서 하려는 것은 본격적인 의미에서 그의 연구를 다루는 것이 아니라 그의 한 연구서에 나오는 환자의 경우를 들어 보려는 것일 뿐이다. 그 경우란 뇌의 측두부(側頭部, temporal region)가 손상되어 제대로 기능을 못 하는 환자이다. 이 환자의 가장 큰 문제는 기억 상실이다. 이 환자는 가깝지 않은 사람은 물론 자신의 가족도 알아보지 못한다. 그런데 기억의 모든 것이 소실된 것은 아니다. 사라진 것은 구체적이고 유니크한 사실에 대한 기억이다. 그는 도시가 무엇인가, 거리란 어떤 것인가, 병원과 호텔이 어떻게 다른가를 안다. 그러나 특정한 도시, 거리, 병원, 호텔을 기억하지도 못하고 알아보지도 못한다. 열네 살짜리 자기 아들의 사진을 보여 주면, 그것이 고등학교에 갈 만한 나이의 호감이 가는 미소를 띠고 있는 소년의 사진이라는 것을 안다. 그러나 그것이 자기의 아들의 사진이라는 것을 모르는 것이다.[2]

그런데 정신 손상이 없는 사람의 경우에도, 특히 나이가 들어 기억력이 나빠지는 경우, 특정한 사실은 잊어버리되 막연한 느낌을 가지고 있거나 대체적인 윤곽을 기억하는 경우는 허다하다. 그러나 여기에서 이러한 것을 언급하는 것은, 다마지오가 그렇게 말하는 것은 아니지만, 사람의 사물에 대한 기억이나 인지 작용에서 특정한 사실이 아니라 그것이 속하는 일

---

2 Antonio Damasio, *The Feeling of What Happens: Body and Emotion in the Making of Consciousness* (New York: Harcourt, Harvest Book), pp. 112~121.

반적 범주(generic category)가 가장 기초적인 사물 인지의 토대를 이루는 것이라는 것을 말하기 위한 것이다. 다마지오의 환자가 손상된 정신에도 불구하고 그러한 기능을 그대로 유지하고 있는 것은 그것이 의식에 있어서 얼마나 기본적인가를 말하여 준다. 우리가 외국인에 대하여 판단을 내릴 때에, 일본인은 이렇고, 미국인은 이렇고 아프리카인은 이렇다는 말을 하지만, 그것은 별로 구체적인 사실을 종합적으로 수집하여 검토한 다음에 이끌어 내는 판단이 아니다. 한두 사람 또는 몇 사람을 만나 본 다음에 그러한 말을 하는 것이다. 사실은 사람을 만났을 때 이미 그 사람을 특정한 카테고리에 분류하고 거기에 우리의 인상을 삽입해 넣는다고 하는 것이 맞을 것이다. 하나의 농담 같은 삽화를 이야기하면, 한번은 뉴욕의 작은 호텔에 숙박하고 있을 때에, 나는 같은 회의에 와서 같은 호텔에 묵고 있는 어느 교수가 호텔 앞에 서 있는 것을 보았다. 왜 거기에 서 있는가 하고 물었더니, 그 교수의 답은 택시에 지갑을 놓고 내렸는데, 연락이 되어 택시가 지갑을 돌려주러 온다는 통지를 받고 기다리고 있다고 했다. 그리고 농담으로 그는 "지금 나의 인간에 대한 신뢰가 시험되고 있는 중이야."라고 말했다.

사실 우리가 사람을 대할 때는 늘 우리는 인간에 대한 우리의 신뢰가 시험되고 있는 것을 느낀다. 모든 사람의 판단에는 환경에 대한 일반적인 저울질이 들어 있다고 할 수 있다. 그것은 우리가 세상에서 자신의 정향, 오리엔테이션을 바르게 하는 데에 필요하다. 앞에서 말한 다마지오 교수의 환자는 주어진 상황 속에서는 별 불편이 없이 행동할 수 있다. 그러니까 방 안에서 다치지 않고 걸어가고 적절한 의자를 찾아 앉는 것과 같은 일에는 아무런 불편이 없다. 다마지오가 지적하는 대로 그는 '자신과 주변 환경'과의 관계를 분명히 의식한다. 그러니까 공간적 오리엔테이션을 위해서는 일반적 범주의 인식으로 충분한 것이다. 낯선 도시에서 또는 산에서 길을 찾아가는 데에는 거리와 산을 자세히 몰라도, 일반적으로 거리라고 산이라고 아는 것으로 충분하다. 마찬가지로 다마지오의 환자에게 세계의 대체적인 모습은 그가 몸을 바르게 가누는 데 지표로서 충분하다. 이러한 일반화된 인식은 우리의 인지와 인식에서, 다마지오의 용어로 사람의 의식 체계의 가장 기초적인 층을 이루는, '핵심적 의식(core consciousness)'의 중요 요소가 된다. 막스 셸러의 인식론에서 사람이 사물이나 다른 인간을 대할 때 의식에 맨 먼저 자동적으로 작용하는 것은 호불호(好不好) 또는 애오(愛惡)이다. 행동의 필요라는 관점에서는 그에 못지않게 또는 그 이전에 파악되어야 하는 것이 대상물에 의하여 구성되는 일반적 환경이다. 이 환경 속에서 어떻게 행동해야 할 것인가의 전략이 생각될 수 있다. 그리고 애오의 선택이 이루어진다. 가장 기초적인 판단에서 실마리가 되는 것이 범주적 인식이라 할 수 있다. 이 범주는 물론 사물을 추상적으로 일반화한다. 그러니까 다시 말하여 사물을 추상적 개념으로 정리하는 것은 거의 인간의 본성에 속한다고 할 수 있다.

사람은 사물을 대할 때, 다시 말하여 전략적 관점에서 범주적 분류의 배경에서 애오를, 그러니까 선악을 가리고 행동 전략을 생각한다. 사회적 존재로서의 인간이 사물과 사람과 사건에 대한 판단에서 사회가 규정하는 바람직한 삶의 기준을 적용하는 것은 자연스러운 일이다. 거기에 맨 처음 필요한 것이 일반적인 것으로 추상화된 사회 형세의 지도이다. 많은 경우 여기에는 이익을 동기로 하는 행동 전략이 들어 있지만, 그것은 일단 객관적인 사실 판단에 기초한 것으로 보인다. 또 궁극적으로 행동자의 행동이 현실에 부합되어야 하는 것이기 때문에, 객관성은 이익 확보에 도움이 된다. 그러나 대부분의 추상적 구도는 해당되는 범위의 작고 큰 차이는 있지만, 참으로 전체적인 현실 재현을 하지 못한다. 여기는 도시다, 여기는 산이다 하는 일반적 판단은 일정한 범위 안에서만 옳다. 어떤 대학이 좋은 대학이다 하는 것은 어떤 점, 어떤 범위에서만 맞는 말이다. 현실에 대한 가장 전반적인 주장을 담고 있는 것은 이데올로기이다. 문화라는 것도 한 사회의 전체성을 나타낸다. 일정한 유형을 가지고 있으면서도 삶의 작은 표현들에 유연하게 맞아 들어가는 것이 문화라고 할 때, 쉽게 추상화되고 공식화되기 어려운 것이 문화라고 할 수 있지만, 추상적인 이데올로기도 삶의 구체성 속에서 그에 합당한 문화를 낳는다. 그리하여 이데올로기나 문화는 현실이 된다. 어쨌든 문화는 우리의 사물과 인간 이해에 적용할 수 있는 선호(選好)를 암시하는 어휘들을 여러 가지로 만들어 낸다.(이 어휘는 물론 비싼 핸드백이나 의상이나 자동차와 같은 사물의 어휘를 포함한다.) 문학과 예술은 이러한 어휘를 조합하여 그럴싸한 세계를 그려 낸다. 그리하여 세계 또는 우리가 사는 세계가 우리의 행동 전략에 맞는다는 인상을 만들어 내는 것이다. 그리하여 이러한 조합들은 우리의 환상적 충족과 완성에 대한 욕구를 만족시켜 준다. 그 결과가 대중문화의 여러 창조적 표현이고 그것을 조작하는 방법을 생각해 보려는 것이 문화 콘텐츠에 대한 관심들이다.

그러면서 이러한 문화의 놀이가 조금 더 심각해질 때, 인간 존재에 대한 근본적 물음이 일어나게 된다. 문학에서 특히 이러한 심각한 물음이 큰 것은 여러 문화적 언어의 조합에서 빼어 놓을 수 없는 것이 사물과 생명과 세계의 개체성과 구체성이기 때문이다. 다른 한편으로 이것은 여러 지속성의 바탕 위에서 일어나는 사건으로서의 성격을 갖는다. 사람이 지각하는 사물들 그리고 삶의 변화무쌍한 듯한 궤적은 언어에 의하여 하나의 지속적인 언술이 된다. 이 언어의 지속성 밑에는 의식의 지속이 있고 존재의 지속이 있다. 끊임없이 변하는 시간 속의 삶과 그것의 지속 그리고 이러한 조합을 재현하는 언어 ― 이러한 것들은 사람의 지적인 탐색의 대상이 되지 않을 수 없다.

문학의 서사는 개체적 삶의 시간적 지속을 다룬다. 여기에 일관성이 있다면, 그것은 어디에서 오는 것인가? 다른 예술의 경우에도 심각한 존재론적 토대가 있다. 가령 그림의 경우 그것은 여러 사물의 인상을 일정한 공간 속에 배치한다. 한 회화적 작품의 의미는 공간의 확장과 한정이 어떤 의미를 배태하는 것으로 지각됨으로써 시사된다. 음악에 있어서 소리와 소리의 질서가 연결되어 형성되는 질서는 어떻게 하여 생겨나는 것인가? 그 의미는 무엇인가? 어떤 경우에나(오늘의 예술은 조금 다른 것이 되었다고 하겠지만) 예술 작품은 대체로는 기념비적인 성격을 갖는다. 시간의 흐름 속에 지나쳐 가는 현상을 구체적인 형상으로 재현한다는 것은 그것을 시간을 넘어 또는 시간 속에 오래 지속하게 한다는 것을 말한다. 그림의 모델은 사라져도 그림은 남는다. 고전적인 건축물 앞에서 사람들이 느끼는 감흥의 하나는 그것의 지구성(持久性)이다. 이 지구성의 느낌은 무엇을 의미하는가?

진정한 예술가는 덧없는 시간의 흐름 가운데 지속하는 것이 무엇인가를 저절로 생각하지 않을 수 없다. 그리하여 결국 지속하고 사라지는 존재의 신비를 느끼고 그것을 포착하려고 노력한다. 이것은 물론 보통 사람의 삶에도 의미가 없는 것은 아니다. 그것은 그의 삶의 의미를 보다 심각하게 생각하지 않을 수 없게 한다. 그것 없이는 삶은 표피적인 도덕과 윤리, 이데올로기 그리고 문화 콘텐츠 놀이의 표면에서 맴돌고 결국은 진정한 일체성을 얻지 못하고 말 것이다. 이 존재의 전체성, 그리고 신비는 — 단지 추상적인 전체로서 설정되는 것이 아니라 사물의 개별적 체험 그리고 삶의 개체적 체험 속에 느껴진다. 이 전체성의 신비는 다른 추상화된 전체성에 대한 구극적인 시험이 된다.

다른 한편으로 우리를 사회적으로 지탱하는 도덕과 윤리, 이념, 의무감은 여기에 연계됨으로써 그 진정성을 회복할 기회를 갖는다. 사람이 갖는 존재의 느낌은 단순히 사람의 삶을 밑받침하고 있는 외적 조건들에 대한 느낌이 아니라 자신의 삶의 근원에 대한 느낌이다. 물론 그것은 자신의 삶이 보존되어야 한다는 본능만을 나타내는 것이 아니다. 양심은 대체로, 소크라테스의 다이몬처럼, 분명하게 설명하기 어려운 부정의 소리라고 말하여진다. 그것은 대체로 생명의 온전함을 손상하는 일에 대한 거의 본능적인 부정의 느낌이라고 할 수 있다. 그러면서 그것은 사람의 마음 깊이에 있는 생명에 대한 존중을 나타내고 그것을 넘어가는 존재에 대한 존중에 기초한다. 이러한 면에서 양심은 반드시 표피적인 합리적 구도만으로는 설명할 수 없는 것이면서, 정치 질서나 경제 질서에서 중요한 기능을 한다고 할 수 있다. 물론 이것은 양심 이외의 어떤 사태에 대한 여러 사람들의 직접적인 반응의 경우에도 마찬가지이다. 이것에 대한 해석학이 문학 이해의 아래에 놓여 있다. 이 해석학은 깊은 의미에서의 윤리를 해명하는 데에 중요한 기능을 갖는다.

(2012년)

체험으로서의 전쟁

한지화의 『푸른 별의 꿈』

참혹한 일 가운데에서도 가장 참혹한 것이 전쟁이다. 그중에도 현대 전쟁의 살육과 파괴 그리고 고통의 범위와 규모의 거대함은 새삼스럽게 말할 필요도 없다. 또 이에 못지않게 삶을 황폐하게 하는 것은, 그 후속 효과로서 사람이 사는 데에 필수적인 사회적이고 문화적인 관습을 완전히 휩쓸어 없애 버린다는 사실이다. 고난의 역사가 한국의 근대사였다고 할 때 6·25 전쟁은 가장 큰 고난의 체험의 하나일 것이다. 역사적 고난의 의미를 바르게 되돌아보는 것이 그것을 되풀이하지 않는 중요한 방편의 하나라고 한다면, 6·25를 통해서 경험한 전쟁의 참혹함에 대하여서는 조금 더 많은 회고담이 있어서 마땅하다. 한지화 씨의 『푸른 별의 꿈』은 그러한 회고에 기초한 6·25 전쟁의 서사이다.

역사라고 할 때 언뜻 생각하는 것은 거대한 사실들의 흐름이다. 그러나 이 소설의 중심적 관점은 개인적 체험이다. 여기의 전쟁은 주로 중학교 5학년의 소녀가 겪은 전쟁 또는 그 관점에서 이해되는 전쟁이다. 물론 이 개인의 체험이 반드시 대표적인 전쟁 체험이 아니라고 할 수도 있지만, 어떻게 보면 바로 그 점이 이러한 서사적 회고를 의미 있는 것이 되게 한다. 역사를 거대화, 일반화하는 것은 역사 속의 인간을 비인간화하는 결과를 가져올 수 있다. 바로 이러한 비인간화는 전쟁의 특징이기도 하다. 전쟁은 전쟁을 도발하는 정치 지도자와 집단 그리고 그것에 휘말려 들지 않을 수 없는 상대 집단의 지도자들에게는 그 나름의 이유가 있고, 또 그 나름의 합리성을 가진 전략에 의하여 장악될 수 있는 일인지 모른다. 그러나 상황을 조감할 위치에 있지 않은 보통 사람에게는 전쟁은 날벼락과 같이 떨어져 오는 재난의 연속일 뿐이다. 추상적으로 설계되는 폭력 혁명의 상황의 경우도 비슷하다.

보통 사람에게 걷잡을 수 없는 상황을 의미 있는 것이 되게 하는 것은 이데올로기이다. 이 소설의 주인공 소녀는 적극적인 의미에서 전쟁에 가담한다. 그 동기는 이데올로기가 내거는 사회적 이상이고 집단행동의 영웅성이다. 이것이 인간적 희생들을 받아들일 수 있게 한다. 이 소설의 전쟁 이야기는 이러한 이데올로기적 동원의 인간적 의미를 새삼스럽게 생각하게 한다. 이 소설이 이러한 문제를 논리적으로 규명하려는 것은 아니다. 이데올로기적 이상은 보다 넓은 평화의 이상─제목에 나와 있는 '푸른 별의 꿈'으로 대치된다.

한지화 씨의 『푸른 별의 꿈』은 우리 근대사의 가장 참혹한 경험의 하나인 6·25 전쟁에 대한 중요한 증언이다. 이제 전쟁 체험에 대하여 또 여러 역사적 사건에 대하여 섣부른 이념 논쟁의 도식을 넘어가는 증언이 나올 만한 시점이 되었다. 이 소설의 출간을 계기로 이와 비슷한 서사가 더 많이 나오게 되기를 희망하여 본다.

(2012년)

오원梧園 전집 발문을 대신하여

　　오원(梧園) 설정식(薛貞植) 선생의 조카인 아내의 기억으로는, 그 무렵의 다른 어른들과는 달리 매우 자상하고 다정한 분이 오원 선생이었다. 그러나 작품으로 보건대, 오원 선생의 가장 두드러진 점은 그 영웅적 사상의 정열이다. 그리고 작품에서 느끼게 되는 것은 독립 자주의 민족 이념, 전 인민을 위한 자유로운 민주주의 그리고 그것의 실천을 위한 사상적 순수성을 다짐하는 수사(修辭)의 강렬함이다. 자상함과 강렬함이 하나가 되었던 것이 오원 선생의 생애가 아닌가 한다. 차세대의 우리에게 참혹한 것은 당대의 현실을 황무지와 가시밭으로 파악한 정열의 순수함이 정치 투쟁의 무자비한 가시에 찔려 피를 흘리고 쓰러지게 된 비극이다.

　　선생은 한국 전쟁이 터진 다음 월북하여 인민군에 복무하였으나 전쟁이 끝나는 해 1953년에 인민 공화국 전복 음모 그리고 미 제국주의자들을 위한 간첩 행위 혐의로 처형되었다. 숙청의 대상으로 지목된 14인의 남로당계 인사들이 체포된 것은 1953년 3월 5일의 밤이었다. 휴전 협정이 이루어진 것은 7월 27일이었는데, 이들은 사흘 뒤에 기소되고, 8월 3일에 재판이 시작되어,

8월 6일에는 판결이 내려지고, 분명하게 확인된 것은 아니지만, 기소되었던 사람 가운데 오원 선생은 시인 임화와 함께 판결 후에 곧 형이 집행된 것으로 알려졌다. 이러한 과정의 속도에서만도 우리는 그 참혹함을 느끼지 않을 수 없다.

오원 선생은 월북 직전에 건강이 좋지 않았던 이유도 있고 하여 곧 귀가하게 될 것처럼 말씀하였다고 한다. 이러한 말씀은 주저하는 마음이 깃들어 있는 것으로 생각된다. 그러나 동시에 남북이 유혈 대결하는 가운데 공산주의의 편에 서기로 한 결심도 진정한 것이었을 것이다. 마음을 흐트러지게 하고 샛길로 들어서게 하는 삶의 번쇄한 사정들을 모르는 것은 아니지만, 사상의 순수성을 일관되게 정열과 행동으로 지켜 나가야 한다는 것은 가장 중요한 신념이었던 것으로 보인다. 재판 기록에는 심문 과정 중, 미 제국주의자의 앞잡이였다는 것을 강조하고자 하는 심문자의 독촉에, 미국의 장학금을 받고 유학한 것 자체가 잘못이었다는 것을 젊은 심문자로 인하여 비로소 깨닫게 되었다는 것을 인정하는 부분이 있다. 1938년 모스크바 재판에서 니콜라이 부하린은 혁명의 장래를 생각하여 자신의 무고(無辜)함을 알고 있으면서도 재판의 정당성을 인정하였다. 그렇게 하는 것이 혁명의 전진에 기여하는 것이라고 믿었기 때문이다. 혁명적 신념은 개인적인 모순의 경험과 수난에도 불구하고 그와 같이 순수하고 강력한 것일 수 있다. 오원 선생 역시 수난에 의한 일신의 고통을 혁명에 대한 신념에 일치시키려는 의지가 있었을 것으로 생각된다.

여기에는 유학자(儒學者)의 가문에서 성장하여 가지게 되었던 유자(儒子)의 지조와 같은 것도 작용하였을 것이다. 그러나 오원 선생의 작품에는 이 점을 말하는 작품이 거의 없다. 또 개인적인 관계나 감회를 읊는 시도 많지 않다. 그래도 초기의 시에는 마당에 모깃불을 피우는 할아버지, 이 빠진 얼레빗으로 머리를 빗는 할머니를 그리는 시 등이 있다. 오원 선생의 시에는 곳곳에 한문 고전에 대한 언급들이 나온다. 그러나 그중에도 주목할 수 있는 것은 특히 장자(莊子)에 대한 언급이 여러 번 있다는 점이다. 도교는 한학(漢學)의 전통에 드는 것이면서도 성리학과는 차이가 있는 사상의 흐름이다. 직접 개인적인 이야기를 한 것으로만 읽을 수는 없지만, 장편 소설『청춘』에 부친상을 당한 주인공이 아버지를 잃은 슬픔 가운데에서도 이제는 주자(朱子)나 육상산(陸象山)에 대한 이야기를 들을 필요가 없고 아버지 앞에서 피우던 담배를 황급하게 끌 필요가 없게 된 것을 생각하며 해방감에 젖는 장면이 있다. 유가의 전통에 대한 오원 선생의 관계는 착잡했을 것으로 생각된다.

청춘을 이야기하는 시와 소설에 언급되는 서양 사상가로 막스 슈티르너(Max Stirner)나 표트르 크로폿킨(Pyotr Kropotkin)이 있는데, 이것은 젊은 시절의 생각의 흐름을 추측하게 한다. 이러한 사상서가 아마 오원 선생을 공산주의로 인도하는 교량이 되었을지도 모른다. 물론 제일 중요한 것은 일제 식민지 시대와 해방 후의 정치 현실이다. 그리고 오원 선생을 분격하게 한 것은 사람들의 고통스러운 생활 실상과 관련하여, 주변에 가까운 청년 사상운동가들의 수난이었을 것으로 생각된다. 가까운 친지들의 수난과 순교는 소설『청춘』에도 언급되어 있지만, 「작별」과 같은 시는 이를 가장 절실하게 묘사하고 있다. 한국 정치에 있어서 친구나 동지의 유대는 가장 중요한 행동 요인의 하나이다. 물론 여러 추측할 수 있는 개인적인 심리적 동기를 넘어, 오원 선생의 시는 그 혁명적 서사의 힘으로 대표된다. 제3시집『제신의 분노』중 「제신의 분노」는 그중에서도 가장 장엄하게 또 일관성 있게 죄악의 땅으로서의 조국을 비판하고 그 구원의 갈망을 읊은 것이다. 전쟁 중 헝가리가 북한에 지어 준 야전 병원에서 수술을 받은 일이 계기가 되어 쓰게 된 「우정의 서사시」도 같은 서사의 힘을 보여 주는 시이다.

오늘의 관점에서 이러한 시의 내용이 반드시 현실을 바르게 포착하였다고 할 수는 없을는지 모른다. 현실 이탈은 정치 이념과의 연결 속에서 운명적인 것이라 할 수도 있다. 순교에까지 이르게 되는 개인적 결단의 순수성은 흔히 그 순수성이 열렬하게 포용하는 정치 현실과 모순의 관계를 갖는다. 정치는 전략적 사고와의 밀착 속에서 순수성과는 양립할 수 없는 경우가 많다. 자기 정당성을 굳게 믿는 정치 이상은 전략적 사고에 의하여 오늘의 행동 현장에서 도덕을 유보한다. 그리하여 많은 이상주의의 순수성은 이 정치 전략의 자의(恣意)에 부딪쳐 옥쇄한다. 이상 속에 스스로를 완전히 승화한 개인이 그 이상의 현실 전략에 부딪쳐 난파를 피할 수 없게 되는 것이다. 이것은 조선조의 유교에서도 볼 수 있지만, 현대의 마르크스주의 전략에서 가장 두드러지게 볼 수 있다.

현실은 이상의 순수성을 넘어 그 자체로 늘 복합적인 가능성을 내포한다. 해방을 전후하여 어둡게만 보이던 현실에도 자체 재생의 힘이 있었던지, 그 후의 상황은 그 어둠 그리고 이상주의를 거치면서 그 나름의 안정을 찾았다. 오원 선생 집안의 자제들과 자손들은 엄청난 비극과 그 후유(後遺) 사태로 큰 고통을 겪지 않을 수 없었지만, 이제 대체로는 건강하고 행복한 삶을 되찾았다. 비통한 가운데에도 감사드릴 일이다. 2012년은 오원 선생 탄생 100주년, 그리고 타계하신 지 59년째가 되는 해다. 2011년에 곽명숙 교수 편으로 현대문학사에서 선집이 나온 바 있다. 이제 자제들이 힘을 모아 탄생 100주년을 기념하는 전집을 내게 되었다. 비극과 고난의 세월을 거쳐 삶은 지속된다. 생전에 뵌 일은 없지만, 조카사위로서, 그리고 현대사의 모순의 무게를 느끼지 않을 수 없는 문학도로서, 처숙 오원 선생의 전집이 이렇게 나오게 된 것은 매우 감동적인 일이 아닐 수 없다. 우선 전집의 출간을 경하하면서, 영전에 영구한 평화를 빌며 그 가족들의 번영을 기원한다.

질서(姪壻) 김우창 근지(謹識)

(2012년)

숙흥야매 夙興夜寐

『성학십도(聖學十圖)』는 퇴계가 성리학의 요점을 정리하고, 여기에 요즘 같으면 '파워포인트'에 해당할 도표를 첨부하여 왕에게 올린 글이다. 그 핵심은 수신(修身)이다. 특이한 것은 임금에게 올리는 글이면서, 거의 개인적인 수양에만 중점을 두고 정치나 정책에 대한 논의가 없다는 점이다. 이것은 수신자(受信者) 선조가 갓 왕위에 오른 16세의 어린 소년이었으므로, 정치 이전에 인간적 바탕을 닦는 것이 교육의 순서라는 생각이 있었기 때문이라고 할 수도 있다.(16세의 소년이 외국어로 쓰인 이 글을 놓고 수련하는 것은 요즘 대학 입시 준비 공부에 시달리는 청소년들의 경우만큼 괴로운 일이었을 것이다.) 그러나 나이에 대한 고려 이전에 이 글이 논하는 것은 두루 인간의 심신 수련의 문제이다. 그 원전이 되는 글들의 뜻도 그러하다.

유교의 정치 이상은, 남쪽을 향하여 자리에 앉아 있기만 해도 저절로 잘되어 가는 세상이다. 농사짓는 세상에서 임금이 할 수 있는 일은 별로 많지 않았을 것이다. 중요한 것은 앉아 있는 임금이 몸가짐을 단정히 하는 것이다. 그것은 장기 계획의 문제가 아니라 평상 상태의 문제이다. 천지와 세상의 이치 그리고 그에 맞추어 마음을 다져 가는 성학의 매뉴얼이 아침에 일어나고 저녁에 잠자리에 드는 데 대한 「숙흥야매잠(夙興夜寐箴)」으로 끝난다는 것이 이것을 잘 나타낸다. 수양하며 하루를 사는 요령에는 고상한 가르침만이 아니라 몸단장이나 몸가짐과 같은 하찮은 일에 대한 지침도 들어 있다. 아침에 일어나면, 세수하고 머리 빗고 의관을 갖추고 단정히 앉아 안색을 바르게 하며, 잠자리에 들 때에는, 두 손을 가지런히 하고 발을 모은 자세로 자도록 하여야 한다. '수신(修身)'이란 말에 함축되어 있듯이 마음의 수양에 몸을 닦는 것이 주요한 방편이 된다는, 심신의 일체성에 대한 통찰이 이러한 지침에 들어 있다.(심리학에서 감정의 제임스-랑게(James-Lange) 이론이라고 불리는 관찰에서도 같은 생각을 끌어낼 수 있다.) 또 이러한 세부에 대한 주의는 그때그때의 일에 집중하는 것이 정신 수양의 핵심이라고 하는 생각에 관련된다. 수양은 늘 마음을 비우고 맑게 하고 한 가지 일에 집중케 하는 것을 익히는 일이다. 그러면서도 마음은 하나에 집착하여 있는 것이 아니라 일이 있으면 일을 처리하고 다시 원상으로 돌아가야 한다.

중요한 것은 매일을 살고 그때그때의 삶을 사는 것이다. 세수를 한다면 세수하는 일에 마음을 모아야 한다. 그렇다고 모든 것이 순간의 일에 따라 흘러가도록 하는 것은 아니다. 시간 속의 삶의 흐름에는 질서가 있다. 삶은 자연스러운 시간의 리듬에 따라 진행된다. 아침에 일어나면 태양의 밝음을 받아들이고, 적절한 휴식으로 스스로를 회복하고, 밤이면 생각을 버리고 밤기운으로 하여금 마음을 기르게 하여 본래의 상태로 돌아갈 수 있게 한다. 이것은 나의 삶을 사는 것이면서 우주의 질서를 내면화하는 일이다.

지금의 이 순간에 사는 것이 참다운 삶이라고 하는 것은 찰나주의를 옹호하는 것인가? 오늘을 재미있게 사는 것 — 환락의 삶이야말로 오늘을 사는 가장 좋은 삶이란 말인가? 또는 "천 리 길도 한 걸음부터" — 이런 속담이 말하는, 천 리 길 다음의 소득을 목표로 오늘을 계획해야 한다는 것인가? 「숙흥야매잠」이 말하는 것은 이러한 공리주의보다는 가능한 한 인간적 성실성의 삶을 오늘 한순간에 사는 것 — 그것을 정신적 질서 속에 사는 것이다. 물론 이것이 결국은 보다 큰 지혜에로 나아가고, 세속적인 관점에서도 요즘 말로 '성공'을 가져온다는 생각이 없지는 않았을 것이다. 그러나 이러한 삶은, 그러한 결과에 이르지 않고 모든 것이 끝난다고 하여도, 그 자체로서 보람을 가져오는 것이 될 것이다.

그런데 오늘의 시간을 제외하고 과거와 미래 어디에 사람의 현실이 존재하는 것일까? 유학이나 불교의 지혜는 오늘의 시간의 절대성으로 사람의 마음을 돌려놓으려 한 것이다. 물론 오늘의 성실한 삶은 미래에 대한 고려를 포함한다. 그러나 그 미래의 현실은 오늘의 성실 안에서만 의미를 갖는다. 오늘에 성의를 다하지 않고서야 어떻게 좋은 미래의 가능성을 말할 수 있는가. 그러면서도 그 미래는 내가 마음대로 할 수 있는 것이 아니다. 그것은 수많은 요인들의 복합적인 결합으로 맺어지는 열매이다. 이 요인들을 다 포괄할 수 없다는 의미에서 그것은 나의 성취라기보다는 미래가 가져오는 은혜로운 선물일 뿐이다. 과거는 무엇인가? 그것은 나의 마음에 존재하는 기억이다. 그러나 그것이 참으로 객관적인 현실에 일치하는 것일까? 그것은 나를 오늘의 낯선 삶에 익숙하게 하고 어떤 모범과 교훈을 전달하여 줄 수 있는 가능성을 가지고 있다. 그러나 그것이 현실 삶의 내용이 될 수는 없다. 그리고 과거에 집착하는 것은, 미래를 추상적인 계획으로만 생각하는 경우나 마찬가지로 현재를 잃어버리는 것이다. 현재는 나에게 주어진 유일한 현실이다. 그렇다고 그것이 완전히 내 것이 되는 것은 아니다. 그것은 나에게 주어진 현실의 거대한 흐름이고, 나는 그것을 마치 물결을 타고 가듯이 편승하여 갈 수 있을 뿐이다.

이러한 시간에 대한 반성이 그대로 『성학십도』의 생각이라고 할 수는 없지만, 적어도 『성학십도』의 좁혀진 시간의 의미는 이러한 것이 아닐까 한다.(이런 현재 시간의 의미에 대한 비슷한 해석이 중세 기독교의 『시간의 기도서 (*Stundenbuch, The Book of Hours, Horarium*)』에도 함축되어 있다고 할 수 있다.)

오늘날 우리 사회의 가르침은 앞으로의 성공을 위하여 날고 뛰는 것이 창조적인 삶이라고 한다. 학생들의 공부도 오로지 미래의 성공을 겨냥하는 것이 되어 있다. 정치도 지금에 하는 좋고 나쁜 일 전부를 추상적인 이념으로 정당화한다. 현재 속에 미래가 어떻게 새겨져야 하는가는 생각해 볼 필요도 없는 것이 되었다.

(2014년)

영문학에 접선하기

영문학과 그 지평

1

영문학 분야에서 일하다가 은퇴한 교직자들에게 영문학 연구와 관련하여 소감을 묻기로 한 것은 좋은 생각이라고 할 수 있다. 그러한 소감은 그 자체로서 재미있는 이야깃거리가 될 수도 있고, 또 좋은 선례의 경우는 후학들에게 모범이 될 수도 있을 것이기 때문이다. 그러나 문제는 소감을 말하는 사람이 얼마나 본격적으로 연구를 했는가이다. 이 자리에 있는 나는 스스로 본격적으로 영문학을 했다고 생각할 수가 없다. 그리하여 영문학 연구의 과거를 되돌아보는 것은, 이렇게 하였더라면 하는 희망을 말한 것이 되지 않을까 한다.

개인적인 넋두리를 무릅쓴다면, 이미 알려진 경력 사항이지만, 대학에 입학할 때에 내가 들어간 학과는 정치학과였다. 그런데 2학년에 올라가면서 영문학과로 옮겼다. 이유로는 두 가지가 생각된다. 하나는 고등학교 때에 과외 독서에서 중요한 자리를 차지했던 것이 문학이었다는 것이고, 다른 하나는 정치학과에서 수강하게 된 과목들이 그러한 독서로 이루어진 성향에 맞지 않았다는 것이다. 당시에 정치학과에서 수강해야 했던 강의에 정치학 개론이 있었는데, 강의는 이해하기도 쉽지 않았고, 내가 느끼는 삶의 환경과는 전혀 관계가 없는 것으로 느껴졌다. 강의는 주로 찰스 에드워드 메리엄의 정치학 논저 그리고 해럴드 라스키의 『정치 문법』과 같은 저서에 의존하는 것이었던 것으로 기억한다. 라스키의 경우 그의 정치적 지향이 사회주의였는데, 한국 전쟁이 막 끝난 시점에서 어떻게 그것이 교재가 될 수 있었는지는 더 연구해 보아야 할 것으로 생각한다. 물론 라스키는 마르크스주의에 경도된 때도 있었으나, 나중에는 마르크스주의를 반대하는 페이비언 사회주의자였다. 강의가 의미 있는 것으로 느껴지지 않았던 것은, 당대의 반공 분위기에서 라스키와 같은 정치적 입장을 분명하게 설명하기가 쉽지 않았던 사정에 관계되는 것인지도 모른다.

그러나 정치학과의 강의들이 내 성향에 맞지 않았던 것은 구체적이고 내면적인 체험을 주안으로 하는 문학에 길들여진 개인적인 취향에도 관계되는 일이었을 것이다. 그러나 영문학과에서도 문학적 체험으로 접근되는 현실 이해가 깊어진다는 느낌은 갖지 못했다. 그러나 학과에 인격적인 정감을 느낄 수 있게 하는 좋은 교수분들이 계셨던 것에 대하여서는 지금에라도 감사의 뜻을 표하는 것이 마땅하다고 하겠다.

대학 재학 시에 유행하던 철학은 학내에서나 학외에서나 실존주의였다. 전쟁 직후의 상황에서 키르케고르, 하이데거, 야스퍼스, 사르트르 등의 실존주의 철학은 조금은 알지 않으면 안 되는 사상가들이었다. 깊이 있게 공부한 것은 아니었지만, 철학을 부전공으로 택한 학생으로서 ─ 이것을 조금은 공부하도록 노력하는 수밖에 없었다.

한국에서 대학을 마친 후에는 미국에서 영문학 공부를 계속하였다. 미국에서의 영미 문학 수업은 대체로 분야 전체를 개관하는 방식이었지만,

문학 읽기는 신비평의 독해 방법을 좇는 것이었다. 신비평의 문학 읽기가 모든 문학 읽기의 기본이라는 생각은 지금까지도 내 마음 속에 남아 있다고 할 수 있다.

사람의 삶을 이해하는 방법은 일단 여러 외적인 영향 — 생물학적이고 사회적인 조건에 비추어 그것을 접근하는 것이다. 그러나 체험의 내용은 결국 신비평의 주요 개념인 모호성이나 패러독스에 의하여 특징지어진다고 할 수 있다. 그것을 표현하는 언어는 명시적 의미 디노테이션(denotation)을 넘어 함축적으로 — 코노테이션(connotation)을 통하여 암시될 수 있을 뿐이다. 그리하여 체험의 참의미는 생물학적인 사회학적인 범주 또는 추상적 일반화를 초월한다. 인간의 개체성 그리고 체험의 사건적 특이성은 여기에서 드러난다.

그러나 언어적으로 표현되는 의미가 현실적 의미가 될 수 있는가? 1960년에서 1961년 코넬 대학교의 석사 과정에서 나는 폴 드만 교수의 문학 이론 수업을 수강하였다. 그때는 드만 교수의 수업은, 나중에 그를 유명하게 한 해체주의적 주제를 두드러지게 내세우는 것은 아니었다. 그러나 르네 웰렉, 모드 보드킨, 바타유, 바슐라르, 하이데거 등을 언급하는 그의 강의가 철학적인 것이었던 것은 기억할 수 있다.

그러나 나는 드만 교수가 복잡한 과거를 가진 사람이라는 것을 알지 못했다. 친나치즘, 반유태주의의 과거, 그리고 형의 죽음, 어머니의 자살 등을 포함한 성장기의 여러 문제, 이중 결혼을 한 자신의 결혼 가족 관계 — 이러한 개인사가 비극인 것이었다는 것을 몰랐던 것이다. 그는 부드러운 인격의 소유자였다. 그는 무엇보다도 문학 이론 교수였다. 사람은 연속되는 사건의 내러티브 그리고 그 안에서의 역할의 담당자일 뿐이다. 과연 진실의 기표는 한없이 뒤로 물러가는 것일 수밖에 없다.

2

　나의 개인적 체험으로 인한 것이든지, 아니면 문학이 밝혀 주는 진리가 그러한 것이든(물론 진리가 있다는 것을 전제한다면) 문학이 보여 주는 세계는 실존적이고 구체적인 것으로 이루어진 세계라고 할 수 있다. 해체주의의 입장에서 보면, 아마 언어로 표현되는 의미는 그 자체를 넘어서 실재의 세계에 미치기 어려운 애매한 가치의 의미를 가질 뿐이다. 그러면서도 그것이 삶의 현실의 어떤 진리에 근접하는 것임에는 틀림이 없다. 그러나 그것은 우리가 사는 세계에서 객관적 사실의 위치를 얻지 못한다. 소설에는 여러 지명이 나온다. 지명은 작가가 만든 것일 수 있지만, 대체로는 현실에 기초한 것이다. 그러나 그것이 현실 속에서 길을 찾아가는 데 도움을 주지 못한다. 토머스 하디의 『이름 없는 주드(*Jude the Obscure*)』에 나오는 크리스트민스터(Christminster)는 옥스퍼드(Oxford)를 모델로 한 것이라고 한다. 그러나 그것에서 옥스퍼드 방문에 도움을 주는 정보를 얻을 수는 없다. 그렇다고 주드 폴리(Jude Fawley)의 이야기가 완전히 거짓인 것은 아니다. 그러나 그 진실은 객관적인 세계에 자리를 가지고 있지 않은 진실이다.

　이것은 인간의 체험 구조가 그렇기 때문이라고 할 수 있다. 오늘날 사실을 사실로서 설득하는 데에 가장 효과적인 것은 통계이다. 평균이 어떻다고 해서 모든 사람의 사정이 그에 맞아 들어가는 것은 아니다. 평균 수명이 얼마라고 한다고 개인의 수명을 그것으로 예측할 수는 없다. 권력자는 어떤 전투에서 사상자가 적게 난 것을 기뻐할 수 있지만, 죽은 자 그리고 그 가족에게 죽음은 숫자에 관계없이 절대적인 것이다. 영미 문학을 읽었다고 해서 영국이나 미국을 여행하는 데에 거기에서 지침을 찾을 수는 없다. 사실적 정보를 얻으려면 관광 책자를 보는 것이 낫다. 추상적인 언어로 말하여지는 사회 구조가 삶의 현실의 중요한 부분인 것은 틀림이 없다. 어쩌면 그것이야말로 가장 삶의 현실을 있는 대로 지칭하는 것이라고 할 수 있다. 한국인이라는 것은 일반화된 개념, 또는 더 나아가 요즘 흔히 거론되는 개념을 빌려, "상상된" 것일 뿐이라고 할 수 있지만, 그것만큼 현실을 나타내고 있는 말을 찾기도 쉽지 않다. 이 추상적인 단어가 나의 여행과 거주와 권리를 뒷받침하기도 하고 제한하기도 하는 것은 우리가 다 아는 사실이다.

여기에 대하여 한국인으로서의 체험은 그야말로 상상으로 짐작할 수 있고 지시 대상이 분명치 않는 언어로써 표현할 수 있을 뿐이다. 상상되고 표현된 삶이 개체로서의 우리에게 절실한 것이라고 하더라도, 그것은 추상적 개념과 이념으로 상상된 범주의 우리 속에서 어렵사리 영위되는 삶을 말한다. 사람의 삶의 실존적 진실은 추상 개념의 틈바퀴, 그것이 만드는 사회적 범주, 단순한 디노테이션의 이름이 가리키는 물질적 범주의 틈에 모호하게 끼어 있을 뿐이다.

이러한 문제를 생각할 때, 나의 마음에 떠오르는 것은 에리히 마리아 레마르크(Erich Maria Remarque)의 소설을 각색하여 만든 영화 「사랑할 때와 죽을 때(A Time to Love, a Time to Die)」의 한 장면이다. 주인공인 병사가 전투 중 잠깐 틈이 나는 사이에 냇물로 떠내려오는 꽃 한 송이를 주워 올리려고 하다가 총에 맞아 죽는다. 전쟁 중 전쟁에 나간 사람의 부인과의 열렬한 사랑을 펼치는 미성년 소년의 이야기를 그린 레몽 라디게(Raymond Radiguet)의 『육체의 악마(Le Diable au Corps)』도 추상적으로 이름할 수 있는 큰 사건의 틈새기에 일어나는 개인의 이야기의 한 예가 될 수 있다.

그러면서 이 틈새기의 이야기는 보편성을 가진 이야기이다. 외국 문학이 다른 나라, 다른 문화, 다른 사람들의 이야기임에도 불구하고 쉽게 호소력을 갖는 것은 이러한 틈새의 보편성에 관계되는 것이 아닌가 한다.

그러나 자기 고장의 현실은, 특히 그것이 험한 격동 속에 있을 때, 주로 추상적 사회 범주에서 발견된다. 한국 문학 비평의 글들을 썼지만, 여기에서 문학의 틈새의 진실의 배경이 되는 추상적인 사회 범주 — 그렇게 지칭하든 하지 않든 식민지, 독재, 민주화, 근대 등등의 사회적, 역사적 범주의 무거운 현실을 의식하지 않을 수 없었다. 이것은 다른 사회에서도 있는 일로 마르크스주의에 기초한 문화와 예술의 사회사가 있다. 우리나라에서 그러한 추상적 범주의 현실에 대한 의식은 쉽게 찾아볼 수 있는 것이다. 마르크스주의의 여러 변형 외에 가장 두드러진 것은 민족주의이다. 많은 문학과 문학 비평은 이러한 거대 현실을 의식하고 강조한다.

특이한 것은 사회적 범주의 현실을 강조하는 사조의 많은 것이 외국의 영향으로 생긴 것이라는 것이다. 그리하여 그것은 한국 사회의 현실을 구성하는 추상적 범주에 비끄러져 가는 것이기도 하다는 것이다. 제국주의, 식민주의, 오리엔탈리즘, 식민주의 후의 식민주의, 구미 중심주의 등도 그러하다.

3

나의 영문학 수업 시절 또는 편력 시절에 중요한 사건의 하나는 버펄로에 있는 뉴욕 주립 대학에서 연구원과 교수를 지낸 일이었다. 나는 미국에 두 번째 유학으로 하버드 대학의 대학원에 재학하고 있었는데, 로렌스 치섬(Lawrence W. Chisolm)의 초청으로 버펄로에 가게 되었다. 치섬 교수가 나를 부른 것은 그가 창립한 미국학과(American Studies Department)에 대하여 독특한 개념을 가지고 있었기 때문이었다. 그는 미국 문화, 정치 사회를 완전히 객관적인 시각에서 바라볼 수 있게 하여야 한다는 생각을 가지고 있었다. 그리하여 미국 문학과 문화를 공부하고 있었던 나를 아시아적인 관점에서 미국을 볼 수 있는 사람으로 채용한 것이다.

물론 달리도 과는 최대한으로 다각도의 관점들을 대변할 수 있는 교수와 연구들을 포용하고자 하였다. 과의 교수와 학생에는 미국 문학과 미국의 역사의 교수 이외에 아메리칸 인디언, 흑인, 미국의 식민지로서의 푸에르토리코의 관점을 대변할 수 있는 사람들이 있었고, 미국의 대중음악과 함께 아프리카 음악을 연구한 민족 음악학자, 브라질의 원시 부족을 연구한 인류학 교수, 말레이의 오지에서 현지 연구를 한 인류학자가 있었다. 치섬 교수 자신은 미국 역사 전공이었지만, 일본과 동아시아의 예술을 연구한 어니스트 페놀로사(Ernest Fenollosa) 연구서를 냈고, 3년간 대만에 체류하면서 중국 문화를 연구하고 루쉰(魯迅)에 대한 논문들을 발표하였다.

다양한 과의 배경의 교수와 학생은 그 나름의 분야를 만들어 갔다. 케임브리지 대학에서 사회 인류학을 공부하고 브라질 원시 부족을 연구한 엘리자베스 케네디(Elizabeth Kennedy) 교수는 미국학과의 테두리 안에 여성 연구 프로그램(Women's Studies Program)을 만들어 미국에서 최초의 여성학 전문 프로그램을 설립한 사람이 되었다.

당시에 버펄로의 뉴욕 주립 대학은 주정부의 지원을 받아 여러 가지로 학문의 갱신을 시도하고 있었다. 여러 분야에 방문 교수를 초청하는 프로그램도 이러한 계획의 일부였다. 이탈리아, 아르메니아 혈통으로 이집트에서 태어난 유지니오 도나토(Eugenio Donato) 교수가 비교 문학과에 재직하고 있었는데, 그는 당대의 새로운 흐름을 대표하는 사상가들을 많이 초대하였다. 오래 계속되지는 않았지만, 도나토 교수를 중심으로 작은 비공식의 교수 세미나도 열렸었다. 모두 방문 교수로서 초대되었던 것인지는 확인이 안 되지만, 세미나에서는 레비스트로스, 르네 지라르, 미셸 푸코, 자크 데리다 등이 화제가 되고, 구조주의, 후기 구조주의, 해체주의 등이 이야기되었다. 이러한 학자들 중 아마 데리다와 같은 사람은, 또는 푸코까지도, 당시에는 별로 많이 알려지지 않았던 것이 아닌가 한다. 이러한 이야기를 하는 것은 대체적으로 해체주의적인 생각 —— 비판적 견해들이 나에게는 자연스럽게 수용될 수 있는 것으로 보였다는 것을 말하려는 것이다.(이러한 해체적이고 비판적 분위기는 당시의 비트 세대(beat generation), 히피(hippie) 문화, 베트남 전쟁 반대 운동에 연결된 현상이었다고 할 수 있다.)

1969년에서 1972년까지의 버펄로 체류는 여러 가지 것을 새로 생각하게 하는 체험을 주었다. 그것은 많은 것을 하나의 관점, 하나의 집념을 떠나 보편적 관점에서 접근해야 한다는 것을 생각하게 하였다. 앞에서 인간 현실의 구조적 그물을 만드는 사회적 추상 개념에 대하여 —— 사람이 필요로 하면서도 사람을 얽매는 사고와 현실의 가로막들에 대하여 말하였다. 하나를 더 보탠다면, 그러한 개념들 가운데 가장 포괄적인 것의 하나는 문명이나 문화라는 개념이다. 그것은 인간의 삶을 규정하는 추상적 범주로서 사고와 사회 그리고 감정적 가치의 테두리를 정하는 기능을 가지고 있다. 이것이 갖는 공격적 의미는 '문명화 사명(la mission civilisatrice)'과 같은 말에 단적으로 나타나 있다. 그러나 동아시아에서도 문명의 개념은 우리(我)와 타자(非我)를 구별하는 데에 핵심적인 것이었다. 이러한 범주들은, 타당성이야 어찌 되었든, 그 나름의 현실 구성의 원리가 된다. 그러나 그것이 인간의 보편적 귀중성을 생각하는 데에 장애가 될 수 있다는 것은 생각해 보아야 할 문제이다. 즉 보편적 휴머니즘을 손상할 수 있다는 말이다. 물론 인간의 보편적 가치라고 할 때, 또는 인간이 보편적으로 존중되어야 할 존재라고 할 때, 그것도 추상적 가치의 개념으로 또 하나의 현실 구성의 칸막이가 될 수 있다. 그러나 이 점을 어떻게 생각하든, 다각도적인 관점, 다문화적 관점, 비판적 관점이 여기에 이르는 지식의 통로를 이루는 것은 사실일 것이다. 가령 『슬픈 열대(Tristes Tropiques)』를 비롯하여 레비스트로스의 저작들은 단순한 인류학적인 저작이 아니고 원시 문화의 인간적 의미를 새롭게 생각하게 하는 저작이다. 그의 저작들은 원시 사회를 새로운 관점에서 살펴볼 수 있게 한다. 그러면서 동시에 그것을 지양하여 현대 문명으로 승화할 수 있는 방편을 생각해 보게 한다.

4

1972년에 다시 한국으로 돌아온 후에는 서울대 영문과 그리고 고려대 영문과에서 계속하여 영문학을 가르쳤다. 하는 일은 작품을 분석하고 개관하는 것이 주된 일이었다. 돌아보건대, 그 시대적 배경을 전혀 무시한 것은 아니었지만, 그것을 조금 더 심도 있게 설명하였어야 한다는 느낌이 든다. 문학의 의의는, 앞에서 말한 바와 같이, 달리는 얻을 수 없는 실존적 체험의 의미화 작업에 있다. 그러나 그러한 의미 체험의 재체험에 대한 연구, 즉 문학의 연구는 이것이 이루어지는 조건을 밝히는 작업을 포함하는 것이 마땅하다. 이 조건은 추상적 개념들로 표현된다. 영문학 연구는 이것을 일정한 기획에 의하여 회복함으로써 본격적인 연구가 된다. 이렇게 말하는 것은 문학과 예술의 사회학으로 영문학을 접근해야 한다는 것은 아니다. 그러면서도 그것은 영문학이 할 수 있는 사회적 기여를 분명하게 한다. 영국은 ─ 미국도 그 연장선상에서 보아야 하겠지만 ─ 세계적으로 근대성의 원천이다. 즉 간단히 말하여, 산업화와 민주주의의 원형을 제공하였던 나라이고 문명이다.(물론 제국주의도 여기에 포함될 수 있다.) 이러한 사회 변화는 인간 현실의 재구성을 요구한다. 물질과 사회의 공학적 변화가 있어야 하고, 그것을 위한 추상적 카테고리 등이 재설정되어야 하고, 그에 따라 인간의 윤리적 관계나 내적 체험도 재조정되어야 하기 때문이다.

그런데 영국은 이러한 재조정이 극히 느슨하게 이루어진 나라로 보인다. 근대화의 과정 또는 역사의 변화가 비인간적이고 부정적인 요소를 갖지 않는 일이 없다고 하겠지만, 그런대로 폭력적 사건이 적었던 나라가 영국으로 생각된다는 것이다. 이것은 실증적으로 연구되어야 할 테마이지만, 일상적으로 느낄 수 있는 일이기도 하다.

케임브리지 대학에 방문 연구원으로 있을 때에 알게 된 일로, 어떤 칼리지에는 풀밭 정원을 가로질러 가는 것은 대학의 펠로에게만 허가되어 있다는 규칙이 있다.(비슷한 사례로, 하버드 대학에는, 교수는 대학의 교정에 소를 놓아먹일 수 있다는 규정이 있다. 이것은 관광 책자에 우스개로 소개되어 있다.) 케임브리지의 칼리지들의 수업료가 각각 다른 것도 기이한 일이었다. 이러한 것들을 포함하여 불필요한 것까지도 합리화하여야 한다는 강박이 없는 것이다. 영국이나 미국의 관습법(Common Law) 제도는 바로 이러한 태도를 나타내는 나라의 특징이다. 관습법은 물론 주로 판례 그리고 관습에 따라서 법을 만들고 집행하는 법 제도이다. 관습은 참조하는 근거가 되고, 특히 이상한 경우가 아니면, 폐지하고 정비하고 할 필요가 없다. 그러다 보면, 옛 법이나 관례가 우스워지는 경우가 많다. 흔히 이것을 바보법(Dumb Laws)이라고 한다. 1867년에 제정된 도시 가로법(Metropolitan Streets Act)은 오전 10시부터 오후 7시까지는 도시의 거리에 소를 끌고 가서는 아니 된다는 것이다. 영국 의회의 규칙에는 의회 내에서 갑옷(armor)을 입어서는 아니 된다는 것이 있다. 이것은 1313년에 제정된 것이다.(지금은 그럴 의원이 없겠지만, 갑옷을 무기로 확대하면, 한국 국회에는 이것이 필요한 법이라고 할 수도 있을 것이다.)

불필요한 합리적 정비를 꺼리는 관습 존중은 다른 데에서도 볼 수 있다. 이것은 가령 영어의 철자법 같은 데에서도 볼 수 있다. 이것은, 사용에 불편이 없는데도, 어떤 기이한 합리적 사고에서 철자를 법제화하려는 한국의 정서법 학자들의 참지 못하는 합리적 사고와 대조된다. 교수직이나 학과의 이름도 그러하다. 오늘날 세계적으로 유명한 천체 물리학자인 스티븐 호킹(Stephen Hawking)의 직명은 '루커스 석좌 교수(Lucasian Professor of Mathematics)'이다. 이것은 뉴턴(Newton) 때부터 계속되어 온 직함이다. 그는 수학이 아니라 천체 물리학 교수이다. 어떤 대학에서는 물리학 교수를 '자연 철학 교수(Professor of Natural Philosophy)'라고 부른다. 우리는 이러한 것들을 자주 바꾸어야 합리적이라고 생각한다. 그러나 많은 경우, 그것은 이름을 바꾸면 실체가 바뀌는 것으로 착각하는 경우가 많다.(진정한 합리성은 공동체적 양식, 공통감(sensus communis)이다. 이것은 칸트에서 나온 말이다.)

앞에서 말한 바와 같이 근대화의 선두 국가가 영국인 것은 틀림이 없다. 따라서 그것이 계몽주의에 관계된다면, 영국의 사상사에 ─ 스코틀랜드를 포함한 것이지만 ─ 그러한 것이 있는 것은 사실이다. 존 로크(John Locke), 프랜시스 허치슨(Francis Hutcheson), 데이비드 흄(David Hume) 등이 여기에 들어갈 수 있고, 현대 경제학의 비조(鼻祖)가 되는 애덤 스미스(Adam Smith)도 이어서 생각할 수 있다. 그런데 계몽사상의 핵심은 이성에 있지만, 주의할 것은 이들이 그렇게 일직선적인 이성주의자만은 아니었다는 것이다. 흄이 계몽사상가라고 하겠지만, 그는 이성주의자가 아니라 경험주의자였다. 그러면서도 영국의 계몽주의가 역시 '이성의 시대(The Age of Reason)'에 들어가는 것임은 일반적으로 수긍하는 분류법이다.

영국의 근대화가 근대화의 유일한 모범이라는 것은 아니다. 프랑스의 보다 철저한 계몽사상 그리고 보다 이성주의적이면서 보다 내면성이 강조되는 독일의 철학이 모두 이성의 시대에 속한다.(개인적인 체험으로 말할 때, 독일의 성찰적 철학은 나에게는 보다 중요한 깨우침을 주는 경험이었다.) 반드시 이러한 서구의 모델들이 추종되어야 할 것이라는 것을 말하는 것도 아니다. 서양의 사회 구성과 문화에 비하여 한국과 동아시아는 그 나름의 모델을 보여 준다. 그것은 반드시 근대성의 모델이 아니다. 근대가 인간의 삶의 이상적 삶의 모습이 되는 것도 아니다. 한 걸음을 더 나간다면, 문명화된 사회가 아니라 원시 사회 — 인류학자 스탠리 다이아몬드(Stanley Diamond)가 그의 저서 『원시를 찾아서(In Search of the Primitive)』에서 말하는 것으로는 야만이라는 뜻이 아니라 인간적 삶의 근원이라는 의미에서의 원시 사회는 보다 좋은 삶의 모델이 된다고 할 수도 있다.

이렇게 말하는 것은 영문학 연구가 이러한 것들을 포함하여 연구되어야 한다는 것이 아니다. 단지 그 연구가 놓여야 하는 위상을 한번 짚어 본 것일 뿐이다. 그리고 그것은 반드시 자세한 학문적 연구를 말하는 것이 아니라 그러한 지평을 의식하는 것이 좋겠다는 것이다.(여기에서 학문적 면밀성을 걱정할 필요는 없다. 그에 선행하는 이념형(Idealtypus)은 학문적 인문 사회 과학의 중요한 방법이다. 이것도 물론 다른 철학자의 말을 빌려 실증적 증거로서 '허위화(falsify)'할 수 있어야 한다.)

다른 관점에서는 앞에서 말한 바와 같이, 영문학은 신비평적으로 읽어야 하는 문학이다. 그러한 문학이 사회적 범주의 현실보다는 더 실존적이고 인간의 삶의 진실에 가깝다. 한국인에게 삶의 현실은 거의 유일하게 이 추상적 범주들이 규정하고 구성하는 현실이다. 그리하여 문학이 만들어 내는 것이 추상적으로 정형화할 수 없는 체험적 진실이라는 것은 되풀이하여 강조될 필요가 있다. 정치 제일주의자들이 잊어버리는 것이 이것이다. 그러나 이것을 확인하는 데에는 그것과의 상보 길항 관계에 있는 추상적 범주의 지평을 의식하는 것이 필요하다. 그리고 사실상 인간의 행복한 삶은 이 지평의 인간화를 의도하는 사회적, 정치적 공학에 규정되는 경우가 많다. 그 안에서 개체의 삶이 행복하든 아니하든 그것은 각자가 알아서 할 일이라고 할 수 있다. 그리하여 테두리를 아는 것이 중요한 것이다. 그러면서 그것이 삶의 핵심을 알게 해 주지는 아니한다.

구체적으로 말하여, 근대 영문학을 공부한다면, 공부는 로크, 벤담

(Bentham), 존 스튜어트 밀 등의 계몽주의와 합리주의 그리고 민주주의의 사상적 테두리 그리고 그것이 만들어 낸 여러 물질적, 사회적 범주의 배경 안에 문학을 놓게 할 것을 요구한다. 그리고 그것을 다시 앞에 말한 여러 테두리, 서구의 다른 나라의 전통, 한국, 동아시아, 원시 사회 등의 지평에 비추어 볼 수 있게 되는 것이 바람직하다. 그럴 때 영문학은 참으로 한국의 사회와 문화에 기여하는 것이 될 것이다. 한국의 근대 문화에 대한 영문학의 기여는 결코 작은 것이 아니다. 정지용, 김기림, 김동석, 설정식, 송욱 등 영문학을 공부한 문사들의 이름을 떠올려 보아도 이것은 분명하다. 그러나 그들의 공헌이 한국의 문화적 발전에 보다 적극적인 것이 되지 못한 것은, 즉 한국 문화 전반을 생각하는 데에 중요한 자극을 주지 못한 것은, 영문학의 역사적 배경과 서양 근대의 세계사적 의미 속에 그것을 놓고 보지 않았기 때문이다.

이제 이 회고담을 끝내겠지만, 앞에 말한 것은 본인이 거기에 시사된 포괄적인 공부를 하였다는 것은 아니다. 이러한 공부는 개인적인 노력에 관계된 것이면서, 사실은 집단적으로 그것을 향한 조직적 접근이 있을 수 있다는 생각에서 이 문제를 희망으로써 비추어 보았을 뿐이다.

(2014년)

작은 데에서 출발하는 귀중한 삶의 실험

유창복, 『도시에서 행복한 마을은 가능한가』

　마을 공동체 운동은 사회와 정치 그리고 우리의 삶을 바로잡으려는 여러 움직임 가운데 가장 주목할 만한 운동의 하나이다. 자본주의 경제의 압축 성장은 사회의 공동체적 기반을 근본으로부터 파괴하였다. 성장의 강압에 못지않게 거세진 것도 그에 대한 비판과 저항이었다. 그러나 이러한 문제를 두고 일어난 갈등은 대체로 거대한 규모의 것이었거나 그것을 지향하는 것이었다. 이에 대하여 마을 공동체 운동은 압축 성장이 만들어 낸 문제를 사회의 내면으로부터 바로잡아 보려고 한다. 이것은 그 자체로도 주목할 만한 사회적 움직임이지만, 우리 사회의 발전 또는 변화의 단계로 보아도 극히 적절한 것이라고 할 수 있다.

　전통적인 공동체의 파괴, 마을이나 가족의 소멸은 기초적인 인간 유대를 해체하여 삶의 환경을 황폐화하였다. 그러나 단순히 정서적 차원에서 삶이 삭막해진 것이 아니다. 공동체의 자연스러운 인간관계 속에서 저절로 해결되던 육아, 양육, 교육, 양로, 장례, 일상적 편의의 교환 등의 소멸이 이 삭막해진 삶의 현실적 내용을 이룬다. 사회 복지 체제의 수립에 대한 요구는 이에 대한 국가적 대책을 마련하여야 한다는 것을 표현한 것이다. 그러나 그것이 참으로 사람들의 필요에 대처하는 데 충분한가 하는 것도 문제이지만, 사회에 참다운 인간성 회복을 기약한다고 할 수도 없다. 그것이, 저자 유창복 선생의 표현으로는, '수혜자'를 위한 '공급자 중심의 체제'는 그 주체성을 축소시킨다. 공동체 회복에는 마을 주민들의 공동체 의식이 필요하다. 그것은 자연스러운 교감에서 시작된다. 거기에서 공통의 필요를 깨닫는 일이 일어나고 공동 행동에 참여하게 된다. 그 과정에는 강제나 압력이 없다. 모든 것의 기초는 참여자의 자유 의지이다. 그리고 공동체적 어울림은 저절로 인간의 심성의 깊이에 들어 있는 착한 마음을 움직이게 한다. 사고를 당하고 추위에 떨고 있는 강아지를 버리지 못하고 끝내 그 양육자를 찾고 마을 동물 보호단을 만들기로 한 '악동'들의 이야기는 이러한 심성의 움직임을 예시하는 하나의 우화가 된다.

필자 유창복 선생이 말하고 있듯이, "마을이 우리 사회의 모든 문제를 해결할 수는 없다." 그러나 마을 운동은 그것을 위한 가장 중요한 모델을 보여 주는 것임에 틀림이 없다. 문제를 "정치인에게 위임하지 않고, 시민 단체에 대변하도록 내버려 두지 않고", 시민 스스로가 대안적 삶의 방책을 마련하고, 그것을 살아가고, 행복과 만족을 느낌으로써 정치를 달라지게 하려는 것이 마을 운동이다. 이러한 삶의 실험을 충실하게 기록하고 그 실험의 결과를 평가하고 여러 제안들을 담고 있는 희귀한 문서가 『도시에서 행복한 마을은 가능한가』라는 저서이다.

(2014년)

2부

경계
넘어서기

1장

투쟁과
이념을
넘어

사회 통합의 의제

1. 합리적 토의 과정의 전범

이 귀중한 자리에서 말씀을 드리게 된 것을 기쁘게 생각합니다. 초청하여 주신 사회통합위원회의 고건 위원장님 그리고 여러 위원님께 감사드립니다.

이 자리가 귀중한 자리인 것은 말씀드릴 필요도 없겠습니다. 사회통합위원회는 나라의 미래를 위하여 역사적 전환을 획하는 기구가 될 것으로 기대합니다. 우리 사회의 많은 사람들이 통합의 절실성을 느끼고 있습니다. 통합은 갈등의 현실을 직시하는 데에서 출발할 것입니다. 그리고 갈등은 그 나름의 기능을 지니고 있습니다. 그것은 문제점을 알게 하고 더 높은 차원에서 해답을 찾는 데에 도움을 줄 수 있습니다.

갈등 해소의 중간 단계는 갈등을 합리적 대화의 과정에 흡수하는 것입니다. 그러나 갈등이 완전히 없는 사회는 상상할 수 없습니다. 갈등의 합리적 조정은 잠정적이면서도 지속적인 사회 기능의 하나입니다. 민주주의는 극단적 대결과 사회 기능의 마비가 없이 갈등을 조정하는 정치 제도입니다. 그러나 유감스럽게도 우리는 민주주의 원리를 받아들이면서도 그러한 기구들을 바르게 발전시키지 못하였다고 할 수밖에 없습니다.

사회통합위원회는, 제가 알기로는, 법적인 의미에서는, 의결 기구도 집행 기구도 아닙니다. 그러나 바로 이것은, 현실 속에 있으면서도 현실로부터의 거리를 유지하는 데에 이점이 될 것입니다. 그리하여 사회통합위원회는 문제들을 진정으로 공적 차원에서 논의할 수 있게 하는 합리적 과정을 보여 줄 수 있을 것입니다. 거기에서 바른 절차, 품위 있는 언어, 대화의 예절, 공공심 등의 전범이 얻어질 수 있을 것입니다.

2. 갈등의 물질적 기반

사회 문제의 해결 없이 사회 통합이 없을 것임은 말할 나위도 없습니다. 말보다도 현실적인 사회 대책이 있어야 할 것입니다. 그에 선행하는 것은 현실 대책에 대한 토의입니다. 전달해 주신 자료에 의하면 통합위원회의에는 계층위원회가 있습니다. 계층이라는 말은 갈등의 원인이 빈부의 격차와 사회적 불균형에 있다는 것을 인정하는 것입니다. 이것은 해결되어야 할 중요한 과제를 가리킵니다.

그런데 문제를 물질적 기반의 문제로 고쳐서 생각해 볼 수도 있습니다. 그것은 문제를 보다 구체적인 관점에서 접근해 보는 것이 갈등 해소에 도움이 된다고 생각되기 때문입니다. 이 관점에서 보다 분명하게 전면에 나오는 것은 계층보다도 삶의 필요와 조건입니다. 그중의 하나가 의식주입니다. 의식의 문제의 긴급성이 완화된 다음, 중요한 것은 주거의 문제입니다. 주거는 삶이 일정한 땅에 자리한다는 사실에서 출발하여 원초적인 사회관계 ─ 가족과 이웃에 대한 관계의 토대가 됩니다. 직업과 적정한 소득이 없이 이러한 것들이 확보될 수 없는 것이 오늘의 사회입니다. 이것은 다시 여러 사회 안전망과 복지 제도에 의하여 뒷받침되어야 합니다.

사회통합위원회의 또 하나의 분과로 지역 분과가 있습니다. 모든 일에서 지역의 균형을 고려하는 것은 그간에 누적된 사회의 큰 병폐를 고치는데에 중요한 방법이 아닐 수 없습니다. 그러나 이것은 병폐를 심화하는 것이 될 수도 있습니다. 파당적 지방색이 협상의 도구가 될 수 있기 때문입니다. 시 정책은, 지역 차별의 요인은 참조하되, 보다 높은 기준 ─ 국리민복과 보편적 공정성의 기준에 어긋나지 않는 것이라야 할 것입니다. 지방색의 문제점은 바로 이러한 기준의 손상에 있습니다.

지방 균형 발전의 과제에도 비슷한 양의성이 들어 있습니다. 수도권과 대도시에 비하여 지방이 낙후된 것은 사실입니다. 그렇다고 균형 발전이 지방의 수도권화를 의미하여야 하는가에 대하여서는 심각한 성찰이 있어야 할 것입니다. 첫 고려 사항은 지방의 자율적이고 유기적인 발전입니다. 여기에는 지방의 전통 문화와 자연 환경의 보존 등이 포함됩니다. 지방 발전과 관련하여 개발주의에 대한 찬반이 이야기됩니다. 그런데 이러한 논의에서 자주 보게 되는 것은 국토의 적정한 보존과 변형에 대한 선공후사(先公後私)의 숙의보다는 개발에 부수하는 이익의 분배입니다. 사회통합위원회는, 폭 넓은 대화의 공간을 마련하여, 국토의 이상적 존재 방식에 대한 비전이 건설과 부동산의 이해관계에 의하여 차단되지 않게 하는 데에 기여할 수 있을 것입니다.

3. 이념과 윤리

이러한 문제를 언급하는 것은 사회 문제 전부를 망라하여 말하려는 것이 아니라 모든 문제에 보다 넓고 면밀하고 무사 공평한 숙의의 과정이 있기를 바라는 마음에서입니다.

사회통합위원회 계획에는 이념을 다룰 분과 위원회가 있습니다. 이념은 집단의 이상적 존재 방식에 대한 이론적 이해를 나타냄으로써, 그 나름의 기능을 가지고 있습니다. 그것은 단합의 원리가 됩니다. 그러나 그것은 분열의 원인이 되기도 합니다. 이념은 집단의 안과 밖을 구분하는 데에 이용됩니다. 동시에 그것은 집단 내에서도 일정한 이념에서 벗어나는 사람과 행동을 판별해 내는 수단이 됩니다. 이것은 근대 정치의 전략의 하나입니다. 권력을 전횡하고자 한, 고대 중국의 제왕들의 참오술(參伍術)도 그것이라 할 수 있습니다. 허나, 이렇게 복합적인 의미를 갖는 이념들을 하나의 공적 공간에서 교차하게 하는 것은 그 자체로 이미 그 부정적 한계를 넘어가게 하는 단초가 될 것입니다.

이념을 넘어 사람의 문제를 하나로 보게 하는 것은 윤리입니다. 사랑과 화해와 용서와 관용 — 그리고 무엇보다도 하나하나의 생명에 대한 존중, 이러한 것들이 사람들을 하나가 되게 하고 사회를 통합합니다. 윤리는 개체와 집단을 아우르는 인간 행동의 규범입니다. 우리 사회의 담론과 교육에 있어서 집단과 함께 개체를 포함하는 보편적 인간 윤리에 대한 고려가 적었던 것은 부인할 수 없습니다. 사회 통합의 노력이 이러한 윤리의 중요성을 새로이 깨우치는 계기가 되기 바랍니다. 윤리는 삶의 현실에 대한 존중에 기초합니다. 삶의 현실은 하나하나의 삶에 있고 오늘과 내일의 삶에 있습니다. 그것을 넘어가는 이념이나 역사가 중요하다 하여도 그것들은 오늘과 내일의 삶을 위해서 중요합니다. 사회통합위원회는 그 관심의 초점을 오늘과 내일의 삶의 현실에 두는 대화를 발전시켜 나갈 수 있게 되기를 희망합니다.

4. 연구와 실천의 기구

앞에 몇 가지 문제를 말씀드렸지만, 이러한 문제들에 대해서는 이미 많은 연구가 있다고 하겠습니다. 필요한 것은 이러한 연구들을 취합하고 선택하고, 다시 검토하고 시험하여 공론의 과정에 끌어들임으로써, 그것을 정책에 반영되도록 하는 것이 아닐까 합니다. 사회통합위원회에는 이것을 위한 보조 기구들이 있어야 할지 모르겠습니다. 그 하나는, 사회 문제 연구 자료센터 같은 것이 될 수 있을 것입니다. 여기에 외국의 연구와 선례들도 수합하여 보유할 수 있다면 금상첨화일 것입니다. 또 특정한 과제를 연구 시험하는 임시 연구 조직이 필요할 수도 있을 것입니다.

그런데 이러한 일과 관련하여 말씀드릴 것은 이러한 일과 시민 단체와의 연계입니다. 사람들은 지금의 정부가 민주화 시기에 생겨난 시민 단체들에 대하여 적대적이라는 인상을 가지고 있습니다. 정부는 정부대로 이유가 있을 것입니다. 그러나 사회 문제 해결을 위한 여러 단체들의 선의와 경험은 중요한 사회 자산입니다. 지금의 사회적 갈등의 요인은 사회적 요인에 못지않게 지식인의 소외 의식에 있습니다. 시민 단체와의 연계는 이것을 완화하는 데에 도움을 줄 수 있을 것입니다.

지루한 이야기 들어 주신 것에 감사드립니다. 사회통합위원회의 출발을 진심으로 축하합니다. 그리고 이 위원회가 큰 열매를 맺는 나무로 성장하기를 기원합니다.

(2010년)

민주주의와 자유와 필연

시와 진실

1

얼마 전에 바다와 문화의 소재를 연결하겠다는 뜻을 가진 《문학바다》라는 잡지가 창간된 바 있다. 이 잡지에 기고한 글의 일부 내용을 반복함으로써 이야기를 시작하고자 한다.[1] 기고문은 한국 현대 문학사에서 바다를 소재로 한 여러 편의 시를 들어 그것들이 생각하게 하는 문제점들을 말한 것인데, 요지는 처음에 들었던 최남선의 시 「해에게서 소년에게」로와 마지막 미국 시에서 끌어온 로빈슨 제퍼스(Robinson Jeffers)의 「안개 속의 선박들(Boats in a Fog)」를 비교하면 쉽게 밝힐 수 있지 않을까 한다.

최남선의 「해에게서 소년에게」는 우리 시사(詩史)에서는 그 역사적인 의미 때문에 자주 이야기되는 시이다. 그런데 이 시에 발견되는 어떤 문제

---

1   김우창, 「바다의 시: 바다를 읽는 몇 가지 방법」, 《문학바다》(2009년 창간호). 이 글은 전집 10권 1부에 실려 있다.(편집자 주)

점은 우리 현대 시에서 자주 발견되는 것이고, 또 우리의 사고의 습관의 한 양상을 드러내 준다.

이 시는 첫 연에서 바다의 위력을 말함으로써 시작된다.

> 처얼썩 처얼썩 척 쏴아아.
> 따린다 부순다 무너 버린다.
> 태산 같은 높은 뫼 집채 같은 바위들이나
> 요것이 무어야 요게 무어야.
> 나의 큰 힘 아느냐 모르느냐 호통까지 하면서
> 때린다 부순다 무너 버린다.
> 처얼썩 처얼썩 척 튜르릉 콱

이것은 자연의 거대한 힘을 말한 것인데, 그것은 곧 자연에 비하여 인간의 힘이 얼마나 약한가 하는 것을 말하는 것으로 옮겨 간다. 하필이면 여기서 말하는 인간의 힘은 자연을 상대로 하는 힘이 아니라 정치 권력이다. 지상에서 힘이 제일 센 것이 권력자라고 한다면, 권력자보다 위에 있는 것이 바다라고 이 시는 말한다.

> 처얼썩 처얼썩 척 쏴아아.
> 나에게 절하지 아니한 자가
> 지금까지 있거든 통기하고 나서 보아라.
> 진시황 나파륜 너희들이냐
> 누구누구누구냐 너희 역시 나에게는 굽히도다,
> 나하고 겨룰 이 있건 오너라
> 처얼썩 처얼썩 척 튜르릉 콱.

권력자의 힘을 바다에 가상적으로 비교해 볼 때, 바다의 힘 앞에서 인간의 모든 것은 "좁쌀"같이 작은 것일 뿐이다. 여기에 필적할 수 있는 것은 푸른 하늘뿐이다. 바다는 작은 시비와 싸움과 더러움을 초월한다. 그러나 인간에 속하는 것에도 바다를 두려워할 것이 없는 것이 하나 있다. 그것은 "담 크고 순진한 소년배"들이다. 그리하여 바다는 이들이 "재롱처럼" 바다의 품에 안김을 환영한다.

　그런데 시적 수사의 마력을 잠깐 벗어나서 물어보면, 바다가 "담 크고 순진한 소년배들"을 감싸 안아 준다는 것은 맞는 말인가? 농담이 허용된다면, 이 시를 믿고, 어머니들은 아이들이 바다로 걸어 들어가는 것을 그대로 방관해도 좋을 것인가? 담 크고 순진한 소년들은 바다에서 안전한가? 이에 대하여 오히려 진시황이나 나폴레옹은 그 권력을 이용하여 거대한 배를 짓게 하고 비교적 안전하게 바다로 나아가고 바다를 건널 수 있는 것이 아닌가? 물론 이러한 질문들이 정당한 것은 아니다. 최남선은 이 시에서 바다의 속성을 생각한 것이 아니라 그것에 비유하여, 자신의 소망을 표현한 것이다. 그 소망은 소년들에게 두려움이 없이 세상을 향하여 나아가라는 것이다. 그러니까 최남선의 「해에게서 소년에게」는 바다에 관한 시가 아니라 정치적 의도를 가진 시이다. 그 점에 있어서, 시적으로 그러한 것은 아니라고 하더라도 현실의 차원에서, 적어도 당대의 독자에게는, 심각한 전달 사항을 가질 수 있는 시였는지 모른다. 시의 의도를 조금 더 심각하게 생각한다면, 그것은 철학적인 내용을 가졌다고 할 수도 있다. 인간이 본래 가지고 있는 맑은 마음은 얼핏 보아 극히 연약해 보이지만, 참으로 길고 넓은 관점으로 볼 때, 바다의 힘과 하늘의 순결성과 같은 우주적 이치의 근본을 이루는 것이라는 것이 이 시의 주장이라고 할 수 있을지 모른다. 그러나 이러한 주장이 설득력 있게 이야기되어 있다고 할 수는 없다. 그것은 논리와 사고의 취약함으로 인한 것이기도 하지만, 시적 묘사가 객관성을 결하고 있기 때문이다. 시의 사실적 객관성과 시적 메시지는 별개의 것이 아니다. 그 연결에 억지가 있어서는 곤란하다.

로빈슨 제퍼스의 시에서 바다는 반드시 시적 소망을 표현하는 데에 이용된 기호가 아니라 사실의 바다이다. 물론 그것이 시인만큼 심정의 표현을 포함하고 있는 것은 사실이다. 그것은 있는 그대로의 또는 있을 수 있는 사실적 바다를 말하면서 그에 대한 감상을 표현한다. 「안개 속의 선박들」은 시이면서도 시라고 해서 사실에 반하는 것을 말하고 있지는 아니하다.

스포츠나 무용담이나. 무대나 예술, 무용가들의 재주,

음악의 화려한 소리들,

이것들은 아이들을 매료할 수 있지만, 고귀함을 결한다.

아름다움은 아픈 진지함에서 온다.

이것을 성숙한 마음은 안다.

　　　　　　돌연한 안개 대양을 감싸고,

기관의 소리가 맥동하고,

이윽고 돌 던지면 맞을 거리, 바위와 안개 사이로, 하나씩 하나씩

모습을 드러내는 그림자들,

신비의 베일 벗고 나오는 모습들 ─ 고기잡이배, 서로 잇따라,

절벽을 길잡이 삼아, 바다 안개의 위험과

화강암 안벽에 부딪쳐 이는 물거품 사이 좁은 길 따라

하나씩 하나씩, 선두의 배를 쫓으며

여섯 척의 배 내 곁을 지났다,

　　　　　　안개에서 나와 다시 안개 속으로,

안개의 강보에 쌓인 기관의 소리,

인내와 조심으로, 반도의 해안을 따라 길 잡으면서,

몬터레이 항구의 모항으로 회항하기 위하여.
지켜보기에 펠리컨의 비상도 이보다는 아름답지 않으리.
사람의 모든 예술은 힘을 잃는다.
생명체들의 나날의 일, 그에 못지않게 진지한
자연의 원소들 사이에서 행하는
진지한 작업의 근원적 현실에 비교할 때.

　이 시도 「해에게서 소년에게」나 마찬가지로 바다의 거대한 힘에 관한 것이다. 다만 이 시에서 바다의 무서운 힘은 사람에게 그 높낮이에 관계없이 작용할 수 있는 힘이다. 거기에 예외는 없다. 바다는 모든 사람에게 위험한 존재이다. 이것을 대하는 방법은 인내이며 조심스러움이다. 그렇다고 이러한 바다가 선이나 악의 힘과 같은 것을 대표하고 있는 것은 아니다. 그것은 세계의 현실 자체일 뿐이다. 그러면서 그것은 아름답다. 또는 아름다운 것은 인간의 판별을 초월하는 자연 속에서 참고 견디며 조심하는 인간의 움직임이라고 할 수도 있다. 그 아름다움은 그러한 움직임의 "아픈 진지함"에서 온다. 높은 벼랑들이 있는 해안, 안개가 낀 바다로 조심스럽게 항해하는 어선들의 선원들에게 — 물론 시인이 눈여겨볼 때 — 드러나는 것이 이러한 아픈 진지함의 아름다움이다. 이것은 모든 피상적이고 인위적인 예술의 아름다움을 초월한다. 그것은 고통을 포함하는 삶 자체의 아름다움이다. 모든 "생명체들의 나날의 일, 그에 못지않게 진지한 자연의 원소들 사이에서 행하는 진지한 작업의 근원적 현실(the essential reality of creatures going about their business among the equally earnest elements of nature)"이 그러한 아름다움을 구성한다.
　제퍼스의 시는 이와 같이 사실적 관찰에 기초해 있으면서 형이상학적 의미를 함축하고 있다. 그리고 하나의 분명한 메시지로 요약될 수 있는 것은 아니면서도, 거기에 정치적 의미가 없다고는 할 수 없다. 이 시가 어떤 메시지를 담고 있다면, 방금 말한 바와 같이, 그것은 사람이 위험스러운 자연 환경 속에서 힘든 노동을 하면서 산다는 사실에 관한 것이다. 이것이 아름답다고 하는 것은 이러한 사정을 긍정적으로 — 삶의 보람으로 받아들여야 한다는 것을 말한다. 이것을 다시 보다 분명한 정치적인 메시지로 옮겨 놓는다면, 핵심은 노동에 대한 경외심이다. 그것이 임금에 관련된 것임은 틀림이 없지만, 이것을 인정하면, 노동 없는 소비와 사치의 삶이 인생의 최고 가치일 수는 없다. 여기에 말하여지는 노동은 어선에서의 노동을 말하는 것인 만큼, 협동적 노동이다. 그래도 노동은 고통스럽다. 그러나 그것은 기피하여야 하는 노동이 아니라 삶과 자연의 숭고함에 참여하는 일이다. 그러니까, 다시 말하건대, 이 시는 협동적 노동과 자연과 삶에 대한 찬가이다. 이것이 어찌 정치적 함축을 갖지 않겠는가? 그러면서 그것은 구체적 사실 — 비록 관찰자의 공감으로 표현되어 있지만 — 지각되는 구체적 사실과 그리고 자연의 커다란 모습으로 확인되는 것이다.

2

제퍼스의 시와 같은 것은 시가 어떻게 사실을 떠나지 않으면서도 시적 정서를 표현할 수 있는가를 보여 준다. 그러나 시가 사실보다는 정서에 중점을 놓는 것은 분명하다. 흔히 말하듯이, 시는 사람의 마음에 있는 뜻을 말로 표현한 것이다. 다음은 이조년의 시조이다.

이화(梨花)에 월백(月白)하고 은한(銀漢)이 삼경(三更)인 제,
  일지춘심(一枝春心)을 자규(子規)야 알랴마는

다정(多情)도 병(病)인 양하여 잠 못 들어 하노라

이러한 시조에서 자연의 객관적 묘사는 중요하지 않다. 중요한 것은 잠 못 드는 봄의 마음이다. 그럼에도 불구하고 중요한 것은 자연의 묘사, 배꽃, 흰 달빛, 은하수, 뻐꾸기 등이 전부 이 마음을 뒷받침하고 있는 것이다. 그럼으로써 심정은 조금 더 설득력 있는 것이 된다. 그리고 적어도 이 시조의 순간에 사람의 마음과 우주적 질서는 일체적 조화를 이루는 것으로 말하여진다. 이것이 참으로 우주적 진리를 나타내는가 하는 것은 문제가 될 수 있지만, 사람의 마음의 움직임과의 관계에서 자연과 인간이 하나의 진리를 이루는 것은 부정할 수 없다.

그러나 시가 사람의 심정을 그리고 그것을 위하여 불가피하게 세상을 말하게 된다고 하더라도 세상은 바른 모습으로 그려지지 않고 기분에 맞추어 왜곡되는 경우가 많다. 그리고 그것은 시적 표현에서는 허용되는 것으로 생각된다. 영시에서 이야기하는 시적 수법 가운데에 '시적 자유(poetic license)'라고 하는 것이 있다. 이것은 대체로 언어 규칙에 관계된 말이지만, 시인의 뜻에 따라 왜곡되는 표현의 억지스러움에도 적용될 수 있는 말이다. 한시에서 예를 들면, "백발삼천장(白髮三千丈)"과 같은 시구는 흔히 한시의 과장벽을 표현하는 대표적인 구절로 말하여진다. 이것은 이백(李白)의 「추포가(秋浦歌)」에 나오는 구절이다. 이백은 방랑의 여로에서 자주 들렀던 추포에서 거울에 비친 자기의 얼굴을 들여다보고 그 백발의 무성함에 놀란다. 이 놀라움은 다분히 유머를 담은 것이어서, 조금 과장된 말이 반드시 너무나 이상한 것은 아니다. 이 「추포가」의 다음 부분은 거울에 비치는 얼굴이 어디에서 서리를 얻었기에 흰머리를 가지게 되었느냐 하는 기발한 발상으로 이어진다.

그러나 동시에 이러한 시에도 사실적 정황으로 보아 그럴싸해 보이는 객관적 세계에 대한 언급이 전혀 없는 것은 아니다. 우리는 거울을 보는 사람을 생각하고 그 사람이 결코 행복하다고만 할 수 없는 방랑의 길에 있는 사람이라는 것을 막연히나마 떠올린다. 사실 앞에 인용한 것은 여러 편의 「추포가」 중 한 편에서 나온 것이고, 다른 시편들에서는 주로 여로의 외로움과 우수가 주제가 된다. 유명한 남이 장군의 한시에서 사실의 과장은 조금 더 부자연스럽게 들린다.

백두산 돌, 칼을 갈아 다하고　　　　　　　白頭山石磨刀盡
두만강 물, 말이 마셔 없구나.　　　　　　豆滿江水飮馬無.

이 과장된 표현은, 그다음 두 줄, "남아 이십에 나라를 평정하지 못한다면, 후세에 누구라 나를 대장부라 할 것인가.(男兒二十未平國/ 後世誰稱大丈夫.)" 하는 구절로 보면, 농담으로 취급할 수 있는 과장이 아님을 알 수 있다. 남이는 이들 시구로써 자신의 넘쳐 나는 정치적 의욕을 표현한 것이다. 정쟁이 심한 세상이었기에 그 정황을 정확히 알 수는 없지만, 남이가 역모의 혐의로 죽음을 당한 것은 우연이 아니라고 할 수도 있다. 그러나 지금에 와서 문제는 단지 시로 볼 때도 이 시의 과장이, 일단 그 상상력의 대담성은 인정할 수 있는 것이면서도, 전체적으로, 심정적으로 부자연스럽다는 데에 있다. 그리고 이 심정은, 우리 사회에서는 반드시 부정적으로 보는 것 같지 않지만, 남성주의적 호연지기(浩然之氣)이다. 우리는 자신의 기세로써 사람과 사물을 제압할 수 있다는 생각을 좋아한다.

그런데 뜻이 이러한 것이 아니고 보다 선한 것이라고 하더라도 구체적 정황을 벗어난 좋은 뜻이 반드시 설득력 있는 시를 보장하지 않는다.

옛날의 영웅들은 힘이 장수여서

산을 기고 바다를 뛰어넘었다지만,
우리 영웅은 고향 마을 이끌고
세상에 없는 락원으로 만들었네.

——박팔양, 「처녀 영웅」

　사회주의 이상향의 건설을 말하는 이러한 시는, 비록 메시지 자체는 좋은 내용을 가진 것이라고 하더라도, 완전히 상투적인 비유들로 이루어져 있다. 바다나 산이 힘의 이미지가 되는 것은 전통의 무의식 속에 잠겨 있는 것이 아닌가 하는 생각이 든다.
　이러한 예들에서 우리는 일단 정치적 메시지를 가진 시는 자연스러운 느낌을 주지 못하는 경우가 많다는 느낌을 받는다. 이러한 의미에서 정치와 시는 별개의 것이라고 할는지 모른다. 그것은 아마 하나는 추상적 계획의 차원에 관계되고, 다른 하나는 경험의 차원——특히 정서적 울림을 가진 경험의 차원에 관계되는 것이기 때문일 것이다. 여기에서 정서란 흔히 생각하듯이 상투적인 것이 아니라 경험의 현실에서 우러나오고 또 시의 경우에는, 그러한 것으로 그려져 있는 정서를 말한다. 그러한 의미에서 시는 본질적으로 보수적인 언어 구사법에 속한다고 할 수도 있다. 이것은 정치적인 시의 경우에도, 그 세부를 보면, 그러하다.
　1960년대에서 1980년에까지 한국 사회를 뒤흔들었던 민주화 운동기에 출간된 시 가운데 가장 회자된 시의 하나는 김지하 시인의 「타는 목마름으로」이다.

신새벽 뒷골목에
네 이름을 쓴다 민주주의여!
내 머리는 너를 잊은 지 오래

내 발길은 너를 잊은 지 너무도 너무도 오래
오직 한 가닥 있어
타는 가슴속 목마름의 기억이
네 이름을 남몰래 쓴다. 민주주의여!

　여기에서 주가 되는 것은 분명 정치 구호이지만, 이러한 구절이 그 나름의 현실감을 가지고 있는 것은 무엇에 연유하는가? 아마 그것은, 이미 이 시의 어조에서도 느껴지는 것이지만, 그것이 체험적인 요소에 밀착되어 있기 때문일 것이다. 민주주의라는 정치 구호는 잊혔던 기억과 같은 것이었다. 그러나 그것은 마음 깊이에 절실한 요청으로 남아 있었다. 시인은 정치적 요청을 기억의 심리학에 연결시킨다. 기억에는 그러한 절실성이 있다. 그것은 시인으로 하여금 잊힌 정치적 요청을 새로 기억해 내고 구호처럼 쓰지 않을 수 없게 한다. 다음에 나오는 구절은 전적으로 이 체험의 현실을 다시 되살리는 기능을 한다.

아직 동트지 않은 뒷골목의 어딘가
발자국 소리 호르락 소리 문 두드리는 소리
외마디 길고 긴 누군가의 비명 소리
신음 소리 통곡 소리 탄식 소리 그 속에서 내 가슴팍 속에
깊이 깊이 새겨지는 네 이름 위에
네 이름의 외로운 눈부심 위에
살아오는 삶의 아픔

　이것은 경찰에 의하여 체포되는 사람의 정황이다. 이것이 탄압의 고통을 말하는 것임은 물론이다. 그 비참함에 대한 관찰이 시인으로 하여금 민

주주의를 새롭게 생각하게 하는 것이다. 민주주의는 여기에서 정치적 탄압, 부당한 체포, 또 거기로부터의 해방을 이야기한다. 다음에 이어, 시인은 민주주의를 오늘의 상황에 반대되는 이미지로 상상하고 다시 체포의 현장을 말한다.(여기에서 말하는 민주주의는 물론 구체적인 제도보다는 낭만적 이미지로 제시된다. "푸르른 자유"의 "푸르른"은 하늘이나 들판의 열려 있는 상태를 상기시키는 것일 것이다.)

　　살아오는 저 푸르른 자유의 추억
　　되살아오는 끌려가던 벗들의 피 묻은 얼굴
　　떨리는 손 떨리는 가슴
　　떨리는 치떨리는 노여움으로 나무판자에
　　백묵으로 서툰 솜씨로
　　쓴다.

시의 남은 부분은 이러한 사정의 설명을 종합하는 비탄과 절규이다.

　　숨죽여 흐느끼며
　　네 이름을 남몰래 쓴다.
　　타는 목마름으로
　　타는 목마름으로
　　민주주의여 만세.

3

김지하 씨의 「타는 목마름으로」는 가장 성공적인 정치 시이다. 그러면서 그것은 추상적인 구호가 아니라 체험적 현실 속에 뿌리내리고 있는 시이다. 이 시가 말하고 있는 것은 민주주의이다. 그것은, 다시 말하여, 체험적 절실함 속에서 확인된다. 말하여지고 있는 것은 난폭하게 행해지고 있는 체포에 대한 부당성이다. 민주주의는 여기에 대한 안티테제이다. 물론 민주주의가 이것에 한정되는 것이라는 말은 아닐 것이다. 그러나 그것을 넘어서 다른 것을 열거하는 것은 체험적 절실성을 벗어나는 것이 된다.

그렇기는 하나 우리가 시를 넘어서 말한다면, 민주주의는 물론 이러한 정황을 넘어가는 것이 될 수밖에 없다. 시에 이야기되고 있는 폭력적인 상황에 한정하여 생각하여도 그러하다. 자의적인 체포가 일시적인 저항으로 지속적인 해결을 얻을 수 있는 것은 아니다. 그것은 일정한 법적 절차를 경유하지 않는 체포, 구금 또는 처벌을 금지하는 인신 보호 제도로 발전되어야 한다. 시에서 말하고 있는 부당한 체포 행위는, 말할 것도 없이, 우연적으로 일어난 것이 아니라 표현이나 집회의 자유 그리고 더 일반적인 정치적 자유의 부재에 관련된 사건이다. 시에 말하여진 사람들이 체포 대상이 된 것은 이러한 자유를 주장한 때문일 것이다. 당시의 권력자들이 정치적 자유를 허용하지 않은 것은 그러한 투쟁이 권력에 대한 도전일 뿐만 아니라 다시 사회적 투쟁에 연결되어 있었기 때문이라고 할 수 있다. 또 「타는 목마름으로」 자체에 들어 있는 민주주의에 대한 요청은 거기에 시사되어 있는 것 이상으로 확대될 수도 있다. 미국의 루스벨트 대통령이 말한 네 개의 자유, 표현의 자유, 종교의 자유, 궁핍으로부터의 자유, 공포로부터의 자유도 여기에 추가할 수 있다.

그런데 민주주의에 대한 요청으로 김지하 씨의 시에 빠져 있는 것으로 가장 중요한 것은 — 시의 상황으로 보아, 여기서는 빠져 있는 것이 당연하지만 — 이미 시사한 대로, 문제가 일어나고 있는 권력의 폭력 행위에 대한 일시적 정지에 더하여 그것을 사회적 삶의 일부가 되게 할 제도의 확립이라는 점이다. 물론 이것은 처음에, 시의 울부짖음이 요구하고 있듯이, 저항으로부터 시작될 것이다. 그러나 그것은 다시 집단화되고 또 제도화되어야 한다. 그 제도는 저항의 제도화보다 입법화를 뜻한다. 그리하여 그것은 일상생활의 일부가 될 수 있다. 이것은 시의 할 일이라기보다는 정치의 할 일이다.

그런데 이 시의 의미와는 관계없이, 분노의 순간에 대한 강조 그리고 그에 연유하는 저항의 강조는 이러한 순간의 절대화를 가져올 수 있다. 그리고 사실, 인간의 삶의 역설의 하나로서, 분노와 저항은 그 자체로 하나의 중요한 삶의 표현을 이룬다. 그것이 특히 집단화될 때 그러하다. 그 경우 그것은, 사회의 여러 제의(祭儀) 행사에서 보는 바와 같이, 삶의 표현으로서도 하나의 절정을 이루는 것이 될 수 있다.[2] 분노의 순간은 민주주의만이 아니라 살 만한 사회를 가능하게 하는 사회 제도를 만드는 데에는 지루한 제도화의 과정이 있어야 한다는 것을 잊게 할 수 있다. 제도화는 사실 본래의 분노와 저항의 순간의 의미를 부정하는 것을 뜻할 수 있다. 그리고 이것은 단순한 부정이나 망각으로 인한 것만은 아니다. 표현이 자유롭다고 하는 경우, 나의 표현과 너의 표현 또는 제삼자의 표현이 서로 다른 것을 표현한다면 어떻게 할 것인가? 그것은 표현된 의견과 진리 사이의 투쟁으로 나아가는 것을 의미할 수도 있고(너의 의견은 의견에 불과한 데 대하여 나의 의견은 진리이기 때문에), 그 성격에 관계없이 모든 표현을 수용하는 타협으로 나아갈 수도 있다. 첫 번째의 길은 억압과 저항의 되풀이가 될 수 있고, 두

2 이것은 넓은 인류학적, 인간학적 고찰이 필요한 문제이다. 일단 관련된 두 저작물을 참조할 수 있다. Victor Turner, *The Ritual Process: Structure and Anti-Structure*(Piscataway, N. J.: aldine Transaction, 1969); René Girard, *La Violence et le sacré*(Paris: Grasset, 1972).

번째의 해결은 모든 표현을 상대화함으로써 원래 내가 표현하고자 하였던 것의 의미와 중요성을 크게 손상하는 것이 될 수 있다.

　그러나 무엇보다도 실망스러운 것은 당초의 에너지의 폭발이 줄어들 수밖에 없다는 것이다. 그리고 그와 함께 삶의 의의가 크게 감소하는 것을 경험하는 것이다. 혁명은 잘못된 질서를 고치자는 것이지만, 그것이 고쳐진 사회는 권태의 늪이 될 수 있다. 그리하여 혁명가는 새로운 혁명을 찾아서 떠나야 한다. 또는 혁명은 영구적인 것이 되어야 한다. 다른 한편으로, 모든 것이 상대화된 사회에서 — 그것을 제도로써 보장하는 사회에서 많은 것은 무의미한 것이 된다. 거기에 투쟁이 있다면, 그것은 각자가 가지고 있는 제 나름의 목적의 실현을 위한 수단을 확보하려는 투쟁이다. 그리고 이 수단을 위한 투쟁 자체가 목적이 된다. 그리하여 사실 사람이 원했던 것은, 그것이 무엇이 되었든지 간에, 그것을 두고 벌이는 투쟁에서의 승리였다는 것이 확인된다. 이것은 그 척도에 관계없이 투쟁에서의 상호 인정이거나 아니면 투쟁 그 자체가 목적이 된다.(헤겔이나 '인정의 정치학'을 말하면서 사람들이 이르게 되는 결론이 이러하다.)

　어떤 비관적 관점에서는, 이러한 과정에서의 투쟁과 화해의 순환은 사람의 삶의 어떤 근본적인 지향에 연유하는 것이라 할 수 있다. 다시 말하여 민주주의는 혁명적인 끓어오름으로 시작하지만, 제도로 완성된다. 그러나 조금 전에 말한 바와 같이 제도는 불완전한 답이 되기 쉽다. 그것은 폭발적 정열을 만족시키지 못한다. 그러나 이 정열은 민주주의 제도 자체에 대한 위협이 될 수 있다. 그것은, 한편으로는 억압에 대한 — 프로이트 식으로 해명하여야 할 문명의 불편함에 대한 반항일 수도 있고, 다른 한편으로는 삶의 충만한 현존에 대한 갈망일 수도 있다. 어떤 경우이든 그것은 무시될 수만은 없는 인간 충동의 하나이지만, 제도로서의 민주주의에 대한 부정적 힘일 수도 있다.

단순화된 의미에서의 민주 제도는, 앞의 문제에 관련되면서 또 다른 차원에서, 삶의 문제에 대한 완전한 답을 주지 아니한다. 되풀이하여 말하건대, 사람은 자유를 원한다. 그러나 자유의 의미는 이 자유가 무엇을 위한 자유인가를 물어봄으로써 내용 있는 것이 된다.(그에 대한 정답이 없다는 것이 답일 수도 있지만.) 정치 철학자 이사야 벌린[3]이 사람이 원하는 자유를 두 가지로, 즉 소극적 자유(negative freedoms)와 적극적 자유(positive freedoms)로 말한 것은 여기에 관계된다. 앞의 것은 억압, 궁핍, 또는 우리의 삶에 가해지는 기초적인 제약으로부터의 자유를 말한다. 이에 대하여 적극적 자유는 스스로가 하고자 하는 일을 할 수 있는 자유를 말한다. 그런데 후자는 대체로 자신이 원하는 것이면 어떤 것이든지 마음대로 할 수 있어야 한다는 것을 말하는 것은 아니다. 결국 사람이 원하는 것은 바람직하고 보람 있고 마땅히 해야 할 일을 하는 자유이다. 그러나 이것은 이것대로 문제를 갖는다. 그렇다는 것은 적극적인 자유에 의하여 선택된 것은, 개인이 자신의 의사로써 선택하는 것이면서 보편적 의의를 갖는 것이 되고, 그것은 모든 사람이 선택해야 할 대상이나 작업, 의무로 간주되기 쉽기 때문이다.(사실 사회적인 동참이 없이 자기가 원하는 것을 추구하고 성취해 낸다는 것은 대체로는 가능한 일이 아니다.) 그리하여 그것은 다른 사람에게도 부과되고 강제되어야 할 강제 사항이 될 수 있다. 전체주의의 억압의 기초가 되는 것이 이러한 적극적 가치 선택이다.

그렇다고 하더라도 사람들이 공동체를 이루고 사는 데에는, 개인적인 선택을 허용하면서도, 그것을 널리 포용할 수 있는, 삶의 대원칙에 대한 합의가 불가피하다. 여기에는 두 가지의 가능성이 있다. 자유 민주주의의 원

---

3 Cf. Isaiah Berlin, *Political Ideas in the Romantic Age*(Princeton University Press, 2006). 필자는 이 개념에 대하여 다른 곳에서 논의한 바 있다. 『자유와 인간적인 삶』(생각의나무, 2007), 66쪽 이하.

칙 — 모든 사람이 각각 다른 삶의 방식을 가지면서 동시에 동등한 자격으로 정치 질서의 결정에 참여한다는 민주주의의 원칙의 수락은 그러한 원칙의 하나이다. 이 원칙하에서 사람들은 각각 다른 이해관계 — 자신의 가치를 포함한 이해관계를 가지면서, 그것이 다른 사람의 이해관계와 갈등을 일으킬 때, 일정한 타협과 합의의 규칙을 받아들인다는 것을 말한다. 이 타협과 합의는 공존의 형식에 관계되는 것이지 개인적 믿음과 삶의 방식의 내용에는 관여를 허용하지 않는다. 그러나 이것으로 사회적 결속이 충분히 의미 있는 것이 된다고 할 수는 없다. 그리하여 극단적인 자유주의 정치 체제에서도 여러 가지 사회 정책은 필수 사항이 된다. 루스벨트 대통령의 궁핍으로부터의 자유도 이러한 관련에서 민주주의 체제의 불가결의 조건이 된다. 그것은 다른 사람에게 피해가 가지 않는 범위에서의 자유를 넘어 인간의 사회적 유대의 물질적 표현에 대한 보다 적극적인 대책이 필요하다는 것을 말하는 것이다.

앞에서 본 「안개 속의 선박들」은 그 나름으로 이러한 문제를 더 철저하게 생각하는 데에 교훈을 주는 것으로 읽을 수 있다. 이미 말한 바와 같이, 그것은 "생명체들의 나날의 일…… 진지한 자연의 원소들 사이에서 행하는 진지한 작업의 근원적 현실"을 찬양한다. 이 현실은 있는 그대로의 현실이다. 그것은 고통과 아픔을 포함한다. 그러는 가운데 협동적 노동이 행해진다. 그리고 그것이 그대로 아름다운 것이다.

이렇게 긍정되는 현실이 아픔을 포함한다는 것은 중요한 사실이다. 사람들로 하여금 삶을 긍정하게 하는 것은, 삶의 기쁨과 즐거움이고, 간단한 의미에서의 사람의 아름다움이라고 생각하기 쉽다. 또는 그 가능성에 대한 희망과 약속이다. 그러나 사람과 사람의 유대를 강화하는 것은 무엇보다도 사람의 고통이다. 우리의 마음을 동료 인간에게 넓혀 주는 것은 대체로 삶의 아름다움에 대한 느낌보다도 그것의 고통에 대한 느낌이다. 불교의 자비심을 비롯하여 종교에서 말하는 사랑이나 인자(仁慈)함은 삶의 이러한 면에 대한 깊은 이해를 촉구한다. 그리고 이것을 받아들이는 것은 가장 폭넓게 삶 지체를 받아들이는 것이다. 그것은 인간의 작은 자유를 초월하는 필연적 바탕에 접하는 것이다. 이 공동 운명의 수락 속에서 유대감이 생겨난다. 선악, 미추, 또는 호오(好惡)를 초월하여 삶의 심각한 현실에 순응할 것을 말하는 것이 「안개 속의 선박들」이다. 이 대긍정으로부터 모든 것이 출발한다.

4

고통스러운 삶의 수락이 참으로 인간의 유대감을 강화할 수 있을까? 위험한 바다를 항해하는 배는 반드시 위험한 바다를 항해해야 하는 것일까? 보다 나은 과학 기술의 발전으로 위험은 크게 줄어들 수 있는 것이 아닐까? 사회적인 관점에서 볼 때, 어로(漁撈)의 어려운 삶을 받아들여야 하는 것은, 집단으로나 개인으로나, 사회적인 불우함으로 연유한 것이 아닐까? 고기잡이배의 테두리 안에서도, 위험한 항해의 경험은 참으로 공동체적 협동을 보장하는 조건이 되는 것일까? 어선 안의 공동 생활은 고통의 공유보다도 고통의 기피와 전가, 억압적 질서를 만들어 내는 좋은 조건이 되는 것이 아닐까?(감옥이나 군대에서 흔히 보는 것은 이것이다.) 또는 이러한 문제를 해결하는 하나의 방식은 능률을 높이고 어획량(漁獲量)을 늘려 수익을 높이는 일이라고 할 수 있지 않을까? 그와 동시에 경쟁 관계에 있는 어선들과의 투쟁에서 승리하는 것이라고 할 수 있지 않을까?(정부는 여기에 동원되는 방편의 하나이다.)

이러한 질문들에 긍정적으로 답하는 것이 불가능한 것은 아닐지 모른다. 그러나 어느 것도 궁극적인 답이 될 수는 없다. 그렇다는 것은 그것은 결국 사람과 사람 사이의 투쟁을 일시적으로 피하거나 약화시키는 것일 수 있으면서도, 그것을 완전히 지양하는 일이 되지는 않고, 그것을 다시 되살아나게 하거나 격화시킬 것이기 때문이다. 그것은, 적어도 원리적 측면에서, 인간의 유대감과 결속의 가능성에 대한 답변이 되지는 아니한다. 지금 말한 것들을 정치적으로 확대하여 말하면, 흔히 생각하는 보다 나은 삶을 위한 여러 방편, 기술 발전, 사회 개혁, 경제 발전, 경쟁력 강화, 국익(國益), 계급 투쟁, 민족주의, 국가주의 등에 그대로 해당시킬 수 있다.

물론, 개인적으로나 집단적으로나, 보편적 평화의 이상을 허황된 꿈이고 삶의 현실은 영원한 투쟁이라고 말할 수도 있다. 그것을 인간의 삶의 근본적 진실이라고 하지 않는다고 하더라도, 부인할 수 없는 것은 이러한 이념에서 나오는 방안들이 현실적인 의미를 갖는다는 사실이다. 어쨌든 이러한 이념에서 나올 수 있는 문제 해결 방식을 가볍게 볼 수만은 없다. 그러나 다시 말하여, 그것이 보다 근원적인 인간의 유대감 또는 생명의 일체감과 생명의 유대감에 의하여 중화되지 않는 한, 부분의 이해관계에 한정된 방편들이 보다 인간적인 삶을 실현할 수는 없을 것이다. 이러한 것이 현실의 필요라고 하더라도 그것은 보다 큰 원칙하에서의 이차적 의미의 잠정 방안으로서만 인간적인 의미를 갖는다고 할 수 있다. 또 다른 한편으로 부분적인 이해관계의 해결을 위한 투쟁에서 출발하여 그것을 섣불리 보편적인 인간 이상에 연결하려고 하는 계획은 그 나름의 문제를 낳는다. 역사의 여러 실험이 이야기하고 있는 것은 현재 이곳의 삶을 무시한 미래의 약속 그리고 그 약속을 위한 현재의 비인간성의 수락은 커다란 비극을 낳는다는 것이다. 모든 인간 계획은 현재 이곳의 관점에서 그리고 보편적인 관점에서 동시에 고려되어야 한다. 그것이 인간 조건의 현실이다.

이렇게 말하는 것은, 부분적으로나 전체적으로나, 사회적 삶의 근본으로서 윤리적 의식이 필요하다고 말하는 것이 된다. 그러나 부분과 전체를 아우르는 윤리 의식은 쉽게 얻어질 수 있는 것이 아니다. 얼마 전 폴란드 대통령이 탄 비행기가 러시아의 스몰렌스크 근처에서 추락한 사건은 많은 사람에게 1940년에 있었던 카틴 숲의 학살을 다시 한 번 기억하게 하였다. 폴란드를 침공한 소련군은 거기에서 2만 2000명의 폴란드인을 학살하였다. 그것은 폴란드의 군 장교, 지주, 중산 계급, 지식인 등 포로가 된 사람들을 처치하여 적절한 프롤레타리아 정권 수립을 예비하려는 것이었다는 해석이 있다. 체호프의 한 단편에는, 사람을 살해하고 그 지갑을 턴 두 도둑이 피살자의 몸에서 발견된 베이컨을 먹으려다 주춤하는 장면이 있다. 그들은 그날이 교회에서 육식을 금하는 날이란 것을 기억한 것이다.

윤리감이나 생명 의식은 인간에게 주어진 원초적인 속성이라고 할 수 있지만, 그것이 감정의 일시적인 발로가 아니라 삶과 세계에 대한 이해가 되고 책임 있는 삶의 원칙이 되는 것은 쉬운 일이 아니다. 그것은 개인적으로는 긴 수련을, 집단적으로는 문화적 습속의 오랜 성장을 요구한다. 지적 수련은 단순한 관찰 — 그러면서도 깊은 의미를 갖는 관찰에도 필요하다. 로빈슨의 시에 보이는 삶의 현실에 대한 전체적인 긍정은 그것을 평가할 수 있는 마음이 있어서 가능하다. 거기에 이르는 데에는, 주어진 현실의 전체를 두루 살피고 그것을 삶의 전체적인 흐름에 연결하고 그 불가피성을 받아들이고 그에 따라 체념과 순응의 평화를 수락할 수 있는 마음의 훈련이 있어야 한다.

여기의 마음은 삶의 구체적인 현실에 공감하면서 동시에 그 현실로부터 초연할 수 있는 관조하는 마음이다. 물론 이 관조적 태도의 현실의 삶으로부터의 거리를 문제 삼을 수도 있다. 로빈슨의 시에서 시의 말을 읊조리고 있는 시인은 항해하는 사람이 아니라 언덕 위에서 배를 바라보고 있는 사람이다. 그렇다고 이 관조의 태도가 완전히 무의미한 것은 아니다. 현실과 관조의 거리와 그 병존은 인간 됨의 역설의 하나이다. 관조하는 관점은 사람으로 하여금 현실 속의 관점보다 현실을 더욱 절실하게 알 수 있게 한다. 관조는 현실을 추상한다. 그러면서 경험적 현실을 지각적 공감으로 추적한다. 그러면서 반드시 추상적 명제로 환원하는 것이 아닌, 일반적 결론에 이른다. 로빈슨의 시에는 이러한 역설적 작용이 들어 있다. 그것이 그의 시의 바다를 다른 시에서의 바다와 다르게 한다. 그 바다는 여기에서 단순한 수사적 장치가 아니다. 거기에서 전개되는 인간의 드라마도 드라마를 위한 드라마는 아니다. 또 그러니만큼 시인이 말하고 있는 것은 듣는 자에게 어떤 관점이나 명령을 부과하려는 것이 아니다. 이 모든 것에 스며 있는 것은 수련을 통하여 얻어질 수 있는 어떤 정신적 지향이다.

이것은 앞에 말한 윤리적 의식에도 그대로 해당된다. 어떤 인간적 상황에서 우리가 흔히 보는 것은 단순한 명령으로서의 윤리이고 감정의 흥분으로서의 동정이다. 우리는 명령으로서의 윤리를 받아들이기는 하지만, 그것에 쉽게 동의하지도 않고 또 거기에 숨어 있는 타인의 의지를 반가워하지도 않는다. 흥분된 감정은 쉽게 자기를 넘어 타자에게 이른다. 그리하여 그것은 윤리의 출발이 될 수 있다. 그러나 그것이 개인적으로나 사회적으로 또는 더 깊은 의미에서 현실의 옳은 파악과 책임 있는 행동으로 나아가는 것은 또 다른 마음의 작용을 요구한다.

반드시 여기의 이야기에 맞아 들어가는 것은 아니지만, 플라톤이 『공화국』에서 말하고 있는 시민 교육, 지도자 교육에 대한 설명은 신화에 가까운 것이면서도 윤리의 정신적, 사회적 존재 방식에 대하여 시사하는 바가 있다고 생각된다. 그의 공화국은 물론 비민주적 정치 체제이다. 그러나 그가 말하고 있는 것은 철저하게 공정하고 정의로운 정치 질서이고, 그것을 뒷받침하는 정신적 가치들의 많은 것은 다른 정치 체제에도 그대로 해당될 수 있는 것이다. 플라톤의 공화국론에서 상기해 보고자 하는 것은 지도

자가 어떠한 수련을 쌓아야 하는가 하는 것을 논하는 부분이다.

플라톤의 공화국에서 모든 시민은 비슷하게 노동력이나 용기나 이성적 능력을 가진 사람이다. 이 사회는 물론 정의로운 사회이다. 다만 여기의 정의는 평등한 사회에 있어서의 정의가 아니라 능력의 서열에 따라 신분이 달라지는 유기적 정치 질서 속에서의 정의이다. 그러나 덕성이 존재하는 방식에 대한 그의 관찰은 보편적 타당성을 갖는다고 할 수 있다. 그러나 이 차이를 참고하면서, 우리의 설명을 계속하면, 그의 철학에서 정의는 "외면적 행동의 문제가 아니라 내면적 자아의 문제이고, 인간으로서의 당연히 주의해야 할 일에 헌신하는, 스스로의 행동의 문제이다." 정의는 개인의 능력의 고른 균형, 그로부터 절로 나오는 열매이다. 이렇게 볼 때, 자기에 충실한 인간은 곧 정의의 인간이다. 그리하여 그러한 인간은 정의롭게 행동하거나 정의롭지 않게 행동하거나 그러한 것을 선택할 수 있는 인간이 아니다. 그는 잘못되는 일을 할 수 없게 되어 있는 인간이다. "신성한 것을 모독하거나 물건을 훔치거나, 친구나 국가를 배반하거나, 맹서나 계약을 거짓되게 하거나, 간음하고, 부모를 등한히 하고 신들에 봉사하지 않는 것이" 불가능한 사람인 것이다. 일반적으로 말하여, "덕성이란 영혼의 건강이다. 그것은 사악함이 병이고, 불구 상태이고 병약한 것인 것과 같다." "사람들은, 자신의 몸이 병들어 못쓰게 된다면, 세상의 온갖 사치와 부와 귀와 권력도 인생을 살 만한 것이 되게 하지는 못한다고 생각한다." 같은 논리에서, "악덕과 오류로부터 자신을 해방하고 정의와 덕을 얻는 것이 아니라, 제가 하고 싶은 대로 할 수만 있다면, 삶의 길잡이가 되는 원리가 비뚤어지고 부패하여도 그러한 인생을 살 만한 것이라"—이렇게 말할 수가 없는 것이다.[4]

4　Francis M. Cornford trans., *The Republic of Plato* (Oxford University Press, 1964), pp. 241~243.

이와 같이 자신의 삶의 건강의 일부로서 존재하는 것이 정의이고 윤리적 규범이다. 그러니까 그것은 원래 인성 속에 있는 것이다. 그러나 그것은 다시 찾아져야 하는 것이고, 그것은 교육을 필요로 한다. 그리고 지도자, 그중에도 통치자는, 기본적인 시민적 덕성을 넘어서 진선미의 비전에 나아가는 사람이다.(그러면서 이러한 가능성은 어떤 사람의 영혼에나 들어 있다고 플라톤은 말한다.) 그의 공화국에서 통치자는, 말할 것도 없이, 철학적 지혜를 얻은 사람이다. 그 지혜를 얻는 일은 긴 수행을 요구한다. 청소년기의 훈련 이외에 통치자가 되는 사람은 20세부터 35세까지의 긴 연수 과정을 거친다. 체육, 음악 — 옛 그리스어의 뜻으로 뮤즈의 분야, 즉 음악 이외에 문학과 예술이 여기에 포함된다. — 그리고 무엇보다도 수학을 공부하여야 한다. 이러한 학문적 수련을 통한 진리 추구의 궁극적 목적은 선(善, agathon, good)이다. 수련은 선을 정시할 수 있게 됨으로써 완성된다.

이 최고의 지식의 대상으로서의 선은 통상적인 의미에서의 덕성을 말하기도 하지만, 선에 대한 앎은 우주 만물의 형상에 대한 지식이다. 이것도 그것에 대한 지식 정보만을 말하는 것은 아니다. 알게 되는 것은 지식을 가능하게 하는 어떤 것이다. 이것을 정의해 달라는 요청을 받은 소크라테스는 모든 정의롭고 선한 것이 여기에서 나오지만, 그것을 설명하기에는 자신이 아는 것이 너무 적다고 말한다. 그러면서 그것을 비유로써 어느 정도 추측해 볼 수 있게 한다. 그것은 태양에 비교된다. 시각과 시각의 대상을 이어 주는 것은 태양의 빛이다. 빛이 없으면 시각은 사물을 보지 못한다. 빛이 없으면 사물의 색깔은 드러나지 않는다. 태양의 빛이 사람의 눈으로 하여금 사물을 분명하게 볼 수 있게 하는 것처럼, 근원적인 형상, 이데아로서 지능(noesis)과 지능의 대상 세계를 이어 주는 것이 선이다.[5]

---

5   Ibid., p. 219.

민주주의와 자유와 필연   141

여기에서 플라톤의 인식론적 신비주의를 언급하는 것은 반드시 그것을 토의하자는 뜻이 아니다. 그것은 당대에도 그러하고 지금에도 반드시 설득력을 가진 것이라고 하기는 어려울는지 모른다. 그러나 여기에서 주의하고 싶은 것은 절대적인 의미에서 선과 진리가 존재하면서도 그것이 대상적으로 파악되지 않는다는 가설이다. 이 가설에서 적어도 선과 진리 그리고 그것을 가능하게 하는 힘은 쉽게 인간의 개념으로 정형화되지 않는다. 이것은 많은 독단론과 이데올로기 그리고 그것의 엄청난 피해를 피할 수 있게 한다. 그러면서 허무주의와 상대주의의 자의성을 배제할 수 있게 한다.

플라톤의 진리론에서 이 점을 특히 주의하는 것은, 방금 말한 바와 같이, 그것이 현대적 의의를 갖는 것으로 보이기 때문이다. 같은 관점에서 또 하나 주목하고 싶은 것은 진리와 선의 비전의 비일상적 성격에 대한 시사이다. 선과 진리는 그것을 깨닫는 사람을 압도한다. 빛을 설명하는 소크라테스의 말에서, "사물이 진리와 실재에 의하여 찬란하게 비추어지고"——이러한 표현들은 선과 진리의 경험이 황홀한 느낌을 준다는 사실을 전달한다고 할 수 있다. 이 느낌은 유명한 동굴의 신화에 의하여 더 설득력 있게 전달된다. 사람의 지식은 —— 플라톤의 구분으로는 "어떤 것이 그럴 것"이라는 믿음(pistis)과 참다운 지식(episteme)으로 구분된다. 이 구분은 동굴 안의 사람과 빛의 세계의 사람이 갖는 지식의 차이이다. 동굴 안에 매여 앞만 보게 되어 있는 사람은 등 뒤의 불빛에 의하여 비추어지고 있는 사물의 그림자들을 실체라고 생각한다. 그러나 몇 단계를 거쳐 사람은 동굴 밖 햇빛 속으로 나아갈 수 있다. 이 이행 과정은 고통과 기쁨의 과정이기도 하다. 어려운 벼랑을 올라가는 것도 힘든 일이지만, 어둠에 익숙한 사람이 빛을 보는 것은 괴로운 일이다. 마지막 단계에서 햇빛 속으로 나온 다음에도 눈은 사물을 제대로 보지 못한다. 그러나 그 눈은 "찬란한 빛"으로 가득하다. 그리고 물론 밝은 세상에서 그는 행복을 느끼고 다시 동굴로 돌아가기를 원하지 않는다.[6] 이 모든 것은 선과 진리의 경험이 단순히 지적인 경험이 아니라 전인격적인 경험이며 전체적인 새로운 탄생의 경험이라는 것을 말한다.

이러한 점에서, 반드시 같은 것인지 확실하게 이야기할 수는 없지만, 그것은 혁명주의자들의 혁명적 열광 그리고 그것의 되풀이에 대한 갈망에 유사한 심리적 열도를 가지고 있다고 할 수 있다. 그러나 그것과 다른 점은 그것이 단순히 감정적 경험이 아니라 지적인 경험이라는 것이다. 이 글에서 참조하고 있는 『공화국』의 번역자 콘포드 교수는, 밝은 세계로 올라가는 사람이 빛에 서서히 익숙해져야 한다는 플라톤의 말에 주석을 붙여, 선과 진리에 대한 직관이 수학의 연수에 의하여 준비되어야 한다는 뜻이라고 말하고 있다.[7] 진리의 깨달음의 황홀경은 지성의 황홀경이든지 아니면 그것으로 기율이 주어지는 황홀경이다. 그런 점에서 그것은 단순한 정열의 폭발도 아니고 돈오(頓悟)도 아니다.

전인격적이면서도 지적인 성격의 황홀경이 오늘날 우리의 정치적 상황에서 흔히 보는 일에 어떤 교훈을 가지고 있다면, 그에 이어져 나오는 결과도 교훈적인 의미를 갖는다. 선과 진리의 경험은 방금 말한 바와 같이 커다란 인간적 변화를 가져온다. 이 변화의 가장 큰 증거는 그의 가치관이 전혀 달라진 데에서 볼 수 있다. 진리의 높은 곳을 알게 된 사람은 세속적인 가치와 목적의 추구를 원하지 않는다. 물론 그들은 권력과 지위를 원하지도 않는다. 그들은 선과 진리를 추구하고자 할 뿐이다. 그런데 사회의 관점에서 곤란한 것은 이러한 사람이야말로 사회가 필요로 하는 사람이면서 그

---

6 Ibid., pp. 229~230.
7 Ibid. p. 229 각주.

러한 사람으로 하여금 공직을 맡게 하는 것이 어렵다는 것이다. 그러나 그
들은 공정하고 사회 공동체의 필요를 이해한다. 이러한 그들의 인간 됨이
사회적 봉사를 위하여 그들을 설득하는 일을 가능하게 한다.[8]

5

　우리 사회에 지금 넘치고 있는 것은 여러 형태의 활력이다. 그중의 하나
가 정치적 정열이다. 이러한 것들이 참으로 인간적인 사회를 이룩하는 데
기여하는 것이 되려면, 그 정화가 필요하다. 그것의 많은 부분은 이성의 기
율로써 이루어져야 한다. 물론 이 이성은 삶의 현실을 간단한 공식으로 단
순화하는 것이 아니라 그 구체적인 움직임에 조심스럽게 주의하고 다른
한편으로 보다 큰 삶의 우주적인 신비에 열려 있는 마음의 일부이다. 이러
한 이성의 기율을 통하여 사회의 활력은 지속적인 것이 되고 인간적인 삶
의 일부가 될 것이다. 그러면서 그것의 작용이 필요한 것은 앞으로 나아가
는 것과는 관계없이, 인간적인 사회가 되게 하는 일에서이다. 이 일은 소극
적인 것처럼 보이는 것이면서도 가장 기본적인 인간 사회의 조건이다.
　여기에 관계하여 사회적 필요로서 누구나 인정할 수 있는 것이 서로의
삶을 상하지 않게 할 윤리 의식이다. 그러나 이것이 나를 내세우고 남을 부
리고 더 나아가 역사와 세계를 이사(頤使)하는 것이 된다면, 그것은 곧 자
기모순에 빠지게 될 것이다. 정의와 정직과 용기 — 선의 형상은, 플라톤이
생각한 것처럼, 영혼의 건강을 나타낸다. 이 영혼은 우주적인 의미를 가지
고 있지만, 무엇보다도 나의 영혼이고 그 건강은 나의 육체의 건강과 함께

8　Ibid., pp. 234~235.

나 스스로를 위해서 걱정해야 하는 사항이다.

좋은 정치 질서의 확립에는 집단적 정열이 필요하다. 그러나 그것은 이성에 의하여 조정되는 것이라야 한다. 제도는 그 결과의 하나이다. 경직된 환경도 견딜 수 없는 것이지만, 끊임없는 변화 속에서 인간다운 삶은 불가능하다. 자연 환경이 우리에게 주는 위안은 그 지구성이다. 그것은 모든 변화에도 불구하고 길고 오래된 세계를 이룬다. 물론 그 변화는 우리 마음을 기쁘게 한다. 그러나 그것은 그 지속성 안에서 일어나는 변화이다. 민주주의는 경직된 권위의 질서를 거부한다. 그러나 그것이 질서 자체를 거부하는 것은 아니다. 이 지속적이면서 유연한 질서는 삶이 뿌리내릴 수 있는 환경을 만든다.

내 마음대로 하는 것이 자유의 궁극적인 의미는 아니다. 자유는 삶의 필연성으로 돌아가기 위한 한 예비 행동이다. 모든 것 중에도 가장 중요한 것은 삶의 현실이다. 그 현실은 고통과 기쁨을 포함한다. 문제는 그 고통과 기쁨이 삶의 위엄에 어울리는가 하는 것이다. 오늘의 현실을 다시 삶의 근원적인 현실의 지평에서 바라보면서 사람은 그 현실의 정당성을 가늠한다. 삶의 큰 지평은 그 자체로 인간에게 숭고함의 의미를 깨닫게 한다. 나날의 삶의 작업은 그것을 에워싸고 있는 근원적 실재의 진지함 속에서 위엄을 얻는다. 인간의 삶을 보다 인간적인 것이 되게 하기 위하여 노력하는 것은 너무나 당연하다. 그러나 궁극적으로 주어진 현실 또는 실재 이외에 무엇을 말할 수 있는가?

얼마 전에 우리가 다 아는 참사(慘事)가 백령도 근해에서 일어났다. 이 글을 쓰고 있는 아침에 한 신문은 침몰한 배의 뒷부분을 인양하는 작업을 보도하면서, 일면의 표제로서 "우리 아들이 저기 올라와/ 어떡해, 너무 추울 텐데"라고 썼다. 얼마 전 다른 신문은, 이 참사와 관련하여 "늑장부리는 대책에 국민들 분노"라는 표제를 내걸었다. 이러한 보도를 접하면서, 우리는 사실은 센티멘털리즘과 분노를 넘어서 엄숙하다는 것을 생각하지 않을 수 없다. 신문이 표현하는 것들이 이러하다. 우리의 많은 시는 시적인 환상을 그 소재로 한다. 그러면서 그것이 진실에 근거해야 한다는 것을 잊어버린다. 정치와 일상생활에서 필요한 것도 현실의 무게를 존중하고 책임 있는 대책을 생각하는 일이다.

(2010년)

차 모임과 서부 개척지

미국 정치 심리의 한 모델

1. 사람과 고장

　미래전략연구원이 처음에 필자에게 제안한 제목은 "미국 문명의 발전과 신질서 구상"이라는 것이었다. 이것은 물론 우리가 마땅히 생각해 보아야 할 과제를 말하는 것이지만, 필자의 능력으로는 넘겨보기도 어려운 거대한 과제이다. 또 처음에 김형찬 교수가 제안한 것은 미국에 대한 일반적인 관찰을 요청한 것이었는데, 이것도 그에 못지않게 어려운 과제이다. 그러면서도 이러한 과제들을 회피할 수 없는 중요 과제라는 것을 인정하는 것이 마땅하다. 이러한 문제들을 생각해 볼 준비가 됐든 안 됐든 간에, 우리는 이에 관련된 현실 문제들에 부딪치게 되고, 여기에 대한 결정은 이러한 큰 문제에 대한 가설적 해답들을 전제하면서 이루어지게 될 것이다. 여러 각도에서 미국은 우리에게 중요하고 정책 연구자와 집행자는 그들 나름의 전제를 가지고 정책을 결정 집행할 것이다.

　거창한 일반론을 두려워하고 구체적이고 사실적인 주제에 천착하는 것은 학문적 양심 또는 학문적인 조심성이라는 관점에서 정당한 일이다. 그러나 엄밀하게 방법론적 반성을 해 본다면, 학문적 연구에 있어서도 작은 과제의 조사에도 숨은 큰 전제들이 들어 있게 마련이다. 그러한 전제가 없이는 작은 문제도 문제 될 만한 것으로 주의의 대상이 되지 않는다. 그러므로 작은 문제와 큰 전제 사이에 존재하는 불가피한 연계는 학문적 관심의 대상이 되어 마땅하다. 그리고 그것은 통속적 일반론을 피하고 비판적, 반성적 입장을 분명히 하는 데에도 필요한 작업이다. 미래전략연구원 여러분이 제안한 제목들은, 다시 말하여, 검토될 만한 주제들이다. 다만, 그것을 시도하는 사람의 능력이 문제 될 뿐이다.

우리가 흔히 듣는 일반론에는 동양은 어떻고 서양은 어떻고 하는 것이 있다. 이것은 객관적인 근거가 있는 것이라기보다는 부분적인 직관을 일반화한 주관적 견해에 불과한 경우가 많다. 그렇다고 그것이 심각하게 천착되어야 할 과제가 되지 않는 것은 아니다. 그것이 많은 지적 작업에 스며 있는 선판단(先判斷)—prejudgement, prejudice의 하나이기 쉽다는 점에서만도 그러하다. 국가라는 개념도 그러한 개념에 속한다. 그것은 그러한 관점에서라도 적극적으로 천착되어야 하는 개념에 속한다. 이 글에서도 이야기하고자 하는 것은 미국이라는 나라 전체라기보다는 미국의 어떤 특정한 부분 또는 어떤 부분의 특징이다. 그러나 거기에도 전체로서의 미국이 전제되어 있음에 틀림이 없다. 그러나 여기에서 국가를 하나로 상정하고 그것을 인간 행동의 특징과 의지와 행동을 이해함에 있어서 큰 바탕이 된다고 하는 것이 반드시 옳은 것이 아니라는 것을 잠깐 생각함으로써 화두를 열어 보고자 한다. 그런 다음 다시 미국의 이야기로 돌아가게 될 것이다.

몇 년 전에, 나는 프랑스 파리 대학의 미셸 콜로(Michel Collot) 교수를 만나 그의 주요 관심사인 풍경에 관하여 이야기한 일이 있다. 그때 나는 프랑스어의 풍경(paysage)이라는 말이 나라(pays)라는 말에 이어져 있다는 것을 알게 되었다. 콜로 교수는 시에 나타나는 풍경의 이미지에 관심을 가지고 있지만, 동시에 풍경이 정치적인 의미를 가지고 있다는 것을 의식하고 있었다. 풍경에 대한 관심은 오늘날 문제가 되는 환경 의식의 직관적인 기초가 된다. 자기가 사는 고장의 풍경에 대한 관심은 쉽게 그 바탕이 되는 환경에 대한 관심으로 확대된다. 또 그것을 자신의 삶의 바탕으로 인식하게 되는 것은 좁게 정치적으로 규정되는 국가 의식을 초월할 수 있는 계기가 될 수 있다. 콜로 교수가 주도하여 프랑스의 여러 곳에 조직한 풍경학회는 이러한 정치적 의미를 가진 것으로 보인다.

어쨌든 시(詩)나 미술에서 말하는 풍경은 단순히 눈에 보이는 자연을 말한다기보다는 보고 있는 사람이 정서적으로 가깝게 느끼는 자연의 어떤 부분을 말한다. 더 나아가, 어떤 아름다운 풍경의 감동은 시각적 체험이면서도 인간의 삶을 지역의 총체성 속에 인식하게 하는 것이기 때문에 일어난다 할 수 있다. '나라'라는 개념도 사실은 이러한 지역과 인간의 종합에서 생겨난 것이 아닌가 한다. 다만 거기에 관련된 구체적인 삶과 지역 또는 땅을 아울러 본다면, 그때의 나라는 추상적인 의미에서의 국가와 반드시 일치하는 것은 아닐 수 있다. 사실 프랑스어에서 pays는 국가를 말할 수도 있지만, 그것보다는 어떤 지역을 의미한다. 그리하여 그것은 국가(état)와 상당한 다른 개념이 될 수 있다. 정치적 체제로서의 국가와 보통 사람이 말하는 나라의 차이는 다른 말에서도 볼 수 있다. 영어에서 나라는 country이지만, 이것은 시골이라는 말이기도 하고 —— 가령 영국의 동북부 워즈워스가 살던 지역을 Lake Country라고 할 때처럼 —— 어떤 부분적인 지역을 말하기도 한다. 독일어에서 '우리 나라'는 '우리 토지(Unser Land)'라는 말에 일치한다. 물론 프랑스어의 경우, '나라'라는 다른 말 patrie가 있다. 이것은 토지나 고향의 구체성을 떠나서 정치적인 의미를 가지고 있다. 그러나 그 라틴어 어원 patria는 고향이란 뜻을 가지고 있다.

프랑스 문화와 문학을 오래 연구한 영국의 저술가 그레이엄 롭(Graham Robb)은 『프랑스의 발견』이라는 저서에서 프랑스가 하나의 나라가 아니라 문화와 언어와 관습을 달리하는 많은 작은 지역으로 이루어졌다는 것을 새삼스럽게 확인하게 된 자신의 경험을 말하고 이것을 역사적으로 추적하고 있다. 이것은 그가 일반적으로 책을 통해서가 아니라 자전거 등을 통해서 프랑스 여러 곳을 여행해 보고 발견한 것이다. 이 책에 의하면, 역사적으로, 프랑스가 하나의 나라가 된 것은 그렇게 오래된 일이 아니다. 이러한 관점들을 참고하면, 단순한 국가(état)라기보다는 수많은 고장(pays)으로 이루어져 있는 것이 프랑스라는 것이 이 책의 주장이다.

롭이 정의하는 바에 의하면, 원래,

> pays는 …… 추상적인 국가(nation)가 아니라 사람들이 자신들의 집이고 고향으로 생각하는 구체적이고 조상 대대로의 땅을 가리켰다. 그것은, 들려오는 사람들의 소리가 익숙한 지역, 새들과 벌레들의 오케스트라, 바람의 무도, 나무와 바위와 이상한 샘물들의 풍경을 의미했다.[1]

놀라운 것은 이러한 작은 고장에서 ——300명 정도의 인구를 가진 자족적인 마을도 많았다. ——사람들은, 중앙의 절대 군주 체제에도 불구하고 완전한 민주주의를 누렸다는 사실이다. 사실 이들 고장에서는 프랑스 혁명 이후에 새로 도입한 민주주의 그리고 소위 '정의'에 대하여 저항이 강했다. 롭은 이러한 독립된 고장 의식이 아직도 프랑스의 도처에 살아 있다고 말한다.

1　Graham Robb, *The Discovery of France*(W. W. Norton, 2007), p. 28.

2. 개인과 집단 조직: 나라

그렇기는 하나 오늘날 국가가 사람의 삶을 결정하는 가장 중요한 요인이 되는 것임은 틀림이 없다. 형식적인 의미에서 사람들을 국민으로 묶는 것이 국가이다. 그것은 절대적인 당위성을 갖는다. 위에서 프랑스어 '국가(pays)'가 복잡한 뜻을 갖는다는 것을 말하였지만, 어느 영국인이 쓴 글에서 프랑스인이 프랑스인이라는 것을 얼마나 추상적으로 정의하는가를 읽은 일이 있다. 영국인으로 인정되는 데에는, 날씨에 대하여 관심을 가지고 있고 여왕의 동정(動靜)을 화제에 올릴 수 있고 축구를 논할 수 있는 것이 중요하지만, 프랑스인이 되는 데에는 프랑스 혁명에서 천명된 정치 이념, 자유, 평등, 우애의 이념에 충성할 수 있다는 것을 보여 주는 것이 중요하다는 것이었다. 이것은 프랑스인의 이데올로기 편향에 대한 우스개 이야기이지만, 그것은 오늘의 시대 현실을 다시 한 번 확인해 주는 이야기이다. 다만 그러면서도 프랑스라는 국가에는 다시 고장이 존재하는 것일 것이다.

중요한 점은, 국가든 아니면 다른 집단 이념이든, 추상적 구성체에 전적으로 실체를 부여하는 것이 인간 현실을 정당하게 이해하는 것이 아니라는 사실이다. 그것은 삶의 한 테두리이면서, 어떤 조건하에서 그러한 것이고, 언제나 그러한 것은 아니다. 사람들은 일상적 삶에서 그러한 추상적인 테두리를 거의 의식하지 않는다. 또 다른 나라의 사람들이 개인으로서 만나게 될 때, 반드시 국가를 의식하고 만나는 것은 아니다. 보편적 인간이라는 또는 인류라는 개념으로 나아갈 수 있게 되는 것도 그것을 떼어 낼 수 있기 때문에 가능하다. 국가는 현실적 관점에서는 정부 차원에서 결정되는 정책으로 대표된다. 그것은 집단적 의지와 행동을 실현하는 방안이다. 또는 동원의 체제이다. 그러나 모든 정책에 모든 사람이 그대로 포괄되는 것은 아니다. 그리고 다른 정책적 가능성이 없는 것도 아니다. 정책이 나오는 근본적인 바탕은 구체적인 인간의 삶일 것이고, 이것은 국가 간의 관계에서도 마찬가지이다. 국가 간의 갈등 속에서도 어느 국가의 소속인을 사람으로 보고, 정부와 정부 정책의 지배하에 있는 국민을 따로 분리하여 보는 것도 이러한 구체적인 삶의 기반을 잊지 않는 데에서 쉬워지는 것일 것이다.

이러한 구체적인 뜻의 pays에 대하여, 한국어에서는 나라나 국가나 민족은 언제나 추상적인 통일체로서의 국가 전체와 그 주민을 말하는 것으로 생각된다. 그리하여 우리는 국가를 하나의 본질적 개념으로 파악한다. 이렇게 국가를 하나의 통일체로 접근하는 것이 실체가 없는 것이라고 하는 것이 아님은 말할 나위도 없다. 그러나 풍경과 고토(故土)가 없는 나라가 행복한 나라라고 할 수 없다. 어쩌면 한국에도 나라와 고장 사이의 모호함에 대한 의식이 없지는 아니하였지만, 가혹한 역사의 전개 속에서 그것이 사라지고 만 것이 아닌지 모른다.(지금의 지역 감정은 반드시 고장의 삶에 대한 느낌과 일치한다고 할 수 없다. 그것 또한 추상적인 범주에 불과하다.)

그러나 풍경과 고장의 그 구체적인 삶 — 되풀이하건대, 익숙한 목소리가 들리고, 새와 벌레가 울고, 나무와 바위와 산이 편안한 형상을 이루는, 조상 대대로의 땅 — 구체적인 삶의 뿌리를, 그리고 그 뿌리에 이어져 있는 토지와 사람들을 되찾는 것 또는 그것을 다시 상상하는 것 — 오늘의 세계에서 이것은 여간 어려운 일이 아니다. 추상적으로 정의되는 집단적 범주가 너무 강력하게 삶을 지배하게 되었기 때문이다. 국가가 아니라도 그다음 차원의 여러 추상적 범주들은 국가보다도 더 직접적으로 우리의 삶을 결정한다. 계층, 계급, 인종, 성차, 학력 — 이러한 것들은 우리의 삶을 완전히 옭아매고 있는 것으로 보인다. 이것들은 현실의 개선을 희망하는 입장에서는 우선적인 고려 사항이 된다. 그리하여 보다 구체적인 삶에 가까이 갈 수 있는 방도는 거의 없어진 것으로 보인다. 이것은 우리나라의 경우 특히 그러한 것으로 생각되지만, 미국을 이야기하는 경우에도 마찬가지이다. 미국을 이야기하는 것은 추상적인 차원에서 미국을 이야기하는 것이다. 미국의 흑인 시인 니키 조반니(Nikki Giovanni)의 시에는 흑인임에도 불구하고 인종과 가난의 렌즈로는 포착되지 않는 삶—크리스마스를 즐기고 가정과 친구들 사이에서 행복을 누렸던 삶이 있음을 말하는 시가 있다. 지방의 사람들을 만나서 그들의 삶—애국심을 통해 본 삶이 아니라 나날의 삶을 알고 그것들을 기록한 시를 읽고 하기 전에는 구체적인 미국을 직관하는 것은 불가능하다. 할 수 있는 것은 추상적으로 포착되는 것이 삶의 진실의 전부가 아니라는 것을 상기하는 일일 뿐이다.

3. 오바마 대통령의 건강 보험 개혁: 개인주의와 사회 입법

최근에 미국의 국내 정치에서 가장 큰 문제가 되었던 것은 오바마 대통령이 추진한 건강 보험 제도의 개정 문제였다. 이것을 개정하는 법을 통과시키는 과정에서 오바마 대통령이 부딪친 문제 그리고 결국 여러 타협을 통하여 얻어 낸 결과는, 다시 한 번 미국 민주주의의 기본 신앙 개조인 개인의 자유와 개인의 경제 활동이 취하게 되는 특이한 형태를 예리하게 드러내 준다. 이것은 이러한 민주주의의 원칙이 사회 입법과 양립되지 않는다는 생각에 기초한다. 많은 사람들이 주목하고 있듯이, 이것은 미국과 유럽 여러 나라에서의 민주적 질서에 존재하는 근본적 차이가 된다. 그리하여 보험 제도의 경과와 내용을 살피는 것은 미국 정치를 이해하는 데에 하나의 실마리를 제공해 줄 것으로 생각된다.

미국은 세계에서 가장 강력하고 부유한 나라이면서도, 그 건강 보험 제도는, 사회적인 관점에서, 가장 낙후된 나라의 하나이다. 소위 선진국 가운데 거의 유일하게 국민 전체를 포함하는 사회 건강 보험 제도를 가지고 있지 않는 나라가 미국이다. 보험에 가입하지 않은 인구의 통계는 여러 가지로 다른 것이 있지만, 3억 인구의 15퍼센트에 해당하는 4500만을 넘어가는 사람들이 건강 보험을 가지고 있지 않다는 통계도 있고, 29퍼센트에 해당하는 8600만을 초과하는 인구가 보험 혜택을 받지 못한다는 통계도 있다. 그러면서도 국민이 쓰는 의료비는 평균적으로 세계에서도 가장 많다. 어떤 보고에 의하면, 국민 개인 소득에 대한 의료비의 비율이 세계에서 동티모르 다음으로 높은 나라가 미국이다. 비록 보험 회사의 건강 보험에 가입되어 있다고 하더라도 회사의 불합리한 조처로 일반 국민들은 여러 불리한 조건들을 감수하여야 하는 경우가 많다. 가령 보험 회사들은 보험 가입 이전의 건강 조건을 강화하여 병의 기존 증상이 있는 사람의 보험 가입을 거부하고, 또 규모가 작은 기업체들의 피고용인들이 집단 보험 혜택을 받게 되는 것을 어렵게 하는 일도 많다. 오바마 대통령과 민주당이 내놓은 보험 개정안은 기본적으로 모든 국민에게 사회 의료의 혜택이 돌아가게 하고 지금까지 보험과 의료 시술 그리고 약품 거래에 따랐던 여러 폐단과 부패를 없애는 것을 목표로 한다.

그런데 흥미로운 것은 이 새로운 법제화된 제도도 미국의 정치 문화를 크게 수용하는 것이라는 것이다. 오바마 대통령의 법안 자체가 그것을 완전히 일탈하는 것은 아니었다고 하겠지만, 새로운 보험 제도를 반대하는 야당과 국민을 설득하고 타협하기 위하여서도 그러한 수용은 필요한 일이었다고 할 수 있다. 새로 도입되는 보험 제도는 국외자로서는 쉽게 이해할 수 없는 것이라 하겠는데, 이 일부 이유는 이러한 데에 있는 것으로 생각된다. 여기에서 미국의 정치 문화란, 정부의 일방적인 조처를 간단히 허용하기를 주저하며 법정에서 세부 사항을 타협하여 법에 포함하는 관습을 말한다. 이번 건강 보험법은 보험 혜택을 널리 확대하려는 의도를 가진 것이지만, 간단하게 의료 문제에 대하여 국가가 전적인 책임을 지는 제도를 만드는 것을 뜻하지는 아니한다. 가장 중요한 부분은 보험에서 제외되었던 사람 중 3200만이 보험 혜택을 받게 하는 것이다. 이로 인하여 이제 국민의 95퍼센트가 보험의 수혜자가 되게 된다. 그러나 점진적 정책 시행의 결과로 일단의 목표가 달성되는 것은 2019년에 이르러서이다. 그리고 그다음에도 보험은 연차적으로 계속 확대된다. 보험금은 반드시 직접적으로 정부가 부담하는 것이 아니다. 보험 가입과 관련하여 정부가 하려는 것은 여러 보험 회사가 경쟁을 벌이는 보험 교환 시장을 만드는 것이다. 여기에서 소비자는 이해득실을 비교하여 보험 회사를 선택한다. 일정한 빈곤선 이하의 수입을 가진 사람들은 정부로부터 보험료 지불을 위한 보조금을 받을 수 있다.

이러한 사항들을 포함한 개정안에서 특이한 것은 이번의 보험 개정안이 정부의 지출 부담을 늘리는 것이 아니라 절감하는 것이 된다는 것이다. 이 절감된 부분은 물론 정부의 부채를 줄이는 데에도 쓰이겠지만, 의료 진단과 치료의 향상에 대한 새로운 연구와 의료 요원들의 훈련에 사용하는 것으로 되어 있다. 이것을 위한 보험 비용의 절감이 어떻게 이루어지는지는 더 자세한 검토가 없이는 분명하게 알기 어렵다. 아마 가장 큰 부분은 전체적인 제도의 합리적 정비에서 올 것으로 생각되지만 ─ 그것은 어떤 종류의 고가(高價) 보험에 대한 세금의 부과를 포함한다. ─ 이미 정부가 지출하고 있는 의료 경비의 합리화에서도 나올 것으로 생각된다. 사실 국민 의료의 상당 부분이 공적으로 지출되어 왔다. 고령자, 장애인, 빈곤층을 위한 의료 혜택과 구조 제도인 메디케어(Medicare)와 메디케이드(Medicaid), 군인과 제대 군인을 위한 군사 건강 제도, 빈곤층 자녀 의료 보조, 아메리카 원주민 의료 봉사 기구 등을 통하여 국민의 상당 부분이 의료 문제에 있어서 복지 혜택을 받고 있었던 것이다.

의료비 지출의 공사 구분의 문제를 떠나서 이러한 제도와 장치를 보면, 미국의 의료가 완전히 공적인 안전망을 가지고 있지 않았다고 할 수는 없다.(이것은, 우리나라에서 흔히 생각하는 것과는 달리, 다른 사회 복지 부분에도 해당하는 사실이다.) 그리하여 이번 의료 제도의 개혁은 전적으로 새로운 제도를 도입하는 것이라기보다는 기존 제도를 정비하여 불합리한 점을 시정하고 또 탈락된 부분을 보충하는 성격의 방안이라고 할 수 있다. 이것이 결국 1년여의 갈등과 대결에도 불구하고 미국 의회가 최종적인 타협안을 통과시킬 수 있었던 이유일 것이다. 그러나 새로운 보험법에 대한 공화당과 그에 동조하는 사람들의 반대가 격렬했던 것은 사실이다. 전적으로 새로운 것이 아니라 기존 제도의 결점들을 보완하려는 것이 이번 법이라고 한다면, 반대가 그렇게 격렬할 이유가 없다고 할 수 있다. 언론들이 지적했듯이, 이번의 법안은, 그 법에 반대를 강하게 표명한 밋 롬니(Mitt Romney) 공화당 소속 상원 의원이 매사추세츠 주지사로 재직할 때, 매사추세츠 주에서 채택한 의료 제도에 비슷한 제도를 내놓은 것이다. 또 공화당 출신의 닉슨 대통령이나 부시 대통령도 미국의 의료 제도를 사회화에 조금 더 다가서게 하는 의료 관계의 법안을 내놓은 바 있었다. 그렇다면 공화당의 이번 건강 보험법에 대한 반대는 반드시 실질적인 내용에 대한 것이라고 할 수 없을는지 모른다. 물론 공화당을 비롯한 보수 정치 세력이 보험 회사를 비롯한 기업의 이익 —그것이 상당 정도의 비윤리적인 측면을 포함하는 경우까지도, 기업의 자유를 절대화하여 보호하겠다는 의도를 가진 것은 사실이고, 또 사회 문제가 있더라도 그 해결을 자유 시장을 통하여 찾아야 한다는 이념적 입장이 있는 것은 사실이다. 그렇다고 하더라도 이러한 입장을 특히 완강하게 지키게 한 것은 미국의 정치와 사회 현실의 어떤 부분에 그것을 방조하는 부분이 있었기 때문이라고 할 수 있다.

4. 차 모임: 개인주의적 정치 이념의 모순

새로운 건강 보험법과 관련하여, 법안에 찬성하는 의원들에 대한 살해 협박이 나오고 유례없이 국회 방청석에서 난동이 벌어질 정도로 강력한 반대 움직임이 있었다. 자기들이 생각하는 것과 비슷한 내용을 가진 정책이나 법안이라도 다른 당에서 제안된 것이라면 반대하고 나서는 것이 정당의 생리이지만, 미국의 경우에 이 법안을 에워싼 반대가 이 정도로 격렬했던 것은 조금 예외적이라고 할 수 있다.《뉴욕 타임스》의 칼럼니스트 프랭크 리치(Frank Rich)는 반대 운동의 격렬함은 보험 문제에 대한 것이라기보다는 미국 정치 판도의 근본적인 변화에 대한 저항이라고 진단한다. 변화를 대표하고 있는 것은 무엇보다도 오바마 대통령이다. 그는 미국에서 대통령에 당선한 최초의 흑인 혼혈인이다. 그의 당선은 미국이 인종주의를 넘어설 수 있게 되었다는 것을 말하기도 하지만, 동시에 미국의 인구 구성 자체가 진정한 의미에서의 다인종 사회로 바뀌어 간다는 사실을 반영한 것이다. 그리고 이것이 보수 계층의 사람에게 불안과 반발을 촉발한 것이다. 오바마 대통령이 숨은 이슬람교도이며, 미국에서 탄생했다는 출생 증명이 없는 사람이라는 허위 선전이 반대 운동에 따랐던 것도 이를 나타내는 것이다. 얼마 전에 애리조나 주는 불법 이민자로 보이는 사람에게 언제나 신분 증명의 제소를 요구하게 하는 법을 통과시켰는데, 리치 칼럼니스트는 이것도 같은 인구 구성의 변동에 대한 반응, 즉 인종주의적인 반응을 나타내는 것이라고 진단한다.[2]

물론 지금의 미국의 정치 판도에서 인종주의가 표면에 나올 수는 없다.

---

2 "The Rage is not about Health Care", *The New York Times*(March 28, 2010); "If Only Arizona were the Real Problem", *The New York Times*(May 1, 2010).

그것은 다른 보다 공적인 명분과 섞임으로써 숨어 있는 정치 의제의 일부가 될 수 있다. 그러나 동시에 생각할 것은 뒤에 숨어 있는 동기가 무엇이든지 간에 표면의 명분은 명분으로서의 의의를 갖는다는 것이다. 그리고 사실상 그것은 명분 그대로 현실에 작용한다. 추종자를 추동하는 것도 의심 없이 받아들여지는 명분이다.(한국의 정치 열성 분자들은 대체로 자신들이 추측한 동기로 정치의 모든 것을 설명할 수 있다고 생각한다. 그에 대하여 정치는 현실과 동기와 명분, 3자 사이의 변증법 사이에서 움직인다고 할 수 있다.) 조금 더 내세울 만한 명분을 가지고 있는 정치적 움직임으로 요즘 미국의 언론에 많이 등장하는 것이 '차 모임 운동(Tea Party Movement)'이다. 이것이 어떤 모임인가는 여러 논평자도 잘 알지 못하는 것으로 보인다. 그러나 이 운동이 공화당을 비롯하여 보수 세력에 무시할 수 없는 영향을 미치고 일반 대중 사이에도 상당히 영향력을 행사하고 있는 정치 움직임인 것은 틀림이 없다. 정규적인 정당과 어떤 특정 정치 이슈를 문제 삼는 대중 시위 이외에 지속적인 정치 운동이 없는 현실에서, 그것이 어떤 것이 되었든지 간에, 정치 열기를 지속적으로 모으는 운동이 일어난다는 것 자체가 주목할 만한 일이라고 할 수 있다. 2009년 초 건강 보험법과 거의 동시에 시작된 차 모임 운동은 그것을 반대하는 일로써 그 세력을 크게 늘렸지만, 이 운동이 문제 삼는 것은 단지 건강 보험법만이 아니다. 반드시 뚜렷한 지휘부가 존재하는 것으로 보이지 않는 이 운동은 보수주의의 기치를 내걸고 있으면서도 대중 운동의 성격을 띠고 있다. 여기에서 대중은, 여러 분석에 의하면, 반드시 최하층의 대중이라기보다는 중산 계급——사회 주류의 정치로부터 소외되어 있다고 생각하는 중산 계급의 사람들이다. 그러면서 포퓰리즘을 대표한다. 그렇다고 이들이 자신들의 문제를 국가 정책으로 해결할 것을 기대하는, 다시 말하여, 사회 문제를 사회적으로 해결할 것을 기대하는 것은 아니다. 그들이 가장 혐오하는 말은 사회주의라는 말이다. 조금 전에 말한 것처럼 그들은 건강 보험의 사회화를 반대하지만, 그 이전에 그들을 흥분하게 한 것은 금융 위기의 대책으로 파산의 위기에 빠지게 된 금융 기관을 오바마 정부가 막대한 국가 예산으로 구제하려 한 정책이었다. 그들은 이러한 일을 할 수 있는 큰 정부에 대하여 작은 정부를 옹호한다. 정치나 경제의 기초는 개인들의 노력이고 소규모 개인들의 협동이지 거액의 세금을 부과하여 이것을 자의적으로 사용하고 국가 전체의 향방을 결정 지휘하는 큰 정부가 아니라고 이들은 생각한다. 이것이 미국의 전통적인 민주주의의 의미라고 주장하는 데에서, 이들은 미국의 독립 혁명의 역사에서 상징적인 의미를 가지게 된 '티파티' 모임의 이름을 자신들의 모임에 붙인 것이다. 이것은, 1773년 미국에 들어오는 차에 세금을 부과한 영국 정부에 항의하여 수입 차를 적재하고 보스턴 항구에 들어온 배에서 차를 바다에 던짐으로써, 미국 독립 운동을 시작하게 한 사람들을 부르는 이름이다. 자신들이 미국 민주주의의 근본을 대표한다는 것은 티파티 운동에 참가하는 사람들이 착용하는 희극적인 18세기 복장으로도 표현된다.

지난 2월 테네시 주의 내슈빌에서 열린 티파티 모임에 참가한 영국의 여행 작가로서 미국에 정착하여 워싱턴 주 시애틀에 거주하는 조너선 레이번이 자신의 경험을 이야기하는 바에 의하면,[3] 과연 이 티파티 참가자들은 보통의 미국 중산 계급의 사람들로 보인다. 그가 만난 한 사람은 상당히 부유한 사람으로서 해외에 휴가 여행을 하고, 영국에 별장을 가지고 있고 요트를 소유하고 있는 사람이다. 그러나 더 전형적인 사람은 그가 묘사하고 있는 또 하나의 참석자라고 할 수 있다. 대통령 선거 시에 공화당 부통령 후보 세라 페일린(Sarah Palin) 선거 운동에 참가한 60대의 이 여성은 자

---

3   Jonathan Raban, "At the Tea Party", *The New York Review of Books*, March 25~April 17, 2010, volume 57, number 5.

기가 이 운동에 자발적으로 참가하게 된 것은 페일린 후보의 연설을 들었을 때, 그가 너무나 자신과도 비슷한 보통의 여성으로 비쳤기 때문이라고 말한다. 그녀는 남편과 함께 이제 어른이 되어 집을 떠난 자식들 대신으로 여섯 살과 아홉 살의 두 아이들을 양육하고 있다. 이 아이들은 장애아로서, 이들을 입양할 때에 병원에서는 이 아이들이 "재활용 가능한(salvageable)" 상태인지 모르겠다는 말을 했는데, 인간을 두고 이러한 말을 하는 데에 분노하고 페일린과 같은 사람은 인간에 대하여 이러한 말을 쓰지 않을 사람으로 생각한다 말한다. 레이번이 특히 강한 인상을 받은 것은 이 부인이 이 어린 양녀들이 흑인이라는 말을 처음부터 밝히지 않은 것이었다. 그녀에게 인종의 문제는 중요한 것이 아니었다.

티파티 운동에서 중요한 요소로 작용하는 것은 종교와 도덕 그리고 일반적인 행동 윤리의 문제로 보인다. 방금 말한 부인이 선거 때에 참가했던 정치 단체들은 '세라 연합(Sarah Team)'과 '미국을 위한 어머니들의 모임(Conservative Moms for America)'이다. 이들이 표방하는 생활 신조에서 중요한 것은 아내는 남편에 순종하여야 한다는 기독교 성경의 부덕에 관한 계명이다. 레이번이 참석한 모임에서 많이 이야기된 것은 기독교와 성 윤리와 애국이다. 낙태, 동성 결혼, 이민 등은 건강 보험법 논의에서도 중요한 토의 안건이었다. 그러나 이러한 것은 곧 보수적 편견에 이어질 수 있다. 레이번이 지적하듯이, 티파티 참가자들의 "대중적 신앙이나 애국주의가 거친 토착주의, 음모 정치론, 이국인 혐오로 바뀌는 것을 재는 데에는 스톱워치가 필요할 정도이다." 레이번이 보기에 티파티의 의제에서 중요한 부분이 되는 것은, 오바마 외국 탄생설(따라서 그는 대통령 자격이 없다는 소문), 마르크스주의자들의 음모설, 이민자 배척과 증오, 차 모임의 종교적 성격 등에 동의하지 않는 민권주의자 등이다. 그러나 이들은 보다 순수한 정치적인 관점에서는, 정부의 재정적 무책임과 과도한 국가 부채, 중앙 정부의 권한 비대를 비판하고 작은 정부와 지방 정부의 권한을 옹호한다. 이 부분은 레이번의 동조를 사는 부분이다.

그가 이 티파티의 모임에 참가한 것은 그 자신이 공언하듯이, 이들의 정치적 목적에 동의하기 때문이었다. 그는 작은 정부를 지지한다. 그의 미국 여행기의 제목은 『가슴 아픔 씨를 찾아서(Hunting Mr. Heartbreak)』(1991)이다. 여기의 '가슴 아픔 씨' 또는 Mr. Heartbreak는 불어의 Crèvecoeur를 번역한 것이다. 이것은 한국어나 영어로 번역해 놓으면 조금 이상하게 들리지만, 원어로는 특히 이상하게 들릴 것이 없는 말로서, 18세기에 미국에 이민한 프랑스인 헥터 세인트 존 크레브쾨르(J. Hector St. John de Crèvecoeur)를 말한다. 그가 쓴 『아메리카 농부의 편지(Letters from an American Farmer)』(1782)는 아메리카를 새로운 농토를 개간하여 농장을 건설하고 새로운 민주 농업 문명의 사회를 이룩해 나가는 이상국으로서 그린 책이다. 레이번의 미국 기행은 체계적인 미국 사회의 이해보다는 개인적인 체험을 기록한 것이지만, 그 배경에 깔려 있는 주제는 크레브쾨르가 그린 바와 같은 이러한 자력 갱생의 민주 평등 사회를 찾는 것이라고 할 수 있다. 그의 티파티 모임에 대한 공감은 그의 이러한 소망에 이어진 것이라고 할 수 있을 것이다.

위에서 살펴본 바와 같이, 티파티의 사람들이란 사실에 있어서는 상당히 유복한 중산층의 사람들이지만, 그들은 자신들의 위치를 사회의 빈민층에 대하여서보다 그들이 지배 계층이라고 생각하는 사람들에 대적하여 정의한다고 할 수 있다. 이 점은 위의 레이번이 2010년에 출간된 세라 페일린의 자서전과 그에 대한 전기를 두고 쓴 서평에 잘 나와 있다.[4] 페일린은 정치적으로 "대도시 자유주의자의 전제, 스스로 '진짜' 미국인이라는

---

4 Johnathan Raban, "Sarah and her Tribe", *The New York Review of Books*, January 14~February 10, 2010, volume 57, number 1.

사람들의 동부 연안 지대의 엘리트에 대한 반감, 연방 정부 옹호자들에 대한 주 정부주의자들의 불만과 반항"을 대표한다.

　정치적인 문제는 문화적인 데에 긴밀하게 연결되어 있다. 페일린이 일부 미국인에 대하여 갖는 매력은 무엇보다도 그 문화적인 전형성에 있다고 할 수 있다. 그것은 공식 모임에서도 서슴지 않고 내뱉는 보통 사람의 말에 드러난다. 거침없이 쓰이는 빤한 상식적인 말들, 지나치게 높은 교육의 냄새를 풍기지 않는 통상적 미국인의 언어는 오바마의 세련된 지적인 언어에 대조된다. 그녀의 일상생활의 취미 — 의상이나 음식 등도 사치 또는 동물 애호, 환경 보호 의식과는 관계없는 보통 미국인의 모습을 그대로 나타낸다. 페일린은 학교 성적이 출중하지 않았지만, 여러 가지 운동에 열을 올리고 학생회장을 비롯하여 작은 모임의 우두머리에 출마하기를 좋아하고, 대학은 아이다호 대학을 나왔다. 이것은 뛰어난 성적의 학생으로서 컬럼비아 대학과 하버드 대학에서 공부한 우등생 오바마 그리고 그를 에워싸고 있는 일류 대학 출신의 보좌역들과 대조된다. 이러한 것들은 정책에도 그대로 반영된다. 그녀의 생각에는 케인스의 경제 이론 또는 거기에서 파생한 여러 정책들 — 세금을 늘리고 국가 부채를 키우면서, 정부 예산으로 금융을 구제하고, 투자 정책으로 경제를 자극하고, 소비를 장려하여 경제 불황을 헤쳐 나가는 등의 복잡한 경제 이론을 우습게 생각한다. 그녀의 경제 모델은 열심히 일하고 절약하며 제 힘으로 보통의 삶을 살아가는 가족 경제이다. 사적으로나 공적으로나 중요한 것은 "무식한 덕성"이고 경제의 핵심은 전래의 강한 "노동 윤리"이다.

　이러한 "상식적 보수주의"가 참으로 작은 정부, 작은 정치의 이상 사회로 연결되는 것인가 하는 것은 분명치 않다. 페일린은 알래스카의 지사가 되기 전에 인구 5000명의 작은 도시 와실라의 시장이었다. 페일린의 말을 들으면, 이 도시와 관련하여, 사람들은 "늦은 가을의 장밋빛 햇살 속에 보이는 이발소며, 약방이며, 음료수 자판기며, 예스러운 교회며, 나무판을 깔아 놓은 보도"들의 시골을 상상하게 된다고 레이번은 말한다. 이 이미지는, 여러 가지 경제 사회 문제에 시달리는 오늘의 미국에 대하여, "무한한 자연 자원과 최소한의 정부와 세금"으로 이루어질 미국적 이상을 느끼게 한다. 그러나 사실은 프레드 마이어, 로, 월마트 등등의 거대 체인점으로 가득한 쇼핑몰, 그에 따라 펼쳐진 보기 흉한 바닷가의 주차장과 같은 것이 와실라라는 도시의 참모습이다. 그리고 페일린이 말하는 자립 중소기업의 이야기에 어긋나게, 그녀가 지사를 지냈던 알래스카의 경제는 완전히 연방 정부의 지출에 의존하여 지탱된다. 알래스카에서는 세 사람 중 한 사람이 연방 정부와 관련된 직업을 가지고 있다. 이것은 레이번이 아이러니로서 지적하고 있는 것이지만, 미국의 좌파 인터넷 신문 보도에 의하면, 평민들의 대표를 자처하는 세라 페일린의 작년도 소득은 1200만 달러에 이르고, 또 같은 성격의 매체가 학생이 폭로하였다고 보도한 바에 의하면, 최근 스타니슬라오(Stanislaus)의 캘리포니아 대학에서 그녀가 강연료로 받은 액수만 해도 10만 달러가 된다고 한다.

이러한 이중성은 개인적인 측면에서보다도, 앞에서 언급한 와실라 시나 알래스카 주의 문제와 같은 것이라고 할 수 있다. 얼마 전에 멕시코 만의 석유정이 터져 분출하는 석유가 미국의 남부 해안을 위협하는 형세가 되었다. 이 사건에 대하여 유감을 표명하면서도, 페일린의 논평은 석유 채유를 위한 탐색과 굴정은 계속되어야 한다는 것이었다. 이유는 석유 탐색을 계속하여 수입 석유 의존도를 줄이는 것이 미국 국방상의 필요라는 것이다. 이것은 대통령 선거전 중 알래스카의 자연 보호 지대와 관련하여 말하였던 견해를 다시 표명한 것이다. 그런데 이것은 레이번이 말한 대로 "한없는 자연 자원"을 상정하는 미국의 꿈에 맞는 것이라고 할 수 있을는지 모른다. 사실 자립 농업 경영자가 쉽게 스스로의 노력을 통하여 무한한 부의 축적을 이룩할 수도 있다는 미국의 꿈은 개발을 기다리는 무한한 자연을 전제로 하는 것이라고 할 수 있다.

5. 서부 개척지의 신화와 민주주의

무한히 열려 있는 자연 자원과 자력 갱생의 노동 윤리 그리고 최소의 정부——이것은 미국 민주주의에서 오랫동안 중요한 신화적인 기초가 되어 왔다고 할 수 있다. 이것을 미국 역사의 전개에 중요한 동기로 부각시킨 사람은 역사학자 프레드릭 잭슨 터너(Frederick Jackson Turner)였다. 그는 1893년에 발표한 「미국 민주주의에 있어서의 개척지의 의의」라는 논문에서 미국 역사의 가장 큰 원동력이 한없이 열려 있는 서부 개척지에 있다고 말했다. 이 테제는 미국 역사의 이해에서 중요한 동기가 되었다. 미국민 또는 유럽의 이주민들이 원시적인 자연 속에서 삶을 영위하지 않을 수 없게 됨으로써, 그들은 원주민들과의 물품 거래, 수렵, 유목, 농업, 기업 등이 주된 생활 수단이 되는 문명의 단계를 반복한다. 그러면서 이들은 지형과 교통 수단의 변화에 따라 서부로 퍼져 나가게 된다. 이러한 사정들이 미국의 역사의 방향을 정하고 사회의 정치적 성격을 결정하였다고 터너는 말한다. 한 나라의 역사 또는 사회의 발전을 몇 개의 원인으로부터 풀어 나가려는 시도는 어리석은 일이지만, 통속적으로 미국 역사를 말할 때 시발은 흔히 미국 이민사의 공식적인 막을 열었던 청교도들의 기독교 신앙이나 노동 윤리 그리고 미국 독립 혁명을 통한 민주주의 제도 등에서 찾아진다. 그리고 그중에도 민주주의는 미국 사회를 규정하는 가장 중요한 이념이다. 말할 것도 없이, 터너가 미국이라는 국가에 분명한 특징을 각인한 이러한 사건과 제도와 사상적 경향들을 부인하는 것은 아니다. 다만 서부 개척지의 존재가 이것들을 포함하는 민주주의의 역사에 특이한 성격을 부여한 것이라고 말하는 것이다.

자유는 민주주의의 핵심적인 공리이다. 자유는 개인의 자유이다. 그러나 사회 속에서 이 개인의 자유가 상호 충돌을 피하고 하나의 질서 속에 통합되느냐 하는 것이 문제이다. 그리하여 자유는 법질서 속에서의 자유를 의미하게 된다. 미국 혁명에 대한 철학적인 해석을 시도하면서, 한나 아렌트는 혁명이 인민의 자유 의지의 표현이면서 동시에, 또는 그보다 중요한 요소로서, 정부를 구성하는 행위라는 점을 강조한다.[5] 민주주의 정치 체제는 "자유의 구성(Constitutio Libertatis)"이고 여기에서, 어떻게 보면, 구성은 자유보다 더 중요한 요소이다. 우리말로 헌법으로 번역되는 말 constitution은 구성의 뜻을 갖는다. 구성된 자유란 헌법을 비롯하여 법질서 아래에서 누리는 자유를 말한다. 이 점에서 개인의 자유는 제한을 받아들이고 행사되는 것이 될 수밖에 없다. 그러나 구성은 그러한 제한 이상의 것을 뜻한다. 그것은 그 정치 공동체를 구성한다는 것을 말한다. 그리고 이 정치 공동체는 개인적 이익 확보의 보장을 위한 사회 계약의 결과에 그치는 것이 아니라 인간의 상호 의존성과 신뢰의 발전을 요구하고 또 새로운 힘의 근원이 된다. 구성된 민주주의 체제의 자유는, 아렌트의 생각으로는, 개인의 자유라기보다는 사회적 협동 속에서 의미 있는 행동을 할 수 있는 "공공의 자유(public freedom)"를 말한다. 민주주의 혁명은 두 개의 요소로 구성되는 정치 과정이다. 처음에 중요한 것은 전제 권력으로부터의 "해방"이다. 그러나 그다음은 "자유의 구성"이다. 아렌트는 앞의 것은 "반란"이나 그것을 넘어서 집단 행동이 "공공의 자유"를 위한 정치 질서의 기초를 놓

---

5   Cf. Hannah Arendt, Ch. 4 "Foundation I: Constituo Libertatis", *On Revolution*(The Viking Press, 1963).

는 일로 나아갈 때 "혁명"이 완성된다.[6] 그러나 미국 서부에서 보는 것은 개인의 자유에 대한 강조이고 공공 행동의 주체로서 정치 집단의 구성에 대한 거부감이다. 집단적 주체의 구성은 그 자체로 적극적인 의미를 가진 것이지만, 자유에 대한 한계를 받아들일 것을 요구한다. 그러나 새로운 토지와 그 경제적 가능성이 열려 있는 서부에서 이러한 제한은 존재하지 않는다. 물론 인민이 구성하는 정부가 불필요한 것은 아니다. 인디언의 영토인 토지를 확보하는 데에 있어서는 개인적인 그리고 지역적인 조직의 무력이 필요하지만, 그것을 궁극적으로 힘에 의하여 그리고 법에 의하여 보장할 수 있는 것은 중앙의 국가 권력이다. 그러나 이 권력은 지역을 위해서 그리고 개인 이익을 보장하고 조장하는 한도에서만 의미를 갖는다.

터너의 논문에서 중요한 테마의 하나는 미국의 동부 해안과 서부의 차이와 대립이다. 동부 해안에 이주민들이 정착한 다음 사회는 원시 사회로부터 조직화된 사회로 발전하는 모습을 보여 준다. 그러나 제도의 발전은 지리적인 제한을 받아들이는 일에 수반된다. 그러나 국토가 열려 있는 만큼, 원시와 문명의 교차는 반복될 수밖에 없다. 흥미로운 것은 정치 체제를 중시하는 지도자들은 주민의 서부 이주 그리고 국토의 확대를 저지하고자 했다는 사실이다. 독립 이전에 이미 영국 왕은 1763년에 영국민이 동부 해안 평야 서편의 지역으로 이주해 가는 것을 금지하는 포고령을 내렸다. 19세기의 정치가 대니얼 웹스터(Daniel Webster)는 "자신의 정치 이념에 앨러게니 산맥은 포함되지 않는다."라고 말했다. 그러나 정책이 거기에 따르기도 하고 그렇지 않기도 했지만, 미국인들의 마음에 미국의 변경은 동으로 흐르는 강들의 발원지, 앨러게니 산맥, 미시시피 강, 미주리 강, 로키 산맥으로 옮겨 갔다. 물론 이러한 경계는 한계를 표하는 것이기도 하고 서부

---

6 Ibid., p. 140.

진출의 시대적인 정지선을 표하는 것이기도 하였다. 어쨌든 서부 경계선은 계속하여 확대되었고, 그와 동시에 미국 정부는 국제 정치의 거래나 군사력으로 새로운 지역들을 미국의 영토로 편입하게 되었다. 사람들은 정부에 관계없이 서부로 이주하여 갔지만, 자연스럽게 미국 정부의 보호를 받거나 또는 그 보호를 이용하게 되었다. 이러한 과정에서 기묘한 결합은 매입이나 점령을 통하여 얻게 된 광대한 국유지들을 처리하는 과정에서 잘 드러난다. 국가 소유의 토지들은 국유로 유지되지 못하고 많은 경우 개인에게 불하하거나 무상으로 배분하는 것이 될 수밖에 없었다. 서부의 국유지 처리와 관련하여, 6대 대통령 존 애덤스(John Quincy Adams)는 다음과 같이 말했다. "국유지를, 무한한 내적 발전을 위한 무진장한 자산이 되게 하려던 나의 정책은 실패로 끝났다."[7] 이러한 고백에서 보는 것은 공공 목적을 위하여 국가가 독자적인 자산을 가지고 경제 운영을 하는 것이 쉽게 허용될 수 없었다는 사실이다. 그러면서도 물론 이와 관련하여 존재하는 개인의 이익의 보호를 위해서는 국가 권력이 필요했다. 다만 개인들의 정부의 보호에 대한 생각은 의식적인 것이 아니었다. 서부 개척지로 옮겨 가는 사람의 형태를 간략하게 전형화하여 보면, 개척지로 옮겨 가는 사람은 맨 처음에 자연에서 채취한 식물과 사냥한 동물로 삶을 유지한다. 그다음에 매우 소박한 농사를 시작하고 통나무집을 짓는다. 토지 소유는 문제가 되지 않는다. 이주자가 토지에 머무는 것은 잠정적이다. 그는 점유한 토지에서 세금도 내지 않고, "토지의 영주(領主)"처럼 자유롭다고 느낀다. 그 다음 그는 가축들을 이끌고 삼림으로 더 깊숙이 들어가고 새로운 군(郡)이나 주(州)의 창립자가 된다. 비슷한 취향과 생활 습관을 가진 사람들이 모

---

7 Frederick Jackson Turner, "The Significance of the Frontier in American History", Edwin Harrison Cady, Frederick J. Hoffman, Roy Harvey Peerce, eds., *The Growth of American Literature*(American Book Company, 1956), p. 760.

여들고, 토지의 비옥도가 떨어지고, 수렵 양이 줄고, 길과 다리가 생기고 사람들이 너무 밀집해 오면 답답하다는 느낌을 갖는다. 그러면 그런 사람은 법이 인정한 신짐 우선권(preemption law)에 의히여 자기가 점유한 땅을 정부로부터 구입하여 다음 원매자에게 팔고 "보다 숲이 우거진 곳"으로, "신 국가 매입지"로 빠져나간다.(마크 트웨인의 『허클베리 핀의 모험』의 끝에 나오는 유명한 말─허클베리 핀이 당대의 미국 사회를 못마땅해하면서 "새 땅으로 꺼져야겠다."라고 한 말은 미국 서부인의 일반적 행태를 표현한 것이라고 할 수 있다.)[8]

서부 개척지의 압도적인 영향 아래에서 형성된 미국인의 정치적 성향을 터너는 "개인주의, 민주주의, 민족주의(국가주의)"로 규정한다.[9] 이 세 가지 중에 물론 가장 중요한 것은 개인주의이다. 앞에서 말한 것처럼 민주주의가 정치 체제를 지칭하는 것이라면, 개인주의는 정치적 구성으로서 정부를 최소화할 것을 요구한다. 물론 개인의 자유로운 움직임과 이익 확보의 외연을 구성하는 국가는 여기에 예외가 된다. 이것은 다시 말하여 서부의 원시적이고 열려 있는 토지 조건으로 가능한 것이다. 터너의 요약에 의하면, "황야에 맞부딪히게 됨에 따라, 복합적인 사회는 가족에 기초한 원시적인 조직으로 떨어져 들어간다. 지배적인 경향은 반사회적이다. 이 경향은 통제, 특히 직접적인 통제에 대한 반감을 만들어 낸다. 세금을 거두는 자는 정치적 억압의 대리자로 간주된다." 이들에게 미국 혁명이 옹호한 것은 무엇보다도 개인의 자유이고 "실행력을 가진 정부의 부재"이다. 개척자의 개인주의는 이러한 민주주의를 확장하는 데 도움을 준다. 정치 참여권의 보편화를 가능하게 하는 것은 이러한 개인주의적인 민주주의이다. 전문가와 일반인의 차별은 존재할 수가 없다. 독립 초기의 한 정치가는 정치

---

8 Ibid., p. 758.
9 Ibid., p. 764.

가 중에는 "말 잘하는 정치가와 일하는 정치가"가 있다고 한다. 모든 일을 노예가 대신해 주는 지역에 대하여, 자유주의 정치가들은 "논리나 형이상학이나 수사(修辭)에는 약하지만," "자기 집으로 돌아오면 벗어부치고 쟁기를 손에 쥐고 일한다." 물론 결과가 좋은 것만은 아니다. "강한 이기주의와 개인주의는 행정적 경험과 교육을 경멸하고 개인의 자유를 한계 너머로 밀고 나간다." 높은 공공 정신의 미숙은 정치에서의 엄격성의 부재, 부패 등을 낳는다. "선진 사회에서의 사업 관계의 복잡함에 대한 이해 부족을 드러내는 간헐적 민중주의(populism)도 그 소산의 하나이다."[10]

이와 같이 미국의 역사를 특징지었던 것은 서부의 개척지로의 팽창이었다. 이것으로부터 개인주의, 실용주의, 조잡성, 정력 등이 나왔다. 그러나 터너의 결론은 이제 열려 있는 서부 개척지가 끝장났다는 것이다. 물론 그렇다고 그와 관계되어 전개되어 온 정치적 성향이 하루아침에 없어지는 것은 아니다. 그가 말하는 바와 같이, "미국의 삶의 지배적인 특징은 움직임이었다. 여기에서 나오는 기율이 국민에게 아무런 효과를 남기는 것이 아니라고 할 수 있다면 몰라도, 미국의 에너지는 그것이 발휘될 수 있는 더 넓은 지역을 요구할 것이다."[11] 1893년에 시카고의 미국역사학회에서 처음으로 발표되었던 터너의 논문의 마지막 발언이 무엇을 말하는 것인지는 분명치 않다. 미국 역사의 원동력이 서부 개척지였다는 것은 충분히 이야기되었다. 그런데 미국의 미래를 위하여 그것은 무엇을 뜻하는가? 개척지가 막을 내린 — 적어도 법적으로 막을 내린 후에도 사그라지지 않는 개척지의 에너지는 물론 충분히 개발되지 않은 토지를 더 개발하고 사회를 발전시키고 여러 가지 실용적인 발명을 촉진하는 등 국내 발전의 원동력이

---

10 Ibid., pp. 762~763.
11 Ibid., p. 765.

된다고 할 수 있다. 그러나 터너의 말은 제국주의적 해외 팽창을 촉진하는 힘이 된다는 말로도 들린다. 사실 서부 진출도 그러한 것으로 말할 수 있지만, 미국은 19세기 중엽 이후 멕시코 전쟁, 스페인과의 전쟁을 통하여 영토와 식민지를 확장하고 제국주의적 팽창을 지속한다. 터너는 이 에너지의 근본으로서 개인주의가 "좋은 일과 함께 나쁜 일"을 할 수 있는 것[12]이라고 하거니와, 제국주의와 함께 개인의 자유에 대한 근본주의적 강조도 복합적인 의미를 갖는다고 할 수밖에 없다.

이렇게 미국 개척지의 전통을 되돌아보면, 세라 페일린 그리고 티파티의 정치적 정열의 출처도 거기에 있다는 생각을 하게 된다. 그가 말하는 것은 극단적인 개인주의, 국가주의, 개척주의를 내용으로 하는 민주주의에 가깝다. 물론 이것은 미국이나 서양의 자유 민주주의에 공통되는 것이기도 하고 인간이 일반적으로 가지고 있는 정치적 성향을 나타내고 있는 것이라고 할 수 있다. 그러나 특히 미국에서는 이것이 쉽게 무시될 수 없는 여러 이유가 있다고 할 수 있다. 오바마 대통령을 비롯하여 미국의 리버럴 또는 진보주의자들은 이러한 입장과는 달리 개인의 자유를 적절하게 조정하고 규제함으로써 사회적 균형을 확보하는 것이 민주주의의 다른 요소라고 생각한다. 터너는 개척지가 끝났음을 말하였지만, 설사 근본적 개인의 자유를 옹호하는 것이 민주주의의 원칙이라고 하여도 이제 그것을 그대로 현실에 적용할 수는 없게 되었다고 생각한다고 할 수 있다.

헨리 스미스는 터너와 같이 개척지의 주제로서 미국 문명을 이해하고자 한 중요한 문화사가의 한 사람이다. 그의 저서 『처녀지(Virgin Land)』는 책의 부제, "상징과 신화로서의 아메리카 서부"가 나타내고 있듯이 현실로 작용한 개척지보다도 높고 낮은 문학 작품에 표현된 것을 포함하여 미국

---

12 Ibid.

의 문화적 상상력에서 서부가 어떤 역할을 하였는가를 추적한다. 그러나 그는 처녀지가 미국 역사의 일부를 설명할 수는 있어도 전부를 설명할 수는 없다고 말한다. 그것은 서부를 설명하지만, 미국사의 다른 중요한 부분인 산업 미국, 특히 산업화가 심화되는 근대적 미국을 설명할 수 없다. 개척지에 대한 강조는 역사에 있어서의 노동자와 농민의 연대 가능성을 경시한다. 이것은, 그의 지적으로는, 본래의 논문을 발표한 후 10년이 지난 1903년의 글에서 터너 자신이 인정하는 점이다. 유럽의 낡은 제도의 족쇄를 풀고 자유 천지에서 발달한 미국 민주주의는 "유럽 여러 나라의 사회 입법을 '경멸적인 무관심'으로 대한다."[13] 그는 이것을 비판하였다. 이것은 진보주의의 영향이 강했던 20세기 초의 터너의 심정을 나타낸 것이라 할 수 있다. 이것은 또 2차 대전 직후의 스미스의 상황 인식도 나타낸다.(이러한 진보적 인식에도 불구하고 스미스의 저서 제목으로 쓰인 '처녀지'라는 말 자체는 정당하지 못하다고 할 수 있다. 그것은 서부가 인디언의 땅이라는 것, 그리고 그것이 처녀지가 되는 데에는 처참한 전쟁과 민족 이동의 역사가 있었다는 것을 간과한다고 할 수 있다. 이 점에 대하여 스미스 자신이 사죄한 바 있다.)

6. 이념으로서의 자유 민주주의

개척지에 근원한 개인주의는 약육강식의 이기주의와 일치하는 것으로 들린다. 물론 그렇게만 해석하는 것은 균형을 잃는 일일 것이다. "좋은 일과 함께 나쁜 일을 할 수 있다."라는 것은 터너의 개척지 개인주의에 대한 판단에서 "좋은 일"도 그 가능성의 하나이기 때문이다. 나쁜 일은 앞에서

---

13 Henry Nash Smith, *Virgin Land: The American West as Symbol and Myth*(Vintage Books, n. d.) p. 304.

이미 말한 대로 자유의 실천에는 사회적 구성이 있어야 하고 사회 공동체의 문제를 처리하는 데에는 사회 입법의 대응책이 필요한데, 이를 자유와 민주주의의 이름으로 어렵게 하는 것이다. 그리하여 미국 정치에서 이러한 근본주의에 대한 대응들이 생기는 것은 당연한 일이다. 이번의 건강 보험법이, 많은 수정을 거쳐야 했지만, 국회를 통과한 것으로도 근본주의만이 미국을 대표하는 것이 아니라는 것을 증거한다. 현실 정치에 있어서 제도 안에 포함된 모순은 대결을 통하여 —— 민주적 대결을 통하여 해결하는 도리밖에 없을 것이다. 그러나 이론적으로 이것을 접근할 때, 편벽된 것처럼 보이는 견해에도 들어 있는 문제의식을 알아낼 필요가 있다. 그것을 참고하는 것은 정치의 레퍼토리를 넓히는 일이 된다.

민주주의의 기본이 개인에 대한 존중이라는 것은 자명한 일이면서 되풀이하여 확인되어야 하는 원칙이라고 할 수 있다. 집단적 이상을 위한 개인의 희생이 엄청난 정치적 범죄를 정당화하는 경우가 많은 것은 역사에서 너무나 자주 보게 되는 사례들이다. 전체주의적 유토피아는 자칫하면 이것을 일상화한다. 다른 한편으로, 이념화되지 않은 공동체적 삶에도 잔학한 비인간적 사건은 일어난다. 서두에 나는 프랑스의 전근대적인 공동체들에 있어서의 원시 민주주의에 대하여 언급하였다. 그러나 그것이 전부가 아님은 물론이다. 많은 지방의 촌락들은 외래자에 대하여 극히 배타적이었다. 지금도 프랑스가 반드시 한 나라가 아니라는 것이 롭의 주장이지만, 근대 이전에 그것은 더욱 수많은 pays들의 집합체였다. 19세기의 안내서는 외래자로서 시골 마을에 들어가는 것이 극히 조심스러운 일이라는 경고를 기록하였다. 롭은 프랑스의 지도를 만드는 일에 참가하였던 젊은 지리학자가 프랑스 중남부의 한 마을에서 무참히 살해된 1740년대의 사건을 전하고 있다.[14] 외

---

14 Graham Robb, op. cit., p. 5.

래인은 흉년을 가져오고, 가축을 병들게 하고, 세금이 불어나게 한다는 등의 미신이 있었다. 인류학자들은 파푸아 뉴기니나 아마존 강의 원시림에 사는 부족 사이에는 아직도 외래인을 보면 무조건 죽여야 한다는 습속이 있다고 전한다.

미국 서부의 토지에 사는 사람들이 자기 영토와 가정을 지키는 데에 무기를 사용하는 것을 주저하지 않았던 습속은 지금도 변화된 형태로 미국에, 특히 서부에 남아 있다고 할 수 있다. 그러나 이러한 것이 손톱, 발톱, 이빨을 마구 내놓는 동물적 차원에서의 생존 경쟁, 이기심, 자기주장들에 반드시 일치하는 것은 아니다. 미국의 개인주의는 일단 정치적으로 이념화된 개인주의를 나타낸다. 그 점에서 그것은 보편성을 갖는다. 즉 나에게 나의 이익이 중요하다면, 다른 사람에게는 또 그 사람의 이익이 중요하다는 것을 인정하는 것이 불가피해진다. 그러니까 개인이란 모든 사람에 적용될 수 있는 체험이 아니라 의식 속의 이념이란 말이다.

티파티 운동도 적어도 외면적으로는 인종주의를 표방하지는 아니하고, 운동에 가담하고 있는 사람들에는 소수이지만 흑인들이 있다. 개인의 이념이 야만적 이기주의에 연결될 가능성을 완전히 배제할 수는 없지만, 그것은 보편화된 이념이라는 점에서는 인권의 개념으로 연결될 수도 있다. 그리고 자유와 인권은 아마 티파티 사람들을 포함하여 대부분의 미국인이 받아들이는 민주주의의 이념일 것이다. 다만 티파티 사람들은 그 내용과 그것의 현실화를 위한 정치적 수단에 대하여 여러 다른 해석을 주장하는 것이라 할 수 있다. 그리고 티파티를 비롯한 개인주의자들은 사회적 입법을 통한 인권의 수호를 지지하지는 아니할 것이다.

개척지 민주주의의 한 부산물 또는 필수적인 동반자로 말하여지는 제국주의도 비슷하게 복잡한 의미를 가지고 있다. "명시적 사명(manifest destiny)"이라는 말은 미국의 팽창주의와 관련하여 19세기에 자주 쓰인 말이다. 이것은 1845년 미국이 텍사스 주를 병합했을 때, 이것을 옹호하면서 언론인 존 설리번(John O'Sullivan)이 처음으로 쓴 말이다. 미국이 텍사스를 병합하는 것은 그러한 소명의 성취라고 한 것이다. 그는 이 글을 쓰기 전에 "평등, 양심의 권리, 개인의 해방" 등의 민주 공화국의 이상을 선양하는 것이 미국에게 주어진 "신의 소명(divine destiny)"이라고 말하였다. 텍사스 병합을 옹호하면서 그는 이것을 영토의 확장에 연결시킨 것이다. "명시적 사명"이라는 말이 계속 쓰인 것은 아니지만, 그것이 표현하고 있는 팽창적 민주주의 이념은 미국이 전쟁을 수행하고, 영향권을 확대하고, 국제 관계를 규정하는 데에 중요한 역할을 하였다. 20세기에 와서 그것은 우드로 윌슨(Woodrow Wilson) 대통령의 민족 자결(民族自決)에 대한 발언, 프랭클린 루스벨트(Franklin Roosevelt) 대통령의 2차 대전 이후 전후 처리 방식 등에 그대로 계승된다. 루스벨트 대통령은 전쟁을 통하여 영토와 자원을 점령하여 교육 기회와 번영과 건강 향상의 기회를 박탈하지 않겠다는 것을 분명히 했다. 그러나 이것은 반드시 사실에 의하여 뒷받침되지 않았다. 패전국 독일과 일본에 대한 미국의 정책은 대체로는 일찍이 볼 수 없이 관대한 것이었다고 할 수 있다. 그러나 다른 한편으로, 2차 대전이 진행되는 동안 미군은 전후 미군 기지의 후보지로 아이슬란드부터 아조레스, 마데이라, 아프리카 서안, 어센션을 생각하고 태평양 쪽에서는 알래스카로부터 필리핀, 타히티에 이르는 광대한 지역을 생각하였다. 물론 이것은 루스벨트 대통령도 알고 있는 일이었고, 그는 "영향권(the spheres of influence)"으로서 군 계획에 빠져 있는 마케사스 열도, 투아모투 군도 등을 포함시키도록 지시하였다.[15]

---

15 Niall Ferguson, *Colossus: The Rise and Fall of the American Empire*(Penguin Books, 2004), pp. 66~68.

미국의 명시적 사명에 대한 확신 그리고 그것의 가장 역설적 결과의 표본은 조지 W. 부시 대통령의 정책에서 가장 잘 볼 수 있을 것이다. 부시 대통령은 2003년 이라크 전쟁의 초기에 전쟁의 목표가 이라크를 점령하려는 것이 아니라고 말하고 이라크 국민을 대표하는 정부가 수립하는 대로 빠른 시일 내에 철수하는 것이 미국의 의도라는 것을 되풀이하여 다짐하였다. 우선적으로는 이라크가 보유하고 있는 것으로 생각되는 대량 살상 무기를 철거하게 한다는 것이지만, 그다음은 이라크에 국민을 대표하는 민주 정부를 수립한다는 것이 급하게 이루어야 할 목표였다. 이 목표들은 2002년 9월에 발표된 "국가 안전 전략(National Security Strategy)"에 맞는 것이 되는 것은 당연한 일이었다. 이 문서는 미국의 외교 정책은 "자유의 혜택을 온 세계에 확장하는 것"이라고 밝혔다. 그리하여 "민주주의, 발전, 자유 시장, 자유 무역의 희망을 세계의 방방곡곡에 적극적으로 전파하도록 노력하며…… 인간의 존엄성에 대한 요구, 법치, 국가의 절대 권력에 대한 제약, 언론의 자유, 신앙의 자유, 평등한 정의, 여성에 대한 존중, 종교적, 인종적 관용, 사유 재산에 대한 존중을 타협 없이 옹호하는 것"이 미국의 정책이라고 하였다.[16] 그러나 의도가 빗나가고 이라크의 혼란과 고통이 장기화하여 계속되고 있는 것이 이라크의 현실이다.

부시 대통령의 이라크 전쟁의 목표를 비롯하여 밖으로 표현된 미국의 의도가 현실과 동떨어진 것임은 지금에 와서 말할 필요도 없다. 미국의 대외 정책이 전적으로 인류에게 평화와 민주주의를 선사하려는 동기에서 나온 것이라고 믿는 것은 어리석기 짝이 없는 일일 것이다. 미국의 대외 정책에 국가적 이익, 자본주의적 탐욕, 패권의 추구 등 공식 담화에 나오지 않은 동기들이 있는 것은 말할 것도 없다. 순수한 동기를 가정하더라도 그것

---

16 Ibid., p. 23.

은 잘못된 일이라고 할 수밖에 없다. 그것은 인간의 삶을 지탱하는 가치를 극히 단순하고 소박한 관점에서 이해하는 것이다. 또 긍정적인 가치까지도 자발적인 동의가 없이 그것을 강요하는 것은 억압을 의미한다.

그렇기는 하나 어떤 복합적인 상황에서 표명되었든지 간에, 정책 이상의 표명이 전적으로 무의미한 것이라고 할 수는 없다. 앞에서 참조한 바 있는 퍼거슨 교수는 미국의 정책에 일관되게 나타나는 "명시된 사명"과 그 변주의 주제를 논하면서, 미국의 제국주의가 역사적으로 존재하였던 다른 제국주의와 다르다는 것을 변호하여, 그것을 "반제국주의의 제국주의(The imperialism of anti-imperialism)"라 부르고, 미국을 "자기 부정의 제국(empire in denial)"이라고 칭한다.[17] 그리고 그는 미국의 대외 정책에 표현된 선의를 어느 정도는 긍정적으로 받아들인다. 물론 퍼거슨의 제국주의 옹호론은 서양과 미국의 학계에서 여러 가지로 논란의 대상이 되고 있다.(그는 일반적으로 국제 정치에서 긍정적 가치를 보유한 제국주의의 존재 이유를 인정한다.) 정치 현실주의의 의미를 인정한다고 하더라도 제국주의가 옹호될 수는 없을 것이다. 그러나 정치에 — 국내 정치이든 국제 정치이든 — 작용하는 것이 전적으로 이해관계와 그것의 독점을 위한 음모와 술수라고 하는 생각도 인간사를 바르게 파악하는 것은 아니다. 그리고 그것은 그렇게 함으로써 그것이 사실이 되게 하는 자기 최면의 방책이라고 할 수 있다.

우리나라의 정치를 지배하고 있는 것은 모든 이상에 대한 냉소주의이다. 이상이 없는 것은 아니다. 오히려 그것은 넘쳐 날 정도로 많다. 그러나 이상은 다시 거짓과 술수를 불사하는 명분이 된다. 이것은 국내 정치에서도 그러하지만, 국제 관계의 이해에서도 주된 해석의 방도가 된다. 좋은 이상과 가치가 좋은 현실을 가져온다고 생각하는 것처럼 어리석은 일은 없

---

17 Ibid., p. 62, 65 et passim.

다. 그리고 그것은 사태를 악화하는 결과를 가져오기 십상이다. 그러나 이상과 가치는 그 나름으로 추구될 의미가 있다. 이것은 힘의 관계가 가장 중요한 것으로 보이는 국제 정치에서도 그러하다. 미래전략연구원이 미국과의 관계에서 전략을 연구한다면, 그것은 공동의 이상과 가치에 호소하는 것을 포함하는 전략이어야 하지 않을까 하는 생각이 든다. 인류 공동의 평화와 인간성 실현을 위한 호소는, 장기적으로 볼 때, 또 그것을 가로막고 있는 현실적 요인들을 충분히 참조하는 노력에 이어질 때, 가장 효과적인 방편의 하나가 될 것이다.

(2010년)

잠깐 멈추어 생각해 본다

　너무 많은 것이 바뀌었고, 바뀌고 있는 시대이다. 새로운 것이 생기고 옛 것이 없어지고, 좁은 것이 넓어지고 — 물건이 많아지고, 무엇보다도 정보가 넘쳐흐르고, 생업의 종류도 많아지고, 일찍이 역사에 보기 달리 찾기 어려운 변화의 시대가 오늘의 시대이다. 많아지고 넓어진다는 것은 좋은 일 같지만, 그것이 사람의 정신을 빼앗는 일을 한다는 것도 가볍게 볼 수 없다. 많아지고 넓어지는 것에는 쓸모없는 것들이 들어 있게 마련이다. 이것을 그냥 쓰레기로 버리는 것도 쉽지 않다. 사는 데에 필수적인 물건이나 마찬가지로 쓰레기의 생산도 사람의 힘을 빼앗는 일이기 때문에 문제가 되고, 그것을 치우는 일도 그에 못지않게 힘을 빼앗는 일이다. 또 쓰레기에는 어설픈 판단으로 놓쳐 버린 귀중한 기회들이 감추어져 있을 수도 있다. 그러니 그것을 치우는 일은 노력과 자원의 관점에서만이 아니라 미래의 삶의 가능성을 가늠하려는 관점에서 어려운 일이 될 수밖에 없다.

　사람이 사는 공간과 시간이 무한한 것이라면 구태여 필요한 것과 쓰레기를 가리고 선후를 정하여 자리를 정하지 않아도 될지 모른다. 그러나 한정된 공간과 한정된 시간만을 배당받고 사는 사람에게, 쓸데 있고 없는 것을 가리고 세워야 할 질서를 생각하지 않을 수 없다.(한때의 필수품과 그 질서가 삶의 전부일 수는 없기 때문에, 그러한 질서 잡기의 테두리를 넘어가는 것들을 허용하는 공간과 시간도 남겨 두면서.) 삶의 필요의 질서는 개인이 살아가는 데에도 필수적이지만, 사회의 질서에서도 기본적인 고려가 되지 않을 수 없다.

필요로 하는 것이 무엇인가? 이 물음은 저절로 인생의 의미에 대한 질문 또는 적어도 주어진 시공간이 제한된 것인 만큼, 어떻게 하여야 주어진 밑천을 뺄 만한 삶을 살 수 있을 것인가, 또는 달리 말하여 보람 있는 삶을 살 수 있을 것인가를 묻게 한다. 사회 속에 이러한 질문에 대한 답이 정해져 있다고 할 수는 없다. 또 이것이 지나치게 좁게 정의되어 있다면, 그 사회는 숨쉬기 어려운 사회일 것이다. 그러나 이것은 일정한 문화의 유형으로서라도 존재하게 마련이다. 개인이 자신의 질문에 대하여 답을 얻는 것도 문화가 가지고 있는 여러 자원을 캐어 봄으로써 가능하다.

세상에 좋아 뵈는 것이 많지만, 나에게 꼭 필요한 것, 그리고 그 핵심이 근본이 무엇인가를 생각해 보면, 그 답은 매우 간단할 수 있다. 자살하느냐 사느냐 하는 것이 가장 중요한 철학적 질문이라고 한 작가도 있지만(카뮈), 목숨을 부지하는 일, 먹고사는 일, 굶지 않고, 병들지 않고, 얼어 죽지 않고— 생물학적 존재로서 살아 보고자 하는 것이 삶의 기본이라는 것은 분명하다. 너무 빤한 사실이지만, 이러한 사실이 반드시 인정되지 않고 있는 것이 우리 현실이다. 있는 사람만 아니라, 없는 사람의 경우에도 그러하다.

또 하나 인정해야 할 것은 이러한 원초적인 삶의 요구가 사람다운 조건 하에서 이루어져야 한다는 것이다. 사람으로서의 위엄을 손상하지 않는 조건하에서 살고자 하는 것은 인간 심성의 깊이에서 나오는 요구이기도 하지만, 윤리 도덕의 기원에 깊이 이어져 있는 일이기도 하다. 그것은 우리에게 생명의 존엄성을 존경해야 한다는 것을 명한다. 목숨이 하찮은 것이라고 하는 수도 있지만, 그 위엄과 신비는 모든 것에 대한 우리의 몸가짐이 신중해야 한다는 것을 생각하게 한다.

먹고사는 일은 나만 먹고사는 것만을 말하는 것이 아니다. 사람의 생존은 사회적 공간에서 이루어진다. 어느 시대보다 사는 일이 사회를 떠나서 가능할 수 없게 되어 있는 것이 오늘날이다. 나라의 품격이라는 말이 쓰이는 것을 보지만, 이 위엄을 모든 사람이 지닐 수 있는 것이 나라의 사회적 품격의 기본이다. 여러 사람이 얽혀 살게 되어 있는 세상에서, 사는 일이 조금이라도 마음 놓고 사는 것이 되려면, 사람들이 서로 평화로운 관계 속에 삶을 누릴 수 있어야 한다. 민주 사회의 이상에는 자유과 평등이 포함되고, 거기에서 평등을 제일차적인 것으로 생각하지 않을 수도 있다. 그러나 평등을 무시한 자유는 불안 속의 자유를 의미하게 마련이다. 어떤 민주 체제도—사실상 어떤 정치 체제도 사회적 평화 없이 안정이나 번영을 누리는 수는 없다.

평등은 단순히 편의상의 타협만을 의미하지는 아니한다. 좁은 관점에서의 생존 투쟁, 균등한 물질 분배라는 관점에서만 평등을 생각하는 것은 다시 많은 문제가 일어나게 되는 일이기도 하다. 평등은 보다 넓은 의미에서의 인간성에 충실하기 위하여 필요한 일이다. 사람의 유대감은 사람의 삶의 근본에 들어 있는 본성의 하나이다. 종교에서 말하는 사랑이나 연민은 이것을 지적하는 것일 것이다. 이것이 바르게 펼쳐질 수 없을 때, 그것은 나 자신의 행복을 손상한다. 이러한 유대감은 다시 모든 생명체에 대한 유대감에 이어진다. 그것은 덕성이며 본성이다.

주의할 것은 이 본능이 삶과 사물에 대한 보다 넓은 인식으로 연결된다는 사실이다. 그것은 다시 자유에로 돌아가는 일이 된다. 내가 원하지 않는 것은 다른 사람도 원하지 않는 것이고, 내가 원하는 것은 다른 사람도 원하는 것이라는 것을 안다는 것은, 우리에게 자기를 넘어서 큰 것을 생각할 수 있는 힘이 있다는 것을 말한다. 그런데 이 모든 사람에 대한 일반화된 인식은 역설적으로 모든 사람이 독립된 개체적 존재라는 것을 인정하는 것으로 확대된다. 내가 원하는 것이 반드시 다른 사람도 원하는 것일까? 내가 다른 사람에게 정(情)을 준다면, 그것은 그대로 돌려받을 수 있는 것일까? 그것을 기대하는 것은 잘못일 수 있다. 이 생각은 다른 생물체에로 확대된다. 최근에 나온 어떤 동물 애호가의 저서의 제목은 『내가 모르는 동물들』이다. 이것은 내가 가까이 정을 주는 동물도 결국 내가 모르는, 독자적인 존재라는 것을 인정하게 되는 과정을 이야기한 책이다. 내가 사랑하는 동물도 결국은 나의 사랑에 답해야 하는 존재가 아니라 독립된 존재인 것이다.

조금 섭섭하고 외로운 일이지만, 그것은 그 나름으로 세계에 대한 사람의 깨달음을 넓히는 일이다. 섭섭하고 외롭다는 것은 조금 거리를 두고 볼 수밖에 없다는 것이다. 그러나 이것은 멀어지는 것만을 말하는 것이 아니다. 거리에도 불구하고 나의 관심과 배려와 사랑이 그대로 있다면, 그것은 나의 마음이 보다 넓고 높은 차원에서 움직인다는 것을 말한다. 배려와 사랑은 그 자체로 의미를 갖는다. 그것이 존재하는 차원이 세상에 따로 있는 것일까? 일정한 거리와 사랑의 결합을 생각할 때, 우리는 다른 생명체와 사물의 모습을 그 자체로 자세히 들여다보고, 그것을 새로운 관심으로 알아보고자 하는 마음을 가질 수 있게 된다. 모든 것들은 독자적인 모습을 가지며, 세계의 모든 것에 대하여 그리고 나의 삶에 대하여 새로운 의미를 갖는다. 모든 존재하는 것은 개별적 존재를 넘어선 어떤 바탕 위에 존재한다.

"모든 개체는 독자적인 가치를 갖는다." 이것은 그 자신의 관점에서만이 아니라 세계의 관점에서도 그러하다. "모든 개체는 자연의 관점에서 새로운 실험이다." 그러기에 "모든 사람의 이야기는 중요하고, 영원하고, 성스럽다." 이것은, 사람들의 개체적인 존귀함과 그것을 서술하는 문학의 중요성을 이야기하는 헤르만 헤세의 말을 따온 것이다. 사람이 자신의 삶을 아끼고 그것을 다른 사람과 다른 존재자들에게로 확대하는 것은 이러한 인식의 본능적인 표현이라고 할 수 있다. 그리고 각자가 자신의 삶을 생각할 때, 그것은 목숨의 보존만을 생각하는 것이 아니다. 그것은 자신의 삶의 가능성을 한껏 발전시키는 일을 포함한다. 이것은 특히 인간의 마음속에 들어 있는 깊은 바람이다.

  먹고사는 일이 조금은 풀리게 됨에 따라 이러한 자기실현의 가능성이 넓어졌다고 할 수 있다. 생존을 넘어가는 경제적 풍요는 사람들로 하여금 자기를 더욱 깊이 있게 발전시킬 기회를 가지게 할 것이 아닌가? 물론 여기에 관련하여 우리는 가난의 삶이야말로 그러한 이상에 일치하는 것이라고 하는 근본주의자들의 말을 생각할 수도 있다. 그러나 대체적으로 말하여, 생존의 절박성을 벗어남으로써 보다 넓은 의미에서 자기실현의 기회가 커지는 것도 사실일 것이다. 경제 발전과 더불어 확대되는 세속적 개인주의가 반드시 이것을 의미한다고 할 수는 없다. 그것은 대체로 더 많은 것을 소유하고 그것을 과시하는 것을 자극한다. 그런데 이것이 참으로 개인의 개체적인 존재를 드높이는 일일까? 더 간단하게 이러한 것들을 원하는 것이 참으로 내가 원하는 것일까? 소유와 과시의 의미는 사회가 정의해 주는 것이다. 사람들은 이 정의를 그대로 받아들인다. 그것은 참으로 자신의 요구에 관계되어 있는 것은 아니다. 그것은 사회가 지워 주는 짐을 등에 지는 일이 될 수 있다. 그렇다고 자기만이 생각한 기상천외의 것이 자기의 진정한 요구를 나타내지는 아니한다. 흔히 생각하는 자기만의 것은 이미 주어진 것의 억지스러운 변주이거나 거기에 대한 반작용일 뿐이다. 독창성, 창조성, '콘셉트' 등의 말이 자기의 독특함을 발휘하는 말로 쓰이고 있지만, 그것은 사실은 자기의 진정한 모습 그리고 사물의 진정한 모습을 왜곡하는 행위를 가리키는 경우가 허다하다.

자신의 내면의 깊이에서 나오는 소리에 귀 기울일 줄 아는 데에서 개체로서의 발전은 시작된다. 그것은 사실 자신의 깊이에 있는 인간적 가능성 — 자기를 벗어나는 인간으로서의 가능성을 깨우치려 노력하는 일이다. 이 가능성은 자기가 인간이라는 커다란 신비의 일부라는 것을 아는 일이다. 그러한 의미에서 자기의 소리를 듣는 것은 자기를 넘어가는 큰 것의 부름을 듣는다는 것을 말한다. 사람은 큰 것과 자기를 일치시키는 데에서 큰 힘을 느낀다. 그러나 이것은 그 나름의 위험을 가지고 있다. 사람들은 집단과 도덕의 구호에서 이것을 쉽게 확인한다. 그리고 스스로 이러한 것들을 대표한다고 자부하는 사람들의 단호함, 그들의 또 타자에 대한 공격성에서 이러한 힘의 증거를 본다. 구호화된 큰 것이 옳다고 생각되는 경우에도 그것을 궁극적으로 시험하는 것은 나의 마음의 깊이다.

  때로 우리는 진선미의 존재를 발견하고, 그것을 자기 안에 실현하려는 마음을 갖는다. 그러나 진선미는 반드시 정해져 있는 것이 아니다. 적어도 나에 의하여 확인된다는 의미에서라도 그것은 새로운 것이다. 다른 한편으로 그것은 개인에 의하여 발견되는 것이라기보다는 그것이 개인에게 가까이 오는 것이라고 하는 것이 옳다. 사람이 몸에 익히거나 눈앞에 보거나 손에 빚어내는 이상으로서의 진선미는 이러한 가능성을 말한다. 그것은 완전히 구현되기보다는 근접될 뿐이다. 그것은 예로부터 존재하는 것이면서 동시에 늘 새로이 드러나는 가능성이다. 그것은 예나 지금이나 사람의 삶에 일어나는 새로운 사건이다. 개인이 할 수 있는 것은 이러한 사건이 자신에게 일어날 수 있도록 자신을 닦는 일에 불과하고, 그것이 일어나는 것을 감사하게 생각하는 것이다. 그것은 사람을 넘어서 존재하면서 사람이 완전히 포착할 수 있는 본질적 존재라고 할 수 있다. 이에 대한 깊은 깨달음을 전하는 것이 문학이고 철학이고 종교이다.

  그렇다고 진선미에 대한 지당한 말씀들을 되풀이하는 것이 그 과업이라는 말은 아니다. 특히 문학의 경우에 그러하다. 문학은 그러한 말씀을 전하기보다는 삶의 현실을 그린다. 진선미에 무관심한 것은 아니다. 주의할 것은 그것의 탄생 과정이다. 나쁜 일과 괴로운 일이 너무 많은 인생의 여로에서 그것을 보게 된다면 감격과 경이가 없을 수 없다. 모든 낱낱의 사건은 서로 다른 것일 수밖에 없다. 인간의 현실에서는 좋은 일이든 나쁜 일이든, 일어날 일은 일어나고야 만다. 놀라운 것은 진리도 선도 아름다움도 없는 것으로 보이는 일들 가운데에 그러한 것들을 볼 수 있게 되는 경우이다.

선의 기준은 개인의 삶을 단단한 것이 되게 한다. 그것은 나를 확인하게 한다. 사회적인 의미에서 나쁜 사람이 있다고 한다면, 그 사람을 미워하는 것은 도덕적 의무가 될 수 있다. 사회 전체의 정신적 기준을 위해서 그 사람은 억제되어야 할 사람일 것이기 때문이다. 그러나 현실에 충실한 문학은 선악을 초월하여 존재한다고 할 수 있다. 가령 문학은 나쁜 사람에게도 인간적 동정을 느낄 수 있게 한다.(소포클레스의 『오이디푸스』 또는 셰익스피어의 『맥베스』와 같은 것을 그러한 작품으로 생각할 수 있다.) 동정을 느낀다는 것은 벌써 선이 일어나고 있다는—적어도 독자의 마음에 선이 일어나고 있다는 것을 나타낸다. 이것은 자비나 보편적 사랑의 시작이다. 그러나 거기에 그럴 만한 모습이 없었다면 그것이 가능했을까?

문학 작품에서 느낀 동정심이 현실에서는 무의미한 것일까? 나쁜 일은 미워하되 그것을 행한 나쁜 사람은 미워하지 말라는 말이 전혀 정의(正義)를 잊어버린 말은 아닐 것이다. 그런데 나쁜 일이란 무엇인가? 나쁜 일에 대한 책임은 인간 조건의 어려움에 연유하는 것이 아닌가? 선악을 가리고 미추를 가리고 진리와 거짓을 가려야 하는 인간의 의무와 필연이 반드시 주어진 세계의 참모습의 전부는 아니라고 할 수 있다. 그것을 가리는 것은 비극적인 인간 조건일 뿐이다. "모든 사람의 이야기는 중요하고, 영원하고, 성스럽다." 여기에서 "모든 사람"이란 참으로 모든 사람이라고 할 것이다.

문학의 고전들이 생각하게 하는 것은 이러한 문제들이다. 그것의 궁극적인 효과는 삶의 엄숙성, 가치의 엄숙성을 알게 하는 것이다. 물론 유머와 말의 솜씨도 인간의 존재론적 폭을 헤아리는 데에 중요한 역할을 한다. 밝음이야말로 삶의 가장 중요한 부분이다. 그러나 그것이 단순한 장삿속과 재담과 수다와 같은 것일 수는 없다.

고전을 공부하는 데에서만, 삶 전체의 엄숙함을 알고 진선미의 현현(顯現)을 경험하는 것은 아니다. 공부를 잘하는 사람이 가장 숭고한 인간 존재의 진실을 깨닫는 사람일 수 있는가? 또 고전이 언제나, 누구에게나 의미 있는 것은 아니다. 길거리에서 복음을 외치고 다니는 사람을 본다. 저 한마디 외침으로 어떤 종교로 개종하는 사람이 있을까? 의심이 가지만, 준비가 있는 사람에게는 길거리에서 듣는 외마디가 중요한 것일 수도 있지 않을까? 어떤 책을 읽고 사람을 만나 이야기하고 어떤 일에 부딪치고 하는 것은 나의 인생과 마음의 역정에 따라서 의미를 가지기도 하고, 전혀 무의미한 것이기도 할 것이다.

(2011년)

스스로 기뻐하게 하는 정치

1. 서론: 두 개의 정치 모델

드러나지 않는 통치

최근에 강의와 관련하여 『장자(莊子)』를 보았는데, 알려진 바와 같이 장자는 노자나 마찬가지로 무궁한 자연의 과정에 따라 움직이고 인간사에 권력의 개입을 최소화하는 것이 가장 좋은 정치라고 생각한다. 그렇다고 정치가 없어야 한다고 하는 것은 아니다. 「응제왕(應帝王)」편에 나와 있는 노자의 말을 빌리면 다음과 같다.

훌륭한 왕의 정치란 그 공적이 온 세상에 미치면서도 자기 때문이 아닌 것처럼 하고, 만물에 교화를 베풀지만 백성은 [별로 그것을 깨닫지 못하고] 의지하지 않는다. 선정(善政)이란 베풀어지고 있으나 뭐라고 나타낼 수 없으며, 만물을 자기 만족하게 하고 있다.(明王之治, 攻蓋天下而似不自己, 化貨萬物而民弗恃. 有莫擧名, 使物自喜.)(안동림(安東林) 역주)

이러한 보이지 않는 정치가 가능한 것은, 다시 이어서 인용하건대, "왕이 짐작도 할 수 없는 경지에 서서 [속박이 없는] 무(無)의 세계에 노니는 자"이기 때문이다. 그런데 사람들로 하여금 좋은 정치가 행해지고 있다는 것을 의식하지 않고 스스로 기쁘게 살 수 있어야 한다는 말은 알 수 있지만, 이러한 철학적인 또는 형이상학적인 말은 보통 사람이 쉽게 이해할 수 없는 말이다. 그러나 장자는 이렇게 드높은 이야기를 하면서도 반드시 현실을 모르는 사람으로는 생각되지 않는다. 이 점을 상기하기 위하여 「응제왕」편의 다른 한 부분만을 더 살펴보기로 한다.

이것은 앞에 언급한 것보다 조금 앞에 나오는 것인데, 먼저 중시(中始)라는 현인이 다음과 같이 말한다. "남의 군주 된 자가 갖가지 규범이나 법도를 자기 생각대로 지어낸다면, 사람들이 어찌 그것을 따르고 교화되지 않겠느냐." 이에 대하여 광접여(狂接輿)는 이렇게 대꾸한다. "그따위로 천하를 다스린다는 것은 바다를 걸어서 건너고 강을 손으로 파헤치며, 모기에게 산을 지게 하는 것과 [같은 무모한 행위]이다." 그다음에 나오는 것은, 성인은 (아마 남을 규제하려는 것보다는) 스스로를 바르게 함으로써 세상을 다스리고 자신의 일에 충실할 뿐이라는 말로써 보다 자기 절제가 있는 정치의 모델을 말한다. 그런데도 그다음에 이어지는 비유적인 우화는 이것으로 충분하지 않다는 뜻을 전한다. "새는 높이 날아 화살의 위험을 피하고, 생쥐는 신단(神壇) 밑 깊숙이 굴을 파고서, 연기에 그을리거나 파헤쳐지는 화를 피한다."

여기에 이야기된 비유는, 반드시 하나의 의미로 생각될 수는 없는 것이겠으나, 흥미로운 함축을 가진 것으로 해석될 수 있다. 처음 바다를 걸어서 건너고 운운하는 것은 기획하는 엄청난 일에 비하여 능력 또는 힘이 부족하다는 말일 것이다. 여기에서 문제 되는 능력은 통치자의 능력을 가리키는 것일 수도 있고, 통치자의 시정을 감당하여야 하는 백성들의 능력을 말할 수도 있다. 어느 쪽이나 계획이 좋아도 실력이 그에 미치지 못한다는 말임에는 틀림이 없다. 모든 것을 새로 개조할 만큼 사람의 힘이 절대적인 것은 아니다. 두 번째의 비유는 더 흥미롭다. 화살을 피하여 높이 나는 새, 땅 밑을 숨어 들어가는 생쥐는, 물론 통치의 대상이 되는 백성을 말한 것이다. 앞에 말한 바와 같은 통치자의 거대한 시책에 대하여 백성은 그것을 피해 가는 교활한 지혜를 가지고 있다는 보충 설명이 이 비유라고 할 수도 있지만, 순서대로 본다면, 이 비유는 적극적인 시책에 대하여 소극적인 정책을 채택한다고 해도 백성은 그것을 피해 가는 방책을 찾는다는 의미일 수 있다. 어떤 경우에나 정책은 의도된 대로 시행되지 않는다. 사람들은 언제나 피해 나갈 구멍을 찾는다. 통치자의 눈에 좋은 정책도 백성의 눈으로 볼 때 반드시 좋은 것이 아닐 수 있다. 여기에서는 그것은 새를 잡으려는 화살, 또 연기를 구멍에 몰아넣어 쥐를 잡으려는 것에 비슷하게 생각되고 있다. 백성들은 새나 쥐처럼 그것을 피해 가고자 한다. 그런데 생쥐가 피해 들어가는 곳은 어디인가? 그것은 바로 신단 또는 신을 섬기는 언덕 아래다. 통치자가 백성에게 요구하는 것은, 앞의 큰 시책으로 돌아가 말하면, 경식의 도(經式義度), 즉 고전을 읽고 제식을 행하고 의례와 정의로움을 가리고 절도에 맞게 행동하라는 것이다. 이것은 물론 유교적 정치 질서의 근본을 이야기하는 것으로서 강권을 사용하는 것이 아님에도 불구하고 백성에게는 새나 쥐를 잡으려는 화살이나 불에 비슷한 것으로 생각되는 것이다.

장자의 비유가 뜻하는 바를 오늘의 정치 인식에 대한 교훈으로 생각한다면, 그것은 현실의 거대함 또는 복잡함 그리고 인간성에 비추어, 뜻대로는 되지 않는 것이 정치라는 말이라 할 수 있다. 앞에 언급해 본 장자의 구절에 비추어 볼 때, 우리 사회는 대체로 정치의 힘을 지나치게 과신하는 것이 아닌가 하는 느낌이 든다. 그러나 그것이 어떻든지 간에 정치는 정치대로 자기 과신과 자기 과열에 들어가게 될 수 있는 자체적인 작용을 가지고 있다고 할 수 있다.

정치의 공간/힘과 힘의 균형

스스로의 힘을 완전히 감추고 세상이 원활하게 움직이게 하는 노장의 정치 이상은 하나의 이상을 말한 것이지만, 현실적인 것이라고 할 수는 없다. 그것은 정치 기획만 잘하고 시행만 철저하게 하면 정치가 잘되어 갈 수 있다고 한 것이나 비슷하게 비현실적인 것이다. 노장의 정치 이상은 세상이 스스로 움직이는 데에 봉사하는 것이 정치이고, 정치하는 사람은 무사, 무욕, 무주장의 상태에서 공동체의 봉사에만 헌신하라는 것인데, 이러한 봉사할 사람을 어떻게 동원할 것인가? 철인(哲人) 정치를 이상으로 생각한 플라톤의 공화국에서 어려운 문제 중의 하나는 철학적, 학문적 수행은 사람으로 하여금 진선미의 관조에 도취하고 거기에서 최고의 행복을 찾게 하는 일인데, 그러한 사람을 어떻게 공화국을 위한 봉사에 끌어들일 수 있는가 하는 것이었다. 노장의 정치 이상에도 같은 문제가 있다고 할 수 있다.

정치는 정치적 야심을 떠나서 생각하기 어렵다. 정치 지도자에게 동기가 되는 것은, 좋게 말하여, 정의감이다. 플라톤에게도 정치의 동기의 하나는 티모스(thymos)이다. 이것은 프랜시스 후쿠야마(Francis Fukuyama)에 의하여 정치의 심리적 동기로서 특히 부각된 바 있다. 이것은 분개심이라고 번역할 수도 있고, 흔히 말하는 기세(氣勢), 활기(浩氣), 기싸움 등의 표현에 나오는 기로 옮겨 볼 수도 있다. 그리고 이것은 사회 정의의 실현에 중요한 동력이 된다. 그러면서 이것은 원천적으로 다른 사람에게 인정받고자 하는 뜻의 표현이고, 더 나아가 자기를 주장하고 내세우고자 하는 심리적 동기이기도 하다. 그리하여 티모스는 쉽게 메갈로티미아(megalothymia)가 된다. 야심, 야망이 정치가의 심리적 동력이라는 것은 그것이 여기에 연결되어 있다는 말이다. 그리고 그것은 다시 부귀영화에 대한 욕망으로 이어진다.

그러나 어떤 것이 동기가 되든지 간에 단순한 야심이 정치를 움직이지는 못한다. 그것은 다른 사람을 움직일 수 있는 계획으로 바뀌어야 한다. 그것은 사회 공간을 조직화할 수 있는 것이 되어야 한다. 이 공간은 사실 이미 사람과 사람이 함께 존재하는 데에서 저절로 성립하는 공간이다. 그런데 이 원초적 공간은 보다 의식화된 대상으로 강조될 수 있다. 여기에서 의식화란 일단은 어떤 목적이 있다는 것보다는 그 자체로 실현의 대상이 되고 의미 있는 것이 된다는 말이다. 사람이 모여서 군중이 되는 것은 그 자체로서 흥분의 대상이 된다. 그러면서 군중은 어떤 목적을 위하여 조직화될 때 강화된 정체성을 얻는다. 정치 지도자는 이러한 군중을 통하여 그의 티모스를 실현한다. 군중의 박수와 환호는 그대로 그를 인정하는 신호이다. 물론 이것은 단순한 인정이 아니라 군중의 지도자로서 인정되는 것이다. 이 인정은 쉽게 추상적인 조직으로 고정화된다. 그리고 이것은 제도가 될 수 있다. 또는 역으로 위계적 제도 속에서의 일정한 위치는 그대로 군중 또는 다중의 인정을 확인해 준다고 할 수 있다. 어느 경우에나 그것은 다른 사람의 우위를 점하고 자기 인정을 확인할 수 있게 하는 수단이다.

그런데 이러한 과정에서 이 인정도 그 성격의 변화를 보여 주게 된다. 그것은 군중의 관점에서도 그들의 자기 인정의 요구를 충족시킬 수 있는 내용을 가져야 한다. 그리하여 지도자의 자아는 사람들이 승복할 수 있는 추상적인 이념에 수렴한다. 지도자는 집단적인 이념에 봉사하는 자이다. 그러면서 집단적 관계의 이념화는 집단과 지도자를 권력의 담지자가 되게 한다. 집단의 이념은 참여하는 개인을 추상화하여 개체성을 넘어가는 힘의 통로가 되게 하기 때문이다. 이념은 모든 사람으로 하여금 집단의 이념을 대표하는 사람이 되게 하여 경험적인 자아보다도 더 큰 주체가 되게 한다. 그리고 그것은 작은 개체적인 주체를 큰 주체에 희생하는 것을 가능하게 한다. 이러한 변모의 맨 앞에 서 있는 사람이 정치 지도자이다. 이 지도

자는 독립이나 민족이나 해방 또는 민주주의나 정의로운 사회의 구현에 군중을 이끌어 가는 사람이다. 그는 다중의 심리적 움직임과 더불어 움직이면서, 그것을 조직화할 수 있는 이념에 봉사하고 또 자기를 실현한다. 이 것은 아직도 야심과 힘의 관계 속에 들어가 있는 정치이다. 그러나 이것은 조금 더 정신적인 차원으로 승화될 수도 있다. 앞에서 장자가 통치자를 "짐 작도 할 수 없는 경지에 서서 [속박이 없는] 무(無)의 세계에 노니는 자"라고 말한 것은, 통치자가 스스로 환골탈태의 변화를 통하여 새 인간으로 태어 난 상태를 말한 것으로 생각할 수 있다. 그는 이제 자신의 작은 주체를 큰 형이상학적 원리, 그 주체에 일치시킨 사람이다. 노장의 통치자의 이념적 자기 변용을 수행한 통치자의 자아는 진정으로 무에 승화되어 참으로 무 욕(無慾) 무사(無私)의 상태가 된 것이라고 할 수 있다.

보다 세속적인 큰 이념과 이상에 봉사하는 지도자에 있어서도 이러한 자기 승화를 보는 수가 없다고 할 수는 없지만, 많은 경우 그러한 무사(無 私)의 봉사에도 거대한 티모스를 발전시킨 메갈로티미아의 증세가 숨어 있을 수 있다. 후쿠야마가 지적하는 바와 같이, "무사(無私), 이상주의, 희 생, 용기와 또는 명예로운 행동" 등도 티모스의 내용을 이룬다. 이것을 통 한 자기 승화는 이것을 극복한 성인이나 진인의 경지와는 다른 것이라고 할 수 있다. 다만 이 두 가지는 구분하기 쉽지 않고 사회를 위한 현실적 공 헌이라는 관점에서는 별 차이가 없는 것으로 말할 수 있다. 부귀영화 또는 적어도 다수자에 대하여 일어나는 군림의 요구는 언제나 정치 지도자의 자기실현의 유혹으로 남아 있다고 할 것이다.

군중적 열광, 그것을 타고 자신의 티모스를 실현하고자 하는 것이든, 또 는 보다 높은 경지에서 나오는 것이든, 집단적 이념 또는 초월적 이념은 인 간과 사회를 하나의 전체성으로 파악할 수 있다는 것을 전제로 한다. 이것 은 집단으로도 그러하고 이념으로도 그러하다. 즉 이 관점에서 사람들은 개체들이 구성하는 것이면서 그것을 초월하는 집단으로 존재한다. 또 이 것을 통합하는 이념은 이 집단을 정의하면서 그것을 초월하는 이데아로 존재한다. 집단을 국민이라고 할 때, 그것은 개체를 통합하는 전체성이다. 적어도 단어의 한국적인 용법에서, 집단을 민족이라고 할 때, 그것은 지금 이 시점에서 개체를 통합할 뿐만 아니라 시간적으로 지속하는 추상적 전체성으로 집단을 파악하는 것이다. 그것의 존재론적 의미는 불분명하다. 그것은 집단의 이름이면서, 그것을 넘어가는 형이상학적 진리이다. 후자의 경우 그것은 나치즘의 경우처럼, 어떤 역사적 자기실현의 사명을 가지고 있는, 추상적 이념으로 승화된 것이다. 국제적 혁명의 이념으로서의 공산주의 또는 역사를 정신의 가치 전개의 장으로 이해할 때도, 이념은 추상적인 것이면서 그 자체로 실체를 가진 전체성으로 파악된다.

이러한 것들은 다시 말하건대, 집단을 개체를 초월하는 전체성으로 이해하는 것이다. 그런데 이에 대하여 집단은 그것을 구성하는 개체들의 합산, 그들의 총체로 생각될 수도 있다. 이때 이 총체는 반드시 추상적 전체성처럼 독자적인 가치와 목표를 갖지 않는다. 그러한 것이 있다면, 그 목표는 이 개체가 이루는 전체의 이익을 보호한다는 점에서 개인을 초월한다. 여기에서도 전제는 이 목표가 개체적 이익의 종합이라는 것이다.(물론 이 경우에도 다수자와 소수자의 이익의 총계에 차이가 생기는 것은 불가피하다. 그 점에 있어서는 여기에서도 전체는 개체를 넘어 독자적인 존재가 된다.) 중요한 것은 각각의 개체가 그 자체의 이익을 가지고 있다는 사실이 인정된다는 것이다. 여기에서 이익은 물질적인 이익, 부귀영화에 속하는 재화에 관계된 여러 이익을 의미할 수도 있지만, 더 본질적인 의미에서의 자긍심, 개체에 대한 타자의 인정을 뜻하기도 한다. 그리하여 개체가 이루는 전체는 이러한 이익을 보장하는 틀로서의 의미를 갖는다. 이 틀 안에서 개체들은 자신의 티모스를 유지하며, 다른 사람들과 균형을 갖춘 티모스의 관계, 이소티미아

(isothymia)의 관계를 발전시킨다. 여기에 기초한 것이 민주주의이다.

그러나 개체적 이익과 그것들의 총체를 기반으로 하는 사회가 반드시 이익을 핵심으로 하는 사회일 필요는 없다. 앞에서 말한 바와 같이, 티모스는 자기희생의 요구와 봉사의 근거이다. 다만 그 경우 그것은 이소티미아 속에 있으면서도, 그것을 넘어가는 행위로 나타난다. 그러니까 이소티미아는 개체적 이익을 존중하면서, 그것을 넘어가는 이상의 실현을 가능하게 하는 사회와 문화 체제가 될 수 있다. 이상으로서의 민주주의는 이러한 복합적인 체제를 포용하는 것일 것이다. 그러나 그것은 보다 많은 경우 단순히 공리적 이익의 길항을 조종하는 기구이다. 그리고 그렇게 퇴화할 가능성을 갖는다. 그리하여 그것은 인간성의 보다 높은 요구와의 관련에서 끊임없는 불만을 낳게 된다.

2. 정치 과제의 현실

높지 않은 선거열

선거열이 그다지 뜨겁지 않다. 여야의 대통령 후보가 있지만, 누구와 누구의 치열한 대결이 있는 것인지 분명치 않다. 그리고 어떤 이슈나 당파를 위하여 데모나 폭력 투쟁이 벌어질 것 같지도 않다. 아직 더 두고 보아야겠지만, 여기에는 몇 가지 이유를 생각할 수 있겠다.

민주화 민주주의가 많이 발달했다. 그리하여 격렬한 대결이 없이도 문제를 해결할 수 있다는 느낌이 성장한 것이라고 할 수 있다.

정책 차이 적어도 선두 주자로 생각되는 세 사람의 후보들 사이에 정책적 차이가 크지 않는 것으로 보인다. 이것도 선거열이 높지 않은 이유일 것이다. 지금 가장 분명한 정책 주제는 경제 민주화이다. 이것은 경제 제도의 합리화와 공평성의 확보에도 관계되는 문제이지만, 논의의 바탕에 있는 요인으로 가장 중요한 것은 빈부의 격차와 소득의 격차에 대한 느낌일 것이다. 그러나 빈부 문제에 있어서 정책적 차이가 크지 않고 합의의 가능성이 커지고 있는 것은, 소득 불평등에도 불구하고 기아선상에 헤매는 사람은 많지 않기 때문일 것이다. 물론 이것을 정책의 주제로 삼고 국민적 합의가 불가능할 것으로 보이지 않는 것은 민주 제도가 안정되어 간다는 것을 말하는 것인데, 이것도 전체적인 경제 수준의 향상과 관계가 있을 것으로 생각된다. 하나의 작은 증표로는 적어도 대통령과 같은 전국적인 선거에서는 작은 금전적 보상에 의한 동원이나 금품 살포가 별 의미가 없을 것 같다는 것을 말할 수 있다. 전체적으로 금전과 관권과 폭력을 동원한 부정 선거의 가능성이 크지 않은 것으로 보이는 것도 여기에 관계하여 생각할 수 있다.(보이지 않는 금권의 힘을 배제할 수는 없는 것인지 모른다.)

사회의 성장 선거열이 더 높아지지 않는 다른 이유로는 지금의 정치가 할 수 있는 일이 결정적인 것이 아니라는 인식이 자라나고 있다는 것을 들 수 있을 것이다. 이것은 국가와 사회를 나누어 말하는 정치학자들의 구분으로, 사회가 국가에 대비될 정도로 커졌다는 사실과 관계될 것이다. 그간 한국 사회의 성장과 다기화(多岐化)는 국가가 직접으로 개입하여 삶의 조직 전체를 흔들 수 있는 여지를 줄게 하였다고 할 수 있다.

그러나 사회가 성장한다면, 그것이 어떤 사회인가는 조금 더 고려해 볼 필요가 있을 것이다. 대체적으로 말하여, 다시 옛날의 사회학자의 구분을 빌려, 한국 사회는 공동체적 조직(Gemeinschaft)이 해체되고 이익 사회(Gesellschaft)로 옮겨 가고 있는 중이라고 할 수 있을는지 모른다. 전근대적인 사회에서 사람을 맺어 주던 가족, 혈연, 출신지 등의 연결이 약화되기 시작하면서, 사람들은 추상화된 개인으로서 정치적 선택을 하게 되고, 이것은 선거열을 비롯하여 정치열을 낮추게 되는 한 원인이 될 것이다.(정치가 화제에서 떠나지 않는 것은 사실이나, 그것은 스포츠의 경우도 마찬가지이다.) 그러나 물론 이러한 사회 조직의 변화가 완전한 것이 아니기 때문에, 보다 원초적인 정체성에 대한 호소가 더욱 강화되는 면도 없지 않다고 할 수 있다. 계급 정당이 성립하기 어려운 것도 과도기의 여러 착잡한 원인들에 관계되는 것일 수 있다.

국가에 대하여 사회가 더 강해진다고 하더라도, 물론 아직도 국가의 주도적인 역할이 막대한 것임은 틀림이 없다. 국가가 촉진하거나 규제할 수 있는 일들, 또 어떤 문제에 있어서는, 주도하고 추진하여야 할 부분이 더 불어나는 면도 있다. 다만 그러한 일들을 추진하는 방법은 직접적인 강제력보다는 인센티브와 보조를 통하여 이루어지는 것이 될 것이다. 그리고 아직도 어떤 것은 근본적 제도의 재조정을 통하여서만 현실이 될 수 있는 것으로 남아 있다.

당면한 정책 과제들에 관련한 몇 가지 생각

선거를 논하면, 여러 정책 사항들을 논하는 것이 필수 사항일 것이다. 그러나 여기에서 그것을 다 논할 수도 없고 또 본인이 그것을 논할 준비를 갖춘 것도 아니다. 이러한 사항들을 거론하면서 두서가 없는 대로, 이것저것 생각나는 것들을 적어 볼까 한다.

경제 민주화

경제 제도 개편 이번 선거에서 가장 두드러지게, 그러면서 모든 정파에서 동의하는 것으로 보이는 정책 과제는, 앞에서 말한 바와 같이, 경제 민주화이다. 이것도 이미 말한 바이지만, 경제 민주화가 의미하는 것은 경제 제도의 합리화와 공정성을 위한 제도적 개혁을 말하는 것으로 생각된다. 중소기업의 고른 발전에 장해가 되는 재벌, 대기업의 독점과 전횡, 불공정과 불투명을 바로잡아야 한다는 논의가 경제 민주화의 한 내용을 이룬다. 다른 한편으로 기업의 수익과 함께 피고용자의 대우, 임금, 작업 조건 등의 개선, 복지 기여 등도 문제가 될 것이다. 크게 논의의 대상이 되는 것으로 보이지는 않지만, 기업 이익의 공정 분배, 사회 환원 그리고 노동자의 기업 참여 등도 연구의 대상이 될 수 있을 것이다.

작업 조건은 노동 시간이나 작업 현장의 적절한 인간적 환경을 말하지만, 사람이 하는 일이 사람다운, 그리고 보람을 느낄 수 있는 것이어야 한다는 사실은 지금에 와서는 완전히 잊힌 것이 된 것으로 보인다. 서양 선진 사회의 모델을 넘어 보다 나은 노동의 의미를 구현하는 제도를 연구해 보는 것은 한국으로 하여금 인류 문명의 발전에 기여하는 사회가 되게 할 것이다.

물론 이러한 개혁이나 개선은 경제가 담당할 수 있는 것이라야 할 것이다. 이 능력은 대체로 현상을 유지하는 것이면서 동시에 성장을 계속할 수 있는 것이어야 한다고 말하여진다. 그러니까 경제 성장의 문제는 저절로 경제 민주화의 계산에 들어가는 것일 수밖에 없다. 다른 한편으로 통상적인 관점에서 경제 성장 없이 민주적인 경제 제도가 어떻게 가능할 것인가도 연구 대상이 되어야 할 것이다. 영국의 경제학자 티모시 잭슨(Timothy Jackson)은 "성장 없는 번영(Prosperity without Growth)"이라는 말로 영국 그리고 인류의 미래의 경제적 전망을 구상한 일이 있지만, 경제 민주화도 궁극적으로는 이러한 틀 안에서 찾아져야 할는지 모른다. 결국 경제 성장은 자원과 자연 환경의 한계에 부딪치게 될 것이기 때문이다. 이에 더하여 삶의 필요가 어느 정도의 수준을 넘어간 다음에까지도 물질적 소비가 인간의 행복과 보람을 가져온다는 생각은 인간성을 왜곡하는 일이다. 인간의 행복에 대한 요구는 소비로서만 충족될 수 있는 것은 아니다.

빈부 격차　경제 민주화란 산업과 기업의 제도적 재조정을 필요로 하는 것이겠지만, 이미 말한 바와 같이, 이 주제가 큰 호응을 얻는 것은 사회에 날로 빈부 격차가 커진다는 사실에 관계되는 것이라 할 수 있다. 소득 격차 또는 빈부의 격차의 문제는 두 가지 관점에서 생각해 볼 수 있다. 하나는 말할 것도 없이 절대적인 빈곤의 문제이다. 이것은 먹고사는 일의 기초적인 필요가 충족되지 못하는 사람들의 경우이다. 윤리를 떠나서 존재할 수 없는 문명 사회에서 이것은 절대적으로 해결되어야 하는 문제이다.

그러나 다른 한편으로 다른 사람들과 비교 대조되는 관점에서, 자신의 경제 상황이 열악하다고 평가하는 경우에도 빈곤을 느끼는 것이 인간이다. 그리고 사람들은 그 원인이 사회의 불공평에 있다고 생각한다. 이것은 이 비교가 무엇에 근거한 것인가에 따라서 다시 구분하여 생각될 수 있다. 이 비교 빈곤은 의식주의 요구의 충족을 넘어 보다 인간적인 삶 또는 (차세대(次世代)의 사회적 상승 그리고 노년의 안정된 삶을 고려하는) 앞으로의 인간적인 삶의 기준에서 적절한 소득을 올리지 못하고 있다는 느낌에서 문제가 될 수 있다. 소득의 격차는 필요나 희망과 관계없이 선망이나 질투의 동기에서 문제가 될 수 있다. 시새움을 좋은 인간 감정이라고 할 수는 없기 때문에, 이것은 사회적으로 고려될 필요가 없고 개인의 정신 건강을 위해서도 억제되고 자제되어야 한다고 말할 수 있다. 그러나 총체적으로 볼 때, 사회 일부 계층에 의한 소득의 과대한 독점이 전체적으로 사회와 경제에 불균형을 가져오는 것도 생각할 수 있다. 경제학자 조지프 스티글리츠 (Joseph Stiglitz)는 최근 미국의 불황을 논하면서 저소득층은 그 수입의 많은 부분을 곧 필수품들을 사는 데 쓰지 않을 수밖에 없는 입장에 있기 때문에 그들을 돕는 것은 곧 시장을 부양하는 효과를 가질 수 있다고 주장한 바 있다.

이러한 문제를 떠나서도 우리 사회를 추동하는 강한 심리적 동기의 하나는 르상티망(ressentiment)이다. 또 이러한 감정을 일으키는 일부 원인은 전혀 부끄러움이 없는 과시 소비의 사회적 확대이다. 이 두 심리적 동기의 팽창은 사회 전체에 있어서의 인간 상호 간의 선의의 축소, 인간관계의 삭막화를 가져온다. 어떤 경우에나 이 문제와 관련하여, 사회 지도층의 검소는 지금 절실하게 요구되는 사회적 의무의 하나이다. 사회적 통제의 방법으로 윤리와 도덕의 기능을 별로 중시하지 않은 정치 이론가들, 서양의 마키아벨리나 동양의 한비자(韓非子)가 다 같이 지도자들의 검소한 삶을 정치 질서의 핵심적 덕성의 하나로 이야기한 것은 우연한 일이 아니다. 뿐만 아니라 과시 소비의 가치화는 인간적 삶의 보다 높은 가치를 보이지 않게 한다.

복지, 인권, 제도, 문명

복지와 고용 경제 민주화는 복지 정책을 확대하고 보편화하여야 한다는 생각도 포함하는 것일 것이다. 세부에 있어서 그 정도와 방법 그리고 자원에 대한 연구에 있어서는 차이가 있겠지만, 이것이 앞으로 지향하여야 할 우리 사회의 중요 과제의 하나임은 분명하다. 이것은 우리 사회가 보다 인간적인 사회가 되기 위하여서도 필요한 일이지만, 정치와 사회 질서의 안정의 요건으로서도 필수적인 일이다. 말할 것도 없이 고통받는 사람에 대한 동정심, 윤리적 의무감 또는 정의감이 그 심리적 동기로서 작용하는 것이겠지만, 전적으로 개인 이익이라는 관점에서 보더라도 복지는 잘사는 사람이나 못사는 사람이나 모든 사람이 살아가는 데에 요구되는 안정된 사회의 조건일 수밖에 없다. 이것은 좁은 국토에 밀집한 인구가 함께 살아가야 하는 한국과 같은 나라에서는 다른 선택이 없는 역사적이고 지정학적인 요청이라 할 것이다.

그러나 복지는 주로 사회 안전망의 문제를 말하는 것일 것이다. 그것은 사회의 경제 생활에서 탈락하는 사람들에 대한 구조책을 말한다. 그러나 제일 좋은 것은 구조가 필요 없는 사회일 것이다. 생활의 요구에 대한 최선의 해결책은 복지 수당보다는 고용 상태를 바르게 유지하는 것이다. 독일에서 통일이 이루어졌을 때, 8000명이 일하던 작업장이 800명으로 재조정된 경우가 있었다는 보도를 본 일이 있지만, 동독의 제도는 능률보다는 생활 수단의 공정한 확보를 기준으로 한 것이었을 것이다. 그러나 노동의 능률성, 유연성 등을 경시할 수 없는 자본주의 경제 체제에서는, 고용을 절대적으로 우선시하는 것과는 다른 고용 대책들이 고안될 수밖에 없다. 그래도 실업 수당은 능률과 고용 모두를 위한 방어망이 될 수 있지만, 그것이 최상의 대책이 되는 것은 아닐 것이다. 수당의 액수에 있어서나 일하는 사람의 자존심과 보람에 있어서, 실업 수당이 정규적 직장을 갖는 것에 비교될 수는 없기 때문이다.

복지 정책의 실시에 있어서 그 비용 담당의 능력이 문제가 되는 것은 말할 것도 없다. 이것은 조세로 해결되는 수밖에 없을 것이다. 이때 부담은 사회의 고소득층이 질 수밖에 없는 것이지만, 거기에 따르는 불만과 공정성의 문제 이외에도, 기업 소득이 고용 창출의 원동력이 된다고 하는 학설이 강하기 때문에, 여기에도 섬세하고 적절한 고려가 필요할 것이다. 그러나 이 고려는 사회적 부담을 회피하는 방안이 될 수 있다는 점을 경계하여야 할 것이다.

복지의 여러 분야/제도화와 문화적 관습 복지 제도는 물론 고용과 노동 이외에 아동 보육, 교육, 의료, 노년 보험 등이 포함된다. 이것이 문명된 현대 국가의 책임 사항이라는 것은 한국에서도 일반적으로 받아들여지고 있다고 하겠다. 그리하여 그것은 국가 능력의 성장과 더불어 점점 더 확대 시행될 것으로 기대할 수 있다. 다만 그것이 범위와 심도에 있어서 충분한가는 문제가 많은 것으로 보인다. 여기에서도 답변이 바르게 주어지는 데에는 경제 능력의 확대가 있어야 한다고 말하여진다. 물론 그것을 넘어 사회적 관심의 확산이 비용 지출의 희생을 보다 용이하게 할 것이다.

그런데 이 사회적 관심은 보다 넓고 깊은 인간적 관심에 의하여 여러 가지로 표출될 수 있다. 나는 여러 해 전에 미국의 진보적 철학자 마사 너스바움(Martha C. Nussbaum) 교수와 점심을 같이하는 자리에서 노인 문제에 대하여 의견을 주고받은 일이 있다. 그의 의견은 연금, 보험, 부양 시설 등 밖에 노인 복지에는 다른 대책이 없다고 하였다. 물론 당연한 주장이다. 놀라운 것은 자식이 부모의 노년을 책임지는 한국의 전통을 말하고 이것을 현대적인 제도와 아울러 살려 나가는 방법이었으면 좋겠다는 의견을 말하였으나, 그 가능성을 인정하지 않은 것이었다. 한국에서는 지금도 세금 혜택 등을 통해서 이러한 옛 관습 등에 제도적인 지원이 없다고 할 수는 없지만, 부모를 부양하는 일은 이제는 사라져 가는 전통적 관습에 불과하게 되었다. 현실적으로 더 중요한 것은 오늘의 풍습이지 전통적 관습이 아닌 것은 분명하다.

생활의 관습은 단순한 전통 존중이나 선의로 유지되는 것은 아니다. 중요한 것은 사회 전체의 제도와 지배적인 이념 또는 분위기이다. 그렇다 하더라도 문제는 좀 더 섬세하게 생각될 수도 있을 것이다. 오래전의 일이지만, 한 일본 여성 작가가 쓴 수필에서 다음과 같은 이야기를 읽은 일이 있다. 그는 이 층으로 된 주택에서 부모와 함께 살고 있었는데, 피차에 여러 가지로 불편한 일이 많았다. 함께 살면서도 서로 독립된 일과를 유지하기 어려운 것이 문제인데, 그는 그 근본 원인의 하나가 부엌을 공동으로 사용하고 끼니를 같이하는 데에 있다고 판단하고, 위아래 층에 별개의 부엌을 만들었다. 그 결과 저절로 일과가 서로 독립하게 되고 문제의 많은 것이 사라졌다고 쓰고 있었다. 오늘에 이러한 조정이 어려운 것은 우리가 대체로 아파트에서 살고 아파트 구조가 핵가족을 위하여 설계된 것에 관계된다고 할 수 있다. 이 층 구조의 아파트가 시험된 일이 있었던 것도 사실이다. 하여튼 많은 것이 한두 가지 원인이 아니라 생활 문화의 현실에 여러 요인으로써 얽혀 있다고 하는 것이 옳다.

그러나 노인의 관점에서 볼 때, 가족 사이에서의 삶이 초개인적인 (impersonal) 공공 시설에서의 삶보다 인간적이라는 사실은 주목에 값하는 사실이다. 이것은 복지 일반에도 해당한다. 막스 베버의 자본주의론에는 중국의 종교에 대한 연구가 포함되어 있다. 그리고 거기에는 중국에 본격적인 자본주의가 일찍 발달되지 못한 것을 동성(同姓)의 씨족과 대가족이 한 집에서 살면서 가족 성원들이 일종의 사회 보장을 받고 있었던 사실에 관계시키고 있다. 말하자면, 가족 사회주의 제도를 가지고 있었던 것이다. 자본주의 발달이라는 관점에서는 이것은 흠집이 되겠지만, 이것은 사회 보장이 크게 필요한 것이 아닌 사회 구조를 말한다고 할 수 있다. 그러나 그 흠집으로 그것이 개인의 존엄성과 권리를 확립하는 데에 장해가 되었다고 할 수도 있다.

며칠 전, 이화여대에서 박경서 교수의 인권에 대한 강의가 있었다. 물론 박 전 인권 대사는 인권의 신장이 아직도 우리의 과제 중 하나라는 것을 새삼스럽게 깨닫게 했다. 그러나 인권도 조금 더 섬세화하여 생각한다면, 가족, 친족 등의 기본 관계를 벗어난 추상화되고 이차화된 집단이 사회생활의 중요한 부분이 됨으로써 필요해진 것이라고 할 수 있다. 물론 인권 개념의 발달은 역전하여 이러한 일차적 관계에서도 개인의 존엄성에 대한 인식이 필요하다는 것을 알게 하였다. 인간 개체의 존엄성은 모든 인간 이해에서 핵심이기 때문에 이것은 중요한 발달이라고 할 수 있다. 그러나 동시에 그것이 모든 인간관계를 행복하게 하는 것은 아니라는 것을 생각할 필요는 있다. 사회관계의 추상화는 권리의 개념을 넘어가는 친밀한 관계에 대한 요구를 낳고, 이것이 서양의 연애 소설로 하여금 근대 서양 문학에서 핵심적인 위치를 차지하게 했다는 문학 이론의 설명도 있다. 얼마 전 나는 국제 펜클럽 회장 존 솔(John Ralston Saul) 씨를 만난 일이 있다. 그는 소설도 쓰고 사회 비판의 글도 쓰는 작가인데, 그가 내놓은 중요한 주장의 하나는 합리성만이 아니라 이성과 감성의 모든 것을 통하여 서로 만날 수 있는 공동체가 현대인이 가지고 있는 소외 의식과 불행 의식을 극복하는 데에 핵심이 된다는 것이었다.

사회적 삶의 물질적 토대/작은 공동체 지금까지의 이야기에서 조금 벗어나는 것이지만, 앞에 언급한 노인 복지와 주택 조건의 연결은 작은 문제 같으면서, 보다 일반적으로 만족할 만한 인간관계에 적용될 수 있는 사실이다. 그 교훈은 조금 더 확대하여, 사회적 삶의 물질적 토대를 생각하는 데에도 적용될 수 있다. 여기에 대한 견해를 간단히 첨부할까 한다. 그것은 물질적 토대가 —마르크스주의에서 말하는 것보다는 더 미세한 관점에서— 생활의 느낌 —쾌적한 느낌에 기반이 된다는 사실이다.

영국의 가옥 설계와 관련하여, 거실(living room)의 출현이 어떻게 인간관계를 바꾸어 놓았는가를 말한 것이 있다. 거실의 전신(前身)은 응접실(parlour, drawing room)이다. 그 차이는 거실이 손님을 맞이하는 곳이면서, 가족의 생활의 중심이 되는 곳인 데 대하여, 응접실은 거의 전적으로 손님을 맞이하는 곳이라는 점이다. 다시 말하여 응접실은 가족과의 친밀한 관계에 있지 아니한 사람을 맞이할 수 있는 곳인데, 거실은 그렇지가 못하기 때문에, 건축 디자인의 변경은 사회관계를 단순화하는 결과를 가져온다.

이것은 전통적인 영국의 소시민 가옥의 앞쪽에 있는 정원에도 해당된다. 앞쪽의 정원은 우연히 마주치게 되는 이웃과 우편배달원과 같은 외부인과 간단하게 인사하고 교감할 수 있는 공간인데, 이것을 생략한 도시 건축에서 이러한 다층적으로 자연스러운 인간관계는 절로 사라지게 된다. 최근 영국의 BBC는 중국의 새로운 도시들에서 동네의 골목이나 공터가 사라짐으로써 사람들이 얼마나 외로운 개인이 되었는가를 다루는 뉴스를 전했다. 이런 것들과 비슷하게, 대문이 있고 마당이 있고 마루가 있었던 한국의 전통 건물 양식이 얼마나 다양한 인간 접촉을 용이하게 하였던가를 생각하게 한다.

인간적인 사회관계는 인간적인 거주 활동의 공간을 요구한다. 이것은 주택보다 큰 사회 공간에도 해당된다. 사회 전체에 이성과 감성 그리고 자연스러운 윤리적 관계가 저절로 펼쳐질 수 있는 물리적 환경이 필요한 것이다. 거기에는 여러 가지 디자인의 요건이 요구되지만, 제일 간단한 필요 사항은 물질 구조가 인간의 평균적 일상성에 합당한 과히 크지 않은 공동체를 뒷받침하는 것이 되어야 한다는 것이다. 그러나 지금의 현실은 이것을 허용하지 않는 것으로 보인다. 한국의 도시를 연구한 프랑스의 지리학자 발레리 줄레조(Valerie Gelezeau)는 그의 책 제목 『아파트 공화국』으로 오늘의 한국의 거주 형태의 현실을 요약하였다. 고층 아파트들은 줄레조 씨도 지적한 바와 같이 개인의 고립과 소외를 조장하는 구조이다.

그러나 그것은 억제할 수 없는 전체적인 흐름이라고 하여야 할는지 모른다. 교통과 통신의 발달을 비롯하여 여러 면에서의 세계화는 물리적으로, 심리적으로 그리고 충성심에 있어서 단합된 소규모 인간 공동체의 유지를 어렵게 한다. 그러나 작은 사회의 필요는 인간의 심성의 깊이에서 나오는 거부할 수 없는 요구이다. 역설적인 대로 거대화하는 물리적 환경, 통신과 교통 그리고 정보의 테두리 안에서 어떻게 인간 심성의 모든 것이 작용할 수 있는 작은 환경을 만들어 낼 수 있느냐 하는 것은 세계 전체의 공통된 과제이지만, 특히 아파트 공화국으로 상징되는 소외 사회로서의 한국의 과제라고 할 수 있다.(인터넷의 소통이 개인들 사이에 연계망을 만들어 내어 사회를 보다 인간화한다는 생각이 있지만, 그것은 인간이 신체를 가진 물질적 존재라는 것을 고려하지 않은 생각이다.)

통일/국토/다층적 사고 이야기의 순서가 흐트러지기는 하였지만, 앞에서 말한 작고 인간적인 작은 사회 공간의 문제는 간단히 구호화할 수는 없으면서도 장기적으로 한국 사회의 미래를 생각하는 데에 있어서 중요한 어젠다(agenda)임에는 틀림이 없다. 그러나 앞에서 말한 것들 이외에 남아 있는 정치적으로 중요한 의제는 물론 통일의 과제일 것이다. 또는 어떤 사람들의 관점에서는 이것은 가장 중요한 과제이다. 그러나 어떤 관점에서나 이것은 반론의 여지가 없는 지상 과제라 할 수도 있다. 그 점에서 어떻게 보면 이것은 모든 합리적 계산을 떠나서 존재하는 사실 사항이다.(그러나 합리성을 초월하는 당위적 요청이 있을 수 있다는 것도 합리적인 사실 인정의 일부이다.) 그런데 역설적으로 이 당위성을 널리 인정하는 것은 견해와 입장의 다양성 그리고 사실적 고려의 넓은 폭을 받아들일 여유를 만들어 낸다. 당연하다면, 거기에서 벗어날 것을 걱정할 필요가 없기 때문이다. 그런데 통일을 대중 동원의 정치 구호가 되게 하려는 의도가 있을 때, 이 당위성은 다른 사람의 의도를 의심하는 기준이 된다. 그리고 어떤 종류의 견해 표명은 통일을 반대하는 것으로 공격의 대상이 된다.
　근년에 통일의 정치 표어적 압력이 줄어짐에 따라 통일에 많은 문제가 있을 수 있다는 생각들이 표현되기 시작했다. 그것은 통일에 이르는 길이 최단 거리의 직선일 수 없다는 인식 그리고 통일이 이루어져도 그 결과가 간단한 것일 수 없다는 사실에 대한 인정을 포함한다. 통일의 방안에 대해서도 북진 통일, 흡수 통일, 휴전선을 넘는 민중들의 열정적인 연대, 연방제, 국제적 환경과의 관계에서의 조정 등 — 이야기되는 방안들은 점점 더 복합적인 요소를 참조하는 것들이 되었다. 그리고 정치를 문제 삼지 않는 경제 관계의 수립, 인도주의적 연계 관계, 언론과 정보의 자유로운 교환, 그리고 다른 민간 차원에서의 교환의 진전 등이 통일을 촉진하는 간접적인 방법으로 말하여진다. 통일 후의 문제들로는 통일 비용, 통일 이후의 새로운 정치, 사회, 경제의 재구성, 서로 다른 문화 관습에 익숙하게 된 사람들의 상호 적응 등이 이야기된다.

이러한 논의들과 관계해서, 되풀이하여 말하건대, 중요한 것은 통일의 믿음에 대한 소신이 거의 모든 사람에게 있다는 사실을 분명하게 인정하는 것이다. 그리하여 이 인정은 논의의 자유를 폭넓게 허용하게 된다. 다만 그것의 구호화 그리고 사실적인 관점에서의 의혹이 일어나는 것도 자연스러운 것이기 때문에, 다양한 논의를 개진하는 사람은 논의의 넓은 테두리에도 불구하고 근본 동기가 통일에 대한 소망이라는 것을 밝힐 필요가 있을 것이다.

이것은 민족의 이익이라는 차원에 관계되는 모든 문제에 적용되어야할 것이다. 우리 현실에서 민족주의는 모든 정치 논의에서 보이지 않는 감독과 감시의 지침이 된다. 그리고 그 이름을 선점하는 사람은 언제나 논의 마당의 앞자리를 점유한다. 그러나 이 점에서도 민족은, 사실적이든, 신화이든, 우리의 근대사 그리고 오늘 세계 현실에서 모든 사람이 받아들이는 전제로서 논쟁의 대상이 될 필요가 없는 이념이고 사실이라고 할 것이다. 나는 민족주의와 관련하여 일찍이 수필가 김소운(金素雲) 선생의 수필에 나오는 일화를 언급한 일이 있다. 6·25 전쟁 중에 동경 미군 사령부에서 일하던 그는 미국인으로부터 "당신이 한국이 아니라 미국에서 태어났더라면 얼마나 좋은 일을 많이 할 수 있겠는가." 하는 말을 들었다. 그의 대답은 당신은 당신의 어머니를 — 설령 어머니가 나병 환자라 하더라도 어머니를 바꿀 생각을 하겠느냐 하는 것이었다고 한다. 비교가 조금 지나친 감이 있지만, 나의 생존의 출발 조건은 논의의 대상이 될 수가 없다고 하는 것은 틀림이 없는 실존적 관찰이다. 나를 다른 사람으로 대체할 수는 없는 것이다. 그리고 많은 사람에게 그럴 생각은 없는 것일 것이다. 나의 존재의 사실성은 문제로서 내놓을 필요도 없는 일이다. 물론 늘 나를 내세워야 하는 사람들이 있지만, 그것은 실존적 불안감의 표현일 뿐이다.

논의 대상이 될 수 없는 기초의 문제는 개인의 경우도 그러하지만 민족의 이익이 직접적으로 관계되는 다른 사안들에서도 그러하다. 독도와 같은 영토의 문제에서도 그에 대한 토의를 지나치게 제한하는 것은 불안감의 표현이라고 할 수 있다. 독도와 관련하여, 일본 규슈 대학의 한국 연구가 오코노기 마사오(小此木政夫) 교수는 얼마 전《조선일보》에 기고한 글에서 한일 관계에서 그리고 여러 국제 관계에서, 서로 대결하고 있는 두 상대의 관계를 조정하는 데에는, 화해, 타협, 동결 세 가지가 있다는 견해를 내놓은 일이 있다. 각자의 입장과 이해를 고려하면서도 서로 양보하여 화해하거나 타협할 수 있고 그렇지 못하여 문제 해결이 쉽지 않을 때에는 문제의 해결을 위한 노력 자체를 중단 동결하고 다른 기회를 기다려 보는 것이 좋다는 말이다. 한국 측에서 나온 것으로는 이만한 합리적인 분석을 보지 못하였는데, 그것은 그만큼 우리 논의의 자유가 보이지 않는 압박 속에 있다는 말일 것이다.

그런데 이외에도 이것은 많은 것을 지나치게 도덕화하는 우리의 사고 패턴에 관계된 것이 아닌가 한다. 이 사고 방식은 도덕이나 윤리 또는 논쟁을 넘어가는, 움직일 수 없는 사실의 부분이 있을 수 있다는 것을 인정하지 않는다. 개인적 실존의 차원 그리고 집단 존재에 근거하는 이익도 이러한 부분에 속할 수 있다. 나는 다른 자리에서 루소의 자기애(amour de soi)라는 개념을 통한 개인 이해(利害)의 인정이 사회 전체를 생각하는 데에서 얼마나 중요한 것인가를 이야기한 일이 있다. 개체적 이익이 실재함을 인정하고 그 상충을 넘어가는 방책을 생각하는 것이 참으로 일반적인 의지의 통일에 초석이 되는 것이다. 이것은 국가 간의 관계에서도 그러하다. 한국의 군사 독재와 관련하여 그것이 미국의 책임이라는 주장들을 본다. 그리하여 그 테두리 안에서 광주 항쟁의 참담한 사건들도 미국으로 인한 것이라고 말한다. 미국이 그와 관련하여 군사 정권을 지지했다면, 그것은 한반도의 안정을 기본으로 하는 미국의 정책에 입각한 것이라고 할 수 있다. 민중 세력이 안정된 정권을 수립할 만한 것이었더라면, 미국의 지원은 그쪽으로 갔을는지 모른다. 물론 미국은 어떤 상황에서나 민주 세력을 지원하는 것이 마땅하다고 할 수 있으나 그것은 국제 정치의 힘의 관계를 무시하고 정치적, 도덕적 명분만을 과신하는 것이 될 것이다. 이것은 조선 시대로부터 국제 관계를 도의의 관점에서 명분화하던 습관에서 오는 것일 수 있다. 그렇다고 국제 관계 또는 정치적 관계에 정의로운 명분이 무의미하다는 것은 아니다. 참으로 의미 있는 이상주의는 힘과 명분을 하나가 되게 하려고 노력하는 데에서 이루어진다. 이것은 남북 관계에서도 마찬가지일 것이다. 힘의 균형을 무시하지 않는 통일의 추구 또는 그것을 고려하지 않는 무조건적인 화해와 통일의 추구, 다시 말하여 균형과 양보와 화합 — 이 두 가지의 접근의 선택과 교호(交互)에 대한 필요도 이 관점에서 생각될 수 있을 것이다.

지나치게 이상적인 것이 될 수는 있지만, 갈등의 소지를 지닌 많은 안건을 해결하는 데에는 세 가지 사유의 장(場)이 중첩된다고 할 수 있다. 첫째는 목표에 대한 근본적 합의이다. 그러면서 그것에 이르는 정책을 생각하여야 한다. 이것은 현실을 참고하면서 이상에 접근하고자 하는 기획을 나타낸다. 이에 더하여 사람이 처한 상황은 그때그때 예상했거나 예상하지 못한 복합적인 요인으로 변화하게 마련이다. 이 변화하는 상황은 그에 대응하는 대책들을 수시로 고안하지 않을 수 없게 한다. 이 대책들은 보다 큰 방향을 정하는 테두리 안에서 이루어져야 하는 것이지만, 동시에 큰 전망들을 수정하는 요인이 될 수도 있다. 이것은 다른 말로 옮기면, 파당적 차이를 넘어가는 국민적 합의, 일관성을 보여 주면서 유연한 정책, 그리고 정책 현장에서의 조율, 이러한 다른 단계의 사고들이 필요하다는 말이다. 이 단계들은 하나의 테두리 안에 있으면서도 그 나름의 자율적 대응 구역을 이룬다. 모든 정당은 한 나라 안에 존재하는 한, 어떤 국민적 합의를 만들어 내는 데 노력하여야 한다. 그러나 정책은 대부분의 경우 여러 선택지 가운데 선택되는 것이기 때문에, 정당이 적극적으로 내거는 것은 정책일 것이다. 그리고 그것에 따르면서도 변화하는 상황에 따라서 집행되는 여러 대책 — 주로 행정 부처에서 담당할 대책들이 존재한다. 이러한 다른 차원에서의 결정들은 분리하여 생각될 필요가 있다. 물론 민주주의 체제에서 이것들은 언제나 국민의 감시와 제어의 대상이 될 수 있지만, 여러 정치적 결정들은 낮은 차원에 속하는 것일수록 어느 정도의 자율적인 성격을 갖지 않을 수 없을 것이다.

이것은 주로 힘의 대결이 일어날 수 있는 사안에 대한 이야기이지만, 일반적으로 변화하는 상황 속에 있는 인간의 사회관계에 두루 해당되는 일이라 할 수 있다. 이 비슷한 인식은 문화 영역 일반에도 있을 수 있다. 인간 문제의 기초가 되는 것은 모든 사람의 삶의 자기 정당성을 인정하는 존재론적 동의 내지 합의이다. 그리고 여기에서 출발하여 사회적 합의 또는 계약이 이루어질 수 있다. 거기에서 정책이 나온다. 그러면서 이 정책은 변화하는 구체적 상황 속에서 현실적 시행으로 옮겨 가야 한다. 그러나 이 상황적 시행은 기계적인 것이 될 수 없다. 그것은 다시 소급하여 상위의 사유의 공간에 영향을 미친다. 그러면서 가장 중요한 것은 이 모든 범주들을 일관하는 유연한 사고와 감성 능력이다. 그것은 궁극적으로 존재론적 동의로부터 연유한다. 이러한 범주들을 명증하게 하려는 것이 문화 과학 (Kulturwissenschaft)의 기능이다.

환경 대책 오늘날 인간 존재를 테두리 짓는 다른 범주들이나 마찬가지로 — 앞에 말한 존재론적 동의도 여기에 속한다고 할 것인데 — 크게 현실적으로 금방 다가오지는 않는, 그러나 가장 중요한 공론의 주제는 환경 문제라고 할 수 있다. 인간의 산업 활동의 가속화로 인하여 대두된 자연 자원의 고갈, 환경 파괴 그리고 인류 자멸의 위험 문제 등은 새삼스럽게 말할 필요도 없는 인류 공동의 관심사가 되었다. 다만 그에 대한 대책이 불분명하고, 설사 대책이 있다고 하더라도 그 시행이 집단적 의지로 결정(結晶)되지 못하는 것이 문제일 뿐이다.

2009년에 작고한 노르웨이의 "깊은 생태학"의 철학자 아르네 네스(Arne Naess)는 생태학적으로 적절한 세계 인구는 현재 인구의 10분의 1, 그러니까 지금으로 계산하면 7억이 되어야 한다고 말한 일이 있다. 그것이 생태 환경을 정상화하는 궁극적인 방법이라는 것이다. 이것은 가상적인 숫자를 말한 것이지만, 어떻게 하여 인구가 그 정도로 축소될 수 있을 것인가? 엄청난 정치적 변화 — 어떤 사람들이 말하는 생태 독재주의가 들어서기 전에는 그러한 인구 감소는 불가능한 것이겠지만, 권력의 문제를 생각하지 않더라도, 그에 따라 일어나는 생산 인구의 감소, 경제 규모의 축소, 인구의 노령화 등의 문제가 엄청난 것이 될 것이다. 원시적 농경 사회로의 자발적 후퇴, 빈곤 예찬, 검소한 삶의 이상의 현실화 등 여러 방안들도 이야기된다. 과학과 기술의 진보를 통하여 이 문제를 해결할 수 있다는 생각도 존재한다. 생태 문제를 심각하게 생각할 필요가 없다고 하는 미국의 물리학자 프리먼 다이슨(Freeman Dyson)은 과학 기술의 발달은 결국 인간의 다른 유성(遊星)에로의 이주를 가능하게 할 것이라고 이야기한 바 있다.

사실 필요한 것은 환경 파괴에 대한 이러한 모든 대책을 전부 동시에 시험하는 것일는지 모른다. 그중에도 소비주의 물질 생활의 허영이, 집단적으로도 그렇지만, 개인적인 차원에서도 인간성 실현이라는 관점에서 별로 긍정적인 의미를 갖는 것이 아니라는 것을 설득하는 작업은 어렵지 않게 실천될 수 있는 일일 것이다. 그러면서 환경 우호적 삶에 대한 과학적 이해, 그리고 그것을 위하여 개발될 수 있는 과학 기술을 지원하는 것도 현실적인 대응책이 될 것이다. 녹색 과학, 녹색 성장 등을 공허한 개념이라고 할 수는 없다. UN녹색기후기금 본부를 인천 송도 유치에 성공하였다는 엊그제의 뉴스는 환경 문제의 적극적인 대책을 마련하는 데에 제도적인 틀을 만드는 데에도 자극이 될 것으로 생각한다.

정치 속의 과학 의식 녹색 성장이라는 말은 경제적 번영에 대하여 사람들이 가지고 있는 환상과도 일치할 수 있는 것이기 때문에, 그 모순에도 불구하고, 되풀이하여 말하건대, 가볍게 볼 수 없는 이념이라고 하여야 한다. 여기에는 물론 과학적 연구가 필수적이다. 그런데 이것을 보다 넓혀 정치 지도자들이 과학의 발전에 일정한 견해를 가지고 있어야 한다는 것은 강조할 필요가 있는 일이다. 최근에 미국에서 과학자들은 많은 국가적인 과학 단체들이 참여하고 있는 '과학 토론 조직(ScienceDebate.org)'을 통하여 대통령 후보자들에게 그들이 구상하고 있는 과학 정책이 어떤 것인가에 대하여 질문을 내어 답변을 받아 내었다. 《사이언티픽 아메리칸(Scientific American)》에 요약되어 나온 것을 다시 간략하게 살펴보면, 질문은 경제와 관련하여 과학 발전을 어떻게 촉진할 것인가, 기후 변화에 어떻게 대처할 것인가, 식량 생산과 관련하여 어떻게 안전과 건강의 기준을 유지할 것인가, 미국을 포함하여 세계적인 식수 부족의 문제를 어떻게 해결할 것인가,

증가하고 있는 바다의 오염을 어떻게 바로잡을 것인가, 공공 정책이 과학 정보를 충분히 참조하게 하는 정책 구상이 있는가 하는 문제들에 대한 것들이다. 한 질문은 국가적 과학 투자의 면에서 미국이 참조해야 할 국가로 영국, 싱가포르, 중국, 한국을 들고 있지만, 우리나라에서 적어도 정치의 중요한 과제로 이 문제가 의식화되고 부상되는 것으로 보이지는 않는다.

　문화　과학의 진전은 물론 실용적인 관점에서만이 아니라 그 자체로 의미 있는 일이다. 자신이 사는 세계에 대한 지적 탐구는 실용성에 관계없이 인간이 세계 내에 존재한다는 사실의 의미를 연구하는 일이다. 그것은 그 자체로 인간 생존의 의의를 고귀한 것이 되게 한다. 자연 세계의 탐구는 그에 대한 이성적 이해를 진전시키는 작업일 뿐만 아니라 그 신비를 깨닫게 하는 일이다. 그리하여 그 탐구에서 얻어지는 발견들은 우리로 하여금 존재의 경이로움에 감복하게 한다. 인문 사회 과학은 그러한 탐구의 다른 한 면을 이룬다. 인간 존재의 외부를 향하는 것이 자연 과학의 탐구라고 한다면, 인문 과학은 그러한 탐구의 주체에 대한 반성적 이해를 심화하는 작업이다. 물론 이러한 인간 존재는 주어진 환경과 그 안에 거주하는 주체의 중간을 이루는 사회 조직과 그 인간적 의의에 대한 탐구를 통하여 자신을 더 바르게 이해하고 사회적 삶을 적절하게 구성해 나갈 수 있다.

　이러한 학문의 노력은 존재론적 기초를 가지고 있다. 그에 대한 탐구는 선입견 없이 사물 자체로(zur Sachen selbst) 돌아가는 데에서 시작된다. 거기에서 얻어지는 근본적 통찰은 학문의 객관성의 기초가 된다. 존재론적 탐구는 사람의 근본을 객관적으로, 그러니까 존재하는바 그대로 밝히려고 노력하는 것을 말하기 때문이다. 그러면서 그것은 다시 인간의 삶에 바른 방향을 찾으려는 시도에 지침을 제공한다. 그러나 중요한 것은 그러한 탐구와 지침의 제시가 존재의 열림에 이어져야 한다는 점이다. 존재론적 탐

구는 그 존재의 포괄적 전체성, 신비, 그리고 그 열림을 의식하지 않을 수
없게 한다. 바른 방향의 문제를 지나치게 좁고 성급하게 또 직접적인 명령
으로 받아들이는 경우 학문은 이데올로기가 된다. 이데올로기는 있는 대
로의 열려 있음을 미리 정해진 도식에 따라서 존재를 왜곡하는 일이다. 이
것을 우리는 역사의 이데올로기화에서 볼 수 있다. 한 사회가 그 과거의 역
사를 되돌아보는 것은 필요한 일이다. 그러나 오늘날 역사 담론의 많은 부
분은 과거의 모순과 고통에 대한 사실적 연구가 아니라 정치 투쟁의 수단
이 되고 갈등의 심화를 위한 방편이 된다.

　학문 연구는 방금 말한 바와 같이 그 자체로 의의를 갖는 인간 고유의
인간적인 작업이다. 동시에 이러한 탐구는 전문성을 요구하는 것이면서
동시에 일반화하여 문화의 패턴을 이룬다. 그리고 이것은 과학적 연구나
마찬가지로 실용적인 의미를 갖는다. 우리는 앞에서 통일 문제를 말하면
서 세 개의 사유의 장, 즉 기본적인 합의, 정책, 상황 변화에 따라 조율되는
작은 조치들을 말하였다. 그리고 다시 문화 속의 사고의 습관으로서, 존재
론적 동의와 그 사회화와 그 실천을 말하였다. 앞에서 말한 대로, 이것을
명증화하는 것이 문화 과학의 사명이다. 그런데 이 명증화는 반드시 개념
적인 명증화만을 의미한다고 할 수 없다. 사람의 삶의 현실은 개념 속에 완
전히 포착되지 않는다. 그것은 큰 테두리일 뿐이다. 테두리로만 헤아려지
는 삶은 괴로운 삶이다. 삶은 실천의 구체성 속의 무한한 변주와 뉘앙스로
써 현실이 된다. 이것을 형상으로 포착하려는 것이 예술 활동이다. 그리고
이 형상화는 삶 자체를 풍요하게 하는 요인이 된다.

　그러니까 문화는 삶의 근본을 잊지 않게 하면서 동시에 그것을 풍부하
게 하는 방법이다. 그러면서 그것은 다시 한 번 물질적이고 제도적인 의미
를 갖는다는 것을 상기할 필요가 있다. 조선 시대에 문화를 담당했던 부서
는 예조(禮曹)였다. 이것은 물론 일반적으로 제례, 연회, 교육 그리고 외교

를 담당했던 부서인데, 이름에 예라는 말이 들어 있는 것은 흥미로운 일이다. 현대 사회에서 사람과 사람의 관계를 결정적으로 규제하는 것은 법이고 또 법이 지원하는 여러 계약 관계이다. 예조라는 이름은, 유교를 국가적 이데올로기로 삼았던 조선조에서, 법률로 정하는 엄격한 규칙이나 사사로운 감정의 발로를 넘어, 강제성을 가진 것은 아니면서도 규범성을 가진 예절을 사회 질서의 기본으로 삼고자 했던 것과 관계가 있었던 것이라고 할 수 있다. 여기에서 예절은 물론 대인 접대의 예의, 그리고 가족 의식들도 말하고 오례(五禮)와 같은 국가적인 행사로서의 의식을 말하는 것이기도 하다. 이러한 의식이 지나치게 강조되면 그것은, 모든 과잉 반복이 다 그렇듯이, 공허한 것이 된다. 허례허식(虛禮虛飾) 또는 중국식 표현으로 부화허례(浮華虛禮)라는 말은 이러한 공허함을 지칭하는 비판적인 말이다. 지금에 와서도 이 비판은 맞는다고 하여야 한다. 그러나 사람의 집단적 관계를 자연스럽게 조정하는 방법으로서, 또 개인의 존엄성을 보호하는 방법으로서 예를 무시할 수는 없다. 여러 해 전 나는 문화예술위원회에서 생로병사(生老病死)와 관혼상제(冠婚喪祭)의 제도적 장치를 적절하게 유지하는 것이 문화의 공적(公的) 작업의 한 부분이라는 내용의 강연을 한 바 있다. 사람의 삶의 주기(週期, life cycle)를 적절하게 조정하는 것은 문화의 사회적 기능이기도 하고 정부의 책임이기도 하다. 우리 사회는 살기도 어렵지만 죽기도 여간 어려운 사회가 아니다. 사실 조선조 목민관의 주요 임무의 하나는 백성들의 라이프 사이클을 격식 속에 유지하는 일을 포함했다. 순탄하게 태어나서 살고 순탄하게 죽는 일이 정치 담당자들의 중요한 관심사가 아닐 수 없다. 그러나 다시 한 번 현대 사회에서 이것이 너무 중심적인 관심이 될 수는 없으면서도 정치와 문화를 삶의 현실에 관계하여 생각하려고 할 때, 그것을 무시할 수는 없다.

시비 구분의 세계, 하나의 존재

장자와 노자의 말로 글을 시작하였으니 그 말로 돌아가서 글을 끝내기로 한다. 정치 지도자 그리고 그를 보좌하는 사람들이 시의적절(時宜適切)한 정책을 가져야 하는 것은 너무나 당연한 일이다. 그러나 정책은 여러 가능성 속에서의 선택을 나타낸다. 그것은 사물의 시비를 가려서 선택되는 것이다. 그러나 시비의 차이는 하나로 움직이는 자연 과정의 변화를 나타낼 뿐 그 진리를 나타내는 것은 아니라는 것이 노자와 장자의 생각이다. 적어도 정책의 선택을 잘못될 수도 있는 선택임을 인식하고, 그것을 수행하는 정치의 존재 방식이 극히 신중해야 한다는 것은 다시 상기해야 하는 인간 존재와 실천에 대한 기본 인식이어서 마땅하다.

이 글의 맨 앞에 인용한 것은 스스로를 드러내지 않는 정치가 가장 좋은 정치라는 노자의 말이었다. 그것은 양자거(陽子居)라는 사람의 질문에 답한 것이다. 질문은 이러하다. "여기에 한 사람이 있는데, [그 동작이] 재빠르고 억세며 사물의 도리에 밝고, 도를 부지런히 배우고 있습니다. 이런 사람은 훌륭한 왕에 비교할 수 있겠습니까?"(「응제왕」4) 장자는 시비를 가리고 이것을 말로 표현하고 변론하는 것은 대체로 사적인 감정과 욕심에서 나오는 것이라고 하고, 지식이라는 것도 원래 싸움의 도구로서의 의미를 갖는다고 말하였다.[知也者爭之器也.] 그러니까 그것은 명예와 함께 두 개의 흉기(凶器)에 해당한다고 하였다.(「인간세(人間世)」3) 그의 이상은 역시 보이지 않는 질서로서의 정치였다. 우리의 정치도 이러한 것을 깊이 생각한다면, 시비의 논쟁에 지나치게 휘말리지는 않을 것이다. 그러나 이것은 여기에서 펼쳐 본 필자의 말에도 해당되는 것인지 모른다. 거기에도 불필요한 시비가 많이 들어 있다고 할 수 있기 때문이다.

(2012년)

장미의 효용

1

세상에 이해할 수 없는 것의 하나가 사람이 자연을 좋아하는 것이다. 사람으로서 좋은 들을 보고 좋은 산과 물을 보고 기분이 좋아지지 않은 사람을 없을 것이다. 그러면서도 그 이유를 분명하게 알 수는 없다. 물론 이즈음의 사정으로 보면, 그런 때에 우리 마음에는 좋은 산천 또는 풍경을 부동산으로 보는 마음이 있을 수 있다. 이것이 누구의 소유인가, 또 여기의 땅값은 얼마나 되는가 하는 생각이 스며드는 것이 요즘 세상이다. 그것은 단지 부동산 투자에 대한 관심이 아니라 좋은 곳에 자리 잡고 살고 싶은, 조금 더 돈의 세계에 직접적으로 관계가 없는 관심일 수 있다. 그러니까 많은 것이 돈으로 환산되는 것이 반드시 그것 때문만은 아니라는 말이다. 그런 경우에도 여기에서 살려면 도시의 집과 직장을 포기한다거나, 또는 여기에 집을 하나 더 짓고 살려면 어떤 정도의 재산을 모아야 하나 하는 생각들이 있을 수 있다. 그렇다 하여도 자연 그 자체가 특별한 이유도 없이 좋은 마음을 일으키는 것은 틀림이 없다.

이것은 시각을 조금 더 좁혀서 보면 더 잘 알 수 있다. 사람들은 대체로는 다 보기 좋은 꽃을 좋아하고 잘 자란 나무를 좋아한다. 이상한 것은 그것이 별 실용적인 의미가 없다는 것이다. 물론 꽃이나 나무의 경우에도 선물용으로 쓴다거나 방을 장식한다거나 정원을 꾸미는 실용적이라고 할 수 있는 의미가 없는 것은 아니다. 그러나 그러한 실용적인 — 직접적인 의미에서는 아니지만 간접적인 연결로 실용적인 의미를 갖게 되는 경우도 바로 이러한 자연의 표현들이 그 자체로 의미를 가지고 있기 때문이다. 이 의미가 무엇일까? 생각할 수 있는 의미는 많이 있겠지만, 결국 핵심은 이러한 것들의 '있음' 자체가 의미가 있는 것이라는 것일 것이다.

그 '있음'에 의미를 더 붙인다면, 이 있음에도 있음 자체의 의의를 보다 강하게 느끼게 하는 것이 있고, 그에 미치지 못하는 것이 있을 것이다. 사실 장미와 같은 꽃이 다른 꽃 — 잡초의 꽃보다도 귀하게 생각되는 것은 이러한 차이로 인한 것이라고 할 수 있다. 장미는 다른 잡초보다도 더 아름답다. 이것은 아름다움에 기준이 있다는 것을 생각하게 한다. 이러한 기준이 어디에서 오는가 하는 것은 다시 문제가 된다. 물론 이렇게 이야기하면서, 우리의 미적인 기준이 단순히 순수한 것만은 아니라는 것도 잊지는 말아야 할 것이다. 장미가 잡초의 꽃보다 아름답다고 한다면, 그것이 세간에서 더 비싼 것이라든가 더 좋은 것으로 친다든가 하는 것이 우리 자신의 순수한 느낌에 더하여 우리의 생각에 영향을 끼치는 때문일 수 있다. 우리의 아름다움의 기준에는, 다른 일에서도 그렇지만, 세상의 통상적 의견이 강하게 작용한다. 사람들이 물건을 두고 명품이라는 것을 좋아하는 데에서 이것은 가장 잘 나타난다. 세상 소문의 존재가 인간이다. 이것은 세속적인 판단을 떠나서 많은 식물과 화초 그리고 사물에 대하여 보다 조심스럽게 참으로 객관적이고 공평한 판단을 내려야 한다는 것을 의미한다. 그것이 어떻게 가능한가? 이것이야말로 참으로 어려운 문제이다.

이러한 난점에도 불구하고 자연이 있고 아름다움이 있고 거기에 더하여 아름다움에 정도의 차이 또는 깊이와 크기에 차이가 있다는 것은 틀림이 없다. 이것은 자연에만 해당되는 것이 아니라 모든 존재하는 것들에 두루 해당되는 것이라 할 것이다. 그리고 이 존재하는 것에는 사람의 삶이 포함된다. 또는 모든 것의 바탕이 된다. 사람의 삶의 근본에 놓여 있는 문제의 하나는 개인의 삶 또는 집단의 삶의 있는 대로의 있음을 분명히 하고, 또 그것을 높이고 깊이 하고 넓게 하는 것이다.

이러한 있음의 문제는 특정한 사물이나 삶에만 한정되지 아니한다. 다시 말하여 어떤 선택된 — 일정한 목적이나 가치의 관점에서 선택된 것들에 관련해서만 제기되는 것이 아니다. 장미를 키우면서 이것은 어떻게 제대로 키울 것인가, 더 아름답게 키울 것인가, 더 아름다운 장미 종자를 구해 볼 것인가, 새로운 보다 좋은 변종을 개발해 볼 것인가, 또는 내가 사랑하는 아이를 제대로 자랄 수 있게 할 것인가, 아이를 좋은 학교에 가게 하고 세상에서 알아줄 수 있는 사람으로 기를 것인가, 이러한 선택된 목적과 가치의 관점에서만 있는 그대로의 있음이 문제가 되는 것은 아니라는 말이다. 그렇기는 하나, 어떤 물건이든지, 어떤 사람 또는 생명체이든지, 모든 존재하는 것에 대하여 그 자체의 존재를 벗어난 기준을 적용하는 것은 옳지 않다. — 우리는 이렇게 말할 수 있다. 그것은 세상의 있음에 대하여 잘못을 하는 일이 되기도 하지만, 우리 자신의 관점에서도, 그러한 기준에 비추어서 세상을 대하는 것은 세상에 대하여 바른 인식과 느낌을 가질 수 없게 된다는 것을 말한다. 그리고 그것은 부당한 판단의 씨앗이 될 뿐만 아니라 자신의 삶을 제대로 사는 것이 아닐 것이다.

세상에 그대로 사는 것이 아니라 자신의 선입견에 갇혀서 산다면, 그것은 주어진 삶의 기회를 놓치는 일이 될 것이다. 요즘 세상에서 이 선입견은 금전적 이해관계, 사회적 신분 관계도 있지만, 얼핏 생각하기에는 도덕적인 당위성의 엄격함을 가지고 있는 이념들 — 특히 집단적 이념들을 포함한다. 문학, 특히 시는 이러한 선입견을 넘어 보다 직접적으로 세상의 모습을 그려 내어 보여 주고자 한다. 사물의 사물 됨에 대한 이러한 본능적 직관이 없이는 좋은 문학은 성립할 수가 없다. 그렇다고 도덕적, 집단적 당위 명령이 잘못되었다는 것은 아니다. 좋든 나쁘든 우리는 이러한 이념들을 받아들일 수밖에 없다. 사람은 작은 범위에서 살고, 또 그것을 넓은 테두리 안에 위치하게 하여 산다. 여기에 역할을 하는 것이 유감스럽게도 여러 가지 선입견들이다. 다시 말하여 그것은 삶의 전체적 조건 또는 전체성을 저울질할 수 있게 하는 방법이기 때문이다. 다만 그것의 양의성 또는 가설적 성격을 잊지 않는 것이 중요하다. 이것을 잊지 않는 것이 삶에 대하여, 세계에 대하여, 타자에 대하여 열려 있는 방법이기 때문이다.

문학의 한 역할은 끊임없이 이 선입견들을 지각과 경험을 통하여 시험하고, 그것을 재정립하는 일이다. 문학의 기초는 직접적인 체험이다. 문학은 체험의 결단 위에 성립한다. 그런데 이러한 경험을 위한 결단을 떠나서 사람이 주어진 세계에서 살고 있는 한, 세상을 지각하고 느끼고 생각하는 바탕에는 이미 사물 자체에 대한 직관이 작용한다. 다만 그것을 의식하지 못하고 있을 뿐이다. 문학은, 다시 말하여, 주어진 감각적 체험으로부터 시작한다. 그리하여 그것으로부터 더 큰 인식에로 나아간다. 그런데 이 감각적 체험을 그려 내는 것이 쉬운 일은 아니다. 그것은 세계에 대한 개념적 이해 또는 선입견적인 이해보다 어렵다.

2

어떤 경우에나, 방금 말한 것처럼, 문학은 체험적 현실의 기술에 관심을 가지고 있다. 소설은 언제나 주인공의 이야기, 서사로써 이루어진다. 그러나 감각적 체험 — 감각의 직접성에 특히 주의를 기울이는 문학의 형태는 시라고 할 수 있다. 그것은 느낌이나 생각을 가장 좁혀서 표현하는 데에 관심을 가지고 있었다. 물론 이것은 다시 의미 구조 속으로 들어 올려져야 한다. 이 일반화가 없이는 직접적인 체험도 분명한 것이 될 수가 없다. 언어로 표현한다는 것 자체가 추상화를 요구한다. 그리하여 지각되는 사물과 세계의 진실을 시사할 수 있게 된다. 다음에 시적인 체험이 드러내려고 하는 이러한 진실을 시를 들어 생각해 보기로 한다. 여기에서 언급하는 시들은 장미라는 특정한 자연의 사물을 주제로 한 시이다. 처음의 시는 최근에 나온 김후란 씨의 시선집 처음에 나오는 「장미 1」이라는 제목의 시이다.

> 너는 포옹할 수가 없다
> 너는 미워할 수가 없다
> 너는 꺾어 버릴 수가 없다
> 너는 모르는 체 지나칠 수가 없다
> 너무도 우아하여
> 너무도 진실하여
> 너무도 애틋하여
> 너무도 영롱하여

장미를 말하는 이 시에서 처음에 주목할 수 있는 것은 장미를 말하되, 그것을 부정어법으로 말한다는 점이다. 장미는 포옹할 수도 미워할 수도 없는 것이고 껴안을 수도 없으면서 모르는 체할 수도 없다. 적어도 일단 그것은 사랑의 표현이나 증오의 대상이 될 수 없다. 그리고 행동 작용의 대상이 되지 못하고, 그렇다고 전혀 무시될 수도 없다. 그러나 이러한 감정과 행동적 접근의 불가능성은 후반부에서 정정된다. 장미가 나타내고 있는 것은 우아함이며 진실이다. 그리고 그것은 영롱하다는 말로 표현될 수 있는 어떤 빛나는 속성을 가지고 있다. 그리고 그것이 불러일으키는 감정은 어떤 애틋함이다.

전반에서 말하는 바에 의하면 장미는 행동적인 표현의 대상이 되지 못한다. 그러나 후반은 장미가 심미적인 감상이나 진실로서의 인식의 대상이 될 수 있다고 말한다. 감정 작용이 일어난다고 하면, 그것은 행동으로 옮겨질 수 없는 낮은 감정 — 애틋하다는 정도의 감정일 뿐이다. 그래도 심미적 감상의 대상이 되는 것은 앞의 적극적 접근을 정지한 때문이다. 시인의 의도가 그랬는지는 모르지만, 이러한 정지는 미학에서 미적 관조의 조건이라고 말하는, 어떤 대상을 거리를 두고 바라보는 일에 맞아 들어간다. 이것은 조금 더 나아가, 지나치게 적극적인 접근을 중단하는 것이 사물의 아름다움 또는 있는 대로의 모습을 보는 데에 필요하다는 것을 말한다고 할 수 있다. 이러한 접근 중지는 사실은 사람을 대하고 물건을 대하는 데에 저절로 들어 있는 것이라고 할 수 있다. 「장미 2」에서 시인이 언급하는 것은 범접하기 어려운 미인의 모습이다.

은장도 빼어 든
여인의 손
짜르르 떠는
소매 끝에
사랑, 그 한 가락으로

피었다

　장미는 은장도를 든 여인의 손끝에 피어난 꽃이라고 상상해 볼 수 있다.
시인은 이렇게 말한다. 장도와 미인의 연결은 조금 상투적이긴 하지만, 근
접하기 어려운 아름다움의 의미를 시사하는 전통적인 미인의 자세에 관한
이미지이다. 여성의 아름다움은 얼핏 생각하기에 다른 사람을 유혹하려는
목적, 또는 자신을 여러 사람에게 잘 보이게 하려는 것에 관계되는 것으로
생각할 수 있지만, 또 어떤 경우, 가령 자신이 미인임을 의식하고 자신을
가지게 되는 경우, 특히 자신의 미를 돋보이게 하기 위해서 화장하고 치장
하는 경우, 그러한 의도가 개입되는 것을 부정할 수는 없지만, 동시에 아름
다움은 하나의 있음의 방법이다. 물론 자신의 아름다움을 의식하는 것 자
체가 타자와의 관계 또는 타자적인 관점을 자신의 의식에 편입하는 일이
기 때문에, 그것이 순순한 의미에서 자신의 있음에만 기초하는 것은 아니
라고 할 수 있다.
　그러나 문제는 정도의 차이에 있고, 자신의 존재를 의식하는 것이 타자
에 대한 의식 — 또는 무의식적인 전제하에서 가능해진다고 할 수 있다.
그러한 한계를 인정하더라도 아름다움이 자신의 있음, 존재를 높이는 일
이라는 것을 인정하지 않을 수 없다. 그리고 자신을 높인다는 것은 자신의
존재를 타인에게 쉽게 범할 수 없게 한다는 뜻을 가지고 있다고 할 것이다.
이것은 우리의 사람 또는 사물에 대한 관계의 기초가 된다고 할 수 있다.
모든 아름다움은 우리로 하여금 쉽게 손상할 수 없게 하는 힘을 가지고 있
기 때문에 은장도를 가진 미인으로 대표된다고 할 수 있다.

3

장도를 숨겨 가진 전통적인 미인의 이미지는 사랑의 역학 속에서 움직인다. 그 감정 놀이는 우리로 하여금 그것을 상투적인 것으로 느끼게 한다. 릴케에게는 장미에 관한 여러 편의 시가 있다. 그의 시는 보다 직접적으로 사물의 있음에 관한 탐구에 기초한다. 장미를 주제로 한 릴케의 시 가운데, 가장 흥미로운 것은 그의 유작으로서 묘비명에 쓰여 있다는 절구(絶句)이다.(물론 사행(四行)의 율시(律詩)라는 말은 아니다.) 이 시는 감정이나 감상의 매개를 거치지 않고, 사람과 사물, 사람과 세계의 관계, 사람의 지각과 세계의 관계, 그 타자적 관계를 조명한다.

> 장미, 아, 이 순수한 모순,
> 겹겹의 눈꺼풀 아래
> 누구의 잠도 아님에 ─
> 그 기쁨이여!

> Rose, oh reiner Widerspruch, Lust,
> Niemandes Schlaf zu sein unter soviel
> Lidern,

시인의 첫 지각은 장미가 사람의 눈꺼풀 같다는 것이다. 그러나 그다음 순간의 생각은 그러한 지각이 정당하지 않다는 것이다. 장미의 꽃잎은 어떤 사람의 눈꺼풀도 아니다. 그것은 장미의 꽃잎일 뿐이다. 또는 꽃잎이라고 하는 것 자체도 맞지 않을는지 모른다. 다만 장미 꽃잎은 장미 꽃잎일 뿐이다. 그것은 그것일 뿐이다. 그러나 역설은 이 진실이 사람의 눈꺼풀 같다는 지각을 통해서 접근된다는 사실이다. 그리하여 그것은 일단 사람의 눈꺼풀에 비슷하다. 모양이 그러하고, 또 사람의 마음에 불러일으키는 느낌에 있어서 그러하다. 그것은 그 외면의 뒤에 어떤 인간에 비슷한 존재가 있다는 것을 느끼게 한다. 그리고 이 존재는 조용하게 잠들어 있는 듯 침묵하고 있다. 그것은 눈꺼풀이 감겨 있는 눈꺼풀인 것으로 생각되기 때문이다. 감겨 있는 눈꺼풀이 생각하게 하는 침묵은 장미라는 사물 뒤에 숨어 있는 의미가 알듯 알듯 하면서도 알 수 없는 것이라는 것을 시사한다. 사람과 사물, 사람과 세계의 관계는 의미의 관계이면서, 우리가 쉽게 파악할 수 있는 의미를 초월하는 의미의 관계이다. 그것은 신비의 세계로 우리를 이끌어 간다.

　장미는 순수한 외면으로만 존재한다. 그것 자체가 신비의 느낌을 준다. 그것은 외면이면서 그 안에 다른 의미가 있을 것이라는 기이한 느낌을 불러일으킨다. 이 의미는 우리의 엉뚱한 추측 ── 그러면서 사람의 지각 작용의 진실에서는 벗어나지 않는 추측, 사람의 감은 눈이라는 추측에 의하여 매개된다. 물론 그것은 틀린 것이다. 그러면서 이 추측, 이 지각이 사물의 깊은 의미에로 우리를 이끌어 가는 것이다. 이러한 내면과 외면의 상호 작용은 모순된 것이라고 아니할 수 없다. 우리는 사물과 세계를 있는 그대로 접해야 한다. 그 관점에서 그것은 오로지 외면만을 가진 것이다. 그러나 그 외면이 전적으로 의미를 갖지 않은 것인가? 장미의 경우에도 그러하지만, 이 의미의 가능성이 없이, 우리가 세상의 참의미를 안다고 할 수 있는가? 그 의미를 알 수 없으면서도 우리는 세상이 의미 없는 것이 아니라는 생각을 버릴 수 없다. 모든 시적 탐구, 형이상학적 탐구, 종교적 갈망, 그리고 조금 다른 차원에서 세계에 대한 이데올로기적 이해는 이 느낌에 관계되어 있다. 그리고 이 신비의 느낌은 우리의 세계에 대한 오리엔테이션을 결정적으로 다른 것이 되게 한다.

4

장미를 주제로 한 릴케의 다른 시, 「장미의 내면(Das Rosen-Innere)」은 사물의 외면과 내면의 복합적 관계를 조금 더 자세히 설명하는 시이다. 그것은 사람이 세계에 존재하는 근본적 방식을 시사한다. 이 시에서 사물은 순수한 외적 존재이면서, 내적인 의미를 갖는 존재라고 말하여진다. 이 의미는 사람이 부과하는 것이 아니다. 그것은 그 자체의 내면으로부터 나온다. 그러면서도 사람에 의하여 매개된다. 이 내면은 사물의 본질을 드러낸다. 그러나 그것은 사람에 의하여 밝혀지고 드높여져야 한다. 그러니만큼 그것은 본질이면서도 사람의 시적 인지 작용으로써 그러한 것으로 드러나는, 말하자면 화이트헤드가 말하는 뜻에서, 사건적 성격을 갖는다. 시 전편을 인용해 본다.

이 내면의 어디에
외면이 있는가? 어떤 슬픔 위에
그러한 홑이불을 덮은 것일까?
어떤 하늘이 그 안에 비추는 것일까?

이 열려 있는 장미, 그 내륙의 호수,
시름을 벗어난 장미의 호수. 보라,
스스로를 풀어 평온하게 있음.
떨리는 조심스러운 손으로도
흔들고 덜어 낼 수 없다.

장미는 스스로 안에 움츠릴 수 없어,

많이는 넘치고 흘러 넘어,

내면의 공간으로부터,

날들로 흘러들고,

삶의 날들은 넘치면서 스스로를 닫는다.

이윽고 여름이 모두 하나의 방,

꿈속의 방이 될 때까지.

Wo ist zu diesem Innen

ein Außen? Auf welches Weh

legt man solches Linnen?

Welche Himmel spiegeln sich drinnen

in dem Binnensee

dieser offenen Rosen,

dieser sorglosen, sieh:

wie sie lose im Losen

liegen, als könnte nie

eine zitternde Hand sie verschütten.

Sie können sich selber kaum

halten; viele ließen

sich überfüllen und fließen

über von Innenraum

in die Tage, die immer

voller und voller sich schließen,

bis der ganze Sommer ein Zimmer

wird, ein Zimmer in einem Traum.

이 시에서 장미는 외면이 아니라 내면이라고 되어 있다. 그리고 시는 그것이 어떻게 내면이 되었는가를 설명하려 한다. 그러면서도 외면이라는 느낌을 버리지 못하게 한다. 그 외면은 일단 내면을 보이지 않게 하는 것 ─ 이불의 천을 씌워 놓은 것처럼 보인다. 그리고 감추어 놓은 것은 안에 있는 슬픔이다. 외면은 고통을 감추어 놓는 것이다. 그러면서 그것은 그것을 완전히 초월하여 내면이 된다. 내면은 외면을 통하여 초월되고, 다시 고통도 없는 내면이 된다. 즉 그것의 전적인 내면이 된다.(장미가 아름다운 꽃으로 피어나는 데에는 그 나름의 괴로운 과정이 있었을 것이나, 피어나는 순간 그 괴로움의 과정은 아름다움으로 승화되는 것이다. 사람의 많은 성취가 그렇듯이.)

장미의 내면에 대한 다른 비유는 호수이다. 그러면서 안에 호수가 있다는 점에서는 그것은 외면이다. 장미의 내면에 있는 내륙의 호수는 내면의 깊이를 상징하기도 하고, 바다와 같은 큰 자연의 힘으로부터 멀리 있는, 또 사람들로부터도 멀리 있는 곳을 나타내기도 한다. 그 호수는 하늘을 비추고 있다. 그것은 장미의 내면에 비추는 것이면서, 장미가 그러하듯이 자연의 일부이기 때문에, 반드시 외면과 내면의 이질성을 전제하는 것은 아니다. 장미가 감추고 있는 거울처럼 맑은 호수, 고요한 호수, 그리고 그 수면에 비추고 있는 하늘은 장미를 보다 넓은 자연 환경 속에 놓이게 한다. 그것은 자연과 하나이다. 장미는 저 자신으로 있으면서 자연과 하나이다. 그리하여 그것은 자연을 반영한다. 또는 자연의 공간은 장미가 내장하고 있는 공간이다. 이것은 그것을 위한 노력이 있어서 이루어지는 것이 아니다. 오히려 장미는 완전히 경계를 풀어 놓은 풀어진 상태, 평온 속에 있어서 자연과 하나이다. 우리의 장미에 대한 느낌은 이 자연 전체를 상기시킨다. 물론 그것도 단지 상기만 하는 것이 아니라 자연의 일부이다.

이렇게 장미와 자연의 고요한 있음은 따로 있으면서 하나가 되어 있
다. 그러기 때문에 내면은 인위적으로 밖으로 흐르게 할 수 있는 것이 아니
다.(말하자면 장미의 있음은 억지스러운 상상력에 의해 아름다움, 또는 가시 돋친 미
인으로 변용하여 다른 의미 체계 속으로 편입시키는 것을 허용하지 않는 것이다.) 그
러면서도 장미는 밖으로 넘쳐 난다. 그러면서 스스로를 안으로 닫는다. 넘
치면서 넘침이 없이 스스로를 닫는 것 ── 우리가 이것을 다시 앞에서 나왔
던 비유로 옮겨서 보충적으로 생각한다면, 바로 하늘을 비추는 호수의 물
과 같은 것이 그러하다고 할 수 있다. 호수가 하늘을 비추는 것은 바로 호
수가 하늘에까지 미치는 것이라고 할 수 있다. 그것은 힘을 들여 그러는 것
은 아니다. 호수의 수면은 잔잔하기 때문에 하늘이 비칠 수 있다. 필요한
것이 있다면 자기 절제이다. 그러나 그저 있을 따름이다. 그것은 스스로 안
에 조용하게 있음으로써 하늘을 비춘다. 밖으로 넘치기 위해서 요동한다
면 하늘을 비추는 것은 불가능하다. 동양에서 맑은 마음의 상태를 비유로
말하기 위해서 쓰는 비유, 명경지수(明鏡止水) ── 꼼짝하지 않고 서서 밝은
거울이 된 물이 나타내는 것이 바로 이것이다.
　그런데 이러한 장미가 있는 맑은 자연의 풍경이 어떻게 여름으로 하여
금 하나의 방이 되게 하는 것일까? 실내는 우선 편한 곳이다. 편하다는 것
은 시인이 또는 장미를 보는 사람이 편하게 느낀다는 것일 것이다. 우리
가 장미나 다른 꽃을 화병에 꽂아 방에 두는 데에는 바로 이러한 편안한
방 ── 방이면서 자연의 넓은 공간을 생각하게 하는 방을 만들어 보자는 의
도가 있는 것이 아닐까? 꿈속의 방이란 무엇인가? 그 뜻은 현실에 있기 어
렵다는 것이 아닐까? 장미가 자연의 일부로 있으면서 우리에게 또 장미 자
신에게 편할 수 있는 공간 ── 이러한 공간이 존재하기 쉽지 않은 것이 우
리의 삶이다. 그것은 오늘의 삶의 환경, 또는 릴케가 살던 시대의 환경이
그러하기 때문이기도 하고 ── 또 그것도 이러한 환경 탓이겠지만, ── 마음

에 그러한 명경지수의 평온을 얻는 것이 쉽지 않기 때문이기도 할 것이다.

그런데 다시 한 번 꿈은 누구의 꿈인가? 일단 그것은 시인의 꿈 ― 장미를 보는 사람의 꿈일 것이다. 일단 장미와 같은 자연물이 꿈을 꾼다고 할 수는 없기 때문이다. 그러나 시인의 꿈이라도 그것이 그의 자의적인 꿈은 아닐 것으로 생각된다. 명경지수의 비유를 다시 빌려 온다면, 시인의 정화된 마음에 자의적인 꿈이 일지 않을 것이고, 설사 그렇다고 하더라도 그것을 장미에게 부과하지는 않을 것이다. 그러나 여기의 장미는 내면의 장미이다. 외면에 맞지 않고 마음 안에만 있는 내면은 꿈이라고 ― 환상 또는 망상이라고 할 것이다. 시의 제목부터 시가 말하고자 하는 것은 사람의 내면이 아니라 장미의 내면이다. 여기의 꿈은 장미의 꿈이라고 하는 것이 맞는 것이다.

그런데 장미의 꿈이 망상에 가까운 것일까? 장미가 꾸는 꿈은 어떤 것일까? 그 꿈은 자연과 함께 있고, 자연물들이 그러한 것처럼 그 자체로 존재하는 꿈이어야 할 것이다. 꿈은 자연과 하나로 있다는 사실일 것이다. 그러나 장미가 자연 속에 있는 존재라고 하더라도, 그것을 확인해 주는 자연 공간의 일체성이 구현되는 것은 쉽지 않은 일이라 할 것이다. 일체성이란 여러 가지를 하나로 거머쥐는 의식 ― 의식이면서 공간 자체인 어떤 통일을 요구한다. 바로 그러기 때문에 그것은 현실이 아니라 꿈이다. 그리고 그 꿈은 사람의 지각과 상상을 통하여 이루어진다. 그것은 사람의 꿈이다. 그러나 그 사람은 자신의 자의적인 꿈에 사로잡혀 있는 것이 아니라, 장미 그리고 자연에 자신을 일치시킨 사람이다. 그의 꿈은 자연의 꿈이다. 그리하여 그 꿈에 의하여 자연의 꿈 ― 자연의 스스로의 있음의 본질이 실현될 수 있다. 예술이 하는 것이 바로 이것이다.

자연의 있음, 모든 존재의 존재됨, 사람의 본질을 예술적 형상 속에 완성하는 것이다. 그렇다고 되풀이하여 릴케가 말하는 것처럼 ― 특히 『두이노 비가』에서 ― 그것이 사람의 판타지나 "거창한 감정"으로 표현되는 것이 아니다. 그것은 진정한 상상력 ——사물의 본질에 충실한 상상력으로 표현된다. 그것은 이제는 사라진 거대한 과거의 예술품, 신전이나 조각에서도 나타나고, 작은 일상 용품들, 물건들, 가령 또한 "로마의 밧줄 꼬는 사람" 또는 "나일 강변의 토기 굽는 사람"에게서도 나타나는 것이다. 릴케는 지구의 꿈은 사람의 내면에서 살고자 하는 것이라고 말한다. 자연은 인간의 마음 안에서 스스로 변용되어 어떤 내면적인 존재로 자신을 완성한다.

지구여, 그것이 그대의 꿈이 아닌가, 우리 안에
보이지 않게 솟구쳐 나는 것. 언젠가 보이지 않게 되는 것,
그것이 그대의 꿈이 아닌가?

Erde, ist es nicht dies, was du willst: unsichtbar
in uns erstehen —— Ist es dein Traum nicht
einmal unsichtbar zu sein?

——"Die Neunte Elegie"

그러나 자연의 내적인 의미는 단순히 시인의 피를 따뜻하게 하는 봄과 같은 계절의 생명력으로도, 그리고 그에 대한 우리의 느낌에도 현현될 수 있다. 앞에서 인용한 「장미의 내면」에서 외적, 내적 완성에 이르는 것은 단순히 여름이라는 계절일 뿐이다.

5

지금까지의 이야기는 오늘의 어지러운 현실에 대하여 단순히 예술 지

상주의, 또는 찰나의 삶의 귀중함을 찬양한 것처럼 들릴 수 있다. 그러나 사물의 사물 됨 자체가 없이 어떤 세계가 가능한가? 그리고 이것은 사람 한 사람 한 사람 그리고 그의 안으로부터 나오는, 그 본질로부터 나오는 삶의 한때의 귀중함이 없이 무엇이 의미를 가지겠는가? 또는 세속적인 축적의 삶—돈과 명성과 지위의 삶이 어떤 의미를 가지겠는가? 또 우리가 바른 정치를 원한다고 할 때, 이러한 준거점이 없이, 이러한 삶의 보람을 존중함이 없이 어떤 바른 정치가 의미를 가질 수 있겠는가?

(2013년)

언론의 지평

보편성으로의 열림

민주주의와 여론과 공공 발언

당연한 사실들이지만, 원론적인 사실을 잠깐 되돌아봄으로써 이야기를 시작해 보기로 한다. 현대 사회에서의 언론의 중요성은 새삼스럽게 말할 필요도 없다. 민주주의 사회는 사회 성원 모두의 자유와 평등 그리고 상호 유대성을 기본으로 한다는 것이 자명한 진리가 되어 있다. 그러나 이와 함께 사회와 국가에는 함께 결정하여야 할 사항들이 있다. 민주주의의 원리는 이러한 결정에 모든 사회 성원이 참여할 수 있어야 한다는 것을 포함한다. 물론 이것은 앞에 말한 민주주의가 약속하는 기본권의 보장과 수호에 관계된 여러 사회적, 정치적 결정에 참여한다는 것을 말한다. 이것은 그것을 권리로서 확보한다는 것을 말하면서, 동시에 사회적 공동의 삶이 불가피하게 하는 질서를 위한 권리의 제한을 규정하는 일에도 관계된다. 자유만을 두고 말하여도, "자유는 자유의 구성을 필요로 한다."라는 아렌트의 관찰은 여전히 중요한 관찰이다. 즉 법과 그 집행의 기구가 필요한 것이다.

여기에 추가하여 오늘날의 정치는 사회적 삶의 구조와 결에 큰 변화를 가져올 수 있는 사회 정책을 결정해야 하고, 심화되어 가는 국제화 세계화 과정 속에서 국제 관계를 조정하는 결정을 내려야 한다. 이러한 결정은 여러 차원에서 구성되는 기구를 통해서 이루어지지만, 그 궁극적인 바탕이 되는 것은 국민의 여론이다. 이 국민의 여론을 형성하고 그것을 공지할 수 있는 것이 되게 하는 데에, 핵심적인 역할을 맡는 것이 여론 매체이다.

그런데 이렇게 말하면서 다시 한 번 생각하여야 할 것은 국민의 여론이라는 것이 단순히 여론 조사와 같은 개개인들의 생각의 집약을 말하는 것이 아니라는 사실이다.(여론 조사가 국민의 여론을 반영한다고 하여도 그것이 참다운 의미에서 모든 국민의 생각을 집약하는 것이 아님은 물론이다. 그것은 표본 추출을 통한 인위적 구성에 불과하다.) 국가의 —— 사회가 하나의 체제로 구성된 것을 국가라고 할 때 —— 정책 결정에 관계되는 생각은 말할 것도 없이 국가 정책이라는 관점에서 생각되어야 한다. 그리고 그 관점에서 발언되는 것이라야 한다. 다시 말하여 국민이 거기에 참여하여 발언한다는 것은 단순히 여론의 광장에서 발언하는 것이 아니라 공론의 광장에서 발언하는 것이다. 공적인 입장에서 공공성의 의제에 대하여 발언한다는 것이다. 대중적 여론의 매체는 이 관점에서 생각하면, 여론의 매체라기보다는 공론의 매체이어야 한다. 거기에서 발언되는 것은 공공성의 틀에 의하여 제한되는 것이다.

공공성은 여러 가지로 정의되고 구성될 수 있다. 의견의 개진이나 행동이 개인이나 어떤 집단의 관점이 아니라 사회 전체의 관점을 가지고 있음이 분명할 때, 그러한 것들은 공공성의 범위 안에 든다고 할 수 있다. 달리 말하면 공공 의식이 언어와 행동에 공공성을 부여한다. 그러면서 이 공공성이 소통의 공간을 구성할 수 있다. 여기에서 공간이란 비유적인 말이면서도 현실적인 공간일 수 있다. 가령 사람들이 운동장이나 광장에 모여 있고, 거기에서 대중 연설이 행하여진다면, 그것은 공공의 공간에서 행해지는 공적 발언이다. 거기에서, 특히 오락을 목적으로 하는 경우가 아니라면 개인적인 이야기, 사적인 잡담이 심각한 주제가 될 수는 없다.

보다 단적인 공론의 공간은 국회의 의장(議場)이다. 여기에서의 발언은 여러 가지의 선행 조건과 현장적 조건으로 하여 공적 성격이 강한 것이 될 수밖에 없다. 국회 의원이 국회에서 발언하는 것은 공인으로서 발언하는 것이지 사인(私人)으로서 사사로운 사정을 말하는 것이 아니다. 공적인 문제도, 사사로운 관점에서 그것을 말하는 것이 아니다. 발언의 공적 성격은 그것이 곧 정책에 반영되고, 그 정책이 국가의 행방을 결정할 수 있다는 점에서 더 강화되지 않을 수 없다. 그 발언은 공적 책임의 테두리 안에서 일정한 무게를 갖는다. 여기에서 말은 말을 넘어 현실이 된다.

국회 의원의 말이 모두 공적 성격을 갖는 것이 아님은 말할 필요도 없다. 그의 말이 공적 성격을 갖는 것은 국회라는 물리적 공간에서 말하여질 때이다. 물론 물리적 공간은 그것에 부여된 상징적 의미 ── 제도적으로 인정된 상징적 의미로 하여 더욱 강화된 공공성을 갖는다. 국회의 회의장을 봉쇄한다든지 하는 작전이 가능한 것은 이 때문이다. 여기에 더하여 국회 의원이 국회에서 발언하는 것은 곧 국민들 사이에 널리 알려지고, 옳고 그름의 판단의 대상이 된다. 이 점도 그 발언의 공공적 성격을 강화한다. 이때 확대된 방청의 가능성은 물리적, 상징적 테두리가 된다고 할 수 있다.(이러한 공적 성격이 국회 의원의 발언과 행동 그리고 그 인격에서 거의 사라져 가고 있는 것이 지금의 우리 상황이라고 할 수 있는데, 여기에 대하여 국회 의원이나 정당은 전혀 개의치 않는 것으로 보인다.)

언론의 지평과 사고의 글쓰기판

공적 발언은 제도적으로 인정된 국가 기구를 통하지 않고도 이루어질 수 있다. 그것이 민주 국가의 한 특성이기도 하다. 사람들의 발언은 단순히 공적 입장에서 발언한다는 사실만으로도 공적 발언이 될 수 있다. 그러면서 그것은 듣는 사람들에 의하여 그러한 것으로 인정되는 것이라야 한다. 그리고 그것은 사회 제도의 어떤 부분이 가지고 있는 분위기──아우라에 관계되어 있다. 대학 교수는 이 점에서 유리한 입장에 있다. 그것은 직능이 지적인 추구와 사람을 가르친다는 것에 의하여 정의되기 때문이다. 그러면서 물론 그의 발언은 상당수의 듣는 사람들이 귀를 기울이는 것으로 발전하여야 한다. 영어에 어떤 지식인을 가리키는 말로 '공적 지식인(public intellectual)'이라는 말이 있다. 반드시 좋은 뜻만을 가진 것은 아니라고 하겠지만, 대학 교수이면서 공적 지식인이 되는 것이다.

지적인 추구란 어떤 주제나 문제에 대하여 관계된 사실과 그것이 바르게 설명될 수 있는 적정한 이성적 질서를 밝히고자 하는 노력을 말한다. 사실과 그 질서에 대한 판단은 국가 정책을 비롯하여, 모든 의사 결정에서 가장 중요한 근거가 되어 마땅하다. 그리고 그러한 사실 규명은 절로 사적인 이해나 취미를 넘어가는 객관적 태도를 전제한다. 이러한 탐구에서 얻어지는 지식과 사심 없는 초연성이 교수를 교수가 되게 하고, 즉 가르치는 사람이 되게 한다. 그리고 그것은 쉽게 공공성에 이어질 수 있다.

대중 매체는 비공식적인 공공 발언의 매개체가 될 수 있다. 그것은 반드시 민주적 의사를 통하여 그렇게 되는 것은 아니지만, 상징적인 의미로 공공의 광장을 차지한다는 데에서 비롯될 수 있다. 사람들이 모여 있는 광장에서 마이크를 잡는 사람은 청중에 대하여 발언을 할 특권을 획득한다. 대중 매체의 공공성은 이것에 비슷하게 시작할 수 있다. 마이크를 잡은 사람은 저절로 청중들의 주의를 끌어들일 힘을 갖는다. 그러나 그의 발언이 참으로 공적 성격을 갖느냐 하는 것은 시험되고 증명되어야 한다. 그것은 앞에서 말한 바와 같이, 그 발언에 사회 전체의 관점이 일관성 있게 감지되고 그러한 것으로 인정될 수 있을 때에 대중 매체에서의 발언은 공공성을 가지게 된다. 개인의 발언도 그러하지만, 대중 매체의 발언의 공공성은 스스로의 노력을 통해서 정립되어야 한다. 그렇게 될 때, 그 미칠 수 있는 범위라는 측면에서, 그것은 가장 큰 공공 공간을 구성할 수 있다. 그리고 실제에 있어서 대중 매체는 그 범위에서만이 아니라 시간적 연속성과 현시간성(real time)의 측면에서, 그리고 다면적 접근의 가능성에 있어서, 오늘날 가장 강력한 공공 공간이라고 할 수 있다.

그리고 여러 대중 매체 가운데에도 이러한 기능을 극대화할 가능성을 가진 것이 시각 매체라고 할 수 있다. 특히 다면적이란 점에서 그러하다.

앞에서 국회 의원이라는 공적 기구가 그 공적 성격을 상실해 가고 있다는 점을 언급하였다. 그러나 이것은 공공 매체에 대하여서도 말할 수 있다. 우선 그것은 전적으로 제도와 기구로 인한 것이라고 할 수 있다. 공공성은 집중에 의하여 형성된다. 모든 사람이 제 이야기를 하고 있으면 어떻게 공공의 논의가 가능하겠는가? 그것은 이야기하는 사람들이 공적인 문제를 말하고 있는 경우에도 그러하다. 지나치게 많은 텔레비전 채널은 이 집중을 희석화한다. 여기에 그보다 큰 역할을 하고 있는 것은 SNS의 대두이다. 많은 사람들은 이것이 민주주의의 발달을 가져오는 데 도움이 된다고 한다. 그러나 그것은 단순히 여론을 확대할 수는 있지만, 앞에서 정의한 바와 같은 의미에서의 공론을 확대 또는 심화하는 것은 아니다.(확대는 집중과 심화가 동반함으로써 참다운 민주적 공공성의 확대가 된다.)

문화의 높고 낮음

그러나 이러한 사태가 일어나고 또 그 의미를 오해하게 되는 것은, 방금 시사한 대로, 공공성의 의미를 충분이 이해하지 않는 것과 관계되는 일일 것이다. 공공성은 매체가 제공하는 것이 전적으로 심각한 정치 토론이나 심오한 주제의 논쟁이어야 한다는 말은 아니다. 공공성은 좀 더 섬세하게 존재한다. 사실 공적 공간에서 일어나는 모든 언어 행위, 인간적 소통의 아래에 공공성이 존재할 수 있다.

이러나저러나 대중 매체, 특히 시각 매체는 공론의 전달을 위하여 존재하는 것이 아닌 것이 현실이다. 상업적인 이유에서도 그럴 수가 없다고 하여야겠지만, 달리 보면 공론의 형성에 못지않게, 대중 매체가 할 수 있는 것은 공공 문화의 바탕을 형성하고 유지하는 것이고, 여기에 중요한 것은 드라마를 포함하여 오락적 성격을 가진 프로그램들이다. 이 관점에서 대중 매체는 보다 넓은 의미에서 공공 언어의 공간이 된다. 나는 오래전에 (1990년대 초였던 것으로 생각한다.) 늘 그러는 것이었는지는 알 수 없지만, 그리스의 텔레비전에서 하루 내내 정치 토론 또는 정치 토론이 전개되는 것을 본 일이 있다.(물론 그렇다고 설명을 들었지 그것을 알아들은 것은 아니다.) 아마 대부분의 사람들은 그 공공 텔레비전을 보지 않았을 것이다. 독일이 통일이 되기 전에, 독일인 지인에게 듣기도 하고 또 보도에서도 보는 것인데, 동독인들은 서독의 텔레비전을 보지 동독의 텔레비전을 보지 않는다고 했다. 동독의 텔레비전은 공산당 선전의 매체였다. 적어도 그들의 관점에서는 심각한 내용을 가진 선전의 매체였다.

BBC는 여러 나라에서 모델이 되는 방송 회사이다. 많은 문화적 내용을 방송하는 것으로 알려져 있다. 자연과 과학적 연구 그리고 역사에 관한 방송도 있고 드라마도 있다. 오락적인 드라마도 고전적인 작품을 각색한 경우가 적지 않다. 요즘은 인터넷으로 볼 수 있는 BBC에서도 그러하지만, 많은 매체들이 문화 관계 뉴스를 엔터테인먼트 오락으로 분류한다. 또는 독일의 경우를 보면, 그것은 푀이통(Feuilleton)이라고 분류된다. 그것은 문예란이라고 번역할 수 있지만, 그보다는 '시중(市中)의 이야깃거리'라는 뜻도 가지고 있다. 그러나 그것이 오히려 그 나름으로 문화에 내용을 제공하고 그 품격을 올리고 그 공간을 형성하는 데 기여하는 것은 물론이다. 문학은 일반적으로 항간(巷間)에 떠도는 패설(稗說)에서 멀지 않다. 그것이 보다 높은 문학이 되는 것은 내용보다도 조감되는 관점의 높이로 인한 것이다.

언어의 자판

모든 언어 표현에서 기본이 되는 것은 어떻게 보면 그 주제나 어조보다도 특정한 언어의 밑에 놓여 있는 자판(字板)이라고 할 수 있다. 이 자판은 사용할 수 있는 문자들을 가진 것일 수도 있고, 완전히 비어 있는 종이 또는 사고의 평면일 수도 있다. 그러나 대체로는 이러한 평면 공간이면서 몇 겹의 옛 글씨, 지워 버린 듯하면서 흐릿하게 보이는 글씨와 글 그리고 그 내용들이 남아 있는 글자의 판이라고 할 수 있다. 그것은 지우고 다시 쓰고 지우고 다시 쓰는 양피지(palimpsest)의 비유로 말하는 것이 더 좋을지 모른다. 이 말은 해체주의적 사고의 원천이 된 롤랑 바르트와 자크 데리다에서 중요한 비유이다. 그것은 모든 글쓰기는 그 전의 글쓰기에 연결되어서만 쓰인다는 생각을 표현하는 비유이다. 그 전의 글을 지워 버린 경우에도 그러하다. 그러니까 선행하는 글쓰기의 영향을 벗어나기가 어려운 것이다. 완전한 삭제가 가능하다고 하더라도 어떤 경우에는 양피지의 존재 자체가 사고와 글쓰기에 제약을 가한다고 할 수 있다. 적어도 그것은 언어를 일정한 순서로 배열해야 하는 일 자체가 문제적인 것이라고 할 수 있다. 글씨쓰기 판, 석판(石板, slate)이 존재한다는 것 자체가 글쓰기를 규정한다.

바르트가 한 설명에서 사용한 다른 비유를 들면, 가령 어떤 그림은 빈벽에다 써 놓은 낙서나 구호에 비슷하다. 낙서나 구호는 그 자체로 의미를 갖는다기보다는 그것이 바탕이 된 벽과의 관계에서 의미를 갖는다. 아마 많은 경우, 그것은 자체의 내용과 함께 벽의 엄숙한 존재를 훼손하는 데에서 의미를 얻는 것일 것이다. 글쓰기는 반드시 선행하는 텍스트의 지배하에만 있는 것은 아니다. 데리다의 관심의 대상의 하나였던, 그리고 그가 지적하는 바대로, 사람의 의식은 무의식의 바탕 위에서 쓰는 글과 같다. 이러한 생각을 우리 나름으로 확대하면, 지금 쓰는 글에 선행하는 요인은 더 여러 가지이다. 청탁을 받아 쓰는 글은 청탁자의 요구에 맞아 들어가야 한다. 시인의 출신 학교이든지 아니면 다른 학교이든지 교가를 하나 써 달라는 부탁을 받는다면, 교가를 자기 멋대로 쓸 수는 없다. 어떤 사람들은 자기가 기고하는 잡지의 경향에 따라서 글의 전체적인 경향을 조절한다. 작가는 알게 모르게 예상되는 독자 또는 막연한 대로 독서 시장의 요구를 마음에 두고 작품을 쓴다. 그렇지 않아도 글쓰기는 전통적 유형화를 쫓는다. 비교 문학의 연구에서 그것을 토포이(topoi)라고 부른다. 조선조의 차자(箚子)에서 조정의 부름을 사양할 때, 칭병(稱病)하는 경우가 적지 않지만, 이것은 중세 유럽에서도 자주 보는 사퇴 형식이다.

어떤 경우에, 우리의 글쓰기뿐만 아니라, 사고 자체가 국가나 지배적인 이데올로기의 지배하에서 이루어진다. 또는 그러한 이데올로기가 없다고 하더라도, 사회에 암묵리에 존재하는 사회적 명령이 있고, 또는 지배적인 이해의 방식, 행동의 방식이 있어서, 그것이 글쓰기의 근본적인 오리엔테이션으로 작용한다. 이러한 것들을 생각하면, 행동과 사고 그리고 글쓰기에서 참으로 열려 있는 지평에 이른다는 것은 보통 힘든 일이 아니다. 물론 그것이 가능하다는 것을 전제하는 것 자체가 불확실한 것이지만, 대중 매체의 기사나 그리고 물론 대부분의 글들을 보면 그것들이 어떤 보이지 않는 자판, 양피지 또는 보이지 않는 사고(思考)의 판(slate of thought) 속에서 움직인다는 느낌을 갖지 않을 수 없다.

보편성과 민족적 우수성

최근에 창간된《아시아문화》의 권두에는 한상진 교수가 독일의 철학자 위르겐 하버마스와 작년 11월에 하버마스 교수의 쉬타른베르크 자택에서 가졌던 대화의 기록이 "동아시아의 미래, 한국이 연다"라는 제목으로 실려 있다. 여기에서 그 내용을 전달할 필요는 없지만, 그 줄거리와 내용의 어떤 부분을 언급해 볼까 한다. 대화에서 드러나는 두 교수의 입각지의 차이가 앞에 말한 사고의 판형(版型)의 사례가 될 것으로 생각되기 때문이다. 두 교수의 입각지가 다른 것은 사회적, 문화적 배경으로 보아 당연한 것이지만, 사고의 지적 유형이 다른 것은 배경의 차이로만 말할 수는 없는 점도 있다. 한상진 교수는 서울대학교 사회학과 교수로 재직하였던 분으로 미국에서의 박사 학위 과정에서 푸코와 하버마스를 주제로 하여 학위 논문을 썼다는 사실이 이 잡지에도 소개되어 있다. 그리하여 이 대화는 서로 공공 이해의 바탕이 넓게 존재하는 학자들의 대화였다고 할 수 있다.

대화의 서두에 한상진 교수는 하버마스 교수에게 17년 전 하버마스 교수가 서울을 방문하였을 때, 해인사 종범 스님과 말을 나눈 후 한 교수에게 했다는 말을 상기하게 한다. "불교의 순수한 내적 초월의 윤리와 공동체 지향이 강한 유교를 한국인이 잘 가꾸어 근대화 과정의 문화적 정체성을 회복하기 바란다."라고 했다는 것이다. 이 말을 듣고, 하버마스 교수는 자기의 학문적 관심사를, 막스 베버의 연구의 주제가 되었던 것, 즉 "'세계 종교'의 전개 과정을 가로질러 '보편 윤리'의 계보를 추적하고 비교하는 것"이라고 말한다. 간단히 말하여 그의 관심사는 '공동체를 뒷받침하는 보편 윤리'이다. 그리고 이러한 관심은 동아시아의 종교, 유교, 불교, 도교에도 있다고 그는 생각한다. 그러면서도 동서양에서 이에 이어지는 세계관, 우주론, 정치관이 매우 다른 것을 인정한다. 이 차이는 해소될 수 있는 것으로 그는 생각한다. 다른 종교적 배경을 가진 사람들이 한 테이블에 앉아 말을 주고받으면서 서로의 차이를 알게 되고, 그다음 서로 배우고 상호 조율하는 과정을 통해 "서로가 자신을 확장시켜 강제 없이 공유할 수 있는 글로벌 기준을 찾을 수"도 있지 않을까 하고 생각한다는 것이다. 그러니까 서로의 차이에서 자신의 한계를 인정하고 그것을 넓혀서 하나의 보편적 지평에 이를 수 있다는 것이다.

보편 윤리의 이념은 하버마스에게 이론적 프로젝트이면서 현실 정치에서 중요한 역할을 하고, 해야 마땅한 근본 원리이다. 이 현실적 관심이 그의 이론적 관심을 뒷받침한다. 그 핵심적 관심은 이러한 보편 윤리가 독일의 통일에 작용했어야 하고 또 유럽의 통합에 작용해야 한다는 주장에 잘 표현된다. 물론 이것은 세계적으로도 국제 관계에 근본이 되어야 하는 윤리라고 할 수 있다. 사람들이 "어떻게 서로 평화롭게 살 것인가?" 하는 것이 국내적으로나 국제적으로나 "가장 중요한 질문"이기 때문이다.

이 두 교수의 대화의 많은 부분은 통일 문제——독일 통일 문제를 참조하면서 한국의 통일을 논하는 것이다. 그런데 이것——즉 "함께 평화롭게 사는 것" 그리고 여기에서 핵심이 되는 "보편 윤리"를 확실히 하는 것은 통일의 문제에서도 중요한 주제가 된다. 그러나 그 중요성에 대한 인정이 두 교수의 견해에서 다른 비중을 갖는다는 것이 입각지의 차이를 보여 주는 것으로 생각된다. 그것은 문화적인 차이 이외에 두 사람의 역사적 체험의 차이에서 온다고 할 수 있다.

　말할 것도 없이 통일이라는 관점에서 독일과 한국의 지정학적 그리고 시대적 차이는 두 나라의 문제를 간단하게 비교하기 어렵게 한다. 독일은 통일 전에 스스로의 힘으로 설 수 없는 국가였다. 그리하여 소련의 지원이 불가능하게 되자 곧 헬무트 수상은 통일을 어렵지 않게 성취할 수 있었다. 그것은 화폐 통합과 독일의 독일 연방 가입이라는, 적어도 외면적으로는 무리 없는 절차를 통하여 이루어질 수 있었다. 그러나 하버마스는 이것은 외면적으로 이루어진 통일이라고 본다. 그리하여 그에게 그것은 진정한 대화를 통해서 이루어진 것이 아니라는 점에서 그 통일의 절차는 마땅치 않은 것이었다. 모든 정치 공동체의 기조를 이성적 의사 교환 또는 소통에 두는 그는 "소통의 관점에서…… 통일의 과정에 문제가 많다."라고 보았다는 것이다. 그 결과 동독에 등장하기 시작한 것이 민족주의라고 한다.(그 연관에 대하여서는 별다른 설명이 없으나, 아마 간단한 설명은 집단의 관계에서 불리한 입장에 있는 편은 호전적 자기주장으로 이것을 보상하려는 경향을 갖기 때문에, 배타적인 민족 자주성을 강조하게 되는 것이 아닌가 하고 생각할 수 있다. 그리하여 하버마스 교수의 주요 관심사인 유럽 연합의 연대에 대한 거부감을 갖는다.)

　하버마스 교수는 전체적으로 민족주의를 혐오한다고 할 수 있다. 그것은 그가 시사한 바와 같이 많은 독일인이 가지고 있는 입장으로서, 나치즘 시대의 참혹한 과거를 기억하는 때문이기도 하지만, 더 중요한 이유로는 그것이 그의 사상의 핵심을 이루는, 함께 사는 사람들의 보편적 윤리에 어긋나는 이념이기 때문일 것이다. 그런데 독일은, 그의 견해로는, 동독에서만이 아니라 서독에서도 민족주의는 국가 정책의 추진에 중요한 동기가 되고 있다. 그것은 한편으로 통일에 성공한 때문이고, 다른 한편으로는 미국의 신자유주의 정책을 따라가면서 독일이 경제적으로 유럽의 중심 국가가 되었기 때문이다. 그 결과 유럽 연합의 진정한 통일의 가능성이 더 멀리 가게 되었다. 독일 통일의 전제는 독일은 "유럽의 맹주 자리에서 비켜서는 타협"을 위한 준비가 되어 있었던 것인데, 통일과 경제적 성공은 그러한 가능성을 없애는 결과를 낳았다. 그리고 "국가 이익을 당연시하는 풍조가 심각하게" 되고, 전반적으로 "과거의 흉측스러운 이기주의, 민족주의적이고 자기중심적인 사고가 확산"되고 있는 것이다.

한상진 교수와의 의견 차이는 독일의 예를 마음에 두고 한국의 통일 전망을 이야기할 때 나타난다. 한국의 통일 전망을 설명하면서, 한상진 교수는 주로 경제적 연합이나 통일의 가능성에 역점을 둔다. 그것이 통일을 향한 돌파구가 될 수 있다는 것이다. 돌파구는 "북한의 저렴하고 풍부한 양질의 노동력과 남한의 자본과 기술이 결합하면, 새로운 성장 동력을 만들 수 있다는 것"에서 찾을 수 있다. 이 말을 듣고 하버마스 교수는 북한의 경제 상태를 확인하는 물음을 묻고, 양편에 경제적 협력의 가능성은 있어도 정치적인 해결 방안은 없는가를 집요하게 다시 묻는다. 북한의 동포를 구하겠다는 움직임 또는 북한 내에서의 "정치적 저항의 잠재력"은 없는가 하고도 묻는다. 이데올로기적, 제도적 대결 속에서 그러한 가능성은 찾기 어렵다고 한 교수는 대답한다. 어쨌든 어느 쪽으로나 하버마스 교수가 강조하는 "소통의 상호성 원칙"이 통용될 가능성은 없다는 것이다. 여기에 대하여 하바마스 교수는 남북한 관계의 개선을 희망하는 "주된 동기는 경제적으로 서로 이득을 보자는 것인가?" 하고 반문한다. 그는, 중국이나 독일도 경제 중심주의로 나가고 있지만, 자기로서는 경제 중심의 접근을 받아들이기 어렵다고 말한다. "북한의 민주주의 전망을 고려하지 않은 채 값싼 노동력을 활용하고 기술을 투입하여 경제적 붐을 조성하려는 실용적 접근"은 그가 견지하는 "규범적 관점에서는 턱없이 부족해 보인다."라고 그는 말한다. 그리고 부족할 뿐만 아니라 받아들일 수 없다고 다음과 같이 말한다.

주된 관심은 거래에 있으면서 수사적 차원에서 통일을 거론하는 것은 불가피한 면도 있지만, 규범적인 내용이 텅 비어 있어 나로서는 받아들이기 어렵습니다.

이렇게 말한 다음, 하버마스 교수는 "얘기를 나누다 보니 당신도 여러 이유로 이런 입장에 상당히 가까운 것 같군요."라고 말하면서 차이를 확인하였다는 말을 하고, 다시 한 교수가 경제적 접근이 동구권에 체제적 위협 없이 인권을 신장할 수 있게 하지 않았느냐 하고 설명하자, "이제야 나는 당신이 왜 나를 인터뷰하기 위해 여기까지 왔는가를 이해할 수 있다."라고 말한다. 한 교수의 주장에 반대도 찬성도 하지 않겠다고 하면서도, 그것을 별로 달갑지 않게 생각하는 것이 분명하다고 할 수밖에 없다. 그리하여 한 교수가 그를 찾은 것은 진정으로 열려 있는 대화를 위한 것이 아니라 한 교수 자신의 견해를 확인하려는 것이 아닌가 하고 말하는 것이다.

대화의 마지막 부분에 나오는 주제는 동아시아의 국제 관계인데, 여기에서도 두 견해의 미묘한 차이가 드러나는 것을 느낄 수 있다. 한상진 교수는 한국이 그간의 민주주의 발전에 기초하여 동아시아에서, "정치적 균형자의 역할"을 할 수 있지 않을까 하고 말한다. 하버마스 교수는 일단 한 교수가 말하는 한국의 선도적 위치를 긍정하는 듯하면서도, 단호하게 자기가 말하는 것은 정치적 균형자의 역할을 하라는 것이 아니라고 한다. 한국이 선도적 역할을 한다면, 그것은 소통에 입각한 민주 사회의 모범을 보여줄 수 있다는 점에서이다. 이것은 국내적인 것이지만 국제 관계에서도 규범의 중요성을 보여 주는 것이다. 한국은 일본과의 관계에서, 또 중국과의 관계에서, 지역적으로, "민주주의를 가치로 추구하는 정치 공동체"가 될 것을 지향해야 한다. 한국은 "자유의 영혼에 생기를 넣어 그 에토스로 시민 의식을 풍요롭게 발전시켜야 한다." 이 과정에서 "정치의 상태는 의견이 다른 파트너일 뿐 적이 될 수 없다." 즉 차이는 있어도 완전한 대치 관계를 갖는 것은 아니라는 말이다. 이것은 국가 간의 관계에도 적용된다. 그렇게 한다면, "국가 위주의 낡은 정치가 맹위를 떨치는 동아시아에서 한국이 새로운 시대를 여는 첫 번째 나라"가 될 수도 있을 것이다. 하버마스 교수는 이렇게 말한다. 이런 관점에서 하버마스 교수는 한국이 중심 국가가 될 수 있다는 것에 어느 정도 동의한다. 그러나 그것은 한상진 교수의 주장을 전적으로 부정하기는 어려운 대화의 장에서 말하는 것이다. 한국이 주동적 역할을 할 수 있다면, 하버마스 교수가 인정하는 한국의 역할은 동등한 민주적 교환 그리고 그 근본으로서의 보편적 윤리 규범을 수락한다는 조건 하에서이다. 다른 나라와의 관계에서 한국의 우위를 인정하는 것이 아니라 평등한 관계의 가능성을 시범한다는 점에서, 그러니까 공동체에의 동등한 참여를 증명한다는 점에서 우위에 설 수 있다고 하는 것이다. 그것은 결국 우위에 선다는 것이 아니라 동등한 참여와 공동체의 가능성을 말하는 것이다.

"동아시아의 미래, 한국이 연다"라는 대화의 제목이 이러한 하버마스 교수의 견해에 맞는 것일까? 그것은 다시 한 번 입각지의 차이를 나타낸다. 독자가 듣기로는 이 제목은, 한국이 강대국, 패권국이 된다는 말은 아니라고 하더라도, 우리 사회에서 자주 듣는 말로, '허브'가 된다는 정도의 자랑을 선포하는 말이라 할 것이다. 이것은 하버마스 교수가 좋아할 수 있는 말은 아닐 것이다. 그에 대한 하버마스 교수의 조건을 생각하지 않을 수 없기 때문에, 한상진 교수도 그러한 뜻으로 이 말을 쓰지 않았는지 모른다. 그에 대한 변명을 대화록에서 끌어낼 수는 있다. 그러나 한 교수가 그 말이 전달할 수밖에 없는 민족적 우위의 함축을 몰랐다고 할 수는 없다.

한독 두 교수의 쉬타른베르크 대화에 대한 언급이 지나치게 길어졌다. 목적은 그것 자체를 논하자는 것이 아니라, 되풀이하여 말하건대, 주고받는 대화의 입각지의 차이를 생각해 보자는 것이다. 하버마스 교수가 강조하는 것은 모든 집단적 범주를 넘어가는 보편적 윤리, 평화로운 인간관계, 국제 관계이다. 집단성 가운데에서도, 그가 멀리하고자 하는 것은 민족주의이다. 한상진 교수의 역점은 민족주의이다. 물론 보편성의 중요성을 인정하지 않는 것은 아니다. 그러나 그는 별수 없이 민족주의에 이끌려 간다.

두 입장이 허용하는 현실 인식 중 어느 쪽이 더 타당한 것인가를 판단하기는 쉽지 않다. 한국의 남북 통일의 문제를 생각할 때, 사람의 삶의 평화적 공존과 상호 교환을 위한 보편적 규범의 적용으로써 그것이 가능할 것인가? 하버마스 교수는, 앞에 언급한 대로, 남한에서 "북한의 형제를 해방시켜야 한다는 운동"이 있는가 하고 묻고, 북한 내의 "정치적 저항의 잠재력"에 대하여 묻는다. 더 자세한 사정은 연구해 보아야 하겠지만, 적어도 간단하게 느껴지는 것으로는, 해방과 저항은 기대하기 어려울 뿐만 아니라, 그것은 남북 관계를 오히려 악화시킬 가능성이 있다고 할 수 있다. 이에 대하여 한상진 교수의 경제 협력론은 현실적으로 평화 공존의 관계를 만들고, 궁극적으로 통일에의 길을 닦는 예비 단계가 될 수 있을 것으로 보인다.

그러나 궁극적으로 남북 관계의 통일의 지평이 인간의 삶에 대한 보편 규범 그리고 이상을 포괄하는 것이어야 한다는 테제는 그대로 남는다. 통일은 보다 나은 미래를 약속해 주는 것이어야 할 것이기 때문이다. 보다 나은 미래란 보편적 가치 — 보편적 윤리 기준의 관점에서 보다 나은 미래이다. 그러나 아마 많은 한국인에게, 지금도 그러하지만, 조건 없는 통일 그리고 통일 후의 국가적 우위는 쉽게 환영받을 수 있는 이념일 것이다. 이것은 한국이 겪은 역사적 굴욕과 '약소국'으로 분류되었던 경험 그리고 현재에도 완전히 벗어났다고 할 수 없는 국제적 열세에서 연유한다. 이러한 사정을 생각할 때, 그것은 이해할 만한 일이다. 그러나 이러한 우등 의식 또는 열등 의식은 사고의 균형을 잠식한다. 한상진 교수가 남북 경제 협력을 말할 때, 그것은 반드시 보편적 규범의 공동체로 나아가는 데에 필요한 예비 단계—조심스러운 기다림의 단계만을 의미한다고 할 수는 없을 것이다. 그의 생각의 향방은 사고가 힘의 지배에 순응하고 그에 따른 전술적 사고에서 지침을 찾는다는 깊은 소신에서 나온다고 할 수 있다. 힘은 군사력에서 오기도 하지만(선군주의가 표현하는 것도 이것이다.) 남쪽의 관점에서 힘은 경제력이다.

그러나 하버마스 교수가 되풀이하여 강조하는 것은 경제에 대한 정치의 우위이다. 물론 여기에서의 정치는 권력을 위한 투쟁과 전략을 말하는 것이 아니다. 앞의 대화에서도 그는 권력 투쟁의 수단으로 전락한 오늘의 정당의 현실을 개탄하면서, 오늘날 "정당의 기능에서 규범적 내용이 상실되었다."라는 사회학자 니클라스 루만(Niklas Luhmann)의 말을 언급하고 있다. 그에게 정치는 보편적 윤리 규범을 수행하려는 노력이다. 하버마스 교수의 사고는 이 규범으로 돌아간다. 이에 대하여, 한상진 교수의 사고는 알게 모르게 힘의 논리로 돌아간다.

한국 문화의 우수성

이것은 우리 모두에서 발견되는 것이기도 하다. 경쟁이 필요 없는 일에서도 우위는 한국인의 심리적 동기이다. 이것을 예시하기 위하여 사사로운 경험 하나를 이야기하겠다. 2005년에 한국은 독일의 프랑크푸르트 시에서 열리는 국제 도서전에 주빈국으로 참가하게 되었다. 나는 전시를 준비하는 데에 참여하였다. 그때 여러 홍보 문서의 작성에는 빈번히 "한국 문화의 우수성"이라는 말이 등장하였는데, 나는 이것을 삭제하게 하는 데에 상당히 힘이 들었다. 독일인들이 "독일 문화의 우수성"이라는 것을 모토로 내건다면, 한국인에게나 또는 다른 나라 사람에게 인상이 어떠하겠는가 하는 물음을 제기해 보았었다. 그리고 다른 관점에서의 국익을 위하여 그것을 삭제하게 하였다. 또 계획을 수행하는 전략의 구호로서 "대화와 스밈"이라는 것이 있었다. 여기에서 "스밈"은 자기도 모르게 번져드는 사항들을 말하면서, '잠입한다'는 뜻을 가질 수 있다. 그것은 양자 관계에서 상대방을 약화시키거나 농락하려는 전술의 하나이다. 전술적 사고는 바야흐로 우리 사고의 지배적인 동인이 되어 있다고 할 수 있다. "대화"라는 것도 별로 좋은 말은 아니다. 문화는 '대화'가 아니라 '보임'으로써 전달된다. 그것은 그저 거기 있을 뿐이다. 그것이 영향을 준다. 이 과정을 대화라고, 정치적 견해를 조정하는 말로 표현해야 할지는 확실하지 않다.

소신과 힘과 이념

인간 사회를 힘의 경쟁 공간으로 보는 것은 사고의 보편성의 실험을 어렵게 한다. 앞에 말한 대로 "한국 문화의 우수성"이라는 말은 다른 나라 사람의 관점에서 부정적인 인상으로 포착될 수 있다는 것은 역지사지(易地思之)를 해 보면 금방 드러난다. 역지사지는 보편적 지평으로 나아가는 데에 필요한 일이고, 사물의 여러 가능성을 생각하는 데에 필수적인 일이다. 그러나 내가 의심할 여지가 없이 옳다고 믿는 일에 대하여서는 역지사지가 허용되지 않는다. 뿐만 아니라 그것이 필요하다는 생각도 일어나지 않는다. 이것은 많은 경우, 이념적 확신이나 집단 충성심에 연결되어 있는 사항에 있어서 그렇다. 역사의 이데올로기적 이해에서 미래의 이상이 절대로 의심할 수 없는 것이 되는 경우도 이러한 예이다.

여러 해 전의 일이지만, 동아시아의 상호 관계에 대한 심포지엄에 참가한 일이 있다. 거기에서 독도가 하나의 주제가 되었다. 한국 교수의 발표가 있었고, 일본 학자의 발표가 있었다. 독도에 대한 역사적인 영유권을 주장하는 것이었다. 미국 학자의 발언도 있었다. 그것은 한일 학자의 발표는 들어 볼 필요도 없다는 평을 포함하였다. 결론을 정하고 하는 말에 어떤 과학적인 객관성을 찾을 수 있을 것인가 하는 것이었다.

　이데올로기와 힘의 논리는 도처에 도사리고 있다. 또 조금 사사로운 경험을 말하여야겠다. 얼마 전 내가 받는 인터넷 통신에 일본의 어떤 역사관을 전달해 주는 것이 있었다. 이것은 이 두 요인의 얽힘을 보여 주는 예로 이야기될 수 있다. 그 사연을 전한 것은 은퇴한 원로 저널리스트 황경춘 선생이었다. 황 선생은 동경에서 《뉴욕 타임스》를 포함하여 여러 신문의 특파원으로 근무하고 일본의 매체에 대한 넓은 이해를 가진 분이다. 이번에 인터넷에서 선생이 소개한 것은 일본에 정착하게 된 영국 출생의 저널리스트 헨리 스톡스(Henry S. Stokes)의 저서가 일으킨 작은 센세이션이다. 그는 『영국인(英國人) 기자(記者)가 본 연합국 전승 사관(聯合國戰勝史觀)의 허망(虛妄)』이란 책을 작년에 출판하였는데, 그것은 곧 1만 부가 팔리는 베스트셀러가 되었다. 이 책은 일본의 태평양 전쟁을 정당한 반식민지 전쟁이라고 주장하면서 일본의 극우의 관점을 옹호하여, 2차 대전에 대한 표준적 해석을 뒤엎는 것이라고 한다. 지난 500년간의 서양 백인들의 역사는 모든 유색인들을 정복하여 자신들의 지배하에 두려 한 식민주의의 역사이다. 이러한 식민주의로부터 아시아의 유색 인종을 구하려 한 것이 일본이 일으킨 전쟁의 참뜻이다. 이러한 것이 이 책의 주장이라고 한다. 그런데 이 책이 최근에 특히 문제가 된 것은 스톡스가 교토(共同) 통신사와의 인터뷰에서 자신의 책에 의도하지 않은 내용이 삽입되어 있다는 것을 발견하고 번역자에게 항의하고 수정을 요청하겠다고 한 데에서 비롯된 것이다. 그 문제의 사실은 유명한 1937년의 난징 학살이 실제 일본군이 저지른 사건이 아니라 중국인이 날조한 것이라는 것이다. 반드시 그렇게 이야기하였는지 어쨌는지는 분명하지 않지만, 이것이 참으로 필자의 영문을 편집하고 번역하는 사이에 의도적으로 삽입된 것인지 어쨌는지는 분명치 않다. 그 전에 그 비슷한 글을 발표한 일이 있다고도 하고 이번에 항의하는 것으로는 그런 사실을 자신의 책에 이야기한 적이 없다는 것이 맞는 말일 수도 있을 것이다.

여기에서 이야기하려는 것은 그 점보다도 그가 보는 일본 제국주의관이다. 앞에서 말한 대로 이 글을 소개한 황경춘 선생은 일단 그가 일본의 극우파들에게 이용된 것에 대하여 위로의 말을 보낸다고 한다. 그리고 그의 주장에 대하여서는, 즉 일본의 세계 전쟁을 백인의 식민주의로부터의 아시아의 해방이라는 주장은, 그것이 한국의 식민지 지배나 만주국 수립 등의 사실을 간과했다는 사실로 곧 잘못된 것이라는 것을 알 수 있다고 한다.

책을 읽지 않은 마당에 스톡스의 주장 어디에 오류가 있는지를 알 수는 없다. 그러나 느낌으로 판단하여, 인간사를 시간적으로나 공간적으로 넓은 범위에 걸친 큰 이데올로기의 관점에서 파악하려고 할 때, 그러한 파악을 시도하는 사람에게 구체적인 사실들은 그다지 중요한 것이 아닐 것이라는 점이다. 이데올로기가 어떤 역사적 사명을 말하는 것이라면, 그것은 작은 잘못은 역사의 과정과 사명에 바쳐지는 제물(祭物)로 취급하는 것이 보통이다. 또는 그것은 잘못이 아니라 필요이다. 혁명적 정치 변혁에서 보는 숙청을 정당화하는 것이 이러한 궤변이다. 한국의 식민지화와 관련하여, 일본에는 서양의 제국주의에 대항하여 일본과 한국의 연합이 중요하다는 주장들이 있었다. 그것은 흔히 범아시아주의의 일부를 이루었다. 군사적인 측면을 떠나서, 아시아의 이상들(the ideals of Asia)을 서양의 침략주의에 대비한 오카쿠라 덴신(岡倉天心)의 생각의 흐름도 이러한 테두리에서 생각할 수 있다. 스톡스가 의존하고 있는 것은 이러한 일본 사상의 흐름이다. 또 서양에서 수십 년래 강한 생각의 흐름이 된 반제국주의, 반식민주의 사상이라고 할 수도 있다. 제국주의의 세계사라는 테두리에서 일본의 제국주의는 반제국주의의 한 부분으로 간주될 수 있다. 이념의 놀이의 가능성은, 우리가 무수히 보아 왔듯이, 무한하다.

황경춘 선생은 일본의 반제국주의적 입장을 옹호하여 스톡스가 인도의 지도자 찬드라 보스의 표현, "일본은 아시아의 희망의 빛"이라는 말을 인용하고 있다는 뉴스도 전한다. 위의 책에도 이 말이 나오는 것으로 생각되지만, 스톡스는 재작년 동경에서 열린 '제2회 민주 아시아를 위한 회의(The Second Conference for Democratic Asia)'에서 이 말을 언급한 바 있다. 보스는 인도의 독립 운동가로서 인도의 해방을 위하여 무력 투쟁이 필요하다는 생각을 가지고 인도국민군(INA)을 조직하고 인도네시아, 말레이, 버마, 싱가포르를 침공해 온 일본군과 연합하여 영국군에 대항하자는 계획을 세웠다. 인터넷으로 그의 행적을 찾아 보니 그는 그의 군사 작전에 실패하여 도망하던 중 대만에서 비행기가 추락하여 사망하였다고 한다. 그의 유골은 일본 동경의 렌고지(蓮光寺)에 묻혀 있다. 2007년에 인도의 콜카타를 방문한 아베 수상은 그곳의 보스 기념관을 방문하여 보스에게 경의를 표명한 바 있다.(이 사건의 복잡한 의미는 우리 매체에서 별로 주의를 받지 않은 것으로 보인다.)

같은 해 정월에 나는 인도비교 문학회를 방문하기 위하여 콜카타에 간 일이 있다. 그때 처음으로 찬드라 보스의 존재를 알게 되었다. 그곳에 가기 전에도 콜카타가 우리에게 중요한 타고르와 관계되어 있다는 것을 알았고, 그곳에 간 김에 그가 세운 비바스바라티 대학이 있는 산타니케탄도 방문하였다. 그 외에도 인물이 많겠지만, 그때의 인도 방문으로 타고르 이외에 찬드라 보스, 미국이나 유럽에도 추종자를 얻게 된 철학자이고 정신 지도자인 스와미 비베카난다 등의 존재를 알게 되었다. 보스는 길거리에 동상도 서 있고 물론 앞에 말한바 기념관도 있고, 오늘의 인도인에게도 중요한 의미를 갖는 인물이었다. 그리고 그에 관한 설명을 들으면서, 일본의 제국주의 침략 전쟁에 대하여 인도인은 ─ 또는 일부 인도인은 우리와는 다른 설명을 가질 수 있다는 것을 깨닫게 되었다. 그리고 "코리아가 일찍이 아시아의 황금기에 동방의 등불의 하나였다."라고 하는, 우리에게 유명한 타고르의 말도 조금 더 복잡한 의미를 가질 수 있다는 생각을 하였다. 그것은 타고르의 코리아에 대한 이해가 일본의 식민지 지배에 관계되는 것일 수도 있고, 전체적으로 유럽의 백인 제국주의와의 관계 ─ 아시아의 여러 지방을 널리 포함하는 백인 제국주의와의 관계에 관계되는 것일 수도 있다는 것을 느낀 것이다. 타고르의 등불은 보스가 칭찬한, 일본이 던지는 희망의 빛에서 먼 것이 아닐 수도 있는 것이었다.

여기에서 이것을 말하는 것은 물론 이러한 문제를 논하자는 것은 아니다. 스톡스 사건의 뉴스를 들으면서 생각하게 되는 것은 우리가 받아들이는 여러 사실들 ─ 특히 뉴스로 또는 뉴스처럼 듣게 되는 사실들이 그 배경을 떠나서는 바르게 이해될 수 없다는 사실이다. 스톡스가 인용하는 보스는 이러한 사실을 생각하지 않을 수 없게 한다. 보스의 역사 이해는 그의 상황에서 나온 것이다. 그것은 일견 백인들의 동방 진출에 대한 넓은 역사적 배경을 가지고 있으면서, 자신의 나라의 형편의 관점에서 구성한 것이다. 완전히 틀린 역사관이라고 할 수는 없지만, 그것은 구체적인 사실들을 무시하고 추상화하여 거대한 그림을 그리려고 한 거대 역사 전략의 일부이다. 그러면서 그것은 자기의 처지 그리고 그것에 대한 대처의 정당성 등을 중심으로 한, 그의 특수한 관점에서 구성된 것이다. (1) 넓은 시야가 (2) 다른 지역적 사실들을 무시하는 것인데, 그것은 (3) 자기의 특수성을 반성하지 않는 데에 관계된다. 이것은 많은 정치 프로파간다의 자기 정당성의 주장에서 볼 수 있는 것이다. 이데올로기에 입각한 정치도 같은 구조를 가지고 있다. 여기에 대하여 한국의 일본 식민지 경험이 황경춘 선생과 같은 분으로 하여금 보스나 스톡스 그리고 일본 극우파의 역사관에서 나온 해석을 그대로 받아들일 수 없게 하는 것은 너무나 당연하다. 그러나 이것은 이데올로기가 아니라 사실이면서도, 다른 해석 '범아시아주의'의 해석이 있다는 사실을 보아 넘기게 한다. 그리하여 다른 견해를 그 관점에서 넓게 이해하지 못하는 것이다. 자기 정당성이 이해의 가능성의 폭을 줄이게 되는 것이다. 말할 것도 없이 이것은 한국민의 주권 옹호가 잘못되었다는 것이 아니라, 그것만으로 모든 것을 보면 보다 넓은 사고의 실험을 할 수 없게 된다는 것이다. 자기를 벗어나서, 또 자기가 서 있는 정사(正邪)의 공리를 떠나서, 다른 관점을 채택해 보는 실험을 통해서만 사태의 보다 넓은 이해가 가능하게 된다.(물론 큰 이해에 집착하면, 그것은 작은 사실의 진실을 깔아뭉개는 일이 될 수 있다.)

　이러한 사고의 실험을 더 평가해 본다. 집단적, 개인적 인간 체험의 사실을 넘어가는 사고 실험을 한다면, 범아시아주의는 한국적 관점보다도 더 보편적이라고 할 수 있다. 그러나 그것은 그럴싸할 수 있으면서도, 정당한 넓이의 보편성을 나타내지 아니한다. 보편성은 구체적 사실과의 끊임없는 교환을 통해서만 인간 현실과 주어진 사실을 포괄하는 발언에 이를 수 있다. 이 구체적 사실은 궁극적으로 모든 개체적 사실, 특히 개체적 삶 하나하나이다. 그것은 모든 삶을 존중하는 윤리를 상정함으로써 우리의 돌봄의 대상이 될 수 있다. 보편 윤리가 있음으로써, 사실의 보편성에 이를 수 있다는 하버마스의 생각을 다시 상기하지 않을 수 없다. 그렇다고 이 보편 윤리의 눈에 드러나는 개체적 사실만이 전부라는 것은 아니다. 그것이 구성하는 전체는 이상적 비전의 현실일 뿐이다. 그 중간의 여러 집단적 현실에도 진정성은 있다. 필요한 것은 이 현실의 불가피성을 받아들이면서도 이상적 가능성을 잃어버리지 않는 것이다.

문명화의 사명

전체와 부분적 현실의 상호 관계는 종종 힘의 변증법으로 옮겨진다. 범아시아주의가 지역적 민족주의보다 더 큰 범주의 사고를 나타낸다고 하였지만, 범아시아주의보다 더 넓은 범주는 문명이라는 이념이다. 서양인들은 종종 그들의 제국주의 그리고 식민지 경영을 그들이 별수 없이 져야 하는 문명화의 책임이라는 말로 정당화하였다. "백인의 짐(The white men's burden)", "문명화의 사명"과 같은 말이 여기에 쓰이는 말이다. 이러한 것들은 자기 확신이고 자기 망상이면서 위선적 자기 정당화이기도 하다. 그리고 그것은 폭력과 억압과 지배를 덮고 있는 거죽이 된다.

그러나 한편으로 그것은 진리를 가지고 있고 그러니만큼 호소력을 가진다고 할 수 있다. 문명의 이상이 그 자체로 잘못된 것이라고 할 수는 없기 때문이다. 물론 이것이 진리라고 하는 경우, 되풀이하건대, 그것은 스스로를 정당화하기 위하여서 구체적 사실로부터 구성되어야 하는 진리이다. 그것은 구체성에 의하여 끊임없이 시험되어야 하는 진리이다. 그럼으로써 진리라는 것이 현실적으로 드러나게 된다. 그리고 다른 한편으로 그 문명의 이념은 단일한 것이 아니라 매우 다양하고 복잡한 내용을 가진 것으로 변모하게 된다. 그리고 당초의 문명 이념은 대화의 부족 그리고 무식으로부터 나오는 단순 개념에 불과했다는 것이 드러나게 된다. 다만 이러한 변증법적 과정이, 많은 경우 힘의 변증법에 연결되어 있는 것은 비극적인 일이다.

그러나 어떤 경우에나 힘의 변증법은 국제 관계나 국내의 권력 관계의 도처에서 관찰되는 현상이다. 즉 이념적 명분과 사실적 힘의 사이에 긴장된 길항이 시작되는 것이다. 위선적 자기 정당화의 경우, 앞에 말한 바와 같이 그것은 지배를 위한 핑계가 되는 것이지만, 그 명분을 완전히 무시하지는 못하게 된다. 명분이 참으로 정당한 경우에도 그것을 현실이 되게 하기 위해서는 힘의 세계에 대한 고려가 없을 수가 없다. 즉 현존하는 여러 힘들을 움직여서 그것들이 명분으로, 진리로 나아갈 수 있게 하는 행동과 작용이 필요한 것이다. 이때 현실 속의 작용은 엄격하게 진리를 향한 것이어야 하고, 힘을 그 자체의 목적으로 확보하기 위한 것이 되어서는 아니 된다. 그러나 이것이 참으로 그러한 이상의 변증법적 운동으로서 남아 있기는 극히 어려운 것이라고 할 것이다. 그렇게 시작하였더라도 그것은 불원간에 권력을 위한 권력으로 전락하기 쉽다. 범아시아 문명의 이상이나 세계 또는 인류 문명의 이상은 그 자체로 충분히 좋은 이상이라고 아니할 수 없다. 그러나 이념의 차원에서도 그것의 내용이 어떻게 정해지는가, 누가 그것을 정하는가 하는 것은 그대로 앞으로의 과제로 남는다고 할 수 있다. 현실의 힘의 차원에서, 힘의 사용이 어떻게 그 이상으로 나아가는가 하는 문제는 더욱 어려운 협의 과정을 가져야 한다고 할 수 있다.

언론 언어의 숨은 바탕: 작은 권력들의 표현

그러나 힘과 이념의 변증법은 현실 속에서 쉽게 힘의 역학이 되어 버린다. 그리고 이러한 위태로운 변증법의 왜곡은 큰 차원에서만이 아니라 일상적 인간관계, 언어의 구사법에도 삼투되어 확산되게 마련이다. 사적인 차원에서의 언어도 알게 모르게 사회적 차원의 글자판 위에서 쓰이는 것이다.

근년에 와서, 막말이 SNS 통상 언어가 되어 있는 것은 모두가 다 아는 일이다. 말할 것도 없이 막말과 욕지거리를 공공 언어의 공간에서 사용할 사람들은 그것을 정의를 위한 자기 나름의 투쟁의 수단이라고 생각할 것이다. 이러한 언어가 공적으로 정의된 공간에서 정상적인 언어가 된 것이 북한에서 나오는 남한에 대한 비방들이다. 남쪽에서는 공공 공간에서 그것이 관용이 되었다고 할 수는 없겠지만, 사적인 것과 공적인 것의 중간에 있는 SNS에서는 그러한 언어가 정상적인 것이 되어 있다. 주요 신문에서도 그러한 막말에서 멀지 않은 예의 부재는 흔히 볼 수 있다. 이 글을 쓰고 있는 날 주요 조간의 한 표제어는, "직언하는 책임 총리, 안대희는 해낼까?" 하는 것이었다. 이렇게 사람을 낮추고 국가의 일이 간단히 그리고 가볍게 이야기되어도 되는 것일까? 며칠 전 대통령의 세월호 담화를 보도하는 다른 신문의 톱기사의 표제는 "국정 기조에 대한 성찰은 빠졌다"라는 것이었다. 여기에서 주목하고자 하는 것은 이러한 표현이 예의에 어긋난다는 것보다도 그것에 함축되어 있는바 무엇이 들어가야 한다는, 여기에서는 담화의 내용에 국정의 기조가 들어 있었어야 한다는 전제이다. 국정 기조가 들어가야 한다는 전제가 틀린 것이라고 할 수는 없지만, 담화 발표 전에 그 주제를 포함하여야 한다는 것을 대통령이 알 수 있을까? 그러기 위해서는 대통령이 기사 작성자에게 무엇을 포함할 것인가를 상의하였어야 할지 모른다.

　미국의 가장 신랄하게 비판적인 급진 인터넷 신문의 하나에는 댓글난의 머리에 보도 내용이나 논평에 댓글을 쓰려는 독자에게 절제를 요구하는 말이 들어 있다. '절제'를 요구하는 것은 검열에 가까울 수 있다는 것을 인정하면서도 그에 맞추어 다른 요구 조항들을 나열한다. 그 하나는 독설이나 대결을 삼가라는 것이다. 인신공격, 인종주의, 성차별의 언어 또는 폭력이나 불법을 말하는 것도 불가하다. 그 대신 건전한 판단을 보여 주는 책임 있는 언어가 바람직하다.

결국 SNS에 가까운 인터넷 매체의 그 존재 이유는 공적 토의에 기여한다는 데에 있는 것이다. 말할 것도 없이 여기에 가장 기본이 되는 것은 독설이나 감정적 도전이나 인신공격을 최대한으로 피하는 예의가 필요하다. 예의는 상호 교환의 최소한도의 조건이다. 그것은 주고받는 화폐의 잔돈과 같다. 앞에서 말한 절제의 요구에서 기본은 이러한 예의라고 하겠지만, 여기에 다른 조건들을 추가한다면, 가장 중요한 것은 강압이나 명령이 없어야 한다는 것이다. 자유로운 토의 ─ 그것도 자신의 의견을 아무것이나 털어놓는 것이 아니라 사물과 사건의 진상과 진리를 규명하기 위하여 필요한 토의는 토론의 광장을 비워 놓아야 가능하다. 이 광장에는, 토의해야 할 과제 이외에는, 정해져 있는 표어나 글들이 쓰여 있지 않아야 한다. 그러나 많은 경우, 우리의 언론에서 발견하는 것은 일방적으로 정해진 전제이고 그것의 명령화이다.

근년에 여러 신문에 칼럼을 기고하는 것이 나의 직업처럼 되었지만, 큰 문제는 아니면서도 나는 단순화된 판단과 당위의 압력을 느낄 때가 적지 않다. 편집 방침이 그것을 느끼게 하는 것이다. 직접적인 명령이나 주문이 있다는 것이 아니라 글은, 어떤 것이든지 간에 당위적 표현으로 압축될 수 있어야 한다는, 오늘의 언론의 분위기를 느끼게 된다는 것이다.

가장 최근에 쓴 칼럼은 과다한 소비 경제에 대한 영국의 경제사가 로버트 스미스(Robert Smith)의 견해를 소개하고 그가 제기하고 있는 문제들을 우리도 고려해야 할 것이라는 것을 말해 보고자 한 것이었다. 신문에서 크게 뽑은 제목은 "인간적이고 지속 가능한 경제, 우리가 풀어야 할 숙제"였다. 원래의 제목은 "허영의 경제/ 지속 가능한 인간 경제"였다. 이 내용은 물론 새 표제에도 함축되어 있고, 또 칼럼의 맨 위 가장자리에 "허영의 경제/ 인간의 경제"라는 작은 활자의 제목으로 조금 변형되어 나와 있다. 그리고 신문사에서 변형한 큰 제목들은 필자와의 상의를 거쳐서 정해진 것이다. 그렇기는 하나 신문사에서 채택한 것과 원제목 사이에는 미묘한 거리가 있다. 원래의 제목은 단순히 과시 소비에 중점을 두는 경제의 문제점들을 지적하는 데에 그치는 것이었는데, 신문사의 제목은 그것이 '숙제'라는 점에 역점을 두었다. 물론 원제에도 그러한 면이 없지 않지만, 이것은 문제를 푸는 일의 긴급성을 강조한 것이다. 이것은 나의 글의 정향에도 맞지 않지만, 원래의 의도를 단순화한다. 이 다음의 칼럼에서는 과시 소비와 허영을 피하면서 경제가 지탱될 수 있는가 하는 것을 조금 문제적인 것으로 고려해 보면 어떨까 하고 생각하고 있는데, 이 제목은 그것을 생각해 볼 길을 막아 버리는 것이라고 할 수 있다.

오늘의 칼럼의 제목들은 대체로 요구나 명령을 담고 있는 문장이 되는 것으로 보인다. 그리하여 주어, 술어가 구비되어 있는 문장이 된다. 나의 칼럼에 있어서도, 가령 "민주주의와 윤리적 기반"이라고 되어 있으면, 신문사에서는 그것을 "민주주의는 윤리적 기반이 필요하다"로 바꾸기를 원했던 경험이 있다. 앞의 것은 양자의 보완적이고 모순된 관계를 여러모로 고려해 본다는 것을 말하고, 뒤의 것은 당위를 주장한다. 그리하여 내용이 단순화하고 위압적인 명령으로 바뀐다.

명분과 나의 의지

명령형의 문장이 말하는 것은 물론 공적 명분에 의하여 뒷받침된다. 그러면서, 그 명분은 나의 주장이나 명령에 따라야 된다는 주장을 감추어 가지고 있다. 그리하여 그것은 명분의 싸움이면서, 힘의 대결이고 또는 자아 의지와 자아 의지의 투쟁이 된다. 두 주체적 자아가 마주치는 기본 방식이 투쟁이고, 어느 쪽이 주인이 되고 어느 쪽이 노예가 되느냐의 투쟁이고, 죽음으로써 끝나는 투쟁이라는 헤겔의 변증법적 철학의 기본이 여기에 그대로 맞아 들어간다. 다만 이 투쟁의 거죽이 그렇게 살벌하지 않을 뿐이다.

헤겔의 정신 변증법은 물론 부정적인 결론으로 귀착하지 않는다. 그것은 보다 높은 차원의 정신과 역사를 구현하는 출발일 뿐이다. 우리 언론에서 많은 의견이 명분의 싸움으로 표현된다는 것은 그러는 과정에서 사회 전반에 정의의 이념이 확산되고 법치의 질서가 실현된다는 것을 말한다. 그러나 그렇게 하여 성취되는 사회 질서가 참으로 보편 윤리에 기초한 공동체의 질서가 되기는 어렵다. 그러나 정치의 과정은 그러한 투쟁의 과정이다. 민주주의는 그것을 받아들이는 정치 체제이다. 정치는 싸움의 공간이다. 또는 싸움은 정치의식을 높이고 정치 질서 구성의 토대가 된다. 적어도 생활의 물질적 토대가 무너지지 않는 한, 또는 그것이 향상되거나 향상되고 있다는 인상을 유지하게 되는 한, 그에 맞는 휴전 상태가 유지될 것으로 생각할 수 있기 때문이다. 그러면서 부정적 감정은 계속되고 이것은 명령조의 어법을 관례화한다.

정보와 의지

의견 교환에서 중요한 것은 정보이다. 싸움의 수단이 폭력이 아니라면, 논쟁에서 이기는 데에는 정보의 우위가 중요하다. 그것은 다시 논리에 의하여 정리되어야 하지만, 논리가 구성하는 질서는 곧 다른 정보에 의하여 훼손되기 쉽다. 논리적 타당성의 훼손은 물론 삶의 질서의 훼손에 연결된다. 나의 삶은 나에게 합당한 일관성의 질서 속에서 안정된 행동의 폭을 유지할 수 있기 때문이다. 그런데 정보는 어떤 종류의 것이나 이미 성립해 있는 질서에 대한 공격이 된다. 그것은 내가 가지고 있는 생활 환경에 대한 정보의 끊임없는 재조정을 요구한다. 정보가 부정적인 경우에는 물론 자기방어적인 대항이 필요하지만, 긍정적인 정보의 경우에도, 그 이점을 자기의 정보 환경에 편입하는 것은 정신적인 노동을 요구한다.

부정적 감정을 북돋는 데 이러한 정보의 문제는 오늘날의 정보 과다 그리고 정보의 세계화로 더욱 복잡한 것이 된다. 이것은 쉽지 않고, 삶의 환경에 대한 우리의 이해의 일관성 그리고 삶의 질서의 재조정을 요구한다. 여기에서 새로 들어오는 정보가 내가 가지고 있는 삶의 구도에 맞아 들어갈 것을 희망하고 그것에 맞게 이해되어야 한다는 요구를 가지게 되는 것은 불가피하다. 그리하여 내가 가진 정보를 다른 사람이 또 사회가 수용하여야 한다는 강박이 생긴다. 그렇게 되면 그러한 정보로 이루어진 세계는 나에게 편리한 세계가 된다.

사회적 격변과 정치의식

정보의 출처는 가까운 사람들 사이의 소문과 잡담, 책, 뉴스 등이 있다. SNS는 사적인 것과 공적인 것의 중간에 있다는 점에서 소문과 뉴스의 중간에 위치한다고 할 수 있다. 이것이 사적, 공적 공간의 독립된 성격을 손상하는 것이 오늘의 사정이지만, 직접적인 의미에서 가장 중요한 정보의 출처는 아직은 대중 매체이다.

그런데 뉴스는 대체로 좋은 것보다도 나쁜 것이 많게 마련이다. 세계의 모든 지역이 하나가 되어 가는 현시점에서 불안한 뉴스가 더 많은 것은 당연하다. 그리하여 뉴스는 저절로 부정적인 감정, 결국은 염세주의를 조장할 수 있다. 정치와 인간성을 불신하게 하는 최근의 뉴스 가운데 하나는 나이지리아의 보코하람이라는 이름의 이슬람 게릴라들이 한 일이다. 그들은 200여 명의 고등학교 여학생들을 납치하여, 정부가 정치범들을 석방하지 않으면, 그들을 팔아 버리겠다고 위협했다 한다. 아직은 그 억류 장소도 밝혀지지 않고 있다. 며칠 전 독일의《프랑크푸르터 알게마이네》에는 나이지리아의 신진 여류 작가 치마만다 응고지 아디치에(Chimamanda Ngozi Adichie)와의 인터뷰가 실렸다.(5월 18일자) 인터뷰의 초점은 납치 사건이었지만, 나이지리아의 사회상에 대한 여러 생각들이 표현되어 있다. 그중 한 가지 작은 일이기는 하지만, 우리 사정에 비슷한 것이기에 눈에 띄는 것은 나이지리아인의 정치의식에 관한 것이었는데, 이 점에 대한 질문을 받고 아디치에 씨는 정치 이야기가 없는 곳이 없는 것이 나이지리아라고 답했다. 자동차 수리를 하러 가면 수리 기사가 즉각 정치론을 펼치는 것을 듣게 되고, 택시를 타면 곧 정치 논설의 복판에 놓이게 된다. 이에 대한 뚜렷한 설명은 없지만, 이것은 나이지리아의 불안한 사회상과 관계 있는 것으로 보인다. 경제는 발전하고 있지만 전기 단전이 수시로 일어나서 생활이 불안한 상태를 면하지 못하고 있는 곳이 나이지리아이다. 이것은 부실 공사에 관계되고 그것은 부패에 관계된다.(전기 시설이 없었더라면 그런 일은 없었을 것이다.) 정치적으로 가장 큰 문제는 남북 지역의 긴장과 불화이다.(두 지역 사이에는 1967년부터 1970년까지 비아프라 전쟁으로 알려진 전쟁이 있었다.) 아디치에의 생각으로는 여학생 납치 사건은 남북 간의 문제에 관계되는 것이라고 한다. 그것은 남쪽을 차지하고 있는 정부를 위협하려는 북쪽 지역의 정치 세력의 작전의 일부라고 보는 것이 옳다. 그러나 그 외면적 정당성은 이슬람 원리주의에서 찾아진다. 보코하람 그룹의 이슬람은 서양식 교육을 허용할 수 없는 것이라고 주장한다.(지구가 둥글다거나 생물이 진화한다거나 바닷물이 증발하여 비가 오게 된다는 것이나 전부 코란의 가르침에 위배된다고 한다. 그 창시자의 한 사람이 대학 교육을 받고 영어가 유창한 사람이었다는 것은 아이러니한 이야기이다.)

나이지리아 사람들이 정치적이게 되는 것은 경제, 정치, 종교, 정부의 부패 등이 합쳐서 사회 불안이 커진 데 관계된다고 할 수 있다. 이러한 불안을 조성하는 긍정적인 것이 없는 것은 아니지만, 그것까지 포함하여, 사회의 급격한 변동 그리고 그것을 책임 있게 관리 조정하여야 할 정치의 부패 그리고 거기에 동반하는 권위의 약화는 정치의식 ─ 상호 투쟁적인 정치의식을 추동한다고 할 수 있다.

감정적 단순화와 일반화

이러한 격동기의 상황적 혼란이 정치의식을 높인다. 그러면서 그것은 참으로 근본적이고 심각한 정치의식으로 나아가는 것을 방해한다. 물론 이런 상황에서 번창하는 것은 상황을 전체적으로 파악하는 것으로 보이는 큰 주장들이다. 그것에서 정치 당위의 언어가 나온다. 그리고 그것은 표면에 나와 있거나 함축적으로 숨어 있거나 하는 명령의 언어나 사고방식이 된다. 흥미로운 것은 중요한 사항이 아닌 일들의 묘사나 서술에도 그러한 생각과 행동의 양식이 숨어 있을 수 있다는 사실이다. 이것은 작은 문제들인 것 같으면서도, 중요한 관찰의 대상이 될 수 있다. 그것은 여기에 말하고 있는 명령적 사고가 얼마나 편만한 것이 되어 있는가를 보여 주기 때문이다.

가령 감정으로 상황을 단순화하는 것에서도 그것은 발견된다. 같은 신문에서 세월호 뒤처리와 관련하여, "해경 힘내라, 마지막 한 명까지 부탁해", "제자들이 쓴 편지 '먼저 간 친구들이 선생님 보고 싶었나 봐요'" 등의 표제어를 단 기사들을 볼 수 있다. 상투화된 감정으로 상황의 탐구를 단순화하는 것이 이러한 표현 방법이다. 이 단순화는, 의식적으로 그러는 것은 아니지만, 자신들이 투사하는 감정 하나로 상황을 파악할 수 있다는 것을 전제하는 것이다.

헤밍웨이는 냉랭한 사실적 언어로써 인간의 실존적 고통의 깊이를 그려 낼 수 있었던 작가이다. 『무기여 잘 있어라』는 전쟁의 파괴성과 그 가운데에도 존재할 수 있는 섬세한 인간적 관계를 그려 낸 전쟁 문학의 백미(白眉)로 평가된다. 이 작품의 스타일도 극히 절제된 사실적 스타일이다. 그는 상투적 감정이 나오려고 하는 즉시, 그것을 "압살했다." 이 소설에 나오는, 추상어, 상투적 감정을 강조하는 언어에 대한 혐오감을 표현하는 다음의 말은 미국 문학에서 유명한 스타일의 규율이 되었다.

추상어 — 영광, 명예, 용기, 거룩함과 같은 말은, 구체적인 마을의 이름, 도로의 번호, 강의 이름, 군부대를 가리키는 숫자들의 곁에 두고 볼 때, 추잡한 말로 들린다.

앞에서 예를 든, 상투적 감정에 의한 사실 정형화의 억지가 쉽게 현실 전체에 대한 판단으로 이어지는 것은 당연하다. 오늘의 매체들에서 많이 발견되는 것이 한두 가지 사례에 기초하여 나라 전체의 상황을 단죄(斷罪)하는 "……하는 나라"라는 말의 유행이다. 세월호 사건에 이어 나온 표현으로, "배 침몰 때, 선장이 먼저 탈출하는 나라"와 같은 것이 그 한 예이다. 이에 비슷한 것으로 조금 더 예를 들자면, "대통령이 남 탓만 하는 나라," "살(殺)생명 조장하는 나라," "여객기 고장나도 그대로 비행하는 나라" 등을 들어 볼 수 있다. 감정의 상투화로부터 나라나 인간이나 세계 전체에 대한 판단으로 도약하는 것은 간단하다. 그리고 사실 그것은 (반성되지 않은) 인간 의식의 기본적인 전개 양식이다.

보편성의 지평을 향하여

감정, 사고, 의식, 언어 표현은 대체로 준비되어 있는 글자판 위에서 구성된다. 그것을 표현하는 것은 준비된 일반화 위에서만 가능하다. 데리다와 같은 철학자의 주장은 언어의 구조가 벌써 우리의 생각과 표현을 틀 안에 가두어 놓는 일을 한다고 한다. 문제는 그것이 사실을 바르게 파악하기 어렵게 한다는 것이다. 그러나 인간은 사실을 필요로 한다. 자연의 사실, 사회적 구조의 사실, 인간 존재의 다양한 독자성의 사실이 없이는 삶을 바르게 운영할 수 없기 때문이다.

사실 보도는 어떻게 하여 가능한가? 또 어떻게 사실적 파악과 인식이 가능한가? 필요한 것은 선입견 없는 보편성의 지평에 이르려고 노력하는 것이다. 보편성에 이른다는 것은 사물을 전체적 관점에서 본다는 것이다. 이성이 하는 일이 이것이다. 그러나 그것은 전체적 관점에서 주어진 현상 또는 세계를 이해하고자 한다. 이것은 많은 것, 이질적이고 타자적인 것에 대하여 마음을 열 수 있게 한다. 그러나 이성은 곧 전체성을 개념화한다. 그리하여 전체성은 여러 관점 — 여러 사람의 관점을 수용하는 것이 아니라 그것을 배제하는 방법이 된다. 필요한 것은 실제의 또는 생각의 실험으로서 다원적 소통이다. 그러면서 다시 이성으로 되돌아갈 수 있어야 한다. 그렇다는 것은 이성이 소통을 넘어서 독자적으로 생각할 수 있는 힘을 보장할 수 있기 때문이다. 독자적 사고가 없다면, 소통이 무슨 의미를 갖겠는가. 그리고 이성은 다자적 소통을 넘어가는 근원에 이름으로써 그것을, 끊임없이 스스로를 넘어가는 진정한 전체에 가까이 가게 할 수 있다. 이러한 생각은 다시 우리를 한상진 교수와 하버마스 교수의 대화를 들면서 생각했던 문제로 되돌아가게 한다.

쉬테른베르크 대화에서 우리는 하버마스 교수의 보편주의적 입장을 말하고, 이것을 다시 한상진 교수의 입장에 대조하였다. 우리는 한 교수가 보편주의의 원리에 동의하면서도, 민족의 지상 명령에 쫓긴다는 것에 주의하였다. 그의 보편주의에 대한 동의는 일시적인 양보를 의미하는 것이었다. 물론 하버마스 교수의 보편주의도 이념적 경직성을 갖지 않은 것은 아니다. 그것이 그로 하여금 통일 문제에 대한 한상진 교수의 경제 중심, 민족 중심의 전략을 수용할 수 없게 한다. 그리하여 그것은 실용적인 유연성을 결한 것으로 보인다. 그러나 궁극적으로 그의 보편주의가 인간 현실의 유연한 사실적 수용을 지향하는 것임에는 틀림이 없다. 그의 보편주의가 어떻게 다양한 사실성을 수용하는가 하는 것은 그의 사상적 편력을 잠깐 개관함으로써 살펴볼 수 있다.

하버마스 교수는 마르크스주의자로 시작하였다. 아마 지금에도 넓게는 그의 사상은 그 테두리에서 이해할 수 있을 것이다. 마르크스주의는 인간 사회와 역사에 대하여 전체적 진리를 파악하고 있다고 생각한다. 그런데 하버마스 교수의 사상의 모험은 이 전체성의 주장을 실용주의적으로 수정해 온 데 있었다. 그를 유명하게 한 최초의 저작의 제목은 『이론과 실천 (*Theorie und Praxis*)』이다. 이것은 정치 이론이 행동으로 실천되어야 한다는 주장을 내거는 구호에 비슷한 말이 아니다. 그것은 정치와 사회의 이론이 현장의 실천에 의하여 계속적으로 수정되어야 한다는 뜻을 전하는 제목이다. 그 후 하버마스 교수의 관심은 점점 이론의 근거가 되는 이성의 존재 방식에 집중하게 되었다. 이 관심의 전개에서 이성은 사회 구성원 간의 제한 없는 소통으로 일체성을 유지하게 하는 것으로 말하여진다. '소통 행동의 이론'을 주제로 한 만년의 저작들은 이 주제에 관한 것이다. 물론 소통은 흔히 생각하듯이 단순히 견해와 관점을 주고받는 행위만을 말하는 것은 아니다. 교환은 '반성적 이성'을 매개로 하여 이루어진다. 그리고 이 이성을 더욱 완전하게 한다.

이러한 소통으로 밝혀지는 '반성적 이성'의 과정은 물론 소통하는 사람들이 거기에 자유롭고 평등한 자격으로 참여할 수 있어야 한다. 그것은 그 바탕으로 보편적 윤리의 존재를 상정한다. 이 윤리에 근거하여 다른 사람의 존재가 존중되고 이 존중이 그 의견의 존중을 요구한다. 이러한 사상의 역정에서 하버마스의 생각은 자유주의적인 것이 된다. 다만 그는 자유주의와 짝을 이루는 시장 경제의 탈윤리성에 동의할 수 없다. 이것이 그로 하여금, 앞에 언급한 대화에서도 경제 우위를 인정하지 않게 하고 정치가 경제에 앞서야 한다는 것을 강조하게 하는 것일 것이다. 정치 우선은 힘의 논리를 중시하여야 한다는 것이 아니라, 그것을 통하여 모든 사람의 균형의 공동체 — 모든 사람이 함께 누릴 수 있는 평화적 삶을 내용으로 하는 보편적 윤리에 기초한 균형의 공동체를 구성하는 협상과 협의가 가능하다는 것을 말한다.

소박한 상태에서나마 하버마스론을 말하는 것은 독단을 피하는 보편적 사고가 어떻게 가능한가를 확인하자는 뜻에서이다. 그것은 성이나 집단에 관계없이 자유롭고 동등한 개인의 자유를 인정하는 데에서 가능하다. 그리고 그러한 개인이 윤리적 공동체에서 하나로 묶일 수 있다는 것을 전제한다. 이러한 전제가 보편적 사고를 가능하게 하는 것이다.

그런데 보편적 사고는, 이미 지적한 대로, 독단론이 될 수 있다. 이 점에서 방금 말한 보편주의의 경우에도 주의하여야 할 사항이다. 다시 말하여, 보편성의 주장을 크게 내세우는 것이 이데올로기적 사고이다. 그것은 모든 것을 설명하는 이론이기 때문에 그것을 넘어서 사고하는 것을 어렵게 한다. 그러면서 그것은 인간사를 힘의 관계라고 하는 것에 연결된다. 그리하여 그것은, 이데올로기적 해석이 적용될 수 있는 한, 모든 전투적 자세를 정당화한다. 그러나 전체주의적 이데올로기가 아니라고 하여도 이념과 힘 또는 정렬은 여러 가지로 결합된다. 많은 집단의 개념은 그 자체로 우리의 사고와 행동에 명령적 강압이 된다. 특히 그것이 자기 정당성을 위한 이념이 될 때 그러하다. 보다 직접적인 애국심, 민족애는 곧 애국주의, 민족주의로서 우리 자신의 생각에 이론적 정당성을 부여하는 근거가 된다. 말할 것도 없이 진정한 의미의 보편적 사고를 방해하는 것은 우리가 가지고 있는 개인적인 선입견, 감정의 습관 등이다. 그리고 어지러운 사회는 한편으로 불안을 증대하고 타자와 세계에 대한 공격 본능을 풀어 놓는다. 그리하여 우리를 움직이는 것은 힘의 보편성이다. 물론 삶에 널리 삼투되어 있는 작은 권력 의지들은 대체로 이론적 정당화 속에서 움직인다. "그러는 것이야", "그러는 법이야", "너희가 이것을 아는가" 하는 것들은 이 힘과 정당성의 화합을 드러내는 언어적 표현들이다. 이것은 일상적 표현이다. 보이게 보이지 않게 힘의 이념이 삶의 보편적인 분위기가 된 것이다. 이러한 모든 것들이 주어진 사안을, 현상학의 개념을 빌려, 일단 "괄호에 넣기"를 통하여 초연하게 살피는 것을 어렵게 한다.

전체화하는 보편의 이념과 관련하여, 다시 하버마스로 돌아가, 그의 보편성의 이상이 단순히 모든 것을 포괄적으로 설명하는 보편적 이론을 의미하는 것이 아니라 보편 윤리를 강조한다는 점을 상기할 필요가 있다. 그의 보편성은 집단이나 전체성의 이념에 의하여 점검(點檢)되는 것이 아니라 인간 존재의 모든 근거가 되는 개체에 의하여 점검된다. 개체는 독자적 존재이면서 보편성의 리트머스 시험지이다. 물론 이 시험은 우리의 사회적 실천 또는 실천적 행위에도 적용되어야 하는 것이지만, 사물과 자연에 대한 우리의 사고 —— 과학적 사고도 이러한 시험에 근거하여 보편적 차원에 이른다. 하버마스는 이것을 중요시하는 것이다.(이 점에서 그의 생각은 카를 야스퍼스의 생각, 이성이 나타나는 것은 개인적 실존을 통해서라는 생각에 근접한다. 이것은 그의 저서 『이성과 실존』이라는 제목에 단적으로 나타나 있다.)

그러나 하버마스의 보편성의 이념과 관련하여 한 가지를 더 보탬으로써 이 이야기를 끝내고자 한다. 그는 마르크스의 사회 이론이나 헤겔의 역사 철학에 들어 있는 보편성의 이념의 전체주의적 함의를 피하기 위하여, 앞에서 말한 바와 같이 그 시험의 기초를 여러 사람의 의사소통에 두고자 한다. 이것은 충분히 이해할 수 있는 일이고, 건전한 사회적 균형에 이르는 중요한 절차를 지적한 것이다. 그러나 그의 사상은 소통에 지나치게 권위를 부여한다고 할 수 있다. 보편성의 원리로서의 이성은 집단적인 소통에만 그 근거를 갖는 것인가? 말할 것도 없이 이성은 사회적 합의의 원리이기도 하면서, 물리적 세계의 법칙을 확인하는 원리이기도 하다. 사회의 구성에도 단지 토의와 합의가 아니라 그것을 넘어가는 법칙성이 있다는 것을 생각하지 않을 수 없다. 그것 없이 진정한 합의는 존재할 수 없다. 이성은 사람의 합의를 넘어 그 나름의 독자성을 가지고 있는 원리이다. 토론과 소통은 그것을 더 분명히 하는 절차적 의미를 갖는다. 과학 논문의 심사에 "학문적 동료에 의한 검토(peer-review)"라는 말이 있다. 이것은 바로 이러한 절차의 이성적 의미를 염두에 두는 개념이다. 물론 하버마스가 이성의 의미를 소통으로 환원했다는 것은 아니다. 그는 소통을 말하면서 동시에 "반성적 이성"이라는 개념을 버리지 않는다. 소통은 이성을 계속적으로 반성의 절차에 부쳐서 스스로를 강화하는 방법이다.

그러나 이성의 원리가 단순히 합의의 원리가 아니라면 그것은 어디에서 오는가? 그 궁극적 근원은 우주적 신비에 속한다고 없을 것이다. 그렇게 생각하게 하는 암시는 우주 물리학 또는 입자 물리학에서 얻을 수 있다. 광대무변한 우주의 시공간, 또 한없이 쪼개어질 수 있는 소립자의 세계가 합리적 법칙으로 설명될 수 있다는 것은 우리로 하여금 이성의 신비에 놀라지 않을 수 없게 하는 사실이다.

그런데 다시 인간 세계로 돌아와서 보편 윤리의 윤리는 어디에서 오는가? 그것은 물론 모든 인간이 인간으로서 평화롭게 공존할 필요가 있다는 데에 대한 요구라고 할 수 있다. 그런데 그것은 단순히 일시적인 타협 또는 휴전의 필요를 말하는 것이 아니라 인간의 삶의 귀중함을 인정하는 데에 기초하는 요구라고 할 수 있다. 그런데 귀중한 것이 단지 인간의 생명만 인가? 오늘날 절실히 요구되고 있는 것은 모든 생명의 귀중함이다. 환경이 보존되어야 한다는 느낌은 단순히 자연 자원을 보존하고 인간의 생존을 위하여 인간의 거주지를 확보하여야 한다는 필요에서만 일어나는 것은 아니다. 에드워드 윌슨이 말한 "바이오필리아(biophilia), 생명애(生命愛)"는 인간의 심성에 깊이 내장되어 있는 보편적 정서라고 할 수 있다. 거기에서 더 나아가 인간은 모든 자연의 물체들이 이루고 있는 형상적 균형에 대하여도 존중하는 마음을 가지고 있다.

이러한 현상들과 심성의 움직임은 정녕 보편적인 존재에 이르는 어떤 원리를 말한다고 할 수 있는데, 그것은 이성적인 것이면서 그것을 넘어가는 사람의 마음의 상태로서 나타난다고 할 수 있다. 생명 존중의 사상이나 환경 사상에 자주 등장하는 이러한 마음의 상태는 더러 외경심(畏敬心, Ehrfurcht)이라는 말로 표현된다. 이에 비슷한 심성을 지칭하는 개념은 유학(儒學)에서 중요한 위치를 차지한다. 계구신독(戒懼愼獨), 홀로 있을 때 조심하고 두려워한다는 것은 이러한 마음가짐을 압축하는 말의 하나이다. 또 핵심적인 단어의 하나는 경(敬)이다. 그것은 인간관계에서 공경(恭敬)을 말하는 것이기도 하지만, 인식에 있어서의 주의 깊음을 나타낸다. 그리하여 이 말의 영어 번역은 mindfulness라는 말이 된다. 그러니까 이것은 사람과 우주의 질서에 대한 태도를 나타내면서, 인식론적 의미를 가지고 있는 말이다. 주의를 기울이지 않고 사물의 사물 됨에 어떻게 주의할 수 있겠는가? 또 이 주의는 더 확대하여 사물의 질서에 대한 외경심을 바탕으로 한다고 할 수 있지 않을까? 퇴계의 『성학십도』에 나와 있는 주자의 「경제잠(敬齋箴)」의 한 부분을 인용한다. 그것은 조심스러운 태도와 정서와 인식론적 준비를 가리키는 예가 된다고 할 수 있다.

의관을 바르게 하고, 눈매를 존엄하게 하고, 마음을 가라앉혀 가지고 있기를 마치 상제(上帝) 대하듯 하라. 발가짐(足容)은 반드시 무겁게 할 것이며, 손가짐(手容)은 반드시 공손하게 하니, 땅은 가려서 밟아, 개미집 두덩[蟻封]까지도 (밟지 말고) 돌아서 가라. 문을 나설 때는 손님을 뵐 듯해야 하며, 일을 할 때[承事]는 제사를 지내듯 조심조심하여, 혹시라도 안이하게 함이 없도록 해야 한다. 입 다물기[守口]를 병마개 박듯이 하고, 잡념 막기[防意]를 성곽과 같이 하여, 성실하고 진실하여 조금도 경솔함이 없도록 하라. 동쪽을 가지고 서쪽으로 가지 말고, 북쪽을 가지고 남쪽으로 가지 말며, 일에 당하여서는 그 일에만 마음을 두어, 그 마음씀이 다른 데로 가지 않도록 하라. 두 가지, 세 가지 일로 마음을 두 갈래 세 갈래 내는 일이 없어야 한다. 오직 마음을 하나가 되도록 하여, 만 가지 변화를 살피도록 하라. 이러한 것을 그치지 않고 일삼아 하는 것을 곧 '경(敬)을 가짐', 즉 '지경(持敬)'이라 하니, 동(動)할 때나 정(靜)할 때나 어그러짐이 없고, 겉과 속이 서로 바로잡아 주게 하라…….(윤사순 역)

몸가짐을 지나치게 엄격한 규제하에 두려는 공경(恭敬)을 설명한 부분은 과도한 형의가 있으나, 전체적으로 조심하고 존경하는 마음이 윤리와 인식의 기본 태도라는 것을 적절하게 표현하였다고 할 것이다. "개미 두덩까지도 밟지 않고 돌아서 가는" 주의가 몸에 배어 있다면, 그리고 아무리 작은 일이라도 두려워해야 할 천지의 이치 속에서 행하는 일이라는 생각이 있다면, 세월호 사건과 같은 일은 최대한 피할 수 있을 것이다. 지경 또는 외경의 마음은 물론 사물을 정확히 이해하고 보도하는 일에서도 근본이 되는 태도이다.

(2014년)

통일 논의의 지평[1]
깊이의 윤리와 현실 전략

서언

전혀 준비가 되어 있지 않는 사람이 이 자리에 서서 이야기를 하게 되었습니다. 이 강의에 초청된 이유는 저 자신도 잘 이해를 하지 못하고 있습니다. 류길재 통일원 장관의 초청으로 점심을 나누면서 이야기를 나눈 일이 있는데, 그것이 인연이 되어 이 자리에 서게 된 것이 아닌가 하는 생각이 듭니다. 그러한 우연한 일들이 이어져서 초청을 받은 것 같은데, 거절하기가 어려워 방금 말한 것처럼 준비가 되지 않은 채로 여기에 나왔습니다.

그런데 바로 준비가 안 된 것으로 하여 초청된 것인지도 모르겠습니다. 준비가 없는 사람은 아무 말이나 하게 되고, 그것이 오랜 연구와 행동 양식으로 정해진 틀을 넘어가는 이야기가 되어 흥미로운 것이 될 수도 있을 것이기 때문입니다. 물론 제가 흥미로운 이야기를 할 수 있다는 것은 아닙

---

1 2014년 6월 12일 통일부에서 있었던 강연. 서언 이하는 강연 전에 쓰인 글을 실었다.(편집자 주)

니다. 다른 경우 그러한 가능성이 있을 수 있음을 말하는 것에 불과합니다.

우리나라에서, 준비는 없는 대로, 통일의 문제에 대하여 이런저런 말을 듣고, 그것을 조금은 생각해 보지 않은 사람은 없지 않나 한다. 통일의 문제는 다른 정치 문제들이나 마찬가지로, 여러 전략적인 제안을 요구한다. 비핵화의 대책을 연구하여야 한다든지, 무력 위협에 대항할 수 있어야 한다든지, 경제 원조나 공동 개발, 인도적 원조, 문화적 인적 교류를 개시하고 강화한다든가, 국제적 압력을 통하여 유연한 대책을 강구하여야 한다든가, 또는 이러한 대책을 추구함에 있어서 남북의 직접적 교섭을 열어 본다든가, 또는 6자 회담과 같은 다자 회담을 재개하여 그 중재에 기대한다든가──이러한 문제에 대한 여러 제안이 나오는 것은 당연하다.

이러한 제안 이외에, 정치는 표면적으로 드러나는 것만이 아니라 보이지 않는 곳에서 진행되는 일이 있게 마련이니, 보통 사람이 알지 못하고 있는 물밑 접촉이 있는지는 모른다. 그러나 적어도 현시점에서는 이러한 타협과 교섭과 협상의 길이 완전히 막혀 있는 것으로 느껴진다. 그리하여 무엇인가 틀을 벗어난 일이라도 있지 않고는 지금의 경색된 국면을 타개할 방법이 없다는 생각이 든다. 평상을 벗어나는 일이 어떤 경우에는 새로운 빛을 던지고 앞으로의 일의 진전에 기본 음조를 정해 주는 일이 될 수도 있지 않겠느냐 하는 생각도 든다.

애매한 전주(前奏): 부유하는 정치적 제스처

조금 관계없는 일로 이야기를 시작해 볼까 한다. 마침 이 글을 시작하려는 아침 인터넷으로 찾은 한 뉴스에 흥미 있는 사건의 이야기가 실렸다. 크리시티안 토비라 프랑스 법무 장관이 오래전의 일이지만 노예제 폐지를 기념하는 공식 행사에서 프랑스의 국가 「라 마르세예즈」를 노래하지 않아서 문제가 생긴 것이다. 그리하여 민족전선(Front National) 등 우파 정당들로부터 이 급진파 정치인의 사임을 요구하는 말들이 쏟아져 나오게 되었다. 토비라 장관은 남아메리카의 프랑스령 기아나 출신의 흑인 여성으로 흑인 노예 제도를 '인간에 대한 범죄'로 규정하게 하고 동성 결혼의 인정을 위해 노력해 온 정치학 교수이자 정치인으로서 2012년 5월에 올랑드 정부에서 장관에 임명되었다. 국가를 부르지 않은 것이 문제가 되자 그는 자기가 국가의 가사를 잘 몰라서 그랬다고 설명했다. 그러나 다른 설명은 가사가 인종주의적인 의미를 가졌기 때문이었다고 한다. 가사는 아마 모든 국가의 가사 가운데, 가장 열렬하다면 열렬하고 무자비하게 모질다면 모진 애국심을 노래하는 구절들로 되어 있어서 그 전부터 국가를 바꾸어야 한다는 운동들이 있었다. 토비라 장관의 경우, "더러운 피(순수하지 않는 피)로써 우리의 밭고랑을 젖게 하라, 앞으로! 앞으로!" 하는 구절이 인종주의적 함의를 가지고 있다는 것이 그 동기였다고 한다.(본인의 설명은 다른 것이었지만.)

이 국가 봉창(奉唱) 거부 사건은 정치 행동의 의미에 관하여 여러 가지 생각을 일으킨다. 합창하는 노래에 끼지 않았다고 공직 사퇴의 주장까지 나온 것을 보면 정치가 얼마나 작은 격정(激情)의 계기들로 이루어지는 것인가를 생각하게 한다. 프랑스에서 대학을 다니고 학위를 하고 거주하고 여러 가지 공직을 맡았던 사람이 국가의 가사를 몰랐을 수는 없을 것 같다. 토비라 장관이 의도적으로 노래에 합류하지 않았다면, 그거야 어찌 되었든, 작은 거부의 행위로 정치적 분란(紛亂)을 일으키는 일이 무슨 큰 의미를 가질 수 있겠는가. 조금 더 심각하게 이렇게 물어볼 수 있다. 결국 정치의 의의는 현실의 맥락 안에서 현실을 개선하는 데에 있다. 그것은 많은 인내와 절제를 요구한다. 삭이지 못하는 분을 풀어내는 감정의 분출구가 참다운 정치의 의의일 수는 없다. 그러나 조금 전에 말한 구절이 아니라도 「라 마르세예즈」의 가사는 배를 가르고 목을 베고, 복수를 하고, 피 묻은 깃발을 날리며 진군하고 운운의, 국가의 격조에 맞을 수 없는 내용을 가지고 있는 것이 사실이다. 이 가사는, 몇 백 년 그러한 내용의 노래를 국가로 섬겨 온 프랑스인의 품위를 의심하게 하는 것이 될 수도 있다. 또 그것은 폭력적 감정을 습관화하는 데에 보이지 않는 역할을 한다고 생각할 수도 있다. 그렇다면 어떻게든 그것을 바꾸게 하는 것도 장기적인 관점에서 정치 풍토를 정화하는 데에 기여하는 것이 될 것이다.

이 사건은 보다 넓은 의미에서 단편적 정치 행위의 의미를 새로이 생각하여 보게 한다. 참으로 토비라 장관이 인종주의 그리고 잔인성의 정치에 항의하는 뜻에서 봉창을 거부한 것이라면, 그것은 그 나름으로 의의가 있는 일이었다고 하는 것이 옳다. 그 저항은 깊은 생각과 또 인간의 직감적 반응의 결합에서 오는 표현일 것이다. 거기에는 깊은 성찰도 있고, 본능적인 인간의 심성의 반응도 있다. 물론 그것은 직접적으로는 정치 현실과 관계가 없는 저항이다. 그리하여 다행스럽게 어떤 실질적 피해를 가져오지 아니한다. 그것은 단지 부유하는 신호일 뿐이다. 그러면서 이 신호는 정치의 숨어 있던 의미를 가리킨다. 정치는 현실의 이해관계의 싸움이면서, 진리에 이르고자 하는 인간적 소망에 의하여 보다 높은 차원으로 승화할 수 있다. 어떤 작은 정치적 행위는 사람들에게 이 승화의 필요를 생각하게 한다.

교황의 팔레스타인 방문: 정치 현실과 인간의 보편적 소망

우리의 주제에 조금 더 중요한 교훈을 담고 있는 듯한 또 하나의 뉴스를 언급해 보기로 한다. 그것은 2014년 5월 24일부터 26일까지 있었던 프란체스코 교황의 이스라엘, 팔레스타인 방문에 관계된 뉴스이다. 이 방문에서의 교황의 움직임은 공적 공간에서 어떻게 기본적인 인간적 진실이 재확인되는가 — 여기에 대한 교훈을 가진 것으로 보인다. 그리하여 우리가 정치를 생각하는 데에 도움을 줄 수 있을 것이라는 생각이 든다. 현실 속에서 잊히기 쉬운 이러한 기본적 진실의 확인은, 문제 해결의 현실 과정이 언제 끝날지 모르는 경우라도, 더러는 새로운 각성을 촉구하는 일이 된다. 적어도 교황은 끊임없는 분쟁의 지역이 된 이스라엘, 팔레스타인에서 관계되는 여러 사람들로 하여금 평화적 해결의 절실성을 상기하게 하였다. 비슷한 긴장 지대에 사는 우리에게도 필요한 일이 평화의 열망을 재확인하는 일이다.

5월 24일에 시작된 교황의 중동 방문에서 크게 주목을 끈 것은 교황이 이스라엘과 팔레스타인을 갈라놓고 있는 장벽을 방문한 일이었다. 이 벽은 본래의 거주지에서 쫓겨난 팔레스타인들의 거주지 서안(西岸, West Bank)에서의 그들의 삶 — 교통, 여행, 물건 거래 등 일상생활의 여러 일에 큰 곤란을 주고 있는 경계선이다. 물론 이스라엘이 장벽을 설치한 이유는, 적어도 그들의 관점에서는, 팔레스타인이 테러리즘의 한 근거지가 되어 있기 때문이었다.

교황의 중동 방문의 주된 목적은 기독교의 동방 정교회의 대주교와 회동하기 위한 것이었다. 1964년에 로마 교회의 바오로 6세와 동방 정교회의 아세나고라스 대주교(Patriarch Athenagoras)가 만나 900년간의 동서 교회의 단교를 끝내고 화합의 회동을 하였던바, 이번에 이 화합의 50주년을 기념하기 위하여 두 종교 지도자가 예루살렘의 교회에서 회동한 것이다. 이 방문 중에 법황이 원한 것 하나는 이스라엘에 의하여 불투명한 회색 지대에 방치된 팔레스타인의 독립된 존재를 공식적으로 확인하자는 것으로 생각된다. 그는 유대교의 랍비와 이슬람의 이맘을 동반하고 팔레스타인에 도착하였다. 흔히 하듯이 이스라엘을 통해서 입국하지 않고 요르단을 통해서 예루살렘과 베들레헴에 도착한 것도 팔레스타인의 독립을 인정하려는 의도가 있는 것으로 해석된다. 그는 베들레헴에서 팔레스타인 대통령 마무드 아바스의 영접을 받고, "팔레스타인국", "팔레스타인 대통령"이라는 말을 써서 독립국으로서의 팔레스타인의 존재를 인정하고, 이스라엘과 팔레스타인이 갈등을 종결하여야 한다는 희망을 시사하였다. 그리고 베들레헴의 광장을 행사를 향하여 가던 중 법황은 돌연 노정(路程)을 바꾸어 베들레헴의 분리 장벽으로 갔다. 거기에서 정치적 낙서가 잔뜩 쓰여 있는 벽에 손을 대고 기도하였다. 예루살렘에서 정교회 대주교를 만난 다음에는 함께 기도하고, 교회와 인류 전체를 위한 교회의 사명에 대하여 공동 선언을 발표하였다. 선언문은 예수와 수난과 기독교 종파의 화합과 통일을 말하면서 동시에 모두가 힘을 모아 "인간에 봉사하고", "인간의 위엄을 보존하기 위하여" 노력하고, "기아, 빈곤, 문맹, 자원의 불균등 분배"를 퇴치하여야 한다는 의무를 언급하였다.

팔레스타인의 권리를 옹호하는 교황의 발언과 행동은 이스라엘 정부의 심정을 상하게 하는 것이었으나, 텔아비브에 도착한 다음, 교황은 벨기에의 브뤼셀에서 그 전날 있었던 유대인 기념관에 대한 공격을 비판하였고, 홀로코스트 기념관 그리고 시오니즘의 창시자인 테오도르 헤르츨(Theodor Herzl)의 묘를 방문하고 헌화하였다. 또 하나의 행사는 팔레스타인 무장 게릴라들에 의하여 희생된 "테러 희생자 기념비"를 방문하여 기도한 것이었다. 이것은 네타냐후 수상의 요청으로 이루어진 것이라고 하나, "이제 테러는 없어야 한다."라는 그의 발언에 나와 있는 것처럼, 분열과 갈등을 넘어선 평화에 대한 그의 간절한 소망을 표현한 것이라고 할 것이다. 그는 이스라엘 대통령 시몬 페레스와 팔레스타인 대통령을 로마에 초대하였다. 그것은 정치적인 행사가 아니라 함께 기도의 모임을 갖자는 것이다. 두 대통령은 7월 6일의 로마 방문에 동의하였다고 전해진다. 교황의 이번

여정이 정치적인 의미를 가진 것은 틀림이 없고, 또 정치적인 반응 —특히 이스라엘 측에서는 분노를 담은 반응을 일으킨 것은 사실이나, 그의 심정과 행각은 전적으로 종교적인 것이다. 정치적인 의미가 있다고 하더라도 종교에서 나오는 정치적 결과라고 보는 것이 옳을 것이다.

교황이 확인한 것은, 되풀이하건대, 평화와 인간의 삶의 존엄에 대한 깊은 믿음이다. 그 믿음은 모든 사람의 마음의 깊이에 울림을 가질 수 있다. 그것은 간단한 의미에서의 정치를 초월한다. 서로 갈등을 일으키고 있는 두 상대가 이러한 믿음이 없이 마주할 때, 진정한 화해를 위한 합의가 이루어질 수 없다. 그러한 믿음이 없는 거래는 곧 상대에 대하여 우위를 점하려는 전략에 떨어진다. 그리고 그 전략이 진정한 해결의 방안이 되지는 않을 가능성이 크다. 그렇다고 전략이 있을 수 없다는 것은 아니다. 작은 이점의 주고받음은 잠정적인 휴전을 가져올 수 있고, 참으로 평화와 인간 존엄이 심각한 의미를 갖는다고 한다면 그러한 휴전도 귀중하다. 그리고 작은 전략의 결과의 집적이 궁극적으로 최종 해결로 귀착할 수도 있다. 사람의 일은 사람의 노력의 결과이면서, 그것을 초월하는 논리를 가지고 있을 수 있기 때문이다. 그러나 인간의 삶의 기초에 있는 깊은 가치의 확인은 쉼이 없어야 한다. 그럼으로써 작은 전략적 움직임은 참으로 높은 목표를 향한 움직임에 통섭된다. 통일의 문제도 이러한 궁극적 가치와 현재적 행동의 상호 관계에서 생각될 필요가 있다. 프란체스코 교황은 오는 8월 14일부터 18일까지 한국을 방문하리라고 한다. 방문의 결정에는 여러 가지 동기가 있겠지만, 긴장이 높은 지역에서 평화의 필요를 다시금 확인하게 하는 일을 돕겠다는 것도 그 동기의 하나라고 생각할 수 있을 것이다.

오늘날의 세계에서 가장 큰 긴장의 지역이 중동 지방이다. 그 긴장의 역사적인 원인의 하나는 이스라엘 지역에 유대인들의 국가를 수립한 사실에 있다. 물론 그것은 또 그 나름으로 정당성이 없는 일이라고 할 수는 없다.

거기에 얽힌 착잡한 원인들을 간단히 가려낼 수는 없다. 교황의 팔레스타인과 이스라엘 방문 그리고 거기에서의 이 모든 얽힘을 넘어서는 인간 생존의 근본적 요청에 대한 그의 증언은 절실하게 필요한 것이었다고 할 수 있다. 이제 넘기 어려운 역사적 현실이 된 한국의 분단도 이러한 증언을 필요로 한다. 통일을 위한 노력이 없어질 수는 없지만 전략에만 맡길 수 없는 평화의 이상은 중요한 기준점이 되어 마땅하다. 말할 것도 없이 교황의 한국 방문이 중동 지방에서와 같은 평화에 대한 증언의 의미를 갖는 것은 아닐 것이다. 그러나 이번의 중동에서의 일은 한반도에서도 그에 비슷한 믿음의 행위 —— 반드시 종교적인 뜻에서가 아니라, 평화의 가능성에 대한 깊은 믿음의 행위가 있어야 한다는 것을 상기시킨다. 통일은 정치를 넘어서 깊은 삶의 의미에 관련하여서도 생각되어야 하는 과제일 것이다.

한상진 교수와 하버마스: 보편적 이성/민족/전략적 사고

최근에 《아시아문화》라는 잡지가 창간되었다. 권두에 한상진 서울대학교 명예 교수와 독일의 저명한 철학자 위르겐 하버마스 교수의 대화가 실려 있다. 이 대화의 주제의 하나는 —— 또는 가장 중요한 주제는 한국의 통일이다. 이 대화에 대하여 다른 곳에서도 언급한 일이 있지만, 여기에서 되돌아볼 필요를 느낀다. 통일 문제도 앞에서 언급한 평화적 삶에 대한 깊은 믿음의 관점에서 생각하는 점이 있어야 한다고 말할 수 있기 때문이다. 적어도 그것을 높은 보편적 의식과의 관련 속에서 생각한다면, 통일을 향하여 우리가 취하는 여러 조처들이 인간의 진실의 관점에서 평가될 수 있을 것이다. 이 대화에서 구체적인 통일 방책을 찾을 수는 없다. 그러나 거리를 둔 관점에서 이것을 생각하는 것이 필요하다는 것을 느낀다.

두 교수의 대화는 일치점도 있지만, 근본적인 입각지의 차이를 드러낸다. 거기에는 여러 가지로 원인이 있다. 그것은 통일 관련의 여러 사실에 대한 파악의 차이이기도 하지만, 배경이 되어 있는 역사적 체험 그리고 거기에 관련되어 있는 각각의 사회의 지배적인 사고의 유형에서도 기인한다고 할 수 있다. 더 간단하게 말하여, 차이는 합리주의 또는 이성주의의 사고와 민족주의적 사고 ─ 비록 다른 편에 열려 있는 것이기는 하지만 ─ 의 차이이다. 이 차이는 교황과 중동 지역의 현실 정치와의 거리에 비슷하다. 그리하여 우리에게 남북 관계에 대한 크고 작은 원근법을 생각하게 한다.

하버마스 교수의 이성

이성주의는 하버마스 교수의 생각의 근본이라고 하겠는데, 그의 경우 그것은 단순한 과학적 사고나 목적에 관계없는 수단의 이성주의가 아니다. 그의 이성주의가 말하고자 하는 것은 민주적 합의의 방법이고, 다시 이 합의는 그 합의에 참여하여야 하는 모든 사람의 권리를 인정하는 보편적 윤리를 전제한다. 더 간단히 말하여 근본에 들어 있는 것은 보편성에 입각한 규범 의식 그리고 윤리 의식이다. 그것이 현실 문제의 평가 기준이 된다. 그러한 면에서 그것은 교황이 중동에서 보여 준 것처럼 현실 정치에 대하여, 그것을 넘어가는 원칙을 확인하는 것이다. 다만 그 원칙은 교황의 경우 인간의 깊은 정신에서 나오는 열망을 확인하는 것에 관계되는 것인데 대하여, 하버마스는 이성적 절차 속에 수용되는 한도에서 그것을 확인한다고 할 수 있다.(그리고 이 이성적 절차는 초월적인 것, 이데올로기적인 것, 엄격하게 이론적이라기보다는 현실 세계의 필요에서 나오는 것이다. 그것은 현상학에서 '삶의 세계'라고 하는 것에 밀접하여 존재한다.) 한상진 교수도 하바마스 교수의 이성주의에 동의하지 않는 것도 아니고, 사고의 원리로서 그것을 거부하는 것도 아니다. 그러나 민족에 대한 집착은 그의 사고로 하여금 그러한 보편적 이성의 지시를 벗어져 나가게 한다.

그러나 우리가 생각하고자 하는 것은, 교황이 보여 준바 인간의 깊은 정신적 소망의 확인이 이스라엘과 팔레스타인의 현실에서 완전히 벗어나는 것이 아님과 같이, 민족에 대한 고려가 이성적, 윤리적 보편주의 속에 수용될 수 없는 것은 아니라는 사실이다. 물론 그것은 직접적으로 현실적 행동의 전략으로 연결되지는 않는다. 또는 그것이 반목이나 적대 관계에 있는 상대방을 공동의 소통 공간으로 쉽게 나오게 하지도 않는다. 그러나 그것은 궁극적으로 우리의 사고와 행동의 — 멀리 있는 별과 같은, 행동의 지침이 된다. 그것은 우리 자신의 사고와 행동에서 그러한 역할을 하여야 하지만, 상대방에게도 같은 힘을 발휘할 수 있다. 그러나 그것이 큰 현실성을 가지고 있지 않다는 점에서, 일단은 그 의미는 공동의 공간에서보다도 우리 자신의 사고를 정리하는 일에 관계된다. 그리고 어떻게 상대방으로 하여금 그렇게 할 수 있게 하겠는가를 생각하여야 한다.

전략적 사고

이성적 입장에 비하여, 민족의 이념이 해롭다는 것은 아니다. 그것이 민족 공동체에 대한 진정한 고려에 입각한 것이 되면, 그것은 보편적 이성의 내용이 된다. 또는 그 경우 민족은 보편성을 내장하는 개념이 된다. 그렇게 되기 위해서는 모든 민족의 구성원이 자유롭고 동등한 자격으로 그 공동체에 참여하여야 한다. 그러면서 이성적 규범을 스스로 구현하여야 한다.

그러나 이것은 주어진 대로의 민족 — 특히 모든 행동을 규제하는 명령으로 주어진 민족을 말하는 것이 아니기 때문에 민족을 부정적으로 말하는 것이 될 수도 있다.

이성적 보편주의도 그렇지 않다고 할 수는 없지만, 하나의 관점에의 집착은 사고의 퇴화를 가져온다. 물론 하나의 관점에서 사물을 일관성 있게 보는 것은 중요한 일이다. 그러나 그 관점은 넓은 대안적 관점의 스펙트럼 안에서 평가될 수 있는 것이라야 한다. 민족주의는 쉽게 민족적 지상 명령에 따라 움직이는 전략주의의 사고가 된다. 즉 민족적 지상 과제로서의 통일 또는 통일에의 접근, 그리고 민족적 자존심의 고양을 위한 현실적 방책에, 의식하든 아니하든, 승복하는 사고의 노정을 따르는 사고가 되는 것이다.

전략주의는 지금의 시점에서 거의 한국적 사고의 기본 공리(公理)가 되어 있다. 공리라는 것은 단순히 통일의 지상 명령이나 과제가 그렇게 되었다는 것을 넘어, 주어진 과제에 대한 전략적 접근이 공리에 가까운 사고 형식이 되었다는 말이다. 이것은 역사적으로 이의(異議)를 제기할 수 없는 집단적 지상 명령 — 독립, 산업화, 민주화로 하여(물론 산업화와 민주화의 두 명령은 절대적인 것으로 받아들여지지 않았다고 하겠지만.) 피할 수 없는 사고의 유형이 되었던 때문이다. 그러나 이제는 그것이 참으로 열려 있는 사고를 어렵게 하는 측면을 가졌다는 것을 인정하여야 할 시점이 되었다.

전략적 사고는 민족 문제나 국제 관계에서만이 아니라, 방금 말한 바와 같이 우리의 모든 사고 — 정치적 사고 그리고 개인적 삶의 계획에서도 기본적인 사고의 형식이다. 그것은 그 나름으로 현실적 의미를 갖는다. 그것은 사회 내에서의 투쟁적 사회관계, 인간관계에서 일정한 기능을 갖는다. 투쟁은 사회적 불공평의 문제를 해결하는 하나의 방법이다. 노동 조합의 결성, 노동자의 권익을 위한 투쟁은 불평등과 불공평을 완화하는 방법이다. 그런데 그것은 보다 일반적으로 인간관계에서도 중요한 요소가 된다. 전통 사회에서는 가족, 대가족, 동네, 이웃, 친지 등의 인간관계의 망(網)을 구성했다. 사회가 이익 사회로 변하게 됨에 따라, 이것은 여러 가지 인간의 연줄, 그중에도 지연이나 학연으로 살아남아, 이해관계의 동기를 숨겨 가진 가짜 공동체의 관계로 변모했다. 이에 대신하여 발전되어야 하는 것은 법에 의하여 규제되는 사회 질서이다. 그러면서도 법에 의하여 완화되면서도 남을 수밖에 없는 투쟁과 전략과 전술은 삶의 기본적인 씨줄과 날줄이 된다.

그러니까 개인 관계에서이든 사회관계에서이든, 투쟁과 술책은 전적으로 나무랄 수만은 없는 사회관계의 방식이다. 그것이 시대의 명령이다. 사람들은 그것을 받아들일 수밖에 없다. 그리고 그것이 문제들에 대한 일단의 해결 또는 해결에 비슷한 힘의 균형을 만들어 낸다. 예를 들어 간단한 차원에서의 권리의 확보 —— 인권과 사회권의 확보는 투쟁을 통하여 이루어진다. 그리고 법이 그 결과를 정착하게 한다. 그러나 이렇게 하여 상실되는 것은 그러한 투쟁적 관계를 초월한 윤리적 관계 —— 모든 사람의 유대 관계의 윤리적 당위 또는 윤리적 선의에 기초한 평화의 가능성을 엿볼 수 없게 한다는 것이다. 이것은 모든 인간관계뿐만 아니라 국제 관계를 생각하는 데에도 기본적 사고의 유형이 된다. 다시 한 번 말하여, 힘과 이해가 국제 관계의 현실인 것도 사실이다. 그러면서 그것이 모든 관계의 전부는 아니고 더구나 이상적 세계 질서의 원리가 될 수는 없다.

남북 관계를 생각하는 데에도 이러한 사고의 원형이 작용한다. 민족의 지상 명령이 이것을 완화한다고 할 수 있으나, 그것은 다른 많은 거래에서 그러한 것처럼, 투쟁이 아니라면 적어도 전술적 사고 또는 상호 이익의 거래를 정당화하는 명분이 된다. 그러나 그것이 남북 관계의 인간화의 바탕이 될 수는 없다. 인간화의 이상을 함께 나누어 가지지 않고 통일이 제대로 — 적어도 이상적인 관점에서 생각될 수는 없다. 통일의 이념으로 강력한 민족의 형성은 하나의 호소력이 될 수 있다. 그러나 다른 호소력은 인간적 사회를 위한 이상에서 온다. 여기에서 생각해 보려는 것은 이 두 번째의 길 — 두 번째의 비현실적인 길이다.

경제적 이해관계

하버마스 교수의 쉬타른베르크에 있는 저택에서 있었던 두 교수의 대화에 차이 — 한편으로 보편주의적 사고와 다른 한편으로 현실주의 그리고 민족 이익의 사고의 차이가 두드러지게 드러나는 것은 화제가 한국 통일의 문제가 되었을 때 그리고 동아시아에서의 한국의 위치가 화제가 되었을 때이다.

한상진 교수는 통일 문제를 말하면서 현시점에서 남북 관계가 경색되어 있다고 설명하고 "하나의 돌파구"는 경제적 협력의 방법을 생각하는 것이라고 말한다. 즉 "북한의 저렴하고 풍부한 양질의 노동력과 남한의 자본과 기술이 결합하면 새로운 성장 동력을 만들 수 있다."라는 것이다. 이것은 "경제 성장의 잠재력"이 "거의 소진된" 남한에도 경제를 활성화시키는 길이고, 연료, 생산 시설, 직장, 생산성 등의 문제로 하여 침체되어 있는 북한의 경제를 부활시키는 길이 될 것이라고 한다. 이것은 비단 한상진 교수만의 생각은 아니다. 이것은 대체로 현 정부의 입장에 일치하는 것이다.

이런 경제 이익의 교환이라는 입장에 대하여 하버마스 교수는 그 사정을 더 알아보려 하지도 않을 뿐만 아니라, 그것이 통일에 대한 바른 접근이라는 생각에 전혀 동의하지 않는다. 그러나 그는 유보와 부정을 직접적으로 표현하지는 않는다. 한상진 교수의 설명에 동의하는 대신, 하버마스의 반응은 "정치적 저항의 잠재력은 없습니까?" 하는 물음이다. 그 조금 앞에서의 물음은 "북한의 형제들을 해방시켜야 한다는 운동"은 없는가 하고 북한 내의 움직임에 대한 물음이었다. 그리고 다시 북한도 경제적 발전의 필요가 있다는 것을 다시 확인하고, 경제적 접근이 "서로 경제적 이익을 보자는 것인가?"를 묻는다.

하버마스 교수는 경제 협력이 너무 두드러진 의제가 되는 데에 대하여 회의를 표명한다. 그의 말로는 경제는 미래의 한 면에 불과하다. 더 중요한 것은 정치이다. 정치란 민주주의를 말한다. 그는 "북한의 체제가 어떻든 민주주의를 생각하지 않고 경제적 실리를 얻으려는 목적으로 행동할 수는 없는 일"이라고 말한다. 물론 경제적 협상에서 인권을 개입시킬 수도 있으나 그것이 단순히 협상의 수단에 불과하다면, 그것도 옳지 않다고 한다. 어디까지나 분명하여야 할 초점은 민주주의의 규범이다. 그는 "주된 관심은 거래에 있으면서 수사적 차원에서 인권을 거론하는 것은 규범적으로 내용이 텅 비어 있어 나로서는 받아들이기 어렵다."라고 단언한다. 하버마스 교수는 이렇게 그의 입장을 분명히 하면서, 한상진 교수가 이러한 경제를 앞세운 전략적 입장을 고수한다면 그 이상 논의할 필요도 없다는 것을 시사한다.

하버마스 교수의 규범적 입장은 더욱 분명하게 동아시아의 국제 관계에 있어서 확인된다. 한상진 교수는 한국이 동아시아에서 "균형자" 역할을 할 수 있다는 의견이 있다는 것을 말한다. 이에 대하여, 그가 한국에서 기대하는 것은 전혀 그러한 균형자로서의 역할이 아니라고 단호하게 말한다. 일본이나 중국과의 관계에서 요구되는 것은 민주주의에 입각한 공동체적 상호 관계이다.

토론의 민주주의

　이러한 견해는 민주주의에 대한 그의 신뢰에 기인한다. 그리고 그것은 독일 통일 그리고 유럽 연합의 공동체에로의 발전에 대한 그의 생각에 관련된다. 그는 민주주의의 원칙을 설명하여, 그것은 "자유롭고 평등한 시민이 강제 없는 토론과 집회, 결사를 통하여 합의를 이루어 가는 과정"이라고 말한다.(이것은 그의 후기 저작의 주제이다.) 그는 이러한 민주적 소통의 원칙이 독일 통일 과정에도 적용되었어야 한다고 생각한다. 이 생각에서 그는, 독일의 경우에 그리고 그 예에 비교하여 한국의 경우에도, 급속한 통일보다는 소통을 통한 점진적이고 유연한 접근이 바람직했다는 견해를 견지한다.

　이러한 소통을 통한 통일이 무엇을 말하는지는 우리에게는 분명치 않다. 그러나 그의 다른 설명을 들으면, 그것은 동독의 국민들 자신이 민주적 의식을 발전시키고 국민으로서의 주권을 행사할 수 있는 상태로 변화하는 것이 통일에 선행됐어야 한다는 것을 말하는 것으로 보인다. 서독이 이끈 동서독의 통일은 동독 주민으로 하여금 "결정의 주체"가 되는 것을 허용하지 않았다. 스탈린 체제하에서 동독인의 심리가 너무 변화한 것을 생각하지 않은 것이다. 그들은 "자신의 경험을 점검하고 질문을 던질 수 있는 시간과 기회"가 필요했다. 이것이 없었던 것은 독일에 다시 민족주의가 등장하는 데에 도움을 주었다. 이 둘이 어떻게 이어지는지는 분명한 설명이 없으나, 그가 말하는 것은 아마 동독 공산 정권의 집단주의가 다시 민족주의의 집단적 사고로 연결되었다는 것이 아닌가 한다. 즉 자유로운 토론이 없는 집단 명령의 사고로 연결되었다는 것일 것이다.

　북한의 문제도 그는 이에 비슷하게 생각한다. 남한에서 개화하기 시작한 민주주의에 비하여 북한은 "동구의 권위주의 체제보다도 훨씬 더 자유주의 체제로부터 멀리 떨어진 체제로 보인다."라고 말한다. 그러므로 주민의 차원에서 더 많은 민주화의 시간이 필요할 것이라고 생각한다. 이것은 북한의 독재 체제 또는 권위주의 체제가 단순히 체제적 강압에 의한 것이라는 일반화된 우리의 견해를 되돌아보게 한다. 그러한 체제도 인민이 받아들인 것이고, 그것을 내면화하였다는 것을 생각하여야 한다는 말이다.

하버마스 교수에게 민주주의는 유럽 연합의 단합에서도 필수적인 조건이다. 그가 민족주의가 아니라 민주주의의 중요성을 강조하는 것은 유럽 연합의 문제에 깊이 관계된다. 그의 생각으로는 통일 이전에 독일은 "유럽의 맹주 자리에서 비켜서는 타협"을 받아들이고 주변국과의 평화로운 관계를 분명히 하고, 유럽 통합을 진전시킬 수 있었는데, 통일로 하여 그것이 더 어렵게 되었다고 생각한다. 그리하여 "과거의 흉측스러운 이기주의, 자기중심적인 사고가 확산되고 있다." 유럽을 위하여 필요한 것은 국가 이익을 앞세우는 민족주의가 아니라 모든 사람이 평등하게 참여하는 민주주의적 규범에 맞는 공동체이다. 규범은 독일 내에서만이 아니라 유럽 공동체에서도 작용하는 규범이라야 한다. 그는 아마 세계적으로도 모든 사람이 국가를 넘어 유럽 공동체의 민주적 성원이 되어야 한다고 생각할 것이다. 한국에 주어진 과제의 하나도 이러한 보편적 민주 정치의 이념과 민족 통일의 과제를 어떻게 하나가 되게 하는가 하는 것이다. 이것은 단순히 경제나 민족의 임페라티브(Imperativ)에 포섭될 수 있는 것이 아니다. 우리가 잊고 있는 것은 이러한 문제이다.

보편성의 두 근원: 이성과 정신

하버마스적 관점에서 규범적 정치 원리는 가장 높은 정치 공동체 구성의 원리이다. 그리고 그것은 다시 윤리적 원칙 — 이야기를 주고받는 모든 사람이 받아들이지 않을 수 없는 윤리적 원칙이 된다. 그의 생각에 민주적 절차는 저절로 윤리적 성격을 갖는다. 윤리는 주체적인 인간들의 소통을 통하여 형성된다. 소통은 사람들을 궁극적으로 가장 넓은 합리성으로 이끌어 가는 과정이다. 그러니까 윤리와 도덕은 사람의 성장 과정에 포함되는 사회적 교환 관계에서 저절로 자라 나오는 규범이다. 이것은 소통에 기초한 민주주의에 필수적인 조건이면서 자연스러운 결과이다. 이러한 생각이 쉬타른베르크의 대화에서의 하버마스 교수의 발언에 스며들어 있다. 그러나 윤리는 인간적 사회 질서를 생각하는 데에서 그가 말하는 것보다는 더 강조될 필요가 있는 것일 것이다. 그리고 그것을 상기하는 것은 우리의 정치와 그 범위 안에서의 남북 관계를 생각하는 데에, 반드시 현실적이지는 아니하지만, 중요한 이상적(理想的) 배경이 되어야 한다고 할 수 있다.

이 대화에서도 하버마스 교수가 민주적 합의의 궁극적인 목적이 단순히 물질세계나 제도적 합리성 그리고 합법성을 넘어가는 그 이상의 문제라는 것을 시사한다는 것은 앞에서 말한 대로이다. 그가 동아시아의 여러 국가 간의 관계를 말하면서, 핵심이 되어야 하는 것은 이익의 관계나 힘의 관계가 아니라고 하면서 "가장 중요한 질문은 어떻게 서로 평화롭게 살 것인가 하는 것입니다." 하고 말할 때, 또 한국의 민주화를 말하면서 정치의 목적이 "모든 사람이 평화롭게 공존하는 길"을 찾는 것이 그 요체라는 것을 강조할 때, 그것은 저절로 정치적 협의나 합의를 넘어가는 윤리적 규범의 전제를 말하는 것이라고 할 수 있다. 그렇다는 것은 이러한 합의가 이익을 위한 도구적 관점에서의 협상과 휴전일 수만은 없기 때문이다. 그것은 합의 과정에 참여하는 사람들을 넘어가는 일반적 생명의 귀중함에 대한 인정에 기초하여야 한다. 생명에 대한 존중 — 모든 개체적 생명에 대한 존중 그리고 그러한 생명의 공동체적 공간에서의 화해를 생각하는 것은 저절로 윤리적 사고의 영역에 들어가는 것이다. 그리고 하나 더 첨가할 것은, 또 생명에 대한 존중은 인간의 생명을 넘어가는 생명에 대한 존중, 그리고 또 생명 현상을 넘어 자연과 우주에 대한 동의나 승복 또는 경외를 포함하는 것이 될 수도 있다는 점이다.

이렇게 말하고 보면 이것은 우리의 사고를, 이성을 넘은 세계 ─ 도덕과 윤리의 근본으로서의 정신의 세계로 이끌어 간다. 보편적 이성의 윤리적 규범성과 그 정신적 기초에 대한 하버마스 교수의 입장은 모호하다. 그는 어디까지나 이성과 그 대화적 근원에 대한 믿음에 남아 있고자 한다. 다시 말하건대 그는 대화적 이성의 윤리적 성격에 대하여 확연한 믿음을 가지고 있다. 그러면서도 그것을 보다 높은 차원에서 발원하는 것으로 인정하기를 주저하는 것이다.

규범의 근거

여기에서 우리는 조금 샛길에 드는 것이기는 하지만, 하버마스 교수의 입장을 조금 더 설명하고자 한다. 말할 것도 없이 우리의 관심은 남북 관계이다. 그러나 그의 대화의 의미에 대한 생각 ─ 단순한 세속적 이해관계를 넘어가는 가치와 규범에 대한 생각을 조금 더 밝혀 보는 것은 반드시 이 주제에 관계가 없는 것은 아닐 것으로 생각한다. 여기에서 주제는 남북 관계이면서, 현실적 동기들을 넘어서 그 안에 존재할 수 있는 가장 높은 규범적 차원을 탐구해 보자는 것이기 때문이다. 그는 바로 정치에 현실적 필요나 전술을 넘어 있는 규범 ─ 결국은 윤리적 규범이라고 할 것이 들어 있다고 생각한다. 그것은 현실을 넘어 있다는 점에서 거의 초월적 위치에 있다. 다만 그는 이 초월성을 별로 인정할 생각이 없는 것이다. 그러나 당연한 물음은, 이 초월성의 의미는 무엇인가 하는 것이다.

하버마스 교수의 민주주의와 윤리 의식에 대한 관심은 그의 여러 저서들에 많이 나와 있다. 윤리 의식의 문제는 '언어 실용론(Sprache Pragmatik)' 등을 다룬 초기 저작에도 나와 있다. 이 문제들을 다루는 글들에서 그는 인간의 성장이 사회적 관계 속에서 이루어질 때, 성장하는 인간은 저절로 윤리적 의식을 발전시키게 된다는 로렌스 콜버그(Lawrence Kohlberg) 또는 조지 허버트 미드(George Herbert Mead)의 생각을 받아들인다. 만년의 저서 『자연주의와 종교(Zwischen Naturalismus und Religion)』, 『이성과 종교』 등은 윤리의 문제를 종교에까지 확장하여 생각한 저서들이다. 종교와의 관계에 대한 그의 생각을 살펴보는 것은 사회적 관계에서 거의 저절로 도출된다고 하는 인간 상호 간의 규범적 관계 또는 윤리가 사회와 정치를 넘어 어떤 초월적인 근거를 가지고 있는가 하는 것을 물어보는 데 중요하다.

하버마스와 라칭거

윤리의 문제에 대한 그의 관심이 극적으로 표현된 것은 나중에 교황 베네딕토 16세가 된 신학자 요셉 라칭거와의 대화에서라고 할 수 있다.(나중에 간단한 책자로 출간된 이 대화는 2004년 뮌헨의 바이에른 가톨릭 아카데미에서 진행되었다.) 이 대화에서 그는 자신의 세속적인 입장을 확인하면서도(그는 종교에 대하여 음치(音癡)라는 말로 자신의 입장을 요약하였다.) 전통 종교가 "규범과 시민의 연대 의식을 기르는 데 있어서 간단없는 원천"이 되었다는 것을 인정한다. 종교는 개인의 존엄에 대한 존중심이나 윤리적 진실성을 가진 삶의 양식을 발전시키는 데 기여하고, 그러한 규범적 이념들을 표현할 수 있는 언어를 제공하였다. 그리고 하버마스는 이러한 종교가 표현한 인간에 대한 진실에 비추어 철학이 모든 인간과 사회의 모든 문제에 답할 수 있다고 생각하는 것은 잘못이라고 말한다. 이것은 아마 확대하면, 어떤 합리적 이론의 일방적 구도에 의한 사회 개조의 노력들에도 해당되는 일일 것이다.

그러나 하버마스는 근본적으로는 계몽주의 시대로부터의 전통을 이어받은 이성주의자이다. 인간 주체 간의 토의가 이성에 의하여 조정되고 그것이 규범 산출의 과정이 된다는 것을 확신한다. 이 점에 있어서, 적어도 일부의 동기로서, 계몽주의자들이 그랬던 바와 같이 종교가 독단적 불관용(不寬容), 정의의 이름으로 행해지는 부정의(不正義), 테러리즘 등의 폭력을 뒷받침할 수 있다고 생각하기 때문이라고 할 수 있다. 그가 원하는 것은 종교를 그대로 받아들이는 것이 아니라 거기에 들어 있는 인간에 대한 통찰을 민주 사회 속에 편입하는 것이다. 그에게 여전히 중요한 것은 소통에 입각한 민주주의의 절차 — 끊임없는 자기 성찰을 통하여 자기 교정을 계속할 수 있는 소통의 민주주의의 절차이다. 그리고 전통적 종교의 인간에 대한 존중을 세속적 제도와 법에 구현하는 것이다.(여기의 하버마스-라칭거 대화는 인터넷에서 참고할 수 있는 자료를 참고하여 알아본 것이기에 불충분하다고 할 수밖에 없다.) 이것은 주로 한 사회 속의 이상을 말한 것이지만, 앞에서 비친 바와 같이 하버마스는 이것을 국경을 넘어서 적용할 수 있는 현실적이면서 이상적인 원칙이라고 한다. 유럽 연합이 실질적인 공동체가 되는 데 필요한 것이 이것이지만, 그것이 지구 전체에도 확대될 수 있는 원칙이라고 그가 생각하는 것이 아닌가 한다.

쉬타른베르크의 대화에서, 그는 근래의 그의 연구 과제를 여러 문화 전통에서 확인할 수 있는 보편적 윤리를 다른 전통에서도 확인하고자 하는 것이라고 설명한다. 서구의 종교가 보편적 윤리를 발전시켰다면 "유교와 불교의 계보 안에도 보편적 가치가 내장되어 있다는 것"은 의문의 여지가 없는 것으로 믿는다는 것이다. 그는 서로 다른 문화 전통의 사람들이 공통의 가치를 확인하는 절차를 다음과 같이 비유적으로 말한다. 이것은 다른 면에서의 차이가 상호 절충하는 과정을 말하는 것이기도 하기 때문에 조금 긴 대로 인용해 보기로 한다.

여기에 둥근 테이블이 있고 서로 다른 종교적 관념으로 성장한 사람들이 앉아 있다고 합시다. 서로가 자신의 발전 경로를 되돌아본다면 자신의 생각이 상대와 다르다는 것을 알게 될 것입니다. 여기서 우리는 상대와 다른 자신을 변호할 수 있지만 상대로부터 배우면서 적응할 수도 있습니다. 서로가 자신을 확장시켜 강제 없이 공유할 수 있는 글로벌 기준을 찾을 수도 있습니다.

이 인용에서 마지막 말, "서로가 자신을 확장시켜 강제 없이 공유할 기준"을 찾는다는 것은, 현실적이든 아니든, 하나의 이상적 과정을 간결하게 요약하는 것이다. 즉 합의에 이르는 것은 자기를 줄이거나 없애는 것을 말하는 것이 아니다. 그것은 자기가 가졌던 생각, 또 행동하던 범위가 좁은 것이었다는 것을 자각하고 그것을 넘어 보다 넓은 지역으로 나아가는 것을 말한다. 그런 의미에서 합의의 영역으로 나아가는 것은 자신을 보다 넓은 것이 되게 하는 것이다. 물론 이것은 이 넓은 지역이 존재한다는 것, 사람의 생각과 행동에 보편성의 평면이 있다는 것을 상정하는 것이다. 이것은 모든 대화에서 지켜야 할 격률(格率)이다.

그러나 이러한 이성적 담론이 쉽게 가능하지는 않을 것이다. 그것은 합의 이전에 합의를 가정한다. 즉 합의하겠다는 것, 그것을 이성적 절차에 따라서 하겠다는 것에 동의하는 것이다. 앞에 말한 하버마스-라칭거 담론에서, 라칭거의 견해는 사실 하버마스의 견해보다도 훨씬 포용적이라고 할 수 있다. 하버마스의 견해에 세속적 이성의 입장에서 벗어나는 것을 두려워하는 것이 역력한 데 대하여, 신앙인이라는 것이 의심할 여지가 없는 까닭이기도 하지만, 라칭거 신부는 더 너그러운 태도로써 인간적 가치 전체를 생각하는 것으로 말할 수 있다. 그는 반드시 이성적 절차에 대한 동의를 전제하지 않는다. 그는 오늘날 인간 이해의 파편화와 소멸 그리고 법의 경시(輕視) — 법을 쥐고 있는 권력자에 대한 존중이 아니라 법에 대한 존중이 사라져 가는 데에 대하여 우려를 표현하면서, 그것이 넓은 휴머니즘적 대화로써 회복될 수 있기를 희망한다. 가치의 소멸을 가져온 것은 여러 가지 형태의 과학과 과학주의의 발달에 관계된 현상이다. 이것을 시정할 수 있는 것은 이성적 철학이 중개하는 과학과의 대화를 통하여서이다. 그러나 궁극적으로 철학적 이성은 종교 — 기독교만이 아니라 이슬람, 불교, 힌두교 그리고 기타 부족들의 종교와의 대화를 계속하여야 한다. 이성에는 "이성의 병"이 있고 종교에는 "종교의 병"이 있다. 이성과 종교의 다면적 대화는, 이러한 병들을 극복하면서 인간의 본성 깊이에 들어 있는 규범적 가치를 다시 확인할 수 있다. 그런 경우 "모든 인간이 알고 느끼는 본질적 가치와 규범은 새로운 빛을 얻을 수 있다."

새로운 빛

이 새로운 빛 — 영어 번역에서 a new luminosity라는 새로운 빛은 무엇을 말하는가? 여기에서 주의하고 싶은 것은 "빛"이라는 비유이다. 빛은, 하버마스나 라칭거 신부에게나 소통은 소중한 합의에 이르는 뺄 수 없는 길이기 때문에 견해의 교환과 소통을 통한 집단적 합의를 가리키는 말일 수 있다. 그러나 "빛"이라는 비유는 그런 긴 과정보다는 어떤 갑작스러운 전기(轉機)를 나타내는 것이라고 할 수 있지 않을까 한다. 빛은 기독교적 관점에서는 라틴어의 빛 lumen을 생각하게 한다. 신학에서 발견하는 라틴어의 구절에 numen lumen이라는 것이 있다. 이것은 '신은 나의 빛'이라는 것을 뜻하기도 하고, '신의 빛'이라는 뜻을 말하는 것으로 해석될 수도 있다. 전임 교황 베네딕토와 함께 작성하였다는 프란체스코 교황이 내놓은 첫 회칙(回勅, encyclical)은 "신앙의 빛(Lumen fidei)"이라는 말로 시작한다.

이러한 맥락을 떠나서라도, 비유로서의 빛은 어떤 깨달음을 함축하는 말이 아닌가 한다. 이 빛은 흔히 갑작스러운 것으로 말하여진다. 불교는 그것을 돈오(頓悟)라는 말로 표현하였다. 돈오가 아니라도, 이 깨달음은 인간의 세속적인 일상을 넘어 있는 지침 — 점진적 수련을 통한 깨달음으로서의 지침을 생각하게 한다. 갑작스럽다는 것은 이러한 "빛"이 나타나는 것이 어떤 계기를 요하기 때문이다. 그리고 그것은 많은 경우 개인적인 깨달음으로 일어나는 사건이다. 또는 그러한 사건이 일으키는 깨달음일 수 있다. 서두에서 나는 프란체스코 교황의 팔레스타인-이스라엘 방문은 사람들에게 마음의 깊이에 정치적 갈등을 넘어가는 인간적 소망이 있다는 것을 상기하게 하였다고 말하였다. 조금 전에 인용한 라칭거 신부의 말, "모든 인간이 알고 느끼는 본질적 가치와 규범은 새로운 빛을 얻을 수 있을 것이다."라는 말도 이러한 조금 더 정신적인 또는 적어도 단순한 소통의 이성을 넘어가는, 시적(詩的) 영감 그리고 그 영감에 의하여 자극된 깨달음과의 관계에서 이해할 수 있지 않은가 한다. 그리고 프란체스코 교황의 중동 방문과 그가 이스라엘과 팔레스타인의 대통령을 초대한 것도 정치적 갈등과 전략의 위에 있는 빛을 생각하게 한다고 할 수 있다.

앞에서 샛길로 들어선다고 했지만, 그것이 조금 너무 길어졌다. 그러나 그것은 우리가 마음속에 잊지 않고 있는 문제를 조금 엉뚱한 자리에 옮겨서 생각하는 데에 필요한 일이라고 생각하였기 때문이었다. 앞에서 말한 바와 같이 하버마스 교수의 보편적 규범은 민주적 절차가 산출해 낸다. 그러면서 그것은 종교에서 밝히는 인간 윤리의 근본에 가닿는다. 그러니만큼 그것은 모든 인간 현실의 들고 남을 초월하여 존재하고 변할 수 없는 원칙이라 할 수 있다. 이 점에서 그것은 라칭거 신부, 베네딕토 교황, 프란체스코 교황의 빛에 비슷하다.

남북 관계의 현실/화해를 위한 기본의 양성

그러나 하버마스 교수가 이러한 입장으로부터 어떤 현실적인 방안을 끌어 내지는 못한다. 그러면서 그것은, 되풀이하건대 우리에게 하나의 지표가 된다. 다시 앞에서 논의한 한상진-하버마스의 대화로 돌아가서, 그가 남북 관계가 거의 완전하게 막혀 있다는 것을 모르는 것은 아니다.(적어도 그의 표현으로는 그렇다.) 한상진 교수는 소통의 관계가 있을 수 없는 대치 상태에 있는 것이 지금의 남북 관계의 진상이라고 설명한다. 현실 문제로서 미국이 강조하는 핵 포기도 관계를 재개할 수 없게 하는 원인의 하나이다.

그러나 하버마스 교수는 대체로 이러한 사정을 받아들이지 않는다. 다만 양독 간의 관계가 중요했던 독일의 경우와 달리 남북 통일의 문제에 미국과 중국의 영향이 큰 것은 사실이라는 점은 인정한다. 또 오늘의 세계에 강력한 기류가 되어 있는 신자유주의가 민족 국가의 이익을 우선하여 대체적으로 협동적 관계의 발전을 막고 있는 것도 사실이라고 말한다. 그러나 그는 이러한 사정에 양보하지 않고 민주적 절차만을 되풀이하여 이야기한다. 앞에서 본 바와 같이 한상진 교수가 경제 협력의 가능성에 대하여 말하자, 그것보다 앞서야 하는 것이 정치이고, 민주주의의 정치가 가지고 있는 규범성에 입각한 토의라고, 조금 엉뚱한 대답을 한다. 한상진 교수는 경제는 보다 넓은 교류를 위한 하나의 방법이라고 하면서(이것은 하버마스 교수도 인정하는 것이다.) 1975년에 있었던 헬싱키 협약을 말한다. 그것에 힘입어 이루어진 관계가 "경제, 과학, 기술 협력을 하면서 정치 체제를 위협하지 않으며 기본 인원을 신장하고 효과를 냈고, 이것이 동구의 변화를 촉진했다."라는 것이 한상진 교수의 설명이다. 이에 대한 하버마스 교수의 답은 자기는 그에 대하여 찬반 어느 쪽도 이야기할 수 없으며, 북한에 대한 정보도 더 있어야 그에 대한 의견을 가질 수 있다고 말한다.

그가 맴돌아 가는 것은 민주주의적 합의의 절차이다. 아마 이것을 되풀이하는 것은 남북이 하나가 되는 것도 하나의 정치 공동체를 이루는 것이기 때문에 민주적 소통의 절차를 뺄 수 없다는 생각 때문일 것으로 추측된다. "민족 통일은 새로운 정치 공동체를 만드는 과정"이라고 말한다. 따라서 그 과정에서 "어떤 주장이나 집단도 배제되어서는 안 되고", 그것은 "완전히 개방적이고 포용적인 국민주권이 살아 움직이는" 것이어야 한다. 이에 더하여 흥미로운 것은, 이러한 과정에는 동독의 경우를 마음에 둔 그의 생각으로는, 이러한 교환의 과정이 정치 이외의 문화적, 사회적 관습도 포함하는 것이어야 한다고 생각한다는 것이다. "주민이 일상생활, 문화 습관과 사회화 등에 새롭게 적응하는 데 보다 많은 시간을 가져야 한다고 본다."라는 것이다.

사실 하버마스 교수가 말하는 것은 쌍방에 해당된다기보다는 남쪽을 타이르는 것이라고 하는 것이 맞을는지 모른다. 그의 역점은 남한의 자세에 놓인다 할 수 있다. "한국은 경제 성장과 함께 규범적 발전이 이루어진 유일한 나라"이다. 그리하여 "민주주의 가치를 다른 어떤 것과도 거래할 수 없다는 규범 의식이 정착되었다." 자기주장을 필요로 하는 북한과 달리,

자신이 있는 나라이다. 그리하여 말하자면, 북한을 비롯하여 상대하는 나라나 집단을 너그럽게 대할 수 있는 여유를 가지고 있다. 이제 "반목과 대립의 심층 심리를 넘는 새로운 사유의 실험"이 필요하다. 그리고 "20세기의 정치를 청산하는 새로운 선택"을 할 수 있어야 한다.

오늘날 정치 단체들은 권력 쟁탈전에 열중하고 대중 매체들은 감정적 양극화를 조장하고 사회 문제를 정치화하고자 한다. 필요한 것은 민주 시민 양성을 위한 사회 교육이다. 하버마스 교수는 여기에서 양성되는 정신을 자못 낭만적으로 표현하여 다음과 같이 말한다. 그의 생각은 한국 내에서의 정신적 개발이, 북한을 포함하여 모든 대외적인 상대에 대한 대국적인 태도를 발전시키리라는 것이다.

자유의 영혼에 생기를 넣어 그 에토스로 시민 의식을 풍요롭게 발전시켜야 합니다. 정치의 상대는 의견이 다른 파트너일 뿐 적이 될 수 없습니다. 적극적 쌍방향 통행이 필요합니다. 사회 통합을 촉진하는 각 부문의 소통 지수 개발도 바람직합니다.

이러한 내적 발전은 한국으로 하여금 "국가 위주의 낡은 20세기 정치가 맹위를 떨치는 동아시아"에서 모범이 되게 할 것이다. 이 동아시아에 대한 언급은 남북 관계를 말하던 중 나온 것이기 때문에 물론 그것은 북한과의 관계에도 중요한 정신적 자산이 될 것이라는 뜻을 가진다는 말일 것이다. 그에 힘입어 북한과 "교류하고 화해하고" "능란한 외교로써" 다른 나라에게도 그것이 이로운 것이라는 것을 설득하여야 한다.

대결의 현실과 대화의 이상

　현실 세력의 길항 관계를 넘어, 그러한 관계의 현실을 의식하지 않는 것
은 아니면서도, 민주주의의 보편적 규범 그리고 그것의 바탕에 있는 에토
스(ethos), 달리 말하면 생활 세계에서 나오는 윤리(ethic)에 충실하여야 한
다, 이것이 남북 교섭의, 그리고 물론 국제 관계의 흔들리지 않는 지주가
되어야 한다. ── 하버마스 교수는 이렇게 고집한다. 이것은 극히 비현실적
인 것으로 보인다. 그러나 그것을 그대로 받아들이는 경우 우리는 그로부
터 하나의 지침과 하나의 시험적 작업을 끌어낼 수 있다.

　하나의 지침이란, 남북 사이에 일어나는 여러 현실 문제를 다룸에 있어
서 그 이상을 헤아림의 척도로 삼아, 현실 대책이 궁극적으로 교류와 대화
와 화해로 나아가는 것인가를 물어본다는 것을 말한다. 이것은 극단적인
경우 현실과 민주적 화해의 이상이 모순 관계에 있을 때에도 그러하다. 나
는 몇 해 전에 북으로부터 몇 차례의 무력 도발이 있었을 때, 한편으로 단
호한 대책을 취하여 그러한 도발을 쉽게 생각하지 않게 하는 것이 불가피
하다는 것을 인정하고, 다른 한편으로 함께 추구하여야 할 보다 나은 민족
의 장래를 위하여 그러한 무력 도발의 중단을 호소하여야 한다는 자문하
는 의견을 내놓은 일이 있다. 무력을 저지하지 않을 수 없는 경우에도, 남
북 관계의 궁극적인 바탕이 민족 모두의 평화적 공존이라는 차원에서 생
각하고 말해야 한다는 것이다. 그리고 그것으로 호소하여야 한다는 것이
다. 남북 관계와 같은 착잡한 문제에 있어서 모순을 완전히 피할 수는 없
다. 이와 같이 극단적인 모순의 대책을 피할 수 없는 경우가 아니라면, 물
론 이보다 높은 민주적 화해의 이상은 보다 표면에 나와 마땅하다. 그럴 때
진정한 의미에서의 관용 ── 슬픔을 포함하는 관용이 영혼의 깊이에 있지
않을 수 없다.(관용은 자비 ── 즉 슬픔에 연결된다. 이러한 슬픔은 대치 상태에 있는

쌍방을 하나로 모이게 하는 바탕이 될 수 있다.)

"내재적 접근"

조금 전에 말한 하나의 시험적 작업이란 북한을 그 입장에서, 또는 한때 문제가 되었던 용어를 빌려 "내재적 접근"으로 이해하는 일이다. 이것은 북한의 독재 체제 또는 권위주의 체제이며, 그리고 그것을 북한 사람들이 받아들이고 있는 것이 단순히 체제적 강압에 의한 것이라는 일반화된 견해를 일단 유보 상태에 둘 것을 요구한다. 지난달 초에 독일의 《프랑크푸르터 알게마이네》(2014년 5월 7일자, "Der Blick hinter die Mauern von Kim")에 독일의 사진작가 카르멘 부타(Carmen Butta)와 그의 팀이 촬영한 비디오가 실렸다.(이 45분에 걸친 비디오는 같은 날짜에 독일의 공영 방송에서 방영되었다.)

독일의 이 비디오 팀은 북한을 열흘 동안 여행하면서 평양, 사리원, 금강산, 휴전선, 신의주의 압록강에서 볼 수 있는 여러 장면을 촬영하였다. 고층 건물과 공원이 정렬되어 있는 평양 시가, 롤러코스터, 나선형 루프 등의 시설이 있는 유원지, 공원의 불고기 잔치, 자동차 도로에서 보이는 들판과 산, 일하는 사람들의 농촌, 소달구지, 북한의 방문객이 일제하에서나 자본주의 사회에서와는 달리(이것은 북한 사람의 설명이다.), 노동자들에게 무료로 열려 있다고 하는 금강산의 절경, 남조선과 미국의 침략을 막기에 전력을 다한다는 휴전선 지대의 군인들, 김일성과 김정일 수령의 사진 앞에서 춤추고 노래하는 어린아이들, 두 수령의 동상 앞에 열을 서서 꽃을 바치고 절하는 군인들과 시민들이 이 비디오에 들어 있다. 또 보다 사적인 공간의 여러 모습——볼링장의 사람들, 상당히 사치스러워 보이는 미용원, 직조 공장 내부의 여성들, 공원의 나무에서 잔치하고 춤추는 사람들, 아파트의 가족들, 식사하는 모습 등 사사로운 삶의 모습도 찍혀 있다.

물론 이들이 방문한 곳이나 인터뷰한 사람들은 북한에서 자기들의 관점에서 선정한 것이다.(선전(宣傳)은 공산주의의 합법적 이념 구현의 수단이다.) 그것으로 충분하다고 할 수는 없으나, 이것은 일단의 북한 인상 — 북한의 관점에서 보여 주고자 하는 나라와 사람들의 모습일 것이다. 방송 프로그램의 독일어 표제는 북한의 이미지를 "수령 숭배와 자동 자전거의 사이에서"로 요약한다. 그리하여 어디를 가나 수령 숭배의 분위기가 넘친다. 교통수단으로 가장 눈에 띄는 것은 자전거 — 그리고 모터 장치를 한 자전거이다. 북한의 당국자가 선정하고 또 독재 정치 체제로 인한 것이겠으나 풍경의 전체적인 인상은 잘 정리되어 있는 곳이라는 것이다. 해설자가 고른 문자 표현에도 나오듯이, 인터뷰에서 소감들은 "우리나라가 세계에서 가장 행복한 나라", "세계에서 가장 좋은 나라"라는 것이다. 독일어가 유창한 한 북한인 해설자는 물질생활에 부족함이 있고, 종교 자유나 사상의 자유가 없는 나라라고 헐뜯는 말이 유포되고 있는 것을 알고 있지만, 그것은 북한이 지금 있는 그대로 행복한 나라라는 것을 모르고 하는 말이라고 한다. 인용되어 있는 한 인터뷰에서 한 공장 여공은 "경애하는 수령님이 제가 하는 일을 흡족해하신다면, 그다음에야 결혼하고 살림 차리는 일 걱정을 할 것"이라고 말한다.

이 비디오에서 강조되어 있는 것은 북한이 "가장 행복하고, 가장 좋은 나라"라는 것이다. 분명코 노동자의 낙원 — 사회주의적 낙원 또는 주체사상의 낙원의 건립은 북한이 그 존립을 정당화하는 근본적 명분임에 틀림이 없다. 이것은 북한의 문학 작품에서도 늘 중심적 테제가 되었다. 그러한 낙원이 이루어지는 것이 사실인지 아닌지는 알 수 없는 일이지만, 일단 그 이상과 현실은, 앞에서 말한 대로, 내재적 접근의 방법에 의하여 그 자체로 평가되어야 할 것이다. 혼란한 세계로부터 멀리 닫힌 고장에 세워질 수 있는 전원적 낙원은 도연명의 무릉도원, 토머스 모어의 유토피아, 영국의 소설가 제임스 힐튼(James Hilton)의 소설 『잃어버린 지평선(*The Lost Horizon*)』에 나오는 샹그릴라 등에서 이상화된 바 있는 테마이다. 그러나 유토피아를 위한 총체적 계획은 대체로는 디스토피아의 계획이 된다. 그 계획 속에서 사회는 내외로 폐쇄적이고 억압적인 사회 조직이 될 확률이 큰 것으로 보인다. 특히 오늘날처럼 다양한 가능성이 열려 있는 세계에서 그렇다. 인간의 심성은 스스로를 열려 있는 다원적 가능성으로부터 폐쇄하는 것을 견디지 못한다. 이것은 어찌 되었든 북한이 오늘의 세계에서 가장 고립되고 밀폐되어 있는 나라인 것은 틀림이 없다. 그 존재를 유지하는 방법은 억압적인 규제일 것이다. 앞의 비디오에 나와 있는 것으로는 북한은 몸과 마음이 하나같이 하나의 사상 — 주체사상으로 철저하게 조건화되어 있는 사회이다. 이것은 북한이 흔히 평가되듯이 세계에서 인권이 가장 무시되는 나라라는 것에 이어진다. 독일 방송에 나오는 비디오는 서두에 노동자의 상황, 수많은 피살자들, 장거리 로켓 실험 등의 사실은 여기에 나오지 않는다는 것을 자기변명으로 언급하고 있다.

그러나 일단의 접근 방법은 하버마스 교수가 말하는 바와 같은 민주주의의 보편적 규범에 따라서 북한의 낙원 주장을 검토하는 것이다. 거기에 "자유롭고 평등한 시민이 강제 없는 토론과 집회, 결사를 통하여 합의를 이루어 가는 과정"이 개입되어 있는가를 생각하거나 또는 그러한 과정으로 되돌아가게 하는 이성의 규범이 그 주장에 어떻게 적용될 수 있는가를 생각하는 것이다. 또 하나 물어볼 것은 그것이 참으로 오늘에 있어서나 전통적 문화의 관점에서 정당화될 수 있는 윤리적 이상을 가지고 있는가 하는 것이다. 아마 북한이 내거는 낙원의 이상은 이 마지막 기준의 관점에서 생각할 수 있는 것인지 모른다. 그리고 그다음에 그 이상이 이성적이고 민주적이고 토론에 대하여 열릴 수 있는 것인가 하는 것이 문제 될 수 있을 것이다. 그렇다는 것은 독재 체제 또는 전체주의 체제는 언제나 그럴싸한 인간적 삶의 이상 — 또는 그것을 일정한 범위에 제한하여 한 민족 또는 한 국가의 이상을 내걸고, 그것으로써 강제와 폭력을 정당화하는 수단으로 삼기 때문이다.(사실은, 하버마스 식으로 생각하면, 생활 현실 — 정치적 토의의 규범 — 윤리적 규범 — 추상화된 이상, 이 순서가 사회 구성의 원리인데, 전체주의는 이러한 순서를 거꾸로 진행하는 정치 체제이다. 마지막의 추상적 국가 이상이 경험적 사실과의 접촉을 가지고 있는 한, 이 이상도 합리적으로 검토될 수 있다. 그러나 이러한 사실적 점검을 허용하지 않는 것이 전체주의 체제의 자기 정당성이다.)

접근 방법을 요약하건대, 존재하는 현실을 내면으로부터 이해하고 그것을 이성적 검토에 회부하는 것이 필요하다. 비슷한 검토는 통일 전의 동독에도 적용될 수 있다. 그것은 이성적 검토의 방법론적 가능성을 확인하게 하고, 북한의 상황을 이해하는 데 도움을 줄 것이다. 동독은 당초에 북한에 비하여 조금 더 보편주의적 사고에 열려 있었다고 할 수 있다. 그 이념적 기초가 되어 있는 마르크스주의가 국가나 민족을 넘어가는 보편적 이성의 기획이라는 것이 여기에 관계되는 일일 것이다. 어쨌든 동독에서는 비교적 열린 논의가 완전히 불가능하지도 않았고 서독과 다른 여러 나라와의 교류도 완전히 차단되는 일은 없었다. 이러한 사정이 하버마스 교수에게 남북 관계에서도 이성적 소통과 토의의 의미를 무엇보다도 중요한 것으로 간주하게 하는 것인지 모른다.

동독의 사회 이상은, 방금 말한 바와 같이, 전통적인 마르크스주의에서 연유한다. 이성은 거기에서 핵심적인 원리이다. 이것은 상투적인 측면을 가지고 있지만, 동독의 사회주의 통일당의 비서이고 동독의 창립자인 발터 울브리히트(Walter Ulbricht)의 저서 『우주, 지구, 인간(Weltall, Erde, Mensch)』에서 추출해 볼 수 있는 이념에서도 확인할 수 있다. 이 책의 제목 자체가 우주 만물의 이치를 이성적으로 설명하려 한다는 거창한 필자의 의도를 나타낸다. 세계와 사회는 과학적인 법칙에 따라서 공산주의 이상 사회를 향하여 진보한다. 그에 따라 자연을 개조하고 인간을 교육한다면 이상 사회를 실현할 수 있다. 울브리히트의 대전제는 이렇다. 그리하여 인생의 의미는 "진보, 진리, 정의"를 위하여 투쟁하고, "착취, 억압, 허위"에 대항하는 데 있다. 세계의 모든 인민이 향해 가야 할 공산주의적 이상의 삶은 "인간의 모든 능력, 인격의 모든 면이 펼쳐지게 할 것이고," 이러한 삶에서 "평화, 노동, 자유, 평등, 형제애, 그리고 행복"이 삶의 특징이 될 것이다. 이러한 이상들을 거창하게 말한 울브리히트는 암살, 구금, 비밀 경찰 감시 등의 수단을 무자비하게 동원한 스탈린주의 독재자였다.

그러나 수단이 그러했다고 하더라도, 그가 말한 이상 자체는 토의의 대상이 될 수 있는 것이었다. 그 점에서 그것은 독재를 정당화하고 동기에 그것을 열어 놓게 하는 양면성을 가졌다고 할 수 있다. 필자가 참조한 동독의 일상생활의 역사, 『그 시절의 동독에서는(Damals in der DDR)』에 의하면, 울브리히트의 생각은 마르크스 전통에서, 가령 엥겔스가 말한바, 노동이 강요되는 "필연성의 나라"에 대조되는 "자유의 나라"로서의 사회주의의 이상향, 유토피아에 이어지는 것이다. 그리고 "1917년 이후의 모든 부자유, 스탈린 시대의 테러와 대량 살해, 동독에서 일어난 베를린 장벽 건축, 철조망, 그리고 비밀 보안 경찰에도 불구하고 [동독의] 통치자들은 이 약속을 폐기하지 않았다." 그리고 "놀라운 것은"—앞의 책의 저자들은 말한다.—"이 유토피아의 불꽃이 얼마나 오랫동안 힘을 잃지 않았던가 하는 것이다." 그것은 "소비에트 공산주의가 쌓아 간 산 같은 잿더미 속에서도 명멸하는 불빛이었다." 그리고 공산주의의 원목표를 되살리려는 사람들에게 영감을 제공하였다. 프랑스 혁명의 이상이 되었던 시민의 자유와 평등—계몽된 인권으로서의 자유와 평등을 다시 생산 수단의 공유하는 사회 정의와 정의의 이념에 접목하려는 생각이 일어나게도 했다. 동독의 공식 이론가들은 이러한 생각을 이단으로 몰아붙였지만, 새로운 젊은 세대에게 그것은 새로운 영감을 주는 것이었다. "사회주의 통합당은 스스로 불러낸 그 귀신들을 떨쳐 버릴 수가 없었던 것이다."[2]

앞에 말한 것은 지나치게 간단한 언급이지만, 동독에서의 국가 이상을 이렇게 말하고 보면, 그것이 여러 현실적, 이론적 문제점에도 불구하고 이성적 토의에 열릴 수 있는 것이었다는 것을 생각하게 한다. 울브리히트의 실각 이후, 동독에서의 여러 자기 변화의 실험 — "인간의 얼굴을 가진 사회주의", 소비자 사회주의, 사민주의와의 연대, 비틀스 등의 음악의 수용에 대한 타협 등의 실험이 시도되는 것도 이러한 관련에서 생각할 수 있고, 더 나아가 결국 평화적으로 통일을 통하여 독일 연방에 가입하게 되는 것도 이러한 열림의 영향이 적지 않았다고 할 수 있다. 이러한 의미에서 동독은 하버마스의 이성적이고 보편주의적인 토의의 영역을 완전히 넘어가지 않았다고 할 수 있다.

힘없는 결론

그의 민주적 이성의 보편주의가 한반도의 남북 관계에 그대로 적용될 수는 없을 것이다. 그렇기는 하나 앞에서 말한 바와 같이, 그것은 여전히 남북 문제에 대한 우리의 접근의 대원칙이 될 수는 있다고 할 수 있다. 핵심은 하버마스 교수의 생각대로 남북이 함께 자유로운 이성적 토의에로 나아가는 것이다. 그것은 다른 종류의 교류와 교환 — 앞에서 한상진 교수

---

2 Cf. Hans-Hermann Herle, Stefan Wolle, *Damals in der DDR: Der Alltag im Arbeiter-und Bauernstaat*(München: C. Bettelsmann Verlag, 2004), pp. 129~130.

가 제안하였던 경제적 이익의 교환이라는 우회로를 경유하는 것일 수 있다. 그러나 중요한 것은 그러한 우회로에서 길을 헤매는 데에 그치지 않고 정치 그리고 윤리의 규범의 공간으로 나아가는 것이다. 경제가 대화를 위한 통로가 될 수도 있지만, 더 직접적인 대화의 통로는 학문과 문화 그리고 예술의 통로이다. 또는 더 간단하게 남북의 정치 담론에서 욕지거리와 같은 것을 삼가고 예의를 지키는 협약과 같은 것도 생각해 볼 수 있다. 예의는 공공 공간 구성의 중요한 언어적 요소의 하나이다.

이러한 것들은 이미 그 전의 정부에서 시도된 것들이다. 이러한 통로를 최대한으로 열도록 하는 것이 필요하다. 그러나 다시 한 번 중요한 것은 보편적인 인간적 소망의 성스러움이라는 지표를 상기할 수 있도록 하는 것이다. 여러 차례 주의하고자 하였던 바와 같이, 단순히 민족의 이념만을 내세우는 것은 바람직한 일이 아니다. 그것은 동아시아의 국가 관계, 또 그를 넘어가는 국제적 환경에서의 한반도의 위치를 적대적인 것이 되게 할 위험이 있다. 그것보다는 남북만이 아니라 인간을 인간으로서 화합하게 할 수 있는 지혜의 깊이를 잃어버리는 것이 될 수 있다. 민족이 중요하지 않다는 것이 아니다. 그것은 우리에게 가장 구체적인 인간 공동체이다. 그러나 그것은 그 내용으로서 "자유의 영혼에 생기를 넣[은]…… 에토스"에 기초한 공동체라야 한다. 다시 말하여 모든 사람의 영혼에 호소할 수 있는 힘을 가지고 있어야 한다.

그런데 이렇게 말하고 보면, 다시 한 번 경제적 이익의 교환의 천박성을 경계하여야 한다는 것을 생각하지 않을 수 없다. 물론 한상진-하버마스 교수의 대화에서 두 교수가 다 같이 말하고 있듯이, 경제를 이야기하는 것은 그 자체만을 말하는 것이 아니라 다른 여러 요소 가운데 편의상 그것을 우선적으로 말하는 것이다. 그렇기는 하나 그것의 문제점을 의식할 필요는 있다. 제일 간단하게는, 그것은 진정한 의미에서 집단적 단합의 동기가 되지 못한다. 해적이나 마피아의 구성원들은 이해관계 때문에 하나로 결집한 사람들이다. 그리하여 이해관계가 의식 속에 남아 있는 한, 행동을 함께할 수 있다. 그러나 그것이 사라지는 때부터 결속은 어려운 것이 된다. 물론 어떤 목적으로 모이든지 간에 전우애와 같은 것이 생기지 말라는 법이 없지만, 순전히 이익의 동기에 기초하여, 그것이 진정한 깊이에 이르는 것이 될 수는 없다. 국가나 민족과 같은 경우에도 사람들을 하나가 되게 하는 것은 단순히 경제적 이익 또는 부를 향한 탐욕이 아니다. 물론 결속의 큰 바탕이 되는 것은 혈족(血族)으로서의 연대라고 할 수 있다. 그러나 방어적인 목적이 아니라 미래를 지향하는 공동 작업에서 하나가 되게 하는 것은 도덕적, 윤리적 이상이다. 앞에서 언급한바 자유와 평등과 정의 그리고 평화가 있는 유토피아의 꿈이 꺼지지 않는 불꽃이 되는 것은 궁극적으로 사람의 심성 깊이에 그러한 열망이 있다는 것을 말한다.

오늘날 한국 사회가, 많은 부문에서의 커다란 발전을 이루었음에도 불구하고 정신적 혼란에 빠져 있다고 하는 것은 틀린 말이 아니다. 물질은 형제애의 매체가 될 수 없다. 다른 한편으로 좁게 경직된 윤리에 기초한 국가가 인간의 가능성을 제한하고 억압적인 것이 될 수 있다는 것은 유교 이데올로기를 경험한 한국인에게 커다란 역사적 체험의 하나이다.(어떤 분석에서, 북한의 체제는 다분히 조선조의 '가족 국가'의 요소를 지닌 것이라고 한다. 수령을 모시는 윤리 강령의 흐름도 이러한 테두리에서 볼 수 있을 것이다.) 그러나 되풀이하여 말하건대 윤리적 이상을 잃어버린 국가는 자기 정체성을 유지하지 못한다. 그러면서 민주주의 이념에 충실하기 위해서는 이 윤리는 앞에서 말한바 하버마스의 생각에 비슷하게 자유로운 정치적 담론에서 얻어지는 규범에 나타나는 것이라야 한다. 그러면서 그것은 다시 한 번 정신의 빛에 의하여 조명되는 정신적 계시나 현현(顯現)의 직접성을 가질 수 있어야 할 것이다. 마음 깊이의 진실은 성찰에 의하여 개발되면서 동시에 직접적으로 접근할 수 있는 것으로 생각할 수 있기 때문이다. "모든 인간이 알고 느끼는 본질적 가치와 규범"은 스스로를 넘어 다시 한 번 "새로운 빛"을 얻어야 한다. 이 말의 뜻은 이러한 간접과 직접을 연결하는 진리의 존재 방식을 말하는 것일 것이다.

그러나 이렇게 말하면서 느끼지 않을 수 없는 것은 이러한 생각들의 현실적 무력감이다. 앞에서 길게 이야기한 한상진-하버마스의 대화에서 하버마스 교수는 지식인의 영향력을 너무 과대평가하면 안 된다는 말을 하고 있다. 앞에 말한 것은 사실 현실 정치의 관점보다도 지적인 관점에서 문제를 접근한 것이다. 그러나 지적인 접근이 반드시 보통 사람들의 느낌으로부터 멀리 있는 것은 아니다. 지적 사고가 지향하는 것은 이것을 본질적이고 총체적인 차원에서 검토하고 자리하게 하려는 것이다. 그것이 밝히는 것은 사람의 상황과 심성을 조금 더 본질적인 것으로 돌리려는 노력이다. 그것은 지적인 해명을 통해서만이 아니라 보다 직접적인 언어와 행동으로도 표현될 수 있다. 처음에 말한 프랑스의 토비라 법무 장관, 프란체스코 교황은 크고 작은 차원에서 인간의 심성 깊이에 있는 소망과 진리에 대하여 증언했다 할 수 있다. 하버마스 교수나 라칭거 신부가 말한 것은 이것을 넓은 문화적 대화에서 확인하자는 것이다. 이러한 증언들은 궁극적으로 생명의 현상에 대한 감사로서 인정하는 일이다. 인간 사회에서 그것은 모든 사람이 평화롭게 함께 사는 공동체의 형성을 요구한다. 보다 세속적인 그리고 사회적 차원에서, 하버마스 교수는 이것을 위하여 필요한 간단없는 민주적 소통의 창조적 기능을 강조한다. 이것은 사람들로 하여금 공동의 삶의 규범을 발견하게 한다. 그리고 그것은 궁극적으로 인간 존재의 윤리적 기초를 다지는 일이 된다.

앞에서 시도한 것은 이러한 관점에서 남북의 문제를 생각해 보려는 것이었다. 이러한 생각이, 되풀이하여 말하는 것이지만, 별로 현실적 의미를 가질 수 없는 것은 사실이다. 남북 간의 문제를 포함하여, 정치의 문제는 정치적으로 해결할 도리밖에 없을 것이다. 그것은 대결과 협상의 전략을 포함한다. 그러나 그러한 것들을 궁극적으로 하나가 되게 하는 것은 함께 하는 평화의 삶 그리고 그 삶의 번영에 대한 소망이다. 그것은 모든 사람이 공유하는 심성과 존재의 깊이에서 나온다. 정치의 공간 안에서 또는 그것을 넘어서, 이러한 것들을 상기하는 것도 필요한 일이다. 이것은 먼저 남쪽의 내부에서 다져야 한다. 오랜 인내와 관용의 시간은 북에서도 이것이 가능한 것이 되기는 할 것이다. 심성의 진리는 힘이 없으면서도 물러가지 않는 삶의 바탕이다. 그것은 궁극적으로 현실 정책의 지침이 되어 마땅하다.

(2014년)

2장

한 지도자에
대한 추억
:김대중론

정치 지도자의 형성

김대중 대통령의 삶에 관한 고찰

1. 서론: 세계사적 인물

역사적 인물을 만나게 되는 것은 그리 흔한 일이 아니고, 만난다고 하더라도 그 사람을 역사의 인물로 인식한다는 것은 여간 어려운 일이 아니다. 이것은 보통 사람의 인식의 심리로도 이해할 수 있다. 길에서 남모르는 사람에 부딪치게 될 때, 그 사람은 다른 사람과 다르지 않은 보통 사람 가운데 하나에 불과하다. 그러다가 어떤 사람이 그가 영국 맨체스터 시의 맨체스터 유나이티드 축구 팀의 박지성이라고 하면, 지나쳐 간 사람을 되돌아보고 조금 더 자세히 볼걸 그랬다는 생각을 한다. 그러고 보면 박지성이라는 인물은 우리가 흔히 보는 사람이 아니고 그 축구 팀에 의하여 정의되는 사람이라는 것을 생각하는 것이다.

그런데 우리가 만나는 모든 사람은 그 나름으로 그 사람을 정의하는 테두리를 통하여 본다. 그리하여 사람을 소개할 때 그 사람을 분류, 구분할 수 있는 범주를 말하게 된다. 즉 어느 대학교 무슨 과 교수 아무개, 고등학교 동창, 사촌 형 등의 분류 기호를 붙이는 것이다. 그렇다고 이러한 분류 기호가 그 사람의 전부를 말하는 것은 아니다. 교수 모씨는 어느 분야의 전문가이고, 어떤 책의 저자이고, 또 어떤 가정의 장이고, 아버지이고 남편이고 또 아들이고 ─ 무수한 범주로 정의될 수 있다. 그러나 그것을 전부 말하여도 우리가 그를 완전히 우리의 앎의 그물 속에 포착했다고 할 수는 없다. 이것은 우리가 나날의 삶에서 가까이 또는 함께 사는 사람의 경우에도 그러하다. 그리하여 우리가 사람을 보는 것은 큰 범주로부터 작은 범주로 내려가는 모양을 갖춘다는 것을 생각하게 한다. 이때 사실을 '보는 것'이 아니라 분류하는 것이다. 그것은 앎의 체계 속에 끼워 넣는 것이다. 그에 대하여 우리가 보는 것, 또는 지각이나 감각을 통하여 파악하는 것은 별개의 체험을 이룬다고 할 것이다. 물론 여기에서 문제 삼는 것은 그러한 지각과 앎의 문제가 아니라, 우리가 만나는 사람을 역사의 범주에서 보게 되는 것이 극히 어려운 일이라는 점이다. 그것은 특히 일상의 추상적 범주를 넘어가고 감각이나 지각의 직접성을 넘어간다. 이러한 문제에 부딪칠 때 우리는 사람을 이해하고 안다는 것이 얼마나 어려운 것인가를 생각하지 않을 수 없다.

독일의 철학자 헤겔이 독일과 유럽을 침공해 오는 나폴레옹을 가리켜 "말을 탄 역사"가 바로 거기 있다고 했다는 말은 널리 회자되는 이야기이다. 헤겔이 편지에서 이렇게 말한 것은, 프랑스 혁명의 혼란이 여러 이성적 정치 이념에도 불구하고 국가 권력의 소멸을 가져오게 된 데 대하여, 나폴레옹의 등장이 국가와 사회의 질서의 회복에 필요한 강력한 국가 권력의 회복을 나타내는 것이라는 뜻에서 말한 것이다. 그러나 그러한 구체적인 해석을 떠나서, 헤겔의 말은 역사의 흐름이 나폴레옹과 같은 영웅적 인물에 드러난다는 그의 생각을 극적으로 표현한 것이다. 역사가 일정한 방향을 가지고 있으며, 그것이 영웅적 인물들에 의하여 대표된다는 것이 그의 생각인 것이다. 그러나 보통 사람이 이러한 역사적 인물을 알아보기는 쉽지 않고, 또 그러한 인물 자신도 자신을 처음부터 그러한 대표적인 존재로 인식한다고 할 수는 없다. 역사는, 말하자면, 인간을 움직여서 앞으로 나아가는 것이기는 하지만, 그 힘은 무의식을 통하여 작용한다. 역사를 움직이는 인물이 있다고 하여도, 그러한 인물의 마음을 움직이는 것은 반드시 역사에 대한 넓고 깊은 인식이라기보다는 그때그때의 자연스러운 동기이다. 그리하여 처음부터 역사적 사명이 정확히 파악되지는 않는다고 할 것이다. 그러나 그러한 개인의 동기 가운데에 역사의 정신이 움직인다. 그리고 그 둘 사이가 반드시 떨어져 있는 것은 아니다. 그러니까 개인은 역사의 정신을 분명하지 않은 상태로나마 의식하는 것이다. 그러면서 그의 현실적 동기는 다시 몇 번의 변화를 거쳐서 하나의 의식이 된다.(이데올로기에 의해 움직이는 사람은 그러한 사명을 자각한 사람이라고 할 수도 있지만, 그런 사람이 장기적인 관점에서 반드시 그가 미리 생각했던 도착점에 이르게 된다고 할 수는 없다. 그리고 그것은 많은 경우 과대망상이 되고 그것의 현실화 계획은 많은 희생을 낳을 수 있다.)

되풀이하건대, 개인의 행동이 역사의 방향에 일치한다면 그것은 처음부터 의식하여 그렇게 된다기보다는 상황 속에서 형성되는 것이라고 할 것이다. 역사와 개인이 상황의 여러 조건들의 조합을 통하여 하나로 형성되는 것이다. 개인의 의지는 처음에 어떤 집단에 일치한다. 그 집단이 나타내는 의지와 개인의 의지가 일치하는 것이다. 이때 물론 개인 의지는 집단의 의지를 강화하는 데 중요한 촉매가 된다. 이 집단 의지의 대표자는 집단의 지도자가 된다. 지도자의 위치는 개인으로 하여금 자신의 의지를 집단에 일치시키게 하는 계기가 된다. 여기에서 하나의 심리적 변용이 일어난다. 개인이 집단에 자기를 일치시킨다는 것은 그가 개인적인 것을 넘어 보편적 지평으로 나아가기 시작했다는 것을 말한다. 집단을 여러 개인적인 의지의 차이를 넘어 하나의 의지 속에 통합하려 한다는 점에서 그것은 대개 강경한 입장을 나타내는 것이기 쉽다. 그러니까 집단 안에서 승리하는 것은 많은 경우 강경론이다. 그러면서 그 하나가 된 집단의 의지가 사회 속에 존재하는 다른 집단을 통합함으로써 일반적인 집단 의지 그리고 역사의 의지가 된다.

이렇게 집단이 확대되는 것은 한편으로는 그것이 힘을 나타내기 때문이다. 그 힘은 현존하는 권력일 수도 있고 잠재적인 가능성일 수도 있다. 이 잠재성은 이념적 보편성에 일치함으로써 현실화의 가능성을 얻는다. 이 보편성이란 일시적 일반화, 하나의 가설적 성격의 것일 수도 있고 변화하는 현실의 숨은 구도일 수도 있다. 사실적이든 가설적이든 보편성은 대체로는 현실 질서 속의 권력을 넘어가는 것이기 쉽다. 현실 질서는 변화 속에서 그 취약점을 드러내게 되지 않을 수 없기 때문이다. 이 취약점은 어떤 단계에서 질서 붕괴의 조짐이 된다. 심리적 동기의 관점에서 보면, 이것은 삶의 불만과 불편 그리고 무엇보다도 누적되는 원한(ressentiment)이 일정 한도를 넘어간다는 것을 말한다.

집단 의지는 여러 요인들이 합쳐서 이와 같이 보편성의 윤곽을 의식하게 하고 보편적 의지의 결속을 가능하게 하지만, 이렇게 결정되는 보편성은 사람의 삶의 조건이 끊임없는 변화 속에 있는 것인 한, 위태로운 것일 수밖에 없다. 그리하여 권력은 보편성의 표현으로서의 자신의 집단을 항구화하려는 노력을 계속하게 된다. 그리하여 말하자면 이렇게 성립한 권력은 영구 혁명을 시도하게 되고, 이 혁명의 상태를 유지하려는 시도는 계속적인 선전, 억압, 폭력의 동원을 항구하려고 한다. 그러나 혁명의 근본에 있는 것은 한편으로 힘의 유혹이고, 다른 한편으로는 정상적인 삶의 요구이다. 이것을 어떻게 조화시키느냐, 또 어떻게 힘의 국면으로부터 정상적인 삶의 국면으로 전환하느냐 하는 것은 혁명 또는 혁명적 사회 변화에 있어서 가장 중요한 문제가 된다. 많은 혁명적 변화의 과정에서 이것은 실패로 끝난다고 하지 않을 수 없다. 아니면 적어도 오랜 시간, 한두 해나 10년, 20년이 아닌 오랜 시간을 요한다고 하겠다. 이 전환의 어려움을 단적으로 보여 주는 것이 러시아 혁명이고, 그 오랜 혼란의 과정을 보여 주는 것이, 한나 아렌트가 혁명론에서 주장하듯이, 프랑스 혁명이라고 할 수 있다.

그런데 보편성에 대하여 한 가지 더 생각할 것이 있다. 그것은 많은 경우 전체를 포괄하면서도 전체를 포괄하지 못한다. 개체를 넘어 전체를 지향한다는 점에서 개체의 현실은 거기에 포함되지 않는 것이다. 또는 역사의 움직임을 포괄하고자 한다는 점에서도 그것은 현실의 전체성을 넘어간다. 구체적 보편성은 이 모순을 넘어가는 보편성을 생각해 보려는 노력에서 나온 개념이라고 할 수 있다. 그것이 참으로 현실의 모습을 포착할 수 있을는지는 쉽게 말할 수 없다. 아마 그것이 존재한다면, 그것은 변증법적 교차 속에서 근접될 수 있는 것일 것이다. 개인 의식의 차원에서 그것은 특별한 정신적인 자제를 요구한다. 즉 개체적인 현실에 면밀한 주의를 기울이기 위해서는 전체성을 향하는 의지의 지향을 적절하게 조절하여야 한다는 말이다.

2. 지도자의 형성

여기에서 주제가 되는 것은 물론 이러한 일반적인 문제가 아니라 김대중 대통령의 이러한 역사적 인물로서의 윤곽을 살펴보는 일이다. 다만 충분한 연구가 없음으로 하여, 이것은 그의 자서전을 참고하여 어떤 두드러진 특징이라고 생각되는 것을 살펴보는 일에 그칠 것이다. 그것도 전부를 살피는 것이 아니라 어떤 위치의 지도자가 되는 과정까지를 살피고자 한다. 전제되어 있는 것은 그러한 형성이 타고난 자질에도 관계되지만, 일정한 과정을 거친다는 것이다. 그러나 이것은, 다시 말하여 어디까지나 충분한 연구가 없는 시론에 불과하다.

앞에서 말한 바와 같이, 역사적 인물의 등장은 복잡한 형성의 과정을 거쳐서 가능해진다. 그것은 개인적 성정, 자의식 그리고 크고 작은 주어진 정치 상황의 얽힘 속에서 이루어진다. 이것은 고(故) 김대중 대통령의 경우에도 마찬가지이다. 그러니까 그도 개인적 성격과 지향 그리고 정치적 환경이 하나가 되어 역사적 인물로 형성된다는 말이다. 처음부터 필요한 것은 정치에 대한 관심 — 그것이 어떤 것이었든지 간에 정치에 대한 관심이라고 해야 할는지 모른다. 김대중 대통령에게는 당초에 그러한 관심이 있었던 것으로 보인다. 자서전에 보면 이러한 기억이 이야기되어 있다.

어린 시절부터 정치에 관심이 많았다. 보통학교 3~4학년 때는 신문에 일본 내각 개편이 발표되면 그것을 베껴서 가지고 다닐 정도였다. 그때 엉뚱하게 나중에 임금이 되어야겠다는 생각을 했다. 어떤 동기로 그랬는지는 생각나지 않는다. 하의도에서 우리 김해 김씨 선산이 명당이라며 그 후손 중에 큰 인물이 난다는 이야기가 전해 내려오기에 그런 생각을 품었는지도 모르겠다. 하의도 선착장 옹곡리에서 후광리로 가는 중간쯤에 자리 잡은 선산에는 지금도 조상을 모신 무덤 20여 기가 있다. 한번은 이웃 마을에서 아기가 태어났는데 점쟁이가 "그 아이가 장차 임금이 될 것"이라고 말했다는 소문이 들려와서 화가 났던 적도 있었다.(39쪽)[1]

자서전에서는 이러한 회고도 볼 수 있다. 수석으로 입학했던 목포공립

---

1   전적으로 삼인출판사의 『김대중 자서전』(2010)을 참조했다. 참조한 것에 대한 각주는 없이 자서전의 페이지만을 표시하기로 한다. 여기에 인용된 것은 주로 자서전 1권이기 때문에 권수는 표시하지 아니하였다.

상업학교 2학년 때, 반에서 시국에 대한 이야기를 하게 되었는데, 일본인 교사에게 칭찬을 받았다.(나중에 김대중 대통령은 대통령 취임 후 방일 시에 퇴임 외교관이 되었던 그때의 교사 무쿠모토 이사부로 씨를 상면하게 된다.(47쪽)) 김 대통령은 유도, 수학 등 여러 과목에서 뛰어났지만, 특히 역사 과목을 잘하여, 교사에게 일본 역사에 대해 일본인보다 잘한다는 칭찬을 들었다.(같은 쪽)

상업학교의 교사로서 영향을 끼친 또 한 사람은 3학년 때의 담임선생으로, 이 선생님도 여기에 이야기할 만하다. 노구치 진로쿠 선생은 "삶의 원칙을 확고히 지켜야 한다."는 점을 강조하였다. 그리고 동시에 "원칙을 고수한다고 [하여] 방법에서 유연하지 못하면 승리자가 되지 못한다."라고 하였다. 노구치 선생은 일본어 교사이면서 유도 교사였다. 그는 삶의 방법은 유도와 같다고 하였다. 김 대통령은 이 선생님의 가르침에 큰 감명을 받았다고 말하고 있다. 그리고 "나는 일생 동안 그 가르침을 새겼다. 원칙을 고수하면서도 방법에서는 유연한 이른바 '실사구시(實事求是)'의 삶을 나는 그때 배웠다."라고 쓰고 있다.(49쪽) 사실 이 두 가지는 김 대통령의 정치 행위의 기본 원칙을 말한 것이라고 할 수도 있는데, 어린 시절의 어떤 지침이 일생을 가는 것을 보는 경우가 적지 않은데, 우리는 여기에서 그러한 예를 발견한다.

김대중 대통령은 상업학교를 졸업하면서는 진학을 생각했으나 여의치 않았다. 그는 만주의 건국대학 입학을 염두에 두었으나, 일본의 미국 침공이 시작되고 날로 복잡하여지는 국제적 정세의 악화에 따라 상급학교 진학을 포기하고, 상업학교를 졸업한 다음 전남기선회사에 취직하였다. 그는 해방과 더불어 이 회사를 운영하던 일본인들의 귀국과 함께 이 회사의 운영위원장이 되고 다른 회사들도 인수하면서 잘되어 가는 해양 운수 회사의 경영인이 되었다. 우리는, 그의 사업 경험이 그의 생각을 이념보다는 현실의 정확한 계산을 존중하게 하는 데 한 요인이 되지 않았을까 하고 생각할 수 있다.

그가 정치에 입문한 것은 건국준비위원회 목포 지부에 가입하고 선전부장에 취임함으로써 이루어진 것이었다. 이것은 여운형 선생 등이 주도한 조직체로서 좌파적 경향을 가졌었다. 그리고 공산주의자들의 참여가 늘어나 더욱 강한 좌익적 성격을 띠게 되었다. 김 대통령은 건준과의 관계를 말하면서, 자기는 그때 "민주주의가 무엇인지 공산주의가 무엇인지 잘 알지 못했다."라고 말하고 있다. 얼마 후에 그는 건준을 탈퇴하였다. 이에 영향을 주었던 이남규 목사의 건준 탈퇴 그리고 장인이 한국민주당 목포 지부장이었던 사실 등이 작용하였던 것으로 보인다. 전체적으로 김 대통령은 이때나 나중에나 반공적인 입장을 취하였던 것으로 생각된다.

그것은 그의 사상적 선택으로 인한 것이기도 하겠지만, 또 하나의 경험과도 관계되는 일이다. 그는 건준 탈퇴 후 신민당에 가입하였다. 신민당의 남북 합작을 지지하는 정책을 옳다고 보았기 때문이다. 그러나 힘을 쏟았던 것은 해운업이었다. 그런데 그는 해운 관계로 서울에 머물고 있던 중 6·25를 맞이하고, 인민군의 점령하에 놓이게 된 서울을 어렵게 탈출하여 목포로 돌아갔지만, 얼마 후에 체포되어 감옥에 투옥되었다. 그리고 9·28과 더불어 후퇴하던 인민군이 감옥의 우익 인사들을 전부 총살하려고 할 때, 그 대상자의 한 사람이 되었다. 그러나 여러 사정이 얽혀서 인민군은 수감 중인 사람들을 전부 총살하지 못하고 급히 철군하게 되었다. 그로 하여 김대중 대통령은 목숨을 건지게 된다. 그리고 지인의 집에 숨어 들어가 천장에서 닷새를 보내고 해병대가 목포에 들어옴과 함께 자유롭게 밖으로 나올 수가 있었다. 그의 장인은 별도로 감옥에 수감되어 있다가 총살 대상자가 되었던 100인에 끼었으나 모두 몰살된 가운데 혼자만이 목숨을 구하게 되었다. 이러한 경험들은, 우리 정치계에서 좌파적인 입장에 있다고 할 수 있음에도 불구하고 그에게 반공 또는 그의 표현으로는 "비공, 비반미"의 입장을 고수하게 하는 데 중요한 역할을 했을 것으로 생각된다. 더 넓게 말하여 이러한 경험을 통하여 그는 이데올로기의 인간적 의미를 믿지 않게 되었다고 할 수도 있다. 그는 공산군이 물러나면 좌익이, 한국군이 물러나면 우익이 죽어야 했던 사정에 대하여 강한 회의를 가지고, "민족의 화해와 전쟁이 없는 세상을 꿈꾸"게 되었다고 말한다.

6·25 전쟁 중 인민군을 피해 살아남아야 했던 일이 있은 후 그는 다시 해상 방위대 전남 지역 본부 부대장과 같은 일을 맡기도 하지만, 대체로는 원래의 사업으로 복귀하였다. 그리하여 흥국해운회사를 세워 해운 사업에 종사하였다. 그러나 다른 한편으로 언론, 또 다른 지적인 일에 관여하게 되고 동시에 당시의 정치 사태에 관심을 넓혀 갔다. 1959년에는《목포일보》를 인수하고 해운업 관계로 부산에 거주할 때에는 '면우회(勉友會)'라는 독서회에 가입하여 인생과 철학과 정치를 토의하는 기회를 가지게 되었다. 이러한 과정을 통해서 당대의 큰 사건인 거창 사건, 국민 방위군 사건 등을 의식하게 되었다.

그러나 정치에 본격적으로 발을 들여놓게 된 것은 6·25와 부산 정치 파동이었다.(91쪽) 1952년 7월에 이승만 대통령은 임기가 끝나게 되어 있었다. 5·30 국회 의원 선거 결과는 야당의 압승이었다. 그리하여 당시의 간접으로 선출되는 대통령 선거제로는 이승만 대통령이 재선될 가능성이 없는 것으로 보이게 되었다. 그리하여 이승만 정부는 국회에 직선제 개헌안을 제출하였다. 그러나 그것은 부결되고, 정부는 데모대를 동원하고 계엄령을 선포하고 국회 의원들을 체포하고 하는 방식으로 개헌을 강행하고자 하였다. 이에 국회의 야당 의원들은 호헌 선언을 했고 그를 지지하는 시위가 벌어졌다. 장택상 국무총리는 소위 발췌 개헌안이라는 것을 만들어, 국회 의원을 국회로 강제 연행하여 군경이 국회를 포위한 가운데 개헌안을 통과시켰다. 이 사건에 대하여 김대중 대통령은 평하여 "나는…… 반공의 이름으로 독재 정권을 연장하는 친일파와 그 동조자들의 야욕을 똑똑히 지켜보았다. 국민의 대표들이 독재자에 의해, 또 독재자를 위해 간단하게 굴복하거나 변절하는 것을 보고 충격을 받았다. 나는 정치와 정치인에 대해서 깊은 생각을 하게 되었다."라고 쓰고 있다.(91쪽)

이 사건은 김대중 대통령의 마음에 6·25 초부터의 이승만 대통령의 행각에 대한 기억으로 연결된다. 그는 앞에서 말한 바와 같이, 이 사건을 계기로 정치에 정식으로 들어서게 된 것을 이야기하면서 6·25 초의 일을 연상하고 있다. 6·25와 관련하여, 그는 "나는 한국 전쟁을 겪으며 지도자가 거짓말하는 것을 보았다."라고 한다. 이것은 전쟁 초에 이승만 대통령이 수도 사수를 선언하고서는 한강 남쪽으로 철수하고, 그것을 숨기고 한강의 다리를 폭파한 사건을 두고 한 말이다. 이러한 사건들을 통하여 김대중 대통령은 "지도자가 깨끗하지 못하면 사회가 혼탁하고 국민을 기만하면 나라가 무너진다는 것을 느꼈고", "국민의 뜻이 아닌데도 독재 정권은 민의를 도용하여 국회를 무력화시키고 헌법을 멋대로" 고치는 정치 파동을 겪으면서 "국민을 섬기는 참다운 민주주의가 아니면 국민이 참된 행복을 누릴 수 없다고 결론 내렸다." 그리하여 "정치가 제자리를 찾으면 모든 것이 제자리를 찾게 될 것이라는 믿음을 갖게 됐다." 그리고 그는 "정치에 뛰어들었다." 그러나 그것은 그에게 "가슴 뛰는 사건이자 고난의 시작이었다." (90~91쪽) 사람의 마음은 간단한 도리의 왜곡에 크게 자극받는 경우가 많다. 김대중 대통령은 이러한 정의감을 가지고 있었던 것으로 생각된다.

이와 같이 김대중 대통령의 정치에 대한 관심이 고조되는 것은 부산 정치 파동이지만, 정치에 본격적으로 투신한 것은 그로부터 2년 후인 1954년 목포에서 국회 의원에 출마한 것으로부터다. 그는 여기에서 낙선의 고배를 마실 수밖에 없었다. 돈이 "엄청나게" 들었다고 한다. 그 후 그는 서울로 집을 옮기고 한국노동문제연구소의 주간, 잡지《신세계》주간 등으로 정치에 대한 견해를 계속 연마해 갔다. 1956년에는 배은희, 장택상, 이범석 선생 등을 최고 위원으로 모시고 새로 창당된 공화당에 입당하고 그 대변인이 되었으나 당내 갈등으로 당이 해체 위기에 이르자 다른 사람들과 함께 곧 탈당하고 말았다. 그 후 그는 여러 정치 지도자들을 만나다가 결국 민주당에 입당했다. 1956년 대통령 선거에서 야당인 민주당은 이승만 대통령에 대항하여 신익희 후보를 내세웠으나 신익희 후보는 선거 유세 중 뇌출혈로 사망하고, 부통령 후보였던 장면 박사만이 부통령으로 당선되었다. 장면 부통령과의 관계에서 김대중 대통령의 일신상에 매우 중요한 사건이 일어났으니, 그것은 장면 부통령이 대부가 되어 가톨릭에 입교한 것이었다. 그가 입당한 민주당은 신구파로 나누어 다툼을 벌였는데, 김대중 대통령의 설명으로는, 구파는 한민당계가 많았고 신파는 천주교, 흥사단, 관료 출신이 많았다. 그리고 그의 해석으로는 구파가 '정치적'인 데 대하여 신파는 '경제적'이었다. 그는 "나는 신파에 속했다."라고 쓰고 있다. 이렇게 하여 오래 지속될 그의 계열이 분명해진 것이다. 아마 여기에는 인적 관계가 중요했을 것이지만, 설명은 이러하다.

나는 신파에 속했다. 노선이 한층 진보적이며 개혁적이었고, 또 내가 존경하는 분들이 신파에 많았다. 또 신파는 장면 박사가 이끌었고, 평생 나를 지지하고 성원해 준 정일형 박사도 계셨다. 평소 노동 문제에 관심이 많았던 나는 당의 노동부에서 활동했고 얼마 뒤에는 노동부 차장이 되었다.(97쪽)

김대중 선생[2]은 1958년에 강원도 인제에서 출마하기로 했다. 그것은

---

2 이후의 존칭은 그 당시의 사정에 따라서 바꾸어 쓰기로 한다.

목포에는 이미 민주당 후보가 있었기 때문이다. 그러나 출마 자체가 불가능했다. 이때의 사건과 같은 일은 비일비재했을 것이나, 그 어려움은 당시의 정치 지망자들을 투사로 기르는 데에 한 역할을 한 전형적인 사건이었을 것이다. 그는 여러 방해 공작으로 후보 등록 자체를 할 수가 없었다. 후보 등록에 여러 가지로 불법적인 방해를 받았는데 그 하나가 후보 등록 자체를 어렵게 하는 것이었다. 그는 그 문제의 시비를 가리기 위하여 서울에 갔다가 다시 인제로 돌아오는 중 과속으로 차가 전복하여 몸을 다쳤다. 그는 상처받은 몸으로 선거 위원회 사무소에 들어갔다. 그러나 자유당 후보가 동원한 경찰에 의하여 사무실에서 쫓겨나고 말았다. 그는 그대로 쫓겨나지만은 않았다. 그는 다른 사람이 압도될 만큼 크게 고함을 지르고 밀어 내려는 사람들에 대항하여 책상다리를 붙잡고 놓지 않았다. 정치는 ─ 특히 한국에 있어서 의지와 육신의 강단을 요구한다.

그는 선거에서 밀려난 후에도 다른 후보를 위해서 운동원으로, 개표 참관인으로 일하고, 지원 연설을 하였다. 그의 연설은 두세 시간에 걸치는 긴 연설이었으나 청중들은 물러가지 않았다. 그는 "신명이 났다."(103쪽) 대중 연설은 공연 예술과 같은 매력도 있었고, 그러한 웅변이 대중에 갖는 효과에 스스로 도취한 것으로 보인다. 사실 대중 집회의 흥분은 정치 행위의 원초적인 모형이라고 할 수 있다. 대중 행동의 열기는 1960년의 4·19에 가장 뜨거운 것이 되었다. 민주당 선전부 차장을 맡았던 그는 4월 5일의 데모에 참가하였다. 함께 모인 군중들은 수백 명에서 시작하여 만 명이 넘어 갔다. 시위대에 앞장섰던 때의 심정을 그는 다음과 같이 토로하고 있다. 그것은 열기에 못지않게 절망적인 심정을 표현하는 것이었다. 집단 행위에는 삶의 좌절감이 중요한 역할을 한다고 할 수 있다.

가두시위를 벌이려고 집을 나서려는데 갑자기 눈앞이 아득해졌다. 시위대 앞장을 선다는 것은 독재 정권에 목숨을 내놓는 일이었다. 아내는 죽고 먹을 것은 없었다. 잘 다녀오시라고 절하는 두 아들, 말없이 아들을 배웅하는 어머니를 보니 기가 막혔다. 비통함과 죄책감이 동시에 들었다. 갑자기 목이 메었다. 그렇다고 가지 않을 수도 없었다. 돌아서서 하늘을 봤다. 그리고 모든 것을 하느님께 맡기기로 했다. 누군가 해야 할 일이다. 6·25 전쟁 때 총살당했으면 내 목숨은 없었을 것이다. 남은 인생은 덤으로 받은 것일진대 아까워할 것은 없다. 최선을 다해 살자.(117쪽)

정치 활동을 위해서는, 신체적 강인성에 더하여, 대중 공연, 대중과의 일체감에서 오는 열광을 즐길 수 있어야 한다. 그리고 정치는 종종, 특히 우리 상황에 있어서 죽음도 무릅쓰는 단호한 각오를 요구한다. 이것은 대중적 열광을 강화하는 한 요인이 된다.

4·19로 하여 선거가 있게 되었을 때 다시 김대중 선생은 인제에 출마하였다. 그러나 다시 낙선의 고배를 마셨다.(당 간부였던, 윤보선과 유진산 선생들의 여당과의 야합으로 부재자 투표자 제도가 도입된 것이 중요한 패배 원인의 하나라고 그는 말한다.) 그러나 장면 박사는 총리로 선출되었다. 그리고 김대중 선생은 원외임에도 불구하고 민주당의 대변인으로 지명되었다. 1961년에는 인제에서 당선되었던 의원이 3·15 부정 선거에 관련된 것으로 판정되어 재선거가 실시되고 김대중 선생은 다시 출마하여 이제는 정치인으로서의 정식 관문을 통과하게 되었다. 선거는 5월 13일에 있었다. 그러나 5월 16일에는 군사 쿠데타가 일어났고 국회가 해산되었다. 그는 몇 번씩 중앙정보부에 불려가 심문을 당했으나 큰일은 없었던 것으로 보인다. 1963년에는 공화당 창당에 참여해 줄 것을 권고받았다. 참여를 거절하면 8년간 정치 활동을 금지하겠다는 협박을 받았지만, 참여를 거절하였다. 그러나 그 전해 12월에 있었던 정치 활동 금지가 해제되고 1963년 2월에 재건된 민주당

의 대변인이 되었다. 10월 5일의 대통령 선거에서는 박정희가 대통령에 당선되었다. 이어서 국회 의원 선거가 있었다. 불법적인 선거 방해 공작이 있었음에도 불구하고 김대중 선생은 목포에서 국회 의원에 당선되었다. 야당이 민중당으로, 신민당으로 개편함에 따라 이에 참가하고 계속하여 당의 대변인을 맡게 되었다.

국회 활동은 반드시 당 정책에 동조하기보다는 자신의 판단에 따른 것이었다. 가령 당이 반대하고 국민 여론도 높았던 한일 협정에 근본적으로 지지를 표명한 것과 같은 것이 그 예이다. 국회 활동을 하면서 내외문제연구소를 설립하여 남덕우나 박현채 교수와 같은 경제학자들을 거기에 참여하게 하고, 국회 도서관을 자주 찾아 국회 의원 중 도서관을 가장 많이 이용한 의원으로 알려지기도 하였다. 그리고 1967년과 1969년에 두 권의 저서를 출간했다. 대통령 후보로서 출마가 결정된 후였지만, 1971년에는 『김대중 씨의 대중경제 100문 100답』을 출간하였다. 이렇게 하여 그는 계속적으로 지적인 자산을 쌓아 가고 이것을 세상에 알렸다.

1967년에는 윤보선 선생이 대통령에 출마하였으나 낙선하였다. 김대중 의원은 같은 해의 국회 의원 선거에 다시 출마하였다. 온갖 방해 공작에도 불구하고 그는 목포에서 다시 당선되었다. 그의 강연에는 인산인해를 이루는 청중이 모였다. 박정희 대통령이 목포에까지 여당 지원 연설을 하려 내려왔던 것을 보면, 이것은 김대중 의원의 성가(聲價)가 올라가고 있었다는 것을 말하는 것으로 생각된다. "김대중이 대통령 감"이라는 소문이 있어서, 박정희 정부에서 그를 낙선하게 하려고 광분했다고 한다.(191쪽) 그 자신 당선 이후 대통령에 출마하겠다는 생각을 가지게 되었다고 말하고 있다.(197쪽)

1968년과 1969년의 김신조 사건, 북한에 의한 미군기 격추 사건이 있은 후 박정희 정부는 3선을 위한 개헌을 계획하였다. 격렬한 반대 운동이 일어났다. 김대중 의원은 신민당이 주도한 3선개헌반대범국민투쟁위원회에 적극 참여하였다. 그의 연설은 열렬한 대중적 지지를 받았다. 그러나 3선 개헌은 여당만이 참석한 국회에서 그대로 통과되고 국민 투표에 부쳐졌으나 거기에서도 그대로 통과되었다. 이때의 대통령 선거에서 김대중 의원은 대통령 출마의 계기를 가지게 된다. 이때의 신민당 총재는 유진오 박사였고, 그의 출마가 고려되기도 하였으나, 김영삼 의원이 40대 기수론을 내세워, 보다 젊은 후보자의 출마 가능성이 열리게 되었다. 그러한 주장이 통할 수 있었던 것은 어쩌면 시대의 요청이 그러했기 때문이라고 할 수 있다. 날로 강화되는 독재, 또 급격한 산업화 속에서 더욱 가중된 민생고 등이 강력한 투사를 지도자로 요구하게 되었던 것이 아닌가 한다. 1970년 9월 20일에 열린 전당 대회에서의 첫 투표에는 김영삼 의원이 다수표를 얻었으나 과반수를 넘지 못하여 다시 투표를 하게 되고 김대중 의원은 이철승 후보와 협약을 맺고 그 지지자들의 표를 얻어 후보로 선출되었다. 그리하여 그는 그야말로 정치 지도자로서 대표적인 자리에 설 수 있게 되었다. "못살겠다, 갈아치우자!"라는 선거 구호는 가장 간단한 말이면서, 국민의 많은 사람의 심정을 대표하는 것이었다고 할 수 있다. 탄압, 부패, 그리고 생활고 등이 겹친 사회 분위기는 국민들로 하여금 새로운 체제의 도래를 절실하게 소망하게 하였다. 이러한 분위기는 여러 단체들의 활동을 자극하였다. 민주수호국민협의회, 민주수호전국청년학생연맹, 민주수호청년협의회 등이 조직되고 국제펜클럽 한국 본부까지도 언론의 자유와 공명 선거를 옹호하는 성명을 발표하였다.

선거 유세가 시작된 1971년 4월 18일 장충단에 모인 청중은 100만에 이르렀다. 그 규모는 "우리 역사에, 아니 세계 선거 운동사에 남을" 만한 것이라고 김대중 후보는 쓰고 있다.(242쪽) 이때의 감격을 김 후보는 "장충단 공원 일대는 환호와 흥분의 도가니였다. 독재에 대항하는, 민권이 살아 있음을 보여 준 거대한 축제였다. 나에게는 영원한 감격이었다.(245쪽)" 그러나 공정함을 기대할 수 없는 군사 독재 하에서 선거에 승리할 수는 없는 것이었다. 개표 결과는 박정희 634만 2828표 대 김대중 539만 5900표였다. 불법, 부정을 감안하여 김대중 후보는 "나는 선거에서 이기고 투개표에서 졌다."라고 썼다. 또 이어서 기록하고 있다. "내가 졌다는 뉴스를 보고 듣고 수많은 사람들이 눈물을 흘렸다. 나는 표면적으로 패배했지만 민심을 얻었으니 분명 승리한 선거였다."(250~251쪽) 이러한 과정에서 김대중 대통령 후보는 대중적 지지에서 그리고 자신의 내적 심리에서 국민적 지도자의 위치에 올랐다. 이러한 대중적 모임은 정치 지도자를 진정으로 국민과 하나가 되게 하는 기능을 한다.

3. 국제적 민주 투사/고난의 역정

김대중 후보는 대통령 선거 패배 후 5월 25일에 있었던 국회 의원 선거에서 전국구 후보로서 다시 국회 의원이 되었다. 그런데 선거 지원 연설을 위해 여러 군데를 다녔는데, 목포에 내려갔다가 비행기를 타기 위하여 광주로 향하던 중 트럭과 충돌하여 팔의 동맥이 끊기고 다리에 찰과상을 입었다.(충돌이 진정으로 사고인지 의도된 것이었는지는 분명치 않았다.) 1971년 10월 17일에 박정희 대통령은 유신 체제를 위하여 대통령 특별 선언으로, 비상계엄령을 선포하고 국회를 해산하고 정치 활동을 금하는 조치를 취하였다. 이때 김대중 의원은 일본에 체류하고 있었다. 그는 대통령 선거 얼마 전에 미국과 함께 일본을 방문하였고, 또 전국구 당선 후에도 일본과 다른 나라들을 여행하여 해외 접촉의 기회를 가진 바 있었다. 일본에 간 것은 10월 11일이었는데, 18일에 귀국할 예정이었다. 방일 목적은 게이오 대학 고시마 유이치로(五島雄一郎) 교수로부터 다리 치료를 받기 위한 것이었다.(284쪽) 그러나 17일의 대통령 특별 담화가 있은 다음, 서울로부터 그 소식을 전해 듣고 그는 일본에 남아 있기로 결심했다. 부인과의 전화에서 귀국하지 않는 것이 좋겠다는 권고가 있었다. 그는 한국에서는 아무도 말을 할 수가 없게 될 것이고 저항의 일을 떠맡고 나설 민주 인사도 별로 없을 것이므로 해외에서 자유롭게 의사를 피력하며 국제적인 저항 조직이라도 만드는 것이 좋겠다고 생각했다. 그는 성명서 발표, 인터뷰, 기고를 통하여 일본의 대중매체에 한국의 사정을 널리 알리기 시작했다.

그리하여 한국의 정치 사정과 김대중 선생의 역할이 일본의 주요 매체, 《주간 아사히》, 《선데이 마이니치》, 《주간 포스트》, 《세카이》, 《주오고론》, 《아사히 저널》등을 통하여 널리 알려지게 되었다. 그는 얼마 안 있어, 일본에서 미국으로 건너갔다. 그리고 거기에서도 한국의 사정에 대하여 널리 알리기 시작했다. 라이샤우어 교수, 민주당 원내 총무 마이크 맨스필드, 공화당 원내 총무 휴 스콧, 케네디 상원 의원 등을 만나서 한국 사정을 설명하고, 컬럼비아 대학, 미주리 주립 대학, 웨스트민스터 대학, 워싱턴 대학, 시카고 대학 등에서 강연을 하면서 한국 민주화의 필요를 역설했다. 그러고는 다시 일본으로 건너와 일본 정계의 요인들, 자민당을 포함한 국회의원, 기무라 다케오(木村武雄) 전 건설부 장관, 아카기 다케노리(赤城武德) 전 농림부 장관, 우쓰노미야 도쿠마(宇都宮德馬) 의원 등을 만나 사정을 호소했다. 한일 협정으로 하여 보내지는 차관이 바르게 쓰이지 않는다는 것도 이야기하였다. 또 이시바시 마사시(石橋政嗣) 사회당 서기장을 만났다. 다른 한편,『독재와 나의 투쟁』을 집필하여 일본인 독자에게 호소하였다. 이것은 나중에『행동하는 양심으로』라는 제목의 한국어판으로 출간되었다. 그는 또다시 미국으로 건너가 샌프란시스코의 한인회를 비롯하여 강연회를 계속하는 한편, '한국민주회복통일촉진회의'를 조직하였다. 그는 다시 일본으로 돌아갔다. 한민통의 일본 지부를 조직하려는 의도가 있었다. 그는 이것을 세계적으로 확대할 계획이었다. 그리하여 다시 그는 김재준 목사가 있는 캐나다를 방문할 계획이었다. 이렇게 하여 김대중 선생은 한국의 민주화를 세계에 알리면서, 국제적으로 민주주의 운동가로서의 위치를 확보하게 되었다. 그의 명성과 영역이 국제적으로 넓어지게 된 것이다.

일본과 미국을 왕래하면서 이러한 국제적 운동을 조직하고 있을 무렵에, 그는 일본의 자민당 의원을 통하여 박정희 대통령으로부터의 한 제안을 들었다. 부통령의 자리를 줄 터이니 함께 일하자는 것이었다. 그는 자리가 아니라 민주주의가 자기에게 중요한 것이기 때문에 그것을 받아들일 수 없다고 "예의를 갖추어" 답하였다.(301쪽)

그러고 있던 중 김대중 선생의 일생에 아마 가장 참혹했을 사건이 일어났다. 1973년 8월 8일 호텔에 침입한 다섯 명의 남자들에 의하여 납치된 것이다. 그들은 그를 마취제로 정신을 흐리게 한 후 지하로 데리고 내려가 대기하고 있던 승용차에 싣고 어느 선착장으로 가서 보트에 태웠다. 그간 그들은 손발을 묶고 입을 틀어막고 했던 것이나, 배에 탈 때는 다시 보자기를 머리에 씌웠다. 처음에 탄 것은 모터보트였는데 다시 큰 배로 옮겼다. 배에서는 흉한들의 구타가 있었다. 배의 선실에서 그들은 김대중 선생을 다시 묶어 칠성판 같은 판자에 누여 마치 송장을 묶듯이 동여매었다. 그들이 주고받는 말, "이만하면 바다에 던지더라도 풀리지 않겠지." 하는 말로 보아 바다에 던질 계획인 듯하였다. 그때 그는 특이한 체험을 가졌다. 죽음이 닥친다고 생각하는 때에 예수의 모습이 보였다. 그것은 "성당에서 봤던 모습 그대로였고, 표정도 그대로였[고]…… 옷도 똑같았다."(313쪽) 그는 예수의 옷소매를 붙들고 살려 달라고 애원했다. 그러자 눈에 불빛이 지나갔고 배가 요동을 치며 달리기 시작했다. 선실의 사내들이 비행기라고 외쳤다. 배는 달리다가 멈추어 섰다. 바닥에 쓰러져 있는 그에게, "김대중 선생이 아니십니까?" 하고 신분을 묻는 소리가 들렸다. 그리고 몸을 묶었던 밧줄들을 풀고 대우를 바르게 했다. 그렇게 하여 배는 한국의 항구로 향하여 가고, 이윽고 자동차로 갈아 태워진 김대중 선생은 큰 우여곡절 없이 동교동의 자택 앞에서 방면되었다.

이 사건은, 나중에 밝혀진 바에 따라 설명되어 있는 것에 의하면, 박정희 대통령의 지시로, 조금은 주저했던 이후락 정보부장이 조직하여 김대중 선생을 제거하려 했던 음모였다. 구제된 것은 미국과 일본의 개입으로 인한 것이었다. 호텔에서 납치된 후 김대중 선생의 비서들이 일본 경찰에 연락하여 곧 수사가 시작되었다. 미국의 정보부에서도 사건을 곧 알게 되고, 또 다른 경로를 통하여 미국 국무부 장관 키신저에게까지 보고되었다. 주한 미국 대사는 납치 사실에 대하여 곧 한국 정부에 항의하였다. 그리고 일본 정부에도 사건을 통고하였다. 납치해 가는 배 위로 뜬 비행기는 주한국미 대사관으로부터 통고를 받은 일본 정부에서 보낸 것이었다.

이 사건은 국제, 국외에 큰 파문을 일으켰다. 일본 정부는 여기에 관계된 주일 한국 대사관의 김동운 서기관의 소환을 요구하고, 공식 사과와 함께 김대중 의원을 일본으로 송환하라고 주장했다. 예정되었던 한일 각료회의가 연기되었다. 한국 정부는 김종필 총리를 일본으로 보내 다나카 가쿠에이 수상에게 대통령의 사과의 뜻을 전했다. 한국에서는 사건의 보도가 통제되었지만, 《조선일보》의 선우휘 주필은 이 일의 부당성을 지적하는 논설을 쓰고 서울대학교 문리대 학생들이 선언문을 발표하고 시위를 벌였다. 납치에서 생환한 후 김대중 선생은 가택 연금 상태에 들어가 크게 정치 활동을 하지는 못하게 된다. 그러나 얼마 안 있어 그는 정치 활동에 다시 나서게 된다.

유신 체제 기간 내내 강화되는 탄압에도 불구하고 한국에서의 민주화 운동의 열기는 조금도 줄지 않고 개인적, 집단적 항의가 끊이지 않았다. 인혁당 사건, 민청년(한국민주청년학생연맹) 사건 등이 일어나고 저항 운동자들에 대한 가혹한 처벌이 계속되었다. 날로 긴장되어 가는 정세 속에서 이를 더욱 가속화하는 사건들이 연발하였다. 1974년 6월 15일 재일 교포 청년 문세광에 의한 박정희 살해 기획이 대통령 부인 육영수 여사의 사망으로 끝났다. 박정희 정부는 1975년 1월에는 유신 체제에 대한 찬반을 묻는 국민 투표를 제안하였다. 곧 신민당에서는 윤보선, 김영삼, 김대중 세 지도자가 서명한 국민 투표 거부 행동 강령을 발표했다. 2월 12일의 국민 투표는 물론 정부 제안을 그대로 승인하였다. 그날 김대중 선생은 명동성당의 금식 기도에 참가하였다. 민주화 운동은 계속되었다. 정부는 5월 13일 긴급조치 9호를 선포하여 언론과 집회의 자유를 극도로 제한하고 국회 의원의 면책 특권까지 박탈하였다.

4. 수난과 그 의미

민주화를 위한 저항 운동 중에도 김대중 선생과의 관계에서 특별한 의미가 있는 것은 1976년 3월 1일의 민주 구국의 모임이 아니었던가 한다. 그날 명동성당에 모인 신구 기독교 관계 인사들이 「3·1 민주구국선언문」을 발표했다. 이때의 경험은 김대중 선생에게 특별한 의미를 가졌던 것으로 해석할 수 있다. 이것은 김대중 선생을 특별한 지도자가 되게 한 사정을 이해하는 데에 핵심적인 의미를 갖는다. 이때의 일은 그간의 정치 활동으로 겪었던 고통과 연결되는 것이었지만, 그것을 결정화하는 데에 크게 도움을 주었다고 할 수 있다. 그것은 그의 경험을 여러 가지 각도에서 큰 테두리 안에 자리하게 하였다. 3월 1일이라는 일자 자체가 그때의 행위에 역사적인 엄숙성을 부여하였다. 이우정 교수가 읽었던 「민주구국선언문」에도 이것이 언급되었다. "오늘로 3·1절 쉰일곱 돌을 맞으면서, 우리는 1919년 3월 1일 전 세계에 울려 퍼지던 이 민족의 함성, 자주독립을 부르짖던 그 아우성이 쟁쟁히 울려 와서 이대로 앉아 있는 것은 구국 선열들의 피를 땅에 묻어 버리는 죄와 같아 우리의 뜻을 모아 민주 구국 선언을 국내외에 선포하고자 한다."(351쪽)

또 모임에서 두드러진 것은 기독교 신앙의 요소이다. 정치의 관점에서 볼 때 1976년 3월 1일의 선언은 민주주의나 경제 발전의 방향 그리고 통일에 대한 입장을 밝힌 것이지만, 참가자들이 기독교 관계인이고 장소도 성당이었던 만큼 기독교적인 요소가 강한 것은 자연스러웠다고 할 수 있다. 그러나 우리가 생각하고자 하는 것은 그것이 김대중 선생의 마음가짐에서 차지한 의미이다. 기독교적이라는 것은 신앙의 문제이기도 하지만, 사람이 취하는 동기의 내면화에 관계되는 일이기도 하다. 내면화란 행동의 동기가 단순히 심리적 동인을 갖는다는 것을 뜻하는 것만은 아니다. 모든 행동에는 동기가 있다. 쉽게 생각할 수 있는 것은, 그것이 대의를 위한 것이라고 할 때 그 동기가 한 가지 신념에서 나오는 경우이다. 동기가, 이와는 다르게, 외골수로 집착하는 한 가지 믿음이 아니라 여러 가지의 생각들이 잠겨 있는, 계속되는 마음의 움직임의 공간으로부터 나올 때, 그것은 참으로 진정한 내면성에서 나온다고 할 수 있다. 거기에서 이루어지는 행동은 내면적 과정에서 성립하게 되는 결단의 결과이다. 신앙의 행위 그리고 이 「민주구국선언문」에서는 행동의 동기가 진정으로 내면화되는 것을 볼 수 있다고 할 수 있다.

선언문 낭독 바로 앞에 문동환 목사의 설교가 있었다. 설교는 이스라엘의 출애굽 경험에서 모세의 지도권 이양에 관한 것이었다. 모세는 애굽을 벗어나는 유대인들의 지도자였지만, 일단 그 일이 해결된 다음에는 여호수아에게 그 지도자의 책임을 넘겨주었다는 것이었다. 이것은 물론 박정희 대통령을 향한 우회적인 권고를 담은 것이기도 하지만, 오늘의 일을 기독교의 역사, 인간의 역사 안에 놓이게 하는 설교였다고 할 수 있다.

김대중 선생이 가톨릭에 입교한 것은 다른 영향들도 있었지만, 이미 말한 바와 같이, 정치적 맥락에서 장면 부통령이 이끌던 민주당 신파와 관계된 일이라 할 수 있을는지 모른다. 그는 국회 의원에 당선하기 이전인 1956년에 장면 부통령이 대부가 된 자리에서 가톨릭교도가 되고, 중세 영국의 순교자 성인 토마스 모어의 이름을 세례명으로 얻었다. 그리고 일본에서 피랍되었을 때 그리스도를 보게 된 것은 피나는 경험을 통하여 확인하게 된 신앙 체험의 하나였을 것이다. 1976년의 명동성당 모임에 관한 자서전의 기록에서 그는 특히 기독교적인 환경을 상기하고 있다.(이것은 모임 전이나 중간보다는 모임이 끝난 다음 집으로 돌아가면서 성당을 보고 생각했다는 것이지만, 이미 모임의 장소 자체가 그러한 느낌을 주었을 것으로 생각할 수 있다.) 그는 1898년 성당이 세워졌을 때에 대궐보다 높다 하여 말썽이 있었다는 것을 말하고 있다. 이것은 "권력의 야욕을 아프게 찌"르는 사실이었다. 즉 권력보다 더 위에 있어서 마땅한 것이 신앙과 정신의 드높음이었다는 것을 말한 것이다. 그리고 그것은 단순히 높음을 말하는 것이 아니라 그러한 높음이 이야기하는 넓은 윤리적, 정신적 교훈을 가리키는 것이라고 할 수 있다. 그리하여 신앙의 확인은 곧 순결과 용서 — 박해자를 포함하는 적들을 용서하라는 교훈으로 이어진다. 그중에도 가장 중요한 것은 주어지는 시련을 그대로 받아들이는 것이다. 그는 언제 끌려갈지 몰라도 "마음은 극히 편안했다."라고 쓰고 있다.(353쪽) 이 명동 집회의 결과 김대중 선생은 다른 참여자 열 명과 함께 구속되고 이때부터 시작하여 1978년까지 2년 10개월의 옥고를 치르게 된다.

서울구치소에서의 생활은 매우 고통스러웠다. 감옥은 매우 춥고, 고

관절병으로 앉기가 불편했고 자세를 여러 가지로 취해도 잠을 자기가 어려웠다. 그는 어느 날은 너무 아파서 뜬 눈으로 밤을 샜다고 말한다. 그럴 때면 하느님에게 기도를 올렸다. 그러면 통증이 멎는 것 같았다고 한다.(353∼354쪽)

첫 공판은 5월 4일에 있었다. 최후의 확정 판결은 1977년 3월 22일에 있었다. 형량은 다른 열여덟 명의 피고와 함께 5년으로 확정되었다. 그러나 김대중 선생은 그 이전 12월 20일의 공판에서 최후 진술을 하였다. 그것도 강하게 기독교적 내용을 가진 것이어서, 김대중 선생의 심정의 향방을 이해하기 위해서 여기에서 자세히 살펴볼 만한 것이다. 첫 부분은 순교자적인 고통을 기쁘게 감수하겠다는 신앙의 고백이다. "나는 가톨릭에 입신한 지 20년이 됩니다. 그러나 옥중 10개월만큼 기독교 신자가 된 기쁨을 느끼고 하느님께 감사한 적이 없었습니다." 이렇게 시작하여 그다음은 "하느님께서 저를 감옥에 보내 주신 데 대해서 감사하고 있습니다."라고 수난을 오히려 감사하게 받아들인다는 말이 나온다. 그로부터 시작하여 감옥에 와 있게 된 것이 "내 경험과 양심으로 보아 마땅히 올 장소에 와 있"는 것이고 "불구속의 몸으로 이 법정에 서 있었다고 하면 얼마나 제 마음이 괴로웠겠습니까."라고 말한다. 그리하여 수난의 체험에 대하여 해방감과 기쁨과 감사를 느낀다고 고백하는 것이다. 그러면서도 물론 신체적 고통은 극심한 것이었다. 그는 병에 시달리며 하룻밤에도 서너 차례 일어나서 약을 먹어야 했다.

수난을 받아들이는 것에 못지않게, 또는 그 함축된 넓은 의미로 하여 더 중요한 것은 그다음의 용서에 관한 진술이다. 그는 판결은 어떻게 되어도 상관이 없다고 말한다. 이 말은 이미 죽음의 고비를 넘긴 사람으로서 죽음도 각오되어 있다는 말일 것이다. 그러한 경우라도 그는 적들을 증오하지 않는다고 선언한다.

나는 그 누구도 증오하지 않습니다. 그것은 제가 믿는 하느님께서 금지하고 있습니다. 면회하러 온 제 안사람이 「로마인들에게 보낸 편지」 제12장 제14절을 보여 주었습니다. 거긴 "여러분을 박해하는 사람들을 축복하십시오. 저주하지 말고 복을 빌어 주십시오."라고 적혀 있었습니다.

이렇게 이야기한 다음, 이우정 교수가 낭독한 「민주구국선언문」도 그렇게 말하고 있지만, 박정희 대통령의 독재 체제도 스스로 뉘우치고 바른 길로 돌아오게 되기를 바라는 기도를 드린다고 한다. "저는 매일 민주 회복을 위해서, 억압된 사람들의 해방을 위해서, 또 교회를 위해서, 또 대통령 이하 현 집권자가 민주주의와 양심과 정의에 입각하여 현 체제를 시정하도록 기도하고 있습니다."(357쪽)

최후 진술의 마지막 부분은 그가 바라는 바 사회에 대한 일반적인 희망을 요약한 것이다. 그가 바라는 것은 "국민의 인권이 보장되는 정치적 자유, 평등한 경제적 여건을 보장하는 새로운 경제 질서, 정직하고 근면하며 양심적인 사람들이 성공하고 양심, 학문, 신앙의 자유가 있는 그러한 정의 위에 서 있는 사회"이다.

이 진술은 전체적으로 김대중 대통령의 신앙 고백이면서 정치적 신조의 천명이지만, 그것에 못지않게 우리가 주목하여야 할 것은 그 핵심에 들어 있는 수난과 관용에 대한 심리적 전환의 증언이다. 수난자로서의 김대중 선생은, 이 진술로 보건대, 수난을 받아들이고 그것을 보다 넓은 정치와 인간에 대한 비전으로 전환하고 있다. 그는 그에게 주어지는 수난에 동의(同意)한다. 그다음에 적을 용서한다. 이것은 이 동의로 인하여 가능하여진다. 기독교 신학에서 이 동의는 기쁨과 고통 어떤 것이 주어지든지 간에 그것은 신의 뜻이기에 그에 절대적으로 순응하겠다는 중요한 심리적 전환을 나타내는 것이다. 이것을 세속적으로 확대하면 그것을 계기로 내가 겪게 되는 고통은 타자의 의지에 내가 굴복하는 것이 아니라 스스로가 원하는 것으로 바뀌게 된다. 그것은 내가 당하는 것이면서 동시에 내가 뜻하는 것이다. 이 동의를 통하여 나에게 아픔을 가하는 사람에 대하여 원한을 갖는 것은 정당한 계산이 아니다. 내가 뜻하는 것이 그것인데, 어찌 그것을 행하는 다른 사람의 잘못을 탓할 것인가. 그리고 이 동의는 보다 넓은 삶의 태도로 확대된다. 어찌 고통 없는 인생이 있겠는가. 나의 고통은 모든 사람이 겪는 고통의 한 가지 사례에 불과하다. 이러한 인식에서 한발 더 나아간다면, 이 동의는 다른 많은 고통받는 사람에 대한 동정심으로 바뀔 수 있고, 그것을 완화시키게 할 자비의 작업의 준비가 된다. 나에게 고통을 가하는 사람도 동정을 받아야 할 사람이다. 그는 인간으로서 잘못된 길로 들어서고, 종교적으로는 죄의 길로 들어선 사람이다. 그것이 어찌 괴로운 일이 아니겠는가.

1977년의 진술을 보면, 앞에서 말한 것처럼, 김대중 선생에게 민주화 투쟁의 성격은 정치를 넘어서는 것이 되었다고 할 수 있다. 이것도 이미 말한 것이지만, 그것은 민주구국선언의 환경이 종교적이었던 것에 관계되지만, 한 가지를 더 보탠다면, 그때 집회에 모인 사람들 자체가 종교에 관계된 사람들이라는 사실에 한 요인이 있다고 할 수 있다. 이것은 이때의 사람들이 정치에 직접적으로 발을 들여놓고 있는 사람들이 아니었고, 그러니만큼 반드시 정치적 야심으로 움직이는 사람들이 아니었다는 것을 말한다. 김대중 선생에게는 이렇게 비정치인들과 함께 행동한 것이 처음이었던 것으로 보인다. 그는 이렇게 쓰고 있다.

나는 이 사건으로 재야 종교인, 지식인들의 진면목을 알게 되었다. 그들의 순수한 열정은 내 마음에 깊이 각인되었다. 그들은 거의가 나와는 일면식도 없었다. 이 사건은 나와 재야 민주 인사들을 연결시킨 최초의 고리였

다.(357쪽)

　김대중 선생은 이들의 동기와 행동 방식이 정치인과는 다르다는 것을 알게 되었지만, 동시에 그들의 깊은 동지애에도 감명을 받았던 것으로 보인다. 매주 토요일에 열리는 재판에서, 호송 버스에서 함께 만났는데, 그 만남이 "그렇게 반가울 수가 없었다." 그들은 "서로의 안부를 묻고 서로를 위로했다. 차 안에는 뜨거운 기운이 감돌았다. 같이 있음이 용기이고 힘이었다."(354쪽) 이때의 동지애는 정치적 야심이나 권력에 기초한 것이 아니었다. 그것은 정신적 원리에 입각한 것이었다. 그리고 이 원리는 단순히 상호 간의 유대를 말하는 것이 아니다. 그것은 각자가 정신의 바름을 위하여 희생을 무릅쓰는 일에 포괄된다. 그것은 상호 간의 수평적인 관계이면서, 각각 단독자로서 자신이 지켜야 하는 정신의 질서에 대한 수직적 관계를 표현한다.(이것은 르네상스기의 철학자 마르실리오 피치노가 진정한 사랑의 관계에는 세 요소―사랑하는 두 사람과 그 사람들의 관계를 정신적으로 고양하는 신이 있다고 한 것에 비슷한 일이다.)(이러한 상호 관계는 참으로 뜨거웠던 것으로 생각된다. 1979년 그때 함께 고초를 겪었던 고려대의 이문영 교수는 필자와 이야기를 나누면서, 순천의 감옥에서 단식 투쟁을 할 때 자기가 내건 요구의 제1항이 김대중 선생에게 은수저를 주라는 것이었는데, 그것은 독살의 위험을 피할 수 있게 하려는 것이었다고 했다.)

　개인과 사회와 정신적 원리 사이의 삼각관계에서 또 하나 주의할 것은 어느 것도 강제적이거나 강박성 또는 마지못한 압력에의 순종과 같은 성격을 가진 것이 아니라는 것이다. 동지 상호 간의 관계는 의무이면서 자유로운 의지 속에 존재한다. 동지 간의 의무는, 다시 말하여 사랑의 의무에 비슷하다. 그것은 필연적이면서 자유롭다. 사회에 대한 의무와 유대의 관계도 이것을 확대한 것이다. 정신적 원리와의 관계도 중간자가 없는 필연이나 강박의 관계가 아니다. 정신의 원리는 절대적인 것이면서, 강제되는 것이라기보다는 보다 참다운 나 자신이기 위해서 내가 선택하는 것이다. 그리고 이 선택은 여러 가능성 속에 존재한다. 그것은 결단을 요구한다. 결단과 나의 의지 사이에는 하나의 심연이 있다. 결단이 이 심연을 건너뛰게 한다. 결단 후의 정치적 행동도 끊임없는 사고와 검토를 요구한다. 정치적 행동도 자동적으로 이루어지는 것이 아니다. 행동으로 옮겨 감에 있어서 수단에 대한 이성적 사려 그리고 행동 방식의 선택은 이러한 내적, 사회적 과정의 마지막 결과이다. 또 이것은 집단 그리고 사회 속에서 합의로 성립할 수 있어야 한다. 그것은 합리적 토의를 필요로 하지만, 동시에 그 합의의 과정은 앞에 말한 바와 같은 정신적 원리에 기초함으로써 단순한 이해관계의 협약을 넘어가는 것이 된다. 정신적, 행동적 그리고 사회적 결단으로 모든 것이 끝난다는 말은 아니다. 그다음에 오는 것은 행동의 결과에 대한 현실적 책임을 생각하고, 그에 대하여 책임을 지는 것이다. 그러니까 의무와 자유로서의 사랑의 관계는 이렇게 하여 인간 일반으로 확대된다. 김대중 대통령의 말 가운데 행동하는 양심이라는 말이 유명하지만, 그것은 이러한 복잡한 경위를 가짐으로써 참으로 인간적인 것이 된다.

5. 수난의 의미와 화해의 정치

김대중 선생이 감옥에서 고통을 당하면서 용서와 관용을 깨닫는 것은 물론 개인적인 의미만이 아니라 넓은 정치적인 의미를 갖는 것이다. 그는 또 한 번의 옥고를 치르는데, 그것은 사형 선고를 포함한 것이었다. 그리고 또 가택 연금과 망명을 포함한 다른 고난의 역정을 거쳐야 했다. 그러나 결국 대통령의 자리에 나아가게 된다. 그런데 권력을 장악한 후의 정치 시책들에서 보복을 볼 수 없는 것, 그리고 국내뿐만 아니라 국외의 여러 관계에서도 화해와 타협을 추구한 것 등이 이러한 정신적 체험에 관계된다고 하지 않을 수 없다. 용서와 관용의 가장 유명한 예는 김대중 대통령이 박정희 기념관 건립을 허가한 일일 것이다. 이러한 관용은 기념과 건립 허가 후에 박근혜 씨에게 보여 준 태도에서도 볼 수 있다. 여러 해가 지난 다음인 2004년에 한나라당의 대표인 박근혜 씨를 김대중도서관에서 만나게 되는데, 그때 그는 "진심으로 마음을 열어 박 대표의 손을 잡았"고 박 대표는 "뜻밖에" 아버지 일에 대해서 사과하였다.(385쪽) 사실 박근혜 씨가 김대중도서관을 방문한 것 자체도 너그러운 화해의 표시였다고 할 수 있다. 관용과 용서는 정권 장악 후 자신을 일본에서 납치한 사건을 끝까지 파헤치지 않은 것에서도 볼 수 있다. 여기에 대한 그의 설명은 "권력이 개입된 사건을 또 다른 권력으로 파헤치면 안 된다."라는 것이었다.(345쪽)(물론 이것은 정당성 또는 정의, 새 질서라는 관점에서 문제가 될 수 있는 일이기는 하다.)

용서의 입장은 국내외의 정책에 있어서 평화적인 방법에 의한 평화의 달성을 주안으로 한 것에도 연결되는 것이라고 할 수 있다. 민주화 운동 과정에서 김대중 선생은 폭력을 반대하고 비폭력을 주장하였다. 1980년 5월의 극히 불안한 시점에서도 학생 시위의 자제를 호소했다. 1986년 5월 3일의 신민당 주도의 시위가 과격해지는 것을 그는 비판적으로 보았다. "과격시위는 국민의 호응을 이끌어 낼 수 없다."라는 것이 그의 입장이었다.(500쪽) 그해 6월 10일의 시위도 비폭력의 시위였던 것이 효력을 발휘한 것이라고 생각했다. 그는 김재규의 박정희 총살도 찬성할 수 없다는 입장을 취했다.(386쪽) 가장 대표적인 비폭력, 또는 달리 말하면 평화 추구의 정책의 절정은 말할 것도 없이 햇볕 정책이었다. 무력 포기, 긴장 완화, 기자, 서신, 체육 교류, 정치 경제 교류 등을 내용으로 하여 성취될 수 있는 남북 평화 관계에 대한 생각은 이미 1970년대부터 그가 가지고 있었던 것이지만(278

쪽), 이것이 공식화된 것은 2000년 6월의 남북 정상 회담이고, 6·15 공동 선언이다. 일본이나 미국과의 보다 평화적이고 적극적인 연대 관계를 강화하고자 했던 외교 정책들도 김 대통령이 가졌던 기본적인 정신 정향이라는 범주 안에서 생각할 수 있을 것이다.

물론 이러한 조처들은 단순히 정신적 순결성의 표현이 아니라고 할는지 모른다. 많은 관용과 화해 그리고 평화의 조처들은 정치 전략으로서의 뜻을 가지고 있는 것이라고 할 수 있다. 그러나 정치에서 완전한 정신의 구현을 기대할 수는 없다. 또한 그러한 경우 그것은 바른 현실 대책이 될 수도 없다. 그리고 김대중 대통령은 성인이 아니다. 그렇지 않다는 것은, 지금의 글에서 주로 의지한 자서전에서도 많이 발견할 수 있다. 그러나 중요한 것은 정치의 대체적인 오리엔테이션이다. 우리는 김대중 대통령에게서 그러한 방향을 느낄 수 있다.

정치의 최종 목표는 평화로운 삶이다. 그것은 삶의 모순의 해결을 요구한다. 그러나 동시에 그 목표에 이르는 데에는 혁명적 변화가 필요하고 그것을 위해서는 많은 경우 비평화적인 수법이 동원된다. 그리고 혁명론자는 삶의 끊임없는 모순을 지나치게 단순화함으로써, 그것을 단시간에 폭력적 수단으로 해결할 수 있는 것으로 생각한다. 유토피아의 이상은 정치에 정향을 부여하는 데에 필요한 것이면서도 바르다고 할 수 없는 온갖 수단을 정당화하는 경향이 있다. 그리고 어떤 동기에서든지 일단 동원된 비평화적인 수법은 그칠 줄을 모른다. 레닌은, 혁명가는 처음에 인민의 삶에 대한 고려에서 혁명을 시작하지만 스스로를 위해서 혁명을 삶의 목표로 또 직업으로 만든다고 말하여, 혁명가의 유혹과 위험을 지적한 일이 있다. 나는 얼마 전 마오쩌둥의 전기에 관한 글에서 그로 인하여 희생된 중국인의 수가 7000만 명에 이르고 당내의 기율을 위하여 당원을 숙청하여 사형한 것만도 1만 5000명이 된다는 것을 읽었다. 7000만 중 많은 사람들은 대약진 운동이나 문화 혁명으로 인하여 희생된 것인데, 그 동기는 그가 시작한 혁명이 제도로 정착하고 혁명적 열기를 잃게 되는 것을 싫어했기 때문이라고 한다. 물론 혁명적 열기의 감소는 그의 권력과 영향력의 감소를 의미하는 것이기도 했다. 또 제도가 관료 제도로 굳어지는 것이 커다란 문제를 갖는 것도 사실이다. 마오쩌둥의 걱정은 이해할 만하다. 그러나 의도가 어떤 것이든지 간에 이데올로기로 단순화된 혁명의 이상이 견디어 낼 수 없는 희생을 가져온다는 것이 20세기의 여러 정치적 실험들의 교훈이다.

적어도 민주주의는 보통 사람의 삶의 평화를 보장하려고 하는 제도이다. 물론 그것은 관료 제도로 경직화할 수도 있고, 단순히 자기 이익을 추구하는 데에 혈안이 된 개인들의 임시방편으로서의 타협을 표현하는 것일 수도 있다. 그것은 그 나름의 정신의 동역학을 갖는다. 모든 정치 변화가 그러하듯이 처음에 필요한 것은 혁명적 열기이다. 그러나 그것은 증오와 원한을 풀어 놓는다. 그것이 사회적 동력으로 오래 지속되는 사회가 참으로 인간적인 사회가 될 수는 없다. 그것은 화해로, 또 인도주의적 이상으로 나아갈 수 있어야 한다. 앞에서 김대중 대통령이 민주화 집회가 있었던 명동성당을 생각하면서, 신앙의 성당이 권력의 궁궐보다 더 높은 자리에 있는 것이 마땅하다고 느꼈다는 것을 보았다. 정치는 필요한 것이면서 그 절대화는 억압과 희생을 가져온다. 물론 신앙 또는 일반적 정신적 믿음의 교조화도 그 나름의 인간 희생을 가져온다. 세속적인 관점에서 신앙의 의미는 용서와 화해 그리고 평화의 이상 속에 많은 사람을 하나로 포용할 수 있게 한다는 데에 있다. 이것은 신앙이 아니라도 일정한 정신문화를 요구한다. 여기에서 핵심이 되는 것은 자기를 넘어서는 정신 질서에 순응할 수 있는 겸허이다. 권력의 절대화가 여기에 대하여 장해가 되는 바와 같이 시장 경제의 절대화가 여기에 대립되는 것도 사실이다. 물론 물질의 추구가 보통 사람의 추구로서 인정되지 않는다면, 그것 또한 보통 사람의 삶을 억압되고 위축되게 할 것이다. 그러나 그 위에 신앙이 아니라도 어떤 도덕과 윤리 그리고 정신이 있어서 인간적인 사회는 가능하다.

김대중 대통령은, 다시 되풀이하건대, 개인적인 동기에서 정치에 투신하였더라도 민주화 운동의 체험 끝에 정치 행동의 고통과 신앙과 정신의 체험을 경험했다. 인간의 정치 질서에 대한 그의 이해는 종교적 깊이를 가졌던 것으로 보인다. 그리고 그것을 통해 그는 보다 넓은 인간에 대한 이해를 가지게 되었다. 앞에서 나는 이 단계에 이른 과정을 추구하여 보았다.

앞에서 말한 바와 같이 그가 성인이었다는 말은 아니다. 그러나 그가 정치와 정치의 야심을 보다 넓은 인간 화해의 비전으로 승화한 것은 사실일 것이다. 그리하여 참으로 우리의 근대 역사에서 보기 드문 정치 지도자가 되었다고 할 수 있다. 그러나 그의 모범은 아직 우리 현실에 완전히 인식되지 아니한 것으로 말하지 않을 수 없다. 우리의 정치를 지배하고 있는 것은, 또 우리의 정치 이해의 밑에 있는 것은, 원한과 힘 그리고 개인적으로나 집단적으로나 이점(利點)의 고지를 점유하기 위한 전략적 사고이다. 자기를 넘어 사회를 생각하고, 그리고 사회를 넘어 겸허한 마음으로 인간의 정신적 본질을 생각하고, 또 그에 순응하고 모든 사람을 너그럽게 포용하는 정치 문화, 정신문화는 아직 존재하지 않는다. 정치에 깊이 있는 인간 이해의 바탕이 생기는 것은 요원한 것으로 보인다.

(2012년)

김대중 전 대통령의 서거를 애도함

　죽음은 누구에게나 오고 사람을 가리지 않고 오는 것이지만, 그리고 김 전 대통령께서 다시 일어서시기 힘든 병상에 누우시게 된 것은 전해 듣고 있는 일이었지만, 막상 숨을 거두시었다는 소식을 들음에 아픈 마음이 새삼스럽다.

　김대중 대통령은 이제 역사의 인물이 되셨다. 우리 현대사를 생각하면 민주화를 생각하지 않을 수 없고, 민주화 하면 김 전 대통령을 생각하지 않을 수 없다. 민주화는 우리 모두에게 주어진 과제였다. 역사는 그것을 거두어 모아 하나가 되게 하는 노력이 없이는 큰 흐름이 되지 못한다. 역사를 바른 길로 가게 하는 데에 김 전 대통령은 순교자의 고통과 인내와 의지를 가지고 온 힘을 다하였다. 그러한 노력 가운데에 역사는 지도자를 탄생하게 한다. 하나가 되는 역사와 국민과 지도자의 신비를 새삼 실감하지 않을 수 없다.

　민주화는 역사의 대전환, 대혁명을 의미하였음에도 불구하고 큰 유혈이 없이 이루어질 수 있었다. 민주화를 위하여 크고 작은 희생을 바친 분들이 많았음에도 불구하고 민주주의가 회복된 다음에는 사회 평화를 뒤흔들 만한 보복이 없었다. 이것은 우리가 다 같이 긍지를 가지고 생각할 만한 일이지만, 김 전 대통령의 깊은 사려와 큰 덕이 없었더라면 이것은 이루어지기 어려운 일이었을 것이다.

사람들은 김 전 대통령의 가장 빛나는 업적으로 남북 관계를 크게 바꾸어 민족의 앞길에 평화와 통일을 바라볼 수 있게 한 일을 꼽을 것이다. 이것은 물론 큰 정치적 비전에서 나온 일이다. 동시에 그것은 평화와 화해의 이상에 대한 깊은 인간적 믿음에도 관계되는 것이었을 것이다. 지금 김 대통령이 열어 놓은 길의 저쪽이 잘 보이지 않는 것이 되었다고 하여도 그것은 첫 의도와 마지막 결과 사이, 굽이진 역사의 길에서 거치지 않을 수 없는 시련들을 말할 뿐이다.

김 전 대통령은 큰 정치의 지도자임에도 불구하고 자연스러운 인간의 부드러움을 잊지 않은 분이었다. 그리고 그 부드러움은 언제나 위엄을 잃지 않는 것이었다. 나는 1992년 가을에 마침 영국 케임브리지에서 김 전 대통령을 뵙게 되었다. 영국을 떠나면서 작별 인사를 드렸을 때, 멀리까지 배웅하면서 서 계시던 자상한 모습이 지금도 생생하다. 2000년 여름 대통령으로 재직하실 때에, 외국에서 온 작가들을 안내하여 나는 청와대를 방문하였다. 그때 외국인 방문객 가운데에는 프랑스의 저명한 사회학자 피에르 부르디외 교수가 있었다. 대통령 관저 방문 계획을 말했을 때 부르디외 교수는 방문 의사가 없다고 말했다. 자신이 권력의 높은 자리에 있는 분을 만나야 할 이유가 없다는 것이었다. 그러나 설득의 결과 그는 방문에 동의했다. 대통령을 뵙게 되었을 때 부르디외 교수는 김 대통령의 죽음의 직전에 이르렀던 개인적 체험, 한국 사회와 문화와 근대화의 관계, 경제에 대하여 가장 많은 질문을, 정해진 시간을 넘겨 가며, 내어놓았다. 김 전 대통령의 답은 자연스러우면서도 정연한 것이었다. 부르디외 교수는 청와대

현관을 나서면서, 당신들은 훌륭한 대통령을 가졌다고 말하였다. 그는 프랑스로 돌아간 다음, 김 전 대통령이 노벨 평화상을 수상하게 되었을 때 축하 전보를 보내고 그것을 나에게 알려 주었다. 상냥하면서도 더없이 엄정한 부르디외 교수의 인품으로 보아 이것은 진정한 사려에서 나온 일이었을 것이다. 그렇다는 것은 우리 역사의 불행이기도 하고 우리 역사에 지워진 커다란 짐으로 인한 것이기도 하지만, 김 전 대통령은 역대의 대통령 가운데 진정한 의미에서 모든 국민의 애도 가운데 국장으로 편안하게 모시게 되는 최초의 대통령이다.

살아 계실 때 짊어지신 고통은 가장 큰 분이었다고 하겠지만, 이제 숨을 거두시고 난 그분의 장례는, 흔히 쓰는 말로, 호상 중에도 호상이 된다고 할 수 있다. 온갖 시련에도 불구하고 지상의 평화를 위하여 일하시고 떠나가심에, 이제 영원한 평화와 안식 속에 길이 잠드시기를 기원한다.

(2009년)

3부

오늘의 과제
:문학,
인문 과학,
시대

한국 인문 교육의 목표와 과제

정전과 그 선정의 기본 방향

인문 교육의 정전

인문 교육의 필요에 대하여서는 이제 충분한 논의가 있었다고 하겠다. 그리고 비록 특강이라든지 과외의 강좌의 형식을 취하고 있기는 하지만, 그에 대한 필요는 이미 현실적 실천으로 상당 정도 충족되고 있는 면이 있다. 다만 이것이 보다 체계화되어야 한다는 것은 다음의 과제로 남아 있다고 하겠다. 그중에도 중요한 것은 인문 교육이 대학을 비롯하여 각급 학교에서 정규 교육 과목으로 확립되고, 그에 따른 여러 구체적 방법이 연구되는 것이다. 물론 여기에는 학제의 재조정과 같은 일 ─ 가령 인문 과학을 포함한 기초 과학을 학교 교육의 중심이 되게 한다고 할 때, 이에 따른 학제의 개편이 함께 고려되지 않을 수 없을 것이다.

그런데 이러한 일들과 관련하여 실제적인 문제의 하나는, 인문 교육을 튼튼하게 한다고 할 때, 그 인문 교육의 내용이 어떤 것이 되어야 하는가 하는 것이다. 무엇을 가르칠 것인가, 나아가 무엇을 연구하며 생각의 대상으로 할 것인가가 문제인 것이다. 여기에서 생각해 보고자 하는 것은 이러한 교육의 대상과 내용의 문제이다. 그러나 여기에서 하려는 것은 이러한 문제에 대한 정해진 답을 주려는 것이 아니고, 그것을 생각하는 것이 기본 과제의 하나임을 상기하려는 것이고, 그에 대한 최종적인 결정에 필요한 원칙들을 간단히 살피려는 것이다. 이것은 물론 불가피하게 인문 과학의 교육적 의의, 또는 그것이 인간의 삶에 대하여 갖는 의미를 다시 생각하는 일을 포함하지 않을 수 없다.

인문 과학은 전통적으로 인문적 유산을 정리하면서 그것을 교육과 연구의 중요 대상으로 한다. 인문 교육도 그 결과를 교육의 자료로 삼는다. 그러나 연구와 교육의 대상이 될 수 있는 전통적 유산은 간단하게 "이것이 바로 그것"이라고 내놓을 수 있는 것은 아니다. 확인되는 유산의 문제는 참으로 중요한 문제이면서, 여러 가지로 생각하여야 할 과제가 된다. 옛날의 인문 교육의 교재가 되었던 사서삼경(四書三經)이나 사서오경(四書五經)이 그러했던 것과는 달리, 정해진 고전적 교재가 쉽게 이야기될 수 없는 것이 오늘이 실상이다. 말할 것도 없이 이러한 텍스트들은 무수한 대상들 가운데에서 좁히고 좁히고, 선정하고 선정하여 확정된 것이다. 그러나 그것이 시대의 흐름 속에서 이루어진 것은 사실이고, 이 흐름이 전적으로 달라진 지금에 와서 그대로 통용될 수 없게 되는 것은 자연스러운 일이다. 옛날의 선정을 존중할 수는 있지만, 오늘날에도 그것이 그대로 인문 교육의 중심 텍스트가 될 수는 없다. 지금은 지금의 관점에서 선정되는 텍스트가 필요하다. 또 새로운 텍스트의 필요는 우리가 사는 세계의 범위가 한없이 넓어진 것에 관계된다.

이것은 지리적인 의미에서 그렇고 또 지금의 상황에서 우리가 의식하지 않을 수 없는 여러 다른 문화의 전통 — 특히 서양의 전통을 포함하지 않을 수 없다는 의미이기도 하다. 이와 동시에 이것은 학문 자체가 넓어진 것을 의미하기도 한다. 역설적으로 이것이 너무 넓어진 까닭에 여러 분과 학문이 생겨나고 연구와 교육의 범위를 좁혀야 할 필요가 생겨났다. 그리하여 인문 과학도 넓은 학문의 한 분과가 되었다. 우리가 선택할 수 있는 고전도 옛날의 고전을 생각할 때, 그에 비하여 쉽게 한정하기 어렵게 넓어지면서 동시에 좁아진다는 느낌을 갖는다. 인문 과학 하면 주로 문사철(文史哲)을 뜻하는 것으로 생각한다. 이것은 근대에 와서 동양의 인문학이 스스로를 이해하려는 데에서 생겨난 개념일 것이다. 동양의 전통에서 문(文)과 학문은 문학이나 역사나 철학만이 아니라 사회와 정치 그리고 우주론을 포함하였다. 그러니까 따지고 보면 '문사철'이라는 말이나 '인문 과학'이라는 말은 현대 학문의 요구에 따른 자기 한정에서 생겨난 것이다.

이러한 것을 다시 되돌아보는 것은 무의미한 일이 아니다. 옛날에 학문을 한다는 것은, 되풀이하건대, 거의 모든 학문을 공부한다는 것을 말하고 문사철이나 인문 과학을 한다는 것이 아니었다. 그러면서 인문 과학은 이 넓은 학문의 정신을 계승하는 것이다. 오늘날 옛날의 통합 학문이 불가능한 것은 말할 필요가 없다. 그러나 옛날의 이야기 — 좁았기 때문에 포괄적일 수 있었던 옛날의 이야기가 그 나름으로 의의가 있다고 하는 것은 그 통합적 학문이 인간의 형성에 관계되는 일이라고 생각되었다는 것을 상기하는 일이다. 인문 과학의 대상을 고려하는 것은 적어도 이 인간 형성의 관점에서 문제를 생각하여야 하는 것을 깨닫게 한다. 그리고 그 관점에서 대상의 선정이 이루어져야 한다는 것을 환기하는 것이다. 고전적 텍스트의 선정에 있어서도 그 기준은 단순한 전문성일 수 없다.

이렇게 여러 역설적 요구가 착종하는 상황에서 이러한 선정의 문제가 쉽지 않은 일이란 것은 당연하다. 그런데 이것을 떠나서 도대체 인문 교육을 위해서 일정한 텍스트를 선정하고 그것을 확정된 목록으로 고정시킬 필요가 있느냐 하는가를 물을 수 있다. 그렇게 말하는 것은 근년에 구미에서 벌어졌던 정전(正典, canon)에 대한 시비를 생각할 수도 있기 때문이다. 정전의 존재를 비판하는 사람들은, 한편으로 문학 또는 그에 가까운 글쓰기에 일정한 기준이 있다는 것을 부정하고, 다른 한편으로 일정한 기준에 의한 텍스트의 선정이란 대체로 기존의 계급적 질서나 위계적 체제를 옹호하는 데에 이용되었다는 주장을 내세운다. 이론적 관점에서 이러한 부정적 주장은 미셸 푸코나 자크 데리다와 같은 담론 행위에 대한 철학적 분석에서 나오는 것일 수도 있고, 정치 사회적 관점에서 — 가령 여권론(feminism), 반인종주의, 반제국주의, 다문화주의 또는 마르크스주의의 입장에서 제시되는 것일 수도 있다.

여기에서 이 문제에 언급하는 것은 이것을 논하자는 것이 아니고, 정전의 존재 가능성에 대한 비판 — 일정한 텍스트에 기초한 문화적 전통 또는 인문적 전통이 있을 수 있다는 것을 너무 쉽게 받아들일 수는 없다는 점을 상기하자는 것일 뿐이다. 그러면 인문 교육에서의 표준적 텍스트의 문제는 한결 복잡한 것이 된다. 그러나 다른 한편으로 적어도 하나의 공식적 기구로서 인문 교육이 있어야 된다고 할 때, 그것이 일정한 텍스트에 기초할 수밖에 없다는 것도 분명하다. 이것은 물론 공식 교육이 아니라 개인적인 의미에서의 자기 교양을 쌓는 경우에도 마찬가지이다. 가장 간단한 의미에서 일정하게 한정된 텍스트가 있어야 한다는 것은 공식 교육에서나 개인 교양에서나 인문적 독서의 시간이 크게 제한될 수밖에 없다는 데에서 연유한다. 그리고 그 경우 거기에 일정한 기준 — 중요하고 중요치 않은 것을 가리는 기준이 작용하는 것은 불가피하다. 시간을 아끼자면 무엇을 위하여 어떻게 시간을 할당할 것인가를 생각하지 않을 수 없는 것이다. 이러한 외적인 요인만으로도 본질적 관점에서의 기준의 문제가 일어나게 마련이라 할 것이다.

기이함의 체험

구미에서의 정전 논쟁에 대하여 가장 큰 반감을 표명한 문학 이론가의한 사람은 예일 대학의 인문학 교수(Professor of the Humanities)인 해럴드블룸(Harold Bloom) 교수이다.[1] 그의 정전론은 널리 인문 과학에 걸치는 것이라기보다는 문학에 한정된 것이지만 인문 교육의 텍스트 문제 전반에쉽게 확대될 수 있는 것이기도 하다. 블룸은, 정전의 존재에 대하여 반기를드는 사람들은 그들의 관심사가 대체로 사회 정치 문제이기 때문에 — 특히 사회 정의의 문제이기 때문에 그러는 것이라고 말하면서, 서구 문학의전통에서 고전으로 꼽히는 작품들은 사회 정의의 진전에 기여한 저작들이아니라고 주장한다. 그러므로 사회적 기준으로 정전을 평가하는 것은 전통의 의미를 알지 못하고 하는 일이라는 것이다. 다른 한편으로 정전을 옹호하는 사람들은 정전의 교육이나 독서가 도덕적 감성의 계발에 기여한다는 점을 내건다. 그러나 그것도 정전의 성격, 문학의 본질을 잘못 이해하는 것이라고 그는 말한다. 블룸에게 문학적 걸작은 단지 "심미성의 힘과 권위"를 가지며, 이것은 다른 목적을 위하여 이용될 수 없는 심미성에서 연유하는 것이다. 블룸의 이 힘과 권위에 대한 설명은 상당히 기이하다. 어떤작품의 힘은 이미 존재하는 다른 작품과의 경쟁적 관계, 투쟁적 관계에서더 높은 위치를 차지하는 힘이다. 작가가 좋은 작품을 쓰는 주요 동기는 이싸움을 통하여 불멸의 위치를 얻고자 하는 것이다. 이렇게 문학의 걸작이기존의 걸작들과의 싸움 속에서 생겨난다는 것은 그의 지론이다. 그런데이것은 독자에게, 또 독자가 살고 있는 삶에 어떤 의미를 갖는가? 블룸의

---

1   Cf. Harold Bloom, *The Western Canon*(New York: Harcourt, Brace & Company, 1994), 서두부분, "Preface and Prelude", "An elegy for the Canon."

생각에 상호 투쟁의 질서 속에 존재하는 문학 작품들이 인간의 현실에 관계를 갖는 것은 이 불멸이 죽음의 현실에 대항하는 것이라는 점에서이다. 위대한 문학 작품은 죽음이라는 현실을 그 핵심에 가지고 있고 그것을 표현한다.(이것은 난해한 설명이지만, 죽음의 현실 앞에서 삶의 진가를 찾고자 하는 인간의 피나는 투쟁이 문학에 표현된다. — 이와 같이 말한 것이 아닌가 한다.)

어쨌든 블룸의 이러한 생각은 기괴한 것이라고 아니할 수 없다. 그렇다고 하더라도 문학이나 다른 인문 과학의 분야가 정치적인 또는 도덕적인 목적에 봉사하여야 한다는 생각을 강하게 거부하려는 것은 이해할 만하다고 할 수 있다. 그리고 그것은 그 나름의 정당성을 가지고 있다고 할 수 있다. 그는 인문 교육의 의의가 사회적, 도덕적 목적에 한정되는 것이 아니라 그것을 초월하는 삶의 근본에 맞닿아 있다는 것을 말하고자 하는 것일 것이다. 그렇다면 그 효용은 어떤 것인가? 이것을 짐작하려고 하는 노력은 인문적 교육의 정전 — 블룸이 말하는 정전이든 그것과는 다른 의미의 정전이든, 정전을 생각하는 데에 도움이 되는 일이다.

블룸의 정전론 — 또는 반정전론에 대한 반증으로서의 정전론에서 이 점에 대하여 생각하게 하는 관찰은 문학적 걸작의 특징의 하나를 "기이함(strangeness)"에 있다고 한 것이다. 뛰어난 문학 작품은 언제나 기대를 뛰어넘는다. 그리하여 독자는 거기에서 "예상된 것이 이루어지는 것을 보는 것이 아니라 기이한 이방인을 만나고 기이한 해결에 부딪친다." 독자는 "그의 편안한 자리에서 이 기이함"을 느끼게 된다.[2] 이것은 블룸의 생각으로는 뛰어난 작가의 '독자성(originality)'의 일부이다. 블룸이 말하는 "기이함"은 러시아의 이론가 빅토르 시클롭스키(Victor Shklovsky)의 "낯설게 하기(defamiliarization, ostranenie)"의 개념에 유사하다. 시클롭스키는 이 개념으

---

2   Ibid., p. 3.

로 구체적인 묘사나 이야기 전개에 있어서, 사람의 상투화된 지각을 깨우쳐 사물을 새롭게 보게 하는 것이 문학 기교의 핵심이라는 것을 설명한 것이다.[3] 이것은 블룸이 시사하는 것보다는 보다 단순히 문학인이 사용할 수 있는 기교를 말한 것이지만, 블룸의 생각이나 마찬가지로 보다 근본적인 의미에서 위대한 문학 작품들의 핵심적인 의의를 간파한 것이라고 할 수 있다. 문학 작품도 그러하지만, 인문적 교육 그리고 독서에서 얻게 되는 효과는 이 기이함 또는 낯설음을 중심으로 설명된다. 그것은 익히 알고 있는 세계를 새로운 눈으로 보게 하는 것이다. 고전적인 저작들이 가지고 있는 이러한 특징은 간단한 의미에서 교육과 독서가 특정한 정치적 또는 도덕적 목적에 봉사하는 것을 어렵게 한다. 그렇다는 것은 이것이 이미 정해져 있는 교리를 벗어나게 하기 때문이다. 그러니까 인문 교육을 단순한 도덕성 또는 인간성의 교육에 의하여 정당화하려 하는 것은 이러한 저작들의 참의의를 잘못 파악하는 것이 된다.

그렇다고 블룸이 말한 것처럼 문학 또는 인문학의 텍스트가 전적으로 자족적인 세계 속에서만 존재한다고 할 수는 없다. 기이함 또는 낯설게 하기는 어떤 이유로 일어나는가? 시클롭스키가 말하는 낯섦은, 앞에 말한 것을 다시 설명하여, 우리가 너무 익숙하게 생각하는 것들을 천천히 보게 하려는 문학 기교이다. 이 기교는 익숙한 언어적 표현들을 색다르게 하려고 한다. 그 가장 단적인 예는 통속적 시에서 보게 되는 익숙한 언어의 리듬을 거칠게 하는 것이다. 우리는 유려한 리듬이 시의 특징이라고 생각한다. 그러나 그 반대가 뛰어난 시의 특징인 경우가 많다. 시클롭스키는 그 예를 푸시킨의 시와 같은 데에서 든다. 그러나 언어적 표현을 떠나서도 우리가 사

---

3   Cf. Viktor Shklovsky, *Russian Formalist Criticism: Four Essays*, by trans. Lee T. Lemon & Marion J. Reis(University of Nebraska Press, 1965), pp. 5~24.

물을 주의해서 보는 것은 흔한 일이 아니다. 생각하는 데에는 상투적인 공식이 편리하고 일상적인 일을 처리하는 데에는 정형화된 습관적 사용법이 편리하다.

그런데 이러한 기교와 지각과 사고에 대한 관찰은 보다 큰 문제를 생각하는 데에로 나아갈 수 있다. 앞에서 블룸이 위대한 문학 작품의 특징으로 "그 기이함, 편안한 자리에서…… 기이함을 느끼게 하는 힘"에 있다고 말한 것에 언급하였다. 이것은 사실 하이데거가 인간 존재의 근원적 불안감을 표현하는 공식에 비슷하다. 이 연결들을 밝히기 위하여서는 영어와 독일어에 잠깐 언급하는 것이 불가피하다. 블룸의 영어 원문은 다음과 같다. "……their uncanniness, their ability to make you feel strange at home." 여기에서 uncanniness는, 하이데거의 영어 번역에서 흔히 Unheimlichkeit ── 인간 존재에 따르는 불안감, 그 으스스한 느낌을 번역하기 위해서 쓰이는 말이다. 이것은 하이데거의 글에서는, mir ist unheimlich, nicht zuhause sein, "기분 좋지 않은 것", "편안하지 않은 것", "안거(安居)하지 못하는 것"이라는 말과 함께 쓰인다.[4] 그러니까 이러한 연결의 암시를 따른다면, 블룸의 고전 작품에 대한 설명은 그것이 인간 존재의 근본적 불안감의 표현에 관계된다는 말이 된다. 그러나 이것이 반드시 고전의 역할이 불안감을 유발하고 조장하는 것이라는 말이라고만 할 수 없다. 하이데거에서 이 불안의 느낌은 인간으로 하여금 세계에로의 열림 그리고 거기에서의 새로운 가능성을 살피게 하는 계기가 된다. 그러한 인식론적이고 실존적인 열림은 다시 존재의 진리의 계시와 신비에 이어진다. 거기에서 진리가 형성되고, 다시 그 한정성이 드러나는 것이다. 위대

---

4 unheimlich에 대한 언급은 여러 글에 나오지만 *Sein und Zeit*(Tuebingen: Niemeyer, 1972), p. 188 참조.

한 작품의 효과도 이에 비슷하다. 위대한 작품은 그 자체로서 형식적 표현의 완성감을 주는 작품이다. 이것은 언어 자체가 가지고 있는 형식이고, 역사적으로 개발되는 형식이고, 또 개인이 가지고 있는 형성적 능력에 대응하는 것이다. 그러면서도 그러한 작품은 이 형식을 넘어가서 거의 그것을 깨뜨리는 듯한 인상을 준다. 이러한 복합적 효과의 원동력은 존재 자체로부터 오는 것이다. 작품은 형식과 형식의 파괴 사이에 존재한다. 달리 말하면, 위대한 작품에서 보는 형식적 완성은 완성된 형식이 아니라 그러한 형식을 만들어 내는 — 불안정한 사정 속에서 그것을 만들어 내는 형성적 힘이다. 그러니까 거기에 드러나는 것은 존재 자체의 창조적인 힘이 움직이는 모습이다. 이런 이유로 하여 위대한 작품이 이미 존재하여도 또 계속적으로 다른 작품이 존재할 수밖에 없는 것이다. 진리는 이미 존재하여도 새로운 진리가 다시 존재할 수밖에 없는 것이다.

그러나 이러한 창조와 재창조의 연속성은 개인적 실존이 이러한 움직임의 계기를 이룬다는 데에도 관계된다. 모든 것이 불안으로부터 얻어지는 창조적 결과라고 한다면, 위대한 작품은 허허벌판의 집 없는 세상에서 개인이 가지게 되는 실존적 불안을 계기로 하여 짓게 되는 새로운 집이라 할 수 있다. 그렇다고 자기 집만을 짓는 극단적으로 이기적인 자기 방어책만이 이 불안을 해소하는 방법이 되는 것은 아니다. 이 불안의 근본적인 특성은 인간을 그 존재의 가능성으로 여기는 것이다. 이 가능성은 최선의 상태에서의, 인간의 보편적 존재 방식을 포괄한다. 이것은 개인적인 것이기도 하고 인간이 사회적 존재인 한, 타자들과의 공존을 — 그것도 최선의 상태에서의 공존의 가능성을 암시하고, 또 인간이 자연과 초자연 속에 존재하여야 하는 한, 생태적 평화를 지시하는 것이라고 할 것이다. 다시 주의하여야 할 것은 이것이 결코 개인적인 자기 표현에 머무는 것이 아니라는 것이다. 개인의 존재에로의 열림은 곧 사물 자체를 그 자체의 모습으로 존재하게 하는 바탕이기도 하다. 이러한 의미에서 개인의 실존은 세계가 바르게 드러나고 존재하게 하는 데에 중요한 형이상학적 계기이기도 하다.

이러한 사건들은 물론 개인과 세계 그리고 존재와의 관계에서 일어나는 것이지만, 그것은 그 나름의 역사를 가지고 있다. 이것은 세계 자체도 역사적인 성과물이지만, 그것을 향한 인간의 열림도 역사적인 연속성 속에서만 심화될 수 있는 것이기 때문이다. 세계에로 열림이 진정으로 깊고 넓은 것이 되는 데에는 개인의 역량은 너무나 제한되어 있다. 여기에서 인문 전통의 고전에 입각한 교양 교육의 근거가 생겨난다. 그러나 다시 강조하건대, 그것이 단순히 이미 있는 고전의 지혜를 그대로 암송하여 알게 한다는 것을 의미하지는 않는다. 앞에서 말한 바와 같이 고전적 작품의 의미는 바로 독자로 하여금 세계에 대한 상투적인 공식을 깨뜨리고 세계의 기이함에 맞부딪치게 하는 데에 있다. 물론 이것이 고전의 지혜를 완전히 깨뜨린다는 것을 말하는 것은 아니다. 필요한 것은 그것을 새로이 확인하고 재구성하는 일이다. 이것은 그러한 움직임의 담지자가 되는 개인의 경우도 마찬가지다. 개인의 사람됨도 새로 구성되는 것이라야 한다. 이러한 것은 심미적인 가치를 넘어 사회적으로 또 도덕적으로 중요한 의미를 갖는다. 실존의 가능성, 삶의 가능성을 폭넓게 살피고 거기에 맞는 진정한 결단을 내린다는 것이 어찌 사회 윤리적인 의의를 갖지 않겠는가? 다만 그것이 어떤 좁은 공식으로 환원된다면, 그것은 바로 본래의 삶의 활력, 존재의 동적인 전체성을 버리는 일이 되고 삶을 옭아매는 일이 될 뿐이다.

재구성의 역정

대학 입학시험에서 논술 시험은 사지선다 또는 다른 단답형 시험의 단점을 시정해 보자는 시험 방법이다. 단답형 시험 문제가 단편적 정보에 대한 지식을 측정하는 데 대하여, 논술은 주어진 과제와 관련하여 그러한 지식을 일정한 연관 속에 엮어 내는 능력을 시험하려는 것이다. 여기에서 중요한 것은 논리적 능력이다. 여기에 전제되어 있는 것은 사물이 일정한 인과 관계의 지배를 받는다는 것이고, 또 그것이 논리적 관계로 옮겨질 수 있다는 것이다. 이 논리적 관계는 개인의 사유 능력 안에 있는 이성의 힘에 대응한다. 시험에 있어서 중요한 것은 사실 관계의 설명 그 자체보다도 그 설명의 배후에 있는 사고의 능력이다. 이것은 비단 인문 과학에만 한정된 문제라고 할 수 없지만, 교육의 대상으로 중요한 것은 논리적 추론의 힘이다. 그러면서 그것은 단순히 한 문제를 논리적으로 정리하는 힘이 아니라 자신의 마음의 핵심을 논리적으로 만드는 일이다.

데카르트가 "사고하므로 나는 존재한다."라고 말한 것은 단순한 합리주의의 선언이 아니다. 그것은 내용이 아니라 방법론을 말한 것이다. 어떤 독단론을 자신의 신념으로 확립하는 것이 아닌 것이다. 그리고 "사고하므로 나는 존재한다."라는 말은 학문의 방법에 대한 말이면서 실존적인 선언이다. 그것이 말하고 있는 것은 "내가 존재하는 것은 사고를 통해서이다."라는 것이고, 이것은 실존의 방식을 중심에 둔 발언이라고 하여야 한다. 데카르트가 말하고 있는 것은 생각하면서 살겠다는 것이다. 존재는 지속으로 의식된다. 거기에 의식이 관계되는 한 그 지속은 일관성으로 확인된다. 그러면서도 삶은 단순한 일관된 입장으로서 환원되지 않는다. 삶은 상황으로 주어진다. 사람의 일관성은 상황과의 교환 속에 유지되는 일관성이다. 데카르트의 말은 이러한 실존주의를 표현하는 것이기도 하다. 이것은 당대의 생각과 사회와 그 사이에 벌어지게 된 그의 삶의 궤적에도 드러난다. 그가 독일에서 학문적 접촉을 하고 네덜란드로 망명에 가까운 이주를 하고 한 것들은 이러한 생각을 통한 존재의 방식을 나타낸 것이다. 그러나 데카르트의 이성주의가 비판의 대상이 된다는 것은 새삼스럽게 말할 필요도 없다. 그의『정념론』이 인간의 감정을 주체적 기능을 갖지 않은 조종의 대상으로만 본 것도 그의 인간에 대한 이해가 단순화된 것이라는 예가 된다.

인문 교육의 목표의 하나는, 앞에서 비친 바와 같이, 사물들을 일관된 이성의 원리로 볼 수 있는 힘을 기르는 것이다. 그러나 그것이 전부라고 할 수는 없다. 필요한 것은 이 문제에 대한 보다 근본적인 고찰이다. 방법론적으로 보아 독자가 읽어야 하는 텍스트를 포함하여 대상에 임할 때 맨 먼저 필요한 것은 주어진 것을 있는 그대로 ― 그에 대한 합리적 분석 이전에 ― 받아들이고 바라보는 일이다. 어떤 지적 조작에 있어서도 그에 선행하는 것은 자신의 선입견을 중단하고 또 사실적 판단의 급박함을 순화시키고 초연하게 바라보는, 열려 있는 심성의 훈련이다. 무사(無私, 無邪)한 열림, disinterestedness의 훈련이 맨 처음에 필요한 것이다. 이것은 주어진 텍스트에 대한 해석에 있어서도 그러하다. 그런 연후에야 주어진 자료들을 이성의 평면에 펼쳐 보는 것이다.

그런데 삶의 착잡함, 또 세계의 복합적인 현상을 생각할 때 이 바탕이 되는 평면은 이성보다는 조금 더 다양하다고 하는 것이 옳을 것이다. 앞에서 말한 바와 같이 여러 사항을 하나로 연결하여 보는 데에는 무사한 마음, 허령(虛靈)한 마음이 필요하다. 그리고 사람이나 생명체의 경우에 이것을 대상의 주체적 관점에 일치시킬 수 있는 공감의 힘이 필요하다.(이것은 오늘날에 흔히 생각하듯이 감정의 격화를 의미하지 않는다. 이 공감에 감정이 주요한 역할을 하는 것은 사실이지만, 그것은 인식론적 기능으로서의 감정이고, 그러니만큼 이성의 기율 속에 있는 감정이라고 할 수 있다.) 그런데 실존적 의미를 넘어 인식의 관점에서 말하면, 사람이 세계를 접하는 데에 있어서는 그 어떤 부분을 상상 속에 그려 보는 힘이 중요한 역할을 한다. 상상은 구성하는 힘이다. 독일어의 Einbildungskraft는 이것을 표현하고 있다. 다시 이것은 상상이 이미지(Bild, Bildness)에 이어진 말이라는 것을 생각하게 한다.(상상에는 상[像]이 있고, 영어의 imagination에도 image가 들어 있다.) 상상의 산물은 분명하든 아니하든 이미지적 성격을 갖는다. 그리고 이러한 이미지들을 하나로 모아 그 관련을 생각해 보는 데에는 현재에 속해 있거나 과거에 있는 것들을 비유적으로 연결하는 힘이 필요하다. 또 하나, 사물의 이해에 있어서 무엇보다도 사람에게 중요한 것은 여러 사물과 인물 들이 하나의 인과와 동기 관계 속에서 펼쳐 보이는 이야기이다. 서사(敍事)는 인간이 세계를 이해하는 가장 보편적인 방식이다. 다시 말하건대, 이미지, 유추(類推), 서사는 가장 원초적인 사물 이해 방식인 것이다. 이미지는 서사적 구성을 위한 지각 재료의 예비적 구성 요소가 된다. 어떤 대상이나 사건을 분명히 하는 데에는 시간을 멈추게 하는 것, 즉 그 공간화의 도움이 필요하다. 그것은 기억의 요소가 되고 — 그것은 특별한 경우를 제외하고는 실체로 존재하기보다는 새로운 지각을 돕는 일을 한다. — 시간의 연쇄 속에 다시 수합된다. 또 한 가지, 서사는 대체로 시간 속에서의 사건의 연쇄를 말하지만, 동시에 어떤 의미나 종착역을 지향하는 성격을 갖는다. 이것은 인간이 대상 세계를 대할 때 그것을 의미 속에서 대하는 경향을 갖기 때문이다. 물론 여기에서 의미란 대체적으로 실용적 함축을 갖는다.

그런데 이러한 의미 작용의 전초로서, 인간의 의식은 이러한 모든 요소들을 하나의 평면 위에 펼칠 수 있어야 하는 것으로 보인다. 그리하여 또 하나의 공간이 필요한 것이다. 이미 시사한 바와 같이, 서사는 모든 것을 종합하는 하나의 틀이다. 그러나 서사의 여러 요소들을 종합하는 데에도 그것들을 하나로 펼쳐 볼 수 있게 하는 평면이 있어야 하는 것으로 보이는 것이다. 이것은, 이미지의 경우나 마찬가지로, 서사를 통하여 대상 세계를 재생 또는 재현하는 것도 공간화를 통하여 용이해진다는 것을 말한다. 그리하여 이미지 이외에 더 중요한 것은, 흔히는 의식의 표현에 포착되지 아니하는, 이 총체적인 공간 — 평면화된 공간이다.

미셸 푸코는 인간이 대상 세계를 구성하는 데에는 그것을 수행하는 받침대, 말하자면 수술대와 같은 것이 필요하다고 말한다. "생각으로 하여금 세상의 대상물에 작용을 가하게 하고, 질서를 찾아 배열하게 하고, 종류를 따라 분류하게 하고, 그 유사성과 차이를 표하는 이름에 따라 합치게 하는, 하나의 테이블 — 시간이 열리는 때부터, 거기에서 언어와 공간이 교차하는 테이블"[5]이 있다는 것이다. 하나의 연관성 속에 이해할 수 없는 것들은 그 밑에 숨어 있는 공간 — 평면이 보이지 않기 때문이다. 가령, 그가 보르헤스를 인용하여 들고 있는, 중국의 동물 분류법 — 황제에 속하는 동물, 향료로 처리한 동물, 순치한 동물, 젖빨이 돼지 새끼, 요정(妖精), 설화의 동물 등등으로 동물을 분류하는 것이 불가해한 것은 그러한 분류의 토대가 되는 평면이 보이지 않기 때문이다.[6] 푸코는 이러한 분류법이 불가사의하기는 하나 여기에도 어떤 것들을 하나의 관점에서 볼 수 있게 하는 평면이 부재한다고 속단하지는 않는다. 그의 생각으로는 사물 분류의 평면 공간은 여러 층으로 존재하고, 그것은 시대적으로 그리고 우연적으로 정해진다. 사물에 대한 지식을 종합하는 이러한 평면 인식의 근본, 에피스테메의 모양을 밝히는 것이 그가 스스로 떠맡은 학문적 연구의 사명이다.

그런데 그의 생각은, 다시 말하여 이것이 우연적이며 다분히 억압적 동기에 연결되어 있다는 것이다. 그리하여 그의 작업은 억압적 지식 체계로부터의 인간 해방을 목표로 한다. 그러나 우리는 이러한 지적 통일 공간을 피할 수 있는 것일까? 있는 대로의 사실의 세계에 가까워지고 마음을 보다 보편적인 것을 향하여 열어 놓는다는 것은 이 억압적 성격을 가지면서도

---

5   Michel Foucault, *Les Mots et les choses*(Paris: Gallimard, 1866), p. 9.

6   Ibid., p. 7.

358

피할 수 없는 이 사고의 공간을 심화하고 확장함으로써만 가능하여지는 것이 아닐까? 말할 것도 없이 이 공간은 우리의 사고의 맨 밑에 잠겨 그것을 가능하게 하는 바탕이기 때문에 그것을 깨닫게 되는 것은 용이한 일일 수가 없다. 더구나 자기가 서 있는 그 바탕 자체가 제한된 것이라는 것을 알게 된다는 것은 더욱 어려운 일이다. 그러나 적어도 사물의 이해에서 이 바탕에 이르고 이 바탕을 넘어서 더 근원적인 바탕 — 시간과 공간의 구성 자체를 가능하게 하는 바탕에 이르는 것이 지적 탐구의 대상이 되는 것을 생각할 수 없는 것은 아니다.

이성은 이러한 탐구에서 드러나는 사유의 한 바탕이다. 그러나 그것도 피상적인 원리가 아니라 보다 넓고 깊은 것으로 심화될 수 있는 것이다. 인문 교육의 한 기능은 적어도 가능한 정도까지는 이러한 바탕에 대한 의식을 높이는 것이다. 이미지를 분명히 하고 상상 속에서 연결하고, 여러 사실들을 일정한 일관성 위에서 조감하는 능력을 기르는 것은 이러한 의식의 발전으로 나아가는 데에 필요한 일이다. 이것은 궁극적으로 세계의 이성적 이해로 나아가는 기초가 되지만, 동시에 자기의식 또는 마음의 가능성을 스스로 안에 지닐 수 있게 하는 일이기도 하다. 물론 이러한 과정이 반드시 한 번에 숙달될 수 있는 것은 아니다. 그것은 마치 악기의 습득처럼 되풀이되는 연습을 통하여 근접될 수 있을 뿐이다.

정전의 범위와 선정의 방향

1. 고전 읽기와 심성의 훈련

앞에서 말한 것은 한마디로 심성 — 이성, 이미지 형성력, 에피스테메, 그것을 초월하는 사유의 공간적 근본으로서의 심성의 중요성을 말한 것이다. 인문 교육의 초점은 무엇보다도 이 심성의 훈련에 있다고 할 수 있다. 이것은 반성 또는 성찰의 능력을 가질 수 있게 하는 것이 중요하다는 말이기도 하고, 심성으로 하여금 스스로를 되돌아볼 수 있게 하여야 한다는 말이기도 하다. 이것은 어떻게 보면, 선(禪)과 명상을 통하여 얻어질 수 있는 업적으로 생각될 수 있다. 그러나 아마 인문 교육은 그보다는 낮은 일상적 차원에서 이루어질 수 있는 정신 수련을 목표로 할 것이다. 그리고 일반적으로 말하여 마음의 수련은 마음을 직접적으로 상대하기보다는, 보다 쉽게, 텍스트나 대상을 상대하면서 진행된다고 할 수 있다. 유학(儒學)적 수련에서는 명상을 통하여 명상의 주체 ― 마음을 파악할 수 있다는 불교의 주장을 비판하여, 그것은 마치 입으로써 입을 물려 하고 눈으로 눈을 보려는 것과 같다고 하였다.[7] 현상학적으로 말하여, 의식의 속성은 그 지향성 (intentionality)에 있다. 의식은 그 자체로보다 그 지향하는 대상을 통하여 감지된다. 이때 감지되는 의식도 반드시 주체적으로 작용하는 의식이 아니고 대상으로서의 의식이라고 할 수 있다. 그러나 여기에서 중요한 것은 있을 수 있는 철학적인 문제보다도, 상식적으로 말하여, 반성적 자의식보다도 대상에 대한 의식이 보통 사람에게 쉽게 접근될 수 있다는 시사이다. 그리고 의식에 대한 의식이 필요하다면, 중요한 사실은 의식이 대상들을 통하여 엿볼 수 있게 된다는 것이다. 그러니까 인문 교육에서도, 그 기능이 자기 성찰의 능력을 기르는 일이라고 하더라도, 그 능력은 의식에 대응하여 생겨나게 된 학문적, 문학적, 예술적 산물을 통하여 접근된다고 하는 것이 옳다. 뿐만 아니라 교육의 목적은 심성의 훈련만이 아니라 정보의 습득, 그것의 체계적 정리에도 있다.

그리하여 고전적인 작품을 접해야 한다는 것은 불가피한 요구이다. 그

---

7 주자의 논평, 『심경부주(心經附註)』, 성백효(成百曉) 역주(전통문화연구회, 2002), 365~367쪽.

것은 다시 말하건대, 지난 역사에서 남아 있는 저작들을 자료로 하여 정신의 반성적 능력을 습득하는 것을 의미한다. 물론 이것은 지나간 시대의 사람들의 세계에 대한 정보를 획득하는 것을 말하기도 한다. 옛날의 철학적 저작은 어쩌면 타당성을 이미 잃어버린 세계관에 입각한 것일 수 있지만, 그것의 사변적 일관성은 그런대로 우리의 정신의 일관성을 시험하는 시험제가 된다. 시의 독서는 정보의 제공의 획득보다는 정서적 공감을 목표로 한다. 인간 정서가 제한된 것인 만큼 그것은 쉽게 보편적 호소력을 가질 수 있다. 그러나 어떤 시가 환기하는 정서는 불특정의 정서가 아니라 구체적인 상황과의 관련 속에서 생겨나는 것이다. 그것은 시가 말하는 구체적인 사실들로부터 분리될 수 없다. 그러나 여기에서 중요한 것은 정독(精讀)이다. 시의 정독은 세계를 느끼고 생각하는 방법을 배우는 일이다. 핵심은 간단한 의미에서의 정서적 공감이 아니다. 정독이 요구하는바 여러 언어적 환기를 하나로 엮어 내는 일 — 이것이야말로 심성 훈련의 가장 구체적인 방법이다. 시가 사회적 내용이나 이데올로기적 환원을 거부하는 것은 당연한 일이다. 그러나 서사적인 저작의 경우에도 핵심은 그 정보 내용이 아니다. 시나 서사 어느 쪽이나 모든 것은 모범을 통한 정신 훈련에 관계된다. 다만 서사의 경우, 모범은 심성의 훈련만이 아니라 사실적 정황에서의 행동적 선택을 위한 연습의 기회가 된다. 고전이 제시하는 사실적 정보는 대부분의 경우 물리적 세계에 대한 정보와는 달리, 이미 현실적 타당성이 없는 것이다. 그러면서 그것이 정신적 연습의 수단이 되는 것이다.

그러나 그것이 완전히 그러한 연습의 자료로서의 의미만 갖는 것이 아님은 말할 필요도 없다. 그렇다는 것은 — 물론 그것은 정신 작용 속의 대상물일 수도 있지만 — 질료와 형식을 구분하기가 쉽지 않기 때문이다. 인간적 경험의 세계에서 많은 것은 대상적 인식의 세부에 밀착되어 있다. 여기에서 정신의 작용은 사물과 상황의 구체적인 얼크러짐을 떠나서 존재할 수 없다. 시는 보다 엄밀한 의미에서 정신 작용의 훈련이지만, 그것은 지각적 열림에 면밀하게 연결되어 있다. 그리하여 훈련의 상당 부분은 이미지의 상상력에 대한 것이다. 그리고 이미지는 지각적 내용을 상당 정도 그대로 유지하고 있다고 할 수 있다. 이에 대하여 서사적 저작은 이미 비친 바와 같이 행동적 선택의 모범에 관계되어 그 모범이 나오는 상황의 구체성을 상당 정도 지니게 마련이다. 그러나 그것들이 모두 연습의 성격을 가지고 있다는 점에서, 고전적 저작은 정신 훈련을 핵심으로 한다. 오늘에 우리가 습득하고 되찾는 의식이나 정신은 커다란 자판(字板)으로 존재하면서 동시에 그 자판 위에 쓰이는 글씨의 섬세한 뉘앙스의 가능성이다. 우리의 마음속에 움직이고 있는 의식은 체계이면서 연역적으로 규정할 수 없는 습속, 아비투스(habitus)이다.

2. 동아시아의 전통

인문 교육에서 전통적 자료를 찾는다면, 그것이 동양의 고전에서 우선 찾아져야 할 것이라는 것은 너무나 자연스럽다. 우리의 사고와 삶의 습속을 형성하고 있는 것은 이러한 전통적 자료들이다. 스스로를 돌아보고 그 가능성을 저울질하는 데에, 다른 어디에서 보다 좋은 보조 수단을 찾을 것인가? 그러면서도 우리는 우리가 고전적 전통으로부터 멀어진 것을 느낀다. 그것은 우리가 살고 있는 세계가 전통적 고전의 세계로부터 너무 멀어진 때문이다. 또 이유는 우리가 그 렌즈의 원근법을 가지고 현실을 헤아리고 그 초점을 조절하는 해석의 작업을 그만둔 지가 오래되었기 때문이다. 그리하여 동아시아의 고전은 이제 새로운 관점에서 되살려지지 아니하면 오늘날의 삶에 의미 있는 것으로 생각되기 어렵다. 어떤 경우에나 옛 고전은 해석과 재구성을 통하지 않고는 삶의 현실에 관계되는 것이 되기 어렵다. 이 재구성은 단순히 하나하나의 상황에 대한 재해석이라기보다는 그 전체적인 에피스테메의 재구성을 요구한다. 그 안에 포착되어 있는 세부 상황들이 의미를 얻게 되는 것도 이 전체적인 사고의 공간의 재구성을 통해서이다. 이러한 재구성이 필히 피교육자에게 전달되어야 한다는 것은 아니다. 고전에는 해설이 필요하겠지만, 재구성의 노력은 교육 정전으로서의 선정, 해석과 재구성에 결정적인 영향을 미친다.

고전의 재구성 — 해석을 통한 재구성 — 은 당대의 전체성 속에서의 재구성 그리고 오늘의 삶의 관점에서의 재구성을 말한다. 그러나 이것이 분리되기는 어렵다. 현대의 관점에서의 재구성은 반드시 고전으로부터 현대적 교훈을 끌어내자는 것이 아니다. 고전의 쓰임을 가능하게 하였던 바탕의 지형을, 그것을 쓴 사람이 반드시 의식하였다고 할 수는 없다. 그것을 밝히는 것은 그것을 벗어난 사람의 분석을 통해서만 가능하다. 그리고 이 바탕을 말하는 것은 인식론적 장(epistemological field) 전부를 말하는 것이기도 하지만, 그 안에 포착되는 여러 사회적 요인들을 말하는 것이기도 하다. 전통의 시대의 의식에서 하부 구조로서의 경제 사회에 대한 의식은 별로 존재하지 않았다고 할 수 있다.

동아시아의 전통에서 — 특히 한국의 사상사와 관련해서 중심이 되는 것은 『논어』와 같은 유학의 고전이 될 터인데, 이것은 그 당대의 정치 경제적인 맥락에서 해석되는 것이라야 오늘날 중요한 의미를 가질 수 있다. 이것은 역사의 맥락이 보충되어야 한다는 뜻이기도 하지만, 고전적 저술에 대한 이론적 분석이 필요하다는 말이기도 하다. 유교 전통에서 강조되는 예악(禮樂), 그리고 몸가짐의 중요성과 같은 것도 오늘날에 와서는 그것만으로는 쉽게 이해되지 않는 사항일 것이다. 개인적 수련과 사회적 삶의 원활함에 필요한 예의 의미는 그것에 대한 사회학적, 인류학적 그리고 미학적 해명을 요구한다. 일반적으로 말하여 예보다 중요한 것은 도덕과 윤리이다. 이것은 개인의 삶과 정치의 원활한 운영을 위한 핵심적인 요인이다.

이것은 오늘의 현실에도 절실하게 요구되는 것이면서도 삶을 움직이는 결정적인 요인으로 작용하는 요인이라고 할 수는 없을 것이기 때문에 새로운 해명을 요구한다. 이 점에 대하여 잠깐 생각해 보는 것은 고전 해석의 재구성의 필요에 대한 하나의 예시가 될 수 있다. 앞에 지적한 것을 계속하여 말한다면, 동아시아의 전통에서 유학을 논하는 사람들은 유학의 도덕 정치론은 한 대(漢代) 이후, 통치 이데올로기가 되면서 법가적 통치 기술과 타협하지 않을 수 없었다고 지적한다. 도덕에 더하여 통치자들은 권위주의적 질서를 위한 전략적 법술(法術)을 활용하지 않을 수 없었던 것이다. 그리하여 동아시아의 역사와 사회를 아는 데에는 정치 책략의 중요성에 대한 이해가 필요하다.

그러나 이러한 법가 사상과의 타협이 없이도, 도덕 정치는 그 나름의 문제점을 가지지 않을 수 없다. 통치술로서의 도덕과 윤리는 결국 그것 자체가 통치 전략, 정치 전략의 도구로 변화되기 때문이다. 그러면서 이러한 변화는 강한 도덕주의적 수사로 인하여 그 실상대로 인식되지 않게 된다.(이것은 오늘날에도 계속되는 흐름이다.) 그리하여 도덕과 윤리는 그 독자적인 의미를 잃어버리게 된다. 특히 그것이 개인의 개인 됨이 아니라 집단적 의미를 강조하는 도덕과 윤리일 때 그러하다. 도덕과 윤리는 한편으로 사회적 존재로서 인간이 하나임을 강조하는 원리이다. 그러나 그것은 다른 한편으로 개인의 존엄성에 자리하는 어떤 높은 원리이다. 그리하여 그것은 사회적 요구에 일치하는 수도 있고 그것과 모순 갈등에 들어가는 자기주장일 수도 있다. 그러나 대체로 동아시아에서 도덕은 집단의 관점을 절대적인 우위에 놓는다. 물론 동아시아 사회에서 사회에 대항한 도덕적 절개(節介)의 인간이 적지 않음은 사실이다. 그러나 그것은 대체로 하나의 집단 윤리의 요구에 대한 다른 집단 요구의 대결이기 쉽다.

이에 대하여 조금 전에 말한 바와 같이 도덕과 윤리는 개인의 자기주장일 수 있다. 대부분의 경우 이것도 집단 윤리의 경우에서나 마찬가지로 초개인적인 근거를 갖는다. 즉 초월적 차원에 의지하는 것이다. 이 초월적인 근거는 신의 세계를 지칭하기도 하고 어떤 보편적 이념을 가리키는 것일 수도 있다. 그러나 동아시아의 전통에서는 일반적으로 말하여 도덕의 한 차원이 다른 차원과 공존 또는 모순적 공존의 관계에 있을 수 있다는 것은 분명치 않은 것으로 보인다. 그 결과 도덕적 사고가 삶의 이해관계에 의하여 왜곡되는 것을 쉽게 허용한다. 수사와 명분은 도덕적인 것이면서, 실재는 전략적 사고의 지배가 도처에 눈에 띄는 것도 이것과 관련이 있다고 할 수 있다. 도덕적 담론의 우세하에서 앞에 말한 전략적 사고의 전시장과 같은 『삼국지』, 『수호전』과 같은 작품은 역사적으로 가장 널리 읽힌 소설이었다. 그러면서 둘 사이의 모순은 분명하게 인정되지 않는 것이다. 그러나 모순과 갈등에 대한 공적 인정의 부재는 다른 한편으로 화해와 대동(大同)을 문화적인 주제가 되게 하는 데 이바지하였다고 할 수 있다. 이것은 역사의 주제이기도 하지만, 시적 표현에 있어서 근본적 정서를 이룬다. 이것은 앞에 말한 전략적 사고를 그대로 표현하고 있는 『삼국지』, 『수호전』과 같은 역사적으로 가장 널리 읽힌 소설에서 볼 수 있다.

3. 서양의 전통

카를 야스퍼스는 기원전 800년에서 200년 사이에 세계 여러 지역에 있어서 유사한 사상사적 변화가 일어난 것에 주목하고, 이 시대를 '주축 시대(Achsenzeit)'라고 부른다. 이 시기의 특징은, 야스퍼스의 통찰을 구체적으로 세계 문명의 유형적 차이의 이해에 적용해 보고자 한 사회학자 슈무엘 아이젠슈타트에 의한 간단한 요약을 따르면 "초월적인 차원으로의 약진"이 일어났다는 것이다. 다시 말하면, 이 시기에 주어진 현실 세계나 전통적 종교와 다른 새로운 사회와 세계의 도덕적 질서에 대한 이념들이 대두된 것이다. 그리하여 이것에 따라 주어진 현실 사회의 비판이 시도되기도 하고 그 변혁을 시도하는 일이 벌어지게 되었다.

이 새로운 도덕적 질서에 대한 이념은 신화적 사고나 전통 종교에서보다도 철저한 초월적 세계의 가능성을 생각하는 것이었다. 여기에 단초가 된 것은 주어진 사회에 대하여 독자적이고 비판적인 눈을 돌릴 수 있게 하는 성찰적 사고의 발달이다.(이러한 사고가 대두하게 된 경위에 대하여서는 분명한 설명을 찾지 못하는 것으로 보인다.) 이러한 사고를 발전시킨 것은 독립된 지식인 계급이 성립하는 것과 일치한다. 중국의 경우, 춘추 전국 시대의 제자백가는 이러한 초월적이고 비판적인 지식인들이다. 이들에게 초월적 세계와 현세적 질서 ― 이 두 차원 사이의 갈등과 조정은 초미의 관심사가 된다. 중국에서 이 두 차원의 간격은, 주축 시대의 다른 문명의 경우에서보다도, 강하게 현실에 구현되는 이상적 질서에 의하여 하나로 통일될 수 있다고 생각되었다. 이 중재를 담당하는 유학자들은 "제왕적 질서를 반쯤 성화(聖化)함으로써", "사변과 정치 활동의 세계를 하나"로 할 수 있다고 생각한다. 그리하여 두 차원은 거의 하나가 된다. 이에 대하여 서양의 전통, 또 다른 주축 문명에 있어서 이 두 차원은 서로 모순 대립하면서 별도로 존재하는 인간 활동으로 남아 있게 된다. 고대 그리스에서 비판적 지식인과 그들의 성찰적 사고의 보편 원리의 대두는 현실 정치 개선을 내세운 비판적 사고들을 낳게 되지만, 세간적 현실과 초월적 이상은 그대로 서로 차원을 달리하여 지속되고, 정치 활동과 철학의 추구, 정치가와 철학적 지식인은 서로 분리되어 존재하는 별개의 영역을 갖는다.[8]

이러한 차이가 어디에서 오는가는 분명치 않다. 이 원인의 하나는, 선후

---

8 S. N, Eisenstadt, "The Axial Age Breakthrough in China and India", *The Origins and Diversity of Axial Age Civilizations*, ed. by S. N. Eisenstadt(Albany: State University of New York Press, 1986), p. 293.

를 분명히 할 수는 없지만, 그리스에 있어서 정치 체제가 민주적인 것과 밀접한 관련이 있다고 할 수 있지 않을까 생각된다. 그리스와 중국의 고전 시대를 비교 연구한 케임브리지 대학의 로이드 교수는 그리스와 중국의 사상적 표현의 서로 다른 특징으로, 춘추 전국 시대의 중국의 사상적 표현이 주로 통치자에게 진언(進言) 또는 조언(助言)하는 형식을 취하고 있는 데 대하여 그리스에 있어서는 토론과 논의의 형식을 취한다는 사실에 주목한 바 있다.[9] 아이젠슈타트가 주동한 "주축 문명론 심포지엄"에 기고한 논문에서 과학사가 엘카나 교수는 그리스에 있어서의 반성적, 성찰적 사고의 발달이 잡다한 토론자들에 의한 토론 환경의 존재에 관계되는 것으로 말한다. 반성적 사고는 사고된 것을 다시 되돌아보고 사고하는 '이차적 사고(second-order thinking)'가 조금 더 체계적인 것이 될 때 시작된다. 수학에 있어서 증명이라는 절차가 요구되는 것은 바로 이러한 이차적 사고의 대두와 관계되는 일이다. 그것은 한 번 제시된 것을 다른 가능성에 비추어 다시 검토하는 일을 미리 준비하는 것이다.

비슷한 반성은 윤리나 정치적 사고에서 일어날 수 있다. 이러한 영역에서의 비판적 검토는 기존의 독단론을 거부하고 여러 대안과 반박을 준비하여 진리의 진리 됨을 따지려고 하는 사람들 ─ 상대주의자, 현실주의자, 특히 그리스에 있어서는 소피스트들이 등장한 것에 관계된다. 이것은 물론 더 큰 역사적인 변화의 소산이다. 기존의 왕권적 질서가 무너지고 많은 사람들이 서로 대등한 입장에서 다툼(agon)의 관계에 들어가고, 이것이 말솜씨에 의하여 조정되게 됨에 따라, 수사나 웅변이 중요해진다. 여기에 등장한 것이 소피스트이다. 그렇다고 이러한 만인 투쟁의 장에 사실과 진

---

9 G. E. R. Lloyd, *Adversaries and Authorities: Investigations into Ancient Greek and Chinese Science* (Cambridge University Press, 1996), p. 39.

리가 없어지는 것은 아니다. 서로 다른 이해관계와 견해 속에서 하나의 정치 질서가 성립하는 데에는 그에 대한 기준이 어느 때보다도 절실하게 된다. 다만 그것은 훨씬 더 복잡한 반성적 사고 또는 성찰적 사고 ─ 사실적 근거와 논리적 증명을 통하여 수립되어야 한다. 진리는 여러 다른 견해와 사실과 토론의 과실로서 생겨나고 다시 다른 도전 속에서 변화하는 것이 된다.[10]

이차적 사고가 반드시 세계와 삶에 대한 참다운 인식을 깊이 있게 해 준다고 할 수는 없다. 그리스 시대의 고전은 소피스트들의 담론이 아니라 플라톤과 같은 철학자의 대화편이고 깊은 진리는 그 이전의 보다 소박한 존재론적 신비주의자나 철학자, 피타고라스나 파르메니데스와 같은 데에서 발견된다고 할 수 있을는지 모른다. 그러나 플라톤 그리고 보다 과학적 논리성에 입각하여 사고하였다고 할 수 있는 아리스토텔레스의 사상이 가능하였던 것은 궤변이라고 불리기도 하는 이차적 사고의 잡다한 소음(騷音)이었다고 할 수 있다. 진리에 이르는 길은 반드시 하나의 확신에서 출발하여 그것으로 모든 것을 체계화하는 데에서 트이는 것은 아니다. 그것은 잡다한 사실과 견해, 그리고 갈등과 모순 속에서 바르게 존재한다고 할 수 있다. 보편성을 지향하는 서양 문명의 단초에서 쓰인 고전들에서 생각하게 되는 것은 이러한 사실이다.

이것은 이론적인 진리에 한정하여 하는 말이 아니다. 그리스의 문화적 유산에서 그 철학에 못지않게 중요한 것은 연극이다. 「오이디푸스 왕」과 같은 연극이 보여 주는 것은 인간의 선택이 ─ 영웅적 선택까지도 반드시 좋은 결과를 가져오지 않고 그것이 오히려 환난과 고통을 가져올 수 있다

---

10 Cf. Yehuda Elkana, "The Emergence of Second-Order Thinking in Ancient Greece," *Eisenstadt* ed., op. cit.

는 것이다. 그러면서 다른 한편으로 그 가운데에도 진리를 향한 결단이 있을 수 있다는 것을 암시한다. 중요한 것은 예측할 수 없는 운명과 인간적 결단의 갈등과 그 복합적 의미를 깨닫는 것이다. 이러한 교훈은 다른 그리스의 비극에서도 볼 수 있는 것이다. 아리스토파네스의 희극은 이러한 처참한 삶의 진실에 대하여 조금 더 가벼운 합리적 입장이 있음을 말하여 준다. 도덕적 결단이 반드시 좋은 결과에 이르지 않는다는 현실의 비극성이, 자신의 진리에 따라 사는 사람의 실존적 결단이 무의미한 것이 아니라는 것을 생각하게 한다. 이 깨우침은 그리스 비극 이후 서양의 많은 문학 작품에서 발견하는 삶의 진실이다. 이것은 도덕적 삶에 대한 현실적 보상을 약속하는 도덕주의보다도 오히려 높은 도덕적 교훈이 될 수 있다는 것을 말한다.

4. 근대성의 이해

오늘날 부인할 수 없는 사실의 하나는 세계화이다. 그것을 비판적으로 보든지 또는 긍정적으로 보든지, 인간의 삶의 지평으로 세계가 하나로 묶이는 것은 인간의 역사의 진로였다고 할 수 있다. 이것은 지적 발달의 역사에도 해당된다. 그리고 자기가 서 있는 전통을 바르게 이해한다는 것은 다른 문화와의 연결 속에서만 가능하다. 그것이 이차적 사고, 반성적 사고를 촉발하기 때문이다. 이것은 지적 세계화라는 관점을 떠나서도 타당한 인식론적인 사실이다. 비교적 관점이 없이는 어떤 사항에 대한 바른 이해는 불가능하다. 그중에도 동양과 서양의 비교 이해가 우리에게 특별한 의미를 갖는 것은 당연하다. 그것은 우리가 선 자리로 인한 것이기도 하지만, 오늘의 세계화 그리고 세계 이해의 넓은 지평이 이루어지게 된 것은 서양에 힘입은 바가 많기 때문이다.

이 힘은 제국주의적 힘이기도 하고, 보편적 사고의 지평을 확장하는 힘이기도 하다. 이러한 현상의 이해에는 세계사에 대한 공부가 필요할 것이다. 여기에서 관심의 초점의 하나는 제국주의의 흥망이 될 것이다. 그러나 인문 교육의 초점을 사실적 정보보다도 그것을 다루는 심성에 둔다고 할 때 이러한 과제를 그 범위 안에서 얼마나 다룰 수 있을는지는 알 수 없는 일이다. 사실적 연구보다 사실에 의한 인식론적 왜곡과 같은 것은 보다 직접적으로 인문적 각성의 소재가 된다고 할 수 있다. 가령 서양의 패권주의가 근동 지방에 대한 그 인식을 얼마나 왜곡시켰는가 하는 것을 크게 부상시킨 바 있는 에드워드 사이드의 『오리엔탈리즘』과 같은 저서는 여기에 참고서가 될 수 있을 것이다. 문학의 관점에서, 조지프 콘래드의 중편 소설, 『어둠의 한복판(The Heart of Darkness)』과 같은 작품은 제국주의의 이해에 보다 미묘한 이해를 줄 수 있는 작품으로 간주된다. 이 방면의 저서와 작품들은 이외에도 여러 가지로 한데 모아 볼 수 있을 것이다. 그러나 인문 교육이 심성의 확대와 심화를 목표로 한다고 할 때, 역사와 사회 그리고 인간에 대한 부정적 관점의 강조는 여기에 별로 도움이 되지 않는다는 것을 생각할 필요가 있다. 그것은 다른 부작용을 떠나서 인간의 인식 작용에 있어서의 부정은 삶의 현실을 지나치게 단순화하는 경향을 강화하기 때문이다. 긍정도 같은 효과를 가질 수 있기는 하지만, 부정은 하나의 거부로써 사실의 섬세한 검토를 대신하게 할 수 있는 쉬운 방법이 된다. 하나를 거부하고 모든 것을 아는 느낌을 갖는 것이 될 수 있다는 말이다.

오늘의 세계에서 서양의 우세는 단순히 그 지배 의지의 발로라고만은 할 수 없다. 그것은 지구의 거의 모든 인류가 받아들이고 있는 근대적 세계의 모형을 서양이 만들어 낸 때문이다. 그리고 이것은, 흔히 해석하듯이 근대적 세계의 사상적 모체가 되었다고 할 수 있는 계몽주의의 사회 개조, 인간 개조의 노력에 그 큰 요인이 있다고 할 수 있다. 다른 경우도 비슷하지만, 서양에서 시작된 이 계몽의 계획을 일정한 고전적 자료를 통해서 접근할 수 있을는지는 확실하게 말할 수는 없다. 그러나 이성에 대한 강조가 사상적으로 그 중심에 있다고 한다면, 이성의 철학으로부터 시작하여 그 역사적 추이를 추적하는 일정한 고전적 저작들을 읽는 일이 가능하다고 할 수 있을 것이다. 가령 여기에서 데카르트의 『방법 서설』과 같은 것은 비교적 쉽게 접근될 수 있는 저작일 것이다. 인간의 인식론적, 실천적 또는 심미적 능력에 대한 엄밀한 분석을 시도한 칸트의 저작들도 서양에서의 근대적 사고력의 발달에 핵심적이라고 하겠지만, 이러한 저작들이 일반 인문적 독자에게 쉽게 접근될 수 있는 것이라고 하기는 어려울 것이다.

인문 교육의 관점에서는 더 멀리 있는 것 같으면서도 현대적 인간의 상황을 이해하는 데 필요한 것은 계몽 계획의 가장 중요한 부분을 이루는 정치적, 경제적 변화를 아는 것이다. 물론 이것은 현실의 변화이면서 사상적 변화를 수반하는 변화이다. 정치에서는 루소나 로크로부터 존 스튜어트 밀에 이르기까지의 민주주의 정치 체제에 대한 여러 저작들, 그리고 애덤 스미스의 경제학적 저작들이 모두 이에 관련될 것이다. 그리고 근대적 사회의 대두에 대한 경제 정치적, 비판적 견해도 여기에 포함될 것이다. 마르크스의 저작을 비롯하여 사회주의, 사회 민주주의적 관점에서 미래 사회의 비전을 제시하고자 한 여러 사상가들도 근대 사회의 가능성과 문제점의 이해에 필수적인 것들이다. 그러나 이중에 어떤 것이 참으로 인문적 교양에 포함될 수 있는지는 쉽게 말할 수 없다. 아마 루소의 어떤 저작들은 그 문학적 가치로 하여 내적 심성의 함양에 더 의미 있는 것이 될 것이고, 밀의 저작에서는 그의 자서전과 같은 것이 조금 더 접근이 용이한 것이 될 것이다. 마르크스의 저작 가운데, 『경제학 철학 수고』는 쓰인 지 100년도 넘은 1960년대에 와서 새로운 활기를 찾은 서구의 마르크스주의에 큰 영향을 끼치는 고전이 되었다. 그것은 변화하게 마련인 정치 경제적 사정에 못지않게 인간의 내적 열망에 철학적, 문학적 표현을 준 때문이라 할 것이다. 인문 교육의 정전의 선택에 있어서 이러한 점은 중요한 기준이 되는 것이 아닌가 한다.

인간적 관점 —내면을 가진 인간의 관점에서 보다 중요한 것은 근대성에 대한 문학적 기술이라고 할 수 있다. 근대적 변화의 시기에 있어서, 시는 대체로 문학의 인식 수단이 반드시 단순한 의미에서 이성에 일치하는 것이 아니라는 것을 보여 주는 것으로 말할 수 있다. 근대 시기의 시는 대체로 사회와 정신의 합리주의에 대한 반항적 태도를 표현하는 것으로 보인다. 역설적으로 계몽적 이성의 다음에 나온, 또는 그 지배하에서 번창한 낭만주의는 근대성의 형성기에 있어서 가장 대표적인 시적 표현이다. 강한 개성적 표현, 감정의 뉘앙스에 대한 주의 그리고 다른 반이성주의적 중표들에도 불구하고, 이성적 질서가 바로 낭만주의적 시들로 하여금 이러한 근대성의 다른 면, 반이성적 감성을 표현하게 하였다 할 수 있다. 이성적 질서가 감성의 섬세화와 그 표현에 기여한 것이다. 이것은, 음악 이론에서 음계의 합리화 그리고 여러 면에서의 음악의 질서화가 보다 섬세한 선율과 리듬과 화음을 출현하게 한 것에 비슷한 현상이라고 할 수 있다. 표현의 문제에 국한되지 않고 현실의 삶에서도 합리적 질서는 개성적 감성의 사회적 성장을 가능하게 하였다.(이것이 푸코와 같은 분석가로 하여금 현대의 성해방이 바로 이성의 억압적 담론의 의도된 효과라고 말하게 하는 이유이다.)

사회와 삶의 근대적 변화가 인간의 구체적인 삶에 드러나는 모습은 소설에서 가장 절실하게 그려질 수 있다.(사실 개인의 삶을 어떤 독단론의 파생물이 아니라 있는 그대로의 현실로서 그리려는 문학 장르로 소설은 그 자체가 근대적인 발명이라고 할 수 있다.) 유진 쉬(Eugene Sue)의 『파리의 신비(Les Mysteries de Paris)』와 같은 소설은 파리 하층 계급의 고통스러운 현실을 그린 것이지만 작품으로서 높이 평가받지는 못했다.(마르크스는 이 소설의 피상적 현실 묘사를 문학의 관점과는 다른 관점에서 신랄하게 비판한 바 있다.) 이 소설에 영향을 받은 위고에서 비롯하여 발자크, 졸라에 이르기까지 프랑스의 소설 문학은 근대화 과정에 관련된 여러 인간적 현실을 그려 낸다. 영국이나 미국에서도 그와 같은 종류의 시대적 인간상을 묘사하는 작품을 고르는 것은 어렵지 않은 일이다. 또 이러한 작품들에 영향을 받은 근대성에의 움직임을 그리는 작품은 독일이나 러시아에서도 발견할 수 있다.

실패로 끝났다고 하겠지만, 근대화 계획의 가장 큰 실험의 하나는 소련과 여러 사회주의 국가에서 일어났다. 이러한 실험의 인간적 측면 또는 탈인간적 성격을 살펴보는 데에는 문학적 서사의 증언이 필수적이라고 말할 수 있다. 소련 초기에 있어서의 숄로호프의 작품 그리고 말기의 솔제니친이나 파스테르나크의 작품, 중국의 경우 가오싱젠(高行健)의 작품과 같은 예는 그 희망과 좌절을 인간적으로 이해하는 데 중요한 도움을 줄 것이다.

그러나 문학 작품의 의의가 시대상의 묘사에 그치는 것이 아니라는 것은 다시 환기할 필요가 있다. 블룸은 『서양의 정전』에서, 앞에서도 언급한 바와 같이, 문학 작품의 의의가 정치적, 사회적 기능에 의하여 정당화된다는 견해 일체를 거부하고, 그 심미성 또는 수사적 새로움만이 그 존립의 근거라고 주장한다. 그러나 앞에서도 비친 바이지만 이러한 주장을 통해서 간접적으로 인간적 의의가 실현된다는 것을 부정하는 것은 아니다. 이것을 앞에서와는 다른 각도에서 잠깐 생각해 본다. 블룸에게 모든 고전적 작가의 귀감이 되는 셰익스피어는(단테를 함께 들면서 하는 말이지만) "그 인식의 예리성, 언어적 활력, 고안력"에 있어서 가장 뛰어난 작가이다. 여기에 원동력이 되는 것은 "존재론적 정열"[11] 또는 넘쳐나는 삶의 활력이다. 이 활력은, 방금 말한 여러 부분에 표현되지만, 무엇보다도 작품 내에 있어서의 인물 창출에 나타난다. 이것은 특출한 인물을 말하지만, 특출한 인물이 어떤 영웅적인 인물만을 말하는 것은 아니다. 셰익스피어는 영웅이나 범인,

---

[11] Harold Bloom, op. cit., p. 46.

선인이나 악인을 가릴 것이 없이 여러 종류의 인물들을 실감나게 그려 낸다. 그리하여 그는 독자 또는 관중으로 하여금, 블룸이 헤겔의 말을 빌려 말하는 바로는, "범죄자, 가장 천박하고 우둔한 멍청이, 바보들에 대해서까지도 흥미를 느끼게 한다."[12] 셰익스피어의 마음은 완전한 도덕적 중립성을 가지고 모든 인간에게 너그럽고 보편적 주의를 기울이는 것이다. 그러니까 다시 말하여 여기에서 도덕적 선악은 그의 기준이 아니다. 그러면서도 이 존재론적 정열의 보편주의는 매우 특이한 의미에 있어서 도덕적 함축을 갖는다.

『리어 왕』의 악한(惡漢) 에드먼드는, 블룸의 생각으로는, 셰익스피어의 인물 가운데 또 서양의 문학에 등장하는 인물 가운데 가장 악질적인 인간이다. 셰익스피어는 그 인물 됨을 완벽하게 그려 낸다. 재미있는 대목은 새로운 삶을 살기 원하는 그의 삶의 마지막 부분이다. 그는 선인으로서 새로운 삶을 살기를 원한다. 그러나 그것이 반드시 도덕적인 회개를 의미하는 것은 아니다. 그것은 에드먼드가 스스로에 대한 뚜렷한 의식을 가지고 있는 것에 관계된다. 그는 "스스로를 만드는 자유 예술가"이다.[13] 그가 생각하는 것은 선행이 아니라 보다 나은 자기 형성의 가능성이다. 그리고 이 점에서 선한 삶을 사는 것은 다시 보다 완성된 삶의 예술을 나타내는 것으로 보이는 것이다. 블룸에게 삶의 근본은 우주적 공허함이다. 그러나 이것은 인간 자유의 근거이기도 하다. 이에 근거하여 모든 삶의 가능성을 완전하게 — 대체로는 비극적인 모순 속에서 완전하게 표현하는 것이 예술 작품의 기준이다. 선행은 그러한 가능성 가운데 하나일 뿐이다. 블룸은 이러한 기준에 의하여 작가와 작품의 고저(高低)를 판단한다. 그리고 이러한

---

12 Ibid., p. 70.
13 Ibid., pp. 70, 72.

판단에 따른 작자의 서열에서 정점에 있는 서양의 작가는 셰익스피어, 단테, 세르반테스, (약간의 유보를 가지고 —아마 그의 도덕주의로 하여) 톨스토이이다.[14]

5. 한국의 전통

인문 교육의 한 주축이 한국의 문화 전통이어야 한다는 것은 말할 필요도 없는 일이다. 그러나 그것을 너무 좁게 생각하는 것은 곤란하다. 앞에서 동서양의 고전들을 말하였지만, 이것은 오늘의 한국인의 관점에서 말한 것이다. 그리고 이러한 전통은 어느 것이나 오늘의 한국의 삶과 인간의 이해를 위하여 필요한 정전의 영역(領域)이라 할 것이다. 하이데거를 보면, 그의 철학적 고찰은 반드시 그리스의 고전에 관한 이야기로부터 시작된다. 그리하여 그의 철학은 어떻게 보면, 고대 그리스 철학사에 대한 주석으로 볼 수도 있다. 그러나 하이데거가 현대의 대표적인 독일 철학자인 것을 부정할 사람은 없다. 한국에 있어서 한국의 정신적 전통에 관한 이해는 지나치게 한국의 토착적인 것이 무엇이냐 하는 것에 집착하는 경향이 있다.

인문적 이해를 가지고 오늘을 살아간다는 것은 좁은 의미에서의 민족의 문화적 기념비를 내세우면서 자신의 긍지를 높이는 일을 의미하지 않는다. 동아시아의 사상적 전통의 많은 것이 중국에서 시작되는 것이나, 그것은 바로 한국 사상의 핵심에 들어온 지 오래된 한국의 전통이기도 하다. 그리고 서양의 전통도 지금에 와서는 결코 이질적인 것으로만 생각할 수가 없다. 서양 문화가 우리의 삶에 침투하기 시작한 것은 이미 오래된 역사적 사건이 되었다. 뿐만 아니라 우리 제도의 많은 것이 서양에서 온 것이고, 그 현실을 이해하는 데에는 서양 문화와 사상의 도움이 필수적인 것이

---

14 Ibid., p. 75.

되어 있다. 경제 현상을 이해하는 데에 전통적 경제 사상이 아니라 오로지 서양 경제학의 분석적 도구를 이용하는 것은 너무나 당연한 것이 되었다. 정치 현상의 이해에도 서양의 분석적 도구가 필요하다. 사람의 삶에서 기초가 되는 경제와 정치를 서양의 학문에 의지하면서, 문화 하면 전적으로 전통적인 것만을 말하는 것은 현실 이해의 방법을 극도로 단편화하는 일이다. 나는 어떤 연구 계획의 기본적인 틀을 짜면서 문화 영역을 유불선(儒佛仙)의 민족 문화와 서양에서 온 외래 문화로 구분하는 것을 본 일이 있다. 그러나 유불선도 외래 문화에서 시작한 것이고, 지금의 서양 문화와 사상은 우리 역사에서 제2 또는 제3의 해외 문화의 도래인 것이다. 문화의 잡종성(雜種性, hybridity)의 지나친 강조도 문제가 없는 것은 아니지만, 오늘의 문화 담론에서 이러한 개념이 논의되는 것은 고무적인 일이라고 할 것이다.

그러나 한국의 전통을 섬세하게 이해하는 데에 유불선, 특히 중국의 사상에 대한 이해가 선행해야 하는 것은 새삼스럽게 말할 필요가 없다. 그러면서 중요한 것은 한국의 문화 전통과 중국 사상 또는 더 넓게는 인도 사상과의 차이를 식별하는 일이다. 여기에는 한국의 토착적 전통, 민간 신앙, 무엇보다도 사회 역사적 사정들을 아는 것이 필요할 것이다. 그리고 앞에서 말한 바와 같이 사회 역사적 해석이 필요할 것이다. 그러나 범위를 줄여서 인문 교육에서 할 수 있는 것은 중국과 한국의 차이를 밝히는 것이 아닐까 한다. 어쩌면 이 차이의 기본은 한국에서 정통성에 대한 강조가 두드러진 것에서 찾을 수 있는 것인지 모른다. 중국에서도 사상의 정통성이 주로 유학에 있었던 것은 사실이나 그래도 한국에 비하면 그것은 다른 여러 사상의 흐름과 공존하는 것이 아니었는가 한다. 정통성에 대한 집착은 한국 유학에서는 양명학(陽明學)과 같은 것이 이단시되는 데에서도 볼 수 있는 것이 아닌가 한다. 사문(斯文) ── '우리 학문'은 매우 좁게 해석되고 제도적으로 강요되었다고 할 것이다. 이것은 원시 유교에 대한 관심이 없었던 것은 아니면서도, 주자의 사변적 변별이 한국 유학의 원천이 되었던 것과 관계된다고 할 수 있다. 그러나 그 인식론적 관심이 배제되는 것이 반드시 좋은 것이라고만은 할 수 없다. 실학(實學)의 현실 문제에 대한 관심은 높은 평점을 받고 있지만, 그 현실 관심 뒤에 있는 도덕주의, 거기에서 나오는 그 나름의 독단주의는 세계 인식에 있어서의 인식론적 고려의 약화에 관계되는 것일 수 있다.

막스 베버는 지식의 현실 책임이 단순히 도덕적 관심에서 나오는 '확신의 윤리(Gesinnungsethik)'로 정당화되는 것이 아니라 현실의 경과에 대한 철저한 연구를 포함하는 '책임 윤리(Verantwortungsethik)'에서 찾아져야 한다고 말한 바 있다. 오늘날에도 우리 지식인 사회에서 많이 보는 것은 자기 정당성의 확신에 입각한 당위론이다. 이것은 예로부터의 우리 전통에 연결된 것으로 생각된다. 현실의 책임 윤리는 일단 윤리 도덕을 벗어나는 것 같으면서도, 삶의 구체적인 현실에 대한 윤리적 태도를 되찾을 것을 요구한다. 단순화된 도덕으로 잴 수 없는 것이 인간 현실이고, 그 현실에 사는 구체적인 삶을 고려하는 것이 진정한 윤리이다. 어떤 경우에나 진정한 인간 윤리는 물론 간단한 정식(定式)이나 정답(正答)으로 해결되는 것이 아니라 현실과 현장에서의 고통스러운 선택을 포함한다.

도덕주의는 우리 문학의 모든 면에서 발견된다. 그러나 문학은 어떤 경우에도 구체적인 현실 속에서의 인간의 삶을 느낄 수 있게 한다. 한국에서 쓰인 한시나 시조가 한국인의 정통적 심정의 현실감을 전달해 주는 것임은 틀림이 없다. 「춘향전」과 같은 판소리는 일정한 사회적 규범하에서의 풍부한 정서의 표현을 볼 수 있게 한다. 판소리가 소설이라는 장르에 구분될 것이 아니라 세계적으로 발견되는 "노래의 서사시인(singers of tales)"에 의한 공연 예술이라는 이론들이 있다. 여러 종류의 언어 표현들을 너무 쉽게 오늘의 장르 의식 — 주로 서양에서 유래한 장르 의식에 의하여 구분하는 것은 경계해야 할 일이다. 전통적으로 글쓰기의 많은 것이 그러한 장르 개념에 제대로 맞아 들어가는 것이 아니라는 점을 참고하여야 한다. 많은 글은 오늘날의 장르 구분에서 수필에 속한다. 박지원(朴趾源)의 『열하일기(熱河日記)』나 신유한(申維翰)의 『해유록(海游錄)』과 같은 여행기도 중요한 인문학적 기록에 속한다. 최근에 컬럼비아 대학의 김자현 교수는 영역으로 조선조인들의 서간집을 펴낸 바 있다.[15] 『한중록』에 기초한 소설로서 『붉은 여왕(Red Queen)』을 창작한 바 있는 영국의 작가 마거릿 드래블(Margaret Drabble)은 『한중록』을 셰익스피어의 『맥베스』에 비교되는 비극적인 문헌이라고 말한 바 있다.

근대적 정신의 성립을 증언하는 문헌들이 한국인의 자기 이해에 중요한 것이 되는 것은 자연스러운 일이다. 이광수, 염상섭 등의 현대 소설이 알아야 할 작품들이고 한용운에서 박목월, 서정주에 이르는 현대 시들이 한국의 심성의 기록과 형성적 요인으로서 빼놓을 수 없다는 것은 새삼스럽게 말할 필요도 없다. 지난 수십 년간의 근대화와 민주화 과정에서 소설과 시인들이 중요한 정치적 역할을 했을 뿐만 아니라 시대적 삶과 감성에 대한 중요한 기록을 남겼다는 것도 주의를 요하는 일이다. 당대적 문학은 초시대적인 문학적 업적이라는 기준을 넘어 시대의 자기 이해에 중요한 구성 요소가 된다.

6. 나머지 영역들: 인문학의 넓은 지평

앞에서 우리는 인문 교육의 목표가 단지 현학(衒學)을 북돋우는 것이 아

---

15 JaHyun Kim Haboush ed., *Epistolary Korea: Letters in the Communicative Space of Choson, 1392~1910*(New York: Columbia University Press, 2009).

니라 심성의 열림과 섬세화를 돕자는 것이라는 것을 강조했다. 전통적으로 여기에 예악(禮樂)이 핵심적이라는 것은 위에서도 잠깐 비춘 바 있다. 예는 간단히 말하면, 인간의 몸가짐의 심미화 그리고 그러한 몸가짐이 사회관계의 코레오그래피(choreography)가 되어 사회적 기능을 원활하게 한다는 점에서 중요한 것일 것이다. 음악은 동양에서도 그러하지만, 플라톤의 이상국을 위한 교육론에서도 가장 중요한 부분의 하나이다. 미술도 이러한 관점에서 고려될 수 있다. 특히 동양의 산수화가 주는 감명이 도시 계획이나 환경 문제를 인간적으로 접근하는 데에 바른 심성적 바탕을 이룰 수 있다는 사실은 오늘의 시대 문제와 관련하여 미술이 가질 수 있는 의미의 일면을 말하는 것이라고 할 수 있다. 일반적으로 심미적 감성은 개인의 삶에서 행복의 구성 요인이고 또 사회적 조화의 바탕이다. 전통적 교양에 있어서 시와 서화 그리고 음악이 중요시된 것은 이 점을 간취한 것이라고 할 수 있다.

앞에서 주장한 인문 교육의 목표로서의 심성 훈련은 중요한 것이지만, 그것이 반드시 최종적인 목표인가에 대하여는 다시 생각할 필요가 있다. 세간적인 관점에서 말하여 탁마된 심성은 결국 보다 나은 삶을 위하여 필요한 것이라고 할 것이다. 이것을 다시 실용적으로 접근한다면, 갖추어야 할 것은 바른 판단의 능력 이상으로 삶의 조건과 환경에 대한 바르고 충분한 정보이다. 경제와 정치와 사회, 정치 경제적 조건에 대한 이야기는 앞에서 이미 언급하였다. 그러나 사회 과학에서 얻을 수 있는 현실 이해가 인문 교육에 얼마나 편입될 수 있는가 하는 것은, 이미 되풀이하여 말한 바와 같이, 문제라고 할 수밖에 없다. 사람의 삶의 보다 넓은 환경은 물리적 세계이다. 여기에 대한 지식은 인문 교육에 어떤 의미를 갖는가? 가속적으로 진전되는 과학의 발전은 말할 것도 없이 기술의 발전에 연결되어 우리의 삶을 크게 바꾸어 놓고 있다. 그러나 순전히 지적인 관점에서도 새로운 과학의 발견은 우주에서의 인간의 위치를 짐작하게 하는 데에 필요한 지적 지평을 크게 바꾸어 놓고 있다. 인간의 자기 이해는 이것을 염두에 두지 않을 수 없다. 나날이 정밀하여지고 있는 천체 물리학의 우주론은 인간 존재에 대한 형이상학적 사고에 영향을 준다. 여기의 우주론에 기초하여 신의 존재나 우주 창조의 지능적 디자인(intelligent design)에 대하여 이야기하는 일반적 담론들은, 그 설득력이 어떠한 것이든지 간에, 물리학적 발견이 형이상학적 의미를 갖는 것임을 말하여 준다. 거창한 문제를 떠나서 오늘의 모든 인류의 초미의 관심사이면서 일상적인 연관을 갖는 문제들에 대하여서도 천체 물리학은 무관한 것이 아니다. 역외인(域外人)에게 이 분야에서 최근의 흥미로운 뉴스는 지구에 유사한 면이 있는 우주에서의 유성 발견이다.

근착의 미국 대중 과학지는 토성의 위성 타이탄에 관한 소식을 전하고 있다. 타이탄의 대기는 주로 메탄으로 이루어졌는데, 이것은 수분을 10미터까지 함유할 수 있다. 그 결과 그것이 비가 되어 쏟아지면 큰 홍수가 된다. 타이탄에서 건기(乾期)와 우기(雨期)는 극적인 대조로 반복된다. 이에 대하여 지구의 대기는 수분함유 한도가 1미터 정도가 되어 비가 와도 한 번에 많이 오는 경우는 흔하지 않다. 그러나 공기 오염이 심하여짐에 따라 대기의 수분 함유도가 커지게 되면, 땅 위에 장대비가 내리는 빈도가 높아진다. 지구 온난화 또는 새로운 빙하기 등이 이야기되고 있다. 타이탄의 환경을 이야기는 상기의 글은, 타이탄 그리고 지구의 빙하기가 다른 요인과 함께 지구에 미쳐 오는 여러 유성들의 인력의 영향을 받는다고 말한다. 그것이 궁극적으로 지구의 지축 각도 그리고 궤도를 바꾸어 놓는 것에 빙하기의 도래가 관계된다는 것이다.[16] 우리가 걱정하는 기후 변화가 이렇게

---

16 Ralph Lorenz & Christopher Sotin, "The Moon That Would Be a Planet", *Scientific American*,

우주적인 관계에도 이어져 있다는 것은 우주에 존재하는 여러 힘의 신비한 짜임새에 대하여 새삼스럽게 감탄을 느끼지 않을 수 없게 한다. 이 느낌은 미학에서 말하는 숭고미(the sublime) 앞에서 갖게 되는 기분에 가깝다. 보다 낮은 차원에서 예로부터 시인이 가장 민감하게 주목하는 현상의 하나는 해가 뜨고 비가 내리고 하는 기후 현상이다. 그것은 우리의 기분에 끼치는 영향 가운데 가장 주요한 것이다. 그것은 우리 기분에 관계되는 지역적 현상이면서 우주적인 현상이다. 시인이 그것에 반응하는 것이다. 이러한 천체 물리학의 발견은 천후(天候)라는 말을 다시 생각하게 한다. 이러한 예는 이것에만 한정될 수 없다. 천체 물리학, 물리학, 지질학 들은 시적인 감성을 생각하는 데에 있어서 고려하지 않을 수 없는 요소이다.

이러한 이야기를 한다고 해서 반드시 과학도 인문 교육의 일부에 편입되어야 한다는 말은 아니다. 그것은 일을 너무 크게 벌이는 일이다. 그러나 과학과 기술이 번성해 가는 세계에서 인간에 대한 학문이 어떻게 과학적 지식을 고려의 대상으로 할 수 있는가 하는 것은 중요한 연구 과제라고 할 수밖에 없다. 간단한 답이 없겠지만 무시할 수는 없다.

지금까지 이야기한 것은 많은 정보의 내용을 수용해야 하는 교육을 말하는 것이다. 그 전제는 지식 위주의 교육이라고 할는지 모른다. 그리고 그에 연계되어 있는 고급 문화의 발달, 문명의 긍정적 가치를 받아들이는 것이다. 지금의 형편에서 이러한 전제는 불가피한 것으로 보인다. 그러나 이것이 인간의 사는 유일한 방법이라고 말하고 그것에 기초하여 문화 진화론을 말하는 것은, 일방적인 이야기이고 인간 경험의 중요한 부분을 무시하는 것이 된다. 이에 대하여, 소위 원시 사회라고 하는 사회에 대한 인류학의 연구들은 인간의 삶에 있어서 문명의 의미를 상대적으로 보지 않을

March 2010, vol. 302, no. 2.

수 없게 한다. 근년에 로스앤젤레스의 캘리포니아 대학의 지리학 겸 생리학 교수인 재러드 다이아몬드(Jared Diamond)는 여러 저서를 통하여 문명이 그 자체로 의미가 있는 것이라기보다는 여러 환경 조건에 대한 다른 적응 방식의 표현이라는 것을 보여 주었다. 이 점을 분명하게 인식한 선구자는 레비스트로스이다. 그는 소위 미개 사회의 연구를 통하여 모든 문화는 결국 그 나름의 환경에 적응하는 방식에 불과하다는 결론을 내렸다. 그러면서도 레비스트로스는 삶의 만족감과 충실감의 관점에서 그리고 무엇보다도 적응의 성공도에 있어서 소위 미개 사회가 더 우월하다는 느낌을 가지고 있었다. 조금 길기는 하지만 두 가지 사회를 비교하여 그가 말한 것을 잠깐 인용하고자 한다.

문화는 질서를 만들어 낸다. 우리는 대지를 경작하고 물건을 제조한다. 역으로 사회는 많은 엔트로피를 만들어 내고, 에너지를 낭비하고, 사회적 갈등과 정쟁을 조장하고, 개인의 마음에 소모적인 긴장을 만들어 낸다. 처음에 사회를 지탱해 주던 가치 체계도 결국에는 마멸되어 버리고 만다. 우리의 사회는 점차 그것을 지탱하는 발판을 상실하고, 단편화되고, 사회 성원으로서의 개인을 교환 가능한, 무명의 원자 상태에 떨어지게 한다.

앞에서 "우리"란 문명인이다. 레비스트로스는 문명 사회에 대하여 이렇게 말한다. 그의 견해로는, 이에 비하여, "'미개인'이라고 불리우는 문자 없는 사람들은 그 문화로서 약간의 질서를 만들어 낼 뿐이다. 이들에게 '저개발'이라는 형용사를 붙일 이유는 여기에 있다." 여기에서 엔트로피는, 오늘의 관점에서 볼 때, 무엇보다도 환경과 자원과 에너지의 엔트로피를 의미한다고 할 수 있다. 그러나 레비스트로스가 더 우울하게 생각하는 것은, 이미 시사된 바와 같이 가치의 엔트로피이다. 사회 질서가 복잡하여짐에 따라 정치적으로는 평등주의와 만장일치의 동의 체제가 없어진다. 그리고 "사회가 생산하는 부를 도의적이고 사회적인 성가로 바꾸는 원리"가 상실된다. 그리하여 미개 사회의 인간적 가치, "노동을 통한 개인의 자아실현, 근친 그리고 이웃 간의 존중, 도의적, 사회적 성가, 인간과 자연 그리고 초자연과의 조화"가 없어진다.

이렇게 말하면서도, 레비스트로스는 원시의 상태, 미개의 상태로 돌아가야 한다고 말하지는 아니한다. 그는 문명도 미개도 아닌 제3의 길을 택하여, 문화는 증진시키고 사회적 엔트로피는 감소시키는 체제를 발전시켜야 한다고 말한다.[17] 인문 교육의 입장에서 단순화하여 말하건대, 모든 문화적 수련에도 불구하고 인문 교육의 한 기능은 인간적 삶의 원초적 진실, 단순한 인간적 진리를 보존하는 것이라고 할 수 있다. 다만 아이러니는 레비스트로스가 인류학의 어려운 모험을 통하여 미개 사회의 인간적 의미를 깨닫게 된 것과 같이, 인간의 원초적 진실에 이르는 데에 바로 각성과 교육이 필요하다는 것이다.(이것은 노자의 무위자연이 도를 닦은 자들의 전리품인 것과 같다.) 인문 교육이 겨냥해야 할 것은 모든 텍스트의 지식을 통하여 이 원초적 진실로 돌아가는 길을 열어 놓는 데에 있다고도 할 수 있다.

정전 선정 위원회

앞에서 말한 것은 인문 교육의 토대가 될 정전의 범위와 선정의 문제를 생각하면서 그 지침이 될 만한 항목들을 나열해 본 것이다. 이러한 조감도

---

17 『現代世界と人類學(*L'Anthropologie face aux problems du monde moderne*)』(東京: さいまる出版會, 1988), pp. 207~209.

는 말할 것도 없이, 한 사람의 짧은 견문에 따라 시험적으로 만들어 본 것이다. 시도한 것은 구체적인 내용보다는 전체적인 방향을 제시해 보려는 것이다. 실질적으로 할 수 있는 것은 정전 위원회를 조직하여 정전을 만들어 보는 일일 것이다. 이것은 대체적으로 앞에서 만들어 본 항목에 따라서 구분하고 조적하고 다시 종합하고 하는 절차를 밟아 진행될 수 있을 것이다.

한 가지, 앞에서 말한 것은 너무 광범위하고 방대한 것을 주문하는 것처럼 보일 수 있다. 여기에 대한 답은 정전의 선정을 두 가지로 생각하는 것이다. 하나는 영역에 따라 기본적인 도서를 소량 선정하는 것이다. 가령 그것은 한 영역당 열 권 정도로 한정할 수 있다. 그리고 동시에 확대된 목록을 만든다. 그것은 한편으로 가르치는 사람들이 스스로 적절하다고 판단하는 목록을 작성하는 데에 도움을 주는 일이 될 것이고, 다른 한편으로는 학생들이나 자기 교양에 관심을 가진 사람들에게 확대된 지적 탐험을 위한 지침을 주는 일이 될 것이다. 그 외에도 이것은 적절한 텍스트를 보충, 수정, 제작하는 사업을 요구하게 될지도 모르고 또 이러한 것을 기초 교육의 중심이 되게 하는 데에는 학제나 시간 배정 등에 새로운 조정이 필요할는지 모른다.

인문 교육의 현실적 충실화를 위해서는 여러 가지 새로운 작업이 필요하고 정책적 배려가 있어야 할 것이나, 그 정당성에 대한 추상적인 토론에 추가하여 구체적인 교육 텍스트의 연구가 중요하다는 것은 분명하다. 앞에서 장황한 대로 설명하려 한 것은, 준비가 부족한 대로, 텍스트의 문제, 정전의 문제였다.

(2010년)

인문 과학의 시대적 요청과 과제

1. 삶의 지침

한때 인문학의 위기란 말이 많이 쓰였지만, 다른 한편으로 적어도 어떤 부분에서는 그에 대한 수요가 많아지는 것을 본다. 인문 강좌라는 이름의 강좌들의 번창은 늘어 가는 수요의 한 증거이다. 또 사회적으로나 국가적으로도 정책 발상에, 인문 과학이 국가의 성가(聲價)와 경제 발전에 기여할 수 있다는 생각을 발견한다. 이것은 심각하게는 사회에 도덕의 기반이 있어야 하며, 인문 과학이 이 기반을 만드는 데에 기초 학문이 된다는 생각으로 이어진다. 국가의 상표적 가치를 선양하고, 상품 생산과 소비에 필요한 여러 장식적인 영상과 환상을 제공하는 데에 인문 과학이 보조 수단이 될 수 있다는 견해도 들을 수 있다. 어느 쪽이 되었든, 주목을 받게 된다는 것은 환영할 만한 일이지만, 위기의식과 수요의 결합은 인문 과학의 자기 이해를 지엽화(枝葉化)할 위험을 낳는다. 본고가 의도하는 것은 이 점을 조금 생각해 보고자 하는 것이다.

경제학은 경제 발전 또는 그 원활한 운영에 관계되어 있는 학문이다. 그러면서도 그것은 긴급한 현실적 요구를 넘어가는, 자기 충족적인 학문 활동이기도 하다. 현실과의 거리를 유지하는 학문적 추구를 바탕으로 하여 비로소 현실 문제의 설명은 보다 확실한 것이 된다. 인문 과학은 다른 어떤 분과 학문보다도 현실적 효용으로부터 멀리 있는 학문이다. 모든 인간 활동은 목적과 수단의 관점에서 평가될 수 있다. 이것은 학문의 경우도 마찬가지이다. 그러나 인문 과학은 목적 자체 ── 일체의 목적 자체를 설명과 이해의 대상이 되게 하는 학문이라고 할 수 있다. 물론 그것도 인간 활동의 하나인 한, 스스로를 넘어가는 현실에 이어지는 것이 마땅하다. 그러나 그 목적은 모호한 것이라고 할 수도 있고 지나치게 포괄적이어서 분명하게 규정하기 어렵다고 할 수도 있다. 이 포괄성은 그것이 본질적으로 자기 반성적인 성격을 가지고 있다는 사실에도 이어져 있다. '무엇을 위하여'라고 할 때, 그러한 말이 무슨 의미인가를 따지는 것이다. 인문 과학이 목적으로 파악된 현실에 관계가 있다고 한다면, 그 관계는 직접적인 것이라기보다는 간접적이라고 할 것이다. 그렇기는 하나 본령을 벗어나는 듯한 여러 요구들에도 문화를 필수적인 것이 되게 하는 인간적 소망이 들어 있다. 다만 중요한 것은 그것이 보다 큰 문제 의식에 연결되어 있느냐, 그렇지 않으냐 하는 것이다.

흔히 열리는 인문 강좌에는 여러 가지 원인과 동기가 들어 있을 것이다. 문화에 대한 욕구는 인간의 본성에서 나온다고 할 수 있다. 경제 여건의 향상과 더불어 이 욕구가 표현되는 것은 자연스러운 일이다. 물론 조금 냉소적으로 보면 이 수요의 일부는 과시 소비욕으로 해석될 수도 있다. 다른 한편으로 조금 심각한 관점에서는, 그것은 인문 과학에서 어떤 삶의 지혜를 얻을 수 있다는 기대로 환원된다고 할 수도 있다. 이것은 개인적인 차원의 것이면서, 공공 활동으로서의 인문 과학의 근본적 동기를 이루는 것이기도 하다. 다만 이 동기는 학문을 통하여 공적 차원, 보편적 차원으로 승화된다.

지금과 같은 격변의 시대에 삶의 향방을 확인하고자 하는 깊은 소망이 생겨나는 것은 당연하다. 아직도 사회의 한 부분에 존재하는 빈곤의 문제에도 불구하고 이것은 긴급한 생존의 압박이 느슨해지게 되면서 종전의 삶의 향방 ── 생존의 긴급성이 미리 정해 놓은 삶의 향방에 새로운 의문이 일기 때문이라고 할 수 있다. 이러한 질문에 답하는 것이 인문 과학이 하는 일의 전부라고 할 수는 없지만, 그러한 질문에 관련되어 있는 것이 인문 과학임에는 틀림이 없다. 삶의 향방 ── 또는 더 구체적인 관점에서는 어떻게 살 것인가, 또는 지금 내가 처한 문제에 대하여 어떻게 대응해야 할 것인가, 이러한 물음에 대한 답변은 직접적으로 주어질 수 있다. 가장 직접적으로는 신수를 볼 수도 있고 또는 조금 객관적인 높은 차원에서는 경험을 가진 사람의 충고를 들을 수도, 구할 수도 있다. 그러나 사회적인 관련을 생각하고 또는 인간 본연의 참모습을 생각하는 경우에는 도덕이나 윤리의 규범을 제시하는 것이 답이 될 것이다. 조금 더 합리적인 차원 ── 그러니까 보다 넓은 사례를 포괄하는 차원에서 성찰하는 것이다.

어떻게 살아야 할 것인가 하는 문제에 대한 답의 일부는 사회적인 접근에서 찾아져야 한다. 문제의 발생도 사회적 환경의 변화로 인한 것이기 때문이다. 어떤 경우에나 인간이 사회적인 존재인 한, 사회를 움직이는 여러 요인들을 알아내는 것은 인간 문제의 해결에 핵심적인 일이다. 특히 격변하는 사회에서 사회 변화를 설명하는 여러 이론들이 초미한 관심의 대상이 되는 것은 당연하다. 그러나 인간 문제에 대한 질문은 단지 외적인 조건의 해명으로 끝날 수가 없다. 느끼고 생각하는 존재가 인간이라면 외적 조건은 인간의 내적인 욕구와의 대응 관계에서 이해되어야 한다. 변화하는 삶의 조건에 대한 조금 더 여유 있는 질문이 인문 과학의 테두리 안에서 일어나게 되는 것은 자연스러운 일이다. 그러면서 그것은 개인적인 차원이 아니라 보편적인 타당성을 가진 질문과 답이 되어야 한다.(학문에 들어간다는 것은 개인적인 질문의 보편적 지양을 선결정항으로 요구한다. 이 결정은 인문 과학도의 부름 ─ 소명(召命)에 관계되는 문제이다.)

2. 물음의 지평

사람의 내면이라는 관점에서 삶을 제대로 살아가는 데에 필요한 것은, 간단히 말하면 중심을 확인하고 그것을 단단하게 하는 일이라고 할 수 있다. 우리 시대에 많이 보게 되는 독단적 믿음들은 이것이 혼란의 시대를 사는 방편이라는 것을 생각하게 한다. 물론 이러한 믿음들은 여러 이론과 사변의 뒷받침을 얻고 있는 경우가 보통이다. 다만 그러한 독단적 믿음들은 조만간에 변화하는 사실들에 부딪쳐 출구 없는 난국에 빠질 것으로 말할 수 있다. 그리고 사회적인 관점에서 그것은 갈등과 폭력적 대결의 원인으로 작용하기도 한다.

그럼에도 불구하고 마음에 중심을 잡는 일은 인문 과학적 탐색에 있어서 중요한 일임에 틀림이 없다. 다만 이때 마음의 중심은 자기 의지에 응고된 아집(我執)이 아니라 환경과의 신진대사를 주재하는 원리라야 한다. 그것은 사실의 통합 속에서 ─ 인간적 관점에서의 통합에서 생겨난다. 그러면서 마음은 다시 그것을 넘어가는 높은 원리로 지양되고 궁극적으로 모든 원리를 넘어가는 움직임으로 존재할 수 있어야 한다. 통합의 원리로서의 마음은 대체로는 객관적으로 인지되기보다는 보다 경험적인 차원에서 보이지 않게 움직이고 있는 원리로 확인될 뿐이다.

마음의 움직임은 대체적으로 흔히 문사철로 말하여지는 범위의 고전 속에서 느껴 볼 수 있다. 그러나 고전의 여러 발언은 그 자체로보다 여러 관점에서의 해석을 통해 이해된다. 해석에서 중요한 것은 사실과의 신진대사 속에 있는 마음의 모습이다. 공자가 정치의 핵심으로 예(禮)와 인(仁)을 이야기하였다면, 우리는 그러한 말들의 의미를 바르게 이해하도록 노력하기도 하고, 그것이 말하는 가르침이 사람의 삶에서 얼마나 보편적인 의의를 가질 수 있는가를 물을 수도 있고, 그러한 말과 가르침이 나온 역사적 맥락을 생각하여, 그것을 공자의 시대에 관계시켜 해명해 볼 수도 있다. 이러한 이해의 노력은 모두 오늘의 관점에서 일정한 이해를 얻고자 하는 마음의 움직임을 나타낸다. 이 움직임이 없는 개념의 나열은 그러한 개념이 생산된 당대의 관점에서나 오늘의 관점에서 그 살아 있는 의미를 스쳐 지나가는 일이 된다. 이러한 탐구에서 마음의 움직임은 오늘의 마음을 반영한다. 그렇다고 그것이 당대의 이해를 주관화하는 것은 아니다. 가령 앞에서 시사한 바와 같이 인과 예의 개념은 춘추 전국 시대의 혼란한 정치 질서에 관련시킬 때 더욱 의미 있는 것으로 보일 수 있다. 이렇게 말하는 것은 인간 이해에서 시대적 조건을 중시하는 현대적 관점을 나타낸다. 서주 (西周) 시대는 형벌의 시대였다. 사형에 해당할 수 있는 죄가 200, 거세에 해당하는 죄가 300, 수족의 절단에 값하는 죄가 500이었다. 예와 인의 질서의 이상은 이러한 형벌의 정치 질서에 대조되어 비로소 그 심각한 프로블레마틱(problematik) 전모를 드러내게 된다.(르네 에티앙블)

이러한 관찰은 공자 자신의 생각을 넘어가는 것이다. 물론 공자가 이러한 관련을 완전히 의식하지 못하였다고 할 수는 없지만, 그것과 관련하여 자신의 윤리적 주장을 상대화하지는 아니하였을 것이다. 다시 말하여 공자에 대한 사회적 해석은 인간과 사회에 대한 오늘의 관점을 당대의 사실들에 적용하는 것이다. 물론 이것은 오늘의 관점을 내세우려는 것이 아니라 당대의 사실을 구성해 내는 당대의 마음을 추출해 내려는 데에서 필요해진 것이다. 동시에 여기에는 암암리에 오늘의 관점이 당대의 사실과 심성을 보다 사실적으로 또 총괄적으로 인지하게 할 것이라는 전제가 있다. 그러니까 오늘의 관점을 보다 보편적인 것으로 받아들이는 것이다. 그러나 그것이 타당한가? 그렇다고 하더라도 그것은 하나의 지평으로 생각하는 것이 옳을 것이다. 지평은 눈이 미치는 끝까지를 포함하면서 그것이 제한된 것이라는 것을 인정하는 말이다. 춘추 전국 시대의 마음은 그때의 한정된 지평 속에 작용한다. 그러면서 그 지평은 오늘의 관점에서 다시 더 넓은 것이 된다. 그러나 오늘의 관점은 다시 오늘의 지평 속에 있다고 할 것이다. 이것은 다시 넘어서야 하는 한계이다.

이러한 학문적 인식론을 떠나서, 다른 한편으로 인문 과학에서 가장 중요한 것은 공자의 말의 참뜻이나 그것을 묻는 오늘의 질문 방식이 아니라 이러한 물음들 속에 움직이고 있는 마음이다. 학문적인 관점에서보다 마음의 수련이라는 관점에서 중요한 것은 이것이다. 이 마음은 변화하는 삶의 조건과 세계에서 그것을 생각하면서 살고 기록한 선례들을 살피면서 스스로의 마음과 그와 관련된 존재 방식을 익혀 가는 것이다. 이때 마음은 주어진 학문 연구를 넘어간다. 이것은 심리적인 동기를 말하는 것이지만, 그것은 창조적 학문 연구의 동력이고 방법론의 일부이기도 하다. 그것이 오늘의 지평에 대한 자기 이해에로, 또 초월에로 나아갈 수 있게 하기 때문이다.

3. 지평의 중첩

되풀이하건대, 마음의 수련은 역사적인 고전을 읽는 데에서 이루어진다. 여기에 관련된 마음 또는 정신은, 이미 비친 바와 같이 반드시 개인의 마음이나 정신을 말하는 것은 아니다. 학문으로서의 인문 과학의 중요한 관심사의 하나는 초개인적인 마음 또는 정신을 생각하는 일이다.(인간 심리의 경험적 내용을 초월하는 주체의 원리로서 이것을 이야기할 때 마음보다는 정신이 적절한 용어가 되지 않을까 한다.) 그것은 사실의 집합 속에 있고 그것을 넘어간다.(수학적으로 표현하여, 마음 M은 스스로를 대상화함으로써 다시 스스로를 넘어간다. 그리하여 $M = \{M\}$으로 표기될 수 있다. 물론 이것은 다시 $M = \{\{M\}\}$으로 계속된다.) 그러나 동시에 마음은 언제나 사회적, 역사적인 조건하에 있다. 헤겔의 역사 철학은 역사 전체가 인간 정신의 자기 형성의 과정이라고 주장한 것으로 유명하다. 그리고 자신의 시대가 이 정신의 보편적 차원에 이른 것처럼 말하였다. 이것은 모순된 주장이다. 정신의 역사적 전개를 하나로 조감하는 그의 정신은 시대적 제약을 벗어나는 것이 아닐 것이다. 다만 정신은 시대와의 관계 속에 존재하면서도 그것을 넘어 보편성을 가늠할 수 있는 능력이라고 할 수 있을 것이다. 즉 사람의 정신은 시대의 사회적, 정치적, 물질적 조건과의 교환 관계 속에 있다. 그러면서 그것은 이것들을 하나로 통합하는 바탕을 이룬다. 그것은 이것들이, 적어도 의식이 관계되는 한에서는, 하나의 시대적 열림 안에 있다고 할 수 있기 때문이다. 이 열림의 지평을 여는 정신은 다시 그 지평을 넘어가는 관점에 이르고자 한다. 다만 그것도 하나의 지평 — 포괄적이면서도 한정된 영역을 구성하는 것이 될 수밖에 없다. 그런 뜻에서 그것도 하나의 지평일 뿐이다.

우리의 정신 또는 마음의 원리를 구성하는 지평은 어떤 것일까? 이것은 다시 말하여 우리의 최초의 질문에 관계되어 있다. 내가 어떻게 해야 하는가를 알기 위해서는 나는 어떤 사회와 역사적 사실 환경 속에 있는가를 알아야 한다. 그것을 구성하는 원리는 어떤 것인가? 그것을 정신으로 파악한다면 그것은 어떤 정신의 움직임에서 나오는 것인가? 이것을 정신으로 전이(轉移)하여 생각하는 것은 그것을 인간적 가능성의 관점에서 생각하려는 것이다. 그리고 이것은 다시 그것을 창조적 변화라는 관점에서 파악하려는 것이다. 모든 사람의 업적이 사람의 마음에 근원을 두었거나 기기에 관련된 것임은 틀림이 없다. 그러나 그것은 때로는 자기 이해에 이르지 못한 상태에 있다. 그것은 사실들 속에 배어 있을 뿐이다. 그런데 사실에 잠겨 있는 마음은 인간적 가능성을 구성하는 원리로 충분한 것인가? 거기까지 생각하지 않더라도 우리의 우리 됨을 결정하는 것은 어떤 원리이며 정신인가? 이 지평을 밝히는 것은 인간의 보편적 가능성에로 나아가는 가장 중요한 계기이다.

오늘의 한국의 정신을 조건 짓고 있는 것은 말할 것도 없이 한국의 정신의 전통이다. 그러나 인문 과학에서 이것을 통하여 스스로를 단련하고자 할 때, 그것이 단순히 전통에서 중요시하는 고전적 선례들을 익히는 일에 한정될 수는 없다. 중요한 것은 오늘의 관점에서 그것을 이해하고 그것을 새로운 가능성으로 열어 놓는 일이다. 그러기 위해서는 고전적 사례들에 대하여 물음을 — 오늘의 관점에서의 물음을 물어야 한다. 오늘의 물음은 오늘의 사실적 환경에서 나온다. 사실적 환경은 어떤 정신적 지평으로 옮겨질 수 있는가? 오늘의 인간 이해 그리고 그것을 학문적으로 내면화하는 작업은, 적어도 그 중요한 부분에서 서구적 학문의 전통에 크게 힘입고 있다고 할 수밖에 없다. 오랫동안 한국이 원한 것은 근대 세계에 진입하는 것이었다. 그것은 서양의 근대성의 소산이다. 그것은 물질적 업적이면서 동시에 정신적 근대성의 표현이다. 논의의 대상이 되는 여러 사항들을 논리적으로 연결해 나가는 학문의 이성적 방법은 그러한 근대 정신의 일부를 이룬다. 이 방법에서 사실은 주장과 명제의 증거가 되고 논리는 사실들의 법칙적 인과 관계나 동기 관계를 해명하는 수단이 된다.(여기에 대하여 우리 전통에서 논의는 직관과 상상력과 도덕적 교훈적 범례의 서사를 통하여 전개되는 경우가 많다.)

근대성의 지평은 우리의 반성의 기본적인 대상이다. 이 반성은 우리 학문의 자기 이해를 위해서, 또 보다 넓은 비판적 관점의 획득을 위해서 필요한 일이다. 사실의 논리적 구성이 이성의 움직임의 모든 것은 아니다. 또 이성이 인간사의 모든 것을 설명, 이해하고 구성하는 데에 있어서 유일한 원리일 수는 없다. 그러나 이성의 한 특징은 그 자기 이해 속에 그것을 넘어가는 차원을 인정한다는 데에 있다. 그것은 자기반성의 원리이기도 하다. 그것은 이 차원으로써 지적 탐구의 무한한 지속을 차단하지 아니한다. 그리고 사회적으로 독단론에서 연유하는 갈등과 폭력을 완화한다. 그러나 다시 한 번 역설적으로 중요한 것은 이성적 또는 합리적 방법론을 버리지 않으면서도 그것의 지평적 제한을 규명하는 일이다. 여기에서 비서구 연구는 중요한 의미를 갖는다. 그것이 합리성의 한계를 넓혀 새로운 보편적 지평에의 진출을 가능하게 할 것이기 때문이다. 한국적 전통에 대한 연구도 이러한 의의를 가질 수 있다.

그러나 조금 더 좁혀 말하여 한국의 전통이 우리에게 독특한 의의를 갖는 것임은 말할 필요도 없다. 자기 이해의 노력은 모든 것의 기초이다. 그러나 합리성의 지평 위에서만 한국의 이해는 과학적 연구가 될 수 있다. 그러면서 그것은 합리성의 전체에 비판적 관점을 제공할 수 있다. 이것은 다른 작업들과 함께 이루어지는 데에서 촉진될 수 있다. 그렇다는 것은 한국의 전통은 우선 중국의 정신 전통으로부터 별도로 이해될 필요가 있다. 사실적 관계에 대한 고찰은 이미 그 차별성을 드러내는 일이 된다. 이와 더불어 진정한 보편적 차원에서의 이해를 위해서는 다른 전통, 한국 전통에 중요한 관련을 가지고 있는 인도의 전통 또는 다른 문자적 전통을 가지고 있는 사회들의 문화와의 비교 연구가 필요하다. 그러나 생각하여야 할 것은, 오랜 문화적 전통들은 그 나름의 편견으로서 인간 사회의 여러 형태들을 선판단하려는 경향을 가지고 있다는 사실이다. 이것은 한국의 문화 전통에 대한 연구에서 강한 편견으로—그러니만큼 그 보편성에의 열림을 가로막는 요인으로 작용한다. 이에 대하여 레비스트로스가 지적하려고 한 바와 같이 모든 사회는 그 나름의 인간 문제에 대한 대처 방안을 가지고 있고 여기에 소위 원시 사회들이 포함되어야 한다는 것을 생각할 필요가 있다.

그러나 다른 한편으로 이 모든 접근에 큰 테두리가 되는 것은 오늘의 시대의 문제의식이다. 그 지평이 모든 것을 미리 결정한다. 이것은 오늘의 학문적 관점을 제한하는 일을 하기도 하지만 그것을 추동하는 동력이다. 필요한 것은 이러한 동력으로서 오늘의 마음의 지평을 이해하는 것이다. 인문 과학의 학문적 관심의 가운데 놓여 있는 것은 이것이다.

4. 정신적 탐구와 연구의 포상 체제

이것은 큰 담론의 시도가 있어야 된다는 말이다. 적어도 여러 사실적 문제들을 하나의 정신적 지평에 위치하게 하는 일이 필요한 것이다. 이 관련이 없이는 많은 연구는 죽은 연구가 된다. 그런데 우리나라에서의 학문 연구는 지나치게 번쇄한 사실들에 치우치고 있다는 인상을 준다. 학문적 연구가 일반화하는 것을 꺼리는 것은 정당한 일이다. 진리의 기준에 대한 존중은 학문 연구의 기본적 의무이다. 사실은—가장 번쇄한 사실도—이 기준에 가장 쉽게 맞아 들어간다. 그런가 하면 지나치게 단순한 거대 담론—이데올로기화한 거대 담론이 공공의 담론 공간을 지배한다. 아이러니는 오늘의 학문의 대상이 되는 사실들은 이미 이데올로기적인 담론에 의하여 선결정된 사실들일 경우가 많다는 것이다. 사실들의 많은 것은 이미 받아들이고 있는 어떤 이론의 단순화 속에서 재확인되는 사실들이다.

이것은 사실의 세계를 단순화하고 독단론으로 수렴한다.

그러한 문제가 있기는 하지만, 다시 말하여, 사실들은 정신과의 관계에서만 의미를 갖는다. 정신은 탐구의 지평으로 존재한다. 그러면서 그것은 스스로를 초월한다. 그러면서도 그 윤곽을 그려 내는 것이 불가능한 것은 아니다. 연구자에게 필요한 것 중 하나는, 단순화의 위험을 무릅쓰면서라도 이 지평을 확인하는 일이다. 간단하게는 그것은 유형화의 시도가 된다. 가령 영문학을 생각하건대, 오늘의 한국인의 입장에서 요구되는 것은 영문학을 큰 흐름 속에서 이해하는 것이다. 이것은 불가피하게 그것을 관류하는 정신과 그 시대적 표현을 말하는 것이 된다. 그리고 다시 그것은 오늘의 한국인에게 그러한 흐름이 무엇을 의미하는가 하는 관점에서 생각되어야 한다. 그런데 오늘의 영문학 연구가 영국 정신과 서구 정신의 이해에, 또 우리 시대의 이해에 얼마나 공헌한 것인가? 이것은 다른 외국 문학 연구에도 해당되는 질문이다. 물론 이것은 반드시 큰 담론을 만들어 내야 한다는 말이 아니라, 국부적인 문제가 연구의 대상이 되는 경우에도 그 문제와 답을 움직여 가는 힘으로서 문제의 지평에 대한 의식이 존재하여야 한다는 말이다. 물론 이것은 보다 직접적인 의미에서 큰 문제의 지평, 정신의 지평에 대한 연구들의 열매가 생겨남으로써 보다 용이해질 것이다. 그런데 이러한 문제에 대한 관심, 그리고 일반적인 담론이 들어서기 어렵게 되어 있는 것이 오늘날 대학에 있어서의 연구 체제가 아닌가 한다. 그것은 단순히 학자적 양심에서 지나친 큰 담론을 꺼리기 때문만이 아니다. 오늘날 학문 연구는 계량화된 포상 체제하에서 움직인다. 이 체제하에서 많은 연구는 관료적 계량화에 의하여 정의된다. 그리고 학문에 있어서의 정신의 존재 방식에 대한 관심과 담론은 비학문적인 것으로 간주된다.

물론 이러한 담론이, 다시 말하건대, 단순화 그리고 교훈론으로 흐를 가능성이 있는 것은 사실이다. 이 가능성은 사회적 도덕성을 강조하는 시대의 강박에 의하여 더 강화된다. 이러한 범위의 담론은 말할 것도 없이 단순화를 포함하고 정신의 움직임의 작고 큰 변증법을 중단시킨다. 바람직한 것은 스스로의 지평을 의식하며 스스로의 한계를 지양하는 학문적 탐구이다. 그것은 사실적 탐구의 지속 속에 존재한다. 그러면서도 그것은 우리의 사고와 탐구의 지평을 느낄 수 있게 하여야 한다. 이 지평 — 이 중첩될 수밖에 없는 지평의 대상화가 큰 담론으로 넘치게 되는 것도 불가피하다. 인문 과학이 여러 작고 큰 요청에 답하는 것은 적어도 인간의 자기 이해 — 우리의 자기 이해의 큰 틀 안에서 이루어지는 것이 마땅하다. 그리고 이것을 위해서는 대학의 학문 연구는 포상 체제에 의하여 구속되지 않는 자유를 누릴 수 있어야 한다. 인문학 강좌, 사회와 경제의 문화적 세련화 — 이러한 것들도 정신의 자기 이해의 큰 틀 안에서 나오는 것일 때, 참으로 인간적인 사회의 진전에 기여하는 것이 될 것이다.

(2011년)

서울국제문학포럼[1]

세계 평화 질서를 향하여: 제2회 서울국제문학포럼을 계획하며

김영삼 정부하에서 세계화란 말은 우리나라 그리고 세계의 미래에 대하여 낙관적인 전망을 나타내는 말로 생각되었다. 그러나 세계화가 주제화된 후 세계는 점점 더 깊은 갈등과 분규 속에 빠져 들어가는 듯한 인상을 준다. 무엇이 세계화의 주된 특징이며 동력인지 또 그것이 우리의 미래를 위하여 무엇을 의미하는지 — 이러한 질문에 대한 판단은 사람에 따라 다르겠지만, 세계화가 진행되고 있는 것만은 사실이라 할 수 있다. 좋은 의미에서이든 나쁜 의미에서이든 세계 각지가 서로 가까워지고 있는 것이다. 사회와 국가 그리고 민족을 넘어서 교역, 사람의 왕래, 정보의 교환이 가속화된다. 그리고 동시에 갈등과 분규도 빈번해지고 대규모화한다.

---

1 이 글은 제2회, 제3회 서울국제문학포럼(2004~2005)에 관련해 발표되었던 글 여섯 편을 모은 것이다.(편집자 주)

이 갈등과 분규에 대해서는 부정적인 전망을 가질 수도 있지만, 좋은 의미에서의 세계 공동체가 탄생해 가는 진통인지도 모른다고 생각해 볼 수도 있다. 역사가 새로운 단계에 접어들 때, 결국 좋은 결과로 귀착하게 될 경우에도, 거기에 갈등과 혼란의 과정이 있게 되는 것은 불가피한 것으로 보인다. 역사가 나아가는 것은 빛과 함께 어둠을 통해서이다. 하나의 질서 속에서 어느 정도 자리 잡았던 인간 사회의 여러 요소들은 서로 맞부딪치면서 새로운 균형을 찾아 몸부림하게 되는 것이 당연하다. 갈등의 심화는 이러한 의미에서 균형의 시간이 다가온다는 것을 말하는 조짐일 수도 있다. 그런데 역사에 대한 이러한 낙관론은 오히려 냉소주의와 일체를 이루는 경우가 적지 않다. 결국 보다 나은 질서가 갈등과 분규 그리고 혼란을 통해서 오는 것이라면, 그것을 그대로 방치하고 또 조장하는 것이 역사 발전의 길일 수 있기 때문이다. 우리나라를 포함하여 세계 여러 곳에 그러한 낙관적 냉소주의 또는 냉소적 낙관주의가 아직 남아 있는 것은 사실이지만, 다행스럽게 이러한 생각은 지난 20세기와 더불어 대개 호소력을 잃은 것으로 보인다.

20세기의 경험들은 역사가 진보한다는 낙관적 발전론을 크게 흔들어 놓았다. 전쟁과 혁명과 폭력과 생태계의 재난 ── 삶의 존엄성의 관점에서 무엇이 진보인지가 확실하지 않은 마당에, 또는 그러한 진보가 확실하다고 하더라도, 이러한 것들에 따르는 인간의 고통을 당연하게 받아들이는 것이 정당한가. 긍정과 부정의 모순이 한데 얽히는 역사 속에서 평화는 어느 때보다도 모든 인간이 추구해야 할 이상 또는 삶의 필수 조건이 되었다. 적어도 지금 시점에서 그것은 다른 어떤 것에도 선행하는 인류 전체의 기본적인 과제임이 분명하다. 대산재단의 후원으로 지난 2000년에 열렸던 국제문학포럼에 이어 다시 2005년의 포럼을 계획하면서, "평화를 위한 글쓰기"라는 주제를 결정한 것은 오늘의 세계 현실에 대한 위에서 말한 바와 같은 인식에서 그렇게 한 것이다.

평화의 문제는 문학의 소관사라기보다는 정치와 경제 그리고 과학 기술의 문제라고 할 수 있다. 그러나 문학이 인간의 삶에 대하여 가장 절실하게 말하려는 인간 활동의 하나라고 한다면, 문학도 평화의 주제를 피해 갈 수는 없다. 사람의 행불행을 결정하는 가장 넓은 바탕은 평화이다. 그것이 문학 하는 사람의 기본적 관심이 되는 것은 지극히 당연하다. 문학에 인간 문제에 대한 독특한 접근 방식이 있다면, 그것은 그 직접성에 있다. 인간의 삶 속에 움직이는 큰 구조적 힘들을 생각하지 않는 문학은 없다고 하겠지만, 그것을 그 자체로 문제 삼기보다는 그것을 체험의 직접성 속에서 그려 보고자 하는 것이 문학이다. 평화나 다른 큰 바탕의 문제들을 생각하는 일에서 문학이 제공할 수 있는 것은, 바로 그것들이 삶의 구체적인 현실 속에 어떻게 작용하는가를 증언하는 일이다. 동시에 평화의 논의에서 문학인이 할 수 있는 기여의 중요한 부분은 문학의 증언을 의식화하고 그것을 비판적 사고의 일부가 되게 하는 일이다.

무엇이 평화를 가능하게 하며 그것을 불가능하게 하는가? 평화의 기초는 무엇인가? 평화의 이상을 상기하고 그 가능성을 생각해 보는 것은 언제나 필요한 일이다. 그러나 그와 함께 오늘의 세계에서 각종의 균열의 분계선이 되고 있는 것이 무엇인가를 확인하는 일이 필요하다. 또 그 극복 방안을 생각하여야 한다. 사람들을 갈라놓고 있는 인종, 민족, 국가, 계급, 성, 문화 등은 사람의 삶에서 무엇을 의미하는가? 또 무엇이 이러한 균열을 넘어 소통을 가능하게 하는가? 문학은 다른 소통의 수단, 또 그 변화와 어떤 관계에 있는가? 결국 사람과 사람을 서로 갈라놓는 각종 균열선의 아래에는 삶의 자원의 분배 문제가 가로놓여 있다.

빈곤의 문제는 어디에서나 논의의 가장 기본적인 대상이 되지 않을 수 없다. 이것은 한 사회 안에서의 문제라는 것은 우리가 잘 아는 일이다. 그와 함께 오늘날 일어나고 있는 것은 사회와 국가 간의 빈부의 차등화이다. 이것은 세계 평화에 중요한 위협이 된다. 이러한 문제들의 틀이 되는 것은 기술 문명과 자본주의의 세계화라는 역사적 상황이다. 기술의 발달에 의존하는 팽창적 세계화는 또 다른 커다란 문제를 일으키고 있다. 세계적으로 진행되는 산업화가 삶의 터전으로서의 지구의 자연 환경을 가공할 형태로 변화시키고 있는 문제가 그것이다.

영국의 한 시인은 시인에게 세계는 늘 기원 원년이라고 말한 바 있다. 시의 주제는 영원하고 그것은 자연이라는 말이다. 자연은 예로부터 시의 주제였다. 그 핵심에 있어서 이것은 지금도 마찬가지라고 할 수 있다. 자연의 주제는 삶의 가장 구체적인 기반, 즉 그 생물학적, 물리적 기반에 대한 관심이었다고 볼 수 있다. 이러한 역사에 기초하여 문학이 환경의 문제에 대하여, 그 기술적 통제의 문제는 아니라도, 환경의 문제에 있어서 가장 근본이 되는 자연에 대한 인간의 근원적 친화 관계에 대하여, 하고 싶은 말이 있는 것은 당연하다. 문학이 말하는 많은 것들은 결국은 이 가장 큰 바탕과의 관계로부터 뻗어 나가는 것들이다.

그러나 사람의 일로서 문학에 관계가 없는 것은 없다. 기술과 빈곤과 부, 사람과 사람을 이어 주고 갈라놓는 여러 가지 요인들, 갈등과 폭력 그리고 전쟁에 이르게 하는 모든 것들에 대하여 문학은 할 말들이 있다. 그리고 무엇보다도 평화의 의미에 대하여 문학의 통찰은 중요할 수 있다. 이러한 일에 관계된 인간 활동들은 인간적 의미로부터 벗어나 독립된 작용으로 생각되고 독립된 활동으로 추구될 가능성이 크다. 이것을 인간 생존의 바탕과 구체적인 현실에 관계시켜 생각할 수 있는 것이 문학이다.

정치나 경제는 말하자면 삶의 단단한 외적 구조에 관계된다. 이에 대하여 문학은 전적으로 머리와 마음에 일어나는 생각과 느낌의 세계에 속한다고 할 수 있다. 이 후자를 통하여 세계의 외부적 구조에 작용하는 것이 가능한가? 200여 년 전에 칸트는『영구 평화론』이란 글을 발표하였다. 그가 제시하고자 한 것은 세계에 평화를 보장할 수 있는 규범적 질서—또는 법질서의 가능성이었다. 정치의 세계, 특히 국제 정치의 세계는 힘의 세계 또는 폭력의 세계인데 법질서로서 어떤 평화가 확보될 수 있다는 말인가?

칸트의 규범이 그 자체로는 여기에 답이 된다고 할 수는 없다. 그러나 그는 그 질서의 구현을 가능하게 할 현실적인 세력이 움직이고 있다고 생각하였다. 그 하나는 정치에서 공화 체제의 점진적 확장이고 다른 하나는 국가 간 무역의 확대였다. 이것은 전제 군주의 정복욕과는 반대되는 시민 정서를—생존의 이해와 깊이 관계되어 있는 정서를 만들어 낼 것이라는 생각이다. 이러한 현실의 움직임에는 합리적 의식이 수반해야 한다. 그리하여 칸트는 세 번째로 계몽주의 사상 이후의 이성의 진전 또는 합리적 사고의 확장이 평화의 정착에 도움을 줄 것이라고 생각하였다. 궁극적으로 국제 평화를 보장할 수 있는 규범의 발전과 제도의 수립은 이성이 예비하고 마무리하는 작업으로 생각한 것이다.

그러나 이성의 뿌리는 무엇인가? 구체적인 삶의 느낌으로부터 유리될 때에, 그것은 사람의 삶을 북돋는 것이 아니라 그것을 억제하고 파괴하는 수단이 될 수도 있다. 그리고 국제적 질서의 유일한 소득이 전쟁 억제라면, 물론 막대하게 큰 것이기는 하지만, 그것은 그 가능성을 소극적인 관점에서만 생각하는 것이다. 서로 다른 사회와 문화의 교류와 교섭은 여러 사회의 삶을 더욱 풍부하게 하는 데에 극히 중요한 요인이다. 국제 관계는 교역만을 의미하지 않는다.

화이트헤드는 지중해에서의 철학적 사고의 확산이 무역의 발달과 깊은 관계에 있었다는 것을 말한 일이 있다. 사람의 내면생활—그리고 사람은 동시에 내면적이며 외면적인 존재이기 때문에, 내면생활과 함께 그 외면 생활을 풍부하게 하는 것은 삶의 방편으로서의 합리적 사고 또는 그 이해를 위한 철학적 사고만이 아니다. 감각과 정서, 의식과 무의식 등은 삶의 향수를 가능하게 하는 인간 능력이며 또한 이성을 포함하여 인간의 모든 능력의 확장에 빼놓을 수 없는 동반자이다. 감각과 정서가 불러일으키는 관심이 없이는 섬세한 관찰과 거대한 구상——삶과 세계를 풍부하게 하는 관찰과 구상의 많은 것은 존재하지 않을 것이다. 문학은 이러한 일에 관련되어 있다. 그리고 이것이 좁은 공동체의 담장을 넘어서 교류될 때 풍요화의 효과는 막대한 것이 된다.

"평화를 위한 글쓰기"에서는 이러한 화제들이 개진되고 토의될 것이다. 대체로 우리나라에서 개최되는 국제적인 모임은 한국과 세계라는 이원적 관점에서 생각된다. 이번 '서울국제문학포럼'은 그보다는 국내외의 대표적인 작가, 지성인을 초청하여 세계의 중요한 문제에 대한, 그리고 참가자 개인이 절실하다고 생각하는 문제에 대한 공적 토론의 장을 마련하는 것을 목표로 하였다. 작가는 반드시 국가를 대표하는 사람들이 아니다. 물론 그들은 태어나고 산 곳의 문제의 틀 속에 있다. 그러면서도 그것을 넘어간다. 또 그들은 다 되돌아와 함께 관심을 토론할 수 있는 공간을 구성할 수 있다. '서울국제문학포럼'은 진정으로 국제적인 성격의 공간의 구성에 기여하기를 원한다.

물론 국가가 없어지는 것은 아니다. 이번의 일이 한국에서 벌어지는 한, 한국과 세계라는 이원적 구획의 틀은 잊힐 수가 없다. 한국이라는 자리에서 세계를 내다보는 일은 한국을 밖으로 알려야 한다는 의무감으로 이어지고 한국이 조금 더 세계로 자신을 열어 놓아야 한다는 깨달음으로 이어진다. '서울국제문학포럼'은 밖으로 한국을 알리고 한국인과 한국의 작가, 지식인에게 한국을 둘러싸고 있는 국제적 환경을 새로 의식하게 하는 계기가 될 것이다.

국제 교류는 공식화된 통로를 경유하여서만 이루어지는 것으로 생각되기 쉽다. 사람이 하는 일에는, 그것이 무엇이든지 간에, 사람의 모든 것이 개입된다. 양자 협상의 테이블에서 현안만을 토의하려 하는 경우에도 그러하다. 문학인의 모임이 현안에 한정된다면 문학인이나 지식인의 모임의 의의는 크게 축소되는 것일 것이다. 앞에 내건 의제에 못지않게 '서울국제문학포럼'이 가지고 있는 의제는 문학인, 지식인의 의제 없는 교류와 교환(交歡)이다. 우리는 거기에서 의제를 넘어선 새로운 발견이 일어날 것을 기대한다. 그것이 어쩌면 세계 평화를 다지는 기초 작업에 작은, 그러나 보다 착실한 기여가 될는지 모른다. 큰 성과를 기대하지 않는다고 할 수는 없지만, 성과가 크지 않더라도 우리는 평화와 문화의 커다란 열매는 끈질기고 오랜 작업의 결과라는 것, 그리고 거기에서 작은 노력도 반드시 부질없지는 않음을 배우게 될 수도 있다.

(2004년)

제2회 서울국제문학포럼 환영사

저명한 분들을 모시는 모임에서 흔히 하듯, 참석하신 여러분들의 성함을 일일이 말씀드리면서 환영의 뜻을 표하는 것이 옳은 일이겠으나, 참석하여 주신 여러 분들 전원에게 우선 이 환영사로서 한꺼번에 인사와 감사의 말씀드립니다. 5년 전에 같은 포럼을 개최하였을 때에, 나는 참석자 여러분께 그 열매가 어떤 것이 될지 불확실한, 처음 열리는 미지의 모임에 참석하여 주신 데 대하여 특히 감사를 표하였습니다. 지금도 마찬가지입니다. 이러한 모임에 참가한다는 것은 시간과 에너지의 소비를 뜻합니다. 생각건대, 작가는 누구보다도 이 귀중한 삶의 선물을 함부로 쓰는 데에 인색한 사람이라는 것을 알고 있습니다. 참가하신 데 대하여 다시 감사드립니다.

2000년에 개최한 포럼은 원래 우리가 바랐던 이상으로 성공적이었다는 말씀을 드릴 수 있는 것을 나는 기쁘게 생각합니다. 포럼 이후 우리는 그 모임이 한 번 있고는 영영 사라져 버리는 이벤트가 아니고 어쩌면 작은 대로 역사가 되는 사건이라는 느낌을 가졌습니다. 그것이 다시 이번에 포럼을 계획하게 되는 이유가 되지 않았나 합니다. 우리는 이 포럼에 다시 역사적 사건의 무게가 더해지게 될 것을 희망합니다.

이 포럼의 주제들이 무게를 가진 것이라는 것은 분명합니다. 지난번의 주제는 "경계를 넘어 글쓰기"였습니다. 작가 그리고 다른 분들도, 인류가 직면한 긴급한 문제들을 생각할 때, 이 문제에 관심을 갖지 않을 수 없을 것으로 우리는 생각했습니다. 이번 포럼의 주제는 이미 아시고 계시다시피, "평화를 위한 글쓰기"입니다. 지속하는 평화, '영구 평화(ewiger Frieden)'는 인류의 가장 깊은 소망의 하나입니다. 또는 소망이어서 마땅하다고 할 수 있습니다. 이렇게 고쳐 말하는 것은 이 점에 대하여 생각을 달리하는 사람도 있기 때문입니다. 세계화는 세계의 다른 지역들을 갈수록 서로 가까워지게 합니다. 가까워진다는 것이 다툼이 일어나는 계기가 될 수도 있다는 것을 우리는 새삼스럽게 깨닫습니다. 전쟁, 테러리즘 또는 보다 일상적인 여러 가지 폭력 행위 ―크고 작은 폭력의 사례들이 늘어 가는 것을 봅니다. 이것은 이제 이웃이 된 여러 지역의 소식들이 보다 자유롭게 우리에게 전해지는 때문일 수도 있습니다. 그것은 사람들이 한데 모이면 처음에 일어나기 쉬운 결과라고 할 수도 있습니다. 우리의 희망은 그것이 궁극적인 화해와 평화로 나아가는 큰 역사 과정의 한 단계임이 드러나는 것입니다.

나는 작가들은 전쟁과 평화의 문제를 특히 마음에 절실하게 느낄 입장에 있다고 생각합니다. 작가는 나날의 삶을 똑바로 구체적으로 보는 사람입니다. 그러면서 거리를 두면서 보기도 하는 까닭에 삶의 작은 것들이 모여 하나를 이루는 것을 압니다. 또 그들은 실체 없는 환영처럼 행복한 삶의 꿈을 숨겨 가지고 있습니다. 초연함과 꿈과 지금 이 자리의 삶—이것이 교차하는 독특한 자리에서 작가는 평화와 전쟁, 투쟁과 화해의 정치적 수사를 잘 가늠할 수 있습니다. 우리는 개체의 삶을 위해서나 인류 전체를 위해서나 평화의 문제를 논하는 데에 작가가 기여할 통찰이 많다고 생각합니다.

이전의 포럼에서 환영의 뜻을 표하면서, 이런 회의에서 주제라는 것은 조직의 경제에서 나오는 편의에 불과한 경우가 많다고 말한 바 있습니다. 우리가 궁리해 놓은 주제는 논의를 그 경계 안에 가두어 두려는 것이 아닙니다. 물론 우리는 이 회의장이 오늘날 인류가 부딪치고 있는 중요한 문제를 널리 논하는 자리가 되기를 바랍니다. 그러나 동시에 우리는 이 모임이 함께 즐기고 친교를 다지는 계기가 되기를 희망하고 있습니다. 초청에 응하여 주신 데 대하여 다시 한 번 감사합니다. 이번 모임이 즐거운 기회가 되기를 바랍니다.

(2005년)

한국 문화의 보편성 획득을 위한 의미 있는 발걸음: 서울국제문학포럼을 치르고 나서

고려대의 문광훈 교수는 《경향신문》 6월 1일자 칼럼에서 이번의 국제문학포럼에 대해 언급하여, "이런 행사는 유럽에서도 흔치 않다. 우리 문화도 이제 숨통을 틔어 가는 것인가" 하고 총평에 해당하는 의견을 표명하였다. 또 그는 주제로 선택한 '평화를 위한 글쓰기' 그리고 그것을 갈라놓은 소주제들, 문화, 공동체, 근대성, 빈곤, 세계화, 환경 등을 말하면서 "지금 시대가 직면한 거의 모든 문제를 토의"한 것이라고 평하였다. 조직위원회 측에서 그렇게 말하는 것은 자화자찬의 혐의가 있기는 하지만, 문 교수의 이 평은 많은 사람들이 동의할 것이 아닌가 하는 생각이 든다.

이번 포럼의 성과는 물론 이 일에 참여한 여러 사람들의 결집된 힘의 열매이다. 다시 문광훈 교수는 "누가 초청되고 어떻게 조직되며, 또 무엇이 토론되는가" 하는 것에 주최 측의 역량이 드러나는 것인데, 그것은 상당한 것으로 보아도 된다고 시사하고 있다. 이러한 역량이 있다고 한다면, 그것은 근본에 있어서는 어떤 특정한 사람들에 앞서, 우리 사회의 힘이 그만한 수준에 달한 것을 뜻하는 것이라고 할 것이다. 사실 이러한 문화 행사나 문화 토론의 장이 아니라고 하더라도 한국이 오늘의 국제 사회에서 일정한 자리를 차지해 가고 있다는 증거는 도처에 발견된다. 이러한 증후가 우리를 너무 혼란스럽게 하는 경우까지도 있어서, 우리는 그것들이 목적 없는 역동성의 표현이 아니라 조금 더 정제되고 통일된 문화적 성숙성을 갖는 것이 되었으면 하고 생각하기도 한다. 하여튼 이번 회의에 힘으로 작용한 것은 다시 말하여 역사의 힘이라고 할 수 있다. 그러나 그다음으로 이만한 사람들이 모여 이만한 이야기를 주고받을 수 있었던 것은 물론 개인적인 희생을 무릅쓰고 조직위원회에 참여하여 정보를 제공하고 여러 인사들과의 접촉 방안을 마련하고 또 직접 접촉하는 수고를 아끼지 않은 여러 분들이다. 이렇게 모여진 지혜를 현실화하는 데 큰 역할을 한 것은 대산문화재단의 관계 직원들이다. 신(神)은 세부(細部)에 계신다는 말이 있지만, 만사에 있어서 이 말만큼 옳은 말도 흔하지 않다. 지난번에 비하여 이번 포럼은 모든 일의 세부가 매우 원활하게 조직화되었다. 이것은 지난번 행사에서 얻은 지혜의 덕이기도 하지만, 실무를 맡은 여러 분의 꼼꼼한 노력으로 가능하였다. 어떠한 일도 물질적 뒷받침이 없이는 성사될 수가 없고, 그것을 위해서는 그 뒷받침을 위한 의지가 있어야 한다. 대산문화재단의 좋은 뜻이 없이는 이번의 행사와 같은 일이 열릴 수 없다는 것은 말할 필요도 없는 일이다. 그리고 문예진흥원의 적극적인 지원이 여기에 큰 힘이 되었다.

주제, 작가 초청, 참여 작가들에 대한 뒷바라지, 홍보 활동, 청중 참여 — 이러한 여러 면에서 이번의 대회가 원만하게 진행되었다는 판단은, 되풀이하건대, 부당한 말이 아니라고 생각한다. 그러나 비판과 반성의 여지가 없는 것은 아닐 것이다. 행사의 시대라고 할 만큼 행사가 많은 것이 오늘날이다. 필요한 일 중의 하나는 행사로 하여금 행사에 그치지 않고 실질적인 의미를 갖도록 노력하는 일이다. 이것을 위하여서는 벌어지는 일에 대한 철저하고 냉철한 반성이 필요하다. 이번 일도 아마 시간이 가고 다음 행사를 구체적으로 생각하여 가면서 — 다음에 또 이러한 행사가 열린다는 전제하에서 — 이렇게 하였더라면 하는 부분들이 드러나게 될 것이다. 전체적인 의의도 검토하여야겠지만, 그것에 못지않게 또는 그보다도 중요한 것은 세부에 대한 면밀한 검토이다. 다시 한 번 신은 세부에 계신다.

이번의 발표회의 조직과 관련하여, 해외 참가자나 국내 참가자들이 가졌던 여러 비판적 견해들이 있을 것인데, 그중에 내가 들은 것의 하나는 유럽에서 온 문인이 말한 것으로서, 자신의 발표 장소에 청중이 너무 적었다는 비판이랄까 불평이었다. 발표나 강연을 듣고 안 듣는 것은 청중 하나하나의 자유로운 결정에 속하는 것이기 때문에 여기에 대하여 왈가왈부하는 것은 잘못된 관점의 표현이라고 할 수도 있다. 나는 그 문인의 생각을 자세히 들을 기회를 가졌다. 그의 생각은 많은 돈을 들여 수만 리 먼 이역에서 사람을 불러오면서 그 투자를 충분히 활용하지 않은 것에 대한 배려를 담고 있었다. 몇 십 명을 상대로 30분을 말하게 하기 위해서 그러한 투자를 하는 것이 옳은 것인가 하는 것을 걱정하는 것이다. 이것은 말할 것도 없이 이러한 일을 준비하는 사람들이 생각하고 생각하여야 할 사항임에 틀림이 없다. 또 그 불평에는 우리의 조직과 계획의 자의적인 면에 대한 비판이 있었다. 그는 처음에 들은 바로는 발표가 40분이 될 것이라는 것이었는데, 마지막 순간에 와서야 30분으로 줄어진 것을 알게 되었다는 것이다. 대체로 아무리 작은 것이라도 사람과 사람 사이의 약속을 엄격하게 지켜야 한다는 것을 받아들이는 점에서 우리와 서구 여러 나라 사이에는 아직도 상당한 간격이 있는 것이라고 하겠는데, 국제 관계에서 이것은 극히 조심해야 하는 일의 하나로 생각된다. 나는 다음의 기회에 명심해야 할 일이 아닌가 하고 스스로 반성하였다.

그런데 이 유럽 문인의 불평 또는 비판에는 또 달리 더 깊이 생각할 필요가 있는 부분이 있다. 그는 그의 발표 후에 그것을 중심으로 활발한 토의가 있을 것을 기대했다고 한다. 토의가 얼마나 심각하게 또 널리 이루어지느냐 하는 것은 사안에 따라서 다를 수밖에 없을 것이다. 그러나 이번의 계획에서 중요한 작가들을 불러서 한 사람 한 사람의 목소리와 견해를 진지하게 토의하지 않고 세 사람 네 사람 내리닫이 발표를 하고 끝나게 하는 것이 잘한 일인가는 조금 더 생각해 보아야 하는 일일 것이다. 이것은 인적 자원을 낭비하는 일이기도 하고, 우리가 토의하는 주제의 심각성을 인지하지 못한 일로도 취해질 수 있다. 어떤 문제가 제기되면 그것은 피차에 계발되는 바가 있게끔 충분히 토의되어야 마땅할 것이다.

여기에는 물론 비용의 문제가 있고, 압축될 수밖에 없는 시간의 문제가 있다. 그러나 우리는 대중적 성격의 행사에 너무 사로잡히는 경향이 있다. 대중 집회와 소수의 콜로키움의 이점을 어떻게 병행할 것인가 하는 문제는 조금 더 면밀하게 연구할 필요가 있다. 그런 다음에 그것과 모임의 형식과 비용을 조정하는 문제를 생각하여야 할 것이다. 물론 집중적 토의의 부족은 본 회의장 밖에서의 개별 작가 중심의 여러 프로그램에서 보완되기는 하였다. 다만 이것이 조금 더 본회의 쪽으로 당겨졌으면 하는 아쉬움은 그대로 남는다. 사람들의 의식에 본회의장 지역이 중심이라는 생각이 박혀 있을 것이기 때문이다. 그리고 여러 토의가 독립되어 있으면서 하나로 종합될 수 있다면 전체의 모임이 조금 더 짜임새가 있을 것이기 때문이다.

집중적인 토의에 비슷하게 이것은 작가들 사이의 교환의 문제에도 적용될 것으로 생각된다. 오에 겐자부로 씨는 헤이리의 점심 식사 후 이번의 모임에서 자신이 만나고 싶었던 여러 작가들을 만날 수 있어서 기뻤다고 말하였다. 그의 발언으로 미루어, 보이게 보이지 않게 작가들 사이에 교환이 이루어졌을 것으로 생각된다. 그러나 포럼 시간표나 주변 공간의 사정들로 하여 상호 접촉이 아주 쉽지는 아니하였을 것이다. 당초에 교보빌딩에 카페를 운영하자는 말이 있었으나 이것은 실현되지 않았다. 그랬다 하더라도 그렇게 효과적인 것은 아니었을 것이다. 5년 전에 비하여도 세종로는 한결 복잡하고 행사가 많은 곳으로 변하였기 때문에 만남도 만남이려니와 주의를 흐트러지게 하는 요인이 너무 많은 곳이 되었다. 조금 더 조용하고 행사와 행인이 적은 곳이었더라면 만남은 저절로 많이 이루어졌을 것이다.

국내 작가들의 참여가 산만하여진 것도 이 점에 관계되는 것으로 생각할 수 있다. 회의장 근처에 쾌적하게 나앉을 수 있는 장소가 있고 조금 더 가라앉은 공간이 있었다면, 그리고 조금 더 발표와 사이사이에 휴식 시간이 있었더라면 참여와 교환은 더 자연스럽게 일어났을는지 모른다. 그러나 대체로 몇몇 작가들을 빼고는 국내 작가들의 참여가 소극적이었던 것은 우리 사회의 대체적인 행동 양식과 깊은 관련을 가진 일일 것이다. 그럼에도 불구하고 이러한 행사가 보이지 않게 우리 작가들의 의식에 변화를 일으키는 것은 틀림이 없을 것이다. 반드시 이러한 국제포럼의 영향은 아니겠지만, 보다 다양한 문화의 환경, 그러한 환경을 대변하는 견해들을 접하면서, 우리가 문학을 생각하는 지평은 지금 넓어지고 있는 것으로 보인다. 우리 문학의 세계화는 보편성의 확보가 필요하다고 말하여진다. 그것은 우리의 문제와 사정을 이해하는 데의 배경에 있는 지평의 깊이와 넓이 — 거기에 그어지는 많은 동기와 인과 관계를 충분히 생각하게 된다는 것을 말한다. 우리의 문제와 사정을, 나의 이야기와 우리의 이야기를 가로지르고 있는 의미의 맥락을 더 깊게 이해하는 것이 필요한 것이다. 여기에서 다양한 문화 배경의 작가들을 만나고 그들의 견해를 의식한다는 것은 중요한 촉매에 접하는 일이다. 아마 이러한 회의의 손익 계산을 따져 볼 때, 제일 중요한 것은 이 점에 있어서의 진전일 것이다.

이번에 참여한 한 작가는 나에게 이번 발표의 질이 그 전에 비하여 한결 높아졌다는 것을 말하고, 그 전의 회의록에 비하여 이번의 회의록은, 선별과 편집의 노력을 더한다면, 좋은 책이 될 수 있을 것이라고 말하였다. 이것은 대체로 맞는 지적이 아닌가 한다. 이것은 그만큼 성과가 있었다는 평가이기도 하다.

이번 포럼의 특이한 사건은 아마 평화 선언일 것이다. 이것은 한국 전쟁에 종군하였던 티보 머레이 씨가 발의한 것인데, 많은 사람이 그 뜻에 동의하였다고 생각한다. 문면은 김성곤 교수의 초안을 그와 함께 수정하여 작성되었다. 그러한 선언의 발상이 나왔다는 것은 이번의 주제가 시대적인 관심사로서 많은 사람들에게 중요한 것이었다는 것을 증거하는 일일 것이다. 내용에 구체성이 없다는 비판도 있고, 또는 어떤 항목에 대해서는 동의가 어렵다는 의견도 있었지만, 선언 발표는 의미 있는 일이었다고 할 수 있다. 그것은 그 주제의 무게의 관점에서도 그러하지만, 이번의 포럼에 하나의 통일성이랄까 연대성을 주는 행사가 되었다는 점에서도 그러하다. 물론 지속적이고 전체적인 것이든 아니면 일시적이든 집단성의 압력은 늘 존재하고, 그러한 압력으로부터 개체를 보호하는 것도 문학의 한 기능이라고 할 수 있기 때문에 이러한 통일성이나 연대성을 지나치게 강조해서도 곤란한 일이기는 하다. 이번의 선언에 동참하기를 주저한 작가 한 사람은 내가 그 주저하는 마음에 대하여 이해를 표현해 준 것을 매우 고맙게 생각한다는 뜻을 전하였다. 그것은 뒤집어 보면 대체로 사실의 엄격성과 개인의 자유로운 선택에 대한 존중이 부족한 우리의 풍토에서 오는 어떤 불편한 느낌을 표현한 것이라고 할 수도 있다.

개인의 사실 판단에 대한 존중이라는 기율에 저촉되지 않는 한, 포럼의 일체성에 대한 느낌을 강화하는 것이 나쁜 일은 아니다. 평화 선언에 비슷하게 다른 행사들도 고안될 수 있을 것이다. 가령 이 포럼이 조금 발전한다면 여러 종류의 수상식 같은 것도 생각해 볼 수 있을 것이다. 이번의 판문점 방문은 (특히 포럼의 주제와 관련하여) 뜻 깊은 일이었지만, 조금 더 한적한 경승지를 방문하여 하룻밤 정도를 작가들만이 같이 보낼 수 있다면, 이러한 일체감의 일부로서의 유대감은 조금 자연스럽게 강화될 수 있을 것이다. 이러한 경우에 작은 주제의 작가들 상호 간의 토의를 위한 토의안을 만들 수도 있을 것이다.

대체로 말하여 보완할 점들이 없지 않은 채로 이번 포럼은 성공적이었다고 할 수 있지 않을까 한다. 앞으로 보다 튼튼한 포럼으로 발전할 것을 기대한다. 이것은 대체적으로 국내에 한정해서 말한 것이지만 다음 단계는 이것을 국제적인 의의를 갖는 것으로 확장하는 것이다. 그것을 위해서는 발표의 내용을 더욱 튼튼하게 하는 것에 더하여 무엇이 더 필요한 것인가에 대한 여러 차원의 연구가 필요할 것이다. 우리나라에서 노벨상 수상 작가나 해외 저명 작가들이 사회적 관심을 끄는 것은 틀림이 없다. 그러나 어떤 일에서나 그것이 보장되는 것은 아니다. 하는 일이 보다 더 밀접하게 오늘의 국제 사회의 구조에 맞아 들어가야 한다. 한국의 중요한 행사인 국제문학포럼이 왜 다른 나라에서는 주의를 받지 못하는가. 이 문제에 대한 답을 단순히 홍보에서 찾는 것은 일의 본질을 왜곡하는 것이다. 필요한 것은 오늘의 세계에서의 문학의 위치에 대한 보다 심각한 성찰이다. 그런 다음 전략이 나올 수 있을 것이다.

다시 한 번 조직위원장의 일을 맡았던 사람으로서, 행사 결정을 한 대산문화재단, 거기에 동참한 문예진흥원, 조직위원회의 여러 분들, 자문과 협조에 흔쾌히 응하여 주신 각계 인사들, 성심성의 일정을 돌본 대산문화재단의 담당 직원들, 안내와 통역을 맡아 주었던 봉사원들, 그리고 마지막으로 참여해 주신 국내외의 작가 여러분들에게 깊이 감사드린다.

(2005년)

『평화를 위한 글쓰기』 발간사[2]

제2회 서울국제문학포럼에 발표되었던 글들을 이제 책으로 출간하게 된 것을 기쁘게 생각합니다. 2000년 가을에 열렸던 제1회 포럼에 이어 이번 포럼은 2005년 5월 24일부터 26일까지 대산문화재단과 한국문화예술위원회의 지원으로 서울 세종문화회관에서 열렸습니다. 참가한 전체 문인 수는 80여 명, 해외에서는 12개국을 대표하는 19명의 문인들이 참석하였습니다. 규모는 대체로 1회와 비슷하다고 하겠으나, 이번 모임은 지난 대회보다도 더욱 크게 관심의 대상이 되고 심각한 것이 되지 않았나 합니다. 참가한 발표자나 청중들은 바쳐진 시간과 노력이 보람 있는 것이었다는 느낌을 가지고 포럼장을 떠났을 것으로 생각하고 싶습니다.

포럼이 중요한 행사로 느껴진 이유는 참가한 문인들의 명성과 주제의

---

2 제2회 서울국제문학포럼 논문집 『평화를 위한 글쓰기』(민음사, 2006) 수록.(편집자 주)

심각성 때문일 것입니다. 여기에다가 첫 번째 포럼의 성공의 후광이 크게 작용하였을 것으로 생각합니다. 이제는 이 문학 포럼이 세계의 문인들이 모여 그들 자신과 인류의 중요한 관심사가 되는 문제들을 토의하는 세계 공론의 장으로 제도적인 확실성을 얻어 가고 있다는 느낌이 듭니다.

포럼의 주제는 '평화를 위한 글쓰기'였습니다. 평화는 어느 시대에나 사람의 가장 중요한 관심사이고, 달성하고자 애쓰는 이상입니다. 그러나 이것을 선택한 이유는 오늘의 시대 상황에 의하여 촉발된 것이라 할 수 있습니다. 냉전의 종식은 모든 인류에 평화의 새 시대가 도래할 것이라는 희망을 가지게 했습니다. 그러나 냉전이 끝나면서도 전쟁과 분쟁은 끝나지 않았습니다. 발칸 반도, 소말리아, 르완다, 수단 그리고 가장 크게는 이라크에서 벌어진 전쟁과 살상과 파괴가 그것들입니다. 그 외에도 세계의 도처에서 전쟁과 전쟁의 위협은 그치지 않고 있습니다. 이번에 발표된 여러 편의 글들이 증언하고 있듯이, 한반도에서는 아직도 전쟁의 공포가 정부의 정책과 사람들의 심리를 사로잡고 있습니다. 시각을 한반도로 좁혀도 평화는 가장 중요한 문제가 아닐 수 없습니다.

칸트가 논하였던 바와 같은 영구 평화의 이상은 포럼 전체에서 하나의 핵심적 준거점이 되었습니다. 그러나 영구적 전쟁 상태를 조성하게 되는 여러 원인에 대한 규명과 그것을 제거하기 위한 연구와 노력 없이, 영구 평화의 이상은 현실이 될 수 없습니다. 공석에서 그러했지만, 사석의 토론에서도 평화라는 말이 현실 정치의 전략 속에서, 조지 오웰이 경고한 바와 같은 왜곡, 즉 그 정반대의 것이 될 수 있다는 가능성에 대한 경고가 있었습니다. 결국 포럼에서는 평화의 가능성보다도 평화를 위협하는 갈등의 원인에 대한 토의가 더 많았습니다. 문명의 충돌에서부터 성, 인종, 종교에 의한 차별, 국내의 또는 국가 간의 빈부 격차의 확대 또는 환경 파괴의 문제들이 논의되었습니다. 문학이 평화를 위해 무엇을 할 수 있느냐 하는 것이 포럼의 주제였지만, 분명한 전망을 가질 수 없는 대로 영화 등의 영상 매체나 인터넷의 발달이 어떤 새로운 가능성, 그리고 폐단을 드러내 주는 것인가에 대한 논의가 있었습니다.

포럼에서 발표된 글은 전쟁과 평화의 문제에 대한 체계적이고 일관된 분석과 논의를 구성하는 것은 아닙니다. 그러나 제기된 문제와 제시된 관점과 해석은 충분히 다양하고 복잡한 것이어서 포럼을 진정으로 다국가, 다문화, 다성적인 공론의 장이 되게 하였습니다. 정도가 다르고 표현 방식도 여러 가지지만, 전쟁과 폭력의 체험에 대한 추억, 거기에서 겪는 인간의 고통에 대한 증언, 평화의 미래를 향한 비원의 표현 등은 분명 뜨거운 정열과 참여 의지를 보여 주었다고 할 수 있을 것입니다. 발표된 글들을 정리하여 좀 더 많은 독자에게 받아들여질 수 있는 책으로 만들어 보면 어떨까 하는 제안이 있었습니다. 그러나 결국 포럼의 결과는 원래의 다성적 다양성을 그대로 지닌 원형대로 책으로 엮여 나오게 되었습니다. 이것은 오히려 다행한 일인지 모릅니다. 이러한 다양성은 그 나름으로 기록되고 인지될 필요가 있는 일이라고 하겠습니다.

그러면서도 서로 하나가 되는 것이 있었습니다. 물론 평화를 향한 소망에 있어서 참가한 문인들의 마음은 한결같았습니다. 그리고 작가가 글을 통해서 이 소망을 보편화하기 위해 무엇을 할 것인가를 생각한다는 점에서 마음을 하나로 했습니다. 주목할 점은 이러한 마음가짐을 넘어서 참가한 문인들이 평화를 위한 소망을 하나의 작은 행동으로 표현하였다는 것입니다. 이번 포럼의 마지막 모임에서 참가자의 다수가 동의하여 '서울평화선언'을 발표하게 되었던 것은 매우 기쁜 일이었습니다. 작가들은 이 선언에서 갈등의 해결 수단으로서 전쟁을 포기할 것과 폭력적 갈등의 원인이 되고 지상의 인간과 생명체의 삶의 너그러움을 감축하는 모든 요인의 제거를 위해 노력하여야 한다는 것을, 세계의 모든 정부와 인민에게 호소한 것입니다. 선언문은 유럽에서 두 차례의 전쟁과 한국에서 한국 전쟁과 1956년 헝가리에서 인민 봉기를 목격했던 헝가리 작가 티보 메라이 씨가 낭독하였습니다.

포럼을 성공적인 행사가 되게 하는 데에 도움을 아끼지 않은 모든 분들에게 깊은 감사의 말씀을 드립니다. 해외에서 참석한 저명한 문인들, 한국의 문인들, 그리고 커다란 관심으로 포럼에 참석한 청중께 감사드립니다. 포럼 조직위원회의 유종호 교수, 김화영 교수, 김대영 대산문화재단 상임 이사, 김성곤 교수, 강형철 한국문화예술위원회 사무총장, 윤상인 교수, 김누리 교수 그리고 대산문화재단의 곽효환 국장, 안영국 대리, 전성우 대리가 포럼 개최에 관계된 모든 이론적이고 사무적인 문제들을 빈틈없이 살펴 주셨습니다. 행사 전체를 뒷받침해 주신 대산문화재단의 신창재 이사장, 한국문화예술위원회의 현기영 원장께 심심한 감사의 말씀을 드립니다.

(2006년)

제3회 서울국제문학포럼 환영사

제3회 국제문학포럼에 오신 작가 여러분에게 환영의 뜻을 전합니다. 바쁘신 일정에도 불구하고 초청에 응하여 주신 데에 심심한 감사의 말씀을 드립니다. 이번의 모임이 즐거운 모임이 되고 보람을 거두시는 기회가 되기를 바랍니다.

서울국제문학포럼은 2000년에 시작하여 이번이 세 번째가 되었습니다. 원하는 것은 이 행사가 행사를 위한 행사가 되지 않고, 여러 참가자는 물론 한국의 문학 애호가들에게 실속 있는 열매를 가져다 드렸으면 하는 것입니다. 그리고 지금까지 그러한 희망이 전혀 헛된 것은 아니었다고 생각합니다. 그것은 그간 이 모임에 참석한 여러 작가들의 기여로 인한 것입니다. 이 자리를 빌려 감사의 말씀을 드립니다. 성함을 일일이 말씀드려 감사하는 것이 마땅하지만 몇 분만을 말씀드린다면, 해외에서는 월레 소잉카, 오에 겐자부로, 장마리 귀스타브 르 클레지오, 오르한 파묵 선생, 국내에서는 고은, 유종호, 백낙청, 황석영 선생 등이 자리를 빛내 주셨습니다. 세월은 무상한 것이어서 해외로부터 참석하여 자리를 빛내 주셨던 분으로서 피에르 부르디외, 장 보드리야르, 미요시 마사오 선생은 서울을 다녀가신 후에 타계하셨습니다. 감사를 드리며 명복을 비는 바입니다.

제3회 서울국제문학포럼의 주제는 광고된 바와 같이 "세계 속의 삶과 글쓰기"입니다. 이 주제는 사실 2회 포럼에서도 비슷한 주제를 다룬 바 있으나 이번 포럼의 주안점이 된 것은 '세계화'라고 불리는 세계적인 흐름입니다. 이번에는 특히 이것이 어떻게 구체적으로 인간의 삶과 작가의 글 쓰는 일에 영향을 미치는가 하는가를 논하고자 합니다. 자아와 타자의 관계가 어떤 것이어야 하겠는가, 밖에서 오는 사람에 대한 몸가짐, 접객의 예의가 어떤 것이어야 하는가 — 이러한 문제를 말하는 소주제가 그러한 관심의 가운데를 짚고 있다고 하겠습니다. 더 크게 말하면, 세계화로 인하여 서로 가깝게 접하지 않을 수 없게 되는 낯선 사람들이 어떻게 평화로운 인류 공동체로 나아갈 수 있느냐 하는 것이 주제라고 하겠습니다. 세계는 어느 때나 다름없이 또는 다른 어느 때보다도 갈등이나 싸움으로 가득한 것으로 보입니다. 그러나 희망적으로 생각하면 이러한 것들은 보다 화목하고 행복한 공동체로 가는 길목을 표지하는 것이라고 할 수도 있을 것입니다. 이번 포럼에서는 이러한 주제에 대한 작가 여러분의 지혜를 들어 보고자 합니다.

늘 되풀이해 온 말이지만 작가는 이론가도, 정치 지도자도, 예언자도 아닙니다. 바로 그것이 작가로 하여금 인간의 삶의 진실을 말할 수 있게 하는 것이라고 할 수 있습니다. 이번 모임이 작가 여러분들의 여러 문제에 대한 여러 견해를 경청하고 그 작품 세계를 잘 알게 되는 기회가 된다면, 그 이상 보람 있는 일이 없을 것입니다. 해외에서부터 멀리, 또 국내의 바쁘신 일정 가운데 참석하여 주신 작가 여러분들에게 다시 한 번 감사를 드립니다. 이번 모임을 가능하게 해 주신 대산문화재단 신창재 이사장님과 이 회의를 위하여 여러 가지로 애써 주신 조직위원 여러분들 그리고 대산재단의 임원과 직원 여러분께도 감사의 말씀을 드립니다.

(2011년)

『세계화 속의 삶과 글쓰기』 발간사[3]

이제 2011년 5월의 제3회 서울국제문학포럼에서 발표되었던 글들이 인쇄 출판되어, 행사에 참가했던 사람들보다 많은 사람들에게 읽힐 수 있게 되었습니다. 포럼의 전체 주제는 "세계화와 인간 공동체"였습니다. 그리고 이 주제 아래 오늘날 작가가 부딪치게 되는 문제들 — 작가가 의식하지 않을 수 없고 그 영향을 피할 수 없는 넓어진 독서 시장의 조건, 다문화적이 되고 세계화되는 독자층의 변화, 다매체의 발달 속에서 달라질 수밖에 없는 글쓰기의 위상 등의 문제들을 다루는 여러 부문들이 있었습니다. 또 세계화의 과정 속에서 더 심각해지는 환경 문제를 다루는 부문이 있었습니다. 이것은 작가들만이 아니라 전 인류에게 중요한 문제인데, 지구 환경으로부터 멀리서 영위될 수 없는 인간의 구체적 삶을 다루는 작가들에

---

3   제3회 서울국제문학포럼 논문집 『세계화 속의 삶과 글쓰기』(민음사, 2011) 수록.(편집자 주)

게는 더욱 섬세하게 느껴지는 문제입니다. 주제의 후반부에 나와 있는 "인간 공동체"는 오늘날 글쓰기에 종사하는 많은 작가들에게 중요한 관심사가 되지 않을 수 없습니다. 인간 문제를 다루는 작가들의 의식에는 세계화가 인간 공동체의 실현의 계기가 되기를 바라는 마음이 스며 있다고 할 수 있습니다. 물론 공동체의 문제를 벗어나 전적으로 개인적인 관점에서 인간사를 다루는 것이 작가의 특권이기도 하다는 것을 잊어버리자는 것은 아닙니다.

포럼에서 논의되었던 문제들은 말할 것도 없이 작가들에게만 심각한 의미를 갖는 문제들이 아닙니다. 본인은 이것이 보편적 의미를 갖는 문제들이라는 것을 개회사에서 간접적으로 말한 바 있습니다. 그때의 말을 다시 한 번 되풀이하겠습니다.

여러 국가들이 함께 당면하는 과제를 토의하기 위하여 정치 지도자들이 만나게 되는 것을 자주 본다. 그러나 작가들이 인류 공동의 과제를 토의하기 위하여 한자리에 모이는 것은 그렇게 흔한 일이 아니다. 그러나 세계화의 과정을 평화와 번영의 인간 공동체를 구성하는 과정이 되게 하는 데에 작가들이 기여할 수 있는 것이 적지 않다. 그리하여 되풀이하거니와 이러한 모임은 귀하고도 중요한 사건이라고 하지 않을 수 없다. 이 자리에서 이야기되는 것이 세계에 널리 알려지기를 바라 마지않는다. 여기에 여러분의 도움이 있기를 희망한다.

이제 포럼에서 발표되었던 글들이 출간됨에 따라 이러한 기회가 더 커질 것으로 생각합니다. 이 자리를 빌려, 2011 서울국제문학포럼에 참가하여 주신 여러 국내외 작가들에게 깊은 감사를 드립니다. 이번 일을 위하여 예산을 마련하고 여러 도움을 주신 대산문화재단과 서울문화재단, 한국문화예술위원회에도 깊은 감사를 드립니다. 또 계획과 조직의 여러 사항들을 성의를 다해 마련하신 조직위원회 위원 그리고 대산문화재단 임직원, 원고의 출판을 맡아 준비하여 주신 여러 분들께도 깊은 감사를 드립니다.

(2011년)

삶의 이야기, 삶의 이론[1]
이데올로기, 진정성, 시장

삶의 이야기와 이론

한 장소에 서 있는 사람은 자신이 서 있는 곳 저편으로 펼쳐지는 공간에 대하여 일정한 느낌을 가지고 있어야 한다. 이 공간은 어떤 때 지평의 끝까지 이어진다. 이것을 보아야 마음이 편하다. 산에 올라 내다보는 전망이 주는 쾌감은 여기에 이어지는 것일 것이다. 그리고 사람은 자신의 삶 전체에 대하여서도 이러한 연장(延長)의 느낌을 가지고 싶어 한다. 주소는 한 곳에 있지만, 삶의 터전으로서의 세계에 대하여 전체적인 느낌을 가지고 싶어 하는 것이다. 현대적인 우주론이 등장하기 전에는 이러한 욕구는 궁극적으로는 우주의 탄생과 역사에 대한 여러 신화들에 의하여 충족되었다. 지금에 와서 지리학, 지질학, 생물학, 물리학 그리고 천체 물리학으로부터 물리적 우주 전체의 시공간적인 진행에 대한 지식을 얻을 수 있다. 그런데 이에 대하여 사회는 또

---

1   2011 서울국제문학포럼 기조 강연문.(편집자 주)

하나의, 그리고 보다 중요한 삶의 지평으로서의 의미를 갖는다. 그리하여 이 전체성을 향한 욕구에 맞아 들어가는 사회와 역사의 이론이 필요해진다.

그렇기는 하나 이러한 이론의 아래에는, 산에 오르고 산 아래의 광경을 내다보는 것과 같은, 삶의 현실을 느낌으로 전해 주는 형태로서, 보다 친숙하게 알고 싶은 마음이 그대로 남아 있다. 끊임없이 전해 오는 소문이나 뉴스나 여러 정보들은 우리가 사는 세계가 어떻게 이루어지고 이루어져 가고 있는가를 아는 데에 있어서 작은 자료의 일단을 이룬다. 예술 작품의 현실 재현도 이러한 요구를 충족시킨다. 풍경화는 물리적인 환경으로서의 사람의 세계를 총체적으로 보고자 하는 원형적인 갈구에 가장 단적으로 대응하는 예술이다. 그림은 보이는 것의 세부를 기록한다. 그러면서 그것을, 특히 풍경화의 경우, 큰 배경과의 관계에 비추어 그려 낸다. 예술 작품의 현실 재현은 일정한 형식적 정비를 경유한 현실이다. 형식은 그 자체가 특정한 현상을 초월하는 형상적 가능성 —— 그 매트릭스에 연결하는 기능을 갖는다. 이러한 연결로 인하여 예술 작품은 전체가 한순간에 스스로를 드러내는 계시 또는 현현(顯現)의 계기가 된다.

다시 말하여, 이야기는 소문이나 잡담 신문의 뉴스에 비슷한 기능을 가진 것으로 생각될 수 있다. 물론 문학 작품으로서의 이야기에는 보다 심각한 실존적 개입이 있게 된다는 차이는 있다. 이야기 그리고 서사적 문학의 본질을 설명하는 글에서 발터 벤야민은, 독일의 성구(成句), "나들이를 갔다 온 사람은 할 이야기가 있게 마련이다."라는 말을 인용하고 있다. 여기에서 갔다 왔다는 곳은 장터일 수도 있고 가까운 읍일 수도 있고 먼 고장일 수도 있다. 그렇기는 하지만 사람들은 어디를 갔다 온 사람이란 먼 곳을 다녀온 사람이라고 생각한다.[2] 이렇게 생각하기에, 사람들은 여행담에 호기

---

2 Walter Benjamin, *Illuminations*(New York: Shocken Books, 1969), p. 82.

심을 갖는다. 자신들의 세계를 넘어가는 먼 곳의 이야기를 듣고 싶어 하는 것이다. 기대하는 것은, 말하자면 세상의 뉴스이다. 그러나 사람들이 듣고자 하는 것은 단지 먼 곳을 다녀온 사람 또는 먼 곳에서 온 낯선 사람들의 이야기만이 아니다. 그들은 살아왔던 이야기를 듣고자 한다고 벤야민은 말한다. 그 이야기는 어떤 의미의 틀을 가진 이야기이다. 그 삶의 이야기는 세상살이의 이야기로서, 세계를 단순히 공간적 연장으로가 아니라 시공간의 지속──삶의 공간으로 느낄 수 있게 한다.

그러나 벤야민의 생각으로는 이야기는 사라져 가는 기예(技藝)이다. 세상이 바뀌고 사람들이 세상을 파악하는 방식이 달라졌다. 해설과 설명이 많아지고 이것이 이야기에 끼어든다. 우리가 세상에 대하여 듣는 이야기도 설명 안으로 흡수되어 버린다. 그렇다고 하더라도 몸으로 느끼는 세상은 여전히 상상력으로 또는 이론으로 파악하는 세계의 바탕으로 남는다. 문학은 무엇보다도 이 느낌의 바탕과 자원에 이어져 있다. 그리고 그것을 그려 내고자 한다. 물론 복잡한 세상에서 문학도 이론화된 세계 이해의 방식으로부터 도움을 받는다. 그리고 그로 인하여 이야기에 억지스러운 왜곡이 일어나기도 한다. 중요한 사실의 하나는 세상을 아는 방식으로서의 이야기가 이론에 대하여 경쟁을 하게 된다는 것이다. 이 경쟁은 인식의 경쟁이기도 하지만 사회적 지위와 인정을 위하여 벌이는 경쟁이기도 하다.

되풀이하건대 문학은 이야기이다. 그것은 세상과 삶에 대한 이야기이다. 그것은 사람이 사는 일을 그 직접성 속에서 펼치는 이야기이다. 따라서 그것은 조각조각들로 이루어진다. 그러면서 거기에서 하나의 일관성을 발견해 내고자 한다. 이 후자의 측면에서 그것은 보다 직접적인 전체화의 기술을 행사하는 이론적 설명에 못 미칠 수 있다. 그러나 삶의 직접적인 현실을 전달하는 일에 있어서는 전체성의 이론을 능가한다. 이론과 이야기의 경쟁은 커다란 정치적 의미를 갖는다. 이론은 사회 개조의 공학이 되고 문학까지도 영혼 개조의 공학이 되게 할 수 있다. 그리하여 문학은 그 독자성을 위하여 그리고 인간 영혼의 자율을 위하여 여기에 저항하게 된다.

이론의 대두

현대 인류의 생활 환경에 일어난 가장 거대한 변화의 하나인 자본주의는 처음 시작부터 인간 심리의 주요 동기로서의 경제적 욕망과 그에서 출발하는 부의 축적이라는 관점에서 사회 이론을 발전시켰다. 그러나 더 철저하고 정교한 사회 발전 이론을 만들어 낸 것은 마르크스주의로서, 마르크스주의는 자본주의 이전의 사회 구성으로부터 자본주의 그리고 자본주의 이후의 사회주의에로의 이행을 망라하는 사회 변화의 역사적 과정을 총체적으로 설명하려 하였다. 그의 설명력은 당대 사회의 모순들을 비판하고, 다가오게 될 유토피아적 미래를 통하여 스스로의 이론과 그에 기초한 실천을 통해 정당화되었다. 그 호소력은 어떤 사회적 소재가 되었든지 간에 그것을 분석적으로 해석해 낼 수 있다는, 인간의 사회적 생존 전체에 대한 이론의 철저함에 있었다. 물론 그 분석은 일정한 관점에서의 분석이지만, 그 스스로 관점의 일정함을 인정하는 것은 아니었다. 그리하여 그것은 인간의 문제에 대하여서는 무엇이 되었든 답을 가진 것으로 보였다.

그러나 사회주의권의 갑작스러운 붕괴는 그 패러다임으로서의 기능에 종지부를 찍게 했고, 그 관점에서 예견되었던 '역사'에 종말을 가져오고, 그 이론의 정치함에서 마르크스주의에 비교할 수 없었던 자본주의로 하여금 역사의 승리자가 되게 하였다. 그러나 이론이 없어진 것은 아니다. 마르크스주의와 같은 대이론을 비판한다는 포스트모더니즘의 이론들 — 그러면서도 마르크스주의의 후계자라고 할 수 있는 포스트모더니즘 이론들은 현대 세계의 모순을 분석해 내고, 자본주의와 짝을 이루고 팽창했던 식민주의, 제국주의와 그 후계 체제의 비판을 계속하고 있음을 볼 수 있다.

인간의 삶에 대한 여러 이론적 또는 이데올로기적 설명은 다른 어느 곳에 못지않게 한국에서 커다란 영향력을 행사하여 왔다. 그리고 문학은 오랫동안 여기에 긴밀한 연계를 가지고 있었다. 14세기 말에 창건되어 20세기 초까지 계속된 왕권 체제는 유교 이데올로기를 그 이념적 기초로 하면서, 세계 다른 곳에서 보기 드물게, 삶의 크고 작은 모든 부분을 철저하게 이데올로기적으로 조직하고자 하였다. 여기에는 문학도 포함되었다. 근대에 접어들어서는 제국주의 지배, 내전, 근대화, 산업화, 민주화 등 거대한 격변의 역사를 거치면서, 이러한 변화를 총체적으로 파악할 수 있게 하는 이론의 필요는 절실한 것이 될 수밖에 없었다. 근대에 와서 특히 요구되던 것은 민족 독립과 민주화의 저항을 정당화하는 이론에 대한 요구였다. 정치적 참여와 실천에 이데올로기적 보조 수단은 필수적인 것이었다. 그것은 자기의 선 자리를 흔들림 없이 일정하게 유지한다는 점에서만도 필요한 보조 수단이었다. 작가들이 격동 속의 삶을 일정한 질서 속에 파악하는 데에도 이데올로기는 중요한 지렛대가 되었다. 지난 수십 년간 사회 변화를 그려 내고자 하는 대표적 문학 작품이 정치적 이데올로기적 움직임의 일부가 된 것은 자연스러운 일이었다. 그리고 이데올로기적 투쟁에 참여하는 것은 사회 공간 안에서 작가에게 일정한 지위를 부여하였다.

이데올로기의 득실

그러나 이데올로기 의존은, 이미 비친 바와 같이, 문학 작품의 상상력의 유연성과 범위를 제한하는 효과를 가질 수 있다. 이보다 중요한 것은 이데올로기가 가져오는 도덕적 파급 효과이다. 총체적 사회 이론은 함의(含意)의 차원에서일망정, 그에 의존하는 정치적 행위에 정당성을 부여한다. 이 것은 한국에서도 그러하지만, 지금에 와서 20세기의 정치 혁명에서 세계 적으로 볼 수 있는 것이다. 최근에 밝혀지고 있는 중국 문화 혁명으로부터의 예를 들건대, "사람이 만들어 낸 최고의 재난"으로 3000~4000만 명의 인명이 희생되었다는 이 기간 중에, 인간적 피해를 두고 한 정치 지도자는, "병들고 죽은 사람이 조금 있지만 그것은 아무것도 아니다."라고 말했다고 한다. 전쟁과 감옥에서 죽어 간 무수한 사람들의 희생으로 얻어진 것이 혁명이라는 관점에서 말하여진 것이다.[3]

　큰 명분은 작은 희생 ─ 그것이 누적되어 엄청난 것이 되는 것까지도 무시할 수 있는 강고한 마음을 만들어 낸다. 그러면서도 이러한 발언 그리고 그러한 발언을 뒷받침하는 이데올로기가 정당화하는 인간 희생은 실로 가공할 일이지만, 이렇게 말한다고 하여 혁명의 필요가 절실해지는 상황이 있다는 것을 부정하려는 것은 아니다. 정치는 ─ 도덕적 책임의 정치 질서를 만들려고 의도하는 정치도, 막스 베버의 말을 빌려, "악마와의 협약"을 요구한다는 것도 인정하지 않을 수 없는 사실인지 모른다. 그러나 최소한으로 필요한 것은 정치에 스며 있을 수 있는 이러한 악마의 지시를 그러한 것으로 인정하는 것이다. 그리고 그것으로부터의 탈출을 모색하는 일이다. 탈출을 위한 시도는 정치 그리고 인간 상황 일반에 존재할 수 있는 모순의 시종(始終)과 비극적 결과를 직시하는 데에서 시작될 수 있다. 적어도 문학은, 이론에 의한 인간 현실의 단순화를 거부하고 모순의 전폭을 드러낼 수 있는 여유를 갖는 위치에 있다고 할 수 있다. 그 위치에서 모순을

3　Cf. Frank Dikötter, *Mao's Great Famine: The History of China's Most Devastating Catastrophe 1958~1962*(New York: Walker, 2010), Roderick MacFarquhar의 서평, *The New York Review of Books*, February 10~23, 2011.

극복하고 악마의 손아귀를 벗어나는 일에 기여할 수 있다.

시장의 자유

이데올로기의 단순화가 가지고 있는 위험을 생각할 때 사회 총체에 관한 이론의 후퇴는 인간 현실의 보다 자유롭고 폭 넓은 묘사를 약속하는 것으로 생각될 수 있다. 그리하여 마음은 현실의 부분과 전체를 보다 편견 없이 보는 자유를 얻고 인간의 삶을 보다 다양하고 섬세하게 그려 내는 개방성을 얻을 성싶다. 그러나 그 나름의 단련 —크고 작은 현실을 다룰 수 있게 하는 단련이 없이 그것이 가능할 것인가? 이론의 소멸은 사람의 마음이 방향타가 없는 표류 상태에 빠지고 외부로부터 다가오는 영향들에 무방비로 노출된다는 것을 의미한다. 이것은 사물의 총체성의 파악이 없을 때에 가장 쉽게 일어나는 결과의 하나이다. 그런데 총체성의 파악이 없다는 것은 사물 자체에 반드시 그러한 전체가 없다는 것이 아니다. 비록 전체성의 강제가 없다고 하더라도 그것은 존재하게 마련이다. 그것은 혼란의 전체라는 상태에서라도 존재한다. 문학의 실천 그리고 다른 인간 활동에 있어서 그것은 의식의 깊은 곳까지 침입해 들어간다. 자본주의에 있어서 이 계획 없는 계획은, 말할 것도 없이 시장이다. 시장의 자유는 인간을 자유롭게 하면서 동시에 그 편재하는 영향 속으로 인간의 모든 것을 흡수해 들인다.

이사야 벌린의 유명한 정식화에 의하면 인간의 자유는 소극적 자유와 적극적 자유 두 가지로 나누어 생각될 수 있다. 전자는 억압적인 정치 체제로부터의 자유를 말하는 데 대하여 후자는 이성적 인간 완성의 이상을 추구하는 자유를 말한다. 벌린은 이 자아의 이상적 추구의 큰 의미를 인정하면서도, 그것이 이성의 보편적 근거를 가진 것으로 파악될 때, 전체주의적 정치 체제를 정당화할 수 있다는 점을 경고한다. 그리하여 민주 사회의 자유는 근본적으로 부정적인 자유일 수밖에 없다.[4] 그렇기는 하나 긍정적 자유의 뒷받침이 없이는 부정적 자유가 오래 지탱되지 못하는 것이 인간의 현실이다. 부정적 자유가 만들어 낸 진공에는 곧 다른 세력 ─ 반드시 인간의 자기실현에 도움이 된다고 할 수 없는 다른 세력들이 밀려오기 마련이다. 비슷한 일은 문학 행위에서도 관찰될 수 있다. 시장의 자유는 문학을 이데올로기적 강제성으로부터 해방하면서 동시에 그것을 그 무정견의 시장의 조종에 맡겨 놓게 된다. 이에 대하여 정전(正典)에 오를 만한 문학 작품들에서는 ─ 정전 개념의 횡포에 대한 비판이 많이 있기는 하지만 ─ 그 자유를 제한하는 여러 테두리들을 발견할 수 있다. 그럼으로써 비로소 작품은 인간 정신의 적극인 성취가 된다.

여기에 우선 생각할 수 있는 것은 형상적 제약이다. 그러나 주체의 측면에서도 정전들은, 또는 간단히 말하여, 심각한 작품들은 정치적 이데올로기에 표현되어 있는 바와 같은 부류의 주제를 다루어야 한다는 강박을 가지고 있다. 가령 자유, 평등, 정의 또는 인간애, 도덕과 윤리, 그리고 인간 생사의 심각한 문제를 다루려는 강박 속에 괴로워한다. 이데올로기가 없어도 이데올로기로부터 완전히 자유로운 것은 아닌 것이다. 그러한 작품들은 주어진 상황을 살피고 그것을 그리려고 할 때, 그 재현에 충실하면서도 직접 간접으로 앞에 말한 주제들과의 관련에서 옳고 그름, 선과 악의 판단을 시사하지 않을 수 없다.

이러한 의미에서 문학 작품은 언제나 도덕극(morality play)이다. 차이는 도덕적 판단의 복합성과 판단에 있다고 할 수 있다. 이것은 도덕이 자리하

---

4 Cf. Isaiah Berlin, "Two Concepts of Freedom", *Political Ideas in the Romantic Age*(Princeton University Press, 2006).

는 위치에 크게 관계되는 것으로 생각된다. 판단은 관점의 위치에 따라 달라진다. 그것은 개인의 위치에 있는 것일 수도 있고 집단의 위치에 있는 것일 수도 있다. 판단의 시각은 사회의 큰 장면을 넓게 보는 것일 수도 있고 개인에 집중하는 것일 수도 있다. 그리하여 집단적 명령과 개인적 실존 사이에 갈등과 모순이 생겨난다. 이 갈등에서, 문학 작품에서는 대체로 이 초점이 개인에게 쏠리는 것이 보통이다. 결국 이야기는 어떤 사람의 이야기이다. 사람의 이야기는 일반적이고 추상적인 이론의 사례가 되고 말지는 아니한다. 추상화는 비개인화이고 비인간화이다. 이야기에서 개인은 우리의 공감을 얻는다. 그렇다고 해서 집단적 총체의 존재가 인간으로부터 사라져야 한다는 것은 아니다. 뿐만 아니라 개인이 도덕적으로 또는 윤리적으로 상황 속에 존재하다고 하면, 집단은 이미 그 개체성 안에 존재한다고 말할 수 있다.

심각한 이야기는 단순히 우리를 재미있게 해 주거나 연민을 자아내는 사람의 이야기가 아니다. 사람은 방금 말한 바와 같이 이미 도덕적, 윤리적 상황 속에 있다. 문학적 상상력은 이러한 개체의 심층으로부터 도덕이 솟구쳐 오는 것을 들추어냄으로써 도덕과 윤리가 어떻게 개체 안에 위치하는가를 넘겨볼 수 있게 한다. 그것을 단적으로 보여 주는 것이 비극적 작품들이다. 비극이 되는 극단적인 경우가 아니라 하더라도 많은 작품에서 문제가 되는 것은 삶의 진정성이다. 작품에 그려진 삶이 인간 실존의 진정한 모습에 맞아 들어가는 것인가 아닌가 하는 것이 문제가 되는 것이다. 모든 문학 작품이 그러하다고 또는 그러해야 한다고 하는 것은 또 하나의 억압 체제를 불러들이는 것이 될 것이다. 그러나 그것이 문학의 중요한 특징임은 틀림이 없다. 그런데 시장의 자유 속에서 쉽게 상실되는 것이 이것이라 할 수 있다. 밀란 쿤데라의 작품의 제목을 모방하여 말하건대, 시장 체제 안에 묘사되는 삶의 지나친 가벼움은 진정 견디기 어려운 것이 된다. 이에 대하여, 이하에서 잠깐 살펴보고자 하는 것은 전통적 문학 작품에서 무거운 주제들의 모습들이다.

심미적 보편성과 진정성의 추구

관조와 거리 대체적으로 말하여, 문학 작품이 사회 변화의 계획들에 비하여 관대할 수 있다는 것은 틀림이 없다. 흔히 말해지듯이 예술 작품은 지속적인 관조를 수반한다. 관조는 그 대상에 대하여 거리를 만들어 낸다. 이것이 상황의 넓은 조망과 함께 상황의 구성 요소들 — 체험의 순간, 개인의 성품, 복합적 동기 등에 자세한 집중을 가능하게 하고, 따라서 인간들을 정죄(定罪)하지 않는 눈으로 볼 수 있게 한다. 현실을 프로크루스테스의 침대에 맞추어 재단할 긴급한 사연이 없는 것이다.

서사 형태의 현실 묘사와는 달리, 이러나저러나 체험의 시적인 재현에는 외적인 간여의 공간이 없다고 할 수 있다. 서정시 또는 일반적으로 시의 호소력은 대상물이건, 상황이건, 정서이건, 묘사되는 체험의 자연스러움 그리고 직접성의 인상에서 얻어진다. 그러면서 그것은 동시에 보다 큰 배경을 시사한다. 이러한 부분과 전체의 교차로 인하여, 시적 계기는 앞에서 비쳤듯이 계시 또는 현현(顯現)의 순간이 된다. 물론 선전이나 교훈을 담은 시에서 보는 바와 같이 이데올로기적 개입이 가능하여지는 것도 이 교차로 인한 것이다. 그러나 순정한 시적 순간은 인격적 개체의 지각과 성찰의 삶의 흐름 속에 일어나는 정지와 초연의 사건이라는 인상을 준다. 물론 정서나 생각은 이미 존재하는 주제와 형식 속에 형성된 것이기 쉽다. 그러나 느낌은 자연스러운 사건으로 일어나고 시로 표현되는 것이다.

그러면서도 이 자연 발생의 사건은 관조가 가능하게 하는 거리에, 그 성찰에 일치한다. 시는 말할 것도 없이 긴 성찰과 퇴고(推敲)의 소산이다. 말할 것도 없이 서사(敍事)는 보다 큰 거리와 사고의 여유를 요구한다. 거기에는 재현되는 현실에 대한 보다 의식적인 개입이 있을 수밖에 없다. 그것은 삶의 복합적인 흐름의 지속을 포착하여야 한다. 그 지속에는 여러 행동의 노선이 펼쳐진다. 그 여러 노선들을 하나의 행동으로 통일하는 것은 극히 힘든 일이다. 적어도 사건의 실질적 내용이 관계되는 한은 그렇다. 일관성이 있어야 하기는 하지만, 하나의 행동 노선에 따라 다른 여러 있을 수 있는 노선들이 제거된다면, 그러한 서사는 현실적 인상을 주지 못한다. 이러한 기교적인 필요만으로도 서사는 저절로 인간에 대한 너그러운 관점을 요구한다. 문학 작품의 고전적인 기준을 논의하면서 해럴드 블룸은 셰익스피어와 같은 작가는 "우리로 하여금 천박한 인물, 멍청이, 범죄자 등에 대하여 관심을 가지게 하고", 이들이 그들 나름의 삶을 한껏 살려고 한다는 점에서, 헤겔의 공식대로 인간적으로 이해할 수 있는 "자아 예술가"로 볼 수 있게 한다.⁵ 여기에는 흔히 사회적 계획에서는 볼 수 없는 선악을 초월하는 인간적 관심이 있는 것이다. 여기에서 보편적 휴머니즘의 가능성이 열리게 된다.

1. 윤리적 파토스

보편적 관용과 갈등   그리하여 블룸은 도덕의 기준을 넘어가는 것이 문학이라고 한다. 그러나 블룸이 생각하는 바와 같이 반드시 그러한 것일까? 뛰어난 문학 작품이 참으로 도덕의 기준을 넘어가는 보편적인 관용을 보여 준다면 그것은 갈등, 즉 도덕과 윤리를 중심으로 한 갈등을 겪게 되는 복잡한 행동의 과정을 거친 다음에 일어나는 최종의 결과라고 하는 것이

---

5   Cf. Harold Bloom, *The Western Canon*(New York: Harcourt Brace, 1994), pp. 71~75.

옳을 것이다. 이것은 어느 한쪽의 선악의 확인이라기보다는 다만 그러한 갈등과 그 고통에 승복하는 것일 수 있다. 그러나 그것이야말로 큰 관용의 근거가 된다. 어쨌든 문학의 관심은 최종적 보편성에 못지않게, 행동의 도덕적 갈등의 과정에 — 그 직접적인 또는 간접적인 변주에 놓여 있다. 서사는 행동을 말하고 행동은 선택을 말하고 선택은 도덕적 결과를 낳는다. 오늘날과 같은 상대주의의 시대에 있어서 행동적 선택을 도덕적으로 검증하는 것은 시대착오적인 일로 보인다. 이데올로기는 비록 그것의 궁극적인 삼제(芟除)를 목적으로 한다고 하더라도 적극적으로 갈등을 조직화한다. 그러나 이데올로기를 폐지한다고 갈등이 없어지지는 않을 것으로 보인다. 그 폐지는 우리로 하여금 다시 인간의 실존의 깊이에서 솟구쳐 나오는 갈등 — 결국 이것도 제거되어야 하는 것이지만 — 을 넘겨볼 수 있게 한다.

인간이라는 행위자의 여러 동기 그리고 여러 대안적인 행동 노선을 병치한다는 것은, 보지 않을 수도 있었을 모순들과 갈등을 부각시키는 효과를 갖는다. 갈등의 요인으로는 사람 사이의 오해, 이해관계의 싸움, 도덕적 소신의 차이 등이 있을 수 있다. 그중에도 마지막 요인은 타협이나 화해를 허용하지 않는 가장 심각한 갈등의 요인이 될 수 있다. 이것은 개인적인 고집이나 완고함 때문만이 아니라 어떤 종류의 도덕적, 윤리적 명령의 성격이 간단히 해소할 수 없는 모순을 포함하고 있기 때문이다.

비극의 파토스 문학적 상상력에서 특히 관심의 대상이 되는 것은 사회 통념의 윤리 규범에 충돌하게 되는 인물의 자기 확신이다. 집착은 통속적인 연애담에서까지 중요한 상황 설정의 매듭이 되지만, 특히 도덕적 확신의 문제를 다룬 대표적인 예는 그리스의 비극들이다. 그중에도 대표적인 것은 「안티고네」이다. 헤겔은 그 주제를 두 개의 윤리 규범의 충돌이라고 말한다. 국가의 지시를 어기는 주인공 안티고네의 윤리적 소신은, 아마 그 반대쪽보다도 원시적인 것인 까닭에 더욱 심성의 깊이로부터 솟구쳐 나오는 감정으로 나타난다. 그러나 보다 일반적으로 헤겔은 이 강력한 감정 ─ 파토스가 비극 그리고 예술 작품의 핵심적 영역이라고 생각한다. 이 비극의 파토스는 "이성과 자유 의지를 본질적인 내용으로 하면서 그 자체로 정당화되는 감정의 힘"이다. 그것은 개인을 휩쓰는 감정이면서도 "모든 사람의 가슴에 있는 금선(琴線)을 울린다. 그리하여 사람들은 진정한 파토스의 내용에 들어 있는 가치 있고 이성적인 요소를 인지한다."[6] 그러면서도 그것은 일방적인 감정이며 이성이기 쉬워서 다른 사람의 파토스에 충돌한다. 소포클레스의 연극에서 일어나는 것이 바로 안티고네의 원초적인 파토스와 크레온의 국가적인 규범이다.

최근 중동 지방에서 일어난 일 그리고 그것으로 상기하게 되는 한국의 정치적 사건들은 방금 말한 종류의 파토스가 단순히 문학 작품 속의 사건이 아님을 생각하게 한다. 2010년 12월 우리는 튀니지의 시다 부지드에서 대학을 졸업하고 취직이 어려워 길거리에서 채소 장사를 하던 모하메드 부아지지라는 젊은이가 경찰의 단속에 항의하여 분신자살한 사건에 관한 뉴스를 들었고, 이것이 튀니지의 혁명 그리고 오늘날에도 계속되고 있는 중동 지방의 정치적 격동을 유발하는 원인이 되었다는 것을 들었다. 이 사건은 1970년에 한국에서 일어났던 사건과 극히 유사하다. 평화시장 봉제 공장에서 일하던 전태일은 당시의 열악한 노동 조건을 항의하는 운동을 벌이다가 분신자살하였고, 그것은 노동 운동과 민주화 운동에 있어서 하나의 중요한 이정표가 되었다. 이러한 분신 항의는 사회의 부정의에 저항하는 사건이면서, 마음 깊이의 정의감에서 우러나온 행동이라고 할 수 있

6   G. W. Hegel, *Ästhetik I*(Frankfurt: Suhrkamp, 1970), pp. 301~302.

다. 이것은 그 후의 여러 일들이 보여 주듯이 가깝고 먼 곳에서 많은 사람들의 공감을 즉각적으로 불러일으켰다. 이러한 근원적인 파토스는, 정치적 프로그램에 일치하는 것이면서도 혁명 지도부의 상부에서 내리는 지시에 따라 계획되는 정치 행위와는 상당히 다르다고 할 수 있다. 민주화 운동기의 노동 운동을 취급한 한 한국 소설에 보면, 집단행동을 유발하려는 목적으로 노동자의 자살을 계획하는 사람의 이야기가 있다. 여기의 행동은 앞에 든 사건들 또는 비극에서 보는 바와 같은 파토스의 분출과는 다른 동기의 사건이다.

비폭력　그렇기는 하나 제일 좋은 것은 분신과 같은 비극적 결단이 일어날 상황이 발생하지 않는 것임은 물론이다. 비극적 현실의 진상을 알게 되는 것은 조금은 그러한 상황을 피하고 화해를 호소하는 일이 될 것이다. 비극이 보여 주는 인간 실존의 심연을 접하게 되는 것은 갈등 해결을 위한 보다 단호한 결의를 촉구할 것이다. 이 심연의 전시 자체가 보다 평화적인 대책을 시사하는 것일 수도 있다. 서정주(徐廷柱)의 시에는 부처의 죽음을 기술한 것이 있다. 부처가 죽는 것은 제자가 대접한 독 섞인 음식으로 인한 것이다. 서정주의 묘사로는 부처는 죽어 가면서도 설법을 계속한다. 부처의 설법은 그 엄청난 자기희생을 통하여 제자로 하여금 자신의 행위의 진정한 의미를 깨닫게 하고, 그의 마음 깊이에 잠들어 있는 도덕과 윤리에 대한 감각 ── 시인 자신의 말로, "영생하는 정신 생명의 까닭"을 깨우치게 하려는 자비로운 의도의 일부였을 것으로 생각된다. 이 시 「에베레스트 대웅봉(大雄峯)은 말씀하시기를」은 인도 기행록의 일부로서, 이 기행록에는 간디에 관한 시도 있지만 서정주는 이 부처의 죽음에서 간디의 비폭력 정치운동의 원형을 본 것이라고 할 수 있다. 폭력에 대하여, 폭력 투쟁이 아니라 비폭력으로 맞서는 것도 악과 삶의 모순을 다루는 한 방식일 것이다.

민주적 정치 질서 「안티고네」의 비극적 딜레마로 다시 되돌아가서, 극적 효과라는 관점을 떠나서 문제의 이상적인 해결 가능성을 생각해 볼 때, 안티고네와 크레온 또는 개인적인 윤리 감각과 시민적 준법 요청 사이에 타협이 없으라는 이유는 없다. 물론 이 가능성은 사후(事後)에야 깨닫게 되는 것이 되기 쉽다. 이상적으로 말하여, 비극은 비극 나름의 이성을 가지고 있지만 현실적 이성의 방법은 민주 정치 질서의 원리이다. 그것은 비극적 파토스, 그리고 거기에 따르는 가공할 인간 희생이나 폭력적 봉기를 피하고 상호 견제와 균형의 제도를 수립하여 갈등의 문제를 해결하려는 원리라고 할 수 있다.

2. 명증성의 파토스

앞에 언급한 분사(焚死) 사건은 문학 작품이 아니라 현실 속에서 벌어진 사건이다. 현실은 비극보다 비참할 수도 있다. 동시에 조금 전에 말한 것은 삶의 모순을 조금 더 타협적으로 또 평화적으로 해결할 수도 있다는 것이었다. 그러나 현실에 비하여 상상적 작품들은 인간 조건에 내재할 수 있는 모순을 보다 예리하게 부각하는 기능을 수행한다. 비극이 갖는 디오니소스적 축제의 여러 속성들을 빼놓고 생각할 때, 심미적 현실 묘사로서의 비극도 잠재적 갈등의 요소를 명증화한다. 이것은 인간 현실에 적용되는 여러 윤리적, 도덕적 개념에도 그대로 해당되는 일이다. 이러한 이야기는 심미적 현실 재현의 문제에서 이탈하는 것이지만, 잠깐 인간의 삶에서의 개념적 변별의 의의를 조금 생각해 보고 다시 심미적 문제로 돌아갈까 한다.

도덕 윤리의 가치와 현실 전략   비극이 일반적인 윤리의 파토스를 구분하면서 그것들이 서로 맞부딪쳐 폭발하는 모습을 드러내 보여 주는 것처럼, 도덕이나 윤리의 문제를 바르게 이해하는 데에는 거기에 관여되는 개념들을 분명하게 갈라서 살피는 것이 필요하다. 현실과의 관련에서 개념의 역할은 일반적으로 그러한 것이라고 할 수 있다. 흔히 말하는 "정직은 최선의 정책"이라는 격언은 도덕 가치와 사회적 편법을 하나로 엮어 놓은 말이다. 이것은 개인적으로나 사회적으로 좋은 행동의 기준이 되는 것으로 간주된다. 그러나 그것은 그 자체로 값있는 것이 되어야 할 정신적 가치와 사회적, 정치적 전략을 혼동하는 결과를 낳는다. 그리하여 가치는 그 자체로서의 의의를 상실하게 된다. 도덕의 난제는 "최선의 정책이 되지 않을 때에도 정직하여야 하는가?" 하는 방식으로 제기될 수 있고, 여기에 대하여 "그렇다."라는 대답이 있을 수 있다.(답이 이보다 복잡하다는 것은 다음에 다시 생각해 볼 것이다.)

공자는 봉건 사회에서 사회적 지위와 기능을 분명하게 유지하기 위해서는 이름을 바르게 유지하는 것이 중요하다고 말하였다. 그런데 유교의 테두리 안에서 학문적 수양의 의의를 생각함에 있어서, 학문의 자체로서의 의미와 그 사회적 의미 사이에 비슷한 긴장이 있는 것을 본다. 학문의 목적은 그 자체에 있고 수신에 있다. 그러나 그것은 부귀와 공명의 수단이 되기도 한다. 학문을 위하여 시골에서 은거하기를 선택한 16세기 유학자 조식(曹植)은 퇴계에게 보낸 편지에서 당대의 학문이 부귀공명은 물론 학자로서의 명성을 얻는 수단으로 이용되는 것을 개탄하였다. 그것은 "배우는 자가 명성을 훔치고 세상을 속이는" 일이라고 말하였다. 이에 대하여 퇴계는 세속적 목적을 위한 학문의 전용을 지나치게 비난하는 것은 사람들로 하여금 더 큰 길, "도"로 나가게 하는 방도를 없애는 것이라고 말하면서 이러한 일에서 일어나는 약간의 혼란을 옹호하였다.[7] 학문의 순수성을 옹

---

7   금장태, "명성을 소중히 여긴다는 뜻", 「실학산책」 231, 다산연구소(www.edasan.org) 홈페이지, 2011년 2월 15일 게시.

호한 남명의 진의를 이해하지 못한 것은 아니었겠으나, 그는 보다 넓은 사회적 효과를 고려하여 남명의 결백주의에 동의하지 않았다고 할 수 있다. 그러나 이것은 사회적 목적의 명분을 빌리는 세간적 속임수——극단적으로 말하여 마키아벨리적인 전략을 허용하는 일이 된다고 할 수도 있다. 퇴계의 의도가 그러했다고 할 수는 없겠지만, 그것은 전략적 목적을 위하여 도덕적, 윤리적 이상의 순수성을 혼탁하게 하는 결과를 가져올 수 있다. 너무나 많은 것이 의도적 또는 의도되지 않은 이러한 혼란의 결과이다.

개념적 명징성 A는 A라는 동일성의 원리는 우리의 사고와 삶에 명증성을 부여한다. 도덕적 윤리를 지적 일관성 속에 유지하는 데에는, 그 비현실성에도 불구하고 개념의 명증이 필수적이다. 그렇다고 근본주의나 광신이 정당화되는 것은 아니다. 물론 현실에는 타협이 불가피한 경우가 많다. 그러나 그것은 그러한 것으로 인지되어야 한다. 수신(修身)을 하고 덕을 닦는 데에 명성이 수단이 되고, 공공질서의 윤리를 확보하는 데에 명성이 유용하다면, 그것은 채택될 수 있는 방편이라고 할 수 있다. 다만 여기에 윤리와 현실 전략의 두 차원이 개재되어 있다는 것을 분명히 하는 것이 필요하다. 앞에서도 비쳤지만 지조, 명성, 정의 또는 다른 사회적, 개인적 윤리 가치가 이익과 권력의 수단으로 사용되는 예는 오늘날에 있어서도 너무 많이 볼 수 있는 일들이다. 사생결단의 정치 투쟁에서 좋은 이름들은 너무나 쉽게 전투를 이겨 내는 수단으로 변화된다. 정명(正名)은 모든 윤리적 사고의 필수 조건이다. 그것 없이 사회적, 인간적 가치는 그 본래의 의미를 상실한다. 앞에서 언급한 첸이(陳毅) 중국 외교부장의 발언은 혁명적 목적과 그 비인간적 결과를 분명하게 갈라 보지 않은 데에서 일어나는 과오라 할 수 있다.

과학의 파토스 개념적 명증성의 근원은 무엇인가? 아마 그것도 사람의 마음에 있는 파토스의 힘이라고 하여야 하지 않을까 한다. 과학적 지식에 있어서도 관찰과 추론의 과정을 하나의 일관성 속에 지탱하는 것은 연구 주체의 지구력이다. 따지고 보면 그 힘은 개체적인 것이다. 관찰과 추론을 진행하는 개인의 겸허와 정직성과 헌신이 그것을 지탱하는 것이다. 물론 이것은 동료 공동체의 인정을 통하여 과학적 진리가 된다. 그런 점에서 개체의 진리에 대한 헌신은 개인적인 것이면서 동시에 개체를 넘어가는 공공 영역에 존재한다. 윤리의 규범도 과학의 이성과 비슷하다. 안티고네의 경우에 그러한 것처럼, 윤리적 이념은 개인적인 파토스이면서 모든 사람의 심금(心琴)을 울린다. 도덕 윤리의 개념은 개인의 주체성에 지탱되면서 공공 공간에 존재한다.

도덕적 느낌의 직접성 그러나 또는 그러니만큼 도덕적 개념의 도덕적 의미는 불분명하다. 하나의 도덕적 개념은 다른 도덕적 개념들과 모순될 수 있다. 그것보다 더 중요한 것은 그것이 상황과의 관련에서 여러 의미를 가질 수 있다는 사실이다. 그런데 조금 기이한 이야기이고 사실 도덕의 모호성을 더 짙게 하는 이야기이기는 하지만, 도덕 개념의 모호함은 어떤 특정한 상황과의 관련에 일어나는 느낌의 깊이에 의하여 다소간은 해소된다고 할 수 있다. 이 점에서 마음의 느낌에는, 헤겔이 추측하는 대로, 특이한 진정성의 핵심이 있고, 이것이 그 나름의 이성적 성격을 갖는다고 할 수 있지 않나 한다. 이나치오 실로네의 소설 『빵과 포도주』에서 가톨릭 사회에서 자란 주인공은 교회에 대하여 소외감을 느끼는 경험을 어릴 때에 갖는다. 교사인 신부는 학급에서 정직성의 의무를 강조하기 위해서 정치적 도피자가 나쁜 정부의 추격자에 쫓겨 자기 방으로 들어오고, 추격자가 방의 어디에 그가 숨었는가를 물어보는 경우에 어떻게 대답해야 하는가를 묻는다.

그리고 그 경우에도 정직한 대답이 필요하다고 말한다. 여기에는 여러 가지 다른 의무가 관여되어 있다고 할 수 있다. 정직성은 개인이 자기 일체성을 위하여 지켜야 하는 덕성이다. 그렇기는 하나 교사의 가르침에서 그것은 추상적인 의무로 파악된다. 추격자는 파시스트 정부의 요원이고 도망하는 자는 이에 대한 저항 운동을 하는 사람이다. 그러나 어린 주인공 그리고 실로네에게 중요한 것은 그러한 정치적인 사실보다도 그 상황과의 관련 속에서 도망하는 사람의 생명의 문제이다. 핵심은 도망자에 대한 동정심이다. 물론 그것은 다른 정당성도 가지고 있다. 도망자는 국가의 관점에서 범죄자이지만, 그 범죄가 개인적인 사욕(私慾)의 동기를 갖는 것은 아니다. 그러나 다시 말하여 소년의 동정심은 깊이 개인적인 것이다. 그것은 다른 개인에 대한 것이며 스스로 깊이 느끼는 것이다. 그러면서 그 개인적인 느낌을 부정해야 하는 이유가 충분하지 않은 것이다. 이러한 동정심에서 그는 내심 신부의 가르침을 받아들이지 않는다. 그러면서 그가 선택하는 것은 보편적 윤리이다. 소년 주인공 피에트로 스피나는 자라서 공산주의 혁명 운동가가 된다. 그러나 다시 그는 공산주의에 등을 돌린다. 어린 시절에 생각해야 했던 도덕 윤리의 문제는 가상의 문제였지만, 도망자 개인에 대한 그의 공감은 나중에 집단의 명령에 대항하여 개체 존중의 윤리를 선택하게 되는 것을 예고하는 일이었다고 할 수 있다.

3. 진정성의 추구

삶의 의미 있는 질서화   일반화하여 생각할 때, 피에트로 스피나의 선택의 이유가 그렇게 확실한 것이라고 할 수는 없을 것이다. 또 그 자신 확실한 결단의 가능성을 생각하는 것은 아니다. 그러나 그의 경우는 적어도 상황의 직접성 속에서의 감정적 반응이 인간의 도덕적 행위의 근본이 될 수 있다는 것을 예시하는 것이라 할 수 있다. 스피나의 경우에 비하여, 안티고네의 결심은 단호하다. 그러나 두 경우 도덕적 결단이 파토스의 근원적 분출에 이어져 있다는 사실을 생각하게 한다. 이것은 특히 불확실성의 시대에 있어서 그러하다. 물론 엄밀하게 따져 보면 불확실성은 어느 시대에나 존재한다. 어느 시점에서나 도덕 행위는 개인의 실천이 없이는 현실로 존재할 수 없다. 물론 개인이 처한 상황과 사정은 여러 가지로 다른 것일 수밖에 없다. 문학은 상황과 개체적 결단의 결합에서 발생하는 파토스의 순간, 그 에피파니의 순간에 각별한 관심을 갖는다. 이때 파토스는 깊은 의미에서 개체적이다. 그렇다는 것은 그것이 개인에 고유한 사건이라는 뜻에서만이 아니다. 그것은 개인의 삶의 심부에 잠겨 있는 퇴적층으로부터 생겨나는 성품에 관계된다고 할 수 있는 것이다. 그러한 의미에서 그것은 개체적 인격 전체의 표현이다. 그것은 자신의 삶에 의미 있는 질서를 부여하고자 하는 요구 —"영생하는 정신 생명의 까닭"의 명령이다.

양심의 부름 조금 덜 극적인 차원으로 옮겨 보면, 이것은 삶의 진정한 가능성에 따라서 살고자 하는 소망의 표현, 또는 더 간단히 말하여 양심의 부름에 따라서 살고자 하는 마음의 성향에 부합하는 일이라고 할 수 있다. 물론 여기에서 반드시 비극적인 결말로 나아가는 것은 아니지만, 해결해야 할 갈등이 생겨난다. 양심이란 정화되지 못한 '초자아'의 강박이라고 해석될 수도 있다. 그러나 그것이 완전히 비이성적인 것이라고는 할 수 없다. 앞에서 여러 번 말한 바와 같이, 그것은 피상적인 합리성의 계산을 넘어가는 삶의 전체성에 대한 느낌의 결정(結晶)이라는 면을 가지고 있다. 자신의 삶의 전체성, 그리고 그것의 한층 더 깊은 뿌리에 틀림없을 삶의 보편성 —이것을 관통하는 원리는 합리적 이성은 아니라도 적어도 실존적 이성이라고 아니할 수 없다. 그러나 중요한 것은 그것이 회피하기 어려운 충동으로 다가온다는 사실이다. 그러면서 그 특징은 그것이 세속적 이해를 넘어간다는 것이다. 적어도 사람의 마음 깊은 곳에 자신의 삶을 의미 있게 값있게 살려는 욕구가 있는 것은 틀림이 없다. 제멋대로의 욕망과 거침없는 충동의 발휘가 삶의 일관성을 지속하고자 하는 자아의 요구를 충족시켜 줄 수는 없을 것이다. 양심의 행위는 외적인 도덕적 기준에 따라 행동하는 것이라기보다는 자신의 품성과 자아실현의 가능성 속에서 나오는 것이라고 할 것이다. 즉 진정성의 삶의 일부인 것이다. 그러면서 그것은 이성의 전체성을 구성하는 하나의 기초이다.

진정성　진정성(Eigentlichkeit, Authenticity)이라는 말은 서구 현대 철학에서 자주 쓰이게 된 말이고, 한국에서도 '진정성'으로 번역되어 흔히 쓰이는 말이 되었다. 물론 이것은 하이데거의 인간 실존 분석에서 중요한 말이다. 이 말은 여기의 논의 — 파토스, 양심, 의미 있는 삶 등의 논의를 총괄할 수 있는 개념으로 생각된다. 하이데거의 설명에서, 진정성은 주어진 대로의 사실적인 삶으로부터 스스로를 빼내어 — 이것은 사회적으로 '무리'의 삶으로부터 거리를 유지하는 것을 요구한다. — 자기의 실존의 전체, "가장 깊은 내면에 있는 존재를 향한 잠재력"[8]을 포함하여 자기의 실존적 전체를 반성적으로 되돌아볼 때 문제가 되는 삶의 성향이다. 이렇게 자기 속으로 들어가는 것은 나르시시즘에 빠지는 것으로 보일 수도 있지만, 실존의 원초적 조건이 다른 사람과의 공존(Mitsein)을 포함하는 것이기 때문에 반드시 그러한 것은 아니다. 또 이 근원적 사회성 이전에 인간 존재의 근본에 있는 것은 생물학적 그리고 다른 여러 환경적 조건이다. 하이데거의 시대에 있어서 사람의 환경 의식은 별로 없었다고 할 수 있다. 그러나 그에게

8　Martin Heidegger, *Sein und Zeit*(Max Niemeyer Verlag, 1972), p. 193. 여기가 아니라도 진정성에 대한 논의는 이 책의 여러 곳에 나와 있다.

인간 존재의 근본이 "지구에 거주하는 것(wohnen auf der Erde)"이라는 사실은 그의 많은 에세이에 되풀이하여 강조되어 있는 점이다. 진정성의 삶은 자신의 삶에 충실하면서 이러한 모든 삶의 근원적 요건에 충실하고자 하는 삶이다. 그렇다고 하여 진정성의 삶이 결정론적으로 정해지는 삶이라는 말은 아니다. 그것은 개체적 선택과 결단에 의하여 이룩되어야 하는 새로운 삶이기도 하다. 사회적 공존의 테두리도 지나치게 협소한 것일 수는 없다. 진정한 사회성은 각 개인이 발전시키는 진정성의 존재 양식들을 포용할 수 있는 것이어야 한다. 물론 개인이 창조하는 존재의 방식들 사이에 갈등이 있을 수는 있으나 그것이 너무 심각하지는 않을 것이다. 그것은 세속적인 이익, 사회 정치적 계획, 또는 종교적 신앙의 대치에서 일어나는 갈등이 아니기 때문이다. 물론 그럼에도 불구하고 개인의 존재 양식의 선택이 사회에 영향을 줄 것이다.

진정성과 현실 갈등 앞에서 우리는 문학 예술이 매개하는 인간성에 대한 폭넓은 조망 그리고 거기에 이어지는 선악을 초월하는 보편적 휴머니즘을 언급하였다. 그러면서 동시에 서로 병치되는 여러 요소들 사이에 있을 수 있는 갈등을 말하였다. 막스 베버는 정치와 윤리의 관계를 논하면서, "무가치의 윤리(Ethik der Würdelosigkeit)"라는 말을 쓴 일이 있다. 인간의 관점에서 윤리적 선택은 불가피한 것이지만, 신의 관점은 모든 창조된 것들에 대하여 철저하게 공평한 것이라고 할 수 있다. 그것은 철저하게 윤리적이고, 그러니만큼 특정한 윤리적 선호를 가지지 않는다. 그렇다면 인간도 그러한 선택을 보류하는 것이 마땅하고 바로 그것이 최고의 윤리적인 태도가 된다고 할 수 있을 것이다.

그러나 이에 대하여, 자신의 삶과 존엄성 그리고 인간 일반의 삶과 존엄성을 위한 투쟁을 피할 수 없는 것이 인간의 가혹한 운명이라는 사실도 부정할 수는 없다. 심미적 초연함은 최대한으로 너그러운 무사 공평한 안목을 유지하도록 노력하면서 동시에 인간 존재가 스스로의 진정성을 위하여 벌이게 되는 투쟁과 갈등에 개입한다. 서사(敍事)는 갈등의 서사인 것이 보통이다. 그리고 갈등은, 적어도 심각한 문학이라고 할 수 있는 문학에서는, 주어진 상황의 단초에 주어진 것보다는 더 만족스러운 자아실현을 향한 투쟁의 과정에서 일어나는 갈등이다. 여기의 투쟁은 세속적인 관점에서의 합리적 규범을 넘어가는 생명력에 의하여 추동된다. 그것은 자유 의지의 표현이면서 그 나름의 이성적 궤도 안에서 움직이는 생명력이다. 그리고 (희망적인 관점에서 본다면) 이것은 사회적, 정치적 계획의 윤리성에 일치할 수 있다. 그러나 현실 세계에서만이 아니라 상상력의 실험에서도 개체적, 도덕적, 윤리적 실험은 집단의 사회적, 정치적 조직 속에서 쉽게 소실되고, 윤리적 이상은 진정성을 잃어버리고 왜곡된다. 지난 세기에 있었던 여러 전체주의적인 정치 체제 속에서 일어난 일이 이것이다.

작가와 시장의 자유

자본주의와 그 결여 체제　역사에 대한 다른 총체적 비전이 몰락함에 따라 자본주의 체제는 인간 역사가 따라가는 유일한 궤도가 되었다. 그리고 그것은 세계적인 확산을 지속하게 되었다. 그러나 그것은 깊은 의미에서 인간성의 실현에 대한 일정한 약속과 희망을 가진 의식적 계획이 아니라 그러한 것을 결여하고 있는 체제로 존재한다고 할 수 있다. 적어도 그것은 적극적으로 이데올로기적으로 조직화하여 강제력을 써서 부과하려는 아무런 프로그램도 가지고 있지 않다고 할 수 있다. 그러나 결여의 체제(default system)라는 것은 무책임을 말한다. 이것은 경제적 부의 확대에도 불구하고 전 지구적으로 드러나고 있는 '미발전의 발전', 인간의 윤리적 능력의 둔화, 자연 자원의 무한한 개발에 따른 자연환경 파괴 등의 결과에서 쉽게 볼 수 있는 일이다.

어쨌든 인간의 마음은 반성적으로 그 스스로의 조건을 검토하여 자신을 회복하려 하는 노력이 없이는 자유로울 수가 없다. 그것은 어떤 조건이나 환경에서든지 스스로의 생존을 위하여 이미 장비하고 삶의 바다를 건널 준비를 마친 배와 같다. 밖으로부터 오는 이론과 개념을 버린 마음은 이미 지구적 자본주의 속에 들어가 있고, 시장의 상인이 되어 시장이 만들어 놓은 조건하에서 거래할 준비가 되어 있다. 이 시장의 조건은 글을 쓰는 사람에게도 그대로 작용한다. 이것은 반드시 글쓰기가 갖는 외면적 관계만을 말하는 것이 아니다. 시장은 그것이 길러 놓은 마음의 습관으로써 안으로부터 글쓰기에 들어간다.

글쓰기, 공적 공간, 시장 글을 쓴다는 것은 언어를 매개 수단으로 하는 교신(交信)의 범주에 들어간다고 할 수 있다. 그러나 그것은 일상 회화나 정치 연설이나 신문 보도와 같은 의미에서의 교신 행위라고 할 수는 없다. 독자의 입장에서 말하여 시는 듣는 것이 아니라 엿듣는 것이라는 말이 있다. 이것은 작가 일반에 해당될 수 있다. 작가의 관심은 일단 바깥세상과의 소통이 아니라 작품 자체의 완성이라고 할 것이기 때문이다. 그러면서도 작가가 사회적 역할 기능 속에 존재한다고 하여 틀린 말이 되는 것은 아니다. 작가로서 글쓰기는 사회 경제의 관습과 제도를 가로질러 존재하는 공동 관심의 공공 공간에 일정 정도 의미 있는 부분으로 존재한다. 문학이 교신 또는 소통 행위라고 한다면 그것은 이 공적 기능을 통하여 정당화되는 교신 행위이다. 그것은 보이지는 않지만 필수적인 공간에, 즉 문화라고 분류되는 이차 공간에 기여하는 활동인 것이다. 이 기여는 이 공적 공간을 지탱할 재현적, 표현적 진실성의 척도로 평가된다. 즉 작가의 자기 충족적인 작업은 이 공적 공간을 통하여 타목적에 봉사하는 것으로 전환된다.(그러면서도 두 존재 방식은 어디까지나 따로따로 나뉘어 존재한다.) 시장 경제에서 공공의 관심사는 주로 경제적 기능으로 환원된다. 이 과정에서 문화적 작업은 매우 모호한 기능을 갖는 것이 된다. 작가는 대중 매체에서 오락으로 구분되기도 하는 문화에서 그 '콘텐츠'의 제공자로 간주된다. 이렇게 하여 작가는 시장의 소비자와 공급자의 관계에 들어가야 한다는 압력을 받고 작품은 그 조건에 맞출 것을 요구받는다.

　　시장을 위한 출판　이러한 작업의 내적인 환경은 문학 작품의 생산을 지원하는 외적인 조건에 의하여 조성된다. 적어도 부분적으로는 문화적, 공적 사명감에 의하여 움직이는 것이 문화 산업으로서의 출판이라고 한다면, 이제는 출판도 이윤의 극대화를 추구하는 자본주의 산업이 된다. 출판업은 베스트셀러 또는 그에 준하는 빠른 자금 순환을 가져오는 출판에 관심을 집중하고, 판매는 책의 본래적인 의의보다도 각종의 판매 전략에 크게 의존한다. 작가는 그 생계를 위해서만이 아니라 작품의 성취를 가능하기 위해서라도 판매 성적에 마음을 빼앗기지 않을 수 없게 된다. 판매 성적, 명성, 인정 — 이러한 것들이 전부 시장의 조건에 의하여 크게 영향을 받는 것이다.

　　기술과 출판 정보 폭발　문학 작품의 환경을 구성하는 요인에는 반드시 시장에서 유래하는 것이 아닌 것들도 있다. 새로운 인쇄 제본 기술 등은 출판 과정을 간소화하고 비용을 절감할 수 있게 한다. 세계적으로 확장되는 시장과 결합하여, 기술의 발전은 책의 양산을 용이하게 하면서 필수적인 목표가 되게 한다. 그리하여 출판되고 저작되는 책은 다른 소비재와 같은 평면에 존재하는 소비품이 된다. 전자 기술의 발달도 문학 저술 행위와 출판의 의미를 크게 바뀌게 한다. 전자 정보의 폭발은 정보 제공자의 위치를 격하시킨다. 작가도 어떤 의미에서는 정보 제공자라고 할 수 있는데 그 위상도 변할 수밖에 없다. 사회에서 생산되는 정보를 평가하는, 흔히 전문가들의(작가나 평론가도 여기에 포함될 수 있다.) 위계적 평가 질서도 시장의 명성의 질서에 의하여 대체된다.

생각의 전자화   출판과 관련하여 전자책이 인쇄된 책을 대체할 것이라는 생각들이 대두되고 있다. 물질적 무게를 잃어버린 책의 내용은 더욱 쉽게 허공에서 주고받는 정보의 교환 수단이 된다. 책의 내용을 만들어 내는 수단으로서의 컴퓨터는 이미 종이에 쓰이는 언어의 무게를 가벼운 것이 되게 한다. 만년필이나 연필 그리고 볼펜에 의하여 붓이 대체되고 글쓰기가 쉬워졌던 것과 비슷한 일로 하여 글쓰기에 또 한 번의 경량화가 일어나는 것이다.(이것은 세 번째 혁명이라고 할 수 있다. 첫 번째 혁명은 엄숙한 상호 주체성의 공간에서 행해지던 구술 언어 행위가 문자 행위로 바뀐 것으로 일어났다.) 작품을 쓰는 작가의 마음가짐도 달라진다. 컴퓨터의 상용으로 말들을 찍어 내고 지우고 다시 찍는 일이 쉬워지고, 그에 따라 글쓰기에 필요한 정신 집중이 풀어진다. 일반적으로 전자 글쓰기의 발달은 작문에 있어서 생각과 표현의 간격을 단축시킨다. 메시지의 생산은 거의 자동 행위가 되어, 생각을 하는 것은 물론 보다 긴 작문에 요구되는 반성은 불필요한 것이 된다.

조류와 함께 움직이기

가벼운 마음과 윤리   산업 자본주의의 이러한 전개는 ── 금융 자본주의가 이것을 다시 한 번 경량화한다 하겠는데 — 문학으로 하여금 무거운 도덕적, 윤리적 문제를 벗어나서 가벼움의 세계로 떠오르게 하고, 문학이 그리는 현실로 하여금 재치 있는 정보 유희의 콤비나토릭스가 되게 한다. 앞에서 비추어 본바 도덕적 파토스에 대한 생각들은 이러한 포스트모던 세계의 가벼움의 상상력에 대한 반대 명제가 될 것으로 생각된다. 그렇다고 그러한 생각들로써 가벼움의 마음을 부정하려는 것은 아니다. 그것이 없이도 삶은 견딜 수 없는 것이 될 것이다. 문제가 되는 것은 적절한 균형이다. 전통적 문학이 전부 무거운 심각함만을 지니고 있었던 것은 아니다. 비극이 갈등과 고통의 문제에 사로잡혀 있는 문학의 장르라고 한다면, 여기에 대조되는 가벼운 문학 장르로서 우리는 희극, 풍자시, 전원시, 전기(傳奇)소설, 야담, 유머, 수필 등등을 생각할 수 있다. 대표적인 근대적 장르로서의 소설은 자본주의 발달과 함께 부르주아 계급의 사회적 부상, 그리고 그와 동시에 주의의 대상이 된 일상적 삶에 대한 관심이 그 발생의 동기가 되었다고 말하여진다. 한국의 전통에서도 심각한 내용의 문학과 가벼운 내용의 문학은 늘 병존하였다. 서구의 영향 아래서 한국의 근대 소설도 일상적 삶을 그리려고 한 새로운 장르로 한국 문학에 등장하였다.

앞에서 불안한 것으로 말한 것은 소비주의의 전횡 아래서 심각한 도덕적, 윤리적, 사회적 관심이 문학에서 사라진다는 사실이었다. 물론 사회의 도덕적 사명의 주축을 담당하는 것은 정치 운동가들이다. 그러나 이데올로기는 그 심각성을 일반화하는 대신 인간 현실의 복합성을 절단해 버리는 결과를 가져온다. 문학은 이에 대하여 도덕과 윤리의 근거가, 쉽게 이데올로기화되지 않는, 사람의 인격적 전체성에서 솟구쳐 오는 도덕적 파토스에 있다는 것을 증언한다고 할 수 있다. 그것은, 헤겔이 말하는 바와 같이 모든 사람들의 심금을 울리게 된다. 이것은 실증적 증명이 없는 대로 인간 실존의 밑바닥에 공통된 윤리적 기초 — 개인적이고 집단적인 윤리적 기초가 있다는 것을 말한다고 할 수 있다. 도덕적 파토스는 인간 존재의 다층적 지반에서 보다 낮고 기본적인 층위를 이룬다. 인간의 인간다움은 이러한 층들의 복합 구조 위에서, 또는 그것의 통합 속에서 실현될 수 있는 것이 아닌가 한다.

시장, 문명화 과정, 평화   소설의 경우에 그러한 것처럼, 시장 경제의 등장은, 처음에 보다 세속적이고 다양한 문학의 발전을 자극하였다. 애덤 스미스는 사람의 타고난 본능에 장사하고 교환하는 것이 있다고 하였다. 시장은 보통의 사람들이 이러한 본능적인 활동을 수행하는 것을 매개하는 공간이라고 할 수 있다. 경제적 본능만으로 인간성의 모든 것을 설명하려는 것은 많은 비판의 대상이 되었지만, 장사하고 교환하고 부를 축적하고 하는 것이 인간의 자연스러운 성향에 있다는 것은 인정할 만한 사실일 것이다. 적어도 그 기초적인 표현에 있어서는 대부분의 사람들은 이 활동에 쉽게 종사하고 그것을 즐기고 또 거기에서 창의력을 발휘한다. 다만 소규모로 시작한 이러한 활동은 거대한 사회 기구로 확대됨에 따라 인간의 모든 것을 흡수하게 되었다. 그리고 많은 재난의 원인이 되었다.

앞에서 우리는 세계화 속에서의 빈곤의 증대 또는 불평등의 증대, 환경 파괴, 인간의 윤리적 능력의 천박화 등을 언급하였다. 그러면서도 산업 자본주의의 업적을 가볍게만 말할 수는 없다. 인류의 많은 부분이 풍요를 누리게 된 것이 그 업적인 것은 말할 필요도 없다.(물론 폐단이 여기에 이어져 있지만.) 칸트는 그의 『영구 평화론』에서 국제 무역의 발달이 전쟁을 방지하고 평화를 확산하는 데에 중요한 기여를 할 것이라고 말하였다. 이것은 현실을 크게 빗나가는 말이라고 할 수 없다. 아직도 전쟁이 있지만, 오랫동안 세계 대전이라고 부를 수 있는 큰 전쟁이 없었던 것은 사실이다. 특히 주목할 만한 것은, 이슬람권에서 말하는 성전(聖戰)의 경우를 제외하고는 전쟁을 예찬하고 전투적인 영웅주의 또는 무작정한 용맹주의를 칭찬하는 공적인 수사를 별로 들을 수 없게 되었다는 것이다. 칸트는 무역의 국제적인 의미 이외에 이성에 의한 계몽의 진전이 보다 평화로운 세계를 만들 것으로 생각하였다. 백과사전적인 지식인이었던 18세기의 한국 유학자 다산 정약용은 19세기 초에, 일본이라는 나라의 호전성에 대한 질문을 받고, 일본 유학자들의 저서를 읽은 경험을 근거로 하여, 유학의 문명화 효과 때문에 일본은 이제 전쟁을 좋아하는 나라가 아닐 것이라고 말하였다.(물론 이것은 틀린 예측이었다.)

세계화는 여러 각도에서 신랄한 비판의 대상이 되어 왔고 비판은 그 나름의 근거가 있는 것이라고 할 수 있다. 그러나 세계화는, 무역에서만이 아니라 통신과 정보의 교환에, 무엇보다도 일반적인 상식선에서의 세계에 대한 사람들의 지식에 일어난 커다란 변화를 포함한다. 서양의 패권이 쇠퇴하고, 적어도 지적인 평면에서는 여러 문화와 사회 사이에 평준화가 이루어진 것은 그 효과의 하나라고 할 수 있다. 여기에 따르는 또 하나의 효과는, 좋든 나쁘든 모든 질적 가치 내용들이 범속화되었다는 것이다. 이 변화는 문학의 흐름에도 비슷한 변화를 가져왔다.

이러한 변화들이 보편적 대동 화합을 향하는 흐름이 된다고 한다면 그러한 평준화와 통속화를 크게 불평할 이유가 없다고 할 것이다. 그러나 원칙이 없고 지향이 분명치 않는 세계화의 과정이 일으키는 문제가 너무나 많은 것도 사실이다. 그리하여 아직도 단단한 도덕적, 윤리적 사고 그리고 그것을 뒷받침하는, 인간 심성의 심부로부터의 파토스에 대한 필요가 없어졌다고 할 수는 없다. 그것은 오히려 날로 절실한 것이 되고 있다고 하지 않을 수 없다. 문학은 이 정신적 파토스를 살아 있게 하는 데에 중요한 역할을 할 수 있는 인간 활동이었다. 이것을 상기하는 것은 아직도 필요한 일이다. 물론 보다 효과적인 것은 이와 더불어 다른 실천적인 전선에서의 적극적인 인간 활동이라고 하여야 할 것이다.

(2011년)

오늘 읽는 고전
서지문,『영어로 읽는 논어』에 부쳐

1

『논어』는 지금부터 2500년 전에 말해진 것을 적은 어록(語錄)이다. 이것이 오늘날에도 그대로 읽히고 이해될 수 있다는 것은 놀라운 일이다. 그것은 우리의 문화 전통이 거기에 깊이 이어져 있기 때문이기도 하지만, 시간의 흐름과 역사의 성쇠에도 불구하고 불변하는 인간성이 있고 인간에 대한 진리가 있다는 것을 생각하게 한다.

외국어로 쓰인 고전은 물론 그 외국어를 습득해야 읽을 수 있고, 외국어를 안다고 하더라도 대개는 현대어로서의 외국어를 아는 것이기 때문에 시대를 거슬러 올라가 고전 시대의 언어를 새로 배워야 한다. 그러나 한문 고전은 조금 특이하다. 한자의 특별한 표의적, 상형적 성격으로 하여 한문은 옛글도 접근이 용이하다. 그런 데다가 한국인에게 한문은 백 퍼센트 이국의 문자나 언어라고 하기 어렵다. 한문어를 수없이 받아들여 한국어의 역사로 하여, 한문을 공부하지 않은 사람에게까지도 그러하다. 그러나 옛 글을 읽는 데에는 새 해석이 필요하다. 어떻게 보면 오늘의 관점에서 그대로 이해되는 것처럼 보이는 부분이 많을수록 해석의 필요는 더 커진다고 할 수도 있다.

해석에 중요한 것은 문자나 말을 당대적인 관점에서 이해하는 것이다. 거기에는 어원적, 문헌적 연구가 있어야 한다. 또 깊은 이해에는 시대 상황에 대한 이해가 수반되어야 한다. 어떤 사항이 언어 표현의 주제가 되고 일정한 표현 양식을 가지게 되는 것은 시대적 상황 속에서 일어나는 일이기 때문이다. 사정을 안다는 것은 어떤 말이 나오게 된 구체적인 사정을 알아야 한다는 뜻도 되지만, 여러 작은 사정이 합쳐서 이루어지는 시대상을 짐작한다는 것을 뜻한다. 또 문화에는 문화 전통마다 특이한 인식과 표현의 양식이 존재한다는 것도 생각할 수 있다. 상황의 언어적 표현도 이러한 문화에서 나오는 일정한 표현의 양식화의 관습을 바탕으로 한다. 말의 뜻을 깊이 있게 이해한다는 것은 표현 구도의 배경에 비추어 그 말을 해석하는 일이다.

이러한 관련들을 모두 밝히면서 고전을 해석하는 것은 많은 학문적 노력을 요구하는 일이라고 할는지 모른다. 그러나 간단한 독서에도 비슷한 절차와 요인들이 개입된다. 어떤 경우에나 말의 뜻은 그 말의 전후 관계에 맞추어 보아야 풀리게 된다. 이 전후의 맥락은 일단은 언어의 문제이지만, 심각한 배경적 지식이 부족한 경우라도, 하나하나의 단어를 넘어 보다 넓고 긴 범위의 언어적 구도를 암시하게 된다. 이러한 관련은 완전한 대로 또는 불완전한 대로 텍스트 이해에 스며들어 있게 마련이다. 그것은 학문적 천착에 못지않게 해석의 노력 그 자체에 의하여 재구성된다. 이 점에서 이해는 상상력의 문제이다. 그렇다고 이 상상력이 자의적인 것이라는 말은 아니다.

위대한 가르침이 들어 있는 말은 그때그때의 작은 사정에 맞아 들어가면서 동시에 일관된 모양을 갖추고 있는 말이다. 하나의 시대에 사는 사람은 시대의 작은 일들에 반응하면서 시대 전체에 대하여 반응한다. 하나의 일에 대한 사람의 반응은 특수한 상황에 대한 특수한 반응이면서, 반응하는 사람의 인격 전체에서 나오는 반응이다. 한두 가지 일에 대한 반응을 보고도 사람됨에 대한 판단을 내리는 것이 가능한 것은 이러한 관련들의 존재가 일상적인 차원에서도 작용한다는 것을 말하여 준다. 위대한 인류의 교사의 경우, 사태에 반응하고 말하는 그 교사의 인격은 더욱 일체적인 것이다. 물론 그 인격은 독단론에 빠져 있는 것이 아니라 마주치게 되는 상황을 유연하게 대하면서 일관성을 잃지 않는 인격이다. 이러한 여러 요소들이 하나가 되어 여러 가지로 달라지는 사정에도 불구하고 앞뒤가 맞는 언어적 표현을 이루게 된다. 이러한 전체성이 어떤 언어 표현으로 하여금 깊은 의미의 울림을 가지게 한다.

학문적 연구와 단순한 교양적 독서에서 그 깊이는 다르겠지만, 어느 경우에나 언어 표현은 그것이 가리키는 일관성 ─ 의미화의 일관성과 표현 주체의 인격적 통일성을 통하여 참으로 이해할 만한 것이 된다. 이러한 일관성이나 인격적 통일성은 시대의 전체성에 대응한다. 그리하여 인격과 언어의 일관성의 파악은 무엇보다도 해석자로부터 섬세하고 포용적인 지적 능력을 요구한다. 여기에 관련되어 있는 것은 해석자 자신의 준비 상태이다. 읽는 사람의 마음이 그러한 재구성을 허용할 수 있는 공간을 가지고 있지 않고는 시대와 언어의 재구성이 가능할 수가 없다. 또는 거꾸로 이러한 재구성을 위한 수련의 계기가 되는 것이 바로 고전의 의의라고 할 수 있다.

그런데 이 마음의 여유는 단순히 사변적인 초연함이나 넓이만을 말하는 것은 아니다. 그것은 이미 오늘의 삶 속에서의 마음의 존재 방식에 이어져 있다. 지나간 시대의 말은 이 오늘의 마음에 의하여 재구성된다. 그리고 역설적으로 이 마음이 오늘에 대하여 반성적인 자세를 가진 것일수록 그 재구성은 설득력을 갖는 것이 된다.(물론 거기에 따르는 왜곡을 반성하는 일은 또 하나의 정신적 작업을 요구하지만.) 읽는 사람의 마음은 이미 자신의 시대와의 지적, 실천적 교환 관계 속에 존재한다. 고전 읽기가 단순한 호기심을 넘어 삶과 세계의 중요한 문제를 생각하는 행위가 되려면 ── 그리고 그것 없이는 고전의 살아 있는 의미를 파악하기는 어렵다고 해야 할 것인데 ── 오늘의 삶과 세계에 대한 열려 있는 마음이 있어야 한다.

열려 있는 마음은 문제를 물어보는 마음이다. 오늘의 마음과 시대상은 문제의식을 통하여 하나의 전체가 된다. 이 문제의식에서 나오는 계속적인 물음이 이 전체를 구성한다. 이것은 자연 과학적 사고에서 가장 잘 드러나는 것이다. 진정한 물음은 이성적 구조를 가지고 있다. 기묘한 것은 이러한 탐구의 구조가 사실의 구조에 일치 또는 병행한다는 것이다. 자연계가 아닌 인간사 일반에서 반드시 그러한 일치가 성립한다고 할 수는 없지만, 대체로는 사실들은 물음의 지속을 통하여 이성적 구조로 구성된다. 그 구조는 신기하게도 사실과 사실의 전체적 구조를 암시할 수 있다.

이성적 재구성의 작업이 있든 없든 지난 시대의 텍스트를 접한다는 것은, 독자의 마음에서 오늘과 어제가 서로 마주 대하게 되고 사람의 마음과 그에 대응하는 사실이 복합적 구조의 일부를 이루고 있는 한, 서로 다른 구조들이 하나로 얽히게 된다는 것을 의미한다. 가다머가 고전의 해석 작업을 설명하면서 두 '지평의 융합'을 요구한다고 한 것은 이러한 두 개의 다른 열림이 하나가 되는 과정이 고전 이해의 과정이라는 것을 말한 것일 것이다. 다만 그에게 이 융합은 보다 면밀한 해석의 작업을 의미하지만, 앞에서 시사하고자 한 것은 어느 경우에나 이러한 지평의 통합이 일어나지 않을 수 없다는 것이었다. 관련된 여러 사항을 풀어내고 그것을 이해와 해석에 적용하는 의식화의 과정이 없다고 하더라도 복합적인 요소들과 그것을 포괄하는 지평의 마주침과 융합은 방금 말한 바와 같이 자연스럽게 일어나는 일이다. 주어진 텍스트를 대할 때 — 또는 정보와 상황과 사물을 대할 때까지도 — 거의 본능적으로 거기에는 여러 차원의 전체성의 느낌이 작용하게 된다. 오늘의 삶에 대한 느낌 그리고 다른 시대에 대한 일정한 선이해(先理解)가 독서의 기본이 되는 것이다. 어느 경우에나 마음은 하나로 작용한다. 다만 이 하나의 마음이 얼마나 여러 다른 지평을 포괄할 수 있느냐가 문제 될 수 있을 뿐이다. 고전을 읽는 것은 이러한 현재의 삶을 읽는 일에 자연스럽게 이어진다. 그러면서 오늘의 세계와 고전의 세계의 차이를 의식화할 때 그 독서는 보다 깊이 있는 것이 된다.

고전은 물론 우리 문화 전통의 고전만을 의미하지는 않는다. 출처에 관계없이 인간의 삶의 현실과 가능성에 대한 적절한 표현을 주고 오늘의 문명의 형성에 중요한 기여를 한 언어 구조물을 우리는 고전이라고 한다. 그 중요한 부분은 외국어로 된 것들이다. 이것은 많은 경우 번역으로써 접근될 수 있다. 번역은 일단 하나의 언어와 또 하나의 언어의 일대일의 환치 작업으로 생각할 수도 있으나, 그러한 환치로써 원서의 의도가 적절하게 전달되지 않는다는 것은 말할 필요도 없다. 모든 언어는 그 자체의 의미 구조와 문화 속에 존재한다. 하나의 언어에서 다른 언어로 옮겨 가는 것은 이 전체적인 구조에 대한 참고가 없이는 바르게 이루어지지 않는다. 이러나저러나 번역에는 이미 문화와 시대의 지평의 마주침과 융합이 작용하기 마련이다. 번역은 자체의 전체성 안에 존재하는 과거를 오늘의 전체성 안에 존재하는 언어로 옮겨 놓고자 한다. 그것이 지나치게 오늘의 현실에 그대로 중첩하게 됨으로써 현재와 과거의 거리가 사라지고 착각이 일어날 가능성이 있는 것도 사실이지만, 과거의 이해가 일치와 함께 차이와 변화의 관점에서 오늘을 조명할 수 있게 되면, 그것은 인간 존재의 본질과 함께 그 역사성을 이해하는 것이 된다.

2

중국의 고전이면서 한국의 고전인 『논어』를 원문, 한국어 번역 그리고 영어 번역을 통해서 읽어 보고자 하는 서지문 교수의 시도는 앞에서 말한 모든 일치와 차이 그리고 변화하는 역사에 대한 이해를 총괄적으로 시도 하는 데에 출발점을 마련해 줄 수 있는 작업이라고 할 수 있다.

『논어』의 텍스트는 지극히 쉬운 말로 시작한다. 그러나 거기에도 해석 의 문제가 따르지 않을 수 없다. "學而時習之 不亦說乎, 有朋自遠方來 不亦 樂乎, 人不知而不慍 不亦君子乎." 이 첫 부분에 대한 서지문 교수의 번역은 다음과 같다. "공자께서 말씀하시기를, 배우고 제때에 그것을 실행하면 진 실로 즐겁지 않겠는가?" 이 번역에 덧붙인 서지문 교수의 논평은 『논어』 의 시작이 우주적인 형이상학적 논설이 아니라 배움의 즐거움에 대한 소 박한 말씀으로 시작한다는 것이다. 여기의 논평은 이 구절에 대한 설명이 기도 하지만, 공자와 그의 가르침의 일반적 특성을 말하는 것이다. 과연 공 자의 성품이, 그 정신적 깊이에 대한 후세의 숭앙됨에도 불구하고 굳게 일 상적 삶의 차원에 머물러 있는 것은 틀림없다. 계로(季路)의 질문에 답하여 공자가, 사람의 일도 잘 알지 못하는데 어찌 귀신의 일을 알며 삶도 알지 못하는데 죽음을 어찌 알 것인가 하고 말한 것은 유명한 것이지만(「선진(先 進)」), 공자와 유학의 가르침에 초월적 관심이 적다는 것은 자주 지적되는 점이다. 이것은 『논어』의 시작에 이미 함축되어 있고, 서지문 교수의 논평 은 이것을 확인한다.

앞의 『논어』의 시작에 대하여 서지문 교수가 들고 있는 두 번역에는 서 로 다른 해석이 있는 것을 볼 수 있다. 한 가지를 예로 들어, "時習"을 두고 보면, 아서 웨일리(Arthur Waley)는 at due times to repeat — '적절한 때에 반복하다'로 번역하였고, 사이먼 리스(Simon Leys)는 to put it into practice at the right time — '적절한 때에 실천하다'라고 번역하였다. 서지문 교수의 번역은 후자에 가깝다. 중요한 것은 이러한 차이가 우리의 이해를 심화한다는 점이다.

그렇게까지 따질 것은 없다고 할 수 있지만, 리스 교수와 서 교수의 번역은 지행일치를 강조하는 유학의 가르침을 마음에 둔 것이라고 할 수 있다. 여기에 대하여 웨일리의 번역은 복습이 없으면 공부가 제대로 되지 않는다는 더 단순한 의미를 전달한다. 그러나 이것은 주자가 생각한 것과 일치한 것이기도 하다.(『사서집주(四書集注)』) 주자는 이 부분을 새가 날기를 배울 때 그것을 되풀이 연습하여야 하는 것처럼 공부도 되풀이 연습이 필요하다는 뜻으로 새겼다. 그것은 "習"이라는 글자에 들어 있는 새 날개를 생각한 것이기도 하겠지만, 비유로서는 매우 실감이 나는 비유라고 할 것이다. 이 부분에 대한 주자의 주해에는 사량좌(謝良佐)의 주석에 대한 언급이 있는데, 사 씨는 연습을 해야 하는 종목으로 자리에 앉거나 서는 것을 예로 들고 있다. 우리는 지행일치가 대체로 정치적 행동을 말하는 것으로 생각하지만, 유학에서 우선시되는 것은 일상적인 삶에서의 예의 바른 몸가짐이다. 이 관점에서 본다면, 몸가짐을 익히는 것이 말하자면 무용을 배우듯이 즐거운 것일 수 있다. 이와 비슷하게 공부에 숙달하는 것도 재미있는 것이 될 수 있을 것이다. 그러나 지행일치를 정치적으로 해석하는 것이 그르다는 말은 아니다. 유학 일반에서 그러하듯이 주자에 있어서도 정치는 절대적인 요청을 가진 행동과 실천의 장이기 때문이다. 다시 말하건대, 여러 번역의 비교는 이러한 생각들을 실험해 볼 수 있게 한다.

다음의 구절로 옮겨 가서 학문을 하는 것이 멀리서 찾아온 친구를 만나는 것만큼 즐거운 일일 수 있을까? 이에 대한 답변이 어떠한 것이든지 간에, 앞에 인용한 문장으로 보면 공자는 그렇게 생각한 것이다. 학문과 교우를 같은 즐거움의 차원에서 본 것은 앞에서 지적된 바와 같이 공자가 학문을 일상적 삶에서 지나치게 멀리 있는 것으로 보지 않은 사실에 연결된다 할 수 있다.(물론 "說"과 "樂"이 반드시 질과 강도에 있어서 똑같은 것인가를 물을 수는 있다.) 서지문 교수는 가족 관계 속에서도 남녀가 반드시 대등한 관계를 가진 것이 아니었던 시대에 있어서 교우 관계가 한층 중요한 것이었을 가능성을 지적하고 있다. 벗에 대한 그리움은 동아시아의 문학에서 다른 무엇보다도 자주 되풀이하여 나타나는 주제이다. 서지문 교수의 번역, 그리고 인용되어 있는 영문 번역에서 붕우(朋友)의 중요성은 '뜻을 같이한다'는 점으로 정당화한다. 그리고 공자가 생각한 붕우는, 서 교수의 설명에 의하면 "혼돈되고 타락한 세상을 어떻게 바로잡고 인간을 어떻게 인간답게 만들 것인가에 대한 신념을 같이 하는 사람"이다.(플라톤의 대화편에서도 우정은 무엇보다도 중요한 인간관계로 생각된다. 이것도 당대의 남녀 관계의 불균형에 연결된 것이라고 할 수 있는데, 그리스의 우정 관계는 서지문 교수가 설명하는 공자의 우정 관계보다는 사적이고 성적인 관계 — 동성애적인 관계에 가깝다. 적어도 여기에 비하여 동아시아의 우정은 잠재적으로 정치 집단의 성격을 가진 것이라고 할 수 있을 것이다. 그러나 그것이 반드시 성적인 의미를 배제하는 것은 아닐는지도 모른다.)

"남이 알아주지 않아도 성내지 않는다면 참으로 군자답지 않겠는가?" 이 부분은 공부를 하고 친구를 사귀고 하는 데에 어떻게 관계되는 것인가? 서지문 교수는 "'도'를 터득하고도 인정을 받지 못하거나 외면당하는 불행"에 대하여 "경고"하는 것이 이 부분의 뜻이 아닐까 하고 말한다. 서 교수가 표현하는 바와 같이, 공부하는 것이 "지고의 즐거움"이라면 공부는 다른 사람이 알아주든 아니하든 그 자체로 값있는 일이고, 그것에 대한 타인의 인정이 중요한 것이 아님은 물론, 알아주지 않는 것은 성낼 만한 일이 될 수 없는 일이다. 그러나 동아시아에서 공부하는 것이 벼슬을 하고 이름을 내는 수단이 되었던 것도 사실이다. 그리하여 학문은 스스로를 위한 것, 위기지학(爲己之學)이지 남이 보라는 학문, 위인지학(爲人之學)이 아니라는 것은 유교 전통에서 되풀이하여 강조되는 말이다. 그럼에도 공부의 동기의 하나가 그것을 통하여 부귀의 길로 들어서고자 하는 것이었던 것도 사실이다.

요즘 흔히 "너희가 ……을 아느냐" 하는 표현이 쓰이는 것을 보지만, 무엇을 안다는 것은 다른 사람에 대하여 우위에 선다는 것을 의미하기가 쉽다. 특히 실용적인 앎 또는 윤리에 관한 앎과 관계하여 일어나기 쉬운 것이 대인(對人) 자기주장의 투쟁이다. 앎을 얻는다는 것이 사회적 인정의 투쟁에서 중요한 무기가 된다는 것은 우리가 일상적으로 경험하는 것이지만, 동아시아의 전통에서 이것은 일상적인 차원이 아니라 사회적인 차원에서 부귀의 획득을 위한 투쟁의 수단이 되어 왔다. 공자는 이 점에 대하여 경고한 것이다.(사화[士禍], 그중에도 예송[禮訟]이라고 불리는 의례 절차에 관한 시비에서 일어나는 권력 갈등도 이러한 앎의 대인 투쟁에 밀접하게 연결되어 있다고 할 것인데, 지금에 와서도—주제와 형식은 달라졌지만—이러한 논쟁과 마찰은 우리 사회에서 그치지 않는다.)

서지문 교수의 『논어』 텍스트에서 위에 말한 학문의 즐거움에 이어지는 것은 다음의 구절이다. "듣기 좋은 말만 하고 보기 좋은 낯빛만 꾸미는 사람치고 인(仁)한 경우가 드물다.(巧言令色 鮮矣仁)" 서지문 교수는 여기에서 『논어』가 말하고 있는 것은 "외양과 실재의 간극"이고, 물론 이러한 간극을 호도하지 말아야 한다는 것이다. 여기에서 핵심은 '인(仁)'의 개념이다. 이것이 극히 정의하기 어려운 것임은 말할 필요도 없다. 서지문 교수는 인을 "행위 주체의 내면에 있는 인간의 본질"에 충실한 것이라고 설명한다. 이렇게 보면 여기의 이야기는 앞의 학문에 대하여 말한 것으로 이어진다. 이어서 생각하면, 앞에서 말한 학문의 수련은 피상적인 기교에 있는 것이 아니라 그 자체로 본질적인 의미를 가지고 있다는 것이다. 학문의 본질은 인에 이르고 그것을 위하여 수련하는 것이다.

이렇게 여기의 장구(章句)를 앞으로 이어 본 것은 본 필자의 시도이지만, 이것이 옳은가는 문제가 될 수가 있다. 『논어』는 하나의 일관된 논설이 아니라 공자의 여러 주제에 대한 여러 발언을 모아 놓은 것이다. 또 그것이 이러한 고전의 장점이다. 말을 모아 놓은 고전은 논설보다 유연하게 또 깊이 있게 삶의 다양한 면을 드러내어 보여 줄 수 있다. 그러면서 그러한 말들에 일관성을 주는 것은 발언자의 인격의 일관성이다. 그것이 삶 자체의 일관성에 대응한다. 그러면서 그것은 깊은 의미에서의 언어적 일관성을 갖는다. 여기의 소박한 시도는 이러한 관점에서 앞뒤를 이어 본 것이다. 되풀이하건대 학문의 즐거움의 자체적 가치를 강조한 다음, 그것이 피상적인 것이 되는 것을 주의하는 것은 당연하다고 할 수 있다. 특히 앞에서 본 바와 같이 유교적 수련이 일상적 차원에서의 예의를 강조한다고 한다면 그것은 외면적인 세련으로 귀착할 가능성이 커지는데, 여기에 대하여 경고하는 것은 자연스러운 일이다.

조금 전에 언급한 "교언영색(巧言令色)"의 부분은 서지문 교수의 텍스트에서 흔히 보는 두 번째의 장구, 유자(有子)가 말한 부분을 생략한 결과 앞으로 이어지는 것이 된다. 이 생략된 부분에서 이야기되어 있는 것은 인간 행위에서 효제(孝悌)가 근본이며, 이것이 확립되면 정치 사회 질서가 안정을 이룬다는 것이다. 장구를 넘어 앞뒤를 맞추어 보면, 이 부분도 다시 학문의 내용을 구체적으로 말한 것이라 할 수 있다. 유교에서 우선하는 것은 일상적 몸가짐을 단련하는 일이다. 유학의 경전에서 『소학(小學)』이 중요한 것은 그것이 매우 구체적인 행동의 방법에 역점을 둔 경전이기 때문이다. 아마 서지문 교수가 이 부분을 생략한 것은 효제충신(孝悌忠信)과 같은 것이 반드시 현대적인 의미를 가지는 것이 아니라고 생각한 때문인지 모른다. 사실 이 부분을 넘겨 교언영색을 말하고 학문적 노력과 도덕적 탁마의 본질로서 인을 말한 것은 적절한 일이라고 할 수 있다.

교언영색의 장구 다음 부분은 증자(曾子)의 말로, 반성에 관한 것이다. "나는 날마다 몇 번이고 스스로를 반성한다. 남을 위해 일할 때 충심을 다하지 않았는가? 친구들과 지낼 때 신의를 저버린 일이 없었는가? 스승에게 전수받은 것을 힘써 실행하지 않은 것은 아닌가?(吾日三省吾身 爲人謀而不忠乎, 與朋友交不信乎, 傳不習乎.)" 아마 공부하는 문제에 일단의 마감을 하는 말로 중요한 것은 학습한 것을 되돌아보아야 한다는 충고라고 할 수 있다. 이 장구는 앞에서 말한 것들에 대한 일단의 최종 단락이 된다.

"삼성(三省)"이란 말은 세 번이란 말로 번역할 수도 있으나, 서지문 교수의 주석대로 여러 번 하는 것으로 보다 막연한 숫자의 반성이라고 번역할 수 있을 것으로 생각된다. 그런데 서 교수가 들고 있는 자일스(Giles)와 에임스(Ames)의 번역은 여기의 "삼(三)"이라는 숫자를 '세 가지 항목'이라는 뜻으로 옮기고 있다. 문장의 흐름으로는 이것은 부적절한 것 같지만, 한문의 특징은 그 의미가 바로 정확한 문법보다는 대조와 논리와 문맥 그리고 관습에 의하여 풀린다는 데에 있다. 이것이 다른 언어에서와는 달리 한문의 해독(解讀)에 무엇보다도 많은 생각이 필요한 이유라 할 수 있다. 세 가지 항목은 인간관계, 조금 더 구체적으로 친구와의 관계, 그리고 다시 한번 이것을 일반화하여 배운 바의 많은 것 — 이 세 가지를 가리킨다. 그런데 그 앞에서 말한 것은 주로 효제(孝悌)이고, 그것이 모든 행동의 근본이라는 것이었다.("본립이도생(本立而道生)") 이 근본과 도는 반성할 필요가 없다는 말인가? 앞에서 생략된 것은 공자의 말이 아니라 유자(有子)의 말인데, 이번에 생략된 것은 증자의 말이다. 이것이 생략의 이유일까? 생략된 부분을 다시 이어서 생각하면, 공자 그리고 유학의 가르침의 핵심에는 가족 관계가 있고 이것은 모든 사회관계, 나아가 우주론을 생각하는 데에 있어서 비유의 축이 되어 있다. 하여튼 이 가족 관계는 앞에서 이미 말한 바이기에 여기에서는 그것을 더 일반화한 의무로서 확대하여 말하는 것일까? 이 다음의 장구들은 (여기의 텍스트에는 생략되어 있지만) 치국(治國)과 제가(齊家)를 말하고 있다. 그리하여 다시 수신(修身)하는 일 일반을 논한다고 할 수 있다. 그렇다면 반성의 대상이 되는 것은 반드시 인간관계, 교우관계, 또 전습(傳習)된 것 ── 이것만을 말한 것은 아닐 가능성이 크다. 세 가지만이 아니라 배운 모든 것을 반성하는 것이 해야 할 일이라고 하는 것이 맞을 것으로 생각된다. 배움의 대상이 되는 것은 수신제가(修身齊家)와 평천하(平天下)일 것이다. 이것은 앞에서 비친 바 있는 것이고, 배움의 대상을 다시 말하건대, 그것은 모든 것의 핵심이 되는 것으로서 넓게는 바른 인간관계, 좁게는 바른 교우 관계이다.

그런데 지금까지의 『논어』의 사연을 앞뒤로 맞추어 해석하는 일에 이어지는 것은 아니지만, 여기에 추가하여 흥미로운 것은 "성(省)"의 번역이다. 이 문제를 여기에서 따져 보는 것은 너무 작은 것에서 큰 것에로 비약하는 논리가 되지만, 유교를 이해하는 데에 있어서의 가장 근본적인 지평에 접근하는 것이 된다.

서지문 교수가 끌어온 영어 번역에서 "성(省)"은 examine, '검토하다'가 되어 있고, 그 목적어는 myself, my person이 되어 있다. 서지문 교수의 번역에서 이것은 '반성(反省)'이 되어 있다. 반성(反省)의 어원은 분명하지 않은 것 같은데, 어디에서 시작되었든 적어도 현대에 와서는 이 말은 한중일 여러 나라에서, 서양어의 reflection, reflexion에 대응하는 말로 쓰이게 된 것으로 보인다. 이것은 서양 철학, 특히 관념주의 철학에서 중요한 개념으로서 거의 철학 자체의 존재를 가능하게 하는 사유의 기능을 지칭한다. 간단하게 해석하면, 그것은 자기가 자기를 돌아보는 행위이다.(앞에서 본 서지문 교수의 번역에서도 반성의 대상은 '스스로'이다.) 그런데 이 돌아봄은 자기를 의식하는 행위일 뿐만 아니라 자아의 행위 ── 지각하고 개념화하고 그것을 다시 생각하는 행위를 포함한다. 반성이 비판적 사고에 밀접한 관계를 갖는 것은 이러한 반성에서 그 대상 되는 여러 객체, 개념 가치 기준이 검토될 수 있기 때문이다. 이때 비판적 반성의 기준은 무엇인가? 그것은 반성하는 자아 또는 주체에 작용하는 이성의 원리라고 할 수도 있고, 그것도 반성의 대상이 될 수 있기 때문에 무한히 계속될 수 있는 반성 행위 그 자체라고 할 수도 있다. 그런데 이에 대하여 "오일삼성오신(吾日三省吾身)" 할 때의 "성(省)"은 자아와 자아의 무한한 교차를 말하는 것이 아니라 반성하는 자아와 반성되는 자아 그리고 제삼의 기준의 상호 관계를 말한다. 자아가 자아를 되돌아보되, 되돌아보아지는 자아가 이 기준 ── 충(忠)과 신(信)과 학(學) 또는 효제충신(孝悌忠信)의 기준에 맞아 들어가는가를 검토하는 것이다. 말하자면 이 반성은 "네 잘못을 반성하라"고 하면서 학교에서 교칙을 위반한 학생에게 벌을 주는 경우에 비슷한 뜻을 가지고 있다고 할 수 있다.

이렇게 말하는 것은 공자의 가르침에서 반성은 도덕적, 윤리적 반성 ── 정해져 있는 도덕 윤리의 규범에 따른 반성으로서 서양의 관념 철학에서의 인식론적 반성 ── 열려 있는 반성을 의미하지 않는다는 것을 상기해 보자는 것이다.(서구 전통에서의 반성은 소크라테스의 "너 자신을 알라."라는 말에 이미 함축되어 있다고 할 수 있다. 소크라테스의 이 말에는 어떤 가치 기준에 따라서 자신의 잘잘못을 가리라는 의미가 들어 있다고 할 수 없다.) 사실상 이러한 차이는 오늘의 세계를 이해하려는 노력에서도 중요한 의의를 갖는다. 동아시아의 전통, 특히 유교적 전통이 모든 지적 탐구의 기반을 윤리 문제에 두는 데 대하여, 서구의 전통은 세계에 대하여 더 근본적으로 물어보는 이성적 탐구를 중시하고 궁극적으로는 존재론적 착반을 그 기반으로 한다고 일반화할 수 있다. 유교적 전통의 윤리 강조는 그 나름의 장점이면서 동시에 현대의 관점에서 인간적 가능성의 유연함을 충분히 포용하지 못하는 약점을 가지지 않았나 하는 생각을 하게 한다.

3

앞에서 적은 것은 서지문 교수의 『논어』 읽기의 첫 머리의 극히 작은 부분을 두고 이런저런 생각을 펼쳐 본 것이다. 그것은 서 교수의 번역과 영어 번역 그리고 그에 대한 서 교수의 논평들이 무엇을 할 수 있는가를 시험해 보는 의미를 가질 것이다. 말할 것도 없이 번역과 이해와 해석의 작업은 여기에 생각해 본 문제를 넘어서 계속되어야 마땅하다. 여기에서 시험해 본 해석의 해석은 이 책에 들어 있는 여러 가능성의 극히 작은 부분을 생각해 본 것이고, 또 말할 것도 없이 서지문 교수의 해석과 견해에 반드시 일치하는 것도 아니다. 그렇다 하여도 그것은 서지문 교수의 노작에 의하여 자극된 것이다.

그 비교 분석적 접근은 단편적으로 보이는 많은 것을, 반드시 엄격한 논리에 따라가는 것은 아니라고 할지라도 하나의 일관된 생각의 지평으로 구성하는 데에 도움을 준다. 이 지평은 『논어』에 들어 있는 의견들을 서로 관련시켜 보게 하고, 그러한 관련을 통하여 공자와 그의 가르침이 그려 내는 세계의 형상을 짐작해 보게 한다. 물론 이것은 더 크게는 그의 시대의 전체의 윤곽을 그리게 될 다른 역사적 사실에 의하여 실감이 나는 것이 될 것이다. 그리고 이것은 물론 우리 자신 — 개인적인 것도 무관하지는 않겠지만 그래도 대체적으로는 보다 보편화할 수 있는 오늘의 시대의 주체의 입장에 대비하여서 분명하게 드러나는 것이다.

이 입장은 앞에서 말한 바와 같이 오늘의 인식 체계의 지배하에 있다. 그것을 분명한 주제로서 의식화하는 것은 오늘의 시대를 규명하는 노력이 되겠지만, 그것은 역으로 전 시대의 인식 체제 — 에피스테메와의 비판적 대비를 통해서만 짐작이 될 수 있는 것일 것이다. 이러한 작업에 있어서, 서지문 교수가 보여 준 바와 같은 한한영(漢韓英) 번역과 그 비교, 그리고

서 교수의 해석은 우리의 반성에 좋은 시발점이 될 수 있을 것이다. 서지문 교수의 『논어』 읽기가 암시하는 이해의 프로블레마틱을 여기에 간단히 시험해 봄으로써, 이 책의 재출간에 대한 축사를 대신한다.

(2012년)

문학 연구와 문화적 인식 지평
일차원적 사고와 윤리 규범

1. 서언: 문화와 새장과 보편성

1. 문학과 문화의 보다 넓은 문제

비교 문학을 연구하거나 또는 거기에 관련을 가지고 있는 사람들은 자신의 연구 과제가 무엇이든지 간에, 그 연구의 목적이 무엇인가에 대하여 묻지 않을 수 없다. 물론 이것은 어느 학문의 경우에나 마찬가지이지만, 비교 문학은 이미 정해져 있는 분야를 넘어가는 학문 연구이어서 무엇 때문에 그것을 하는가를 특히 묻지 않을 수 없게 된다고 할 수 있다. 간단히 말하여 그것은 학문 연구에서 보다 보편적인 관점에 이르는 것을 목적으로 한다. 일단 비교 문학을 연구하는 것은 여러 언어와 문화 그리고 그것에 기초한 문학의 상관관계를 연구하는 것을 말한다. 그러나 비교 연구는 저절로, 여러 문학을 하나로 합치고 그것을 종합하는 것이 무엇인가, 도대체 문학이라는 무엇인가 하는 문제에 다다르게 된다. 동시에 문학의 발생과 전개가 바탕으로 하는 문화와 사회를 문제 삼지 않을 수 없기 때문에 문화나 사회 ─사회적인 특이성 속에서 형성되는 문화가 무엇을 의미하는가를 다시 문제 삼게 된다. 무엇이 어떤 문화에 그리고 거기에 기초하고 그것을 형성하는 문학 그리고 물론 이와 더불어 철학이나 역사에 대한 생각에 일정한 성격을 부여하는가를 물어볼 수 있다. 다시 거꾸로 문학이나 문화는 일정한 특정을 가진 사회의 형성에 어떤 영향을 미치게 되는가를 물어보게 된다.

2. 문화의 새장/새장 넘기

대체로 학문적 연구라는 것은 세부적인 사실에 충실하고자 하는 것이 보통이기 때문에 거창한 접근을 기피하는 경향이 있다. 이러한 조심이 잘못된 것이라고 할 수는 없다. 또 그것을 넘어가는 문제 영역이 있고 궁극적으로 무의식적, 형성적 틀이 있다고 하여도, 어떤 전통에 속하든지 간에 문학이나 문화가 인간의 창조적 능력 그리고 환경과의 신진 대사에서 생겨나는 것이라면, 간단한 의미에서의 비교 연구가 밝히는 것도 적지 않고, 그것이 보편적 이해의 진전에 그 나름의 기여가 있을 수 있음은 물론이다. 그러나 이미 시사한 바 있듯이 보다 넓은 문제를 생각하게 되는 것도 불가피한 일이다.

사회학에서 쓰는 말에 "강철의 새장(stahlhartes Gehäuse, iron cage)"이라는 말, '문화의 새장'이라는 말이 있다. 베버가 처음 말한 새장은 일정한 이념적 제도에 존재하는, 특히 합리성의 원리로부터 저절로 형성되는 한계, 거기에서 유래하는 관료 제도의 경직된 사고, 행동 양식의 한계를 말한 것이지만, 문화는 보다 근본적으로 그 나름으로 사고의 자유로운 폭을 제한하는 역할을 한다. 하나의 문화는 ─특히 고급 문화는 정신을 탁마하는 것으로 생각된다. 그리하여 그것은 사람의 마음을 보편적인 지평으로 열어놓는 것이 된다. 그러나 역설은 그것이 사람의 마음을 일정한 틀에 잡히게도 한다는 것이다. 또 하나의 역설은 그것이 바로 문화 훈련에 내재하고 있는 보편 지향으로 인한 것이라는 사실이다. 보편적이 된다는 것은 바로 스스로의 사고를 세계에 일치시킨다는 것을 말한다. 그것을 위하여 노력하는 정신은 저절로 거기에서 생성되는 개념들이 곧 보편성을 갖는 것으로 생각하는 것이다. 보편적으로 사고한다는 것 자체가 무의식 속에 빠져 들어가는 것이 된다고 할 수도 있다. 보편적인 그것은 한계가 없는 것이고, 한계가 없는 것은 의식이 되지 않기 때문이다.

이러한 자기 보편의 무의식으로부터 빠져나오는 데에 중요한 계기가 되는 것이 다른 문화와의 비교 대조, 또는 현실 세계에서 흔히 일어나듯이 이문화(異文化)의 충격이다. 하나의 보편성은 바로 비보편의 담을 쌓는 것처럼 말하였지만 문화 ── 진정한 의미에서의 문화는, 앞에 말한 바와 같이 그것을 넘어갈 수 있게 하는 예비 훈련을 담고 있다. 그것은 이미 보편성에의 지향을 내재화하고 있기 때문이다. 이문화와의 변증법적 관계는 자기의 선 자리를 보다 분명하게 의식하게 하고, 그것을 보다 넓은 지평으로 나아갈 수 있게 한다.

3. 보편성의 현실적 문제

여러 문화와의 관계에서 문화와 문학을 이해하는 것은 지적인 의미를 넘어 현실적인 함축을 갖는다. 또는 그것이 이러한 비교 종합의 지적 노력 속에 들어 있는 더 강한 동기라고 할 수 있다. 이제 오래전 일이 되었지만, 새뮤얼 헌팅턴이 유명하게 한 "문명의 충돌"이라는 말은 오늘날 세계 현실을 지칭하는 중요한 말이라고 하지 않을 수 없다. 그러니만큼 문명 간의 이해는 오늘의 인류에게 절실한 과제가 되어 있다고 할 수 있다. 다행이라면 다행이라 할 수 있는 일로서 우리 사회에서는 아직은 그것이 가져오는 생활상의 위험을 경험하고 있지는 않지만, 편협한 관점의 원리주의적 사고가 오늘의 세계에서 갖는 부정적 의의는 매일매일의 뉴스에서 보는 바와 같다.

그러나 이것은 대체로 국제적인 차원에서 일어나는 테러리즘으로 나타나지만, 국내적으로도 원리주의까지는 아니라도 독단론적 신념의 폐해는 극단화되기 쉬운 정치적 투쟁 — 또는 적어도 정치적 수사에서 오늘날 흔히 볼 수 있는 것이다. 우리의 사고가 갇혀 있는 쇠창살의 집에서 벗어나는 작업은 보다 평화로운 인간관계, 사회관계와 보편 윤리의 장으로 나아가는 데에 있어서 현실적인 의미를 갖는다. 이것은 다시 말하여, 오늘날과 같이 국제 관계가 밀접해지고 있는 세계에서, 그리고 또 국내적으로도 전통적 사고가 붕괴되고 개인의 자의적인 사고와 행동이 혼란스러워진 상황에서 절실하게 요구되는 것이라고 할 수 있다.

4. 사고의 큰 테두리/에피스테메의 지평

그런데 이론적 목적 또는 현실적 목적 어느 쪽을 위해서든지 간에 비교와 종합을 통하여 보편적 지평에 이르려고 할 때, 주목에 값하는 하나의 근본 문제를 지적하지 않을 수 없다. 그것은 문화 현상을 결정하는 생각의 근본적 유형이 있고, 이것이 여러 문제에 대한 발상 자체를 규정할 수 있다는 사실이다. 문학이나 문화의 근본에 생각하기도 힘든, 또는 보이지 않는 유형화의 틀이 있을 수 있다는 것이다. 이것은 통상적 개념이나 사고의 유형을 넘어가는 사고의 지향이기 때문에 쉽게 포착되지 아니한다. 미셸 푸코가 서양의 근대성을 규명하려고 하면서, 근대성에 관계된 모든 발상을 규정하는, 그러면서 거의 의식되지 아니하는 인식론적 테두리가 있다고 하고, 이것을 지칭하여 '에피스테메의 틀'이라고 하였을 때에, 에피스테메는 그러한 문화 현상의 형성적 원인을 말한 것이다. 이렇게 볼 때 한 시대의 모든 사상적 발상에는 거기에 일정한 성격을 부여하는 요인이 있고, 이것을 밝히는 지적 시도가 필요하다는 말이다. 이것을 밝히는 것은 우리의 마음을 넓히면서 제한하는 문화의 근본을 이해하는 일이 될 것이다.

큰 틀을 생각하는 것은 말할 것도 없이 우선 지적인 의미를 가진 것이다. 근간을 빼고 지엽을 비교하는 것은 비교의 대상을 잘못 선정한 것일 수 있다. 비교 대상이 되는 것은 전체의 구도에서 비슷한 기능을 가진 것이라야 할 터인데, 전체적 구도에 대한 참조 없이 어떻게 비교를 위한 적절한 선택이 가능할 것인가? 또 어떤 경우는 전체가 전혀 다르기 때문에, 비교 자체가 별 의미를 가질 수 없을 것이다. 그리하여 보편적 통합의 노력은 허사가 될 수가 있다. 그런데 근본적 에피스테메를 궁리해 보는 것은 이미 시사한 바와 같이 현실적인 의미를 갖는다. 우리의 생각을 참으로 넓게 하고 또 현실적 보편 윤리를 발전시키는 데에 이것은 빼놓을 수 없는 일이라 할 수도 있다.

5. 동아시아적 윤리의 기준/그 원형

집단적으로나 개인적으로나 어떤 차이가 있고 갈등이 있을 때, 그것의 조정은 여러 동기에서 나오고, 또 여러 가지 원리에 근거하여 이루어질 수 있다. 이 문제를 우리는 잠깐 우리의 일상적 상황에 기초하여 생각해 볼 수 있다. 정치나 사회, 또 다른 사안에 대하여 어느 때보다 많고 다양한 의견을 듣게 되는 것이 오늘의 시점에서의 우리 사회의 한 특징이다. 우리는 이것을 시시각각으로 신문의 칼럼이나 학문적 논문 또는 일상적 사회에서 느끼게 된다. 물론 이것은 우리 사회가 민주화되었다는 사실을 증거하는 것이라고 할 수 있다. 그것은 정치로 인한 것이기도 하고, 또 우리 사회가 역사상 가장 커다란 변화를 겪고 있는 것이 오늘날이라는 사실에 비추어 불가피한 것이라고 할 수도 있다. 또 이것은 엄청난 정보 매체들의 발달에도 관계되는 일이다. 그러나 이것이 우리의 심성의 평온을 크게 해치고 사회적 유대를 어렵게 하는 것임은 틀림이 없다. 그러면 무수히 쏟아져 나오는 의견과 의사를 어떻게 정리할 것인가, 또는 그보다 더하여 폭력적 대결은 어떻게 해소될 수 있는가?

이해와 이해의 타협, 그리고 힘의 균형은 일정한 질서를 만들어 내는 한 방법이다. 그러나 서로 착종하는 의견과 대립을 조정하는 오늘의 방법은 물론 민주적 절차이다. 여기에서 힘을 대신하는 것은 숫자의 대결이다. 즉 다수결이 공적인 결정의 기제가 된다. 그러나 민주적 절차의 또 하나의 의의는 합리적 토의를 통해서 무엇이 옳은 것인가를 밝혀낸다는 것이다. 그렇게 하여도 의견의 통일이나 타협이 불가능한 경우 대결과 투쟁이 자신의 의견을 관철하는 방법이 될 것이다. 물론 사안의 성격에 관계없이 자기주장을 위하여 투쟁을 벌이는 사람들도 있다. 그 경우 중요한 것은 자아를 내세우는 힘의 투쟁이고, 상호 간의 화해는 별 의미가 없는 것이 된다. 합리적 토의가 중요하다면, 거기에서 중요한 것은 힘이나 수가 아니라 객관성이다. 객관성은 보편타당한 진리가 있을 수 있다는 것을 전제한다. 이 객관적 타당성은 몇 가지로 나누어 생각된다. 하나는 사실적 진리이고, 다른 하나는 그것에 입각한 논리적 추론이다.

그러나 대결을 극복하는 데 작용하는 또 하나의 원리는 도덕적, 또 윤리적 원리이다. 그것은 표면에서 움직이는 것일 수도, 숨은 것일 수도 있다. 엄격하게 따져 볼 때 모든 합의에 대한 요구는 윤리적인 요구이다. 합의는 공존의 원리에서 나온다. 물론 힘의 관계에서 이길 수 있는 가능성이 없다는 것을 인정하는 것이 합의의 근거가 된다고도 할 수 있지만, 그 경우에도 공존의 인정은 생명의 지속에 대한 인정이 포함된다고 할 수 있다. 그것은 다시 말하여 인간의 생존 — 모든 인간의 생존의 소망을 인정하는 것이다. 이것은 다시 그에 대한 권리를 인정하는 것이 되고, 또 그것은 그 정당성의 인정이 되고, 이 정당성에 자발적으로 동의하고 그것을 스스로의 의무로 받아들일 때 그것은 윤리적 명령이 된다. 그리고 이 윤리는 단순한 존명($存$ $命$)이 아니라 인간 존재의 본질로서의 윤리의 확인으로 나아갈 수 있다. 그렇다는 것은 결국 생명 현상은 모든 사물을 포함하는 우주적인 과정 ── 하나의 거대한 질서로 인정될 수 있는 우주적인 과정의 일부이고, 다시 그것이 생명의 존재 양식, 인간의 존재 양식을 결정한다고 할 수 있기 때문이다. 이러한 테두리 안에서 파악되는 윤리적 명령은 참으로 자유로우면서 필연적이고, 또 보다 높은 이상으로 승화되는 삶의 가능성을 전망하는 것이 된다.

윤리의 존재 방식은 매우 착잡하다. 그것이 사람에 따라서, 또 사회 전통에 따라서 다르게 이해되는 것은 불가피하다. 이것은 사실적 진리나 논리적 진리의 경우에도 해당되는 것이지만, 윤리의 경우에 특히 그렇다고 하여야 할 것이다. 윤리가 인간관계를 말하고 서양 말에서 윤리의 어원이 되는 에토스(ethos)가 관습을 말하는 것도 이러한 관련을 이야기하는 것이다. 윤리의 기준은 어디에서 오는가? 동아시아 전통에서 그것은 천지의 이치로부터 온다고 생각된다. 그렇다면 천지의 이치 또는 자연계의 보편적 이치를 어떻게 아는가? 이러한 주장에서 천지의 이치를 아는 것은 경험의 종합을 통해서, 또 그것을 정형화한 전통을 통해서 안다는 것이다. 그러나 그것이 윤리적 의무로 옮겨 가는 것은 그 질서를 사람의 심성으로부터 직관할 수 있다고 생각하기 때문이다. 사회 질서와 관점에서 중요한 것은 자연스러운 혈연관계와 혈연에서 일반화된 상하 관계, 특히 정치의 위계질서의 규칙이다. 그리고 이것은 다시 집단 전체에 대한 충성심이 된다. 오늘날에 있어서 특히 관습에 대신하는 것은 집단에 대한 충성심이다.

여기에서 우리가 주목하고자 하는 것은 윤리적 질서가 동양의 전통적 사고의 가장 근본적인 유형을 이룬다는 점이다. 그것은 말할 것도 없이 인간 존재에 대한 깊은 이해와 필요에서 나온 사고방식이라고 할 수 있다. 인간의 보편적 공존 이상이 없는 윤리적 과제는 생각하기 어렵다. 그러나 또 생각하지 않을 수 없는 것은 윤리적 사고에 부수되는 한계이다. 이미 비친 바와 같이 보편성은 많은 경우 보편성의 주장일 뿐이다. 이것은 역사적으로 구축된 동아시아적 윤리 이상에도 해당된다고 할 수 있다. 여러 면에서 그것은 그 나름으로 참다운 보편성으로 나아가는 데에 장해가 되는 면을 가지고 있다. 물론 다시 말하여 윤리적 주장은 보편성의 지평에 입각한다. 그러면서도 그것이 바로 우리 자신을 이해하고 다른 문화를 이해하는 데에 있어서 원형적 에피스테메는 문제가 된다. 문제는 그것이, 우주론적 주장에도 불구하고 윤리를 지나치게 강조하는 데에서 온다. 윤리는 언제나 당위적 강조의 성격을 띤다. 그리하여 그것은 문제화되지 아니한다. 그리고 그 우주론적 배경도 문제화되지 않는다. 뿐만 아니라 그것은 되풀이되는 만트라(mantra)가 된다.

이에 대하여 극히 단순화한 생각이기는 하지만, 서양의 원형을 맞세워 본다면 그 근본이 윤리보다는 진리가 아닌가 하고 생각해 볼 수 있다. 단순하게 말하여 이견의 조정에 있어서 기준이 되는 것은 사실과 사실의 논리적 연관이다. 사실의 세계는 윤리의 과제에 비하여 적어도 일단은 보다 열려 있는 세계라고 할 수 있다. 물론 열려 있다는 것은 혼란을 의미하는 것일 수 있다. 그리고 이 혼란이 윤리를 넘어가는 것이 될 수 있고, 간단한 관점에서는 비인간적인 세계, 더 심하게 말하여 악마의 세계에 문을 여는 것이 될 수 있다. 그러면서도 그것은 더 높은 보편성의 지평 그리고 보다 포용적인 종합의 가능성을 여는 것이 된다. 적어도 그것은 계속적인 탐구의 대상이 될 수 있다. 그렇다는 것은 사실과 진리의 관점에서 파악되는 세계는 정형적 이념들로 설명되는 것을 넘어서 사실적으로 탐구될 수 있는 대상이 되기 때문이다. 그리고 윤리의 집단적 압력이 약화됨으로써 이 탐구는 여러 개인들에게 열릴 수 있다. 윤리의 문제도 이러한 진리의 영역에 연결되어 보다 넓은 탐구에 열릴 수 있다. 그리하여 그것은 보다 넓어지는 보편성의 지평을 생각할 수 있게 한다. 이러한 점에서 우리가 문화 현상을 비교하고 보다 넓은 지평으로 나아고자 할 때 — 또 그것은 이미 말한 바와 같이 절실한 현실적 과제일 수도 있는데 — 우리의 사고의 패턴을 포함하여 많은 사항을 결정하는 근본적 에피스테메의 하나로서 이 윤리와 진리의 대조와 대립을 생각해 보는 것은 무익한 일이 아니다. 물론 여기에서는 그것을 본격적으로 논하자는 것이 아니라 문제가 있음을 지적하자는 것일 뿐이다. 여기에서 언급하고자 하는 것은 동아시아적 사고를 규정하고 있는 원형의 하나로서의 윤리의 원형이다. 이것은 진리의 사고에서의 이차원에 대조하여, 일차원적인 체계를 이루는 것으로 보인다. 그리하여 그것은 주어진 차원을 넘어갈 수 있는 통로를 불분명하게 한다. 그리하여 보편적 지평은 절로 제한적인 것이 된다.

사실과 진리라는 것은 주로 실증 과학의 세계에서 중요한 검증의 대상이 된다. 그러나 이것이 두드러진 지적 관심의 대상이 되는 것은 단순히 실증주의 또는 사실주의로만은 설명될 수 없다. 지적인 고고학의 관점에서 볼 때 그 근원은 거의 문명의 첫 출발 또는 오늘의 시점에서 아직도 의미가 있는 문명의 첫 출발에서 찾아지는 것으로 말할 수 있다. 그리고 이 시작에 있어서 중요한 것은 사실 자체보다도 사실을 정형화하는 개념들이고, 이 개념들이 초월적인 것으로 생각되었다는 점이다. 여기에서 초월이라는 것은 그야말로 완전한 초월이어서 현세적인 관점에서 간단히 포착될 수 있는 것이 아니다. 그러면서 동시에 그 세계는 명증한 이념의 세계로 생각된다. 다만 그것은 현세의 관점에서는 사건적으로 또는 계시적으로 나타나면서 정형화되지는 않는다. 다른 한편으로 이 초월적인 이념들은 사실의 세계와의 변증법적 교환 관계에 있는 것으로 생각된다. 그것들은 사실에 의하여 검증된다. 중요한 것은 변증법적 관계이다. 초월은 현세를 넘어가는 세계에 대한 동경을 낳고 현세 탈출을 추구하는 동기가 되지만, 현세의 관점에서 중요한 것은 그것이 정형화된 이념 그리고 주어진 세계를 넘어 가는 탐구의 가능성을 열어 놓는다는 것이다. 이에 대하여 윤리적 명령은 초월적이든 아니든 절대적 성격을 가지고 새로운 질문을 쉽게 허용하지 않는다는 데에 있다. 이러한 문제를 검토하는 데에 있어서, 오늘의 문명의 기원에 관한 야스퍼스의 가설은 도움을 줄 수 있는 것으로 생각된다.

2. 초월적 도약: 일차원에서 이차원으로

1. 주축 문명의 시대

카를 야스퍼스는 인간 문명에 세 단계가 있다고 생각하고, 두 번째 문명의 단계에 해당하는 오늘의 문명은 기원전 800년으로부터 200년 사이에 있었던 큰 문명의 전기로부터 시작되었다고 말한다. 그가 역사의 "주축 시대(Achsenzeit)"라고 부르는[1] 이 시기는 서구, 유대, 중동, 인도 그리고 중국 내지 아시아 문명에 큰 전환이 있었던 때로서, 중국에 공자, 노자, 장자, 인도에 부처, 우파니샤드의 철인들, 팔레스타인에 예언자, 이란에 차라투스트라, 그리스에 파르메니데스로부터 소크라테스, 플라톤에 이르는 철학자들이 살았던 시기이다. 야스퍼스가 말하는바 무엇이 새로운 주축을 이루게 되었는가를 간단히 논할 수는 없지만, 한 가지 핵심적 사실은 이 시기에 인간의 사고 방법에서 "초월적 도약"이 일어났다는 것이다.(야스퍼스가 초월과 도약을 반드시 하나로 엮어서 말하였는지는 분명치 않다. 그러나 그가 도약을 이야기하고 그것이 초월적 성격을 가졌다고 말한 것은 틀림이 없다.) 이 역사의 도약은

---

[1]   Cf. Karl Jaspers, *Vom Ursprung und Ziel der Geschichte*(München: R. Piper & Co. Verlag, 1949).

간단히 말하여, 인간이 세속을 넘어가는 초월적인 세계 그리고 거기에 관련된 절대적인 이념의 존재를 발견하게 된 사실을 가리킨다.

『역사의 근원과 목적(Vom Ursprung und Ziel der Geschichte)』(1949) 첫 부분에서 설명하는 바에 따르면,[2] 이 주축 시대에 인간은 고대의 고급 문명을 벗어나면서 스스로를 본격적인 사고의 세계로 열었다. 사람들은 존재 전체를, 또 세계에서의 자신의 존재를 문제로 삼게 된다. 의식이 의식을 되돌아보는 반성(Reflexion)이 등장하여 생각의 주체를 확인하고 그로부터 출발하여 여러 근본적 범주를 생각함으로써, 의식의 보편성에의 진입이 이루어진다. 자신의 존재와 그 한계를 끝까지 밀고 나가 세계를 생각한다는 것은 인간 능력을 확인하는 일이고, 대상적 세계에 대하여 자신의 힘을 확인하는 일이지만, 동시에 세계에 대한 두려움과 인간의 무력감을 깨닫는 일이기도 하다. 그것은 인간 존재의 "무조건성"을, "자기 존재의 깊이", 그리고 "초월의 명증성" 가운데 알게 되는 일이기 때문이다.

야스퍼스의 초월이란, 그의 다른 저서들에서 보충하여 설명하건대, 궁극적으로 신 또는 신적인 세계를 말하는 것이지만, 대상 인식 자체에 따르게 마련인 열린 지평을 말한다. 대상을 분명히 인식하는 것은 대상을 넘어서 그것을 보다 넓은 포괄성 속에서 인식하는 것이고, 이러한 인식에 개입되는 것이 초월성이다. 그로 인하여 사물의 보다 분명한 인식이 가능해지는 것이다. 그리하여 이 초월성이 명증성을 부여한다고 말할 수 있는 것이다. 그러나 이 초월성은 쉽게 대상적으로 인식되는 것이 아니기 때문에 다시 한 번 인간의 인식 능력을 넘어가는 별개의 세계를 지칭하게 된다.

새로 생겨난 두 개의 차원에서의 사고의 모험은 여러 가지 문제를 가져온다. 그것은 인간의 의식을 생존 또는 실존의 변두리까지 밀고 가는 것이

---

2 Ibid., pp. 19~25.

기 때문에 그것을 넓게 하는 것이기도 하지만, 조금 전에 말한 것처럼 두려움과 무력감을 불러일으키기도 하고, 신화적인 확신의 피난처를 상실하고 그 평화에서 이탈하여 갈등과 모순의 세계를 대면하는 것이 되기도 한다. 여기에서 주목할 하나의 특징은 그것이 독립된 개체의 의식에서 일어난다는 것이다. 그리하여 인간은 사막과 숲과 산으로 고독한 길을 가는 은자가 되어 "고독의 창조적 힘"을 발견한다. 그러나 그것이 반드시 개인적 행복만을 목표로 하는 것은 아니다. 그것은 다시 한 번 마음의 평정(ataraxia), 열반, 영적인 것과의 일체성, 신비의 일체성(unio mystica)의 체험을 찾는 일이다. 다른 한편으로 이러한 추구는 보편적 인간적 가능성을 여는 일이기 때문에 학문적 인간으로, 현인(賢人)으로 또는 예언자로서 세상으로 다시 돌아오는 것으로 끝을 맺는다. 이것은 정치적 의의를 갖는다. 주축 시대는 여러 작은 나라들과 도시가 끊임없는 갈등 속에 들어간 시대, "만인이 만인에 대하여" 서로 싸움을 벌이는 시대였다. 사고의 모험에 들어간 인간은 그것을 당연한 자연의 질서로 받아들이는 것이 아니라 좋게도 나쁘게도 진행될 수 있는 세계적 과정으로, 즉 역사로서 파악한다. 그리고 여기에서 당연히 사람들의 보다 나은 평화 공존과 지배와 통치의 문제 — 개혁 사상이 발생하게 된다. 그것은 현실 개조의 이론이 되고, 또 그것을 비판적으로 검토하는 준거가 된다.

주축 시대의 특징은 다시 말하건대, 인간이 스스로의 주변을 감싸고 있는 전체, 야스퍼스가 다른 데에서 말한 것으로, '포괄적인 것(das Um-greifende)'을 의식하고 그 안에서 자기와 자기의 세계를 새삼스럽게 의식하게 되는 시기인데, 이 포괄적인 것은 다시 한 번 현실과는 다른 초월적인 차원을 상정하게 한다. 이것은 가장 쉽게는 종교에서 말하는 피안의 세계를 말하는 것으로 이해할 수 있다. 그러나 초월이 동서양의 문명에 널리 적용되는 것이라면, 그것은 반드시 좁은 의미에서의 특정 종교의 피안의 세계에 관계되는 것이 아니라고 하여야 할 것이다. 그 핵심은 종교적인 함축을 가지면서도 이성에 있다. 초월적 도약은 "합리성과 합리적으로 해석된 경험의 신화에 대한 싸움(로고스(logos)와 신화(mythos)의 싸움)" 그리고 더 나아가 "귀신(die Dämonen)에 대한 단일 신의 초월성의 싸움" 그리고 "종교의 윤리적 승화로 인한, 거짓된 신의 모습들에 대한 싸움"으로 비롯된다. 또 달리 설명하여, 야스퍼스는 "훗날 이성(Vernunft)이라고 말하고 인격(Persönlichkeit)이라고 말한 것이 드러나게 된 것"이 주축 시대를 특징짓는다고 말한다. 이것은 보다 보편적으로 초월의 의의를 정의하는 것이다. 그러니까 이 시대에 인류는 세계와 인간 그리고 존재를 전체로서 마주 보고, 그것에 대하여 생각하는 방법을 알게 된 것인데, 그렇게 생각하기 위해서는 (칸트적인 의미에서) 구체적인 사물의 선험적인 구성의 원리로서의 초월적 원리를 짐작할 수 있어야 한다. 이것은 분명하게 생각된 것이라기보다는 일반적으로 짐작되고 상정된 것이다. 이것은 대체로 현실을 넘어가는 초월적인 존재로서의 신 또는 영적인 존재를 상정하는 데로 이어진다. 그러나 중요한 것은 이러한 초월적 이념의 세계가 사람으로 하여금 현실을 새로운 눈으로 보게 하고, 그것을 개혁의 대상으로 또는 비판의 대상으로 볼 수 있게 한다는 것이다.

여기에서 성립하는 보편적이고 비판적인 사고의 능력은 주축 시대 이후에 지속되면서도 부침을 겪게 된다. 그리고 또 어떤 시점, 어떤 전통에 있어서는 이것이 거의 사라지기도 한다. 여기에서 문제 삼고자 하는 것은 동아시아와 한국에 있어서의 이러한 사고의 전통의 부침 또는 그 변형이다. 그것은 우리의 사고 — 일상적인 사고, 문화적인 사고 또 정치적인 사고의 근본에 영향을 끼친다.

3. 초월적 도약과 동아시아적 사고: 프랑수아 쥘리앵의 해석을 중심으로

1. 동아시아적 사고/이차원의 모호성

유교와 도교의 대두는 중국 문명에 있어서 — 또 동아시아에 있어서 그러한 정신 세계에로의 도약 또는 열림을 대표하는 것이었다. 그러나 중국의 경우에 이 도약은 서양의 전통에서처럼 간단히 설명되지 않는다. 신과 그 초월적 세계에 대한 전제가 분명치 않을 뿐만 아니라, 지적 능력의 해방 자체가 독자적인 합리성의 원리 또는 이성적 원리에 이어진다고 하기 어렵기 때문이다. 그리하여 일반적으로 말하여 중국의 전통 또는 동아시아의 전통에서 참으로 이러한 초월적 이념의 세계가 확인될 수 있느냐에 대하여 의문이 제기된다. 이스라엘의 사회학자 아이젠슈타트(S. N. Eisenstadt)는 야스퍼스가 내세운 주축 문명의 테제를 역사적으로, 또 사회학적으로 검토하는 데에 관심을 가지고 거기에 해당하는 여러 문명들을 주제로 한 심포지엄을 개최한 바 있다.(1983년 바트홈부르크) 그리고 그것을 책으로 편집하여 출간하였다. 여기에 실린 중국 문명의 성격에 관한 논문에는 오스트레일리아의 중국학자 마크 엘빈(Mark Elvin)의 글이 실려 있다. 글의 제목이 「중국에 초월적 도약이 있었던가?(Was There a Transcendental Breakthrough in China?)」[3]였는데, 이 질문에 대한 그의 답변은, 중국에 "천(天)"이나 "제(帝)"와 같은 개념이 없었던 것은 아니나 중국적 사고의 특징은 현실을 비추어 보는 절대적인 개념의 잣대가 있었다고 하더라도 그것을 대체로 초월적 차원에 존재하는 것이라기보다는 현실 세계에 내재하는 것으로 파악하였다는 것이다. 다시 말하여, 진리와 행동의 기준이 초월적

---

3   Cf. S. N. Eisenstadt, *The Origins and Diversity of Axial Age Civilizations*(State University of New York Press, 1986).

계시나 이데아 또는 이성의 절대성에 있는 것이 아니라 이 세상에서 확인되는 것이라는 것을 받아들인 것이다. 생각하는 데에 있어서 또는 삶을 영위해 가는 데에 있어서, 그러한 기준이 존재하는지 않는지는 확실하지 않다고 하겠지만(또 현대적인 관점에서는 사실 그것을 전제하지 않는 것이 보다 객관적인 것으로 생각되지만), 그것을 전제하지 않고서 ─ 다시 말하여 어떤 절대적인 진리 기준의 존재 가능성을 전제하지 않고서, 진리를 말할 수 있는가, 또 진정한 의미에서 윤리와 도덕을 말할 수 있는가 하는 것은 그 전제에 못지않게 매우 심각한 문제가 된다. 그리고 그러한 진리 기준의 부재는 역설적으로 진리 또는 바른 행동의 기준을 오히려 독단적인 것이 되게 한다. 그것은 사람에게 열릴 수 있는 진리와 그것의 너머에 존재하는 초월적인 것과의 변증법적 긴장이 없어지기 때문이다.

2. 프랑수아 쥘리앵/일차원적 사고의 틀

초월적 세계가 없는 세계관이 어떤 것인가? 프랑스의 중국학자 프랑수아 쥘리앵(François Jullien)은 이러한 세계관 속에서 어떤 삶의 방식이 성립할 수 있는가를 지극히 철저하게 규명한 사람이라고 할 수 있다. 물론 그의 해석이 전부를 설명한다고 할 수는 없지만, 그의 해석은 한국에서도 볼 수 있는 어떤 종류의 행동 방식 그리고 그와 병행하는 문화적, 문학적 발상의 방식을 새삼스럽게 느낄 수 있게 한다.

쥘리앵의 중국 사상론들은 중국 사상에 대하여 서구적인 또는 현대적인 비판을 적용하는 비교 문화적 관점에서 쓰인 것이다. 그의 대표적인 저서 하나의 제목은 『우회와 접근, 중국과 그리스에 있어서의 의미 전략(*Le Détour et l'accès: Stratégies du sens en Chine, en Grèce*)』(1995)이라는 것인데, 제목에서 볼 수 있는 바와 같이, 그의 논설의 강점은 이 책에서는 물론 다른 글들에서도, 어디까지나 비교 문명적인 데에 있다. 그의 연구는 중국의 고전을 두루 살펴보는 것인데, 이 연구에서 주축이 되는 것은 초월과 세속이라는 두 개의 다른 차원 또는 이항적 대비와 교차가 없을 때에 어떻게 삶과 세계에 대한 사고가 전개되는가 하는 문제라고 할 수 있다.(이것은 다분히 종교나 다른 정신적 전통이 약화되는 오늘날의 서구에서 초월적 지표가 없이 어떻게 인간과 세계를 생각하고, 그로부터 삶의 지표를 찾아낼 수 있겠는가 하는 서구적 관심에서 나오는 문제 설정이라고 할 수도 있다.)

3. 하나의 세계 과정과 유기적 삶의 원리

깊은 의미에서 사물 자체 그리고 그것을 구성하는 전체로서의 세계를 생각하는 것은 대체로 하나의 원리로써 여러 가지 것을 일관된 질서 속에 파악한다는 것을 말한다. 이것은 사고의 원리 그리고 모든 사물의 원리로써 반성적 주체를 발견하거나 설정할 것을 요구한다. 이 주체는 객체적인 사물들을 초월하는 정신으로 생각할 수 있다. 근대에 있어서 이 정신은 단순히 사유하는 자아(ego cogitans)를 가리킬 수 있지만, 전통적으로 그것은 육체를 넘어가는 다른 세계에 속하는 것으로 생각되었다. 다시 말하여 이 정신은 어떤 초월적인 세계에 속하고, 거기에서 나오는 특별한 존재이다. 그러나 이렇게 말하는 것은 서양적 사고를 빌려오는 것이다. 쥘리앵은 동양에서의 정신의 발견이 없는 것은 아니면서도, 서양의 경우와는 달리 그것이 육체와 영혼의 이항대립에서 유도되어 나오는 것이 아니라고 말한다. 그것은 개인의 삶을 위하여 그리고 인간의 사회관계의 적절한 균형을 위해서 필요한 원리인데, 인간의 생리적, 사회적 삶에 내재한다. 즉 정신은 육체를 통괄하면서 그 안에서 작용하는 원리──그의 표현으로는 "구성적 원리(constitutive principle)"이다. 그것은 동시에 단순히 생명의 과정을 넘어서 윤리 도덕의 원리에 일치한다. 그러나 거꾸로 윤리 도덕도 생존의 유기적 질서를 벗어나지는 아니한다. 그러니까 다시 말하여 중국의 사고에도 정신의 원리가 있지만, 그것은 초월적인 근거를 가진 것이 아니고 만물의 진행 과정의 일체성을 표현하는 원리이다. 일체성의 원리는 분리되어 두 개가 될 수도 있지만, 그것은 언제나 하나의 일체적인 과정으로 합치되게 마련이다. 이 과정이 도(道)의 과정이다. 도가 중요한 것은 생명의 과정이 중요하기 때문이다. 인간의 관점에서 중요한 것은 생명이다. 이 생명은 이 일체적 과정의 한 부분이다. 이런 의미에서 장자가 말하는 양생(養生)은 모든 사고의 종착점이라고 할 수 있다. 이 관점에서 쥘리앵의 장자를 논한 『양생론: 행복에서 떠나는 삶(Nourrir sa vie: A l'ecart du bonheur null)』(2005)은 그의 중국 사상 해석에 있어서 중요한 지표가 된다.

4. 생존과 윤리

그런데 독자적인 기준이 없이 윤리가 존재할 수 있는가? 윤리가 생명의 과정에 기초하는 것이라면, 어떻게 절대적인 행동의 기준을 마련할 수 있는가? 맹자는 무엇보다도 윤리를 말하는 사상가이다. 쥘리앵의 생각으로는, 맹자의 윤리는 어떤 절대적인 차원, 정신 세계에 기초한 규범을 말하는 것이 아니고, 이성의 보편적 명령으로 증명될 수 있는 이념을 표현하는 것도 아니다. 맹자의 초점은, 장자의 경우나 마찬가지로 유기적 생명체로서의 인간의 온전함을 보전하는 데에 있다. 다만 이 보전에는 더 중요한 것이 있고 덜 중요한 것이 있다. 맹자는 이 차이를 유기체에 비유하여 설명한다. "사람의 몸의 어떤 부분은 더 고귀하고 어떤 다른 부분은 비천하다. 또 더 크고 작은 것이 있다." 고귀하고 큰 것을 존중하는 사람은 큰 사람[大人]이고, 미천하고 작은 것을 존중하는 사람은 작은 사람[小人]이 된다. 도덕과 윤리는 대인의 삶의 원리이다. 이 둘을 갈라놓는 윤리 도덕의 원리에 있어서의 차이는 신체 부위의 차이를 생각할 때에 드러나는 구별에 비슷하다. "손가락을 돌보기 위하여 어깨나 등을 돌보지 않는 사람은 이리가 걸리는 병에 걸린 사람이다." 행동의 차원에서도 구별은 비슷하게 말하여진다. "먹고 마시는 것을 좋아하는 사람을 천박한 사람이라고 하는데, 그것은 작은 것을 돌보고 큰 것을 등한히 하기 때문이다. 먹고 마시는 것을 좋아하면서도 보다 중요한 것을 등한히 하지 않으려 한다면, 어찌 입과 배를 한 치의 살갗에 불과하다고 하겠는가?"(「고자(告子) 장구 상」) 맹자에게 육체와 윤리 의식은 완전히 하나를 이루는 것이어서 "양심의 행위는 [유기체로서의 인간의] 일체성을 강화하는" 데에 핵심이 된다.[4]

5. 생존의 전략

이와 같이 윤리와 도덕, 사람의 사회적 규범의 규범이 유기적 일체성으로서의 삶의 필요에서 나온다는 생각은, 쥘리앵의 해석으로는 중국 사상의 원형이지만, 아마 그의 해석에서 이러한 문제 설정이 중요한 것은, 앞에서 비친 바와 같이 그것이 종교와 초월적 세계를 떠나게 된 서구의 현대에 저절로 해당되는 것이기 때문이기도 하다. 결국 과학이 대표하는 무가치의 물질주의 그리고 금전적 가치를 유일한 가치로 보는 자본주의의 물질주의에 있어서 경험을 넘어가는 다른 세계는 존재하지 않는다. 그런데 바로 중국의 사상이 초월적 가치에 의지하지 않는 몰가치성을 극복할 수 있는 가능성을 제시하는 것으로 보이는 것이다. 그러나 참으로 삶의 일체성에서 도출되는 하나의 원리에 의하여 그러한 물질주의 극복이 가능한 것일까?(1960년대의 서양의 진보적 정치 운동에 영향을 준 헤르베르트 마르쿠제의 한 저서의 제목은 『일차원적 인간(One-Dimensional Man)』(1964)이다. 그는 물질주의적 사고로써 물질주의의 세계를 극복할 수 없다고 답한다.) 맹자의 도덕을 양생의 이념에 일치하는 것이라고 한다면, 그것이 진정으로 물질주의적 세계, 그 이

---

4 François Jullien, *Vital Nourishment: Departing from Happiness*(New York, 2007), pp. 72~74.

해관계를 넘어서는 도덕적 원리가 될 수 있을까? 양생에서 생명을 보존한 다고 할 때 그것은 너무나 쉽게 자기의 이점을 도모하는 일이 되고, 그 동 기를 통하여 윤리와 도덕도 개인적 이익을 보존하기 위한 수단이 된다. 윤 리와 도덕은 비도덕적 계기와 동기에서 분리될 수 없는 것이 되고 만다. 결 국 윤리 도덕보다는 생존이 모든 행동의 기본 지침이 되는 것이다.

6. 세(勢)와 윤리

생존의 전략에서 중요한 것은, 쥘리앵이 여러 곳에서 설명하는 바로는, 세(勢)이다. 사회 정치 조건과 역사의 흐름은 일정한 방향과 힘을 가지고 있다. 이것에 역류하면서 살아남는 것은 불가능하다. 이것은 말할 것도 없 이 군사 작전이나 정치 행동에 있어서 가장 심각하게 고려하여야 할 사항 이다. 세가 불리할 때 자신의 목적을 위하여 현실 행동을 취하는 것은 패배 를 자초하는 일에 불과하다. 거기에서 요체는 세의 변화를 기다리고 세를 조종하는 법술(法術)에 능통하는 것이다. 이것은 도덕의 실천 또 도덕적인 정치 질서를 위한 행동에 있어서도 마찬가지이다. 쥘리앵의 중국 사상 해 석에서 핵심적인 텍스트는 손자(孫子) 그리고 한비자(韓非子)이다. 그들의 전술적 사고는 윤리 사상에도 침투되어 있다. 맹자는 바른 정치 행동에 관 하여 묻는 제자 공손추(公孫丑)에게 답하여, 사회의 전체적인 형세의 중요 함을 설명하면서 시기의 선택이 중요하다는 점을 강조한다. 그리고 그것 을 제(齊)나라의 속담을 인용하여 요약한다. "비록 지혜가 있으나 시세를 잘 타는 것(乘勢)만 못하고, 농구(農具)가 있다고 하더라도 시절을 기다리 는 것만 못하다."(「공손추(公孫丑) 장구 상」)[5] 맹자의 생각에 성인으로서의 공

---

5 François Jullien, *A Treatise on Efficacy: Between Western and Chinese Thinking*(Honolulu, HI, 2004), p. 16. Traité de l'efficacité(1996)의 영역.

자의 장점은 그가 시의(時宜)에 따라 진퇴를 정할 수 있는 인물이었다는 점이다.("孔子聖之時者也", 『맹자(孟子)』, 「만장(萬章) 장구 하」) 선구적인 역사 변증법론자였던 왕부지(王夫之)는 윤리 도덕을 잊지 않으면서도 — 이 윤리 도덕은 어떤 절대적인 이념이라기보다는 적절한 삶의 질서를 보장하는 정치 질서의 원리로 해석될 수 있지만 — 그것을 역사적 형세의 변화에 연결하여 생각하였다. 시대에 맞지 않는 변화를 꾀하는 것도 어리석지만 변화를 막아 보려는 것도 어리석은 일이다. 정치 행동의 요체는 형세와 더불어 변하는 것이다. 그리고 그는 이것을 다시 개인적인 생존의 원리에 연결한다. "불가피하다고 파악될 수 있는 변화를 차단하려는 것보다도 어리석은 일은 없다. 개인적인 자질에 관계없이 한결 같은 태도로써 현상을 유지하려는 시도는 상황을 개선하지 못하고 개인적인 파멸만을 가져온다."(『송론(宋論)』, 7~8장)[6] 상황의 변화의 중요성을 말하면서 그는 이렇게 말한다.

7. 일차원적 세계에서의 무저항과 무력

그러나 윤리적 입장에 집착함으로써 자초할 수 있는 파멸을 피하기 위하여 한껏 형세를 살피면서 보신을 꾀하여도 파멸을 피할 수 없는 경우가 있다. 쥘리앵은 이것을 보여 주는 하나의 비극적 사례를 들고 있다. 이것은 개인적 비극의 사례이지만, 확대하여 하나의 생명 과정에서 주재(主宰)로서 생명과 윤리 도덕의 원리를 도출하고, 이것을 상황의 세에 맞추어 사회 실천에 확대하려 할 때, 그것이 반드시 생명을 보존하고 또 윤리 도덕을 살리는 것이 되지 않을 수 있다는 것을 시사한다. 쥘리앵은 그가 중국의 사고에서 발견하는 일차원적 원리 — 초월적 차원을 상정하지 않고 모든 것을

6 François Jullien, trans. by Janet Lloyd, *The Propensity of Things: Toward a History of Efficacy in China* (New York: Zone Books, 1999) p. 199.

하나의 생명과 사물의 일체적인 과정 속에서 파악하는 중국적 사고의 원리를 비판적으로보다는 긍정적으로 보려고 한다고 하는 것이 옳다. 그러나 그가 그 문제점들을 도외시하는 것은 아니다.(다만 이 문제점이 중국 사상의 또는 그 자신의 전체적인 변증론에서 어디에 속하는가를 밝히지는 않는다.)

그가 드는 사례는 노장의 양생론을 깊이 생각하고 실천한 삼국 시대 위(魏)나라의 혜강(嵇康)의 경우이다. 혜강은 위나라의 죽림칠현의 한 사람으로 불릴 만큼 출사보다는 은둔을 택한 사람이지만, 위 왕가의 공주와 결혼하였던 것이 원인이 되어 정치적 분규에 말려들고 서른아홉의 나이에 처형된다. 쥘리앵의 요약에 의하면,[7] 혜강의 장자 해석은 장자의 양생으로 집중되고, 그것은 다시 장수를 위한 건강 유지법으로 그리고 그 초점으로서의 호흡법으로 좁혀진다. 도를 공부하는 것은 이러한 건강법을 익히는 것이다. 그러면서 물론 이것은 자기의 목숨을 온전히 유지하자는 것인데, 이것은 단순히 신체만이 아니라 정신적인 의미에서의 자아도 온전히 할 것을 요구한다. 그리하여 신체의 수련은 정신적인 수련을 동반하여야 한다. 그러나 이 수련을 통하여 보전되는 자아는 간단한 의미에서의 이기적인 자아가 아니다. 그러한 자아를 버리는 것이 바로 본래의 자아로 돌아가는 것이다. 그것은 바로 자아를 비우고 몰아(沒我)의 경지로 돌아가는 것인데, 스스로를 내재하는 자연의 윤리에 일치시키고, 그것을 자신의 것이 되게 하는 것이다. 호흡의 조절이 여기에서 중심적인 역할을 한다. 그것을 통하여 수련자는 신기(神氣)를 얻고 세계의 근본 —"맑은 물"과 "하늘로 올라가는 해"의 근본에 동참한다. 이 경지가 지복의 경지이다. 그러나 이러한 행복도 그것을 겨냥하고 추구하는 데에서 얻어지는 것이 아니라 그것을 얻고자 하는 집착을 버리는 데에서 얻어진다. 필요한 것은 오로지 자신의

---

7 François Jullien, *Vital Nourishment*(New York, 2007), pp. 152~153.

정신과 신체를 섬세하게 하고 또 섬세하게 하는 것, 정이우정(精而又精)하는 일이다. 이러한 자기 수련의 과정은 종교적인 수도에 유사하지만, 그것은 어디까지나 현세적인 양생의 통일된 과정으로서 의미를 갖는다.

이 정화 과정은 모든 세속적인 것, 그 부와 귀로부터 자유롭다는 것을 말한다. 그러나 이러한 개인의 자유는 개인이 선택할 수 있는 것이지만 세상이 반드시 그러한 자유를 허용하지는 아니한다. 혜강의 삶이 보여 주는 것이 바로 이것이다. 그는 관직을 멀리하고자 하였지만, 그의 신분으로 하여 그것이 오히려 권력자들을 노하게 한다. 그는 관직이 제수(除授)되었음을 전하러 왔던 인물의 자존심을 건드려 그의 음모로 하여 결국 처형이 되고 만다. 권력의 횡포에 대하여 개인이 무방비가 되는 것은 흔한 일이지만, 쥘리앵이 지적하는 것은 혜강과 같은 입장에서는 사상적으로도 그러한 침해를 방비할 아무런 대책이 없었다는 사실이다. 중국의 지식인에게는 사환(仕宦)과 은둔의 선택이 가능한 것이었으나, 절대적인 당위에 기초하는 '권리'를 내세워 권력에 저항하고 자신의 삶을 방어하는 것은 이념적으로 불가능했다. 쥘리앵의 표현으로, "무엇의 이름으로 저항할 것인가?" 하고 물을 때 현세를 넘어가는 이름이 없는 것이다. 궁극적으로 권리가 없을 뿐만 아니라 정치 체제를 비판하고 거부하게 하고 이 세상의 가치 기준에 맞설 수 있게 하는 초월적 차원이 부재한 것이다.

혜강이 처형되고 나서도 초월적 이름의 부재는 그의 죽음 자체를 무의미하게 한다. 쥘리앵은, 가령 소크라테스의 죽음이 하나의 전범이 된 것과 이를 대조한다. 소크라테스의 죽음은 세속적 가치 체계와는 다른 정신적 질서에 대하여 증언하는 것이었다. 혜강이 내세울 수 있는 절대적 가치가 없다는 것은 대체로 노장사상의 테두리에서의 이야기라고 할 수 있지만, 보다 넓은 관점에서 중국적 사고 또는 아시아적 사고의 관점에서 참으로 당대적인 세속 질서에 맞서는 대항적 가치 질서가 없었던 것인가? 그렇다는 것이 쥘리앵의 해석인 것으로 보인다. 유교에서 강조되는 충이나 효는 중요한 윤리 원칙이고, 거기에 비추어 문제적인 상황에서 저항이 있을 수 있기는 하지만, 그것은 쥘리앵의 생각으로는, 적어도 가치 체계의 관점에서 볼 때 기존 질서 속에 존재하는 원칙일 뿐이다. 노장의 전통에서도 운명과 의무 그리고 윤리 도덕에 순응해야 한다는 것을 받아들이고, 그것으로 하여 문제가 생기는 경우가 없지 않지만, 그보다 중요한 것은 생명을 보양하는 일이다. 물론 유교 전통에서 임금에게 간언(諫言)을 올리고 여러 형태의 상소문(上疏文)을 올리는 것은 당연한 것이었으나, 그것도 한편으로는 제도화되고 법제화되지는 못한 것이어서 원칙을 이야기하는 것 외에는 별로 현실성이 없는 것이었다. 그리고 관습적으로 윗사람에게 간하는 언어 자체가 우활(迂闊)하고 간접화된(oblique and indirect) 언어이어서 직접적인 비판은 있을 수가 없었다.[8](그리하여 쥘리앵의 계보 추적에 의하면 근대에 이르러서까지도 "간접적 표현의 위선은 유혹으로 남아 있고…… 레닌과 같이 단도직입의 표현이 필요하다."라는 말이 나오게 된다. 그리고 근년 — 그러니까 마오쩌둥 사후의 시기에 있어서도 "우회적 표현의 도착이 정묘(精妙)한 문채(文彩)를 보여 주는 자부심"으로 통한다고 쥘리앵은 말한다.)[9]

4. 현실과 윤리의 갈등

1. 조선조의 경우/이데올로기적 갈등

혜강의 비극적 종말은 쥘리앵의 해석으로는, 일차원적 현실주의의 세

---

8 François Jullien, *Detour and Access: Strategies of Meaning in China and Greece*(Zone Books, 2000), p. 137. Cf. "VI. The Impossibility of Dissidence: The Ideology of Indirection."

9 Ibid., p. 137.

계 이해 — 그 현실이 오늘의 부분적인 현실로 파악되느냐 또는 전체적 과
정으로 파악되느냐에 관계없이 현실주의적 세계 이해의 한 결과이다. 물
론 여기에서 문제가 되는 것은 개인적 삶의 관점에서의 보신이나 존명이
아니라, 어떤 입장의 정당성이 — 개인의 죽고 사는 문제를 떠나서 상실된
다는 것이다. 그런데 중국적 사고를 그대로 이어받은 조선조의 경우, 정사
(正邪)의 논쟁이 끊임이 없고, 그것이 종종 죽음에 이르는 것임을 보게 된
다. 중국적 전통 그리고 확대하여 아시아적 전통에서 정치적 대립과 저항
이 대체로 타협으로 끝난다는 것은 맞지 않는 것으로 보인다. 그리하여 쥘
리앵의 해석은 중국의 사고방식을 일차원적인 것으로 해석하려는 집착에
서 나온 것이라고 할 수 있다. 조선조의 경우를 보면, 다시 말하여 사고의
유형(類型)이 일차원적인 것이라고 하여 반드시, 그것이 간접화와 타협, 또
는 중국적 사고의 우회적 표현 양식을 다른 관련에서 쥘리앵이 부르는 말
로, 그 "위선"과 "도착"으로 이어지는 것이라고 할 수는 없다. 무엇이 타협
과 도착을 낳고, 무엇이 극단적인 대립을 낳는가 하는 것은 조금 더 중층적
인 문제로 생각된다.

　중국적 사고 또는 동아시아적 사고를 쥘리앵의 생각대로 일차원적인
것이라고 하여도 그것이 간단한 의미에서 타협으로 나아가는 것은 아니
다. 쥘리앵의 중국적 사고의 해석에도 이미 갈등의 요인이 들어 있다. 윤리
를 하나의 삶의 과정에서 나오는 것이라고 할 때에도 그 과정은 삶의 전체
과정과 지금 이 순간의 삶으로 나뉘고, 이 둘 사이에는 대립이 존재한다.
이에 따라 어느 쪽을 쫓느냐 하는 선택의 문제가 일어나고, 두 선택지 사이
의 갈등의 가능성이 열리게 된다. 특히 삶 전체의 과정이 정치적인 것으로
파악되고 이것이 이데올로기로서 정립될 때, 이 갈등은 심각한 것이 될 수
밖에 없다. 이때 현세와 현세의 갈등은 초월과 현세의 갈등에 비슷한 성격
을 띤다. 조선조의 죽음에 이르는 갈등은 이러한 테두리 안에서 생각될 수

있다. 현세와 초월의 대칭이 현세적인 갈등이 되는 경우에도 이 비슷한 경위를 거쳐서 일어나는 것으로 생각할 수 있다. 즉 초월적 세계관이 이데올로기로 정립되어 현세의 일부가 됨으로써 갈등이 일어나는 것이다. 어디에서 출발하였든지 간에 어떤 이념에 의하여 현세의 삶을 엄격하게 규제하려고 할 때, 싸움이 격렬해지는 것은 너무나 자연스러운 일이다. 이것은 원리주의에서 벗어나지 못한 종교에서 그렇고, 또 정치적인 이데올로기에서 그렇다. 조선조 시대에 사화(士禍)에서 정점에 이르는 당파 간의 분쟁은 물론 권력과 경제권을 위한 투쟁이지만, 동시에 이론 투쟁을 수반하는 것이 보통이었는데, 이 이론 투쟁은 유교적 원리주의의 소산이라고 할 수 있다. 그러면서 주목할 수 있는 것은 이념적 원리주의의 배경을 이루는 유토피아에 대한 믿음이다.

유토피아는, 그것이 초월 또는 현세 어디에서 시작했든지, 이미 현세의 구도를 가지고 있다. 초월적 영감에 기초하면서도, 원리주의에는 이념과 행동과 제도의 엄격성을 통하여 완벽한 사회를 만들 수 있다는, 또는 기존하는 완전한 사회 기획을 완성할 수 있다는 믿음이 들어 있다. 완전히 현세적 관점에서 이러한 구도가 확실한 것은 마르크스적 이데올로기이다. 그것에 비추어 유교에도 그러한 유토피아적 이념 — 요순 시대 또는 이상화된 주나라에 대한 이상이 들어 있고, 그것에 비추어 이념적 기준이 이루어지고, 어떤 때는 그것이 죽음과 삶을 갈라놓는 이념적 대결을 낳았다고 할 수 있다.

2. 초월과 현세/갈등과 승화

그러나 초월적 차원은 인간의 삶에 현세적 이데올로기를 통해서가 아니라 조금 더 직접적으로, 또 조금 더 복잡한 형태로 개입할 수도 있다. 앞에서 말한 혜강과 대조된 소크라테스의 죽음은 이 가능성을 생각하게 한다. 소크라테스가 보여 준 것은 인간의 현세적 삶이 초월적 가치 속에 존재하고 있다는 것이다. 그리고 그와 당대의 사회와의 마찰이 보여 준 것이 이것이다. 소크라테스의 가치는 그의 삶을 지탱하는 것이면서 동시에 바로 사회적 마찰의 원인이 된다. 혜강도 당대의 지배적인 가치와는 다른 가치를 구현하는 삶이 있다는 것을 보여 준 것이지만, 그 가치는 반드시 주어진 대로의 현실 속에 작용해야 하는 것은 아니다.

정의(定義) 그대로, 초월적 가치는 초월적 차원에 남아 있는 한 현세에 개입할 이유가 없다. 혜강이 받아들인 장자적인 세계관은 완전히 현세를 넘어가는 것이다.(물론 이 초월적 세계가 사실은 현실의 참모습이라고 장자는 주장한다.) 그것은 시비를 넘어가고, 특히 시비의 언어적 표현을 넘어간다. 그러한 것들을 가리는 지식 자체가 분쟁의 도구일 뿐이다.("知也者爭之器也", 『장자』, 「인간세」) 그렇다면 그것을 초월한 삶은 수도승과 같은 종교적 수행자가 선택하는 삶에 비슷한 것으로 생각할 수도 있을 것이다. 다만 혜강이 원한 삶은 현세를 떠난 것이면서도 현세 속에서 실현되는 삶으로서, 말하자면 현세 안에 별개의 삶의 구역을 설정하고 영위되는 삶이다. 그리하여 그것은 현세 속에 있으면서 현세를 떠나 존재할 수 있다.(동아시아에서 은자(隱者)의 삶이 그러한 것이다.) 이에 대하여 소크라테스의 삶은 현세 속에 작용하는 또는 작용하여 마땅한 초월적 가치를 보여 준 것이다. 그는 사변적 대화를 통하여 오늘의 삶을 끊임없는 물음으로 열어 놓는다. 물음은 현세적 질서를 초월적 전체성 속에 비추어 보게 한다. 그러나 현세는 그러한 열림을 수용할 수 없다. 그러니만큼 그것은 대결이 되고, 대결은 비극을 낳는다.

3. 비극적 인간

소크라테스적인 삶에서 초월적 가치는 현세와 초월의 착잡한 얼크러짐 속에 존재한다. 이것은 사람의 존재 자체가, 개인의 삶의 관점에서나 초월적 가치의 존재 방식의 관점에서나 그러한 얼크러짐과 균열을 가지고 있기 때문이다. 대체로 이러한 존재론적 또는 실존적 균열 속에 말려든 사람들의 이야기를 다룬 전형적 문학 장르가 그리스 비극이다. 제일 간단하게는 헤겔이 그 미학에서 설명한 바와 같이, 두 개의 가치 또는 질서의 이념 ─ 국가와 혈족의 의무 사이의 갈등을 그린 것으로 이야기되는 「안티고네」와 같은 것을 그 전형으로 꼽힐 수 있다. 그것은 헤겔의 해석으로는, 두 가지의 정의의 갈등을 극화한 것이다. 그러면서 그것은 이념의 갈등보다는 두 강한 개성의 갈등으로 나타난다. 비극이 서양 문학의 가장 대표적인 장르이고 특징이라고 하는 조지 스타이너(George Steiner)는 비극의 의미를 조금 더 넓게 정의한다. 비극의 갈등은 두 개의 다른 이념의 갈등으로서만 설명되는 것은 아니다. 그것은 오히려 이성과 그것을 초월하는 힘 ─ 비이성적인 힘의 대결을 나타낸다. 그러면서 인간의 힘은 그의 인격과 의미의 힘이지만, 동시에 그것은 그에게 계시된 진리의 힘에 의하여 뒷받침된다.

스타이너에게 비극의 근원은 일단 인간과 비인간적인 사물의 힘, 운명의 힘과의 대결에 있다. 비극의 시인들에게 "우리의 삶을 형성하고 파괴하는 힘은 이성이나 정의의 통제 밖에 있다." 그러면서 그들은 "지식보다도 강력한 진리"가 있다는 것을 보여 준다. 그들은 이러한 진리의 힘으로 운명의 어두운 힘과 대결한다. 그들은 미리부터 그러한 대결에서 그들이 패배하고 죽음에 이르리라는 것을 안다. 그러면서도 그 도전에 대결하는 것이다.

그런데 바로 그러한 비극의 종말에 "더할 수 없는 고통에 인간의 위엄을 주장할 근거가 생긴다." "자기 도시에서 축출되어 완전히 파멸하고 무력해지고 거지가 된 주인공이 새로운 장엄함을 얻게 되는 것"과 같은 것이 비극의 마지막 교훈이 되는 것이다. 이렇게 비극의 주인공들은, 자기의 것이든

남의 것이든, 악의와 불의로 하여 고통의 불꽃 속을 지나게 되지만, 그것으로 하여 오히려 신성한 존재가 된다. 그리하여 비극의 끝에는 "비탄과 환희, 인간의 타락에 대한 한탄과 정신의 부활에 대한 찬가"가 일어난다.[10]

4. 인간의 비극적 위엄

스타이너의 비극에 대한 이러한 설명은 조금 과장된 느낌을 주면서도, 가히 틀리지 않은 요약이라고 할 수 있다. 이 설명에 따르면 비극은 한편으로 인간을 옥죄고 있는 운명의 혹독함과 그에 따른 고통의 이야기이고, 다른 한편으로는 그에 맞서는 인간의 힘에 대한 이야기이다. 여기에서 인간의 힘은 영웅적인 의지의 힘을 — 그리스에서 티모스(thymos)라고 부르던 활기(浩氣)의 힘을 말하지만, 그것은 단순히 자기주장의 힘이 아니다. 그것은 스타이너가 말하듯이, 정신을 나타내고 단순한 지식을 넘어가는 진리를 나타낸다. 그리하여 비극의 끝은 정신의 부활과 인간 존재의 신성함을 확인하는 일이 된다. 이 과정에서 강한 의지 티모스는(플라톤에게 정의의 기초에 이것이 존재했던 것처럼) 인간의 정신적인 힘의 담지자로서의 의의를 갖는다고 할 수 있다. 정신의 힘은 의지의 힘과 별개로 존재하는 것이 아니라 하나가 되어 존재한다.

이 관점에서 볼 때, 대결을 피하고 — 파멸로 끝나게 될 대결을 피하고 타협하고 궁리하고 형세를 살피고 세의 변화를 꾀하거나 기다리고 하는 일은 인간으로서의 위엄을 버리는 일이 된다. 그것은 개체적 위엄을 잃어버리는 것이기도 하지만, 사회 또는 인간 공동체를 위해서도 많은 인간다운 덕성이 설 자리를 없애는 결과를 가져온다. 이 위엄은 그리스인 — 가령 플라톤이나 아리스토텔레스가 높은 덕성으로 생각했던 용기, 정의, 지

---

10 George Steiner, *The Death of Tragedy*(London: Faber & Faber, 1963), pp. 3~10.

혜, 관용, 이성적 능력 등의 덕성으로 뒷받침된다고 할 수 있다. 위엄을 지킨다는 것은 이러한 덕성의 현실성에 대하여 증인이 되는 일이다. 어떤 극단적인 상황에서 이러한 덕성들은 파멸을 무릅쓰는 대결을 요구한다고 할 수 있다. 그러면서 그 핵심에 있는 것은 덕성이 아니라 인간 존재의 위엄이다. 그것이 비극이 보여 주는 전범(典範)의 일면이다.

5. 초월과 합리성/시대와 실존 이성

이러한 비극의 서사들은 초월이 인간세(人間世)에 개입하는 극단적인 예이다. 야스퍼스가 초월을 말하였을 때, 비극적인 얼크러짐을 생각한 것은 아닐 것이다. 앞에서 말한 주축 시대는 개인적 차원의 사건이 아니라 사람들이 철학적 사고를 통하여 주어진 현실에 맞서는 차원의 존재를 깨닫고, 그에 따라서 현실을 저울질하게 된 시대를 말한 것이다. 여기에서 초월의 중요한 매체가 되는 것은 이성이다. 그리하여 신화적인 것에 대한 로고스의 비판이 새로운 시대의 특징이 된다. 그러나 여기의 이성은 단순한 합리성이 아니다. 야스퍼스에게 생각한다는 것은 자신을 넘어가는 세계와 존재를 하나의 전체로서 생각한다는 것이다. 이러한 초월을 향한 움직임의 동력으로서의 이성의 사유는 단순히 객관적 세계를 지향하지 아니한다. 그것은 객체적인 사유가 아니다. 그 사유는 사유하는 주체를 포함한다. 따라서 이 사유는 자기를 포함하면서 그것을 넘어가는 끊임없는 초월에의 지향으로 진행됨을 의미한다. 또는 초월은 이러한 사유를 통해서 시사될 수 있을 뿐이다. 이러한 야스퍼스의 이성 그리고 그것에 의하여 매개되는 초월에는 비극에서 보는 바와 같은 갈등과 불안정이 있다. 비극은 평상적인 차원을 넘어가는 초월적인 차원의 가치가 개인적인 결단과 행동으로 매개된다는 것을 보여 준다. 그 점에서 극단적이기는 하지만, 비극은 초월적 도약의 한 예 ─ 개체의 실존적 차원에서 일어나는 초월적 도약의 한 예가 된다고 할 수 있다.

야스퍼스에게 사유는 개체적 실존에 밀접하게 연결된 것이다. 그러면서 그것은 개체적인 실존으로서의 자기 자신에 대한 사유와 사유를 넘어가는 현실에 연속되어야 한다. 그는 이러한 관점에서 단순한 합리성을 비판적으로 본다. 낮은 차원의 합리적 사고는 쉽게 "공허한 유희"가 되고, 형식화되고 공식화된 개념을 현실로 착각하는 "허위의 논리"에 떨어진다.[11] 특히 그것을 대표하는 것은 개념의 체계화로써 현실을 대치하는 것이다. 그리하여 야스퍼스에게는 계몽주의 이래의 합리적 낙관주의 — 이데올로기가 된 모든 합리주의를 다음과 같이 비판한다.

> 모든 것을 다 알고 있다고 자처하던 계몽주의는 욕구하는 것을 기술적으로 생산하기 위하여 오성과는 이질적인 것에 대해서도 오성지(悟性知)의 형식을 추구했다. 비합리적 가치에 대한 탐닉으로부터 원하는 결과를 의도적으로 꾸며냄으로써 세계에 있어서의 참된 합리성의 고양이 아니라 오히려 참된 합리성의 날조로 말미암아 비합리적인 것의 광범위한 파괴가 일어났다.[12]

야스퍼스는 이렇게 현실을 오성으로 체계화할 수 있다고 믿은 계몽주의의 합리주의를 비판적으로 본다. 그러나 주목할 것은 그것이 반드시 비합리성을 옹호하는 것이 아니라는 점이다. 계몽적 합리주의 또는 이데올로기는 합리적으로 생각할 수 없는 것을 합리화하고, 또 그것을 추동하는

11 카를 야스퍼스, 황문수(黃文秀) 옮김, 「이성(理性)과 실존(實存)」, 『세계사상전집 34, 하이데거, 철학이란 무엇인가, 형이상학이란 무엇인가 외, 철학적 신앙. 이성과 실존』(삼성출판사, 1982), 445~448쪽.
12 같은 책, 456~457쪽.

비합리적 욕망에 굴복하는 행위를 나타낸다.(말하자면, 여기에서 비합리적 가치란 권력, 자만심, 과대망상(hubris), 그리고 이러한 것들을 도색하는 도덕과 윤리의 명분과 체제와 같은 것을 말하는 것일 것이다.) 체계적 합리화에 대한 비판은 스타이너에서도 볼 수 있지만, 그의 비판은 보다 극단적인 비극적 존재론의 입장에서 그렇다고 할 수 있다. 스타이너는 마르크주의나 유대교 또는 기독교의 세계관은 비극을 허용하지 않는다고 말한다. 유대교에 있어서 인간의 고통이 견디기 어렵게 큰 것이라도 하느님은 결국 정의로운 존재이고 또 이성적인 존재이다. 자기 잘못이 없이 수많은 고통을 겪게 되는 구약의 상징적인 인물이 욥이라고 한다면, 욥도 결국은 보상을 받는다. 그는 수많은 양과 낙타와 소와 나귀를 소유한 부호가 된다. "유대교는 우주의 질서와 인간의 조건이 결국 이성의 지배하에 놓여 있다는 것을 굳게 믿는다." "정의와 이성을 강조한다는 점에서 마르크스주의는 유대교의 정신을 계승한고 할 수 있다."라고 스타이너는 말한다.[13] 그렇기는 하나 스타이너가 "진리"—"지식을 넘어서 격렬한 진리"의 존재를 부정하는 것은 아니다. 다만 이러한 진리는 평상적 삶을 뛰어넘어 실현되는 것으로 말한다. 평상적 합리성은 삶의 천박화를 가져온다고 생각한다.

그러나 야스퍼스의 합리성 비판은, 앞에서 본 바와 같이 그것이 그 자체로 잘못되었다는 것은 아니다. 그것은 오히려 합리성이 비합리적인 요구에 왜곡되는 경우를 경계하는 것이다. 물론 다른 한편으로 인간 존재의 진실 자체는, 정당하든 정당하지 않든 그러한 합리성 속에 들어 있는 것이 아니다. 아마 그에게는 인간의 생존 조건을 합리화하고 안정화하는 것은—사실이 허용하는 범위 안에서—자연스러운 인간적 욕구일 것이다. 그러나 그것으로써 인간성 실현이 전체적으로 가능해진다고 하는 것은 인

---

13 George Steiner, op. cit., p. 4.

간의 진실을 왜곡하는 일이다.(정치적 이데올로기의 큰 착각의 하나는 삶의 합리화를 약속하는 유토피아가 인간 실존의 모든 문제를 해결해 줄 것이라고 하는 것이다.) 이렇게 보면, 야스퍼스는 삶의 부조리에 민감했던 실존주의 철학자의 한 사람으로 간주되지만, 삶의 복합적 진실에 대하여 균형 있는 생각을 가지고 있었다고 할 수 있다. 그렇기는 하나 그가 인간 실존이 내포하고 있는 모순을 강하게 의식하고 있었던 것은 틀림이 없다. 인간과 사회는 불가피하게 초월과 현실의 대립 속에 존재하고 그 사이는 긴장과 마찰과 갈등이 없을 수 없었다. 그 극단적인 사례가 비극의 서사에서 보는 이야기들이라고 하겠다. 그러나 완전히 조화된 삶은 있을 수 없는 것인가?

5. 대결과 타협: 전쟁과 평화

1. 대결의 삶

그리스 비극을 다시 생각해 보건대, 그것은 호메로스의 서사시나 마찬가지로 영웅적인 인간들의 이야기이다. 그러니만큼 제일 중요한 것은 도전해 오는 힘이 무엇이 되었든지 간에 그에 정면으로 대결하는 것이다. 그것은 그들의 자존심의 요구이다. 그러면서 이것은 문화와 문명을 초월한 요구라기보다는 특히 그리스적인 관습에서 나오는 것이라고 할 수 있다. 쥘리앵은 동서양의 병법(兵法)을 대조하여 분석하면서, 손자(孫子)의 병법이 정확한 정세의 파악과 그에 대한 교묘한 전술적 대책으로 적을 무력하게 하여 항복하게 하는 데에 집중되어 있다고 말한다. 손자에게는 싸우지 않고 이기는 것이 최고의 전술이다. 이에 대하여, 그리스로부터 클라우제비츠(Clausewitz)에 이르기까지 서양의 전법(戰法)에서는——가령 클라우제비츠의 경우처럼 정치를 비롯한 여러 요소를 총체적으로 참고하여야 한다는 것을 강조하면서도 — 전쟁의 결정적 순간은 싸움터에서의 힘과 힘의 충돌에 집중된다. 오랫동안 서양의 전쟁 전략의 모델이 되어 있는 것은, 쥘리앵의 생각으로는, 창을 든 병사들을 네모로 묶어 적진으로 돌진하게 하는 '팔랑스(phalanx)'의 전법이었다.[14] 세(勢)의 변동과 더불어 유연하게 대책을 조정하는 것이 아니라 모을 수 있는 모든 힘을 한껏 모아 정면 대결하는 것이 싸움의 의미인 것이다. 비극의 주인공의 행동들도, 도전을 가해 오는 운명의 힘에 — 힘의 크고 작음에 관계없이, 자기의 의지로써 정면으로 대결하여 파멸에 이르고, 거기에서 어떤 정신적 승화를 이루는 것이다.

　비극 서사가 전쟁의 기본 전략을 모방한 것이기 때문에 그렇다는 것은 아니다. 그보다는 그리스에 있어서의 인간의 행동 방식의 원형이 그러한 것이라고 할 것이다. 비극의 이야기들은 단순한 영웅담이 아니다.(비극의 영웅들은 『삼국지』나 『수호지』의 영웅들과는 분명히 다르다.) 앞에서 말한 바와 같이 그들은 용기 이외에 어떤 정신적인 가치나 이상 — 특히 초월적인 이상을 나타내는 인물들이다.(남자만이 아니라 전사가 아닌 여자가 주인공이 된다는 것도 이 점에 관계된다.) 그들의 정신적 가치는 분명하게 정의되기 어려운 것이면서도, 그들의 인간적인 위엄의 일부를 이룬다. 이 가치는 개인적인 특성이나 소유로서만 의미를 갖지 아니한다. 그것은 개인에게나 사회에나 하나의 체험의 중심이며 사건이다. 주인공들은 사건의 전개 속에서 어떤 가치들을 받아들이고, 그것을 자신의 의지로써 감당하여야 한다는 것을 깨닫게 된다. 오이디푸스가 진실을 밝혀야 할 책무감으로 스스로의 잘못을 들추어내고 그 결과로 엄청난 고통을 겪게 되는 것이나, 안티고네나 엘렉트라가 자신의 세속적인 행복을 희생하고 친족에 대한 의무와 정의의

14　François Jullien, *A Treatise on Efficiency: Between Western and China Thinking*(Honolulu, HI, 2004), pp. 47~50.

실현을 위하여 커다란 고통을 감수하는 것과 같은 것이 모두 그러한 예라고 할 수 있다. 여기에서 이들을 움직이는 정의의 의식은 그들의 평상적 자아의 밖으로부터 오면서 그 자아의 근본을 이룬다. 이러한 정의가 드러나는 현장은 그러한 가치를 필요로 하면서도 그것만으로 움직이는 것은 아니다. 그러기에 그것은 정신 가치의 새로운 주입 또는 재활을 필요로 한다. 이 가치는 현세를 넘어가는 초월적인 차원으로부터 온다. 그러면서 현실의 필수적인 요인을 이룬다. 이 초월적인 가치를 매개하는 것은 특정한 개인이다. 그러나 이 개인은 현실의 얼크러진 플롯 속에서 그러한 매개를 담당하지 않을 수 없게 된다. 그것을 담당하는 것은 그들의 존재의 의미를 깨닫는 것에 일치한다.

2. 영웅적 정의/평정된 일상의 삶

앞에서 말한 서양의 전법에서의 팔랑스의 원형은 전쟁의 수법이면서 인간의 삶의 방식이다. 삶의 정체성은, 개인으로나 집단으로나 용기 ─ 신학자 파울 틸리히의 말을 빌려, "존재할 수 있는 용기"로써 구현된다. 인간의 정신적 위엄도 그 용기를 기초로 하여 현실이 된다. 그러나 그것의 극적인 자기주장은 삶의 평화로운 질서 ─ 보통 사람의 삶을 위한 질서를 깨뜨리는 부작용을 갖는다. 초월적 진리는 결국 영웅적 삶을 기리는 진리이다. 그것이 현현(顯現)하는 순간은 영웅적이고 비극적인 순간이다. 물론 그것이 완전히 삶의 합리적 질서에 무관한 것은 아니다. 보통 사람의 삶의 질서는 초월적 계시로 나타나는 진리가 아니라 조용한 합리적 삶의 질서를 요구한다. 그러나 관습화된 삶의 질서가 삶의 생동감을 약화하는 것은 사실이다. 또는 그것은 이데올로기로써 정형화된다. 그러나 어느 쪽이든지 간에 이러한 질서는 결국 살아 움직이는 삶의 진실로부터 멀리 떨어진 것이 될 수 있다. 그러나 평정화된 일상적 삶에 계시처럼 내려오는 진리의 개입이 없이는 일상적 삶은 그에 필요로 하는 진실 — 정의, 정직 또는 인애 등의 덕성으로부터 벗어져 나가서 바른 삶의 질서로 유지될 수 없다고 할 수 있다.

3. 동아시아적 평화

영웅적 그리고 호전적 삶의 존재 방식에 비할 때 동아시아의 의식과 사고는 기본적으로 보다 평화주의적인 것이었다고 할 수 있다. 이것은 동아시아의 고전 문학이 영웅 서사시가 아니라 일상적 삶을 기리는 시로써 시작하고 원형적인 정치의 신화가 백성의 평화로운 삶을 보장하는 요순 시대에서 시작한 것에서도 볼 수 있다. 앞에서도 말하였지만, 손자의 병법이 서양의 병법보다 평화 지향적인 것은 전술적 계산의 소산만은 아닐 수 있다. 손자를 다시 인용하여 보건대 "전쟁의 법칙에 따르면 적국을 온전히 두고서 굴복시키는 것이 최상책이며, 전쟁을 일으켜 적국을 깨부수고 굴복시키는 것은 차선책이다. 적의 대대를 온전히 두고서 항복시키는 것이 최상책이며, 전투를 벌여서 적군을 깨부수고 항복시키는 것은 차선책이다."[15] 평화가 전쟁의 목적이고 평화적 수법이 전쟁의 수법이어서 마땅한 것이다. 그런데 평화를 내용으로 할 수도 있는 이러한 간접화된 작전에서 중요해지는 것은 적을 기만하고, 적을 이 편의 전술에 말려들게 하는 것이고, 지형지물을 적절하게 이용하는 것이고, 이것은 궁극적으로 정세를 판단하고 조정하는 것이다. 여기에서 세(勢)는 군대의 배치를 적절하게 하는 것을 말하지만, 그것은 다시 병(兵)과 정(政)을 적절하게 다루는 것을 포함한다. "전쟁을 잘 이끌어 나가는 자는 승리하기 위해서 언제나 정치적으로 충분한 준비를 하고, 법 제도를 확고하게 갖춘다."[16] 이것은 모두 정보 작

---

15 유동환 옮김, 『손자병법』(홍익출판사, 2009), 84쪽.
16 같은 책, 97~98쪽.

전, 여러 가지 기만 작전의 전국책(戰國策)을 포함한다.

4. 윤리 도덕/생존의 논리

그러나 이것은, 앞에서 언급한 쥘리앵의 해석대로 세에 주목하고 생존의 이치에 복종하는 것이다. 세의 조종에 치중하다 보면 진리와 윤리 도덕은 설자리를 잃게 된다. 그것은 삶이 유일한 존재의 차원을 구성하는 일차원적 세계에서 불가피한 일이다. 형세에 따라 보존되어야 하는 생존의 개념은 근대 서양 사상 가운데 사회 다원주의(Social Darwinism)에 관계하여 쓰이게 된, 생존을 위한 투쟁, 그리고 적자생존과 같은 말을 상기하게 한다. 사실 이러한 동기가 맹자나 장자의 도덕적인 행동에서도 동기로 작용하는 경우가 있다는 것을 부정하기 어렵다. 다만 사회 다원주의는, 생존 투쟁이 궁극적으로는 종족의 발전에 기여한다는 명분을 가지고 있지만, 적어도 잠정적으로는 도덕과 윤리의 쓸모를 잊어버리는 데 대하여, 중국 사상에 있어서는 어떤 경우에나 도덕과 윤리의 명분이 잊어지지 아니한다고 할 수 있다.

그러나 명분화된 도덕과 윤리는 그 요구를 거짓이 되게 하는 결과를 낳을 수도 있다. 다른 한편으로 그러한 상황에서도 명분의 긍정적인 효과는 생존 방안을 투쟁이 아니라 적응에서 찾게 한다는 데에 있다고 할 수 있다. 생존 투쟁의 정당화는 충돌이나 갈등을 불가피한 것이 되게 하고, 명분은 그와 달리 어떤 형태로든지 평화와 공존을 지향하게 한다. 그러나 이 평화 지향은 도덕과 윤리로 하여금 타협을 수용하게 하고 또 여러 가지의 출구를 가질 수 있게 한다. 그러면서도 인정하여야 하는 것은 집단적 생존의 관점에서 타협은 그 나름의 도덕적 의미를 갖는다는 사실이다. 가령 러셀이 공산주의에 대하여, 그것이 악마의 정치 체제라고 하더라도 인류의 생존을 위해서는 핵 전쟁보다는 공산주의와의 타협 내지 굴복을 선택하여야 한다고 한 예와 같은 데에서도 이것을 볼 수 있다. 또 타협을 불가피하게 하는 힘의 국제 정치의 상황에서도 이것은 중요한 의미를 가질 수 있다. 그러나 여기에 개인적인 또는 어떤 이익 집단의 전략이 개입될 때, 조금 전에 말한 바와 같이, 도덕과 윤리의 원리에 끝없는 손상이 일어나고, 도덕과 윤리는 타협과 위선의 전략이 된다.

5. 논리와 삶/실천의 지혜와 윤리

그러나 이러한 병법적 사고에서 윤리 도덕의 공동화(空洞化)는 조금 더 복잡한 요인들의 상호 관계 속에서 검토될 수 있다. 그 경우에 동아시아의 윤리적 사고는 조금 다른 이상적 차원을 지니고 있다는 것을 알게 된다. 다만 현실 사회의 변화 속에서 그것이 잊혔거나 변형되는 경우가 너무 많다는 것을 말할 수는 있다. 본래부터 이 모든 것은 여전히 일차원적인 발상 안에 있으며, 그러니만큼 그것이 현실 변화에서 일어나는 모순을 도덕과 윤리의 관점에서 수용하기 어렵게 했다고 할 수 있다.

그러나 본래의 발상의 인간적 의미를 이해하기 위하여 필요한 것은 역사적 맥락의 재구성이다. 이 점에서 미국의 중국학자 로버트 이노(Robert Eno)는 장자에 대해 논하면서[17] 그 역사적 배경을 언급한 것은 주목할 만한 사항이다. 그의 관찰은 노장 사상과 함께 유학의 역사적 배경에도 적용된다. 이노의 생각으로는 장자의 사상은 새로이 대두한 묵자(墨子)의 사상을 비판적으로 보려는 데에서 나온 것이다. 5세기경에 대두한 묵가(墨家) 사상은 근본적으로 이성적 원리를 그 핵심에 가지고 있다. 그 점에서 그것은 고대의 그리스 철학에 비슷하였다. 묵자는 자기가 이야기하는 것을 '도'라고 하였지만, 이노의 생각으로는, 그것은 관습적인 언어를 사용한 것일 뿐,

---

17 Robert Eno, "Cook Ding's Dao and the Limits of Philosophy", Paul Kjellberg and Philip J. Ivanhoe eds., *Essays on Skepticism, Relativism, and Ethics in the Zhuangzi*(Albany. N. Y. : State University of New York Press, 1996).

사실은 논리적인 사고의 원리를 말한 것이었다. 그에게 논쟁과 사변은 지식을 구성하는 절차였다. 그 원리가 논리이다. 자연의 이치도 그에 따라 풀이될 수 있는 것으로 생각하였지만, 논리적 사고를 인간관계에 적용할 때, 그것은 평등하고 보편적인 인간애를 말하는 겸애(兼愛)의 이론이 되었다. 그 논리적 접근은, 적어도 이론적으로는, 유학을 넘어가는 설득력을 갖는 윤리의 이론을 만들어 낼 수 있었다. 묵가는 사실과 이론에서 주어진 현실을 보다 분명하게 설명하고 그것을 논리의 일관성 속에서 재구성하게 하는 초월적 도약의 가능성을 보여 준 것이었다.

그러나 주목해야 할 것은 세계에 대한 이해 또는 사변적 이론이 아니라 행동과 사건의 통제와 그에 숙달하는 것이 유학이나 장자의 목표였다는 사실이다. 그리하여 논리나 달변은 오히려 기피의 대상이 되었고, 중요한 것은 실천 — 흔히 생각하듯 도의의 실천이 아니라 삶의 실천이었다. 장자가 시비와 언어의 존재론적 진실을 의심한 것은 유학의 실천 중시와 궤를 같이하는 것이다. 실천은 숙달된 기량을 말한다. 이 기량은 장자에 있어서는 푸줏간, 목공 또는 매미잡이와 같은 보통 사람들의 현실적인 기술을 이야기하고, 유교에서 그것은 무엇보다도 의례(儀禮)를 말한다.(이노는 유학의 기원을 이야기하는 저서[18]에서 본래 유학자들의 전문 영역이 숙달된 의례에 있었다는 것을 밝히려 한 바 있다.) 또 이 의례는 시(詩)를 적절하게 활용한다거나 의례적 절차에 밝다거나 음악을 아는 것과 같은 것을 포함하였다. 이러한 기량은 어떤 합리적 원리에서 나온 것이 아니라 문화적 전통에서 나오고, 그것이 온전하게 유지될 수 있는 작은 공동체 또는 사회에서 의미 있는 것이라고 할 것이다.

---

18 Robert Eno, *The Confucian Creation of Heaven: Philosophy and the Defense of Ritual Mastery* (Albany, N. Y.: State University of New York Press, 1990).

유교나 장자나 강조한 것은 실천적 기량이었지만, 구체적인 내용에 있어서 차이가 있었던 것은 장자가 개체적 숙련을 중시한 데 대하여, 유교는 사회관계를 중시했다는 점이다. 윤리는 물론 이 사회관계에서 나온다.(이노는 이 점에 별로 주의하지 않는 것으로 보이지만, 여기의 사회 윤리는 보수주의적 관점에서 생각된 것이다.) 그리고 이 사회관계는 언어로 매개되는 것이라기보다는 의식(儀式), 예절, 시, 음악 등에 의하여 매개되는 것이었다. 그렇게 하여 사회는 공동체적 유대 속에 유지될 수 있다고 생각한 것이다. 물론 이 공동체는 위계적인 질서를 가진 공동체였다. 그러나 그것은 기본적으로 부자(父子), 형제 또는 부부 등 가족적인 인간관계를 모델로 하여 생각된 것이어서, 적어도 당초의 개념에서는 반드시 계급적이거나 관료적인 위계의 억압성을 가진 것은 아니었다고 할 수 있다. 이러한 원초적인 사회에서 논리나 언어 그리고 시비가 중요한 사회적 소통의 수단이 되는 것은 아니었다. 주된 소통의 수단으로 언어를 비판적으로 본다는 점에서 이노의 생각으로는, 유교 사상은 장자와 상통하는 바가 많았다. 그러나 두 사상의 흐름의 큰 차이는 유교의 사회적 성격이다.

사회를 삶의 기본적 요인이라고 하는 것은 장자적인 관점에서는 자연스러운 삶의 흐름을 떠나서 그 제약을 받아들이는 것이다. 그러나 유교에서 볼 때 제약을 흡수하는 것은 보다 탁월한 인간성 실현을 위한 힘을 얻는 일이다. 그러면서 유교는 장자와는 달리 현실의 이념적 이해를 수용하는 편으로 움직여 간다. 이념은 자연스러운 집단을 넘어가는 사회 규제에 필수적인 요소이다. 이념화는 장자의 관점에서는 삶의 참다운 현실로부터 또는 그 본래적인 존재방식으로부터 멀어지는 일이 된다. 이것은 유교가 묵자의 논리주의에 맞서게 되면서, 또 중국 사상의 중심에 자리하게 되면서 스스로를 체계화하고 교리화하게 되었기 때문이었다. 그리하여 그것은 장자가 배격하는 비판의 대상이 된다. 이론이 된 유교는 현실 속에서의 실천적 직접성을 잃게 되는데, 이것은 그 가르침의 핵심을 이루고 있던 "의례적 기교와 지혜의 연결"을 잃어버렸다는 것을 말한다.(야스퍼스가 서양의 합리주의에 대하여 말한바, 이데올로기화가 일어난 것이다.) 그러나 다른 한편으로 장자는 일상적 기술의 완성에 집착함으로써 "윤리적 측면에서의 역부족"을 드러낸다. "[장자의 실천적 기량의 대표로서] 푸줏간 포정(庖丁)이 논변을 위주로 하는 철학적 탐구의 한계를 볼 수 있게 한다면, [유교적] 철학은 이에 비슷하게 포정의 도가 생성하는 지인(至人)의 시각의 한계를 예시해준다."[19]

6. 언어와 삶의 현실

다시 말하여 장자나 원시 유교에서 목표가 되는 것은 삶의 합리주의적 해명이 아니었다. 이것은 오히려 기피해야 할 일이었다. 그것은 언어에 대한 반감 또는 유보에서 가장 잘 볼 수 있다. 그러나 주의할 것은 반언어(反言語), 반합리의 입장이 반드시 어떤 신비한 세상의 원리에 대한 믿음 때문만은 아니었다는 점이다. 되풀이하건대 장자는 시비와 언어, 거기에서 나오는 논쟁, 지식 탐구 — 곧 시비의 도구로 타락하게 되는 지적 탐구를 진리와는 관계가 없는 것으로 보았다. 그렇다고 언어나 지적인 깨달음을 전적으로 무시한 것은 아니다. 예를 들면 장자는 다음과 같이 말한다.

참된 도는 어디에나 있고, 소박한 말은 어디에서나 받아들여진다. [그런데] 그 도는 잔재주에 가려지고, 말은 큰 수식(修飾) 속에 파묻힌다. 그러므로 유가와 묵가의 시비가 벌어져서 상대가 나쁘다는 것을 좋다고 하고, 상대가 좋다는 것을 나쁘다고 한다. 상대가 좋다는 것을 나쁘다고 하려면, [실

---

19 Ibid., p. 143.

은 그러한 시비를 초월한] 명지(明知)의 처지에 서느니만 못하다.(道惡乎往而
不存, 言惡乎存而不可, 道隱於小成. 言隱於榮華. 故儒墨之是非. 以是其所非. 以非
其所是. 欲是其所非 而非其所是. 則莫若以明.)"(「제물론(齊物論) 9」)[20]

시비를 따지기 전에 존재하는 것은 명(明) ── 밝게 아는 것, 직관적인 앎
이다. 물론 이러한 앎이란 허무 자연(虛無自然)이나 무궁(無窮)한 우주의 도
를 가리키는 것이라고 신비주의적으로 해석할 수도 있지만, 문자 그대로
해석하여 변설과 수사(修辭)가 발달하기 전의 소박한 소통의 세계를 말한
다고 할 수 있다. 잔재주나 수식이 없는 언어는 긍정적으로 생각된다. 그
것이 바로 맑음의 상태라고 할 수 있다. 다른 한편으로 이것은 시비의 수
사를 넘어가는 것이기 때문에, 언어이면서도 선의(善意) 또는 열려 있는
마음의 상태를 전제로 하여 일어나는 소통이라고 할 수 있다. 앞에서 장자
의 비판은 묵가와 함께 유가를 향하는 것이지만, 유가에서도 시비와 언어
의 세계가 그대로 긍정적으로 받아들여지는 것은 아니다. 공자에는 재주
를 부리는 언어(교언(巧言))를 낮추어 보는 발언이 여러 군데에서 발견된
다.("교언영색선의인(巧言令色鮮矣仁)", 「학이(學而)」) 그보다는 어눌한 것(목눌
(木訥))이 오히려 인(仁)에 가까이 가는 길이라고 이야기된다.("강의목눌근
인(剛毅木訥近仁)", 「자로(子路)」) 『대학(大學)』에 나와 있는 것도 사물을 철저
하게 아는 것이 중요하다는 것을 말하면서도, 그것은 곧 바로 바른 마음(正
心)과 성실한 의도(誠意)로 이어져야 한다고 한다. 그러니까 지식이나 언어
는 그 자체로 의미를 갖는 것이 아니라 그 안에 성실한 마음이 있어야 하는
것이다.

---

20 안동림(安東林) 역주, 『장자(莊子)』(현암사, 2007), 57~58쪽.

7. 공동체의 소멸과 사고의 이데올로기화

언어나 지식이 마음에 일치하는 것은, 특히 그것이 윤리에 관계되는 것일 때, 말하자면 쉽게 마음이 통할 수 있는 사람들 사이에서이다. 그러한 마음의 공동체가 사라질 때 필요한 것이, 소크라테스나 그리스 비극에서 보는 바와 같이 진리를 책임질 수 있는 강한 의지이다. 앞에 언급한 『논어(論語)』의 「자로(子路)」에서 공자가 강의(剛毅) ― 강직한 뜻을 이야기한 것을 보면, 그의 시대에도 이미 그러한 조건은 사라졌다고 할 수 있다. 그리하여 그가 되돌아보고 이상화한 것은 요순우탕(堯舜禹湯)의 시대 또는 주대(周代)의 국가였다. 이노의 견해로는 장자의 시대에 유학은 이미 경직된 개념의 체계가 되었고, 그것이 장자가 완전히 부정하지 않으면서도, 유학을 비판적으로 대하게 된 이유이다. 이러한 경직화가 일어난 것은, 이미 말한 바와 같이 묵자의 도전, 학파의 구성, 국가 이데올로기로의 변모로 인한 것이다. 그러나 더 중요한 것은 사회 조건의 변화가 정서적 공동체의 존립을 불가능하게 한 것이다. 이것이 유학이나 장자의 삶의 방식에 대한 가르침을 공허한 것이 되게 한다. 그런데 이 새로 변화된 사회가 진리나 윤리를 쉽게 허용하는 것이 아닐 때 어떻게 해야 하는 것인가?

앞에서 말한 바와 같이 불가피한 것이 세상의 형세를 살피고 시(時)를 기다리고 더 나아가 적절한 병법에 따라 그 변화를 도모하는 것이다. 그러나 그때 현실을 넘어가는 차원이 없다고 한다면, 진리와 윤리의 규범은 어디에서 오는 것인가? 그것은 문화의 전통이나 이데올로기 또는 사람의 마음 깊은 어딘가에서 나올 수 있을는지 모른다. 그러나 그것은 현실적으로 나의 의지나 나의 현실 해석에서 나오는 것이 된다. 이 의지는 진정한 윤리를 표현하는 것일 수도 있고, 진정성이 결여된 명분으로 남아 있는 것일 수도 있고, 또는 나의 자의적인 의지 ― 권력이나 욕심 또는 과대망상과 과대 계획의 표현일 수도 있다. 어떤 경우에나 중요한 것은 세상의 세이고 그것에 대처하는 전략과 술책이다. 그리고 그것은 인간의 사고의 원형이 될 수 있다. 쥘리앵이 말하는 것은, 반드시 이기적 욕망에 지배되는 세의 조종을 말하는 것은 아니면서도 다분히 모든 것이 전략이 되는 세계이다. 이것은 중국적인 것이면서도 바로 오늘의 우리 현실을 말하는 것이라고 할 수도 있다.

8. 통합의 희망

미국의 중국학자 필립 아이반호(Philip J. Ivanhoe) 교수는 고전 시대의 그리스와 중국의 이념을 비교하면서, 그것들이 서로 대조되면서도 보완 관계에 들어갈 수 있으면 좋겠다는 희망을 다음과 같이 표현하고 있다.

> 초기의 중국 사상가들은 보다 협동적이고 대체로는 정서적인 덕성—착한 가족의 일원이거나 더 넓게는 돌봄과 배려를 가진 사람의 덕성에 초점을 둔다. 이것은 아리스토텔레스적인 전통에서 보는 바와 같은 보다 경쟁적이고 보다 지적인 경향을 느긋한 정서로써 완화할 수 있을 것이다.[21]

앞에서 말한 것은 이론적 시비를 초월하는 정서적 덕성이 중국적 지혜의 핵심이라는 것이었다. 그러나 그러한 정서가 매개하는 공동체가 소멸될 때, 그 덕성은 무력한 것이 되고 혼란스러운 사회 속에서 세와 전술의 궁리에 매몰된다. 아리스토텔레스의 덕성은 이성에 입각한 것이다. 그가 생각하는 이성은 초월적인 것이라기보다는 세속적 삶—흔히 행복이라고 번역되는 유다이모니아(eudaimonia)를 지향하는 것이지만, 그것은 사람

---

21 Philip J. Ivanhoe, "Was Zhuangzi a Relativist?" in Paul Kjellberg and Philip J. Ivanhoe eds., *Essays in Skepticism, Relativism and Ethics in Zhuangzi*(State University of New York, 1996), p. 210.

의 심령 속에 있는 천부의 자질의 하나이고, 절제나 관용 또는 상황적 지혜 (phronesis)를 포함하는 여러 덕성의 주제이면서, 또 하나의 덕성인 죽음을 무릅쓰는 용기(andreia)로써 지켜야 하는 원리이다. 그러나 이 세속적 원리가 변화하는 세계 — 특히 공리주의적 세계에서 정신적 원리로 유지될 수 있을는지는 확실하지 않다. 다만 이러한 세계에서도 행복은 개인적인 선택의 대상이 될 수 있기 때문에 이성적 덕성은 개인적 추구로서 살아남는다고 할 수 있다. 그리고 이러한 행복은 다시 그 지적인 덕성의 경쟁적이고 자만적인 성격을 완화하고, 공동체적 정서와 배려를 포함하는 것이 될 수 있을 것이다. 그러나 이것은 어디까지나 개인적인 선택으로 남는다. 이것이 일반적인 윤리의 기준이 되는 데에는 새로운 사회의 뒷받침이 필요하다고 할 수 있다. 그러나 그 사회는 단순히 공동체적 일체감으로 유지되는 것일 수는 없다.

(2012년)

인문 과학의 사고와 오늘의 상황[1]

1. 인간과 인간 활동의 다양화

인문 과학의 위기/공리 가치의 확대 인문 과학을 말하는 데에 있어서 출발 점은 불가피하게 오늘의 인문 과학이 처해 있는 상황에 대하여 가지게 되는 어떤 느낌이 되겠다. 이 느낌을 이야기한 다음 최소한도의 범위에서 앞으로의 문제를 조금 생각해 보려고 한다.

과연 오늘의 인문 과학의 상황은 위기라는 말 또는 적어도 곤경이라는 말로 표현할 만하다. 연구 자원의 확보, 인원의 보충에 어려움이 있고 무엇보다도 학문 내에서의 혼란이 깊어지고 있다. 외면적 관점에서 살핀다면 곤경의 원인은 간단하다고도 할 수 있다. 오늘의 시대는 공리의 시대이다. 공리적 관점에서 인문 과학의 위상은 분명하지 아니하다. 불분명한 상황

---

1 이 글은 전국 대학 인문과학연구소협의회 주최로 1998년 9월 23일 중앙대학교 인문과학연구소에서 행한 강연 텍스트인 「오늘의 인문 과학과 코기토」,《비평》 창간호(1999년 6월호)를 2013년에 이르러 전면적으로 개고한 것이다. (편집자 주)

에서 인문 과학이 취할 수 있는 길의 하나는 — 공리적 세계일수록 도덕과 윤리의 혼란이 심하고, 그것은 많은 사람들에게 큰 고통의 원인이 될 것이므로, 스스로를 도덕적 권위의 원천으로 내세우는 것이고, 다른 한편으로는 도덕적 정당성의 확대로서의 정치적 이데올로기의 담당자로 나서는 것이다. 스스로 공리주의에 적응하는 것은 또 하나의 길이다. 공리적이라는 것은 무엇보다도 돈이 인간 사회의 왕이 되었다는 것을 말한다. 아니면 적어도 오늘날 모든 것은 경제에 대한 기여에 의하여 스스로를 정당화하라는 요청을 받고 있다. 이러한 상황에서 인문 과학도 스스로를 경제적 가치가 있는 것으로 주장하고, 또 그러한 방향으로 변신을 꾀하는 일이 없지 않다. 가령 스스로 상품 디자인의 보조수, 상품 광고의 배경 제공 또는 관광업의 일부로 변신하는 것과 같은 것이 그러한 것이다. 문화관광부라는 부처의 이름은 오늘의 문화의 주소를 잘 말해 준다. 또는 매체의 상업적 발달이 인문 과학을 위해서도 새로운 가능성을 열어 주는 것으로서 인문 과학 스스로 흥분하는 경우도 있다. 또는 전체적으로 스스로를 산업 생산의 모델 속에서 이해하고 그것을 자랑스럽게 생각하는 경우도 있다.

경제와 인문 과학/수단과 목적의 변증법 그러나 인문 과학의 경제적 기능, 또 다른 실용적 기능이 자명하거나 본질적이라고 할 수는 없다. 더 나아가 그러한 가능성이 없지 않다고 하더라도 그것으로 스스로를 정당화하는 것은 존재 방식과 의의를 부정하는 것이다. 학문의 많은 분야는 스스로를 목적으로 한다. 이것은 어떤 경우에 방법론적 필요이기도 하다. 사람의 많은 일은 그것이 어떤 것이든지 간에 다른 일에 기여한다. 그것은 인간 활동의 일부이다. 그리고 그것은 이러한 인간 활동의 전체의 일부로 존재한다. 그렇다고 하더라도 여러 일들은 일단 스스로를 목적으로 삼고 거기에 집중함으로써 일을 바르게 해내게 된다. 이것은 인문 과학의 경우에도 마찬가지이다.

　그러나 인문 과학의 독자성의 주장은 그보다는 더 본질적인 데에서 나오는 것이 아닌가 한다. 그것은 인간 존재의 근본에 대한 반성을 포함하는 학문적 노력이기 때문이다. 그러한 의미에서 그것은 다른 어떤 것의 존재 이유를 빌려 스스로를 정당화하는 것을 허용하지 않는다. 물론 목적과 도구의 관계가 간단한 것은 아니다. 그것이 어떤 것이든지 간에 사람에게는 스스로가 하는 일이 그 자체로 목적이라고 생각하고 싶어 하는 어떤 성향이 존재한다. 말할 것도 없이 인간의 삶의 여러 부분은 도구적 행동으로 이루어져 있다. 그러나 도구적 행동이 지나치게 삶의 많은 부분을 차지하게 되면, 그렇게 되는 삶은 따지고 보면 목적이 없는 삶, 무의미한 삶, 삭막한 삶이 되어 버리고 만다. 또 도구적 행동도 어떤 조건하에서는 그 자체로 의미 있는 일이 된다. 도구적 기술이 기예가 되는 경우가 그러하다. 또는 반대로 자기 목적적인 행동처럼 보이는 것이 곧 도구적 행동이 되기도 한다. 가령 먹는 일이 반드시 목숨을 부지하기 위한 것이라는 수단적 행동이 되는 것은 상당히 비참한 삶의 조건하에서이다. 보다 문명된 상태에서 먹는 일은 그 자체의 즐거움을 주는 것일 수 있다. 그러면서도 그것이 목숨의 부지에 이어져 있지 아니한 것은 아니다. 이것은 성이나 노동과 같은 데에도 해당된다. 인문 과학이 제기할 수 있는 질문의 하나는 바로 이러한 목적과 수단의 변증법에 관한 것이다. 어떤 일이 목적이라고 할 때, 또는 목적에 봉사하는 수단이라고 할 때 그것은 무엇을 뜻하는가, 이러한 것을 문제 삼는 것, 그것도 바로 인문 과학의 문제의식 속에 들어가는 것이기 때문에 그것을 위하여서라도 인문 과학은 우선 그 독자성을 주장할 필요가 있다고 할 수 있다. 그러니까 그것은 그 자체의 물음 방식을 견지할 수 있어야 한다.

경제 영역의 확대　단순하게 정의하여 인문 과학은 인간에 관한 학문이다. 그리하여 인간을 가운데 두고 볼 때 무엇이 목적이고 수단인가 하는 것이 문제가 되는 것이다. 물론 이러한 것을 묻는 것은 인간의 삶을 온전히 하자는 것이다. 이러한 물음을 묻지 않게 된다는 것은 인간의 존재 방식을 다른 어떤 것에 의하여 미리 한정하였다는 것을 말한다. 즉 그 존재의 가능성을 제한한 것이다. 이러한 의미에서 인문 과학의 쇠퇴는 인간의 쇠퇴의 한 증표라고 할 수 있다. 그러나 여기에는 역설적인 면이 있다는 것을 인정하지 않을 수 없다. 문제가 되지 않는다는 것은 문제적이기를 그쳤다는 것을 말한다. 그러니까 그것은 다른 면에서의 인간의 번영의 표현이 될 수가 있다. 물론 그 번영이 일방적인 것일 수는 있다. 경제적 가치의 절대화는 그러한 측면에서의 인간 활동의 번영을 말한다. 이것이 인간의 문제를 후퇴하게 한다. 인문 과학의 탐구가 불필요한 것이 되는 것도 이에 관계된다 할 수 있다. 경제와 더불어 다른 면에서의 인간 활동도 활발하여졌다. 이것은 경제만이 아니라 다른 분야에서도 볼 수 있는 일이다.

정보의 팽창　방금 말한 바와 같이 이러한 현상이 인문 과학을 필요 없게 하는 한 요인이 되지만, 다른 한편으로는 그것이 인문 과학에 해야 할 일을 더한다고도 할 수 있다. 그리고 이 더할 일을 해내지 못하고 있는 것이 인문 과학의 위축을 가져온다. 인문 과학이 인간을 문제 삼는 것이라고 한다면, 인간의 늘어난 활동도 어떻겐가 그 대상이 되어야 한다. 적어도 이 활동의 대응물인 정보를 그 고찰의 대상이 되게 하여야 한다. 이 정보 또한 주체할 수 없을 정도로 확대되었다. 인간 활동과 정보는 한국 내의 것만을 말하는 것이 아니라 세계적인 것을 말한다. 이것도 경제의 확대에 관계되어 있다. 경제의 세계화는 오늘의 현실의 핵심적 양상의 하나에 틀림이 없다. 지구상의 모든 활동과 정보가 이 땅의 삶에 곧 반향을 일으키는 세상이 된 것이다. 이 세계적 상호 연계를 가속화하는 요인의 하나는 정보를 전달하는 매체의 기술적 발전이다. 매체의 발달은 정보의 범위와 전달을 지구적이고 즉시적인 것이 되게 한다. 그리고 자명한 일이지만, 덧붙여 말할 것은 이 매체가 사실 정보뿐만 아니라, 사실을 넘어가는 상상의 놀이의 가능성을 늘렸다는 것이다. 그중에 어떤 가능성은 순전히 상상의 영역에 관계되기도 하고, 또 다른 것은 상상과 사실의 사이를 넘나드는 영역에 관계되기도 한다. 상상적 창조의 세계는 그것이 공리적 세계 또는 경제 가치의 세계에 관계된다는 점을 떠나서도, 우선적으로 순수하게 인간적인 활동으로서 인문 과학의 관심사가 될 것으로 생각된다.

정신 차리기 인간 활동이 활발하여지고 인간에 관한 정보가 유례없이 확대되는 판국에 인문 과학이 위기를 느끼거나 스스로 위축을 느끼는 것은 어떤 까닭인가? 영어로 embarrassment of riches라는 말이 있지만, 인문 과학의 곤혹감은 너무 많아서 곤란한 경우라고도 하겠다. 그러나 그것만이 아닌 것이 이 풍요는 곧바로 인간의 자기실현이 아니라 인간에 맞서 있는 물질과 제도, 또 외적인 대상물로서의 정보들의 풍요로 느껴지기도 하기 때문이다. 인간 활동의 결과물이 틀림없으면서도, 그것들은 이물질이되어 인간에 맞서고 억압적인 힘으로 느껴지는 것이다. 마르크스는 노동자가 자기의 활동으로 만들어 놓은 물건이 어떻게 하여 이질적인 물질이되고 억압적인 힘의 일부로서 돌아오는가를 설명한 일이 있지만, 여기의 문제는 반드시 소외 노동의 문제는 아니더라도, 이에 비슷한 데가 없지 않다고 할 수 있다. 필요한 것은 이러한 교환과 변용의 경로에 대한 사회 과학적 분석일는지 모른다. 어떻든 간단히 말하여, 오늘의 인문 과학이 직면하고 있는 상황은 인간과 그 활동 사이에 존재하는 불균형과 소통 차단으로 인한 것이라고 할 수 있다. 더 간단히, 상황이 사람 사는 일이 정신을 차릴 수 없게 어지럽게 되었다는 말이다. 정신이 없게 된 것은 사람이 만들어 놓은 상황으로 인한 것이다. 또는 모든 인간의 창조에 정신이 개입된다고 한다면, 그것은 바로 정신이 만들어 놓은 것으로 인한 것이라 할 수 있다. 정신이 바로 자신을 놓쳐 버린 것이다. 하여튼 생각하여야 할 것은 다시 정신을 차리는 일이다.

2. 합리성의 문제

하나의 초월적 원리/윤리적 명제   다시 말하여, 정신을 차리는 일에 방해가 되는 일들이 계속 일어날 수밖에 없는 것이 오늘의 사정이다. 생활 지평의 공간적 확대가 쉼 없이 일어난다. 지구상의 모든 나라와 지역이 우리의 생활과 의식의 지평을 이루게 되는 것이 앞으로의 추세이다. 삶의 공간이 계속 팽창하는 것을 이해(理解)의 필요라는 관점에서 생각한다면, 확대된 공간의 이해는 불가피하게 그에 대한 역사적 이해가 불가피할 것이기 때문에, 시간의 확대가 일어난다고도 말할 수 있다. 또는 거꾸로 이것을 우리의 의식과 생활의 좁은 범위에 옮겨서 말한다면, 많은 것이 그 범위 안에 들어오게 되는 것임에, 시공간의 압축이 일어난다고 할 수도 있다. 이러한 확대 또는 압축의 결과 문제의 하나는, 이미 언급한 바와 같이 우리의 정신이 어지러워지고 갈피를 잡을 수 없게 된다는 것이다. 정신 차리는 일은 삶의 필요이지만, 이것은 학문의 필요이기도 하다. 학문의 대상은 한 가지일 수도 있고 여러 가지일 수도 있지만, 학문의 학문 됨은 그것이 하나의 원리 또는 적어도 일관성의 원리로 정리된다는 것에서 찾을 수 있다. 잡다한 세계 속에서 정신을 차리고 사는 일은 현실적 필요에서 나오는 물음이지만, 이 물음은 동시에 학문의 물음이 되고, 또 무엇보다도 인문 과학이 답할 만한 또는 답을 시도할 만한 문제가 된다. 그리고 이 물음은 이 정신 차림의 근본 원리가 무엇인가를 묻게 될 것이기 때문에 인문 과학의 방법과 원리 — 그 중심적 방법과 원리에 대한 물음으로 이어진다. 그것은 인문 과학의 핵심에 이르는 일이 될 것이다.

현실적 관점에서 어떻게 정신 차리고 살 수 있는가를 물을 때, 이에 대한 답변은 우선 두 가지 방향으로 생각해 볼 수 있다. 그 하나는 정신의 정신 됨을 위협하는 세상의 잡다함을 줄이는 일이고, 다른 하나는 오늘의 잡다한 일들을 인간 정신의 산물로서 새로 인지하고 회복하는 일이다. 적어도 이론의 관점에서 필요한 것은 이 후자의 방법이 더 문제를 정면으로 맞대하는 일일 것이다. 잡다한 사물들 가운데 이 잡다한 것을 하나의 일관된 질서 속에서 휘어잡을 수 있게 되는 경우 사람은 정신을 차릴 수 있게 될 것이다. 이것은 오늘의 세계의 잡다성을 한편으로는 일관된 동기 관계 속에 이해하는 것을 말하고, 다른 한편으로는 그 실천적 정비를 시도하는 것을 말한다. 어느 경우에든 필요한 것은 어떤 하나의 원리이다. 그것은 사물 간의 단순한 정합 관계를 조정하는 원리일 수도 있고, 세계의 위계적 구조를 전제로 하는 근원의 원리일 수도 있다.

그런데 오늘날 존재하지 않는 것이 하나의 통합의 원리이다. 전통적 사회에서 모든 것은 하나의 원리에 의하여 통합될 수 있었다. 그것은 초월적인 것이거나 시간 속에 굳어진 집단의 관습에서 나온 것이거나 또는 권력에서 나온 것이었다. 이 하나의 초월적 원리에서 통일된 도덕과 윤리의 명제가 도출되었다. 이것은 우주론적인 것과 행동 윤리를 포괄한다. 그러나 급박한 현실 문제로 닥쳐오는 것은 후자이다. 그리하여 시대의 문제는 대체로 행동 규범의 문제로 나타난다. 오늘날 도덕과 윤리의 쇠퇴와 소멸을 말하는 것은 우리의 삶이 서로 용납할 수 있는 규범에 의하여 규제되지 아니함을 지적한 것이다. 또는 가치관의 타락, 가치관의 재정립을 말하는 경우도, 그것은 개인적이든 집단적이든 사람의 삶에 질서를 부여하는 것이 도덕적, 윤리적 명제와 그 규제라는 것을 말하면서, 동시에 그러한 것이 일원적인 것이 되기는 힘들다는 것을 인정하는 것이다.

가치관 윤리적, 도덕적 질서가 무너졌다는 의식에 따라서 나오기 시작한 것이 가치관의 확립이라는 말이다. 그러나 이것은 확립을 말하는 것이면서 그것이 어렵다는 것을 이미 함축하는 말이다. 가치관이라는 말의 관(觀)이라는 부분이 표현하고 있는 것은 가치가 보는 각도에 달린 것이라는 사실이다. 사물을 보는 데에 각도가 있다는 것은 여러 각도가 있을 수 있다는 것인데, 일단 하나의 각도를 벗어나면 여러 각도에서 보는 것을 하나의 가치의 각도에서만 보게 하는 것은 매우 어려울 수밖에 없다. 하나의 관점에서의 가치관의 확립은 강제력 없이는 불가능하다. 강제력을 배제하면 일단 다원적 관점은 불가피한 것이라고 할 수밖에 없다. 다원적 요소들 간의 조화를 기할 수 있는 것은 조정의 원리이다. 조정의 원리는 하나의 관점에서의 통합을 포기하고, 다원적 관점과 입장의 상호 조정을 꾀하고자 하는 것이다.

다원적 조정/하나의 깊은 원리 많은 것을 하나로 수용한다는 것은 한편으로는 정신의 관용성과 인간의 가능성의 해방을 뜻하는 것일 수 있다. 그것은 이미 있는 것들의 상호 정합의 필요를 말하기도 하지만, 보다 새롭고 넓은 인간 활동의 가능성 그리고 그 다양함을 수용할 수 있는 포용성을 말하기도 한다. 그러나 다른 한편으로는 근본 원리가 없는 단순한 다원적 조정과 조화란 정신의 내용적 천박화를 나타내는 것일 수 있다. 어느 경우에나 그것은 하나의 정신적 대원칙의 명료성과 엄숙성의 만족감을 주지는 못한다. 이렇게 말하는 것은 사람의 정신 속에 있는 깊은 권위에 대한 갈망 또는 사도마조히즘을 표현하는 것에 불과하다는 비판을 받을 수 있다. 비판을 가볍게 볼 수는 없지만 정신의 천박화는 인문 과학도들에게 매우 중요한 문젯거리를 제공한다. 대체적으로 인문 과학은 정신의 옅음보다는 깊음에 대한 믿음을 그 동기 속에 가지고 있다. 인간 존재에 알아보아야 할 깊이가 없다면 사회 과학 또는 사회 공학이 인문 과학을 대치하더라도 섭섭할 것이 없을는지 모른다.

사회적 조정의 요구/깊음의 세계   그러나 다원성의 세계는 현실이다. 다원적 세계에서 필요한 것은 서열화된 가치보다도 조정의 필요이다. 이 필요는 사회적 공존과 평화 그리고 공동의 정책적 추구를 위해서 불가피하다. 개체적 삶의 내면도 하나의 소사회를 이루고 있다고 한다면, 거기에서도 조정과 균형의 원리는 마찬가지의 존재 이유를 갖는다. 우리 사회에서는 사회적 평화의 이상은 별로 존중되지 아니하는 것으로 보이지만, 그것은 그 나름의 가치이며, 어쩌면 모든 다른 가치에 우선하는 가치라고 할 수 있다. 사람이 사회에서 사는 한 사회적 평화의 틀의 수립은 삶 그것을 포함한 모든 가치의 전제이다. 이것은 개체적 생존의 경우에도 마찬가지이다. 삶의 다양한 충동과 소망의 조화와 균형이야말로 인간성 실현의 이상이 되는 것이라고 할 수도 있다. 그러나 여기에서도 우리 사회는 조화된 인간보다는 한편으로 치우친 격정의 인간을 좋아하는 것으로 보인다. 이것도 같은 테두리에서 생각할 수 있는 문제이다. 조정과 조화의 원리는 절차적이고 실천적인 의미를 갖는다.

여러 인간의 상호 조정은 우선순위와 경중의 재배치를 요구하고, 또 현양(顯揚)과 억압을 수반하는 일이고, 그에 따른 정치적 체제를 요구하는 일이다. 이러한 사회적 필요가 인문 과학에 왜 필요한가 물을 수도 있지만, 사회와의 관계에서 인문 과학에서 생각하고자 하는 가치는 곧 사회적 제도를 지탱하는 이념을 찾는 일이다. 인문 과학 본연의 임무라고 할 수 있는 인간 내면의 요구의 조화도 사회적 제도와의 대응 관계를 생각하지 않고는 이룩될 수 없다. 어떤 이유에서이든지 사회적 정합을 위한 제도적 요건의 문제를 인문 과학도 무시할 수 없다. 그리고 조금 전에 말한 바와 같이, 다원성은 그 나름의 인간 해방적 의미를 가지고 있다. 그러나 조정의 세계는 일단은 최소한도의 조건을 말하는 것이다. 인문 과학이 문제 삼는 것이 그 이상의 것, 더 나아가 최상의 또는 최선의 것이라는 것을 잊어버린다면, 그것은 그 범위와 의의를 크게 축소하는 것이 될 것이다. 주어진 현실 조건 하에서, 오늘날 인문 과학의 핵심적인 문제는 조정의 정합성이 표현하는 옅음의 세계와 인간의 정신적 모험이 이룩한 깊음의 세계를 어떻게 연결하느냐 하는 것이다.

합리성의 모순 변증법/합리화 속의 인문 과학　지금까지 조정의 원리라고 한 것은 합리성을 말한다. 이렇게 말하고 보면 합리성의 과제는 이론상의 과제라기보다는 사회적인 과제이고 역사적인 과제이다. 그것은 세계적으로 오늘의 문명화된 사회의 중요한 원리이다. 그러면서 그것은 서양의 발명이라고 할 수 있다. 그것이 다른 지역에까지 밀려와서, 소위 근대화 또는 현대화하려는 사회의 지배적인 사회 원리가 되었다. 그런데 역설적인 것은 이것이 조정의 원리이면서 일단 갈등의 요인이 된다는 것이다. 그것은 서로 다른 전통의 사회 사이에 일어나는 충돌 속에서 출현한 원리이기 때문에 그로 인한 갈등의 시작은 자연스럽다 할 수 있다. 비서양 사회들의 정치적, 사회적 혼란과 빈곤은 적지 아니 근대화의 이념과 전통 사회의 정신이 여러 비서양 지역에서 갈등의 상태에 들어간 것에 관계되어 있다고 할 수 있다.

여기에서 합리성은 서양의 원리이다. 그러나 역설적이고, 또 상당한 정도는 억울하게 느껴질 수밖에 없는 일이지만, 불가피한 현실은, 적어도 일단은 근대화를 추구하는 한 사회와 정신의 전통적 원리로부터 합리성의 원리에로 이행하는 것이 개발 도상국가의 과제가 된다는 것이다. 합리성은 처음에 갈등의 원인이면서 다시 갈등 조정의 원리가 되기 때문이다. 억울한 일이지만, 전통 사회에서 근대 사회로 이행하는 사회에서 사람들이 정신이 없다는 느낌을 갖는다면, 그것은 적어도 한편으로는 합리성의 원리의 진전에 의하여 어느 정도 극복된다 할 수 있다. 근대화의 틀 안에서 본다면, 정신을 문제 삼고 인간을 문제 삼는 인문 과학에 부과되는 요구도—서양에서도 그것이 완성되었다고 할 수는 없지만, 특히 우리나라와 같은 비서양 지역에서 합리성의 완성 또는 좀 더 넓게 잡아 이성의 완성의 요구라고 생각할 수 있다. 물론 여기에 문제가 없다는 것은 아니다. 현대적 합리성의 문화라는 것은 바로 정신을 헷갈리게 하는 오늘의 공리적 문명을 생산해 낸 원흉이라 할 것이고, 그 합리성 속에서 정신을 차리는 원리를 찾을 수 있다는 것은 바로 공리적 문명의 정신없는 상태에 빠져 들어가라는 말로도 생각될 수 있기 때문이다. 합리성의 문명으로서의 서양문명과 비서양 세계의 대결은 공리적 도구주의와 정신의 대결이라는 면을 가지고 있다. 여기에서 정신은 처음부터 지고 들어가는 것으로 보인다.

그러나 오늘의 상황에서 합리성의 문제는 피할 수 없는 과제이다. 여기에서 이 점을 특히 말하는 것은, 좋든 나쁘든 우리의 현대사의 한 주제가 근대화이며, 이 근대화는 더러 주장되듯이 이미 완성되고 극복된 것이 아니라 아직도 계속 추구되어야 할 과제라는 것을 상기하자는 뜻에서이다. 이 현대사의 틀 안에서 본다면 우리의 인문 과학이 당면한 과제도 근대화라는 주제 속에서 파악될 수 있다. 합리성은 물질세계와 사회의 구성 원리이다. 또 그것은 사회적 담론에 있어서 그 논리의 필연성으로 하여 같은 구실을 한다. 동시에, 이미 말한 바와 같이 그것이 인간 정신의 모든 것을 만족시켜 줄 수도 없고, 또 그러니만큼 최선의 삶을 약속해 줄 수도 없다. 그러나 그것이 현대적 사회의 물질적, 담론적 기초라고 할 때 인문 과학의 문제는, 앞에서 말한 것을 달리 표현하면, 합리성의 영역 안으로 다른 정신 영역의 통찰들을 어떻게 번역하느냐의 문제이고, 또는 적어도 인간의 정신의 영역에서 합리성과 다른 원리들을 어떻게 연결하느냐 하는 문제로 생각할 수 있다.

3. 합리성과 내면 체험

내면적 의식의 다양성 정신없는 세계에서 정신을 차리는 문제로 다시 되돌아가서, 정신을 차리거나 정신을 가다듬는다고 할 때 눈을 자신의 내면으로 돌리는 것은 자연스러운 일이다. 자신을 돌아보아야 정신이 없는가 있는가를 알 것이기 때문이다. 세상만사가 정신에 맞는가를 알기 위해서는 제정신을 정확히 포착하여야 한다.

그런데 정신이라고 부를 수 있는 어떤 마음의 원리가 아니더라도 자기가 어떤 상태에 있는가는 여러 방법으로 알 수 있다. 세상이 편한 느낌을 가지게 한다든가 또는 번거롭고 울적한 느낌을 준다든가 하는 것은 사람의 기분에 많이 전달된다고 할 수 있다. 기분이라는 것이 어떻게 성립하는가는 간단한 문제가 아니지만, 이것은 한편으로는 심리학적으로 체감, 시너스시지어(coenesthesia)를 포함한다고 할 수도 있고, 다른 한편으로 하이데거가 말하는 존재와의 조율 상태를 기록하는 매체로서의 기분(Stimmung)을 말할 수도 있다. 내면의 체험은 분명하게 언표할 수 없는, 육체적 느낌으로부터 형이상학적 예감에 이르는 복잡한 음역을 포함한다. 물론 그것은 보다 철학적으로 순화된 것으로서 나타날 수도 있다. 그리스인의 순수한 관조로서의 '테오리아(theoria)', 성리학의 마음의 맑은 상태로서의 '도심(道心)', 현상학의 '현상학적 환원' 등은 모두 내면에 이르는 철학적 수속을 가리킨다.

데카르트의 코기토 합리성의 출처로서의 데카르트의 코기토도 인간과 세계의 관계에 있어서의 내면성의 한 계기이다. 다만 이것은 여러 내면의 경험에서도 특권적인 위치를 갖는다. 그렇다는 것은 그것이 근대성의 기초가 되었기 때문이기도 하고, 근대적 의미에서의 학문의 확립에 핵심적인 내면 원리이기 때문이기도 하다. 이것이 학문의 원리라는 것은 우리가 근대성의 지배하에 있기 때문인지, 아니면 설사 그렇다고 하더라도 그것이 학문을 가능하게 하는 유일한 원리이기 때문인지는 분명하지 않다. 하여튼 그것은 전통적인 내면 경험과는 다른 것으로서, 그것으로부터의 하나의 단절을 나타낸다. 그러면서도 강조되어야 할 것은 그것이 전적으로 다른 것만은 아니라는 사실이다. 코기토를 내면성의 테두리 안에 놓는 것은 그러한 면을 다시 상기하자는 것이고, 그것은 학문을 심화하는 데에 중요한 의미를 갖는다.

나는 다른 글에서 캐나다의 철학자 찰스 테일러가 서양의 반성적 사고에 있어서의 서로 다른 유형들을 나누어 말한 것을 언급한 일이 있다.[2] 그가 지적한 중요한 점은 플라톤이나 스토아 철학에서의 심성의 작용과 데카르트에 있어서의 그 작용을 확연히 구분할 수 있다는 것이다. 그 세부에 대해서는 이론(異論)이 있겠으나, 이 구분의 핵심 부분은 옳은 통찰을 담은

---

2 여기에서도 데카르트에 대한 논의는 주로 테일러의 다음 글을 참조했다. Charles Taylor, "Inwardnss and the Culture of Modernity", in Axel Honneth, Thomas McCarthy, Claus Offe and Albrecht Wellmer eds. *Philosophical Interventions in th Unfinished Project of Enlightenment*(Cambridge, Mass,: MIT Press, 1992).

것으로 생각되는데, 이 차이는 사실 다른 모든 사고의 방식과 근대적 사고 방식의 차이를 나타내는 것이라고 할 수 있다. 테일러의 생각으로는 플라톤이나 스토아 철학에서 사람의 내면으로 들어가 사물을 다시 보려는 것은, 그것이 이성에의 길이고 이성을 통해서 진선미의 질서 또는 삶의 도덕적 지혜의 직관이 가능한 까닭이다. 이 직관이 사람으로 하여금 현세의 가상과 정욕의 왜곡으로부터의 해탈을 가능하게 한다. 데카르트에서 자신의 마음으로 들어가는 것은 실질적인 진리를 직관하자는 것이 아니라 진리에 이를 수 있는 근거 ― 확실성의 근거를 발견하자는 것이다. 여기에서 그 근거란 한편으로는 우리의 개념 또는 더 일반적으로 표상을 정리하는 데에 작용하는 논리성이다. 그것을 통하여 사람은 사물에 대한 표상을 단순한 요소로 분석하고, 다시 그것을 정연하게 정리할 수 있게 된다. 전제는 여기의 논리적 절차가 궁극적으로 세계와 사물의 참된 모습에 대응한다는 것이다. 이 전제는 사실로써 검증되는 것이기도 하지만, 데카르트에게는 신에 의하여 뒷받침된다. 인간이나 세계나 신이 창조하신 것이라는 것이 이것을 보장하는 것이다. 물론 현실에 있어서 그것은 신보다 전적으로 물리적 세계의 사실적 증거로써 보장된다.

인간 주체의 이성적 구성과 그 양의성　되풀이하면 내면화의 한 형태로서의 데카르트적 사고의 의미는 첫째, 그것이 그것 자체로 객관적 질서에서 나아가는 통로라기보다는 자기 자신으로 돌아가서 확실성을 찾는 것이라는 것, 그리고 이 자기 회귀적 반성이 그 이성적 확실성에 의하여 세계를 구성하는 원리가 된다는 데에 있다. 이것은 인간을 보다 자유롭게 하면서 동시에 일정한 기율에 매이게 하는 일이 된다. 데카르트적 반성은 사유의 과정 속에 들어 있는 필연성을 확인하는 것을 의미한다. 그것은 세계의 질서의 구성을 향하는 것이면서 인간 자신을 향하는 것이기도 하다. 인간의 주체적 자아도 이성적 기율하에 놓이고 객관적 세계의 질서 속에 자리해야 하기 때문이다. 이러한 세계와 자아 구성은 근대적 사회의 성립을 위한 중요한 계기를 이룬다. 여기에서 나오는 것이 과학과 경제와 성(性)의 영역에서의 기율이다.

그런데 흔히 말하여지는 억압의 원리로서의 이성도 이러한 사정에 이어져 있다. 이 억압은 단순히 자유의 억압만을 의미하는 것이 아니라 전통적 반성에서 드러나던 형이상학적 그리고 도덕적 진리를 인간의 필연적 관심사로부터 배제하는 것이 된다. 데카르트적 반성은 객관화될 수 있는 관점 이상의 것으로서의 인간의 내면의 의의를 축소시키는 효과를 낳는 것이다. 그러나 이와 동시에 전통적 형이상학적 진리의 억압성을 도외시할 수는 없다. 그것은 이의를 제기할 수 없는 독단의 성격을 가진 것이기 쉽다. 그에 대하여 일단 절차적 기율을 받아들인다면 데카르트의 이성은 독단의 협소함을 넘어서는 동의를 창출할 수가 있고, 이것은 사회와 자연에 보편적 평정화를 기할 수 있게 해 주는 원리가 될 수 있지 않을까 한다. 문제점들을 가지면서도 그 구성적 작업을 통하여 자연과 사회와 인간으로 하여금 하나의 개방적인 질서를 이룰 수 있게 하는 가능성이 열리기 때문이다.

이성의 해방적 기능과 정복의 힘 그리고 무엇보다도 데카르트적 합리성이 수행한 해방적 기능을 부정할 수 없다. 세계가 오늘날 서구에서 시작된 현대 문명에 압도되어 있는 것은 단순히 불평등한 제국주의적 힘의 관계로 인한 것만은 아니라고 나는 생각한다. 그것은 정복자의 힘을 보여 주면서 동시에 인간 일반의 증대된 힘을 예시하는 것으로 비친다. 이 근대성의 힘은 물질적 풍요를 말하기도 하고, 또 많은 영역에서 인간의 정신의 자유와 확대를 의미하기도 한다. 이와 같이 지금의 시점에서 이 인간 확대의 모범은 선망의 대상인 동시에 가공할 파괴적인 세력을 대표하고 있어서, 단순히 경탄만 할 수는 없는 것이다. 그러나 확실한 것은 그것을 도외시할 수는 없다는 사실이다. 보편성의 직관 그리고 인간의 보편적 가능성에 대한 예감, 그러면서 폭력적일 수도 있는 힘 ─ 이 사이에는 일도양단으로 끊어 말할 수 없는 변증법이 존재하는 것으로 보인다. 하여튼 이러한 변증법적 역사적 현실의 추진력의 하나가 합리성의 원리이고 쉽게 벗어날 수 없는 현실의 원리이다.

보편성의 담론/물질적, 사회적 필요　적어도 합리성은 오늘의 조건에서 주된 설명력을 가지고 있는 가장 강력한 담론의 원리이다. 무엇보다도 그것은 지금의 물질적, 정신적 다양성의 조건하에서 보편적 세계에로 나아가고 일관성을 찾는 유일하게 설득력을 가진 방법으로 보이는 것이다. 그것은 세 가지의 측면에서 작용한다. 그것은 내면을 확실성 속에 파악하는 행위이면서, 외면적 세계를 이 논리적 필연성 속에서 구성할 수 있게 하고, 그러니만큼 개체적 내면성을 초월한 보편적 소통의 언어의 단서를 여는 행위이다. 이 코기토에의 복귀를 통해서 사람은 제정신을 찾는 확실한 근거를 얻을 수 있다. 이러한 보편성 차원의 수립은 개인적 차원에서라기보다는 사회적 차원에서, 또 그것을 넘어가는 보편적 차원에서 중요하다. 이성을 통하여 수락할 수 있는 제약으로서의 보편성의 매개가 없이 개체적 존재들이 함께 영위하는 집단적 삶은 가능할 수가 없다. 사회적 평화 속에서의 인간의 생존이라는 관점에서도 그러하고, 인간이 스스로의 삶을 공존적 테두리 안에서 창조한다는 점에서도 그러하다. 학문으로서의 인문과학은 이 보편성의 언어를 전제하는 인간 활동이다. 더 나아가 합리성의 보편성과 세계 구성 능력을 ─개념적이든 아니면 실천적이든─ 빼고는 세계를 향한 학문적 태도는 불가능하다고 나는 말하고 싶다.

합리성 비판　그러나 다시 한 번 이러한 합리성의 필요는 어디까지나 제한된 필요라는 것을 상기하여야 한다. 합리성이 말하고 있는 것은 보편적 세계의 필요 — 세계의 구성적 필요이다. 이 보편성이란 다양화된 인간과 문화가 존재하는 곳에서의 차이를 초월하고 싸움을 최소화할 수 있는 원리이다. 그러나 그것이, 사람이 느끼고 알게 되는 존재의 열림의 전부가 아닌 것은 너무나 분명하다. 그것은 보다 깊은 내면적 생활의 진리를 배제한다. 그러니만큼 그것은 실질적 삶의 내용에 대하여는 무관심하다.

서양에서 발생한 오늘의 산업 문명 — 이성의 소산인 산업에 기초한 문명의 불행은 서양에서 이미 무수히 지적되고 비판된 바 있다. 이미 그 영향력을 상실한 지 오래된 생철학과 같은 것을 말하지 않더라도 현대 서양 철학의 주조는 이성의 철학보다는 그 비판에서 찾아진다. 합리성의 원리에 대하여 비판적이라는 점에서는 하이데거의 철학도 같은 테두리에 들어간다. 이성주의의 문제성이라는 관점에서 더 중요한 것은 현대에 와서 이성의 입장을 마지막으로 대표했다고 할 수 있는 프랑크푸르트학파의 아도르노와 호르크하이머와 같은 사람이다. 그들도 일찍이 계몽주의 이성이 실현한 세계의 모습에 절망하고, 그 원인을 이성과 지배 의지의 풀 수 없는 결합에서 찾을 수 있는 것으로 말한 바 있다. 그들의 '계몽의 철학'은 그 고전적 표현이다. 그보다 한 세대를 지난 다음의 하버마스의 필생의 과업은 이성의 독단성을 밝히고 그것을 보다 유연한 대화와 소통의 원리 속에 재정립하려는 것이었다. 그러나 오늘 그러한 수정주의적 이성이 얼마만한 권위를 갖는 것인지는 알 수 없는 일이 되었다. 극단적인 비이성적 철학은 푸코나 데리다나 들뢰즈와 같은 당대의 해체주의적 철학자들에서 발견할 수 있다. 그들에게 이성은 억압과 폭력, 또 허구적 구성의 결과이다.

이성과 그 너머/예술의 세계　그러한 급진적 이성 비판들을 보지 않더라도 서양에 있어서, 인문 과학은 전통적으로 과학적 이성에 대하여 다소간에 적대적인 관계에 있어 왔다. 전통적으로 인문적 관심은 명증성을 갖는 진리보다는 훨씬 더 포괄적인 진리에 있었다. 인문 과학을 자연 과학과 구분하고자 하였던 가다머는 명증성과 실증적인 과학의 진리와는 다른 형태의 진리로서, 전통적으로 현실의 삶의 지혜를 나타내는 그리스인의 '프로네시스(phronesis)'라든가 로마인의 '프루덴시아(prudentia)'라든가 또는 칸트의 공동체적 감성(Gemeinsinn)에 이어지는 '공통감(sensus communis)'이 있음을 상기시키고, 인문 과학의 관심사가 명증한 진리보다는 이러한 것에 있음을 말한 바 있다. 이것은 대체적으로는, 가다머의 비판에도 불구하고 그 이전에 인문 과학의 철학을 말한 딜타이나 리케르트에도 해당된다.

실재의 세계가 합리적 담론이나 기술적 구성의 세계를 넘어간다는 것은 철학적 반성이 우리에게 상기해 주는 것이기도 하지만, 이것은 우리의 일상생활에서도 익히 알고 있는 것이다. 우리가 사는 세계는 합리적 개념으로 말할 수 있는 것보다는 훨씬 섬세한 뉘앙스에 차 있는 세계이다. 합리적 구성을 넘어가는 형이상학적 세계 또는 일상적인 구체성의 체계는 예술이 잘 전달해 주는 것이다. 흔히 인문 과학의 영역은 예술의 영역을 포함하는 것으로 생각된다. 그러나 인문 과학의 문제를 생각하면서 중요한 것은, 이러한 초합리적 세계의 존재가 합리성을 부정하는 것은 아니라는 점에 주목하는 것이다. 사실 인문 과학의 문제는 어떻게 이 둘 사이에 존재하는 상이하고 상동한 관계를 유지할 수 있느냐 하는 데에 있다고 할 수 있다.

이성의 재귀 그럼에도 불구하고 합리성 비판이 이성의 사실적 지배를 벗어나게 해 주지는 못한다. 더욱 주목할 것은 이성을 벗어나서는 그 비판도 불가능한 것이 되기 쉽다는 것이다. 앞에서 언급한 비판들이, 정도의 차이는 있을망정 모두 합리적 담론을 통한 비판이라는 것이 그것을 증명한다. 하이데거의 철학의 어떤 부분은 논리보다는 시에 가깝다고 할 수 있을는지 모르지만, 그렇다고 그의 철학적 언어가 완전히 논리를 떠나 있는 것은 아니다. 데리다의 철학은 부정적 이성 비판의 극단적인 예이지만, 궁극적으로는 논리에 기초한 것이라고 하여야 할, 그의 논의의 사변적 정치성(精緻性)은 가히 스콜라 철학의 그것에 가까운 것이라고 할 수 있다. 진리는 언어도단의 침묵 속에 있을는지 모른다. 그리고 거기에서만 그 풍부한 내용이 보존될 수 있을는지 모른다. 그러나 오늘의 다양화된 의견의 사회, 특히 모든 삶의 실질적인 마련이 합리성의 원리 속에 움직이는 사회에서 그것은 설득력을 갖기 어려울 뿐만 아니라, 결국은 공존의 틀의 구성이 아니라 독단론에 따르는 갈등과 분열에 이르는 길이 될 수도 있다. 담론의 합리성은 피할 수 없다고 하겠다. 그러면서 그것이 합리성의 마련을 넘어가는 세계를 지칭할 수 없는 것은 아니다.

이런 의미에서 예술의 경우는 하나의 대표적인 예를 제공해 준다. 예술은 다른 모든 감수성의 체험과 마찬가지로, 합리적 법칙으로 환원될 수 없다. 그렇다고 그것이 곧 초이성이나 체험의 세계 그 자체가 되는 것은 아니다. 그것도 사실은 이미 보편적 소통의 필요에 의하여 그 영향을 받고 있는 세계에 있다. 이것을 학문적으로 말한다는 것은 또 한 번 합리적 담론의 세계로 전이(轉移)해 간다는 것을 의미한다. 예술이든 아니면 더 구체적 체험 또는 극단적으로 말하여 순수 체험, 순수 지속의 세계, 또는 초월적 세계도 공통체적 소통의 장으로 열리기 위해서는 합리성의 규제를 받아들여야 한다. 공동체적 전통이 강했던 곳에서는, 조금 전에 말한 바와 같이, 예술을 비롯한 감성적 체험과 존재의 영역이 합리적 이성에 의해서 해석될 필요가 없었다고 할 수 있다. 그러나 오늘에 있어서의 특정한 사정이 —— 궁극적으로는 경험과 상징의 다원성에 의하여 특징지어지는 오늘의 사정은 보다 엄밀한 합리적 담론의 절차를 요구하는 것이라고 할 수 있다. 오늘날 모든 것은 합리성의 규제 아래 있다. 이러한 사정은 앞에서 언급한 합리성과는 다른 내면적 체험 —— 주로 철학적 가르침의 인식론적 시발에 놓이는 다른 내면 회귀(回歸)에서도 같은 것으로 말할 수 있다. 그러한 회귀에서 드러나는 형이상학적, 초월적 진리 또는 삶의 예지들도 합리성의 담론에 의하여 매개됨으로써 학문의 영역에 들어오게 된다. 이것은 학문을 위하여 필요한 것일 뿐만 아니라 세속적이고 다원적 관용성에 입각한 민주주의의 기초를 위하여 필요한 일이기도 하다.

되풀이하건대 합리적 절차에 의하여 증명될 수 없는 초월적 진리, 실용적 진리 또는 미적 진리가 어떻게 합리성의 테두리 속에서 살아남을 수 있는가 하는 것은 문제로 남을 수밖에 없다. 이것은 합리성의 영역에 한정될 수 없는 인문 과학의 핵심적인 문제 영역이 된다. 그러나 합리성의 담론 속에서도 그 밖에 있는 진리가 무의미한 것으로 끝나지는 아니한다. 프로이트의 무의식에서 '아니라'는 부정이 부정과 동시에 긍정을 뜻할 수 있는 것처럼 인간과 사회에 관한 담론에서 부정된 명제는, 자연 과학의 명제와는 달리 부정되면서도 믿음과 행동의 가능성으로 남는다. 이보다 더 적극적인 의미에서, 인간의 내면 회귀에서 드러나는 여러 지혜들 —— 형이상학적, 도덕적 그리고 미적 지혜들을 합리성의 테두리 안에서 어떻게 복원할 것인가 하는 문제는 앞으로의 인문 과학의 주요한 과제로 남을 것이다.

언어와 그 지시의 아포리아 그러나 따지고 보면 모든 말과 글은, 이성이나 언어의 비판자들이 말하듯이 벗어날 수 없는 그 자신의 창살 속에 갇혀 있다. 그러면서도 그것은 창살 밖의 세계를 지향한다. 그리고 이것이 전혀 불가능한 것은 아니다. 언어에 의존하는 인간의 문명이 비언어의 물질세계 속에 계속 잔존해 온 것 자체가 이것을 증명한다. 서양 문명의 특징의 하나는 언어의 폐쇄적 회로를 세련시키면서, 동시에 그것으로 하여금 사실을 지시하게 한 데에 있다고도 할 수 있다. 티머시 라이스는 16세기 이후, 과학의 흥기와 더불어 이루어진 담론 체계를 "분석적, 지시적 담론의 체계"라고 말하고, "기호 체계(특히 언어 체계)의 '통사적' 질서가 이성의 논리적 질서화 그리고 이 질서의 외면에 있는 세계의 구조적 조직화에 일치한다는 전제하에 성립한 것"이라고 말한다.[3] 이러한 일치가 불연속성을 가지고 있는 것은 분명하다. 그러니까 일치는 모순된 일치이다. 그러나 여기에서 주목할 것은 이러한 언어와 사물의 모순된 일치는 현대 과학의 발견도 아니고 해체주의자들의 발견도 아니다. 이 불연속성과 함께 그것에도 불구하고 존재하는 일치는 중세 서양 학문의 핵심을 이루었던 신학에서 이미 볼 수 있다. 신학은 논리적 언어로써 논리를 초월하는 세계를 말하려는 노력이다. 또는 논리적 언어로써 논리의 불가능성을 말하는 것이었다고 할 수도 있다. 오늘날 문제가 되는 것은 언어와 이성과 사물의 세계의 일치의 가능성이지만, 그것은 어느 때나 단순한 것이 아니다. 그것은 모든 언어에 내장되어 있는 아포리아이다. 그럼에도 불구하고 언어의 질서가 포기되는 것은 아니라는 것을 우리는 상기하여야 한다. 인문 과학의 과제는 이 아포리아의 수락에서부터 시작한다. 그러나 이 아포리아에서 주인이 되는 것은 합리적 사고의 원리이다.

이성과 인문 과학/자기비판적 이성　인문 과학이 학문으로 또는 적어도 독단적 명제의 집합이 아니라 객관적인 담론의 대상으로 남으려면, 이성의 입장 또는 합리성의 입장을 견지하는 것은 불가피하다. 물론 그것은 이

3　Timothy J. Reiss, *The Discourse of Modernism* (Ithaca, N. Y.: Cornell University Press, 1982), p. 31.

미 많이 말하여진바 문제점들을 의식하는 것이 되어야 한다. 이성의 원리는 단순한 실증적 원리라기보다는 자기비판적이고 자기 성찰적인 원리로서 존재하여야 하며, 이러한 자기비판에서 스스로를 한정하고 또 스스로를 넘어가는 원리로서 생각되어야 한다. 자기비판적인 이성의 획득은 이성을 보다 넓은 인간의 정신적 체험 속에 돌려놓음으로써 가능하다. 발생론적으로 그것은 이보다 넓은 체험의 일부이고, 이 일부의 원리화로 성립한다. 인문 과학의 핵심적 통찰의 하나는 이 근원적 체험을 열려 있게 하는 것이다.

4. 이성과 주체성

이성과 권력   합리성 또는 더 일반적으로 이성에 대한 비판의 하나는 그것이 지배 의지의 소산이라는 것이다. 이것은 앞에서도 언급했지만, 이것이 어느 정도는 이성 작용의 자연스러운 속성 — 또는 경험의 구체성을 떠나는 모든 일반화의 속성이라고 한다면, 그것은 그보다도 더 적극적으로 권력 또는 지배욕의 표현이 될 수 있다. 이 가능성이 그 힘이라는 것은 틀림이 없다. 세계 자체가 이성의 힘의 자기 개진의 표현이라는 것은 지금에 와서는 쉽게 주장할 수 있는 것이라고 할 수는 없을는지 모른다. 그러나 그것이 사회적 행동에 관련된 한에서, 또 개인적인 사유와 언어의 능력에 있어서 힘으로 작용하는 것은 부정할 수 없다. 지식이 힘이라는 말은 고상한 의미에서든 속된 의미에서든 맞는 말이다.

권력 의지/보편성/간주체성   그러한 의미에서 이성 또는 이성화의 힘은 권력 의지의 표현이다. 다만 그것은 여러 가지 다른 요인들과 결합되어 작용한다. 논리적, 인식론적 또는 존재론적 해석으로도 이성은, 어떤 주체의 힘 또는 주체성의 표현이라고 할 수도 있다. 가장 추상적인 차원에서 주체성은 다양한 대상 세계에 대한 사유의 일체성 또는 사유 행위의 일체성을 나타내는 것으로 정의될 수 있다. 그것은 논리적 명제의 주어이고 또는 사유하는 주체이다. 이것이 존재론적으로 실재하는 것이냐 아니냐 하는 것은 철학적인 논쟁의 주제가 될 수 있다. 이와는 달리, 이성 또는 합리성을 개인적인 차원에서의 권력 의지에 관련시키고 개인적인 삶의 지속 또는 정체성에 관련시키는 것은 경험적인 현실로서 받아들이기 어렵지 아니한 일이다. 다만 이 경우에도 선험적인 주체성과의 관련이 완전히 버려지지 아니하는 것으로 말할 수 있다. 개인적 의지, 지속, 정체성도 반드시 개인적인 것만은 아니다. 이 후자는 그에 앞서 주체성의 충동에 의하여 움직인다고 할 수 있다. 그것은 보편성으로 나아가려는 개인 의지이다. 모든 지적인 정당성의 주장에 들어 있게 마련인 지배 의지의 개입도 사실 보편성에의 의지라는 면을 갖는다. 그런가 하면, 선험적 주체성은 인식론적 필요 또는 초월적 원칙의 세계를 지시하는 것이면서 동시에 개체적 정체성을 넘어가는 주체성으로서의 사회적 간주체성(intersubjectivity)을 말하는 것일 수 있다. 이러한 간주체성은 다시 보다 정태적인 소통의 사회적 공간에 이어지기도 하고, 보다 동적으로 스스로의 역사를 만들어 가는 집단적인 역사 창조의 힘에 이어질 수도 있다.

주체와 문화의 힘   어쨌든 이성의 이러한 관련을 말하는 것은, 그것이 경험적 현실의 차원에서는 여러 가지 요인과 힘의 결집 위에 성립한다는 것을 말하려는 것이다. 앞에서 나는 인문 과학 또는 학문의 핵심적 원리로서의 합리성 또는 이성을 말하였다. 그런데 이것은 복합적인 요인의 주체성이 없이는 있기가 어려운 것으로 생각된다. 개인적인 차원에서 합리성을 익힌다는 것은 자신의 주체적 힘을 기른다는 것과 표리를 이루는 일이고 철학적 훈련을 쌓는다는 것이지만, 다시 그것은 집단적 주체성의 뒷받침이 없이는 쉽게 이루어질 수 없다. 뛰어난 문화적 업적에 대한 적절한 비유는 여러 산들이 서로 떠받들고 있는 산맥이다. 높은 산은 그보다 낮은 산들과 함께 솟아서 높은 산이 된다. 문화적 업적은 개인적 천재와 노력의 결과이면서 동시대 문화의 한 결실물이다. 이 문화는 문화를 창조할 수 있는 주체의 힘이다. 또 이 주체의 힘은 단순히 문화 창조의 힘이 아니라 넓은 의미의 역사를 창조하는 힘이다. 그리고 이 역사 창조의 힘은 오늘의 환경에서 세계 질서 속에서의 한 사회의 정치적, 경제적, 사회적, 문화적 힘의 총체에 의하여 결정되는 것으로 생각된다. 이러한 의미에서도 지식이 권력과 함수 관계에 있다는 것은 정당한 것으로 보인다. 그러나 그것은 단순한 권력 의지의 자기주장이 아니다.

보편성의 투쟁   그러나 이러한 고찰들은 이성과 합리성이 다시 말하여 힘의 장에서 투쟁적으로 존재한다는 것을 뜻한다. 이것은 모순과 갈등의 보편적 조정자로서의 이성의 힘을 손상한다. 필요한 것은 이성을 하나의 갈등의 과정에서 생겨나는 확대되는 보편성의 궤적으로 보는 것이다. 그리하여 이성은 좁은 의미에서의 법칙성 — 또는 실증적 법칙성을 초월하여 그것을 새로 확대되는 법칙에 의하여 새로 수정되고 그것에 포괄될 수 있게 하는 동역학 속에 존재한다. 그러니까 보편성은 모든 것을 포괄하는 것이면서, 모순된 이야기이지만 역사와 입장에 의하여 제약되는 부분성이다. 그것은 다른 보편성의 주장에 대하여 갈등의 관계를 가지며 보다 참다운 보편성에 의하여 지양된다. 다만 그것은, 어떤 종류의 보편성이든지 보편성의 주장을 가지고 있는 한 이미 스스로를 넘어가는 역학을 자기 안에 가지고 있다고 할 수는 있다. 이성은 이러한 통시적 운동 속에 있으면서 법칙적 공시성을 나타내는 원리이다. 이러한 역설은 주체성에도 들어 있다. 그것은 가장 초보적인 의미에서는 개인적이든 집단적이든 단순한 자기주장이다. 그러나 주체성은, 그것이 헤겔이 말하듯이 모순 속에서의 자기 지속을 말하는 것인 한, 여러 단계의 저항, 합일을 통해서 보다 넓은 주체성과 일치하는 과정을 말하기도 한다. 이렇게 생각할 때 개인적, 집단적 자기주장으로서의 주체성은 보다 넓은 주체성, 그리고 보편적 이성에 모순되는 것이다. 그러면서 그것에 일치한다.

주체성의 투쟁　이러한 갈등의 과정을 인정하는 것은 중요한 일이다. 그리고 특히 모순을 직시하는 것이 중요하다. 그렇다는 것은 주체성의 주장이 정당성의 주장 — 합리성이나 이성의 입장에서의 정당성의 주장에 일치하는 것으로 말하여지는 경우가 너무 많기 때문이다. 모든 삶이, 또 삶에 기초한 명제가 소박한 의미에서의 삶의 자기주장에서 나온다고 볼 때, 모든 주체성의 주장은 일단은 정당하다고 할 수 있지만, 그것은 곧 다른 비슷한 주장에 부딪치게 되고, 그러한 의미에서 그것은 궁극적인 정당성을 가질 수는 없게 된다. 결국 정당성이란 주체성의 투쟁에 있어서의 승리자에 있을 뿐이라고 생각할 수도 있으나, 조금 더 이상적인 관점에서는 그것은 이러한 투쟁을 초월하는 데에 있다. 그러한 전제하에서 학문, 특히 인문 과학은 주체성의 학문이면서 주체성을 초월하는 이성의 학문이다. 그것은 궁극적으로는 주체성의 투쟁에서의 전략의 학문이 아니라 그 투쟁을 초월하여 세계와 사회와 인간의 평정에 봉사하는 진리의 학문으로 생각되어야 한다.

한국의 학문과 서양의 학문　이러한 주체성과 이성의 복잡한 관련은 오늘의 학문의 상황에 중요한 의미를 갖는다. 솔직히 말하여 우리 학문의 많은 부분은 서양 학문의 지배하에 있다. 이것은 힘의 문제이기도 하지만 보편성의 문제이기도 하다. 서양 학문의 지배는 일단은 그 보편성이 정당화한다. 그러나 이 보편성이 힘에 관련이 된다고 할 때—특히 제국주의적 국제 질서에서의 힘에 숨은, 또는 숨어 있는 것만이 아닌 관련을 가지고 있다고 할 때, 그 보편성이 완전한 것이 될 수는 없다. 힘에 의하여 뒷받침되고 있는 한, 그것은 부분성을 넘어서지 못할 뿐만 아니라, 보편적인 것처럼 보이는 부분에 있어서도 힘이 만들어 내는 환상일 수 있다. 그리하여 우리는 우리의 것을 다시 찾아야 할 필요를 느낀다. 그러나 다른 한편으로 우리 것이 우리 것이라는 것만으로 정당화될 수는 없다. '우리', '우리 것'이라는 것은, 직접적인 의미에서는 학문적으로 정당성의 근거가 아니다. 그것은 보편성으로 고양됨으로써만 정당성을 갖는다. 다만 이 고양이 쉽게 얻어질 수 있는 것은 아니다. 그렇다는 것은, 앞에 말한 바와 같이 보편성이란 이성과 주체 그리고 현실의 힘의 복합적인 변증법 속에서만 성립하는 것이기 때문이다. 자기주장으로서의 '나'나 '우리'는 우리의 열정을 표현하는 것이면서도, 그대로 적극적인 가치가 아니라 긍정과 동시에 부정적 면을 포함하는 현실의 한 면모이고, 초월되어야 하는 하나의 변증법적 계기이다.

5. 합리적 코기토와 동양 고전

동서양 학문의 만남/일체성의 상실   되풀이하여, 이성과 보편성의 현실은 여러 힘의 길항 속에 있다. 그중에도 세계적 권력 질서의 결정적 영향은, 방금 말한 바와 같이 한국의 학문적 발달에 중요한 도전이 되어 있다. 한국의 인문 과학에서 가장 중요한 문제의 하나는 한국 고유의 전통과 근대화와 더불어 들어온 서양의 전통의 병존의 문제이다. 이것은 비단 한국의 문제만이 아니고 모든 비서양 세계의 문제이고, 또 서양의 학문의 관점에서도 문제가 된다. 후자의 경우 학문의 학문으로서의 정당성은 보편성의 주장에 근거해 있는 만큼, 타자로서 존재하는 비서양의 전통들은, 서양에 대해서도 그것이 존재한다는 사실만으로도 그 보편성의 주장에 대하여 도전이 되고 문제가 되기 때문이다.

오늘날 모든 학문이 서양화되어 존재하는 까닭에 우리가 인문 과학을 생각할 때에도 저절로 서양 인문 과학의 전통에 우리 스스로를 이어 생각하는 것은 당연한 것이 되었다. 그러나 동시에 이론적 반성 이전에도 그것이 무엇인가 잘못된 것이라는 느낌을 우리는 갖지 아니할 수 없다. 인문 과학이 인간을 문제 삼는다고 한다면, 그 인간은 무엇보다도 역사 속에 존재하는 인간이다. 그 인간은 원래부터 역사에 의하여 형성된 존재이고, 그것을 해명하는 것은 그것을 형성한 역사적 전통과의 관계를 통해서만 가능하다. 그러한 역사적 지평을 떠나서 인문 과학의 인간 이해는 공허한 것이 될 수밖에 없다. 오늘날 우리 사회에 인문 과학의 위기가 있다면, 사실은 공리적 문명의 왜곡에 못지않게 우리 안에서 동서양의 이질적 병존──하나로 혼융되지 아니한 병존에 있다고 할 것이다. 이것이, 외면화된 개념과 가치의 수립이나 보존이 아니라 인간과 그 상황, 그 역사적 과정에 대한 일체적 반성이 인문 과학의 사명이라는 것을 망각하게 하는 주된 원인이다. 오늘의 위기를 우리는 지나치게 학문의 물질적, 제도적 토대에 관한 것으로 생각하는 경향이 있다. 더 본질적인 문제는 그 활동의 내적 근거에 있다.

한국적인 것/서양적인 것/보편성　역사적 차원을 빼놓은 인간론이 공허하다고 하여, 한국 또는 동양의 전통으로 돌아가는 것이 쉽게 허용되는 것은 아니다. 우리는 민족적 주체성, 전통 계승, 우리 것의 중요성 등에 관한 주장들이 드높게 외쳐지는 것을 듣는다. 그러나 구호가 학문을 대신하지는 않는다. 사실 구호는 전통적인 것이나 비전통적인 것이나 학문의 진전을 방해하는 중요한 요인이다. 학문의 동력은 물음에 있다. 강압적인 분위기를 만들어 내는 구호는 물음을 봉쇄하는 역할을 한다. 같은 질문 봉쇄의 계기는 서양의 학문에도 존재한다. 우리나라에서의 서양 학문의 번창은 다분히 검토되지 아니한 위세로 인한 것이다. 물론 이것은 막연한 프레스티지만은 아니고, 현실 정치의 힘과 경제력과 상업주의적 흥분과 제도에 의하여 뒷받침되는 위세이다. 이것은 한국이나 비서양 세계에서의 현상이지만, 서양에 있어서도 마치 그들 자신의 경험이 인간 경험의 모든 것을 포괄하는 것처럼 생각하는 습관은 그것의 문제성조차도 의식하지 못하게 한다. 그러나 다른 한편으로 서양 학문의 현실적 의미를 부정하는 것도 옳지 않은 일이다. 그것은 다른 것을 다 제쳐 두고도 우리의 현실 자체가 서양적인 것이 되었다는 사실을 망각하는 일이다. 우리의 경제는 물론 정치를 보건대 제도적으로 많은 것이 전통적인 것보다도 서양적인 패러다임에 철저하게 기초하고 있다. 그러니만큼 사회적으로 또 심리에 있어서 그것에 따르는 적응 현상이 없을 수가 없다. 물론 그것이 원활하지 못한 것이 문제이기는 하다. 그러니까 전통적 유적들이 남아 있어서 그것이 비공식적 생명을 강하게 또는 약하게 유지하고 있는 것이 또한 중요한 사실이다. 우리의 자아 이해의 문제는 서양과 동양의 선택의 문제가 아니라 우리 현실 속에서의 서양적인 것과 동양적인 것의 분열이 일으키는 문제이다. 우리 현실이 서양과 동양을 하나로 이해할 것을 요구하고 있는 것이다.

　전통의 비판적 회복　서양과 동양은 일단 합리성의 원리에 의하여 통합될 수밖에 없다. 그러나 이러한 합리성의 원리가 일거에 추상적으로 얻어지는 것은 아니다. 앞에서 말한 바와 같이 그것을 얻는 것은 우리의 주체성의 회복을 통하여서만 가능하고, 주체성은 그것을 구성하는 복합적 요소들의 좋은 응집과 확산 가운데 생겨나는 힘이다. 이것은 사실 세계의 힘의 질서 ─ 또 곧 담론의 질서인 세계적 힘의 질서 속에서 우리의 위치가 분명해져야만, 학문과 문화의 주체적 능력, 그리고 진정한 의미에서의 보편적 능력이 얻어질 수 있다는 말이다. 그러니까 이것은 의식과 학문상의 업적의 문제만은 아니다. 그런데 현실적인 여건을 제쳐 두고 말하여, 사상의 모험이라는 관점에서는, 주체성의 회복은 우리 현실을 분석하고 설명하고 이해하려는 노력에서 시작될 수밖에 없다. 우리 현실을 설명하는 합리적인 이론은 이러한 노력에서 생겨날 것이다. 이와 동시에 진행되어야 할 것은 물론 우리 자신의 전통에 대한 이해이다. 그것은 우리 현실의 일부를 이루고 있다. 그리고 그것은 반드시 정치적, 경제적, 사회적 영역에서 우리의 삶을 규정하고 있는 습성으로 ─ 아비투스(habitus)로서만이 아니라 그를 넘어가는 삶의 향수의 새로운 모형으로서도 존재한다. 현실을 이해하기 위하여서나, 지금은 사라진 ─ 지나가 버린, 그러나 그러니만큼 새로운 가능성으로 돌아올 수 있는, 모범을 회복하기 위하여 전통을 살피는 것이 필요하다. 특히 이것은 인문 과학의 가장 중요한 임무라고 할 수 있다. 그러나 전통의 이해는 오늘의 학문적 원칙과 방법론으로써 새로이 이루어져야 할 작업이다. 그 시작은 한국의 인문적 전통에 대하여 비판적 질문을 던지는 데에 있다.

역사적 사실의 재구성 비판적이라는 것은 과거의 잘잘못을 가려낸다는 의미도 아니고, 과거의 역사적 사실과 그것에 대한 당대의 이해를 오늘의 과학적 입장에서 평가한다는 의미도 아니다. 그것은 일단은 역사적 소산의 사실성을 규명하는 것을 뜻한다고 보아야 한다. 그런데 사실이란 무엇인가? 있는 대로의 사실이 존재한다고 하여도 그것은 특정한 역사 속에서 전개된 주체적 인간의 구성으로서 — 다시 말하여 주체적 활동, 또 상당한 정도로 시대적 이성의 구성물로 이해됨으로써 비로소 의미 있는 사실, 나아가 참다운 의미에서의 사실이 된다. 이것은 다시 말하여, 하나의 사실과 법칙을 그 자체로 확인하는 것이거나 그것을 다른 하나의 사실성의 법칙으로 재단하는 것이 아니라, 사실을 검토하면서 검토하는 과정에 들어 있는 사유의 가능성에 대하여 반성적 검토를 가하는 행위를 포함한다. 그렇게 하여 사실을 회복된 주체성의 업적으로서 되돌아보는 것이다. 여기에는 오늘의 시점에 분명하게 섬으로써 자기 반성적으로 정화된 코기토가 작용하여야 한다. 그러면서 이때의 오늘의 코기토가 역사의 코기토에 일치한다는 것을 전제한다. 이 일치가 가능한 것은 인간의 사유가 개인적인 것이면서 역사적이고, 동시에 선험적이고 보편적인 주체성의 바탕 위에서 움직이는 것이기 때문이다. 오늘의 사유가 역사의 사유에 일치할 수 있는 것은 개인적 공감의 능력과 또 그것을 넘어가는 보편적 사유의 능력을 통해서이다. 오늘의 사유는 그 나름의 양식을 가지고 있다. 그러면서 그것이 능동적으로 움직일 수 있게 하는 것은 일반적인 인간 사유의 동력이다. 옛날의 사유를 움직인 것도 같은 동력이라고 할 수 있다. 보편성은 이 사유 능력의, 시대적으로 가능한 가장 넓은 범위의 자기실현을 나타낸다. 그리하여 모든 사유는 그 깊이에서 보편성의 바탕으로 이어진다. 그러면서도 그것은 어떤 경우에나 역사적 제약 속에 있다. 이 제약은 오늘의 사유가 옛날의 사유를 완전히 동일한 관점에서 이해할 수 없다는 것을 의미하지는 않는다. 우리의 사유는 보다 넓어진 보편성의 지평으로부터 역사적 제약을 의식함으로써 그러한 제약하에 어떠한 삶 세계의 구성이 가능한가를 짐작해 볼 수 있다.(물론 이 보편성이란 단순히 차이를 말할 수도 있으나, 차이 그 자체가 다른 역사적 지평의 제약을 의식하게 하기 때문에 이미 그것은 보편성으로 나아가는 계기가 된다. 그러면서 이 차이를 통한 다른 것들의 병치를 하나로 통합하는 노력이 없을 때에 이 보편성으로의 열림은 다시 다른 부분성으로의 이행이 될 뿐이다.)

하나의 사유 공간에서의 서로 다른 시대의 공존은 인간의 주체적 능력과 역사적 제약의 관계를 생각하지 아니할 수 없게 한다. 역사적 한계와 가능성의 상관관계에 대한 인식은 바로 전통에 대한 반성이 주는 선물이다. 이 인식은 우리의 사유가 우리 자신의 시대가 부과하는 제약하에 있으면서 동시에 그것을 넘어갈 수 있음으로써 가능하고, 또 순환적으로 우리는 역사적 인식을 통해서 역사에 매이면서 역사를 넘어가고 창조하는 사유와 실천의 보편적 지평을 엿보게 된다고 할 수 있다.

고전의 현대적 이해   이러한 역설적인 여러 관계에도 불구하고 역사를 이해하려는 노력이, 넘을 수 없는 현대적 세계관의 편견을 가지게 되는 것은 불가피한 일이다. 오늘의 작업에서 오늘의 인간과 사회에 대한 이해 그리고 그 이해에 사용되는 설명의 틀들이 특권적 위치에 놓이게 되는 것은 자연스러운 일이라고 할 수밖에 없다. 오늘의 입장에서 과거의 사상과 문화를 말함에 있어서, 당대에 그것을 의식하였던 이상으로, 그것의 사회적 테두리 또는 물질적 토대에 대하여 관심을 가질 수밖에 없는 것은 당연하다. 자유와 평등의 이념이 열어 주는 지평이 지적으로도 더 넓은 것으로 느껴지는 것도 어찌할 수 없다. 또는 오늘에 있어서의 자기 반성적 로고스의 성과 — 가령 언어와 사물의 지시적 관계의 문제성 또는 언표와 권력의 관계에 대한 새로운 관심이 전통의 검토에서도 중요한 것이 되는 것도 자연스럽다.

전통 이해의 해석학적 과정은 거의 동등한 입장에서의 현재와 과거 그리고 그 지평의 교류를 요구한다. 그러나 동서양의 전통의 차이와 갈등에 부딪치지 아니할 수 없는 우리로서는, 이 해석 과정이 감정 이입이나 입장의 일치, 또는 해석학적인 교환을 넘어서 과학적 이성에 의한 검토의 요소를 강하게 담을 수밖에 없다. 사실 이미 전통에 대한 우리의 이해에는 앞에서 말한 비판적 관점들이 들어 있을 수밖에 없다. 지난번 인문연구소 연합회의 심포지엄에서 발표된 유초하 교수의 "경학적 유학"에 대한 논문은 현대적 관점을 견지하면서 전통 유학을 균형 있게 또 엄밀한 객관성으로 설명하고 있는 모범적인 논문이다. 유학을 객관적으로 서술하면서 그것이 지배 계급의 치세학이라고 지적한 것은 오늘의 관점에서 당연한 지적이라고 할 것이다. 또는 그것이 실천적 관심을 중요시한 나머지 "형식적 정합성 곧 논리적 측면에서 결함을 담"고 있다고 한 것도 오늘의 비판이 저절로 들어간 것이다.[4] 이 논문에 대한 토의에서 정재서 교수는 "중국 인문 정신의 핵심 내용인 위기지학, 수기치인 그 자체가 함장하고 있는 종족적, 정치적 지향성을 간과할 수 없으며, 궁극적으로 동양적 인문학, 즉 중국적 인문학의 개념이 진정한 보편성을 확보할 수 있는가에 대해 의문을 갖지 않을 수 없다."라고 말하고 있다. 이 지적은 주제 논문이 표현한 우려를 좀 더 강조한 것이다.[5] 지난 학기에 성균관대학에 교환 교수로 머문 바 있는 일본의 유학 연구가인 사와이 게이이치(澤井啓一) 교수는 송의 성리학과 다른 나라의 유학을 피에르 부르디외의 실천 이론으로 파악하려 한다. 그의 생각으로는 성리학의 전개는 사회적 실천을 이론적으로 정비하는 일과의 관련에서 이해될 수 있다.[6] 이러한 접근은 부르디외의 견해 하나에 지나치게 의존하는 듯한 혐의가 있으면서도, 사상의 세계를 보다 넓은 삶의 지평으로 이끌어 가는 노력의 표현이라고 할 수 있다. 다만 어떤 경우에나 사회적 실

4   유초하, 「동양 인문학 전통의 핵심으로서의 경학적 유학」, 전국대학 인문학연구소 편, 『현대사회 인문학의 위기와 전망』(민속원, 1998), 56쪽.

5   같은 책, 66쪽.

6   「比較思想の現在」, 小山宙丸 外 編, 『講座 比較思想: 轉換期の人間と思想』(東京: 北樹出版, 1993), pp. 55~74.

천의 일부로서의 성리학이 구체적으로 어떻게 성립하고 전개되었는가를 역사적으로 구성하여 보여 주는 일은 남아 있다고 하겠다. 서양에서의 동양학의 연구는 이미 그 발원지에 관련되어 현대적인 관점을 많이 흡수할 수밖에 없는 처지에 있다고 할 수 있지만, 나의 짧은 견문으로는 근년 서양 현대 철학의 물음들을 가지고 고대의 중국 철학을 해석하고자 한, 미국 버몬트 대학의 채드 핸슨(Chad Hansen) 교수의 업적은 매우 흥미로운 것으로 생각된다. 그는 그의 저서『고대 중국의 언어와 논리』,『중국 사상의 도가 이론』[7]에서 언어와 사물과 권력의 폐쇄적 연계를 강조하는 현대 담론 이론으로써 중국 사상의 언어 세계를 조명한다.

특기할 것은 그의 저작들이 현대적 비판이나 응용의 관점에서 중국 사상을 현대에 연결시키려는 것이 아니라 중국 사상 그 자체를 현대적 이해의 가능성 속으로 열어 놓는다는 점이다. 우리에게도 필요한 것은 전통을 오늘의 관점에서 이해할 수 있는 것으로 — 개인적으로나 집단적으로나 개인적 실존과 사회적 존재의 선택의 지평 안에서 그것이 어떻게 존재할 수 있었던 것인가를 우리의 이해를 향하여 열어 놓는 일이다. 동양 사상에 의한 서양 문명의 극복이라는 말을 듣는다. 적어도 학문의 관점에서 핵심은 승부와 투쟁이 아니라 이해와 설명이다. 그런 다음에 우리는 그것이 오늘의 삶에 도움이 될 것을 바라볼 수 있을 것이다. 이미 말한 바와 같이 이성과 보편성의 영역도 투쟁의 장일 수밖에 없는 것이 인간의 현실이다. 그러나 이 투쟁은 벌거벗은 권력 투쟁이 아니라 이성과 보편성의 과정으로서의 갈등과 절충과 확대이다. 이해는 이 과정에서 총합되어 조명되는 과거의 재투영(再投影)을 말한다.

---

7 *Language and Logic in Ancient China*(Ann Arbor: University of Michigan Press, 1983), *A Daoist Theory of Chinese Thought: A Philosophical Interpretation*(Oxford University Press, 1992).

이성의 꿈   앞으로 이루어질 연구들은 점점 더 깊은 의미에서 동서(東西)와 '나'와 '우리'와 '저들'을 넘어가는 진정한 비판적 반성의 노작들이 될 것으로 생각한다. 중요한 것은 다시 말하여 비판적 반성의 태도이다. 이 태도의 의미에 대하여 다시 한 번 생각하여 보기로 한다. 그렇게 하겠다는 것은, 무엇보다도 이것이 하나의 태도인 만큼 그것이 이미 한정된 관점을 나타낸다는 것을 상기하자는 뜻이고, 다른 한편으로는 이러한 한정의 자각을 통하여 더 넓은 인간적 진리의 인식의 길이 열릴 수 있다는 것을 시사하자는 것이다.

앞에서 말한 것처럼 비판적 합리성의 입장은 특권적 위치를 가지고 있다. 그것은 그러한 이성의 표현이 오늘의 사회와 인간에 대한 이해에서 핵심에 있기 때문이다. 오늘날의 과학적 세계와 다원적 세계에서 그것 이외에 일관된 세계 해석의 원리는 달리 찾기 어렵다. 그러나 그것보다도 더 중요한 것은 개인과 개인 또는 집단과 집단 사이의 차이가 어느 때보다도 두드러진 오늘, 관용성을 현실적 제도로 할 수 있는 원리가 합리성에서 찾아질 수밖에 없다는 사실이다. 그것은 절차 민주주의의 근본이라고 할 수 있는데, 절차의 합리성은 정치에서와 마찬가지로 학문에 있어서도 필요 불가결의 담론적 요건이다. 담론은 사회적 통합의 기초가 되고 과학적 동의의 확대를 위한 수단이 된다. 그러한 한도에서 그것은 필연성의 영역에 속한다. 그러면서 민주적 정치에서와는 달리 여기에서 이루어지는 것은 단순히 타협의 협약이 아니라 보다 종합적인 이성적 원리의 확인이다. 그런데 사실은 정치 절차에도 이 양면이 있다. 담론의 절충은 일단 공존과 의사소통의 전제이다. 그러나 절차 민주주의의 역설은 절충과 타협이 공존의 필연적 틀이면서 동시에 그 관용성을 통하여 그리고 우리의 자유의사를 통하여, 그것을 넘어가는 세계로 우리를 이끌어 갈 수 있다는 것이다.

형이상학적 열망   서양의 전통에서 합리성은 르네상스와 계몽 시대의 인문주의의 이상에서 세계의 근본적 정당성과 인간의 조화된 완성에 대한 믿음과 일체를 이루는 원리이다. 현대 과학의 성립과 더불어 또 현대적 사회의 여러 실험의 실패와 더불어 합리성이나 이성에서 이러한 이상적 요인은 점점 쇠퇴하고, 자연과 사회의 합리적 구성을 위한 절차로서의 의미만 남게 되었다고 할 수 있다. 그러나 필요조건은 아니라고 하여도 그러한 이상적 요소가 사람들의 마음에서 희망의 상상력을 자극하는 것은 자연스러운 일이다. 우리의 전통에서도 넓은 의미에서의 합리성 또는 이성의 공평무사함 그리고 거기에서 나오는 다양한 관점의 조정 기능에 대한 생각이 없는 것은 아니다. 그러면서 그것은 인간 심성의 어떤 이상적인 상태에 대한 이미지에 연결되고, 또 이어서 그것이 우주적인 조화의 예감으로 뒷받침된다. 여기에서 절차와 내용적 암시를 구분하기는 매우 어렵다.

새삼스럽게 말할 필요도 없지만, 성리학에서의 성(性)이나 리(理)는 단순한 독단적 주장의 원리가 아니다. 퇴계가 학문의 방법을 이야기하면서 "텅 빈 마음으로 이(理)를 살피고, 먼저 자기의 의견을 정해 버리는 일이 없게 할" 것[8]이라고 한다든가 『정성서(定性書)』를 인용하여 "능히 성날 때에 급히 성남을 잊고 이(理)의 옳고 그른 것을 살펴보라."[9] 하는 것과 같은 것은 조정과 관용의 태도의 중요성을 말한 것이다. 그러면서 이러한 작용은 내면적 성찰에서 드러나는 다른 기능에 연결된다. 퇴계는 다른 편지에서 마음의 평정 상태를 유지하는 현실적인 기술, 정신을 온전하게 갖는 방책으로서 "…… 모든 일상생활에서 수작을 적게 하고 기호와 욕망을 절제해서 마음이 트이고 한가롭고 담담하고 유쾌하게 지닐 것이며, 도서, 화초의

8　「이숙헌(李叔獻)에게 답함」, 『한국의 사상 대전집 10, 퇴계집』(동화출판사, 1972), 210쪽.

9　「이달(李達)과 이천기(李天機)에 답함」, 같은 책, 199쪽.

완상이라든지, 내와 산과 고기와 새를 보는 즐거움이 조금이나마 뜻을 기쁘게 하고 흥취에 맞아 항상 접촉하는 것을 싫어하지 않아서 심기로 하여금 항상 화순한 경지에 있게 할 것이며, 거스르고 어지럽게 하여 성내고 원망함을 일으키는 일이 없게 하는 것"을 말한 일이 있다.[10] 이것은 바람직한 마음의 상태에 대한 예지를 담고 있는 말이다. 또 경험적으로 채택할 만한 구체적인 방안을 시사하고 있다. 앞부분이 이성적 사유와 담론 그리고 평화적 사회 공존의 필수 조건을 말하고 있다면, 뒤쪽의 말—화초의 완상이나 자연과의 교감을 말한 것은 좋은 권고이면서 그보다는 필연성이 약한 것이어서 그야말로 프로네시스나 프루덴티아에 속하는 실제적 지혜로 구분될 수 있는 권고라 할 것이다. 한 발짝 더 나아가 논한다면, 허명하고 고요한 마음의 직관에서 깨우쳐진다고 하는 하늘의 이치 또는 태극의 이치 그리고 오륜의 이치와 같은 것은 오늘의 상황에서 논리적 또는 법칙적 필연성의 테두리 안에서 또는 실제적 지혜의 관점에서 받아들여지기 어려운 것이라고 할는지 모른다. 그러나 거기에 들어 있는 형이상학적 갈망은 그 나름의 의미가 있다.

어떤 경우나 우리의 내면적 성찰이 도덕적, 형이상학적 깨우침을 주는 것이 아니라면 그것은 매우 삭막한 마음의 작용일 수밖에 없다. 다만 지금의 시대에 그러한 것이 개인이나 집단에 대하여 구속력을 가진, 만인에게 열려 있는 현실 세계의 필연성을 가질 수는 없을 것이다. 그것은 개인적 선택—깊은 정신의 여정에서 실존적 필연성으로 주어지는 개인적 선택일 수도 있고, 또 살아 있는 전통을 가진 공동체에서 집단의 문화의 보이지 않는 저변을 이룰 수도 있을 것이다. 이러한 것은 모두 보다 더 높은 삶을 위한 창조적 도전의 영역에 속한다. 그러나 현실 세계를 구성하기 위한 필수

---

10 「남시보(南時甫)에게 답함」, 같은 책, 202쪽.

적 조건은 아니다. 이 조건은 아무래도 법칙적 세계를 구성하고 세속적이 며 다원적인 세계의 조정 원리가 되는 합리성의 원리로 충족된다고 하여 야 할 것이다.

이렇게 말하면서, 여기에서 합리성이 반드시 서양에서 만들어진 원리 들을 말하는 것은 아니라는 것을 환기할 필요가 있다. 합리성이 서양의 근 대화의 원리가 되어 온 것은 사실이다. 그리고 우리 사회가 근대화된 세계 에 합류하고자 한다면, 그것을 배우는 것이 불가피하다. 그러나 앞에서 이 미 말한 바와 같이 합리성이란 복잡한 주체성과 보편성에 이어져 있으면 서도 편벽될 수밖에 없는 힘의 주장에 연결되어 있다. 그리고 그것은 역사 적 업적 — 힘의 자기 표현에 불가분의 관계를 가지고 있는 업적들 속에 자리해 있다. 주체성의 편향과 힘의 업적으로서의 역사는 불가피하게 오 늘의 합리성을 편벽된 것이 되게 하고 또 실제의 상황의 움직임에 대하여 편차를 가진 것이 되게 한다. 서양 사회의 원리로 한국 사회의 현상을 설명 하는 것을 들을 때에 사실과 이론 사이에 간격이 있음을 느끼게 되는 것은 한두 사람의 경험이 아니다. 이것은 서양을 비판하는 이론 — 그러면서도 서양에서 나온 이론 — 탈식민주의, 탈서구 중심주의를 말하는 여러 가지 해체 이론을 들을 때에도 마찬가지이다. 합리성의 원칙 또는 이성을 말할 때, 그것은 한편으로 그것이 서구 역사의 업적이라는 것을 인정하면서, 바 로 그런 까닭에 그것으로 끝날 수 없는 어떤 새로이 발견되어야 하는 법칙 성, 보편성 그리고 사유의 움직임을 말하는 것으로 받아들일 수밖에 없다. 합리성은 정해진 것이 아니라 현실과 이론의 얼크러짐에서 끊임없이 새로 태어나는 것이다. 이것은 서구의 이성의 역사에 대하여 간접적인 관계를 가질 수밖에 없는 한국의 경우에 특히 그렇다고 할 것이다. 어쨌든 그것은 궁극적으로 이미 있는 것이 아니라 발견되어야 하는 어떤 것이다.

우리가 하여야 하는 것은 동서양의 문화 전통과 문화 전부에 대한 새로운 비판적 구성이다. 이 종합적인 접근에서 우리의 인문 과학은 진정으로 새로운 학문으로 태어나고, 우리의 자기 이해는 물론 세계적인 기여가 되는 학문이 될 것이다. 여기에 첨가하지 않을 수 없는 것은 이러한 참으로 살아 움직이는 학문의 연구는 학문의 제도의 뒷받침을 필요로 한다는 사실이다. 오늘과 같이 동서의 학문이 병존——서로 교통이 없는 병존의 상태에 있어 가지고는 이러한 일을 이룩하는 것은 극히 어려운 것이 될 것이다. 이것을 하나로 할 수 있는 제도적 변화가 절실하다.

6. 21세기 환경에서의 인문 과학

수행성의 지배 지금까지 말한 것은 인문 과학의 중심적 원리에 대한 하나의 반성을 시도한 것이다. 어설픈 대로 이것을 기초로 삼으면서, 앞으로 있을 인문 과학의 모습에 대하여 몇 가지 생각을 첨가해 보기로 한다.

앞으로의 시대에 있어서 오늘의 경제적 난경이 계속되는 것이 아니라면, 삶의 잡동사니는 점점 더 많아질 것으로 예상할 수 있다. 정신을 차리고 산다는 것은 점점 더 어려워질 것이다. 다만 경제를 비롯하여 우리 사회의 살림이 자본주의적 발전의 궤도를 추적하는 것이 된다면, 적어도 그것은 전반적으로 정치나 사회에 있어서 법질서의 보다 확실한 정착을 수반하게 될 것이고, 또 보다 넓은 범위에서의 삶의 합리화를 의미하는 것이 될 것이다. 학문의 여러 분야에서도 합리성의 에토스(ethos)는 보다 보편적인 것이 될 것으로 말할 수 있다. 그 범위 안에서 인문 과학도 안정성을 찾을 것이다. 그렇다는 것은 독단론적 도덕의 자기 확신에서 나오는 정치적, 사회적, 문화적, 윤리적 이데올로기의 부르짖음이기를 그치고 보다 과학적인 성격을 띠게 될 것이라는 말이다. 그것은 당대 문화에 대한 일반적인 관찰, 문화적 쾌락과 위안의 해석자, 그리고 대체적으로는 전통 문화에 대한 실증적 연구, 그리고 보다 한정된 범위에서는 전통의 해석학적 체험을 다루는 분야로 존재하게 될 것이다.

그러나 이러한 인문 과학은 사회의 정신적, 물질적 생활에서 극히 한정된 역할만을 수행하는 것이 될 가능성이 있다. 그리고 넓은 의미에서 제정신을 차리고 제정신을 되찾는 일은 불필요한 일이 될 수 있다. 그 과정에서 자연과 사회와 인간에 대한 보다 넓은 이해는 대체적으로는 현실에 무관한 것이 될 가능성이 있다. 인간의 이성적 능력 — 플라톤적이든 데카르트적이든 주자나 퇴계의 것이든 — 엄밀하면서도 종합적인 이성의 능력은 오늘과는 다른 세계의 원리일 가능성이 크다. 오늘을 지배하는 것은 리오타르가『근대 후의 상황』에서 말한 바 "수행성의 원리"이다.[11] 이 수행성의 원리는 물론 무엇보다도 경제적 수행의 원리, 또는 오늘에 와서는 시장의 수행의 원리이다. 모든 것은 시장의 이윤과 권력의 최대화를 도모하는 수행의 원리에 의하여 정당화된다. 아니면 적어도 근본적으로는 이러한 조건에 의하여 규정되는 여러 기술적인 필요에 맞추어서 일을 능률적으로 해내는 것이 모든 작업의 근본 원리이다. 이것은 학문에도 그대로 해당된다. 물론 여기에서 수행성의 원리는 이성의 원리이다. 그러면서 그것은 넓은 의미에서의 이성을 해체한다. 이성의 해체는 또 다른 이성의 원리인 시장 원리의 확실성으로 하여 보장된다. 따라서 얼핏 보면 정신없는 오늘의 세계에 정신이 없는 것은 아니다. 오늘의 세계의 중심에 어떤 원리가 없는 것이 아니기 때문이다.

오늘의 세계의 합리적 원리는 본래적 인간 정신의 한 표현이다. 다만 지금에 와서 그것은 본래의 사유 체험의 일부를 단순화한 결과가 되었다. 그

---

11 Jean-François Lyotard, *La Condition Postmoderne*(Paris: Les Éditions de Minuit, 1979).

리고 그것은 객관화됨으로써 인간이 자신의 정신으로 확인하기가 어려운 것이 되었다. 그것은 철저한 물음과 회의를 방법으로 할 필요도 없고, 거대 회의(hyperbolic doubt)를 통한 재구성을 필요로 하지도 않는다. 오늘날 존재하는 것은 거대한 합리성의 자신감이다. 그리하여 이 자신감이 이성 해체까지도 주장할 수 있게 하였다. 이러한 확대 과정에서 합리성은 주체적이고 내면적인, 그리고 경험적인 근원을 잊어버린 것이다. 그 결과로 생겨난 피상적 합리성의 위험은 인간이 오늘의 인간 세계를 스스로의 것으로 파악하지 못하게 하고, 적어도 전체적인 향방에 있어서 그에 대한 통제력을 상실하게 한다는 것이다. 이에 대하여, 현실적으로도 필요한 것은 전쟁과 평화, 경제, 인류 전체의 복지적 균형, 환경의 보존, 자연과의 관계의 정상화 — 이러한 문제를 바르게 하는 일이다. 여기에 인간이 스스로의 모습을 바르게 파악하는 것이 필요하다. 인문 과학은 직접적인 의미에서는 아닐망정 여기에 근본이 되는 작업이다. 그러나 그러한 점은, 앞에 열거한 문제에서 큰 재난에 부딪치는 일이 있을 때까지는 별로 인정되지 아니할 가능성이 크다.

상품의 세계와 인문 과학 경제적 수행의 세계에서 인문 과학도 그 지배 법칙에 복종하는 부분이 생기게 되는 것은 불가피하다. 이미 인문 과학의 어떤 자기 이해는 스스로를 문화 산업으로 규정하기 시작했다. 그렇게 하여 시장을 확보하고자 한다. 그것은 환상의 제공자가 되어 디자인과 스타일과 관광의 보조 수단이 되고자 한다. 전통 문화도 물론 관광과 시장의 환상을 돕는 중요한 수단이 된다. 이러한 일을 한마디로 비난할 수는 없다. 모든 것이 생존의 현실에 의하여 정당화되어야 한다는 것을 상기하는 것은 건강한 일이다.

문제는 이 시장과의 연결에서 인문 과학적 사고가 삶의 현실과의 접촉을 되살리는 것이 아니라 당대적인 삶의 한정 속에 스스로를 종속시킨다는 것이다. 이러한 종속은 일견 현실 이익을 초월한 추상적인 체계에서도 일어난다. 이 체계란 학문을 조직하는 원리를 말한다. 구체적으로는 그것은 행정적 조직 속에 스며 있다. 살아 움직이고 있는 사유를 고사(枯死)하게 하는 것은 관료적 학문의 중앙 집권주의, 권위주의이다. 이것은 인간 존재의 근본이 무엇인가에 대하여 이미 분명한 이해를 가지고 있다고 자부하는 체계이다. 그리하여 그것에 대한 질문은 필요 없는 것이 된다. 이러한 일은 우리의 전통에서 너무나 잘 볼 수 있는 것이다. 물론 먼지 생활의 현장에서 중요한 문화적 창조의 점화가 일어나는 일은 드문 일이 아니다. 사실 살아 있는 영감은 현장에서 생긴다고 할 수도 있다. 그러나 경계해야 할 것은 인문 과학의 도구화로 일어나는 인간 이해의 도착이다. 이 도구화의 하나가 관료적 관점에서 집계되는 업적이다. 인문 과학은 개인이나 집단의 세속적 성취를 획득하는 데 있어서의 수단이 되는 것을 경계하여야 한다. 적어도 직접적인 수단이 되는 것은 상업적 이익에 종속되는 것이나 마찬가지로 그 본래의 자족성을 상실하는 것이 된다. 인문 과학은 어디까지나 문화 상품 또는 문화적 업적물을 생산하는 것보다도 사람이 사람으로서의 제정신을 차리는 일에 관계된다. 삶과 세계를 현실에서나 철학적으로나 주체적으로 살고자 하는 것은 사람의 깊은 갈망의 하나이다. 이것은 자립성에의 의지를 나타낸다. 삶 자체의 의미 자체가 그러하다. 인문 과학을 빼고 이러한 일을 의식적으로 수행할 수 있는 공간은 달리 존재하지 않는다.

정보와 인문 과학/수신(修身)과 인문 과학 인문 과학이 한편으로 상품 포장의 영감 제공자라면, 다른 한편으로 보다 심각하게는 반드시 실제적 의미를 가지지는 아니한다 하더라도 각종 문화 정보의 제공자로 생각되는 경우도 있다. 사실 오늘의 모든 학문의 결과는 정보 자산으로 입력된다. 생각하여야 할 것은 정보란 어떤 경우에나 중앙 정보부의 정보와 같은 성격을 가지고 있다는 사실이다. 그렇다는 것은 정보는 어떤 일을 수행하는 데에 우리가 활용할 수 있는 여러 수단을 제공해 주는 역할을 하기 때문이다. 학문이 이러한 목적 수행에 — 그것이 어떠한 목적이든지 간에 — 편의를 제공해 주는 역할을 하는 것은 피할 수 없다.

그러나 학문의 세계에서, 또 일반적으로 직선은 반드시 최단의 거리가 아니다. 미국 프린스턴의 고등연구소의 창시자 한 사람이 이 연구소의 연구 활동을 설명하면서 "무용한 것의 유용성"이란 말을 한 일이 있다. 일단의 물러남은 학문에서 언제나 나아가기 위한 필수적인 방법이다. 어쨌든 인문 과학의 참목적이 문화 정보의 제공에 있다고 한다면 정보의 이용에 대한 근본적 물음 — 그 목적이나 의의를 재검토하고, 목적과 수단의 균형을 생각하고, 그러한 행위의 주체인 인간을 생각하는 일은 그 밖으로 밀려날 수밖에 없다. 그런데 이 밀려나는 부분이 인문 과학의 본령이 아닌가 하고 나는 생각한다. 전통적으로 인문적 학문은 수신(修身)의 학문으로 생각되었다. 이것은 '교양'이라든가, Bildung, self-cultivation 또는 culture라는 말로도 표현되는 생각이다. 이러한 말들이 표현하고 있는 인문적 이상은, 인문 과학에 어떤 작용의 대상이 있다고 하는 경우, 그것은 세상이 아니라 자기 자신이라는 것을 말하는 것이다. 정보로서의 지식은 세상에 작용하는 데에 관계되는 데 대하여 교양으로서의 지식 과정은 자신의 형성에 관계된다. 물론 수신 다음에 오는 것은 나라를 바꾸는 일, 치국(治國)일 수 있다. 그러나 이때의 치국은 자기 형성이 없는 상태의, 주어진 대로의 인간 — 그렇다는 것은 무비판적 당대적 사회화에서 형성된 인간의 정보 전략 또는 과업 수행과는 다른 것이라고 해야 할 것이다.

도덕의 전략화/수신의 의미/인식론적 자기 한정　앞에서 우리는 "위기지학(爲己之學), 수기치인(修己治人) 그 자체가 함장하고 있는 종족적 정치 지향성을 간과"하지 말아야 한다는 정재서 교수의 평을 언급하였다. 그런데 조금 다른 관련이기는 하지만, 수신의 이상과 학문의 정보 전략화 사이에는 밀접한 관련이 있다. 수신의 확신은 곧 세계와 인간을 자신의 독단적 계획의 대상으로 전락하게 만들 수 있다. 우리 사회에 팽배해 있는 것은 전략적 사고이다. 이 사고에서 모든 것은 내가 가진 계획의 수행을 위한 수단이 되고, 전략적 사고에 — 그렇다는 것을 반성적으로 의식하지 않는 전략적 사고에 스며 있는 비도덕성, 비윤리적 요소는 간과된다. 이것은 학문에도 반영되어, 학문은 경세치용(經世致用)에서만 그 용도를 얻는 것으로 생각된다. 같은 맥락에서 인문 과학의 임무는 도덕적 교훈과 정치적 이데올로기를 제공하는 것으로 생각된다. 이러한 역할을 전적으로 부정할 수는 없지만 이러한 도덕적, 정치적 목적의 강조는 그 나름으로 우리의 사고의 폭과 엄정성을 좁히는 결과를 가져오고, 그것은 다른 의미에서 인간의 도덕적 실존을 손상하는 것이 될 수 있다. 세계에 대한 정치적 개입을 인간의 도덕적 의무의 일부로서 요구한 것은 동양 윤리의 중요한 면이면서 이것이 지나치게 단선적인 것으로 이해될 때, 이 의무는 개인적 자기주장과 야심의 다른 이름이 될 수 있다. 최선의 경우에도 그것은 구체적 인간의 공존 단위로서의 사회의 화평에 배치되는 것이 될 수 있다.

수신(修身)과 치국(治國)을 연결시켜 하나의 명제로 설정한 『대학(大學)』의 서두는 수신과 치국을 다시 정심(正心)과 성의(誠意) 그리고 치지(致知)와 격물(格物)의, 내면적이면서도 사물에 즉한 지적 엄밀성의 과정에 이어져야 하는 것으로 말하고 있다. 달리 말하여 수신은 엄밀한 자기 반성과 탐구를 요구하는 것이다. 이러한 학문의 발상은 도덕적 관심의 틀 안에 있다. 그러나 그것이 자신의 내면적 단련을 생략한, 자신의 의지의 타인에 대한 부과를 의미할 수는 없다. 그러나 그렇지 않은 경우에도 인문 과학이 도덕에 한정될 수는 없다. 적어도 오늘의 인문 과학은 더 넓은 근본적 관점에 서는 것이어야 할 것이다. 거기에는 역설적으로 스스로를 한정하는 작업이 필요하다. 앞에서 말한바 자기반성의 끝에 나타나는 어떤 종류의 코기토의 상태, 또는 현상학의 용어로서 에포케, 또는 모든 실제적 관심을 괄호에 부치는 순수 반성의 상태는 그러한 넓은 관점을 위한 자기 한정의 인식론적 지점을 가리킨다 할 수 있다.

주체의 상실/매체의 세계 그런데 전략적 사고에서 주체는 반성과 형성의 과정 밖으로 밀려난다. 그 주체는 오늘의 대중 사회와 매체의 발달 속에서 완전히 불가시적인 것이 되고, 또 상실되어 버린다고 할 수 있다. 여기에서야말로 되풀이하건대, 주체란 하나의 구성물 — 허구적 구성에 불과하고, 또는 의미화 작용 그리고 권력의 복잡한 체계 속에서의 하나의 위치에 불과한 것이 된다. 대중 사회에서의 정보 매체의 작용은 앞으로의 인간을 생각하는 데에 있어서 가장 중요한 요소 중의 하나이다. 누누이 말한 바와 같이 전통적으로 인간의 주체적 존재는 인문 과학의 가장 중요한 관심사였다. 이것이 포착하기도 어렵게 되는 것이다. 정보 매체의 세계에 주체가 있다면 그것은 다른 가상의 주체에서 나오는 정보의 전달체로서만 존재한다. 그러면서 거기에서 권력은 다른 사람을 대표하고, 대중을 대표하고, 또 전달의 수용자, 즉 청취자를 대표하는 자로서 행사된다. 그러나 이 다른 사람, 이 대중은 또 다른 사람 특히 권력의 진원지에 위치한 다른 사람의 반영으로 존재할 뿐이다. 모든 것은 폐쇄 회로 속에 있고, 이 회로에서 유통되는 것은 주체 없는 주체이다.

오늘날 정보 매체 세계의 가장 중요한 철학자는 장 보드리야르이다. 그는 매체 속에서의 정보의 순환을 말하면서, 현대에 모든 것은 매체 안에 있고 그 밖에는 아무것도 존재하지 아니한다고 말한다. 르네상스 이후의 진리에 대한 지적 작업의 근본에는 주체와 객체의 거리가 상정되어 있었으나 매체의 일차원은 이 거리를 사라지게 한다. 전통적 의미에서의 현실적 인과관계를 규명하는 지적 구분을 구성하는 "원근법, 결정론적 사고 양식, '능동적'이고 비판적인 사고 양식, 분석적 사고 양식, 원인과 결과, 능동적인 것과 수동적인 것, 주체와 객체, 목적과 수단의 구분이 의문에 부쳐"지는 것이다.[12] 이것은 보드리야르의 말이다. 그의 매체 철학은 주체와 객체와 함께 진리와 비진리의 구분을 사라지게 하는 현대의 매체의 체계를 비관적으로 받아들인다. 즉 받아들인다는 것은 대안이 없음을 시인하는 것인데, 그러면서도 그것을 비판적으로 수용하는 것이다. 이에 대하여, 어떤 사람들에게 매체가 만드는 비현실의 세계 또는 컴퓨터 매체가 가능하게 하는 사이버스페이스의 등장은 새로운 자유의 약속을 가져오는 것으로 생각되는 것으로 보인다. 매체에 의한 진리와 현실의 폐기는 환상적 재현 또는 진리와 현실이 아닌 진리 효과와 현실 효과를 위한 새로운 가능성을 열어 놓는다. 그리고 주체가 실체로서 존재하는 것이 아니라면, 그것은 주체 효과의 무한한 변용의 가능성을 열어 놓고 그 쾌락을 약속해 주는 것일 수 있다.

영상 매체 여기에서 주목할 것은 전달의 주된 수단으로서 언어가 아니라 이미지가 중요해지는 현상이다. 이미지는 수용자의 수동성을 강화한다. 그리고 사고가 아닐 환상을 풀어 놓는다. 이미지의 뒤에 있는 것은 시장의 세뇌 작용이다. 또는 거기에서 영감을 얻는 대중 조작의 기술이다. 전반적으로 시장의 정신 세계 침투는 이미 주체적 존재로서의 인간의 지속

---

12 Jean Baudrillard, *Simulations* (New York: Semiotext(e)) p. 55.

을 위협한다. 주체적 존재의 핵심은 스스로 생각한다는 데에 있다. 범람하는 슬로건과 대중 언어와 광고 언어는 언어의 의미를 사물에서 분리하여 스스로의 회로 속에 갇히게 한다. 그러면서 언어는 사물의 세계를 생각하는 도구이기를 그친다. 물론 그와 더불어 그것은 공적 광장에 이성적 담론의 질서를 부여하는 수단이 되지 못하게 된다. 사물의 현실에 이어진 진리와 논리가 포기된 상태에서 이성적 토의가 있을 수 없다. 영상 매체의 발달은 이러한 사태를 더욱 강화한다. 그것은 생각과 토의의 수단으로서의 언어가 아니라 정서적 효과 — 자기 탐닉으로서의 정서를 불러일으키려는 영상이 의사소통의 주된 수단이 되게 한다.

환상과 꿈의 창조, 또는 더 일반적으로 이미지와 재현(representation)은 전통적으로 인문적 사고의 영역으로 간주되어 왔다. 또 인간의 욕망이 인간의 현실에 조화되는 세계는 인문적 사고를 움직이는 중요한 동기였다. 영상의 시뮬레이션과 그 성적 유혹이 인문 과학의 관심이 되는 것은 이해할 수 있는 일이다. 그러나 그것을 그 중심에 놓이게 하는 것은 우리가 보통 생각하는 인문 과학을 폐기하는 일이 될 가능성이 있다. 적어도 인문 과학을 학문으로서 진리에 관계하는 어떤 지적 탐구로, 그와 동시에 순정한 자아 형성의 문제를 핵심적 관심으로 가지고 있는 것으로 생각하는 경우, 매체의 해방을 비판 없이 환영할 수는 없을 것이다. 매체의 발달이 사람의 삶에서 모든 진리의 기능을 쇠퇴하게 하는 것은 틀림이 없다. 그리고 인문 과학은 매체 기술학의 일부가 될 가능성이 많다.

인문 과학의 미래   앞으로의 세기에 인문 과학이 매체 조작의 기술로서 스스로의 생존을 계획할 때, 지금까지 우리가 생각하는 인문 과학은 매우 보수적이고 퇴행적인 후위 작전에 불과할는지 모른다. 이것은 물론 앞에 말한 여러 가지의 인문 과학의 변형 — 문화 산업의 보조 과학, 도덕 훈계학, 정치 이데올로기로서의 인문 과학의 변신에도 해당된다. 그럼에도 불구하고 사람이 스스로의 운명을 스스로 통제하고 기율하여야 할 필요가 남아 있는 한——그리고 이 필요는 사람이 삶을 만족스럽게 영위하고, 그것을 자연과 인간성과 인간의 사회적 현실의 필연성에 합일시킬 필요가 있는 한, 남아 있지 않을 수 없을 것이다. 그러는 한 인문 과학적 사고는 인간에 대한 근본적 반성의 기율로 남아 있을 것이다. 인문 과학의 작업은 직접으로는 전혀 비실용적인 작업이면서, 인간이 그의 한계와 가능성을 바르게 판단하면서 그의 삶을 계획하고 영위하고 향수하는 일에 있어서 보이지 않는 바탕이 되기 때문이다.

(2013년)

어문 교육의 과제[1]

보편성에로의 고양: 하나의 반시대적 고찰

1. 어학 교육: 일상 회화와 문화

영어 교육에 대한 요구가 높아져 가는 데 대하여는 새삼스럽게 말할 필
요도 없다. 보이지 않게 보이게 각급 교육 제도 안에서 이는 압력과 제도
의 변화, 비공식적인 영어 교육 공급의 증가, 신문 광고 등에서 이것은 쉽
게 확인할 수 있다. 영어는 지금 날로 수요가 증대하고 있는 소비재가 되었
다. 생각하여야 할 것은 영어 교육의 필요가 아니라 그것을 지나치게 강조
하는 데에서 일어나는 왜곡과 희극일 것이다. 독일어 교수를 채용하는 데
에 영어 발표를 요구하는 이해하기 어려운 일도 볼 수 있고, 무조건적인 영
어 강의 압력 때문에 알아들을 수 없는 영어가 강의실에 범람하는 것도 볼
수 있다. 알아듣지 못하는 것은 내 영어 능력이 모자라는 때문인지 모른다.
다행히 나는 지금 개인적으로는 이러한 영어의 압력으로부터 풀려난 위

---

1 이것은 구두 발표 원고로 쓰였다.

치에 있지만, 한참 영어 강의의 압력이 강할 때, 다른 과는 몰라도 내가 소속되어 있던 영문과에서는 영어 강의를 피하는 것이 현명할 것이라는 농담을 하기도 했다. 영문과 교수의 영어가 그 정도냐 하는 평판을 들을 수도 있고, 그렇게 되면 교수 자리가 위태로워질 수도 있다는 생각에서였다. 지금은 위원회가 많은 시대라 나도 여러 가지 위원회에 동원되는 수가 있지만, 어떤 모임은 한국어와 함께 영문 출판을 계획하는 경우들이 있다. 그때 영문 번역의 문제가 논의되는데, 늘 말하는 것은 번역자가 미국이나 영국에서 공부했다고 해서, 심지어는 미국인이나 영국인이라고 해서 안심하고 번역을 맡길 수 있는 것이 아니라는 것이다. 그것은 한국인이라고 해서 또는 대학을 나왔다고 해서 한국어를 잘 쓰는 것이 아닌 것과 같다. 물론 여기에는 이러한 말을 하고 있는 자신을 포함하는 말이다.

문제가 무엇이든지 간에 영어 교육에 종사하고 있는 사람들이 부딪치고 있는 문제는, 적어도 현시점에서는, 과의 존폐 문제는 아니다. 이것은 영어 이외의 다른 언어가 부딪치고 있는 문제인 것으로 보인다. 이것은 독일어나 프랑스어 또는 다른 어학 분야에 이는 문제이다. 잠깐 이 문제를 조금 우회적으로 살펴보기로 한다.

독일의《프랑크푸르터 알게마이네》에는 교육과 취업을 다루는 고정란이 있는데, 얼마 전에는 독일의 음악 교육에 대한 기사가 실렸다. 취재 대상이 되어 있는 것은 독일의 음악 학교, 특히 칼스루에와 프랑크푸르트의 음악 학교인데, 보도의 주 내용은 이들 학교에 아시아 학생들이 너무 많다는 것이다. 그리하여 독일인의 세금으로 유지되는 학교에 외국 학생들이 너무 많다는 불평이 이는 것이다. 아시아인들 가운데에도 많은 것이 한국인 학생이다. 프랑크푸르트 음악 학교의 총 학생 수는 845명인데, 그중에 한국 학생이 16퍼센트, 중국 학생이 9퍼센트, 일본인 학생이 8퍼센트이다. 칼스루에 음대에서 피아노를 전공하는 한 독일 학생의 이야기를 들어 보면, 자신이 배우는 교수 한 사람 아래에는 자신 외에 유럽인으로서는 스페인 학생이 하나 있을 뿐, 나머지는 전부 한국 학생이라고 한다. 아시아 학생들에 대한 불평은 세금 문제 이외에도 여러 가지로 표현된다. 입학 경쟁률이 200대 1이나 되는 칼스루에 음대에 아시아 학생들이 많은 것은 그들이 우수하기 때문이다. 그러나 우수하다는 것은 이들이 새벽부터 저녁까지 연습에만 열중하기 때문이다. 그리하여 그들의 연주는 기교와 기술이 주라고 할 수 있고, 마음 깊이에 울리는 것이 아니라고 하는 사람들이 있다. 이에 대하여 프랑크푸르트 음대의 리첼 교수는 그것은 사실이 아니라고 변호하는 말을 내놓는다. 전에는 그랬을는지 모르지만 지금 이들은 모국에서도 이미 독일에서 공부한 교수들에게 지도를 받는다. 아시아 학생들이 언어 능력이 부족하다면 그것은 괴테 인스티투트에서 공부하는 것으로써 보완이 된다. 이들은 독일의 문화에 대하여 존경심을 가지고 있다. 이것은 이것을 별로 돌보지 않는 독일인 학생에게 오히려 대조가 된다. 뿐만 아니라 아시아의 국가는(이것은 다른 교수가 중국을 두고 말하는 것이지만), 국가적으로 문화 촉진에 큰 관심을 가지고 있다. 리첼 교수는 세계적 경쟁을 하지 않을 수 없는 오늘의 대학에서 아시아의 우수한 학생들을 받는 것은 당연한 일이라고 말한다.[2]

프랑크푸르트 음대에 한국 학생이 16퍼센트라고 한다면 숫자로는 130명이 조금 넘는 것이 된다. 이것은 절대치로 보아 얼마 되지 않는다고 할는지 모른다. 그러나 독일과 오스트리아 전부를 합치면 이 숫자는 크게 올라갈 것으로 생각한다. 앞의 보도에서 재미있는 것은 아시아의 학생들이 독일 문화에 대하여 존경심을 가지고 있다는 지적이다. 이것은 배경에 있는 문화를 이해함으로써 비로소 마음 깊이 느끼는 음악의 연주가 가능하다는

---

2 "Virtuosen aus Fernost", *Frankfurter Allgemeine Zeitung*(13. Mai, 2010).

의미를 함축하고 있다. 그런데 사물의 이해와 일의 처리를 두고 볼 때 얼마나 많은 것이 문화적 이해가 없이 가능할 것인가?

어떤 전통의 문화를 배우는 방법은 여러 가지라고 하겠지만, 거기에 가장 중요한 수단이 되는 것은 말할 것도 없이 언어이다. 그런데 놓치기 쉬운 것은 역으로 언어를 마스터하는 데에 수단이 되는 것이 문화라는 사실이다. 다시 말하면 언어를 깊이 있게 공부하기 위해서는 문화 배경의 이해가 필요하다는 말이다. 피아노를 공부하기 위한 것이든 다른 문화 분야를 공부하는 것이든, 또는 사회 과학을 공부하고 또 현실의 문제를 처리해 나가는 것이든, 문화 이해의 깊이에 근거하지 않는 언어가 곧 한계에 부딪치게 되는 것임은 틀림이 없다. 옛날에 나는 이러한 문제와 관련하여, 우리의 경제 성장의 초기에 독일에 근무하던 한 은행원의 이야기를 인용한 일이 있다. 독일어 준비를 많이 했음에도 불구하고 일상 용어 정도로는 사업 관계를 제대로 발전시킬 수 없었다는 것을 알게 되었다는 말이었다. 정치와 사회를 말하고 문화를 말하는 교류가 없이는 깊이 있는 차원의 인간 교류는 불가능하다. 이것은 사업의 경우이지만, 다른 일에 있어서는 더욱 그렇다고 하는 것이 옳을 것이다.

사람의 언어 행위와 행동은 언제나 일정한 환경적 조건 속에서 이루어진다. 환경의 중요한 부분이 문화이다. 언어를 적절하게 사용하는 데에 문화가 필요하다면, 그 문화는 일단 예의 작법을 비롯하여 여러 사회적 상호 작용의 관습으로 이루어진다. 그러면서 언어 소통은 이러한 문화적 소통의 일부일 뿐이다. 소통에 작용하는 문화 관습들은 언어 행위를 위한 하나의 역동적 장을 이룬다. 이것은 언어가 많은 어휘와 관용구로 이루어지면서 문법 체계 속에 포함되고, 다시 언어 사용자의 관점에서는 이 문법을 다양하게 사용할 수 있는 적극적 능력이 필요한 것에 유사하다. 이 능력이 언어 행위의 주축을 이룬다고 할 수 있고, 언어 습득의 궁극적인 종착점은 이 주축을 거머쥘 수 있게 되는 것이라고 할 수 있다.

2. 언어 교육과 교양 또는 자기 형성

1. 외국어

이것은 실용적인 언어 공부도 실용성만을 강조해서는 제대로 되지 않는다는 이야기를 하자는 것이다. 실용 학습도 심도 있는 것이 되려면, 그것은 인간의 삶과 정신 그리고 그 세계를 위하여 언어의 복합적 현상에 이어지는 것이 되어야 한다. 지금 잊히고 있는 것이 이 사실이다. 앞에서 시사한 바와 같이 실용적인 언어 학습도 실용을 넘어가야 하지만, 교양 교육의 일부로서 언어 교육이 그래야 한다는 것은 말할 것도 없다. 헤겔에 있어서 교양(Bildung)의 의미는 그것으로써 사람을 보편성으로 끌어올리는 데에 있다. 그의 관점에서 언어 학습은 이 과정의 기초이고 전형이 된다. 뉘른베르크의 김나지움의 교장에 취임하면서 헤겔이 행한 다섯 개의 연설은 당대의 시대 요청과 관련하여 교양이 무엇을 의미하는가를 말한 것인데, 이것은 그때나 지금에나 교양의 문제를 생각하는 데에 중요한 문헌이라고 하겠지만, 이 테두리 안에서 그가 고전어 학습에 관하여 말한 것은 교양 교육에서 언어 학습이 어떤 의미를 가지고 있는가를 매우 간단한 도식으로 밝혀 주고 있다.[3] 독일과는 관계없는 먼 세계의 말, 고전어 — 그리스어와 라틴어를 공부하는 것은 고전 문화가 높은 인간 문명의 유산을 간직하고 있기 때문이다. 이 문화 유산은 그 언어에 담겨 있다.

그러나 이에 관련하여 헤겔이 말하고 있는 것은 다른 언어의 학습에도,

---

3 Karl Löwith, *Von Hegel zu Nietzsche*(Kohlhammer Verlag, Stuttgart, 1958), pp. 312~317.

또 인간 정신의 성장 일반에 그대로 해당되는 것이라고 할 수 있다. 외국어를 공부하는 것은 정신을 몇 단계 진전시키는 것을 의미한다. 첫째, 그것은 자기로부터 빠져나갈 것을 요구한다. 그리고 학습자는 자기와 다른 것을 자기에게로 가까이 오게 할 수 있어야 한다. 그러나 그것은 거기에 동화한다는 것을 말하는 것은 아니다. 이 과정이 정신에게 요구하는 것은, 자기 것이나 다른 것을 일정한 거리를 두고 대할 수 있게 되어야 한다는 것을 말한다. 그러는 과정에서 학습자의 자아는 보다 넓은 세계로 나아가게 된다. 이렇게 자기를 벗어나서 다른 것, 타자적인 것으로 나아가는 데에는 쉽게 자기에 일치시킬 수 없는 대상물이 필요하다. 그것이 타국의 언어이고 세계이다.

방금 말한 것은 뢰비트의 해설을 소개한 것인데, 헤겔을 인용하면서 뢰비트가 말하는 것으로 이 과정을 되풀이하여 살펴본다. 이 설명은 언어 학습의 과정을 일반화하여 정신의 과정으로 볼 수 있게 한다. "이질적인 것을 자기 것으로 하는 데에는 자신의 것을 이질화하는 것이 필요하다. 이질적인 것과 타자를 있는 그대로 가까이 하기 위해서는 자신을 멀리해야 하는 것이다. ……'이론적인 자기 형성(Bildung)의 조건으로, 이질화를 위해서는 직접적이 아닌 것, 이질적인 것과 관계를 가져야 한다…….' 이러한 과정은 젊은이가 먼 것에 이끌리는 것과 같은 데에서 저절로 나타나는 충동과 비슷하다. 그리워하는 멀고 다른 세계에 자기를 투사함으로써 젊은이는 주어진 대로의 자연 상태를 벗어날 수 있다. 이러한 분리를 현실화해 주는 것이 고대인의 세계이고 언어이다." 그러나 "이것은 시발점이고 새로운 길로서, 우리는 그것으로 하여 자신으로 되돌아가고 새로운 가능성들에 익숙하여지고 결국 자기를 재발견하고 — 정신의 보편적 본질에 따르는 자기를 재발견할 수 있게 된다."

이 정신의 변증법은 외국어 학습에 조금 더 자세하게 적용된다. 외국어를 배울 때 학습자는 낯선 언어에서 기계적인 것에 맞부딪치게 된다. 그러나 이 기계적인 요소가 바로 정신의 발전에 필요한 것이다. 왜냐하면 "기계적인 것은 정신에 대하여 낯선 것인데, 제 안에 들어와 있는 소화되지 않은 것을 소화하고, 생명이 없이 놓여 있는 것을 자기 것이 되게 하는 것이 정신의 관심사이기 때문이다.'" 이러한 의미에서 추상적인 문법이야말로 정신의 자기 형성을 위한 좋은 매개체가 된다. "문법에 보이는 '있다(존재한다, ist)'라는 말에 이미 '존재(Sein)' 일반의 개념이 들어 있듯이, 언어의 형식 일반에는 사물의 이치, 로고스(Logos)가 들어 있다." 언어에서 우리는 구체적인 것으로부터 추상적인 것을 추출해 낸다. "문법 학습은 기초적인 철학이다. 그것은 우리에게 단순한 추상화된 본질 개념들을 통하여 '정신적인 것의 음소(音素)'를 알게 한다." 그리하여 이것은 더 큰 정신 작용으로 이어진다. 그러니까 요약건대, 고전어의 학습에서 알게 되는 "세 가지 낯섦의 요소 ─ 고대의 세계, 그 언어, 그 문법적 구성은 인문적 학습의 구성력을 이룬다. 그것으로써 인간의 정신은 스스로를 벗어나고, 다시 스스로에로 복귀하는 자유를 얻는다." 이렇게 하여 그것은 다시 보다 넓어진 주체적 능력의 일부가 되는 것이다.

이러한 관찰은 우리의 언어 교육의 어떤 면들을 다시 생각하게 한다. 언어에서 중요한 것은 물론 방금 말한 주체적 능력이다. 그것이 자유로운 언어 구사를 가능하게 한다. 문법에 대한 지나친 강조는 이 능력의 문제를 잊어버리는 것이라 할 수 있다. 다른 한편으로 이 능력의 마술에 지나치게 사로잡힌 결과는 기계적인 부분을 극복하고 로고스에 이르는 의식의 부분을 완전히 건너뛸 수 있다고 생각하는 것이다. 그것이 어느 정도 가능할지는 모르지만, 그것을 생략하는 것은 보다 깊은 심화의 가능성을 놓치는 것이고, 또 인문적 교양의 과정으로서의 목표를 벗어나는 일이다.

앞에서 말한 바와 같이, 헤겔이 고전어 학습을 인문 교육의 가장 중요한 부분으로서 옹호한 것은 고전적 전통이 특별한 인간적 의미를 가지고 있었기 때문이다. 그러나 고전어의 학습에 들어 있는 정신의 기본적인 역학은 다른 언어의 학습에도 그대로 적용된다고 할 수 있다. 한국의 전통에서 헤겔의 고전어에 해당하는 것은 한문이었다. 그 나름의 문화적 전통을 가지고 있는 언어, 가령 산스크리트어나 팔리어, 이슬람어 등은 비슷한 기능을 가지고 있는 것이라 할 것이다. 그리고 현대 서양 문명 그리고 세계화 문명의 기초를 닦은 서양의 여러 언어, 또는 한국 주변의 여러 언어들도 학습에 값한다는 것은 말할 필요도 없다. 그러나 우리의 일반적 견해로 해석한 문명이라는 편견을 버릴 때, 세계의 어떤 언어도 인문적 교양을 위하여 그 나름의 의의를 가진 것일 것이다. 수년 전에 서울에서 열린 한 국제 문학 행사에서, 케냐의 작가 응구기 와 시옹오(Ngugi wa Thiong'o)는 한국외국어대학에서 학습한 스와힐리어에 숙달한 한국인을 만나고 크게 놀라움을 표시한 바 있다. 문명의 언어와 비문명의 언어를 대비하는 것이 전혀 무의미한 것은 아니지만, 사실 인간의 언어의 긴 역사에 비하여 소위 문명의 역사는 극히 짧은 한순간에 불과하다고 할 수 있을 것이다. 이 관점에서 볼 때, 언어에 축적된 지혜에 비하면 문명의 지혜는 전혀 비교도 되지 않는 것일 것이다. 문명의 고저는 삶의 세계의 현상학의 문제로서, 과학적인 개념을 비롯하여 많은 것들은 인간의 인지 태도의 사회적 오리엔테이션의 차이로 해석될 수 있다.[4]

---

4 가령 아마존 지역의 원시 부족 문두루쿠(Munduruku)의 수 개념에 대한 프랑스의 언어학자 피에르 피카(Pierre Pica)의 연구에 관한 최근 보도에 의하면 피카는, 이 부족이 숫자를 다섯까지밖에 세지 못하는 것은 그들의 지적 능력의 부족보다는 사회 풍습에, 그리고 기본적인 인지 태도에 관계된다는 것을 밝힌 바 있다. 문두루쿠인이 다섯까지만 세는 것은 문명 사회의 사람의 경우에도 숫자가 커지면 정확한 수의 개념이 '많다'는 느낌으로 대체되는 것에 대응하는 현상이다. 그들에게 다섯 이상을 자세히 헤아릴 이유가 별로 없는 것이다. 그들의 숫자 개념은 선형(線形)적이 아니라 로가리즘적이다. 이것은 자세히 헤아리는 것이 필요하지 않은 상황에서는, 문명·비문명을 가릴 것이 없이 사람들이 의존하는 개념 체계이다. 사람들은 하나와 열

2. 모국어-문학 교육

앞에 말한 것들은 외국어를 두고 말한 것이지만, 언어 교육의 핵심은 물론 모국어 교육이다. 여기에서도 외국어 학습의 경우나 마찬가지의 역학이 작용한다. 다만 이것은 더욱 복잡할 수밖에 없다. 모국어가 교육의 대상이 되었을 때는, 이미 모국어는 낯선 대상, 기계적인 객체로서 존재하는 것이 아니라 주체의 일부가 되어 있다. 처음에 요구되는 것은 이것을 객체화하는 것이다. 그런 다음에 그것은, 외국어의 경우나 비슷한 변증법적 주고받음을 거쳐, 보다 넓어진 주체 의식의 일부가 된다. 모국어의 대상화는 너무 부자연스러운 것이기 때문에 아마 외국어에 의한 매개는 이것을 도와주는 중요한 방법이 될 것이다. 즉 외국어 학습이 모국어에 대한 의식을 높여 준다는 말이다. 이것은 언어에 대한 문법적 의식이 비교 언어적 관점에서 생겨나는 것에 비슷하다. 그런데 모국어에 대한 객관적 의식과 관련하여 생각되어야 하는 것은 그것이 너무 기계적인 것이 되기 쉽다는 것이다. 그리고 그다음의 단계, 즉 그것을 다시 주체적 능력의 일부가 되게 하여야 한다는 것을 잊어버리는 것이다. 이것은 앞에서 말한 대로 외국어 학습에서도 종종 일어나는 일이다. 지금에 와서 외국어 학습에 있어서 문법적 접근 성과가 크게 실추된 것도 이러한 이유에서일 것이다. 국어의 경우 그것은 원래부터 주체적 활동의 일부이기 때문에 이 사실의 중요성이 더욱 잊힐 수 있는 것으로 보인다.

이미 내면화되어 있는 언어로서의 국어 교육은 문법과 같은 기초적인

의 간격은 잘 알지만, 1억과 100억 갤런의 물의 차이는 '굉장히 많다'는 느낌으로 수렴된다. 우리 나름의 예를 들면 100만 원과 150만 원의 월급 차이는 선형의 간격으로 생각하지만, 100만 원과 1000만 원의 월급 차이는 '10배나 많다'는 수 개념으로 이해하게 된다. Excerpt in *The Guardian Weekly*, 16~22 April 2010, from Alex Bellos, *Alex's Adventures in Numberland* (London: Bloomsbury, 2010).

것보다는 문학 교육을 통하여 이루어진다. 과제는 언어의 기초 확립보다는 그 심화이기 때문이다. 문학 교육에 있어서도 중요한 것은 언어에 대한 객체적 인식과 함께 주체적 능력으로서의 언어이다. 이것은 언어의 사용에서도 기억되어야 하는 일이지만, 표현된 언어를 이해하는 데에 있어서도 중요한 일이다. 이해는 부분적 이해와 함께 그것의 원동력으로서의 주체적 능력의 움직임에 동화하는 일을 말한다.

최근의 한 신문에는「문학을 죽이는 국어 교육」이란 기사에 대한 고등학생의 의견이 실렸다. 원래의 기사도 문학이 시험 문제가 될 때 문학이 죽는다는 내용이지만, 이 고등학생의 논평은 이것을 더욱 절감하게 한다. 시 한 편을 읽고 난 다음 학생들은 그 상징적 의의나 주제 등을 배우고 외우도록 요구받는다. 그리고 표현 기법으로 운율, 역설법, 반어법, 수미상관(首尾相關), 객관적 상관물, 공감각적 심상 등을 헤아려야 한다. 이러한 것들을 배우고 시험에서 답해야 하는 학생들은 그렇게 취급되는 문학을 전혀 좋아하지 않는다. 이 학생 기고가의 제안은 이러한 이론적이고 수사적인 것을 공부하는 것이 잘못된 것은 아닐지 모르지만, 문학 자체를 읽고 즐기는 것과 이러한 이론 학습이 분리되는 것이 좋을 것이라는 것이다.[5] 이것은 전적으로 옳은 제안이다. 이러한 현학적인 분석어로 처리되는 문학이 문학일 수는 없다. 문학은 그 위에 또는 그 밖에 존재한다. 이러한 분석적 재단(裁斷)은 문학의 정서적 내용을 절개해 버린다. 문학 작품 하면 흔히 연상하는 것이 감동이다. 이 문학 읽기에 중요한 것은 감동을 보존하는 것이다. 그러나 이것이 억지로 되는 것은 아니다. 이것은 모든 감정적 경험이 그러하듯이, 억지로 강요되는 것이 아니라 저절로 일어남으로써 진정한 것이 된다.

---

5   신인실, 「「문학을 죽이는 국어 교육」을 읽고」,《조선일보》(2010년 5월 10일).

이것은 다시 한 번 문학의 중요한 부분이 정서적 호소력이라는 말이 된다. 이 정서적 호소력이란, 흔히 생각되듯이 문학이 겨냥하는 바가 감정의 표현 또는 그 과장이기 때문이 아니다. 그것은 문학이 수사적 개념들의 기계적 조합이 아니라 주체적인 표현이기 때문이다. 그 정서적 분위기는 경험과 표현의 주체가 지각 현실에 열려 있음으로 해서 생겨나는 효과이다. 열려 있다는 것은 세계가 언어적 표현에 대응하면서도 언제나 그것을 넘어 새로운 사건으로서, 또 그 연장선상에서 미지의 현시(顯示)로서 존재한다는 것을 말한다. 이러한 것은 아마 분석보다는 직관으로 접근되는 것일 것이다. 시를 포함하여 문학 작품은, 조금 전에 말한 바와 같이 말로 꼬집어 내기 어려운 감동을 주는 것으로 되어 있다. 그것은 어떤 한 특성보다도 전체에 대한 느낌이다. 그것이 무엇보다도 직관으로 전달되지 않으면 아니 되는 이유이다. 그렇다고 그것이 완전히 분석적이고 논리적인 이해를 넘어가는 것이라는 말은 아니다. 그러한 경우, 아마 우리의 이해는 결국 불투명한 전체적 인상 그리고 무의식으로 흡수되어 버리는 것이 될 것이다. 이러한 몽롱함을 벗어나는 데에는, 앞에 언급된 수사학과 기법을 의식하는 것도 한 방편이 될 수는 있다.

그러나 중요한 것은 이것들을 구조에 통합하는 것이다. 그리고 다시 한 번 구조가 알게 하는 것은 작품이 이루고 있는 전체성 — 구조를 넘어가는 전체성이어야 한다. 그것은 세부의 산술적 총계가 아니라 '새로 나타나는 현상(emergent phenomenon)'이다. 그것이 가리키고 있는 것은 세부와 전체를 만들어 내는 로고스의 움직임이다. 이것은, 하나의 문장이 통사적, 통어적 질서를 나타내듯이 일단 수사 속에 드러나는 로고스이다. 그러면서 그것은, 헤겔이 문법을 두고 말한 바와 같이 "사물의 로고스(Logos der Sachen)"이다. 수사적 기교의 교습에 주력하는 문학 교사들이 등한시하는 것은 이러한 로고스의 움직임이다. 언어의 질서를 사물의 질서에 연결하는 것을 주저하는 포스트모더니즘의 사색가들은 보다 적극적으로 이 가능성을 회의하는 것일 것이다. 이것은 달리 논의하여야 할 철학적 문제이지만 간단히 말하여, 사람의 삶의 궁극적 테두리가 사물의 세계라는 것은 부정할 수 없다. 그러니만큼 모든 인간의 발화는 궁극적으로 이 세계를 지향한다고 하는 것이 틀린 말은 아닐 것이다. 물론 교육의 관점에서 중요한 것은 사물의 논리가 사람의 의식 속에 움직이고 있는 논리에 대응한다는 것이다. 이것을 주제화하고 넓히는 것이 교양의 의미일 것이다. 이 주체가 결국 "정신의 보편적 본질"에까지 미치는 것이 되는 것인지는 확실하지 않다. 그러나 적어도 그것을 희망해 볼 수는 있을 것이다.

3. 도덕 윤리적 보편성과 개인적 특수성

1. 도덕과 윤리의 보편성

헤겔의 뉘른베르크 강연의 주안이 되는 것은, 이미 시사한 바와 같이 보편성에로의 자기 형성이다. 어학이나 문학을 공부하는 일은 이 테두리 안에서 참의미를 갖는다. 그런데 그것이 현실 생활에서 어떠한 의미를 가질 수 있는가? 간단한 답은 정신의 능력은 매우 넓은 전이 효과를 갖는다는 것이다. 한 가지 일에 능한 사람은 다른 일에도 쉽게 적응하여 능력을 발휘할 수 있다. 그중에도 정신의 유연성, 폭, 깊이를 기르는 것은 모든 일에 능해질 수 있는 잠재력을 갖게 된다는 것을 말한다. 오랫동안 동서양에서 다 같이 인문 교육이 교육의 중심을 이루었던 것은 이러한 이유에서라고 할 수 있다. 우리 전통에서 공직자를 뽑는 데에 법이나 행정 기술보다도 시문의 지식과 능력을 시험한 것은 이러한 인식의 극단적인 표현이라고 할 수 있다. 지금도 그러한 인식이 없는 것은 아닐 것이나, 단기적인 수익을 추구하는 성급한 문화에서 이것은 지나치게 많은 경비와 시간과 기다림을 요하는 일일 것이다.

헤겔의 생각은 이러한 장기적인 이익보다는 고상한 목표, 인간의 도덕적, 시민적 그리고 인간적 완성을 향하는 것이었다. 헤겔도 그리스에서와는 달리, 현대의 전문화된 직업의 요구가 전인간적인 발달을 지향하는 교양의 요구에 배치될 수 있다는 것을 의식하고 있었다. 그렇다고 하더라도 이 전인간적 가능성에 대한 의식은 그 나름의 내면적 공간을 이루어 결국 사람의 삶에 — 개인적인 그리고 사회적인 삶에 중요한 차이를 가져올 수 있다고 생각하였다. 사실 그는 직업도 인간 형성의 의미를 갖는다고 생각하였다. 이러한 생각은 다른 글들에서 표현된 헤겔의 노동에 대한 고찰들에 들어 있다. 물론 노동은 그 종류에 따라 여러 가지 의미를 가질 수 있어서 그것은 사람을 자연의 직접성에 매몰되게 할 수도 있고, 현대의 생산 체제의 경우에 소외의 수단이 될 수도 있으나, 본질적으로 그것도 위에서 말한바 자기 초월, 객관화 그리고 보다 넓은 자기 형성의 과정이 된다. "……생산적 노동의 과정에는 이론적 '교양(형성)'과 함께 실제적 '교양'이 펼쳐진다. 그리하여 많은 지식, 일정한 목표를 위하여 동원되는 수단에 대한 사고의 능동성, 여러 가지로 얽히고 일반적인 관계에 대한 이해 — 이러한 것들이 생겨나는 것이다……." 다시 말하여, "노동은 노동하는 사람으로 하여금 객관적이고 사실적인 행위, 일반적인 숙달을 배우게 하며, 인간에게 기율을 주어 인간을 정신의 보편성으로 끌어올린다."[6] 이러한 노동의 교훈은 고전적 교양 또는 일반적으로 인문적 교양의 성과에 연속적인 것이다. 또는 역으로 인문적 교양은 노동에 도움이 된다고 할 수 있다.

인문적 교양의 가장 중요한 의미는 도덕적, 윤리적, 시민적 삶과의 관계

---

6   Karl Löwith, op. cit., p. 290.

에서 드러난다. 교양적 형성이 자기를 벗어나는 것 ― 사견(私見)이나 본능이나 감정의 지배로부터 벗어나서 보편적인 것으로 나아가는 정신적 훈련을 의미한다면, 그것이 윤리적 태도의 바탕이 되는 것임은 자명하다 할 것이다. 뉘른베르크의 강연에서 헤겔이 강조하고 있는 것도 이 점이다. 도덕적 행동의 기초가 되는 것은 자기를 벗어나는 것이다. 개인적인 요구를 버리고 사회 공동체에 맞아 들어가는 것을 배우는 것이 학교 생활의 가장 중요한 수확이다. 그리하여 개인은 "보편성의 체계"의 필요에 적용하게 된다.

이것은 모든 교육에 포함되어 있는 중요한 의도이고, 또 당연한 효과이다. 그러나 이 과정에 상정된 개인과 사회의 관계가 매우 엄격하고 경직된 것으로 보이는 것도 사실이다. 사회에서 일어나는 자기 형성과 초월의 한 예로서, 헤겔이 도덕적 수련의 예로서 자신의 산만함과 나태함을 극복하고 밖으로부터 주어진 명령에 복종하는 군인의 경우를 드는 것은 우연이 아니다. 그러나 공적인 생활과 개인의 삶, 보편적 심성과 개인의 감성이 하나로 묶여 분리되지 않는 것이 이상적인 사회 ― 헤겔의 생각으로는 고전 시대의 그리스와 같은 사회에서의 인간 존재의 방식이라고 할 수는 있다. 이러한 사회에서, 도덕이나 윤리의 규범과 의무는 이러한 삶의 현실 속에서 자연스러운 관습이고 덕성이다. 그리하여 사회 전체의 요구 그리고 인간의 보편적 가능성은 일상적인 것에도 그대로 나타난다. 현대 사회에 있어서도 "교육은 전체성 속에서의 고결한 삶의 이미지를 지키면서 우리의 [오늘의] 현실의 고립을 벗어나 되돌아갈 수 있는 내면의 공간을 유지할 수 있게 하여야 한다."[7]라는 것은 충분히 동의할 수 있는 희망 ― 개인적이고 사회적인 희망이다.

---

7 Ibid., pp. 315~117.

2. 체험의 주관적 관점과 그 다면성

그러나 다시 한 번 내면적 형성을 통한 개인과 사회 그리고 보편적 윤리의 일치를 기하는 것 —— 이것을 이루어 내는 것이 인문 교육의 목표라고 하더라도, 이미 비친 바와 같이 이것은 지나치게 엄격한 규범에의 복종 그리고 의무의 이행을 요구하는 것으로 보인다. 이상적 조건하에서는 이것은 관습을 따르는 것에 불과하기 때문에 너무 괴로운 것이 아닐는지 모른다. 또 이것은 동시에 로고스를 따르는 것이라고 할 수 있는데, 이성의 원리는 자연 그리고 사회와 개인의 삶 전체를 포괄하는 원리로서, 사람에게 큰 부담을 주는 것이 아니라고 할 수도 있다. 로고스는 사실적 논리일 수도 있고 윤리의 당위성을 나타내는 논리일 수도 있으면서, 사람이 저절로 따르게 마련인 심성의 원리를 포괄한다.("생각함으로써 나는 존재한다."라는 말은 나 자신의 존재의 원리 자체가 이성을 포함한다는 것을 말한다.) 그런데 이론적인 것이든지 실천적인 것이든지 또는 심성적인 것이든, 인간 존재의 복합적인 면에 이어진 것이라고 하더라도, 이성이 투영하는 전체는 추상화의 결과이기 쉽다. 그리하여 개별적 사상(事象)과 개체적 요구 또는 주어진 현실 조건의 관점에서 볼 때, 그것은 이러한 것들을 충분히 참조하지 않는 것이 된다.

여기에서 중요한 것은 법칙적인 것이고 구체의 특수성이 아니다. 그리하여 개체로서의 인간은 이성적으로 구성된 세계 이전의 사실 자체로 돌아갈 필요를 느낀다. 그러나 사람이 그 삶을 조금 더 의미 있는 것으로 살고자 하는 경우, 이것은 자연스러운 원초적인 상황으로 돌아간다는 것을 의미하지 않는다. 아무리 사실로 돌아간다고 하더라도 사실의 의식화에는 의식의 방법론적 개입이 불가피하다. 필요한 것은 현상학에서 말하는 판단 정지, 에포케, 괄호에 넣기에 비슷한, 사실에의 회귀이다. 인문적 교육은 전체성에 대한 고려 이외에 개체적 경험의 세계를 다시 살필 수 있는 능력을 함양하는 것이라야 한다. 그리고 여기에서 방법론은 초연하면서 의식이 부재하지 않는, 사실에로의 귀환이 될 것이다.

어떤 방법을 통하여서이든지, 추상으로부터 사실로 돌아가는 것은, 인간적 진실에 가까이 간다는 점에서 다음 세 가지 것을 다시 회복하는 것이 된다. 그것은 삶의 세부 사항을 회복하는 것을 말한다. 사람의 삶의 진실은 매 순간의 삶 속에 있다. 두 번째, 세부의 회복은 삶 전체의 의미를 바꾸어 놓는다. 전체는 언제나 사실적 전체이면서 당위적 함축을 갖는다. 그리하여 삶은 그 전체 속에서만 의미 있는 것처럼 생각된다. 그리고 이 전체성의 성취, 그것에의 기여가 삶의 유일한 보람이 된다. 이러한 태도에서 인생은 전적으로 과정이 아니고 목적이다. 그러나 사람의 기쁨과 슬픔 그리고 아픔은 사실 그때그때의 작은 일들에서 일어나는 경우가 많다. 세 번째, 전체성의 지나친 강조는 다른 사람을 우리가 가지고 있는 전체성의 인식의 테두리를 통하여 보게 한다. 그리하여 그의 개별적 진실에 섬세하게 주의할 의무를 잊어버리게 한다. 물론 이러한 왜곡들은 전체성이나 보편성에 대한 오해에 밀접한 관계를 가지고 있다고 할 수 있다. 전체는 산술적 총계가 아니라 구체성 속에 임장(臨場)한다고 할 수 있기 때문이다.

어떤 경우에나 경험의 세계를 주어진 대로 인식하고 파악한다는 것은 지난한 일이다. 의식의 흐름은 완전히 주관적인 관점에서 체험의 세계를 파악하고자 하는 의도에서 생겨나는 개념이다. 이 흐름에는 지각 체험의 의식이 중요한 부분을 이룬다. 그러나 물론 그와 함께 그에 대한 이성적 구성, 기억과 희망이 이 흐름에 포함될 것이다. 그러나 실천적 존재로서 인간의 많은 것은 행동으로 표현된다. 그러면서 이것은 의식과 회고의 대상이 된다. 그것을 일정한 로고스로 파악하여 표현하는 방법은 서사이다. 그것은 그 나름의 추상화를 포함하는 것이면서도 조금 더 구체적으로 인간 행동을 이해할 수 있게 한다. 어디에서나 널리 볼 수 있는 인간에 대한 설명이 이야기의 형식을 가지고 있는 것은 극히 자연스러운 일이다. 보편적 규범의 관점에서 인간을 저울질하고, 개인적 자기 형성, 그리고 사회적 존재로서의 인간 완성을 위해서도, 필요한 것은 인간을 일단 서사적 연관 속에서 파악하는 것이다. 자기 자신에 대한 객관적 관점을 획득하는 데에도 이러한 과정이 필요하다. 이 서사의 무대는 사물의 세계이기도 하고, 사회적 세계이기도 하다. 도덕과 윤리는 특히 사회적 세계에서의 행동 그것의 서사적 전개 그리고 그것을 움직이는 동기 관계에 관한 규범으로 볼 수 있다.

이때 규범에 의하여 측정되는 것은, 방금 말한 바의 개인의 주관의 동기와 그 전체적 관련이다. 동시에 윤리와 도덕이 타자에 관계되는 한, 그것을 생각하는 데에 예비적으로 요구되는 것은 타자의 행동의 시나리오에 대한 이해이다. 여기에는 사물과 세계를 다른 사람의 관점에서 보는 것을 가능하게 하는 공감의 능력이 작용한다. 그러나 이것이 반드시 과장된 감정에 의한 타자와의 동화를 의미하는 것은 아니다. 메를로퐁티는 그의 육체의 현상학에서 우리가 다른 사람의 흉내를 내거나 운동 경기와 같은 스펙터클을 볼 때에, 본능적으로 다른 사람의 관점과 공간에 우리 자신의 관점을 이행하면서 행동하고 관조한다는 사실에 주의한 바 있다. 이러한 경우에 모방자나 관전자의 주관은 본능적으로 대상적 행동을 추적하는 것일 터인데, 그때의 주관은 반드시 그 개인의 주관이라기보다는 모방되거나 공연되는 사실이 요구하는 익명의 가정(postulate)으로서의 주관이라 할 수 있다. 사람의 사회적 삶에서의 상호 주관성(intersubjectivity)의 요구가 이것을 자연스러운 습관이 되게 하는 것일 것이다.

그러나 이러한 익명의 주관은 다시 말하면 사건의 주관으로서의, 진정한 의미에서의 개체적 주관을 비켜 가는 것이라고 할 수 있다. 그러니만큼 그것은 개념적 추상화보다는 현실에 가까이 가면서도 역시 개인의 체험적 진실을 추상화한다. 서사는 서사대로의 추상화, 그러니까 있는 대로의 사실의 단순화를 요구한다. 그런데 이에 대하여 참다운 윤리적 관계란 그 규범적 판단에 있어서 적어도 이상적으로는, 모든 사람의 서사적 진실, 그 주관적 관점에서 일어나는 체험을 충분히 참작하는 것이라야 할 것이다. 그렇게 전제할 때 이성적 추상화를 요구하는 도덕과 윤리 규범은 비도덕적이고 비윤리적인 것이 될 수 있다. 그러나 현실에 있어서 낱낱의 사람들의 관점에서의 사실 이해 ─ 그것을 속속들이 참조하는 사실의 전면적 이해는 목표의 대상이 될 수 있을지는 모르나 실제로 이루기는 매우 어려운 것이라 할 수밖에 없다.

이러한 여러 의미에서의 주관적 관점에 ─ 자기 자신, 타자 그리고 익명의 서사적 주관, 다양하지만 주관의 관점으로 벗어나지 않는 관점에서의 현실 이해에 깊이 관련되어 있는 것이 문학이다. 어쨌든 문학은 전부를 그렇게 말할 수는 없지만 서사적 언어 행위이다. 그러한 의미에서 문학은 앞에서 말한, 인간 이해를 위한 수단이 될 수 있다. 그렇다고 하여 그것이 직접적인 의미에서 도덕적, 윤리적 의의를 갖는다는 말은 아니다. 그러나 적어도 그것은 인간의 체험을 체험 당사자의 관점에서 이해하게 하는데에 도움을 줄 수 있다. 그것이 어떤 것이든지 간에 개인의 체험적 현실에 대한 서술이 없는 문학은 생각할 수 없다. 문학에는 늘 이야기가 있고, 이야기에는 주인공이 있다. 실화로부터 보다 세련된 소설에까지, 직접적으로 또는 간접적으로 화자가 없는 소설은 존재할 수 없다. 시의 경우 이것은 조금 불분명할 수 있다. 그러나 시는 사건보다는 감흥을 표현한다고 할 수 있지만, 이 감흥도 대체로는 상황 내에서의 개인이나 집단의 감흥을 나타낸다. 소설의 경우도 마찬가지이지만, 시는 특히 어떤 시적인 상황에서의 감흥을 표현한다고 할 수 있는데, 이것은 삶의 의미 또는 보람이 반드시 삶의 최종적 목표에만 있는 것이 아니라 어떤 선택된 순간에 또는 더 나아가 평범한 일상적 삶에 있다는 것을 증언하는 일이라고 할 수 있다.

물론 이러한 순간이 삶의 전체성의 에피파니에 관계되는 경우가 많은 것은 사실이다. 그것은 구체성과 보편성의 병존을 말한다. 그러나 이 에피파니가 정해진 전체성, 상투적으로 표현되는 목표에 관계될 때, 그것은 정치 선전의 시가 된다. 그리고 에피파니가 중단된다. 정치 시가 범람하는 시대에 이러한 시의 비시(非詩)적인 성격이 두드러지게 되는 것은 새삼스럽게 말할 필요도 없다. 물론 이것은 소설의 경우에도 마찬가지이다. 소설은 특히 일상적인 삶을 즐겨 묘사하지만, 이것에 의미를 부여하는 가장 쉬운 방법은 정치 프로파간다를 사용하는 경우이다. 물론 이 대신에 상투적으로 과장된 감정을 대체할 수도 있다. 수필은 조금 더 사변적인 글에 가깝다. 그러나 그것이 개인적 관점을 완전히 떠난다면 수필로서의 효과는 사라지게 될 것이다. 이야기로 풀어 나갈 수 있는 어떤 상황과 그 상황에서의 개인적 반응을 대화와 몸짓으로 표현하는 것이 연극이다. 독백이라는 부분에도 불구하고 소설과 달리 내면의 심리적인 흐름을 표현하지는 않는 것이 연극이지만, 사람들의 주관적인 관점과 심정은 여러 사람 사이에 오가는 대화 속에서 절로 드러나게 마련이다. 연극의 공간은 상호 주관성의 공간이거나, 여러 다른 공간이 갈등을 일으키는 공간이다. 여기에서 공간을 이야기할 수 있다는 것은 갈등의 요소에도 불구하고 연극의 장면에 그리고 그 전개에 하나의 통일성이 스며 있다는 것을 말한다. 이 공간을 보다 분명하고도 이성적인 것이 되게 하는 것은 물론 플롯의 전체적인 기승전결(起承轉結)이다. 이것은 서로 다른 주관들 사이의 변증법적 통일을 표현할 수도 있고, 작가나 사회가 미리 정해 놓은 교훈으로 꾸며진 것일 수도 있다.

조금 전에 말한 것처럼 문학이 반드시, 간단한 의미에서 도덕적 의미를 갖는다고 하는 것은 문학의 가능성을 지나치게 좁히는 일이 된다. 문학의 직접적인 효과는 부도덕한 것일 수 있다. 그러나 그것이 사람이 부딪치는 현실과 체험의 다양성 그리고 거기에 관계되는 개인의 관점의 상이성을 느낄 수 있게 한다는 점에서, 그것은 인간 현실을 널리 이해하는 것이 그 바탕이 되는 것이라는 것을 상기하게 한다. 그것은 인간의 윤리적 이해에 예비적 연습이 된다. 그리고 높은 수준의 문학일수록 그러한 의미를 갖는다고 할 수 있다. 여기에는 역설이 개입된다. 그러한 문학일수록 개인이 부딪치는 체험의 독특함을 표현하는 것이 되고, 그에 따라 간단한 도덕적 판단을 어렵게 할 것이기 때문이다. 여기에서 독특함이란 어떤 기이한 체험의 독특함보다는 지각적 체험의 섬세함을 보존하면서, 그 전체가 이루는 의미의 절실함을 표현해 내는 데에서 생겨나는 독특함이다. 절실함은 개인적 체험의 진정함에서 나오면서 동시에 보편적 울림을 갖는 효과를 말한다.

그리하여 다시 말하건대, 뛰어난 문학 작품에 표현되는 독특함은 역설적으로 보편적 의미를 갖는다. 어떤 문학 작품에 드러나는 이러한 특성들은 현실에 있어서의 개인적 체험의 독특성, 유일성이 되고, 다시 개인의 독특성과 유일성이 된다. 사람의 체험과 사람 자체를 일반화하려는 시도에 대한 반대와 저항이 될 수 있다. 그런 의미에서 그것은 보편적 도덕 윤리에 대한 중요한 도전이 될 수 있다. 그러나 진정한 도덕 윤리는 이러한 도전 속에 존재한다. 최고의 윤리란 결국 모든 개체적 삶의 긍정이 될 것이기 때문이다. 그 경우 그러한 긍정은 지배적인 도덕과 윤리에 어긋날 수 있다. 그러나 진정한 윤리는 해결할 수 없는 모순의 저쪽에 있는 존재의 신비를 받아들이는 것으로부터 시작한다고 할 수 있다.

4. 주관적 세계의 갈등과 그 초월

1. 주관적 세계의 갈등
개체적 관점의 차이를 인정하는 것은, 한편으로 보다 구체적인 전체성과 보편성으로 나아가는 예비적 단계이면서, 다른 한편으로 이 관점들 사이에 존재할 수 있는 갈등의 가능성을 인정하는 것이다. 이 가능성은 상황의 우연성에서 오는 것일 수도 있고, 보다 본질적인 것일 수도 있다. 그리고 두 차이는 서로 넘나드는 것이기 때문에 확연하게 구분하기 어려운 경우가 많다.

오늘날의 사회에서 갈등의 가장 중요한 원인은 이해(利害)관계이다. 모든 사람이 자기의 이익을 지켜 내고자 하는 이해관계 속에서, 이해의 갈등은 만인 전쟁을 유발한다. 이것은 결국 모든 사람의 이익을 손상하는 것이 되기 때문에 타협과 합의에 의한 조정이 절실해진다. 이상적으로 말하여 조정의 기능을 담당하는 것은 이성이다. 이성적 훈련은 그 자체로 조정의 질서를 유지하는 데에 도움이 되지만, 이익의 충동은 그대로 남아 있을 것이기 때문에, 이것은 제도가 되고, 다시 국가 권력의 강제력에 의하여 뒷받침되어야 한다. 물론 이때 제도도 권력도 이성적 협의의 결과로 성립하는 법에 따른 것이라야 한다. 법은 제도와 권력의 제도와 행동의 규칙과 절차를 일정하게 하는 것이다.

하나의 문제는 여기에서 매개 작용을 할 이성이 어디에서 올 것인가 하는 것이다. 이러한 이성의 대두와 제도화는 적어도 이해관계를 초월할 수 있는 능력을 상정한다. 이성은 사람의 본성의 일부를 이룬다고 할 수 있고, 교육을 통하여 개발된다고 할 수 있지만, 그것은 그것을 허용하는 사회적 공간이 형성됨으로써 사회적으로 기능할 수 있다. 그리고 이성의 자족적 존재는 인간의 삶에 대한 윤리적인 연결을 필요로 하는 것으로 보인다. 이성이 요구하는 바와 같이 일단 어떤 상황의 모든 요소를 초연하게 관망한다는 것은 존재의 모든 것에 열린다는 것을 말한다. 이것은 가장 절대적인 의미에서 윤리적 태도를 나타낸다. 다른 한편으로 여러 사람의 이익의 타협을 생각하는 것은 여러 사람의 삶의 가치를 인정하는 것이다. 이것도 윤리적인 태도이다. 그러나 이성이나 그 윤리적 근거는 자족적으로 존재하기보다는 갈등의 상황에서 저절로 형성되어 나와야 하는 것일 것이다.

개인의 이익에서 나오는 갈등을 조정할 수 있는 것은, 방금 말한 바와 같이 이성이다. 그러나 어떤 갈등은 이성의 힘으로 간단히 조정될 수 없는 것으로 보인다. 앞에 말한 바와 같이 개인의 이익은 본질적인 것과 비본질적인 것으로 나누어서 생각될 수 있다. 각자의 생명의 보존 그리고 그 보존의 방식에 대한 조건 — 시대적으로 규정되는 어떤 조건은 절대적인 주장이 될 것이다. 인권은 이것을 설명하는 개념의 하나이다. 이에 대하여 여분의 이익 — 앞의 기본 조건을 넘어가는 것들은 조금 더 쉽게 타협의 대상이 될 수 있다. 그러나 이 구분은 상당한 정도로 상대적인 것이다. 생명의 보존은 생물학적인 관점에서 절대적인 것이면서도, 어떤 가치에 관련하여 절대적인 성격을 띠는 것은 아니라고 할 수 있다. 이에 대하여 그것이 개인의 삶의 존엄성이라는 관점에서 인식되는 경우, 그것은 보다 절대적인 성격을 가지고, 그러니만큼 이것이야말로 도덕적, 윤리적 요구로 성립한다.

어떤 요구가 절대적 성격을 띠는 데 하나의 계기가 되는 것은 그것이 큰 것에 연결될 때이다. 개인의 생존이 집단적 배경에 연결될 때, 즉 계급, 민족, 환경, 신 등의 이름에 연결될 때 그것은 중요한 공동체의 명령이 된다. 이 가운데 특히 자연보다는 인간의 집단화에 관계되는 큰 범주들일수록 강박적 성격을 띤다. 집단 명령의 위력은 혁명이나 전쟁의 수사에서 가장 강력한 것이 된다. 개체적 현상에 윤리적 의미가 부여되는 경우에도 큰 테두리가 보다 작은 것에 무게를 부여하는 일이 된다. 앞에 본 바와 같이 개체의 생존은 생명과 존엄성에 비추어 봄으로써 함부로 할 수 없는 것이 된다. 물론 이러한 것들은 단순히 개념의 유희의 결과는 아니다. 삶은 일정한 환경 조건하에서만 가능하다. 그리고 지금 이곳의 생명의 지속은 이 조건의 균형 위에서만 가능하다. 그것은 무의식적인 삶의 기반이면서, 모든 의식적 결정의 기반이기 때문에 의식 위로 부상한다. 이것은 특히 위기의 시기에 그러하다. 이것은 신념으로 공식화되고, 개인적 삶에서만이 아니라 사회 전반에 있어서의 실천적 요구가 된다.

그러나 이러한 윤리적 요구는 이미 시사한 바와 같이, 갈등 극복의 매체이면서 동시에 그것을 증폭하는 수단이 될 수 있다. 윤리적 요구도 주관적 상이성을 벗어날 수 없기 때문이다. 그리하여 여러 개인들의 윤리적 강령은 갈등을 유발한다. 그리고 이 갈등은 이해관계의 갈등보다도 심각한 것이 될 수 있다. 인간의 삶에서 종교적 갈등, 이데올로기적 갈등은 늘 커다란 폭력적 분규의 중요한 원인이다. 이러한 갈등의 첨예성은 죽음을 불사하는 순교자나 의협(義俠)의 인간에서 볼 수 있다. 그리고 주의할 것은 이러한 종교적 신념이나 이데올로기는 종종 대의(大義)의 이름 아래에 소의(少義)들을 무시하고, 또 소박한 관점에서의 부도덕하고 비윤리적인 행동들을 정당화할 수 있다는 것이다. 그러는 사이 여러 가지의 사사로운 이익들이 대의명분의 비호 속에 숨어 들어가기도 한다. 그리하여 중요한 현실적 과제의 하나는 주관적 요구의 성격을 분명히 하는 것이다. 또는 한 발 더 나아가 그것을 될 수 있는 대로 이성적 타협으로 해결할 수 있는 것으로 환원하는 것이다. 물론 이것이 세계관의 지나친 세속화를 가져오고, 윤리의 가치 소멸을 가져오는 것도 사실이다.

2. 이익 사회의 갈등과 공적 공간의 투명성

오늘의 상황에서 갈등은, 이미 말한 바와 같이 주로 이해관계의 갈등이다. 그렇다고 그것이 가볍게 피해 갈 수 있는 종류의 갈등이라는 말은 아니다. 그러면서도 적어도 이해관계의 갈등은 성격에 있어서 이성적 협의에 의하여 해결될 수 있는 것이라고 할 수는 있지 않을까 한다. 물론 무엇이 해결을 가져올 것인가가 분명한 것은 아니다. 얼크러진 이해관계는 한없이 복잡하고, 그 해결의 구도는 쉽게 고안될 수 없다. 그러나 다른 한편으로 중요한 문제점의 하나는 오늘날의 상황에서 그 시발을 위하여 필요한, 투명한 이성의 공간이 존재하기 어렵다는 것이다. 이해관계의 거래에서 힘의 방법 이외에 속임수와 거짓은 그것을 대체하는 전략이 된다. 앞에서 말한 것처럼, 이익이 윤리적 요청에 섞이는 것도 그러한 전략의 하나일 수 있다. 이성이 출발할 수 있는 가장 기본적인 조건은 사실이다. 그에 대한 존중 — 이익의 사실과 그 조건에 대한 존중이 없이는 이성적 조정은 있을 수 없다. 거짓의 바탕 위에서는 어떤 협상이나 협의도 불가능하다. 이것은 윤리적 신념의 경우에도 마찬가지이다. 앞에서 말한 바와 같이 그것이 대의의 명분하에 소의를 경멸하는 이데올로기가 될 때, 대의의 실체도 공허한 것이 된다. 이러한 관점에서 모든 것은 선전과 음모설로 환원된다.

　사실은 물론 그 자체로 중요한 것이지만, 사회적 교환의 통로 속에 움직일 수 있는 것이라야 한다. 이 통로가 공공 공간이다. 여기에서 이해의 협상이 일어나고 갈등이 조정될 수 있다. 집단적 문제 해결의 매체로서의 공공 공간은 다소간은 내용으로부터 초연한 매체의 소통망이다. 그러면서도 그것은 집단의 집단으로서의 단일성의 기초가 되기 때문에, 윤리적 성격을 띤다. 이 공간에서 논의되는 해결의 방책은 단순한 타협이나 협상이 아니라 적어도 어느 정도는 공평성의 원칙을 보여 주는 것이 아닐 수 없다. 그렇다고 이 공평성이 완전히 보편타당한 것은 아니다. 공평성의 원칙은 여러 가지일 수 있다. 민주 사회에서 공평성은 평등의 정치 이상에 연결되어 생각된다. 그러나 전통 사회에서 그것은 계급의 유기적 질서에 입각한 것이라고 주장된다. 공평성의 원칙이 어떤 것이든지 간에, 거짓이 파괴하는 것은 그것에 입각하여 성립하는 공공 공간의 진정성이다. 그리고 그것은 제한된 테두리에서나 큰 테두리에서나 문제 해결을 위한 논의를 불가능하게 한다.

공적 공간의 공동화(空洞化) 또는 혼탁화(混濁化)가 단순히 수사(修辭)의 문제가 아님은 말할 필요도 없다. 거짓 환경의 조성에 가장 중요한 역할을 하는 것은 공적인 사회 기구의 부패일 것이다. 갈등의 조정과 문제의 해결을 위한 기초가 사실적 투명성이라고 한다면, 일상적 실천의 기본으로서 공적 질서의 엄격성은 모든 투명성의 출발이 된다고 할 수 있다. 그것이 어떤 성격의 것이든지 간에 공적 기구가 투명하다면, 그러한 공적 실천 기구가 담당하여야 할 과제와 과제의 해결을 위한 구도는 조금 더 분명하게 논의될 수 있을 것이다.

혼란의 시대는 혁명을 불러올 가능성이 크다. 그것은 실질적인 내용에 못지않게 사람의 삶이 일정한 구도로써 계획될 수 있는 질서가 보이지 않는 것에 관계된다. 그리고 이 질서는 가장 직접적인 의미에서는 공공 공간의 질서를 말한다. 혁명은, 그렇게 주장되든 아니든 제일차적으로 이 질서의 재수립을 목표로 한다. 궁극적 목표가 어떤 정치 형태이든지 간에 이 공간의 투명화는 일단의 목표가 되는 것이다. 이것은 이성적 조정이 아니라 힘으로 가장 쉽게 이루어지는 것으로 생각된다. 그리고 단기적인 의미에서는 이것은 사실로 보인다. 그리하여 혁명적 변화는 독재적 성격을 띤다.

위에서 말한 바와 같이, 공공 공간을 흐리게 하는 것은 부패이다. 그것은 물질적인 거짓 거래이다. 혁명가가 부패의 문제를 들고 나오는 것은, 그것이 어떤 정치 체제를 생각하는 것이든 공공 공간의 투명성이 정치 질서의 기본이라는 사실에 관련이 있다. 조금 기이한 것으로 들릴 수도 있지만, 독재자들의 단호한 부패 척결의 선포는 정치와 정치 질서의 성격에 관하여 중요한 교훈을 준다. 힘과 사술(詐術)을 동원하여서라도 엄격한 정치 질서를 확립하려는 현실 정치론 ── 흔히 마키아벨리적인 것이라 불리는 정치 현실 정치론도, 그 권력 강박을 사상(捨象)하고 보면 정치 문제의 해결을 위한 기본적인 기제의 수립을 주제로 한다고 할 수 있다. 이것은 사회 문제의 해결에도 그대로 적용된다. 그리하여 투명하게 작동하는 정치 기구를 논하는 데에 있어서, 그것이 이상적이거나 현실적인 사회 어느 쪽에 관계되든지 청렴과 검소는 언제나 필수적인 요건이 된다. 적어도 시발점의 과제는 부패 척결이 되는 것이다. 그리하여 공공질서 또는 관직과 사익의 연결의 차단이 시도된다. 권력과 이익의 밀착은, 비록 권력 질서의 확립이 목표라고 할망정, 언어와 물질과 권력의 소통 투명성을 확보할 수 없기 때문이다. 동양의 마키아벨리라고 할 수 있는 한비자는 고위 공직에 대한 애착을 다음과 같은 동기로 설명한다.

[극히 검소한 생활을 살았기에] 옛날 천자의 지위를 남에게 물려준다는 것은 문지기의 생활이나 종의 노동을 버리는 것밖에 안 되었다. 권력을 남에게 준다는 것이 그리 대단한 것이 아니었던 것이다. 그런데 오늘날은 고을의 원만 되면 그 자신이 죽은 뒤에도 자손들이 마차를 타고 돌아다닐 정도다. 오늘의 고을 원을 대단케 여기는 것도 이 때문이다. 지위에서 물러나는 일에서, 옛날의 왕은 간단히 그만둘 수 있었다. 하지만 오늘의 고을 원이 쉽사리 그만두지 못하는 것은, 그 지위로 얻어지는 실익(實益)에 차이가 있기 때문이다.[8]

이렇게 관직과 실익 사이에 연결이 없어서 사람들이 그것을 쉽게 그만둘 수 있다면, 관직의 체제가 투명성을 갖는 데에는 아무런 문제가 없을 것이라고 말할 수 있다. 한비자의 견해로는 사람들이 우러러보는, 그리고 그

---

8 김동휘 역해, 『한비자』(신원문화사, 2007), 295쪽. 번역문을 약간 수정하였다.

후에도 한비자가 비판적으로 보는 유교적 정치에서도 그리움의 대상이 된 요순시대는 바로 공직에 특권적, 물질적 이익이 부착되지 않은 시대였다. 그 일부 원인은 인위적으로 조성되는 물질적 풍요가 존재하지 않았기 때문이다. 그러나 한비자가 그러한 비풍요의 시대 또는 빈곤의 시대만을 칭송하는 것은 아니다. 물질적 풍요의 시대에도 관직의 투명성은 가능하다. 그것은 적절한 공적 기능의 수행과 노동에 따른 분배의 질서가 보장됨으로써 얻어질 수 있다.[9] 이 분배의 기준이 어떤 것이어야 하는가는 관점에 따라서 그리고 시대에 따라서 달라질 수 있을 것이다. 이것이 논의의 대상이 된다고 할 때, 이것도 출구 없는 갈등과 대결의 양상을 띨 수 있을 것이다. 그러나 적어도 그것은 성격상 이성적 해결을 배제하는 것이라고 할 수는 없다.

적어도 이념상으로 권력의 질서는 사회 공간의 투명성을 보장할 수 있다. 그러나 그것은 이익과 권력의 밀착을 위한 예비 단계에 불과하기 쉽다. 이상적으로 생각할 때, 이 권력의 질서는 이성적 질서에 일치할 수도 있다. 또는 그것을 위한 예비 조작이 될 수 있다. 그러나 개체의 주관적 체험의 배제는 역으로 이성의 질서를 억압적인 권력의 질서가 되게 한다. 이성은 주관적 체험들을 추상화하고 단순화하는 것이 아니라 그것의 바탕으로서 그리고 그것의 조화를 기하는 대체로서 존재하는 것이 좋을 것이다. 그리고 이상적으로 권력은 이것을 뒷받침하는 벡터의 장으로 존재하여야 할 것이다. 그러나 어떻게 사회에 독자적인 이성의 공간이 존재할 수 있게 하고, 그것이 사회 공간을 투명하게 확보할 수 있게 하는가 하는 문제는 극히 답하기 어려운 문제일 수밖에 없다.

이러한, 주로 정치에 관한 의론은 문학에 어떤 관계를 갖는가? 거짓과

---

9 같은 책, 329~330쪽.

부패의 시대는 문학—특히 소설의 황금시대가 된다. 삶으로부터의 공공성 그리고 윤리가 사라진다는 것은 사적인 자아가 제한 없이 해방되고, 그것의 황금시대가 온다는 것을 의미한다. 이러한 자아의 행각은 흥미로운 묘사의 대상이 된다. 주관적인 체험의 세계—공적인 관점에서 사적인 영역이라고 할 수 있는 삶의 현실은 문학의 소관사이다. 그러나 진정으로 높은 문학은 여러 부패와 거짓의 현실을 묘사하면서도 그것에 대하여 일정한 거리를 유지하는 것일 것이다. 좋은 묘사는 묘사 대상에 대한 초연한 거리를 요구한다. 거짓 없이 사실을 바라볼 수 있는 투명성이 필요한 것이다. 이것은 이성의 초연함에 가까운 것일 것이다. 그러나 삶의 현실의 단순화가 아니라 그것의 객관화만을 지향한다는 점에서 그 초연성은 보다 철저한 것이라야 할 것이다. 또 이것은 일정한 질서를 요구한다. 그것은 전체에로의 초월이 없는 사실의 인식은 생각할 수 없다. 이 질서는 일단 심미적인 질서이다. 그러나 그것은 가장 포괄적인 의미에서의 윤리적인 판단과 일치함으로써 호소력을 갖는 것이 아닐까 한다. 결국 아무리 초연한 것이라고 하더라도 인간사의 질서는 윤리적인 질서이다.

물론 여기에서 말하는 윤리가 무엇인가를 간단히 설명할 수는 없다. 그것은 여러 차원을 갖는 것일 것이다. 그것은 간단한 의미에서의 권선징악(勸善懲惡)의 윤리일 수 있다. 그러나 그것은 동시에 징악의 대상의 인간 됨에 대하여도 충분히 주의하는 윤리이다. 그러다 보면 그것은 전적으로 세간적인 선악의 구분을 넘어간다. 막스 베버는 정치 윤리를 논하는 자리에서, 인간이 스스로의 존엄성에 대하여 갖는 관심—윤리적인 관심과 신의 "무존엄성의 윤리(Die Ethik der Würdelosigkeit)"를 대비하여 말한 바 있다. 신의 관점을 빌려 본다면 모든 존재는 선악을 초월하여 그 나름의 존재 이유를 가지고 있는 것이라고 할 수 있다. 그러나 인간은 스스로의 존엄을 생각하지 않을 수 없고 선과 악을 구분하지 않을 수 없다. 그리하여 이것을 두고 인간이 고뇌하고 투쟁하는 것은 당연하다. 그러나 동시에 인간은 어느 시점에서 그것이 반드시 뜻하는 바대로 되는 것이 아니라는 것을 받아들여야 한다. 그러나 그것은 착잡한 페이소스(pathos)를 수반한다. 존재의 윤리에 승복하는 것은 주어진 운명에 승복하는 것이다. 그러면서 그것은 모든 것에 연민을 확대하는, 보다 넓은 윤리적 경험의 계기가 된다.

논리로만은 설명할 수 없는 이러한 전환 — 인간의 윤리에서 신의 윤리에로의 전환은 혼란의 시대가 가져오는 한 기회이다. 그러나 이 기회를 포착하는 것은 쉽지 않은 일이다. 앞에 간단히 언급해 본 심오한 페이소스의 세계는 현대의 이익 사회와는 멀리 있는 세계이다. 그것은 적어도 사회나 공공 공간 그리고 윤리에 투명성이 있을 때에 열리는 세계이다.

3. 비극적 갈등

되풀이하여 주관적 이익과 관점의 차이에서 오는 갈등을 어떻게 해결할 것인가를 생각한다면, 또 되풀이할 수밖에 없는 답변은 이성의 조정에 의한 타협으로 해결되어야 한다는 것이다. 그런데 윤리적 요구로 인하여 일어나는 갈등을 어떻게 해결할 것인가? 이론적으로 이 요구는 보편적 타당성을 주장하는 것이기 때문에 타협과 양보를 허용하지 않는다. 우선 이익과 윤리적 요구의 혼재를 가려내야 한다. 그런 다음에 할 수 있는 일은, 윤리적 요구의 절대성에도 불구하고 참을성을 가지고 주장되는 보편성의 주관적 성격을 드러나게 하는 것이다. 그리하여 보다 넓은 보편성에로의 접근을 시도하는 것이다. 이성적 사회에서라면, 사실과 논리적 연관들을 밝히는 이성의 작업은 여기에 도움이 될 수 있을 것이다. 그러고도 참으로 해결될 수 없는 갈등이 있다면 어떻게 할 것인가? 그것은 앞에 말한 시험을 거친 후에도 두 개의 모순된 보편적 요구가 대두될 수 있다는 말이다. 이것들이 보편적 요구라는 것은 이 이성의 사실적, 논리적 작업으로 증명되는 것이면서, 또 한 가지 주목할 것은 그것이 종종 개체의 실존적 경험으로 느껴지는 것일 수도 있다는 점이다. 그러면서 이 두 보편적 요구는 충돌할 수밖에 없는 것이다.

앞에서 우리는 문학이 개인들의 주관적 체험을 서사적으로 추적함으로써 보편성의 주장의 인간적 내용을 확보하는 데에 기여할 수 있다고 말하였다. 그것은 보다 포용적인 보편성과 화해의 가능성을 열어 놓을 수 있다. 그런데 때로는 절대적인 윤리적 요구의 갈등에 맞닥뜨려 그로부터의 탈출이 아니라 파국의 불가피성을 보여 주는 것도, 이러한 문학의 기능에 속한다고 할 수 있다. 그러면서 어떤 경우에는, 앞에서 시사한 바와 같이, 이러한 불가피성의 고통을 통하여 보다 높은 인간의 운명을 수락하고, 또 존재하는 모든 것을 긍정하게 되는 가능성을 보여 줄 수 있다. 모든 사회, 모든 시대에 이러한 인간 드라마에 집중하는 문학 장르가 존재했던 것은 아니지만, 고전 시대의 그리스에서 그 원형을 찾을 수 있는 비극은 그러한 상황을 보여 주는 가장 대표적인 문학 형식이다.

소포클레스의 비극 「안티고네」에 대한 헤겔의 유명한 해석은 이 연극이 서로 양립하기 어려운 두 윤리적 요청의 충돌을 보여 준다는 것이었다. 그 줄거리를 간단히 회고하면, 안티고네는 형제의 하나인 폴리네이케스의 시신을 땅에 묻어 장례를 지내려 한다. 그러나 크레온은 반역자의 장례식을 금하는 국법에 따라 이를 금지하고 안티고네의 처형을 명령한다. 이 대결의 결과 안티고네는 물론 크레온의 상속자, 왕비가 죽게 되고, 절망에 빠진 크레온은 유랑의 길에 들어선다. 기본적으로 국가를 대표하는 크레온에 대한 안티고네의 저항을 다룬 것이 이 연극이지만, 헤겔이 말하는 것은, 이 저항이 개인의 국가 체제와 국법에 대한 저항이 아니라 두 개의 윤리 규범의 갈등이라는 것이다. 안티고네가 대표하고 있는 것은 자신의 의지라기보다는 가족 관계를 규정하는 "신의 율법"이다. 이것은 사실 인간의 생물학적인 기본에 입각해 있는 율법이다. 그러나 이 율법에 못지않게 인간이 지켜야 하는 것은 정치 공동체의 법이다. 이 두 법의 갈등에 대하여서는 적절한 해결의 방식이 없다.[10] 물론 소포클레스가 그려 내고 있는 바와 같은 장례의 문제에 있어서 갈등 해결책이 없다고 하는 것은 어리석은 이야기일 것이다. 그러나 가족 윤리와 국가 공동체의 법, 그리고 어느 쪽이나 존중되지 않을 수 없는 윤리적 요구들 사이에 해결할 수 없는 갈등이 일어날 수 있다는 것은 충분히 상상할 수 있는 일이다. 그러한 경우에도 그 비극적 재현은 바로 갈등의 불가피성을 설득력 있게 보여 줌으로써, 적어도 궁극적인 체념과 관용과 화해를 찾아가는 데에 도움을 준다고 할 수 있다.

비극적 갈등과 대결이 불가피한 극한적인 상황에서 문학이 할 수 있는 것은 다시 한 번 강조될 필요가 있다. 조금 전에 그것을 보여 주는 것만도 하나의 역설적 화해의 길을 여는 것이 된다고 하였다. 그런데 주관적 관점에서의 개인적 체험의 추체험(追體驗)이 보편성에로의 진전을 가져올 수 있다고 하더라도, 「안티고네」에서 대결하는 두 주인공은 상대방에 대하여 그러한 추체험을 고려할 여유가 없다. 그것이 가능하였더라면 비극적 결말은 피할 수 있었을는지도 모른다. 또 한 가지, 갈등과 대결이 불가피한 경우 이 불가피성의 진정성은 어떻게 측정될 수 있는가? 강한 신념의 인간들이 부딪치는 곳에서 대결은 불가피하다. 그런데 적어도 객관적 입장이 가능하다고 한다면, 신념의 강도는 신념의 타당성에 의하여 다시 저울질될 수 있을 것이다. 이 타당성은, 앞에서 말한 바와 같이 신념이 생명의 보존과 그 생물학적, 사회적, 환경적 조건에 대한 적절한 이해와 분석에 기초할 때 획득된다고 할 수 있다. 이러한 이해와 분석은 이성의 기능이고, 이 기능을 사회의 공동 작업의 필수적인 부분이 되게 하는 것이 문명 사회라

---

10 *Phänomenologie des Geistes*, VI, A, a. 참조.

고 하겠지만, 이성의 작업이 완벽한 것일 수 없고, 또 그것이 많은 사람들을 설득할 수 있는 것이 아닌 경우가 많다.

그런데 문학이 말하여 주는 것은 많은 것이 주체적 체험의 서사로 검증될 수 있다는 것이다. 갈등과 대결을 가져오는 신념도 종종 주체적인 체험의 관점에서 시험된다고 할 수 있다. 비극의 주인공들을 결연한 대결 행위로 몰아가는 것은 단순히 어떤 초월적 또는 이론 체계에 대한 믿음이 아니다. 그것은 개인적 정열에 이어지는 믿음이다. 이 정열은 끓어오르는 감정의 격앙 상태 또는 끓어오르게 조장하는, 감정의 격앙만을 의미하지 않는다. 그것은 인간 존재 전체의 깊이에 연결되어 있는 어떤 힘을 나타낸다. 이 정열은 그리스어로 pathos라고 할 수 있는데, 이것은 능동적인 것과 함께 수동적인 성격을 가진 에너지의 결집이다. 영어로 passion이 '정열'이란 말로 옮겨질 수도 있으면서, 가령 St. Matthew's Passion, '마태 수난곡'이라는 말에서처럼, '수난(受難)'이란 말로 옮겨질 수 있다. 헤겔은 진정한 비극의 주인공들의 동기가 되는 것은 "독립적으로 존재하면서 사람 안에도 살아 있어서 그 심성의 내면의 감정을 움직이는 보편적 힘"이라고 말한다. 이것이 안티고네를 움직이는 그리스어의 고유한 의미에서의 파토스(pathos)이다. 이것은 "그 자체로 정당화되는 심성의 힘, 기본적으로 이성적인 것, 자유로운 의지의 내실이다." 이것은 강한 강박관념으로 작용하는 것 같으면서도 깊은 이성적 사유 과정의 결과이다. 이것은 많은 비극에서 검증할 수 있는 것이지만 그 가장 좋은 예는, 헤겔에 의하면 셰익스피어의 「햄릿」이다. 이 연극에서 햄릿이 자신의 행위를 지체하고 회의하고 우울증에 빠지고 하는 것은 바로 그의 최종적인 행위가 깊은 사유의 결과이기 때문이다.

이러한 파토스의 경위를 그리는 것이 예술의 본래적인 기능이다. 예술의 호소력도 여기에서 나온다. 다시 말하여, "파토스는 사람의 심성 속에 있는 금선(琴線)을 울리고, 사람들은 진정한 파토스 안에 놓여 있는 가치와 이성적인 것을 알아보는 것이다."[11] 이러한 파토스가 아니더라도 삶의 비루함을 넘어가는 어떤 것을 시사하는 언어나 이념은 사람에게 이에 비슷한 흥분을 가져온다. 그러나 그러한 것들에서 일어나는 오류와 왜곡을 보면서 생각하게 되는 것은, 비극에 있어서는 가장 고귀한 이념도 개인의 인격을 통하여 작용한다는 것이다. 이에 대하여, 그에 비슷한 사례들에서 보는 것은 심오한 것이든 천박한 것이든, 이념이 그 자체로 높은 생존의 차원으로 자신을 높일 수 있다고 착각하는 것이다. 가장 높은 문학 양식으로서의 비극에서 보는 것은 이념이 인격적 체험에 의하여 검증된다는 사실이다. 이념이 깊이 있는 인격을 낳는 것이 아니라 인격이 이념을 낳는 것이다.

어떤 경우에나 오늘의 세속적 사회에서 문학이 비극적 갈등을 표현할 수 있을는지는 의문이라고 할 수밖에 없다. 그것을 위한 시도는 십중팔구 대중적 멜로드라마에 떨어질 가능성이 크다. 그러나 고전 작품을 통해서이든 아니면 다른 방법을 통해서이든, 문학의 기능의 하나가 인간의 실존의 형이상학적 차원을 넘겨 볼 수 있게 하는 것이라고 할 수 있다. 다시 헤겔을 참조하여, 비극적인 상황에는 이념으로서 신적(神的)인 것이 있으나, 신들은 비극에 말려들 이유가 없다. 다만 이것을 결단과 행동으로 현실에 실천해야 하는 인간에게만 비극은 존재한다.[12]

오늘날의 사회에서 일어나는 갈등은 비극에서 보는 바와 같은 파토스로 하여 일어나는 갈등이라고 할 수는 없다. 그것은 대부분 앞에서 말한바 이해관계의 갈등이다. 이것은 본질적인 갈등이라고 할 수 없다. 여기에서

---

11 G. W. F. Hegel. *Werke in zwanzig Bänden, Vorlesungen über die Ästhetik*, Band I, (Suhrkamp, 1970), pp. 300~302.

12 G. W. F. Hegel, op. cit., p. 301.

비극이 시사하는 것은 이해관계의 갈등이 인간 생존의 높은 차원이 아니라 낮은 차원에 이어져 있다는 것이다. 또는 그것은 인간 존재를 보다 낮은 차원으로 끌어내린다. 그러면서 비극의 갈등은 우리의 심성을 순화하는 효과를 가질 수 있다. 그것은 갈등의 현실을 인정하게 하고, 나와 타인과의 차이를 알게 하고, 이것을 포함하면서도 높은 차원의 실존을 가능하게 하는 삶의 인식으로 우리를 이끌어 갈 수 있다. 아리스토텔레스가 말한 비극의 효과로서의 카타르시스가 이러한 것일 것이다.

5. 문학의 의의 그리고 남은 과제

교양 교육의 의의는 되풀이하건대 개인을 내면적 형성을 통하여 보편성으로 고양하는 데에 있다. 이것은 개인이 사사로운 관심을 벗어나 사물과 사회와 인간 존재에 대한 이성적 태도를 기르는 것을 돕는 것을 말한다. 이 과정에서 문학은 이성적 태도를 삶의 현실에 밀접한 관계가 있는 것이 되게 한다. 그것은 개인의 주관적 관점과 그 관점에서의 서사를 참조함으로써 자신과 타인의 구체적 현실에 주의할 수 있게 한다. 그러면서 그것은 삶의 모든 모순에도 불구하고 사람이 이를 수 있는 높은 윤리적 차원을 보여 준다. 이것은 존재의 보편적 힘들을 인격 속에 통합함으로써 이루어진다.

그런데 이러한 관찰들은 나의 개인적인 관찰을 제시하여 본 바에 불과하다. 우리의 교육 현실에서 절실하게 필요한 것은 교육의 목표를 공적으로 정의하는 일이다. 물론 이 정의는 고정된 지침을 만드는 것보다도 그 토의를 공론의 장에서 지속함으로써 우리 모두의 의식을 높이는 일로 이해되는 것이 좋을 수도 있다. 또 필요한 것은 교육의 구체적인 방법에 대한 토의와 연구이다. 어학 교육의 경우, 그것이 참으로 무엇을 의미하는가에 대한 고려는 실용성만을 강조하는 교수 방법을 새로 검토하게 할 것이다. 문학 교육의 경우, 문제의 하나는 서두에 말한 바와 같이 고전 독서의 광범위화와 심화가 아니라 지나치게 세부적인 수사적 방법론과 같은 것을 중시하는 일이다. 그것은 마음의 유연성을 죽이는 일이 된다. 마지막으로 생각하여야 할 것은 무엇을 읽힐 것인가를 연구하는 것이다. 이것은 우리 문화의 착잡한 혼란과 혼종 상태를 생각할 때 극히 절실한 문제라고 아니할 수 없다. 여기에도 공동 작업이 필요한 것은 말할 필요도 없다. 그런데 문학 독서를 위한 정전(canon)의 문제에 대하여 4월 22일 이화여대에 있었던 한국연구재단이 주최한 "인간과 사회"라는 제목의 학술 대회에서 발표한 바가 있다.[13]

(2013년)

---

13 이 발표문은 「한국 인문 교육의 목표와 과제」(이 책 3부 수록)를 말한다.(편집자 주)

열린 문화 속의 삶

하나의 문화, 여러 개의 문화

1. 하나의 문화/여러 개의 문화

1. 단일 민족 문화

문화의 형식   통역이나 번역이 무엇을 의미하며 어떤 실질적 과정을 의미하는지 알지도 못하면서, 일생 동안의 생업이 영어 가르치는 사람이었다는 것을 전제로 하여 연구소의 강연 초청을 받아들였습니다. 그러나 통번역의 문제를 제대로 알고 이야기를 하는 것일 수는 없겠습니다. 다만 외국어를 한다는 것 또는 가르친다는 것은 다른 문화 속으로 들어간다는 것을 뜻하고, 그것은 저절로 문화와 문화의 상호 관계를 생각하지 않을 수 없는 상황 속에 들어가는 것이기 때문에, 이번의 주제가 다문화 문제라는 말을 듣고, 외국어 학습이나 교육 그리고 다문화 문제에 대하여 생각나는 바를 두서가 없는 대로 나누어 가지기로 하였습니다.

사람이 문화적인 존재라는 것은 틀림이 없는 일입니다. 혼자 살 수는 없고, 여러 사람이 함께 살 수밖에 없는 것이 사람인데, 함께 산다는 것은 서로의 관계를 규정하는 질서 속에서 산다는 것을 말합니다. 이 질서에는 일정한 규칙이 있게 마련입니다. 이 규칙은 엄격한 것일 수도 있고, 느슨한 것일 수도 있고, 의식적인 것일 수도 있고, 단순히 관습에서 생겨난 것일 수도 있습니다. 그리고 대부분 그러한 규칙들은 구전으로나 문서로나 오랜 기억의 퇴적 속에서 이루어진 것들입니다. 이러한 규칙들이 이루는 사회 질서가 반드시 문서로, 또 하나의 체계로 분명하게 표현되는 것은 아니기 때문에, 그 총체를 인류학자들의 용어를 빌려 '문화의 유형 또는 형식(patterns of culture)'이라고 부를 수 있을 것입니다.

그런데 여기서, 유형 또는 형식이라는 말로 사회 질서 또는 한 사회가 가지고 있는 삶의 모양을 막연하게 표현한다고 하여도, 그 말이 알아볼 만한 질서가 있다는 뜻을 나타내는 것은 틀림이 없습니다. 이것은 다시 말하여 삶에는 일정한 모양으로 알아볼 수 있는 질서가 있다는 것이고, 그것이 필요하다는 것일 터인데, 문화가 여럿이 부딪치고 섞인다는 것은 이 질서가 어지러워지거나 없어진다는 것을 뜻하는 것이 될 수 있습니다. 우리 사회도 그렇고, 다른 나라에서도 그러한 일들이 일어나고 있는 것이 오늘의 세계의 실상입니다. 그리하여 이것과 관련하여 다문화라는 말이 많이 쓰이기 시작했습니다. 그런데 이 말은 단순한 현상을 말하는 것이면서도 문제를 가진 것이라 할 것입니다. 다문화는 한 문화가 가지고 있는 삶의 질서가 깨어지는 것을 말하는 것이니까요.

하나의 문화 질서　사람이 사는 데에 문화적 질서가 있어야 한다면 그것은 참으로 하나의 질서가 되어야 살기가 편한 것이라고 할 수 있습니다. 그러나 문화란 여러 요소가 합쳐서 하나의 유형이나 양식을 이룬다고 할 수 있으니까, 하나인가 여럿인가 하는 것은 여러 요소들이 하나로 묶여 일정한 모양을 이루고 있느냐 아니냐의 문제라고 할 수 있습니다. 즉 하나로 묶어 내는 형성의 힘이 문제라고 할 수 있습니다. 형성은 시공간의 문제이기도 합니다. 그것은 일정한 공간 속에서 오랜 시간이 지나면서, 여러 개의 요소가 하나로 묶이게 되는 과정을 말합니다. 물론 거기에 의식적 노력도 들어가게 마련인데, 이 의식의 가장 간단한 형태가 이데올로기입니다.

우리는 오랫동안 단일 민족이라는 의식을 가지고 있었습니다. 이것은 사실일 수도 있고 단순히 이데올로기일 수도 있는데, 특히 일제하에서 강조되어야 했던 이념인지도 모릅니다. 그러나 적어도 조선조 500년 동안은 비교적 단일한 민족으로 살아왔던 것은 사실이 아닌가 합니다. 생물학적으로 그러했든 정책으로 그러했던, 쇄국(鎖國)은 조선조의 주된 국가적 틀이었다고 할 수 있습니다. 무엇보다도 이것은 국가가 철저하게 이데올로기적 성격을 가지고 있었다는 것과 관계가 있다고 하겠습니다. 유교를 국가 이데올로기로 채택한 조선조에서 이단적인 가르침은 철저하게 배격되었고, 문물이나 인구가 외국으로부터 유입해 오는 것은 철저하게 통제되었습니다. '사문난적(斯文亂賊)'은 이러한 이데올로기적 정통성을 규정하는 핵심적인 성구(成句)였습니다. 이러한 단일 이데올로기적 체제에는 그것을 뒷받침하는 농업 경제가 있었습니다. 자급자족하는 농업은 외국 그리고 외래 문화와의 교류를 필요로 하지 않는 삶의 방식입니다.(물론 유교가 토착 사상이 아니고 외래 사상인 것은 문제를 조금 더 복잡하게 합니다. 그것은 토착 사상이 되면서 동시에, 사상을 토착적 경험에서 유리되게 하는 경향을 갖습니다.)

이렇게 말하는 것은 그러한 단일 민족의 문화 또는 단일 문화를 격하하여 말하는 것은 아닙니다. 일정한 범위의 지역에서 제한된 인구의 사람들이 구성하는 공동체야말로 가장 안정된 사회 구성이라고 할 수 있을 것입니다. 백성들이 배불리 먹은 배를 두드리고 땅을 치며 노래하면서, 임금이 누군지도 모르는 사회 — 이러한 것이 유교에서 생각한 이상향 요순시대입니다.(이러한 나라가 되려면 백성이 임금이 누구인지 모른다고 하더라도 실제는,

절대적인 군주 제도가 필요한 것이 옛 사정이고, 또 오늘의 사정이라고 할 수 있습니다.) 그것이 어찌 되었든 그것은 그때의 사정이고, 고복격양(鼓腹擊壤)의 시대는 이제 영영 지나가 버렸다고 할 수밖에 없습니다. 산업 문명, 외국과의 무역과 교류에 기반을 둔 생활의 방식은 그것 나름으로 시대적인 흐름입니다. 물론 그것은 그대로의 문제를 가지고 있고, 또 앞으로도 있을 것입니다. 하나의 체제는 사정이 달라지면, 좋은 체제라고 하여도 문제를 일으키게 되는 것이 사람의 사는 조건이라고 할 수 있습니다. 지상의 일로서 완전한 것도, 영원한 것도 없습니다. 물론 언제나 유토피아를 생각하는 사람이 있는 것도 사실입니다. 그것은 불완전한 것과 변화하는 조건 속에서의 삶의 고통이 얼마나 큰가를 말하여 주는 하나의 증표입니다.

2. 전(前) 다문화 시대

어쨌든 지금은 다문화 시대입니다. 이것은 오늘날에 많이 쓰이는 말이지만, 사실 다문화 시대는 조선조가 끝날 무렵부터 시작되었습니다. 그러면서 그것은 주로 동서양, 한일(韓日)의 문화가 갈등하고 섞이는 것이어서 오늘의 다문화와는 다른 다문화를 경험하는 것이었습니다. 그 시대는 대체로 말하여 오늘까지 계속되는 동서 문화의 충돌의 시발점이었습니다. 오늘의 다문화를 앞서서 일어난 다문화 갈등의 시대이기 때문에, 전(前) 다문화 시대라고 할 수도 있습니다.

근대화의 시작   19세기 중엽부터 시작하여 조선은 이미 그 전의 유교 문화 속에 갇혀 있을 수 없었습니다. 조선이 근대 세계를 향하여 열리는 것은 불가피한 일이었습니다. 그것 없이는 세계 안에 살아남을 수 없는 시대가 시작되고, 그 새로운 세계에 대하여 문을 닫고 있는 것이 오래될수록 문제가 커지게 되었습니다. 그리하여 소위 근대화가 필요했고, 서양의 문물을 받아들이는 것이 요구되었습니다. 이것이 늦어짐에 따라 한국은 보다 일찍이 근대화를 이룩한 일본의 침략에 희생될 수밖에 없었습니다. 이질적 문화에 대처하고 적응하고 내면화하는 일이 불가피하게 된 것이 근대의 시작인데, 그것은 일단 문화의 충돌을 의미합니다.

앞에 말한 바와 같이 자기들만이 이룬 하나의 세계에 산다는 것은 오붓한 세계에 안분지족(安分知足)한다는 것입니다. 그러나 다른 한편으로 그것은 다른 여러 인간적 가능성으로부터 스스로를 절단한다는 것을 의미할 수 있습니다. 그것은 삶의 다른 기회를 외면하는 것이라고 생각될 수 있습니다. 새로운 충격을 가해 오게 된 서양 문화의 강점은 다양성을 수용하면서 발달한 문화라는 점이었습니다. 서양 문명의 근원이라고 할 수 있는 고대 그리스 문명이나 기독교는 복합적 문화의 충돌과 접촉 속에서 형성된 것입니다. 그리고 그 경제적, 정치적 기초는 무역과 다원적 세력 간의 충돌이라고 할 수 있습니다. 철학과 같은 추상적인 학문에서도 지중해 지방의 교역이 그 발전을 자극하는 한 요인이었다고, 화이트헤드는 설명한 일이 있습니다. 이에 대하여 조선 또는 한국의 전통은, 앞에 말한 바와 같이 단일하게 지속된 농경 사회의 안정에 그 기반을 두고 있었습니다.

문화의 불만과 해방의 약속 문화와 문명의 충돌이 큰 혼란을 가져올 것이라는 것은 말할 필요도 없습니다. 그러면서 그것은 새로운 삶의 가능성이 열리는 것을 의미합니다. 그리하여 지금까지는 접할 수 없는 새로운 문물을 가까이 수용하게 됩니다. 전통적 문화의 철책이 허물어짐에 따라 새로운 의상, 음식, 주거 형태, 행동 방식, 제도, 정보와 학문 그리고 가치들이 물밀듯 들어오게 되고, 물론 그것을 위하여 새로운 물질적, 정신적 지출이 필요하게 됩니다. 새로운 것을 수용한다는 것은 금기의 장벽들이 무너지는 것을 말하고, 그것은 해방을 의미할 수 있습니다. 문명이 그 불만을 만들어 낸다는 것은 프로이트가 지적한 바와 같습니다. 이 불만을 벗어 버릴 수 있다는 느낌이 이는 것은 당연합니다. 그런 데다가 서양 문명 ─ 특히 근대화 이후의 서양 문명은 여러 가지로 해방을 약속하는 문명이라고 할 수 있습니다. 물론 그와 동시에 그 나름의 불만을 다시 배양하는 것이기는 하지만, 새로운 문명은 전통적, 사회적 규범과 윤리로부터의 해방을 약속하는 듯합니다. 그리하여 자아의 해방은 시대의 큰 주제가 됩니다.

3. 다양한 경험의 세계와 단일한 자아: 그 변증법적 논리

공허한 자아와 새로운 탐닉   그런데 새로운 문물로 하여 자아가 해방된다는 것은 진정한 해방이라기보다는 옛것으로부터 놓여나서 새로운 것의 노예가 된다는 것을 의미할 수 있습니다. 자아가 해방된다는 것이 공허한 자아가 되는 것이라고 할 수는 없습니다. 해방이란 흔히 금기 사항이었던 쾌락을 즐길 수 있게 된다는 것이지만, 이것은 자아가 공허한 상태에서 새로운 쾌락에 탐닉하고 중독된다는 것을 말할 수 있습니다. 쾌락 중독의 극단적인 형태의 하나가 마약 중독이겠지만, 여러 형태의 쾌락주의는 그러한 상태의 표현이라고 할 수 있습니다.

자아와 세계의 변증법   되풀이하건대 자아는 공허한 상태를 유지하기 어렵습니다. 전통적 자아는 전통적 문물로써 방벽을 쌓으면서 스스로를 형성하고 지속하였습니다. 문물은 몸에 붙이고 신변에 유지하는 물건들, 행동 방식 그리고 사회 규범입니다. 이것을 추상화하면, 이러한 것들이 내뿜는 가치들이라고 할 수 있습니다. 이것으로 자아라는 것을 만드는 것이지요. 그리고 그 중심에 자아가 있다고 생각하게 됩니다. 많은 문화 전통에서 문화적 세련 ─교육이나 교양의 핵심이 되는 세련화의 의미는 이 중심을 튼튼히 하는 것에서 찾아집니다. 그것은 모순된 두 가지의 의미를 갖습니다. 한편으로 하나의 문화 속에서, 사회가 요구하는 문물과 가치에 사로잡히는 것은 자신의 자유를 잃는 것입니다. 그리하여 그것으로부터 초연한 존재로서의 자신을 확인할 필요가 있습니다. 그러나 동시에 이것은 사회의 여러 가지 것들, 밖에서 들어오는 여러 가지 것들을 보다 분명하게 존재하게 하는 방편이 됩니다. 그것을 더욱 세련되고 탄탄하게 존재할 수 있게 하는 것이지요. 그러면서 그것은 분명하게 정립된 자아의 소유가 됩니다.

헤겔이 『정신 현상학』의 첫 부분에서 설명하고자 한 것은 다(多)와 일(一)의 통일 과정입니다. 인간은 대상 세계를 대함에 있어서, 그것을 의식하고, 다시 의식함을 의식하고, 그에 이어 그것을 의식하는 자기를 의식하게 됩니다. 헤겔은 이 과정을 설명하려 한 것입니다. 그렇게 하여 인간은 자기와 세계에 대하여 주인의 위치를 차지하게 됩니다. 유교에서도 수신의 과정은 비슷하게 이야기됩니다. 정주학(程朱學)에서 자주 등장하는 말, 주일무적수작만변(主一無適酬酌萬變)은 비슷한 의식의 과정을 요약하는 말로 취할 수 있습니다. 퇴계는 주자와 방봉진(方逢辰)의 말을 인용, 이것을 "사물에 따라 응대할 뿐 원래 마음에 그것을 간직해 두지 않는다는 주자의 말씀"이라고 하고, 다시 "마음을 허적(虛寂)하게 하되 주재(主宰)를 두어야 한다는" 것으로 설명하고 있습니다.[1] 다양한 문화의 문제를 포함하여 여러 다른 것들을 수용하는 것은 자신의 중심에 존재하고자 하는 인간에게는 괴로운 과제가 됩니다. 이에 대하여 이것을 하나와 과정으로 포용할 수 있다는 것을 보여 주려는 것이 이러한 설명들입니다.

보편 의식/모순의 변증법　주일무적 — 하나의 주체가 되되, 아무것에도 따르지 않는 것, 또는 많은 것에 반응하되 자기 자신으로 남아 있는 것은

---

[1]　윤사순 역주, 「답이숙헌이(答李叔獻珥)」, 『퇴계선집』(현암사, 1982), 147쪽.

개인의 문제이기도 하지만 사회와 문화의 문제이기도 합니다. 앞에 말한 전략들은 자신의 의식을 넓혀 보편적 의식의 상태에 이르러서 바른 자기의식을 갖는다는 것입니다. 이 의식을 통하여 모든 것을 수용하면서 그 수용의 주체적 존재를 분명히 한다는 것이지요.

그러나 동시에 이 보편성은 그렇게 의식하는 것이고 그것을 주장하는 것일 뿐, 진정한 것이 아닐 수 있습니다. 앞에 인용한 말에서도 비어 있다는 것과 주재하는 것, 주인 노릇하는 것을 버리지 않는다는 것은 모순된 것을 하나로 묶는다는 말입니다. 이 모순은 끊임없는 변증법적 자기 지양을 통하여 극복될 수 있다고 하겠습니다. 또는 타자와의 관계에 있어서 그것은 끊임없는 갈등과 투쟁의 관계를 의미할 수 있습니다. 헤겔의 정신의 변증법에서 유명한 개념인 주인과 노예의 싸움은, 두 주체 의식이 맞부딪칠 때 그것이 죽음에 이르는 싸움이 되거나, 아니면 하나의 주체가 객체적 존재인 노예가 되거나 함으로써 끝난다는 것을 말한 것입니다. 문화는 문화대로 이러한 갈등 위에서 성립한다고 할 수 있습니다. 이 갈등은 순수한 개인적 내면의 과정일 수도 있고, 그야말로 내면들이 표하고 있는 주체들의 죽음에 이르는 대결일 수도 있습니다. 하나의 문화가 지속하는 전통이 되는 것은 이러한 갈등의 요소가 완전히 배제된 것은 아니면서도 일정한 균형과 안정에 이르렀다는 것을 가리킨다고 할 수 있습니다.

그런데 한 문화에서도 갈등과 모순을 피하기기 어려운 것인데, 두 문화 또는 여러 문화가 부딪치게 될 때 이러한 갈등이 일어나는 것은 불가피합니다. 한국이 서양의 문물을 받아들여서 근대화의 과정을 겪으면서, 그 문화적 주체성 그리고 그와 더불어 정치적, 물질적 주체성에 손상을 입은 것은 피할 수 없는 일이었습니다. 그러면서 그로 인한 변화를 거쳐서 새로운 주체성이 성립하게 되는 것도 당연한 과정입니다. 지금에 와서도 한국은 이러한 갈등과 새로운 자기 정립의 과정 속에 있다고 하겠습니다.

2. 다문화 시대의 문제들

1. 동화와 동거/정치와 문화

다문화 현상의 경과   이미 언급했지만 다문화라는 말은 근년에 와서 쓰이게 된 말입니다. 이 말은 서양에서 쓰이게 된 multiculturalism이 우리에게 유입된 것으로 생각됩니다. 그것은 일찍이 보지 못한 규모로 교통과 통신이 발달하고 무역과 산업이 팽창하고 인구와 노동력의 국제적인 이동이 커짐에 따라 문화가 서로 섞이고, 그것이 문제화된 결과 나오게 된 말입니다. 이질 문화를 가지고 있는 사람들이 유럽에 또는 미국에 정착하게 될 때, 이들을 어떻게 대하여야 하는가 하는 문제가 일어나게 됩니다. 물론 이민해 오는 사람이 유럽의 문화에 어떻게 적응할 것인가 하는 문제도 생겨납니다. 우리나라에서 다문화라는 말이 등장한 것도 비슷한 환경에서 생겨난 사건이라 할 수 있습니다.

유럽에서 유럽 내의 여러 문화가 섞이는 것은 유럽의 역사 내내 일어난 일이었습니다. 다만 그 규모와 시간이 일시적으로 크게 된 것이 근년의 일이지요. 그리하여 최근의 다문화 현상은 좁은 범위에서의 다문화가 아니라 문명의 충돌에 가까운 문화의 혼합을 말한다고 할 수 있습니다. 문명의 충돌이라는 말을 유행하게 한 새뮤엘 헌팅턴 교수의 생각과는 달리, 이 충돌은 문명의 경계선을 두고 일어나는 것이 아니라 경계 안에서 일어나는 문제라고 할 수 있습니다.(중동 지방에서 벌어지는 사태를 보면, 헌팅턴 교수가 말하는 문명의 충돌도 일어나고 있다고 하겠지만.) 독일, 프랑스, 영국만을 들어 보건대 이 나라들에서 외국 출신의 거주민이, 최근의 통계에 의하면 각각 900만, 700만, 600만을 넘어가서, 인구의 11퍼센트 정도에 이르고, 그중 EU 밖으로부터 이주해 온 사람들만도 인구의 7~8퍼센트에 이릅니다. 이러한 이민자의 증대는, 나라 사이의 빈부 격차 또 선진 산업 사회에서의 노동력의 필요가 원인이 된 것입니다.

동화   이러한 이민자들과 관련하여 일어나는 문제가 그들이 어떻게 사회에 편입될 수 있는가 하는 것입니다. 가장 간단하게는 이들이 이민 수용국의 사회에 동화되는 것입니다. 그러나 이민자 수가 증대하고, 그것도 문화적 배경이 다른 사람들의 수가 증대함에 따라 이것이 용이하지 않게 되고, 또 그러한 동화에 저항하는 집단적 주체성의 주장이 대두되는 것을 보게 됩니다. 미국은 이민자의 나라이지만, 이민자들이 미국 사회에 들어와 합치는 방식을 "녹임 도가니(melting pot)"에 비유하다가 "샐러드 그릇(salad bowl)"으로 바꾸고, 이제는 그러한 비유까지 사라진 상태가 되었습니다. 전체적으로 구미에 있어서의 문화 혼합의 경로를 이러한 비유 그리고 비유의 소멸에서 미루어 볼 수 있습니다.

법 제도   문화적 동화에 대한 저항이 커지고 그것을 향한 노력이 쇠퇴함에 따라 남는 것은 정치적, 법률적 해결의 문제입니다. 이 후자의 관점, 즉 법 제도의 관점에서 이주자를 수용한다는 것은, 다양한 가치와 문화를 동등한 권리를 가진 것으로 받아들이는 민주주의 정치 체제를 전제로 합니다. 그러니까 이것도 사실은 일정한 문화를 전제한다고 하겠습니다. 다만 지금 이민자가 증대하고 있는 나라는 대체로 민주주의 국가이기 때문에 이 점에 있어서는 일단은 좋은 조건이 성립되어 있다고 할 수 있습니다. 그러나 이민자 자신이 민주적인 다양성의 사회 규범을 수용할 수 있는가 하는 문제는 남습니다.

법과 문화   어떤 경우에도 문화와 문화적 가치에서의 동의 또는 일치가 없이 정치나 법의 테두리 안에서의 동거 또는 공존이 가능한가, 그것이 인간의 삶의 조건으로서 적절한 것일 수 있는가 하는 문제는 그대로 남는다고 할 수밖에 없습니다. 그렇기는 하나 문화적 적응은 일어나게 마련입니다. 이것은 저절로 일어나는 것이기도 하지만, 보이는 또 보이지 않는 현실의 압력 속에서 일어납니다. 그러나 이때 문화적 갈등이 없을 수가 없습니다. 그것은 많은 경우 문화의 우열을 주장하는 의식과 관계되는 것일 것입니다.

문화의 우열   이때 우수성의 주장은 아무래도 다수자의 문화가 그 권위의 인정을 요구하는 것이기 쉽습니다. 또 많은 문화는 서열에 대한 상투적인 구도 내지 선입견을 가지고 있습니다. 그리고 사실 그러한 서열이 존재한다고 할 수도 있습니다. 여기에서 기준이 되는 것은 보편성이 될 것입니다. 이것은 두 가지로 생각할 수 있습니다. 하나는, 이러나저러나 모든 인간이 함께 서로 교류하며 동거 공존하는 것이 앞으로의 세계의 추세라면, 보편성은 그것을 수용할 수 있는 가장 큰 중립적 관계망의 틀을 뒷받침하는 개념이라 할 수 있습니다. 그러니까 가장 민주주의적인 틀을 받아들이는 문화 — 기존의 것이든 새로 형성되는 것이든 문화가 우위를 점할 것이라는 말입니다. 다른 하나는 앞으로의 문화가 질적인 의미에서의 보편성을 구현하는 것이 될 것이라는 말입니다. 그것은 인간의 가능성을 널리 수용하는 보편성입니다. 그러나 이것은 다시 한 번 문화의 질적인 차등을 인정하는 것이 되겠습니다.

2. 자아의식의 변화: 윤리

민주적 문화와 문화의 다양성   문화적 배경이 다른 사람들이 하나의 사회 속에 들어가는 것은 여러 가지로 가치의 재조정을 요구합니다. 앞에서 이미 비친 바와 같이 민주적 법 체제 안에서 다른 문화의 사람들이 같이 산다고 하는 것은 문화 중립적인 사회의 틀을 요구합니다. 여기에는 민주주의의 전제를 받아들이는 것이 필요한데, 이것은 다시 그러한 다양성을 수용하는 문화의 성립을 전제합니다. 그런데 중립적이라는 것은 문화 가치로부터 멀리 서 있다는 것에 더하여, 또 다른 보다 적극적인 변화를 의미합니다. 즉 새로 등장하는 문화에서 가치, 습속, 사회 규범이 사회적 행동의 기준에서 제일차적인 것이 아니어야 한다는 것을 의미합니다. 그러나 정치 제도가 그러하다고 하여도 삶의 현실에서 이것이 쉬운 것일 수는 없습니다. 특히 복잡한 의례 행위를 요구하는 종교적 신앙의 경우 이것을 수용하는 것은 어려운 일이 될 것입니다.

가치에 배어 있는 삶 그러니까 어떤 경우에나 다문화적 변화와 재조정은 사람이 가지고 있는 인간 이해와 인간성 형성의 이상에 대한 재조정을 요구합니다. 인간의 삶은 여러 가지 일상적 관행 속에 표현되고, 이 표현은 사회적 상호 작용에서 중요한 언어가 됩니다. 사실 이러한 것들에 대한 가치 의식이 철저하게 배어들어 있는 것이 사람의 삶입니다. 다문화 사회 환경은 이러한 표현과 그에 의한 인간적 평가의 기준을 낮추어야 합니다. 대부분의 문화는 인간의 문화적 형성에 대한 이상을 가지고 있습니다. 이 이상은 일상적 차원에서는 몸가짐의 아름다움을 높이 사는 이상입니다. 그외에 문화는 또 인간의 교양적 형성에 대한 이상을 가지고 있습니다. 다문화적 환경에서 이 이상도 바뀌거나 중요성을 낮추어야 합니다.

아마 법률적, 정치적 적응은 삶의 필연성에 관련된 것인 한 문화 변화의 노력에서 보다 받아들이기가 쉬운 것일 것입니다. 그러나 더 친밀한 인간 관계 또는 대면적 인간관계에서는 이러한 정치적 타협은 모든 문제의 해결 방안이 되지 못할 것입니다. 그것만으로 인간의 사회적 상호 작용이 원활할 수 없다는 말입니다. 이 차원에서 문화는 그런대로 문화적 가치의 기준 또는 그에 대한 그리움 — 인간관계의 심미적 그리고 교양적 완성에 대한 기준과 그리움을 버리지 못할 것입니다. 따라서 가치 중립적인 사회 제도와 정치 제도만으로는 인간의 자연스러운 소망을 충족시킬 수가 없을 것입니다. 다문화적 분열을 수용하면서 새로 발달하게 되는 문화는 다양성을 수용하는 하나의 문화가 되어야 하고, 그것은 새로운 인간성의 발전의 관점에서 새로 구성되어야 하는 것일 것입니다.

도덕과 계산   그것은 저절로 발전되어야 한다고 하겠지만, 그 발전은 도덕적 기반을 확인함으로써 가능한 것이 아닐까 합니다. 다문화가 문화의 질적 의미를 버리지 않고 하나의 문화로 승화되는 데 요구되는 최소한의 조건은 너그러움, 관용과 같은 덕성입니다. 그러나 그것은 일정한 조건하에서 발현되는 것이기 쉽습니다. 대체로 관용은 삶에서 중요한 것과 그렇지 못한 것을 가려 보는 능력에 관련되어 있습니다. 작은 것을 대강 살피거나 무시하고 큰 것을 확인하는 데에서 가능해지는 덕성이라는 말입니다. 그런데 사람의 상호 관계는 놀랍게 작은 몸가짐과 말의 버릇에 달려 있습니다. 이것은 문화에 따라 서로 다른 사회적 소통의 언어를 이루고, 또 개인의 개성을 구성합니다. 그리고 이 언어의 표현에서 크게 의식하지 아니하여도 중요한 것은 그 작은 뉘앙스에 들어가는 상호 이익 또는 존중의 교환과 계산입니다. 관용은 이것들을 무시하여야 가능하여집니다. 그래서 너그러울 수 있는 것이지만, 이것은 많은 경우 자신의 중요한 핵심을 견지할 수 있다는 조건하에서 풀려 나오게 됩니다. 속세의 기준으로 통속화하여 말하는 것이지만, 주일무적수작만변의 원리가 여기에도 작용하는 것이라 할 수 있습니다.

관용의 여러 의미   그런데 진정한 의미의 덕성은 세속적 계산의 일부로 존재하는 것이라고 할 수는 없습니다. 그것은 책략의 일부일 수 없고 그저 견디는 것을 의미하는 것일 수도 없습니다. 관용의 덕으로 진정한 인간적 공존의 길을 열려면, 그것은 단순한 편의 이상의 것이 되어야 합니다. 그러나 이와 관련하여 우리는 지금 말한 바와 같이 그 현실적 조건을 다시 한번 살펴볼 필요가 있습니다.

힘과 관용 관용은 사회관계에서 더 우위에 있는 사람에게는 쉽게 발휘할 수 있는 덕성이라고 할 수 있습니다. 그것은 자신의 주체성을 손상하는 일도 아니고, 그것을 오히려 확대하는 것일 수도 있습니다. 주재(主宰)는 지키며, 여러 변화를 수용하는 것이지요. 앞에서 우리는 인간이 두 주체로 만나게 될 때 일어나는 투쟁을 말하였습니다. 평등하지 않은 관계에서 관용이 요구된다면, 그것의 수용은 굴욕의 한 형태로 받아들여질 수 있습니다.

평등/인간 공동체/극기 그리하여 지속적인 사회관계에서 관용의 조건은 평등이라고 할 수 있습니다. 그런데 평등은 두 가지 형태의 것을 생각할 수 있습니다. 하나는 대등한 힘의 관계에서 타협으로 성립하는 평등입니다. 그리하여 힘의 균형을 위한 투쟁은 평등의 조건이 됩니다. 그러나 이 투쟁 속에서 잃어버리는 것은 인간관계의 편안함 또는 행복입니다. 그리하여 인간관계의 타락이 일어납니다. 그것은 인간관계가 근본적으로 적대적인 관계로 ─ 그것에 기초하여 평등이 유지되는 관계로 타락한다는 말입니다. 이에 대처하여 집단적으로 단결이 강조될 수 있습니다. 그러나 그것은 개인과 집단, 자유와 의무, 평등과 존중의 관계로 이루어지는 자연스럽고 유연하고 평화로운 관계가 어렵기 때문에 강조되는 것일 수 있습니다.

생각할 수 있는 또 하나의 평등은 상호 존중에 기초한 평등입니다. 이것은 인간의 인간임을 서로 존중하는 것을 말합니다. 이것이 참다운 인간 공동체의 기반이 됩니다. 이 인간 됨은 다시 인간의 가능성의 전부를 말하기도 하고, 그것이 지시하는 인간의 창조적 존재의 신비 앞에 고개를 숙이는 일이기도 합니다. 그리고 이 신비는 자아의 신비에도 관계됩니다. 그런데 이 신비는 자아의 거대한 가능성을 인정하면서 동시에 그 왜소함을 깨닫는 것이지요. 사실 거대한 우주의 신비 앞에서 사람의 크고 작음 자체가 의미가 있다고 할 수 없습니다. 그것은 허무 의식에 연결되기도 하지만 인간 존재의 엄숙함을 새삼스럽게 깨닫게 되는 계기가 되기도 합니다. 외경심이라는 것이 그러한 것이지요. 그것은 우주적인 숭엄을 향하는 것이면서 그 안에서의 작고 작은 존재인 인간의 위태로운 위엄을 향하는 것이기도 합니다. 유교의 수신 지침에 극기복례(克己復禮)라는 것이 있지만, 그것은 자아의 왜소함을 깨닫는 데에서 큰 사회적 규범으로 돌아가는 것이 가능하다는 것을 말한 것입니다. 이것을 더 확대하여 말하면, 그것은 자기를 넘어서서 존재의 넓음과 깊이로 돌아가려는 노력을 말합니다. 이 겸허가 가장 깊고 넓은 인간 공동체의 기본이 된다고 말할 수 있을 것입니다. 그것에 기초하여 진정한 관용과 공존이 가능해질 것입니다.

삶의 자상한 내용과 하나의 문화 이렇게 대범한 태도를 강조하다 보니 그에 반대되는 삶의 진실을 잊어버릴 위험을 생각하게 됩니다. 수신과 그 기율을 강조하면 삶의 현실을 놓치기 쉽습니다. 그래서 윤리는 필요한 것이면서도 사람은 그것을 구속으로 느끼기도 합니다. God is in details라는 말이 있습니다. 과연 작고 자상한 것들의 재미와 기쁨이 없다면 삶은 삭막한 것이 될 수밖에 없습니다. 문화는 작은 것들을 넘어가는 삶의 주재, 정신의 주재를 확인하게 하는 정신의 움직임이면서, 작은 것들의 아름다움을 만들어 내는 정신과 기술의 운동입니다. 이것은 우리 자신의 문화에도 해당되어 마땅하고, 다른 문화를 기쁘게 수용하는 데에도 작용하는 힘입니다. 다른 문화를 접하고 그것이 우리 문화 속으로 들어오는 것을 맞이하는 것은 주체의 범위를 넓혀 보편성으로 나아가는 일이기도 하고, 밖에서 가져오는 작은 것들의 아름다움을 새롭게 얻게 되는 일이기도 합니다. 이 작은 것들을 큰 테두리의 질서 속에 통합할 수 있을 때, 그것은 참으로 의미 있는 것이 됩니다. 이 총체적 과정이 문화의 과정입니다. 문화의 변화, 다른 문화와의 만남은 사실 새로운 문화를 형성해 간다는 것을 의미합니다. 그러니까 여러 문화에 접한다는 것 ― 그것을 수용하지 않을 수 없게 된다는 것은 관용이 아니라 새로운 변화와 창조를 요구한다고 할 수 있습니다. 물론 다시 한 번 뒤집어 말하면, 그렇게 하여 한 사회는 위대한 문화의 질서를 만들어 갈 수 있습니다.

3. 언어 수학(修學)의 의의

1. 교양과 언어 학습

교양과 외국어 문화적 내용을 확대하는 일방(一方), 의식의 넓이를 크게 하는 과정은 삶의 과정 자체라고 할 수 있습니다. 그것은 삶의 모든 활동과 표현 속에 진행됩니다. 그러나 그것은 삶의 과정으로서 일정한 방향을 가리킨다고 할 것입니다. 그리고 다기(多岐)하게 또는 잡다하게 영위되는 삶은 그러한 방향을 전혀 갖지 못할 수도 있습니다. 살아가다 보면 질서 또는 방향을 가진 것보다는 혼란과 갈등과 폭력에 빠진 사회가 더 많은 것이 세계가 아닌가 하는 생각을 할 수 있습니다. 이것은 특히 세계 온갖 곳의 뉴스가 금방금방 전달되는 이즘에 와서 우리가 받기 쉬운 세계에 대한 인상이지요. 물론 우리 주변의 일들에서도 그러한 인상은 생겨나지만, 그렇다고 삶의 다기한 전개를 하나로 통일할 수 있다는 생각도 그 나름의 위험을 가진 생각이라 하지 않을 수 없습니다. 삶의 혼란에 대한 하나의 반응은 이데올로기와 이데올로기에 입각한 전체주의적 체제입니다. 그러한 체제의 문제점이 분명해진 것이 20세기 후반 그리고 21세기 초의 오늘이라고 할 수 있지만, 사람의 마음에서 그러한 통제에 대한 유혹은 쉽게 이겨 낼 수 없는 것이 아닌가 합니다.

인간의 개인적인 그리고 사회적인 삶에서 이러한 단일 체제는 아닌, 어떤 방향잡이의 역할을 하는 것이 교양이라고 할 수 있습니다. 교양이란 독일어의 Bildung의 번역일 것입니다. 그것은 어떤 모델을 좇아 자기를 형성하는 것을 말하기도 하고, 그저 자신의 자유 의지에 따라 자기를 형성하는 것을 말하기도 합니다. 후자의 경우에도 선인(先人)들의 생각과 자취가 중요한 지침이 되기는 하지요. 동아시아의 전통에서 수신이나 수양의 개념은 이것과 크게 다르지 않은 것 같습니다. 그러면서도 이것도 억압적인 요소 또는 위선적인 요소가 없지는 않은, 인간 존재에 대한 방향잡이라고 말할 수 있습니다. 특히 수양은, 스스로의 길을 찾는 것을 주안으로 하는 Bildung의 개념보다도, 일정한 윤리 지침에 승복하는 것을 중시하기 때문입니다. 그러나 이러한 지침이 없이는 삶은 더 혼란스러운 것이 될 수밖에 없습니다. 요즘에 와서 인문학이란 말이 많이 회자되는데, 이러한 여러 억압적 요소들을 아울러 가지면서도 사람의 삶에 일정한 향방이 없을 수 없다는 느낌에서 그것을 그리워하는 것이라 할 수 있습니다.

언어의 실용성과 교양적 의미 그런데 이러한 교양의 프로그램이 자신을 위해서나 사회를 위해서나 어떠한 것이어야 하는가를 분명하게 말하기는 쉽지 않습니다. 특히 오늘날같이 혼란한 시대에 그렇다고 하겠습니다. 교양이나 인문학의 필요를 말하는 것은 권위주의의 표현일 수도 있고, 오늘의 시점에서 처세술의 요령을 말하는 것이 될 수도 있습니다. 그런데 여기에 모인 사람들은 이왕에 그런 일을 시작한 사람들이고, 나 자신도 그러한 일을 해 온 사람이기 때문에, 외국어가 그러한 교양 교육의 일부가 된다는 것을 확인하는 것은 쉬운 일이라고 하겠습니다.(물론 지금에 와서 외국어는 오로지 실용적인 관점에서 말하여지고 있는 것이 사실이지만.)

　서양에서는 전통적으로 그리스어, 라틴어를 교양 교육의 가장 중요한 부분으로 생각해 왔습니다. 근대에 오면서 그것이 실용성을 가질 수는 없는 것이었기 때문에 고대의 외국어는 압도적으로 교양적 의미를 가진 것으로 생각되었다고 할 수 있습니다. 한스게오르그 가다머의 저서 『진리와 방법』에는 교양의 의미를 말하면서 외국어 — 이 경우는 서양의 고전어의 학습이, 그 테두리 안에서 어떤 의미를 가진 것인가를 설명하는 것이 있습니다. 뉘른베르크에서 김나지움, 고등학교의 교장을 하던 헤겔의 말을 빌려서 그것을 설명한 것입니다. 헤겔에게 교양은 우리의 밖에 있는 것을, 우리와 달리 존재하는 독립적인 것으로 인정하는 것을 배우는 것이고, 다시 그것을 통하여 우리 자신에 대한 깊이 있는 의식으로 돌아오는 과정을 말합니다. 타자를 알고 그것을 통하여 자신을 알게 되고 자신을 넓혀 가는 것입니다. 이것은 다소간에 직접적인 현실을 넘어서 이론적인 지식에 이른다는 것을 말합니다. 이론적 교양이란 "자신과 다른 것을 알고 보편적인 관점을 찾아서 사물을 파악하는 것, 그 자체의 자유 속에 있는 사물, 그것을 사적인 편견이 없이 파악한다는 것을 말합니다." 고전어와 고전 문화의 학습도 이 관점에서 정당화될 수 있다는 것입니다. 인용하여 봅니다.

　헤겔은 고대의 세계와 고대의 언어를 자기 것으로 하는 것을 다음의 점에서 정당화했다. 즉 고대의 세계는 충분히 멀리 있고 낯선 세계이어서, 우리 자신을 우리 자신으로부터 분리하는 일을 하기에 적절한 수단이다. 그리고 [고대 세계와 언어는] "우리에게로 다시 돌아오는 데 필요한 모든 출구와 길을 가지고 있어서, 우리는 그것과 가까이 되면서 다시 자신으로 — 참으로 정신의 보편적 본질에 일치하는 자신으로 돌아올 수 있다."**2**

다시 말하건대, 헤겔에 의하면 외국 문화와 언어를 공부한다는 것은 공부하는 사람으로 하여금 멀고 낯선 것을 낯선 것 그 자체로 알면서, 또 그것을 자기 것으로 하면서, 자기 자신으로 — 보다 보편적 의식을 가지게 된 자아로 돌아오는 수련을 의미합니다. 이것은 헤겔에게나 가다머에게 교양의 핵심을 이루는 것입니다. 그러기 때문에 교양을 얻는 첩경이 외국어를 공부하는 것이지요.

그런데 이렇게 말하고 보면 여기의 고대어와 문화의 학습이 실용적인 것이 아니라는 것을 다시 생각하지 않을 수 없습니다. 헤겔은 고대를 공부하는 것이 이론적인 성격을 가지게 된다는 것을 말하고 있습니다. 그러기 때문에 그것이 타자와 자아의 자유로운 교환 그리고 보편성에로의 지양을 가능하게 하는 것이라고 합니다. 그러나 반드시 이론적 학습만이 그런 것은 아닙니다. 이론적인 교양을 말하는 것은 실용적인 일에 즉하는, 직접적인 필요를 넘어선 넓은 사고와 의식을 말한 것인데, 헤겔은 이것을 말하기 전에 실용적인 기술을 논하면서 실용적 기술의 연마도 자기중심적인 태도를 넘어 사물에 대한 객관적 태도를 요구한다는 사실을 지적하고 있습니다. 그리고 그로부터 출발하여 자기와 세계에 대한 새로운 인식이 열릴 수 있다고 말합니다. 이론적 교양의 필요를 새로 말한 것은 이것을 조금 더 넓히자는 뜻을 전하는 것일 뿐입니다.

이 점을 지적하는 것은 오늘날 외국어 공부, 특히 통번역과 관련하여 외국어를 공부한다는 것이 언어의 실용성만을 중요시하는 일로 생각되기 때

---

2 Hans-Georg Gadamer, *Wahrheit und Methode: Grundzüge einer philosophische Hermeneutik I*(Tübingen: J. C. B. Mohr, 1986), p. 19.

문입니다. 이것은 맞는 일입니다. 또 당연한 일입니다. 그러나 동시에 그것이 교양의 보편화의 효과를 갖는 것도 사실입니다. 더 중요한 사실은 실용적인 관점에서 언어를 바르게 사용하는 데에도 이론적 이해가 필요하다는 것입니다.

번역이나 통역은, 고대 언어의 이해에 비슷한 그러면서도 그보다 복잡한 의식의 유연성을 요구합니다. 번역이나 통역은 다른 사람의 언어에 완전히 동화되는 것을 말합니다. 그러면서 통번역자는 동시에 자기의 언어 또는 번역의 수용자가 되는 언어로 돌아갑니다. 이 과정에서 번역자의 자아는 완전히 비어 있어야 합니다. 자신이 완전히 투명하게 되는 것이지요. 어느 쪽으로나 자기 이야기를 하는 것은 아니니까요. 그러나 이 과정에서 번역자는 두 언어를 초월하는 비교 언어, 비교 문화의 의식을 가지고 있어야 합니다. 그것은 보다 높은 의식의 차원에 들어간다는 것을 말합니다. 말할 것도 없이 언어의 의미는 그때그때 발화되는 단어나 문장으로 전달될 수가 없습니다. 언어가 표현하는 뜻은 언어 전체의 의미 구조 속에서만 전달될 수 있습니다. 그리고 여기에는 다른 실천적 구조도 끼어들고, 문화 전체의 형식도 끼어들지 않을 수 없습니다. 번역자는 여기에 대한 일정한 판단을 가지고 있어야 합니다. 그리고 이것은 번역이나 통역에서 타자의 자아 속으로 들어가는 번역자의 주체가 동시에 자기의 주관적 관점을 유지해야 한다는 것을 말합니다. 물론 이것은 자신을 주장하는 것이 아니라 자신의 세계 이해, 이국의 문화에 대한 이해 그리고 자기 문화에 대한 이해, 그리고 자기를 객관적으로 보는 관점 등을 유지해야 한다는 말입니다. 좋은 언어는 이러한 틀 속에서 자연스럽게 나오게 되어 있습니다. 이 틀은 인간에 대한 바른 이해 ——사실적으로 또 윤리적인 관점에서의 바른 이해까지도 포함할 수 있습니다. 이것이 없이는 하나도 틀리지 않은 것처럼 보이는 번역도 틀린 것이 될 수 있습니다.

번역이 단순히 문장의 의미를 안다든지 문법과 어법이 틀리지 않는다든지 하면 되는 것이 아니라는 것을 최근 주변에서 본 몇 가지 예로 말하여 보겠습니다. 우리나라에서 출간되는 한 영문 잡지에 최근에 이어령 교수와의 인터뷰가 나와 있습니다. 글을 소개하는 서두에 이 교수를 두고 an exceptionally eminent scholar, writer and critic이라는 표현이 나와 있습니다. 이것을 우리말로 번역하면, 어떻게 될지는 알 수 없지만, 아마 대부분의 영문 독자에게 exceptionally라는 말은 불필요한 것일 것이고, 또 정확하게는 이해가 되지 않는 말일 것입니다. 나 자신의 일을 말해서 조금 쑥스러운 것이기는 하지만, 내가 가졌던 비슷한 인터뷰에서 A Giant of the Humanities in Korea라는 말이 있었습니다. 한국어로 말하여 "인문학의 거장"이란 말도 과장된 말이지만, 이것을 번역한 영어는 아마 영어 독자에게는 어처구니없는 과장이거나 또는 농담으로 들릴 것입니다. 다른 예를 들어 보겠습니다. 수년 전에 프랑크푸르트 도서전에 관계한 일이 있습니다. 그때 책자에 "한국 문화의 우수성"이란 말이 많이 나왔습니다. 번역은 excellence of Korean culture가 되지 않았나 하는데, 이 말을 빼도록 설득하는 데에 상당한 노력이 들었습니다. "사물을 파악하는 것, 그 자체의 자유 속에 있는 사물, 그것을 사적인 편견이 없이 파악한다는 것"은 바른 지적 작업에서 기본이 되는 일입니다. 그리고 그것은 건전한 균형을 찾은 문화의 기준이지요. 그런 문화에서 이것은 사람들의 자연스러운 판단에 저절로 작용하게 마련입니다. 한국 문화의 우수성을 모나게 강조하는 것은 그 문화가 우수하지 못하다는 것을 나타내는 것입니다. 또 다른 경우입니다. 며칠 전에 참석한 어떤 행사에는 행사를 진행하는 MC, 유명한 진행자가 있었습니다. 그 사람은 행사의 마디를 건넬 때마다 조금 전에 있었던 발표자의 말을 간단히 되풀이했습니다. 그렇게 하니까 그 발언은 금방 상투적인 말이 되고 말았습니다. 되풀이되는 거창한 말은 상투어가 됩니다. 생각의 과정을 거치지 않은 빈말이 된 것입니다. 앞의 식전과 같은 데에서 찬사를 되풀이할 필요도 없지만, 되풀이하려면 자신의 말로 하였어야 합니다.

말은 자기의 말이어야 합니다. 개인적 소감을 말하여야 한다는 말이 아니라 사물에 대한 자신의 이해의 틀 속에서 — 극히 객관적인 이해의 틀 속에서 정화된 것이라야 합니다. 피아니스트가 악보에 충실하면서 자신의 실력을 발휘하는 것은 그러한 자기 정화의 이해 속에서 작곡자의 곡 자체를 충실하게 연주한다는 것을 말합니다. 번역이나 통역은 총체적인 의미에서 적절한 언어 능력을 가진 사람이 바르게 할 수 있습니다. 통번역은, 개인적인 의미에서의 자신을 삼가고 사물과 객관적으로 일치하면서 언어의 전체적인 맥락 — 실천적 콘텍스트를 포함하여, 의미 체계로서의 언어 맥락 속에서 대상 언어를 다른 언어로 요약할 수 있는 능력을 요구합니다. 이러한 의미에서 언어 습득, 외국어 습득은 근본적인 의미에서의 교양의 일부입니다. 실용적인 언어는 — 특히 통역의 경우, 상황에 따라 빠른 속도로 이야기될 수 있어야 합니다. 그러나 그러한 언어의 총체는 교양적 맥락을 비추고 있는 것이라야 합니다. 그리하여 빨리 말하고 읽고 하는 것도 연습되어야 하지만, 느리게 읽고 곱씹는 연습도 필요합니다.

2. 한 편의 시

느리게 읽고 쓰는 연습에는 여러 가지 수단이 있을 수 있지만, 그 하나는 시를 읽는 것이 아닌가 합니다. 많은 시는 되풀이하여 읽지 않으면 무슨 말인지 전달되지 않습니다. 시 읽기에는 음악에 대한 경청, 공간의 총체에 대한 상상이 필요합니다. 앞뒤를 맞추어 보고 이야기된 것을 상상해 보고 하는 것이 중요합니다. 그렇게 하여 마음의 맥락을 가려내야 합니다. 이것을 가려 보는 연습이 보다 넓은 의식 — 보편적 의식을 기르는 일입니다. 얼마 전에 아일랜드의 노벨상 수상 시인 셰이머스 히니가 돌아갔습니다.

그의 시를 한 편 인용하면서 이 강연을 끝내도록 하겠습니다. 시 읽기나 교양에 대하여 할 말이 있는 시라는 말은 아닙니다. 사실 여기의 이야기에 별 관계가 없는 시를 인용해서 되는 것인지 모르겠습니다. 마침 히니의 작고를 생각하면서 그 시를 읽어 보자니, 그것은 여러 번 앞뒤를 맞추어 보고 상상을 해 보아야 짐작이 가는 시였습니다. 하나의 연습곡으로 여기에 인용만 해 두겠습니다.

> The annals say: when the monks of Clonmacnoise
> Were all at prayers inside the oratory
> A ship appeared above them in the air.
>
> The anchor dragged along behind so deep
> It hooked itself into the altar rails
> And then, as the big hull rocked to a standstill,
>
> A crewman shinned and grappled down the rope
> and struggled to release it. But in vain.
> "This man can't bear our life here and will drown,"
>
> The abbot said, "unless we help him." So
> They did, the freed ship sailed, and the man climbed back
> Out of the marvellous as he had known it.
>
> —From Squarings, Lightenings, VIII

(2013년)

4부

문학, 과학,
문명

이성과 인간의 삶[1]

생물학적 인간관을 중심으로

1. 과학과 시적 의식의 인간

과학의 인간상   오늘의 세계는 과학 또는 과학 기술 문명의 세계이다. 과학과 기술은 오늘의 삶을 일반적으로 규정하고 있는 가장 큰 테두리를 이룬다. 일상적인 삶에서 그것이 사람들의 삶에 미치는 영향의 거대함은 새삼스럽게 말할 필요도 없다. 또 그것은 다른 분야의 학문 연구에서도 주제나 방법론상으로 커다란 참조의 틀이 된다. 그런가 하면 다른 한편으로 과학은 시대적, 지적 풍토 또 사회적 여론의 풍토에 크게 영향을 받는다. 다만 이러한 상호 영향 관계는 그렇게 분명하게 의식되지 아니할 수 있다.

---

1   이 글은 「혼돈의 가장자리: 진화와 인간」(《과학사상》 제26호(1998년 가을호))을 2013년에 최종적으로 개고한 것이다. 원글은 부분적으로 검토된 후 『깊은 마음의 생태학』(김영사, 2014) 2부 1장에 「진화와 인간: 혼돈의 가장자리」라는 제목으로 재수록되었다. 후자의 경우 원글을 거의 그대로 수록한 것이므로, 그보다 더 수정이 가해지고 체재가 명료해진 2013년 수정본을 저자의 동의하에 정본으로 삼는다.(편집자 주)

과학이 다른 학문에 주는 영향 가운데 핵심적인 것의 하나는 그것이 시사하는 인간의 이미지이다. 앞에서 이미 논한 바이지만 되풀이하건대, 인문 과학의 많은 성찰 밑에 들어 있는 것은 인간이 무엇인가 하는 질문이다. 인간의 문제는 인문 과학의 영역처럼 생각된다. 그러나 모든 학문에는 사람의 존재 방식에 대한 상정이 들어 있다. 그것이 의식되지 아니하더라도 학문적 절차만으로도 인간에 대한 어떤 가정이 시사된다. 그리고 학문의 영향은 이 이미지를 통하여 교환된다. 그러나 이미지는 학문 구성의 공리가 되는 것인 까닭에 적극적으로 검토의 대상이 되기 어렵다.

　　경제학이 가지고 있는 인간의 본질에 대한 전제는 인간이 기본적으로 이기적 욕망의 존재라는 것과 그것을 실현하기 위한 방법으로서 주고받고, 교환하고, 장사하고 하는 타고난 성향을 가지고 있다는 것이다. 더 일반적으로 사회 과학은 인간이 여러 가지 사회적 조건에 의하여 한정된 존재라는 것을 느끼게 하고, 나아가 그러한 조건을 수단화하여 조종될 수 있는 존재라는 것을 상정하게 한다. 그것은 이 조건과 수단의 확정과 그 작용에 큰 관심을 기울인다. 인간 본성의 한 전제로서의 이기적 욕망은 이러한 수단의 하나이다. 자연 과학도 우리의 인간 이해에 보이지 않은 영향을 준다. 과학 기술이 거둔 커다란 성공은 물건과 세계를 조종의 대상으로 보게 한다. 동시에 인간 자신을 조종할 수 있는 대상으로 생각하게 하는 경향을 조성해 낸다. 기술을 떠나서 이론적인 부분에 관계되는 과학도 인간의 이미지에 영향을 미친다. 물리학이 다루는 세계는 인간의 삶의 토대를 이루는 물질의 세계이다. 그러나 더 미세하게 생각하여 물리학에서 다루는 분자나 원자 또는 미립자 세계 또는 우주 공간의 일들은 중요하고 흥미 있는 일이면서도, 오늘의 인간에게 또는 인간 이해에 어떠한 관계를 갖는지 분명치 않다. 다만 이 분야에서의 연구는 그 실험적 조작 — 그리고 조종의 방법으로 인하여 사람을 조종이 가능한 대상적 존재로 규정하는 인간관을 보강하는 데에 힘을 더하는 것이 아닌가 한다. 결국 과학과 기술이 시사하는 인간관은 근본적으로 비슷한 것으로 생각된다.

생물학적 인간상 아마 인간을 생각하는 데에 더 중요한 것은 신경 과학이나 인지 과학 등에 있어서의 연구일 것이다. 그러나 여기에 드러나는 인간의 모습도 그다지 깊이 있는 것이 아닐 수 있다. 그것은 이미 방법론적으로 자연 과학의 일반적 전제에 묶여 있게 마련이다. 방법론적으로 사람은 이미 자극과 반응의 다발로 생각되어진다. 생물학은 물리적 현상을 다루는 물리학이나 화학을 그 기초로 한다. 그러면서 그것은 다른 어떤 과학 분야보다도 직접적으로 인간의 이해에 관계를 가지고 있을 수밖에 없다. 생명 현상은 물리적 기초를 가지고 있으면서도 인간 존재의 가장 원초적인 특징일 것이기 때문이다. 사람을 구성하는 분자나 세포의 작용, 유기체의 대사 작용, 삶과 환경의 교환 관계 등에 대한 지식이 인간을 이해하는 데에 시사하는 바가 있을 것임은 쉽게 추측할 수 있다. 생물학적 존재로서의 인간을 이해하고자 하는 생물학 내의 보다 적극적인 움직임은 에드워드 윌슨 등이 주창한 사회 생물학과 같은 데에서 찾을 수 있다. 이것은 생물학의 법칙과 동물 행태학의 관찰들을 인간의 사회 행동에 적용해 보려 한 것이다. 윌슨의 사회 생물학은 환영받기보다는 더 자주 비판의 대상이 되는 것으로 보인다. 제일 강한 비판은 상당 정도 윌슨의 관찰들이 갖는 정치적 함의로 인한 것이다. 그러나 대체로 과학이 내놓는 인간의 이미지는 사람들에게는 환영을 받지 못하는 경향이 있다. 과학은 본질적으로 사람을 결정론적으로 보는 경향이 있기 때문이다. 그리고 그것은 인간을 조종의 대상까지는 아니더라도 적어도 물리학적 또는 생물학적 세계의 법칙들에 얽매여 있는 비교적 하찮은 존재로 보이게 한다.

진화론　서양의 인간관에서 가장 중요한 영향을 끼친 과학 사상은 생물학의 진화론이다. 인간의 기원으로서 지금도 진화인가, 창조인가가 문제되는 것을 보아도 이것이 매우 중요한 의미를 갖는 것을 알 수 있다. 어쨌든 과학의 역사에서 다윈의 진화론은 생물학적으로 인간 이해의 토대의 하나를 이루는 이론일 뿐만 아니라 더 일반적으로 현대적 인간관과 세계관에 지대한 영향을 준 과학 사상이다. 그것은 한편으로 인간과 사회 이해의 과학적 설명에 실마리를 제공해 주는 것으로 환영을 받았다. 그러나 다른 한편으로 그것은 인간이 스스로에 대하여 가지고 있는 주관적인 이해를 전혀 근거 없는 것으로 생각하게 하는 것으로 보였다. 진화론의 자연주의적 인간관은, 사람이 전통적으로 중요하게 생각한 여러 진선미(眞善美)의 가치가 객관적 근거가 없는 주관적 환상으로 보이게 하는 것으로 생각된 것이다. 이것은 진화론의 발생지인 영국 그리고 미국에 있어서 여러 세대의 시인들의 반응에서 찾아볼 수 있는 것이다.

테니슨이나 브라우닝 또는 아놀드는 가장 직접적으로 진화론이 보여주는 세계에 대한 우울한 반응을 보여 준 대표적인 시인이지만, 더 일반적으로 말하여 19세기 중엽에서 20세기 초반에 이르는 영미 시의 문제의식을 결정하고 있는 것도 자연의 법칙이 지배하는 몰가치의 세계에서 인간의 가치가 어떻게 존재할 수 있으며, 그러한 가치를 완전히 버릴 수 없는 인간이 어떻게 살아야 하는가 하는 물음이었다고 말할 수 있다. 시인들이 관심을 가지고 있는 여러 주관적인 인상과 감정의 의미, 그리고 그에 연결되어 있는 심미적 가치 그리고 진선미에 대한 느낌을 과학주의는 단순화하는 것으로 시인들은 생각한다. 사람의 감정이나 인상, 진선미는 참으로 객관적인 근거를 가지지 아니한 것인가? 그런데 객관적 근거란 무엇을 말하는가? 여기에 대하여 질문을 발하기 시작하면 사실 시적 진실과 과학적 진실은 다 같이 새롭게 검토되어야 하는 탐구의 대상이라고 할 수 있을는지 모른다.

그것은 과학이 시사하는 인간관의 상당 부분이 반드시 과학적이라고 할 수 없는 것이기 때문이다. 다시 사회 생물학 문제로 돌아가서, 그것에 대한 비판은 그 법칙들이 엄밀한 과학적 사고에 기초한 것이라기보다는 주로 유추에 의존하고 있다는 것이다. 이것은 지금의 단계에서 사회 생물학이 충분히 과학적이 아니라는 말이 되고, 다른 어떤 것에 의하여 영향을 받고 있다는 것이 된다. 물어보아야 할 것은 과학이 어떻게 인간 이해에 영향을 끼치는가 하는 것보다도, 오히려 거꾸로 분명하게 검토되지 아니한 관념들이 어떻게 과학에 영향을 끼치는가 하는 것이라고 할 수 있다. 과학은 이데올로기의 영향을 받으면서, 다른 한편으로 이데올로기로 작용하기도 하는 것이다. 진화론의 영향의 상당 부분은 이데올로기적인 것이었다.

물론 그렇다고 과학과 다른 관념 또는 이데올로기의 관계를 지나치게 간단히 볼 것은 아니다. 과학이 주는 인간에 대한 암시가 엄밀성을 결여한다고 하여도 인간의 일면을 밝혀 주는 데에 도움을 주는 것임은 틀림이 없다. 또 과학이 시대의 지적 풍토에 의하여 영향을 받는다면 그것은 과학이 그 영향으로 인하여 세계의 어떤 특정한 면에 새삼스럽게 주의하게 되었음을 말하는 것일 수도 있다. 주의 대상에 관한 진술은 그 나름의 독자성 속에서 옳을 수도 있고 그를 수도 있다.

객관적 증거와 의식의 문제　전통적으로 인간 이해의 문제는 인문 과학의 소관사로 생각되어 왔다. 철학을 비롯한 인간 이해는 성찰에 의존하여 이루어지는 것이었다. 좀 더 엄밀한 관점에서는 인식의 기본적 장으로서의 의식에 나타는 기본적인 현상을 기술하고 분석하는 현상학적 관점에 의존하였다고 할 수 있다. 여기에 사물 자체의 근본에 끊임없이 되돌아가고 논리적 분석의 엄밀성을 존중하려는 노력이 없는 것은 아니다. 그러나 인문 과학의 노력의 결과에는, 모든 내면의 문제가 그러하듯이 명증한 결론보다는 암중모색의 모호성 또는 혼란이 더 많이 눈에 띄는 것으로 생각된다. 그리하여 과학의 확실성은 인문 과학적 사고에서도 늘 선망의 대상이 된다. 그러나 과학이 시사하는 인간관은 그 방법적 구속으로 인하여 벌써 우리에게 직관적으로 주어지는 인간 이해로부터 벗어져 나간다는 느낌을 준다. 인간 이해에서 그 자신의 직관으로 접근되는 자료를 버리는 것은 증거의 가장 중요한 부분을 버리는 것이다. 사람의 지능에 관한 논쟁에서 철학자 설(Searle)은 두뇌에서 진행되는 운산을 컴퓨터 시뮬레이션으로 재생한다고 하더라도, 그때 컴퓨터가 사람이 가지고 있는 바와 같은 의식 또는 더 나아가 감정을 가지고 있다고 할 수 있느냐 하는 질문을 제기하고, 의식의 부재가 컴퓨터를 인간으로부터 갈라놓는 것으로 주장한 일이 있다. 내면의 성찰이 반드시 신뢰할 만한 증거가 되는 것은 아니지만, 그에 대체하는 어떤 외면적 증거도 체험의 직관을 완전히 부정하거나, 또는 적어도 그에 대한 적절한 인과관계의 설명이 없이는 인간 이해의 기획은 완전한 것이 될 수 없다.

창발적 출현으로서의 주체성/인간에 대한 총체적 이해 과학으로부터 유추되는 인간관에서 문제 되는 것은 단순히 내면과 외면의 차이가 아니라 문제의 바른 차원의 문제라고 할 수도 있다. 우리가 인간을 말할 때 그것은 스스로의 삶을 살아가는 개체로서의 존재 ─ 물론 삶의 토대가 되는 물리학적, 화학적, 생물학적 환경에 의하여 뒷받침되고 그에 작용하면서, 동시에 다른 한편으로는 사회와 문화의 망 속에 이어져 있는 개체적 존재로서의 인간을 말한다. 사람이 분자나 세포로 이루어진 것은 사실이지만, 그러한 것의 결집이 이루는 개체는 그 구성 분자와는 또 다른 어떤 존재이다. 일정한 형태로 조직된 분자와 세포들은 새로운 성질, 요즘 더러 쓰는 용어로 말하건대 창발적(創發的)인 출현의 성질(emergent property)을 드러낸다. 이것이 우리의 내면에 그리고 한 개체로서의 주체성으로 드러난다고 할 수 있다. 인간을 과학적으로 살펴볼 때 문제가 되는 것은 이 새로운 존재론적 차원을 어떻게 그 관찰에 포함시키느냐 하는 것이다. 오늘날 이 차원에 대한 충분한 이해는 없다고 할 수 있다. 그러면서도 복합적 조직의 어떤 국면에서 나타나는 새로운 성질과 작용이 과학적 연구의 새로운 과제로 등장하고 있다. 전통적 인간 이해는 이 차원에 삽입될 수 있을는지 모른다.

이러한 각도에서 문제를 접근할 때 궁극적으로 철학적 인간학이나 자연 과학의 인간의 이미지는 서로 수렴될 가능성도 있다. 그리고 궁극적으로 인간과 세계에 대한 과학적 지식과 자각적 이해는 서로 크게 떨어져 있는 것이 아니라는 것이 드러날 수도 있을 것이다. 이러한 수렴은 사람의 삶의 이해에 있어서 그리고 삶의 문제에 대한 실천적 대응에 있어서 매우 중요한 의미를 갖는다. 앞에서 말한 바와 같이 모든 학문에 인간에 대한 어떤 전제가 들어 있고, 모든 사람의 일에 인간에 대한 어떤 이미지가 들어 있다면, 우리의 인간 이해가 객관적 사실과 인간의 내면적 요구에 적절하게 맞아 들어간다는 것은 인간 경영의 토대가 믿을 만한 것이 된다는 것을 말하기 때문이다. 앞에서 말한 바와 같이 대체로 인간에 대한 과학적 이해 또는 과학이 암묵적으로 비쳐 주는 인간 이해는, 내면으로부터의 이해, 개체나 주체로서의 인간 이해의 차원을 결여하고 있는 것으로 말할 수 있다. 그러면서도 이 결여된 부분을 포함하는 총체적 이해에 나아가는 데에 과학이 중요한 발판이 되는 것임은 틀림이 없다. 그중에도 직접적인 이해를 줄 수 있는 것은, 근래에 와서 부쩍 발달하게 된 신경 과학 그리고 인지 과학이라고 할 수 있지만, 넓은 의미에서의 생물학이라 할 수 있다.

생물학의 진화론은 생물학의 범위를 넘어 인간과 사회의 이해에 중요한 기여를 하였다. 이 기여는 상당한 정도는 시대가 요구하는 이데올로기를 제공하였기 때문이다. 그러나 진화론적 사고의 계속된 발전과 세련화는, 생물학에 있어서의 이론적 기여로서만이 아니라 인간과 인간의 생존 조건에 대한 이론적이고 실제적인 지식으로서 그 깊이를 더하게 되었다. 여기에 대하여 진화론의 인간 이해가 전통적 인간학 또는 우리의 직관적 이해에 어떻게 관계되는지는 아직은 분명하지 않다. 생물학이 인간론의 일부를 이루어야 할 것임은 의문의 여지가 없다. 그러나 반대로 생물학은 철학적 인간론의 물음에 답하여야 할 문제점들을 가지고 있는 것으로 생각된다. 그러한 문제점을 생각하는 것은 생물 진화론의 관점을 넓히고 세련화하는 데에 도움을 준다. 여기에서는 이러한 진화론의 생각 그리고 그 변용을 살펴보고, 그것이 주체적 의식의 존재로서의 인간 이해에 어떤 의미를 갖는가를 생각해 본다.

2. 다윈과 사회 다윈주의

과학 사상의 유추적 확대   이미 비친 바와 같이 다윈의 진화론은 현대적 생물학이 성립하는 데에 가장 중요한 토대의 하나가 되었을 뿐만 아니라 현대적 인간과 세계관의 성립에 커다란 영향을 미쳤다. 그러나 과학적인 이론으로서의 진화론과 세계관의 일부로서의 진화론의 관계가 반드시 일대일의 대응을 이루는 것은 아니다. 다윈의 진화론이 당대와 그 이후에 미친 영향을 논하는 한 글에서 모스 페컴(Morse Peckham)은 그것과 그것에 영향을 받은 다윈주의 사이에는 아무런 관계가 없다고 말하고 있다. 다윈은 과학을 말한 것일 뿐인데, 다윈주의자들은 그의 생각을 유추적으로, 즉 정당한 이유 없이 도덕과 형이상학의 영역에까지 확대했다는 것이다.[2] 말하자면 다윈 자신은, 마르크스가 자신은 마르크스주의자가 아니라고 했던 것과 같이, 넓은 의미의 다윈주의자가 아니었던 셈이다.

아이디어의 영향은 반드시 면밀한 합법칙적 관계로 설명할 수 있는 것은 아니다. 그러한 연결이 정당하든 아니하든, 진화론은 우선 인간을 신의 특별한 창조 행위로 본 기독교의 인간관 및 세계관에 가장 큰 충격을 주었다. 진화론은 코페르니쿠스와 뉴턴으로부터 계속되는 과학 혁명의 또 하나의 단계였다. 코페르니쿠스 혁명이 지구를 우주의 중심에서 밀어내고 그와 더불어 사람의 지위를 격하시킨 것이라면, 다윈은 다시 한 번 사람을 동물과의 연속선상에 놓음으로써 창조물 사이에서의 인간의 특권적 위치를 위태롭게 하였다. 냉정하게 생각해 볼 때 사람이 우주의 중심에 있지 않다거나 또는 다른 생명체와 연속적인 친족 관계에 있다고 하여 사람의 위엄이 손상된다는 것은 전혀 논리적이지도 과학적이지도 아니한 주장이다. 그러나 보이지 않는 비유와 유추는 생각을 전개하는 데에 중요한 역할을 한다. 사람의 선 자리가 중심이냐 또는 주변적인 것으로 차별되어 있는 것이냐, 즉 공간적 위상이 어디인가 하는 것에 대한 원시적 서열 의식은 보다 추상적인 세계 인식에서도 중요한 기능을 한다. 그리고 그것이 사람의 위엄에 관계되는 것으로 생각되는 것이다. 다윈의 생각을 하나의 세계관의 철학으로 확대한 다윈주의들의 생각은 얼른 보기에 그렇게 원시적인 것이라고 할 수는 없다. 그것은 유추보다는 조금 더 본격적인 의미에서 사람의 이론적 욕구 — 전체성의 구축에 대한 욕구들을 상당 정도 만족시켜 주는 것이었다. 다윈의 종의 진화에 관한 생각은 — 그것이 반드시 다윈에서 시

---

2   Morse Peckham, "Darwinsm and Darwinisticism," ed. by Philip Appleman, *Darwin*(New York: Norton, 1979) 참조.

작한 것이라고 말하는 것은 옳지 않지만──시대의 진보에 대한 사상의 일부를 이루었다. 그러면서 인간 존재를, 일단 동물의 수준으로 내려가게 하면서도 다시 그것을 위상적으로 높여 주었다. 다윈의 생각은 생물의 진화가 하등 생물로부터 보다 복잡한 조직을 가진 고등 동물로 나아간 것이고, 사람이 여기에서 그 진화의 정점에 있다는 것인데, 이것은 사회와 인지 능력의 진보에 생물의 진보라는 더욱 넓고 확실한 근거를 제공해 주는 것으로 생각되었다. 사회적으로 커다란 영향을 끼친 것은 진보의 사상보다 이러한 진보──생물의 진화로부터 유추한 진보의 계기에 관한 것이다.

다윈의 진화론에 들어 있는 여러 생각 가운데, 요즘의 용어로 말하여 사회 생물학적 유추의 과정에서, 특히 당대의 상상력을 사로잡은 것은 진화의 근본적 계기가 되는 자연 도태 또는 자연 선택의 개념이었다. 이것은 생물학에서 출발하는 많은 개념 가운데에도 사회적 존재로서의 인간을 이해하는 데에 가장 큰 영향을 주었다. 그리고 그것은 그 전처럼 영향력을 가지고 있다고 할 수는 없지만 아직도 보이지 않게 인간 이해의 한 이념형이 되어 있다고 할 수 있다.

발전과 경쟁   자연 도태나 자연 선택의 이념은 어떠한 종이 선택되고 번성하게 되거나 도태되는 원인을 보다 뛰어난 적응 능력에 있다고 본다. 사람들은 이것이 사회의 진화에도 확대될 수 있는 것으로 생각하였다. 적응능력의 이점이란 단순한 이점이 아니라 다른 종과의 경쟁 관계에서의 비교 우위를 말한다. 이 종과 종의 투쟁은 물론 같은 종의 내부에서 개체와 개체의 투쟁으로부터 시작된다. 개체이든 종의 경우이든, 다윈은 일정한 먹이의 환경에는 여러 가지 생물들이 쐐기처럼 박혀 있고, 새로운 날카로움을 가진 쐐기는 이미 박혀 있는 쐐기를 밀어내고 제자리를 확보하는 것으로 생각하였다. 여기에서 살아남는 자는 생존에 적절한 능력을 갖춘 자이다. 적자생존이라는 말은 이러한 조건의 일면을 말한 것이다. 사실 이 말을 발명한 것은 다윈이 아니라 허버트 스펜서(Herbert Spencer)이지만, 그것은 다윈 이후의 사회 사상에서 중요한 말이 되었다. 살아남는 것은 우수한 능력을 나타내는 것일 뿐만 아니라 사회 진화의 과정에 의하여 정당화되는 일이다.(연대적으로 다윈을 앞선 스펜서에 있어서의 사회 진화론은 생존을 위한 자유 경쟁 이외에 사회 내에서의 인도주의적 감정의 확산을 진화의 한 증표로 보았다. 그러나 그의 생각이 대중화되는 과정에서 후자는 보이지 않게 되어 버리고 만다.) 생물 진화를 사회 발전에 유추적으로 도입한 대표적인 사람은 미국의 사회학자 윌리엄 그레이엄 섬너(William G. Summer)였다. 그의 사회 사상을 지나치게 단순화하는 것은 잘못이지만, 그가 사회란 생존을 위한 경쟁과 투쟁의 장이며, 여기에서 승자와 패자가 갈라지는 것은 당연한 삶의 원리일 뿐만 아니라 결과적으로 사회 전체의 발전에 기여하는 것이라고 생각한 것은 사실이다. 그리고 현실적 방안으로서 그에게 생존 투쟁에서의 약자와 패자의 도태를 방지하거나 완화하려는 사회 정책적 조치는 결과적으로 사회 발전을 저지하는 일이고, 부도덕한 일이 된다. "이치에 맞지 않는 간섭과 원조로써 사회적 압력의 희생자들을 고통으로부터 구하려고 하는 것은 어리석음과 부도덕에 상금을 주고, 그것을 더욱 확산하는 일이다."[3] — 그는 이렇게 말했다.

한국적 사회 진화론 사회적 다원주의 사상은 당대를 지배하던 무자비한 산업주의의 사회 사정에 맞아 들어가는 것이었다. 그것은 제국주의 단계에서의 자본주의 체제에 자연의 원리의 정당성을 부여한 것이다. 여기에

---

3 Stow Parsons ed., *Social Darwinism: Selected Essays of William Graham Sumner*(Englewood Cliffs, N. J.: Prentice Hall, 1963), p. 23.

서 특기할 것은 이러한 사회적 다원주의가 동부 아시아와 한국에서도 중요한 사상적 영향을 끼친 사실이다. 신채호(申采浩)는 역사가 유교적 역사관에서 말하는 사필귀정의 정당성이 아니라 산업과 군사력의 강약에 의하여 결정된다고 생각하고, 그에 따르는 사회적, 국가적 자강 운동을 주창하였다. 이러한 신채호의 역사 사상은 국가의 "우승 열패, 생존 경쟁, 적자생존의 세계에서는 열자나 약자는 패배할 수밖에 없다는 진화의 공리"라는 것을 인정한 청 말(淸末)의 사상가들, 옌푸(嚴復) 그리고 량치차오(梁啓超)에서 온 것이었지만, 다시 이것은 허버트 스펜서의 사회 진화론에서 연유한 것이었다.[4] 이것은 진화 사상을 제국주의적 국제 관계에 적용한 것인데, 이러한 국제 관계의 투쟁적 이해는 오늘날에도 한국의 국제 관계 이해에 하나의 근본 틀이 되어 있다. 그리고 이에 더하여 이러한 투쟁적 관계는 사회 내에서의 인간 이해에도 근본적인 틀의 하나로 작용하게 되었다.

신채호의 당대에 어찌 되었든, 적어도 오늘날의 한국에서 "인류 사회가 아(我)와 비아(非我)의 투쟁"[5]으로 형성된다는 생각은 일반적 공리가 되어 있는 것이 아닌가 한다. 물론 이것은 우리 역사와 사회의 현실 ── 국제적으로는 제국주의 환경과 국내적으로는 사람과 사람의 갈등과 전략적 관계를 기본으로 한 사회 체제로 특징지어지는 현실에 의하여 정당화된 것이었지만, 그 사상적 원류의 하나가 사회 진화론에 있다는 것은 과히 틀린 추측은 아닐 것이다.

---

4 신일철, 「신채호의 근대 국가관」, 강만길 외, 『신채호』(고려대학교출판부, 1990), 6쪽.
5 『신채호 전집 상』(을유문화사, 1972), 31쪽; 신일철, 같은 글, 20쪽.

3. 사회 진화론의 문제점

이론과 그 현실 정합성　사회적 다원주의는 과학적인 사회 이론이라기보다 이데올로기라고 하여야겠지만, 그렇다고 하여 전적으로 맞지 않는, 조작된 이론이라고만은 말할 수 없다. 사회 이론이란 통시적인 보편성을 말하는 것이라기보다도 이미 이루어진 현실의 이념적 형식화의 결과이고, 또 그러니만큼 그 범위 안에서 현실 변화의 설계도 역할을 하는 관념적 구성물이다. 다만 그러한 설계도는 한편으로 현실 여건의 변화와 더불어 현실적 효과를 상실하게 된다. 다른 한편으로 그 생명력의 길이는 그것이 인간의 유토피아적 충동을 포함하는, 보다 깊은 사고에 얼마나 깊이 뿌리 내리고 있는가, 그 정도에 따라서 결정된다. 그러나 인간의 관념적 구성물이 현실을 완전히 포착할 수는 없고 또 지나치게 긴 생명력을 가질 수도 없다.

진화론 논쟁　다윈의 진화론의 최초의 가장 중요한 사상적 파생물인 사회적 다원주의가 진리라기보다는 이데올로기라고 한다면, 생물학에서의 진화론에서도 그러한 면을 간과할 수 없다. 진화론의 여러 부분들에 두루 해당되는 것은 아니지만 진화론에 절대적인 경험적 증거가 있다고 할 수는 없다. 다윈의 진화에 대한 생각은 그 이전의 생물학이나 지질학의 연구에 힘입었을 뿐만 아니라, 앞에서 말한 것과는 거꾸로, 계몽주의 사상에서 진보의 이념 또는 애덤 스미스의 경제 사상, 무엇보다도 당대의 사회의 경제적 현실 등으로부터 영향을 받았다. 과학 사상이 사회적 조류에 자극되어 일어나고 스러지는 것은 비단 다윈의 진화론에서만 보는 것은 아니지만, 다윈 이후의 진화론 자체의 전개도 시대와의 관련이 없지 아니한 것으로 말할 수 있다.

리처드 리키(Richard Leakey)는 진화론자들의 인간 진화의 증표에 대한 역점의 변화를 다음과 같이 시대적 분위기에 관련하여 말하고 있다. 다윈의 진화론에서 인간 진화의 증거를 기술과 두 발 걷기(bipedalism)와 큰 두뇌로 보고, 또 이와 관련하여 석제 무기의 출현을 중요시하였다. 이것은 당대의 투쟁적 인간관에 관련되어 있다. 비교적 평온한 시기였던 20세기 초에는 두 발 걷기보다는 큰 두뇌가 인간의 특징으로 생각되고, 기술의 경이에 감탄하던 시대의 분위기에 따라 기술이 인간 진화의 원동력으로 생각되어, '도구 사용자로서의 인간'이란 주제가 크게 부상하였다. 그런가 하면 2차 대전 중과 그 이후에는 사람을 다른 유인원으로부터 구별해 주는 것은 동료 인간에 대한 난폭성이라고 생각되었다. 그리하여 오스트레일리아의 해부학자 레이먼드 다트(Raymond Dart)의 '살해자로서의 인간'이라는 말이 널리 유행하였다. 1960년대에는 현대 문명의 모순으로부터 멀리 존재하는 수렵 경제의 원시 부족의 생활이 낭만적 관심의 대상이 되고, '사냥꾼으로서의 인간'이란 주제가 진화론적 인간론의 중요한 관심사가 되었다. 여기에 대하여 다시 1960년대 이후의 여성 운동의 대두와 더불어, 남성 위주의 수렵에 대하여 여성적인 채취를 인간 진화의 핵심적 요소로 보는 '채취인으로서의 여성'이라는 주제가 중요시되었다.[6] 이러한 역점의 이동은 과학의 이론이 시대의 여론의 풍토에 얼마나 지배되는 것인가를 보여 준다. 그러한 한도에서는 과학이 이데올로기로 작용하는 바와 같이 과학 자체에 당대적인 이데올로기가 작용한다고 할 수 있다.

물론 여기에서도 이데올로기의 의미는 앞에서 이미 시사한 대로, 사회이론이나 우주관의 경우나 마찬가지로 시대의 현실 속에서 일정한 정합성을 가진 부분을 두드러지게 한 것이라는 해석이 가능하다. 그렇다고 이

---

6   Richard Leakey, *The Origin of Humankind*(New York: Basic Books, 1994), pp. 10~11.

러한 시대적 이데올로기의 관련이 반드시 과학적 이론의 정당성을 그대로 결정하는 것은 아니다. 과학적이거나 아니면 인문적인 진리의 발생적 환경과 정당성의 환경은 변별적으로 가려져서 마땅한 것이며 동일한 것이 아니다. 진화론의 경우는 그 여러 부분에서 실험적인 검증이 불가능한 것이기는 하나, 그것이 과학적 이론으로 받아들여지려면, 계속적인 수정과 개선을 통하여서 비로소 타당성을 가진 이론으로 남아 있을 수 있다. 인문 사회 과학의 여러 명제들의 난점은 검증과 수정을 가능하게 할 분명한 사실적 기제가 충분하지 않은 경우가 많다는 것이다. 그렇다고 그것이 전혀 허무맹랑한 것은 아니기 때문에 거기에 적용되는 진리의 기준은 더 복잡한 것이라고 말하는 것이 옳을지 모른다.

생물 진화의 동인으로서의 자연 도태의 개념은 앞에서 살핀 바와 같이, 19세기 서양에서 또 한국의 경우에 보는 것처럼 제국주의적 위협하에 있는 사회나 또는 급속한 산업화의 과정에서 사회 현상을 인간의 본질적 속성에 비추어 설명해 주는 것으로 쉽사리 받아들여졌다. 그러나 그것이 인간의 전부가 아니라는 느낌도 적지 아니하였다. 다윈도 생물의 생존에 있어서 경쟁에 못지않게 협동이 중요함에 주목하였고, 사회 진화론의 원조(元祖)라고 할 허버트 스펜서도 윤리적 감정의 진화가 인간의 진화의 하나의 결과임을 언급하였다는 페컴의 지적을 앞에서 이미 언급한 바 있지만, 그와는 전혀 다른 주장으로서 윤리적 태도를 옹호하고자 하였다. 19세기 진화론 논쟁에서 그 옹호에 앞장섰던 토마스 헉슬리는 자연 도태를 통한 진화와 윤리적 태도와의 사이에 필연적 연결이 존재할 수 없음을 선언하였다. 그렇다면 이 연결을 단절하는 것은 윤리적 태도이다. 사회의 진화는 생물학적 진화의 연속선 위에 있는 것이 아니라 그것을 지양하는 데에 있다. 우주적인 과정에서 약육강식의 생존 경쟁이 그 한 특징이라고 한다면, 윤리의 관점에서의 "사회의 진화는 이 우주적 과정을 그 하나하나의 단계에서 저지하고 대체하는 것"이다. 그리하여 사회 진화의 표지가 되는 선(善)의 실행은 "무자비한 자기주장, 경쟁자 밀쳐 내기 또는 짓밟기가 아니라 각자가 동료 인간을 존중하고, 더 나아가 부조(扶助)할 것을 요구한다."[7] 섬너에게 이러한 윤리적 태도의 옹호는 종교가나 유토피아 몽상가, 소설가들이 내놓는 허구에 불과한 것으로서 "힘들여 행하는 연구의 결과가 아니고, 안이한 감정의 소산"[8]에 불과하다.

그러나 그러한 실증주의와 과학적 근거의 주장에도 불구하고 엄격히 따지고 보면 헉슬리의 주장이 오히려 객관성을 가지고 있다고 할 수도 있다. 생물학적 사실과 정신적 요구가 반드시 일체적인 관계에 있다고만은 볼 수 없기 때문이다. 인간 생존의 두 개의 영역, 사실과 윤리 가치 사이에 존재하는 것은, 섬너가 말하는 바와 같은 법칙성이 아니라 유추 관계일 뿐이다. 또 이 둘 사이의 느슨한 관계는 인간의 내적 체험의 직관에도 반대된다. 인간의 특징의 하나는 그 자유이다. 이것은 사람들의 직접적인 경험의 내용을 이룬다. 궁극적으로 주관적인 자유가 객관적인 조건화 작용의 한 결과라고 할 수 있는 면이 없는 것은 아니지만, 현실 세계의 삶에서도 실증되는 자유는 인간의 경험적 사실의 일부이다. 사회적 다원주의, 그리고 그것의 오늘날의 후계자라고 할 수 있는 사회 생물학은 인간에 대하여 일단 유전 결정론적인 입장을 가지고 있다.[9] 이에 대하여 인간의 자유를 말하는 모든 이론들은 사람들에게 기이한 매력을 행사하는 것으로 보인다. 이것

---

7 Thomas Henry Huxley, "Evolution and Ethics", Appleman ed., *Darwin*, p. 327.

8 Stow Parsons, op. cit., p. 11.

9 이것은 물론 논의를 위한 단순화에 불과하다. 섬너의 경우도 그러하지만, E. O. 윌슨도 자기의 입장이 그러한 결정론이 아님을 여러 차례 천명한 바 있다. 가령 그는 인간의 공격성을 논하는 자리에서, 그 진화의 결과로서 물려받은 공격성 — 특히 남성에 강하게 나타나는 공격성을 인정하면서도 "유전적 편향의 제시가 현재와 미래의 사회에서의 그것의 계속적 실천을 정당화할 수 없다고 말한다."(E. O. Wilson, *In Search of Nature*(Washington, D. C.: Island Press, 1998), p. 93.)

은, 방금 말한 것처럼 사람들의 원초적인 경험에 비추어 정당한 것처럼 보이기 때문이기도 하지만, 자유로운 존재로서 스스로를 확인하고자 하는 사람들의 숨은 소망을 정당화해 주기 때문이다. 사실 진화론의 한 책임은 이러한 소망의 진화론적 근거를 찾는 일을 포함한다고 할는지 모른다.

4. 진화론과 그 수정

필연성의 논리와 인간   과학이 과학으로 남으려면 그것은 대상 세계의 필연성의 궤적들을 추구하는 것일 수밖에 없고, 또 그런 만큼 그것은 방법론으로 인하여 결정론을 벗어날 수 없다고 할 수 있다. 그러나 20세기에 있어서 진화론의 발전은 그 자체로서 이미 19세기의 결정론을 완화하는 여러 요소들을 포함하게 된 것으로 보인다. 그리고 그 결과 19세기의 실증주의가 그러했던 것처럼 진화에 있어서도 기계론적 설명의 확실성은 과학 자체에서 근거한 것이 아니었다는 의심을 갖게 한다.

수정 진화론   테니슨의 장시 「인메모리엄」은 다윈주의의 영향을 많이 드러내는 작품이다. 여기에서 그의 자연관은, 흔히 "이빨과 손톱에 붉은 피를 묻힌 자연"이란 이미지로 요약된다고 말하여진다. 이 이미지는 자연환경이 먹느냐 먹히느냐의 피나는 싸움의 관계로 이루어진다는 것을 눈에 보이게 나타낸 것이다. 이 싸움은 개체와 개체, 종과 종 사이에 전개된다. 투쟁적 생존에 대한 생각은 다윈이 맬서스의 『인구론』을 읽은 데에서 그 영감을 얻은 것으로서, 투쟁은 먹이의 결핍 상황에서, 또 그 압박이 커진 상황에서 일어난다. 그러나 다윈은 생존 경쟁을 말하면서 개체와 개체의 투쟁보다는 결핍으로 특징지어지는 환경과의 투쟁을 더 많이 생각한 것이라고 할 수 있다. "궁핍의 상황에서의 늑대 두 마리가 살아남기 위해서 서로 싸우는 경우"는 드문 일이고, 더 많은 것은 "사막의 변두리에서 식물이 가뭄과 싸우면서 살아남는 경우"였다. 결핍의 상황에서 피나는 싸움은 다른 살아남는 방법 중의 하나에 불과하다. 먹이의 양을 줄임으로써 살아남는 경우나, 경쟁자에게는 불가용한 먹이를 활용하는 경우도 중요한 생존 방법이다. 또 종과 종 사이에 경쟁이 없는 것은 아니지만 다른 종은 대체로 환경 내에서의 다른 종류의 자리(ecological niche)를 차지하기 때문에 늘 직접적 대결이 그 생존의 조건이 되지는 아니한다.[10]

대체로 다윈 이후, 특히 20세기의 진화에 관련된 생물학의 발전은 생존 경쟁이나 자연 도태를 넓은 의미로 생각해야 할 것을 요구하는 것으로 보인다. 유전학과 분자 생물학의 발달은 종의 진화와 변화에 대한 관심을 개체로부터 유전자에로 옮겨 가게 하고, 보다 나은 적응에 중요한 역할을 하는 유전자나 분자 수준에서의 돌연변이(mutation)가 개체나 종의 차원에서의 생존 전략에 대하여 갖는 관계는 보다 덜 직접적인 것으로 생각되게 하였다. 이 관계를 해체하는 것으로 생각될 수 있는 극단적인 경우는 일본의 생물학자 기무라 모토오(木村資生)의 '분자 진화 중립 이론(the neutral theory of molecular evolution)'이다. 이 중립 진화론은 진화가 세포 내의 핵산이나 아미노산의 중립적인 변이의 고정화로 일어나게 된다는 사실을 밝힘으로써 개체 차원에서의 적자생존의 방향으로 진행되는 진화를 의심스럽게 보게 한다.

단절적 평형 19세기의 개체와 개체, 종과 종의 피나는 생존 투쟁의 그림

---

10 여기의 지적들은 Richard Levins and Richard Lewontin, *The Dialectical Biologist*(Cambridge, Mass.: Harvard University Press, 1985), p. 77에서 빌려 온 것이다. 그러나 이 부분에서의 저자들의 관심은 생존 경쟁이나 자연 도태보다는 적응(adaptation)의 고정성을 부정하는 데에 있다.

은 여러 가지로 수정되고 섬세화되었지만, 대체적으로 보아 그것이 자연 도태의 개념을 완전히 부정해 버리는 것은 아니다. 언스트 마이어는 조금 전에 언급한 중립 진화의 이론을 포함하여, 다윈주의 또는 신다윈주의에 대한 비판과 반대를 간략하게 검토한 다음에 말하고 있다. "진화의 기본 이론은 완전히 확인된 것이기에 현대 생물학자들은 진화를 자명한 사실로 받아들인다. …… 그것은 태양이 지구를 도는 것이 아니라 지구가 태양을 돈다는 관찰만큼이나 사실이다."[11] 물론 여기에는 진화의 기본적인 동력으로서의 자연 도태가 포함된다. 그럼에도 불구하고 수정의 폭—주로 그 범위의 작용 범위의 한정화로 표현되는 수정의 폭은 인간 이해라는 관점에서 진화와 자연 도태의 의미를 크게 바꾸어 놓는다.

다윈주의에 도전하거나 수정을 요구하는 발견과 이론 가운데 마이어가 언급하고 있는 것으로 스티븐 제이 굴드의 "단절적 평형(punctuated equilibrium)"의 이론이 있다. 고생물학자로서의 굴드의 관찰에 의하면 화석으로 증거되는 생물의 진화는 다윈과 그 후계자들이 말하는 것처럼 오랜 시간을 통한 점진적인 변화를 통하여 진행되어 온 것이 아니라 급격한 변화와 정지—수백만 년 간격의 변화와 정지의 되풀이로써 진행되었다고 주장한다. 진화의 과정에 대한 이러한 관찰은 독일의 생물학자 오토 쉰데볼프(Otto Schindewolf)가 말하는 "도약적 진화(sprunghafte Änderung, saltation)" 이론과 비슷한 것이다. 마이어의 생각으로는 이것은 다윈주의의 점진주의에 대한 큰 도전이 될 수는 없다고 한다. 그렇다는 것은 적어도 빠른 변화의 시간 중에도 자세히 들여다보면 변화는 점진적인 것이기 때문이다.[12] 사실 빠른 도약 또는 폭발의 기간이라는 것도 지질학적인 시간으로

---

11 Ernst Mayr, *One Long Argument: Charles Darwin and the Genesis of Modern Evolutionary Thought* (Cambrdige, Mass.: Harvard University Press, 1991), pp. 162~163.
12 Ibid., p. 154.

수백만 년을 말하는 것이기 때문에 그것은 보기에 따라서 폭발적인 것이기도 하고 또는 점진적인 것이기도 한 것이다.

　우연성　그러나 단절적 평형 이론의 함의는 진화의 리듬과 시간에만 관계되는 것이 아니다. 굴드의 주장으로는 설사 그것이 궁극적으로 다윈주의 속에 수용되는 것이라고 하더라도 다윈적 진화론의 많은 개념을 약화시키는 효과를 갖는다. 그리고 그것을 수정하는 것이 그의 의도이다. 그의 생각으로는 생명의 진화 또는 변화를 지배한 것은 어떠한 필연적 법칙이 아니라 우연성(contingency)이다. 따라서 진화에는 발전의 일정한 방향도 종착점도 없다. 진화에 필연성 또는 법칙성을 부여하는 것은 자연 도태와 환경 적응이다. 다윈주의는 생존 경쟁에서의 작은 이점들의 누적을 통하여 보다 더 환경에 잘 적응하는 형태로 바뀌어 가는 것이 생물의 진화 기제라고 말한다. 그러나 굴드의 관점에서는 적자생존을 보장하는 자연 도태는 한정된 국지적 현상을 말할 뿐이고, 생명의 폭발과 느린 변화 또는 정지라는 것으로 특징지어지는 큰 범위와 긴 시간의 생명 현상에는 적용되지 아니한다. 생명 형태의 급격한 폭발은 적응과 도태의 균형을 깨어 버리고, 그 엄격한 균형이 가능하게 하는 법칙성을 깨어 버린다. 그는 브리티시 컬럼비아의 버지스 셰일(Burgess Shale)의 화석들을 재검토한 결과를 주된 증거로 하여, 생명이 어떤 시기에 폭발적으로 여러 형태를 발전시키고, 점진적으로 이 형태적 실험은 다시 소수의 형태로 표준화된다고 말하면서, 이 과정에 작용하는 것은 "제비뽑기"의 우연이라고 주장한다. "현대적 생명의 체계는 기본 법칙 ─ 자연 도태이든 해부학적 설계의 우수성이든 기본 법칙에 의하여 보장되었던 것이 아니다. 그것은 대체로는 우연성의 산물이다."[13]

---

13 Stephen Jay Gould, *Wonderful Life*(New York: Norton, 1989), p. 288.

생존을 위한 적응의 한계 다시 말하여 생물의 국지적 적응에 효과적인 형태 변화는 지구 환경의 장기적인 변화에 대처할 수 있는 변화가 될 수 없다. 이 예측 불가능성이 최대로 드러나는 것은 종의 절멸 에피소드에서이다. 가령 지금에 와서 백악기 말의 공룡의 절멸은 지구와 아스트로이드의 충돌 결과로 이야기되지만, 이것은 정상적 지구 환경에 대한 공룡의 적응 능력과는 아무런 관계가 없는 일이다. 마찬가지로 공룡에 이은 포유류의 생존과 성공도 그 생존 능력이나 적응 능력과는 관계가 없는 일이다. 설령 있다고 하더라도 그것은 전혀 우연적으로 생겨난 특징의 이점으로 인한 것이지, 준비되고 예견된 적응 능력으로 인한 것이 아니다. 절멸의 시기에 법칙이 있다면 그것은 전혀 다른 종류의 법칙이다. 그러나 그것은 "다윈이 생각하였던바 국지적 인구에서 이루어지는 성공의 이유와 오랜 지질학적 시간 속에 살아남고 번식하는 원인 사이에 존재하는 연속성을 깨뜨려 버린다."[14] 그리하여 진화의 과정은 사실상 우연적 변화의 연속일 뿐 생존자를 정당화해 주는 필연성도 방향성도 목적도 없는 것이다.

5. 지구의 역사와 생명의 역사: 개체에서 공동체로

진화의 법칙/환경 변화의 우연성 그러나 굴드의 주장이 다윈의 진화론을 전적으로 부정하는 것은 아니다. 그 자신 그렇게 말한다. 그러면서 그는 다윈 자신의 텍스트에서 그 자신의 입장을 뒷받침할 부분을 찾아내어, 다윈이 진화의 필연에 대한 우연성의 우위를 인정하였다고 주장한다. 우리는 이미 굴드의 주장을 검토한 마이어가 그것을 큰 범위의 진화론 속에 포함

---

14 Ibid., p. 308.

하고 있음을 언급하였다. 그러나 진화론으로부터의 굴드의 거리는 부정할
수는 없는 것으로 보인다. 그러면서도 법칙적 진화와 우연의 "그럴싸한 역
사(just history)" 사이에 조화의 가능성이 없는 것은 아니다. 이것은 굴드가
생물학자라기보다는 고생물학자이며, 그러니만큼 조금 더 긴 시간의 관점
에서의 생명 현상을 바라보는 눈으로 문제를 보고 있다는 점에 관계된다
고 말할 수 있다.

생명의 큰 테두리   6500만 년 전 공룡의 절멸을 가져온 대이변이 생명의
역사를 점진적 진화와 다른 각도에서 보게 한다면, 그에 비슷한 이변은 지
질학의 연대로는 5억 5000만 년 전 캄브리아기의 특이한 생명 폭발 이후
다섯 번 정도 있었다고 이야기된다. 이러한 이변은 생명 현상 내의 사정,
가령 생존 경쟁으로 인한 것이 아니라 생명 외적인 사정, 지구 환경의 변화
와 같은 것으로 인한 것이다. 그것은 생물의 환경 적응 능력이란 관점에서
는 설명될 수 없는 커다란 변화이다. 이 변화의 원인은 기후의 변화, 공기
중의 산소량의 증감, 해수면의 승강 등을 포함한, 더 큰 지구 환경의 변화
또는 우주적인 사건에 있다.
생물의 거대 환경 조건을 해설하면서 리키가 설명하고 있는 것처럼, 직
접적인 원인은 기후 변화나 해수면의 변화에서 찾아지지만, 궁극적으로
그것은 "맨틀의 대류 작용(mantle convection), 지각 구조판(tectonic plates)의
구성의 변화, 지구 궤도의 변화 등"[15] 또 공룡 절멸의 원인이 되었다고 하
는 아스트로이드나 혜성과의 충돌 등의 원인으로 인한 것이다. 지질학자
데이비드 라우프(David Raup)와 잭 세코프스키(Jack Sekopski)의 계산에 의

---

15 Richard Leakey and Roger Lewin, *The Sixth Extinction*(New York: Doubleday Anchor Books,
    1995), p. 51.

하면 이 충돌은 대체로 2600만 년가량의 간격으로 일어나며, 앞에 말한 다섯 번의 이변도 이러한 주기에 일어난 사건이다.(이 설에 의하면, 다음번의 이변은 앞으로 1300만 년 후의 일이 된다.) 캄브리아기에서 오늘에 이르는 현생누대(顯生累代, Phanerozoic) 기간 중에 생명의 절멸의 60퍼센트는 이러한 대이변을 포함한 여러 천문학적 사건으로 인한 것이다.[16] 그런데 이러한 이변은 단순히 제대로 번창해 나가는 생명의 진화를 중단시키는 역할만을 하는 것이 아니다. 그것은 진화 자체에 있어서 결정적인 역할을 한다. 그것은 생명의 다양한 전개를 가져오는 "진화의 혁신"의 계기가 되고, 또 진화의 큰 리듬을 결정한다. 대이변 이후에 갑작스러운 생명과 종의 폭발이 일어나고, 이어 불안정 상태가 출현하고, 이것이 다시 안정적이고 지속적인 진화로 이어지고 하는 생명의 거대한 리듬은 이러한 대사건에 관계되어 있다. 생명 형태의 전개는 절멸에 밀접히 관계되어 있는 것이다. 그리하여 리키는 다윈주의 진화론의 잘못은 생명만을 살피고 생명의 절멸이 생명의 큰 테두리에 관계된다는 것을 등한시하는 데에 있다고 말한다.

종 소멸의 두 가지 틀   그렇다고 되풀이하건대 다윈적 진화론과 그 법칙이 모두 틀렸다는 것은 아니다. 이미 위에서 말한 바와 같이 점진적 진화는 국지적 현상을 말하고 있을 뿐이다. 리키, 그리고 리키가 의존하고 있는 다른 학자, 가령 시카고 대학의 고생물학자 데이비드 야블론스키(David Jablonksi)에 의하면, 동물이 소멸하는 데에는 두 가지의 다른 틀──배경적 소멸(background extinction)과 대량 소멸(mass extinction)의 틀이 있고, 이 두 틀 사이에서 생명 또는 종의 소멸 원인은 서로 다르게 된다. 혜성과 충돌하는 것과 같은 위기에 있어서 종이 절멸되는 것은 앞에 말한 바와 같은 거대

---

16 Ibid., p. 56.

환경에서 생겨나는 원인으로 인한 것이지만, 그렇지 않은 경우인 점진적 생명 진화의 배경으로 존재하는 종의 소멸은 다윈주의적 자연 도태로 인한 것이라는 것이다. 그리하여 "생명의 역사에 있어서 거대 규모의 진화의 모양을 형성하는 것은 배경 소멸과 대량 소멸의 지배 기구의 교대이다."[17]

생태학적 사고 생물학적 진화론의 배경적 과정과 고생물학이나 지질학의 생명의 지질학의 카타스트로피를 포함한 거대 과정에 대한 관찰의 차이는 관찰의 범위의 크고 작음의 차이이다. 이 범위의 크기는 단순히 수량적인 것만을 말하지는 아니한다. 큰 테두리의 사고로서의 생태학적 사고는 그 나름의 적정한 범위의 크기를 가지고 진행되는 사고이다. 생태학적 사고는 진화의 문제 ── 자연 도태를 그 동인으로 하는 진화의 문제에서도 차이를 가져온다. 진화의 문제들을 다양한 테두리에 ── 시간적으로나 공간적으로나 복합적인 관점에서 서술하면서 최근의 연구들을 일반 독자를 위하여 매우 적절히 요약하고 있는, 조금 전에도 언급한 리키의 저서는 생명의 진화 문제와 그것이 이루는 어떤 생명의 총체적인 질서를 생각하는 데에 있어서 매우 시사적인 사례들을 제시하고 있다.

생태 공동체 그중에 하나는 생존 경쟁이 개체적 자원에서가 아니라 생태학적인 총체적 컨텍스트에서 생각되어야 한다는 사례이다. 하나의 신종이 이미 다른 종이 기득권을 확보하고 있는 생태 구역(ecological niche)을 침입해 들어갈 때, 생존 투쟁이 일어나고 그것에 이김으로써 비로소 생존이 가능해진다. ── 이것이 자연 도태라는 개념에서 도출되는 상식이다. 그

---

17 David Jablonski, "Background and mass extinctions: the alternation of macroevolutionary regimes," *Science*, vol. 231 (1986), Richard Leakey and Roger Lewin, op. cit., p. 67에 인용됨.

러나 테드 케이스(Ted Case)의 컴퓨터 모델 연구에 의하면, 이러한 경우에 침입자가 상대로 싸워야 하는 것은 어떤 특정한 개체나 종이 아니라 일정한 지역의 생태 공동체 전체이다. 이 공동체가 서로 강한 상호 작용의 관계를 가지고 있는──다양한 종이 영양 배분이나 먹이망의 구성에 깊은 상호 의존 관계 속에 짜여져 들어가 있는 경우, 그것은 약한 상호 작용의 공동체 보다도 강력하게 우수한 침입자를 막아 낸다. 그 결과 약한 경쟁자도 다양한 종의 공동체에서는 더 높은 생존 가능성을 가지게 된다. 이 공동체는 어디에서나 대개 비슷한 특징을 가지고 있어서 이러한 공동체 조직에 일정한 규칙이 있음을 시사한다.

스튜어트 핌(Stuart Pimm)과 맥 포스트(Mac Post)는 또 다른 컴퓨터 실험에서 이것을 더 면밀하게 확인하였다. 그 발견의 하나는 종의 수가 많은 경우가(물론 일정한 범위 안에서) 적은 경우보다 강한 공동체를 이룬다는 것이고, 또 다른 발견은 다양한 종이 모여 일정한 성숙 단계의 집합을 이루고 있는 경우, 즉 역사적으로 일정한 평형 상태에 이른 공동체를 이룬 경우, 방어력이 강해진다는 것이다. 이러한 모델의 현실성은, 가령 하와이 섬에서 새로운 종이 들어오는 경우, 그것은 오래된 토착 식물들이 있는 곳이 아니라 여러 신종들이 모여 있는 숲에서 쉽게 발을 붙인다는 것으로 확인될 수 있다. 성숙한 공동체의 성공은 그것을 구성하는 종의 우수성에 기인하는 것이 아닌가 할 수도 있지만, 이러한 공동체에서 하나하나의 종이, 침입에 실패한 종에 비하여 더 우수한 생존 능력을 가진 것은 아니다.

중요한 컴퓨터를 통한 또 하나의, 생태학적 실험은 이러한 공동체의 기이한 역사적 성격이다. 이것은 이미 핌과 포스트에 의해서도 발견된 것이지만, 짐 드레이크(Jim Drake)에 의하여 더 분명하게 확인된 것이다. 생태 공동체는 여러 종들의 결합으로 이루어질 수 있는데, 이 결합은, 한편으로는 서로 대체 가능한, 그러니까 특별히 생존 능력이 강한 것이 아닌 종들의 여러 다른 조합으로 이루어질 수 있고, 다른 한편으로는 구성 분자로서의 종이 적절한 순서로서 추가됨으로써만 제대로 이루어진다. 이 후자의 경우, 다시 말하여 어떠한 공동체에 가입하는 종은 처음에 공동체 가입에 실패하더라도 다음의 적절한 시기에 추가되면 가입이 허용되는 것이다. 즉 "하나의 지속적인 생태 체계(persistent ecosystem)의 최종적인 구성 내용은 이 체계의 성숙 과정에서 종이 이 체계에 들어오는 순서에 달려 있다." 더 확대하여 하나의 생태 체계는 역사적 체계로서 "지속적 체계 Z에 이르기 위해 그 생태 체계는 A에서 Y를 통과하여야 한다. 한달음에 Z에 이를 수 없다." 이러한 사실들은 진화의 과정에서 무엇이 살아남고 무엇이 소멸하는가가 반드시 좁은 의미의 자연 도태와 적응으로써 결정되는 것은 아니라는 것을 말하고, 다른 한편으로 그것이 가역적이고 선적인 필연의 논리로만 설명될 수 없는 것이라는 것을 말한다.[18]

6. 혼돈의 논리

생태계의 동역학과 혼돈의 논리　이렇게 볼 때 진화를 포함한 생명의 전체적 현상은 한편으로 19세기의 진화론자들이 생각한 것보다는 무한히 복잡한 요인들에 의하여 추동되는 것이라고 할 수 있다. 그러나 다른 한편으로 그것이 간단히 설명되지 아니한다 하여서, 전혀 아무런 모양새도, 이치도 없이 진행되는 것은 아니다. 어떤 학자들은 혼돈의 원리로서 그것이 밝혀질 수 있으리라고 생각한다. 그 예는 생태 구성체의 인구 문제에서 쉽게 찾아진다. 하나의 생태 공동체의 종들의 총인구는 먹이 양의 제한, 경쟁, 포

---

18 Richard Leakey and Roger Lewin, op. cit., pp. 160~167.

식자의 약탈, 병 등, 여러 원인들이 서로 결합하여 작용함으로써, 대체로 크게 불지도 줄지도 아니하는 일정한 균형을 이루는 것으로 생각된다. 기후 변화와 같은 외적인 요인이 이 균형을 깨뜨릴 뿐이다. 그러나 이러한 경우에도 인구는 다시 새로운 균형으로 돌아간다. 그러나 실제로 새로운 균형의 상태는 반드시 원상을 회복하는 것이 아니라 전혀 종잡을 수는 없는 것은 아니면서도, 커다란 파장을 보이며 요동하는 것이 발견되었다.

이에 대한 일단의 설명은 한편으로는 먹이와 다른 한편으로는 포식자와의 관계에서 구하여질 수도 있지만, 어떤 연구자들은 이러한 인구의 일정한 테두리에서의 불규칙적인 변화의 진폭 또는 요동은 외적인 요인으로 인한 것이 아니라 생태 공동체 내의 동역학(dynamics)으로 인한 것이라고 생각한다. 그리고 생태계의 인구 형태와 움직임을 지배하고 있는 것은 최근에 와서 '카오스(chaos)'라고 불리우게 된 현상인 것으로 추측한다. 말의 뜻대로 이것은 혼돈을 말하고, 불규칙하고 예측 불가능한 것을 말하지만, 동시에 일정한 수학적 형식화를 허용하는 물질의 움직임이다. 수학자들은 이것을 '결정론적 혼돈(deterministic chaos)'이라고 부른다. 이러한 기이한 변화의 모양은 생태 공동체의 시간 축의 움직임만이 아니라 공간적 확산에서도 증거된다. 일정한 지역의 종들은 서로 간격을 두고 듬성듬성하게 자리를 차지하여 성장한다. 이 듬성듬성한 성질(patchiness)은 지역 내의 환경적 조건의 차이나 경쟁적 생존 능력의 차이로 설명될 수도 있겠지만, 그 깊은 이치는 생태계 자체의 동역학 내부에 있다. 지역의 내적인 특징이 균일한 경우에도 그러한 생태계적 특징은 드러나게 마련인 것이다.[19]

복합적 체계   생태학적인 사고에 적용될 수 있는 카오스는 보다 일반

19 Ibid., pp. 153~160.

적으로 진화의 문제에도 적용될 수 있다. 스튜어트 카우프만(Stuart A. Kaufman)은 복합적 체계의 수학으로서 생명 현상—분자 차원에서의 생명의 발생과 진화 그리고 거시적 시간에서의 생명의 진화를 설명할 수 있다고 생각한다. 그에게 진화의 주요한 계기의 하나가 자연 도태인 것은 틀림이 없다. 그러나 그것은 보다 복잡한 체계의 한 부분을 이룬다. 그의 복잡한 표현에 의하면 "유기체에 보이는 질서는 대체로 자연 도태의 직접적인 결과가 아니라 자연 도태가 거기에 작용하게끔 허용된 자연 질서의 결과이다."[20] 달리 말하여 유기체가, 분자의 차원에서이든 보다 큰 사회의 차원에서이든, 자연 도태에 의하여 환경에 적응해 나가는 것은 사실이나, 자연 도태는 전체적 상황을 지배하는 '메타다이내믹스'를 타고 작용한다는 것이다. 근본적인 것은 전체를 포함하는 복합적 체계의 '자기 조직화(self-organization)'이다. 그가 복합적(complex)이라고 부르는 체계는 일사불란의 규칙이 지배하는 '정리된(ordered)' 체계와 예측을 허용하지 않는 완전한 유동 상태를 지칭하는 '혼돈된(chaotic)' 체계의 중간에 있는 것으로서, 그것은 점진적으로 증가하는 질서나 혼돈 사이를 파동하며 그 사이에 성립하는 체계이다.

생명은 분자의 차원, 개체 발생의 차원이나 생태적 또는 진화의 차원에서 이 체계의 특징을 나타낸다. 개체와 종의 생존과 적응은 다른 개체와 종들과 투쟁적 관계에서 이루어지지만, 다른 한편으로 그것은 다른 개체와 종의 생존의 총체에 영향을 주는 까닭에, 한 종의 진화는 다른 종과 환경과의 공진화(coevolution)한다. 하나의 종의 진화는 그 종의 총체적 적응성(inclusive fitness)을 증가시키고, 또 공진화자에게도 도움을 주는 쪽으로

---

20 Stuart A. Kauffman, *The Origins of Order: Self-Organization and Selection in Evolution*(New York: Oxford University Press, 1993), p. 173.

진행된다. 각각의 행동자들이 미세한 이익을 추구하면서 상호 조정이 이루어지는 이러한 공진화의 체계는 "혼돈의 가장자리에 균형을 잡는 데까지 공진화한다." 이것은 정리된 체계처럼 완전히 안정된 체계가 아니다. 그것은 상당히 커다란 진폭과 예기치 않은 이변을 포함한다. 여기에는 종의 절멸과 같은 거대한, 그러나 어느 정도까지 주기적인 이변도 포함된다.[21]

비평형 체계　생물의 진화에 있어서의 '메타다이내믹스'의 존재는—특히 법칙적으로 예측할 수 없는 혼돈을 포함하는 '메타다이내믹스'의 존재는 생명의 문제가 선적이고 기계론적인 합리적 법칙으로 설명될 수 없다는 것을 말한다. 이에 비슷한 점은 화학자 프리고진의 비평형 체계의 이론에서도 지적된 바 있다. 그것은 복합 체계에서 또는 소산 구조(dissipative structures)에서의 질서와 혼란의 혼재, 그 변화와 요동(fluctuations), 예측 불가능한 질서의 출현, 변화 과정의 역사성과 불가역성, 그러면서도 일정한 질서의 존재 등을 종합하여 정리한 바 있다.[22] 자연 세계에는 선적인 합리성의 원리들로 이해할 수 없는 복합적 현상들이 있으며, 이것은 새로운 연구 방법을 요구하고, 또 그런 가운데 지금까지의 과학과 자연에 대한 관습적 개념이 수정되지 아니할 수 없다는 것은 달리도 논의되는 생각이다. 제임스 글레릭(James Gleick)은 그의 저서 『카오스(Chaos)』에서 이러한 분야에 성립하는 새로운 과학을 대중적으로 설명한 바 있다.

21　Ibid., pp. 261~268.
22　일리야 프리고진·이사벨 스텐저스, 유기풍 옮김, 『혼돈 속의 질서』(민음사, 1990).

7. 진화론적 인간/윤리적 인간

1. 진화론의 복합성

인간 이해를 위한 함의   생명의 기원이나 진화에, 프리고진식으로 표현하여 역학이 아니라 열역학적인 사고가 도입되는 것은 놀라운 일이 아닐 것이다. 또는 사실 이러한 신과학의 발전에 생물학 연구가 한 계기를 제공한 것이라고 할 수도 있다. 프리고진의 생각은 생물학 분야의 연구 결과에 영향을 받고 있다. 그러나 이러한 신과학적 사고는 생명의 문제를 포함한 과학의 영역과 방법 그리고 의의에 새로운 관점을 제공할 뿐만 아니라 인간이나 사회 이해에 대하여 새로운 함의를 가질 것으로 생각된다. 전통적으로 인문 과학의 인간에 대한 사고는, 앞에서 비친 바와 같이 과학적 연구에 완전히 폐쇄적이지는 아니하면서도 기계론적인 인간 이해에 늘 유보를 표현해 왔다. 체험적 직관에서 오는 인간 현실의 자유와 필연의 계기는 과학의 입장에서도 다시 존중되어야 하는 사실로 인정되는 것으로 보인다.

진화와 윤리의 위치   앞에서 우리는 인간의 윤리적 진화가 생물의 진화 — 특히 그것이 약육강식의 원리에 의해 추진되는 것이라고 할 때, 그러한 종류의 생물의 진화와 별개의 것으로 생각하여야 한다는 주장을 언급하였다. 그러나 생물의 진화가 보다 복잡한 과정으로 이루어지는 것이라고 한다면, 진화의 과정에서의 여러 가치의 위치는 단순한 반대 모순의 관계보다는 더 복잡한 변증법의 관계 속에 있는 것으로 생각되어야 할 것이다. 사실 핵심적인 것은 과학에 대하여 가치의 독립을 옹호하는 것보다도 과학의 이데올로기적 기능을 비판적으로 검토하는 것이다. 이 비판에서 가치는 반드시 사실에 대립하는 것이 아닌 것으로 드러날 수도 있다. 그리고 다른 각도에서 말하여 과학 이데올로기의 비판은 과학의 건강 그 자체를 위하여 필요한 것이다.

진화론의 이데올로기적 함축　개체와 개체, 종과 종, 집단과 집단의 관계가 살벌한 투쟁 관계로 생각된 것은 19세기 서양 사회의 산업주의 질서의 일반화가 작용한 것이며, 이외에도 진화의 여러 중심 개념들이 시대 여론에 의하여 지배되어 왔다는 것은 앞에서 이미 언급하였다. 그러나 이러한 연관은 더 근본적인 차원에서 이야기될 필요가 있다. 간단한 예로, 앞에 언급한 바 있는, 레빈슨과 리원틴은 저서『변증법적 생물학자』에 실은「이론과 이데올로기로서의 진화」라는 글에서 진화의 개념에 작용한 이데올로기적 연관들을 살피고 있거니와, 다음과 같은 비교적 중립적인 것으로 들리는 적응의 개념의 기능적 이해에도 이데올로기가 들어 있음을 지적하고 있다. 진화는 환경의 도전에 최선의 효율적 방법으로 적응하는 자에게 생존을 허용함으로써 진행된다고 말하여진다. 최선의 효율적 방법이란 생물체가 살아가는 데 필요한 자원의 획득에 최소한도의 에너지 소비, 그리고 획득된 자원의 생식 목적을 위한 최대한의 배정으로 측정된다. 다시 말하여 자원 획득과 배정의 문제는 최소한의 시간과 최대의 소득을 확보하는 것으로써 저울질된다. 이러한 이론에서 최선이란 능률을 말한다. 이것을 비롯하여 근본 개념들의 출처가 자본주의 경제학이라는 것은 분명하다. 그리하여 "진화에 있어서의 효율 극대화(optimalization)는 시간 할당이 재생산 또는 생식, 달리 말하면 회사 전체의 성장을 위한 투자의 극대화를 가져온다는 것에 비슷한 생각을 전제한다." 그러면서도 '능률', '낭비', '투자에 대한 최대의 이윤 회수' 등의 말이 가지고 있는 도덕론적이고 이데올로기적인 함의는 진화론자의 의식에는 기록되지 않는다고 레빈스와 리원틴은 말한다.[23]

---

23 Richard Levins and Richard Lewontin, op. cit., pp. 25~27.

개념의 학문 간의 유통　이러한 예가 말하여 주는 것은 과학적 개념 속에 스며드는 이데올로기의 영향이지만, 앞에서도 지적한 바와 같이 그렇게 영향을 받았다는 사실만으로 개념이 무의미한 것이 되지는 아니한다. 한 영역에서의 생각은 다른 영역에서, 그렇지 아니하였더라면 간과하였을 어떤 특징을 발견하고 고정하는 데에 도움을 준다. 그리하여 한 시대의 과학과 문화는—물론 거기에서 생겨나는 이론이 잠정적 성격이 것이라는 점에 대한 겸허한 인정이 있어야 하겠지만—상부상조하며 공진화한다고 할 수 있을는지 모른다. 그러나 이 공조 관계는 쌍방 통행이어야 마땅할 것이다. 레빈슨과 리원틴이 생물 진화에 있어서의 기능주의적 적응 이론의 경제학적 관련을 지적한 것은 다분히 그러한 효율 극대화의 이론이 조금 더 섬세한 고려와 관찰에 의하여 수정될 수 있는 것임을 시사하려는 것이라고 할 수 있다. 이데올로기적 오염의 인식은 새로운 사고의 단초가 될 수 있는 것이다.

　생물 인간/경제 인간　그러나 경제학의 모델은 어쩌면 그러한 뉘앙스의 수정으로는 변할 수 없는 더 깊은 의미를 가진 것일 것이다. 경제학은 그 전제 가운데 인간에 관한 일정한 이미지를 가지고 있다. 그것이 경제 인간이다. 경제 인간의 이미지는 경제학과 생물학이 공유하고 있는 것일 것이다. 그것은 다 같이 사람의 특질이 삶의 지속을 위한 자원의 획득에 있다는 것을 인정한다. 그 획득의 방법은 합리성의 운산으로 추정되는 것이다. 경제학이 경제 인간을 전제로 하듯이 생물학은 생물학적 존재를 그 전제로 한다. 그리고 이것은 생물로서의 인간—생존의 투쟁적 추구를 특징으로 하는 인간에 대한 직관을 그 밑에 가지고 있다. 이 영향은 도덕과 윤리의 문제에서도 드러난다.

이타주의 이타주의의 생물학적 근거는 중요한 관심사의 하나이다. 이 관심이 대두하는 것은 그것이 도덕을 생각함에 있어서 피할 수 없는 질문이기 때문이기도 하지만, 실제 생물의 삶에서 관찰되는 것이기 때문이기도 하다. 이타주의는 생물체의 이기주의가 근본적으로 유전자의 확산에 기초한 것이기 때문에 진화의 관심사는, 유전자의 이기주의에도 불구하고 개체의 생명보다도 총체적인 적응성 그리고 총체적인 유전자의 증대에 있다는 사실로 설명된다. 궁극적으로 중요한 것은 혈족 선택(kinship selection)으로 얻어지는 유전자의 총계이다. 이타주의는 여기에서 생겨나게 마련이다. 또는 이타주의는 상호주의적 체제를 유도해 낼 수 있는 게임 전략이라고 설명되기도 한다. 이러한 설명은 어느 쪽이나 동어 반복에 가깝다. 생명의 근본적 이기성을 전제하면서 그것에 반대될 수 있는 현상도 그것으로 환원하여 설명하는 것이다. 이것은 미리 받아들인 일정한 전제 속으로 다른 많은 것을 끌어들이는 아전인수의 논리로 볼 수 있다. 이렇게 보면 생물학적 사고가 인간이 의문을 갖는 모든 문제를 생각하는 데에 적절한 테두리가 될 수 없다는 것을 생각하는 데에 이타주의 또는 도덕과 윤리의 문제는 중요한 실마리가 된다. 이것은 경험주의적 과학의 적용 범위와 의의를 생각하는 데 중요한 시사를 던져 줄 수 있다.

2. 윤리적 인간

생존과 윤리 헉슬리가 말한 바와 같이 진화론과 인간의 도덕적 윤리의 문제는 참으로 별개의 영역을 이루는지도 모른다. 물론 모든 도덕과 윤리가 경험을 초월하는 절대 영역을 구성하는 것은 아니다. 도덕과 윤리가 문화와 사회에 따라서 다른 것이고, 또 어떤 경우는 서로 모순되는 것임은 새삼스럽게 말할 필요도 없다. 그런 점에서 도덕적 입장은 과학의 입장보다도 더 일방적인 편견 위에 서 있다고 할 수 있다. 인간이 도덕적 존재라는 가정은 아마 인간의 오랜 내면적 체험에 근거할 것이다. 이 체험에서 근본적인 것은 친족 선택이 아니라 인간에 대한 보편적 유대감 또는 더 나아가서 모든 생명체에 대한 자비의 느낌 또는 더 일반적으로 "넓은 바다에 융합되는 느낌"이지, 친족에 대한 또는 일정한 집단에 대한 특별한 느낌이 아니다. 후자의 경우는 육체를 가진 존재로서의 생물체가 혈육에 대하여 또는 소속 집단에 대하여 갖는 느낌이라는 것이 분명하다. 이것은 자각적으로 확인할 수 있는 느낌이다. 그러나 도덕적 체험은 생물학에서 말하는 이타주의와는 조금 다른 성격을 갖는다고 할 수 있다. 물론 이러한 차이에 입각한 도덕의 옹호도, 그 근거로 하고 있는 것은 혈족 이타주의의 경우나 마찬가지로 경험적 증거이다. 이 경험이 어떤 특정한 순간의 또는 조금은 예외적인 경우라는 것이 다를 뿐이다. 그러면서도 하나의 문제로 생각하여야 할 것은 이러한 계기가 어떻게 하여 생겨나게 되는가 하는 것이다.

　도덕의 초월성　　이러한 관련에서 지적하여야 할 것은 도덕에 들어 있는 초월적 성격의 차원이다. 인간의 심성이나 체험에 기초하는 자연주의적 윤리관이 없는 것은 아니지만, 윤리학의 큰 관심사의 하나는 인류학적으로 발견되는 윤리와 도덕의 현실보다도 어떻게 하여 그것을 꿰뚫어 보편적 규범으로서의 윤리와 도덕이 성립할 수 있는가 하는 데에 있다.(적어도 윤리적 사고의 칸트적 전통에서는 그러하다.) 도덕과 윤리가 인간성의 어떤 면에 내재하고 경험적 사실에 이어져 현실 세계의 힘이 되는 것은 틀림이 없지만, 그 정당성의 근거까지도 반드시 현실에서 연유하는가 하는 것은 확실치 않은 것이다. 이것은 말하자면 수학의 근거를 경험의 세계에서만 찾을 수 있는가 하는 문제와 비슷하다. 수학이 경험의 세계에 관계되어 있는 것은 확실하다. 그러나 그것의 정당성이 반드시 거기에서 온다고 할 수는 없다. 생물학의 관점에서 수학의 능력은 다른 두뇌 기능이나 마찬가지로 인간의 생존에서 적응의 이점을 제공한 것이었을 것이다. 그러나 수학의 모든 것이 인간 생존에 의하여 정당화되는 것은 아니다. 또 고도의 수학적 사고가 적응 능력과 함께 보다 정치하게 경험적으로 발전되어 갔다고 말할 수도 없다. 수학의 능력은 경험적으로 획득된 능력으로 시작되면서, 동시에 그것을 초월하는 독자적 이념의 세계에 속한다. 그러한 의미에서 그것은 점진적으로 획득된 것이 아니라 일시적으로 주어지는 것으로서, 그것을 주는 경험적 계기를 초월한다.

윤리 도덕의 문제가 반드시 수학 또는 과학이나 철학의 선험적 명제의 정당성의 문제와 같은 것이라고 할 수는 없을 것이다. 그러나 그것이 경험의 귀납을 초월하는 보편 규범을 가진 것처럼 보이는 것이 윤리학적 사고의 큰 문젯거리라는 것은 틀림이 없다. 이것은 생물학적, 경험적 근거를 가지고 있으면서 그것의 경험적 테두리에서만은 답하여질 수 없는 차원을 갖는 것으로 보인다. 어떤 종류의 플라톤주의가 이것에 대한 답이 될 수 있을는지 모른다. 사람의 사고에는 무엇에 관한 것이든 간에 어떤 원형에 이르려는 충동이 있고, 그 원형은 분명하게 포착되지는 아니하면서도 우리의 사고를 이끌어 가는 힘이라는 느낌을 준다. 이것은 보편성에로 뻗어 가는 윤리의 경우에도 해당되는 것이라고 생각해 볼 수 있다. 그러나 이것을 밝히고 그것이 경험의 세계에 이어지는 경위를 여기에서 가려낼 수는 없다. 다만 더 깊은 고찰이 필요하다는 것을 말할 수 있을 뿐이다. 우리가 할 수 있는 접근의 하나는 불분명한 대로 인간 존재에 대한 보다 근원적인 존재론적 고찰로부터 과학의 문제를 생각해 보는 것이다.

현존의 현존성 20세기의 사상가 가운데 가장 신랄한 과학 비판가의 하나는 하이데거이다. 일단의 과학에 대한 정의는 그것이 현실의 이론(die

Theorie des Wirklichen)²⁴이라는 것이다. 그러나 하이데거는 과학이 가장 근원적이고 엄정한 현실 인식을 가능하게 해 주는 것은 아니라고 말한다. 과학의 현실은 주로 효과적으로 작용하는 것을 지칭한다. 그것은 더욱 근원적인 것에 대한 일정한 가공으로 하여 열리는 세계에 대상적으로 존재한다. 과학이 보여 주는 대상의 세계는 일정한 조작을 거쳐서 구성된 것이다. 과학은 대상으로 고정된 것만을 실재로 인정한다. 또 이러한 사실들은 이론을 통하여 분과화되고, 서로 연관된 다양한 인과 관계 속에 조망할 수 있는 것이 된다. 이러한 과정에서 놓치는 것은 실재가 현존하는 것 가운데로부터 나아오는 과정이다. 실재는 현존하는 것이 현존하게 되는 것(das Anwesende in seinem Anwesen)을 말하며, 현실을 이루고 있는 대상과 사실은 그 한 결과를 나타낸다는 것, 그리고 이론은 "현존하는 것이 나타나는 모습을 주의하여 보며, 그러한 봄으로써 보는 것 가운데 머무는 것"²⁵ 또는 "현존하는 것의 드러남에 대한 경의의 주시(das verehrende Beachten der Unverborgenheit des Anwesenden)"²⁶라는 것을 잊어버리는 것이다. 그러므로 "과학적 표상은 자연의 본질을 포괄할 수 없다. 그렇다는 것은 자연의 대상성은 처음부터 자연이 스스로를 보여 주는 한 가지 모양에 불과하기 때문이다."²⁷

성찰과 과학적 사고 필요한 것은 새로운 물음으로써 과학의 뒤에 숨어 보이지 않는 것을 되찾는 것이다. 그것은 성찰(Besinnung)을 통하여 "물음에

---

24 Martin Heidegger, "Wissenschaft und Besinnung", *Vorträge und Aufsätze*(Tübingen: Günther Neske Pfullingen, 1954), p. 46.
25 Ibid., p. 52.
26 Ibid., p. 53.
27 Ibid., p. 62.

값하는 것에 몸을 맡김"으로써 가능하다. 물음에 값하는 것이란 인간 존재에 호소해 오는 심각한 어떤 것을 말한다. 그러나 중요한 것은 성찰을 통하여 "우리의 모든 함과 안 함(Tun und Lassen)이 수시로 지나쳐 갔던 공간이 스스로 열렸던 곳으로 다가가는"[28] 것이다. 하이데거가 그의 글들에서 끊임없이 언급하는 이 공간은 진리와 시가 열리는, 또 그것이 열리게 하는 공간이다.

물론 과학과 기술은 열림의 공간에서의 한 드러남이며, 이 공간을 열려 있게 하는 한 방편이다. 그러나 이 공간에서의 드러남은 하이데거의 생각으로는, 드러남으로서의 진리의 성질이 그러하듯이 동시에 감추는 것이기도 하다. 과학은 특히 드러남과 감춤의 역설적 공존을 통하여 끊임없이 계속되는 존재의 가능성을 외곬으로 한정하는 경향을 가지고 있다. 이것은 기술 속에서 더욱 분명하게 드러난다. 기술은 일정한 틀(Gestell)을 세우고 그것의 강박성 속으로 사람을 몰아간다. "기술의 틀의 강력한 힘은 기술의 운명의 일부이다. 그것은 사람을 드러냄의 길로 나서게 함으로써, 사람으로 하여금 그러한 부림(Bestellen)에서 드러나는 것만을 추구하고 밀고 나가며, 거기에서만 기준을 취하게 될 가능성에 가까이 가게 한다. 그렇게 하여 다른 가능성이 봉쇄된다. 더 빨리, 더 많이, 그리고 늘 더 근원적으로 드러남의 본질과 드러남에 스스로를 맡기며 필요한 드러냄에의 귀속이 그 자신의 본질임을 경험할 다른 가능성이 봉쇄되는 것이다."[29] 기술의 강박성에 대한 하이데거의 말은 과학 일반에 해당하는 말이다. 과학과 기술은 그 나름의 진리이면서 "보다 근원적인 드러남(ein ursprüngliches Entbergen)"으로 돌아가고 "보다 시원적인 진리의 요청(der Anspruch einer anfänglicheren

---

28 Ibid., p. 68.
29 Ibid., pp. 33~34.

Wahrheit)"을 경험할 길을 차단한다.[30]

과학과 시원적 진리   진화론과 같은 생물학은 이러한 철학적 과학 비판에 어떠한 관계를 갖는가? 과학 기술의 체제하에 있는 지식의 한 분과로서, 우리는 그것이 적어도 인간에 관한 한은 "보다 시원적인 진리(anfängliche Wahrheit)"에 비하여 부분적인 진리가 보여 주는 문제점들을 노정할 것으로 생각할 수 있다. 보다 시원적인 진리란, 그것이 과학적인 것이든 아니든 인간을 포함하는 것이다. 하이데거식으로 말하여, 결국 세계와 진리 또는 존재에 대한 인간의 열림이 없이는 어떠한 진리도 불가능한 것이기 때문이다. 생물학적 진리도 이 열림의 시원 또는 더 전통적인 관점으로 말하면, 인식론적 토대와의 관련 위에서 생각되어서 마땅하다. 진화가 사실이라고 한다면, 그것도 이 인간의 시원적 열림에 관계하여 이해되어야 한다. 이 열림으로부터 과학이 나오고 수학과 논리의 세계가 나오며 윤리와 도덕 그리고 아름다움의 세계가 나온다.

8. 과학과 새로운 인간관

과학과 본질적 질문   물론 이러한 인간 활동의 여러 부분이 근원적인 인간 존재의 열림에 어떻게 관계되는가 하는 것은 분명하지 않다. 그것이 단순한 인문주의에 돌아가는 것일 수는 없다. 앞에서 언급한 헉슬리의 도덕 옹호를 포함하여, 어떤 개인의 직관적 도덕관 또는 어떠한 문화적 전통에서 나온 도덕과 윤리의 체계가 이 관계에 대한 물음에 답변을 제공할 수 있다

---

30 Ibid., p. 36.

고 생각하는 것도 부분적인 접근 방법의 하나에 불과하다. 인간과 인간의 본질에 돌아가는 길은 소박한 자아의 중심으로 돌아가는 것일 수 없다. 푸코가 말하는 것처럼 인간 그 자체가 발명이며 이데올로기일 수도 있다. 그리고 오류의 원천일 수 있다.

생명 현상과 인간 중심주의   사실 진화론에 잘못이 있다면, 그것은 검토되기도 하고 검토되지 아니하기도 한 인간의 이데올로기에 관계되어 있다. 자연 도태를 통한 진화는 앞에서 말한 바와 같이 시대적인 발전 개념에 연루되어 있다. 여기에는 역사가, 비록 잔인한 시련을 통하여서일망정 일정한 방향과 목적을 가지고 나아간다는 생각이 들어 있다. 또 이러한 발전의 역사에서 여러 가지 사회와 삶의 방식은 하나의 궤도 위에 정리될 수 있고, 이러한 발전의 그래프에서 서구 사회는 그 정점에 있다는 생각이 함축되어 있다. 생물의 진화에 있어서 진화는 보다 단순한 것에서 복잡한 것으로, 보다 발달한 것으로 진행되고, 거기에서 인간은 물론 정점에 있다고 말하여진다.(인간 중에도 발달된 인종이 있고 덜 발달된 인종이 있으며, 한 사회에도 그러한 차이가 있다는 생각은 인종주의와 우생학을 뒷받침하고, 그것은 엄청나게 잔인한 정치를 만들어 냈다.)

그러나 진화론에서 말하듯이 자연 도태와 적응이 진화의 기준이라고 한다면, 사람이 다른 생물에 비하여 그것에 더 성공했다고 할 수 있는가? 그러한 생각은 인간 중심의 사상에 관계되어 있다. 공룡의 시대에 이어서 오늘의 시대를 포유류의 시대라고 하지만, 이것은 인간적 관점에서의 생각이고, 어떤 생물학자는 실제는 절지동물의 시대라고 하는 것이 옳다고 말한다. 그 학문적 관심을 개미에 주로 쏟은 윌슨과 같은 사람의 눈에는, 세상의 주인이 있다고 한다면 그것은 사람이나 포유류보다도 곤충이다. 생물의 생체량(biomass)으로만 따져도 곤충은 오늘의 세계의 생체량의 80

퍼센트를 차지하고, 그것은 북극권에서 티에라델푸에고와 태즈메이니아까지 세계의 방방곡곡에 서식한다.[31] 그 수나 공간적 점유의 범위를 떠나서 그 활동의 복합성, 정교성 등으로 보아도, 곤충의 세계는 미묘하기 짝이 없다. 윌슨은 "마음이 크기라는 개념에 사로잡혀 있기에 망정이지, 그렇지 않다면 사람은 코뿔소보다 개미가 더 경이로운 존재라고 할 것이다."[32]라고 말한다. 적응 능력이라는 관점에서 볼 때 "……나무는 그 화학적 환경에 극히 섬세하게 조율되어 있고, 나방은 바람을 타고 오는 페로몬 분자의 실마리에 의지하여 몇 마일 떨어진 거리에 있는 다른 나방을 자기의 짝으로 알아낼 수 있다. 이러한 능력도 평가되어야 하는 것이 아닌가?" 리키는 인간이 진화의 최종의 꽃이라고 할 수 있는가 하는 문제를 생각하면서 이렇게 묻는다.[33]

이러한 예가 아니라도 우리는 수천 년의 문화적 진화 후에 사람이 해결했다고 하는 이동, 거주, 기후, 식료의 문제를 벌써 수백만 년 전에 해결한 조류나 어류 또는 절족류의 예를 얼마든지 생각할 수 있다. 1987년 시카고에서 열렸던 진화와 진보를 주제로 한 회의에서, 진보와 진화를 연결해서 생각할 수 있다는 명제를 지지한 생물학자는 한 사람밖에 없었다. 진화가 발전을 나타낸다는 생각에 가장 비판적인 사람은 굴드이지만, 그는 이 회의에서 생물의 점진적 발전이라는 생각은 "유해하고, 문화에 뿌리를 가지고 있는, 실험적으로 검토될 수 없는 비생산적 개념으로서, 우리가 참으로 역사의 모양을 이해하려면 다른 것으로 대체되어야 할 개념"이라고 말했다.[34] 굴드의 생각에 이러한 발전적 진화의 개념은 인종주의와 사회적 약

31 E. O. Wilson, *The Diversity of Life*(New York: Norton, 1992), p. 48.

32 Ibid., p. 145.

33 Richard, Leakey and Roger Lewin, op. cit., p. 91.

34 Ibid., p. 93.

자에 대한 억압 의도에 연계되어 있다.

　인간 중심적 인식론/대상화와 명령　그러나 인간 중심의 생각은 문화적, 사회적 이유보다도 더 깊은 곳 — 과학의 인식론, 그러니까 자기비판에 철저하지 못한 과학의 인식론에서 나오는 것이라고 할 수 있다. 하이데거의 말대로 과학적 사고는 자연을 대상화하고 합리성의 규칙하에 정리하는 사고이다. 이러한 정리의 밑에는 조종의 의도가 숨어 있다. 하이데거는 기술에 들어 있는 일반적인 태도를 설명하여 "그것은 사물로 하여금 제자리에 서 있으라고 시키는 것, 또 다른 시킴을 위하여 시킴을 받을 수 있게 대령하고 서 있으라고 하는 것이다. 그것은 비행기가 그 몸체 전체에서 출발 명령을 기다리는 모양으로 만들어지는 것과 같다. 또는 그것은 석탄으로 하여금 사람에게 열을 주도록 준비하고 있으라고 하는 것과 같다. 그러나 이러한 기술의 자연에 대한 태도는 진리에 대한 과학의 태도에 이미 드러나 있다. 이러한 명령적 분위기는 사람들에게 자기도 모르게 따르는 시대적 상황의 가르침이 되어 있다." 사람이 자연을 연구 관찰의 대상으로, 그 자신의 표상의 영역으로 포착하려고 할 때, 그는 자연을 연구의 대상으로 다가가서 대상이 용도품이 되어 사라질 때까지 그러한 추구를 계속하라는 요청에 답하고 있는 것이다.[35] 어떻게 보면 장 피아제가 어린아이들의 태도로서 '유아적 보편주의'라고 부른 자기중심주의 — 표면에 드러나거나 드러나지 아니하거나 자기중심주의의 한 표현인 인간 중심주의적 사고는 과학 인식의 근본에 들어 있는 조종주의 또는 행동주의에 비하면 오히려 극복되기 쉬운 것이다.
　모든 과학 기술을 동원하여 자연 만물을 사람의 편의에 봉사하게 하여

35　Martin Heideger, op. cit., pp. 23~26.

야 한다는 생각의 보편화는 새삼스럽게 거론할 필요도 없다. 뿐만 아니라 이것은, 그리고 또 사람과 사물, 또 사람과 사람의 관계는 시킴과 부림의 관계로만 규정된다는 생각은 인간의 모든 행동에서 기본적인 강령이 되고 있다. 이것은 자연과 인간의 관계가 극히 부자연스러운 우리 사회에서 특히 두드러지는 것이다. 그러나 이러한 과학적인 태도 또는 행동과 조작의 이데올로기는 이미 과학 안에서 행해지고 있는 것임을 상기할 필요가 있다. 앞에서 언급한 생태학적 사고 또는 더 나아가 복합성의 이론 같은 것은 과학 내에서도 과학의 한계에 대한, 그리고 대체 모델에 대한 탐색이 행해지고 있다는 것을 말한다.

과학에 대한 과학적 비판　단순한 진화론에 대한 비판, 또는 그것에 관련하여 문제 삼을 수 있는 과학의 이론과 방법론에 대한 비판이 생물학계 내에서 일어난다는 것은 여러 가지 의미를 갖는다. 우선 생각되는 것은 과학의 일방적 입장의 극복이 반드시 반과학주의의 관점에서 이루어지는 것이 아니라는 점이다. 오히려 그것은 과학과의 관련하에서 가능하다. 과학이 가장 위대한 진리 탐구의 한 방식이라는 것은 분명하다. 다만 어설픈 인간 중심주의의 진리가 아니라 인간 본질에 이어져 있는 보다 근원적인 드러남으로서의 진리에 과학이 복귀하는 것은 매우 복잡한 경로를 경유해야 할 것이다. 되풀이하건대 과학의 이데올로기와의 관련은 경계해야 할 것이지만, 그것이 과학 본래의 성격을 규정하는 것은 아니다. 과학과 이데올로기의 관계는 늘 엄밀한 것이라기보다는 유추적인 것이라 할 수 있다. 그러니만큼 그것은 보다 엄밀한 과학적 사고, 또 과학 내의 비판적 사고로써도 극복될 수 있다. 이데올로기적 유추가 의도적이거나 의식적인 것은 아니다. 그것은 시대의 변화에 따라서 저절로 탈락하기도 하고 과학 자체의 발전 속에서 버려지는 가설이 되기도 한다. 다른 한편으로 우리가 생각하게 되는 것은 비록 일정한 부분적 태도에서 출발하였다고 하더라도 과학은 그 스스로의 발전을 통하여 보다 큰 것에 이르는 길을 되찾게 된다고 할 수 있다. 그것은 역설적으로 보다 객관적인 정신의 자세를 되찾고, 또 인간 존재의 참다운 중심에 이르는 일이기도 하다.

9. 생태계 속의 인간

생태 환경의 문제　환경과 생태계의 문제는 자연에 대한 과학의 태도와 보다 정신적 태도의 착잡한 연관을 시사해 준다. 오늘날 생태계의 위기는 새삼스럽게 지적할 필요도 없이 모든 인류가 직면하고 있는 가장 큰 테두리의 문제임에 틀림이 없다. 따라서 여기에 대하여서는 여러 종류의 입장이 모두 다 문제의식을 나누어 가지고 있다. 그러면서 서로 다른 해결책을 제시하고 있다. 문제의식과 해결책의 차이는 단순히 이데올로기적 차이만이 아니라 실제 사람들이 부딪치고 있는 상황 자체의 복합성을 표현한다.

오늘날 진행되고 있는 동남아시아나 브라질과 같은 곳의 열대림 파괴는 관련된 지역의 생태계 ── 식물이나 동물 그리고 토착민의 생활 환경을 파괴하고 있을 뿐만 아니라 ── 열대림의 산소 생산량, 수분 증발량 등이 생명의 환경으로서의 지구 전체의 생태 조건에 막대한 영향을 끼치는 일이라는 것을 생각할 때 인류 또는 지구의 운명을 위협하고 있는 사태이다. 다른 지역에 비할 수 없이 높은 생물학적 다양성을 가지고 있는 이 지역에서의 종의 절멸이나 또 새로운 식료나 약재의 개발을 위한 가능성을 파괴해 버리는 데 대하여도 우려가 표현되고 있다. 그러나 다른 한편으로 여기에는 자본주의의 무분별한 탐욕이 관여되어 있지만, 또 사람들의 보다 나은 삶에 대한 무시할 수 없는 욕구가 들어 있다.(이 욕구는 토착민의 그것보다

는 구체적인 차원에서는 여러 가지 모순과 불균형을 포함한 국가 단위의 발전이라는
관점에서 표현되지만.) 이에 대하여 생태계의 문제는 뒷전으로 밀리게 된다.
또는 이것을 포함하면서 합리적인 관리 방식을 통해서 모든 것이 적절하
게 처리될 수 있다는 주장이 나온다. 이 관리는 자연 자원의 관리 자체를
말하기도 하지만 과학의 발전, 가령 유전 공학이나 핵융합을 통한 에너지
문제의 해결이나 또는 심지어 우주의 다른 별로의 이주 등으로 생태계의
문제를 해결할 수 있다는 생각을 포함한다.(물리학자 프리먼 다이슨은 공상 과
학적인 환상을 펴면서 사람은 기술의 발전과 유전 공학을 이용한 인간 자체의 새로운
진화를 통해서 피와 육체를 떠나 초전도체의 회로 속이나 별 사이의 성운에 확산되어
새로운 생명으로 살 수도 있을 것이라고 말한 바 있다.[36])

그러나 생태계 보존은 단순한 공리주의의 관점에서만은 정당화될 수
없다. 소위 '심층 생태학(deep ecology)'의 입장에서 어떠한 학자들이 주장
해 온 것이 이것이다.[37] 이들의 주장은 과학적인 근거가 없지 아니한 대로,
시인이나 철학자들의 직관을 포용한다. 자연은 인간 정신의 안식처이다.
그리하여 그것은 인간의 관리 능력이나 이해 능력을 넘어가는 부분이 자
연에 존재함을 인정할 것을 요구한다. 그런데 주목할 것은 이러한 공리적
관점을 넘어가는 입장이 과학자에 의해서도 표현된다는 점이다.

종의 다양성　생태계의 문제와 비슷하게 인간과 자연과의 다양한 관계를
생각하게 하는 오늘의 중요한 문제의 하나는 종의 다양성의 문제이다. 여
기에서도 우리는 과학과 인문적 전통의 차이와 일치의 착잡한 얼크러짐을
본다. 생태계의 파괴에서 오는 충격은 인간의 삶에 직접적인 영향을 끼치

---

36 Freeman Dyson, *Infinite in All Directions*(New York: Harper and Row,1988), p. 107.

37 Bill Devall and George Sessions, *Deep Ecology*(Salt Lake City: Gibbs Smith, 1985) 참조. 이 사화
　　집의 여러 필자와 책 끝의 문헌록 참조.

는 것이지만, 지구의 생태계 현황은 단순히 인간의 활동으로 인하여 없어져 가고 있는 종의 수로써 극적으로 표시될 수 있다. 오늘날 생명의 종은 1년에 3만 종이 없어지고 있다고 한다. 물론 어떤 경우에나 종이 영생하는 것은 아니다. 종은 300만~400만 년의 주기로 소멸된다.(여기에는 인간도 포함된다고 볼 수 있다.) 이러한 소멸은 '배경적 소멸'을 나타낸다. 그런데 이에 비하여 오늘날 인간으로 하여 일어나는 소멸은 그 12만 배에 이르고 있다. 그리하여 리키는 지금 지구의 생명은 공룡 절멸 시에 있었던 것에 비슷한, 또는 그를 넘어가는 절멸의 위기에 처해 있다고 말한다. 이것은 지금 우리가 직면해 있는 위기를 여섯 번째의 절멸 위기가 되게 한다.[38](윌슨의 계산에 의하면 오늘날 없어지는 종은 매년 2만 7000종에 달하고, 이것은 매일 74종, 매시간 3종이 없어진다는 이야기가 된다. 그의 계산으로는 이 종의 소멸은 배경적 소멸의 1000배 또는 1만 배에 해당한다. 이것이 대절멸의 경우에 비견되는 가공할 규모의 것이라는 데에는 그도 의견을 같이한다.[39])

손상되어 가고 있는 다양성의 중요성은 여러 가지이다. 그 경제적인 가치에 대해서는 앞에 언급한 바와 같이 사람의 생활에 도움을 줄 수 있는 약재 등 새로운 소재의 자원이 거기에 있다는 것으로 논란의 대상이 된다. 또 생태 공동체의 필요도 말하여진다. 그러한 공동체 구성에 다양한 종이 참여하여야 한다는 것은, 아직 충분히 연구되지 아니한 대로 인정된 생물학적 사실의 하나이다. 지하에 자라는 곰팡이 종류가 없이는 농작물이 자라는 좋은 토양이 이루어질 수 없다는 사실과 같은 것이 그 작은 예가 된다. 또는 생태계는 지구 전체의 물과 공기의 건강을 유지하는 데에 필요 불가결한 역할을 한다는 것이 지적된다. 사람들은 아직도 다양한 생물체의 총

---

38 Richard Leakey and Roger Lewin, op. cit., p. 241.

39 E. O. Wilson, op. cit., p. 280.

체가 제공하는 '생태 서비스'의 체계를 충분히 이해하지 못한다. 그것이 중요하다는 것은 우리의 일상생활을 통해서, 또 생물학의 연구를 통해서 이제야 조금씩 깨우쳐가고 있다. 그러나 사람들은 이것을 오랫동안 알아 왔다고도 할 수 있다. 윌슨은 사람은 다른 생물체와의 오랫동안의 공진화를 통하여 다른 생명체에 대한 감정적인 유대감을 가지게 되었다고 말한다. 이것을 그는 "생명 친화감(biophilia)"이라고 부른다. 여기에 이어져 있는 것이 인간이 자연에 대하여 갖는 심미적 만족감이다. 인간이 스스로를 정신적이라고 느낀다면, 그것도 근본적으로는 생명 친화감, 더 나아가 자연 친화감에 이어져 있는 것일 것이다. 이것은 많은 문화에서 종교와 철학과 시가 말하여 온 것이기도 하다.

거대한 생태계   오늘 지구 전체의 위기로 등장하고 있는 생태계의 위기에서 그에 대한 과학적 접근이나 그렇지 않은 접근은 다 같이 어느 한쪽을 간단히 무시할 수 없는 인간 삶의 여러 면 — 또는 인간이 세계와 우주라는 공간에 열려 있는 존재로서 취할 수 있는 여러 선택들을 나타내고 있다. 그것들은 서로 상보적이기도 하고 상충하기도 한다. 어느 쪽이나 인간 생존 자체에 들어 있는 가능성을 나타내고, 또 그 안에 들어 있는 심각한 딜레마를 나타낸다. 그러나 동시에 여러 선택들이 오늘에 와서 단순히 상충하는 것이 아니라 서로 보완하며, 더 나아가 일치점에 이르고 있다는 느낌은 강해져 가는 것으로 보인다. 생태계 보존의 한 근거는 한편으로는 인간 자신의 삶을 위한 필요에 있다. 이것은 적절한 관리의 문제로 환원된다. 그러나 인간의 편의라는 관점에서 정당화되지 않는 종의 다양성은 그것이 미지의 효용과 작용 그리고 의미를 가질지 모른다는 생각으로 보존되어 마땅하다고 말하여진다.(실로 유기체의 종의 수는 1000만에서 1억에 이르는 것으로 생각되고 있지만, 이들에 대한 연구는 극히 일부분이 이루어졌을 뿐으로 이름이라도 주어진 것은 100만 정도에 불과하다. 이 종들이 어떤 상호 작용을 통해서 생태계를 이루는가에 대해서 사람이 아는 것은 더욱 적다.) 계속적인 연구를 통하여 다양한 종을 다 알게 되는 데에만도 수천 년이 걸린다는 계산이 있지만, 사람이 많은 것에 대하여 더 알게 된다는 것은 반드시 사람이 자연을 더 통제할 수 있게 된다는 것을 의미하지 않을 가능성이 있다. 어쩌면 알면 알게 될수록 자연의 움직임은 사람의 개입을 넘어가는 차원에 있다는 것이 드러나는 것인지도 모른다.

자연 보존과 관리　다시 한 번 앞에서 언급한 생태계 관리의 문제로 돌아가 보자. 이 문제에서 흥미로운 것은, 자연은 사람에 의한 파괴에 약한 반면, 보존을 위한 사람의 적극적인 개입도 거부한다는 사실이다. 유럽에서 다뉴브 강의 제방이 어떻게 강물을 죽게 하여 주변 유역의 생태적 조건을 악화시켰는가는 자주 지적되었던 일의 하나이다. 콘라트 로렌스의 표현으로, 제방을 쌓은 것은 "강을 관에 넣은 것"과 같다.[40] 리키는 케냐의 자연 보호 사업의 책임자로 오래 일하였지만, 이 보존 정책의 수행에서 그가 내린 결론은 "자연의 무한한 다양성과 그 무한한 복합성의 과정을 이해하고 수긍하고, 통제 가능하다는 무지한 생각을 버리고, 인간의 통제가 부질없는 일이라는 것을 인정하는 것"[41]이라는 것이다.

코끼리를 밀렵으로부터 보호하면, 다시 말하여 사람이 간섭하지 않는 자연 상태에 두면 코끼리의 수가 지나치게 불어난다. 그것은 서식지의 초목에 큰 피해를 가져오게 된다. 먹이의 부족은 차차 코끼리의 수도 감소하게 한다. 이것은 자연 보호론자나 코끼리 보호론자들의 걱정거리가 되지

---

40 Konrad Lorenz, *On Life and Living* (New York: St. Martin's Press, 1991), p. 95.

41 Richard Leakey and Roger Lewin, op. cit., p. 160.

만 코끼리 수의 증감과 수림의 파괴는 숲과 들판에 서식하는 다른 동식물을 포함한 전체 생태계의 건강한 순환에 중요한 역할을 한다. 이러한 순환의 순리는 보다 넓은 시공간— 리키의 관찰로는 케냐의 암보셀리 공원 전 지역의 균형의 원리이기도 하다. 이 구역은 500만 년 전에 산이 융기하고 강이 흐르고 또 강이 막혀 호수가 됨으로써 오늘의 지형의 모습을 갖추게 되었다. 그리하여 본래의 다습한 지역은 보다 건조한 지역이 되었다. 킬리만자로와 같은 높은 산은 비를 막으면서 동시에 늪지와 못과 계곡을 만들어 냈다. 그 결과 오늘의 동식물은 매우 다양한 지역에 서식하게 되었다. 그러나 오늘날 이 지역은 점점 건조해지는 과정에 있다. 그리하여 늪지가 사라지고 동식물이 소멸한다. 이 소멸에 기여한 요인의 하나는 불어나는 코끼리 떼였다. 이러한 변화는 사람들의 걱정거리가 되었으나, 리키의 의견으로는 오늘의 황폐한 상황은 100년 전의 여행자가 보았던 것과 같다. 그것은 자연 속에 진행되는 어떤 순환 과정의 한 모습일 가능성이 크다는 것이다.[42]

생태계 관리의 문제나 다른 생명 현상에 있어서 삶의 관리가 충분한 것이 될 수 없다는 것은 단순한 능력 부족의 문제만이 아닐 가능성이 크다. 앞에서 우리는 카오스 이론을 언급하였다. 그것은 사람이 생각할 수 있는 정도의 변수를 넘어가는 복합성의 체계에서의 우연성이 중요한 몫을 담당한다는 것, 다시 말하여 예측 불가능성이 이미 체계 내에 포함되어 있다는 것을 말한다. 모든 것을 다 알고 모든 것을 다 관리한다는 것은 이론적으로 불가능한 일이다. 통시적 진화 또는 공시적 생태계는 이러한 체계에 속한다는 것이 점점 분명해지는 것으로 보인다. 그것은, 적어도 선적인 합리적 법칙의 관점에서 볼 때 신비의 영역에 속한다.

---

42 Ibid., pp. 212~215.

10. 존재의 신비

인간과 세계의 신비   근본적으로 공리적인 동기 또는 시킴과 부림의 틀도 신비에 맞닿아 있다. 그 속에 움직이는 사고의 끝에도 신비가 나타난다. 그리고 그 신비는 공리를 초월한다. 그러면서 그것은 어떤 질서에 수렴한다. 이것은 심미적, 정신적 태도에서 이미 예견된 것이다. 보다 근본적으로 그것은 인간의 존재론적 열림 속에 포함된 것이다. 하이데거에게 철학적 사고의 근본은 존재에 대한 경이감(erstaunen)이다. 또 자연이 드러난다는 것 자체가 사람들로 하여금 그 신비를 느끼게 한다. 신비는 세상 만물이 드러나면서 동시에 스스로를 감추는 까닭에 생겨난다. 드러남은 감춤 가운데의 작은 사건에 불과하다. 드러남은 감춤과 더불어 존재의 무한한 신비를 우리에게 느끼게 한다. 여기에 대응하여 움직이는 것이 사람의 생각이다. 이에 대하여 과학적 사고는 사물을 우리의 시킴에 따라 대령하게 하는 사고이다. 사실 이것은 과학에 한정된 이야기가 아니다. 이것은 시대의 사고의 틀이 되어 있다. 그것은 오늘의 행동을 규정하고 언어를 규정한다. 오늘의 정보 생산과 여론 형성을 목표로 하는 언술과 그 언술이 지향하는 목표들은 모두 사물과 사람을 대령시키고자 하는 언어이다. 여기에 대하여 하이데거적 생각은 스스로를 있는 대로의 사물에 맡기는 사고이다. 그것은 존재에 대한 경건한 열림의 느낌이다. 여기에는 심미적 또는 정신적 정서가 동반한다.

열림과 논리   그러나 그것이 전혀 비논리에 스스로를 맡기는 것은 아니다. 우리는 하이데거와 같은 철학자의 언어가 철학 속에 남아 있는 것에 주목하여야 한다. 그의 언어는, 모든 참다운 철학의 언어가 그러했듯이 논리 속에 있으면서 논리를 초월한다. 그것은 더러 지적되듯이 신학에 비유될 수 있다. 신학은 논리나 말로 표현할 수 없는 것을 말하고자 하면서 가장 논리적인 사변의 언어를 쓴다. 자크 데리다는 "말하면서 말하지 않는 것"이 어떻게 가능한가를 논한 일이 있다.[43] 그가 지적하는 것처럼 이것은 신학의 수법이다. 그러나 그것이 하필 신학에 한정되고 또 수법에 불과한 것인가? 인간의 언어는 질서가 혼동의 가장자리에서 파동하고 출현하고 소멸하듯이 생성, 소멸한다. 그리고 인간에게 선험적으로 보이는 모든 형식화된 언어와 이념도 질서와 혼동의 사이에서 출현하고 소멸한다. 인간의 도덕과 윤리도 그렇게 명멸하는 하나의 질서의 암시라고 할 수 있다. 과학의 진리 또한 가장 믿을 만한 질서의 암시의 하나이다. 우리가 분명하게 규명할 수 없는 대로, 시와 철학과 과학의 언어는 보다 근원적인 혼돈과 질서의 파동의 그림자이다.

인간을 넘어서/자연의 온전함   미국의 시인 로빈슨 제퍼스(Robinson Jeffers)는 20세기 영미 문학에서 자신의 문학에 진화론적 관점을 가장 근본적으로 수용한 사람이라고 할 수 있다. 그에게 세계는 약육강식의 생존 투쟁이 지배하는 야만적인 공간이다. 세계에 신이 있다면 그것은 사람보다도 야성의 폭력 속에 사는 맹수나 맹금이 더 잘 이해할 수 있는 신이다. 그러나 역설적으로 자연의 비인간성은 사람들로 하여금 인간을 넘어서서 자연의 세계를 보라는 의미를 갖는다.

……시원의 아름다움은 암석의 결과 알갱이 속에 살아 있다.
벼랑을 타고 오르는 끝없는 대양처럼. 그러나 사람은?
우리는 우리의 마음을 우리 자신으로부터 벗어나게 하여야 한다.

---

43 Jacques Derrida, "Comment ne pas parler: Denegations", *Psyche: Inventions de l'autre*(Paris: Galilee, 1987).

우리는 우리의 생각을 조금은 비인간화하여야 한다. 그리고 우리가 거기서 온

바위와 대양처럼 자신을 가져야 한다.

—「카멜 곶」 중에서

그리고 제퍼스는 말한다. 자연의 아름다움을 보아야 한다고.

느끼고 말할 것은 사물들의 놀라운 아름다움 ── 지구, 돌, 물,
짐승, 남자와 여자, 해, 달 그리고 별 ──
인간성의 피어린 아름다움, 그 생각들, 광증과 정열,
그리고 인간이 아닌 자연의 한없이 높은 실재성 ──
사람은 반쪽은 꿈이니, 아니면 사람은 꿈꾸는 자연.
그러나 바위와 물과 하늘은 변함없다 ── 자연의 아름다움을
크게 느끼고, 크게 알고, 크게 표현하는 것
그것이 시의 할 일이다.
나머지는 잡동사니일 뿐······.

—「사물의 아름다움」 중에서

크게 느끼고 크게 알고 크게 표현한다는 것은 큰 마음을 갖는다는 것이고, 이 큰 마음은 "선견, 인애, 무사공평한 진실에 대한 존중"을 포용하는 마음이다. 그러나 무엇보다도 그것은 자연의 냉엄한 기율을 통하여 자신의 또 사람의 좁은 고통을 초월하는 전체 ── 사람과 종족과 바위와 별들이 생성 소멸하는 가운데 온전하게 있는, 유기적 전체의 조화를 우러르는 것을 배우는 마음이다.

……덕이란 온전함이다.

큰 아름다움이란 유기적 온전함이다, 삶과 사물의 온전함, 성스러운

우주의 온전함. 그것을 사랑하라, 사람이 아니라,

그것을 떠난 사람을 사랑할 것이 아니라.

—「대답」 중에서

시인들은 늘 자연을 두고 그 아름다움을 말하였다. 그 자연은 무참한 것을 포함하는 것이었다. 그러나 사람은 그것까지도 아름다움으로 초연하게 바라볼 수 있다. 시적인 눈은 세상의 모든 곳에서 아름다움을 본다. 그것은 이용하고 명령하고 부리고 하는 것과는 별 관계를 가지고 있지 않다. 그러나 그 아름다움을 보는 눈은 이 인간의 지극히 실용적인 — 그것 없이는 살 수 없는 실용적인 경영에 근본적인 차이를 가져오는 것이기도 하다.

(2013년)

학제적 연구[1]

1. 현실의 요구와 학문의 요구

개별 학문과 학문의 자기반성   학문이 하나인가 여럿인가 하는 것은 중요한 철학적인 문제이면서 넓은 실제적인 함축을 가지고 있는 문제이다. 학문의 성과는 특정한 분야의 특정한 연구 과제를 좁고 깊게 연구하는 데에서 얻어지지만, 많은 경우 그것은 다른 분야와의 관련에서 보다 큰 의의를 획득한다. 문제의 주제화 자체가 연구의 특정 분야보다는 더 넓은 학문적 조망과의 관련에서 얻어지고, 또 그 연구 결과의 의의도 다른 분야와의 관련에서 생겨난다.

어떤 종류의 기이한 연구 업적에 수여되는 상으로, 미국 매사추세츠의 한 회사가 출자하여 제정한 반노벨상(Ig Nobel Prize)이라는 것이 있다. 가

---

1   이 글은 「학제간 연구와 인식론적 반성」(《인제대 인문사회과학논총》 제3권(1996년 1호)을 2013년에 전면적으로 개고한 글이다.(편집자 주)

장 쓸모없는 연구 결과를 골라 상을 수여하는데, 그 한 예를 들자면 캔자스 주의 평평한 지역과 팬케이크 — 이 둘 가운데 어느 것을 더 평평하다고 할 수 있는가를 정밀하게 조사 연구한 결과에 대하여 상을 수여한 일이 있다. 이러한 연구는 공력이 얼마나 들어간 것인지는 말할 수 없지만, 대부분 어처구니없는 연구 과제를 잡은 것이라고 할 것이다. 그러나 기존 학문의 관심사 그리고 학문 전체의 관심사에 비추어 볼 때 전적으로 무의미한 연구인 까닭에 바로 우스갯거리로서 반노벨상의 수상 대상이 된 것이다. 그런데 구태여 따져 본다면 이러한 연구가 전적으로 무의미한 것일까? 적어도 그것이 인간의 세계에 대한 무한한 호기심, 그리고 그것의 탐구에서 오는 즐거움을 예시하는 사례라고 할 수는 없는 것일까? 그리고 이러한 마음의 근거에 대하여 깊이 있는 생각을 해 볼 수는 없는 것인가?

이 질문이 암시하는 바는, 한 특수한 연구의 과제는 그 자체로서 의의가 있는 것이 되면서 인간이 탐구하는 정신의 부분적인 표현으로서 그리고 인간이 살고 있는 우주의 한 모습을 밝히는 것으로서도 의의를 갖는다는 것이다. 아마 캔자스 주나 팬케이크의 평면성에 대한 연구는 그 자체로 일어날 수 있는 기하학이나 다른 수학 문제이기도 하지만 다른 관련, 가령 어떤 조건하에서 평면의 평면성이 확보되는가, 지구가 구체라는 것을 생각할 때 참으로 평면이라고 할 수 있는가, 그렇다면 캔자스의 지구 표면과 팬케이크가 비교가 가능한 것인가, 평면의 평면 됨은 지구의 중력에 어떻게 관계되는가, 사람의 평면에 대한 지각은 과연 믿을 만한 것인가(지구가 구체라는 것을 아는 데에 얼마나 많은 경험과 연구의 누적이 필요했는가를 생각해 보면, 이것은 중요한 지각 현상학의 문제가 될 것이다.) 등 수학, 지질학, 물리학, 지각 현상학 등 그런대로 다른 문제들로 확대됨으로써 의미가 있는 것이 될 것이다. 이러한 탐구의 정신 그리고 그 정신의 우주 지도(地圖)에 대한 관심 자체가 학문적 관심의 대상이 될 수도 있다. 그때 이것은 학문 탐구 그 자체를 문제 삼으면서 또 하나의 전문 분야를 구성한다. 그리고 이러한 학문 탐구 행위의 전체에 대한 물음은 개별 학문에 대하여서도 중요한 인식론적 의의를 갖는다. 그것이 개별 학문의 토대에 대한 질문을 묻게 하고, 그것을 비판적으로 다시 살피고, 문제를 새로 설정하게 할 수 있게 하기 때문이다.

마지막의 이러한 물음의 방식은 인문 과학에서 중요한 의미를 갖는다. 인간 정신의 존재 방식 자체를 질문의 대상으로 하는 것이 인문 과학이기 때문이다. 인문 과학의 중요한 물음의 하나는 세계에 대하여 질문하는 질문자가 선 자리, 그 정신적 근거이다. 그러나 학문 전체를 문제화하는 것은, 어떤 분과 학문의 경우에나 스스로의 학문의 근거를 생각하고자 할 때, 모든 학문 연구자의 마음에 스며들지 않을 수 없는 자기반성의 흐름을 나타낸다. 개별 학문의 자기반성, 학문 전체에 대한 성찰적 질문, 학문 상호 간의 연계와 협동에 대한 관심, 개별 학문의 위치와 문제에 대한 새로운 고찰 — 이러한 일들이 여기에서 일어나게 된다.

학제적 연구에 대한 요청 학제적 연구의 문제가 오늘의 대학에서 화두가 되는 것은 자연스럽다. 물론 이것은 학문적 고찰에서 나오는 관심이기보다는 현실적 요구에 대응한다는 의미를 가지고 있다. 이론적 필요와 현실의 압력 사이에는 늘 기묘한 연계 관계가 있다. 하여튼 동기와 원인이 어디에서 오는 것이든, 일반적으로 연구의 분야에서 학제 간의 연구가 더 장려되고, 교수의 부분에서도 학제적 접근 또는 다학문적 접근이 더 많이 도입되는 것은 좋은 일이 될 것이다. 이것은 오늘날 많은 사람들이 긴급하게 또는 막연하게 느끼고 있는 것이다. 지금 필요한 것은 이것이 우리 교육에서 더 적극적인 요소가 되게 하는 현실적 실천의 방안이라고 하겠으나, 여기에서 우선 생각해 보고자 하는 것은 그러한 방책보다는 그 필요성과 정당성의 근거이다. 다만 바라는 것은 조금은 추상적이고 일반적일 수밖에 없는 이러한 생각이 실천적 방법을 생각하는 데에도 도움이 되었으면 하는 것이다.

학과의 학부/현실적 조건   오늘날 한국의 대학들이 교육부로부터 받고 있는 압력의 하나는 학과별 장벽을 낮추고 학부제를 시행하라는 것이다. 명분으로 따져 보아, 지나치게 세분되고 장벽으로 나뉘어 있는 학과들의 구분을 느슨하게 하거나 또는 없애서 폭넓은 학문적 접근을 가능하게 하고, 그에 근거해서 연구와 교수를 진행할 체제를 갖추라는 요구는 정당하다고 할 수 있다. 교육부의 동기가 어디에 있든지 간에, 요즈음 일의 많은 것이 그러하듯이, 그 동인은 근본적으로 사회와 경제의 현실에서 나온다. 대학에서 나누고 있는 분과적 학문이 사회나 경제 현실에 맞지 않는다는 것이 대학의 체제를 바꾸어야 한다는 생각의 근본 원인이라고 볼 수 있다. 이것은 다른 종류의 분과화를 요구하는 것일 수도 있고, 변화하는 현실의 요청 속에서 일반적인 학문의 수용이 유연한 현실 적응에 도움이 된다는 관점일 수도 있다.

그러나 다른 한편으로 그러한 현실의 요구를 떠나서 학문 자체도 분과 학문을 넘어서는 통일을 요구한다고 할 수 있다. 대학의 학문은 오랜 학문적 전통 속에 성립하게 된 일정한 체계를 구성한다. 그러나 이 체계는 분과적 개별 학문의 벽돌로 구성된다. 그러나 시간의 지남과 함께 추가되는 벽돌과 작은 부속물들은 큰 건물의 모양을 보이지 않게, 또 제대로 파악할 수 없게 한다. 그리하여 크게 눈에 띄게 된 것은 이들 벽돌들이고 그것들이 이루는 건물이 아니다. 그러면서도 일정한 모양의 건물이나 체계가 전제되어 있는 것은 사실이다. 그렇다는 것은 학문의 정당성은 그 전체가 현실 전체를 설명하고, 현실 전체에 대응하는 데에 있다고 할 수 있기 때문이다.

그러나 하나의 체계를 이루든 어찌하든 오늘날 대학에서 눈에 띄는 것은 오로지 분과 학문뿐이다. 대학이라는 집은 보이지 않고 개별적 벽돌들만이 두드러지게 된 것이다. 이것은 대학 자체의 시각적 정합성을 말하는 것만은 아니다. 학문의 가장 기본적인 동기는 인간이 그 세계에 대한 전체적인 이해와 설명을 얻고 제시하자는 것이다. 그것이 어려워진 것이다.

그런데 되풀이하여 말하건대, 분과별 학문의 독자성에 의문을 제기하게 된 것은 오늘의 급속하게 변하는 현실이다. 이들 분과 학문이 전체를 구성하느냐 하는 추상적이고 철학적인 관점에서보다 현실의 필요 ─ 반드시 현실의 전체는 아니지만, 현실의 어떤 부분의 필요를 충족시키지 못하기 때문이다. 이 현실이란 과학 기술과 경제와 경영 능력이 맞물려 급속하게 돌아가는 경제 현실, 그리고 이 경제 현실에서 우위를 점하고자 하는 전략이 만들어 내는 현실이다. 이 현실은 분과 학문의 정해진 틀로 대처하기에는 너무 복잡하다. 그리하여 어떤 분과 학문에서의 지식이 아니라 여러 분과 학문이 제공할 수 있는 다양한 지식이 합쳐져야 이 현실에 대응할 수 있다는 생각이 일어난다. 그러자면 그러한 현실이 요구하는 인간도 지식 자체를 구비한 사람이라기보다 여러 지식을 활용할 수 있는 능력, 또는 더 나아가 지식을 창조할 수 있는 능력을 가진 사람이어야 한다. 다시 말하여 한 종류의 지식이 아니라 많은 종류의 지식을 가지고 있고, 새로운 지식을 학습하고 창조할 수 있는 능력의 보유자여야 한다. 학부제에 대한 요구는 이러한 관련에서 나온다고 해석할 수 있다.

성찰적 판단력과 인문 과학 이렇게 말하는 것은 그 요구가 현실적인 것이라고 말하는 것인데, 이것은 학문의 기본 정신에도 맞아 들어가는 것이라 할 수 있다. 학문을 한다는 것은 지식을 집적하는 일이면서 이것을 하나의 일관성으로 연계하는 것을 의미한다. 여기에는 간단하게는 하나의 원칙 또는 원리 속에 많은 것을 포섭하는 판단 행위가 개입되어야 한다. 이 판단 행위는 일단은 논리적 체계적, 관계에서의 판별을 말한다. 그러나 이것은 궁극적으로 어떤 주어진 원리에 맞추어 경험적인 사실들을 정리하는 것 이상의 유연한 사유의 작용을 요구하는 것이라 할 수 있다. 특히 주어진 과제가 논리적 체계 안에서의 문제가 아니라 현실 안에서 적절한 인과 관계나 형상적 정합성을 찾아내는 일일 때 그러하다. 칸트의 "성찰적 판단(Die reflektierende Urteil)"이라는 말은 경험적 대상을 미리 주어진 보편적 원리로 환원하는 것이 아니라 구체적 사항 간의 관계를 검토하며 이것들 사이에 작용한다고 할 수 있는 원리를 밝히는 판단 행위를 말한다. 일관성 속에서 사물을 안다는 것은 논리적 체계 속에서 모든 것을 정리하는 것을 뜻하면서, 또 그것을 새로운 개념으로 이끌어 가는 것을 말한다. 성찰적 판단은 이렇게 새로운 개념의 가능성에 열려 있는 판단 과정을 말한다. 오늘날 필요한 것은 논리적 능력과 함께 이러한 열려 있는 판단 능력이 아닌가 한다.

성찰적 판단은, 칸트의 생각에는 심미적 판단력에서 두드러진 판단의 형태이다. 그러면서 칸트가 이미 시사한 바와 같이, 그것은 사실 모든 종류의 판단에 선행하는 것이기도 하다. 여기에서 하필이면 이러한 판단력을 말하는 것은 미적 판단의 능력의 중요성을 말하려는 것이 아니라 그것이 오늘의 현실에 그리고 학제적인 학문 연구에 필요한 능력이라고 생각하기 때문이다.

인문학적 수신(修身)과 학문　　그런데 이러한 능력은 인문 과학의 수업과 연구에서 가장 중요한 능력으로 말할 수 있다. 다시 말하여 구체적인 사실에 충실하면서 이념적 이상화를 지향하는 것이 인문 과학의 기본적인 방법이다. 그것은 전체성을 지향한다. 그러나 이 전체성이 반드시 체계성을 말하는 것은 아니다. 그보다 그것은 주체적 일관성으로 표현된다. 말하자면 종합하고 통일하는 능력 속에 감지되는 것이라고 할 수 있다. 인문 과학의 입장에서 볼 때 학문의 한 목적은 지식의 창조와 집적을 버리지는 아니하면서도, 인간 형성에 있다. 인간 형성은 인간의 여러 능력을 최대한으로 계발, 발전시키는 일을 포함한다. 그런데 이러한 지적 능력이 학문에 관여되지 않을 수 없다. 앞에서 말한 넓게 열려 있는 지적 판단의 능력은 논리적 능력에 반드시 일치하는 것은 아니면서도 그 바탕을 이룰 수 있다고 할 수 있다. 이 열려 있는 능력은 인격 형성의 깊이 속에 잠재한다. 공자가 자신의 박학에 대한 찬사를 들었을 때, 자신이 아는 것은, 아는 것이 많은 것이 아니라 여러 가지를 하나로 꿰어서 아는 것이라고 ── 일이관지(一以貫之)라고 한 것은 앎과 인격적 능력의 일치의 가능성을 말한 것이라고 할 수 있다.

물론 다시 말하건대 학문의 모든 것이 인격의 넓이에 일치한다는 것은 아니다. 다만 기본적인 삶의 태도로서의 인격의 열려 있음이 학문적 태도의 개방성과 유연성을 위한 추축이 될 수 있음은 틀림이 없다고 할 것이다. 보다 중요한 것은 현실에서 나오는 학제 간의 연구와 교수에 대한 요구가 학문의 기본적 충동에 일치한다는 것이다. 그리고 이것은 유연한 지적 능력을 요구하고 그것은 다시 인간적 넓이에 일치할 수 있다는 것이다.

근본적 물음과 현실   그런데 이것은 학문의 내적인 충동이기도 하고 인간의 내면에서 나오는 요구이기도 하지만, 다시 오늘의 시대 상황 ── 특히 변화하는 경제적 사회적 환경이 요구하는 바이기도 하다. 쉽게 말하여 대학에서 그러한 인간을 생산할 수 있어야 경제가 발전하고, 소위 요즘 상투적으로 되풀이되는바 국제 경쟁력을 갖춘 국가 발전을 기할 수 있다. 그러나 유연한 지적 능력이란 주어진 것을 흡수하면서 주어진 것에 물음을 발하고 그것을 넘어가는 능력이다. 이러한 능력을 원하는 사람들은 그것이 주어진 바의 테두리를 넘어가고 깨뜨릴 가능성을 가진 것이라는 것을 알 필요가 있다. 이 초월하는 테두리에는 경제 발전, 경쟁력 배양이라는 정해진 목표가 포함된다. 다시 말하여 유연한 지적, 인격적 능력이란 근본에 대하여 물음을 제기하는 능력이다. 그것은 기존 질서가 정해 놓은 것을 새로 묻지 않을 수 없다. 그리하여 그 현실적 충동이 어디에서 시작하든지 간에 그것은 그 충동의 현실 자체를 물을 수 있다. 그러니까 유연한 지적 능력의 계발은 그것을 요구한 기존 질서에 대한 도전을 의미할 수 있다. 이러한 위험을 무릅쓰지 아니하고는 그러한 능력은 근본적인 의미에서 생겨나지 아니한다. 유연한 지적 능력은 작고 큰 기존의 것에 대하여 물음을 제기하고, 그것에 반항하고, 그것을 파괴한다. 그러나 크게 볼 때 그것은 궁극적으로 우리의 삶의 바탕을 새롭게 하는 기능을 수행하게 된다.

2. 부분, 전체, 학제적 연구

종합과 전문화   종합적 학문의 추구 그리고 인간성 완성에 학문이라고 불리는 모든 것의 추구가 필요하다는 것은 아니다. 모든 학문에 정통하다는 것은 너무나 큰 요구이고, 또 쉽게 가능한 것이 아닐 것이다. 그러나 이것을 구해 주는 역설도 있다. 역설은 개별 학문의 범위 안에서의 진리 탐구가 그 자체로 전체에로 열리는 것이 될 수 있고, 또 그래야 한다는 것이다. 하나에 능하게 됨에 따라 여러 가지 다른 것에 능하게 되는 것은 드문 일이 아니다. 하나의 기량에 헌신한 명인의 경지에 이른 장인의 경우가 그러하다. 이것이 일러 주는 것은 한 가지 일이 다른 일에 통하게 되어 있다는 세계의 일체성이다. 이러한 상통함에도 불구하고 여러 일 사이에 모순이 있는 것도 사실이다. 체계적 학문은 동시에 넓이와 좁음을 가지고 있다. 넓다는 것은 그것이 세계의 한 영역에 개념과 사실에 의하여 구축되는 넓은 질서의 전망을 열어 준다는 뜻이다. 그러나 다른 한편으로 어떠한 구조물이란 탄탄하면 탄탄할수록 배타적인 것이 된다. 이것은 밖에서 오는 침입에 대하여서도 그러하지만, 밖으로 나아가는 출타에서도 그러하다. 이에 대하여 인격적 혼융—인격뿐만 아니라 손끝과 다른 육체적 부분이 혼융되는 기량의 경우일수록 이러한 원초적 능력의 전용 가능성은 커지는 것으로 보인다. 그것은 모든 것이 인식의 주체를 통하여 넓어지기도 하고 좁아지기도 하기 때문이다. 그리고 이 인식은, 간단히 말할 수 없는 것이기는 하지만 인간의 신체적 능력과 밀접한 관계를 가지고 있다.

부분과 전체의 모순 그렇다고 하더라도 부분적 지식이 부분적인 것임은 틀림이 없다. 그러나 문제는 지식의 부분성에 있다기보다도 부분성으로 하여 일어나게 되는 모순과 오류에 있다고 할 수 있다. 하나의 분과 학문의 연구는 관심을 한정된 영역에 집중하여 연구하는 것이면서, 조금 전에 말한 바와 같이, 동시에 그것을 통하여 세계 전체를 바라보는 창을 열고 고정시키는 일이 될 수 있다. 많은 자연 과학의 연구는 자연의 작은 부분에 대한 연구이면서 물리적 세계 전체의 일반적 이해에서 출발하고, 또 그 이해의 수정과 확장에 기여한다. 어떤 경우 그것은 전혀 양립이 불가능한 세계관을 주제화하는 것이 되기도 한다. 양자 역학은 세계의 미세한 부분에 대한 연구이면서 동시에 보다 일반적인 물리 법칙이 지배하는 세계—뉴턴의 일반적 물리 법칙이 통용되는 세계와 다른 세계의 가능성을 보여 주는 학문적 도전의 사례이다. 그것은 이 일반적 물리 법칙에 대한 도전이 되는 것이다. 이러한 모순은 인간의 사회적 행동이나 내면의 이해에 관계된 학문과 행위에서도 확인된다.

여기에서 특히 전체가 진리라는 말은 어느 정도는 맞는 말이다. 가령 주어진 상황의 부분으로서 자신에게 주어진 직분에 충실하다는 것은, 한편으로는 훌륭한 일이면서도 다른 한편으로는 어리석은 일일 수 있다. 일제의 테두리 안에서, 또는 전체적으로 잘못된 정치적 틀 안에서 자신의 일에 충실한 것과 같은 일은 이러한 딜레마를 가장 여실하게 보여 주는 예이다. 종교의 세계관이 그 포괄성의 주장에도 불구하고 과학적 사실에 의하여 허무하게 되는 것은 지성사에서 흔히 보아 온 일이다. 그렇다고 과학이 인간과 세계의 신비에 대한 모든 답을 가지고 있다고 할 수는 없다. 정책적 의미를 갖는 분야에서, 하나의 학문적 관점에서 고안된 정책이 다른 관점에서 비판 부정되어야 하는 경우도 적지 아니하다. 정치적으로 의미 있는 일이 경제적으로 불합리한 것이 되기도 하고, 경제적으로 타당한 것이 사회적으로 부당한 것이 되기도 한다. 아마 요즘에 와서 우리가 가장 쉽게 볼 수 있는 것은 경제적으로 타당한 듯한 발전 계획들이 환경의 제한에 쉽게 부딪치게 되는 경우이다. 구체적인 학문적 과제에 있어서도 부분적인 연구가 문제 되는 경우는 얼마든지 들 수 있다. 한 사회의 문화에서의 불변의 진리도 다른 문화의 관점에서 볼 때 부분적인 종족적 관습에 불과할 수 있다. 현대에 와서 인류학의 발달은 문화적 보편성의 상대화를 가져왔다. 인문 과학의 가장 중요한 관심의 대상은 인간이고, 인간의 문제에서 핵심적인 것은 인간성과 인간의 의식의 문제라고 할 수 있는데, 이것은 전통적으로 종교, 철학, 심리학, 문학의 관심사였다. 그러나 오늘날 신경 생리학이나 동물 행태학 또는 인공 지능의 연구나 언어학 등의 결과를 무시하고 인간성과 인간의 의식을 말할 수는 없다.

문학과 사회 문학의 분야에 있어서 근년의 학문적 쟁점의 많은 것은 문학 내적인 미학의 문제와 문학을 에워싸고 있는 여러 외적 여건과의 상호 작용에 집중되어 있다고 할 수 있다. 문학을 고유한 영역으로만 보았을 때 단순히 문학 내적 관점에서만 말하여지던 작품들이 사회, 정치, 경제의 관점에서 다시 해석될 때 상당히 다른 것으로 파악되어야 하는 것으로 보이는 것이다. 기구한 사랑의 로맨스가 여성 억압의 이념적 표현이 되고, 모험 소설이 제국주의 선양의 선전물이 되고, 신분적 차이를 넘어가는 사랑의 이야기가 권력과 자본을 주축으로 한 사회 구조 변화의 무의식을 드러내는 것이 된다. 또는 더 근본적으로 시대와 사회를 지배하는 인식의 구조가 있다는 관점에서는 소설의 어떠한 형태는 시대 전체의 인식 구조의 근원적 변화를 예고하는 것으로 읽어야 하는 것이 되기도 한다.

자연과 인간의 일체성   새삼스럽게 말할 것도 없이 자명한 것은 인간 현실의 일체성이고 자연 현상의 일체성이다. 그 전체의 맥락을 뺀 어느 한 부분만의 진실이 옳은 것일 수 없다. 그러나 현실적 문제로 연구에서나 교육에서나 모든 것을 다 알고 다 생각할 수 있는 것은 아니다. 이상적으로 말하여 보다 넓은 관점에서의 현실, 그러니까 인간 현실이나 자연 현상의 전체성에 접근하는 것은 학문 전체의 모습이 절로 드러내 줄 것으로 희망할 수밖에 없다. 그것은 어떤 한 사람 또는 몇 사람이 접근할 수 있는 것이 아니다. 그러나 학문의 전체적인 이상을 잊어버리지 않고 눈앞에 유지하는 것은 중요한 일이다. 분과적으로 하는 일에 대한 비판적 검토는 쉽지 않으면서 빼놓을 수 없는 일이다. 독단은 학문의 가장 큰 적이다. 학문의 총체적 이념은 독단론을 완화하는 데에 필요하다. 물론 그것은 사회 전체에 대하여도 커다란 의미를 갖는다.

협동적 연구/다학문적 연구/인문 과학의 사회적 조건   학문의 총체성과 관련하여 쉽게 생각할 수 있는 것은 여러 사람들의 협동적 연구이다. 대상이 무제한적으로 열려 있는 상태에서는 이것이 매우 어려운 일일 수밖에 없는 것은 당연하다. 어느 정도 가능한 것은 주제를 중심으로, 학제적이고 협동적인 연구와 교육을 시도하는 일일 것이다. 문학을 연구하는 사람으로서 나는 오랫동안 국민 문학의 경계에 의하여 제한받지 않는 문학의 연구 필요성을 절감해 왔다. 한국의 판소리는 소설이나 설화와의 관계에서 연구될 수 있고, 구송 설화 또는 공연 예술의 관계에서 연구될 수 있다. 또 이것은 전근대적 표현 양식의 관점에서 생각될 필요가 있다. 그렇다는 것은 한편으로 산업화 기술 이전의 사회 ─ 농업 사회의 예술과 오락 형식의 관점에서 보아야 한다는 것이고, 다른 한편으로는 문자 해독의 보편화로 인한 소통 기술의 대혁명 이전의 인간 의식과 표현이라는 관점에서 보아야 한다는 말이다. 이러한 모든 관련은 단순히 우리의 전통에 한정해서 관찰될 수 있는 것이 아니고, 세계적으로 유사한 사례의 비교 연구를 통해서 가능해진다.

　미국의 밀먼 패리(Milman Parry)와 앨버트 로드(Albert B. Lord)는 주로 유고슬라비아의 여러 구전 서사시 그리고 소급하여 고전 시대 그리스의 호메로스의 서사시들을 연구하여 이러한 장르의 독자적인 유형과 전통을 밝힌 바 있다. 로드의 『설화의 노래꾼(The Singer of Tales)』이라는 책을 읽은 다음 나는, 앞에서 말한 바 한국의 판소리에도 이러한 것이 적용되겠다는 느낌을 가졌다. 물론 여기의 구전 서사에 대한 생각은 전문 연구자들에 의하여 판소리에도 이미 적용된 바 있다. 여기에서 말하고자 하는 것은 단순히 하나의 문제의 고찰에 여러 영역으로부터의 접근이 필요하다는 사실이다. 그런데 판소리는 한 가지 작은 예에 불과하고, 문학과 예술의 많은 문제들은 하나의 문화적 제약 속에서만은 밝혀질 수 없는 경우가 많다. 또 방금 든 예에서 생각되는 것은, 가령 판소리와 같은 예술 표현의 문화적 바탕이 되는 구비 문화 ─ 영어로 말하여 orality의 세계는 문학에서만 이해될 수 있는 문제가 아니다. 그것은 넓은 인류학적 관련 또는 더 일반적으로 인간 의식의 문제에 관련되어 이해될 수 있다고 하겠다. 대체적으로 문학에서 취급하는 여러 주제들은 여러 국민 문학 간의 협동적 연구로, 또 다른 학문 분야와의 협동적 연구로 추진되는 것이 바람직하다. 가령 전쟁, 빈곤, 신분과 계급, 영웅적 삶과 범용한 삶, 사랑과 성, 성장의 고통 또는 제국주의, 문명과 원시, 선진과 후진 등은 여러 나라와 시대를 거쳐 문학에 나타나는 주제이지만, 이러한 것들은 여러 나라의 문학 그리고 여러 학문과의 협동적 작업을 통해서만 참으로 의의 깊은 결과에 이를 수 있는 연구 주제들이다.

사회 과학과 인문 과학/시점의 차이　이러한 주제의 연구가 문학 연구에만 중요한 것이 아님은 물론이다. 전쟁이나 빈곤의 문제 또는 앞에 든 여러 주제는 문학의 주제라기보다는 사회 과학의 연구 과제들이다. 그런데 나는 이러한 문제 또는 과제들에 대한 사회 과학의 연구야말로 문학적 연구의 보완을 필요로 한다고 생각한다. 사회 과학은 대체로 이러한 사회 또는 국제 사회의 문제들을 외면적으로 접근한다. 여기에서는 구조와 조직과 통계가 관심사이고 — 대체로 사람은 집단의 일부로, 그 구조적 인자의 하나로서 파악된다. 그러나 사람의 사람됨의 핵심이 개체적 실존의 사실에 있고, 또 개체적 실존이란 그 내면성과 불가분의 관계에 있다는 것은 우리가 모두 다 직접적 경험으로서 알고 있는 사실이다. 사회 과학적 연구에서 놓치기 쉬운 것이 이러한 인간 생존의 기본적 사실이다. 이에 대하여 문학과 예술은 이 개인적 실존 — 스스로 생각하고 느끼는 내면적 존재로서의 인간을 알게 해 주는 인간의 표현 활동이다. 이것은 고대로부터 인간이 사실을 인식하는 주된 방법이었다. 이에 대하여 사회 과학은 비교적 현대적인 사물 인식의 방법이라고 할 수 있다. 그것은 그 자체로 독자적인 발달의 동기 — 주로 과학적인 방법론의 일반화를 동기로 가진 것이지만, 그 현실적 뒷받침이 된 것은 사회의 조직화, 대중화였다고 할 수 있다. 이 현상을 이해하는 데에 사회 과학이 필수인 것은 말할 필요도 없다. 그러나 그것은 저절로 이러한 발생적 선입견을 가지고 있다. 특히 그 이해가 사회 정책의 무기가 되는 경우에 그렇다. 정책에서 주된 관점은 집단이고 집단의 조직과 조종이다. 그리하여 현대 사회의 사람들은 이 정책 과학의 조종 대상이 된다. 여기에서 집단의 눈은 개체적 실존의 입장을 압도한다.

오늘날 인간 생존의 집단화의 가장 큰 표현은 국가이다. 이것은 고마운 존재이면서도 매우 냉혹한 추상적 범주로서 개인을 단순화한다. 그 지나친 추상화와 단순화에 대한 보완으로 생겨나는 것이 여러 민간 운동 단체이다. 비인간적 국가 또는 사회 조직이 아니라 보다 다양하고 소규모인 공동체에 대한 관심이 생기는 것도 큰 사회 조직들이 결하고 있는 보다 자상하고 인간적인 삶의 방식에 대한 희망에 관계된다고 할 수 있다. 그러나 이러한 민간 단체는 또 그 나름으로 실존의 복합적 현실을 단순화한다. 또는 적어도 그것들이 추진하는 목표의 관점에서는 삶의 현실을 더 단순화한다고 할 수도 있다. 단자들의 단순한 집합이 아니라 목적에 의하여 하나가 된 집합체가 이러한 단체이기 때문이다. 여기에 대하여 예술과 문학의 개체적이고 실존적인 관점의 의미는 그대로 타당성을 지닌다고 할 것이다. 그리고 그것은 그 나름으로 일반성을 지닌다. 그렇다는 것은 형상적 일반화는 예술적 상상력의 기본적인 특징이기 때문이다. 그러면서 그것은 개체적 실존이 지양되는 이념의 세계를 지시한다. 사회 과학은 이러한 복합적 현실들을 일일이 참조할 수 없다. 그러나 그것이 비인간적인 인간관을 가지고 있다고 말하는 것은 아니다. 사회 과학은 그것만이 접근할 수 있는 인간 현실을 가지고 있다. 그러나 그것이 인간에 대하여 주로 외면적 접근 방법을 취한다는 것은 부정할 수 없다. 그리하여 인간 존재의 가장 중요한 부분이 그 내면성이라고 할 때, 그 방법 자체가 비인간화의 위험성을 내포한다. 여기에 대한 보완으로서 절실하게 요구되는 것이 내면적 인간 이해이다. 사실 학제적 학문의 가장 절실한 과제는 사회 과학과 인문 과학의 협동을 통한 인간의 외면과 내면의 종합이다.

과학 기술과 인간의 자기 실현   이러한 관찰들은 자연 과학의 경우에도 해당한다. 자연 과학은 오늘날 기술과 과학에 종속되어 가고 있다. 물론 과학이 기술의 발전과 경제에 봉사하는 것은 곧 사회에 봉사하고 인간에 봉사하는 일이다. 그러나 그 기술의 의미가 무엇인가는 인간 존재에 대한 반성이 없이는 바르게 짐작될 수 없다. 반성이 없이는, 그것은 결국 인간적 삶의 균형을 깨뜨리고 인간성을 왜곡하는 결과를 가져오게 된다. 오늘날 기술은 경제에 그리고 경제는 대체로 인간의 탐욕에 — 인간의 소망의 일반적 과장에서 오는 탐욕의 도구가 되어 있다. 과학 기술이 어떻게 인간 존재의 전체적인 자기 이해 속에 포용될 수 있는가 그 방편을 생각하기는 쉽지 않다. 기술-경제-탐욕의 등식에 대한 현실적 대응책은 오늘날 물질적 보상의 평등을 목표로 하는 사회적 투쟁 이외에 다른 방법이 없는 것처럼 보인다. 그러나 탐욕의 억제에 그것이 하나의 단계가 될 수는 있으나, 사회적 평등을 위한 투쟁이 참으로 인간의 삶의 균형적 자기실현에 이르리라는 보장은 없다. 그것은 물질과 인간의 관계에 대한 균형 잡힌 이해를 상정하지 아니한다. 인간의 전체적 실현에 대한 바른 이해는 투쟁의 현장을 넘어가는 초연한 반성을 필요로 한다. 물론 인간의 자기 이해는 역으로 인간 존재와 그 물질적 기초에 대한 과학적 이해를 필요로 한다.

감각과 이성   과학 그리고 기술과 인간의 삶의 보완적 관계는 자연 환경의 문제에서 예시될 수 있다. 오늘날 환경은 인간 생존의 가장 근본적인 조건으로서 의식하지 않을 수 없는 대상이 되었다. 그러나 환경은 문제화되기 이전에 인간의 삶의 의식 속에 깊이 스며 있다고 할 수 있다. 그것은 자연에 대한 인간의 감각적 경험의 진실에 이미 예감되는 것이다. 자연은 삶의 작업의 현장으로서만 아니라 미적 감식의 대상으로서 필수적인 대상이 되고 배경이 된다. 이 환경 체험의 예술적 재현은 전체와 부분의 교차를 적절하게 예시한다. 이 체험의 재현은 여러 문화 전통에서 시와 미술의 기본적인 작업의 하나였다. 그런데 예술이 자연의 체험을 재현한다고 할 때 그것은 감각적 경험을 그대로 표출하는 것은 아니다. 예술적 재현은 강도의 차이가 있는 대로, 가령 축제로부터 음악이나 시에 이르는 차이가 있는 대로, 감각으로부터 합리적 반성의 거리를 유지하게 마련이다. 건축이나 정원의 조성에서 가장 잘 드러나듯이 자연 세계 또는 일반적으로 대상 세계의 재현에서 중요한 것은 일정한 공간적인, 그리고 궁극적으로는 형상적인 균형과 전체성이다. 예술은 이성적 균형의 감각화를 그 원리로 한다. 또는 거기에는 감각의 이성화가 작용한다고 할 수도 있다. 감각적 체험은 여러 가지 강도를 가진 것일 수 있다. 그것은 감각의 정형화 또는 형식적 여과를 통하여 보다 이성적인 체험이 된다.

예술 작품에 표현되는 환경은 이것을 합리적으로 탐구한 것이라기보다는 체험으로써 파악한 것이다. 그런데 환경은 인간 생존의 물리적 조건이고, 엄격한 외적 한계이다. 이것은 체험적 재현을 넘어서 보다 합리적이고 전체적인 관점에서 이해되어야 한다. 이러한 이해는 환경 위기가 저절로 내어놓게 되는 요구이다. 그러나 그렇지 않은 경우에도 합리적인 노력이 없이는 감각적인 경험은 그 자체에 열중하여 보다 큰 인간 생존의 큰 환경을 잊어버릴 수 있다. 예술의 경우에도, 과학적으로 해석될 수 있는 객관적 세계를 완전히 벗어난 예술은 심각한 것이 될 수 없다. 다른 한편으로, 과학의 관점에서 환경에 대한 이해의 지나치게 객관적인 접근은 그 깊은 의미를 놓치는 일이 될 수 있다. 그것은 문제의 인간적 의미를 놓치는 것이 될 뿐만 아니라 인간의 삶에 대하여 갖는 고양된 의미를 놓치는 것이 될 수 있다는 말이다. 슈바이처나 한스 요나스는, 생명에 대하여 그리고 환경에 대하여 사람이 갖는 '외경의 느낌(Ehrfurcht)'의 중요성을 말한 바 있다. 이 것은 사람을 자연과 생명체 일반에 대한 도덕적 책임으로 이끌어 간다. 사실 자연에 대하여 심미적인 느낌 그리고 외경심이 없다면 과학적 연구는 인간 존재와의 관계에서 착안되는 많은 환경의 문제를 놓치는 것이 될 것이다. 그리고 무엇보다도 과학적 탐구의 깊은 동기를 상실하게 될 것이다.

진리 탐구의 의미   과학적 진리 추구의 동기는 간단한 차원에서는 지적인 호기심이다. 그다음으로 동기가 되는 것은 직업적 의무이다. 그러나 진부한 상투구이기는 하지만, 진리 탐구는 이러한 것들을 보다 높은 차원으로 올려서 표현한 학문의 동기이다. 그것은 과연 학문의 중심 동력이고, 인간의 자기실현의 고양된 모습을 표현하고 확인해 주는 말이라 할 수 있다. 방법론적으로 가장 엄격한 객관성을 가지고 진리 탐구에 종사하는 것이 과학이다. 그러나 그것은 앞에서 말한 것처럼, 산업의 관점에서 이해되는 기술에 예속될 수 있고, 그렇지 않은 경우라도 그 방법론적 엄격성에 얽매여 그 자체의 근본적 동기를 잃어버릴 수 있다. 상기해야 할 것은 그것이 인간성의 이성적 측면의 극단화이면서 동시에 인간 존재의 전체적 지향을 나타내고 거기에 함축된 초월적 세계에 대한 느낌을 표현한다는 사실이다.

진리 탐구는 일반적으로 진리 속에 있고자 하는 인간 생존의 근본적 충동에 의하여 추동된다. 학문적 추구에 따르는 고양감은 이러한 전체적 진리 지향으로 설명될 수 있다. 진리 탐구에는 정신과 함께 지각과 정서의 기쁨이 동반된다. 이러한 내면적 경험을 포함한다는 점에서 자연 과학적 추구도 예술적 경험이나 인문 과학의 근본적 관심사에서 멀리 있는 것이 아니다. 다른 한편으로, 이미 말한 바와 같이 예술 그리고 인문 과학에서 드러나는 인간 존재에 대한 이해는 자연 과학의, 인간을 초월하는 진리에 의하여 보완됨으로써 보다 넓은 바탕을 얻는다. 자연 과학은 일단 인간을 에워싸고 있는 자연, 물질적 세계, 즉 비인간적인 세계를 있는 그대로 또는 법칙적으로 이해하려는 노력이다. 그러니만큼 예술과 인문 과학의 내면적 지향에 반대가 된다. 그러나 자연 과학의 비인간적 세계에 대한 살핌이 없이는 인문학적 관심은 쉽게 자기 탐닉과 자기만족의 세계로 떨어져 버린다. 그 내면을 향한 관심은 종국에 있어서 비인간적 세계의 전체성에의 일치를 확인하려는 것이라고 할 수도 있다. 결국 원하는 것은 내면의 진리와 외면의 진리의 일체성이다. 다른 한편으로, 자연 과학은 자기 반성적 의식을 거쳐서 비로소 스스로의 작업의 고귀함을 깨닫는다고 할 수 있다. 이 점에서 그것은 인문 과학적 인식에서 도움을 받을 수 있다. 결국 자연 과학의 경우에도, 인문 과학이 자연 과학에 대하여 그래야 하는 것처럼 참으로 기술을 통해서 사회와 인간에 봉사함과 아울러 깊은 의미에서 인간의 위엄의 확인에 기여하려면, 인문 과학과의 상호 보완의 관계에 있어야 한다.

3. 학문의 지평: 자연 과학의 인문 과학에서 초점과 매트릭스

학문의 실존적 기초   방금 말한 것들은 학제적이면서도 협동적인 연구와 교육에서의 학문 상호 간의 수평적 연대를 말한 것이다. 그러나 학문 연구는 어떠한 경우에도 여러 부분들의 단순한 집적으로는 이루어지지는 아니한다. 여러 가지의 지식과 관점은 하나의 관점에서 종합될 수 있어야 한다. 우선 이것은 아주 좁게는 개인적 관점에서의 종합을 의미할 수 있다는 것을 강조하지 않을 수 없다. 엄숙한 장소에서, 또 엄숙한 과제에 대해서 말하면서 그것을 개인의 실존적 차원에 관계시켜 말하기를 주저하는 것은 당연하다. 학문이 지향하는 것은 객관성이고 보편성이기 때문이다. 그러나 학문의 종합을 말할 때 사소한 것 같으면서도 개인적 종합력과 창조력을 놓치지 아니하는 것도 중요한 일이다.

앞에서도 비친 바 있지만 예술의 신비의 하나는 그것이 개인의 개인적 천재, 능력 또는 인격에 깊이 이어져 있다는 것이다. 베토벤의 작품은 시대를 표현하면서 시대를 초월한 보편성을 가지는 음의 세계를 구현한다. 그 보편성은 그의 삶에서 일어나는 개체성, 인격의 형상성 그리고 일관성에 관계되어 있다. 그것은 개체적 인격이 매개하는 보편성이다. 학문은 예술의 형상적 보편성 그리고 논리적이고 객관적인 일관성을 지향한다. 그러면서도 그것도 개인적, 인격적 측면을 가지고 있다. 어떤 개념이나 관찰에 대하여 헤겔적이라든가, 베버적이라든가, 장자적이라든가, 퇴계적이라고 말할 수 있는 것은 이 사실에 관계되어 있다. 학문적 개념의 바탕에는 의식의 통일된 공간이 놓여 있다. 말할 것도 없이 대상의 선정, 패러다임, 거기에 관련되는 개념의 연쇄에 연구자의 관심이 선행되는 것은 당연한 일이다. 그리고 그것은 일정한 모양을 형성하기 마련이기 때문에 — 특히 사회 과학이나 인문 과학의 경우 일정한 사고의 스타일, 개인적 스타일을 드러내게 마련이다. 다만 여기에 개입되는 주관적 의식은 객관성에 이르고자 스스로를 절차탁마한 의식이라고 할 수 있다. 그러나 가장 객관적인 경우에도 의식의 통일된 공간이 간여되는 사례로는 수학적 운산의 경우를 상정할 수 있다. 지속하는 의식의 주의 없이는 운산의 검증은 성립할 수 없다고 할 것이다.

이상적으로 말하여 학문의 종합은 사실의 면에서 또는 방법의 면에서 이루어지는 것이 옳다고 할 수 있다. 이것은, 그것이 하나의 의식 속에 존재하지 아니하여도 종합이 가능하다는 말이다. 그러나 이것이 여러 사람이 나누어 가진 사실과 방법으로 사실적으로 존재한다고 하더라도 진정한, 또 창조적인 종합이 이루어지기 위해서는 여러 사실들이 하나의 의식 속에서 연결되어야 한다. 여러 연구자 간의 의사소통도 이것을 부분적으로 전제한다. 하나의 의식 속에서의 종합을 통하여 비로소 연구자의 개별적 연구는 새로 평가되고 정위될 수 있으며, 또 거기에서 새로운 창조가 가능해진다.

　앎의 지평적 구조　이러한 경우에 개별적 연구자의 의식을 조금 더 반성적으로 생각하여 보면, 그 구조는 해석학에서 말하는바 지평적 구조를 갖는다고 할 수 있다. 지평은 사실적 의견 교환이나 종합을 넘어 인식의 주체적 구조를 시사한다는 점에서 의미 있는 용어라고 할 수 있다. 사람은 상황 속에 있고, 앎의 구조는 이 실존적 상황에 상동(相同)한다. 그렇다고 그것이 반드시 주관적 강박성을 가지고 있다고 할 수는 없다.(가령 사르트르가 상황을 말할 때 그것은 실존적 불안을 포함하는 말이다. 그러면서 그것이 일반화할 수 없는 개인의 특수한 사정에 갇혀 있다는 말은 아니다.) 앎은 내가 서 있는 자리의 관점에서 상황 속으로 퍼져 나간다. 내가 서 있는 자리란 나의 자리이고, 그러니만큼 극히 한정된 위치 — 모든 개인적인 한계를 다 가지고 있는 작은 점(點)을 말한다. 그러나 그 점은 보이는 세계로 널리 열려 있는 점이다. 이 시각적 비유를 조금 더 넓게 이야기하면, 이 보이는 세계는 나의 현시점을 구성하고 있는 모든 요인들의 종합이다. 그것이 나의 상황이다. 나의 위치는 상황 속에 있다. 나의 서 있는 자리는 이 상황이 구성한다. 다시 이 자리는 되돌아봄을 통하여 상황으로 열리고 그것과 하나가 된다. 이때의 상황이 관점의 지평을 구성한다. 가장 직접적인 의미에서 우리가 아는 것은 목전에 있는 것, 우리에게 근접한 것들이다. 그러나 이 아는 것이 그것을 에워싸고 있는 주변의 요인들에 의하여 제한되고 결정된다는 것을 알지 못하면 목전의 것을 잘 안다고 할 수 없다. 목전의 것은 상황적 요인들에 비추어서만 참으로 인식될 수 있다.

지평은 이 상황의 문제를 조금 더 복잡한 방향에서 설명한다고 할 수 있다. 우리의 앎은 상황적 관계를 가지고 있지만 상황은 계속적으로 확대되어 생각될 수 있다. 그러나 지평 속에서, 앎은 선 자리에 따라서 제한되고 일정한 방향을 갖는다. 이 제한과 방향은 보는 자의 존재를 상정한다. 그러니까 상황도 그러하다고 하겠지만, 그것보다는 더 분명하게 상황에 일정한 구도를 부여하는 관점 또는 시점(視點) ─ 주체의 중심점을 상정하는 것이다. 그렇다고 그것이 반드시 한 시점에 한정되는 것은 아니다. 우선 지평은 정확한 구역을 표하는 것이 아니다. 그리하여 그것은 유동적이며, 확산의 가능성을 갖는다. 그리고 이 관점과 시점 그리고 지평의 구도는 반드시 실재하는 자아로서 결정(結晶)되지 아니한다. 의식으로서의 자아의 관점이나 시점은 상당히 자유롭게 다른 많은 점에 투사될 수 있다. 심미적 태도에서 흔히 말하여지는 감정 이입이라는 것은 이러한 관점의 투사 가능성을 전제로 하는 것이지만(단지 이 말은 이 투사 행위에 감정이 수반되는 것으로 생각된다.) 다른 사람의 관점에서 또는 그냥 다른 시점에서 사물을 보고 이해하는 것도 이러한 투사의 자유를 말한다.

이 자유는 우리의 의지에 의해서 강조될 수 있지만, 그것은 시각이나 사유의 사실 속에 들어 있는 필연의 전환을 의미할 뿐이다. 우리의 시각 행위는 본래부터 다른 시점들을 내포한다. 가령 후설의 현상학에서 예를 드는 것으로, 내가 앞에 놓인 책상을 보는 것은 단지 나의 관점에서 보는 것이 아니라 다른 관점에서 보는 것을 상정하면서 보는 것이다. 그렇기 때문에 한 시점에서 보는 책상은 그 시점에 의하여 왜곡되지 아니한 반듯한 모양의 입체로 보인다. 미국의 캘빈 쿨리지 대통령이 그를 수행하는 자가 기차 창으로 보이는 검은 염소들을 보면서, 저기 검은 염소들이 있다고 지적하는 것을 듣고 "이쪽에서는 그렇게 보이는군." 하고 답하였다는 것은 유명한 우스개의 하나이다. 여러 각도로부터의 시점의 투사를 꾀하는 것이 한 관점에서 보는 것보다는 어려운 것이다. 이러한 시점의 교차는 보다 복잡한 판단이나 견해에도 들어 있는 현상이다.

우리의 견해는 대부분의 경우 일정한 관점에서 나오는 것이다. 그리고 이 관점은 나의 것이라기보다는 많은 다른 관점을 흡수하여 재구성 — 많은 경우 반성적 노력이 없이 — 재구성한 것이다. 가다머는 어떤 사실에 대한 역사적 이해는 과거의 일정한 관점에서 그 관점과 그를 에워싸고 있는 지평을 한 번에 파악하면서 행해지는 것이라고 말한다. 물론 오늘의 내 관점이 거기에 작용할 것임은 말할 필요도 없다. 가다머는 역사적 사실의 이해에 들어 있는 두 개의 지평을 강조한다. 우리가 과거의 어떤 사실을 이해한다고 할 때, 여기에서 우리의 시점에서의 우리의 관점과 지평, 그리고 과거의 시점에서의 관점과 그 지평이 있고, 이것들이 융합하여야 한다고 말한다.[2] 이것은 우리의 지적 이해의 작업 — 자유로운 투사로써 구성하는 지평적 이해를 말한 것이지만, 그 아래 스며드는 우리의 실존적 지평을 가리킨다고 할 수도 있다. 그리고 과거나 원거리의 관점에 투사된 이해 또는 사유의 기점을 중심으로 하여 구성되는 지평이 나의 오늘의 실존적 또는 인식적 지평의 삭제 위에 성립하는 새로 베껴 쓰기라는 것은 쉽게 짐작할 수 있는 일이다. 그러나 학문적인 문제에서 중요한 것은 진리의 방법이 의식의 기점(基點)을 자유롭게 투사하고, 그것을 중심으로 내적으로 일관되고 의미 있는 인식을 구성하는 것이라는 점이다.

학제적 연구/연구의 주제/지평   다시 학제적 학문의 방법으로 돌아가서 말

---

2 Cf. Hans-Georg Gadamer, *Wahrheit und Methode*(Tübingen: J. C. B. Mohr, 1986), p. 307 이하.

하건대, 어떤 학문적 주제를 두고 그것의 총체적 이해를 꾀한다는 것은 그 주제의 지평적 구성에 있어서 결정적 요인이 되었던 것을 되살리고, 그것과의 관계에서 이해를 시도하는 것을 말하는 것으로 해석할 수 있다. 그렇다고 그것이, 이 이해의 지평적 구조를 생각하면, 모든 요인들을 속속들이 알아야 한다는 것은 아니라고 할 수 있다. 여기에서 우리는 시각의 비유를 다시 한 번 생각해 볼 수 있다. 주제에 관계되는 여러 요인들은 하나의 시각적 전망을 이룰 수 있게끔 배치되어야 한다. 여러 요인들을 선택하는 데에 중요한 것은 전망의 가능성이다. 이 전망에서 필요한 것은 전체를 조감할 수 있게 하는 지표이다. 지평의 구성 — 역사적 사실이 주목의 대상이라면 역사적 지평과 현재적 상황의 지평, 또는 현실 이해의 이론적 지평 — 지평의 구성은 학제적인 것이 자연스러울 것으로 말할 수 있다. 물론 이것은 평면적으로 나열되는 사실들의 필요로써 그렇게 되는 것이 아니라 주제의 인과적 또는 동기적 관계를 밝히는 데에 필요한 한도에서 그렇다고 할 것이다.

지식 환경의 지평적인 구성은 인문 과학의 연구에서 자연스러운 것으로 생각될 수 있다. 이는 이해를 주안으로 하는 인문 과학에서 이해의 주체를 상정하는 것이 되고, 주체는 일정한 지평적 배치 속에서 사물을 본다는 것을 함축한다. 그러나 사회 과학의 경우에도 인간의 행동을 단순히 외적인 요인이 아니라 내면적 동기와 의미의 관점에서 이해하고 설명하려는 경우 주관적 이해 구조로서의 지평적 해석이 필요하다. 다시 상기할 것은 기점과 지평의 구조는 객관적 사물의 존재 양식 자체에 기초한다는 사실이다. 앞에서 우리는 지평적 구조가 인간 실존의 상황에서 생겨나는 것임을 시사하였다. 그러나 다시 말하건대 이것은 개체적 실존 또는 집단적 위기 상황의 관점에서만 생각될 수 있는 것이 아니다. 가다머는 텍스트의 해석에서, 텍스트는 문제의 지평 안에서 일어난 문제에 대한 답변의 시도로서 보아야 한다고 말한 바 있다. 하나의 질문은 한편으로 질문의 역사와 전통에 관계되면서, 다른 한편으로 또 더 근본적으로는 시대나 역사적 상황 스스로가 구성하는 문제들의 장에서 나온다. 따라서 우리의 학문적 질문은 ─ 적어도 심각한 의미를 갖는 질문은, 객관적 상황에서 저절로 나오는 것이며, 또 이 상황에 대한 반성이다. 사회 과학적 질문에서도 우리의 질문과 그 해결은 지평적 구조를 가지고 있다고 하여야 한다.

자연 과학과 학제 간 연구   자연 과학 내의 학제적 연구는, 준비가 되어 있지 않은 채로 말한다면, 학문 내적인 요구에 의하여 이미 진행되고 있다고 할 수 있다. 생물학, 의학, 물리학, 화학, 재료 공학들의 협동적 연구는 필요에 따라서 분리되고 종합된다. 최근에 와서 이런 교차는 보다 의식적으로, 또 가속적으로 진행되는 것으로 보인다. 생물학의 예를 들어 유전자의 문제에 있어서 생물학이 의학이나 약학과 밀접한 관계를 갖는 것은 당연하다고 하겠지만, 그것은 고생물학, 지질학, 인류학 등과 연결되고, 컴퓨터에 관련된 정보 과학들과 연결되어서는 생물 정보학(bioinformatics)과 같은 분야로 발전한다. 그런데 여기에서 중요한 것은 자연 과학과 비자연 과학 ─ 인문 과학이나 사회 과학과의 관계이다. 우선 자연 과학 연구의 인간적 의미는 아무래도 이러한 비자연 과학 분야의 조명을 통하여 해명될 필요가 있다.

옥스퍼드 대학에는 1995년에 "과학의 공공 이해 교수(Professor of the Public Understanding of Science)"라는 이름을 가진 교수직이 창립되었다. 자연 과학 연구가 극단적으로 전문화됨에 따라 전공자가 아니면 그것을 알기가 어렵게 되었다. 학문을 넓게 그리고 바른 균형 속에서 이해하고자 하는 노력에서 과학을 빼어놓을 수는 없는 일이다. 과학 자체도 일반적 이해가 있어야 학문적 노력 일반에 있어서의 스스로의 선 자리를 비판적으로 그리고 보다 객관적으로 알 수 있다. 이러한 학문 자체의 동기와 성취에 대한 해석을 넘어서도, 과학에 대한 공공 이해는 반드시 필요한 것이 되었다. 과학 그리고 기술의 발전이 어느 때보다도 사회 전체에 대하여, 또 인류 공동체 전체에 대하여 중요한 의의를 가지게 된 것이 오늘날이다. 이에 대한 공적인 이해가 없이는, 과학은 심리적으로나 재정적으로 공공 지원을 얻을 수 없다. 그리고 산업 발전이 자연 환경에 미치는 영향이나 그것이 인간의 삶에 갖는 총체적 의의의 문제는 앞에서도 언급했지만, 과학에 대하여 공공 이익의 관점에서 내어놓을 수 있는 여러 가지 질문들을 다시 한 번 상기하지 않을 수 없다. 석유와 원자 발전에서 나오는 에너지에 의존하는 경제의 손익 계산은 어떤 것인가? 유전자 조작으로 변형되는 농산물은 인간의 안녕과 자연 환경에 어떤 영향을 미치는가? 기술 발전이 기후 변화를 비롯하여 환경에 가져오는 영향은 어떻게 생각해야 할 것인가? 이러한 것들에 대한 답변도 물론 전문가들의 연구에서 도출되어야 한다고 할 수 있다. 그러나 과학의 연구에 대한 공적인 이해는 여러 각도에서 없을 수 없는 일이다. 과학과 기술의 발전에 대한 심도 있는 평가는 결국 자연이나 인간의 삶에 대한 보다 넓은 경험과 이해 속에서 이루어질 것을 요구한다. 여기에는 인문 사회학과의 협동적 연구와 반성이 기여하는 바가 있어서 마땅하다.

과학과 역사 전문성을 넘어가는 보다 넓은 입장에서 발할 수 있는 질문들의 많은 것은, 한편으로 과학과 기술의 실용적인 효과 또는 피해에 관계되고, 다른 한편으로는 근본적인 질문은 과학의 궁극적인 의미에 대한, 그러니까 조금 철학적 또는 형이상학적 의의에 대한 것이다. 그런데 이에 더하여 또 하나의 질문은 과학 발전의 경험적, 현실적 조건에 대한 질문이다. 여기에는 보다 학술적인 관점에서의 연구가 필요하다. 여기에 필요한 연구는 과학의 보편적 의미와 현실적 손익 계산의 중간에 위치한다. 그것은 사실적인 연구가 되면서도 동시에 인간의 학문적 탐구의 전반적 기초에 대한 반성을 시도하는 일이다. 과학의 연구와 사고의 틀 그리고 그 발전에 일정한 테두리 또는 패러다임이 있고, 이것에 혁명적 전환이 있다는 토머스 쿤의 생각은 이제는 과학사의 상식이 되었다. 모든 사람이 여기에 동의하는 것은 아니라고 하더라도, 이러한 연구는 과학을 보다 확실하게 인간현실에 위치하게 한다. 이것은 과학이라는 인간 현상을 역사 속에서 그리고 비판적 관점에서 이해할 수 있게 한다. 이것은 과학의 새로운 발전을 위해서도 ─ 어떤 비약이 인위적으로 조성될 수 있다는 말은 아니지만 ─ 필요한 일이다. 이것은 오늘의 과학만이 아니라 인간 역사에 있어서의 자연 해석의 노력들을 실감을 가지고 이해하는 데에도 중요하다.

조지프 니덤(Joseph Needham)의 중국 과학사 연구는 현대 과학의 관점에서, 무의미한 것으로 또는 단순히 형이상학이나 윤리적 교훈으로 보이는 고대 중국의 사상들이 그 나름의 의미를 가지고 있고, 세계에 대한 일정한 접근의 방법에 따라 ─ '유기적 자연주의(organic naturalism)'의 입장에 따라 자연 현상을 이해하려고 한 것이었다는 것을 밝혀 주었다. 현대 과학의 관점에서 타당성이 없는 것으로 보이기도 하고, 또는 원시적 과학(protoscience)으로 보이는 역사적인 이론들도 그 나름의 경험적 사실에 관계되어 있었다는 것을 생각할 수 있게 한다. 조금 샛길로 들어서는 이야기를 하면, 토마스 쿤은 자신의 과학 혁명 이론의 여러 문제점을 논하는 자리에서 과학이라고 부를 수 있는 학문이 성립하려면 누적되는 자연 현상에 대한 사람들의 관찰에 일정한 특징이 생겨나야 한다는 것을 지적한 바 있다. 가령 어떤 지식 분야가 과학이 되기 위해서 우선 요구되는 것은, 그것이 분명하게 인지될 수 있는 전문 영역으로 성립되어야 한다는 것인데, 어떤 자연 현상에 대한 예견들이 가능하여짐으로써 그러한 영역이 성립하게 된다. 이러한 자연 현상에 대한 예견은 지속적으로 그리고 일관성 있게 이루어져야 한다. 그리고 예견과 연구는 일관성 있는 이론 ― 비록 형이상학적 성격을 가지고 있는 것이라고 할지라도 큰 이론에 의하여 설명될 수 있어야 한다. 그리고 그 예견의 기술의 정확도나 범위가 계속적으로 향상될 수 있어야 한다.[3]

그런데 여기에 우리의 생각을 덧붙여 말한다면 이러한 예견은 당대의 관심사가 되는 사실에 해당될 것이다. 그러나 많은 경우 오늘날 전해져 내려오는 것은 사실로부터 분리된 이론 ― 철학적이고 형이상학적인 이론이다. 필요한 것은 개념을 사실에 연결하는 것이다. 그리하여 어떤 개념이나 이론이 현대적인 관점에서 이해하기 어려운 것이라고 하더라도 그것이 당대적인 관심의 대상이 되어 있던 사실들에 연결될 때, 그것은 보다 이해할 만한 것이 된다. 천지(天地)의 기본 원리로 말하여지는 음양(陰陽)이나 오행(五行) 등의 개념들은 어떤 사실들에 적용되는 것일까? 이것은 보다 전문적으로 연구되어야 하는 사항이지만, 매우 초보적인 상식의 입장에서 볼 때, 이러한 개념들에 포괄되는 사실들은 대체로 농경 사회의 범위 ― 주야(晝夜), 계절, 식물의 성장과 결실 등에 관련되는 것이 아닐까 하는 생각이 든다. 여기에서 중요한 것은 일반적 개념으로 또는 형이상학적 개념으로 표현되는 이론들도 당대적 현실 속에서 이해할 만한 것이 된다는 점이다.

하나의 관점/여러 각도의 관점   모든 학문적 탐구는 인간과 인간을 에워싸고 있는 세계 ― 사회와 물질세계에 대한 이해를 위한 것이다. 여기에서

---

3   Thomas Kuhn, "Reflections my Critics", Imre Lakatos & Alan Musgrave eds., *Criticism and the Growth of Knowledge*(Cambridge University Press, 1970), pp. 245~246.

중심점이 되는 것은 불가피하게 인간 존재의 수수께끼이다. 그리하여 사회나 물질세계에 대한 이해가 인간 존재의 관점에서의 해석을 요구하게 된다. 인문 과학의 중요한 목표는 인간에 대한 학문적 이해이다. 따라서 물질세계를 이해하고자 하는 자연 과학은 인문 과학의 도움을 통하여 보다 인간적인 의미를 가지게 되고, 또 보다 넓은 자기 이해에 이를 수 있다. 그러나 다른 한편으로 인간에 대한 이해를 목표로 하는 인문 과학이 인간 생존의 기초가 되는 물질세계에 대한 이해에서 영향을 받는 것은 너무나 당연한 일이다. 그러나 자연 과학의 관점에서의 인간 이해는 인간 현상을 지나치게 단순화한다는 인상을 준다. 그것은 반드시 사실적인 측면에서 그렇다기보다도 관점과 방법론에서 그러하다. 물질세계에 대한 과학적 이해는 법칙의 규명을 목표와 방법으로 삼는다. 이에 따라 인간에 대한 이해도 인간의 심리와 행동에 대한 어떤 법칙의 발견을 지향하게 된다. 그러나 이것은 개인들이 경험하는바 자유와 자유가 허용하는 관점의 다양성에 모순되는 느낌을 준다. 인간에 대한 법칙적 이해가 옳다고 하더라도 그것은 개체적 관점과 실존적 체험을 넘어가는 신의 관점에서만 납득될 수 있는 것이 된다고 할 수 있다.

　　복합 체계의 이론　　그런데 자유 또는 적어도 우연성과 다양한 관점을 포용하는 과학적 세계 이해가 없는 것은 아니다. 인간에 대한 이해도 과학적 이해를 지향하지 않을 수 없다고 할 때, 과학에 있어서의 이러한 관점은 의미 있는 참조 사항이 되지 않을 수 없다. 화이트헤드는 물질세계를 그 환경적 상황과 상호 작용하는 구체적인 사건적 계기의 집합으로 본 일이 있다. 그런데 인간 존재야말로 상황 속에서 결정(結晶)되는 사건이라고 할 수 있다. 역사 속에서 변하는 인간의 집단적 존재도 그렇다고 하겠지만, 특히 개체는 그러한 사건이다. 이러한 개체적 사건들의 집합이 사회이고, 또 적어도 인간의 관점에서 이해되는 물질세계의 총체가 이러한 사건 그리고 사건들의 총체라고 할 수 있다. 그리고 앞에서 말한 지평적 구조란 이러한 다원적 변용을 수용하는 세계의 총체를 말한다. 그런데 지평적 구조는 물질세계에서도 상통성(相通性, correspondence)을 갖는다. 다만 여기에서 개체의 관점과 자연의 총체가 어떻게 교차하는가는 깊이 규명되어야 할 과제일 것이다.

그러나 적어도 인식론적으로 말하여 과학적 탐구의 출발도 관심의 대상은 일정한 사건이나 사상(事象)에 있고, 탐구의 방향은 이것을 결정하는 환경적 요인들의 규명을 향한다고 할 수 있다. 물론 그 경우에도 이 탐구는 환경적 요인의 총체성을 향하는 것이 아니라 추상화되고 형식화된 법칙적 관계 속에 종합되는, 선택된 요인들만을 향한다. 그러면서 체계 전체 또는 체계의 일정한 구역 전체를 구성하는 수많은 요인들은 그 자체로 어떤 지평적 구조를 띠는 것이 아닌가 한다. 소위 '복합 체계(Complex System)의 이론'이라고 부르는 과학의 이론은 이러한 구조를 가진 세계를 상정하는 것으로 보인다. 적어도 그것은 하나의 초점과 매트릭스를 하나의 체계 속에 종합한다. 물론 이 초점은 수없이 존재한다. 날씨와 같은 현상을 설명하는 데 사용되는 '나비 효과(butterfly effect)'는 어떤 한 지점에서의 사건이 사건의 연쇄를 일으키고, 그것이 큰 효력을 갖는 것을 말한다. 복합적 체계가 말하는 것은 이러한 지엽적 사건이 어디에나 잠복해 있고, 이것이 전체 상황을 낳는다는 것이다. 이 전체 상황은 '혼돈'이라고 불리지만, 그렇다고 그것이 체계를 완전히 벗어나는 무법칙성을 나타내는 것은 아니다. 단지 이 체계는 단순한 선형 법칙으로 예측하기 어려울 뿐이다. 이러한 복합 체계의 유연한 법칙성은 개체의 자유와 자발적 행동을 설명하는 데에도 적용될 것으로 보인다.

물론 여기에서 말할 수 있는 것은 복합 체계에 대한 바른 이해도 아니고, 그것의 인간사에 대한 적용 가능성을 본격적으로 시도하는 것도 아니다. 다만 그것이 생각하게 하는 방법론적 시사점을 지적하자는 것일 뿐이다. 어떤 경우에나 개체를 벗어나지 않는 주관적인 인식이나 가치, 사회적 관계에서 출발하여 그것을 전체성으로 확대할 때, 그것이 수학이나 물리학 또는 화학의 복합 체계의 이론에 일대일로 대응한다는 말은 아니다. 또는 후자가 그대로 인간 이해에 적용될 수 있다는 말도 아니다. 복합 체계는 어떤 경우에나 일정한 관점에서의 세계의 재구성이다. 이것은 인간사에 적용할 때 더욱 그렇다. 다만 이 복합 체계의 재구성은 잡다한 사실과 지식과 방법의 집적이 아니라 비교적 엄밀한 방법론적 질서 속에서 이루어질 수 있다. 이 유연성과 방법론적 엄밀성의 결합은 적어도 인문 과학에서도 하나의 모범이 될 수 있을 것으로 보인다. 그러나 다시 말하건대 여기에서 복합 체계 이론을 언급한 것은 그것으로 당장에 무엇이 이루어질 수 있다는 것보다도 그것이 학제적 연구에 대하여 시사하는 바가 많기 때문이다. 그것은 인문 과학이 과학으로부터 얻을 수 있는 창조적 상상력을 암시해 준다.

4. 두 개의 사유의 원리: 이성과 가치, 동양과 서양

명경지수(明鏡止水)/명증성 자명한 이야기이지만 학문을 하려면 학문의 마음을 가져야 한다. 즉 진리를 위한 마음가짐이 필요하다. 주관적 환상이나, 이해나 감정의 편파성이나, 특수한 사례의 사실성(positivities)에의 집착이 진리의 직관과 추론에 방해가 되는 것은 말할 것도 없다. 진리는 사람의 마음에 객관성, 공정성, 보편성의 가능성이 있다는 것을 전제한다. 전통적으로 수양은 편견이나 선입견을 제거하고 편벽된 관점의 한계를 벗어나려는 자기 훈련을 포함했다. 이 마음의 상태는 흔히 명경지수(明鏡止水) ── 물의 움직임이 고요하여져서 거울처럼 맑아지는 상태로 비유했다. 서양의 전통에서 ── 특히 그 근대적인 전통에서 마음의 평정보다는 객관성이 주안이었기에 반드시 같은 목표를 가진 것이라고 할 수는 없지만, 바른 인식을 위하여 마음을 편견 없는 투명한 경지에 이르게 하는 것은 중요한 과제였다. 이에 이르는 일은, 마음의 수양 전체를 지향하는 경우보다 분명하게 방법론적으로 제시될 수 있었던 효시가 데카르트의 방법론이다. 우선 필요한 것은 모든 것에 대해 철저하게 회의를 할 필요이다. 그럼으로써 모든 검토되지 아니한 선입견과 편견, 확신 그리고 의견을 해체하여야 한다. 그리고 "분명하고 판별되는" 것으로 드러나는 것으로부터 새로운 지식을 건축해 나가야 한다. 물론 생각하는 사람 하나가 모든 것을 다 만들어 갈 수는 없는 일이다. 그러나 의심할 수 없이 확실한 근거를 확신할 수 있을 때만 제시되는 의견과 이론에 설득의 권리를 인정하는 것은 가능하다. 근거란 확실한 사실이고, 또 그에 이어지는 논리이다. 이것은 절차적 엄밀성으로 확인되어야 한다. 이러한 절차의 원리는 물론 이성이다. 이성이 사실 확인과 논리적 추리의 절차를 통괄한다. 모든 과학적이고 객관적 지식은 이러한 원리의 소산이다.

이성과 실용적 공리성 이 이성의 원리는 자연이나 사회나 인간의 세계에서 저절로 드러나는 것으로 말할 수 있다. 동시에 그것은 사람의 마음의 보편적 인식의 가능성에서 나온다. 즉 이성은 객관적 세계의 원리이면서 마음의 원리이다. 그리하여 그것은 필연적 강박성을 갖는다. 그러나 근래에 올수록 강해지는 비판의 소리는 이성이 모든 지적 노력, 의식의 노력 또는 인간적 기획의 유일한 원리가 될 수 없다는 것이다. 이성과 합리성은 자연과학의 권리일 수 있을는지 모르나, 이성의 원칙이 학문이나 지식의 문제가 아니라 실제 사회의 현실적인 조종과 기획의 원리가 되면서 이에 대한 비판은 더 넓은 근거를 획득한다.(물론 좁은 의미의 선형적인 이성이 자연 이해의 옳은 원칙이 될 수 없다는 생각은 자연 과학 안에도 존재한다.) 이성의 움직임을 추동하는 것은 보이지 않게 그 실용적 효과이다. 이것은 자본주의 경제에 의하여 뒷받침된다. 그리고 이것은 현대적 삶 전체를 감싸는 틀이 된 만큼 분명하게 그렇게 의식되기 어렵다. 적어도 이성이 재단하는 세계에서 심미적 가치, 도덕이나 윤리적 가치 또는 다른 정신적 가치가 보편적 원리로서 설 자리를 잃어버리고, 급기야는 전적으로 사라져 버리게 되는 것이 사실이다. 우리나라에서는 ── 물론 우리 사회가 이성적 사회 또는 합리적 사회가 되었기 때문에 일어나는 문제라고 할 수는 없지만 ── 이것은 도덕성의 위기 또는 인성의 위기로 의식된다. 그리하여 이성의 원칙이 아닌 다른 어떤 원칙에 따라 학문의 근본이 설 수는 없는가 하는 탐색이 생기는 것은 자연스럽다.

이성의 확신/도덕적 확신   그리고 우리나라의 경우 그것은 우리의 전통적인 학문의 근본에 대한 반성으로 이어진다. 서양에서 학문이 이성의 원칙에 기초하였다면, 우리나라 또는 동양에서 또는 더 좁혀 유교적 전통에서 그것은 인성에 대한 어떤 직관에 기초하였다고 할 수 있다. 데카르트의 이성이 의심할 수 없게 확실한 궁극적인 직관에서 확인되는 것이라면, 맹자의 인성론에서 인성의 근본은 어떤 독단적 원칙이 아니라 부인할 수 없는 직관 ── 불인지심(不忍之心), 긍정이 아니라 부정적으로 확인되는, 다른 표현으로는 몸의 사지와 같아서 그것을 없이 하는 것이 스스로를 치는 것과 같다는, 인간의 근본적 심성으로부터 미루어 추측되는 근본적 원리이다. 맹자는 이것이 사회적 인간관계나 명예 등에는 관계가 없는 근본적인 것으로 말한다. 이것은 데카르트의 회의처럼 부정을 통하여, 달리 말하여 부정하여도 부정할 수 없는 부정으로 확인되는 것이다. 그러나 유교의 전통에서 이러한 근본적 직관은 다른 사회관계에 유추적으로 확대되어 독단적 규범으로 굳어지고, 또 의도된 것이든 아니든 신분 사회를 정당화하는 이데올로기가 된다. 그렇기는 하나 유학의 인간성에 대한 근본적 직관은, 이성에 대한 직관처럼 인간 경영의 원리에 하나의 확실한 근거를 주려 한 것이다.

그러나 이성이 구성적 원리인 데 대하여 인성에 대한 도덕적 직관은 쉽게 구성적 원리가 될 수 없기 때문에, 다른 도움 없이 내재적 힘만으로는 학문의 토대로서 또는 더 나아가 사회나 인간 또는 자연을 이해하고 설명하며 조직화하는 필연의 원리가 되기 어렵다고 할 수 있다. 또 그것은 규범적 요청이지 현실의 필연성을 말하는 원리가 아니다. 그렇다고 인간성의 도덕적 그리고 윤리적 성격을 살리고 기르는 학문이나 사회의 건설이 불가능한 것은 아니다. 그러나 그렇게 되기 위하여 그것은 필연성의 원리 — 사물의 필연성이며 인간의 강박적 동기의 원리인 이성의 구성적 작용의 도움을 필요로 한다. 도덕적 근원을 망각하지 아니하면서도 또는 그것의 최대한의 신장을 목표로 하면서도, 현실의 원리인 이성의 원리로 구성되는 심리학, 사회학, 정치학 등이 성립하여야 할 것이다. 그러나 현실의 어디에 도덕과 윤리가 자리할 수 있을는지는 아직 분명치 않다. 이미 시사한 바와 같이, 불인(不忍)이라는 개념은 그 원리의 강박성 또는 필연성을 강조한다. 그러나 그것은 현실 구성의 필요성으로 연결되지 아니한다.

인간의 근본적 도덕성에 대한 직관을 넘어가는 사실적 규정으로서의 도덕적 원리는 대체로 보편적 타당성을 가지기 어렵고, 또 그러니만큼 현실적 필연이 아니라 그것을 대신하려고 하는 권력의 억압적 성격을 띠지 아니할 수 없다. 그러면서도 사람의 사람됨을 생각하는 모든 학문과 그 실제적 응용 — 인문 과학이나 사회 과학은 물론 자연 과학도, 인간적 목표를 잃지 않는 학문에 있어서 궁극적으로 도덕과 윤리의 문제는 피할 수 없는 문제가 된다고 해야 할 것이다. 결국은 모든 것이 인간적, 도덕적 삶에 관계되어서만 사람의 삶은 살 만한 질서를 찾고, 또 그 의미를 발견하게 마련이기 때문이다. 그러나 되풀이하여 말하건대 구체적인 표현으로써 그 도덕적 원칙들을 보편적으로 납득할 만한 것이 되게, 또 현실적 효용을 가진 것이 되게 규정하기는 매우 어려운 일이다. 그리하여 일단은 지금의 상태에서 그것은 궁극적 답변을 유보한 상태로 두는 것이 좋을는지 모른다.

오늘의 도덕적 혼란은 사람들로 하여금 간단한 도덕적 해답을 갈구하게 한다. 그러나 그것은 대체로 자기 정당화 — 남을 희생시키고 또 다원적 가능성을 부정하는 공격적 자기주장의 표현에 불과한 것이 되기 쉽다. 그리하여 그것은 만인 투쟁을 격화시키는, 그러니까 가장 초보적인 의미에서 부도덕한 것이 될 수 있다. 오늘날 일단 필요한 것은 가치의 다원주의이다. 그러나 이것이 도덕적 가치를 포기하는 것은 아니다. 그렇다는 것은 다원성이 성립하기 위해서는 자신과는 다른 가치를 가진 사람의 인간적 존재를 인정하는 것이 필요해지고, 윤리와 도덕의 근본이 타자를 포함하는 인간 일반에 대한 존중이라고 할 때 바로 이 기초를 인정하는 행위가 다원주의의 시작이 되기 때문이다. 다른 한편으로 다원주의가 반드시 이러한 윤리적, 도덕적 양보에 기초한다고 할 수는 없다. 그것은 단순히 힘의 약세를 인정하는 것에 불과할 수도 있다. 그것이 도덕적 의미를 갖기 위해서는 다원의 현실이 보다 적극적인 의식적 주제로 승화되어야 한다. 그리고 그러한 경우에도, 보다 구체적인 관점에서의 상호 관계와 규범은 새로 풀어야 할 과제로 남는다.

사실과 가치   사회 과학 방법론에서 막스 베버가 고민한 문제 중의 하나는 가치와 객관성의 관계였다. 그는 가치의 문제가 인간의 삶에 있어서 중요한 것임을 — 어쩌면 학문보다도 중요한 것임을 알았다. 그러나 거기에서 대하여는 다원주의 외에 다른 해결책이 없다는 것을 시인하지 아니할 수 없었다. 다원주의는 이미 시사한 대로 관용과 공존의 필요를 말하기도 하지만, 잠재적으로 죽음에까지 이를 수 있는 투쟁을 의미하기도 한다. 베버는 학문의 입장에서 가치를 일정하게 바로잡을 수 있는 방법이 없다고 생각하였다. 오늘날 우리의 학문 활동에서 스스로 생각하지 않을 수 없게 되어 있는 것은 학문의 존재 형식과 이유에 대한 근본적 반성이다. 그리고 이때 답변의 하나는 학문이 국가나 민족, 그 경제적 번영 또는 도덕성의 확보에 봉사하고, 또 그러한 관점에서 종합되거나 또는 적어도 서열화되어야 한다는 생각이다. 이러한 요구에 정당성이 없는 것은 아니나 그 당위성 자체는 완전히 열려 있어야 할 학문의 물음에 딜레마가 된다고 할 수 있다. 베버는 독단적일 수밖에 없는 도덕 명령에 복종하는 학문은 학문의 자멸을 가져올 것으로 생각하였다. 그리고 그것은 궁극적으로 국가나 민족 또는 인간 일반에게도 도움이 되는 일일 수 없다. 물음의 자유야말로 예측할 수 없는 미래에 대비하여 모든 가능성으로 열어 놓는 일이기 때문이다.

사실성의 윤리적 의미   이렇게 말하는 것은 역설을 말하는 것이다. 그것은 윤리와 도덕을 떠나는 것을 말하면서 복귀를 다시 말하는 것이기 때문이다. 우리는 다시 한 번 가치와 객관성의 문제가 일직선적인 것이 될 수 없는 것임을 상기하지 않을 수 없다. 베버도 가치와 학문의 관계를 철저하게 분리하려는 것은 아니었다. 그것은 두 가지 관점에서 그러하다. 객관적 학문은 스스로 가치를 설파하는 것이 아니라 논리적으로 분석하고 사실적 효과의 관점에서 검증할 수 있다. 이때 객관적 학문은 분석 대상의 윤리 가치로부터 초연한 거리를 유지한다. 그러면서도 암암리에 전제되어 있는 것은 그러한 분석과 검증이 가치 선택에 영향을 준다는 사실이다. 그것은 그렇게 말하지는 아니하면서도 인간성 내에 윤리적 선택의 어떤 기준, 원초적 기준이 존재한다는 것을 상정한다고 할 수 있다. 어떻든 베버는 학문의 윤리적 중립성을 논하는 글에서 과학으로서의 학문이 가치와 관련하여 수행할 수 있는 일을 다음과 같이 한정하였다. 즉, (1) 사람이 취하는 입장 안에 들어 있는바 최종적이고 일관된 가치 공리(公理) 형태들을 정밀하게 밝히고 설명하는 일.(여기에서 유래하는 행동상의 태도를 논리적 정형화를 통해서 밝히자는 것이다.) (2) 가치 공리 추구에 함축된 효과를 밝히는 일.(사실 상황에 대한 특정한 공리에 입각한 판단에서 나오는 결과를 논리적으로 또 경험적으로 설명하자는 것이다.) (3) 그러한 사실 판단의 실천에서 오는 현실적 결과를 예측하는 일.(실천에 필수적인 수단에 따르는 결과, 그리고 의도한 것은 아니라도 거기에서 나오는 부대 효과를 짐작하자는 것이다.) ── 이러한 것을 분명하게 밝히는 일들이 객관성을 지향하는 학문이 할 수 있는 일이라는 것이다. 그러니까 가치에 대한 학문적 분석 ── 이성적 원칙에 의한 합리적이고 객관적인 분석은 일단은 가치를 초월한다.

그러나 이러한 객관적 분석은, 특히 앞에서 말한 세 번째 작업에 관계하여, (1) 적절한 수단의 결여로 하여 주어진 가치의 실천이 불가능하다든지, (2) 부대 효과 또는 파생 효과가 좋지 않기 때문에 가치를 실현하는 것이 바람직하지 않다든지, (3) 이러한 좋지 못한 가능성으로 하여 목적과 수단, 파생 효과 등을 새로 고려할 필요가 있다든지, (4) 또는 제안된 행동 방안에 그때까지 알아차리지 못하였던 새로운 가치 공리(公理) ── 원래 받아들였던 공리와 모순되는 결과가 숨어 있다는 것을 알게 하는 결과가 된다. 그리하여 있을 수 있는 결과와 가치 공리와의 정합 또는 모순 관계를 새로 생각하여야 한다는 새로운 과제를 제기하게 되고, 본래의 가치 공리와 입장의 태도의 수정과 변화를 불가피하게 할 수 있다.[4] 목적과 수단과 현실 효과의 상관관계 그리고 파생 효과에 대한 새로운 인식 그리고 그에 따른 본래의 목적의 수정 — 이런 것들은 객관적 분석의 결과이면서도 그 분석의 윤리적 의의를 전제한다. 다만 이 윤리는 공식화(公式化)된 어떤 항목으로 주장되지 아니한다. 반응은 과학적 분석에 귀 기울이는 사람의 자유에 맡겨진다. 여기의 학문적 노력은 윤리의 원칙을 말하려는 것이라기보다는 윤리에 대한 인간의 원초적 본능을 불러일으키는 것이라고 할 수 있다.

확신과 이성/세속 사회의 윤리 규범 물론 이것은, 다시 말하여 합리성을 통하여 사람들의 윤리적 공리가 수정될 수 있다는 것을 전제하는 것인데 극단적인 경우 광신적 신조란 바로 합리적 방법으로 바뀔 수 없는 확신을 말한다고 할 수도 있다. 이 신조는 사람들로 하여금 수단 방법이나 부작용을 고려하지 않고 행동에 뛰어들게 한다. 그리고 그것은 이성적 질서가 없는 사회에서 사람들이 자신의 삶에 일정한 질서를 부여하는 가장 쉬운 방법이다. 그러나 우리가 주목할 수 있는 것은 광신의 경우까지도 집단의 뒷받침 속에서 획득되는 경우가 많다는 것이다. 집단성 또는 사회성은 일단의 윤리적 열림을 갖는다고 할 수 있다. 윤리나 도덕은 초월적 이상에서 자기 정당성을 찾는 경우가 많지만, 동시에 이 세상에서 이 세상의 삶을 사는 일을 규범적으로 질서화하려는 의지의 표현이다. 그리하여 이 세상에서의 그 현실적 경과를 고려해 넣지 않을 수 없다. 그리고 그것은 대체적으로 긍정적인 관점에서이든 부정적인 관점에서이든 세상의 모든 것을 포괄하고자 한다. 그런 데다가 서양에 있어서나 한국에 있어서나, 오늘의 세상은 완

---

4 Cf. Max Weber, "The Meaning of 'Ethical Neutrality' in Sociology and Economics." *The Methodolohy of the Sciences*, trans. by Edward A. Shils and Henry A. Finch(New York: The Fress Press, 1949), pp. 20~21.

전히 현세적인 요구들을 무시할 수 없는 세속화된 세상이 되었다. 그리하여 그 관점을 참조하면서 사회적 합의를 이끌어 낼 수 있는 윤리와 도덕은 어느 때보다도 중요한 관심사가 되지 않을 수 없다.

세상사를 합리성의 원리에 따라 분석하는 것은 세상사를 생각하는 데에 있어서 필수 사항이고, 또 그것은 도덕적, 윤리적 사고의 일부를 이룰수밖에 없다. 이렇게 볼 때 세속적 실천에 대하여 베버가 말한 과학적 분석의 방법은 윤리적 사고의 일부가 되어야 한다. 다만 다시 한 번 상기할 일은 세속주의 의제이며, 세속적 삶에 있어서의 도덕과 윤리의 필요에 대한 요구이다. 그리하여 이 도덕과 윤리는 세속적 보편성을 가져야 한다. 그런 의미에서 칸트의 지상 명령은 바로 이러한 보편성을 적절하게 나타낼 수 있는 형식을 가지고 있다고 할 수 있다. 오늘의 도덕과 윤리는 보편적 규범이 될 수 있는 한도에서만 도덕적 명령이 될 수 있다. 이것은 매우 특수한 요구인 것 같으면서, 사실은 오늘의 민주화된 세계에서 사람들이 받아들일 수 있는 거의 유일한 도덕과 윤리의 조건이라 할 것이다. 다시 말하여 세속적 삶의 긍정과 그것을 포괄하는 관점에서의 만인에 평등하게 요구되는 보편적 윤리의 의무 ─ 이것이 오늘의 세계에서 가장 쉽게 받아들여질 수 있는 삶의 규범적 조건이다.

학문의 통일 원리/한국 학문의 현대화 이러한 가치와 사실의 문제는 학문의 통일을 위한 중심 원리를 확인하는 데에 관계되는 문제이다. 학문적 연구를 하나로 합치고자 할 때 문제의 하나는 합의 원리이다. 여러 분과 학문을 하나로 한다는 것은 사실적 지식이나 개념들을 하나로 체계화한다는 것을 말하지만, 그러한 정보나 지식의 통합 이전에 그러한 체계화를 위한 방법론을 생각하지 않을 수 없고, 또 방법론을 펼치는 사고나 사유의 원리의 문제를 생각하지 않을 수 없다. 그 사유의 근본 원리와 동기에는 사실들을 통일하고 하나로 연결하는 형식적 이성이 있을 수 있고, 그것을 규범적인 입장에서 통일하고자 하는 도덕적, 윤리적 명령이 있을 수 있다. 앞의 분석이 말하여 주는 것은 학문의 근본 원리, 또 통일의 원리는 형식적 이성의 원리일 수밖에 없다는 것이라 할 수 있다.

그런데 여기에 대한 논의가 특히 두드러진 문제가 되는 것은 동서양의 학문을 하나로 연결해 보고자 할 때이다. 학제 간의 만남 가운데 가장 중요한 것은, 적어도 우리의 입장에서는 동서양의 학문의 만남이다. 오늘날 우리나라에서 학문의 대종을 이루고 있는 것은 서양에서 온 근대 학문이다. 사회나 자연을 다루는 부분에서는 더욱 그러하지만, 인문 사회 과학 부분에서도 서양 학문의 강력한 존재를 무시할 수는 없다. 그러면서 우리는 수천 년, 수백 년 한국인과 동양인 일반이 삶과 자연 세계에 대하여 생각하고 익혀 온 표현의 흔적들이 뒷전으로 밀려나게 되는 것을 의아하게 느끼지 않을 수 없다. 앞에서도 언급한 바 있는 조지프 니덤의 『중국 과학 기술사』는 중국의 또는 더 일반적으로 동양의 과학적 사고의 깊이와 폭을 실증해 주는 저작이다. 니덤은, 이 책에서 말한 것은 아니지만, 17세기에 이르기까지 중국의 과학 기술이 오늘날의 세계를 지배하고 있는 서양의 과학 기술보다도 광범위하며 정치한 것이었음을 말한 바 있다. 그의 연구와 발언은 동양의 전통을 새로운 관심으로 되돌아보게 하는 데에 하나의 중요한 격려를 주었다. 그는 한국의 천문 기기에 대한 저서도 남겼다.

동양의 학문적 전통이 세계적인 관점에서 어떠한 것인가를 떠나서도 우리의 학문적 유산을 계승하고 발전시키는 일이 우리의 중요한 책무 중의 하나임에는 틀림이 없다. 이것은 한편으로는 많은 전문적인 연구의 집적에 기초하여서 점진적으로 이루어지는 일이라고 하겠지만, 생각하여야 할 것은 그 연구가 현대적 관점에 통합될 수 있는 것이라야 한다는 점이다. 과거의 전통은 현대적 관점에서 연구되고 재해석되어 의미 있는 것이 되고, 살아 있는 것이 될 것이기 때문이다. 이것은 어떠한 사회의 전통적 유산에도 해당되는 것이지만, 우리의 경우에 특히 해당된다. 그것은 우리에게 커다란 단절이 있었기 때문이다. 이 단절은 서양적 현대의 개입에 의한 것이다. 그러나 이것은 단순히 제국주의의 침공, 정치·경제·사회 제도의 침입만을 말하는 것이 아니다. 학문의 관점에서 근본적인 것은 세계를 설명하고 이해하는 근본에서의 현대적 개입이 일어난 것이다. 이 개입은 학문 연구에서 이성과 합리성의 원리가 개입했다는 것을 의미한다. 합리성이 모든 것은 아니다. 그에 대한 비판은 서양에서도 현대 사상의 주요한 과제의 하나이다. 그러나 그것을 떠나서 학문다운 학문이 존재할 수는 없다. 사라져 가는 전통도 현대적 이성의 물음을 통하여서만 비판되고 새로워지고 재평가되고 살아 있는 물음과 답변의 일부가 된다. 이때에 물음과 새로운 지양의 방법은 앞에서 든 베버의 가치 공리에 대한 과학적 질문을 묻는 것이다.

윤리에 대한 사실적 질문   학문적 사례는 아니지만 오늘에도 거론되는 전통적 윤리관을 두고 우리는 이러한 과학적 질문을 내어놓을 수 있다. 충성이나 효도가 다시 부활되고 우리 사회의 정신적 지주가 되어야 한다는 말을 우리는 자주 들었다. 그러한 전통적 덕목이 인간 생활의 중요한 한 국면을 나타내고 있는 것은 사실일 것이다. 그러나 그것에 대하여 우리는 베버적 질문을 해야 한다. 그것의 이론적 모델을 재구성하면 그 행동 체계는 어떤 것이겠는가? 그 실천이 가져올 현실 효과는 어떤 것인가? 그 실천의 수단에는 어떤 것이 있으며, 그걸로 인하여 일어날 여러 가지 파생적 행동 효과는 반드시 오늘날의 한국인이 원하는 것인가? 등등. 가령 효가 암시하는 강한 수직적 가족 관계는 민주적 가치, 평등과 자유, 개성적 인격 발달, 공동체적 유대, 시민적 보편 의식에 어떤 관계를 가지고 있는가, 또는 그것에 모순되는 것은 아닌가? 계급 사회의 억압과 모순, 관례적 부패, 폐쇄적이고 퇴행적인 가치 지향은 여기에 어떠한 관련을 가지고 있는가? 또는 그것이 오늘의 사회가 원하는 윤리적 규범이 될 만큼 필요하고 충분하여 보편적인 도덕 규범 노릇을 할 수 있는가? 이러한 질문을 통하여 형식적 합리성의 관점에서 그 가치 지향의 양식을 확대하여 가시적인 것이 되게 하고, 그 여러 의미를 널리 검토하고, 경험적으로도 오늘날에 있어서나 과거 역사에 있어서나 사회적 행동 양상의 다른 여러 특징과의 관련을 검토하여 볼 수 있을 것이다. 그렇게 하면, 무반성적 수용이 원하는 바와는 달리 많은 것이 비판의 표적이 되겠지만, 동시에 현대의 현실 속에서 그 인간적 내용을 새로이 살리는 연구를 낳게 될 것이다.

이것은 비학문적 예에 불과하지만, 다른 많은 학문적 과제도 비슷한 처리를 받을 수 있을 것이다. 전통적 학문은 인간성에 대한 어떤 도덕적 기초를 그 사고의 기본으로 하고 있다. 전통 학문은 오늘의 가치 중립의 학문들에 비하여 우리가 깊은 선망을 가지고 되돌아볼 수 있는 인간적인 삶 ─ 어떤 관점에서의 바람직한 삶의 이론을 펼쳐 보여 준다. 그러나 그것을 추동하는 규범적 명령이 오늘의 현실에서 의미를 가지기 위해서는 그것은 다시 한 번 현대적 이성의 시험을 거쳐야 한다. 학제적 연구의 큰 희망의 하나는 동서양의 학문을 새로이 이성의 방법 속에서 통합하는 일이다.

5. 학문적 각성

여러 가지 사실과 하나의 마음 지금까지 학제적 학문의 몇 가지 문제를 말하면서 거론된 것은 여러 학문의 사실적 종합보다도 그 원리에 있어서의 통일이었다. 학문의 중요한 것은 통일성이며 일관성이다. 그리고 이 통일성과 일관성은 세계의 통일성과 일관성 그리고 동시에 사람 마음의 통일성과 일관성에 그 근거를 가지고 있다. 이러한 초보적 사실의 확인은 학문의 연구에 있어서도 더러 상기하여야 하는 것이지만 교육에 있어서는 더욱 잊지 말아야 한다. 학제적 연구나 교육은 여러 가지 방면의 지식과 정보를 널리 받아들이는 일이지만, 동시에 이것은 잡다한 것들을 잡다하게 수용하는 일만은 아니다. 이미 비친 바대로 그것은 여러 가지 것을 수용하면서 하나로 있는 일이다. 그러니까 교육에 있어서 학제적 교육이란 여러 가지 것을 가르치면서도 하나의 것을 가르치는 일이다. 그것은 다시 말하여 여러 가지 것을 수용하면서 하나로 있는 마음을 깨우쳐 주는 일이다.

하나의 깨우침과 이성   이 마음이 어떻게 깨우쳐지는가 하는 것은 쉽게 알 수 없는 일이지만, 이것의 깨우침의 계기가 교육에 필수 불가결의 것임은 분명하다. 불교에 돈오(頓悟) 점수(漸修)라는 말이 있지만, 불교적 진리를 깨닫기 위한 방법으로서의 돈오와 점수는 논쟁 속에 서로 대립되는 것이기도 하고, 또 하나의 과정으로 뭉쳐질 수 있는 것으로도 말하여진다. 학문의 깨우침은 갑작스러운 것일 수도 있으나, 대부분의 경우에 여러 가지 지식과 사실을 접하는 사이에 그것을 관류하고 있는 원리로서 이성을 깨닫게 되는 데에서 일어나는 것 또는 형성되는 것이라고 할 것이다. 이 이성은 또 단순히 형식적이고 기계적인 원칙이 아니라 주체가 세계를 구성하는 원리이다. 학문하고자 하는 자는 이 구성의 원리를 깨우쳐야 한다. 그러면서도 이 구성의 원리는 다시 한 번 사실 자체의 원리이다. 그것은 사실에서 추상되는 것이기도 하고, 사실 그 자체를 구성하는 원리이기도 하다. 그런 까닭에 그것은 대강의 원리이면서도 사물에 수많은 구분과 뉘앙스를 만들어 내는 개별화 그리고 섬세의 원리이기도 하다.

학생이 깨달아야 하는 것은, 그것이 갑작스러운 것이든 점진적인 것이든 이러한 원리가 사실에 즉해 있으며 사물들을 두루 거쳐 있으며 마음속에 있다는 것이다. 이것은 한편으로는 사실 하나하나에 대한 면밀한 주의를 기울이는 일에 깊이 관계되어 있다. 그러나 다른 한편으로는 이 원리는 하나하나의 사실을 관류하는 일인 까닭에 여러 사실을 접하는 데에서 절로 터득된다. 그리고 더 중요한 것은 스스로 이 원리를 만들어 내는 것이다. 그런 의미에서 여기에는 흔히 이야기되는 주입식 교육이 아니라 능동적인 발견의 교육이 요구된다. 어떤 과제에 대한 학제적 접근은 저절로 여러 사실 — 기계적으로 하나의 학문 속에 정리되어 들어갈 수 없는 여러 가지 사실, 여러 각도에서의 여러 가지 사실에서 어떤 통일된 원리를 종합해 내는 데에, 또 종합하는 힘으로서의 스스로의 마음에 접하는 데에 좋은 자극이 될 것이다. 이러한 학문을 위한 깨우침을 말하는 것은, 앞에서 말한 바와 같이 이 깨우침의 계기 없이는 교육이 완성될 수 없기 때문이다. 학제적 학문을 말한다면 이 학문의 근본적인 마음의 깨우침이야말로 그 바탕이 될 것이다.

이성적 도덕 물론 이 깨우침의 의미가 여기 한정되는 것이 아님은 물론이다. 오늘날 우리 사회에서 많은 사람들이 생각하는 것은 사회의 도덕적 상황이다. 여기에서 이성의 깨우침은 중요한 역할을 한다. 앞에서도 비쳤지만 오늘의 도덕적 상황을 바로잡는 데에는 어떤 도덕적 규범의 부과가 필요하다는 생각이 있다. 그러나 참으로 자유롭고 인간적인 사회를 지향한다면 그것은 간단한 방편이지 근본적인 해결이 되지 못한다. 도덕적 인간은 행동하는 사람이다. 그러나 그는 생각하며 행동하는 사람이다. 이 생각은 스스로의 삶과 세계를 가장 근본적인 원칙 속에서 또 포괄적인 지평 속에서 종합할 수 있는 것이어야 한다. 이성적 사고가 반드시 도덕적 사고에 일치하는 것은 아니지만, 그것 없이는 책임 있는 도덕적 사고는 불가능하다. 그 기초 위에서만 타자와의 관계에서도 보편적인 원칙에 입각한 사고가 가능해진다. 다시 말하여 도덕적 인간은 사고의 능력과 함께 도덕적 감성, 정열, 의지력, 육체적 에너지 등 여러 가지 것을 합쳐 낼 수 있는 사람이다. 그러나 나는 이중에도 사고의 훈련의 중요성을 강조하고 싶다.

생각은 우리를 주어진 사실성에서 해방한다. 이 해방에서 얻어지는 자유 없이 도덕적 행위는 인간적 위엄을 완전한 것이 되게 할 수 없다. 모든 도덕적 행위가 자유로운 사고 속에서 이루어진다고 할 수는 없지만, 이상적으로는 그것 없이는 인간의 행위가 참으로 믿을 만한 도덕적 행위가 되기는 어렵다. 행위는 충분한 사고 속에서만 언제나 다시 선택될 수 있는 것이 된다는 뜻에서 그렇고, 또 공적 행동의 도덕성이란 행동의 모든 현실적 결과에 대한 책임을 포함하는 까닭에, 현실적 이해를 수반해야 한다는 뜻에서 그러하다. 그리고 자유로운 사고는, 필연적 관계는 없는 채로, 도덕적 인간의 의지로 전환될 가능성을 늘 가지고 있다는 점도 추가하여 생각하여야 한다. 이것은 오늘의 피상적 도덕 교육에 대하여 하는 말이지만 학문 자체가 도덕 교육의 가장 중요한 한 부분이라는 것은 망각되기 쉽다. 그것은 도덕이 이성의 깨우침을 포함한다는 조건하에서의 말이다. 그런데 학문의 근본을 생각하고, 또 이에 관련하여 학제적 학문의 기본을 생각한다면, 학제적 성찰에 의하여 매개되는 이러한 이성의 깨우침은 적어도 도덕의 문제에서도 핵심이 될 수밖에 없다.

6. 학제적 학문의 조직: 학과와 학제적 연구 조직

학과와 학부   지금까지 말한 것은, 처음에 말한 바와 같이 학제적 학문의 근거와 정당성에 관련된다. 현실적으로 중요한 것은 이것이 대학과 교육의 현실에서 어떻게 제도로 옮겨질 수 있느냐는 문제이다. 여기에 대해서는 할 말이 별로 많지 않다. 오늘날 우리 대학은 이미 그쪽으로 가라는 압력을 받고 있다. 물론 학부제나 학과의 통합에 대한 압력이 그러한 것의 하나이다. 그러나 개혁은 위로부터가 아니라 아래로부터 이루어지는 것이 보다 바람직하다. 현실의 요구와 필요를 보완, 정리하는 것이 의미 있는 개혁이 된다. 위에서 내려오는 압력의 발상은 그럴싸하더라도 현실을 왜곡하고, 또 예상하지 아니하였던 결과로 정착될 수 있다. 위로부터의 개혁이 이성적인 것으로 보일는지 모르지만, 그것은 충분히 모든 것을 생각하는 이성의 소산이 아니기 쉽다. 그럼에도 불구하고 일단 시작되고 움직인 이상, 그리고 그것이 개선하는 방향을 향하는 것인 이상 정신에 있어서나 제도에 있어서나 그것을 위한 마련을 하는 것은 옳은 일이라고 할 것이다.

제도의 문제에 대해서는 간단한 몇 가지의 관찰에 말을 한정시키겠다. 학부의 개별 학과의 장벽을 무너지게 하거나 약하게 하는 일이 원하든 원하지 아니하든 많은 대학에서 이미 진행되고 있다. 이것은 근본 원칙에서는 환영할 만한 일이다. 그런데 개별 학과의 약화와 소멸을 가져온다는 우려가 말하여지는 것을 고려하여야 한다. 이것이 수강생의 감소를 말하는 것이라면 심정은 이해되지만, 원칙의 면에서는 이것은 수긍할 수 없는 우려이다. 우리는 먼 일에서는 민주주의를 말하면서 주변의 이해관계에서는 권력의 체제를 원하는 경우를 많이 본다. 외적인 규제를 통하여 어떤 학문의 유지와 확장을 기한다는 것은 이성적 지도와 내적인 동기 유발을 기본적으로 하여야 할 교육의 근본을 버리는 일이다. 교육의 본질은 불유쾌한 결과가 있다고 하더라도 어디까지나 정신의 자유로운 계발에 있다. 그러나 어떤 개별 학문이 학부제로 인하여 소멸의 위기에 처한다면, 그것은 심각한 문제가 되지 않는다고 할 수 없다. 수요 공급의 시장 원리에 따라 움직이는 학교 경영에 그 동기가 있다고 하면, 그것은 더욱 깊이 고려되어야 하는 사항이라고 할 수 있다. 다중의 움직임만이 민주주의의 지상 원리가 되는 것은 아니다. 다중의 움직임과 직접적인 관계가 없는 보편적 원리와 판단도 민주 사회의 중요한 원리이다. 특히 학문을 사명으로 하는 학교에서 그것은 다중의 원리보다 더 중요하다. 학교는 단순한 민주적 기구가 아니라 진리 속에 존재하는 민주적 기구이다. 민주주의는 진리의 한 수단이다. 그리고 민주주의의 건강을 위해서는 진리가 필요하다. 학교는 수요 공급의 원칙에 관계없이 학문의 요구에 따라 그 조직을 유지할 수 있어야 한다.

개별 학과의 문제는 제도적으로 세 가지 관련에서 생각되어야 하는 것이 아닌가 한다. 학생과의 관련에서는 학과의 경계에 대한 행정적 통제는 완화되는 것이 바람직하다. 그러나 학과는 개별 학문의 전문성을 유지 발전시켜 나가는 근거로서는 필요한 조직이라고 할 수 있다. 이것은 교수와의 관련에서이다. 그러나 다른 한편으로 교수도 전문성의 훈련과 기율을 필요로 하면서도 또 그것을 넘어갈 수 있어야 한다. 그리하여 개별 학과는 교수의 조직으로서의 개별 학과를 유지하면서 세 가지로 문을 열어 놓을 수 있다. 하나는 여러 과가 여러 가지로 연결하여 통합 과정을 만들어 운영하는 것이다. 또 다른 하나는 교수 겸임 발령제를 도입하는 것이다. 그러나 학교의 규모에 따라서는 학과를 초월하는 주요 연구소 조직을 통하여 교수들을 학제적 차원에서 통합하는 것이 가능하다. 가령 미국학이라는 것이 있는데, 미국학 연구소는 관련되어 있는 미국의 정치, 경제, 사회, 역사, 문학의 교수들이 연구 활동을 같이할 수 있는 공간이 될 수 있다. 여기에는 다른 구미 분야나 동양 분야의 교수들도 비교 연구를 위하여 참여할 수 있어야 한다. 비교 문학 연구소에는 각 국민 문학의 교수, 관심 있는 역사 교수, 철학 교수 등도 참여할 수 있다. 앞에서 나는 인간 연구의 내외의 통합의 필요성을 말하였지만 그것은 바로 이러한 개방적 참여 없이는 불가능한 것이라고 할 수 있다. 이러한 연구소 조직은 교수와 대학원생의 조직이면서 개별 학과와 중복하여 존재하는 것일 수 있다.

물론 개별 학과와 학문의 전문성과 학제적 개방성의 문제는 학과, 통합 또는 협동 과정 또는 연구소 등의 조직의 문제로 한정될 수는 없다. 여기에서 학제적 발전을 위한 제도적 문제들을 다 말할 수는 없는 일이다. 다만 앞에 말한 것은 가장 논란이 많이 되는 부분에 약간의 언급을 시도한 것에 불과하다. 대체적으로 필요한 것은 학교 조직의 유연화이다. 이것은 분절적 명료화와 동시에 이루어짐이 마땅하다. 개혁을 추진하고 또 새로운 사태에 대처해 갈 수 있는 조치를 취함에 있어서 위원회의 조직과 활동이 불가피하다. 이 위원회는 학교의 여러 부분을 대표할 수 있어야 한다. 그러면서도 그것은 양적인 의미에서가 아니라 합리적 개념의 면에서도 충분히 대표적일 수 있어야 한다. 위원회는 물론 책임과 의무를 분명한 가시적인 것으로 할 수 있어야 한다. 다른 한편으로는 그것은 합리적 절차의 권위를 지킬 수 있어야 한다. 나의 경험으로 미루어 보건대 우리 대학의 많은 분란은 한편으로는 비민주적인 데에서 오지만, 다른 한편으로는 민주적 절차를 뒷받침하는 권위와 힘의 부재에서도 오는 것으로 생각된다. 물론 그것은 합리성에 의하여 뒷받침되어야 한다. 합리성은, 모든 파생 효과들을 두루 생각하고 그것에 대한 토론적 절차에 의한 해결을 예견하는 성찰을 말한다. 적어도 학문의 세계, 학교의 세계에서 권위는 이 성찰의 객관성에서 온다.

이러한 문제는 부질없는 소리들인지 모르겠다. 지금 우리의 대학과 우리 사회는 커다란 전환기에 와 있다. 전환기는 위기를 의미하기도 하고, 새로운 도전을 말하기도 한다. 그러나 전환의 느낌은 많은 것이 혼란과 붕괴의 직전에 있다는 느낌이라기보다는 새로운 시작이 왔다는 느낌이다. 많은 사람은 그것이 힘의 쇠퇴가 아니라 힘의 과잉, 의욕의 쇠퇴가 아니라 의욕의 과잉에서 오는 것이라는 느낌을 갖는다. 나쁠 수도 있고 좋을 수도 있는 과잉 에너지의 시대일수록 근본을 생각하고 먼 미래를 생각하는 것이 중요하다. 그리하여 비로소 낭비 없이 이 에너지는 새로운 출발의 추진력이 될 수 있다. 에너지의 과잉은 성질을 급하게 한다. 서서히 밑으로부터, 구체적인 필요로부터 미래를 만들어 나가는 일이 이 에너지의 건실한 효용에 그리고 그것에 대한 균형 작용에 기여할 것이다. 모든 것을 서서히 생각하면서 나아갈 필요가 있다. 그것은 현실의 문제를 현실적으로 해결해 나아가면서도 근본적 원리들을 거기에 결부시키는 일을 말한다.

(2013년)

시와 과학

사실, 이론, 존재

1. 삶, 그 자발성과 자연스러움의 본질

문학이라고 분류되는 글 — 시나 소설과 같은 글을 쓰는 데에는 특별한 방법론이 없다. 문예 창작을 가르치는 교육 과정이 없지는 않지만, 아마 그것은 틀림이 없다고 할 방법론적 훈련을 거치게 하는 것보다는 여러 사례들을 보면서 무엇인가 스스로 터득할 수 있게 하는 과정일 것이다. 그리고 그것이 어떤 방법론이나 요령으로 정착하고 스스로 구상하는 작품에 자동적으로 적용되는 공식이 된다면, 그것은 작품의 진실을 격하시키는 일이 될 것이다. 인생을 사는 데에도 적절한 방법이 없다고 하겠지만, 그 비슷한 것이 있다면 방법론이 아니라 여러 범례에 접하는 일을 말할 것이다. 즉 우러러볼 수 있는 삶의 사례들에서 어떤 계시를 얻을 수 있는 기회를 갖는 것이다. 그것을 속화시킨 것이 롤 모델의 개념이다.

요즘 인문학이라고 불리는 학문은 인생을 성공적으로 사는 요령 또는 지혜를 귀띔해 줄 수 있는 것으로 생각하는 경향이 많다.(과학이라는 말을 빼고 인문학이라고 하는 것 자체가 그러한 흐름을 표현한다.) 인문학이 그러한 가르침에 관계된다고 하여도, 십중팔구 사람은 거기에서 요약한 처세의 요령으로 인생을 살아갈 수 있게 되지도 않을 뿐만 아니라 그렇게 된다고 하여도 요령에 따른 삶은 참으로 높은 삶의 실현이 되지 않을 것이다. 그것이 무엇을 의미하든지 삶의 핵심의 하나는 그 자발성 또는 자연스러움에 있다. 물론 이 자연스러운 표현과 행위가 학문적 또는 실천적 수련과 수신에서 나오는 것일 수는 있지만, 그러한 경우도 그것은 자발적이고 자연스러운 것으로 다져진 상태에 이르러 비로소 그 진실됨을 얻을 것이다. 이 자발성 또는 자연스러움이 무엇인가, 무엇을 의미하는가? 이에 대한 답은 문학의 본질을 이해하는 데에 있어서, 또 그 사회적 기능을 생각하고 나아가 그 존재론적 의의를 탐구하는 데에 핵심적인 사항이라 아니할 수 없다.

2. 시적 감흥과 표현 형식

비교적 심각하게 생각할 수 있는 언어적 표현 가운데, 문학은 다른 어느 것보다도 삶 자체의 자발성을 표현하는 작업이라고 할 수 있다. 특히 시의 경우가 그러하다. 시의 본질이 그 자발성에 있다고 할 수 있기 때문이다. 독자적인 정서와 인식을 표현하는 것이 아닌 시가 진정한 호소력을 가질 수는 없다. 마음에 있는 뜻을 나타내는 것이 시라는 것은 『시경(詩經)』의 설명으로 쓰인 「모시서(毛詩序)」의 정의이다. 이때의 '뜻(志)'은 여러 가지로 다시 생각되어야 할 문제이지만, 이 뜻이 즉흥적인 것에 가깝다는 것은, 이 뜻이 정(情)에 일치하는 것으로 생각되고, 또 이 뜻이나 정을 말로 표현하여 시가 되는 것인데, 그것이 부족하면 차탄(嗟歎)하고 노래하고 춤을 추어 이것을 표현한다는 보충 설명에서 짐작할 수 있다.

그러나 시가 뜻이나 감정의 자연스러운 표현이라고 하여도, 그것은 일정한 형식을 갖춘 예술이다. 그러니까 단순한 외침 소리 또는 절규(絶叫)가 아닌 것이다. 「모시서」는 단순한 절규가 시로 변하는 경위를 설명하여, 정은 소리(聲)로써 나타나고 소리가 문(文) 또는 무늬를 이루면 그것이 음(音)이 된다고 말한다. 시는 소리가 아니라 음이다. 자기 뜻하는 바대로 써 내려간다고 시가 되는 것은 아니다. 시는 여러 시적 규칙과 관행을 익힌 다음에야 제대로 쓰일 수 있다. 그러면서도 그 호소력의 중요한 부분이 그 자발성에 있는 것이다. 그러니까 시는 일정한 모양을 갖춘 음악이고, 음악이어야 한다는 것이다. 문장이라는 말 자체가 무늬 있는 말을 가리킨다. 이 두 개의 결합이 어떻게 이루어지는가를 생각해 보는 것은 시적 효과를 설명하는 것이기도 하고, 그것의 보다 깊은 의미를 밝히는 일이 되기도 할 것이다.

시가 되려면 소리가 음이 되어야 한다는 것은 시의 형식적 측면을 말한 것이지만, 시는 거기에 추가하여 내용을 가지고 있어야 한다. 즉 정보를 전달하여야 한다. 이것은 모든 언어의 기본적인 기능이다. 다만 그 정보는 특이한 모양으로 전달된다. 옛날 시를 설명하는 데에 중요한 말의 하나는 흥(興)이다. 즉흥적인 감정 표현을 자극하는 것은 외물(外物)이다. 『시경』에 나오는 설명으로는 먼저 사물을 언급하여 시를 읊게 하는 계기가 되는 것이 흥이다.("先言他物, 以引起所詠之詞也.") 이러한 관점에서 시의 뜻이나 정은 사물에 의하여 촉발된다. 간단히 말하여 시는 외물에 대한 사람의 느낌을 있는 그대로 표현하는 것이다. 이것은 인지적 또는 인식론적 함축을 갖는다는 말이다. 그러면서 그것은 감정과 의지적 지향에 의하여 수반된다.

그 인지적 기능으로 하여 시는, 유교 전통의 이해에 따르면 나라를 다스리는 데에 도움이 되었다. 그렇다는 것은 자연 발생적인 뜻과 정의 표현이면서도 세상의 잘잘못 또는 치세의 정사(正邪)에 대한 판단을 가지고 있는 것이 시라는 생각을 했기 때문이다. 이로부터 바른 시적 풍조의 선양이 위정자의 책임이라는 주장이 나온다. 즉 시가 정치의 선전 활동의 일부가 되는 것을 정당화하게 된 것이다. 이것은 물론 유교의 도덕주의적 판단이고, 외물에 유발되는 뜻과 정은 다른 보다 근본적인 차원을 가지고 있다고 할 것이다. 외물이 시를 촉발하여 시가 시작된다고 하면, 아마 정사(正邪) 이전에 중요한 것은, 어떤 현상학적 인식론에서 말하듯이 좋고 나쁜 느낌이나 싫고 좋은 느낌, 그보다 본능적인 호오(好惡)의 느낌이라고 할 것이다. 또는 더 근원적인 것이 작용한다고 할 수도 있다.

텔아비브 대학의 지바 벤포라트(Ziva Ben-Porat) 교수는 '가을'이라는 주제가 일본인의 심성에 저절로 시적인 감정을 일으킨다는 사실을 뇌 신경 작용을 조사하여 밝힐 수 있다고 한다. 이것은 물론 문화적인 영향이 감정 작용에 개입된 결과이다. 이 연구는 비교 문화적인 연구로서, 이스라엘인에게는 같은 말이 그러한 감정을 전혀 일으키지 않는다는 사실을 동시에 밝히고 있다. 이것은 어떤 감성에 있어서는 또는 전통의 훈련의 결과는 시적인 것을 별도의 영역으로 설정한다는 것을 말하는 것으로 취할 수 있다.

윤동주의 유명한 시집의 제목은 『하늘과 바람과 별과 시』이다. 여기에 열거되어 있는 사실들은 인간의 삶의 커다란 배경이 되는 자연 현상 — 사람의 세계를 넘어가는 자연 현상을 가리키는 것들인데, 이것은 모두 시적인 감흥을 일으키는 것들이다. 하늘과 바람과 별이 시와 함께 열거되어 있는 것은 당연하다. 그런데 우리가 여기의 사물들을 연결해서 생각하는 것은 어떤 사유로 인한 것인가? 그것은 물론 이것들이 공유하고 있는 시적인 정서로 인한 것이다. 그러나 이것들을 하나로 묶는 것은 마음의 바탕이 그 아래 작용하고 있기 때문이다.

사물들은 하나하나 따로 떼어서는 좋든 나쁘든 특별한 의미를 갖지 아니한다. 마음의 공간에 공존함으로써 의미를 갖는다. 이 공간은 의미를 생산하는 매체이다. 사람이 사물을 대하고 그에 반응하고 그에 기초하여 행위하고 하는 데에 거의 무색무취의 상태에서 마음이 개입하는 것은 무엇을 의미하는 것일까? 사람은 물질적 공간에 존재하면서, 동시에 마음의 공간에 존재한다는 것을 말하는 것일까? 이러한 질문은 보기에 따라서는 매우 중요한 인식론적, 존재론적 의미를 가질 수 있다.

3. 시적 표현과 과학적 사실의 거리

그런데 도대체 느낌을 말로 표현한다는 것은 무엇을 어떻게 한다는 것인가? 말이 속마음을 어떻게 표현할 수 있는가? 시가 느낌과 사물을 그려낸다고 한다면 그것은 늘 그에 미치지 못하는 것일 수밖에 없다. 그것은 말할 수 없는 것을 말하는 것이다. 말과 마음 그리고 상황은 어떤 순간에 그렇게 느껴질 수 있지만, 그다음에 그것들은 서로 비끄러져 나간다. "과연 그렇다."라는 것은 한편으로는 몸으로 느끼는 것이다. 몸이 개입된다는 것은 소리가 음이 된다는 데에 이미 들어 있다. 그 음은, 모든 시의 운율법(prosody)이 말하여 주듯이 리듬을 특징으로 하는 음이다.

음악의 리듬이 무엇인지는 알 수는 없지만 그것이 신체의 율동에 관계된 것은 틀림이 없는 것일 것이다. 그것은 몸에 배어들고 감정을 움직인다. 이때 그런 순간이 있다는 것은 그것이 사건으로서 일어나고 다시 사라진다는 말이다. 정과 뜻 ── 슬픔이나 기쁨이나 일정한 펼쳐짐을 가지고, 또 방향을 갖는 정과 뜻이 노래하고 춤을 추게 되는 것은 이러한 얽힘을 말하는 것이라고 할 수 있다. 그런데 이것은 보다 크게 보면 금방 말한 바와 같이 순간에 일어나는 일이다. 그러면서 그것은 일정한 지속을 가지고 있다. 시는 감정과 외적인 행동의 접합을 표현하는 사건이다.

시가 가장 자주 말하는 것은 사물이다. 그러나 그 표현이 과학적인 것이 될 수는 없다. 사물은 일정한 감정 속에서 포착된 사물이다. 그중에도 꽃은 시에서 가장 많이 이야기되는 사물일 것이다. 꽃을 보고 이것이 무슨 꽃이 지, 하고 의문을 가질 때, 그것이 '수선화'라는 답을 얻으면, 그것으로 만족 하는 수가 있다. 이것은 이름의 마술이라고 불러야 할 것이다. 이름을 안다 고 무엇을 알고 느끼게 된 것인가. 그것이 부족하다면, 식물학적 설명을 찾 아낼 수 있다. 그러나 그러한 이름이나 식물학적 설명이 꽃의 실감을 우리 에게 전달해 주지는 못한다. 그것은 어떤 사건이나 상황에 접목되어 감흥 을 일으키는 것이 된다. 김동진의 곡이 붙어 유명해진 김동명의 「수선화」 에서 그것은 "차디찬 의지의 날개로/ 끝없는 고독의 하늘을 날으는 애닲은 마음"이라고 이야기된다. 이것이 수선화를 기술(記述)하는 것인지는 분명 하지 않다. 그것이 수선화에 관계된다면, 사람의 마음가짐과의 어떤 평행 관계 속에서 느껴지는 수선화이다.

수선화를 가리키는 것은 아니지만 꽃을 두고 박두진이 부치는 말 "꺼 질 듯/ 보드라운/ 황홀한 한 떨기의/ 아름다운 정적(靜寂)"(「꽃」)은 앞의 시 에 비슷한 느낌이면서 조금 더, 수선화를 포함하여, 객관적 존재로서의 꽃 의 느낌을 기록한 것이라고 할는지 모른다. 그것은 사람의 자세 — 시인이 그렇게 보고, 또 대부분의 사람이 긍정적으로 볼 수 있는 자세를 시사한다. 그러나 그것은 사람을 포함하여 모든 존재하는 것의 어떤 특징을 말하는 것이라고도 할 수 있다. 그것을 통하여 수선화의 근본이 인지된다.

워즈워스의 시에 「수선화(daffodils)」라는 것이 있지만, 이것은 조금 더 사실적인 내용을 가진 것이면서 그 나름의 시흥(詩興) — 그렇게 강렬한 것은 아니면서 더욱 큰 함축을 가진 시흥을 전한다. 이 시에서 워즈워스는 산과 골짜기를 구름처럼 떠돌다가 호숫가에 만 개는 될 것 같은 금빛 수선 화가 피어 바람에 흔들리며 은하의 별들처럼 빛나고 있는 것을 본다. 그리고 의자에 기대어 생각에 잠겨 있을 때 이 광경을 떠올리고 위로를 받는다고 한다. 앞의 다른 시들의 표현에 비하여 이 시의 묘사는, 방금 말한 바와 같이 사실적이면서, 호숫가를 메우고 있는 수선화의 시각적인 광경을 전달한다.

앞의 모든 시에서 시적 묘사는 사실의 면밀한 제시보다는 경험적인 상황에 이어져서 비로소 그럴싸한 언어 표현에 이른다는 것은 틀림이 없다. 경험적인 상황이란 사람의 존재가 개입된 사건이라는 말이다. 하여튼 밖에 있는 꽃은 마음 안의 사건으로 경험된다. 그렇다면 사물에 대한 인간의 경험은 유아론적(唯我論的) 착각일 뿐인가? 아니면 외계에 대한 인지 작용은 인간 내면의 모방으로 이루어지고, 이것이 대상적 인식에 선행하는 것일까?

근년에 발견된 '거울 뉴런(mirror neuron)'은 이러한 가능성을 생각하게 한다. 거울 뉴런은 공감(empathy)이나 모방 행위(simulation action) 등이 다른 사람이나 다른 동물과의 교감에 있어서 원초적인 현상이라는 것을 말하고, 또 그것에 대한 생리학적 근거를 제공해 준다. 그런데 이러한 근본적인 공감은 꽃과 같은 식물의 인지에도 중요한 것인지 모른다.(그리하여 시는 어떤 경우에나 인간적 공감과 사물에 대한 직관적 인식의 발달에 큰 몫을 담당한다고 할 수도 있다.) 그리고 인간의 존재에 대한 직관이 객관적 인식에 늘 만족하지 못하는 것도 여기에 관계되는지 모른다. 그러나 여기에서 이러한 문제를 본격적으로 생각해 보려는 것은 아니다. 다만 시의 진리 인식의 가능성이 어떤 것인가 하는 것은 이 글의 영역에 드는 문제일 것이다. 그것은 과학의 진리 인식과 많은 것을 공유하면서도, 또 그것과 성질을 달리한다.

4. 전체와 부분, 전체성에 대한 비전

그런데 다시 한 번 사물에서 오는 느낌을 표현한다는 것은 무엇을 말하는가? 「모시서」의 한문을 풀어 보면, 우리가 표현이라고 한 것은 형언(形言)을 말한다. 그것은 모양을 보여 주는 말이다. 예술을 설명하는 서양의 생각에 예술은 어떤 현실을 재현하는 것이라는 것이 있다. 그것은 아리스토텔레스의 시론에서 연극을 미메시스, 재현 또는 모방이라고 한 데에서 나온 것이다. 형언도 이에 비슷한 뜻을 가진 것으로 생각해 볼 수 있다.

그러나 아리스토텔레스의 시론이란, 사실은 연극론이기 때문에 연극에서 사람들이 하는 몸짓을 모방하는 것은 생각할 수 있지만, 말로써 뜻과 감정을 표현 또는 모방할 수 있는가? 모양은 눈에 보이는 어떤 것, 가시(可視)의 세계에 속하고, 말은 원래 소리의 세계에 속한다. 물론 말이 이루어지는 것은 행동의 세계에서이지만 일단 가시의 세계는 이것을 단순화하여 말한 것이다. 하여튼 두 개의 다른 세계가 어떻게 모방되거나 재현될 수 있겠는가? 말 또는 말에 비슷한 것으로서 감탄하는 소리, 차탄(嗟歎) 정도는 가시적인 세계는 아니라도 행동의 세계에 속한다고 할는지 모르지만, 다른 언어가 마음의 뜻이나 감정을 모방하는 것은 비트겐슈타인이 쓰는 말로 '언어 놀이'와 현실 세계의 복잡한 관계를 통하여 이루어지는 것이라 할 수 있다. 이것은 물론 거의 전적으로 필연적인 인과 관계가 없는 것이다.

그러나 시가 언어인 이상 정보적 기능을 비롯하여 여러 언어적 제한을 갖지 않을 수 없는 것임은 틀림이 없다. 시가 소리(聲)가 아니라 음(音)이라고 한다면, 여기에서 음은 일단 모든 언어의 기본이 되는 음성의 일정한 조직을 가리키는 것으로 말할 수 있다. 그것은 일정한 규율의 체계 속에 포용되는 선택된 소리이다. 소리의 체계는 다시 언어의 문법에 연결된다. 문법은 그 나름의 구조를 가지고 있다. 그렇다고 언어적 표현이 이 구조 속에 한정되는 것은 아니다. 언어를 사용하는 사람은 언어 구조를 벗어나지 않으면서도 자신의 의사에 따라 언어의 표현 가능성을 자유롭게 구사한다. 랑그(언어)와 파롤(말)은 언어 현상의 이 두 면을 구분하여 말한 것이다. 시는 언어이면서 시인의 자발적인 표현을 허용하는 파롤에 해당한다고 할 수 있다. 그러나 다른 언어 사용의 경우나 마찬가지로, 시에 있어서의 규칙과 자발성의 관계는 형식만이 아니라 내용에도 존재한다. 언어가 사람의 감정이나 사물의 세계를 기술할 수 있다고 한다면 그것은 사물이나 상황을 언어가 의미를 전달할 수 있기 때문이다. 의미는 일단 개념으로 파악된다고 단순화할 수 있다. 개념은 시대적, 문화적 의미화의 양식의 산물이다. 학문적 언어에는 말할 것도 없이 이미 관용화되어 있는 개념들이 있다.

우리의 일상적 언어 사용에도 표현과 정보의 양식화의 유형이 작용한다. 인류학자들은 반드시 언어의 틀에 한정되는 것은 아니면서도 문화 속에 내재하는 의미화의 양식을 '문화의 양식(patterns of culture)'이라는 말로 표현한다. 시인의 자발적 표현은 다시 말하여 이 모든 언어적, 시대적, 문화적 한계 속에 있는 것이다. 그러면서 그는 그 나름으로 세계에 대한 인식의 체계를 가지고 있다. 물론 그것이 하나의 체계로서 반드시 의식화되어 있는 것은 아니다. 그것은 그의 삶에 하나의 정향성으로, 방식으로 각인된 것일 수 있다. 가장 자연스러운 체계는 반드시 의식된 것이 아닌, 그의 삶의 스타일에 나타난다고 할 수 있다. 그리하여 우리는 어떤 작품의 저자를 알지 못하는 경우에도 이것이 누구의 작품일 것이라는 추측을 할 수 있게 된다.

어쨌든 시인의 자발적 언어 표현은, 많은 경우 이러한 여러 전체적인 틀의 테두리 안에서 일어난다. 시는 이 테두리 안에서 어떤 사안에 대한 판단을 표현하는 것이라고 할 수 있다. 물론 이 전체와 부분적 판단의 관계는 하나의 방향으로만 작용하는 것은 아니다. 그것은 오히려 구체적인 경험의 증거로서 이 전체적인 틀을 검증하고 평가하는 경우일 때가 많다. 다만 그러한 경우 이 검증과 평가를 가능하게 하는 것은 다른 전체에 대한 비전, 또는 그것이 어디에서 유래한 것이든지, 즉 사회적으로 존재하는 문화적 이해를 보완하는 것이든지 또는 그것을 새로 대체하려는 것이든지, 새로운 전체성에 대한 비전을 향한 발돋움이다. 그러면서 다시 한 번 강조하여야 할 것은 시가 시인의 자발성에 기초한 것이고, 개체적인 경험에 대한—물론 이것은 생활에서 나오는 개체적 경험일 수도 있고, 그것을 전체적으로 파악하려는 담론에 대한 개체적 경험일 수도 있다.—표현이라는 점이다.

5. 사실과 이론, 패러다임의 관계

모든 언어적 표현이 그렇다고 하겠지만, 궁극적으로, 시에 있어서 경험의 자발적 표현과 그것의 배경에 있는 어떤 전체성의 테두리는 과학 연구의 과정에서 두 축을 이루고 있는 사실과 이론의 관계와 유사하다. 그리고 시와 과학은 유사성을 넘어 긴밀한 인식론적 관계를 가지고 있다고 할 수 있다. 시나 과학이나 가장 기본이 되는 것은 경험적 사실의 세계이며, 그것에 일정한 표현을 주려는 인간의 지적 노력이라고 할 수 있기 때문이다. 과학은 직접적이든 아니면 특별한 방식으로 고안된 실험의 방식을 통하여서든 사실적 관찰을 그 토대로 한다. 그러나 대부분의 경우 그것은 어떤 이론과의 관계를 통하여 의미 있는 것이 된다. 사실은 이론에 의하여 정당화되는 것이다. 그러면서 그것은 이론을 검증하는 역할을 한다. 사실 관찰이 이론을 수정하거나 부정할 수 있는 것이다.

앞에서 말한 것처럼 시의 출발과 종착점은 자발성이다. 자발성은 경험적 사실을 느끼는 대로 표현하는 데에 따른다. 그러나 표현은 이미 존재하는 언어의 체계, 문화의 체계, 이론의 체계의 도움으로만 이루어질 수 있다. 그러나 말할 것도 없이 시 또는 다른 문학적 표현이 그 자체로서, 사실에서 출발하여 경험적 현실 세계 전체를 하나의 이론 속에 또는 적어도 이해의 구조 속에 포용하려는 것이라고 할 수는 없다. 그것은 어디까지나, 특히 시의 경우, 즉흥적인 행위의 성격을 가지고 있다. 그러면서도 그것이 큰 이해의 체계 속에 참여하는 행위가 되는 것이다. 그리고 그 체계를 이해하거나 검증하거나 수정하는 행위가 된다. 그것을 목표하여서 그러한 것이 아니라 사실적 경험의 표현 행위 자체가 그렇게 되는 것이다. 경험적 사실을 시적으로 표현한다는 것은 계획된 의도에 관계없이 그 구체성을 넘어가는 의의를 지향하는 것이다.

그런데 과학 연구의 실제에 있어서도 사실과 이론의 관계가 반드시 엄격한 체계성 속에 있는 것은 아니다. 1960년대 초의 토머스 쿤의 과학사 연구는 연구의 실천 그리고 이론의 구축에 있어서 중요한 것이 패러다임이라는 생각을 일반화하였다. 이것은 시나 문학적 언어 표현에서의 사실과 일반성의 관계에도 적용될 수 있는 것이 아닌가 한다. 패러다임은, 적어도 처음 시작에 있어서는, 우연적인 성격을 가진 연구의 사례, 사실 관찰과 이론을 한데 어울려 가진 연구의 사례가 과학 체계의 구축에 모범이 되어 이론과 실험을 발전하게 한다는 것이다. 이러한 모범의 일반화를 만들어 내는 것이 패러다임이다. 그런데 이 패러다임은 조금 더 복잡한 의미를 가질 수 있다.

조르조 아감벤(Giorgio Agamben)은 반드시 틀림없는 이론 체계의 정당성을 가진 것이 아니라도 어떤 사례들은 그 나름의 정당성을 가지게 된다는 것을 설명해 보고자 한다. 그러니까 패러다임은 이론적 정당화를 넘어서 학문적 실천이나 인간의 삶에 있어서 훨씬 복잡한 의미를 가지고 있을 수 있다는 것을 말하는 것이다. 그의 설명은 주로 푸코가 시사하고 있는 패러다임의 의미와 쿤의 의미를 구별하는 데에 초점을 맞추어 — 푸코가 패러다임이라는 말 자체를 피하려 한다는 것도 지적하면서 — 푸코가 패러다임에 작용하는 담론 권력에 주력하는 데 대하여, 쿤은 역시 합리적 규칙을 중시한다는 것을 보여 주고자 한다.

그런데 여기에서 말하고자 하는 것은, 이것을 본격적으로 논하는 것보다도, 패러다임에 여러 종류가 있다는 것이다. 가령 수도원에서 지켜야 하는 규칙 같은 것은 창시자의 삶의 방식을 그대로 규칙으로 바꾸어 놓은 것이다. 이때 그것이 반드시 정당한 것인지 아닌지는 큰 문제가 되지 않는다. 모범이 될 만한 사람의 삶은 대체로 이러한 의미에서 패러다임이 된다. 더 주의하고 싶은 것은 어떤 사실이든지 그것을 이해하려고 할 때는 패러다임이 개입한다는 설명이다. 그러니까 정상적인 사람의 이해나 인식 과정은 늘 패러다임을 생성하는 것이다.

한 사실을 다른 사실에 이어서 하나로 이해하고자 하면 이 이해의 노력은 둘 사이에 공통된 요소 — 일반화될 수 있는 요소를 필수 조건으로 요구하게 된다. 가령 플라톤의 예를 들어, 이데아를 설명하기 위해서 그것을 베 짜는 일에 비교할 때, 또는 아이들이 다른 단어들에 들어 있는 같은 음절을 인지하게 될 때, 거기에는 일반적인 범례로서의 패러다임이 끼어들게 된다는 것이다. 그러니까 베 짜기는 구체적인 행위이면서, 짠다는 행위로 일반화된다. 음절의 확인도 구체적인 소리가 고정될 수 있는 전형으로 옮겨서 해석된다는 것을 전제로 한다.

다시 플라톤의 예로서, 기억되는 일을 현재에 이으려고 할 때도 무엇인가 일반적인 이데아의 바탕이 있어서 그것이 가능하게 된다. 어떤 주어진 사물을 이해하려고 할 때도 이러한 일반화가 일어난다. 그것은 감각에 느껴지는 것을 이해할 만한 것으로 전환하려 할 때, 일반적인 요소가 끼어드는 것이다. '감각적인 것(the sensible)'을 '설명(exposition)'으로 대상화할 때, 감각적인 것은 '이해될 만한 것(intelligiblility)'의 수준으로 옮겨져야 한다. 그때 '감각적인 것'은 패러다임 ── 모형의 성격을 띠지 않을 수 없다. 감각적인 것이 스스로에 다시 관계를 가지게 될 때, 그것은 일반적인 이해의 틀 속에 들어갈 수 있어야 하고, 그것을 매개하는 패러다임이 되는 것이다. 사물과 사물 자신의 관계가 패러다임에 의하여 매개되는 것이다.

이렇게 보면 모든 언어 표현은 패러다임의 개입을 요구하고, 이 패러다임은 잠재적으로는 일반화될 수 있는 것이라고 할 수 있다. 앞에서 말한 수도사의 경우는 삶 자체가 패러다임의 성격을 가지고 있다고 하겠다. 적어도 그것이 삶의 규칙이 될 만큼 정형화되려면, 그러한 범례화를 수용할 수 있어야 한다. 또한 모든 존재는 존재한다는 사실 자체만으로도 다른 존재에 대하여 범례가 된다. 모든 사실들은 사실로서 존재한다는 점에서 존재 가능성을 표현한다. 특히 이것을 언어로 표현하고자 할 때, 그것은 그 일반적 가능성 속에서 표현될 수밖에 없다. 언어 표현은 '이해될 만한 것'이어야 하기 때문이다.

시적인 언어는 아주 구체적인 차원에서 이것을 특히 강조하는 언어이다. 그 구체적인 사실의 묘사는 이해할 만한 것이 되어야 한다. 그리고 거기에 들어 있는 충동은 사실의 총체가 이해의 차원 ── 어떤 고차적인 이성의 차원에 있다는 것을 보여 주고자 하는 것이다. 물론 이것은 높은 시적 야망의 경우를 말하지만, 그 야망은 경험적 사실의 가해성(可解性)을 전제하는 모든 시적 노력 속에 숨어 있다고 할 수 있다. 과학의 경우 구체적인 사실의 범례화는 합리적인 큰 이론에 편입됨으로써 정당화된다. 시에서 사실적 외물을 언어로 표현하는 것은 그 가해성, 그리고 더 나아가 사물의 존재론적 가능성 속에서 수용되거나 시사함으로써 의미 있는 것이 된다.

그러나 이러한 구체적인 사물의 독해가 쉬운 일일 수는 없다. 사물의 존재는 끊임없는 사건 속에서 움직이고 있다. 그리고 시는 이것을 — 모든 인식의 노력에 그것이 들어 있다고 하겠지만 — 인간 존재와의 관계에서, 특히 그 감정적 자극을 통하여 표현하고자 한다. 그리하여 그 어려움이 특히 증가한다. 그러면서 물론 모든 사실 인식과 표현에서의 패러다임적 성격 — 그러니까 그것을 초월하는 삶 전체에 대한 관계는 우리의 일상적 삶 속에도 그대로 작용한다. 일단 모든 대상물은 지적인 관찰 또는 시적인 서술에서 가해적인 것으로 존재하고, 가해성은 달리도 확대될 수 있는 패러다임의 가능성을 갖는다.

과학에 있어서 사실과 이론 그리고 패러다임이 복잡한 관계를 가지고 있는 것처럼, 문학에 있어서 큰 질서와 작은 행동, 물질적, 문화적 조건과 표의(表意) 행위의 자발성의 관계는 삶의 구조의 복합성을 나타낸다. 시적 표현은 자발적인 언어 행위이면서 소리나 의미 그리고 인간 인식의 복합적 구조 속에 있다. 그리고 그 법칙적 규제 속에 있다. 그러나 동시에 그것은 개인의 자유로운 행동적 개입을 허용한다. 이 관계는 앞에서 말한 바와 같이 과학에 있어서의 이론과 사실의 관계에 흡사하다. 다만 시에 있어서 사실과 이론은 극히 부정형적인 관계에 있는 것으로 보인다. 어쩌면 여기에 관계되어 있는 사실 지각은, 거울 뉴런이 시사하듯이 객관화된 사물 인식에 일치하는 것이 아닐는지 모른다. 또는 사람이 사물을 이해하고 표현하고자 할 때 거기에는 이데아가 작용한다. 이 이데아가 그 자체로 정당한 것인지 또는 일관성이나 체계를 가지고 있을는지는 확실치 않다. 그러나 사물과 이데아의 결합은 언제나 일어나고, 또 확대될 수 있고, 궁극적으로 하나의 전체를 이룰 수 있을 것이다.

이러한 과정은 사람의 삶이 개체적인 행위로 존재하면서 큰 테두리와의 관계를 가지고 있다는 것에 대응한다. 또는 삶의 존재론적 전체에 관계된다. 그러나 사물 지각과 그 테두리는 이성적으로 풀릴 수 있는 것이라기보다는 존재론적 변화 속에서 계시될 수 있을 뿐이라고 하는 것이 옳을 수 있다. 그러면서도, 되풀이하건대 시적 표현과 존재론적 전체의 관계는 완전히 일치하는 것은 아니면서 과학에 있어서의 사실과 이론의 관계와 비슷하다. 그리하여 실제로 과학은 시에 도움을 줄 수 있다. 과학도 어쩌면 자기 이해를 시도할 때, 시에서 도움을 받을 수 있을 것이다. 물론 이러한 것들은 더 생각해 보아야 할 문제들이다.

6. 큰 이론의 매력과 쇠퇴

그러나 존재의 근본 층위에 일어나는 직관이나 아이디어의 사건 또는 과학에 있어서의 사물과 이론의 관계 ── 이러한 것이 보통 사람들의 관심사가 되는 것은 흔한 일이 아니다. 그렇기는 하나 일상적인 차원에서도 사람들은 어떤 사물이나 사건에 부딪칠 때에 그것을 알 만한 것이 되게 하는, 보다 큰 설명을 찾는다. 최근의 사건을 예로 들어 "개성공단에 남아 있던 마지막 근무자들이 무사히 귀환하였다."라는 것이 중요한 뉴스가 된다면, 그것은 이들이 처했던 상황, 개성의 의미, 남북한의 관계, 그 정치 체제의 차이의 이야기가 전제되어 있기 때문이다. 이러한 것들에 관계없이, 아무 일이 없는 상황에서 버스를 타고 개성-서울 간을 오고 간 사람들의 이야기라고 한다면 그것은 뉴스가 될 만한 것이 아닐 것이다.

일반적으로 어떤 사실이나 상황에 의미를 부여하는 데에는, 또는 도대체 그것을 언어로 표현하는 데에는 그것을 말할 수 있게 하는 의미의 구도가 필요하다. 그것은 일상적인 차원에 관계되는 이론들이다. 그러면서 그것은 전체성을 암시하는 것이 되어야 한다. 어떤 큰 이론들은 이러한 관점에서도 유용한 총체적인 이해의 틀이 된다.

전체적인 구도를 보여 주는 이론 가운데 가장 큰 것은 우주론이 될 것이다. 그러나 사람들에게 보다 중요한 큰 이론은 대체로 사회, 정치, 역사에 관련된 이론이다. 우주론보다도 이것이 중요한 것은 — 물론 정확히 따져서 말한다면 특정한 부류의 사람들의 관점에서 중요한 것이라고 하겠지만 — 사회적 존재로서의 인간의 지적, 실천적 향방을 결정하는 데에 그것이 중요한 역할을 하기 때문이다. 사람을 정의하는 여러 말이 있지만, 현실 실천의 관점에서 '정치적 존재'라는 말은 아마 가장 중요한 인간적 삶의 국면을 이야기한 것일 것이다. 그런데 이것을 해명해 주려는 것이 사회 이론이고, 그것에 작용을 가할 수 있는 행동적 요인을 고려하는 것이 정치 이론이고, 그것을 초월하는 대세를 말하는 것이 역사의 이론이다.

그러한 이론들은, 다시 말하여 여러 사람 사이에서 움직이는 것이 사람인 만큼, (1) 우리의 일상적인 사고와 행동의 전략에 일정한 기능을 가질 수 있게 하고, (2) 사회적 동원(動員)에서 중요한 역할을 수행할 수 있다. 또 그것은, 개인적으로나 집단적으로, (3) 사회적 인정을 위한 노력에서, 또는 그것이 조금 변형되어 어떤 사회적 위치를 점하고자 하는 전략에서 중요한 의미를 가질 수 있다. 전통적으로 태극 이론이나 오행설과 같은 우주론은 윤리 원칙 — 삼강오륜의 윤리를 정당화하는 기초가 되었다. 그런데 근대 사상에서 큰 영향을 끼친 것은 주로 서양에서 시작한 역사의 발전과 거기에서 파생한 여러 이론들이다. 그 가운데 가장 중요한 것은 말할 것도 없이 마르크스주의이다. 그리고 그에 반대되는 입장에 있으면서도 그에 비슷한 발상을 가지고 있고 또 비슷한 총체적인 설명을 제공하는 것은 경제 발전과 그에 따른 사회 발전론이다. 이것은 마르크스주의만큼은 정형화되어 있지 않으면서도 오늘날 자신의 삶과 사회 그리고 정치를 이해하고자 하는 사람들을 지배하고 있는 이론 또는 이론적 분위기이다.

그런데 근년에 와서 널리 이야기된 것은 큰 이론들의 죽음이다. 이 이론의 죽음에 중요한 계기가 된 것은 현실적으로는 공산주의 실험의 실패이다. 마르크스주의 혁명이 있었던 나라에서의 여러 정치적 억압과 비인간적인 정책은 그 전에도 마르크스주의 이론에 대한 실망을 가져왔지만, 그 죽음까지는 아니라도 쇠퇴를 가져온 결정적인 계기는 소련을 비롯한 공산주의 국가들의 붕괴였다. 다른 한편으로 비슷하게 역사를 발전이라는 관점에서 총체적으로 설명할 수 있다고 하는 이론들도 적지 않은 반론과 반증에 부딪쳤던 것이 20세기 후반의 현상이었다. 산업과 경제의 발전이 야기한 자원과 환경의 문제가 심각해진 것과 아울러 경제 발전이 약속하는 풍요의 사회가 참으로 인간적 삶의 실현을 가져오는 것인가에 대한 회의가 많이 생겨난 것도 역사의 큰 이론을 쇠퇴하게 만든 원인이다.

문학은 반드시 이론적 추구는 아니지만 전체성에의 끌림을 버릴 수가 없는 언어 작업이다. 그리고 이 전체성은 가장 선명하게 체계화된 이론에서 발견된다. 문학은, 다시 말하건대 그것이 어떤 것이든지 간에 사실 경험의 표현을 떠나지 못하지만, 그러면서도 바로 이 표현 작업, 그것에서 전체성의 여러 구도에 참여하게 되어 있다. 그리하여 큰 구도의 이론들은 커다란 매력이 되기도 하고, 쉬운 표현적 전략을 제공해 주기도 한다. 그리하여 어떤 시기에 있어서 문학과 큰 이론은 편한 것만은 아닌, 공생 관계 속에 들어간다.

공산주의는 스스로의 체제가 인간의 모든 것을 개념적으로나 실천적으로나 장악할 수 있다고 생각하였기 때문에, 시를 포함하여 문학 작품은 작은 것에서나 큰 것에서나 새로운 의미를 찾을 필요가 없었다. 문학의 작업은 이미 있는 전체성을 목전의 것에 적용하면 그만이라고 할 수 있었다. 소련 혁명의 시인 마야콥스키는 「우리들의 행진」(1917)에서 "반란자들의 보무(步武)로 광장을 울려라./ ……/ 우리는 세계의 도시들을 제이의 홍수로 씻어 낼 것이니……." 이와 같이 혁명의 기치로 새로운 세계가 시작된다고 말하였다. 물론 자연도 새로운 막이 열리는 역사 속에 편입될 수 있었다. 마야콥스키는 말했다. "초원들이여, 풀로 덮여라./ 다가오는 날들을 위하여 땅을 펼치라./ 무지개여, 웅비하는 세월의 말들에 안장을 지우라."

그러나 이러한 거대한 세계의 비전은, 일정한 역사적 시기에 그 나름의 역할이 없다고 할 수는 없지만 오래갈 수는 없다. 사람의 시적 경험은 그 지각 경험과 같이 하나로 고정될 수 없기 때문이다. 앞의 시에서 마야콥스키는 "보라, 하늘도 권태에 잠겨 있지 않느냐." 하면서 혁명의 열정이 세속적 삶의 권태를 없애고 세계에 활기를 가져올 것이라고 하였지만, 사실은 그러한 정열의 혁명 이데올로기의 되풀이, 그것이 권태로운 것이 되고 만다.(물론 더 두려운 것은 혁명이 가져오는 공포 정치였지만.) 스탈린 사망 후 해빙이 시작되면서, 이 시대의 대표 시인의 한 사람인 예프게니 예프투셴코는 시를 하나의 이데올로기로 조여 매려는 체제에 대한 반감을 다음과 같이 표현하였다.

　　　발그레한 얼굴의 콤소몰 거물들이
　　　우리들 시인들에게 주먹을 내리치며
　　　마치 밀랍(蜜蠟)을 주무르듯 우리의 영혼을
　　　그들의 모습 그대로 새로 빚어내고자 할 때,

　　　그 말이 무섭지는 않지만, 예세닌이여!
　　　마음은 불편하지 않을 수 없지.
　　　그러나 바지춤 추슬러 올리며,
　　　달려갈 수는 없어, 그런 콤소몰로.
　　　　　　　　　　　　　　— 「예세닌에게 보내는 편지」(1965)

그의 탄생 70주년을 맞이하여 예프투셴코는 혁명기에도 주로 순수한 시를 썼던 예세닌을 추억하면서 경직된 이데올로기의 시를 거부하고자 했다. 이러한 거대한 세계의 미래에 대한 비전의 흥분과 그에 따르는 환멸과 경직성은 한국의 역사에서도 충분히 경험한 바 있다. 여기에 대한 평가가 일률적일 수는 없다. 그것은 조금 전에 말한 대로 그 나름의 기능과 의의를 가지고 있기 때문이다. 그러나 그 경직성이 시와 삶의 자발성을 억제하는 데에 큰 역할을 하는 것임은 틀림이 없다. 그리고 큰 비전의 흥망을 볼 때, 시의 자발성에 관계되는 전체는 어떤 고정된 이론보다도 계시로 드러날 듯하면서도 드러나지 않는 신비로서만 살아 있는 것으로, 그리고 작은 사실적 경험에 의미를 부여하는 것으로 보인다.

  큰 이론의 죽음은, 그것이 가져온 인간적 희생으로도 오지 않을 수 없었다고 하겠지만, 사람의 사고와 사실의 세계 — 작고 큰 사실의 세계의 관계를 경직된 상태로부터 풀어놓기 위해서도 필요한 것이었던 것으로 생각된다. 그러나 이론 없는 세계가 쉽게 가능해지는 것은 아니다. 역설은 이론의 죽음 그 자체도 하나의 이론이라는 것이다. 그리고 이론이 없다는 이론은 무의미의 유사 이론의 모든 유사 건조물을 허용한다. 물론 그것도 쉬운 것은 아니기 때문에 많은 새로운 문학적 시도는 이론의 조각들과 — 거기에서 파생된 기발한 착상과 억지스러운 비유의 구조물이라도 이용하는 것으로 보인다. 이 조각들은 큰 집이 무너진 다음 언어의 들에 남아 있는 폐허 같기도 하지만, 문학이 살림을 차리는 데 필요한 기초 자료라고 할 수도 있다. 그 자체로서 독자적인 구상물들로 이루어지는 것이라는 인상에도 불구하고 문학은 다른 이론적 구조물에 의지하지 않고는 제 스스로의 모양을 갖추지 못하는 언어 형식인지도 모른다.

7. 말놀이와 상업주의, 문학의 상업화

큰 이론이 무너졌다고 하여 보이지 않는 큰 이론까지 무너진 것은 아니라고 할 수 있다. 앞에서 말한 것처럼 의식이 되든 아니 되든, 일정한 의미의 구도 — 최소한도 상황 판단에 필요한 구도가 없이는, 또 언어가 내장하고 있는 일정한 로고스적 지향 없이는 표의 행위는 불가능하다. 이러한 구도는 언어 행위가 있는 한 어떤 형태로든지 작동하고 있지 않을 수 없다.

앞에서 말한 것처럼 큰 이론이 무너졌다는 것도 하나의 큰 이론이다. 데리다에 나오는 — 사실 데리다에 대한 불충분한 이해에서 나온다고 할 수 있지만 — 언표의 불가능을 말하는 해체주의(deconstructionism)가 하나의 거대 이론이 아니고 무엇이겠는가? 해체주의는 언어의 불가능성을 말하면서 역류하여 오는 언어 행위이지만, 큰 이론이 해체되면서 강력해지는 것은 무의미한 말의 놀이이다. 말이 가리키는 것이 없다면, 그 의미의 흔적을 가지고 놀이를 만드는 데에 아무런 제한이 있을 수 없다. 그러면서 이 무의미한 말의 놀이에 큰 영향을 끼치는 것은 상업주의 — 특히 삶의 필요를 넘어가는 잉여 생산품의 수요를 조장하기 위한 소비주의적 상업주의이다. 이 소비가 중심이 되는 상업주의는 선전과 광고와 브랜드 네임에 크게 의존하여 번창한다. 문학 언어에서도, 의식적으로나 무의식적으로 목표가 되는 것은 선전과 광고의 효과이다. 이 선전은 필수품을 위한 것이 아니기 때문에 수요자를 필요로 설득하는 것이 아니다. 그것은 삶의 필요에, 또는 기본적인 현실에 관계될 필요가 없다.

소비 광고는, 베블렌이 소비주의 경제의 초기에 말한 바와 같이, '과시 소비'를 조장하는 데, 사회의 경쟁적 허영심을 자극하는 데에 주력한다. 그 언어도 — 특히 광고 선전의 경쟁으로 강화되는 — 과시 언어라야 된다.

그리하여 선전과 광고의 언어는 '창의성'을 두드러지게 보여 주는 것이 된다. 이것은 문학의 언어에도 영향을 미친다. 그것은 문학이 어느 때보다도 상업적 성격을 가지게 되는 때문이기도 하지만, 문학의 동기가 그것을 조장하지 않을 수 없는 면을 가지고 있기 때문이다.

말은 듣는 사람을 전제한다. 내가 하는 말을 여러 사람이 듣는 것은 대체로 말하는 사람에게 고무되는 일이라고 하겠지만, 일상적 관계에서보다도 문학에서 그것이 중요한 요인이 되는 것은 아무래도 인간 존재에 대한 보편적 타당성을 가진 것이라고 발언되는 것이 문학이기 때문이다. 이 보편성은 오늘날 다수자에 의하여 보장되는 것으로 생각된다. 현실에서 이것을 조장하는 것은 출판 풍토의 가속적인 상업화이다. 출판업이 경제와 재정적인 조건에 의하여 움직이는 것은 불가피하다. 그리고 그것은 그 나름으로 장단점을 가졌다고 할 수 있다.(20세기 미국의 대표적인 평론가 에드먼드 윌슨의 평론집에 『고전과 상업물』이라는 것이 있다. 그는 상업성을 갖는 평문을 주로 썼지만, 그의 글이 불필요하게 난해한 전문성을 피할 수 있었던 것은 난삽한 글이 심오한 것으로 생각되는 학술 세계를 피할 수 있었다는 사실에 관계된다고 할 수 있다.) 그러나 오늘날 출판업은 완전한 상업화로 가고 있는 것으로 보인다. 그리고 그것은 문학의 상업화의 원인이 된다.

오늘날 발표되는 많은 창의적이고 기발한 문학적인 표현의 근본은 이러한 여러 원인에 있는 것으로 생각된다. 특히 시의 경우, 문학지에 연재되는 시 그리고 문학상에 뽑히는 시는 기발함을 넘어 기본적인 이해조차 허용하지 않는 것이 많다.(물론 이것은 나의 독해력의 부족이나 시대착오적인 선입견 때문일 수도 있다.)

8. 언어와 사실의 대응 관계

알 만한 시에서도 해체주의적 영향을 찾아보기는 어렵지 않다. 《계간 문예》2013년 봄호에 실린 이대흠 시인의 다음과 같은 시의 구절은 분명 그러한 예라고 할 것이다.

바람에 흙벽이 헐었다고 쓰려다가
흙벽이 바람을 사랑했노라고 쓴다.
흙벽이 바람을 사랑하여
그 바람을 다 들이려다가
그만 제가 무너진 것이라고
쓴다…….

─「고란의 흙벽」

흙벽과 바람이 서로 사랑한다는 것은 사랑의 한 효과에 대한, 있을 수 있는 비유인 것 같으면서도 반드시 쉽게 이해할 수 있는, 또는 실감이 나는 비유는 아니다. 그러나 그보다 흥미로운 것은 그것의 상관관계를 단순한 글쓰기로 옮겨 간 것이다. 그러니까 이 시는 사랑의 관계를 말하면서도 그 것이 어떤 사실이나 그 사실에 대한 느낌에 기초한 것이라는 것을 부정하 는 것이다.

모든 것은 쓰기 나름이다. 데리다가 주장한 것처럼 말이 진실된 지시 대 상을 가리키는 듯할 수는 있지만, 그 최종적인 지시 대상은 무한히 지연될 수밖에 없다면, 어떤 사실이나 느낌을 말하면서 그것을 이렇게 언어 표현 의 문제로 환원하는 것은 정직한 일이라고 할 것이다. 그러나 참으로 언어 가 시사하는 것이 없는 것일까? 설사 그렇다고 하더라도 사실의 세계에 대한 지향 없이 세계 내의 존재로서의 사람이 의미 있게 살아갈 수 있는 것일까? 언어와 사실 사이에 대응 관계가 없다면 시는 존재 이유를 상실했다고 할 수밖에 없다. 그럼에도 불구하고 그것이 지속되는 것은 해체 이론의 역설 또는 광고 언어의 한 부대 현상(epiphenomenon)일 것이다.

보다 사실적인 내용을 가진, 그러면서 인간의 존재 방식에 대한 관찰을 담은 시에서도 비슷한 표현의 놀이를 찾을 수는 있다. 오늘의 삶에서 놀이의 의식은 피할 수 없는 것이 되어 있는 것 같다.

마당이 있는 집에 들어서면서
저녁이 왔네라고 나는 말했다
다른 때 같으면
다른 곳 같으면
해가 저물었구나라고 말했을 것이다

앞의 시에서처럼 시인이 여기에서 말하는 것은 사실이 그것을 표현하는 말에 의하여 달라진다는 것이다. 그리하여 그것은 언어의 지시에 대응하는 사실의 실체가 존재하지 않는다는 것을 말하는 것 같다. 같은 현상은 저녁이 될 수도 있고 해 지는 것이 될 수도 있다. 여기에 암시되는 것도 언어와 사물 사이에 엄격한 지시 관계가 존재하지 않는다는 것으로 들린다. 그러나 시의 다음 부분의 해설을 보면, 다른 표현은 말이 달라지는 것이 아니라 다른 삶의 이해 그리고 삶의 상황을 가리키는 것임을 알 수 있다. 언어와 사실의 대응 관계의 불확실성이 반드시 언어의 허무를 말하는 것은 아닌 것이다.

저녁은 쓰러지는 한때가 아니라

서서히 물들어 저녁이 태어나고
저녁이 어둠 속으로 천천히 걸어 들어가는 것을 보았다
낙화는 거두어들임의 한때가 아니라
낙화라는 특이한 피어남이 있는 것을 보았다
많은 것을 내려놓아 환해지는 한때를 놓아둘 곳이
마당 같은 곳일까

이 시의 바탕에 들어 있는 생각의 하나는, 사물이 단계를 바꿀 때 한 단계만이 의미가 있고 다른 단계는 단순한 마이너스의 상태라고 보는 것이 옳지 않다는 것이다. 또 사물이 특정한 의미를 가진 한 단계에서 다음의 의미 있는 단계로 도약할 때, 그 사이의 중간 단계는 정지의 상태 또는 무의미의 상태가 되는 것이 아니라는 생각도 있다. 결국 모든 단계는 — 이행의 단계를 포함하여 — 그 나름의 의미를 가지고 있다고 하는 것이 옳다. 그러니까 저녁은 단지 햇빛이 없어진 것이 아니라 그 나름의 의미를 가진 어둠의 시간이 되는데, 이것은 그것이 서서히 숙성한다는 것을 알게 될 때 비로소 감지된다. 꽃이 진다면, 그것은 꽃이 없어진 것이 아니라 낙화라는 별도의 단계를 구성한다는 것을 의미한다. 그리고 시의 다음 부분에 따르면 다시 어둠은 별도로 그 나름의 밝음을 가지고 있는 시기이다.

이러한 관찰은 인생을 긍정적인 성과로만 볼 것이 아니라 부정적인 국면까지 포함해서 보아야 하고, 그 부정적인 것도 긍정적 의미를 가진 것으로 보아야 한다는 — 그러니까 사물을 너그럽게 초연하게 볼 수 있어야 한다는 것을 암시한다. 시의 제목은 「마당이 있는 집」인데, 이 시의 기본적인 생각은 아파트 사이의 공간을 낭비된 공간으로 취급하는 아파트의 시각을 벗어나서 마당의 비유적인 의의를 확대한 것이다. 암시는 되어 있으면서도 완전히 설명되지 않은 것이라고 하겠지만, 마당은 인생의 손익 계산, 사회적 업적에 대한 평가, 인간의 사회적 관계, 건축과 도시 계획과 같은 데에도 확장되는 비유이다.(실제 영국의 한 건축가는 이웃과 이웃, 인간과 자연을 맺어 주는 공간으로서 마당을 강조하였다.)

9. 과학적 사실과 시적 사실의 차이

그런데 여기에서 흥미로운 것은 이 시를 쓴 시인 백무산 씨로 하여금 이러한 초연한 관찰의 관점을 얻게 하는 것이 그 나름으로의 거대 담론이라는 사실이다. 이 거대 담론은 과학이다. 앞에서 말한 바 있지만 시와 과학은 사실과 이론 또는 전체성의 예감에 있어서 서로 유사한 점을 가지고 있다. 이것은 다른 큰 이론에도 적용할 수 있는 것이지만, 아마 과학과 다른 이론을 갈라놓는 것은 과학에서 떼어 놓을 수 없는 사실 집착일 것이다. 물론 사실 집착에 못지않게 과학을 규정하는 것은 그 이론 지향이다. 이론이 없는 사실은 과학에 아무런 가치도 없다. 그러나 과학의 이론은 사실에 의하여 끊임없이 시험되어야 한다. 그리고 사실들의 퇴적 속에서 그것은 수정될 수 있다. 그러니까 이론은 절대화되지 않는다. 이론은 현실이라기보다는 근접되어야 하면서 근접이 어려운 이상(理想)이다. 모든 것의 이론(theory of everything)은 앞으로 이루어 내야 할 것이지만, 최종 이론이 아니라도 이론은 독단론이나 교조가 되지는 않는다. 그것은 사실의 뿌리가 있기 때문이다.

과학이나 마찬가지로 시도 사실적 경험을 그 뿌리로 한다. 그 경험은 물론 과학적인 사실의 관찰에서 확인되는 것이 아니라 세계와의 총체적인 교환——감정과 의지 특히 정열을 포함하는 실존적 경험이다. 그리고 이에 바탕이 되는 것은 있는 모든 것 또는 존재이다.(이러한 경험적 사실에 비하면

과학은 일정한 관점에서 단순화된 사실만을 주시한다.) 과학적 사실과 시적 사실의 차이에 두드러진 것은 시적 사실이 감정으로 접근된다는 점이다. 그러나 그것은 사실과 사건 그리고 상황에서 일어나는 감정이다. 그리고 감정은 세계에 실존 전체로서 임하는 인간 존재의 특성의 한 증표이다. 궁극적으로 바탕이 되는 것은 공감되고 지각되는 사실이다. 지각하는 사실에 근거가 있다는 점에서 그것은 다시 과학과 공통점을 가진 것이라 할 수 있다. 다른 큰 이론의 죽음에도 불구하고 과학이 시의 영감이 될 수 있는 것은 궁극적으로 시나 과학이나 사실에 — 시에 역점을 두고 말한다면, 특히 지각되는 사실에 뿌리를 내리고 있기 때문이라고 할 수 있다.

앞에서 말한 백무산 시인은 우리의 시 전통에서 과학을 널리 참고하여 그것을 삶에 대한 시적인 성찰에 적용한 매우 드문 시인이라고 할 수 있다. 그는 노동자 혁명의 시인이었지만, 그리고 그에 기초한 사회와 인간에 대한 관점을 아직도 지니고 있지만, 작년에 출간된 그의 시집『그 모든 가장자리』(창비, 2012)는 과학의 관점으로 그 한계를 벗어났다는, 또는 변증법적으로 지양하였다는 것을 보여 준다. 그러면서 그 과학적 관점은 단순히 호기심이나 호사벽을 과시하는 것이 아니라 진정으로 개인적인 삶 — 또는 인간 존재의 실존적 의미에 대한 깊은 반성에 이어져 있다.

그의 시에는「진화론」이라는 제목의 시가 있지만,「잃어버린 새」는 진화론의 관점을 빌려 인간과 새의 생명체로서의 동일성을 확인한다. 이 시는 작은 새를 손으로 만지면서 그 특징을 직접 감지한 경험을 기록한다. 거기에서 그가 확인하는 것은 새의 가벼운 무게와 화려한 날개와 예민한 귀와 눈과 소리 내는 능력과 비행 능력 등이다. 심장을 만져 보는 부분은 이러한 감지가 체감으로 전달된다는 것을 시사한다.

두려움에 떠는 새의 심장을 만져 본다

그 야성의 심장에 손이 닿자 나의 온몸이 경련처럼 떨린다.

대체로 감지하는 사항들은 지각되는 사실로 기록되지만, 시인은 그것을 인간적인 감성에 중첩하여 말하기도 한다. 그는 만지고 있는 새가 "사랑에 아파하고 집을 찾아오는 기쁨을 알고/ 무리를 위해 희생을 아는 새"이고, 그러한 새의 "비상의 뜨거움을 아는 사소한 부피가 경이롭다"고 한다. 그러나 이러한 시적인 감정이입보다도 그의 경이감은 절제된 단순한 진화론적 관찰에 요약된다.

　　저 낯선 것과 내가
　　같은 조상을 두었다는 사실 앞에 나는 말을 잃는다
　　얼마나 먼 세월 조금씩 조금씩 딴 길을 걸어서
　　어떻게 우리가 만난 것일까

시의 끝은 인간과 새가 서로 다른 진화의 길을 걸어 다시 만나게 된 두 생명체라는 것을 확인하고, 그럼으로 하여 인간에도 새의 속성이 있을 것이기에 그것을 회복하거나 인정할 수 있는 것이 시인의 희망이라고 말한다.

　　내 몸에 새로 이어지는 길이 있을까
　　내 몸 안에서 잃어버린 새를 찾을 수 있을까.

「그 모든 가장자리들」은 인간을 지질학의 긴 관점에서 조망해 보고자 한다. 백 시인은 「진화론」에서 오늘날의 인간은 역사의 결과가 자신이라는 것, 진화의 과정 속에서 변화하면서도 지속성을 가진 존재라는 것을 잊고, 컴퓨터의 데이터처럼 단편화된 정보의 집합이 되었다고 말한다. 이러한 단절되고 단편화된 존재의 인간의 진화를 되돌아보고, 그 어지러우면서도 진실되어 보이는 원초의 인간을 회상하고자 하는 시가 「그 모든 가장자리들」이다. 그는 말한다.

> 우리 사는 곳에 태풍이 몰아치고 해일이 뒤집고
> 불덩이 화산이 솟고 사막과 빙하가 있어 나는 고맙다
> 나는 종종 이런 것들이 없다면 인간은 얼마나 끔찍할까
> 지구는 얼마나 형편없는 별일까 생각한다네.

지구에 일어났던 그리고 일어나고 있는 거대한 재난들은 사람에게 기이한 안도감을 준다고 시인은 말한다. 그리고 사람이 지어 놓은 도시에 닥쳐오는 거대한 자연의 위력적인 시위는 마음을 흥분케 하는 사건이다. 그러면서 인간 존재의 깊이를 알게 하여 그것을 안정시키는 일이기도 하다. 그는 "지구의 가장자리가 얼어붙고 들끓고 있다는 사실에 안도하네/ 도심에 광야를 펼쳐 놓은 비바람 천둥에도 두근거리네"라고 말하는 것이다. 지질학적인 역사는 인간 존재에 무게를 더해 줄 것으로 시인은 생각한다. 그것으로 볼 때 인간은 "한두 세기만에 허접한 재료로 발명된" 허무한 존재라고 할 수 없다. 그것은 "인간이 걸어온 모든 길을 다 걸어온 인간이 어떤 인간일까"를 생각하게 한다. 그러면서 다른 한편으로 이러한 반성에 기초하여 인간의 귀중함을 더 알 수 있게 한다. 그리고 인간에게 다른 인간을 "그리운" 존재가 되게 한다. 시인의 궁극적인 소망은 "아직 별똥별이 떨어지고 아무것도 길들여지지 않은 땅에/ 먼 길 걸어 이제 막 당도한 인간이 더러 살고 있을 곳"으로 가는 것이다. 그가 "인간의 가장자리 사회의 가장자리"로 가는 것은 그곳에 아직도 원초적인 상태의 인간의 삶, "십만 년을 소급한" 삶이 있을 것으로 생각하기 때문이다.

10. 전체성의 예감으로서의 시와 과학: 백무산의 시

「그 모든 가장자리들」이 시간의 지질학적 깊이 속에서 발견될지 모르는 인간을 생각하는 것이라면, 「저 너머 이곳」은 우주 공간의 관점에서 인간의 삶을 살펴보고자 한다. 그러면서 '이곳'은 저곳으로 하여 확실한 것이 된다. 이 시는 1977년 지구를 떠나 33년 9개월 만에 태양권을 벗어난 보이저 1호의 항해 뉴스에 의하여 촉발된 명상이다. 이 항해가 깨닫게 하는 것은 사람이 생각하는 중심이 사실은 진정한 중심이 아니라는 것이다. 우주의 중심에는 태양이 있고, 시인의 열거에 따르면 그것은 삶의 다른 많은 중심들 ― 진리, 생명, 권력, 역사, 윤리, 신 등을 상징한다는 관습적 사고가 있다. 태양권 밖으로 나간 우주선 보이저의 관점은 이것을 부정할 수 있게 한다. 이 점은, 이 시인이 늘 그러하듯이 명암, 시간, 주야 등을 포함하여 상상된 것이면서도 사실적인 기술(記述)에 의하여 실감 나게 뒷받침된다.

이제 보이저 창에는 더 이상 해가 뜨지 않는다
태양도 주변이다 저녁에 별들과 함께 뜬다
아니 저녁도 더 이상 존재하지 않는다
태양의 시간에 따르면 현재 보이저는
존재한다고 할 수 없으나 그 너머에는 다른 시간이
있고 다른 공전의 중심이 있거나 중심이 존재하지 않는
시간이 있거나 더 큰 중심의 시간 속으로 가고 있는지
알 수 없다 다만 보이저는 보고 있다
태양은 다른 별들 무리 속에서 함께 거대한 힘을 따라
흘러가고 있다는 걸 가랑잎처럼 굴러가고 있다는 걸

이러한 우주적 상상력의 사실 기술은 그다음 지구의 사회적, 심리적 현실에 대한 반성으로 되돌아온다. 태양은 국가나 세계의 한계를 규정하는 지표였다. 그것은 심리적으로는 아버지의 권위 — 아버지의 신체, 그 가랑이, 겨드랑이, 머리 위에 막혀서 그 너머에 있는 세계를 보면서도 보지 못하였던 때문이다. 아버지의 권위 또는 국가나 한정된 세계의 밖에 있는 것들은 바로 주변에도 존재하지만, 그러한 것을 그 권위에 눌려 알지 못하였던 것이다. 그러니까 태양 중심의 체제, 권위주의의 체제가 주변의 사실도 바르게 인식하지 못하게 한 것이다.

> 호흡하면서도 알지 못했던 것
> 만지고 있으면서도 느끼지 못했던 것
> 다만 어둠이라고 하는 다만 심연이라고 하는 그
> 바다 같은 곳 빛의 고기들이 노는 바다 같은 곳
> 저 너머가 아니라 눈앞에도 피부에도 있었던 것

그런데 이러한 것들의 존재를 새삼스럽게 알게 되면서 회복되는 인식은 단순히 아버지의 권위의 부정이 아니라 아버지의 위치에 대한 새로운, 공감적인 인식이다. 결국 아버지를 떠나서 멀리 가는 항해가 깨닫게 하는 것은 아버지도 보이저, 즉 항해자가 되었던 아들과 마찬가지로 생명을 태어나게 하는 우주의 신비, 광음(光陰)의 일부라는 사실이다.

> 아버지의 집을 떠난 최초의 아들인 그는
> 이제 본다 아버지가 젖을 물고 있는 곳을
> 아버지가 안겨 있는 품을 이미 자식들도
> 더 넓은 품에 던져져 있음을

그리고 우리는 본다 언제나 우리 곁에 있어 온 것들을

저 너머 이미 이곳 피부에도

빛이 태어나는 곳

어둠도 태어나는 곳을

「저 너머 이곳」은 과학적 사실을 우주적 상상력으로 드물게 그려 내는 시라고 할 것이다. 특히 주목할 것은 이것이 단순한 공상 과학적인 기발함에 그치는 것이 아니라는 사실이다. 그 상상력은 사람의 삶을 보다 큰 테두리 속에서 조명하고, 그 귀중함과 신비를 느끼게 하는 데 중요한 역할을 한다. 여기에서 주로 언급한 것은 과학적 상상력에 관계된 것이나 백무산 시인의 작품들은 그의 삶의 구체적인 사실과 정서를 그린 것들을 포함한다. 그것들은 솔직 담백하다. 그러면서도 그 시들은 대체로 고통스러운 삶의 에피소드들을 말하면서 그에 관련하여 생각할 수 있는 복합적인 의미를 간과하지 않는다.

뱀에 물린 경험을 말하는 「뱀」이라는 제목의 시에서, 그는 뱀에 물린 순간의 착잡한 감정 — 논리적으로 일관성을 가려낼 수 없는 "증오와 공포와 환희와/ 연민과 선의와 쾌감과 악의와 실의"라는 모순된 감정이 쏟아지는 것, 그리고 뱀과 자신이 "같은 대지가 낳은 자식이라는 것"을 알면서도 "손을 잡을 수 없"다는 것을 말한다. 그리고 이 고통스러운 경험을 자신의 인간적 성장의 일부로서 받아들인다. 그는 말한다: "아, 나는 태어나지 않았다/ 대지는 아직 나를 낳고 있는 중이다." 참인간은 인간에 관한 모든 사실을 — 서로 모순될 수 있는 사실을 받아들이는 가운데 태어나게 되는 것일 게다.

백무산 씨의 시는 사회와 역사에 대한 큰 이론의 도움을 받지 못할 때에 과학의 여러 정보가 그를 대신할 수 있다는 것을 보여 주는 사례이다. 과학은 사실을 떠나서 성립할 수 없다. 시는 사실에 대한 경험을 떠나서 의미 있는 것이 될 수 없다. 그 점에서 상호 의존 관계는 이해할 만한 것이다. 그러나 앞에서 언급한 시「저 너머 이곳」에도 시사되어 있는바, 시의 관점에서, 또 사람의 실존적 동력의 관점에서 '저곳'은 '이곳'을 바른 퍼스펙티브 속에서 이해하는 데에 중요한 기능을 한다. 또는 비록 그것이 '이곳'에 지나치게 함몰한 느낌을 준다 하여도 강한 시적인 호소력은 '이곳'에서 나오는 정열과 그 초월의 표현에서 얻어진다. 어쩌면 그것은 백무산 시인의 앞으로의 시적 역정의 과제가 될 것이다.

10. 과학적 정보의 시적 역할과 존재론적 삶

그러나 다시 한 번 과학적 정보의 시적 역할이 적지 않은 것일 수 있음은 분명하다. 그리고 그것이 백무산 시인의 경우에 한정되는 것이 아니라는 의미에서 다른 시 한 편을 더 들어 보기로 한다.

나뭇잎이 말랐다 기공에 맺혔던 산소 알갱이들이 흩어지고 색소가 바스러졌다 바람 불고 엽질(葉質)이 마저 부서져서 날려갔다 그물맥만 남았다
이튿날은 서리가 내렸다 서리의 결정들이 얹히어서 빛나던 그물맥이 마저 떨어져 내렸고
다음 날은 하루가 느리게 지나갔고
나는 멈추고 서서 우두커니 아직도 가지 끝에 달려 있는 그물맥의 까마득한 형상을 본다 사라진 것의 형상은 빛났던 기억의 윤곽이기도 해서
이튿날과 다음 날에 겹치며 오늘 하루가 느리게 지나가는 내내 햇살이 투과한다

땅 아래에 누워서 눈 뜨고 쳐다보는 누이의 눈동자에 잔금이 간다

— 위선환, 「투광」, 《현대문학》 2013년 4월호

　나는 투광이 어떤 물리학적 현상을 말하는지 알지 못한다. 그러나 나뭇잎이 떨어지고 그 빈 자리로 광선이 지나가는 것에 관계된다는 것을 가리키는 것이 아닐까 하는 것은 그 한자 해석만으로도 짐작할 수 있다.

　서리가 오기 전 정상적인 상태에서 광선은 나뭇잎에 흡수되어 나뭇잎의 성장을 돕는 작용을 할 것이다. 그러나 기온이 내려감에 따라서 나무의 수분 공급이 끊어지고 엽록소가 파괴됨에 따라서 나뭇잎은 말라 떨어지게 된다. 그리하여 광선은 잎에 흡수되지 않는다. 그리고 그 자리를 투명한 광선이 대신하게 된다. 빛은 더 밝게 되지만, 잎이라는 생명 현상은 소멸되어 버리고 만다. 시적으로 말하여 빛은 투명한 긍정적인 현상일 수도 있지만, 동시에 허공을 나타낸다. 남은 것은 공허한 느낌과 추억뿐이다. 이것은 나뭇잎과 관련하여 사람이 느낄 수 있는 생성·소멸의 경험이지만, 동시에 사람에게도 일어날 수 있는 일이다. 사람은 결국 해체되어 허무로 돌아간다. 사실 냉정하게 볼 때 사람의 삶과 죽음은 화학 작용의 국면들을 나타낼 뿐이다. 그렇게 볼 때 죽음은 특히 자연에 일어나는 화학 작용이다. 사람이 죽는다는 것은 자연으로 돌아가는 것, 그 비어 있는 광명으로 돌아가는 것을 의미한다.

　앞의 시에서 땅 아래에 누워 있는 누이는 아마 이미 땅에 묻힌 사람일 것이다. 그 사람의 눈은 이미 해체되기 시작했을 것이다. 그것은 죽음의 과정이면서, 자연으로 그리고 빛으로 돌아가는 것을 의미할 수 있다. 시 「투광」에 따르면 과학적 설명은 사람으로 하여금 생성·소멸과 사랑하는 사람의 죽음의 신비를 담담하게 받아들이고 표현할 수 있는 경지에 다다르게 할 수 있다.

11. 시적 지각과 과학적 원근법

자연 과학의 원근법을 도입하는 것은 시의 눈을 보다 넓은 데로 여는 일이다. 주변의 세부에 주의하면서, 마음을 보다 넓은 세계에서 열리게 하는 것 — 이러한 시적 체험의 핵심은 예나 지금이나 마찬가지이다. 그리하여 과학에서 발견되는, 멀고 가까운 사물의 구도를 시에 도입하는 것은 자연스러운 일이라고 할 것이다.

시적 지각을 과학적인 원근법으로 넓힐 수 있었다는 점에서 위선환 씨나 백무산 씨는 매우 중요한 시적 발견을 한 것이다. 물론 그렇다고 과학적 원근법이 모든 표현에 그대로 해당될 수 있는 것은 아니다. 그리고 아마 그것에 지나치게, 또 자주 의존하게 되면 곧 그것은 상투적 공식이 되어 호소력을 상실하게 될 것이다. 문학이나 시의 호소력은 어디까지나 자발성에 있다. 주어진 사물에 집중하는 것은 자발성을 유지하는 방법이다. 사물과의 관계에서 사람이 체험하는 지각의 삶은 무한하다. 이 무한함이 자발성을 보장한다. 그러나 사물의 지각적 체험 — 감흥을 주는 지각적 체험을 기술함에 있어서 사실과 그 배경의 상호 연결은 피할 수 없다. 그리고 이 연결의 신선함이 자발성을 다시 보장한다. 과학에 있어서의 사실과 이론의 관계에 비슷한 얼크러짐은 그대로 타당성을 갖는다. 다만 이미 시사한 바와 같이, 시에서 말하여지는 사실에서는 그에 관련하여 이론 또는 보다 큰 배경을 정확히 지적하기가 어려울 뿐이다.

앞에서 꽃을 말하는 시들을 인용하였고, 이것들이 보다 큰 의미의 테두리 안에 자리하게 되는 것을 지적하였지만, 그것이 식물 분류학을 통해서 보다 큰 의미의 구조에 편입되는 것과 같은 일이 아님은 물론이다. 그러나 단순히 꽃을 그 자체로 그에 한정하여 보여 주려는 것이 아님도 분명하다. 시인은 꽃의 의미를 말하려고 한다. 이 의미를 말하는 가장 간단한 방법은 그것이 우리 개인에게 무슨 뜻을 가졌는가를 말하는 것이다. 앞의 시 구절들에서, 시인은 수선화가 "차디찬 의지의 날개로/ 끝없는 고독의 하늘을 날으는 애닲은 마음"이라고, 또 그에 비슷하게 꽃은 "꺼질 듯/ 보드라운/ 황홀한 한 떨기의/ 아름다운 정적(靜寂)"이라고 말한다. 이것은 꽃을 그 자체로 실감나게 그려 내는 이미지라기보다는 식물과 심리의 중복을 통하여 심리를 설명하면서 꽃의 속성을 추측해 보려는 것이다.

그러나 환기된 이미지들은 주로 심리 상태를 형상화한다. 여기에 비쳐지는 심리는 거의 상투적인 고고함이다. 그리하여 묘사는 상투적인 것에 가까이 간다. 그러면서도 이것이 완전히 억지스럽고 일방적인 의미화가 되는 것은 아니다. 여기의 사물들은 인간 심리에 대한 유추적인 언어의 역할을 하지만, 동시에 그것이 식물 자체의 존재 방식에 관계가 없다고 할 수는 없다. 거기에서 끌어내는 교훈이나 우의(寓意)가 발언의 요점이라고 하더라도 그것은 인간 인식의 한계 안에서 감지하는 사물의 존재 방식을 포착한다.(그 존재 방식은 식물학적 분석을 넘어가 그러한 분석까지도 포괄하는 존재론적 바탕을 드러내 준다.) 그러나 많은 시에서 시인이 표현하고자 하는 주관적인 감정, 의미, 의견 그리고 다른 한편으로 동원되는 사물의 언어 사이에는 긴장이 있게 마련이다. 사물을 말하면서도 너무 쉬운 우화화(寓話化)가 중요해지거나 상습화되면, 시는 대체로 시적 호소력을 잃어버린다. 이것을 피하는 방법의 하나는 사물에 역점을 두는 것이다.

사물은 그 자체로 파악된다고 하여도 대체로 인간적 의미의 애매성 속에 남아 있게 마련이다. 그런데 사물도 그러하고, 또 그에 대한 지각이 인간적 메시지를 전달하는 것도 그러하고, 사물이 직절적(直切的)으로 파악되는 느낌을 주는 것은 그것이 단순화되어 하나의 이미지로 고착될 때이다. 물론 이미지는 다시 상징과 우의의 담지자가 되지만, 이미지의 영상적 성격 자체만이 강조될 때, 그것은 물(物) 자체의 느낌을 준다. 20세기 영미의 이미지즘이 발견한 것도 이것이다. 그러나 되풀이하건대, 이미지에 역점을 두는 수사법에서도 이미지가 단순히 시각적 또는 다른 감각적 영상을 넘어 다른 함축을 가지는 것을 피하기는 쉽지 않다. 또 그 가능성을 완전히 제거한다면 의미 전달의 수단으로서의 언어의 근본적 기능이 사라져 버리고 마는 결과가 된다. 이미지화된 사실은 그것이 함축하고 있는 바를 통하여 보다 큰 의미의 구조로 확대된다.

한국의 현대 시에서 가장 뚜렷한 이미지들을 발견하는 것은 정지용에 있어서이다.

> 장미(薔薇)꽃처럼 곱게 피어 가는 화로에 숯불,
> 입춘(立春) 때 밤은 마른 풀 사르는 냄새가 난다.

> 한겨울 지난 석류(石榴) 열매를 쪼기어
> 홍보석(紅寶石) 같은 알을 한 알 두 알 맛보노니……

이것은 「석류」라는 시에서 석류를 묘사한 것인데, 여기에서 석류를 가장 직접적으로 느낄 수 있게 묘사한 것은 그것을 홍보석에 비유한 부분이다. 이러한 비유는 단순히 시각적인 효과만을 위한 것은 아니다. 보석의 비유는 이미 그것이 귀중한 것이라는 것을 말하고 있다. 그런데 이 구절을 포함하고 있는 첫 연은 다른 비유적 묘사들로 시작한다. 이 부분의 묘사 전반은 앞으로 석류가 등장하게 될 일정한 상황을 가리킨다.

시인은 지금 화롯가에 앉아 있다. 화로에는 숯불이 피어난다. 숯불이 피어나는 것은 장미꽃이 피어나는 것에 비교된다.(이것은 다시 껍질을 깨고 집어 내는 석류에 대한 아날로지가 된다.) 검은 바탕의 숯에서 피어나는 꽃이 장미에 비슷하다는 것은 검은 데에서 피어나는, 그와 반대되는 색깔 또는 반드시 아름답다고만은 할 수 없는 바탕에서 나오는 아름다운 것을 말한다. 여기에서 검은 숯이 추한 것을 말하는 것은 아니다. 그것은 단순히 높고 낮음이 있는 순환을 나타낸다고 할 수 있다. 이 순환은 겨울에서 입춘으로 옮겨 오는 계절에서, 그리고 반드시 나쁜 것이라고는 할 수 없는 마른 풀 사르는 냄새의 교차에서도 알 수 있는 것이다. 이러한 비유 또는 비교들은 사물에 대한 묘사이면서 동시에 그에 대한 시인의 평가나 태도를 드러내 준다. 이러한 평가의 심리적 근거는 앞의 인용에 이어지는 시연들에서 설명된다.

> 투명(透明)한 옛 생각, 새론 시름의 무지개여,
> 금붕어처럼 어린 녀릿녀릿한 느낌이여.
>
> 이 열매는 지난해 시월 상ㅅ달, 우리들의
> 조그마한 이야기가 비롯될 때 익은 것이어니.

여기의 "조그마한 이야기"는 시인의 연사(戀事)를 말하는 것으로 보인다. 그것이 성공한 것을 말하는지 실패한 것을 말하는지는 분명치 않다. 그러나 대체로는 실패로 끝난 것이 아닌가 하는 느낌이 든다. 시인이 "시름"을 가지는 것은 그로 인한 것일 것이다. 그러나 시름은 시름으로 끝나지 않는다. 시름은 무지개에 비교된다. 그리고 바로 전에 "투명한 옛 생각"이라는 언급이 있다. 이러한 연결로 미루어 실패한 연사는 수심을 불러일으키기도 하지만, 또 하나의 아름다운 추억으로 결정(結晶)된다. 그리하여 수심으로 흐려지는 마음속에서 그것은 밝은 추억, 금붕어처럼 움직이는 귀중한 옛이야기가 된다.

이렇게 풀이하고 보면, 「석류」는 이미지들로 구성된 시적 기술이면서 동시에 시인의 체험에 대한 일정한 해석을 담고 있는 것을 알 수 있다. 그런데 이 해석은 조금 무리스러운 느낌을 주면서도 ─ 그러나 일제하라는 것을 참작할 때 있을 수 있는 비유로서 ─ 더 확대된 인간사에 적용된다. 앞의 인용에 이어 시인은, 그가 "작은 아씨", "가녀린 동무"라고 부르는 여성의 모습을 회상한 다음, 시의 끝에서 말한다.

아아 석류 알을 알알이 비추어 보며
신라(新羅) 천년(千年)의 푸른 하늘을 꿈꾸노니.

지난 역사가 어두운 시간들을 지난 다음 보석과 같이 빛나는 추억이 되듯이, 이미 사라진 역사도 일정한 시간이 지나면 아름다운 역사적 업적으로 빛을 발할 수 있다.(그리하여 다시 일단의 비유적 도약을 허용한다면 일제하의 암흑기도 다시 아름다운 시대로 변화할 수 있다.) 이렇게 말하면서 주목할 것은 역사적 영고성쇠에 대한 비유 또는 기억 속에 일어나는 사실이나 사건의 변용에 대한 언급에도 불구하고 영상적 비유가 객관성을 가지고 있다는 것이다. 객관적인 연상을 가진 것이라고 하더라도 그것이 새로움을 잃어버리면, 그것은 좋은 시의 요소가 되지 못한다.

여러 공식적인 찬가나 교가 ─ 우뚝 솟은 뫼, 도도히 흐르는 강물, 정기, 정신 등을 말하는 교가와 같은 것이 좋은 시가 되지 않는 것도 이에 관계된다. 정지용의 이미지에도 교훈적인 요소가 없는 것은 아니나, 이미지는 단순화된 의미로 흡수되지 아니한다. 우리는 사물들의 복합적 성격이 상당 정도 거기에 그대로 남아 있음을 느낀다. 그것은 이미지들이 지니고 있는 시각적이고 미각적인 측면으로 인한 것이다. 석류가 홍보석 같다든가, 그것을 맛본다는 진술도 그러하지만 "알알이"와 같은 표현도 석류의 성질을 그대로 전달하는 역할을 한다.

이러한 감각적인 요소들은 이미지를 추상화된 의미에로의 흡수를 어렵게 한다. 그렇다고 의미가 없는 것은 아니다. 지각적 체험에 대하여 충실성을 지니고 있는 이미지들은 상투적 일반화를 넘어가는 사물의 테두리 ─ 넓은 세계를 열어 준다. 앞에서 시사한 바와 같이, 다른 언어 진술이나 마찬가지로 시적 언어도 그것을 포괄하는 큰 테두리를 필요로 한다. 이테두리는 추상적 진술들의 체계일 수도 있고 구체적인 사실들의 연쇄가암시하는 존재하는 것들의 시공간, 부분적이면서 보다 넓은 데로 열리는시공간 ─ 과장하여 말하건대, 존재론적 바탕일 수도 있다.

12. 시적 인식과 사실적 기술

영미의 현대 시는 대체로 시의 심리화 또는 우화화를 피하고자 하는 경향이 강했다. 이것을 피하는 방법의 하나가 객관적인 이미지를 강조하고, 될 수 있는 대로 그것을 벗어나지 않는 것이다. 이것을 표어로 삼아 시를쓰고자 한 것이 '이미지즘(imagism)'이다. 정지용은 우리 현대 시의 이미지스트라고 할 수 있다. 이미지즘을 말하는 데에 있어서, 흔히 이야기되는 것은 에즈라 파운드의 「지하철 정거장에서(In a Station of the Metro)」이다.

환각들처럼 무리져 나오는 사람들의 얼굴들, 얼굴들,
물에 젖은 검은 나뭇동에 달라붙은 꽃잎들.

어두운 지하철 출구에 밀려 나오는 사람들의 얼굴과 젖은 나무 위 꽃잎들의 비교는 단순히 시각적인 것인데, 그 비교가 어떤 의미를 가진 것인지를 파운드는 전혀 설명하지 않는다. 또 설명한다고 하여도 그 복합적인 의미를 철저하게 밝히기는 어려웠을 것이다.

이 구절이 우리에게 강한 인상을 주는 것은 그 시각성 때문이다. 검은 나뭇둥과 꽃잎의 대조는 금방 느껴지는 것이다. 그리고 여기의 나무나 얼굴이나 삼차원에서 이차원으로 단순화된 느낌을 준다. 크기와 색깔의 대조는 그 평면성으로 하여 더 강조된다. 이러한 이미지가 느끼게 하는 그림의 의미를 생각해 보면, 얼굴을 꽃에 비교한 것은 얼굴들이 아름답게 보인 때문이라고 할 수 있다. 그러나 그 아름다움이 지속되는 것이라고 할 수는 없다. 그 아름다움은 떨어져 가는 꽃잎이 젖은 나뭇둥에 잠깐 머무르면서 보여 주는 것이다. 또는 그것은 가련한 상태의 아름다움을 말하는 것일까? 지하철에서 나오는 사람들이 아름다우면서도 피곤한 얼굴을 가지고 있을 수 있듯이. 그리하여 지하철의 얼굴들, 젖은 나뭇둥에 붙은 꽃잎은 일시적으로 나타난 환각이나 망령에 비슷하다.

이미지즘을 설명하면서 흔히 드는 또 하나의 예는 힐다 둘리틀(Hilda Doolittle)의 「배나무(Pear Tree)」라는 시이다.

> 지상으로부터 버쩍 들어 올린
> 은(銀) 가루,
> 내 팔이 미치지 못할 만큼
> 너는 높이 솟구쳤다.
> 아, 은이여,
> 내 팔이 미치지 못할 만큼,
> 높게―그 숱한 아름드리로 우리를 압도한다.
> 어느 꽃이 그렇게 탄탄한 흰 잎을 열고,
> 어느 꽃이 그 귀한 은으로부터
> 은을 다시 갈라냈을까?

아, 흰 배나무 꽃,

가지에 수복한

너의 꽃 덩이들,

이제 여름과 익은 열매

그 붉은 가슴으로 가져오리니.

이 시는 별 장식이 없이 배꽃의 흰색과 맑음과 풍요, 그리고 꽃이 피어 있는 자리의 높이를 그리고자 한다. 그러나 그것이 찬탄하는 마음을 나타내고 있는 것은 분명하다. 그것은 무엇보다도 꽃의 맑음을 향한다. 그 맑음은 은에 비교되는데, 이 은은 다시 다른 은에서 제련된 것이라고 말하여진다.(꽃잎이 갈라져 있다는 것은 그것들이 서로 구분할 수 없게 같은 은빛을 띠고 있다는 뜻으로 해석될 수도 있다.) 이 은색의 맑음은 시인의 손이 미치지 않는 높이에 있다. 그것은 사람이 쉽게 성취할 수 없는 고결한 것을 나타내면서, 사람으로 하여금 그에 비슷한 고아(高雅)함을 향하여 노력하여야 한다는 것을 시사한다. 생명의 힘에는 그러한 지향이 들어 있다. 이러한 생명의 깨달음은 계절과 결실의 신비에 대한 새삼스러운 깨달음을 준다.

시의 출발은 물론 사실적 기술이다. 시는 꽃의 순수한 은빛과 높이를 말한다. 그러나 그것은, 특히 뻗어 올리는 팔에 연결될 때, 불가피하게 뽑아내고 치켜 올려지는 생명의 힘을 시사하게 되고, 그것에 비교할 수 있는 우리의 신체 내의 생명의 힘을 느끼게 하는 것이 된다. 이러한 힘에 대한 암시는 시행이 짧고 간결하며 되풀이를 가지고 있는 점에서 이미 형식으로도 전달이 된다. 그런데 이러한 해석을 줄이려고 하여도 — 또 시인 자신도 그렇게 하려 한다고 할 수 있지만 사실적 기술에는 자연스럽게 의미가 암시되지 않을 수 없다. 시이니만큼 이것은 불가피하다. 그러한 의미가 없었다면 시인의 마음에 시를 쓸 동기, 그리고 독자의 마음에 시를 읽어야 할 동기가 있을 수 없다고 할 것이다. 시는 그러한 의미를 느끼는 데에서 일어나는 감정으로 인하여 시가 된다. 흥(興)이 시의 시작이 되는 것이다. 그런데 이러한 감정 또는 흥의 개입은 시인의 주관적 부과물인가? 다시 말하여 객관적 사실이 있고 주관적인 느낌 ── 의미의 발견에서 일어나는 느낌은 거기에 첨가된 것인가?

우리는 흔히 객관적 사실을 자신의 감정 표현에 전용하는 것이 시인이라고 생각한다. 그리하여 감흥이 아무리 즐길 만한 것이라고 하더라도 시적 세계 인식은 오류를 담은 것이라는 인상을 가지게 된다.(요즘은 집단 감정을 자극하거나 대중의 주목을 끄는 재담, 기담, 상표, 구호를 만드는 것이 시인으로 생각되지만.) 그것이 아니라 시적인 세계 인식이야말로 세계의 엄숙한 사실성에 근접하는 방법이라고 할 수는 없는가?

13. 지각, 존재, 세계

미국의 신경 과학자 안토니오 다마지오의 저서에 『무엇이 일어나는 느낌(The Feeling of What Happens)』(1999)이라는 것이 있다. 이 제목은 '사실의 느낌'이라고 번역할 수도 있다. 다마지오의 생각에 '느낌'은 사람이 자신의 외부 환경을 알고 그것에 접속하고 하는 일에서의 기초적인 인지 기능이다.(조금 좋지 못한 뜻으로 사용하기는 하지만, 우리말에서 '낌새'는 기초적인 지각 작용을 말하는 것으로 볼 수 있다. 다만 이 낌새가 상황 정보가 아니라 신체의 안과 바깥을 향할 때, 그것이 다마지오의 '느낌'에 가까워진다.)

느낌은 감정에 관계되어 있다. 그러면서 그것보다는 간단한 만큼 더 기본적인 인지 기능을 갖는다. 어떤 철학자에게 ── 가령 막스 셸러 ── 사람이 바깥세상을 대하는 데에 기본적인 매체가 되는 것은 감정이다. 다마지오에게도 감정은 그러한 매체의 기능을 가지고 있다. 이러한 감정에는 기쁨, 고통, 쾌락, 긍지, 슬픔, 욕망 등이 있다.(그의 일람표는 조선조 유교의 사단칠정론(四端七情論)에 나오는 희로애구애오욕(喜怒哀懼愛惡慾)과 비슷하다.) 느낌은 이러한 감정(emotions)을 의식에 매개한다. 그러니까 그것은 신체 내외와의 관계에서 보다 원초적인 인식론적 기능 —— 즉 사태와 자아를 의식으로 맺어 주는 기능을 갖는다. 그러면서 느낌 그리고 감정은 신체의 세포, 뇌 신경, 그리고 그것들에 의해서 구성되는 감각이나 지각의 차원에서 준비되는 신체의 반응을 의식화한다. 다른 한편으로 그것은 삶의 유지를 위한 보다 차원 높은 관심에 연결되어 있다. 다만 이것이 의식적으로 작용한다고 할 수는 없다. 이 관심은 세포에서 신경 그리고 느낌과 감정 그리고 의식에 일관되어 작용하는 어떤 성향이다. 그러면서도 이러한 것들을 움직이는 기본적인 동기는 "생명의 경영(management of life)"이라고 총괄하여 말할 수 있다.

이 말은 생명의 보존이 생명 작용의 기본적인 동력이라는 명제를 확인하는 것이지만, 다마지오 등 신경 과학자들의 기여는 이것이 단순히 의식의 차원에서가 아니라 생명체의 가장 기초적인 단위에서부터 시작하는 동력 또는 동기라는 사실을 밝힌 것이다. 즉 그것은 뇌 신경의 반응이나 의식적 행동 이전에 이미 신체의 세포에서 준비되는 것이다. 그리고 그것은 유기체 전반 그리고 의식과 의식에 기초한 자아의식을 결정한다. 그리하여 생명체는 전체적으로 사물에 맞닥뜨리게 될 때 "지각", "감추어진 기억", "예비적 또는 시정을 위한 행동의 용의"를 가지고 반응한다. 이러한 작용에 기초가 되는 것이 느낌이다. 다시 말하여 그것은 외계를 인지하고 자아의식에 일관하여 작용하는 매개체이다. 그리고 그것을 지배하는 근본 원리가 "생명의 경영"이다.

흔히 지각은, 세계 안에 사는 존재로서 사람이 바깥세계를 의식하는 데에 기본적인 매체라고 생각된다. 그것을 통하여 사람에게 주어지는 자료가 사람이 세상을 인식하는 데에 필요한 토대가 된다. 시적 표현의 어휘가 나타내는 것도 지각을 표상하는 것이라고 할 수 있다. 그런데 신경 과학의 관점에서는 이 지각은 보다 원초적인 데로부터 구성되는 것이다. 그리고 거기에 이미 생명 경영의 동기가 작용한다. 그리하여 다마지오는 "순수한 지각(perception)"은 존재하지 않는다고 말한다. "유기체의 사물 지각에는 [일정한 감각 기관에 작용하는] 감각 신호 그리고 [그에 대한] 신체의 적응에서 오는 신호가 필요하다." 이러한 요구는 신체가 움직일 수 없는 상태에 있거나, 어떤 대상물을 생각하기만 하는 경우에도 마찬가지이다. 지각된 사물을 기억하는 데에 있어서도 그 기억은 당초의 동작을 위한 준비와 감정적 반응을 포함한다. 이러한 동적인 그리고 감정적인 적응은 물건을 만진다거나 어떤 멜로디를 듣게 되는 경우, 즉 촉각이나 청각의 기억에도 작용한다.

결국 사물의 지각에 작용하는 것은 (생존 본능이 지휘하는) 유기체의 원근법이다. 물론 이러한 관계들이 해명될 수 있는 것은 사후에 의식의 작용을 통하여서이다. 그리고 한 발 더 나아가 의식은 사물과 유기체의 관계를 더욱 적극적으로 해명하고 그 관계를 도식화함으로써 그러한 지각이 일정한 유기체의 테두리 안에서 일어났다는 느낌을, 즉 자아의식을 발전시키게 된다. 이렇게 말하는 것은 다시 한 번 사물에 대한 순수한 지각은 없다고 하는 것인데, 그렇다고 지각이 반드시 자의적이라는 의미에서 또는 의식적 조작에서 나온다는 뜻으로 주관적인 의식에 의하여 뒤틀린다는 말은 아니다. 지각에 일반적인 성격이 있다고 한다면, 그것은 앞에서 본 바와 같이 그러한 조작 이전에 일어난다. 그렇다는 것은 그것이 생명체와 대상 세계의 접촉이 일어나는 지점, 그러니까 거의 의식 이전의 상태에서 일어난다는 말이다.

주관이 개입하기 이전에 이미 조작이 진행되는 생물체의 기본적 과정에서 이루어지는 것이다. 그렇다면 사람의 마음에 생기는 감정은 반드시 주관적인 성격 — 의도적으로 주관을 개입시키는 데에서만 생겨나는 것은 아니다. 여기에서 미루어 시가 인간의 감정을 표현한다고 한다면, 그것은 주관적인 느낌을 표현하는 것이면서 동시에 원초적인 세계와의 접촉 그리고 자기 인식에서 일어나는 자연스러운 작용을 빌려 오는 것이라고 할 수 있다.

시적 묘사는, 어떤 기표 행위나 마찬가지로 사실을 지시하는 것을 그 핵심으로 한다. 그러면서 시는 많은 경우 사물이 주는 느낌을 그려 내고자 한다. 다마지오의 신경 연구에서 시사되듯이, 주목할 것은 이러한 사실 묘사 그리고 느낌이 삶에 대한 일정한 태도를 함축한다는 사실이다. 이러한 삼중의 언어 작용에서 중요한 역할을 하는 것은 비유이다. 비유는 하나의 사실을 다른 하나에 포개는 언어 행위이다. 그렇게 하여 사실이나 상황을 그리고 거기에 어떤 의미를 부여한다. 그러나 이때 사실을 인지하는 감각은 삶의 경영의 장(場) 안에 느꼈던 것이다. 이장희의 「봄은 고양이로다」는 "꽃가루와 같이 부드러운 고양이의 털"이라는 묘사로 시작된다. 이 비유는 고양이 털에 대하여 시각과 촉각의 실감을 가질 수 있게 한다. 그러나 독자는 그것이 감각적인 묘사를 넘어서 안정된 삶 — 단순한 감각적 열림에 드러나는 삶의 행복과 안정을 시사한다는 것을 느낀다. 이것은 고양이의 털이 봄이라는 시공간으로 확대된 것만으로도 짐작할 수 있다. 앞에서 예를 들었던 꽃에 대한 비유적 인식은 — 고독한 하늘을 나는 마음이라든가, 아름다운 정적(靜寂)과 같은 데 함축된 느낌은 더욱 분명하게 생명의 관심 속에서 파악된 객관물을 보여 준다.

여기에 대하여 힐다 둘리틀의 손이 미칠 수 없는 곳에 높이 있는 복숭아 꽃은 조금 더 객관적인 묘사라 할 수 있다. 우선 손이 미칠 수 없는 곳에 있다는 것은 비유가 아니고 사실적 묘사라고 할 수 있기 때문이다. 그러나 여기에서 시사되는 것은 "행동의 용의"까지는 나아가지 아니하더라도 우리의 기초적인 지각에 동작의 암시가 수반된다는 사실이다. 그리하여 이것은 쉽게 비유로 옮겨지기도 한다.

너무나 먼 거리와 시간의 골을 넘어서 이야기하는 것이 되지만, 향가(鄕歌)의 「찬기파랑가(讚耆婆郞歌)」에는 "잣가지 높아 서리 못 오를 화판(花判)이여!"라는 구절이 있다. 기파랑의 덕을 찬양하는 것인데, 이러한 일치는 높은 나무를 보는 단순한 지각 현상에도 그를 향한 동작의 의도가 숨어 있다는 것을 말하여 준다. 이것은 다시 보통 사람이 미칠 수 없고 또 타 물질의 오염이 미칠 수 없는 맑음의 느낌을 표현한다.(고결(高潔)은 말 자체가 동작과 청탁(淸濁)의 느낌을 중첩한 것이다.) 이와 같이 시의 비유는 시인이 말하고자 하는 의미를 전달하려는 자의적이고 장식적인 수사법의 하나인 것 같으면서도 그보다는 근원적인 지각 현상, 인간의 존재 방식, 더 나아가 세계의 있음에서 나오는 것이라는 사실을 생각하게 한다.

14. 지각 현상과 과학적 기술의 거리

우리는 손이 미치기 어려울 정도로 자란 나무를 말하기 위하여 그 높이를 몇 미터 몇 센티미터로 말하고, 나무가 그렇게 자라게 된 것을 나무줄기의 분열 조직(meristem) 위에 유사 분열(mitosis)이 일어나면서 세포들이 추가된 결과라고 기술할 수 있다. 이것은 일단 과학적인 기술이라고 할 수 있을 터인데, 시가 말하는 지각된 현상은 이러한 과학적인 기술에 비하여 완전히 사실로부터 어긋나는 것인가?

그것이 객관적인 사실을 말하는 것이 아니라면 주관적이라는 것인데,

적어도 우리가 말할 수 있는 것은 여기에서의 주관이 자아의식과 의식의 자의적인 결정으로 생겨나는 주관은 아니라는 것이다. 그렇게 묘사되는 대상에 대한 지각은 거의 아무런 주관적 개입이 없이 인간에게 최초로 주어지는 자료가 된다고 할 수 있다. 그것이 주관적 성격을 가지고 있다면 이 주관은 의식적 주관보다는 훨씬 깊은 존재의 기저로부터 나오는 것이라고 하여야 한다. 과학적 분석을 비롯하여 모든 사물 인식의 기본이 되는 것도 이것이라고 할 수 있다. 지각의 열림이 없이 세계는 어떤 방식으로든지 인지될 수 없기 때문이다. 다만 이 열림의 깊은 의미는 신비로 남는다. 그러면서도 물어보지 않을 수 없는 것은 그것의 사실 세계 — 과학적으로 기술될 수 있는 사실 세계에 대한 관계가 어떤 것인가 하는 것이다.

더 간단히 말하여, 과학에서 말하는 또는 상식의 세계에서 사실이라고 하는 것은 이러한 시적 지각 또는 일반적인 지각 현상 — 다마지오가 말하는 바와 같은 생명의 이해관계에 의하여 결정되는 지각에 어떻게 관계되는가? 사물의 인식에 있어서 객관적 인식은 없다고 한다면, 과학적 세계관에 기초가 된다고 하여야 할 '사실'은 어떻게 하여 사실이 되는 것인가? 이러한 질문에 대하여 여기에서 정답을 내어놓을 수는 없지만 답변의 방향을 조금은 생각해 볼 수 있지 않을까 한다. 그러나 그것을 답하기 전에 필요한 것은 지각이나 인식의 과정을 다시 살피는 것이다. 다마지오의 관심은 주로 신경과 인간 심리의 움직임에 관한 것이기 때문에 이러한 질문을 길게 논하지는 않지만, 그가 간단히 참조한 것으로 비추고 있는 윌리엄 제임스와 화이트헤드의 '사건'에 대한 설명은 '주관'과 '객관'의 관계 그리고 '사실'의 기원에 대한 약간의 설명을 준다고 할 수 있다.

되풀이하건대 다마지오의 생각으로는 유기체는 그의 감각을 통하여 그것을 자극하는 사물에 대한 느낌 — 감각의 "원인적 사물"에 대한 느낌을 갖는다. 그러면서 이것이 다시 주의(attention)의 대상으로 선정될 때 그 이미지가 마음에서 두드러지게 되고, 사실 대상이 정착된다. 이러한 사람의 의식에 사물 지각이 구성되는 과정은 제임스가 같은 현상을 심리학적으로 설명한 것에 매우 유사하다.

제임스는 사물의 세계나 인간의 의식 세계가 끊임없는 유동 상태에 있다고 생각했다. 그에게 사물에 대한 지각은, 반드시 의식적으로 그렇게 하는 것은 아니나 혼란스러울 수밖에 없는 감각적 체험을 확실한 대상으로 구성하는 데에서 결과한다고 말한다. 즉 그것은 있는 대로, 말하자면 거울에 비추듯이 사물의 세계를 의식에 비춘 결과가 아니고, 인간의 사고 과정 또는 의식의 과정이 구성해 내는 산물이다.(그렇다고 물론 그것이 의식적 선택으로 그렇게 된다는 것은 아니다.) 제임스의 이러한 관찰은 자기 내성과 정신병학의 발견에 기초한 설명이다. 이것은 최근의 신경 과학에서도 확인되는 사실이다.(가령 준비 없이 색채의 혼란만을 보게 되는 시각이 어떻게 그 색채들을 대상적 사물들로 구성하는가 하는 것을 시각 장애인의 시각 회복 과정을 통해서 확인한 것과 같은 것이 그것이다.)

15. 느낌, 지각, 주체

다마지오는 이러한 제임스의 설명을 참조하면서 지각 구성의 문제를 조금 더 객관적인 관점에서 이해하고자 한다. 그가 짧게나마 화이트헤드를 언급하는 것은 이에 관련된 것으로 생각할 수 있다. 다마지오의 핵심 개념이 되는 '느낌', '지각', '주체' 등은 화이트헤드의 사변 철학에서 세계 구성의 요소로서 이야기되는 개념들이다. 우리가 주목할 수 있는 것은 이러한 것들이 화이트헤드의, 극히 물질주의적이면서도 그것을 넘어 형이상학적인 우주론 ─ 또는 우주의 창조적 진화 과정에 관한 설명에서 핵심 개념이 된다는 것이다. 그에게 실재하는 세계의 기초는 "현실 사물(actual entities)" 또는 "현실 계기(actual occasions)"이다. 흔히 말하여 사물 또는 사건이라고 할 이것들은 고유한 물질적 자기 동일성을 가지면서도 다른 많은 것들과의 연계 관계로부터 분리되지 않는 성질을 본질적으로 가지고 있다. 이러한 성향이야말로 가장 두드러진 현실 사물의 특징이라고 할 수 있다.

사물들의 존재 자체가 사물들의 서로 결합되려는 경향의 소산이다. 그로 인하여 세계는 다양하면서 끊임없이 변하는 전체를 이룬다. 이 경향을 화이트헤드는 "연계 성향(prehension)"이라고 했는데, 이것을 심리학적 비유로 그리고 보다 사물 세계에 내재하는 본질적 경향으로 옮겨서 말한 것이 "느낌(feeling)"이다. 다양하게 존재하는 느낌들은 분리되기도 하고, 하나가 되기도 한다. 어떤 느낌들이 하나로 통일될 때 "지각"이 생기고, 다시 "주체(subject)"가 생긴다. 그리하여 그 결과로서 특정한 성질을 가진 구체적인 현실적 대상 세계가 구성된다. 이러한 개념들, 그리고 그것이 말하고자 하는 바를 이해하기는 쉽지 않다. 그 이유의 하나는 화이트헤드가 이러한 개념으로 설명하려는 것이 심리가 아니라 사물의 세계라고 말하기 때문이다. 앞에서 말한 바와 같이 다마지오가 화이트헤드를 언급하는 것도 과정의 철학자인 화이트헤드가 심리 과정을 사물 세계에 뿌리 내린 것으로 설명하려 한다고 보기 때문이다. (그리고 이것은 시적 인식이 반드시 사실을 떠난 주관의 판타지만을 말하는 것이 아니라는 것을 생각하게 한다. 시의 감정의 과정은 곧 사물 세계의 과정이다.)

화이트헤드의 이론을 이해하기는 쉽지 않지만, 이 난점을 풀어내는 한 가지 방법은 이것을 보다 직접적으로, 일단 심리적 과정의 설명으로 이해하고, 그것을 다시 물질세계로 옮겨 보는 것이다. 여기에서 화이트헤드의 형이상학을 모두 이야기할 수는 없지만, 이 심리와 물리의 중첩을 간단히 살피는 방법으로, 화이트헤드가 그의 철학을 가장 포괄적으로 제시하고자 한 『과정과 현실』에서 느낌이 전개되는 단계를 설명한 한 구절을 인용해 보기로 한다.

느낌(feeling)은, 즉 적극적인 연계 경향(a positive prehension)은, 본질에 있어서, [시공간의 전체로부터] 구체화(concrescence)가 일어나게 하는 움직임을 나타낸다. 느낌의 복합적 구성은 이행 과정과 그 결과의 측면에서 다섯 요인으로 분석될 수 있다. 다섯 요인은 (1) 느낌을 갖는 '주체(subject)', (2) 느낌의 '초기 자료(initial data)', (3) [연계를 거부하는] 부정적 연계 성향으로 인하여 일어나는 [장해 요인의] '제거[조작](elimination)', (4) 느낌의 대상으로서의 '객관적 자료(objective datum)', (5) 그 [즉, 그렇게 이루어진] 주체가 그 객관적 자료를 어떻게 느끼는가를 나타내는 '주체적 형식(subjective form)'이다.

이것은 쉬지 않고 변화하고 구체화하는 물질세계 전반의 원리의 한 핵심을 설명한 것이지만, 이 인용을 조금 더 쉽게 이해하는 방법은 조금 전에 제안한 바와 같이 이것을 인간 체험의 진행 과정을 말한 것으로, 또는 그것을 비유로서 말한 것으로 해독하는 것이다. 이 비유적 관점에서 앞의 단계를 다시 설명한다면, 1) 현실 인식의 처음에는 조금 막연한 느낌이 있게 마련인데, 이 느낌을 종합하는 중심으로서 초보적인 단계의, 즉 아직은 무의식적인 상태에 있으면서도 부재하다고는 할 수는 없는 주체 또는 자아가 있고, 2) 그다음, 이 느낌이 알려 주는 감각적 자료, 3) 그것을 다른 것들과 변별하는 선택 작업을 경유하여 형성되는 지각이 있으며, 4) 그 결과로 한편으로 객관적 사물들이 분명하게 되고, 5) 다른 한편으로 그것에 대응하여 구성되는 의식, 모든 것을 하나의 형식 속에서 파악하는 주체 또는 자아의식이 있다는 것이다.

그런데 이것은 화이트헤드의 설명을 사람의 지각 과정으로 옮긴 것이지만, 화이트헤드는 이것을 심리 과정이라기보다는 물질세계의 과정으로 말한 것이다. 사물이 가지고 있는 연계 관계를 만들어 내는 성질 ─ 그 상호 작용의 힘은 모든 사물이 사건으로 일어나게 하는 원초적인 요인이다.(가령 물리적 입자가 일정한 전하(電荷)를 가지고 있는 것과 같은 것을 상정할 수 있다.) 이 연계 관계는 그 중심으로서의 사물의 단위를 상정하게 한다. 그것은 물질적 자료가 일정한 정체성을 갖는다는 것을 말한다. 즉 다른 물질 자료들과 구별되는 성질과 통일성을 갖는다. 이러한 물질적 단위 또는 일정한 계기에 구체화되는 현실 대상의 성립에는 인과 법칙이 작용한다. 이렇게 하여 이러한 물질의 생성과 변형의 과정은 계속된다. 즉 이러한 설명은, 다시 말하여 물질세계의 단위들이 일정한 법칙의 지배하에서 형성되고 상호 작용하면서 변화해 가는 과정을 말한 것이다.

그러면서도 특이한 것은 이러한 설명에 인간의 주관적인 체험의 용어가 동원되어 있다는 사실이다. 그리고 거기에 심리적 과정에 대한 지시가 없는 것은 아니다.(사실 사람이 물질세계에 대하여 갖는 이해가, 보이지 않게 인간의 주관적인 자기 이해의 이입(移入)에 연루되어 있을 가능성을 완전히 배제할 수는 없다.) 다만 화이트헤드의 생각에 있어서 심리와 물리세계의 관계는 통상적인 우리의 생각에 반대되는 것으로 보인다. 문제 되어 있는 것은 사실 세계와 인간 심리의 내면세계인데, 우리는 인간 심리를 사물 세계의 비유로써 설명하고 또는 그것을 통하여 공감하는 수는 있지만, 적어도 과학적인 입장에 설 때, 사물 세계의 현상을 인간의 심리로써 설명할 수 있다고 생각하지는 않는다. 그러나 화이트헤드에게 인간 심리는 물질적 세계를 움직이는 원리의 틀 안에 있다. 또는 거꾸로 인간의 심리를 바르게 이해한다면 그것은 바로 물질세계의 원리를 풀어내는 원리이기도 하다.

16. 비유의 열린 가능성

이것은 지나친 비약이 될 수도 있지만 적어도 언어의 비유적 사용, 또 시적 언어의 경우에는 이러한 역전(逆轉) 설명이 가능하다고 할 수 있다. 즉 비유는 단순히 심리의 설명에 물질세계를 간접적으로, 그리고 과학적 사실적 관점에서 말하여 부당하게 빌려 오는 행위가 아니라 두 세계의 공통의 뿌리를 확인하는 행위라고 할 수 있다. 이것을 우리 나름의 예를 들어 설명해 보기로 한다.

온 세상에 흰 눈이 가득하여도 소나무가 푸르다는 것은 충절을 나타내는 이미지로 우리의 시조에 자주 보는 것인데, 이것은 식물 현상을 비유로 하여 사람의 심리를 설명한 것이다. 그런데 심리에서 물리로 옮겨 가서, 충절에 대한 사람의 소망으로 상록수로서의 소나무를 설명할 수 있겠는가? 즉 상록수가 충절을 소망하기 때문에 사시에 푸르다고 할 수 있겠는가 하는 것이다. 즉 관점을 달리하여 사람의 마음과 소나무에 같은 자연의 원리가 작용한다고 할 수는 없는가? 하나의 설명은 사람의 마음과 소나무의 청청한 상태는 다 같이 생명의 지구성(持久性)을 나타낸다고 하는 것이다. 그리하여 여기에서 앞과 같은 비유의 가능이 나온다고 할 수 있다.

바위는 많은 시에서 주요한 비유나 상징이 된다. 윤선도는 「오우가(五友歌)」에서 꽃과 풀은 피고 지는데, 이러한 변절에 대하여 변하지 않는 것이 바위라고 말한다. 그리하여 그것은 소나무, 대나무, 물, 밤에 뜨는 달과 같이 변심이 없는 마음을 나타내어 그의 벗이 될 수 있다고 한다. 바위는 사실 사물의 생성 과정에서 어떤 오랜 지속, 그러나 화이트헤드식으로 말하여 영원한 것이 되지는 못하는 자연 과정의 지구성의 한 표현이다. 그런데 바위를 생각하는 사람의 마음을 형성하는 것도 바로 생명의 지속과 또 사물의 지구성에 대한 원초적인 느낌을 나타내는 것이 아닐까?(화이트헤드도 결정(結晶)이나 바위를 물질세계, 또 사회에로 연속되는 안정적이고 지속적인 구조의 예로 들고 있다. 물질의 변화 과정에서 지속을 나타내는 것은 이외에 분자, 개념, 정신, 별들을 포함한다.)

다시 말하여 이러한 예들은 변덕스럽기 짝이 없는 것으로 보이는 사람의 마음도 지구성에 대한 그리움에서, 또 현실 세계에서 충절을 추구함으로써 우주적인 변화 형성의 과정의 어떤 규칙에 따른다는 것을 시사한다고 할 수 있다. 사실 변화 속에서의 지속의 원리가 마음이라고 할 수 있다. 여기에서 한 발 나아간다면 사람의 마음을 살피는 것 또는 주관적인 체험 형성의 과정을 풀어내는 것으로부터 시작하여 물질적 세계의 과정에 대한 이해로 나아갈 수 있다는 생각에 이를 수도 있다. 사실 많은 신화적이고 마술적인 세계는 사람의 내면과 외면 세계의 일관성을 전제로 하는 설명의 원리에서 나온다. 과학의 원리라고 해서 이러한 평행 관계를 완전히 초월했다고 할 수 있는 것일까? 앞에서 말한 바와 같이, 과학에 있어서의 물리 과정에 대한 이해도 원초적인 감정 이입 또는 인간의 신경 조직에서 작용하는 '거울 뉴런'을 완전히 벗어날 수 없을 것이다.

17. 인간의 존재 방식과 자기 완성

느낌에서 시작하여 주제 의식에 이르는 과정에 대한 화이트헤드의 말을 상기한다면 사물 과정은 심리 과정에 일치하고 심리 과정은 사물의 자체 과정에서 나온다. 모든 물질적 과정의 기초는 사물들에 들어 있는 에너지이다. 이것은 외부와 결합, 상호 작용을 일으키고 하나의 통일성을 향하여 나아간다. 이 과정에서 결정(結晶)되는 것이 현실 대상들이다. 그리고 이것은 데카르트의 사유의 과정에서도 볼 수 있듯이 모든 것의 중심으로 형성되어 가는 인간의 심리 과정이기도 하다. 물심(物心) 일체의 화이트헤드 철학은 도덕, 윤리, 종교에서 완성된다. 그것은 시적 표현 그리고 철학적 사고를 근본적으로 정당화한다고 할 수 있다.

인간은 주체적 통일을 지향하는 사물의 과정 속에 있다. 이것은 스스로의 완성을 지향하는 것이 인간의 존재 방식이라는 것을 시사한다. 이것은 자연의 과정이면서 의식을 가진 존재에게는 도덕적 요구가 된다. 즉 의식의 존재인 인간이 — 자유 의지의 가능성을 전제로 한다면 — 자기 완성에 대하여 스스로 책임을 느끼지 않을 수 없다는 말이다. 이 책임은 자신의 삶에 대해서만이 아니라 모든 사물로 하여금 그 본래적인 지향에 따라 자기 완성에 이르게 하여야 한다는 사물 세계에 대한 책임과 의무로 확대된다. 화이트헤드는 창조적 과정으로서의 사물의 느낌과 주체적 과정을 설명하면서 그것이 인간 그리고 그 도덕적 책무에 연결되는 것을 다음과 같이 설명한다.

느낌들은 주체가 바로 자체이게 하는 느낌이다. 그리고 주체는, 선험적으로 말하여 바로 그 느낌으로 하여 자체로 있는 것이기 때문에 그 느낌을 통하여 그 자체를 초월하는 창조성을 객관적으로 결정한다. 인간 존재의 보다 높은 수준에서는 이 느낌과 주체의 이론은 도덕적 책임의 개념에 의하여 예시될 수 있다. 주체는 그 느낌으로써 자신의 현재 있는 대로의 모습으로 있게 된 데 대하여 책임을 진다. 그리고 여기에 추가하여, 그것이 자신의 느낌의 결과이기 때문에 자신의 존재로부터 유래하는 결과와 부작용에 대하여 책임을 지게 된다.

조금 단순화하여 번역을 해 본 앞의 인용도 조금 거꾸로 생각하면, 즉 인간 심리의 측면으로부터 접근하면 조금 더 쉽게 이해될 수 있다. 말할 것도 없이 도덕적 책임은 자신의 행동에 대하여 책임을 지는 것을 말한다. 이 행동은 우리 자신의 사람됨에서 나온다. 다른 데에서 시사되어 있는 것을 보충하면 여기에서의 사람됨이란 우리 마음속에 있는 여러 습관과 성향 — 느낌의 향방으로 이루어진다. 긴 형성 과정이 어떤 내면적, 외면적 행동 경향(disposition)을 조성한다. 이러한 것들이 하나가 되어 사람됨을 형성한다. 성향이 되었든 아니면 일시적인 감정이든, 이러한 느낌은 오늘의 자아의 상태 그리고 그것으로 하여 이루어지는 실천적 상황에 결정적 요인이 된다.

이러한 도덕적 품성과 형성 과정을 물질에도 옮겨 볼 수 있다. 물질은 그 나름의 느낌 — 또는 연계 에너지(prehension)를 가지고 있다. 이 느낌들은 주체로써 종합되어 대상적 사물이 된다. 그러면서 그것은 다른 사물들에 연결된다. 이 연결은 새로운 상황을 만들어 낸다. 새로운 상황은 물질세계에 숨어 있던 창조성을 실현하는 것이다. 그것은 원래의 사물과 사물의 성질을 초월하는 것이기는 하지만, 전혀 예측할 수 없는 다른 어떤 것이 되는 것은 아니다. 결국 그것을 결정하는 것은 관계된 사물들의 고유한 성질이다. 그러면서도 그것은 끊임없이 진화하는 새로운 상황 — 구체적인 현실로 만들어지는 상황의 일부가 된다.

이러한 과정이 순탄한 것은 아니다. 한정과 진화로서의 변화는 물질적 과정과 심리적 과정에 걸치는 모호한 지대에 일어날 수밖에 없다. 느낌 또는 사물이 가지고 있는 연계 성향은 물질적으로나 심리적으로나 사건의 한정화 또는 선택의 필요를 의미한다. 따라서 그것은 부정적인 결과를 포함한다. 앞의 인용에 언급된 "부정적 연계 성향(negative prehension)"은 이에 관련된 구체적 사물 형성의 한 계기를 가리킨다. 이 부정적 성향은 두 가지로 생각된다. 모든 구체적인 상황은 복합적인 요인으로 이루어지고 상황의 변화 또는 새로운 상황은 새로운 요인들에 의하여 형성되고 그것을 흡수한다. 그런데 하나로 제한되거나 선택되는 것은 다른 하나를 배제하는 것이 된다. 이렇게 하여 발생하는 새로운 현실(new actuality)은 상황 전체에 부조화를 일으킬 수 있고, 심리적 관점에서 말한다면 그것은 전체적인 상황에 의하여 금지 또는 금기의 대상이 된다. 이것이 악(惡)이다.(이것은 사실을 말하기도 하고 심리적, 도덕적 관점에서의 판단이기도 하다.)

화이트헤드의 낙관주의 철학에 있어서 악은 근본적인 것이라기보다는 전체 상황에 의하여, 즉 거기에 맞아 들어가는 것이 아니기 때문에 그렇게 정의되는 것이라고 하는 것이 옳다. "맞지 않는 계절에 태어나기를 고집하는 것이 악의 잘못된 소행이다.(Insistence on birth at the wrong season is the trick of evil.)" 그러나 악은 "적극적인 대안적인 기여"의 가능성을 제시하는 것일 수 있다. 그리하여 시대의 진전에 따라 그것은 상황을 더 풍부하고 확실하게, 또 보다 안정되게 하는 요인이 될 수 있다. 오랜 시간을 두고 지속되는 이러한 과정은 결국 모든 것의 일체성 또는 조화를 향한다.

화이트헤드의 생각에 세계는 궁극적으로 모든 대립과 모순을 넘어서 하나의 조화된 전체를 이루는 과정이다. 이 과정은 인간의 실존이라는 측면에서 볼 때 악과 고통과 괴로움을 받아들이고 대처할 것을 요구하면서, 그것을 초월하는 진선미의 세계로 향하는 과정이 된다. 화이트헤드는 이 과정을 총괄하는 원리를 신(神)이라고 한다. 반드시 우리의 논의에 직접적으로 관계되는 것은 아니지만, 이러한 세계 과정에 대한 화이트헤드의 최종적인 설명은 물질 과정이 완전히 심리적인 과정이며 도덕적인 과정이라고 말하는 것으로 생각된다. 또 한 구절을 조금 긴 대로 인용해 본다.

주체적 목표의 지혜는(여기의 주체는 현실 사물의 구체화의 중심이면서 인간의 주체에 비슷한, 그러나 그것보다는 우주적 과정의 주체 또는 신의 의지를 가리킨다.) 일체의 현실(actuality)을 그러한(즉 모든 것이 상호 평형을 이루는) 완전한 체계를 지향하게(prehend) 하는 것이다. 이 완전한 체계는 현실의 고통, 슬픔, 잘못, 성취, 직접적으로 다가오는 기쁨을 정당한 느낌으로 엮어 보편적 느낌의 화성(和聲)이 되게 하는 체계이다. 이 화성은 언제나 직접적이고, 언제나 다성(多聲)적이고 언제나 하나이며, 언제나 앞으로 나아가며 없어지지 않는 새로운 전진에서 온다. 파괴적인 악의 반항은, 그것이 순전히 자기중심적인 것인 경우 쓸데없는 지엽이 되고 단순히 개별적인 사실이 되어 버려지게 되지만, 그것으로 하여 가능하여진 개체적인 기쁨, 슬픔은 필요했던 대조를 보여 주고, 또 완성된 전체와의 관련에서 쓸모없는 것으로 사라지지는 아니한다. 이러한 신의 자연 운영을 포착할 수 있는 이미지는 ─ 이것은 이미지에 불과하지만 ─ 어떤 것도 부질없이 사라지지 않게 하려는 섬세한 조심성이다.

여기에서 "조심성(care)"이란 모든 사물이 우주의 구성과 진화에 참여한다는 사실의 원리를 도덕적 차원으로 옮긴 것이다. 헤겔은, 모순과 그 극복 그리고 보다 큰 종합의 과정으로서 역사 변증법을 말하면서 동시에 "모든 존재는 이성적이다."라고 말한 일이 있다. 즉 세계 현실을 부정의 연속으로 보면서 동시에 그것을 전체적으로, 있는 그대로 긍정한 것이다.

이에 비슷하게 화이트헤드의 철학에서도 여러 부정적인 작용에도 불구하고, 궁극적으로 모든 것이 완성된 전체에 기여하는 것이라고 한다면, 모든 것을 그대로 긍정하는 것이 마땅하다. 이것을 심정의 차원으로, 또 도덕적 차원으로 옮기면, 요구되는 태도는 모든 것에 대한 돌봄 내지 사랑이 된다고 할 수 있다. 화이트헤드는 이것을, "구해 낼 수 있는 것 어떤 것도 버리지 않는 부드러움(tenderness)의 판단", "한없는 인내(infinite patience)"라고 바꾸어 설명하기도 한다. 이것은 본 세계의 총체적인 구체화 과정을 두고 그에 대한 태도를 말한 것인데, 방법론적으로 우주의 변화 생성 과정을 주관적인 관점에서 이해하려는 것이라 할 수 있다. 조금 더 초월적인 관점에서 말하면 이것은 모든 것을 구원하려는 신의 뜻, 신의 사랑에 대응하는 태도라고 할 수 있다. 어쨌든 사람의 도덕적, 윤리적 책임은 이 우주적 과정에서 연역되어 나온다. 그것은 우주의 물질적 과정이 요구하는 것이면서 동시에 사람이 스스로 깨달아야 하는 실천적 이성이다.

여기에서 화이트헤드의 철학을 말하는 것은 그것을 전체적으로 이해하려는 것이 아니라 그것이 이 글에서의 우리의 관심을 — 다시 말하건대 시가 사물의 비유로써 표현하는 바와 같은 주관적인 느낌이 결코 주관에 한정되는 것으로만 말할 수 없다는 추측을 조명하여 주기 때문이다. 되풀이하건대 화이트헤드는 주관적인 심리의 세계와 객관의 사물의 세계가 별도의 것이 아니라는 직관을 정당화해 준다. 앞에서 시사한 바와 같이 다마지오가 신경 과학을 통해서 추구하는 것도 비슷한 것으로 생각된다. 신경 과학은 사람의 심리 작용을 신경 조직 내의 생리 작용과 그것을 움직이게 하는 외적 자극으로 환원한다. 그러한 환원이 완전한 것이라면 외적 자극과 반응은 외부 세계에 대하여 무엇을 말하여 주는 것일까? 인간의 자연스러운 반응, 의식 그리고 자유의지와 행동은 어떤 근거를 가진 것인가? 인간의 느낌은 주관적인 환상에 불과한가? 그것은 외부 세계의 진리와 관계가 없는 것인가? 모든 것이 객관적인 요인으로 환원되는 과학의 시대에 있어서 이 문제는 핵심적인 철학의 난제가 된다.

사람의 감각이나 지각 또는 의식이 완전히 세계의 진리에 일치하는 것일 수는 없다. 그러나 동시에 그것은 진리로부터 단절된 것이 아니다. 그것은 이 진리에 일정한 관계를 가지고 있다. 그러나 바깥을 완전히 반영하기 때문이 아니라 그 진리의 방법이 이미 인간의 내면에 작용하고 있기 때문이다. 안과 밖은 존재의 방식을 공유하고 있는 것이다. 그러면서 완전히 대칭적 반영의 관계에 있는 것은 아니다. 그럴싸한 아날로지를 들자면 세계와 사람은 쌍둥이 또는 형제 관계에 있다고 할 수 있다. 둘 사이의 이해(理解)는 기질을 같이함으로써 매개된다. 또는 그 관계를 조금 더 먼 것으로 생각한다면, 사람이 모르는 사람을 만나더라도 같은 종적 진화의 소산이라는 점에서 서로 이해할 수 있는 근본을 나누어 가진 경우를 생각해 볼 수도 있다.

앞에서 시사하려고 한 것은, 물질의 세계에서 오는 자극이 인간의 지각과 심리를 움직여 심리와 의식의 불가해한 현상 — 지각과 의식 현상을 일어나게 하는 것이 아니라 심리에 이미 물질세계의 인과 법칙이 작용하고 있어서 그 해독(解讀)이 가능하다는 것이다. 그리고 물질세계의 인과 관계는 인간의 내면에서 의미, 목적, 가치, 도덕 등으로 바뀌어 존재한다. 또 거꾸로 심리적 동기는 물질세계의 원리의 통로가 된다. 즉 주관적으로 생각되는 사물에 대한 사람의 지각에는 사물 자체의 작동 원리가 들어 있고, 그것에 따르는 것이 결국 인간적 가치의 실현에 일치할 수 있다.(이 두 가지 일치를 풀어내는 데에는 물론 복잡한 형이상학적, 과학적 해석이 필요하다. 앞에서 말하고자 한 것은 그에 대한 시사가 화이트헤드의 고찰에 들어 있다는 것이었다.) 이것을 시에 옮겨 생각해 볼 때, 시의 비유나 이미지는 감정에서 나오는 것이면서도 사실 세계의 객관성을 완전히 떠나는 것이 아니다.(물론 모든 시적 표현이 그렇다는 것은 아니다. 이것은 아무렇게나 하는 말이 적절한 의미를 가진 말이 되지 않는 것과 같다.)

그런데 주관적이고 감정적인 언어가 사물 자체의 현실을 나타낼 수 있다고 한다면, 다른 문제의 하나는 사실 세계의 설명에 기준이 되는 과학의 세계에서의 사실, 그리고 그것을 인과 관계 또는 논리적 필연성을 통해서 설명하는 과학의 객관적 언어는 어떻게 가능한가 하는 것이다. 결국 과학의 사실도 감각과 지각의 여료(與料)로부터 완전히 분리될 수는 없다.

18. 기쁨을 주는 장미, 누구의 기쁨인가?

릴케의 『신시집(*Neue Gedichte*)』(1907, 1908)의 시들 그리고 그의 시를 일반적으로 말하면서 '사물 시(Dinggedicht)'라는 말이 잘 쓰인다. 사물 시는 시인의 개성적인 표현으로부터 거리를 지키면서, 마치 사물 자체가 사물의 언어로 그 본질을 드러내듯 사물을 기술(記述)하고자 하는 시이다. 그러나 이러한 사물의 기술은 흔히 주장되는 것과는 달리 충실하게 있는 그대로 사물을 그려 내는 것이 아니라 인간적인 의미 그리고 존재론적 의미를 기초로 하면서 이루어지는 인식 행위이고 형상 행위이다. 사물 시의 대표적인 예로 흔히 들어지는 릴케의 「표범: 파리 식물원에서(Der Panther)」을 인용하여 보겠다.

눈길은 창살을 지나감에 지쳐,
이제는 아무것도 잡아 두지 않는다.
그로서는 수천의 창살들만이 있을 뿐,
수천의 창살 뒤로는 아무 세계도 없는 듯.

힘 있고 가볍고 사뿐한 발걸음은
작게 작게 원을 그리며 돌고,
중심을 회전하는 힘의 무도와 같이,
복판에 큰 의지는 기진하여 멈추어 섰다.

때로 눈까풀의 휘장이 소리 없이
열리면, 영상 하나 그 속으로
들어가 사지의 팽팽한 침묵을 지나

심장에 머물다 스러진다.

이 시는 동물원의 우리에 갇혀 있는 표범을 그야말로 그대로 그려 내고 있다. 여기에 시인의 주관적인 논평은 전혀 개입되지 않은 것으로 보인다. 그러나 거기에 공감(empathy)이 들어 있지 않다고 할 수는 없다. 또는 그것 없이는 객관적 묘사는 불가능했을 것이다. 그리고 이성과 감성의 전체에 호소하는 묘사가 되지 못하였을 것이다.

표범이 창살 안에 갇혀 있다는 것, 그렇다고 표범이 완전히 기운을 잃은, 또는 기운을 가지지 않는 정물(靜物)이 되어 버린 것은 아니라는 것, 한껏 뛰어다니지 못하게 됨으로써 그 에너지가 어쩌면 예술적으로 승화된 무용처럼 집중될 수도 있다는 것(릴케의 다른 시 「스페인의 무희」는 고양된 열정의 표현으로서의 무용을 압축적으로 그려 낸다.), 그렇다고 그것이 그렇게 승화될 수는 없다는 것, 뿐만 아니라 철책에 갇힌 표범은 사물을 대한다고 하더라도 그것에 대한 의미 있는 반응을 할 수 없는 무감각한 상태에 들어간다는 것 —— 이러한 묘사는 포획 감금된 생물체의 상태에 대한 시인의 직관적 공감이 없이는 불가능했을 것이다. 그러나 그 공감이 주관적으로 강조 또는 과장된 것이 아님은 물론이다.

주관적 언어가 제한된 경우를 더 들자면, 릴케의 묘비명이 되어 있는 장미에 관한 시는 하나의 극단적인 예가 될 것이다. 그것은 부정되는 사실로써 사물의 있음새와 그에 대한 느낌을 전달한다. 어떤 사물이 그러한 것이 아니라고 말하는 것이 바로 그 사물의 모습을 전달하는 말이 되는 것이다. (이것은, 프로이트가 말하는바 어떤 사실을 부정하는 것이 바로 그 사실이 무의식에 존재한다는 것을 드러내는 것에 비슷하다.)

장미여, 아, 순수한 모순, 그 많은 눈꺼풀 아래

어떤 누구의 잠도 아니라는 사실의 기쁨이여!

문자 그대로라면 이 시는 거의 아무것도 이야기하지 않는다고 할 수 있다. 주제는 장미지만, 주어에 따르는 술어는 그것이 어떤 것도 아니라는 것이다. 간략하게 달리 표현하면 문장은 "장미는 잠이 아니다."가 된다. 장미는 국화도 아니고 돌도 아니고 별도 아니다. — 이러한 문장은 장미에 대하여 별로 의미 있는 것을 서술하는 문장이라고 할 수 없다.

물론 장미가 국화가 아니라고 한다면 그러한 부정의 발언에는 장미를 어떤 꽃으로 규정하여야 하는가, 어떤 이름으로 불러야 하는가 하는 의문이 함축되어 있다고 보기 때문에 질문은 계속될 수 있을 것이다. 장미가 돌이 아니라고 했을 경우 그것은 너무나 분명한 사실이기 때문에 어리석은 발언이 될 수도 있고, 돌처럼 지속하지 않고 시들게 마련이라는 조금은 시적인 발언으로 들을 수도 있다. 그러나 다시 한 번 이러한 문장은 별로 의미 있는 문장이 아니다. 그러나 릴케의 부정의 말은 무의미하지 않다. 앞의 말에서 장미를 설명하는 은유가 될 뻔한 잠든 사람의 눈꺼풀은 장미 꽃잎의 모양을 가리키는 것으로 말할 수 있다. 다만 이것은 시인이 아니라면 생각하기 어려운 것이었을 것이다.

장미는 그 모양에서, 또 그 암시하는 부드러운 느낌에서 눈꺼풀에 비교될 수 있다. 그리고 그렇게 많이 겹쳐진 아름다운 색깔의 눈꺼풀 아래에 어떤 특이한 존재가 잠들어 있는 것일까. — 이렇게 상상해 보는 것은 장미의 아름다움을 돋보이게 하는 상상이다. 그 아름다움의 주인공은 누구인가? 특이한 외면에는 그 안에 감추어 있는 것이 있다고 생각하는 것이 사람이다.

아름다움을 표현하는 외면이 있다면 그것을 나타내고 있는 주체가 있을 것이다. 그러나 장미의 꽃잎은 사실적으로 그러한 연상이나 상상이나 주체적 존재와는 관계가 없다. 장미는 그러한 사람의 느낌이나 생각으로부터 완전히 독립해 있다. 장미는 어느 누구의 잠도 아니다. 그러한 것들로부터 아주 따로 동떨어져 있다. 그런데 이 관계없음은 또 다른 의미를 준다. 그렇다는 것은 그 독립됨이 기쁨을 주기 때문이다. 그 독립과 기쁨은 복잡한 변증법을 가지고 있다. 사물을 완전히 객관적으로 본다면, 모든 속성과 빈사(賓辭)를 부정할 수밖에 없는데, 이 부정이 기쁨을 준다. 그러면서 이 기쁨은 주관적인 것이라고 아니할 수 없다. 공감을 가지고 말하면 장미의 독립, 그 자유는 커다란 기쁨의 원인이 될 것이라고 말할 수 있다. 그러나 그것은 누구의 기쁨인가? 장미가 그러한 기쁨을 느낀다고 하는 것은 사람의 억지가 아닌가? 분명 그것은 자신의 존재 속에 독자적으로 존재하는 것을 원하는 사람의 소망을 옮겨 놓은 것이다.

그러나 사람의 그러한 소망은 스스로 독립하여 존재하고 있는 모든 존재 — 장미의 존재에도 해당되지 않을까? 그러면서도 장미는 그 아름다움으로 하여 사람에게 또 다른 생물체와 존재에게 기쁨을 주는 것이 아닌가? 또 장미는 독립된 존재이면서도 독립이 훼손됨이 없이, 다른 존재들에게 이어져 있는 것이 아니겠는가? 적어도 그러한 존재 방식은 장미가 지향하는 것이 아니겠는가? 장미의 독자적 존재, 내면을 시사하면서도 완전한 외면으로 있는 것, 그러면서 이러한 자립에서 오는 기쁨, 그리고 장미의 자립적 존재를 외면으로부터 접근하는 외면 세계, 그것에 전달되는 외면적 존재의 기쁨 — 이 모든 것은 서로 모순된 것이라고 할 수밖에 없다. 그것도 변증법적으로 지양되는 것이 아닌, 완전하고 순수한 모순이다. 장미는 기쁨을 준다는 점에서 순수한 나의 내면이면서, 그것이 관계가 없다는 점에서 외면에 있는 존재이다.(릴케는 다른 시, 「장미의 화반(花盤)」 그리고 「장미의 내면」에서 이 일치를 말한다.) 그것은 초연한 독립적 존재이면서 다른 존재에 기쁨으로 연결되어 있다.

모순 가운데에도 큰 모순은 완전히 사람의 밖에 있는 장미의 존재 — 그 아름다움과 기쁨을 사람의 미적인 지각으로 직관한다는 것이다. 시의 비결은 여기에 있다. 이것은 증명할 수 없는 것이다. 그러면서도 사람은 그것을 존재론적 진리로 느낀다.

19. 매개체로서의 시

시가 매개하는 것이 사물에 대한 직관이면서, 매개체가 시라는 점에 주의할 필요가 있다. 즉 어려운 문제의 하나가 이렇게 외적인 존재의 독자성에 인간적 개입을 배재하면서도 그 독자성을 깨우치는 것이 시를 통하여서라는 점이다. 장미에 있어서의 외면과 내면 — 그것은 사람이 보고 느끼는 외면과 내면이기도 하다. — 이것이 드러나는 것은 시를 통하여서이다. 또는 적어도 이 모든 직관이 시로 표현된다는 것이 직관의 설득력을 보강해 주는 것임은 틀림이 없다. 거기에는 어떤 사유가 있는 것일까?

다시 앞에서 언급한 「표범」으로 돌아가서, 이 시의 객관적인 사물 묘사는 장미에 관한 시들보다도 더 시인의 공감, 그러니까 주관적인 개입에 의존한다고 할 수 있다. 우리에 갇힌다는 사실에 대한 공감이 없이는 표범의 생존 조건은 파악될 수가 없었을 것이다. 그러나 그것을 높은 차원에서 다시 바라보게 하는 것은 시적 영상화 또는 조소화(彫塑化)가 있기 때문이다. 조소화가 왜 필요한가? 그것 없이 사물 세계의 진실을 볼 수 없다는 말인가? 많은 사람에게, 어떤 동물들이 우리에 갇혀 있는 것은 문제가 되지 않는 세상의 이치이다. 그러나 그것은 대체로 — 특히 요즘의 시대에 와서 — 보는 사람의 마음을 편안치 못하게 하는 원인이 될 수 있다. 영국 정부는 최근에 2015년부터 시작하여 야생 동물을 서커스에 사용하는 것을 금지하기로 결정하였다.

이와 관련하여 영국의 BBC 뉴스 인터넷 판은 사자에 관하여 한편의 수필을 게재하였다. 기사는 놀랍게도 릴케의 시에 언급되어 있는 여러 사실들을 언급하고, 물론 포획 상태에 있는 사자 그리고 다른 야생 동물에 대하여 동정을 표하고 있다. 그러나 그 글의 효과는 전적으로 릴케의 시의 그것과는 다른 것이라고 해야 한다. 케냐에서 야생 동물 촬영반을 수행한 경험을 가지고 있던 이 글의 필자는 처음에 나무 그늘에 한가하게 누워 새끼들이 노는 것을 보는 사자를 그리고, 또 사자의 커다란 눈이 노려보는 앞에서 자신이 얼어붙는 듯한 경험을 가졌던 것을 말한다. 그러나 서커스단의 수레 속에 누워 있는 사자는 완전히 맥이 빠지고 지쳐 있는 모습이다. 갇혀 있는 사자들은 밖으로 자동차나 사람들이 지나가도 "멍한 눈"으로 물끄러미 바라보고 있을 뿐이다. 이것은 다른 서커스 수레 속의 동물의 경우도 마찬가지이다.

얼마나 많은 고양잇과의 큰 동물들과 코끼리와 같은 동물들이 우리의 쇠창살을 통하여 세상을 건네 보는가? 그들은 무한히 펼쳐지는 들과 숲을 본 일이 없다. 그들은 소란한 한 도시에서 다른 도시로 옮겨 가면서, 멍멍하게 범벅이 된 풍경과 아스팔트 도로를 본다. 또 채찍 소리와 박수 소리 속에서 불꽃의 바퀴 속을 뛰어 지나가면서 무서운 불꽃들을 볼 뿐이다. 그들에게는 참혹한 감옥의 지루함과 끝나지 않는 유배 생활의 희망 없는 단조로움만이 있다.

이렇게 사자의 모습들을 그리는 것은 필자 나타샤 브리드(Natasha Breed) 기자가 정부 조치에 대하여 찬성을 표하고자 하기 때문일 것이다. 이러한 사실적인 묘사는 그 나름의 역할이 있다. 그러나 그 묘사는 앞에서 말한 바와 같이 릴케의 조소성을 갖지 못한다. 그리하여 묘사된 동물이나 그것을 보는 시인의 높은 차원의 존재감을 전하지 못한다.

이 고양된 존재감은 어디에서 오는가? 그것은 시의 조소성으로 인한 것이라고 할 수 있다. 완전히 균형이 잡힌 시 속에 거두어들여짐으로써 표범은 분명하게 인지되는 위엄을 얻는다. 이 위엄은 다시 시적 표현의 규율에 관계된다. 앞에서 본 묘비명 "장미, 오 순수한 모순이여"가 강한 인상을 주는 이유는 모든 설명을 생략한 그 압축이라고 할 수 있다. 통속적으로는 속담, 격언 또는 사자성어(四字成語)와 같이 압축된 표현은 언어의 조소성을 높인다. 사자성어는 또 리듬과 제약의 기율로 하여 강한 표현이 된다. 그러면서도 릴케의 독창성 — 쉽게 공감할 수 있으면서도 감탄하지 않을 수 없는 독창성은 그 압축을 시적인 것이 되게 한다.

우리말 번역에 그것을 되살릴 수는 없지만 「표범」의 서술 방식이나 시율의 규칙성은 시의 격을 높이는 데 기여한다. 이 시는 강약이 일정한(물론 변조는 있지만) 음절로 이루어진 사행(四行)으로 되어 있고, 각 연은 abab, cdcd, efef의 규칙적인 각운을 가지고 있다. 내용에 있어서도 정연함이 이 시의 특징이다. 시의 세 연은 기승전결(起承轉結)에 유사한 논리를 가지고 전개된다. 첫 연은 창살 뒤의 동물의 눈길을 말한다. 창살에 갇힌 표범의 눈길은 것은 외부 세계로부터 완전히 단절된다. 두 번째 연은 갇혀 있는 동물에 있어서의 에너지와 그 억제 사이의 긴장을 말한다. 외계와 단절은 에너지를 내면으로 향하게 하고, 그것을 거의 예술적인 것으로 승화하게 한다. 그러면서도 그 상황에서 예술적 승화가 지속될 수는 없다. 세 번째 연은 세계와의 단절 그리고 내면화의 실패가 가져오는 최종적인 상태를 말한다. 외면이 열려 있고 그것이 자유롭게 내면으로 들어와도 그것은 내면과의 의미 있는 연결을 만들어 내지 못한다. 그리하여 진실된 반응이 일어나지 않는다. 마음이 움직이지 않는 외물과의 접촉은 아무런 반응을 일으키지 못한다. 자유를 잃은 몸은 마음의 자유를 없애 버린다.

이것은 논리적 설명으로 시의 의미를 되살리는 것이지만, 다시 한 번 중요한 것은 그러한 내용이 시로 표현되었다는 점이다. 앞에서 언급한 BBC 기자의 야수에 대한 기술도 설득력을 가지고 있고, 독자와 시청자에게 인상과 생각을 전달해 주는 것이겠지만, 또 그 기술이 일정한 조직을 가지고 있지 않다고 할 수는 없지만, 그것이 예술적 정형성에까지 이른 것이라고 할 수는 없다.

「표범」은 그럴 의사만 있다면 아마 많은 독일의 독자의 머리에 그대로 새겨지는 것일 것이다. 즉 그것을 문면 그대로 외게 되는 독자도 적지 않을 것이라는 말이다. BBC 기사의 경우 내용은 기억은 되겠지만 그 언어는 대부분의 사람에게 잘 기억되지 않을 것이고, 또 내용도 점점 기억에서 사라지는 것이 될 것이다. 우리나라에는 어느 나라에서보다도 시비(詩碑)라는 것이 많은데, 지금 시비에 나와 있는 시나 시구가 모두 그럴 만한 것인지는 의문이지만, 그것은 시가 돌이나 금속으로 되어 있는 비(碑)와 같은 성격을 갖는다는 것을 시사한다.

물론 시의 정형성은 문화 전통에 관계되어 있고 역사적으로 발달한 것이라고 할 수 있다. 그러면서도 그것은 인간의 어떤 원초적인 본능에 관계된다. 그리고 이 본능은 쉽게 드러나지 않는 것이면서도 우주적인 존재의 비밀에 연결되는 것이 아닌가 한다. 이렇게 말하는 것은 시적 표현을 다른 언표에 비하여 극히 높은 위치에 들어 올리는 것이다. 그러면서 부차적으로, 이것이 시적 언어에 대하여 말할 수 있는 전부가 아님을 상기할 필요가 있다. 시와 비시(非詩)의 높고 낮음은 간단하게 말할 수 있는 것이 아니다. 다시 한 번 릴케의 시와 BBC의 보도의 차이를 생각하는 것으로도 이것을 짐작할 수 있다.

BBC의 보도는 현실 세계의 실천과 관계되어 있다. 즉 그것은 야생 동물의 참상을 상기시키고, 그에 대하여 적절한 조처를 취하는 것이 마땅하다는 추론을 끌어내게 할 수 있다. 물론 릴케의 시도 그런 실천 행위의 동기가 될 수 없는 것은 아니겠으나, 아마 그 가능성은 그렇게 크지 않다고 할 것이다. 일단 이 차이는 「표범」과 같은 시의 사회적 환경 또는 예상의 콘텍스트와 BBC의 기사가 쓰이게 한 사회 조건의 차이에 있다고 할 수 있다.

BBC의 기사는 오늘날 흔히 볼 수 있는 동물 애호 운동의 분위기에 의하여 자극된 것이라 할 수 있다. 릴케는 동물원에 동물이 수용되는 것이 당연한 문화 행위로 간주되던 시대에 살았다. 그리고 그는 그가 본 표범을 충실하게 사물로서 시 속에 그려 내고자 했을 뿐이다. 그리하여 릴케의 시가 실천적 행동으로 나아가는 동기가 될 가능성이 매우 희박하였다고 할 수밖에 없다. 그것이 그의 시 창작의 조건이다. 그러나 여기에 더하여 우리는 「표범」의 시로서의 완성감이 독자로 하여금 그것을 시로서 읽는 데 그치게 한다고 할 수 있다. 시를 보는 것은 시를 보는 것이다. 그것은 어떤 다른 글 읽기보다 외적인 동기를 가지고 있지 않은 글 읽기이다. 그러나 생각하여야 할 것은 여러 독서 조건을 넘어 시의 완성감 자체가 시적 감식에 그치게 하는 면을 가지고 있는 것은 아닐까 하는 것이다.

이것은 많은 조각품이나 미술품을 보면서 그 내포하고 있는 인간적인 의미에도 불구하고 우리의 생각이 작품 밖으로 넘쳐 나는 실천적 의미들로 쉽게 옮겨 가지 않은 경우와 같다. 많은 전통에서 예술은 스스로를 독자적인 영역으로 수립하고, 그 영감의 원천이 되었던 현실로부터 스스로를 단절하는 경향을 갖는다. 그것은 단순히 문화적인 관습이라고 할 수도 있다. 그러면서도 그 이유의 하나는 예술이 가지고 있는 형식적 완성이 그것을 조장하기 때문이라고 할 수 있다. 형식은 자기 충족적으로 존재한다.

20. 균형, 균정, 시메트리

시가 자기 충족적인 조소성을 가지고 있다면 그 근본이 무엇인가? 이 질문에 답하는 것은 극히 어려운 일인데, 이것을 생각하기 위해서 잠깐 다시 한 번 추상적인 생각의 우회를 무릅쓰고자 한다. 조소적이란 비석이나 조각처럼 단단한 느낌을 준다는 것인데, 시의 경우 그러한 느낌은 질료 때문이 아니라 그 정형성 또는 더 일반적으로 규칙성 때문에 생기는 것이다.

그런데 조각의 경우에도 질료만이 아니라 그 형체에 있어서 기하학적인 균형이 조각의 조각 됨을 가능하게 한다. 그리스의 조각이 지속적인 호소력을 갖는 것은 조각된 인체가 조화된 비율을 가지고 있기 때문이다.(인체의 부분이 여덟로 분할되고 그것이 균형을 이룬다는 것을 가리키는 팔등신(八等身)이란 말도 여기에서 나온다.) 이러한 형체에 대한 정의는 균형, 균정(均整) 또는 시메트리(symmetry)의 개념에 포함될 수 있다. 시의 정형성 그리고 일반적으로 예술 작품의 정형성을 설명하는 데에 가장 기본적인 개념은 일단 이것이라고 할 수 있다.

20세기 초의 저명한 수학자 헤르만 바일(Hermann Weyl)은 시메트리의 개념을 설명하면서 기원전 4세기의 그리스 조각인 「기도하는 소년」을 시각적 사례로서 보여 주고 있다. 이 조각은 두 팔을 벌리고 있는 신체의 대칭적 균형이나 머리와 몸과 다리의 길이의 균형에 있어서 과연 수학적 비율의 조화를 보여 준다.

바일은 그의 저서에서 균정 또는 시메트리를 대략적으로 "여러 부분들이 하나의 완전체가 되게 하는 조화를 가리킨다.(symmetry denotes that sort of concordance of several parts by which they integrate into a whole.)"라고 정의하였다. 그리고 이것은 조각에서 쉽게 확인할 수 있고 수학적으로 정확히 정의되지만 여러 분야에서 발견되는 현상이다. 그것은 조각, 건축, 건축의 장식 등에서도 하나의 원리가 되지만 음악이나 시에서도 볼 수 있다. 물론 그 원리가 언제나 반드시 동일하게 정의될 수 있는 것은 아니다. 균형, 균정 또는 시메트리와 거의 같은 뜻을 가진 '조화(harmony)'는 음악 또는 다른 음향 현상의 특성을 지칭한다. 더 나아가 바일은, 영어 '시메트리'의 어원이 되는 '숨메트리아(summetria)'는 독일어의 'Ebenmaß(평형)'에 해당되며, 아리스토텔레스의 윤리학에서 핵심 개념이 되는 중용의 덕은 양극단을 피하는 평형의 느낌을 도덕적 행위에 적용한 것이라고 말한다.

이러한 균형을 갖춘 모양은 자연 현상에서도 찾을 수 있다. 천체는 아리스토텔레스의 생각에 완전한 균형을 가져서 마땅하다. 그리하여 그것은 구체(球體)여야 한다. 구체는 완전한 균정, 즉 회전 균정(rotational symmetry)을 나타낸다. 천체의 완전함은 신성(神性)을 상징한다. 그러한 느낌에 따라 영국의 한 시인은 이것을 신(神)의 속성으로, 또 인간이 추구할 수 있는 자기 완성을 나타내는 지표로 표현한 바 있다. 바일이 인용하는 시 「신이여, 그대 완전한 균정이여(God, Thou great symmetry)」는 다음과 같다.

신이여, 그대 완전한 균정이여!
파고드는 욕정을 내 마음에 심으셨음에,
그로 하여 나의 슬픔은 솟아 나오니,
형체도 없는 모양으로 허송한
나의 모든 날들을 구하여
하나의 완전한 것을 내려 주소서.

이렇게 균정의 개념은 역사적으로 조각에서부터 도덕적 완성 그리고 신의 속성에 이르기까지 '질서, 아름다움, 완전성'을 생각하는 노력에 중요한 개념이었다. 시의 정형성도 이러한 맥락에서 이해될 수 있다. 시메트리는 이렇게 심미적, 도덕적 그리고 어떤 신성(神性)의 느낌까지 내포한다. 그런데 이렇게 높은 이념으로 격상되는 시메트리의 개념은 어디에서 오는가? 그것은 자연에서 발견되는 경험적 사실을 하나의 개념으로 정착시킨 것인가, 아니면 그러한 개념이 있어서 그것이 자연에 표현되고, 예술 작품에 나타나는 것인가? 이런 물음에 대하여 바일은 이데아의 독자적인 존재를 인정하는 플라톤의 생각을 믿는다고 말한다.

수학적인 추상적 개념으로 수렴하는 시메트리는 이데아의 세계에 관계된다. 그것이 자연에서 발견되는 시메트리의 근본이고, 그것이 예술가의 직관 속에 구체화된 것이 예술 작품에 나타나는 시메트리의 근본이다. 물론 이것이 경험적인 사실에 의하여 촉발되는 점이 있는 것은 사실이다. 그것을 느끼게 하는 사실의 하나는 인간 신체의 대칭적 형태이다. 그러나 시메트리의 개념이 경험적 사실 또는 예술 현상에서 발견된다 하더라도 그것이 이론화될 때, 그것은 플라톤적 이데아에 접근한다. 그러나 이러한 추상화는 감정적 호소력도 약해지게 한다.(그러나 그것은 다른 종류의 호소력을 갖는다. 그것은 간단히 말하면, 평정과 안정의 느낌을 유발한다.)

21. 시와 음악의 정형성

시를 포함하여 많은 예술적 표현은 균정의 개념으로 설명할 수 없는 다른 속성들도 가지고 있다. 예술은 형식적 균정을 지향하면서 그것에서 벗어나고자 한다. 이것은 궁극적으로는 삶의 현실이 그러한 개념만으로는 설명할 수 없는 때문이라 할 수 있다.

예술은 주로 삶을 초월하면서도 삶을 재현하고자 하는 인간적 노력이다. 삶은 물질세계의 시메트리에서 벗어나면서 또 그것에 합류하는 현상이라고 할 수 있다. 예술은 시메트리에 접근하면서도 그것을 벗어날 수밖에 없다. 또는 거꾸로 반시메트리의 충동에 자극되면서 다시 시메트리에서 안정을 얻는다. 이것은 이미 예술의 형식에 시사되어 있는 것이다. 시메트리의 관점에서의 형식적 불완전성은, 반드시 그럴 필요가 있다고는 할 수 없는 조형 예술에서와는 달리 이미 시와 음악의 형식에 나타난다. 완전한 시메트리는 대칭이나 회전 또는 역전을 수용하는 것이라야 한다.

그러나 음악은 정형성을 가지고 있어도 거꾸로 되돌아가는 것을 쉽게 허용하지 아니한다. 이것은 음악이 — 시의 경우에도 비슷하다고 하겠는데 — 공간이 아니라 시간 속에 전개되기 때문이기도 하다. 이것에 대하여 시메트리는 근본적으로 공간적 현상이다. 그리하여 그것은 역전을 가능하게 한다. 그러나 시간은 되돌릴 수 없는 누적을 불가피한 것이 되게 한다. 미적 효과라는 관점에서도 음의 배열을 거꾸로 울리는 것은 반드시 만족할 만한 전개의 느낌을 주지 못한다. 그러면서도 음악과 시는 되풀이의 형식을 갖는다. 음악에서 정형의 기본은 일정한 간격의 강약의 되풀이로 이루어지는 리듬이다. 이 되풀이는 조합의 원리로 설명될 수 있다. 가령 음악과 시법의 공통된 원리는 대체로 주제, 반복, 결구로 이루어진, aab의 모양을 갖추는 것이다.

그러나 바일의 생각으로는 리듬은 균정의 개념에 완전하게 들어맞는 것이라고 할 수 없다는 것이다. 이에 추가하여, 흥미로운 것은 그렇게 되어도 아니 된다는 것이다. 예술에 있어서 완전한 균정이 지켜지지 않는 경우가 적지 않은 것을 말하면서, 바일은 한 미술사가를 인용하여 이것을 설명하고 있다.

시메트리는 멈춤과 구속을 의미하고, 어시메트리[불균정]는 움직임과 풀림을 의미한다. 전자는 질서와 법, 후자는 자의(恣意)와 우연, 전자는 형식적 경직과 억제, 후자는 생명과 자유를 의미한다.

수학자임에도 불구하고 바일의 글에는 예술이나 문학에 대한 언급이 풍부하다. 그가 들고 있는 토마스 만의 『마(魔)의 산』의 한 에피소드는 조금 전의 명제를 소설에 묘사된 경험으로 재미있게 예시한다.

『마의 산』의 주인공 한스 카스토르프는 스위스 알프스의 다보스에 있는 요양원에서 결핵 진단을 받지만, 의사의 말을 어기고 눈 덮인 산록의 스키장에 갔다가 기진맥진한 상태가 되고, 눈 속에서 잠이 들어 거의 죽음의 상태에 이르게 된다. 그러면서 그는 죽음과 사랑에 대한 꿈을 꾸게 된다. 그는 산록에서 한없이 내리는 눈을 보면서 눈송이의 등변, 등각의 육각형의 완벽함—그러면서도 한없이 변주되는 육각형의 완벽함에 경탄을 표한다. 그러나 그 완벽한 정형성은 "위협, 반유기체, 생명 부정의 성격"을 가지고 있으며 "삶의 원리는 이러한 완전한 정확성에서 두려움을 느끼며, 죽음을 발견한다는 것을 안다." 그것은 "육각형의 비실재(非實在, hexagonale Unwesen)"이다.

그것은 죽음을 말하며, 삶의 의미는 다른 곳에서, 자비와 사랑에서 찾아져야 한다. 카스토르프는 결국 멀고 높은 산속의 요양원—그리고 여러 가지 추상적인 이데올로기와 이념의 토론이 무성한 요양원으로부터 멀리 떠나 삶의 현실로 돌아갈 것을 결정하게 되는데, 눈 속에서 경험한 추상적인 시메트리는 하나의 중요한 계기를 이룬다.

22. 예술의 정형과 비정형의 조합

그러나 되풀이하여 말하건대 사람의 삶이 시메트리와 완전히 분리되어

있는 것은 아니다. 삶은 정형성과 그 질서에 대하여 착잡한 관계를 가지고
있다. 사람들을 사로잡는 음악의 리듬은 이것을 잘 예시한다. 리듬은 말할
것도 없이 음악에 형식을 부여하는 기본 요소이다. 그러면서도 그것은 반
드시 경직된 정형성으로만 설명되는 것은 아니다. 리듬은 한없는 수정과
변화 속에서 더욱 살아 있는 것이 된다. 시메트리가 삶을 초월하는 것이라
고 한다면, 리듬은 시메트리가 삶에 근접하여 그 현실에 적응하여 생겨나
는 결과라고 할 수 있다.

　영국의 과학 저널리스트 필립 볼(Phillip Ball)의 『음악 본능』은 음악에 대
한 과학적 연구 ── 물리학, 수학, 신경 과학 등의 과학적 연구를 종합하여
음악적 체험을 설명하려는 저서이다. 다른 부분의 경우에도 그렇지만, 이
책에서의 화성과 리듬을 설명하는 부분은 화음(harmony)이나 리듬을 간단
한 공식으로 설명하려는 것이지만, 동시에 그렇게 정의되는 리듬 ── 즉 지
속하는 시간을 일정한 마디로 나누어 놓는 것이 리듬이라는 정의에 맞아
들어가지 않는 것이 음악의 리듬이라는 설명이다. 역설적인 것은 실제의
음악이 규칙에 어긋나는 것도 규칙이 상정되어 있기 때문이라는 사실이
다. 실재하는 음악은 기계적으로 파악될 수 있는 리듬의 패턴을 상정하면
서 그 수없는 변조를 만들어 내는 것이다. 이 변조의 총합이 리듬이다.

　리듬은 당초부터 단조로운 규칙성을 넘어가는 소리의 정형화를 말한
다. 박(pulse)의 진행을 일정한 규칙적인 단위로 묶은 것이 박자(meter)가
된다. 그런데 여기에 포함되는 박은 강약의 박자(beat)를 가지게 되고, 다시
그 배열에 따라, 즉 강-약/강-약, 강-약-약/강-약-약 등의 소리 형태, 소
절(bar)을 이루게 된다. 이러한 변형을 포함하는 리듬이 음악의 형태적 구
조의 요소가 된다.

　지속되는 맥박(pulse) 위에 이차적인 구분과 강세를 부여하면 사람들은

진정한 리듬의 느낌을 가지게 되고, 동질적인 맥박의 계열 안에 현재 울리고 있는 음의 자리가 어디 있는지를 알게 된다. 이것은 소리의 자리가 분명해지는 것이 무순(無順)의 나열이 아니라 소리의 고저가 이루는 일정한 위계의 질서에서 그렇게 되는 것과 같다. 순서가 있고 위계가 있는 시간의 구조화가 많은 문화 전통의 음악의 리듬 체계를 이루는 것이다……

그런데 리듬을 이렇게 복합적으로 정의하여도 음악의 실제에 있어서, 이러한 리듬마저도 정확히 지키는 작품은 별로 많지 않다는 것이 볼의 관찰이다. 앞에 말한 바와 같이 그 무한한 변조가 음악의 현실이다. 그리고 이것은 문화 전통에 따라 다르다.

서유럽의 기준에서 볼 때 동유럽의 음악에서 박자의 속도는 소절이 옮겨 갈 때마다 바뀐다. 음악가들은 대체로 박자의 단위를 빠르게 느리게 고치게 마련이다. 불균형이 때때로 일어나야 규칙의 단조로움을 깰 수 있다. 너무 규칙적이면 로봇이 고저장단의 변화가 들어가지 않는 말을 말하는 것처럼 들리게 되는 것과 같다. 이것은 시의 운율에서도 마찬가지이다. 모호함과 혼선은 청자의 기대와 예상에 긴장을 더한다. 그리고 감정적 호소력을 높인다. 일정한 구조를 가지고 있었던 것처럼 들리던 것이 다른 박자, 소리, 목소리와 겹치게 됨으로써 새로운 모양을 드러내게 된다.

이러한 리듬의 창의적 변형의 예를 서양 고전 음악에서 들자면, 볼이 언급하고 있는 것 가운데 베토벤의 곡들이 쉬운 예가 될 것이다. 교향곡 5번 「운명」의 시작은 잘 알려진, '다-다-다-다아' 하는 리듬 모양을 가지고 있지만 소절의 첫 시작은 휴지부이다. 그러니까 여기의 리듬은 휴지를 포함하여야 하는 리듬이다. 「피아노 소나타 13번」은 리듬과 멜로디가 서로 어긋나는 부분들이 있다. 네 개의 8분의 1음부로 고음에서 저음으로 내려가는 것이 멜로디의 단위가 되어 있지만, 리듬의 율격은 여섯 음이 한 단위를 이루게 되어 있다. 이것이 곡을 더욱 깊이 있게 한다. 물론 이 깊이는 일정한 테두리 안에 있다. 그것은 리듬만을 말하는 것은 아니다. 리듬은 여러 다른 음악 형성의 요소와 합쳐져서 참다운 깊이를 이룬다. 화음과 화성 등의 여러 요소를 포함한 음악적 구조의 여러 정형적 요소를 변조하면서 일체적인 것이 되게 하는 데 가장 섬세한 발전을 보여 준 것이 서양 고전 음악이라고 할 수 있다.(가령 이에 대하여 재즈는 특히 리듬만을 여러 모양으로 보여 주는 것이라고 할 수 있다.)

어쨌든 음악에 내재하는 변형과 혼란이 확인하게 하는 것은 궁극적으로 리듬의 부재가 아니다. 리듬은 매우 복잡한 변형과 조합 속에 존재한다. 이것은 생명의 모순된 인력(引力) ── 지속과 되풀이 그리고 그것에 위배되는 성장과 번영 그리고 죽음의 진로의 직선을 따라야 하는 삶의 모순된 두 인력으로 하여 불가피하게 일어나는 일일 것이다. 그리하여 음악과 시 그리고 예술의 정형과 비정형의 조합은 당연한 것이 된다.

23. 리듬과 반응, 싱크 현상과의 관계

사람의 리듬에 대한 민감한 반응은 조금 더 넓은 테두리 속에서 생각해 볼 만하다. 그것은 음악 또는 시의 운율의 문제만이 아니라 더 많은, 그리고 복잡한 관련을 가진 현상이다. 앞에서 시메트리를 이야기하고, 이것에 유사하면서 조금 다른 것으로 리듬을 이야기하였다. 시메트리가 비교적 정태적인 공간에서 관찰되는 데 대하여 리듬은 시간 속의 운동, 특히 진동하는 움직임에 관계되어 있어서, 생명 현상을 비롯하여 변화는 현상의 특징이 되는 것으로 말하였다. 그러면서도 이 리듬 운동도 정형적 지향을 완전히 이겨 내지 못한다. 리듬이 다시 움직임이 없는 듯한 정형성으로 돌아가는 길은 무엇인가? 이에 관련하여 우리는 커다란 테두리에서의 순환, 화성(和聲), 긴 회귀의 가능성을 생각해 볼 수 있을지 모른다. 그러나 그러한 대단원이 아니라도 소위 '싱크'라는 현상은 리듬 현상이 균형에 이르는 과정을 말하는 것으로 생각된다.

우선 생각하여야 하는 것은 리듬이 생물체 그리고 물질세계에서 발견되는 매우 광범위한 현상이라는 것이다. 리듬은 일정한 규칙적인 사건의 되풀이가 있을 때, 그것이 계속될 것으로 생각하는 환경 조건에 대한 생물체의 반응 방식에 들어 있다. 2008년에 일본의 연구자들은, 진흙 곰팡이에 사는 아메바에게 일정한 간격으로 더운 공기를 불어넣어 주는 것을 되풀이하면 그에 따라 그 동작의 속도가 느려지게 되는데, 더운 공기가 중단된 다음에도 그러한 규칙적인 더운 공기의 공급이 있을 것처럼 행동한다는 보고를 내어놓았다. 리듬에 대한 반응은 물론 큰 동물에서도 발견된다. 가령 아시아에 사는 코끼리는 망치로 북을 치고, 어떤 앵무새는 사람의 팝 음악에 맞추어 춤을 추며, 또 음악이 달라지면 음악에 따라 춤이 달라지는 것을 보여 주었다.

리듬에 대한 반응과 그 창의적 수용은 사람에 있어서 특히 두드러진다. 그 기능의 하나는 사회적 행동을 하나로 화합하는 데에 중요한 역할을 하는 것이다. 그러나 볼의 생각으로는, 리듬의 근원의 불확실성을 인정하면서도 그러한 의도만으로 음악적 리듬의 근원을 설명할 수는 없다. 서구의 경우를 볼 때 네 달이 된 아이는 자기 나름의 리듬에 따라서 춤을 출 수 있다. 한 살이 되면 이것을 지속적인 것이 되게 할 수 있고 박자의 강박에 맞추어 손뼉을 칠 수 있다. 그러나 더 어린 나이의 아이가 리듬에 따라 움직이지 못하는 것은 청각 때문이 아니라 근육의 조정이 어렵기 때문일 수 있다. 섬세한 차이의 리듬에 대한 감각은 이미 아홉 달 정도의 아이에서도 발견된다. 아이들의 리듬 감각은 어머니의 젖을 빠는 동작에서 시작된다는 생각도 있다.

그러나 이러한 리듬의 발상이 음악으로 직접 연결되는 것이 아님은 물론이다. 적어도 발생은 이러한 인간 본유의 리듬 감각에 있다고 하더라도, 말할 것도 없이 음악은 이것을 할 수 있는 한도까지 한껏 의식적으로 개발한 결과이다. 그러나 리듬이 매우 원초적인 의미를 갖는다는 것은 분명하다. 그리고 그것은 다른 보다 큰 현상의 일부로 볼 수 있다. 리듬에 따르는 한 특이한 형상은 그것이 어떤 동작에 규칙성을 부여할 뿐만 아니라 여러 생물체의 동작을 집합하게 하는 특성을 가진다는 것이다. 조금 전에 음악이 있으면 함께 손뼉을 치고 춤을 추는 일이 따라 나온다는 것을 말하였다. 리듬은 사회적 활동을 조정하는 기능을 갖는다. 이것은 의도적인 것이면서 동시에 거의 자동적으로 일어나는 현상이다. 이러한 집합 행동은 시간에 일정한 모양을 주는 일이고, 시간을 넘어서는 전체를 만들어 내는 일이다.

그런데 리듬의 행동은 여러 요인들 사이에서 일어날 때 복합적 사항들을 함께 결합하여 하나의 모양 — 말하자면 반드시 시간적으로만 설명할 수 없는, 공간적인 의미를 갖는 모양을 만들어 낸다. 근년에 많이 연구되는 특이한 현상의 하나는 '싱크(sync)'라고 불리는 동시화(synchronize) 현상이다. 싱크의 가장 간단한 예로 흔히 이야기되는 것은 여러 마리의 반딧불이 보조를 맞추어 함께 번쩍이는 현상이다. 곤충들이 불을 밝힐 때 그 불빛의 반짝임들은 일정한 리듬 속에 하나가 된다. 싱크는 더 일반적으로 소리 또는 다른 생물체와 물질세계에서 일어나는 동시적인 반응을 말한다. 그것은 근본적으로는 전류 또는 진동에 관계되는 현상이지만, 많은 경우 그것이 일정하게 반복된다는 점에서 리듬 현상의 연장 또는 큰 테두리에서의 지양(止揚)이라고 할 수 있다.

음악에 있어서 리듬에 중요한 것이 화음이나 화성인데, 말하자면 화음과 리듬 두 가지 중에서 수직적 일치와 수평적 반복에서 수직적 일치를 말하는 것이 싱크에 해당된다고 할 수 있다. 그리하여 정지 아닌 정지가 일어나는 것이다. 싱크 현상은, 방금 시사한 대로 소리에서도—매미 울음 같은 데에서도 알 수 있지만 물질세계에서도 볼 수 있다. 볼은 물질계의 이러한 현상이 물리학과 수학의 '연쇄 진동자(linked oscillators)' 이론으로 설명된다고 한다. 가령 같은 판 위에 놓인 두 개의 진동추는 결국 서로 보조를 맞추게 되는데, 그것은 그것을 받치고 있는 판이 진동을 전달하여 서로 조정이 일어나게 한다는 것이다. 이러한 현상을 처음으로 발견한 것은, 벽난로 앞 선반에 놓인 두 개의 시계추가 일정한 시간 후에는 같은 리듬으로 그리고 서로 반대 방향으로 움직인다는 것을 발견한 17세기 네덜란드의 과학자 호이겐스(Huygens)였다고 한다.

이렇게 볼 때, 리듬은 보다 큰 물질세계의 핵심적 현상의 일부이다. 스티븐 스트로가츠(Steven Strogatz)는 싱크라는 공시적 상호 조정의 기작(機作)에 깊은 관심을 가진 응용 수학자이다. 그에 따르면, 싱크는 자연에서 말할 수 없이 널리 발견되는 원리이다. 리듬은 이러한 싱크 현상의 일부로 파악하는 것이 옳다. 그것은 원자 이하의 입자, 전자, 광자(光子)로부터 우주 전체의 움직임에 이르기까지 자연 전반에서 발견된다.

사람의 두뇌에는 이미 뇌파(腦波)라고 부르는 전기파가 끊임없이 진동하고 있고, 이것은 여러 신경 인자들의 상호 조정을 통하여 일정한 리듬을 나타내게 된다. 또 뇌파의 동시적 발사는 사람의 지각이나 기억을 동반한다. 레이저 광선이나 초전도성(superconductivity) 등은 분자 단위의 물질세계에서의 싱크 원리의 확인으로 가능해진 발견이고 발명이다. 달과 지구의 관계에도 이것이 작용한다. 달이 자전하면서 언제나 한 면만을 지구로 향하고 있는 것도 두 천체 사이에 정확한 동시성, 싱크가 작용하고 있기 때문이다. 새로 발견되는 수십 광년의 저쪽에 발견되는 행성들은 그 중심의 항성과 다른 행성과의 관계에 있어서 '궤도의 공명(orbital resonance)' 상태로 묶여 있다. 태양계에서 행성(行星)의 배치도 태양과 행성 상호 간의 싱크 현상에 연유한다. 행성 가운데 수성에서 화성에 이르는 안쪽의 행성들과 목성 사이의 넓은 간격, 그 사이의 소행성대의 위치와 움직임을 규정하고 있는 것도 이 힘이 작용하게 된 결과이다.

24. 생리적 작용으로서의 동시화

싱크는 사람의 생리적 작용, 더 나아가 삶의 여러 측면에서 중요한 의미를 갖는다. 사람은 개체로서 존재한다. 그러나 이 개체는 수없는 내장 기관으로 이루어져 있다. 이 기관들은 다시 수백만 개의 세포들로 이루어진다. 그러면서 이 부분들은 개체적 일체성 속에서 움직여야 한다. 이것은 상호 조율이 있음으로 하여 하나가 된다. 싱크에 관계된 여러 문제에 주목하면서도 사실은 이 생리학적 문제를 집중 연구한 스트로가츠는 이것을 오케스트라에 비교하여 다음과 같이 말한다.

[신체의 각 기능을 조절하는 '신체 시계(body clocks)' 또는 '생물학적 시계(biological clocks)'의 연구에서] 밝혀지고 있는 요점은 인간이 바퀴 안에 있는 바퀴, '살아 있는 진동자의 위계질서(hierarchies of living oscillators)'와 비슷하다는 것이다. 이것을 조금 더 생생하게 말해 보자면 인간의 신체는 거대한 오케스트라와 같다. 음악 연주자는 개개의 세포이다. 세포는 모두 24시간의 리듬 감각을 타고났다. 연주자는 여러 악기 부분으로 나누어진다. 현악기 부분이나 목관 악기 부분 대신에 이것은 신장(腎臟), 간장(肝臟) 등으로 나뉜다.

또 이것들은 각각 수천 개의 세포 진동자로 되어 있는데 한 기관(器官) 내에서는 서로 비슷하고 다른 기관들 사이에서는 차이가 있다. 이것들은 모두 적절한 시간에 생화학적인 장단과 박자를 지킨다. 각각의 기관 안에서 유전 인자의 집단은 다른 시간에 가동 또는 정지하여, 스케줄에 맞추어서 기관 고유의 프로테인이 제조되게 한다. 이 심포니를 지휘하는 것은 맥박 일일 주기 조정 장치(circadian pacemaker)로서, 두뇌에 있는 수천 개의 시계 세포의 신경 집단이다. 이 집단은 그들 나름으로 동시화(synchronization)를 이룬다.

앞에 말한 몇 단계는 신체 조직의 동시화 공명 조정을 말한 것이다. 여기에 다시 한 단계를 더 포함하여서 비로소 이 공시화의 체계는 세계적인 질서가 되어 완성에 이르게 된다. 앞에서 설명한 것은 두 단계이다. 가장 낮은 현미경의 차원에서 특정한 내장 기관의 세포들이 하나로 묶이는 것이 첫 단계이다. 그다음은 여러 기관들이 공명하여 움직이는 단계이다. 이것은 '내적인 동시화(internal synchronization)'라고 불린다.

그런데 이렇게 말하면서 주의할 것은 여기의 모든 기관이 한 번에 작동하는 것이 아니라는 사실이다. 어떤 것은 가만히 있는데 다른 것은 강하게 작동한다. 여기서 "동시화란 음악 연주자들이 머리로 박자를 따라가면서 자신들이 연주하여야 할 시간을 기다리듯이, 또는 같은 박자를 지키고 일정한 주기(週期)를 지키면서 자신들의 차례에 끼어드는 것과 같다." 세 번째의 동시화는 인간의 신체와 그것을 에워싼 주변의 세상과를 하나로 맞추는 것을 말한다. 정상적인 삶에서 이것은 낮에 깨어 있고 밤에 잠자고 하면서 나날의 일과에 맞추어 사는 것, 신체가 나날의 빛과 어둠에 따라서 24시간을 사는 것을 말한다. 이러한 '외적인 동시화(external synchronization)'를 일러서 '주기 동조화(週期同調化 entrainment)'라고 한다.(여기의 동조화는 동조적 연계(同調的 連繫)라고 번역할 수도 있겠다.)

이렇게 말하면서 하나 주의할 것은 이러한 연계 또는 세상과의 일치는 반드시 부드럽게 이루어지는 것만은 아니라는 것이다. 사람이 낮과 밤에 맞추어 산다고 하여도 그것에 잘 맞추어지지를 않아 불면증에 걸리는 경우가 적지 않은 것에서도 이것은 볼 수 있다. 불협화 상태는 산업화된 현대 사회에서 노동 시간이 밤과 낮의 객관적 조건에 맞아 들어가지 않기 때문에 일어나는 일일 수도 있다. 그러나 이것은 사람의 내면적 동시화가 반드시 외면적 조건에 맞아 들어가는 것이 아닌 점, 그리고 그 자체가 여러 착잡한 주기들로 복합적으로 이루어진 것이란 사실에도 관계된다. 반드시 일정한 것은 아니지만, 대체로 사람의 기본적인 주기는 24시간이라기보다는 26시간으로 되어 있다고 한다. 그리하여 밤낮의 교차에 따라 자주 조정하지 않으면 그것은 24시간의 주기에서 빗나가게 마련이다.

그리고 사람의 밤낮의 교차가 자고 깨어나는 일에 관계된다고 할 때, 잠자는 시간은 그 시간의 장단보다도 신체 온도의 고저의 리듬에 긴밀하게 연계되어 있다. 그리하여 이 두 주기에 대한 요구 — 물론 반드시 의식되는 것이 아닌 — 가 수면 시간을 결정한다. 이것은 다시 말하여, 잠의 경우에도 그러하지만 신체의 동시 상태가 여러 독립된 주기 체계의 종합으로 이루어진다는 것을 뜻하고, 서로 다른 체계의 동시화 또는 리듬이 전체적인 조화로 직접적으로 연결되는 것이 아니라는 것을 뜻한다.

25. 의식적 행동 방식에 영향을 주는 것들

앞에서 말한 것은 인간 행동의 패턴 또는 물질세계의 움직임에 보이는 일정한 정형성, 특히 리듬의 전반적인 환경 조건을 살펴본 것이다. 시나 음악의 정형성과 리듬은 이 환경에서 저절로 나오는 것 또는 나올 수밖에 없는 것이라고 할 수 있다. 이 조건들은 사람 또는 생물체의 삶의 조건들을 설정하고 행동 방식을 규정하는 것이면서도, 무의식적으로 그리고 거의 자동적으로 작용하는 요인들이다. 그런데 이것은 의식적인 행동 방식에 어떤 영향을 끼치는가? 예술에서 정형성과 리듬이 중요하다면 그것은 생리학과 물리학의 자연에서 발견되는 싱크와 리듬에 관련되면서, 그보다는 조금 더 의식화된 표현 행위라고 할 수 있다. 그것은 완전히 자유로운 것은 아니면서도 자유로운 창조적 의지의 소산이다. 그리하여 그것은 무의식적 조건과 의식 사이에 자리하고 있다고 할 수 있다.

어떻게 행동할 것인가를 사람이 스스로의 의지에 의하여 결정하는 것은 당연하다. 그러면서 물론 그것은 위에 말한 여러 조건들의 틀 속에서 움직인다. 이것은 개인 행동의 자유로운 결정에서도 볼 수 있지만 집단적 행동에서 특히 확인될 수 있다. 가령 사람이 아침에 옷을 차려입는다면, 그것은 자신의 자유로운 의사에 따라 결정하는 것이면서도 사회적 풍습에 따르는 것이기 쉽다. 그런데 유행에 따라서 옷을 입는다면, 유행은 일정한 기간을 두고 바뀌는 것인데 이 유행에는 모든 사람이 똑같이 한다는 점에서 싱크가 있고 기간을 두고 교체된다는 점에서 리듬이 있는 것인가?

스트로가츠는 그에게 이 문제를 물어 온 영화배우 앨런 알다에 대하여 그 답을 정확히 수학적으로 풀어내기는 어렵다고 말했다고 한다. 그러나 그것도 반드시 풀어낼 수 없는 것은 아닐 것이다. 사람들이 자신의 사회적 상황을 파악하는 데에 사용하는 정치적 개념, 또는 인간의 실존적 상황의 설명에 등장하는 용어들 ─ 근대, 탈근대, 중심, 주변, 신식민주의, 신자유주의, 몸, 담론 등등은 어떠한가? 이러한 용어의 유행도 시대적 리듬이나 싱크로 설명할 수 있는 것으로 보인다. 스트로가츠는 사회적 연결망이 발달된 오늘의 전자 통신의 시대에 있어서 데모와 시위에 관계되는 싱크 현상을 연구한 한 사회학자의 이론을 소개하고 있다. 반드시 통신이 작용한 것이라고 할 수 없는 집단 행동에도 싱크는 작용한다. 스트로가츠가 들고 있는 두 가지 예를 들어 볼까 한다. 그것은 사람의 행동이 반드시 소통이나 의도가 없는 경우에도 여러 요인들 사이에서 어떻게 동시화되어 일정한 형태를 가지게 되는가를 보여 준다.

고속 도로에 자동차들의 폭주(輻輳)가 일고 체증이 생기는 것은 도시화되어 가는 현대 사회에서 익숙하게 벌어지는 현상이다. 혼란이 일어나는 처음의 원인은 차를 몰고 자신의 목적지를 향하여 가고자 하는 사람들의 차가 서로 부딪치게 되기 때문이다.(물론 도로로 차를 몰고 나가는 일이 완전히 자유 의지의 행위라고 할 수는 없다. 그 근본 조건이 기술과 사회의 공학에 의하여 결정된 것이라는 것은 말할 필요도 없다. 어떤 경우에나 사람의 행동이 동기로부터 그 실천의 수단 그리고 최종적 결과까지 밖으로부터 주어진 조건에 의하여 규정되는 것은 사실이다. 그러한 의미에서 사실 자유 의지의 행동은 존재하지 않는다고 하는 것이 옳을는지 모른다.) 하여튼 자유로운 개인의 동기에 의한 행동들이 서로 충돌한다고 할 때, 해결은 그것들을 상호 조절하고 화합에 이르게 하는 것이다. 그러나 이것은 저절로 일어나는 일이기도 하다. 이것이 외적인 사정들의 자기 조정에 의하여 또는 자체 조직화(self-organization)로 이루어질 때, 이것을 싱크가 일어난 것으로 말할 수 있다.

한 사람이 목적지에 몰고 가는 자동차는 다른 사람의 자동차 진행을 방해할 수 있다. 갑작스러운 가속이나 서행은 다른 차에게 충돌의 위험을 가져온다. 또는 앞차를 바짝 뒤쫓고 경적을 울리는 것은 다른 운전자로 하여금 신경을 곤두세우게 하는 일이 된다. 그것은 심리적으로 갈등의 가능성을 높이는 일이다. 차선을 바꾸는 것이 쉽지 않은 장소에서 차선을 바꾸는 것도 문제가 된다. 그것은 또한 차체를 가로놓이게 하여 다른 두 개의 차선을 가로막는 결과를 가져올 수도 있다. 복잡한 도로에서 사람들은 전부가 완전히 철저한 이기주의자가 된다. 양보하는 이타적인 운전자는 귀가 시간이 늦어지는 것을 받아들여야 한다. 상황은 절로 이기적으로 행동해야 할 동기를 조성한다. 이러한 교통 상황에서의 이기와 공동선(共同善)의 대결은 사회 상황에서도 일어나는 일이다.

그런데 스트로가츠가 인용하는 두 연구자의 교통 물리학(traffic physics)과 복합 이론(complexity theory)에 의하면, 이런 상황에서 저절로 해결책이 생겨나는 수가 있다. 도로의 상황은 자유롭게 차를 몰아갈 수 있는 것일 수도 있고, 차가 비교적 폭주하지만 다른 차들은 마음대로 질주하고 나만 앞서가는 큰 트럭에 막혀 앞으로 나아갈 수 없는 것일 수도 있다. 이러한 상황들과는 달리, 도로 1마일당 35대의 차가 밀집하는 상황이 되면, 차들은 절로 동시화를 이루어 하나의 덩어리로 굳어서 함께 움직이기 시작한다. 그리하여 속도는 늦추어지는 것이겠지만 개별 차량 사이의 경쟁은 사라진다. 이 상태에서는 일군의 이기적인 개인들이 그들 모두에게 최선의 상태라고 할 수 있는 협동 상태에 들어가는 것이다.(이것은 애덤 스미스의 자유주의 경제론에 맞아 들어가는 것이라고 스트로가츠는 말한다.) 최선의 상태라는 말은 일정 시간 내의 도로 이용률, 사고 발생을 최소한이 되게 하는 교통 안전도, 전체적인 안정도에 있어서 가장 좋은 조건이 성립했다는 것을 의미한다. 그러나 차량의 밀집 상태가 약간 완화되면 끼어들고 추월하고 하는 갈등의 상태가 다시 벌어지게 된다는 것이다.

이러한 관찰은 누구나 할 수 있는 것이라고 할 수 있지만, 흥미로운 것은 여기 연구자들의 제안이다. 그들은 고속 도로로 이어지는 접근로의 신호등에 도로에 장치한 센서를 연결하여 정보를 종합하고, 그에 따라 고속 도로에 들어오는 차량 수를 조절하여 계속적으로 차량들로 하여금 하나의 굳은 덩어리의 상태를 유지할 수 있게 하는 것이 차량 흐름을 보다 원활하게 하는 방법이 될 수 있다는 것이다.(물론 러시아워의 완전한 마비 상태가 이렇게 한다고 해결되지는 아니한다. 또 하나의 흥미로운 관찰은 — 이것은 독일의 고속 도로에서 독일의 연구자들이 발견한 사실이라고 한다. ─── 일단 고체 상태의 자동차 집단이 이루어지면 그 상태가, 그러할 만한 조건이 사라진 후에도 두 시간을 지속한다는 것이다. 이것은 교통의 원활한 흐름에 도움이 되는 것이 아니라 오히려 방해가 되는 일이다. 그리하여 여기에 필요한 것은 교통의 리듬과 싱크를 다시 회복하게 하는 일이다. 이것은 한번 고정된 파동이 그대로 계속되어 일어나는 경우에 비슷한 것인데, 그것은 일정한 리듬보다는 리듬의 혼란이 일어난 상태라고 할 수 있다.)

이러한 교통 상황에서 일어나는 집단 행동의 동시화에 추가하여 또 하나의 예는 문자 그대로 사람들이 집단 행위를 벌이는 경우이다. 이것은 스트로가츠가 지적하듯이, 앞의 교통 상황에서처럼 불수의적인 것이라기보다는 의도적인 것이다. 함께 춤을 추고 노래하는 것, 스포츠 또는 시위의 경우가 그러하다. 스포츠에서도 단순히 참관하는 것은 조금 다른 면이 있다고 할지 모르지만, 다른 군중 행위는 교통 폭주의 경우와는 달리 군중을 이루는 것 자체가 목적이 되는 면이 강하다고 할 것이다.(그러면서도 이것을 반드시 완전한 의미에서 자유로운 것이라고 할 수는 없다.)

이런 모임에서의 군중 행위 가운데 집단 박수는 싱크의 진행을 자세히 밝힐 수 있게 한다. 한 연구에 의하면 음악 연주회에서 연주가 끝난 다음 박수를 칠 때, 박수는 처음에 요란하게 시작한다. 그러다가 박수는 보다 강력하면서 리듬을 맞춘 것으로 바뀐다. 이때 박수의 템포는 조금 더 느린 것이 된다. 그다음에 다시 소란한 것으로 되돌아간다. 이렇게 박수는 싱크와 혼돈 사이를 여섯 번 또는 일곱 번 오고 간다. 음악회의 청중은 연주가 끝나면 함께 박수를 쳐야 한다는 의식을 가지고 있다. 그런데 한 사람 한 사람이 가지고 있는 박수 속도는 서로 달라서 느리기도 하고 빠르기도 하다. 이들이 보조를 맞추려 하면, 이들의 속도는 단독으로 박수하는 것보다는 두 배 정도로 느려져야 한다. 그리고 박수의 되풀이가 서로 근접해져야 한다. 이것이 일정한 점을 넘어서면 갑자기 위상 변화가 일어나 저절로 싱크에 들어가게 된다.

그런데 이러한 박자의 일치는 일정한 대가를 지불하고 이루어진다. 그렇다는 것은 함께 치는 박수 소리는 커지지만, 소리의 총량이 주는 것이다. 그리하여 흥분에서 얻는 심리적 보상이 적어지는 것이다. 이에 따라 박수의 속도가 다시 빨라지고 서로 맞추었던 보조가 흐트러진다. 반대 방향의 위상 전환이 일어난 것이다. 이때 청중은 최고 상태의 동시화와 최고 상태의 소음 강도를 하나로 묶어 내지 못하는 상태에 있다. 둘은 서로 모순 관계에 있다. 이러한 군중의 동시화의 미묘한 진동과 균형을 연구한 사람들은 동유럽 출신으로서 공산 치하의 루마니아와 헝가리에서 관찰한 것들을 기록한 것인데, 그들은 공산당이 주도하는 거대한 군중 집회에서는 이러한 싱크와 혼돈의 파동을 볼 수 없다고 했다. 거기에는 냉연한 동시화만 있을 뿐 속도를 높이고자 하는 욕구와 같은 것은 작용하지 않는다.

스트로가츠가 이와 관련하여 기계적인 싱크, 모두가 하나 되기 — 이러한 것이 비인간적이라는 것을 강조하기 위하여 인용하고 있는 니체와 아인슈타인의 말은 다시 인용해 볼 만하다. 니체의 말은 "개인들에 있어서 광증은 흔한 것이 아니다. 그러나 집단과 당과 민족 [또는 국가] 그리고 시대라는 집단에서는 광증이 표준이 된다."라는 것이다. 아인슈타인의 말은 다음과 같다. "대열을 이루고 음악에 맞추어서 행진하는 사람을 나는 경멸한다. 그런 사람이 큰 두뇌를 가지게 된 것은 실수로 인한 것이고, 그 사람은 척추만 있으면 그것으로 충분하다."

박수와 같은 현상에서만이 아니라 싱크는 미적 형식의 중요한 요소이다. 그것은 "발레, 음악 그리고 서로 싱크가 된 마음을 가진 사람들이 공유하는 사랑에 있어서 인간 표현의 아름다움의 형식의 일부이다. 이러한 것들은 아무 생각이 없는 잔인하게 단조로운 싱크가 아니라 부드러운 싱크라는 것이 차이점이다." 그리고 스트로가츠는 이어서, 우리가 앞에서 볼의 설명에서 음악에 있어서의 여러 가지로 변조되는 화음과 리듬의 경우에 확인한 것처럼, 이러한 싱크는 인간 심성의 세련된 개발을 나타낸다고 말한다. 앞에 말한 것들은 "특히 인간 고유의 것이라고 할 특성——지능, 섬세한 감성, 그리고 최고의 심포니에 나타나는 바와 같은 유대를 구현한다." 우리는 이러한 목록에 대하여 싱크의 효과로서, 언어와 사고의 섬세한 형식적 균형, 인간 행동의 아름다움을 추가할 수 있을 것이다.

26. 싱크의 미적 호소력

싱크가 어찌하여 미적인 호소력을 갖는가? 그것은 다른 여러 전망의 일부를 이룬다. 어쩌면 그것은 우주의 신비가 사람의 감각에 직접적으로 작용하는 것이라고 할 수 있을지도 모른다. 스트로가츠는 싱크가 세계의 여러 면에 대한 종합적인 이해를 위하여 중요한 실마리를 쥐고 있는 것으로 생각한다. 그는 싱크 연구의 전망을 다음과 같이 요약한다.

비선형 과학——단순하게 리듬의 단위를 다루는 비선형 과학의 일부로서 싱크는, 심장의 부정맥에서 초전도성까지, 수면 주기에서 전기 공급망에 이르기까지 깊은 통찰을 제공한다. 그것은 엄밀한 수학적 개념에 기초하고 실험으로 증명되며, 원자보다 작은 입자에서 우주적 스케일의 현상까지 생물체와 비생물체에 존재하는 넓은 범위의 협동 관계를 하나로 설명할 수 있게 한다. 흥미와 매력을 떠나서도 싱크는 비선형 복합 체계의 앞으로의 연구에서 결정적인 첫 단계가 된다. 이제 그 연구에 진동자에 이어 유전자와 세포와 사회 결사체(結社體)와 인간이 들어서게 될 것이다.

스트로가츠는 싱크 연구의 감동을 말하면서 그의 책을 끝낸다.

이유를 분명하게 이해하고 있다고 할 수는 없지만 싱크의 장관은 우리의 영혼의 깊이 어디엔가에 깊은 화음을 울린다. 그것은 놀라움과 두려움을 준다. 다른 어떤 현상들과는 달리 그것을 보면, 사람의 어떤 원초적인 부분에 와 닿는 것이 있음을 느낀다. 어쩌면 자생적인 질서의 근원을 찾아내는 것이 우주의 비밀을 알아내는 것이 되리라는 것을 우리는 본능적으로 느낄 것이다.

앞에서 시사한 바와 같이 예술 작품의 정형성 ─ 반드시 그것에 한정할 수는 없지만, 음악이나 시의 경우 섬세하게 변조되는 리듬에서 두드러지는 정형성이 주는 감동 또는 효과도 이에 비슷한 것일 것이다. 그것은 사람의 심성의 원초적인 부분에 울림을 가져오는 것일 것이다. 물론 그것이 어느 때나 장대한 것이라고는 할 수는 없지만, 무엇인가 여러 요소가 하나로 조화하는 느낌을 불러일으키는 정형성은 우주의 원리에 통하는 심성의 일부를 움직이는 것이다. 그리고 이 조화의 울림에 우리는 잠깐이나마 멈추어 선다.

흔히 미학에서 예술 작품을 대하는 우리의 태도를 설명하는 말에 '관조'라는 개념이 있다. 관조는 사실적 이해관계를 넘어서서 대상들을 바라보는 태도를 가리킨다. 그것은 보는 사람을 멈추어 서게 한다. 이 멈추어 서서 보는 일은 예술 작품을 바라보는 데에도 작용하고, 세상의 일을 바라보는 데에도 작용한다. 예술가는 세상사를 이러한 눈으로 보고, 그것을 다른 차원의 현실로써 재현한다. 멈추어 보는 일, 거기에 작용하는 평형과 안정의 마음은 사물 자체를 그러한 상태에서 파악할 수 있게 한다. 물론 동시에 그것은 사물 자체가 그렇게 존재하는 것을 확인하는 일이다. 예술적 재현은 절로 그러한 사물의 상태를 그려 내게 마련이다. 그 사물은 일정한 질서 속에 존재한다.

그림은 사람들의 바쁜 일정 속에서 주의하지 못하는바 사물의 공간적 위상을 알아볼 수 있게 한다. 그리하여 그림에서 사물의 재현은 공간의 구성 또는 해체를 의미한다. 해체는 사물의 소멸을 말하는 것이 아니라 사물 뒤에 있는 공간을 상기시키는 일이다. 음악은 소리의 질과 상호 관계를 직관적으로 인지하는 가운데 구조를 만들어 내고 듣는 자의 마음에 균형과 안정 그리고 열광의 구조를 느낄 수 있게 한다. 시작과 중간의 전개와 끝이 있는 이야기는 사람에게 삶에 존재할 수 있는 서사적 질서를 알게 한다. 시의 정형도 사물과 사물의 지각이 갖는 정형적 지양의 가능성을 보여 준다. 이것이 예술이 주는 기쁨의 요인이 되기도 하고 배경이 되기도 한다. 물론 그러한 기쁨이 삶에 무슨 도움이 되는가 하고 물을 수는 있다. 그때 그에 대한 답변은 분명한 것이 되기 어렵다.

삶의 의의가 무엇인가? 이것은 사람이 끊임없이 묻는 물음이다. 그러면서도 그에 대한 쉬운 답은 존재하지 않는다. 그러는 가운데 그것을 목적으로 답하여 할 것이 아니라 그 과정으로 답하는 것이 좋다는 생각이 있을 수 있다. 그때 삶의 기쁨이 그 답이 아니겠는가 하는 생각이 성립한다. 모든 심미적 균형 또는 완성은 그 자체로 기쁨의 요인이 된다. 그러면서 앞에 말한 바와 같이 그것은 성급한 추구를 완화하고, 삶의 여러 요소들을 일정한 균형에 이르게 하는 데에 도움을 준다. 이것을 매개하는 것이 심미적 만족감이다.

27. 예술의 조형성과 현실적 요구 사이의 모순

그런데 다시 말하여 이 만족감은 여러 차원에서 그 나름의 모순을 내포하고 있다. 그것은 낮은 차원에서의 심미적 만족감이기도 하고, 보다 높은 차원에서 플라톤적인 이데아의 세계의 신비에 대한 경이감이기도 하다. 그러나 낮은 차원의 만족은 높은 차원의 추구를 놓치는 일이 될 수 있다. 또는 그 반대로 큰 차원에서의 만족의 추구는 작은 차원에서의 삶의 문제를 지나쳐 가는 일이 될 수 있다. 또 하나의 다른 면에서 균형과 안정, 정형적 질서에 대한 만족은 작을 수도 있고 클 수도 있는 실용적인 문제, 또 실천적인 문제를 멀리하는 결과를 가져올 수도 있다.

지금의 리듬 그리고 심미적 정형성에 대한 고찰은 릴케의 「표범」이라는 시로부터 시작하였다. 이 시를 논하면서, 우리는 야생의 맹수에 대한 영국 정부의 조처와 저널리스트의 서커스 사자들에 대한 에세이를 언급하였다. 이 에세이에 들어 있는 사자들의 삶의 곤경에 대한 동정, 그리고 비슷한 동기를 가지고 있을 영국 정부의 조처가 릴케의 시보다 큰 현실적 의미를 가진 것임은 말할 나위도 없다. 이에 비하여 릴케의 시는, 그것이 시적인 완성감을 가진 만큼 더 현실을 떠나는 것이 된다. 다만 그것은 갇혀 있는 표범의 존재에 위엄을 부여한다. 이것은 궁극적으로 사람이 사물의 세계, 동물의 세계에 대하여 외경심을 갖게 하는 데에 도움을 준다 할 수 있다. 그러나 직접적인 의미에서 그것이 행동을 유발하는 것이 될 수는 없다. 보통 사람의 관점에서 시에 그려진 표범의 곤경은 완성된 그림의 한 요소일 뿐이다.

옛날의 서양 미술에서 자주 보는 소재의 하나는 「사비나 여인의 겁탈」이라는 제목의 미술 작품들이다. 이것은 르네상스기의 잠볼로냐의 조각에서 푸생이나 루벤스의 그림에까지 많은 작품들의 제목이 되어 있다. 이 작품들은 아름답고 뛰어난 것들이지만, 제목이 지칭하는 사건을 긍정적으로 받아들일 수는 없다. 요즘에도 인도나 중동 지방에서 일어나는 강간 사건의 보도를 보면 이러한 것이 예술 작품에 의하여 미화될 수 있는 일은 아니라는 생각을 하게 된다. 다른 한편으로 어떤 설명은, 사비나 여인들의 '겁탈'은 육체적인 성 범죄가 아니라 결혼과 가족 구성을 위하여 필요했던 납치 사건이라고 말한다. 이것은 하나의 변명이다. 이 사건이 기원전 8세기 로마 제국이 성립하기 이전의 전설적인 사건이라는 것도 이러한 예술화의 변명이 된다.

역사의 출발은 초인간적인 신화를 포함한다. 그리고 그것은 기념의 대상이 되고, 또 구태여 그 교훈을 생각한다면, 이러한 사건은 선악과 희비를 포함하는 삶의 비극적 복합성을 알게 하고, 보다 넓은 삶의 인식을 형성하는 데에 도움을 준다고 할 수 있다.(18세기 말 자크 루이 다비드의 그림 「사비나 여인들의 중재(L'Intervention des Sabines)」는 강제 납치되어 로마인들의 아내가 된 사비나의 여인들이 로마인과 사비나인의 전투에 끼어들어 싸움을 막고 화해를 이루게 하는 이야기를 그린 것이다. 그러니까 사비나 여인들의 겁탈은 처참한 결과만을 가져온 것이 아니라고 할 수도 있다.) 다시 한 번 우리는 예술의 조형성과 현실적 요구의 모순에 낭패감을 갖지 않을 수 없다.

28. 심미적 지향과 판단 중지

릴케의 「표범」으로 돌아가, 마음을 급하게 하는 실천적 요구를 넘어서 그 양의성을 다시 생각하고, 그에 더하여 그것의 보다 넓은 의의를 생각하여 우리의 낭패감을 와해해 볼까 한다. 이 시는 표범의 곤경을 전하면서 동시에 그것을 심미적으로 지양한다. 이 지양은 실천적 관점에서는 행동 중지를 가져올 수 있다. 그러면서 미묘한 것은 그러한 행동 중지가 보다 객관적인 관찰을 가능하게 한다는 것이다. 행동 중지는 판단 중지를 가져오고 그것이 사물 자체를 그대로 볼 수 있게 한다고 할 수 있다.(이것은 "사물 자체에로(zu den Sachen selbst)" 돌아가는 것을 주창한 후설이 철학적, 그 인식론적 기초로 판단 중지의 조건을 내세운 것을 생각하게 한다.) 그러면서 심미적 형식이 그러한 객관적 관찰 또는 관조를 매개하는 것이다.

그런데 다시 한 번 물어서 판단 중지 그리고 행동 중지는 무엇을 의미하는가? 칸트는 심미적으로 바라보는 객관적 대상물의 특징을 말하여, 그것을 "목적 없는 목적성(Zweckmäßigkeit ohne Zweck)"이란 말로 정의한 바 있다. 여기에서 목적이라는 것은 무엇인가? 판단에는 진리의 기준이 작용하게 마련이다. 판단 중지는 진리 기준의 적용을 유보하는 것으로 말할 수 있다. 기준은 진리로 하여금 진리가 되게 하는 의미의 체계에 관련하여 그것이 정당한가를 가리는 데에 필요하다. 그것은 과학적으로 또는 사물의 원리로 볼 때 무엇보다도 인과 관계의 법칙을 말한다. 다른 각도에서 목적은 실천적 목적을 말한다. 어떤 대상물이 문제가 되는 것은 그것이 실천적 관점에서 작업의 대상이 되기 때문이다. 우리 앞에 나타는 사물은 이러한 작업이나 또는 합리적 운산의 대상이다.

그런데 이러한 실천적 관점을 벗어나면 사물은 어떠한 것으로 보일 것인가? 그러한 의도를 벗어나는 것이 가능한 것일까? 궁극적으로 모든 것이, 앞에서 들었던 안토니오 다마지오의 정의를 빌려 "삶의 운영"이라는 동기에 의하여 지각되고 사물로 구성되는 것이라면 그것이 그렇게 쉬운 일일 수는 없다. 방법의 하나는 목적이 움직임을 인정하면서 그것을 벗어나는 것이 아닐까? 즉 목적을 모방하면서 그것을 벗어나는 것이다. 목적 없는 목적성은 이러한 보다 실천적 조작의 관점에서 취할 수 있다. 즉 목적을 수행하는 듯하면서 목적을 벗어나는 기이한 조작을 말하는 것이다.

심미적 인식이 무사 공평한 객관성을 가능하게 한다고 할 때 그것이 반드시 사물 그 자체를 있는 그대로 드러내 주는 것을 말하는 것이 아닐 수는 있다. 최대한으로 기대할 수 있는 객관성은, 앞에서 시사한 대로 실존적 공감의 동조를 통한 인식이다. 이 동조는 관조자 자신의 존재론적 지향성을 바탕으로 하면서 이기적 동기를 비우고 사물을 본다는 것을 의미한다. 그리고 그 동기는 형식적 균형에 의하여 충족된다.

이것은, 앞에서 살펴본 스트로가츠의 예에서, 교통 혼잡에서 중첩되는 자동차의 흐름이 동시화하여 하나의 굳은 덩어리를 이루는 것에 비슷한 것으로 생각해 볼 수 있다. 이 화합의 상태는 개인적인 의지의 속도 운전을 저절로 조정하여 일정한 화해에 이르게 된 상태이다. 이것은 저절로 이루어지는 싱크의 균형을 말하지만, 이것을 의식화하면 그것은 교통을 전체적으로 보다 원활하게 움직이게 하는 교통 정책의 지혜가 될 수 있다. 목적이 싱크의 균형 속에서 저절로 달성되는 것이다. 그와 비슷하게 사물에 대한 심미적 관조는 사물에 관계되는 여러 요인들을 통합하는 형식적 균형과 안정을 발견할 수 있게 한다. 그러면서 그것은 직접적인 의미에서의 삶의 운영의 동기를 벗어나면서 그 동기를 완성한다.

29. 미적 균형, 선악을 넘어서

릴케의 「표범」은 사물 시의 대표적인 예이다. 그것은 표범을 있는 그대로 그린다. 있는 그대로의 표범은 시인의 깊은 동조로써 파악된 표범이다. 그리고 그것을 객관화하는 데에 근본적인 틀 또는 격자(格子)가 된 것은 시적 형식이다. 즉 그것의 심미적 완성이 표범의 현실을 이상화한 것이다.

「표범」이 실린 『신시집』 그리고 그 속편은 다른 사물 시들을 싣고 있다. 이제 이 사물 시에서 찾아볼 수 있는 릴케의 생각의 윤곽을 살펴보기로 한다. 그것은 조금 길게 릴케의 시를 검토하는 일이 되겠지만, 릴케를 본격적으로 논하자는 것보다는 심미적 균형의 문제에 대한 깊은 생각이 이들 시에 들어 있다고 생각되기 때문이다. 「표범」을 넘어 그의 시적 기획을 전체적으로 가려 보는 것은 예술의 정형성의 의미를 조금 더 깊이 생각하는 것이 될 것이다.

예술은 「표범」에서 보는 바와 같이 그 표상의 대상을 직각적으로 위엄의 석대(石臺)에 올려놓는 것이다. 그리하여 사물은 그 무상(無常)과 무의미에서 구출되어 지속하는 조상(彫像)이 된다. 이러한 구출은 「표범」의 경우처럼 사실 세계의 모순을 초월하는 것일 수 있다. 그런데 예술의 목표는 어떤 사물 하나 또는 일련의 사물을 아름다움의 조화 속에 구출하는 것이 아니라 삶의 전체의 조화의 가능성을 추구하는 것이다. 이것이 쉽게 가능한 것이라고 할 수는 없지만 예술의 동기에는 이러한 근본적인 동기가 잠재해 있다.(마치 작은 리듬이 큰 우주론적 리듬과 싱크 또는 시메트리의 작은 표현이듯이.)

릴케의 사물 시는 단순히 사물만을 그린 것이 아니다. 특히 『신시집 후편(Der Neuen Gedichte anderer Teil)』에서는, 여러 가지로 인간과 인간사를 그려 낸다. 여기에서 인간사란 그리스의 신화, 기독교 성경과 역사에서 취한 사건, 그가 관찰하고 여행에서 본바 당대적인 풍경을 포함한다. 반드시 체계적인 것은 아니지만 릴케는 이러한 사건들과 풍경을 살피면서 인간사 전부를 현실로서 그리고 내적 체험으로 개관하고자 한 것으로 보인다. 말하자면 릴케는 이러한 개관을 통하여 인간의 삶의 미적 해결을 추구함에 있어서의 출발의 조건(initial condition)을 확인하고자 한 것처럼 보인다.

다른 시에서도 그러하지만 『신시집』에서 중요한 것은 객관적 관찰인데, 그것은 다분히 시적 판단 정지로 하여 가능하게 되는 것이라고 할 수 있다. 막스 베버의 말에 신의 윤리는 "무가치의 윤리"라고 한 것이 있다. 모든 것을 그대로 보고 받아들인다면 거기에 가치가 있는 것과 없는 것이 따로 있을 수 없다. 이 가치는 우선적으로 선악의 판단이다. 판단 정지로써 우리가 첫째 주목하게 되는 것은 선악의 판단이 중단된다는 것이다. 그러므로 객관의 눈은 부정적인 것과 긍정적인 것을 고르게 보는 것이다. 그러면서 그것은 심미적 체험으로 지양을 겨냥한다. 모든 것을 포괄하는 방법은 미적 균형을 발견하는 것이다.

이 균형은 여러 가지 역설을 통과하여야 한다. 선악을 넘어선다는 것은 선악을 상정하는 것이다. 따라서 선악의 구분이 없다는 것을 말하기 위해서는 관습적으로 악이라고 상정되는 것을 냉정한 눈으로 보면서 그것을 반드시 악이라고만 할 수 없다는 것을 말하여야 한다.(악이 꽃을 피울 수 있다는 것을 말하고자 하는 보들레르의 입장은 이 역설을 보다 적극적으로 표현한 것이다. 릴케의 경우 그의 의도가 악의 꽃을 예찬하자는 것이라고 할 수는 없다.) 또 하나의 역설은 모든 것을 차별 없는 눈으로 본다고 하더라도 모든 것을 다 볼 수는 없다는 것이다. 주목할 만한 것이 있고 그렇지 못한 것이 있다. 보고 본 것을 말하는 것은 대상을 선정했다는 것이다. 그것은 경중(輕重)의 기준을 함축한다. 역사와 세계를 둘러볼 때 절로 눈을 끄는 것은 작은 것보다는 큰 것들이다. 그것은 세계의 에너지의 표현이고 그에 대응하는 사람의 정열의 표현이다. 악은 주어진 질서에 대항하는 것이기 때문에 다른 어떤 것보다도 에너지의 표현이다.

그러나 악에 대항하는 선도 그러한 에너지의 표현일 수 있다. 이러한 제어할 수 없는 에너지의 현상을 어떻게 할 것인가? 여기에는 또 하나의 선택 ─ 선택을 버린 가운데에서의 선택이 있다. 하나는 그것을 부정적으로 보는 것이고, 다른 하나는 그것을 긍정적으로 받아들이는 것이다. 그러나 긍정의 경우 그것은 착잡한 것일 수밖에 없다. 이 착잡한 인간 체험, 세계의 현실에 처하여 릴케는 시인의 사명이 이 모든 착잡한 선택을 포함하는, 인간사와 자연을 "찬양(rühmen)"하는 것이라고 한다. 이것은 조금 복잡한 설명이 되었지만, 더 간단하게는 사물과 사건을 보는 것을 보다 쉽게 설명하는 방법은 그림 ── 특히 서양화의 그림들의 현실 재현의 소산물들을 생각하는 것이다. 릴케의 사물 묘사는 화가의 그것에 비슷하다. 그리하여 그의 사물 묘사는 사물 자체보다도 그에 대한 그림을 보고, 이것을 다시 언어로써 재현하는 것이 아닌가 한다. 그리고 사실 그의 시들은 당대의 그림 그리고 서양 미술사의 중요한 그림들을 연상하게 하고, 또 사실 카라바조에서 피카소에 이르는 미술사의 여러 작품들을 시로써 재생하는 경우가 적지 않다.

말할 것도 없이 그림은 사물의 세계를 재현한다. 그러나 현실 재현이 있는 그대로의 사실을 그린다고 하여도 거기에 예술가의 의도 ── 거의 도덕적이라고 할 수 있는 의도가 없을 수가 없다. 가령 동양의 산수화는 산수를 그대로 그리는 것이지만, 거기에는 산수에 숨어 사는 삶 또는 적어도 산수가 주는 삶에 대한 보다 넓은 시야를 찬양하는 의도가 들어 있다. 화조(花鳥)나 송죽매(松竹梅) 등의 화제(畫題)도 마찬가지이다. 그것들은 이들의 고매한 기운을 찬양하는 그림이다. 서양화의 경우 그 의도는 대체로 더욱 착잡하다. 그것은 동양화보다 더 넓게 현실을 재현하고자 한다. 그리고 그 현실은 대체로 착잡한 힘들에 의하여 뒤틀리고 있는 현실이다. 앞에서 '사비나 여인들의 겁탈'이라는 주제를 언급하였지만, 그리스의 신화에 나오는, 결코 도덕적으로 정당하다고 할 수 없는 주제들, 트로이 전쟁을 비롯한 전쟁에 관련된 영웅들의 이야기, 기독교의 신화들에 나오는 형벌과 구원, 순교의 이야기, 근대에 들어와서도 영웅적이고 폭력적인 역사적 삽화, 그 영웅들의 초상화 등, 또는 단순한 일상적 삶의 여러 물건과 삽화들 ── 이러한 것들이 그림의 주제가 된다.

이러한 이야기들은 어떤 긍정적 의미를 가지고 있는 것일까? 일단 거기에 작용하고 있는 의도는 인간사를 복합적인 것으로 파악하고, 그것을 예술로 재현함으로써 기억을 분명히 하려는 것이라고 할 수 있을 것이다. 그러면서 그것은 저절로 단순히 삶과 세계의 다양성, 복합성, 모순과 비극 등을 수용하는 태도로 이어진다고 할 수 있다.

릴케의 경우도 그의 사물 존중은 초연한 객관성을 나타낸다. 그러면서 조금 전에 시사한 바와 같이 그 객관성은 조금 더 철저하게 삶의 어두운 면에 대한 인정을 요구하는 것으로 이해된다. 그는 한 편지에서 역사적으로 사람들의 삶에 숨어 있는 부정적인 힘들 —"폭력, 광란, 사실의 불가해성" 등을 의인화(擬人化)하여 외면적으로 멀리하려 한 것이 사람이 만들어 낸 '신'의 개념이라 하고, 다시 이 "억압할 수도 없고 포착할 수도 없는 힘"들은 인간 존재에서 넘쳐 나오는 것이라고 말한 일이 있다. 그리고 이 "거대하고, 난폭하고, 불가해한 그리고 때로는 가공할" 힘 —'신'의 개념에 요약해 보려고 한 힘이 "인간 영혼의 아직 충분히 탐색되지 않는 구역"일 수 있다고 하였다. 어쨌든 그의 사물 시에서, 특히 성경이나 역사의 삽화로서 주목의 대상이 되는 것은 이러한 난폭한 사건들이다. 그러면서 그것들은 판단을 넘어가는 기념비적 성격을 가지게 된다. 역사라고 하는 선택적 기억에 각인되는 인물이나 사건들은 그 자체로 그러한 기념비가 된다. 그리고 그것은 시 또는 그림의 재현에 의하여 선악의 피안의 존재가 된다. 그러면서 그것은 나중에 다시 생각해 보겠지만 그 나름의 도덕적 의미를 함축한다.

30. 릴케의 시적 세계관

대체로 릴케의 『신시집』, 특히 그 2부를 보면 앞에서 말했던 바 인간의 비참한 조건에 대한 삽화가 많이 등장한다. 그러면서도 그것은 우선 시로서 하나의 균정 상태를 이루지만, 그 내용에 있어서도 그러한 평정 상태에 이르는 것이 어떻게 가능한가를 보여 준다고 할 수 있다. 아래에서 이것을 전체적으로 한번 살펴보기로 한다. 그것은 시나 예술이 어떻게 일정한 균정 상태를 이루고, 또 실존적으로나 사회 또는 문화에 있어서도 그것이 가능할 것인가를 시사해 준다. 여기에 더하여 이러한 릴케의 생각을 살피는 것이 반드시 과학의 주제로부터 멀리 떠나는 것이 아니라는 것도 주목할 필요가 있다.

이미 살펴본 시에서도 그러하지만, 인간의 삶을 보는 릴케의 눈은 다분히 생물학적이고 ── 또는 동시대에 서양에서 점점 강한 영향을 발휘하기 시작한 사회 진화론의 관점에 가깝다고 할 수 있다. 그러면서도 릴케는 전통적인 신앙인이라고 할 수는 없지만, 시의 소재로 보나 그의 생각의 방향으로 보나 종교의 초월적인 차원에 대한 깊은 갈망을 가지고 있었다고 할 수 있다. 그리하여 그의 시는 전체적으로 인간의 운명에 대한 냉정한 입장과 그것을 넘어설 수 있는 고양된 삶의 가능성에 대한 열망을 하나로 하려는 기획이 된다. 이것은 한때 널리 퍼졌던, 그리고 지금도 강력한 과학적 세계관이 드러내는 생물학적 세계 ── 약육강식과 적자생존의 세계를 벗어나고자 하는 사람들에게 중요한 가르침을 제공한다고 할 수 있다. 사실 세계관으로서의 과학 그리고 그에 따르는 지나치게 세속적인 인간관이 인간에게 부과하는 큰 고통의 하나는 이것이라 할 수 있다.

성경이나 역사나 당대의 풍경을 보는 릴케의 눈은 가차가 없다. 폭력, 광란, 불가해한 일들은 특히 릴케가 택한 구약 성경의 이야기, 또 신약에서 따온 약간의 이야기의 주제이다. 이러한 이야기들이 참혹한 것들이라면 그것을 벗어나는 길에는 어떤 것이 있는가? 도대체 그러한 길이 있을 수 있는 것인가? 그러한 길이 있다고 하더라도 릴케는 그것을 분명하게 이야기하지 않는다. 그는 어디까지나 있는 그대로의 인간 현실에 충실하고자 한다. 그리하여 그러한 길이 있다면 그것은 오로지 간접적으로 암시된 것을 독자가 추측해 내는 것일 뿐이다.

앞에 말한 바와 같이 그가 깊이 정신적인 시인이라는 것은 틀림없다고 하겠지만, 그의 시의 소재로서 기독교 성경에서 취한 이야기들은 구원이라기보다는 수난의 이야기라고 하여야 한다. 이에 대하여 그리스의 신화에서 취한 이야기들은 낙관적인 가능성을 시사하는 것으로 들린다. 릴케의 보다 야심적인 시들, 가령 『두이노 비가(悲歌)』나 『오르페우스에게 주는 시』 등에서도 그러하지만, 그에게 모든 긍정의 가능성은 현재의 현실에 있다. 그리스의 신화는 현실을 있는 그대로 직시하면서 동시에 그것을 높은 차원으로 끌어올린다. 그러면서 심미적으로 고양된 현실은 거대한 우주적 신비 속의 한순간으로써 드러나는 현실이기도 하다. 그리하여 대체로 현실을 찬양하는 릴케의 시는 이 신비의 그림자를 비추고 있다고 할 수 있다.

　여기에서 한 발 더 나아가 어떤 시적 순간 또는 그것이 현현(顯現)하는 순간, 에피파니아(epiphania, epiphany)의 순간은 신비적 체험으로 이야기된다. 릴케의 시는 주로 현실의 미적 고양을 주제로 하지만 — 그러면서 그 신비를 시사하지만, 동시에 그것의 우주적 또는 존재론적 신비를 말하는 것이 되기도 한다.

　현실의 고양 또는 승화는, 이미 시사한 바를 다시 요약하여 되풀이하건대 심미적 인식에 의하여 고양된 현재의 현실이다. 이 관점에서는 어떤 현실이 시에 의하여 포착된다는 것 자체가 현실을 심미적 인식 속에 포착했다는 것을 의미한다. 그러나 그리스의 고전 문명이 보여 주는 것은 그것을 공동체 전체가 받아들인 모범이고 설화가 되게 하였다는 사실이다. 릴케가 그것을 완전히 이론으로 설득하는 것은 아니지만, 여기에서 그는 높은 문명의 가능성을 시사한다고 할 수 있다. 오늘의 문명이 과학에 의하여 추동되는 문명이라고 할 때 오늘의 과제는 릴케의 관점에서 말한다면, 그것을 포함한 삶의 현실의 고양이나 승화를 계획하는 것이다. 물론 지금의 시점에서 그것은 하나의 거대한 희망일 뿐이다.

31. 릴케의 시의 종교적 초월성과 현실 묘사

릴케의 『신시집』에 이야기된 선지자 엘리야나 예레미야의 운명이 보여 주는 것은 그들이 제어할 수 없는 힘의 노리개라는 비극적인 사실이다. 신의 지시에 따른 엘리야의 예언은 수많은 사람을 도살하는 결과를 가져온다.

예레미야도 박해의 대상이 된다. 선지자로서의 삶은 그가 원하는 것이 아니었고 신의 말씀을 피할 수 있게 해 달라는 것이 그의 간절한 기도이지만, 그는 다시 신의 방문을 받고 그의 사명을 수행할 수밖에 없게 된다. 어린 시절 "어린 밀 싹처럼" 가냘펐던 그이지만, 신은 그의 마음을 불타오르게 하고 입에 상처를 감당해야 하는 예언자가 되게 하였다. 그리하여 그는 신의 부름에 따라 사람들에게 환란과 위험을 가져오고, 그 위험 속에서 멸망하게 함으로써만 마음이 편하게 되었다. 그는 모든 것이 깨어져 무너진 자리에서 다시 자신의 소리를 낸다. 하지만 그것은 처음부터 그러했던 것처럼 울부짖는 소리일 뿐이었다.

예언자는 신의 말씀에 따라 소리를 내지만, 그것은 자신의 소리가 아니고 "무쇠 조각, 돌덩이"와 같은 타자의 목소리이다. 이것들을 녹여 다른 사람들에게 저주로서 내던지는 것이 예언자이다.(「예언자(Ein Prophet)」) 구약 성경에 나오는 다른 영웅적 인간들 ── 사울, 요나단, 압살롬 등도 대체로는 자신들도 어찌할 수 없는 자신들의 의지에 따라 사랑하고 싸우고 폭력을 휘두르고, 결국 난폭한 최후에 이르게 되는 사람들이다.(자신의 확신을 그것이 가져올 여러 결과에 관계없이 세상 사람들에게 이야기하지 않을 수 없다는 강박을 가진 예언자가 우리 시대에도 얼마나 많은가?)

세계의 실상을 있는 대로 보는 극히 초연하고 냉정한 태도는, 조금 기이하기는 하지만, 「최후의 심판(Das Jüngste Gericht)」에서 신을 묘사한 것과 같은 데에서 볼 수 있다. 문제는 난폭한 의지만이 아니다. 이 시에 의하면 감각적인 차원에서의 인간의 또는 신의 호불호, 쾌락과 혐오가 우연적인 자연 조건에 의하여 지배된다. 모든 존재 —— 인간만이 아니라 신까지도 생물학적 퇴화나 부패의 과정을 피할 수 없다. 최후 심판의 날, 신체가 부패하여 그들은, 릴케가 시사한 바에 따르면 심판이라고 하여 일어나 앉게 되는 것도 귀찮은 일로 여겨진다. 그들을 일깨우러 온 천사들이 그들의 눈구멍이나 겨드랑이에 온기가 남아 있는가 조사한다. 그것은 하느님이 손으로 어루만질 때에 너무 차갑지 않아야 하기 때문이다. 물론 도덕적 판단이 전혀 없는 것은 아니다. 하느님이 몸에 남아 있는 온기를 확인하려는 것은 생명의 성스러움의 자국이 더러워지지 않고 남아 있다는 것을 확인하려는 것이다. 육체적 부패와 죽음은 만물의 존재 조건이다.

썩고 문드러지는 생리적 퇴화는 삶과 죽음의 도처에 있다. 「죽음의 무도(Totentanz)」는 두려움과 절종(癤腫)과 부식(腐蝕)과 악취(惡臭) 속에서도 소리치고 미친 듯 춤을 추는 사자의 열광을 그린다. 그런가 하면 역대기(歷代記)의 나병에 걸린 왕에 대한 이야기는 병에 걸림으로써 더욱 큰 두려움의 대상이 되고, 그에 따라 더 큰 권력을 가지게 되었다는 것을 말한다. 나병과 같은 병은 모든 사람들의 두려움의 대상이지만, 동시에 그것은 왕에게 새로운 권위를 부여하는 낙인이 될 수 있다.(「문둥이 왕(Der aussätiziger König)」) 공포에 찬 사자(死者)들이 일어나 앉는다.

릴케는 『신시집』 이전부터 장님이나 난장이와 같은 불구자 그리고 거지와 같은 사회적으로 불운한 자에 대한 시를 여러 편 썼지만, 이러한 시들도 흔히 기대하는 동정심이나 연민을 표현하는 것은 아니고, 그에 대한 대책을 말하는 것도 아니다. 불행한 자들의 초상은 그대로 그 현실을 —— 혐오감을 일으킬 수도 있는 현실의 모습을 드러낼 뿐이다. 그는 인간 조건의 처참함과 그것이 가져오는 여러 왜곡된 반응을 사실대로 기록하는 자연주의 작가의 풍모를 가지고 있다. 『신시집』에서 「거지들(Die Bettler)」은 인간 현실에 대한 그러한 냉정한 또는 냉혹한 묘사의 대표적인 예가 될 수 있을 것이다.

> 당신은 쓰레기더미가 무엇인가
> 몰랐을 것이다. 이방인 하나가
> 거기에서 거지를 보았다. 그들은
> 손을 벌려 비어 있음을 팔려 한다.
>
> 그들은 먼 길로 거기에 이른 그에게
> 두엄이 가득한 입을 보여 준다.
> 그는 나병이 파먹어 드는 것을 볼 것이다.
> (그는 그 정도의 여유는 있다.)
>
> 문드러지는 그들의 눈 속에
> 그의 낯선 얼굴이 녹아내리고,
> 그가 미로에 빠진 것을 좋아라 하며
> 그들은 그의 말에 침을 뱉는다.

32. 삶의 엄숙성과 인간의 운명

그런데 이러한 묘사는 무슨 뜻을 가진 것인가? 앞의 시에서, 나병에 걸린 거지들의 잔악한 삶의 환경 그리고 그들의 심리의 퇴행을 보는 사람이 외국인인 것은 어떤 까닭인가? 거지들은 그에 익숙한 사람들에게는 자연스러운 삶의 일부, 쌓여 있는 쓰레기처럼 삶의 쓸모없는 노폐물의 일부로 보일지 모른다. 그러다가 그로부터 소외된 자의 눈에 비로소 그들의 모습이 자세히 보이게 되는 것이라는 말인가? 그리고 삶의 들에 파여 있는 비어 있는 것, 달리는 어둔 동굴 또는 공동(空洞)을 보여 주고, 자기 자신도 거기에 빠질 수 있다는 것을 알게 되는 것일까? 그러한 경우에도 물론 원한에 찬 거지들의 반응은 쾌재를 부르는 것이 될 것이다. 이러한 인간 조건 그리고 사회 현상을 보면서 릴케는(그의 파리 체제의 기록들에서도 느낄 수 있듯이) 암울한 삶의 현실에 대하여 심각한 고뇌에 빠지지 않을 수 없었을 것이다. 그러나 어떠한 현실적인 대책을 생각할 수 없으면서, 단지 거리에서 얻는 그의 인상을 시로써 재현하는 데에 그칠 수밖에 없었던 것이라고 할 것이다.

다른 사물 시들도 이에 비슷하지만 이러한 잔혹의 삽화들의 어떤 것들은 적어도 우연처럼 끼어드는 인생의 조그만 진실들로써 독자에게 약간의 위로를 준다고 할 수 있다. 가령 「사울 앞에 나타난 사무엘(Samuels Erscheinung vor Saul)」은 이스라엘의 왕 사울의 폭력과 야심과 운명 의식에 찬 삶의 최후의 삽화를 다룬다. 사울은 최후의 전쟁에 나가기 전에 마녀를 찾아가 전쟁의 결말을 알아내고자 한다. 마녀가 불러낸 사무엘의 혼령은 패배와 죽음을 예언한다. 그 예언에 사울은 그 드높던 기운을 잃고 땅에 쓰러진다. 마녀가 그가 밥을 제대로 먹지 못했다는 것을 알고 밥을 지어 대접하자, 그는 밥을 먹으면서 모든 것을 잊어버린다.

자기도 모르게 그를 밀쳤던 그녀는
그가 정신을 차려서 그 일을 잊기 바랐다.
그리고 그가 밥을 먹지 않았다는 것을 알고
밖으로 나가 가축을 도살하고 빵을 굽고

그를 자리에 앉혔다. 자리에 앉은 그는

너무 많은 것을 잊은 사람처럼

하나에서 열까지 지난 일을 잊고 밥을 먹었다,

일에 지친 일꾼이 저녁상을 받은 듯이.

　권력과 영광, 자기 존대감에 사로잡혀 있던 사울이 운명의 순간에 식사에 정신을 잃는다는 것은, 모든 헛된 욕망에도 불구하고, 생물학적 안정을 돌보고 그것에 이끌리지 않을 수 없는 인간 생존의 절대 조건을 상기하게한다. 릴케의 생각이 어떠했는지는 정확히 알 수 없지만 이 생물학적인 조건은 탐닉의 기회이면서 삶의 근본적 질서의 안정을 말하여 준다고 할 수있다. 그러면서 인간의 다른 욕망들을 생각할 때 그러한 안정 또는 평정의순간은 비극적인 성격을 갖는다.

　「사울 앞에 나타난 사무엘」이 영웅적이고 비극적인 사건 밑에 있는 일상적 삶을 보여 주었다고 한다면, 「저녁 밥(Abendmahl)」은(시들의 배열순으로 볼 때, 성경의 격정과 폭력의 세계를 넘어간 다음, 보다 일상적인 삶으로 릴케의 역사 편력이 옮겨 간 다음의 시이지만.) 일상성 속에 숨어 있는 비극적인 계기들을 비추어 보인다. 시의 주제는 쉽게 볼 수 있는 가족들의 저녁 식사 광경이다. 릴케가 시사하는 것은 일상적인 만찬도 언제나 최후의 만찬이 될 수있다는 사실이다. 그렇다는 것은 단란한 저녁 모임에도 이별과 헤어짐의가능성은 존재하기 때문이다. 그런 의미에서, 비록 가벼운 의미에서 취해야 하는 일이겠지만, 영원한 합일을 약속할 수 없는 가족의 모임에는 가룻유다와 같은 배반자의 그림자가 비치고 있다고 할 수도 있다. 커다란 운명의 그림자는 가장 일상적인 일에도 비추어 있다. 그것은 사람의 삶에 존재하는 영원한 배경이다.

영원한 것은 우리에게 오고자 한다. 누가 스스로
큰 것과 작은 힘들을 골라 가를 수 있는가?
저녁 어스름 점포 뒤로 보이는 밝은 뒷방
벌어지는 저녁 밥상을 당신은 알지.

어떻게 음식을 함께 먹고 서로 주고받는가,
그렇게 하며, 엄숙히 또 소박하게 쉬는가를.
그리고 스스로 깨닫지 못하면서도,
손에서는 신호들이 올라가고,

무엇을 마시고 무엇을 나눌 것인가,
무언가 새로운 말로 그 법도를 세운다.
왜냐면 어느 곳에나 머물고 있으면서도
은밀히 떠날 생각을 하는 사람이 있기에.

그들 사이에 음식을 챙겨 주는 양친을
끝나 버린 옛 시간으로 보내 버릴,
그런 사람 하나가 있는 것이 아닌가?
(팔아넘길 것까지는 없다고 해도.)

사람의 삶에서 참으로 큰 운명적인 힘과 작은 일상적인 사건을 갈라놓
을 수 있겠는가? 제자들과의 만찬에서 예수가, 그들은 그것을 깨닫지 못하
겠지만, 살과 피를 나누는 마지막 성찬을 행하고 그를 버릴 사람을 확인하
고 하는 일은 평화스러운 가족의 저녁 끼니에도 비추어 있는 그림자이다.
삶의 엄숙성과 다반사(茶飯事)가 함께 혼재한다는 것은 『신시집』으로 보건

대 마리아와 예수에 관련된 여러 삽화의 주제라고 할 수 있다. 마리아의 수태(受胎), 예수 부활 후 막달라 마리아의 신앙 체험, 개종한 창녀로서 성인이 된 4세기 이집트의 마리아 이야기 등에서 일상과 그것을 넘어가는 체험 그리고 그에게서 오는 정신적 깨달음 등이 이야기된다.

반드시 같은 우의(寓意)를 가졌다고 할 수는 없으나, 예수를 십자가로 처형하는 자들의 행동은 사람들이 얼마나 잔학한 일들에도 무감각해지고, 그것을 일상적인 일들로 받아들이는가를 보여 준다. 자신들의 일에 길이 든 집행리(執行吏)들은 얼굴을 찌푸리는 것 외에는 별다른 느낌이 없이 그들의 생각에 쓰레기 같은 인간들을, 위에서 내려온 명령대로 십자가에 못 박아 처리하고 어슬렁거리면서 언덕에서 내려온다. 그러다가 십자가에 달린 한 사람이 엘리야의 이름을 부른 듯하여, 참으로 엘리야가 나타나는가 한번 기다려 보자고 그에게 쓸개즙을 먹이며 목숨을 연장시킨다. 그들에게 그것은 재미나는 놀이와 같다. 그런 가운데 그들의 뒤편에서 마리아의 부르짖음을 듣고, 이어서 예수가 큰 소리와 함께 숨을 거두는 것을 본다.

33. 인간의 내면적 체험과 시적 회화성

『신시집』의 시들은, 앞에서 말한 바와 같이 릴케가 보았던 많은 것을 그림으로 재현한 결과물이라고 할 수 있다. 역사적인 삽화는 물론 그가 본 것이라기보다는 역사의 일화들을 시각적으로 포착한 것들이라 할 수 있다. 그것은 역사의 계기 —물론 서양사의 계기—를 내면적 체험으로 파악하여 인간사의 기본적인 윤곽을 생각해 보는 데에 필요한 일이었다고 할 수 있다.

그러나 『신시집』의 가장 많은 부분은 당대적인 풍경을 재현하는 것이다. 이 시들은 근대 서양화에서 쉽게 볼 수 있는 것처럼 풍경이나 인물들을 사실적으로 그려 내는 것들이다. 그것들은 눈에 보이는 듯 분명하다. 그리하여 독자는 그림들의 취지가 무엇인가를 물어볼 필요도 없이 예술적 효과를 인정할 수 있다. 이 시적 회화는 무엇보다도 사실적이다. 사실적이라는 것은 반드시 사실주의의 문학 작품, 특히 소설에서처럼 사회 고발의 의도를 가졌다는 뜻이 아니라 보이는 대로의 현실들의 스냅숏들이라는 뜻이다.

그러나 물론 모든 사실은 그 나름의 의미를 갖는다. 사실의 선정 자체가, 예술가 자신이 의식했든지 아니했든지 간에 일정한 지향을 나타낸다. 앞에서 우리는 릴케가 유별나게 불구자 그리고 불운한 사람들에 관한 초상을 즐겨 그린다는 말을 했지만, 릴케의 그림 대상들은 대개 중산층의 삶에서 포착한 삶의 이미지들이다. 그런 점에서 그의 그림은 19세기 후반과 20세기 초의 서양 회화와 그 지향을 같이한다. 그의 그림들은 독일이나 오스트리아의 풍경보다 오히려 외국 여행에서 얻은 인상을 집약하려는 것이 많다. 외국은 저절로 현실에 대하여 거리를 유지할 수 있게 한다. 그러면서 그것은 삶의 일부이다. 특히 릴케와 같은 유럽인에게는 그렇다. 외국의 풍경들은 역사적인 흔적을 지니고 있어서 포착된 인상은 피상적인 것을 넘어서 유럽의 역사에 대한 일정한 견해를 전달한다.

여행에서 본 도시들은 그의 역사적인 삶의 의식을 분명히 해 준다. 그에게 이 역사는 이미 몰락의 단계에 들어선 것으로 생각되는 것 같다. 국적이 불확실한 릴케에게 베를린이나 파리나 나폴리나 베니스 등은 모두 유럽의 일부였기에, 여러 도시의 이미지들은 당대의 풍경과 인물들을 그리면서 동시에, 겉으로 드러나지는 않으면서 당대의 사회와 인간사 일반에 대한 논평을 함축한다. 가령 나폴리의 한 풍경을 그린 「발코니(Der Balkon)」는 여행의 인상을 담은 것이면서 당대적인 삶의 풍미를 느끼게 하는 시이다.

> 올려보면 좁은 발코니에 나란히, 그들은
> 화가가 그렇게 정렬하게 한 것처럼,
> 늙어 가는 갸름한 얼굴들을
> 한 개의 꽃다발로 묶어 놓은 듯,
> 맑은 저녁 빛에 영원한 이상의
> 모습으로 보이고, 나는 이에 감탄한다.

첫 연은 나폴리에서 눈에 띄었던 발코니에 서 있는 두 여인의 모습을 간결하게 그린다. 이들의 그림과 같은 모습은 영원한 이상의 여인들의 모습과 같다고는 했지만 나이가 들어 가는 여인들인데, 다음의 연(聯)들은 이러한 풍경이 행복한 삶만을 나타내는 것이 아니라는 것을 암시한다.

이 두 여인이 서로 기대어 서 있는 모습은 멀리서 서로 그리워했던 사람들이 위안을 찾는 모습이다. ─릴케의 주석은 이렇게 시작한다. 그것은 하나의 외로움이 다른 외로움에 의지하고 있는 것으로 보인다. 그 뒤로 묵묵한 그러나 능숙한 기량을 가진 오빠 또는 동생이 있다. 얼핏 보면 그는 어머니의 역할을 하고 있는 듯도 하다. 그에 더하여 두 늙은 여인들의 모습이 보이는데, 한 사람의 얼굴은 땅으로 내려앉으려는 가면을 손으로 떠받쳐 놓은 것 같고 다른 한 사람은 더 늙어서 옷 앞에 매달아 놓은 물건과 같다.

마지막으로 한쪽에 보이는 것은 어린아이의 얼굴이다. 아이는 "시험되고" 앞이 "불확실한 것으로 판단되어" 나뭇살 뒤에 갇혀 보이지 않는 존재가 되어 있다. 좋아 보였다가 여러 불행의 흔적을 배경에 지니고 있는 발코니 사람들의 이야기가 어떤 것인지는 분명하게 밝혀지지 않는다. 그러나 간단한 아름다움의 초상을 말할 수 있는 것이 아님은 분명하다. 처음에 꽃다발로 말하여진 여인들은 혼기를 놓친 여인들이고, 그들을 돌보고 있는 것은 그 오빠 또는 동생이다. 나중의 두 늙은이는 시에 들어 있는 설명으로는, "이미 누구에게도 관계가 없고" "소통이 되지 않는" 사람들인데, 앞의 두 여인의 아마 치매에 빠진 어머니와 할머니일 가능성이 크다.

맨 뒤의 아이는 아무 설명이 주어져 있지 않지만 가족 모두를 돌보는 남자의 아들로서 어머니를 잃은 것이 아닌가 한다. 아이는 결코 행복한 것으로 보이지는 않는다. 그러나 그의 불행이 어떤 불행인지는 분명치 않다. 릴케에게 아이들은 흔히 어른들이 가하는 제약 속에서 스스로의 삶을 살지 못하는 존재로 이야기된다. 릴케는 다른 시 「계속되는 어린 시절(Dauer der Kindheit)」에서 어린 시절이란 "스스로를 지킬 수 없는 기다림의 시기"라고 하고, "독차지하고자 하는 사랑이/ 아이를 에워싸고 언제나 은밀하게 그를 배반하고/ 자신의 것이 아닌 미래에 그를 주려 한다."라고 말한다. 발코니에 보이는 아이도 그러한 아이가 아닌가 한다.(시험받고 자격 미달처럼 판단이 내려진 여기의 아이는 부모가 정해 놓은 길을 가야 하지만 그 기대에 못 미치게 된 한국 어린이의 경우를 연상하게 한다.)

34. 현실적 고통에 대처하는 인격적 위엄으로서의 시

앞에서 본 바와 같이 릴케의 풍속화는 일단 사실을 그리는 데 그치는 듯하면서 인간 현실의 불행한 면들을 시사한다. 그러나 이러한 불행에 어떻게 대처해야 하는지에 대해서는 설교하지 않는다. 이미 여러 차례 비친 바와 같이 그는 압축된 시의 그림을 그릴 뿐이다. 그러나 보다 긍정적인 시사들이 없다고만 할 수는 없다. 「초상화」와 같은 시는 그림이면서도 그가 긍정적으로 보는 인간상을 그린 것이라고 할 수 있다. 그러나 이것도 어려운 현실 속에서 볼 수 있는 인간의 초상이다. 그리고 긍정적인 것으로 시사되는 대처 방안이 성공을 거둔다고만 할 수는 없다. 전편을 인용해 보기로 한다.

그 체념의 얼굴로부터 그녀가 겪는
고통의 아무것도 떨어져 내리지 않도록,
비극이 이어지는 동안 내내, 그녀는,
아름답게 시든 얼굴의 꽃다발을 나른다.
마구 잡아맨 꽃다발은 거의 풀어졌건만.
정처 없이 길 잃은 미소는 지쳐서
월하향(月下香)처럼 떨어져 진다.

그녀는 태연한 걸음으로 지나쳐 간다.
눈멀고 지친 아름다운 손으로,
잃어버린 미소 다시 찾지 못한다.

그녀는 시로 지은 이야기 꾸미고,
누구의 것인지, 원했던 그리고 흔들리는
운명의 이야기에 자신의 영혼을 넣는데,
특정한 사연이 튕겨 나온다,
돌덩이의 외침인 듯이.

그녀는 턱을 높이 쳐들고,
이 모든 말들 다시 되풀이하건만,

어떤 말도 머물지 않는다. 그 어느 말도
서글픈 현실에 맞지 않기에,
그녀의 유일한 재산은 현실,
그러나 그것을 받침대 부러진 그릇처럼,
자신의 명성 저쪽으로, 모임의
저녁 밖으로 밀어내야 하기에.

이 시는 자신이 겪은 특정한 비극을 변함없는 우아함으로 극복하려는 여인의 자세를 그린 것이다. 그것은 아마 릴케의 생각에 높이 살 만한 것이지만, 그러한 자세가 불행을 막아 내지 못할 뿐만 아니라 자신의 불행을 감추는 데에 성공할 수 있는지도 확실하지 않다. 거기에는 단순히 고고한 자세가 있을 뿐이다.

실패는 이미 시의 이야기에서도 진행되고 있다. 불행에 맞닥뜨린 여인은 꽃다발처럼 자신의 얼굴을 태연하게 가지려 하지만 이미 꽃다발은 흐트러지기 시작했다. 꽃다발은 땅에 떨어지고 그것을 다시 주워 올리려 해도 더듬거리는 손으로 그것을 하기는 쉽지 않다. 아마 사교적인 이야기로 일반적인 이야기를 했지만, 거기에 특별한 정신적 의미를 부여하려는 시도에도 불구하고 별수 없이 자신의 문제가 튀어 나와 마치 굳게 닫힌 돌에서 외침 소리가 나오는 것과 같은 일이 일어난다.(본문의 "일반적인 것이 아닌 (Ungemeines)"이란 말은 특별한 내용을 가진 것이라고 해석할 수도 있지만, 다른 사람과 공유하지 않는 어떤 것, 즉 자신의 고유한 이야기라고 해석하는 것이 이야기의 평탄한 진행에 맞아 들어갈 것이다.) 이야기는 되풀이되어도 그녀의 현실이 드러나지 않을 수 없다. 유일한 재산은 현실일 뿐이다. 그럼에도 불구하고 자신의 평판과 사교 생활을 순탄하게 유지하려는 의지는 그대로 계속된다. 이 시에서는 릴케가 이러한 노력 — 고고한 노력을 긍정적으로 보는지 어쩌는지는 확실치 않다. 그러나 이러한 문제에 대한 그의 전체적인 태도는 긍정적인 것이라고 할 수 있다.

릴케의 편지에는 덴마크의 한 귀족 여성의 수난 기록을 언급한 것이 있다. 그것은 17세기 덴마크의 귀족 여성에 관한 것이다. 덴마크 임금의 딸이고 정신(廷臣) 코르피츠 울펠트의 아내였던 레오노라 크리스티나 울펠트는 반역죄 혐의로 오스트리아로 피신한 남편을 위하여 영국에서 도움을 받을 생각이었다. 별 도움을 얻지 못한 그녀는 덴마크의 배에 초대를 받는다. 그러나 그것은 그녀를 덴마크로 납치해 가려는 계획을 가진 배였다. 릴케가 언급하고 있는 삽화는 이 배의 선실에서 한 젊은 장교가 들어와 그녀에게 몸에 장식한 귀고리, 목걸이 등의 보석을 내어 놓으라고 한 부분이다. 그녀는 자신의 선실에 달린 거울 앞으로 걸어가 장신구를 하나하나 떼어 내어 그 장교에게 넘겨준다. 그 젊은 장교는 공을 세울 목적으로 이러한 탈취 행위를 하였으나 그의 상관에게 질책을 당하고, 그것을 다시 돌려주라는 명령을 받는다. 장신구를 돌려받은 백작 부인은 그 장교의 면전에서 서서히 장신구를 다시 몸에 붙이면서 자신의 모습이 어떻게 아름다움의 이미지로 거울에 비치는가를 본다.

릴케가 이 삽화를 언급한 것은 아무리 급한 상황에서라도 스스로의 아름다움과 위엄을 지키는 그녀의 태도를 긍정적으로 생각한 때문이 아닌가 한다. 울펠트 백작 부인의 수난은 물론 이러한 작은 모욕과 위엄의 우화에 그치지 않는다. 그녀는 결국 체포되고 코펜하겐의 탑에 갇혀 26년을 보냈다. 울펠트는 그 경험을 『고통의 기억(*Jammers Minde*)』이란 저서에 적어 냈는데, 그것은 17세기 덴마크 문학의 고전이 되었다. 릴케는 이 저서를 잘 알고 있었다.

앞에 말한 일화는 1924년에 문학의 사회적 의미에 관한 그의 의견을 물어본 헤르만 퐁스 교수의 질문에 답한 편지 말미에 언급되어 있다. 릴케는 이 일화를 말하고 편지를 끝내면서도 그 관련을 구체적으로 설명하지 아니한다. 그러면서도 퐁스 교수의 편지는 빈부와 고통의 문제에 대한 문학의 역할을 물은 것인데, 이 일화가 그의 생각을 완전히 표현하고 있다고 말한다. 이 일화가 퐁스 교수의 질문에 답하는 것이라고 한다면, 밖으로부터 주어지는 고통 ─ 가난을 포함한 고통에 대하여 대처하는 방안은 그것을 인격적 위엄으로 이겨 내는 것이라는 것을 말하려 한 것으로 생각할 수 있다.(릴케의 「초상화」에서 느껴지는 것은 어떤 여인의 자기도취 또는 부르주아적인 위엄이지만, 울펠트 백작 부인의 고통은 필설을 절하는 것이었다. 그녀는 빈대가 우글거리고 쥐가 오락가락하는 난방도 안 되는 좁은 방에서 26년을 보냈다. 나중에 석방된 다음 그녀는 한 수녀원의 뜰에서 남은 12년의 삶을 보냈다. 이런 상황 속에서 그녀는 촛불에서 나오는 검댕을 모아, 설탕 봉지에서의 해충들의 행동에 대한 자세한 관찰과 같은 것도 담은 회고록을 썼다.)

35. 심미적 행동과 진정한 문명

인간이 겪게 되는 고통을 인격적 위엄으로 또는 우아한 행동, 즉 아름다운 몸가짐으로 극복할 수 있다는 것을 쉽게 수긍할 수는 없을 것이다. 울펠트 백작 부인의 수난은 봉건 사회의 권력 투쟁에 기인한다고 할 수 있다. 이것은 민주 사회 또는 보다 정의로운 사회에로의 이행에 의하여 나아진다고 할 수 있다. 적어도 권력 투쟁의 폭력성 또는 잔인성이 보다 순치된다고 할 수는 있을 것이다. 그러면서 유혈 권력 투쟁은 외적 조건에 못지않게 권력욕이나 야심 ─ 인간의 내적 심리의 동기에 관련된다.

이에 대하여 퐁스 교수의 주제가 되어 있는 빈곤의 문제는 순치되지 아니한 심리적 동기보다는 보다 직접적으로 사회 조직의 부당성에서 온다고 할 것인데, 그것을 인격과 아름다운 행동으로 극복할 수 있다고 하는 것은 보다 수긍하기 어려운 관점이다. 그러나 그러한 행동이 사회적 기능을 갖지 않는다고 할 수는 없다. 가령 동양의 고전적 사상에서 예의의 중요성은 여기에 연결해서 생각할 수 있는 중요한 정치 이념이다. 심미적인 관점에서 사람을 설득할 수 있는 행동적 표현이 사회관계의 중요한 요소인 것은 사실이다. 이에 대한 직관적 이해를 담고 있는 것이 유교적 사회 질서이다. 물론 거기에는 심미적 요소 이외에 윤리 의식, 그리고 위계질서 ── 억압적 의도를 숨겨 가진 위계질서에 대한 순응 등이 병행한다. 그러나 이러한 요소를 넘어서 인간 행동의 심미화가 사람의 삶에 중요한 질서와 행동의 방식이 될 수 있음도 확실하다.

앞에서 릴케가 말한 것은 심미적 행동이 모순과 혼란의 인간 조건 안에서 그것을 지양(止揚)하는 한 가지 방식이라고 한 것이다.(앞에 언급한 시와 편지 또 여러 시적 표현으로 보아 릴케의 직관은 대체로 부르주아 그리고 귀족 계급의 행동 방식에 관계된다고 할 수 있기는 하나, 그것을 무의미하다고만은 할 수 없다.) 이것은 개인적 행동에 관계된 그의 생각이라고 하겠지만, 보다 큰 사회적 또는 문명 전체의 관점에서도 인간의 모든 것을 표현하고 실현하되, 그것을 심미적 균형으로 승화하는 것이 진정한 문명이라고 릴케는 생각한 것으로 보인다.(그러한 의미에서 그것은 동양적 문명의 이념에 들어 있는 억압 또는 프로이트적인 의미의 문명의 억압을 심미적 상상력 속에서 승화하려는 것이라고 할 수 있다.)

앞에서 우리는 릴케의 『신시집』을 서양 문명의 역사를 내면적으로 체험하고자 하는 기획으로 볼 수 있다고 했다. 그리고 구약 성서의 여러 이야기들은 결국 '거대하고, 난폭하고, 불가해한 그리고…… 가공할' 힘을 보여 주는 것으로 그렸다고 판단할 수밖에 없다. 그런데 『신시집』 2부의 첫 부분은 그리스의 이야기들을 다룬 것인데, 이 부분은 나중의 부분에 하나의 대조를 보여 주려는 것으로 읽을 수 있다. 신체의 한 부분으로도 육신의 모든 것을 표현할 수 있게 한 아폴로상, 즉 일체성의 구현으로서의 육체를 표현한 조각, 언덕과 그것으로 불어닥치는 맞바람 그리고 처녀성과 생식의 힘을 아울러 표현하는 아르테미스 여신, 신과 아름다운 백조가 하나로 섞이고 역할 교환을 하게 되는 제우스와 레다의 사랑, 시레네의 위험한 유혹을 통하여 음악과 정적의 세계를 발견하는 그리스의 선원들 ─ 이러한 신화들은 모두 사람의 욕망들이 아름다운 이야기 속에 승화되는 이야기들이다.

  보다 적극적으로 그리고 간단하게 이러한 승화를 보여 주는 예의 하나는, 반드시 그리스의 이야기라고 할 수 없으나 「사랑하는 사람의 죽음(Der Tod der Geliebten)」이다. 그것은 다른 시나 마찬가지로 주석이나 해설을 붙이지 않은 단순한 상상의 시적 재현이지만, 그 교훈은 어떻게 죽음이라는 생명 현상이 상상에 의하여 극복되는가 하는 문제에 관계된다고 할 수 있다.

    그는 죽음에 대하여 모든 사람이 아는 것을 알 뿐이었다.
    죽음이 사람을 잡아서 말없는 세계에 던져 넣을 뿐이라고.
    그러나 사랑하는 이가 난폭하게 끌려간 것이 아니라
    그의 눈으로부터 조용히 풀려나서 저쪽

    익숙하지 않은 그림자들의 세계로 들어가고
    저세상의 그림자들에게 그녀의 처녀의 미소와
    상냥한 몸가짐이 달처럼 비춘다는 것을 느꼈을 때,

    그는 죽은 사람들 하나하나와 잘 알게 되고
    그녀를 통하여 그들의 가까운 핏줄이 되고

다른 사람들이 무어라고 하든 말을 하게 할 뿐,

믿지는 않고, 그 땅을 이름하여, 편안하게
자리한 승지(勝地), 언제나 부드러운 땅이라 하고,
그녀의 발 가는 곳을 일일이 더듬어 살폈다.

앞의 시에서 애인을 잃은 사람이 상상하는 상춘(常春)의 땅은 그로 하여
금 죽음 그리고 삶의 무서운 힘에 저항하지 않고 순응할 수 있게 한다. 「돌
고래(Delphine)」는 그리스 문명이 어떻게 상상력을 통해서 ── 공공 문화가
된 상상력을 통해서 자연과의 조화를 이룩했던가를 설명하는 시로 읽을
수 있다.

그 현실적인 것은, 대등한 것들을
성장하고 자리하게 했다. 그 현실의 힘들은
스스로의 혈연의 표적들을 보게 되면
자유로운 왕국에서 서로 대등하다는 것을 알았다.
때로 물 흐르는 삼지창(三枝槍)을 휘두르며
높은 파도 위로 해신이 솟아오르는 왕국.
그곳에 동물 스스로 모습을 드러내었다.
무뚝뚝한 벙어리, 저희끼리 피를 물려받아
자라는 물고기와는 다른 모습의, 인간적인 것에
멀리서 고개 숙이는 고기와는 다르게.

한 떼의 고기들이 뛰어오르며 왔다.
물결의 번쩍임을 기뻐하는 듯,

따뜻한 선의의 존재, 화관(花冠)으로
항해를 장식하려는 듯, 마치 화병 허리에
띠를 두르듯, 뱃머리를 가로지르며,
즐겁게, 다칠세라 불안한 마음 버리고,
뛰어오르고 밀리고 다시 뛰고,
그들은 파도와 숨바꼭질하며
삼단의 군선(軍船)을 밝게 이끌어 갔다.

선원들은 이 새로 얻은 벗을
그들의 외로운 위험으로 끌어들이고,
새 벗을 위하여, 동료들을 위하여,
감사의 뜻으로 하나의 세계를 마련하고
그 벗도 음악과 신들과 정원을, 깊고 고요한
별들의 세계를 사랑한다고 믿었다.

위험한 바다를 가는 항해사들, 즉 인간은 자연의 힘을 나타내는 존재들을 보면 이것을 친구로 맞이하고, 이것들을 포함하여 하나의 세계를 상상해 내고, 그 세계를 건설한다. 그것은 음악과 정원 그리고 별의 세계를—그러니까 예술과 자연을 변형한 정원과 그 너머 무한한 우주에 대한 느낌을 포용하는 아름다운 세계이다. 그것을 만들어 내는 것은 인간의 상상력이 가진 변용의 힘을 통하여서이다. 그러나 주의할 것은 이것이 자의적인 것이 아니라는 점이다. 그것은 자연 그 자체의 모습을 수용함으로써 가능하여진 것이다. 그리스 문명에서 돌고래가 신화적인 존재가 된 것은 돌고래 스스로 인간에 가까이 왔기 때문이다.

앞의 시에서 "그 현실적인 것(Jene Wirklichen)"이 무엇을 뜻하는지는 분명치 않다. 첫째, 그것은 현실적인 존재이며 현실을 있는 그대로 받아들이는 인간을 의미할 수 있다. 또 그 현실이란 인간이 마주치는 자연 현상이다. 그것은 언제나 생존에 대한 위험을 포함한다.(물론 그것은 생존을 위한 자산이기도 하다.) 그렇다고 그것을 정복하는 것이 바른 태도는 아니다. 사람은 자연 속에서 자신에 대등한 존재가 있음을 인정하고, 그것을 자신의 삶의 일부로 받아들인다. 그리하여 그의 삶을 구성 또는 재구성한다. 그런 경우 자연은 동시에 인간을 대등한 존재로 인정하는 것이 될 수도 있다. 이 경우에 자기에 대등한 존재를 인정하는 "그 현실적인 것"은 자연의 힘이다. 그것은 사람을 대등한 존재로 인정한다.

이 균형을 나타내는 이미지의 하나는 바다의 신 포세이돈이다. 그는 파도에 눌리면서도 파도를 이기고 그 위로 솟아오른다. 물론 포세이돈은 신이면서 사람이 고안해 낸 신화의 존재이다. 그는 자연도 아니고 인간이 만든 것도 아니다. 또는 그 반대로 자연이기도 하고 사람의 상상력의 소산이기도 하다. 이 중간 지역은 자연의 필연성에서 해방된 왕국이다. 그 틀 안에서 돌고래는 사람에게 가까이 온다. 이렇게 하여 자연과 인간은 하나가 된다. 또 한 가지 주의할 것은 이렇게 하나가 되었다고 하여 그것이 완전히 평정된 세계는 아니라는 점이다. 바다의 신 포세이돈은 반드시 인간화되고 인간을 위하여 자연의 힘을 다스려 주는 존재가 아니다. 그것은 무정형(無定形)의 자연이 아니라 인간이 가까이 갈 수 있는 신이지만, 인간을 초월하여 있는 신적 존재, 초월적 의지를 대표하는 존재이다. 돌고래도 완전히 평정된 자연을 상징하는 것은 아니다. 사람은 위험한 바다를 가는 항해사이다. 돌고래는 이 항해의 위험 속에서 친구가 될 뿐이다.

36. 과학적 객관성과 시적 상상력의 관계

「돌고래」와 같은 시에서 릴케가 상상력에 의한 현실 변용을 말한다고 해서, 그것이 주관적인 판타지 — 요즘 식으로 말하여 현실을 편리하게 넘어가는 기발한 문화 콘텐츠를 옹호한다고 생각하는 것은 그의 시의 메시지를 잘못 이해하는 것이다. 그에게 중요한 것은 무엇보다도 사실의 세계에 충실한 것이었다. 그러면서 착잡한 의미를 변증법적으로 승화하는 방법으로서 상상적 변용을 말하였다. 그리고 그것은 단순히 개인적이라거나 일시적이라기보다는 전체 문명의 성취를 말하는 것이었다. 이 문명 속에서 상상력은 객관성을 얻었다. 여기의 객관성은 과학적인 의미에서의 객관성과는 거리가 있는 객관성이다. 이것은 시와 과학의 차이를 참으로 깊은 의미에서 암시해 준다.

많은 서구 문학인에게 그리스는 인간성의 완전한 미적 표현을 이룩한 문명의 원형으로 간주되는 것으로 보인다.(『18~20세기에 있어서 그리스의 독일 지배』라는 저서의 제목 자체만 보아도 이것을 짐작할 수 있다.) 릴케도 이러한 지배에 순응했던 것으로 볼 수 있다. 하여튼 그는 다면적 인간성이 갖는 명암 — 비극적인 명암을 인정하면서도, 그것이 심미적 표현을 통하여 펼쳐지고 순화되고 균형을 이룰 수 있다고 생각하였다. 그가 세계의 모든 것을 인간의 내면에 새로 태어나게 하는 것이 인간에게 주어진 존재론적 사명이라고 할 때 의미한 것은 이러한 것이었던 것으로 보인다. 그러나 이러한 문명의 심미적 노력이 깨어진 것이 20세기였다고 생각하였던 것 같다.

그러나 앞에서 말한 바와 같이 엄격한 사실 표현을 예술의 기본 기율로 생각한 그의 문명의 이상이 무엇인가를 직접적으로 설파한 시를 발견하기는 쉽지 않다. 그러나 그의 사실적인 시 — 그러면서 그 자체로 미적 정형화를 이룬 시의 기저에 그 이상이 들어 있다고 할 수 있다. 이 문명의 이상은 다시 말하건대, 주어진 현실을 형상적으로 또는 심미적으로 고양된 세계에서 현실화된다. 그렇다면 이 고양은 무엇을 통하여 가능한가? 그것을 매개하는 것은, 이미 말한 바와 같이 형상이다. 그러나 이 형상은 단순히 사람의 환상이 아니다. 그것은 그 나름의 인식론적 기반을 가지고 있고, 그 인식론적 관심은 세계의 사실적 원리 그리고 존재론적 변증법에 연결되고자 하는 노력의 일부이다. 1924년 작고 2년 전에 쓴 한 시는 존재론적 근본에 이르고자 하는 인식론적 시도의 성격을 간단하게 요약해 주는 것으로 해석할 수 있다.

새가 통과하여 날아가는 공간은 그대에게
그 모습 뚜렷한, 믿고 있는 공간이 아니다.
(저 열린 공간에서 그대는 부정되고
돌아올 길이 없이 스러지고 말리니.)

공간은 우리에게서 뻗어 사물로 건너간다.
나무의 있음을 확실히 하도록, 그를 둘러
그대 안 본유의 공간에서 내면 공간을 던지라.
나무를 경계로 두르라. 나무는 스스로에
금을 긋지 않으니. 그대의 체념의 조형(造形)에서
비로소 사실로 있는 나무가 되리니.

이 시의 아래에 놓여 있는 것은 거의 철학 논의의 대상이 되는 공간의 문제라고 할 수 있다. 철학적으로 공간을 문제 삼을 때 그것은 사물에 들어 있는 속성인가, 단순히 사물들 간의 관계를 나타내는가, 또는 그 모든 것에 선행하는 어떤 실체 또는 사물 인식의 형식인가 하는 것이 문제 된다고 할 수 있다. 이렇게 말하면서, 또 하나 철학의 관점에서 주의할 수 있는 것은 공간이 사물의 관계 ── 칸트가 정의한 바에 따라 사물에 선행하는 직관 형식이라고 한다면, 그것은 인식의 주관을 상정한다는 사실이다. 그러면서 그 주관은 개인의 자의적인 주관을 말하는 것은 아니다.

릴케의 시에는, 그가 의도한 것이든 아니든 이러한 철학적으로 문제 삼을 수 있는 생각들이 들어 있다. 그는 새들이 날고 있는 공간은 완전히 열려 있는 공간이라고 한다. 그것은 공간이라고 말할 수도 없는 비어 있음이고 자연이다. 그렇다는 것은 새가 인간처럼 공간이나 공간의 사물을 인식한다고 할 수 없기 때문이다. 그러나 인간이 거주하고 있는 공간은 공간으로, 그 모습을 가진 것으로 인식되는 공간이다. 그러한 공간은 주관에 의하여 뒷받침되는 것이다. 주관이 공간을 의식한다는 것은 주관을 가진 주체가 있다는 것을 말한다. 그 공간에 존재하면서도 사람은 하늘을 나는 새처럼 공간에 일부가 되어 버리는 것이 아니고, 그 안으로 스며들어 버리는 것도 아니다.

공간은 사람에게서 나와 사물로 간다. 그것은 사람의 의식에 내재하는 직관의 형식이다. 그리고 이러한 형식이 있음으로 하여 사물은 객관적으로 인식된다. 나무의 모양 또는 그 존재를 뚜렷하게 인식한다는 것은 그것을 공간 속에 있는 물체로 파악한다는 것을 말한다. 나무를 규정하기 위하여서는 내면 공간으로 나무를 둘러싸야 한다. 그런데 내면 공간 개입은 여기에서 두 가지 의미를 갖는다. 하나는 그것이 사람의 마음에서 의미 있는 것이 되어야 한다는 것이다. 시인의 사명은 사실 이러한 의미를 여러 사물에서 발견하는 일이다.

시에 나무가 나온다면 그것은 식물학의 지식에 공헌하자는 것이 아니다. 그것은 시인의 삶 그리고 독자의 체험에 뜻 깊은 것이어야 한다. 시인은 사실 세계를 과학으로써가 아니라 체험으로써 내면화하려는 사람이다.

그렇다고 하여 시인의 세계 인식이 자의적인 의미를 사물에다 부여하는 것일 수는 없다. 시인은 객관성이 없는 판타지, 우의(寓意)나 교훈을 사물에 덮어씌우는 사람이 아니다. 시인이 나무 인식, 사물 인식을 위하여 그것을 공간에 ─ 내면 공간에 놓아야 한다면, 그 공간은 주관적 감정 또는 감성의 공간으로서의 내면 공간이 아니라 보다 본래적인 공간 ─ 간단히 내면적이라고만은 할 수 없는 본유의 공간에서 유래하는 것이다.(칸트는 공간은 인간의 관점이 있음으로써만 존재한다고 말한다.)

그러나 내면 공간은 불가피하게 주관적인 요소 ─ 감정과 선입견과 오류를 수반하는 것이 될 수 있다. 그리고 시인은 이러한 요소를 무시하지 않음으로써 시적인 감동을 주는 시를 쓸 수 있다. 그러나 그것이 거짓스러운 것일 수는 없다. 그리하여 시인은 자기의 내면을 사물에 투사하면서 동시에 '체념' 또는 극기의 수련을 하여야 한다. 그러한 자기 기율을 받아들임으로써 비로소 나무나 다른 사물을 제 모습으로 그려 낼 수 있다. 다만, 되풀이하건대 이러한 주관적 편향을 포기한 객관적 인식이, 적어도 시의 관점에서는 과학적인 인식과 일치하는 것일 수는 없다. 그것은 시를 버리는 것이 될 것이다. 시인에 있어서의 내면과 외면의 일치는 깊은 의미에서 ─ 감정을 포함하여 전인적인 감동을 포함하는 의미에서의 인간과 사물의 일치를 말하는 것이다. 이 일치에는 말할 것도 없이 피상적인 자아를 버리는 일이 필요하다.

릴케는 새의 노래를 듣고 사람이 그에 직접적으로 반응하는 것은 사람의 심성의 깊이와 새로 하여금 노래하게 하는 새의 본능 사이에 어떤 통로가 있기 때문이라는 말을 한 일이 있다. 이에 비슷하게 내면과 외면의 일치가 있다고 한다면 그것은 높은 정신적인 차원에서의 인간의 본성과 세계의 진리의 일치만을 말하는 것은 아닐 것이다. 둘 사이에는 존재론적인 바탕이 존재한다. 거기로부터 시적인 의미의 내면 공간, 사물의 직관 형식으

로서의 내면 공간, 그리고 그것을 초월하는——어쩌면 새가 날아가는 공간
을 포함하는 존재의 지평이 있다.

37. 무한과 유한은 무엇으로 연결되는가

「광채 속의 불타(佛陀)(Buddha in der Glorie)」는 존재론적 차원에서의 일
체성의 원리를 이야기한다. 물론 그것은 보다 간단히 말하여 높은 정신적
차원의 조화를 이룬 세계를 말한다. 그것은 내면과 외면이 하나가 되는 아
름다운 조화의 세계이다. 그러면서 그것은 보다 복잡한 존재론적 관계를
내포한다.

> 무릇 중심 가운데 중심, 씨알 가운데 씨알,
> 스스로를 닫고서 달게 익어 가는 편도(扁桃)——
> 별들에 이르기까지 모든 것은
> 열매의 살. 인사받으시라.
>
> 그대는 아시노니, 이제 그대에 달린 것은
> 아무것도 없음을. 그대의 과피(果皮)는 가없음에,
> 거기에 힘찬 과집이 있어서 밀며 돌며——그리고
> 밖으로부터 그대를 돕는 광명,
>
> 저 위 먼 곳에서 그대의 태양들이
> 찬란하게 넘치며 회전하고 있음에.
> 그러나 그대 안에서는 이미 시작했거니,

태양들을 넘어 지탱할 어떤 것이.

　이 시의 첫 부분은 주로 장식적인 수사로 이루어진 듯하다. 그러나 그 수사가 완전히 상투적인 것은 아니다. 열매의 핵심이라는 것은 부처가 사물의 중심에 놓여 있는 존재라는 것을 말하는 비교적 쉬운 비유이다. 그것이 온 세상과 일치한다는 것은 더 대담한 수사이다.

　조금 더 독창적인 것은 그 세상을 편도 또는 아몬드라고 한 것인데, 그것은 세상의 아름다움을 감각을 통하여 느낄 수 있게 한다. 그 열매로서의 세상─동시에 부처이기도 한 세상은 완전히 자기 안에 갇혀 있다. 그리하여 그 밖에는 아무것도 없다. 그러나 이것은 폐쇄보다는 포괄과 전체를 말한다. 편도는 우주 전체에 일치한다. 이것은 불가피하게 역설일 수밖에 없다. 우주가 스스로 닫혀 있을 만큼 유한한가 또는 무한한가. 두 번째 연부터 시는 이 역설을 중심으로 전개된다. 처음에 부처는 세계와 하나라고 하였는데, 이제 세상은 부처에 의존하는 것이 아니라고 한다.

　세상이 아몬드이고 그 중심에 부처가 있다고 한다면, 그것은 부처가 세상을 육성하여 완성하고자 했기 때문이다. 완성이 된다면 그 완성품은 그것을 기르거나 만든 창조자로부터 독립하여 존재하는 것이 당연하다. 그러나 세상이 완결될 수 있는 것일까? 그렇게 말하는 것은 세상이 신적인 존재로서의 부처의 창조물임을 부인하는 것이다. 부처가 신성(神性)을 나타낸다면 그는 유한한 존재일 수 없다. 그리고 세상이 그에 일치한다면 세상도 유한한 것이 아니다.

　앞에서 스스로 폐쇄되어 있는 것으로 이야기된 아몬드의 껍질은 이제 무한 속에 있다고 말하여진다. 이 말 자체도 자기모순의 표현이다. 무한한 것이 어떤 표피(表皮) 안에 한정될 수는 없다. 그러면서도 그 모순 안에 생명의 원천이 있고 생명의 샘이 넘쳐 생명의 세계 아몬드는 온전하게 존속

된다. 이 설명하기 어려운 무한과 유한의 모순을 하나로 연결하는 것은 무엇인가? 이 중재의 상징은 태양으로 이야기되어 있다. 아몬드를 무르익게 하는 것은 밖에서 오는 빛, 햇살이다. 이 햇살은 세계이고 또 부처이기도 한 아몬드의 외부에 있다.

인간의 이해를 초월하는 무한과 유한의 혼융(混融)이 생명을 지탱해 준다. 피조물이라는 것은 유한한 것이 되었다는 것을 말한다. 피조물은 윤곽이 있어야 한다. 우리의 인식에서 공간이 나무의 모습을 그릴 수 있게 하는 것과 같이 피조물은 무한한 세계에서 유한한 것일 수밖에 없다. 그러나 그것을 창조하는 근본은 그 한계를 넘어간다. 부처가 피조물의 세계에 완전히 일치한다면, 유한의 세계를 비추는 태양은 그에 대해서 무한을 대표한다. 그러나 태양도 피조물을 비춤으로써 유한의 일부가 된다. 다시 확인하여야 하는 것은 부처가 태양을 넘어가는 존재라는 점이다. 그 점에서 부처는 유한과 무한을 중재하는 태양의 저 너머에 존재한다. 부처는 무한한 존재로서 유한을 초월한다. 부처는 이 유한과 무한의 교환 관계 속에서 새로운 태양을 잉태할 수밖에 없다. 그리하여 그는 유한을 만들어 낼 태양을 새로 시작한다. 그렇게 함으로써 부처는 꺼지지 않는 광채 속에 존재한다.

38. 시의 형이상학적 의미와 종교적 교리의 차이

「광채 속의 불타」는 시이지만 여러 가지 의미를 갖는다. 첫째, 그 제목만으로도 종교적인 의미를 가질 수 있는 것으로 생각하지 않을 수 없다. 이 시 이외에도 릴케에게는 부처를 주제로 두 편의 시가 있다. 간단한 요약이 있을 수는 없지만, 한 시는 부처를 금빛으로 빛나는 존재로서 상상할 수 있지만, 그 금빛이 세속적인 욕망을 뉘우치면서 신도가 시주한 금붙이들로 하여 생겨나는 금빛이 아니라고 말한다. 부처의 빛은 어떤 의미에서든지 세속적인 것을 초월하여 존재한다. 그것은 세상과는 관계없는 신비의 빛이다. 다른 또 하나의 시는 부처가 너무 멀리 있어서 근접하기 어려우나 그 어려움에도 불구하고, 세계를 통괄하는 원리이며, 인간에게 그 신비에 복속할 것을 요구한다는 것을 말한다. 이 시가 함축한 의미에 대하여 「광채 속의 불타」는 보다 적극적으로 부처와 세계의 관계를 설법하는 시이다.

그러나 이런 시를 통하여 릴케가 불교에 대하여 어떠한 생각을 가지고 있었던가를 분명히 알 수는 없다. 그리고 사실상 이러한 시들이 표현하고 있는 것은 특정한 종교의 특정한 교리를 말하려는 것이라고 할 수는 없다.(릴케에게는 모하메드에 관한 시도 있고, 기독교적인 관점에서는 동의할 수 없는 기독교에 대한 발언이 많지만, 대체적으로 그는 기독교적인 테두리에 안에 있었다고 할 수 있다. 확실한 것은 차세(此世)에 대한 강한 긍정에도 불구하고 그가 종교적인 심성을 가졌던 시인이라는 점이다.) 하지만 이러한 시들은 종교적인 심성의 표현이면서, 철학적인 그리고 심리적인 시라고 할 수도 있고 궁극적으로는, 또는 더 간단히 시적인 체험을 표현한 시라고 할 수 있다. 이 시적인 시는 형이상학적 의미를 갖는다.

그런데 흥미로운 것은 「광채 속의 불타」와 같은 시는 과학적인 관점에서 살피는 것도 불가능하지 않다는 점이다. 조금 지엽적이라면 지엽적인 사항들이지만, 가령 「광채 속의 불타」는 오늘의 천체 물리학에서 말하는 많은 것을 가리키고 있는 것으로 읽을 수 있다. 시적 상상력이란 경험이나 그 법칙적 제한을 넘어가는 어떤 이상한 심적 기능이라고 생각하기 쉽지만, 사실 시나 과학의 상상력의 중첩은 그것들의 사고의 근본이 그렇게 다른 것은 아니라는 느낌을 가지게 한다.

「광채 속의 불타」가 말하고 있는 것은 우주의 일체성이다. 그 원리가 부처이다. 그러나 부처가 기존의 우주 속에 내재하는 원리이고 그에 한정된다고 하는 것은 옳지 않다. 부처는 창조된 것을 넘어가는 창조력이다. 그는 이 우주를 넘어가는 다른 우주를 만들고 있는 존재이다. 이것은 근년의 천체 물리학에서 더러 이야기되는 다우주(multiverse)를 시사한다. 이 시에서 부처의 원리를 물질적으로 나타내는 것이 태양인데, 이 태양은 하나가 아니라 여럿인 것으로 말하여져 있고, 다른 우주가 마련되고 있다고 할 때 그 우주에 존재할 태양도 하나가 아니라 복수로서 이야기된다. 그리고 이러한 우주는 정지 상태에 있는 것이 아니라, 무한하면서 또 그 속에서의 균형과 안정에도 불구하고 끊임없이 변화 팽창하고 있다. 즉 여기의 우주는 '팽창하는 우주(inflationary universe)'를 말한다고 할 수 있다.

「광채 속의 불타」가 쓰인 것은 1908년인데, 이 우주 속에 존재하는 별들이 태양을 비롯하여 헤아릴 수 없이 많고, 빅뱅으로부터 시작한 우주가 지금도 팽창하고 있으며, 지구와 태양계가 위치해 있는 우주 밖에 또 다른 우주들이 있을 수 있다는 등의 과학적 우주론의 발견, 이론 그리고 추측들이 20세기 후반 이후에야 등장한 것이라는 것을 생각할 때, 우리는 릴케의 시와 천체 물리학의 사고 사이에 존재하는 기이한 일치에 놀라지 않을 수 없다.

시와 과학은 다 같이 존재론적 상상력에 그 근본을 가지고 있다고도 할 수 있다. 물론 이때의 상상은 공상(空想)을 말하는 것은 아니다. 그것은 방법론적 엄밀성을 요구한다. 그 시적 수사의 화려함에도 불구하고 릴케의 시와 같은 데에서 발견하는, 시적 기율이 요구하는 것도 과학적 사고의 기율에서 과히 멀리 떨어지는 것이 아니라는 것을 생각하게 한다. 이 기율은 앞에서 본 "새가 날아가는 공간……"에 시사되어 있는 공간과 사물의 관계에 대한 직관에 강력하게 시사된다. 거기에서 중요한 것은, 이미 말한 바와 같이 무엇보다도 객관적 진리에 이르기 위한 자기를 버리는 '체념'이다. 이것은 시적 직관, 철학적 반성, 그리고 과학적 사고에 공통되는 근본적인 요구 사항이다. 「광채 속의 불타」와 과학과의 일치 ── 또는 과학에 어긋나는 것이 아닌 근접은 이러한 방법적 절제에 기초한다고 할 것이다.

그럼에도 불구하고 「광채 속의 불타」가 전하는 것이 과학이 아님은 말할 것도 없다. 뿐만 아니라 그것은 과학의 관점에서만 본다면, 내용적으로 극히 빈곤하다고 해야 할 것이다. 그러나 이것이 참으로 빈곤한 것인가? 이 시가 주는 감동은 어떤 다른 것에 못지않게 풍부하다는 것을 부정할 수는 없다. 그리고 그것은 그 나름의 강한 설득력을 가지고 있다.

감동이란 감정 상태 또는 정서의 상태를 말하는 것이지만 이 시의 감동은 무조건 사람을 흥분시키는 그러한 감동이 아니다. 그것은 형이상학적인 감동이다. 그러면서 그것을 철저한 심미적 절제 속에 구현한다. 이러한 감동의 원인이 무엇인가를 설명하기는 쉽지 않은 일이다. 일단 말할 수 있는 것은, 매우 작은 설명 같기는 하지만, 이 시가 보여 주는 심미적 완성감이 감동을 주고 설득의 힘을 갖는다는 것이다. 그것은 과학에서 볼 수 있는 이론적 증명이 없이도 어떤 메시지를 전달해 준다. 완성감은 시적 형식에서나 수학의 증명에서나 물리학적 사고에서나 설득의 중요한 ── 또는 가장 중요한 요소이다. 그것이 어떠한 연관으로 지적인 감동 그리고 이어서 정서적인 감동을 주는 것인지는 알 수 없지만, 그것이 감동의 중요한 요소인 것은 틀림이 없다.

39. 과학의 형이상학적 감동과 경이로움

과학에는 그러한 형이상학적 감동이 없는 것인가? 간단히 생각하면 과학은 객관적인 사실에 충실하고 그것을 이론적 일관성 속에서 이해하고자 한다. 이러한 노력에서 감동은 객관성의 유지에 방해 요소가 될 수 있다.

그러나 연구의 실제에 있어서 감동이 없는 연구는 생각하기 어렵다. 특히 연구 대상의 규모가 커질 때 그렇다. 크다는 것은 단순히 이론적인 관점에서 중요한 문제라는 것을 말하는 것일 수도 있고, 그것이 세계의 근본 원리에 관계된다는 의미를 가질 수도 있다.

수년 전에 큰 화제가 되었던 페르마 공리와 같은 것은 수학의 역사에서 중요한 문제의 해답을 찾은 것을 말한다. 그런데 사람들에게 큰 감동을 주는 것은 우주적 발견에 관계되는 경우가 많다. 그리하여 그러한 감동은 천체 물리학의 발견에서 가장 쉽게 자극될 수 있는 것이 아닌가 한다. '우주적'이란 먼 우주 공간에 관한 뉴스, 가령 수십만 광년의 저쪽에서 탐색되었다고 하는 엑소플라넷(exoplanets)이나 비록 작기는 하지만 우주에 작용하는 크고 작은 힘들의 기존 구조를 설명할 수 있다고 생각되는 힉스 보손의 발견 가능성 등이 — 제네바의 LHC(강입자충돌기)는 주로 이 보손의 확인을 위해서 세워졌다고 말하여진다. — 상상하게 하는 거대한 공간이다. 이러한 거대함, 무한대, 무한소는, 그 과학적 또는 수학적 정당성에 관계없이 사람에게 감동 — 앞에서 형이상학적이라고 말한 감동을 준다.(또는 그것은 미학에서 말하는 숭고미에 관계된다고 할 수 있다.)

앞에서 인용하였던 스트로가츠의 싱크 이론도 우주의 신비를 풀 실마리를 잡을지 모른다는 점에서 놀라움을 준다. 이 놀라움을 말하는 부분을 다시 인용하건대, 그가 감동과 더불어 그 설명을 끝내는 것은 극히 당연한 일이라고 할 수 있다.

이유를 분명하게 이해하고 있다고 할 수는 없지만 싱크의 장관은 우리 영혼의 깊이 어디엔가에 깊은 화음을 울린다. 그것은 놀라움과 두려움을 준다. 다른 어떤 현상들과는 달리 그것을 보면, 사람의 어떤 원초적인 부분에 와 닿는 것이 있음을 느낀다. 어쩌면 자생적인 질서의 근원을 찾아내는 것이 우주의 비밀을 알아내는 것이 되리라는 것을 우리는 본능적으로 느끼는 것일 것이다.

이론 물리학자 브라이언 그린(Brian Green)의 『우아한 우주(*The Elegant Universe*)』는 '끈 이론(string theory)'이 물질세계와 우주의 신비를 궁극적으로 해명할 수 있는 이론의 실마리가 된다고 하면서, 이제 인간이 '궁극적 이론(the ultimate theory)'에 가까이 가게 되었다는 것을 일반 독자에게 전달하려는 저서이다.(오늘날처럼 많은 발견이 가속적으로 진전되고 있는 시대에 있어서 이제 조금 시간이 지난 것이 아닌가 하는 의심이 일기는 하지만.) 이 저서의 도처에 이론적 설명과 함께 감동 또는 경이감 —— 우주에 대한 것이면서 동시에 물리학 이론의 우아한 일관성에 대한 감동과 경이감이 들어 있는 것은 자연스러운 일이다. 그는 천체 물리학의 연구가 근년에 이르게 된 단계를 다음과 같이 웅변적으로 설명한다.

비록 우리가 기술의 면에서 지구 그리고 태양계의 가까운 이웃에 묶여 있다고 하더라도 사고와 실험을 통해서 우리는 내적, 외적 공간의 먼 곳을 탐색할 수 있었다. 특히 지난 100년 동안, 수많은 물리학자들의 집단적 노력은 자연의 감추어져 있는 비밀을 들추어내었다. 일단 그것이 드러나자 이 설명의 보석들은 우리가 알고 있다고 생각했던 세계를 향한 관망의 창을 열어 주었다. 그것을 통하여 우리가 상상할 수도 없었던 세계의 찬란한 모습을 보게 되었다.

이러한 관망을 가능하게 해 준 것은, 그린의 생각으로는, 그간의 물리학 이론의 발전, 양자 역학 그리고 끈 이론의 연구 결과이다. 그린이 열거하고 있는 바에 따라 말한다면, 궁극적 이론에 접근하는 데에는 양자 역학과 상대성 이론의 여러 발견과 개념 —"파동 함수, 확률, 양자 터널링, 진공에서의 에너지 변동, 시공간 번짐, 동시성의 상대적 성격, 시공간 조직의 뒤틀림, 블랙홀, 빅뱅(wave functions, probabilities, quantum tunneling, the······ energy fluctuations of the vacuum, the smearing together of space and time, the relative nature of simultaneity, the warping of the spacetime fabric, black holes, the big bang)" 등의 개념들이 중요한 역할을 했다.

그러나 더 결정적인 것은 끈 이론이다. 이제는 "큰 것과 작은 것의 이론이 일관되게 하나로, 전체로 이어질 수 있다는 신념을 가지고 물리학자들은 포착하기 어려운 통일 이론을 향하여 힘차게 나아가고 있다. 이 탐색이 아직은 끝나지 않았지만, '초끈 이론(superstring theory)'이 'M이론(M-theory)'으로 발전함에 따라, 양자 역학과 일반 상대성 이론 그리고 전자기의 강하고 약한 힘의 이론들을 포괄하는 타당성 있는 이론의 틀이 나타나게 되었다." 그린이 말하듯이 참으로 전 우주를 움직이는 근본 원리에 대한 해명이 최종 단계에 이르렀다면 —그것은 그의 말로는 결국 모든 것을 풀이하는 것이 불가능하다는 결론을 포함할 수도 있는 것인데 —우리는 이러한 탐구 "여행에 경이로움"을 표하지 않을 수 없다. 이 경이는 모든 인류의 마음을 대표하는 것이며, 동시에 그러한 이론적 실험적 탐구에 종사하는 사람들을 움직이는 깊은 동기가 될 것이다.

아인슈타인은, 그린이 인용하는 다음과 같은 말 —"뜨거운 희망을 가지고, 자신감과 피로가 교차하는 것을 경험하며 어둠 속을 더듬는 걱정스러운 탐색을 계속하는 세월을 거쳐 드디어 빛으로 나아가는 일"이란 말로 자신의 연구의 감정적 효과를 설명하고 있는데, 이것은 우주의 근본 법칙을 밝히고자 하는 과학적 추구 아래 놓여 있는 심리적 동력을 대표적으로 표현한다고 할 수 있을 것이다.

(2013~2014년)

5부

세계화와
보편 윤리

학문적 방법론으로서의 정직

부도덕한 사회와 학문의 도덕적 기초

1. 학문과 사실성과 정직성: 표절에 관하여

표절 표절의 문제는 어제오늘에 일어난 것이 아니지만, 그것이 크게 화제가 된 것은 비교적 근래의 일이다. 도시를 옮기고 헐고 짓고 하는 외부적인 거창한 일에 휩쓸리다 보니, 정신의 내부에서 일어나는 일에 대하여는 거의 신경을 쓰지 않는 것이 오늘의 우리 형편이 아닌가 한다. 표절 사건은 지금 진행되고 있는 정신 붕괴 현상의 가장 중요한 증후로 생각된다. 학문은 한 사회의 양심의 공식 주소지이다. 양심은 세상이 제대로 움직이는 데에 기본 요소의 하나이다. 학문에 있어서의 양심의 마비는 세계가 의지할 양심이 소실되고 양심이 의지할 세계가 무너지고 있다는 것을 말한다.

사실 존중 표절은 두 가지 점에서 비윤리적 행위이다. 표절(剽竊)이란 노략질하다는 뜻에서 나와, 그보다는 조금 더 가벼운 뜻인 남의 문장을 훔친다는 뜻으로 사용된다. 남의 것을 훔치는 일이니까 나쁜 일이 된다는 것은 자명하다. 학문적으로 더 중요한 것은 그것으로 학문의 사실 존중의 정신 풍토가 손상된다는 점이다. 다른 사람의 연구를 그 출처를 밝히지 않고 훔 친다는 것은 그 글의 과학적 근거를 밝힐 근거를 망실되게 하는 일이다. 모 든 학문적 명제는 사실과 논리적 추리로 이루어진다. 이 근본이 훼손되는 것이다. 과학에 있어서 사실과 추론은 면밀하고 어려운 실험을 통하여 확 인되어야 한다. 그리고 이것은 언제나 다시 확인될 수 있는 것이라야 한다. 분명한 사실 확인이 사회와 정치에 대한 실용적 결과를 가진 것이라고 할 때, 사회 과학에 있어서도 잘못된 사실적 근거는 중요한 현실적 결과를 가 져올 수 있다.

학문의 방법론적 전제로서의 양심   이러한 의미에서 양심은 학문의 방법론 적 기초이다. 지금 거창하게 말한 양심은 되풀이하건대 사실을 사실대로 보고 말하는 원리이다. 이것은 인간과 세계와의 접촉 그리고 그에 대한 인 식을 지도로 작성하는 가장 초보적인 태도에 들어 있다. 그것은 정직성이 면서 사실 충실성 또는 정합성의 원리이다. 이것을 전제하지 않고는 학문 은 성립하지 않는다.

물론 이보다 중요한 것은 그것이 단순히 윤리적 태도의 문제가 아니라 삶의 모든 활동에 있어서 윤활유와 같은 역할을 한다는 사실이다. 학문도 이 삶의 전체성 속에서 참다운 기능을 갖는다. 불교 우화에 호랑이를 피 하여 도망하다가 벼랑 밑에 나뭇가지를 붙들고 매달리게 되었는데, 아래 를 보니 또 한 마리의 호랑이가 버티어 있고, 위를 보니 호랑이가 내려 보 는 외에 두 마리의 쥐가 자신이 붙들고 있는 나무뿌리를 갉아 대고 있었다 는 상황으로 사람의 상황을 비유한 것이 있다. 이것은 최대의 정신 집중을 요구하는 상황이라고 할 수 있다. 이때 필요한 상황 인식은 한 치의 오류도 허용할 수 없다. 사람의 상황이 대체적으로는 이렇게 위급한 것은 아니라고 하여도 자신이 처해 있는 상황을 정확히 안다는 것은 삶에 있어서 지극히 중요한 일임에 틀림이 없다.

추론과 자기 일체성　학문과 관련하여, 또 종교적인 우화를 생각하면, 그 의미는 사실에 대한 집중적 파악이 수양의 핵심이고 삶의 핵심인 것처럼 학문의 핵심도 거기에 있다는 것이다. 물론 정신 집중만으로 모든 것이 풀리는 것은 아니다. 집중의 대상이 주어진 대로의 감각이나 인식이라고 한다면, 그것이 반드시 믿을 만한 것은 아니다. 상황의 객관적 인식의 모델로서 생각할 수 있는 과학에 있어서 우리의 원초적인 지각 기능은 크게 도움이 되지 못한다. 과학적 탐구는 단편적으로 주어지는 사실을 초월하여 사실들의 일반적 법칙을 확인하는 것을 목표로 한다. 많은 경우 중요한 것은 사실 확인보다 무한히 복잡한 논리적 구조물에서 도출되는 법칙들이다. 그럼에도 불구하고 여기에서 모든 것의 기초가 되는 것은 원초적인 사실 확인 그리고 그에 대한 정확한 보고이다.

법칙의 궁극적인 증거는 실험이다. 실험은 아무리 복잡한 것이라도 그 여러 단계에서 지각에 의한 확인을 포함하고 이것이 결정적인 증거가 된다. 다른 한편으로 과학에서의 추론은 결국 그 모든 움직임이 정신 작용의 운산의 한 발짝 한 발짝에 대응하는 것이라야 한다. 이 한 발짝 한 발짝은 객관적 사실처럼 주목되고 보고되어야 한다. 자기 자신의 마음에서 일어나는 일이라고 그것이 조작되어서는 추론의 의미는 존재할 수가 없다. 추론에 있어서의 마음의 움직임은 그 자체로의 독자성을 가지고 있다. 과학자는 이것을 그대로 따를 수 있어야 한다. 그것은 그것대로의 일체성을 가지고 있는 객관적 사실이다. 그러면서 그것을 관조하는 마음은 그것에 일치되는 움직임이 된다. 과학 하는 마음은 사실을 추적하는 마음 스스로의 일체성을 지켜야 한다. 간단히 다시 말하면 사심이 끼지 않는 정신 작용의 일체성은 과학적 사유의 기본 요건이 되는 것이다. 실험과 운산의 과정의 사실성과 정확성에 대한 확인은 인간의 원초적인 지각과 그에 대한 충실한 확인 그리고 그에 대한 정확한 보고, 정신 작용의 일체성을 견지하는 데에 달려 있다. 다시 말하여 지각과 나의 인지 작용의 일체성, 내 정신 작용의 일체성, 다시 그것을 확인하는 정신의 일체성이 학문의 전제이다. 줄기세포 연구 관련의 스캔들에서 우리는 이러한 기초적인 능력의 중요성을 다시 한 번 확인한다.

오류, 허위 조작, 자기기만, 거짓 진리 그러나 되풀이하건대 과학 연구 그리고 일반적으로 학문 연구의 복잡한 수속들이 단순한 사실성 그리고 정직성을 넘어가는 것은 부인할 수 없다. 그리하여 우리는 이것이 과학적 또는 학문적 인식의 가장 기초적인 방법론적 전제라는 사실을 놓치게 된다. 이 이유의 하나는 과학적 그리고 학문적 절차에서 일어나는 오류를 알아내기가 어렵기 때문이다. 그러나 여기에서 우리가 문제 삼아야 하는 것은 어떤 오류는 오류가 아니라 허위 조작의 결과라는 점이다. 그런 데다가 이 허위 조작은 여러 가지 경위를 거쳐서 스스로도 그러한 것으로 의식하지 못하는 허위, 즉 진리로서 인식된다. 물론 이것은 거짓이면서 거짓이 아니라는 진리이다. 이러한 변화는 사람의 사실에 대한 관계에 있어서의 정직성의 결여 그리고 궁극적으로는 자신과의 관계에 정직성이 결여되는 데에서 일어난다. 이 후자는 전자보다도 더 탐지하기가 어렵다. 그러면서 정신 내부의 그리고 사회의 기본에 마땅히 있어야 할 것이 없는, 위험한 공허를 나타낸다.

2. 개인 윤리와 사회 윤리의 간격

과학과 도덕 오류가 아니라 의도적 허위의 동기는 어디에서 오는가? 이 질문은 단순히 표절과 학문의 진실성이 아니라 우리 사회의 도덕적 윤리적 상황에 대한 근본적인 물음이다. 과학성은 도덕성에 의하여 뒷받침되고 도덕성은 과학성에 의하여 뒷받침된다. 조작과 허위의 동기로서 가장 쉽게 생각할 수 있는 것은 개인적인 동기 — 이해관계의 동기이다. 물질적인 이익은 이해하기 어렵지 않다. 더 기묘한 것은 우리가 쉽게 이익이라고 생각하지 않는 이익이다. 이 이익이 어떤 것인가는 풀어내기가 쉽지 않다. 그러나 이 문제를 생각해 보는 것은 과학과 도덕 그리고 사회의 사회 됨의 근본을 이해하는 데에 필요한 일이다. 물질적 이익과 반드시 일치하지 않는 이익의 하나, 또는 가장 중요한 것의 하나는 명예욕에 이어지는 이익이다. 명예욕은 물질적 가치가 지배하는 세계에서 여분의 욕망이라고 할 수도 있고 그에 이어져 있는 욕망이라고 할 수도 있다. 그러나 그것은 다시 최근의 정치 철학의 관심사가 된 바 있는 인정(recognition, Anerkennung)에 대한 보다 근원적인 인간 동기의 한 형태라고 할 수도 있다.

명예욕 명예욕 또는 인정에 대한 욕망이 허위 조작과 연결되는 과정은 복잡한 분석을 요구한다. 이 과정의 간단한 도식은 이러하다. 명예욕이 인정을 원하는 것이고 거기에 허위의 수단이 사용된다면, 그것은 먼저 자기기만을 필요로 한다. 허위로 명예를 추구하는 것은 말하자면 자기의 실상을 알아 달라는 것이 아니고 가상의 자기를 알아 달라는 것이다. 달리 말하면, 허위에 결부된 명예욕은 있는 대로의 자기가 무시될 것을 원하는 기이한 욕망이다.

허위 자아의 사회적, 실존적 근거　허위 자아의 문제를 추구하기 전에 우리는 잠깐 이것을 보다 깊은 실존적 차원에서 살펴볼 필요가 있다. 위에서 우리는 가상의 자기로 진정한 자기를 대체한다는 말을 하였다. 이것은 진정한 자기가 있다는 것을 전제하는 것이다. 그러나 진정한 자기가 있는가? 사람들은 얼마나 쉽게 자기 자신을 내밀한 관점에서도 타자가 보는 자기로 대체하는가. 그것이 일반화된 사회에는 사실 자기는 존재하지 않는다. 소비주의 사회에서 소위 명품에 대한 욕망은 무엇을 의미하는가? 이름난 의상과 가방과 구두를 걸치자 하는 것, 이름난 동리에 살고 싶어 하는 것, 또는 이름난 학교를 다니고 싶어 하는 것 — 이러한 모든 것이 밖에 존재하는 거울을 통하여 보다 높게 값이 매겨진 자기를 자기로 파악하려는 것이다. 이러한 데에서 이미 우리는 오늘의 사회, 학문 활동까지 움직이고 있는 동기를 본다. 그렇지 않아도 사람의 자아는 너무 쉽게 타자가 나에게 돌려주는 자아이다. 이렇게 볼 때 사람의 자아는 진짜이든 가짜이든 하나의 허상, simulacrum, virtual reality이라고 할 수 있다. 사실 앞서 말한 자기기만은 자기기만이 아니다. 실제로 우리의 자기에 대한 인식은 하나의 시물라크룸, 밖에서 되돌려 주는 거울의 이미지에 불과하다.

　그렇다고 진짜 자기가 없다고는 할 수 없다. 아마 그것은 적극적인 탐구를 통하여서만 찾을 수 있을 것이다. 내면적 수양에 관한 동서의 고전들이 말한 것이 이것이다. 그러나 동시에 일상적 삶에 있어서도 건전한 사회에서 진짜 자기와 가짜 자기의 차이가 없는 것은 아니다. 성리학자들은 진정한 자신에 이르는 힘든 역정을 곤학(困學) 또는 곤습(困習)이라 불렀다. 그러나 그러한 힘든 수행이 없이도, 앞에서 말한 바와 같이 자아의 사실적 일체성은 학문의 기초이다. 다만 어지러운 사회에서 그 진아(眞我)와 가아(假我)의 경계선이 불분명할 뿐이다. 그리고 자기기만은 무의식적으로 작용한다. 이러한 자아의 근본적 불안정성에도 불구하고 자기기만의 존재를 인정하지 않을 수 없다고 할 때, 기만—자기기만과 함께 타자 기만, 또는 큰 테두리에서 볼 때, 앞에서 말한 바와 같이 자아의 가상화(假像化)는 개인적인 문제라기보다는 사회 체계의 문제이다. 이것은 사람의 값을 지나치게 사회화하는 정신 풍토에서 조장된다. 앞에서 우리는 소비주의 사회가 사람들에게 주입하는 자아의 가상에 대하여 언급하였지만, 이러한 현상은 보다 심각한 사회생활의 부분—가령 도덕과 윤리 관계에서도 발견된다. 그것은 도덕과 윤리도 쉽게 외면화되고 다시 외면적인 이미지로서 우리의 마음에 투입되기 때문이다.

거짓에 대한 사회적 정당화   표절은 자신의 값에 대한 외적인 증명을 제시하라는 압력에서 발생한다. 놀라운 것은, 이것이 습관화되는 과정에서 당사자의 의식에서도 거짓이 사실을 대체한다는 것이다. 즉 자아의 내면에서도 내실은 사라지고 외면적인 값 매김이 자아의 진실이 되는 것이다. (가령 가짜 박사라는 것도 한동안 사회 문제가 되었지만, 이 경우에 진실과 허상은 세월과 더불어 더욱 쉽게 하나가 된다.) 우리는 표절의 당사자로서 표절이 부도덕한 행위라는 의식이 없는 경우를 많이 본다. 이 경우, 자아가 거두어들이는 명예는 근거가 있든 없든 자아의 진실을 이룬다. 그러나 외면적 인정에 의하여 왜곡되지 않은 진실된 자아를 안다는 것은 보통 사람의 경우에도 심히 어려운 일이다. 그런데 이 어려움은 개인의 값에 대한 외면적 인식에 절대성을 부여하는 (허위 조작이 개입되는 경우까지도) 사회 관습에 의하여 더 커지게 된다. 얼마 전 생물학 연구의 추문에서 우리는 그 연구가 국가 위상의 향상이라는 관점에서 옹호되는 것을 보았다. 이 옹호가 반드시 허위 조작을 옹호한 것이라고 할 수는 없지만, 여기에서 중요시되는 것이 절차의 사실성이나 정직성보다도 국가의 명분인 것은 틀림이 없다. 국가 이익이 사실을 이차적인 것이 되게 한다면, 개인의 일에서도 내면적으로 확인되는 사실은 외면적으로 드러나는 공적인 표현의 매우 작은 부분이 되고 결국 그것이 당사자에게서도 내면적 진실을 대체하게 되는 것은 자연스럽다고 할 수 있다.

개인 윤리의 사회화　이 모든 것들은 결국 내실과 외면적 인정의 간격이 존재하는 경우 후자를 절대시하는 풍토에서 나온다. 물론 여기에 들어 있는 것은 인간 존재의 도덕적 윤리적 딜레마라고 할 수 있는 면이 있다. 사회나 국가의 요구는 종종 도덕과 윤리의 최고의 근거이다. 그것과 개인적인 진실성의 갈등은 사람의 윤리적 삶에 존재하는 모순을 나타낸다. 그러나 윤리와 도덕의 지나친 사회화가 개인의 사회적 처신에 있어서의 허위와 허위의식을 조장하는 것도 사실이다. 그리고 그것은 개인의 도덕과 윤리는 물론 사회적 체계로서의 도덕과 윤리도 공허한 것이 되게 한다. 도덕과 윤리의 의미는 개인이 스스로 받아들이고 실천하는, 그 자체로서 존중되어야 하는 가치라는 데에 있다. 이것이 다른 가치에 종속될 때, 그것은 사회를 지탱하는 일체의 가치 체계를 공동화(空洞化)한다.

표절의 문제가 논란의 대상이 되는 것은 이제 그 관행이 시정되는 과정에 있다는 것을 말한다고 보는 견해가 있다. 이 문제가 표면화되면서 그에 대한 경각심이 높아지고 그에 대한 여러 처벌의 장치가 마련될 가능성이 커진 것은 사실이다. 표절 행위에 대한 제재를 가하는 여러 조처들이 취해질 것으로 보인다. 그러나 이것으로 하여 표절 행위와 학문적 사실성의 왜곡이 줄어지거나 없어진다고 하여도, 사회 윤리의 차원에서는 큰 향상이 아니거나 도덕과 윤리의 면에서 그러한 행위에 대한 일반적 이해 — 개인적이면서 사회적인 이해가 달라지는 것이 아닐 가능성이 크다. 표절에 대한 제재는 학문에 있어서의 사실성의 확보를 겨냥한다. 그러나 모든 것을 규칙과 법에 의한 제재에 포괄할 수는 없다. 사실성이 정직성으로부터 유리될 때, 사실성의 확보는 보장하기가 더 어려워질 것이다. 더 중요한 것은 정직성에서 유리된 사실성이 학문의 사회적 의의를 크게 감소시키는 결과를 가져온다는 것이다. 학문 연구자의 만족감도 크게 감소하게 될 것이다. 정직성은 —— 그리고 모든 도덕적 윤리적 덕성은, 조금 전에 비친 바와 같이, 외적인 제재로 부과되는 것이 아니라 스스로 결정되고 받아들여지는 것이라야 덕성이다. 도덕은 마음을 통과한 결정으로서만 완전한 도덕이 된다. "정직은 최선의 정책이다."라는 말이 있다. 이것은 정직성 자체를 가치로 생각하는 것이 아니라 그것의 현실적 가치를 존중하여 말한 것이다. 그러니까 정직성은 현실적으로 이익을 가져오는 것이기 때문에 지켜야 할 덕성이라는 말이라고 할 수 있다. 정직성의 가치는 그것이 최선의 정책이 아닐 때도 바뀌지 않는 데에 있다. 그리고 사회가 부패하였을 경우, 정직이 최선의 정책이 아닐 확률은 커질 것이다. 그러한 때, 어떻게 할 것인가? 정직을 포함하여 진정한 도덕의 고민은 그것이 최선의 정책이 아닐 때 어떻게 할 것인가 하는 것이다. 고전적인 비극에서 제시하는 문제도 이것이다.

3. 윤리적 인간: 자존의 인간과 명예

정직성의 근거　어떻게 하여 사람들은 진정으로 도덕적, 윤리적 인간이 되고 정직성을 자신의 내면적 가치로 만드는가? 내면적 가치로서의 도덕은 그 자체로서 인간에게 큰 실존적 만족을 준다. 사람이 실천 이성이 지시하는 윤리 규범에 따라 행동하는 것이 바로 그 본연의 자유 속에서 행동하는 것이라고 한 칸트의 생각은 이러한 직관을 표현한 것이라 할 수 있다. 그러나 그것은 이러한 이상주의적 표현이 말하는 것보다는 더 원초적인 뿌리를 가진 것으로 생각된다.

티모스 플라톤은 사회적 삶의 중요한 덕성으로 정의를 논하면서 그것의 티모스(thymos)적 성격 — 가슴으로부터 복받쳐 오르는 격한 마음에 이어져 있다는 사실을 지적한다. 이 파토스 — 이 원초적인 정열이 사람으로 하여금 정의를 인지한 순간 그것을 실천하는 행동으로 나아가게 하는 것일 것이다. 말하자면 이 정열로 하여 사람은 정의를 보고 모르는 체하거나 그것에 대하여 말하지 않기가 어렵게 된다. 참을 수 없는 마음(不忍之心)이라는 것도 이러한 것이라 할 수 있다. 이런 상태에서 정의의 인지와 인지자의 사이에는 틈이 벌지 않는다. 많은 적극적인 덕성에는 이러한 파토스적인 요소 — 자기 일치를 만들어 내는 정열이 들어 있다. 이것은 한편으로 모든 덕성을 위험스럽게 하는 것이기도 하지만(무반성적인 감정의 폭발이 될 수도 있고, 권력 의지의 실현이 되기 쉽기 때문에), 사회적 관계에서 그리고 자기와의 관계에서 정직성을 보장하는 요인이 된다고 할 수 있다.

명예 앞에서 표절이나 사회적 관점에서의 자기 허상의 사실화는 명예욕에 관계되어 있다는 말을 했다. 이것은 덕성의 양면적 성격에 대하여 흥미로운 시사를 한다. 사람이 추구하는 명예는 자아와 사회의 중간에 존재하는 가치로서, 그 양면을 하나로 이어 주는 매개자이다. 개체와 사회의 양면에 위치하는 모든 덕성이 그러한 것처럼, 그것은 진정성의 관점에서 모호한 의미를 갖는다. 명예를 추구한다는 것은 사회적 인정을 원하는 것이다. 물론 그것은 자신을 위하여 원하는 것이다. 그러나 사회적 인정은 개인이 아니라 사회적 가치 위계에 따른 평가에 의한 인정이다. 그러나 덕성은 대체적으로 사회적 의미를 가진 것이라고 할 수 있지만, 흥미로운 것은 명예라는 덕성, 또는 덕성이라기보다는 가치가 그 진정성을 잃는 것은 바로 자아의 뿌리를 잃어버릴 때라는 사실이다. 한국에 있어서 명예는 사회적 인정으로만 얻어지는 것으로 생각된다. 이에 대하여 서구에서 이것은 그 두 개의 뿌리 가운데에서 자아에 무게가 있는 것으로 생각되지 않나 한다. 사회적인 것만이 두드러지게 될 때, 그것은 명예를 보다 쉽게 내실 없는 외화(外華)로 전락하게 한다.

서양의 언어 관습에서 명예(honour)는 정직성 ─ 자기주장으로서의 정직성에 긴밀한 관계를 가지고 있다. (명예라는 말 자체가 서양어에서의 번역어일 수 있다.) 미국 대학에서 명예 제도(honor system)라고 하는 것은 감독자 없이 시험을 보는 것과 같은 것을 말한다. 감독이 없이 ─ 그러니까 다른 사람의 눈이 없이도 자기 원칙으로서 정직하게 자기 실력으로서만 시험을 보는 것이다. 명예의 출발은 자존심 ─ 타존심이 아니라 ─ 에 있다. 지나치게 낭만적으로 그러니까 이상화하여 생각할 수는 없지만, 근대 이전의 서양 풍습으로 사람을 보고 거짓말을 했다는 비난은 결투로 해결해야 하는 가장 모욕적인 말이었다. 이것은 오만에 이어져 있다. 거짓말을 하지 않는다는 것은 사회적인 관점에서는 자신의 위엄을 당당하게 주장하고 다른 사람에게 그것을 인정하게 할 수 있는 힘이 있다는 것을 말한다. 그리하여 그것은 첫 출발부터 계급적 성격을 가질 수 있다. 사실상 명예를 주장하는 사람은 자기를 당당하게 내세울 만한 사회적 지위를 가진 사람 ─ 귀족 계급이나 적어도 신사 계급의 사람들이었다. 고대 그리스에 있어서 덕성 (arete) ─ 용기, 정의, 관용 등의 덕성이 전사 또는 자유인의 덕성이었던 사실에서도 같은 덕성과 사회적 지위의 관계를 볼 수 있다.

인간의 보편적 윤리 기준 그러나 힘이 있는 사람의 경우도 당당함의 일부로서의 명예나 정직성이 막무가내의 당당함, 자기의 위엄 또는 자기주장을 나타내는 것은 아님은 물론이다. 그리고 그러한 한도에서 계급성을 넘어서 보편적 덕성의 성격을 갖는다. 명예에는 이미 시사한 바 있지만 자기주장을 넘어가고 그것을 뒷받침하는 도덕의 요소가 들어 있다. 새뮤얼 존슨은 그의 영어 사전에서 명예(honour)의 첫 번째 뜻을 "정신의 고귀함, 너그러움, 저열함에 대한 경멸감(nobleness of soul, magnanimity, scorn of baseness)"이라고 정의하였다. 사전에 따라서는 이것을 "정직성, 일체성 (honesty, integrity)"으로 정의한 것도 있다. 이러한 정의들이 말하고 있는 것은 영어의 honour란 말이 우리가 흔히 연상하는 밖에서 주어지는 값매김이 아니라 그러한 뜻 이전의 자기 일체성을 말한다는 것이다. 사람이 있으나 없으나 보나 보지 않으나, 인정하나 인정하지 않으나 관계없이 한결같이 행동하는 것이다.

더 깊은 관점에서는 이러한 자기 일체성은 도덕적 자세와 일체가 된다. 그것은 간단히 말하여 도덕적 일체성(moral integrity)과 하나이다. 그 출발은 자기를 높이 생각하는 데에 있다. 높이 생각한다는 것은 아무런 수식어가 없는 뜻에서의 자기를 말하기도 하지만, 자기 자신을 높은 가능성 속에서 생각한다는 것을 말한다. 이 높은 가능성이 반드시 사회의 윤리적 요구에 맞아 들어간다고 할 수는 없다. 아마 그것에 일치한다면, 그것은 윤리가 인간의 가장 보편적인 행동 기준을 나타낸다는 관점에서일 것이다. 그러나 대체로 좋은 사회에 있어서 개인의 윤리적 기준과 사회의 윤리적 기준은 서로 논의될 수 있는 범위 안에 있을 것이다. 그리하여 명예롭게 행동하는 사람은 일단 사회적 도덕과 윤리에 따라 행동하는 사람이다. 그러므로 그가 당당하게 자기를 주장한다면, 그는 단순히 있는 그대로의 자신을 내세우는 것이 아니라 인간의 보편적 기준에 따르려는 그리고 사회가 요구하는 도덕적 규범에 따르고 있는 자기를 보여 주는 것이다. 그것이 그에게 당당하게 행동할 권리를 준다. 사회가 그를 인정하는 것도 그런 한도 안에서이다.

외면적 순응/내적인 일체성 그렇다고 하여 이미 시사된 바와 같이 명예롭게 행동하는 사람이 사회 규범에 무조건적으로 순응하는 것은 아니다. 그렇다는 것은 그가 좇고 있는 보편적 윤리 기준이 사회의 요구에 반드시 맞아 들어가는 것이 아니기 때문이다. 그러나 그가 사회의 요구에 맞게 행동하는 경우에도 그것은 이 요구를 외면적으로 받아들이고 그에 따라 행동하는 때문이 아니다. 그는 그 자신을 높은 규범에 따라 구성한다. 그러나 그것은 사회적 인정을 위하여 자기를 그렇게 구성한 것이 아니라 독자적인 자기 형성이 그러한 규범에 일치하는 것이다. 이것은 거의 우연적이라는 인상을 준다고 하는 것이 옳다. 그러나 이것은 이러한 일치가 일어날 만큼 사람의 존재가 일체적이라는 사실 ── 자기 충실과 사회적 요구가 맞아떨어질 만큼 일체적이라는 것을 말한다고 할 수도 있다. 여기에 존재하는 간격은 위험한 자유의 간격이다.

다시 한 번 여기에서 주목할 것은 일체성(integrity)이란 말이다. 이것은 매우 번역하기 어려운 말이지만 도덕적, 윤리적 원칙을 지키는 사람의 성품을 가리킨다. 그러나 동시에 그것이 도덕을 넘어서, 보다 중립적인 의미에서의 일체성이라는 뜻을 가진 것도 사실이다. 이 말의 함축에 따르면 정직하다거나 또는 도덕적으로 행동한다는 것은 자기가 자기임을, 즉 자기의 일체성, 자기 동일성을 확인하는 행위이다. 그러니까 명예도 외적인 것에 의하여 자기를 높이 인식하는 것이라기보다 일체성으로서의 자신을 대사회 관계에서 확인하는 것이다. 일체성의 원리는 자신이 일관되게 존재하는 원리이면서 도덕적 원리이다. 또는 도덕이란 자신의 일체성의 원리 이외의 다른 어떤 것이 아니다. 그러니까 이 관점에서 명예는, 사람이 자신에게 요구하는 높은 도덕적 위엄에서 자기를 통일하고 이것이 그의 현실적 자아에 일치한다는 것을 확인하는 것이다. 물론 명예가 사회에서 부여되지 않는 것은 아니다. 그것은 특별한 포상으로도 지위의 부여로서도 밖으로부터 주어질 수 있다. 그러나 원칙적으로 그것은 이미 명예로운 자아를 형성한 사람에게 주어지는 추인(追認)의 성격을 갖는다고 할 수 있다.

모든 덕성은 내면과 외면의 통일 위에 성립한다. 도덕은 일차적으로 내실로서 이미 성립한 가치를 말한다. 그러나 그것이 사회에 유익한 것으로 작용한다. 그런 다음 사회에서 주어지는 인정이 있다. 물론 그러한 인정이 따르지 않을 수도 있다. 그러한 경우도 도덕적 행위의 높이는 손상되지 아니한다. 물론 이것은 이상적인 상황을 말하는 것이다. 그러나 정도를 달리하여 이 통일, 이 일체성은 도덕과 윤리의 이상으로 사회의 어딘가에 존재한다. 이 통일이 깨어질 때, 그 사회는 인간적 실현의 공동체로서 존재하기를 그친다.

4. 일체성의 사실 변증법

자기 동일성/자기 동일성을 위한 결단   이러한 통일은 앞에서 말한 바와 같이 스스로의 당당함을 주장할 수 있는 특권을 가진 인간의 행동의 특징이라는 면을 가지고 있다. 그러나 이것이 모든 사람의 본래적인 실존적 요구라는 것을 다시 확인할 필요가 있다. 특히 정직성은 실존적 의미를 가지고 있다. 누구나 자기가 자기임을 확인하고자 한다. 이 자기 동일의 요구는 삶의 생물학적 충동에 근거한다. 그러나 많은 경우 이것은 특별한 개인적 결정을 통하여 보강되어 실존적 지속성이 된다. 사람은 자기 동일적인 존재이면서도, 무한히 유연하고 가변적인 존재이다. 따라서 그가 적극적으로 그 자신이 되는 것은 자신이 되겠다는 실존적 결정의 계기를 통하여서이다. 자기 동일성의 원리로서의 정직성도 정직성을 위한 결정 그리고 그 결심을 자기의 삶의 중요한 원리의 하나로 삼겠다는 또 하나의 결정을 통하여 삶의 일부가 된다. 도덕적 또는 윤리적인 삶 밑에는 이러한 원초적인 충동과 그것의 의식화 그리고 그것을 향한 결단이 들어 있다.

세계와의 바른 관계　자기 동일성의 결정은 다시 한 번 생각하여 보면, 자신의 주어진 삶을 그대로 받아들이되, 그것을 의미 있게 살아야 하겠다는 결정이다. 그것은 자기의 확인이면서 동시에 세계 안에서의 자기의 삶의 확인이다. 즉 실존적 요구로서의 자기 동일성의 요구는, 그것이 보다 분명한 삶을 위한 결정인 한, 주어진 삶의 조건으로서의 세계에 대한 확인을 포함한다. 사람의 삶은 주어진 세계와의 신진대사 또는 메타볼리즘의 관계 속에 있다. 주어진 사실적 관계 속에서만 삶은 가능하다. 이것이 정직성의 사실적 연결의 다른 근거이다. 이것을 자신의 삶의 중요한 지주 또는 원리가 되게 하겠다는 것은 앞에서 말한 바와 같이 결정 또는 결단을 필요로 한다. 물론 그것은 자아를 주어진 그대로보다는 조금 높은 차원에서 형성하고 그 형성된 자아의 이상에 충실하겠다는 뜻을 굳히고 그것을 실천하는 것으로 발전할 수 있다. 이렇게 하여 단순한 생물학적 필요로서의 사실 충실성은 도덕과 윤리를 포함한, 자신과 세계의 바른 관계에 대한 형이상학적 요구로 확대될 수 있다. 이상적 인간의 이념형은 이러한 요구에 대한 쉬운 해답이라고 할 수 있다. 그러나 이러한 이념형들을 현실이 되게 하는 데에는 사실적 정직성이 매개로 작용하여야 한다. 우리 자신의 있음과 행동에 대하여 계속 허위 보고를 받고 착각에 빠지는 경우가 없지 않기 때문이다. 우리가 무엇을 지향하든지 그 지향이 일관된 행동 수칙이 되어 있다는 것을 확인하는 것은 우리의 사실에 대한 정직한 인지 능력이다. 이러한 의미에서 사실적 정직성은 자기 동일성을 유지하는 원리이다. 주체성, 정체성, 또는 인간의 위엄 등이 말하여지는 것을 많이 듣지만, 정체성은 바로 자기를 동일한 존재로 유지하는 것을 말하고 이 지속성은 자신에 대한 사실적 정직성에 의하여 보장된다. 그것은 비판적 성격을 가진 동일성의 원리이다. 그것은 하나와 다른 하나, 한 사실과 다른 사실, 한때의 자아와 다른 한때의 자아의 정합성과 일관성을 검토하는 원리이다. 그러니만큼 그것은 비판적인 것이 될 수밖에 없다.

자존성/사실성/투명한 사회 관계   그러나 다시 말하여 이러한 자아 동일성으로서의 덕성은 단순히 자기주장의, 또는 오만에 이르는 자기의지의 강조로 들릴 수 있다. 그러나 그것이 덕성으로 인정된다면, 우리는 사회에서 높이 생각하는 덕성으로 개인적인 의미만을 가진 것은 없다는 점을 상기하여야 한다. 적어도 대체로는 정직을 높이 생각하지 않는 사회는 없을 것이다. 이와 관련하여 앞에서 사실적 정직성이 사람이 자신이 처한 환경에 열려 있는 통로라는 것을 말하였다. 사회의 윤리적 요구에 따르는 것이 가능해지는 것도 이러한 사실적 정직성으로부터 출발한다. 그것은 이보다 큰 삶의 요구 — 자기 자신의 깊이에서 나오는 것이면서 그 안에서 큰 것과의 일치를 발견하는 통로이다.

여기에서 형성된 자아의 동일성은 모든 사회적 행동의 주춧돌이 된다. 큰 규범과의 일치에 기초한 자아 동일성이 없이는 일체의 사회적 약속과 계약이 있을 수 없다. 모든 사람이 공유해야 하는 사회적 규범이 무엇인가에 동의가 가능한 것도, 토의자들이 자신이 보는 사실과 진실을 그대로 이야기하고 그것을 자신의 것으로 받아들일 용의가 되어 있다는 조건하에서이다. 보다 세속적으로 말하여 사회 안에서 손익의 이해를 두고 벌어지는 갈등이 심화되고 손익의 절충을 시도한다고 하더라도, 사실을 직시하고 그것을 있는 그대로 이야기하며, 거기에서 나온 약속이나 협의를 이행할 수 있는 자기 동일자가 없다면, 절충이 의미 있는 것이 될 수가 없다. 사회에 통용되는 언어가 윤리적 자아 동일성을 가진 자의 성실한 자기표현이 아니라 전적으로 권모술수의 언어적 표현에 불과하다고 하다면, 사실적 손익의 절충은 불가능할 것이다.

5. 도덕적 일체성과 그 사회적 효용

도덕과 현실 　자신과의 일치, 자신이 처해 있는 사회와 환경과의 일치의 내적인 원리로서 도덕 또 정직성이 참으로 필요한 것인가? 오늘은 경제의 시대이다. 모든 문제는 경제의 발전으로 해결된다고 생각된다. 정치라는 것도 그것을 진흥하고 투쟁을 통하여 또는 절충을 통하여 그 결과물을 분배 소유하는 행위에 그 본질이 있는 것으로 생각된다. 여기에 도덕이나 윤리가 필요한가? 우리가 잠깐 살펴보았던 인간의 도덕적 일체성의 원리가 없이도 사회가 제대로 부지될 수 있는 것이 아닐까? 내적인 자아──사실과 진리에 대한 그리고 다른 여러 인간적 덕성에 대한 커미트먼트에 입각한 주체적 자아들이 없이도 사회가 유지될 수 있는 것은 아닐까? 우리는 이러한 질문을 발할 수 있다. 그리고 사실 담론이 아니라 사실의 차원에서 여기에 대하여 그렇다는 답은 이미 주어진 것처럼 보이기도 하다.

윤리 도덕의 기반이 없는 사회 　미국의 사회학자 에드워드 밴필드의 저서에 『후진 사회의 도덕적 기초』[1] 라는 책이 있다. 남부 이탈리아의 포텐차 지방의 사회 관습에 대한 사실적 연구 보고서로서 이미 오래전──1958년에 나왔던 책이어서 이 책이 보고하는 포텐차 지방에 대한 사실은 이제 맞지 않는 것일 가능성이 크다. 그러나 이 책은 사회의 존립에 대한 일반적

1　Edward C. Banfield, *The Moral Basis of a Backward Society* (New York: Free Press, 1958).

주장을 담고 있는 것으로 해석할 수 있다. 그 주장은 도덕적 기초가 없이는 한 사회가 그 후진성을 면하기 어렵다는 것이다.

밴필드가 연구한 사회의 사람들을 움직이는 동기는 가족 이기주의이다. 사람들은 형벌이 없다면, 자신과 가족을 위하여 재산을 모으고 지위를 높이는 데 수단 방법을 가리지 않고 골몰한다. 개인이나 가족을 넘어가는 공공 목적을 위하여 일한다는 것은 꿈에도 생각할 수 없는 일이다. 정치를 공공 활동의 영역이라고 한다면, 정치 활동이 없는 것은 아니다. 보수주의적 정당도 있고 사회당도 있고 공산당도 있다. 사람들은 이들 정당을 배경으로 공직에 진출한다. 그러나 주민을 위하여 하는 일은 정당의 보수 진보의 차이에 관계없이 자신들의 이익 추구이다. 정치 이념을 내거는 것은 정계 진출을 위한 요식 행위일 뿐이다. 정당과 정책 그리고 정치인의 큰 특징은 그 정치 이념이나 정강 정책이 극히 추상적이라는 것이다. 그것은 정치인들의 개인적 생활 실태와도 동떨어져 있고 주민들의 생활과도 맞물려 들어가지 않는다. 정치와 정당은 주민들의 빈곤 문제를 해결하고 관료들의 수탈을 척결하는 데에는 별로 이루는 것이 없다. 이념이 어떻든지 간에 정치는 사회 발전과는 관계가 없는 것이다.

밴필드의 판단으로는 정치가 있으면서도 정치가 없는 이러한 상태는 결국 사회에 그러한 것을 뒷받침할 도덕적 기반이 없다는 사실로 설명될 수 있다. 이 사회에는 도대체가 진지하게 공적인 이슈를 토의하는 공공 영역이 없다. 물론 공적 영역의 부재 그리고 그 기초로서의 공적 윤리와 도덕의 부재는 단순히 사회의 상부 구조의 결함 — 도덕과 윤리의 부재로 인한 것은 아니다. 이러한 상태가 된 데에는 여러 역사적 사회 구조적 원인이 있다. 민생의 현실로부터 멀리 떨어져 존재했던 통치 제도의 역사적 유산 또는 심지어 이탈리아의 다른 지방에서 보는 바와 같은 대가족 제도까지도 발달되지 못하고, 모든 것이 핵가족 단위로 줄어든 사회에서의 공동체적 사회 조직의 결여 ── 이러한 것들이 여기에 관계된다. 그러나 가장 문제적인 것은 공적 윤리를 뒷받침할 수 있는 사회적 실체가 없는 것이다. 그리하여 도덕이나 윤리도 존재하지 않는다.

그러나 적어도 표면적으로는 이 부재가 완전한 것은 아니다. 적어도 정치적 명분은 존재한다. 밴필드의 주장에도 불구하고 적어도 수사의 차원을 보면 도덕적 관심이 전혀 없는 것은 아니다. 그가 이 지방 전체의 사회 도덕, 사회 윤리 부재의 원인을 설명하여, "공공 도덕 부재의 가족주의 사회에서는, 추상적 정치 원리[즉 이념]와 다른 한편으로 나날의 삶의 통상적 관계 속에서의 사람들의 구체적인 행동 사이에 아무런 관계가 없다."²라고 할 때, 정확히 이것은 무엇을 뜻하는가? 정치 원리나 정치 이념은, 그것이 일정한 관점에서 제시되는 것일 수는 있지만, 사회 전체가, 즉 모든 사람이 자신의 작은 이익을 초월하여 동의하고 실천에 옮겨야 할 원리가 아니고 무엇인가? 이렇게 말하면 이 사회에 수사적인 차원에서의 사회도덕이나 윤리가 반드시 없는 것은 아니다. 그것에 내실이 없을 뿐이다. 주민들의 눈에 이념성이 강한 사회주의나 공산주의자는 "입만의 사회주의자이고 마음속만의 사회주의자"로 보인다. 이것은 교회의 경우에도 마찬가지이다. 주민들에게는 이들 모두 "신심이 있는 사기꾼(pious frauds)"일 뿐이다.³ (이 책에서는 주민들이 적어도 강력한 정치권력을 행사하는 파시스트에 대해서는 더 호의적인 것으로 기록되어 있지만, 남부 이탈리아를 소재로 한 이나치오 실로네의 소설 『폰타마라(Fontamara)』는 파시스트들이 내건 사회 이념의 허위성을 폭로하고 있다. 그러나 이 소설에서도 이러한 정치 불신은 정파에 관계없이 대부분의 정파에 해당되는 것으로 되어 있다.).

---

2 Ibid., p. 96.
3 Ibid., p. 95.

강력한 사회 윤리   공적 윤리와 도덕에 대한 공적 담론의 영역이 "신심 있는 사기꾼" 또는 한발 더 나아가 "신심 깊은 사기꾼", "광신도 사기꾼"에 점유되어 있는 것은 포텐차 지방의 문제만은 아니다. 밴필드가 연구한 사회에서 공공 담론은 삶의 실상으로부터 완전히 분리되어 있다. 또는 거기에는 사회 윤리, 정치 윤리가 존재하지 않는다. 그러나 다른 한편으로 이러한 윤리가 지나치게 강력한 것이 되는 경우에도 공허한 것이 될 위험에 빠지게 된다. 그렇다는 것은 그것이 개인들의 내면적 원리가 되지 않고 외면적으로만 존재하기 때문이다. 외면적 존재가 유지되는 것은 강력한 권력 체제나 다른 종류의 사회적 압력으로 인한 것이다. 그러나 그것은 외면적 인상에도 불구하고 매우 허약한 기반만을 가진 것이다.

윤리의 정치화   힘에 의하여 유지되는 사회도덕의 취약성을 우리는 사회주의 국가의 붕괴에서 볼 수 있었다. 국가 권력이 소멸되자마자 사회는 금방 도덕과 윤리가 부재하는 혼란에 빠져들어 갔다. 이 원인의 일부는 실제 사회주의 혁명 사상 속에 들어 있는 도덕 냉소주의에 있다고 할 수 있다. 즉 혁명이 목표로 하는 정의로운 사회의 건설이라는 명분은 그것을 위한 작은 부덕한 또는 현실주의적인 계책을 정당화한다. 이러한 경우 현실과 명분은 도덕주의로 해결할 수 없는 심각한 모순을 나타내지만, 이것이 결국은 이상적 목적을 공동화(空洞化)하는 결과를 낳는 것도 불가피한 현실적 논리이다.
사실 마키아벨리즘은 정치 수단으로서의 권모술수를 의미하지만, 마키아벨리가 말한 정치 현실주의도 보다 큰 국가적 이상의 실현을 위한 수단이었다. 또는 이 마키아벨리즘은 정도를 달리하여 모든 정치에서 당연한 수단의 일부로 받아들여져 있다고 할 수 있다. 숨은 목적에 맞추어 가필한 언어와 이미지 ― 선전은 오늘날 필수적인 정치도구이다. 물론 이러한 마키아벨리적 권모술수를 정당화하는 명분은 도덕적인 것이다. 그러나 정치 이데올로기에 의한 의도된 왜곡이 아니라도, 사회의 경우에나 개인의 경우에나 내면에 이어지지 않은, 과도하게 외면화된 사회도덕과 윤리는 결국 도덕과 윤리를 공동화한다. 그리고 그것은 참으로 인간적인 사회를 구현하는 데에 기여하지 못한다. 그렇다면 사회에 진솔한 도덕은 어떻게 하여 존재하게 되는가? 이것은 살 만한 사회를 구성하는 데에서 가장 핵심적인 질문이 아닐 수 없다.

6

도덕과 현실 조건   도덕과 사회 질서는 상호 순환적 관계에 있다. 사회가 좋은 사회이면 도덕은 정치적 사술(詐術) 이상의 의미를 가지게 되고, 도덕이 온전하면 그 사회는 좋은 사회일 수 있다는 말이다. 그러나 나쁜 사회에서 도덕은 그것을 시정하는 한 방편이 되면서 동시에 스스로 허망한 것이 될 수 있다. 사술이 된 사회에서 도덕도 하나의 사술처럼 작용하지 않을 수 없게 되고 결국은 둘 사이의 구분은 분명하지 않은 것이 될 수 있기 때문이다. 이것은 지나치게 냉소적이거나 절망적인 상황을 말하는 것은 아니다. 도덕과 윤리는 현실의 실제 ― 프락시스(praxis)에서 생겨난다. 그렇다는 것은 그것에는 여러 착잡한 현실적 요인들이 작용한다는 말이다. 도덕과 윤리도 현실 작용의 요인으로서 존재한다. 그렇다는 것은 현실이 있는 한 도덕과 윤리는 어떤 형태로든지 존재하게 된다는 것을 의미한다. 현실 상황에서 사람과 사람이 만나서 하나의 공동 공간을 이루게 되면, 도덕과 윤리의 가능성은 일어나게 마련이다. 이것은 삶의 근본적 요청이다. 다만 일정한 사회적 요건이 없이는 그것이 효율적인 사회 기율로 발전하지 못할 뿐이다. 그리고 도덕 자체가 부도덕의 위장이 된다. 인간은 그만큼 현실적 존재이다. 그러면서도 다시 말하여 사람과 사람 사이를 정의하는 규범적 기초에 대한 요구는 끊임없이 생겨난다.

사회에서 유리된 개인 윤리 윤리는 사회적 현실로서 존재하여 마땅하다. 그러나 그것이 사회 현실에서 부재의 상태에 들어가면, 그것은 사람의 마음속에 숨는다. 말하자면 세상이 어지러우면 세상으로부터 멀리 암자에 숨어 살게 되는 것과 비슷하다. 그러나 이 암자의 도덕적, 윤리적 지혜는 그것이 사회적 관계에 적용되는 한 다시 세상으로 나오게 마련이다. 앞에서 비친 바와 같이 사람은 자기를 넘어가는 사회와 자연을 포함하는 환경과의 신진대사의 교환이 없이 살아갈 수가 없고, 이 신진대사에는 인식론적인 계기가 개입되고 그것은 정도를 달리하여 여러 가지로 개념적으로 정식화되게 된다. 시대가 어지럽다는 것은 이 개념이 지리멸렬된 상태에 빠졌다는 것을 말한다. 그리고 많은 경우 그것은 단순화된 독단론으로 존재하게 된다. 사회에 도덕적 기초가 상실되는 것과 독단론과 광신과 이데올로기가 번창하게 되는 것과는 대개 일치한다고 할 수 있다.

이러한 형태로라도 인간의 사회적 존재에 대한 규범이 존재하는 것은 다행한 일이라고 할 수 있다. 그러나 그것은 개인의 삶과 양심 그리고 현실적 행동과 유리되어 존재한다. 혼란의 시대 원리는 다른 명분 속에 숨어 있는 것이 보통이지만, 개인적 이익의 원리이다. 독단론 또는 권위주의는 이것을 뒤집고자 하는 강압적 노력의 표현이라고 할 수 있다. 물론 이것도 많은 경우 방금 말한 바와 같이 이기적 전략의 일부로 존재하기 쉽다. 폰타마라 또는 포템킨차에서 정치적 이데올로기는 신심 있는 사술이고 개인적인 이해관계 또는 가족주의적 이익 추구의 전략이다. 사회주의라는 말에서 사회도 그러하지만, 파시즘의 파쇼는 그야말로 사람의 집단성을 강조하는 동아리란 말이다. 그러나 사회는 적어도 나의 이익이 관계되는 한, 나를 빼어 놓은 사회이다. 여기에서만이 아니라 집단적 명분이 자기 이익을 위해서 집단의 이름으로 집단에 군림하는 것은 드문 일이 아니다. 이때 자기 이익은 물질적인 것을 말할 수도 있고, 인정의 이익을 말할 수도 있다. 다시 한 번 이것은 도덕과 윤리가 개인의 내면의 원리가 되어 있지 않은 경우 일어날 수 있는 일이라고 할 수 있다. 포텐차의 정치 이데올로기가 개인의 이익의 위장이고 그 윤리를 자신에게는 적용하지 않는 공공 논리라고 한다면, 그것은 그 윤리를 내거는 사람들 자신이 그것을 자신에게도 엄격하게 적용할 가치로 생각하지 않는다는 말이다. 또는 그것은 그들의 삶을 고양시켜 줄 원리가 아니다.

자기 확신의 윤리   그러나 이 내외의 분리는 매우 복잡한 형태를 취할 수 있다. 그리하여 내외의 일체성이 내건 집단 윤리의 경우까지도 그 진정성을 곧 보장하지 못하는 경우도 있다. 인정과 자기주장의 확대로서의 권력 의지의 실현은 단순히 세속적인 의미에서의 이익의 추구가 아니라 금욕과 자기희생을 포함하는 사도마조히즘적 형태를 취할 수 있기 때문이다. 오늘날 세계에 번지고 있는 자살 폭탄 테러는 권력 추구보다는 단순한 차원의 자기주장이나 자기 확인 행위에 관련된다고 할 수 있다. 이것은 앞에서 긍정적으로 말했던 자기 동일성의 원리에 어긋나는 것은 아니다. 자기희생을 하면서 자기의 믿음을 실천하는 독단론자는 적어도 저기 그때에 말한 것과 여기 이때에 말하는 것을 하나로 하는 일관성을 지킨다고 말할 수 있다. 그 일관성은 일단 자아의 일체성을 표현한다.

자아의 일관성과 삶의 가능성의 폭   그러나 이 일관성 또는 더 깊은 의미에서의 일체성은 진정한 것인가? 여기에 일관성의 원리로 작용하는 자아는 참으로 자아의 가능성 일체를 포용한 것인가? 나는 여러 형태로 존재한다. 우리가 흔히 광신적이라고 하는 것은 자아를 좁은 추상적 교리에 일치시킨 경우를 말한다. 여기에 대하여 우리는 자아의 폭과 깊이를 포용하면서 거기에 인지되고 구성되는 어떤 일관성을 생각할 수 있다. 물론 이러한 인지와 구성은 힘겨운 노력으로서만 가능하다. 그리고 이것은 우리가 고전적인 탐구의 결과를 증거로 하여 생각할 때, 대체로 사회적 보편성을 가지는 도덕과 윤리의 요청에도 맞아들어 간다.

앞에서 말하였던 바와 같이 자아의 일체성의 궁극적인 근거는 생물학적인 삶의 충동을 포함한 실존적 요구이다. 일체적인 자아는 그것의 도덕과 윤리와 함께 자아의 삶의 가능성 또는 일반적으로 삶의 가능성을 포괄하는 것이라야 한다. 자아의 일체성 또는 도덕과 윤리의 의의도 보다 충실한 삶의 현실 속에 산다는 데에 있기 때문이다. 자기 일체성, 또는 도덕적 일체성은 사실 충실성 또는 그에 관련된 정직성의 일부로서만 진정한 의미를 갖는다. 자신의 말과 믿음과의 관계에서의 충실성이나 정직성만으로 사실 세계에 대한 바른 관계는 확보되지 않는다.

사실성의 기준　이렇게 말하는 데에는 사실성의 기준이 전제되어 있다. 사실은 무엇인가? 가장 간단하게는 눈으로 보고 귀로 듣는 — 감각으로 지각되는 것을 사실이라고 할 수 있다. 그러나 보다 세련된 관점에서의 사실은 일정한 체계에 의하여 뒷받침되는 것이라야 한다. 갈릴레오의 태양 중심설로 인한 수난이나 루터의 로마 교회와의 갈등은 사실이 아니라 사실에 관한 설명이 문제된 경우이다. 이것은 다시 한 번 사실은 사실에 관한 이론을 떠나서 평가하기 어렵다는 것을 말하여 준다. 어떤 경우에나 이것을 인정하더라도 각자가 세계와 자기에 대하여 가지고 있는 믿음을 절대적이라고 생각하는 것은 사실적 정직의 원리에 충분히 충실한 것이 아니다. 그것은 사실에 대한 비판적 검토 그리고 다른 믿음의 근거에 대한 비판적 검토를 요구한다. 서로 다른 믿음의 체계의 경우에도 그것이 자신과 세계에 대한 사실적 진실을 전제로 한다면, 그 전제는 그것들을 하나로 연결하여 주는 사실적 바탕이 존재한다는 것을 받아들이는 것이다. 이 바탕은 세계의 실재이다. 우리의 사실 이해 그리고 거기에서 나오는 믿음은 이것을 전제한 사실과 사실의 이론이다. 문제되는 것은 그것의 타당성이다. 과학은 사실과 이론적 정합성을 방법적 기초로 한다. 그리고 사실은 아무리 확인하기 어려운 것이라고 하더라도 원초적으로 지각으로 주어지는 사실에 연결되어 있다.

일상적 자아와 생활 세계의 전체성 비슷한 것은 사회 윤리에 대한 믿음에 있어서 사실적 바탕에 대하여서도 말할 수 있다. 앞에서 우리는 진정한 자아가 알기도, 이루어 내기도 어려운 것이라고 하였다. 그것은 일단 나날의 삶의 자아에, 감각적 자아에 이어져 있어야 한다. 그러나 그것은 과학의 사실이나 마찬가지로 보다 큰 체계 속에서만 그렇게 인정되고 의미 있는 것이다. 그러면서도 그것은 불분명하면서 모든 사람에게 근접 가능한, 쉽게는 전체적으로 포착되지 않으면서 바로 거기에 있는 삶의 세계의 일부를 이룬다. 이 세계는 언제나 존재하면서도 다른 한편으로 보다 인간적인 전체성을 실현해 주는 것으로 유지될 수 있다. 한 윤리 체계의 타당성은 그것이 개인적인 관점에서나 집단적인 관점에서 이 생활 세계에의 삶의 신장을 보장해 주느냐 하는 것이다. 결국 검토의 기준은 어떤 윤리가 투사하는 체계가 한편으로는 보통 차원에서의 삶의 사실에 맞는가 하는 것이고 다른 한편으로는 그것이 전체적으로 모순이 없는 질서를 약속할 수 있는가 하는 것이다. 이것은 윤리적 체계 전체에 대한 비판을 요구하지만, 동시에 그것과 인간의 삶의 가능성, 내면적으로 파악된 인간의 욕구와 가능성에 대한 비판적 검토를 요구한다. 이 테두리에서 자아의 일체성과 사실 세계에의 정합성은 성찰적으로 재구성되어야 한다.

전체성의 실현과 인문 과학　말할 것도 없이 외면적으로나 내면적으로나 사람의 삶의 사실들은 하나의 관점에서, 하나의 논리적 체계로서 한 번에 주어지지 않는다. 그것은 경험적 증언의 집적이 될 수밖에 없다. 증언은 당대적인 것일 수도 있지만, 집적된 삶의 경험일 수도 있다. 인문 과학의 임무의 하나는 바로 이러한 인간 경험의 일체적 가능성에 대한 탐구라고 할 수 있다. 인문 과학의 연구는 일차적으로 전통적 문헌 연구를 통한 과거의 삶의 지혜의 재발견을 목표로 한다. 그 연구는 비판적인 것이 될 수밖에 없다. 그것은 새로운 삶의 필요에 따라서 재해석될 수밖에 없기 때문이다. 이 연구는 중요한 사회적 의의를 갖는다. 그러나 과거와 현재의 삶의 가능성을 어떻게 평가할 것인가에 대하여 생각한다는 것은 일차적으로 그 기초로서 집단의 삶이 아니라 개인의 삶의 문제로서 그것을 생각하는 것이다. 삶의 지각적 기초는 개인의 삶일 수밖에 없다. 그것이 사실적 기초이다. 다만 전제되어 있는 것은 개인의 삶은 그 깊이에 있어서 보편적 삶의 질서에 일치할 수 있다는 것이다. 개인적 차원에서 사람의 자유는 자기실현을 의미하면서 동시에 자기 내면의 필연적 이상의 명령에 따라 산다는 것을 의미한다. 거기에서 형성되는 자아는 개인의 자유와 집단의 질서를 하나가 되게 한다. 이것이 사회의 도덕적 기초를 이룬다.

인문 과학의 기초로서의 사실성과 정직성　인문 과학의 탐구가 여기에 한정되는 것은 아니지만, 적어도 사회적인 관련에서 볼 때, 그 목표는 이 기초를 확실히 하는 것이다. 이러한 탐구에서 도덕적 품성으로서 또 학문적 방법으로서 가장 핵심적이고 기초적인 것은 자신과 사실에 대한 정직성이다. 이것은 사람의 원초적인 파토스에 이어져 있으면서, 한없는 자기 성찰을 통해서 재확인되고 확장되어야 하는 인문 과학의 기초이다. 이것은 사회의 도덕적 기초 그리고 사회 자체의 기초를 단단히 하는 일이다.

그러나 사실을 말한다면, 사실은 무엇보다도 과학의 기초라고 할 수 있다. 그러한 의미에서 인문 과학도 인문학이기 전에 과학이어야 하고, 과학으로부터 도움을 받아야 한다. 다만 과학에서까지 사실의 조작이 일어난다고 할 때, 우리는 과학과 사실 사이에 도덕이 개입된다는 것을 새롭게 생각하지 않을 수 없다. 이 도덕은 인문적 수양의 한 소산이다. 그러함으로써 이 수양은 과학에 있어서의 사실을 접근하는 데에 필요한 요인이 되고, 그것을 위하여 과학에 있어서 인문적 예비 훈련이 필요하다는 사실을 생각하게 한다. 물론 인문 과학이 스스로를 사실과 관련이 없는 또는 그것을 넘어가는 어떤 예비된 지혜 또는 명령으로 전달하는 것으로 이해하는 경우도 적지 않기 때문에 인문 과학이야말로 과학적 훈련을 필요로 한다고 할 수도 있다.

우리는 처음에 표절의 문제로부터 이야기를 시작하였다. 이것은 사실 지엽적인 문제가 아니라 모든 학문의 기초에 관계되는 문제이다. 그러면서 그것은 인문 과학의 사명에 관계되는 문제이다. 그리고 그것은 사회의 인간적 기초가 건강한 상태에 있는가에 깊이 관계되어 있는 문제이다. 표절과 같은 일은 사회의 인간적 기초가 극도로 약화된 상태에 있다는 것을 보여 주는 증후적 현상일 뿐이다. 이것이 말하여 주고 있는 것은 건전한 사회의 기초를 다지는 데에 있어서 인문 과학의 소명을 새삼스럽게 상기하게 한다.

(2013년)

소비 사회와 정신 문화

문명된 차원의 삶으로의 이행을 위하여

1

그런 곳이 또 있기는 하겠지만 유독 노벨상에 대한 관심이 높은 곳이 우리 사회이다. 그중에도 관심의 대상이 되는 것은 문학상이다. 노벨상을 받는 작가가 수상을 큰 영광이라고 생각하는 것은 자연스러운 것이겠지만, 실제의 소감은 조금 더 착잡한 것으로 보인다. 상으로 인하여 자신의 사생활이 없어지는 것을 경험하고 상을 받은 것이 큰 실수였다고 한 작가도 있고, 공중 앞에 나가는 것을 꺼려 수상식에 참석하지 않은 작가도 있다. 물론 여기에 추가하여 수상을 거부한 작가 — 가령 사르트르와 같은 사람도 생각할 수 있다.

독일의 한 신문은 2000년 노벨상을 받은 중국의 프랑스 망명 작가 가오싱젠(高行健)이 지난주 월요일, 즉 2009년 1월 4일에 70세 생일을 맞는 것을 기념하는 짤막한 글을 싣고 있는데, 거기에서 그의 노벨상 수상 전후의 경험과 소감을 간단히 전하고 있다. 그에게 수상은 "커다란 피로감"을 가져온 경험이었다. "그것은 폭풍에 휘말린 것과 같은 것이어서 자신의 삶을 제대로 가늠하여 살기 어렵게 한 일이었다." ─ 그는 이렇게 말했다. 그 후로 그는 두 번이나 심장 수술을 받아야 했다. 대체로 그의 느낌은 자신이 "정치 무대 위의 장식품"에 불과하다는 것이었다.[1]

가오싱젠의 작품의 많은 부분은 공산혁명과 문화 혁명의 경험을 소재로 한다. 이들 혁명적 상황 속에서 개인의 삶은 완전히 정치에 종속되어 그것이 마음대로 조작하는 짝패에 불과하게 되고, 그 독자적인 의미를 상실한다. 이것은 그의 작품을 관류하는 느낌의 하나이다. 노벨상이 정치에 완전히 좌우된다고 하는 것은 상황을 과장하는 것이지만, 수상자 선정이 정치의 영향을 받지 않는다고 하는 것도 조금 단순한 생각이다. 노벨상 수상 작가들을 보면 적어도 수상 대상으로 고려되기 위하여서는 그들의 문학적 주제가, 가장 넓게 해석하여 인도주의적 정치 ─ 인권, 자유, 사회 정의를 위한 투쟁에 관계되는 것이라야 한다고 말할 수 있지 않을까 한다. 그리고 그 주제가 작가 개인을 넘어 그가 처해 있는 사회 상황의 집단적인 움직임에 연계되어 있는 것일 때 일반적으로 작품은 더 많은 주목을 받게 된다. 가오싱젠은 톈안먼 사건 이후의 중국의 정치에 대한 국제적 관심이 그의 노벨상 수상에 관계가 있다고 생각했을 가능성이 높다. 그 결과 자기가 정치 무대의 장식이 되는 것이라고 말한 것일 것이다. 중국의 정치적 격변의 교훈은 그로 하여금 정치에 대하여 그만큼 냉정한 관점을 견지할 수 있게 한 것이다. 물론 보다 일반적으로 그의 문학적 관심의 하나는 사회가 부과하고 우리 스스로 받아들이는 정체성(identity)의 문제이고, 또 그 저쪽에 숨어 있을 수 있는 진정한 자아가 어떤 것인가 하는 것이다.

---

1 *Frankfurter Allgemeine Zeitung*(4, Januar 2010).

2

가오싱젠이 프랑스 망명을 결정한 것은 중국에서의 그의 작품 활동이 자유롭지 못하였기 때문이었다. 그의 희곡 작품 『버스 정류장(車站)』(1984)은 당 간부로부터 "건국 이래 가장 악질적인 작품"이라는 평을 받았고, 그는 당의 "정신적 오염" 정화 운동의 대상으로 지명되어 작품 활동을 자유롭게 할 수가 없었다. 중국뿐만 아니라 여러 공산 국가에서 문학이 공산혁명을 위한 선전에 종사하여야 한다는 것은 당연한 명제였다. 작가는 "영혼의 기술자"라는 스탈린의 유명한 말은 이를 간단하게 요약한 것이다. 이러한 당위는 물론 예술 일반에 해당되는 것이었다. 공산 국가의 미술 작품이나 건축이 당 이념의 통제를 받는 것은 당연한 일이었다.

그러나 자기 정당성의 확신에 차 있는 전체주의적 이데올로기를 벗어나면 예술 활동 또는 문화 일반은 자유로운 상태에 있는가? 가오싱젠의 경우 톈안먼 사건에 관하여 쓴 풍자적인 글은 반정부파들의 분노를 샀다. 문학의 향방을 결정하는 것은 반드시 정권만이 아니다. 비판적인 정치적 관점도 문학의 표현에 일정한 구속을 가하는 힘으로 작용할 수 있다. 지난 수십 년간 한국은 어느 때보다도 문화적인 에너지가 넘치는 시대였다고 할 수 있다. 정권을 옹호하거나 비판하거나 어느 쪽에 정치를 생각하든 정치적 입장은 작품의 방향을 정하는 큰 틀이 되었다. 정치 이데올로기는 여러 다른 체제하에서 체제에 관계없이 문화 작업의 지침이 된다.

그러나 인간의 삶에 대한 정치의 지배가 약화된다고 문화의 자율성이 저절로 보장되는 것은 아니다. 중국에서 가오싱젠을 괴롭게 한 문학과 정치의 관계는 많은 사회에 있어서 그대로 문화와 정치 또는 문화와 사회의 관계로 일반화될 수 있다. 또는 그것은 문학과 문화 그리고 당대를 명령하는 가치의 관계에 해당될 수 있다. 지난 수십 년간 한국에서 중요한 것은 경제 발전이었다. 경제의 중요성이 커 감에 따라 그것이 만들어 내는 심리적 명령들이 모든 인간 행위에 압력을 가하게 되는 것은 자연스럽다. 이것은 문학이나 문화 또는 일체의 정신 활동의 경우에도 마찬가지이다. 정신을 규제하는 외적인 힘들은 그 나름으로 주요한 자극제가 되기도 하지만, 그렇게 자극되는 활동들의 자율성을 저해하는 요인이 된다. 그것이 의식적인 프로그램이 되지는 않는다고 하더라도, 예술과 문화는 이제 경제의 장식품이 된다. 그리하여 그 자율성의 손상은, 그것이 무의식인 것인 만큼 더욱 병적인 것이 된다. 예술 지상주의와 같은 의미에서 자율성이 중요하다는 것은 아니다. 자율성이 문제가 되는 것은 거기에 인간 정신의 자유, 그리고 인간의 삶을 전체로 살펴볼 수 있는 여유가 연결되어 있기 때문이다.

경제 발달 그리고 그것이 가능하게 한 생활의 여유가 가져오게 된 영향은 문학이나 예술 작품에 침투되는 시장 의식으로 나타난다. 더욱 직접적으로 그것을 드러내고 있는 것들은 보다 쉽게 눈에 띄는 모임과 사업과 구조물들이다. 작가나 문학에 관련된 축제나 회의나 상(賞)의 번창도 한 증표이지만, 문화를 구실로 하여 설립되는 기념관이나 시비(詩碑)와 같은 기념물들은 더욱 눈에 띄는 것들이다. 일반적으로 경제적 여유가 낳는 문화적 효과를 더 증거하는 것은 여러 가지의 건축물들이다. 말할 것도 없이 건축물은 실용적 기능을 갖는 축조물이지만, 경제적 여유와 더불어 그것은 실용적 기능을 넘어가 예술적 부가 가치를 겨냥하게 된다. 최근에 문제가 된 바 있는 성남시청과 같은 공공 건물은 특히 두드러지는 하나의 예일 뿐이다. 새로 건축되는 광화문은 역사 바로잡기와 같은 명분으로 이루어지는 점에서 이중으로 문화적인 가치를 전달하려는 목적을 가진 재건립 계획이다.

역사의 국가 이데올로기화 그리고 그것과 경제력의 기묘한 혼합은 이것뿐만 아니라 도처에서 보는 일이다. 한류로 불리는 문화 상품의 수출은 국가 이데올로기와 상업과 문화를 교묘하게 혼합한 명분을 브랜드화한 것이다. 새로 정비된 세종로의 경우 당초에는 육조거리를 재현한다는 역사적 명분을 내세운 것이었으나, 그 결과를 보면 이것은 역사보다는 당대 문화의 ── 그 기준이 어떤 것이 되었든지 간에 당대 문화의 표상으로 보는 것이 적절할 것이다.(그것은 테마 파크 문화의 한 표현이라 할 수 있다.) 하여튼 이 모든 것들을 진정으로 높은 문화의 표현으로 볼 수 있는지 어떤지는 쉽게 말할 수 없다. 그러나 그것이 경제 성장으로 발생한 잉여 ── 특히 그것이 관의 재량에 포착된 잉여에 크게 관계되는 것임은 틀림이 없다.

3

그런데 다시 말하여 이러한 건축물들이 참으로 높은 문화적 가치를 나타내고 있다고 할 수 있는 것일까? 세종로의 경우, 적어도 그것이 육조거리를 재현하려는 것이었다고 한다면 그것에 성공했다고 할 수는 없을 것이다. 새로운 세종로에서 눈에 띄는 것은 우선 파라솔과 같은 설치물들이다. 그것은 여름의 해변의 풍경과 같은 느낌을 준다. 그 전에 자라고 있던 나무들이 아니라 커다란 화분에 들어 있는 화초들은 전체 분위기에 그대로 맞아 들어간다. 그렇다는 것은 그것이, 해변의 파라솔이 그러한 것처럼 일시적인 설비 ── 인스톨레이션의 성격을 가진 것이기 때문이다. 여기에 역사가 있다면, 그것은 가오싱젠의 의미에서 "장식품"일 뿐이다. 역사는 사건의 시간적 연속을 말하는 것인데 그것은 시간의 소멸보다는 퇴적을 지시한다. 적어도 역사 유적이 우리에게 주는 느낌은 그러한 것이다. 그리고 사실 역사를 느낀다는 것은 우리 자신의 삶이 그러한 시간의 퇴적 속에 있다는 것을 느끼는 것이다. 역사의 물질적 현존 그리고 그것의 느낌으로서의 실감에 대한 오해는 새로 건립된 세종상 밑의 전시관과 같은 데에서도 볼 수 있다. 그것은 역사를 역사에 대한 광고와 혼돈한 전시라고 할 수 있다.(그것은 역사를 이데올로기로 생각하는 우리 시대의 경향의 한 표현이라고 할 수도 있다.) 여기에서 우리는 역사에 대한 상투적인 설명을 읽을 수는 있지만 역사의 현존을 느낄 수는 없다.(상투성은 세종상 자체를 특징짓고 있다.)

물론 이러한 특징들은 여기에만 한정된 것은 아니다. 세종로의 경우는 특히 비역사적인 것이라고 하겠지만 문화재 개축 또는 신축으로 무엇이 "복원"되는 것일까? "복원"이라는 개념 자체가 문제적이라고 할 수 있다. 그것을 문자 그대로 취한다면 복원은 바로 시간의 퇴적으로서의 역사를 지우는 것을 의미할 수 있기 때문이다.(유럽에서 1979년으로부터 1999년까지 20년에 걸쳐 행해진 레오나르도 다빈치의 「최후의 만찬」 복원 작업이 행해졌을 때, 비판의 하나는 결손 부분을 보충한 것들이 과거를 전혀 비추어 내지 못한다는 것이었다.) 그런데 복원의 문제는 그것이 전적으로 과거를 재생산해 내지 못한다는 것만은 아니다. 예술 작품의 한 의미는 그것이 구체적인 대상을 재현하는 것이면서 동시에 어떻겐가 하여 그것을 통하여 시대의 삶 전체를 비추어 낸다는 데에 있다. 역사 유물은 대상의 구체성과 그 배후의 전체성의 중첩에서 의미를 얻는다.

역사적인 문화재가 어떻게 이러한 중첩의 효과를 낼 수 있는지는 분명하지 않다. 간단히 말하여 그것과 환경 전체와의 조화가 그것을 시사한다고 말할 수는 있다. 서울에는 새로운 건축물이 많이 들어서고 있고, 그것들은 그 자체로 볼만한 것일지 모른다. 요즘에는 세계적인 건축가들, 가령 마리오 보타(Mario Botta), 장 누벨(Jean Nouvel), 렘 콜하스(Rem Koolhaas), 노먼 포스터(Norman Foster), 도미니크 페로(Dominique Perrault) 등이 설계한 건물들이 서울에 들어서게 되었다. 그러나 이러한 건물들이 반드시 성공적인 것이라고 할 수 없는 경우도 많다. 그것은 이러한 건축물들이 주변 공간에 맞아 들어가는 것이 아니기 때문이다. 참으로 의미 있는 미적 건축물은 그 주변의 공간의 깊이에 배어 들어가고, 거기에서 그윽하게 두드러져 나오는 것이라야 한다.[2] 거기에다가 이 공간이 어떻게 하여 역사적인 깊이까지를 아울러 가질 수 있는가는 더욱 복잡한 문제가 된다. 문제가 있다고, 옛것의 모양을 그대로 재현하는 것이 인간 실존의 바탕으로서의 시간 — 결국은 역사의 연속선 위에 있는 시간이 재생될 수 있는 것은 아니다. 특히 그것은 한국처럼 전통의 단절이 클 수밖에 없었던 사회에서 그러하다. 그런데다가 오늘날의 건축은 세계적으로도 자료, 기술 그리고 개념에 있어서 그리고 시간적, 공간적 지역성을 완전히 폐기한 듯한 건축 양식에 있어서 지역성과 역사성을 살리는 것을 지극히 어렵게 한다. 어떤 경우에나 건축물이 주변 공간에 관계없이 의미를 가질 수 없듯이 문화는 물화(物化)된 사물들의 단편에 의하여서가 아니라 삶 전체를 표현하는 질(質)의 느낌으로 존재한다.

4

현대성의 의미 자체가 공간적, 시간적 단편성에 있다고 할 수는 있다. 콘크리트와 철강과 유리를 합성하여 일정한 거푸집에서 뽑아낸 듯한 현대 건축은 그 나름의 아름다움을 가지고 있다. 자료로부터 시작하여 현대 건축은 시간과 공간의 지속과 연장을 부정한다. 그리고 현대의 조형 예술은 이것을 적극적으로 활용하고자 한다.

---

2   위에 든 건축가 중 앞 세 건축가의 공동 작품인 리움 삼성미술관의 공간적인 문제에 대하여서 필자는 간단한 비판적 견해를 말한 바 있다. 「새 서울의 미학: 개념과 현실」, 《공간》(2005년 1월 호).(이 글은 전집 8권에 수록되었다. — 편집자 주)

분명한 것은 그것의 아름다움이 소비 제품들의 아름다움의 연장선상에 있다는 사실이다. 그것은 유통되는 상품의 공통 분모로서 성립하는 아름다움이다. 칸트에 따르면, 아름다움은 일단 "무목적적인 목적성(Zweckmäßigkeit ohne Zweck)"이라는 말로 정의할 수 있다. 이 정의는 한편으로 아름다움에는 목적이 없는 것이라 하지만, 동시에 정확히 포착할 수는 없지만 시사되는 목적이 거기에 존재한다는 역설을 내장하고 있다. 궁극적으로 칸트에 있어서 이 목적은 자연과 인간의 도덕적 의미에 관계된다. 소비주의의 아름다움은 철저하게 이 목적을 사상(捨象)해 버린다고 할 수 있다. 그러니만큼 그것은 허망한 것이기도 하면서, 사람에게 보다 완전한 자유를 가능하게 한다는 인상을 준다. 물질 추구의 매력은 여기에 있다. 오늘의 경제 제일주의는 인간에게 모든 수단을 제공하고, 그 대신 밖으로부터 부과되는 목적으로부터의 해방을 약속한다. 그럼으로써 그 수단을 자신이 설정한 목적에 활용할 수 있게 하는 완전한 자유를 보장하는 것으로 보인다. 소비주의의 아름다움은 이러한 경제 기능의 일부인 것이다. 그러니만큼, 경제가 가능하게 하는 자유가 경제 내에서의 자유인 것처럼 경제가 만들어 내는 아름다움은 소비주의와 과(過)소비주의 — 소비주의의 과시 소비 요구에 지배되는 아름다움이다. 앞에 비친 바와 같이 대량생산의 기계 공정에서 생산되는 건축 자료와 수단 자체가 목적의 선정을 미리 한정한다. 이러한 환경 속에서 건축이 실현하는 아름다움은 일반화된 상품의 아름다움이 된다. 그것은 소비 사회의 "전시품(spectacle)", 순환하는 매체의 궤도에서의 "대체 현실(virtual reality)"의 기호로서 출현하는 것이다.

　이러한 아름다움의 세계 속에서 사람들이 찾는 위안은 현실 시간 속에 있는 현실 공간이다. 이 연결 속에서 구체적인 대상물은 보다 넓은 시공간의 결정(結晶)으로 존재한다. 이 시공간은 결국 세계 전부 — 하나의 이미지로서의 세계 전부를 포함한다. 물론 이미지는 고정된 것이 아니다. 그것은 한 사회의 복잡한 주체적 과정 속에서 생산된다. 이 주체는 일관되면서 일관성 속에 변화와 변용을 지속한다. 이것은 우리의 일상적 경험 속에서도 가장 넓은 지각과 인식의 배경으로 작용한다. 관광객이 어떤 문화적 유적을 보고 거기에 매력을 느끼는 것은 단순히 그것 자체의 아름다움 때문이 아니다. 그들이 느끼는 것은 그것을 포함하고 있는 풍경의 아름다움이고, 그것이 시사하고 있는 삶의 모양의 아름다움이다. 즉 관광객은 어떤 아름다운 대상을 보면서 그것을 만들어 낸 인간과 사회의 모습을 보이지 않게 상상할 수 있음으로써, 호기심 자극 이상의 감명을 받는 것이다. 물론 이것은 자신이 살고 있는 사회에 대한 비슷한 표준적 영상과의 대비에서 상상되는 것이다. 이러한 중첩으로 현존하고 있는 것은 아름다운 삶의 가능성 전부에 대한 어떤 예감이다.

구체적 대상물을 포함하는 풍경의 유기적 통일성을 확보해 주는 것은, 이미 비친 것으로 생각하지만, 그에 대응하는 마음 — 통일성을 가진 마음이다. 그것은 개인적인 것이면서 문화 전통과 보편적인 인간 심성에 열려 있는 마음이다. 이에 대하여 스펙터클의 마음은 이러한 통일성 — 개체와 전체, 개인과 사회, 현재와 과거 그리고 미래를 하나의 과정으로 통합하는 유기적 지속성을 결여한다.

현대 문화의 특징으로서 스펙터클이란 말을 유행하게 한 기 드보르는 스펙터클의 세계에서의 개인의 존재를 다음과 같이 말한다: 경제가 압도적인 힘이 된 세계에서 "존재"는 "소유"로 격하되고, 다시 "소유"는, 그 "성가(聲價)"와 "외양(外樣)"으로 바뀌게 된다. "동시에 모든 개인적인 현실은 그것이 전적으로 사회적 힘에 의존하고 그것에 의하여 형성되는 만큼 사회적인 성격을 띠게 된다. 나아가 개인적인 현실은, 그것이 개인적인 것이 아닌 한도에 있어서만 외양으로 — 밖에 보일 수 있는 모습으로 드러날 수 있게 된다."[3]

그런데 모든 것을 결정하는 테두리로서의 사회는 실체를 가지고 있는가? 이러한 체계 속에서 사회는 대체로 추상적 전체성을 의미한다. 그리고 구체적인 차원에서 그것은 개인에 대한 익명의 압력으로 존재한다. 압력은 많은 경우 무의식적으로 작용한다. 이 체계에 의식이 있다고 한다면, 그것은 이데올로기와 그 변주로서만 스스로를 표현한다. 그러니까 다시 말하여, 개인의 주체적 작용에 의하여 매개되지 않는 사회는 추상적 이념이고 외면적 체계이고 외면적 압력으로서만 존재한다는 말이다. 드보르에서 개인은 완전히 사회화되어 공허해진다. 그러나 이미 말한 바와 같이 공허해진 개인들의 조직 원리로서의 사회 또한 공허한 것일 수밖에 없다. 앞에서 가오싱젠이 정치의 절대적 우위 속에서 개인의 삶이 그 독자적인 의미를 상실하고 정치 놀이의 짝패가 된다고 느꼈던 것을 언급하였다. 개인이 독자성을 잃는다는 것은 스스로의 의지에 의하여 행동하는 개인이기를 그친다는 것이기도 하지만, 스스로 생각하고 느끼는 주체가 되지 못한다는 것을 말한다. 개인은 의식 또는 더 넓은 의미에서, 마음을 갖지 못한다. 그러나 개인이 완전히 사라진 것이라기보다는 정치의 표면 아래 잠적한 것이다. 그러면서 정치를 통하여 스스로를 표현한다. 물론 이때 정치는 개인의 숨은 의도를 위한 전략이 된다. 그러면서 정치는 이데올로기로 요약된다. 그리하여 이데올로기는 전략의 총체가 되는 것이다. 조금 더 복잡한 형태를 취하기는 하지만, 많은 경직된 체계하에서는 비슷한 일이 일어난다고 할 수 있다.

개인 의식의 상위에 체계로서 존재하는 추상화된 사회적 전체성에 대

---

3 Guy Debord, trans. by Donald Nicholson-Smith, *The Society of the Spectacle*(New York: Zone Books, 1995), p. 16.

하여 진정한 유기성 속에 존재하는 마음은 어떻게 형성되는가? 전체성을 배경으로 하면서도 구체적인 것에 작용하는 마음은, 앞에서 비친 바와 같이 우리의 일상적 지각 속에 움직이는 원리이다. 동시에 그것은 일정한 훈련을 거쳐 보다 넓고 진실된 것으로 형성될 수 있다. ─ 적어도 많은 사회에서 인문 전통이 시사하는 것은 이러한 심성의 심화 가능성이다. 그것은 한편으로 정신의 엄격한 기율을 요구하고, 다른 한편으로 그것이 자율적으로 받아들여지는 것이고 새로운 가능성의 탐색을 의미하는 만큼 정신의 자유를 조건으로 한다. 물론 이것은 개인적 성취이면서 문화가 가지고 있는 자기 형성력과의 교환 속에서 이루어지는 사회적 성취이다. 물론 이 형성력은 한계를 의미하기도 한다. 그러한 의미에서 문화는 사람의 가능성이면서, 인류학자들이 말하듯이 사슬 없는 감옥이다.

현대의 유동적인 사회 ─ 모든 것이 스펙터클이 되고 대체 현실이 되는 무한 유통의 사회에서 이러한 자기 심화, 사회적 심화가 가능할 것일까? 정치적 이데올로기는 인간의 삶 ─ 특히 단편화되고 잡다해진 사회에서, 일정한 정신적 원리의 필요에 대한 하나의 응답으로 생각될 수 있다. 다만 그것은 지나치게 간단하게 해석된 정신적 기율 또는 규격화로서, 이 문제에 바르게 답하는 것이라기보다는 답을 비켜 가는 것이라고 하는 것이 옳을 것이다. 여기에서 절대화되는 것은 사회이다. 그러면서 앞에서 말한 바와 같이 그것은 개인과 아울러, 사회의 실체를 공허한 것이 되게 한다. 소비주의 사회는 앞에서 말한 바와 같이 삶을 다양화한다. 그리하여 그것은 인간성과 그 환경을 새로운 가능성을 향하여 넓게 열어 놓는 것으로 보인다. 그러나 그러한 경우에도 그것은 그 넓음을 유기적 통일성 속에 포용하지 못한다. 피상적으로 다양화되는 삶은 사실상 경제 체계에 의하여 일면적으로 단순화되는 것이다.

여기에 대응하는 또 하나의 관점은 도덕과 윤리에 대한 강조이다. 그것의 의미는 조금 더 복잡한 것으로 생각된다. 도덕도 하나의 통일된 관점을 만들어 내려는 노력으로 볼 수 있다. 그러면서 그것도 단순화와 일방화의 위험을 내포하는 답변이라 하지 않을 수 없다. 그러나 진정한 의미에서의 도덕은 인간의 구체적 실존과 전체를 가로지르는 원리가 될 수 있다. 그렇다는 것은 개체적인 존재로서, 사회적인 존재로서, 또 세계 내의 존재로서의 인간 — 인간 존재의 이 모든 층위를 관류하는 핵심적 원리를 문제 삼는 것이 도덕과 윤리이기 때문이다. 그러나 그것은 인간의 삶을 규정하는 다른 조건들 — 여러 다른 내면적 외면적 조건과의 복합적 관계 속에서 이해될 때에 참으로 인간 존재의 유기적이고 포괄적인 마음의 회복으로 나아가는 방법이 될 수 있다. 사회적 위기에서 사람들이 가장 쉽게 말하는 것이 도덕적 삶의 회복이다. 이것은 상투적인 것이기는 하지만, 그 나름으로 인간 존재에 대한 직관을 담은 것이다. 되풀이하건대 윤리와 도덕은 인간 존재의 전부를 포용하는 것은 아니면서 그것의 핵심을 문제화한다.

5

그 자체의 자율성 안에 존재하면서 인간성의 다른 부분들, 또 그 전체와 복합적인 관계를 갖는 인간 활동의 하나가 스포츠이다. 여기에서도 여러 가지를 서로 잇는 매듭이 되는 것은 도덕이다. 스포츠와 윤리 도덕과의 관계를 잠깐 생각해 보는 것은 이러한 일들에서의 부분과 전체의 관계를 생각하는 데에 도움을 줄 수 있지 않을까 한다.

스포츠는 오늘날의 세계에서 사람들이 가장 간단하게 긍정적으로 받아들이는 인간 활동의 하나이다. 그것은 거의 정당화를 필요로 하지 않는다.

그것은 적어도 그것만을 놓고 볼 때 어떤 공리적 가치를 가지고 있지 않으면서도 값있는 인간 활동으로 받아들여진다. 그것은 인간이 행복을 얻는 한 방편이다. 그러면서 그것은 도덕적 의미를 갖는다. 인간의 일정한 육체적인 기능의 수월성을 실현하고자 하는 것이 스포츠의 공간이다. 그러면서 건강한 신체에 건강한 정신이 있다는 의미에서, 그리고 그 안에 내재하는 일정한 규범의 준수에 대한 요구로 하여 그 수월성의 추구는 인간 전체의 수월성과 완성을 추구한다는 의미를 갖는다. 그리하여 도덕이 인간의 인간 됨을 목표하는 인간의 존재의 방식을 말하는 것인 한, 그것은 도덕적 차원을 지닌다.

그러나 스포츠를 번창하게 하는 것은 이러한 도덕적이고 인문적인 차원을 넘어서 여러 가지가 복합적으로 거기에 종합되기 때문이다. 개인적으로 그것은 건강에 도움이 되는 것일 수도 있고, 정신의 자기 쇄신의 계기가 될 수도 있다. 또 그것은 사교 활동의 일부가 되고, 더 나아가 사업을 위한 네트워크의 구축에 도움이 될 수도 있다. 또 여기에 이어져 있는 것은 그것이 사회적 지위의 향상에 이점을 제공할 수 있다는 것이다. 보다 넓게 보면 스포츠는 국가 브랜드의 향상에 중요한 역할을 담당한다. 그런데 스포츠에 첨가되는 이런 여러 이점들은 바로 그 순수성을 손상하는 문제들의 계기가 된다.

오늘의 스포츠 활동의 여러 문제에 대하여, 앞에서 언급한 독일의 신문은 스포츠학자이며 교황 베네딕트 16세의 자문인 노르베르트 뮐러(Norbert Müller)와의 인터뷰를 싣고 있다.[4] 처음에 화제가 되어 있는 것은 주로 오늘의 스포츠에서 일어나고 있는 부패의 문제이다. 개인적으로나 집단적으로 또는 국가적으로 거대한 경제적 이익과 명성이 관계되는 일

---

4   *Frankfurter Allgemeine Zeitung*(2 Januar, 2010).

인 만큼, 오늘의 무자비한 전략(戰略)의 시대에 비윤리적인 일들이 일어나는 것은 전혀 놀라운 일이 아니다. 여기에서 화제로 삼고자 하는 것은 월드컵 축구 경기에서 일어난 속임수, 그것을 묵과한 심판──지난 7일 자 국내 신문에 보면, 탈세 등의 혐의로 재판을 받고 있는 기업인이 올림픽에서 심판들에게 뇌물을 준 사실을 실토하였다는 보도이다. 이 비슷한 일이 다른 관련에서도 일어나고 있다.──, 도핑, 그것도 발각될 수 없는 유전자 세포 이식을 통한 도핑, 여러 가지 동기를 가진 매체에 의한 스포츠 행사의 과대 포장 등이다. 이러한 스포츠의 타락에 대하여 도덕적인 우려들이 표명되는 것은 당연하다.

밀러 교수는 가톨릭교회에서도 여기에 대하여 입장을 표명하기 시작하였다고 전한다. 교회는 오랫동안 스포츠에 주목하지 않았으나, 이제 거기에 눈을 돌리고 그 침묵을 깨기로 한 것이다. 교황 바오로 2세는 2004년에 교회에 스포츠 문제를 심각하게 고려할 것을 촉구하고, 그것을 연구하는 회의체들을 설치하였다. "스포츠는 단순한 대중 열광의 기회가 아니라 도덕적 책임과 인간성을 존중하는 행사가 되어야 마땅하다."라는 것이 거기에 들어 있는 뜻이다. 이러한 생각은 말할 것도 없이 가톨릭교회에만 한정된 것이 아니다. 금년 11월에는 독일 마인츠에서 스포츠 윤리를 주제로 한 여러 종파 간의 회의가 열리게 되어 있다. 희망은 국제 올림픽 위원회와 기타 국제 스포츠 단체들의 규약에 윤리적 규정을 강화하여 삽입하게 하자는 것이다. 밀러 교수가 보다 넓게 희망하는 것은 올림픽 위원회가 상업성과 본래의 올림픽 정신 사이에 적절하게 위치하게 되는 일이다. 이 노력에서 핵심 개념이 되는 것은 "인간의 존엄성"이다. 제도적으로 윤리 문제는 올림픽 위원회가 관심을 가져야 하는 사항이다. 올림픽 위원회는 얼마 전에 유엔 총회와 각종 위원회에 참가할 수 있는 옵서버 자격을 획득하였다. 올림픽 위원회의 자크 로그(Jacques Rogge) 위원장은 앞으로의 올림픽 행사 계획에는 그린피스(Greenpeace), 휴먼 라이츠 위치(Human Rights Watch), 앰네스티 인터내셔널(Amnesty International) 등의 단체가 참여한다고 발표하였다. 작년 10월 코펜하겐에서 열린 올림픽 회의에는 이미 휴먼 라이츠 위치가 대표를 파견한 바 있었다.

스포츠에 대한 윤리적 관심은 이러한 제도적 조치 이외에 다른 크고 작은 일들을 널리 포괄한다. 뮐러 교수는 2008년 베이징 장애인 올림픽을 높게 평가한다. 그것은 장애인들의 정상인들과의 평등 그리고 그들의 인간적 위엄에 대한 인식을 드높였다. 이 점에서 그것은 가장 심오한 윤리적 의미를 가진 스포츠 행사였다. 스포츠 윤리에 대한 관심은 스케이트보딩, 서핑, 빙벽 등반, 암벽 등반, 브레이크댄스 등 젊은이들이 즐기는 스포츠를 올림픽에 포함시킬 가능성을 말하는 데에서도 나타난다. 이것이 득점에 관계되는 경기가 될 때 그 본래의 의미가 상실될 우려가 있다는 것도 물론 고려된다. 어느 경우에나 여기에 미치고 있는 윤리적 관심은 그것들이 인간 윤리의 테두리 안에서 수행되어야 된다는 생각을 일반화하는 효과를 갖는다.

종교의 관점에서 가장 문제적인 것은 스포츠 행사가 종교적인 의미를 띠는 의식이 될 수 있다는 사실이다. 지난해 11월에 독일 분데스리가의 하노퍼 96팀 등에서 골키퍼로 활약하던 풋볼 스타 로베르트 엔케 선수가 자살하였을 때, 그의 장례식에는 4만 5000명이 참석하였다. 꽃과 촛불을 가지고 조의를 표하고자 하였던 팬들은 함께 묵도하고 주기도문을 외웠다. 다른 스포츠 관계 집회에서도 종교적인 음악이 공연되는 수가 있다. 이러한 스포츠의 '종교 의식화(儀式化)'에 대하여 뮐러 교수는 회의를 표명하고 있다. 가톨릭 신자로서 스포츠 행사가 종교의 대용품이 되는 것을 우려하는 것이다. 그러나 축제와 같은 공동체의 집단 행사가 공동체의 단합과 정신적 일체성의 확인 그리고 갱신의 기능을 가지고 있다는 것은 인류학적 연구가 자주 지적하는 일이다.[5] 반드시 종교적 신앙에 연결시키지 않는다면 이러한 사례들에서 우리가 새삼스럽게 깨닫게 되는 것은 스포츠와 같은 집단 행사가 가지고 있는 정신적 의미이다. 스포츠 그리고 다른 종류의 군중 집회는 오늘날 점점 빈번하여지는 사회 행사가 되었다. 이것은 특히 우리나라에서 그러한 것이 아닌가 한다. 이것은 한편으로 사회의 여러 믿음의 체계가 혼란에 빠지고, 그에 따르는 보상으로, 몸으로 확인할 수 있는 사회적 일체성으로써 그것을 되찾고자 하는 시도라고 말할 수 있다.(이러한 예에서 우리는 "신성화된 사회", 그것이 종교라는 뒤르켐의 명제를 새삼스럽게 확인하게 된다.) 다른 한편으로 그것은 적어도 도덕적, 윤리적 교도(敎導)를 기다리고 있는 정신의 갈망을 지시하는 것으로 볼 수 있다. 이러한 집단 행사가 윤리적 의미를 가진 의식(儀式)이 된다면, 집단적 놀이 그리고 그것이 불러일으키는 열기와 도취는 한결 높은 차원의 인간적 의미를 갖는 것으로 승화될 수 있을 것이다. 윤리적 질서에 대한 요구는 단순히 외적으로 부과되는 것만은 아니다.

6

스포츠와 윤리의 관계는 소비주의 시대의 다른 문화 활동에 대하여도 시사하는 바가 많다. 경제 성장과 더불어 문화에 대한 욕구가 커지는 것은 자연스럽다. 그리하여 스포츠와 축제와 각종 기념 행사가 늘어나고, 외화(外華)를 자랑하는 건축물들과 디자인들이 등장하고, 깊이가 있거나 없거나, 조각과 미술품에 대한 수요가 늘어나고, 문학에 있어서 대중적 취미에

---

5   Cf. Victor Turner, *The Anthropology of Performance*(New York: PAJ Publications, 1986).

호소하는 베스트셀러가 중요한 위치를 차지한다. 그리하여 문화의 경제에 대한 적응이 촉진된다. 문화 산업이라는 용어는 바로 문화의 경제 적응을 그대로 긍정하는 문화의 재정의(再定義) 시도이다. 그러나 문화가 경제의 종속 변수가 아니라 그 나름의 의미를 가져야 한다는 것도 많은 사람이 가지고 있는 생각이다. 그때에만 문화는 인간의 진정한 자기실현의 표현이 되기 때문이다. 그것은 물론 경제적 여유 속에서 생겨나는 문화의 에너지를 반드시 상업적인 의미만을 갖는 것으로 본다는 것은 아니다. 그것은 경제적 여유를 대표할 뿐만 아니라 진정으로 어떤 창조적 에너지를 나타내고, 더러 이야기되듯이 르네상스의 도래를 느끼게 하는 현상이기도 하다. 그럼에도 역시 경제에 종속된 문화가 참으로 창조적, 정신적 개화(開花)를 의미한다고 할 수는 없을 것이다.

앞에서 말한 바와 같이 오늘의 많은 창조적 표현을 추동하는 것은 과시 소비주의이다. 그러면서도 그 나름의 인간의 창조적 상상력을 표현한다. 그리고 그 특징은 그것의 변용이 무한정적이라는 것이다. 그러나 그 무한 변용의 창조성은 적어도 부분적으로는 외면적 자극에 의하여 촉발되는 것이라는 사실에 관계되어 있다. 모든 주관적 흥취와 자기도취에도 불구하고, 오늘날 많은 문화적 표현은 밖으로부터 오는 영향— 사회적 외양이 약속하는 프레스티지와 유행에 의하여 자극된다. 그것은 스스로를 되돌아봄으로써 선택되는 창조적 전개가 아니다. 그것은 스스로의 전체적 필요 그리고 그것들을 관류하는 통일성과 우선순위를 알지 못한다. 인간의 진정한 필요는 반드시 간단한 의미에서 창조적인 것도 아니고 무한한 것도 아니다. 물론 이러한 한계 안에서도 낭만적으로 해방된 주체가 갈망하는 것은 자기실현이다. 그러나 이 자기실현의 이상은 형태적 완성을 지향하고, 형태란 유기적인 내재성에 기초하는, 그러면서 외면을 지향하는 자기 한정적인 소묘(素描)로써만 완성된다.

윤리와 도덕의식은 인간의 전체적인 자기의식의 중심축이다. 개인적으로 자기실현은 금욕을 요구한다. 전체성과 통일성의 원리에 의하여 일시적이고 무관계한 욕망들을 통제하여야 하기 때문이다. 자기완성이라는 개인적 관점에서의 절제와 금욕의 요구는 사회적인 관점에서 윤리적이고 도덕적인 요구가 된다. 되돌아보아야 하는 것은 사회 전체의 필요와 소망이고, 그것은 불가피하게 개인과 개인 간의 적절한 규범적인 관계를 매개로 하여 통합될 수밖에 없다. 자기 규범의 확립이 없이는 개인의 자기완성의 공간 — 결국 사회적일 수밖에 없는 공간은 불투명한 것으로 남는다. 그러한 공간 속에서 사람들은 개인들의 상충하는 이익의 장애물 사이를 넘어가는 경기에 스스로의 에너지를 탕진한다. 사람과 사람의 관계를 규정하는 윤리 규범에서 핵심이 되는 것은 인간적 존엄성이다. 서로의 필요를 존중하는 데에서 사회적 공간이 생겨난다. 이 개인들의 인간적 존엄성은 최소한의 생물학적 필요 또는 인간적 필요를 인정하는 데에서 시작한다. 그러면서 그것은 보다 높은 인간적 필요의 인정으로 나아간다. 이것은 모든 사람에게 두루 해당되는 필요이다. 윤리 규범의 제일차적 요구는 생존의 사회적 조건에서 온다. 그리고 더욱 여유가 생김에 따라, 인간의 필요는 조금 전에 말한바, 개인들의 자기실현과 완성이라는 보다 높은 이상으로 정의될 수도 있다. 사회는 하나의 전체성으로 존재하고, 이 전체성은 개인의 자유로운 신장에 대하여 제약이 될 수 있다. 그러나 앞에 말한 두 경우에서 후자는 사회적 전체성의 테두리가 개인의 자기실현의 자유 — 물론 그 나름의 자기 한정성을 가진 자유를 포용하는 상태를 말하는 것이다. 풍요롭고 통일된 문화란 이 자유를 포용하는 사회의 전체성으로서만 꽃필 수 있다.

그럼에도 불구하고 윤리적, 도덕적 고려는, 다시 말하여 지나치게 엄숙한 것이 될 수 있고, 또 억압적인 것이 될 수 있다. 그러니만큼 이러한 윤리적 요구 그리고 반성적 자기 이해의 요구와 그에 의하여 제한되지 않는 창조적 자기표현 — 이러한 창조적 자기표현과의 사이에는 긴장이 존재할 수밖에 없을 것이다. 그것들의 관계는 귀속적 관계라기보다는 변증법적 긴장의 관계라고 하는 것이 적절하다.

그러나 경제 지배의 체제하에서 걱정해야 할 것은 제한 없는 자유보다는 그것에 인간적 의미를 부여할 수 있는 인간 존엄의 규범의 문제이다. 자유는 이미 존재한다. 그것은 시장의 자유이다. 그리고 자유를 제한하는 것도 시장이다. 그것은 시장의 규범을 발전시킬 수 있다. 그런데 완전한 경제 우위의 체제하에서 윤리적 성격의 규범은 어디에서 올 것인가. — 이것이 문제인 것이다. 앞에서 언급한 노르베르트 밀러 교수에게 윤리의 근거는 가톨릭교회와 그 신앙의 제도에 있다. 물론 인간성의 내면에 그것을 향한 본질적인 갈망이 있다고 할 수도 있다. 그리고 그것은 적절한 조건하에서 모든 사람의 의지로서 제도 속에 구현될 수 있다. 즉 민주적인 의사 결정 과정 속에서 그것이 규범으로 정착될 수도 있다는 말이다. 그러나 민주주의 제도는 너무나 자주 이익의 균형을 — 그것도 늘 위태로운 상태에 있는 균형을 만들어 내는 데에 그 에너지를 집중한다. 그리고 그 에너지가, 많은 경우 심성의 긍정적 자원에서보다는 부정적 자원 — 르상티망 (ressentiment)에서 나온다. 그리하여 인간의 세속적 이해관계를 넘어가는 진정성의 가치와 이상을 만들어 내는 일은 별개의 영역에 속하는 것으로 보인다. 어떤 경우에나 이러한 가치와 이상이 너무나 쉽게 보이지 않게 되는 것이 오늘의 실정이다. 이것이 밀러 교수가 교회의 전통과 권위에 의존하게 되는 이유일 것이다. 그러나 근본적으로 민주주의적 정치 제도도 그러한 가치와 이상을 만들어 내고 실천하지 못한다면, 참으로 인간적인 사회 제도가 되지 못하고, 또 오래 지속 가능한 제도가 되지도 못할 것이다. 이러한 가치와 이상은 종종 소수자들이 만들어 낸다. 그러한 경우 문제는 소수 엘리트의 존재 자체보다 그들이 누리는 정치적, 경제적 특권이다. 그러나 모든 유보에도 불구하고 중요한 것은 사회에 문화를 높은 차원에서 유지할 수 있는 정신의 차원이 있어야 한다는 것이다. 그것은 정신적 엘리트를 필요로 한다.

만년의 작품 『유리알 유희(*Glasperlenspiel*)』에서 헤르만 헤세는 그가 상상하는 미래의 국가 안에 지적인 생활에 헌신하는 사람들의 구역을 별도로 설정한다. 여기에 입주한 사람들은 유리알 유희에 숙달한 사람들이다. 이 유희는 음악과 수학과 문화의 역사를 공부함으로써 놀 수 있는 것이라고 시사되어 있지만, 헤세는 그 구체적인 내용을 분명하게 설명하고 있지는 않다. 그것이 극히 추상적인, 그러면서 비실용적인 정신적 탐구를 말하는 것임은 분명하다. 유리알 유희꾼들의 삶은 질소 검박하고 엄격한 규율 속에서 영위되는 수도원의 금욕적 삶에 비슷하다. 사명은, 경제와 기술이라는 실용적 학문과 활동으로부터 멀리 있으면서 정신적 작업 —— 공리적으로는 별 의미가 없는 정신의 일에 종사하는 한편, 자라는 세대를 교육하는 것이다. 완전히 무용한 것으로 보이면서도, 결국은 이들의 삶이 사회적으로 인정되어 있는 것은 그들의 모범이 사회에 중요하다고 생각된 때문일 것이다. 그러나 다시 한 번 그 모범의 실용성은 직접적인 것이 아니다. 소설의 뒷부분에 나오는 이야기들 —— 자기희생을 통한 인간에의 봉사, 자기 수련, 마야(Maya)의 세계로부터의 해탈 등의 이야기들은 그 역할이 전통적 사회에서의 수도승의 역할에 비슷하다는 것을 시사한다. 그러나 주인공 요셉 크네히트(이 이름은 하인, 봉사자, 또는 기사(騎士), 어느 쪽으로도 번역될 수 있다.)의 역정은 그러한 역할이 반드시 쉽게 수긍되는 것이 아니라는 것을 시사한다. 이야기의 주요 부분은 그가 "유희의 대가(Magister Ludi)"로서의 직책을 버리고 세상으로 나가는 것에 관계된다. 그것은 그가 사회의 절실한 필요를 떠나 정신적 학문에만 종사하는 일에 회의를 느끼기 때문이다. 그러나 그의 환속의 삶은 곧 끝나 버리고 만다. 그가 세상에서 얻은 첫 직업은 가정 교사 자리였으나 본격적으로 교육에 종사하기 전에 그는 호수에서 ― 대자연의 숭엄함을 예찬하게 하는 데에 충분한 알프스의 아름다운 호수에서이기는 하지만 ― 익사한다. 이러한 이야기의 전개는 헤세가 현실 세계에서의 정신의 역할을 간단히 정의할 수 없는 것으로 생각하였다는 것을 말하는 것으로 보인다.

그러나 이것이 헤세의 확실한 입장이라고 하기도 어렵다. 비록 짧은 일화에 불과하나 크네히트는 그의 학생과의 만남에서 곧 삶의 의미에 대한 커다란 깨우침을 준다. 그것은 나중에 이 제자의 사회적 책임의 수행에 중대한 지침이 되는 것으로 예상할 수 있다. 현실에 있어서의 정신의 역할이 무엇인지 분명하게 정의할 수는 없다고 하더라도, 헤세가 사회 내에서의 정신적인 기준의 존재 ― 그리고 어쩌면 운명적으로 실패할 수밖에 없다고 하더라도 ― 그것이 갖게 되는 사회적 책임의 각성이, 사회에 높은 정신적 차원을 이루는 것이라고 느낀 것은 확실하다. 사회의 삶이 윤리적 규범을 아우르는 것이 되고 깊은 정신적 의미를 가진 것이 되기 위해서는, 그것이 어떤 형태의 것이든지 간에, 사회의 한 부분에 또는 핵심에 정신적 진리의 탐구가 존재하여야 한다는 것은 분명한 것이 아닌가 한다. 그럼으로써 그 사회는 "허영의 시장(Vanity Fair)"으로부터 높은 문명된 차원의 삶으로 이행할 수 있을 것이다.

(2010년)

나의 삶, 나의 학문
공부한다는 것의 의의에 대하여

    사람이 왜 공부를 해야 하는지는 분명치 않다. 다만 공부가 없이는 안 되게끔 되어 있는 것이 오늘의 삶인 것은 분명하다. 우리가 그 뜻을 제대로 이해하고 쓰는 것인지는 모르지만, 의무 교육이란 말이 있고, 의무라는 말은 병역 의무라는 말과 같이 국민으로서 떠맡지 않으면 아니 되는 일이라는 뜻을 가지고 있다. 이것을 생각해 보면 공부는 국가가 국민에게 부여하는 강제 의무를 말한다고 할 수 있다. 그러나 사회의 큰 테두리 속에서 밖으로부터 하라는 것과 내 마음에서 하고 싶은 것 또는 해야겠다고 하는 것은 잘 구분되지 않는 것이 보통이다.

    어쨌든 공부는 해야 하는 것이고, 의무 교육의 단계를 지나고 나면 공부의 창구로 보이는 넓은 학문 분야 가운데 하나를 선택하여 공부하게끔 되어 있다. 이 선택은 대체로 세상에서 좋다는 것과 자기가 좋다고 생각하는 것이 적당히 얼버무려지는 어떤 분야가 된다. 여기에서 '좋다'고 하는 것은 개인의 취향에 관계되는 것이지만, 대부분 선택한 분야가 어떤 직업으로 연결되기 때문에 좋다는 것이다. 전체적인 균형에 총괄될 수도 있고 그렇지 않을 수도 있지만, 사회의 모든 직업은 사회의 필요를 반영하는 것이라고 할 수 있다. 그런 의미에서 그것은 사회가 요구하는 의무 사항의 변형이다. 그렇다고 우리 자신의 선택이 반드시 밖으로부터 강요받거나 마지못하여 수행된다고 할 수는 없다. 우리가 원하는 것이란 결국 사회가 종용하는 것일 가능성이 크다. 또 사회가 종용하고 원하는 것은 삶 전체의 필요 안에 있다고 할 수 있다. 그러나 이것은 이상론이고, 삶의 관점에서 쓸모없는 것 또는 해로운 것을 사회가 종용하는 경우도 적지 않다. 문제는 나의 뜻과 사회와 삶 전체 —— 이 셋의 진정한 필요가 어떻게 조화되고, 그에 따라서 우리의 선호가 조정되느냐 하는 것이다.

나는 6·25 전쟁이 끝난 다음 해인 1954년에 대학에 입학하여 4년 후에 졸업했다. 우리는 전공을 선택할 때, 적어도 지금에 비하여 졸업 후의 직업에 대해서는 별로 큰 고려를 하지 않았던 것 같다.(어느 대학을 골라 가느냐 하는 것도 그다지 중요한 관심사가 아니었다.) 역설적으로 어떤 특정한 분야를 제외하고는 졸업 후 취직의 보장이 거의 없었기 때문인지도 모른다. 하여튼 전공 선택은 지금에 비하여, 직업에 대한 공리적인 고려보다는 본인의 자유로운 선택에 따라 이루어졌던 것 같다. 그렇다고 하고 싶은 공부가 무엇인지를 확실하게 알았다는 것은 아니다. 대학에 진학하며 나는 주변의 종용에 따라, 또 그것이 별로 나쁠 것 같지는 않다는 생각에 정치학을 전공으로 택하였다. 그러나 곧 전공을 영문학으로, 부전공을 철학으로 바꾸게 되었다. 나의 취향은 —— 다분히 청년기의 정신적 방황과도 관계된 일이었을 것으로 생각되지만 —— 정치학보다는 내면적 지향을 가진 학문을 가깝게 여겼다. 사실 이것은 고등학교 시절부터 그러한 것이었다. 그다음 미국에 가서 공부를 계속할 때에는 미국 문학, 미국사, 철학 등을 전공하게 되었다. 미국에서 공부한다면 그곳의 현실에 관계되는 것을 공부하는 것이 좋겠다는 생각에서였다. 한국으로 돌아온 다음 대학에 봉직하게 되면서 한국의 현실과 전통에 대하여 관심을 가지게 되었다. 그러면서 시대적으로 현실 정치의 문제에도 끌려 들어가지 않을 수 없었다. 결국 공부의 방향을 결정하는 것은 내면적이든 아니든 간에 어떤 절실성이 아니었던가 한다.

이러한 선택들이 반드시 잘한 것이었다고 할 수는 없다. 그것은 너무 자기중심적인 입장에서 이루어진 것이었다고 할 수도 있고, 그것보다도 전공을 이리저리 바꾼 것이 한 분야나 과제에 대한 심도 있는 온축(蘊蓄)의 기회를 놓치게 되는 결과를 가져왔다고 할 수 있기 때문이다. 그러나 이상적으로 말하자면, 학문을 좁고 깊게 파내려 가면서 동시에 학문과 세계를 두루 살필 수 있는 개관(槪觀)의 능력을 함께 갖는 일이 필요하다. 어떤 사람들은 한 문제를 깊이 연구하면 바로 그것이 넓은 세계를 여는 열쇠가 된다고 생각한다. 불교의 수행에서 하나의 짧은 화두를 오래 두고 생각함으로써 돌연한 깨우침을 갖게 되는 경우는 그러한 가능성을 예시하는 것이다. 그러나 『중용(中庸)』에 "넓고 큰 것에 이르러서 작은 것을 다할 수 있다.(致廣大而盡精微.)"라는 말이 있다. 이것은 정신 수양의 방법을 말하면서 학문의 방법론을 말하는 것이라 할 수 있다. 이것이 쉬운 일인가 하고 반문할 수 있지만, 이것을 개인의 문제이면서 학문적 전통의 문제라고 보면, 전통이 확실한 곳에서는 크고 작은 것을 합치는 일이 과히 어렵지는 않다고 할 수도 있을 것이다. 그러나 학문과 문화의 전통이 깨진 곳에서 이것은 어려운 일이 될 수밖에 없다. 그런데 다른 한편으로 전통이 깨졌다는 것은 학문과 문화에 있어서 그리고 생활의 제도에 있어서, 새로운 가능성이 열리게 되었다는 것을 뜻할 수 있다. 어쨌든 전통이 깨진 대신 동서고금(東西古今)이 열리고, 그것을 하나로 융합할 것을 기다리고 있는 것이 오늘의 상황이다.

지금의 대학생들이 혼자의 힘으로 광대한 것과 정미한 것을 하나로 합칠 수 있어야 한다는 것은 아니다. 정미한 것에 집중하는 것은 매우 중요한 정신적 훈련의 일부이다. 그리고 그것은 직업의 선택에도 관계된다. 그러나 큰 것에 열려 있는 것은 우리의 공부를 내면적인 필요에 응하게 하는 데 중요한 역할을 하는 것이 아닌가 한다. 비교적 제한 없이 움직이는 지적인 호기심에 자극될 때 지속적인 열림이 마음에 생기게 된다. 그러나 정미한 것에 주의하는 것은 정신 훈련에 필수적인 것이고, 세부의 알고리즘에 의한 정신 작용의 단련은 바로 정신을 개발하는 일이고, 정신이 개발된다는 것은 정신이 많은 것에 열려 있다는 것을 말한다. 다시 말하여 젊은 시절에 공부하는 사람이 할 수 있는 일은 작은 것의 단련과 함께 큰 것에 열려 있도록 노력하는 일일 것이다. 이와 관련하여 한 가지 기초가 되는 것은 여러 가지 언어에 대하여 열려 있는 것이다. 헤겔은 고등학교 교장을 하면서 고전어의 습득이 언어 능력뿐만 아니라 정신의 보편적 능력을 단련하는 데 도움이 되는 일이라고 말한 바 있다. 그의 생각으로는 고전어 공부는 나와 다른 것을 인지하고 그것에서 나를 알게 되고, 또 이 두 가지를 포용하는 정신의 움직임을 아는 일이 되는 것이다.

영어 능력을 길러야 한다는 압력이 도처에서 느껴지는 것이 우리의 교육 현황이다. 이것은 영어의 실용성으로 인한 것이다. 그러나 우리는 그것을 넘어 헤겔의 말을 상기할 필요가 있다. 한국에서 전통적으로 행한 한문 공부는 헤겔이 고전어 공부에 대하여 말한 것과 같은 의의를 가지고 있었다고 할 수 있다. 외국어를 통한 언어의 논리를 익히고 의미 판별의 뉘앙스를 깨닫게 되는 것은 정신 능력의 개발을 위하여 필수적인 일이다. 영어 능력이든지 다른 언어 능력이든지, 외국어는 단순히 공리적인 목적이 아니라 보편적인 지적 능력의 개발을 위한 수단으로서 중요한 의의를 갖는 것이다. 나의 편견인지 모르지만, 나는 듣고 말하는 것을 강조하는 영어 공부에 회의를 가지고 있다. 정신의 훈련으로서의 의의가 줄어든다는 뜻에서도 그러하지만 실용의 관점에서도 그러하다. 영어로 접할 수 있는 문화적 내용을 익히지 않고 영어를 얼마나 잘할 수 있을까 하는 의심이 있는 것이다. 깊은 것과 얕은 것은 따로 있는 것이 아니다. 그리고 외국어 공부를 구태여 영어에만 한정할 필요는 없다. 어떤 외국어든지 높은 정신적 단련의 수단이 될 수 있다. 그리고 또 이러한 목적을 위해서는 하나의 외국어보다 여러 외국어를 배울 것을 장려할 수도 있다. 요즈음 영어에 대한 강조에도 불구하고, 내가 대학에 다닐 무렵에 비하여 외국어 공포증이 더 널리 퍼져 있는 것으로 보인다. 우리는 지금 역사적, 지정학적 이유로 어느 시기에 있어서보다 동서의 여러 언어를 쉽게 접할 수 있는 위치에 있다.

외국어 훈련이 단순히 정신의 훈련이 아니라 문화적 내용에 접할 기회를 준다는 것은 이미 시사하였다. 조금 더 설명하면, 이것은 두 가지 의의를 갖는다. 하나는 다른 나라와 그 문화적 축적에 접하게 된다는 것을 말하지만, 다른 한편으로 그것은 우리 자신의 문화를 비교적으로, 즉 비판적으로 볼 수 있게 한다. '문화의 우리(the cage of culture)'라는 말이 있지만, 정신의 개발과 자유가 보다 넓은 지평으로 나아가는 것을 겨냥한다면 '우리'를 벗어나는 것은 이 열림의 조건 중 하나다.(자족적인 행복과 자신감이라는 관점에서는 손해가 되는 일이지만.) 우리 전통에서도 그러했지만 세계적으로 보아도 모든 학문의 연마가 단일 언어와 문화 안에서 큰 진전을 보는 일은 드물다고 할 것이다. 타 언어, 타 문화에의 열림이 일시에 이루어질 수 있다는 것은 아니다. 여기에서 말하는 것은 그러한 열림의 태도를 배워야 한다는 말일 뿐이다.

여러 언어와 문화에 열려 있다는 것에 못지않게 중요한 것은(또는 그보다 더 중요한 것은) 학문 일체에 열리는 일이다. 세계에의 열림이 없이 우리의 삶이 어떻게 풍부한 것이 될 수 있겠는가? 이 세계는 경험적으로 체험될 수 있는 세계만을 말하지는 않는다. 그것은 정신 속에 종합되는 것이라야 한다. 체험의 중요성을 가볍게 보아서는 아니 되지만, 정신이 필요로 하는 것은 인식 또는 인지(認知)의 지도 안에 구성되는 세계이다. 체험적 세계는 세계의 깊은 차원 ── 그 시간과 공간을 바르게 포용하는 데에 충분한 것이 아니다. 이것을 넘어 우리에게 의미를 가지고 있는 것은 인간의 집단적 체험의 역사이고, 거기에서 배울 수 있는 전범(典範)들이다. 물론 이것은 다시 생물의 역사, 우주의 역사와 공간으로 확대된다. 그렇다고 이것이 우주 만물에 대한 모든 학문을 다 배우고 익히는 것이 될 수는 없다. 박학다식(博學多識)은 학문의 추구에 있어서 그 나름으로의 자리를 차지하고 있지만, 그 말이 학문의 가장 높은 경지를 나타내는 말이 되지는 않는다. 이 경지는 넓이에 못지않게 조금 더 정신의 일체성에 관계되는 것이라 할 수 있다.

나는 대학원에서 미국 문학을 공부하면서 부전공과 관련하여 경제사라는 것을 주안점으로 하여 책을 읽고 시험을 보아야 했다. 많은 책을 보지도 못하였지만, 이에 관한 책을 읽는 무렵에 깨닫게 된 것은 현실의 인간 문제에 대한 절실한 느낌을 가지고 쓴 역사책과 그렇지 않은 역사책 사이에 차이가 있다는 것이었다. 마르크스주의자들의 경제와 역사에 대한 저작이 학생들을 사로잡는 것은 그것이 현실 참여에 바탕하고 있기 때문이다.(물론 다른 한편으로 모든 것을 다 설명할 수 있다는 이데올로기의 공식처럼 재미없는 것도 없지만.) 하여튼 중요한 것은 학문의 넓이에 못지않게 그 토대가 되는 인간에 대한 깊은 관심이다. 이것은 열려 있는 마음, 관심과 정열이 학문의 인식론적 동기가 된다는 말이고, 이 점에서는 학문을 시작하는 젊은이의 경우에도 ── 거친 형태일는지는 모르지만 ── 갖추지 못할 것이 없는 마음의 준비라 할 것이다.

참으로 많은 것을 알게 되든 아니면 기본적인 것을 익히고 마음가짐을 열린 상태로 유지하든, 모든 사람들이 공부와 학문에 열중해야 하는 것일까? 학문을 직업으로 할 사람 또는 그것을 인생의 소명으로 생각하는 사람이라면 몰라도 누구나 그래야 할 것인가? 대학에서, 또는 대학에 가지 않더라도 사람이 자기 생업에 대하여 알 만한 것을 알도록 하여야 한다는 것은 말할 나위도 없다. 많은 직종이 산업 기술의 편제 속에 들어가게 된 지금 이것은 피할 수 없는 일이 되었다. 할 수 있는 데까지 한 전문 분야에 정통하도록 노력하는 것은 삶의 조건이 되어 간다. 동시에 사람이 살아가는 데에는 전공만으로는 해결할 수 없는 인생의 지혜가 필요하다. 이것은 몇몇의 금언(金言)이나 잠언(箴言) 또는 처세훈(處世訓)으로 요약될 수 있는 것이 아니다. 앞에서 말한 바와 같은 고전적 정신 훈련은 지혜를 얻을 준비를 하는 일이다. 끊임없이 세상 눈치를 살피고 심지어 복술가의 도움을 받아야 하는 것은 이것이 부족하기 때문이다. 이 두 가지 외에, 한없는 지적 탐구의 여행은 모든 사람의 몫이라고 할 수는 없는 것인지 모른다. 제일 중요한 것은 전문적 지식이고 — 이것은 그 나름의 정신적 훈련의 방법이지만 — 그 이상의 정신 모색은 허황된 것이 될 수 있다. 그러나 참으로 그런가?

오늘날은 탐욕의 시대다. 돈을 모으고 재산을 모으고 금은보화를 모으고 명예를 모으고 — 이 모음에 끝이 없는 것이 현대 경제를 움직이고 현대인의 마음을 움직인다. 그러나 이것은 이해가 되면서도 쉽게 이해되지 않는 일이다. 기본적인 의식주를 해결하고 난 다음의 재화는 어디에 쓸 것인가? 금은보화를 음식으로 바꾸고, 또 안락을 확보하는 수단으로 삼는다는 점에서는 그에 대한 욕심을 이해할 수 있겠지만, 그 외의 의미에서 그 소유의 의미를 알기는 쉽지 않다. 구태여 해석한다면 그것은 세상을 내 것으로 한다는 것이고 그것은 다시 세상과의 긴밀한 관계를 가지고 있다는 느낌을 가지고자 하는 것이라 할 수 있다. 그런데 여기에 금관이 있다고 할 때 그것을 그저 소장하고 있는 것과 그 역사와 물리학과 미학과 사회학을 아는 것과, 어느 쪽이 — 세상과 긴밀한 관계를 갖는다는 점에서 — 소유를 깊이 있게 하는 것일까? 사실 세상을 소유하는 데는 그 아름다움을 알아보고 그 내력과 작용을 이해하는 것 이상의 방법이 없는 것이 아닐까?

그러나 소유의 가능성은 지적인 의미에서도 그렇게 크다고 할 수는 없다. 얼마 전 인문 과학에 대한 공개 강좌를 하면서 나는 강좌의 제목을 "기이한 생각의 바다에서"라고 붙였다. 그것은 영국의 시인 워즈워스가 케임브리지 대학에 진학을 하고 기숙사에 들었을 때 창밖으로 보이는 뉴턴의 상을 보고 느낀 것을 적은 말에서 따온 것이다. 그에게 뉴턴의 상은 "기이한 생각의 바다에 영원히 홀로 항해하는 영혼의 표지"로 보였다. 사람은 이 한없는 바다에서 항해하고 생각하고 경이를 느끼고, 그리고 그것으로 학문을 만든다. 그리고 그 학문이 만든 문화와 기술의 바다 위에서 삶의 항해를 계속한다. 사람이 이왕에 살아가는 것이라면 자신의 삶이 어떤 세계 속에서 어떤 위치를 가지고 있는가를 알고 사는 것은, 자신의 삶이면서도 완전하게는 자기 것으로 소유할 수 없는 자신의 삶을, 어느 정도는 소유하는 것이 될 것이다. 그래도 사람이 알고 받아들이는 삶은 광대한 우주의 작고도 작은 한 부분에 지나지 않는다. 뉴턴은 자신의 학문을 되돌아보며 "아직 탐험되지 않은 대양이 내 앞에 놓여 있는데 바다 기슭에 노는 소년처럼 나는 이 진리의 바닷가에서 조금은 더 매끄러운 돌과 예쁜 조개껍질을 발견하고 좋아했을 뿐"이라고 하였다. 널리 열린 마음을 갖는다는 것은 자갈돌을 줍는 일이면서 그것의 밖에 거대하게 놓여 있는 바다의 미지(未知)를 의식하는 것이다.

이 작은 앎과 그 너머의 미지는 뉴턴과 같은 물리학자만이 아니라 보통 사람도 때로 갖지 않을 수 없는 느낌이다. 미지를 아는 것은 무능력의 자각이지만, 그 자각은 커다란 만족과 경이와 감사의 원천이 되기도 한다. 이러한 의미에서 공부는 자신의 삶을 소유하고 포용하고자 하는 모든 사람에게 필요한 것이라고 할 수 있다. 그리고 그것은 우리를 보다 겸손하게 하고, 보다 조심스럽게 사람과 사물을 대하게 한다. 그리고 그것은 우리를 압도한다. 그러면서 우리는 보다 가라앉은 마음으로 주어진 일로 돌아간다. "넓고 큰 것에 이르러서 작은 것을 다할 수 있고, 높고 밝은 것의 끝에 이르고서 여느 삶을 말할 수 있다." 이것을 말하는 것은 나의 학문의 역정이 여기에 이를 수 있었다는 것이 아니라, 이것이 내 학문의 지리멸렬함 속에서 더욱 이르렀어야 할 지혜로 생각되기 때문이다.

(2010년)

정신 인간학과 인간 이해의 여러 차원[1]

근대와 아시아적 전통

1

사람들에게 가장 절박한 것은 현실 삶의 문제이다. 그러나 여기에 대하여 약간의 지적인 간격을 두고 생각한다면, 이 현실은 일정한 지평 속에서 구성된다는 것을 알게 된다. 문제를 보다 개념적으로 그리고 보다 넓은 관점에서 파악하려고 할 때 이것을 분명하게 하는 것은 특히 중요하다. 그러나 이 현실의 문제와 개념적 이해의 바탕이 되는 지평은 무의식의 원형과 같아서 쉽게 그러한 것으로 인지되지 아니한다. 그것은 바로 대상화되기 어려운 삶의 세계 그 자체이기 때문이다.

어떻게 이러한 지평이 형성되는가? 보다 의식적인 차원에서 인문 과학자들의 학문적 노력의 하나는 이 지평을 구성하는 일이다. 또는 이러한 지

---

1   2008년 중앙대학교 아시아인문학자대회 그리고 2011년 4월 서울대학교 아시아연구소에서의
    강연 원고를 개고한 것임.

평은 구성되는 것이라기보다는 삶의 근본에 대한 해석의 역사로서 자연스럽게 존재하게 된다고 할 수도 있다. 그것이 지나치게 성급한 체계적인 작업이 되면, 그것은 이데올로기를 만드는 작업으로 전락하기도 한다. 이러한 노력 또는 작업에 선행하여야 할 과제는 현실의 부름에서 한 발짝 물러서서 이 지평을 지평으로서 포착하려는 반성적 노력이다. 그러나 이 지평을 완전히 의식의 전면에 가져오는 것은 지난한 일이다. 그리고 그것을 너무 쉽게 하는 것은 삶 자체에 대한 반성적 노력을, 방금 말한 바와 같이 이데올로기화하는 일이 된다. 릴케는 『두이노 비가』에서 "세계는 마음 이외의 다른 곳에 존재할 데가 없다."라고 하고, "지구는 언제나 사람의 내면에 태어나기를 원한다."라고 말한 바 있다.[2] 모든 세계 그리고 지평이 결국은 사람의 마음속에 존재한다고 한다면, 그것을 그러한 것으로 의식하는 것은 거의 불가능하다고 할 수밖에 없다. 유가(儒家)에서 불교의 반성적 노력을 비판하면서 마음으로 마음을 잡으려 하는 것은 자기 눈으로 자기 눈을 보고 자기 입으로 자기 입을 물려는 것과 같다고 한 것도 이러한 어려움을 말한 것이다.[3] 마음의 밖으로 나가는 것은 거의 세계의 밖으로 나가는 일이다. 사고와 행동 그리고 상상의 테두리로서의 지평은 우리가 서 있는 자리이고, 또 그러니만큼 적어도 우리가 서 있는 관점에서는 모든 것에 대하여 열려 있는 보편성의 지평이다.

그러나 이렇게 말하는 것은 시적 또는 철학적 극단화이다. 이 지평이 여러 가지 모습으로 제한되거나 더 열리고, 왜곡되거나 더 바르게 되고 하는 일 — 그것을 생각할 수 없는 것은 아니다. 일상적으로도 우리가 생각하고 살고 있는 세계가 세계의 전부는 아니라는 느낌들이 이는 순간들이 없는

---

2 Reiner Maria Rilke, *Duineser Elegien*, 7, 9.

3 성백효(成百曉) 역주, 『심경부주(心經附註)』(전통문화연구회, 2002), 365~367쪽.

것은 아니다. 우리의 세계가 하나의 제한된 지평이라는 것이 가장 분명하게 드러나는 것은 문화가 서로 충돌하는 경우이다. 우리가 보편적으로 받아들이고 있는 지평, 그러니까 세계 그것으로 받아들이는 세계의 지도는 우리 문화의 전부 —— 그것으로 여과되는 현실의 전부이지만, 문화 충돌이 일어나고 거기에서 우리 자신의 문화가 열세가 될 때 우리를 당황하게 하는 것은 우리가 세계로 받아들이고 있었던 지평이 사실은 그 일부를 일정한 관점에서 구성한 것에 불과하다는 것을 깨닫게 된다. 그리하여 그 지평 안의 모든 것이 부분적인 것으로, 이제는 대체되어야 할 어떤 것으로 생각한다.

그런데 새롭게 보편적 지평으로 받아들인 것도 반드시 가장 넓은 지평을 의미하지 않는다. 아이러니는 대체된 그 전의 지평에서는 잘 보였던 것이 새로운 보편성의 지평 속에서는 보이지 않게 될 수 있다는 사실이다. 이것은 서세동점(西勢東漸)하에서 일어난 우리의 사고와 행동의 지평에도 그대로 해당된다. 그러나 오늘의 정세는 동과 서 전체를 아우르는, 보다 보편적인, 또 균형이 있는 관점을 생각할 수 있게 하는 시점에 이르렀다고 할 수 있다. 이것은 보다 의식적으로 계발되어야 할 관점이다. 물론 그러면서도 이 아우름의 결과가 반드시 진정한 의미의 보편성이 된다는 것은 아니다. 보편성은 지향하는 목표일 뿐 현실의 성취가 되기는 어렵다고 하는 것이 옳을 것이다. 대체로 그것은 시대적 상황 속에서 가능한 포괄성, 또는 생산적 결과를 만들어 내는 지배적 에너지의 중심을 나타내는 것일 뿐이다. 그러면서도 보편성을 향한 끊임없는 극복과 초월의 노력이 무의미한 것은 아니다.

총체적 지평으로서의 문화의 과정은 대체로 무의식적으로 일어나는 일이다. 그렇기 때문에 그것을 객관화하는 데에는 특히 의식적인 노력이 필요하지만, 사실 그것은 사실적 세계의 변화에 수반되어서만 과제로서 의식된다. 세계사적으로 이러한 작업이 새로 요청될 만큼 세계의 여러 부분이 서로 부딪치고 섞이게 된 것이 오늘의 상황이다. 문화 충돌의 한 결과는 단편화된 세계상을 현실로 받아들이는 것이다. 다문화주의라는 이름하에서 주장되는 어떤 관점은 이 단편화된 세계를 그대로 받아들이며, 그 안에서 스스로의 편의에 맞추어 선택적으로 항해(航海)하여 가는 것이 좋다는 것이다. 그러나 그것은 집단적으로나 개인적으로나 삶 자체의 단편화를 수용하는 것을 의미한다. 온전한 삶은 일관성과 통일성 그리고 보편성을 지향하는 것이 아닐 수 없다.

오늘날 우리의 삶과 사고를 테두리 짓고 있는 지평은 어떤 것인가? 여기에 대한 답은 어떠한 의미 있는 지평도 볼 수가 없다는 것일 가능성이 크다. 그러한 과제의 설정은 거의 발견되지 않지만, 한때 많이 이야기되던 '전통의 단절'이라는 말은 문화적 지평이 사라진 상황을 잘 나타낸다고 할 수 있다. 사실 오늘의 사회나 경제 그리고 정치 제도를 설명하는 데에 전통으로부터 빌려 올 수 있는 개념들이 별로 없다는 것은 분명하다. 가령 그에 대한 연구가 없지는 않으나, 조선조 성리학에서의 중심적 논쟁의 대상이 되었던 이기설(理氣說)과 같은 것이 오늘의 현실을 설명하는 데에 큰 도움을 준다고 생각할 수 없는 것과 같은 것이 그 예가 될 것이다. 그렇다고 삶의 모든 것에 대한 전통적 인식 체계가 완전히 소멸되었다고 할 수는 없다. 그것은 문화와 윤리적 실천에 있어서 충효와 같은 가치 규범들이 주기적으로 부상하는 데에서도 볼 수 있다. 그러나 그것은 대체로 절실함이 없는 이념의 조작이라는 느낌을 준다. 그러면서도 문화 속에 집적된 삶의 관습이 간단히 사라져 버릴 수는 없다. 그것은 무의식 속에 가라앉아서라도 삶의 관행으로서 남아 있게 마련이다. 그리고 흥미로운 것은 다시 한 번 사라졌거나 동면(冬眠)에 들어간 전통 — 이것은 일단 아시아적인 전통이라고 불러 볼 수 있지 않을까 한다. 물론 이것은 우리 나름을 그렇게 생각하는 것에 불과할 수 있다. ─그러한 전통에 대한 새로운 관심이 이는 것으로 보인다는 것이다. 거기에서 새로 발견되거나 확인되는 것이 있을 것임에 틀림이 없다. 그러나 이것이 그간의 지배적인 인식 체계를 대체하고 완전히 새로운 지평을 열 수 있을 것이라고 생각할 수는 없다. 어떤 경우에 있어서나 옛날로 되돌아가는 것은 불가능하다. 역사와 시간의 불가역성을 생각한다면 복고나 되풀이는 존재할 수 없다. 또 다른 한편으로 뒷전으로 물러나 있던 아시아의 전통 ─우리 나름의 아시아의 전통을 보편적인 것으로 말하고, 서양의 근대 그리고 아시아 이외의 비서양의 다른 여러 문화들을 제외하는 것은 역설적으로 보편성을 스스로 포기하는 것이다. 필요한 것은 현실의 사실적 조건을 잊지 않으면서 우리가 생각하던 아시아 문화에 대한 새로운 해석학을 시도하고, 그러면서 보편적 지평의 가능성을 저울질해 보는 것이다.

2

어떻게 접근하든지 간에 문화의 지평을 또는 여러 지평들을 전체적으로 생각한다는 것은 거창한 문제일 수밖에 없다. 이러한 문제에 대한 시도가 없는 것은 아니다. 가령 유명한 토인비의 역사에 대한 연구 또는 더 좁게는 노스럽의 동서 철학의 비교 연구, 보다 근년의 연구로는 이스라엘의 슈무엘 아이젠슈타트 교수의 비교 문명에 대한 연구 등을 생각해 볼 수 있다. 그러나 여기에서는 이러한 것을 되돌아보려는 것이 아니라 우리의 주변에서 발견할 수 있는 문화 충돌 또는 접촉의 문제 하나에 초점을 맞추어 우리의 생각을 지배하는 인식의 지평의 중요성을 지적해 보고자 한다. 그 문제란 다문화라고 불리는 사회 현상에 관계되는 것이다. 이것은 많은 사회에서, 또 한국에서도 지극히 현실적인 문제가 되어 현실 정치와 사회의 역학 속에서 해결되어야 할 과제가 되어 있다. 그러나 그것은 동시에 현실의 역학을 넘어가면서 그것을 규정하고 있는 문화의 큰 지평에 이어지는 과제이다. 여기에서 시도하고자 하는 것은 이 현실 문제에 관련된 몇 가지 사항들을 검토하면서 그 저편에 비치는 큰 지평에 대한 암시를 얻어 보는 일이다.

이제는 상투어가 되었으나 오늘의 세계적 변화를 하나로 요약하는 말은 세계화이다. 세계화는 세계와 세계사의 커다란 변화를 지적하는 말임에 틀림없다. 그것은 우리의 나날의 삶에 일어나고 있는 여러 가지 변화에서도 쉽게 감지되는 일이다. 이것은 경제와 정치에 드러나는 현상이기도 하지만, 우리의 식생활, 생활 습관, 지식 정보, 건축과 도시의 스타일, 또 매일 만나거나 마주치는 사람들을 다르게 하는 일상의 사건이기도 하다. 커피는 이제 한국에서 국민 음료가 되었다. 수년 전 멜라민 독소가 들어 있는 중국산 분유 사건은 세계화가 우리 삶에 얼마나 깊이 배어 있는가를 말하여 주는 사건이었다. 이제는 그것이 극복되었다는 진단들이 자리해 가고 있지만, 미국에서 출발한 금융 위기는 세계 경제의 기반을 크게 흔든 사건이었고, 그것은 세계가 얼마나 하나의 체계로 묶여 가고 있는가를 너무나 역력하게 보여 준 일이었다.

물질생활과 그 조건에 관계되는 일 외에, 보다 근본적이면서 직접적으로 세계화를 느끼게 하는 것은 사람들의 움직임이다. 지금 한국인은 역사의 어느 시기에 있어서보다 해외여행을 많이 하고 있다. 해외에서 오는 방문객도 날로 늘어 간다. 사람의 움직임 가운데에도 더 근본적인 것은 한국으로 아주 이주해 오는 사람들이다. 그중에도 눈에 띄는 것이 국제결혼인데, 농촌 총각의 35퍼센트가 외국인 —— 대체로 아시아 여러 나라에서 온 외국인 신부와 결혼한다고 한다. 그러나 더 일반적으로 국제결혼의 외국 국적자는 119개의 나라에서 왔다고 한다. 이제 이주 노동자를 포함하여 한국에 장기적으로 체류하고 있는 사람들도 100만이 넘었다고 하는데, 국적으로는 이들은 195개 국에서 온 사람들이다. 오늘 말하고자 하는 것은 이러한 사실들이 보여 주는 문화의 접촉과 교류 현상 문제이다. 그러나 그 목적은 사실들의 현실적인 의미를 밝히는 것이라기보다는 이러한 문제를 검토할 때 작용하는 사고의 틀을 생각해 보려는 것이다. 다시 말하여 이러한 검토에서 우리의 사고가 얼마나 당대적인 사고 — 시대적인 사고의 틀 안에 있는가를 보여 주고, 그것을 넘어가는 지평의 가능성을 암시해 보고자 하는 것이다.

한국에서 외국으로 가는 사람들이 새로운 생활에 적응하는 것도 쉽지 않은 일이지만 그것은 — 적어도 한국의 시각으로 볼 때는 — 대체로 개인적인 문제이고, 한국으로 이주한 사람들의 문제는 그것이 사회의 중심에서 일어나는 일인 만큼 더 많은 사회적인 관심의 대상이 된다. "은자의 나라(The Hermit Kingdom)"라는 말은 한국 또는 조선을 설명하는 말이었다. 그리고 단일 민족이라는 사실에 대한 강조는 한국의 민족의식의 근본을 이루었다. 그런데 놀라운 것은, 차별과 학대에 대한 보도도 없지는 않지만 이주민들의 한국 적응에 대한 관심이 적지 않고, 그것을 돕기 위한 시민 단체들도 결성되어 있다는 것이다. 여기에는 전통적인 손님 접대의 풍습도 작용한다고 하겠지만, 새로이 형성되는 의식과 태도가 움직이고 있다고 할 수 있다. '다문화주의'라는 말이 이주민들을 도와야 한다는 태도를 하나로 묶어 주는 말이다. 이 말은 이주자의 문제를 걱정하는 사람들이 사용하는 말이기도 하지만, 그것은 사회와 국가가 받아들이기로 한 과제를 말하기도 한다. 수년 전 나는 국토연구원의 토지와 도시 개발을 위한 연구 의제에까지 이 말이 포함되어 있는 것을 보고 놀란 일이 있다.

다문화주의는 어찌 되었든 여러 문화가 공존하는 것을 관대하게 수용하는 것을 말하지만, 말할 것도 없이 그러한 수용은 일정한 복합성의 체제를 전제한다. 한 사회는 어떤 조건하에서 여러 문화를 수용하는가? 공존하는 여러 문화는 어떻게 문화의 내용을 더 풍부하게 하는 데 기여할 수 있는가? 또 그것들이 서로 충돌하고 갈등하는 것을 피하는가? 무엇보다도 중요한 것은 문화가 정치나 경제나 사회 제도에 일정한 영향을 끼친다면, 또는 그 바탕이 된다고 한다면 문화의 내용은 이 제도 속에 어떻게 수용되어야 하는가? 다문화를 긍정적으로 받아들인다는 것은 사회 제도가 이러한 문제들에 답할 수 있는 준비를 갖춘다는 것을 말한다. 다문화의 요청에 대한 답변은 여러 가지일 수가 있다. 그것은 여러 문화가 동등한 자격으로 공존하는 경우와 지배적인 위치에 있는 하나의 문화가 다른 여러 문화를 동화하는 경우와 —— 근본 입장의 차이에 따라서 다른 것이 될 것이다. 이 후자의 경우에 지배적인 문화에의 동화라고 하더라도 이 문화 자체도 완전히 변화 없이 남아 있지는 못할 것이다. 그때 핵심적 문제의 하나는 그 동화의 과정에서 지배적인 문화가 어느 정도의 심각성을 가지고 자기 수정을 허용할 것인가 하는 것이다.

우리가 다문화주의의 일부로서 이슬람을 수용한다고 할 때, 정교(政敎)분리의 정치 원리를 넘어 그 일치의 이념을 제도적으로 어느 정도까지 수용할 수 있을 것인가? 또는 일부다처(一夫多妻)의 관습과 제도가 허용될 수 있을 것인가? 이러한 문제들을 생각하지 않을 수 없을 것이다. 그러나 이러한 문제가 지금 우리의 문제라는 말은 아니다. 우리나라에서 다문화주의는 주로 한국에 이주해 오는 또는 결혼의 상대자로 오는 사람들에 대한 관대한 태도를 의미한다. 보다 심각한 차원에서의 다문화주의의 문제는 —— 주로 제도적인 문제는 서구의 여러 나라에서 볼 수 있다. 이하에서 주로 생각해 보고자 하는 것은 서구 사회가 부딪치게 되는 보다 심각한 다문화의 문제이다. 그것도 문제에 대한 해결책을 찾으려는 것이 아니라, 이미 시사한 바와 같이, 서구적 전통에서의 문제 접근 방향을 살피고자 하는

뜻에서이다. 우리의 관심사는 다시 말하여 현실의 문제를 생각하는 틀을
규정하는 지평에 있다.

3

다문화주의란 말은 물론 최근 서양에서 사용되는 것을 빌려다가 번역
한 것이다. 유럽에도 이주 노동자의 문제가 있고, 미국에는 물론 예로부터
이민자들의 융합의 문제가 있었지만, 최근 몇 십 년 사이에는 이민해 오는
소수자의 문제가 많은 사회에서 크게 관심사가 되었다. 이러한 현상을 이
해하는 데에 다문화주의라는 말이 하나의 역할을 맡았다. 사람과 문화의
접촉은 이미 시사한 바와 같이 문제를 일으키게 마련이고, 다문화주의는
단순히 현실을 지칭하는 것이라기보다 현실의 문제를 해결하는 데에 있어
서 방법적 의미를 가지고 있다.

주목할 것은 그것이 민주주의적 정치 사회 제도를 전제로 한다는 점이
다. 개인의 다양한 자유와 평등 그리고 자율성을 허용하는 민주주의의 틀
이 없이는 다양한 가치와 행동의 선택 문제가 있을 수 없다. 다문화주의는
이 연장선상에서 이질적인 문화를 수용하는 방책이다. 그러니까 이주민이
아니라도 사회 안에서의 다양한 개인과 계층과 계급 그리고 요구의 수용
에도 적용되는 원칙이 어떻게 보다 크게 확대될 수 있는 것인가가 다문화
주의의 핵심적인 고려 대상이다. 개인의 자유권을 존중하는 것이 민주주
의의 근본이기는 하지만, 그렇다고 민주주의 정치 속에서는 개인이 무엇
이든지 할 수 있다는 것은 아니다. 그것이 허용되는 것은 헌법과 법의 범위
안에서이다. 적어도 이러한 법 체제에 동의하는 것이 민주주의적 자유의
전제이다. 이 점에서는 다양성이 아니라 동일성을 요구한다. 이 요구는 현

실의 필연성에서 나온다. 민주주의는 이러한 같음과 다름의 두 모순된 원리를 그 안에 지녀 가짐으로써 성립한다. 이 테두리 안에서 다문화주의는 한 사회에 무조건적으로 이질적인 것이 개방된다는 것이 아니라 문화의 공존을 가능하게 하는 체제에 동의하는 것 ── 즉 다(多)와 함께 일(一)을 받아들이는 것을 말한다. 그것은 그 체제 안에 포함되는 것들의 자기 수정을 요구한다. 이러한 모순의 통합이 민주주의의 구성 원리이다. 그것은 모순을 통합하는 방법을 가지고 있는 것으로 생각된다.

어떻게 하여 이 모순 통합이 가능한가? 그것을 위한 방법적 요구의 하나는 통합하는 체제가 개인의 삶의 구체적인 내용으로부터 초연하여야 한다는 것이다. 민주주의는 내용을 빼어 버린 형식의 관점에서 삶을 보고, 그것을 하나로 엮어 놓을 수 있게 하는 테두리가 되어야 한다. 중요한 것은 삶을 그 내용과 질의 관점이 아니라 갈등이나 평화 공존의 관점에서만 보도록 노력하는 것이다. 물론 이것은 개인적인 것이면서도 제도적인 문제이다. 이것은 또 개인적인 삶에서만이 아니라 사회에서도 내용의 의미에서의 문화를 사상(捨象)할 것을 요구한다. 그런데 삶의 내용은 구체적인 것들로 이루어지고, 이것들은 윤리나 도덕 또는 문화라는 테두리 속에서만 의미 있게 이해될 수 있다. 그렇기는 하나 통합의 조건 ── 갈등의 최소화를 위한 통합의 조건은 많은 것의 형식화에 의하여 충족된다. 그리하여 형식을 중요시할 수밖에 없는 민주주의 체제에서 모든 개인은 윤리나 문화의 선택에서는 자유롭되, 그 선택된 것들의 차이를 조정하는 형식에서는 하나가 된다는 데에 동의하여야 한다. 이것을 법의 관점에서 말하면, 법은 문화적 중립성을 견지하여야 한다. 사회관계에서의 행동 규범이 윤리적 규범이고 그 윤리는 문화의 토양에서 나온다고 할 때, 법의 문화 중립은 윤리적 중립성까지를 포함할 수 있다. 이것은 매우 엄격한 법률적 사고의 훈련을 요구한다. 가령 어떤 사안에 있어서 그에 관련되는 사실적 내용과 법률적 요건만을 생각하여야 하는 것이 그러한 법률적 사고를 나타낸다. 물론 이러한 가치 중립적 사고의 훈련은 개인의 삶에서도 이루어질 수 있어야 한다. 즉 개인도 문화와 윤리의 면에서의 이러한 중립을 익힐 수 있어야 한다. 하나의 사회가, 그 자체가 발전시켜 온 문화에 추가하여 새로운 여러 문화 또는 문화를 가진 사람들을 받아들인다고 할 때, 그것은 이러한 민주주의의 원리로 인하여 가능하다고 할 수 있다. 물론 이것이 그렇게 쉬운 것은 아니다.

민주주의가 요구하는바 이러한 모순의 타협 조건하에서 개인의 차이가 하나의 법 체제에 수용되어야 한다는 것은 당연한 것으로 보인다. 그러나 사회는 법과 정치보다는 문화와 윤리의 틀 안에 존재한다. 거기에서 나오는 가치 규범은 사람들의 상호 관계에 있어서 준수되어야 하는 당위적 성격을 가지고 있고, 개인의 취향과 선택의 문제로 환원될 수 없는 집단적 요청을 함축한다. 한 사회 속에서의 상호 모순되는 문화와 윤리의 존재를 인정하는 것은 사회의 단일성 그리고 나아가 그 분열의 위험을 무릅쓰는 일이 될 수 있다. 그리고 이것은 방금 말한 바와 같이 문화와 윤리가 상당 부분 그 당위성을 버리고 개인적 취미로 환원된다는 것을 말한다. 그러니까 문화는 무내용의, 특히 윤리적 당위를 빼어 버린 취미 생활이나 스펙터클로서의 문화 콘텐츠로 변질되게 마련이다. 이것은 사회의 실질적 존재를 위태롭게 할 뿐만 아니라, 자신의 정체성을 사회에서 확인하려는 보통사람들의 절실한 요구를 무시하는 것이 된다. 그런데 또 다른 문제는 법 체제 ──윤리적 중립성을 표방하는 법 체제까지도 사실은 문화의 소산이라는 사실이다. 그리고 그것은 역설적으로 그 나름의 문화적, 윤리적 내용을 내장하고 있다. 우리는 법 제도가 문화──개인의 삶의 위엄은 물론 그것을 규정하는 사회적 정의와 인생의 보람을 시사하는 일정한 문화로부터 완전히 유리되어 존재할 수 있는 것인가를 물어보지 않을 수 없다.

4

앞에 요약해 본 민주주의의 문화 중립성 그리고 윤리 중립성 그리고 그
것의 문제적 성격은 일반적으로 이야기할 수 있는 것이지만, 이것은 다문
화주의와 자유 민주주의를 논하는 마당에서의 위르겐 하버마스의 생각에
서 그대로 발견되는 논리이다. 하버마스의 논의를 검토해 보는 것은 문제
를 조금 더 분명히 하는 데에 도움이 될 것으로 생각한다. 여기에 대한 그
의 토의는 조금 오래된 것이라고 할 수 있는데, 1990년 프린스턴 대학에서
있었던 다문화주의 토론이 독일어판으로 발행되었을 때, 찰스 테일러 교
수가 발표한 주제 논문에 대답한 여러 논평들과 함께 수록되어 있다. (이것
은 영어 텍스트가 나올 때 첨가되어 출판되었다.)

다른 이야기가 거기에 없는 것은 아니지만, 퀘벡의 맥길 대학 교수인 테
일러 교수의 강연을 하버마스와 다른 논평자들은 주로 퀘벡의 문화 자주
성을 옹호하는 것으로 이해한다. 퀘벡은 물론 영어권 문화에 속하는 캐나
다의 프랑스 문화 지역으로서, 그 문화 자주성의 논의는 문화의 만남과 충
돌 그리고 융화의 문제에 흥미로운 참고 자료가 될 수 있다. 테일러의 퀘벡
의 문화 자주성의 옹호는 두 가지 자유주의를 상정한다고 하버마스 교수
는 말한다. 하나는 성, 인종, 문화에 관계없이 개인의 자유와 평등을 보장
하는 자유주의이고, 다른 하나는 주류 문화 안에서 소수자의 문화를 인정
하고 그것을 보호하는 자유주의이다. 첫 번째의 자유주의는 문화적 윤리
적 중립을 지키는 법 제도를 요구하는 데 대하여, 두 번째 자유주의는 어떤
특정한 문화적 윤리적 관행의 지속을 위하여 이 윤리적 중립을 보류할 것
을 요구한다. (가령 퀘벡에서 영어 사용자 가족에게까지도 자녀의 불어 교육에 대한
의무를 부과하는 것과 같은 것이 그 단적인 예이다.) 이 두 번째 자유주의는 민주
주의를 가부장적 관점에서 수정하고 참정권자의 결정권 너머에 특별 구역

을 상정하는 것인데, 이것은 국민 스스로가 주인으로써 정치와 법 제도의 구성에 참여하고 개인적인 문제에 있어서의 선택의 자유를 유지할 수 있어야 한다는 민주주의 근본 원리에 위배되는 일이다. — 하버마스는 이렇게 생각한다. 여기에서 하버마스는 앞에서 우리가 말하였던 바와 같이 민주주의는 일정한 문화를 정치적으로 부과할 수 없다는 것 — 다시 말하여 그것은 시민 개인의 선택 사항이며, 그러니만큼 정치 체제는 그것으로부터 독립적으로 존재할 수 있어야 한다는 것을 말하는 것이다.

그러나 이 퀘벡의 문제에서 하버마스의 입장은 더 착잡하다. 일단 그가 말하는 것은 문화가 정치적으로 부과될 수 없다는 것이고, 또 그런 만큼 그것은 두 개가 분리되어야 한다고 하는 것이지만, 달리 보면 그가 불편하게 느끼는 것은 역설적으로 퀘벡 문화 자주성의 옹호에 함축되어 있는바, 문화가 정치의 영역에서 — 민주주의적 정치 과정에서 제외되어야 존재할 수 있다는 생각이라고 할 수 있다. 그는 앞에서 말한 것과 같은 주장에도 불구하고 문화도 민주적 과정으로부터 독립해 존재하는 것이 아니라 그 속에서 형성, 재형성된다고 생각하는 것이다. 여기에서 나오는 한 결과는 어느 쪽이나 역사의 변화 속에 있다는 것이다.(특정한 법 제도의 영역은 아마 제외되는 것이라고 하겠지만.) 제도나 문화나 다 같이 역사적 변증법 속에 있는 것이다. 유동적 성격은 민주 제도 자체의 특징이다. 민주 제도가 국민이 만드는 제도라는 것은 그 원리에서만 그러한 것이 아니라 과정으로서도 그러하다. 그것은 "권리의 제도를 일관되게 현실화"[4]하는 과정 — 지속적인 토론과 운동과 투쟁을 요구하는 과정이다. 법률상의 권리도 이러한 과정으로서의 움직임이 없이는 사실상의 권리가 되지 못한다. 사회적 약자

---

4 Jürgen Habermas, "Struggle for Recognition in the Democratic Constitutional State", Amy Gutman ed., *Multiculturalism* (Princeton University Press, 1992), p. 112.

의 권익이나 여성의 평등권 확보가 진전할 수 있는 것은 주권자로서의 국민의 투쟁이 있기 때문이다. 이것은 문화에도 해당된다고 하버마스는 생각한다. 이것은 특정 문화 가치의 문화적 보존에도 해당된다. 그리하여 보호될 만한 문화라면 이 단일한 민주주의의 과정에서 그 보호에 관계된 모든 문제가 해결될 수 있어야 하고, 그것을 보호할 특별 조처가 존재하지 않아도 된다. ── 적어도 일단은 이렇게 그는 말한다. 퀘벡의 문화적 독자성의 경우, 그것은 일방적으로 주장될 수 있는 것이라기보다는 민주적 과정 속에서 정립되어야 하는 주제이다.(하버마스 교수가 이것을 자세히 논하는 것은 아니지만, 퀘벡의 경우 이것은 이 민주적 과정의 범위가 주(州)와 연방 어느 범위의 것이 되어야 하느냐 하는 문제와 연결될 것이고, 주를 그 범위로 하더라도, 가령 영어 사용 캐나다인이 퀘벡에 거주할 때 불어 교육을 의무로서 받아들여야 하는가 하는 개인적 가치 선택의 자유의 문제를 일으킬 것이다.)

그러니까 강조하여야 할 것은 민주주의의 정치 과정이다. 그런데 또 하나의 역설은 민주주의의 과정적 개방성, 그것이 특정 문화에서 나온 것이라는 사실이다. 그리고 그것은 윤리적 함축을 가진 문화이다. 민주주의가 차이를 가진 시민들의 동등한 정치 참여 그리고 권리를 위한 투쟁을 허용하는 제도라고 한다면, 이 개방성의 제도는 자체가 계몽주의 시대 이후의 서구 문화 그리고 인간의 삶에 대한 일정한 윤리적 이해에서 나온 서구적 역사와 문화의 산물인 것이다. 그리하여 하버마스는 앞에서 말한 "모든 법치 공동체에서 [권리의] 현실화를 위한 과정은 필연적으로 윤리에 의하여 삼투되어 있다."라는 것을 인정한다. 이러한 문화나 윤리 그리고 정치 제도의 역설적 일치 ── 깊은 차원에서의 일치에 대한 하버마스의 복합적인 입장을 시험하는 것이 서유럽과 미국과 같은 서방 국가에서의 이민자의 상황이다. 이민자는 이민해 가는 국가에 들어서면서 두 가지 요구를 받는다. 하나는 정치적인 충성에 대한 요구이고, 다른 하나는 동화의 요구, 즉 문화적 충성에 대한 요구이다. 원칙적으로 하버마스는 첫 번째 요구 사항은 정당하지만 자신의 문화적, 윤리적 자율성의 포기를 요구하는 두 번째 요구는 정당하지 않다고 생각한다. 민주주의의 기본 원리가 그것을 허용하지 않는 것이다.

그러나 그가 이렇게 말하는 것은 원리와 원칙에 있어서 그렇다는 것이고, 정치와 문화의 분리를 말하면서 그에 대한 반론들을 검토하는 과정에서, 그는 결국 반론의 많은 부분에 일리가 있다는 것을 인정하고 자신의 원칙을 수정한다. 가령 그 이민자가 개인의 자율성을 인정하는 정치적 원칙에 동의하는 경우 그것은 민주주의 국가의 "헌법 구성의 원리에 동의하는 것"인데, 그것은 "시민의 윤리적, 정치적 자기 이해와 나라의 정치 문화의 범위 안에서 그에 동의하는 것"[5]이라고 말한다. 즉 이 경우에 동의는 정치 문화에의 충성을 서약하는 것을 의미하는 것이다. "시민들의 통합은 [그때 그것을 가능하게 하는] 정치 문화에 대한 충성을 확실히 하는 것이다." 그리고 "이 문화는 입헌의 원칙들을 역사적 체험의 관점에서 해석하는 데에 기초"[6]한다.(이렇게 볼 때 다원적 가치의 인정을 부인하는 이슬람의 원리주의자는 서구의 민주 사회에 원칙적으로 수용될 수 없다.)

다만 문화적 체험은 강제되는 것이 아니라 설득의 방법을 통하여 내면화되는 것으로 이해된다. 다시 말하면, 통합은 "해석의 작업을 통한, 삶 세계의 문화적 재생산"[7]으로 이루어져야 한다. 이것이 가능하기 위하여 문화는 성찰적(reflexive) 성격을 가져야 한다.(이 성찰이라는 요소 자체가 특정한 문화 — 하버마스에게는 서구 문화 전통의 소산이다.) 그리고 이러한 해석과 설득에는 시간이 필요하다. 이것은 원래의 시민이 자신의 문화를 흡수할 때 자

---

5 Ibid., p. 138.
6 Ibid., p. 134.
7 Ibid., p. 130.

연스럽게 일어나는 일이지만 이민자에도 해당된다. 다만 그것이 이민자의 충성 맹세에 함축된다면, 그 과정은 조금 더 의식화되고 단축된 시간 안에 일어나는 것이라고 할 수 있다. 그러나 이것이 일방적인 동화만을 말하는 것은 아니다. 다른 한편으로 민주적 절차에의 참여가 동등한 것이어야 한다면 수용하는 문화도 자기 변용을 받아들일 용의가 있어야 한다. 하버마스는, 이러한 민주적 문화 과정은 주류 문화 자체의 변화까지도 배제하지 않은 것이라는 사실을 받아들인다. 그러나 이 가능성 또한 긴 시간을 요한다. 이것은 성찰이 문화를 철저한 비판의 대상이 되게 한다는 관점에서 나오는 결론이다. 그 성찰적 자기 변화의 시간을 하버마스가 어떻게 생각하는가 하는 것은 토의, 투쟁 그리고 성찰을 통한 다른 문화에로의 변화를 '다음 세대'의 가능성으로 남겨 두어야 한다고 말하는 데에서 추측할 수 있다.[8]

5

정치와 문화의 깊은 연관에 대한 이러한 생각에도 불구하고 자유 민주주의의 핵심은 그 개방성, 성찰과 비판의 상례화, 윤리 중립의 법치주의 — 이것 자체가 윤리적 선택이라는 것을 인정하고 — 이다. 그리고 지금의 시점에서 그것은 개인과 사회를 양립할 수 있게 하고, 또 여러 문화를 공존하게 하는, 또는 통합하게 하는 유일한 방법으로서 모든 사회에 보편적 의미를 갖는다.

그러니까 여기에도 모순과 역설이 있다. 서양의 문화적, 제도적 업적은

---

8 Loc. cit.

세계적 보편성을 갖는다는 것이다. 이것이 그렇게 이상한 일은 아니다. 특정 지역에서 나온 어떤 문화적 업적이 보편성을 갖지 말라는 법은 없다. 서양 문명, 인도 문명, 이슬람 문명 등, 야스퍼스의 말을 빌려 인류의 "주축 시대의 문명(axial age civilization, Achsenzeit Zivilisation)", 그리고 거기에서 발전해 온 주축 문명은 이러한 역설적 조합의 소산이다. 작은 문화적 업적의 경우도 어떤 시점에서, 어떤 특수한 문화적 조건에서 이루어진 업적이 인류 전체를 위한 보편적 의미를 갖게 되는 것은 너무나 자주 일어나는 일이다. 동시에 이 경험 세계에서 얻어지는 보편성은 역사의 소산인 만큼 특수한 문화의 특수성을 그대로 지니지 않을 수 없다. 하버마스가 말하고 있는 윤리 중립적 법치주의는 서양 문화의 소산이면서 지금의 시점에서 우리가 지향해야 할 보편성의 공식이다. 근대화란 제도적 관점에서 입헌 민주제이고, 그것을 문화적으로 뒷받침하는 가치는 개인의 자유, 법치, 성찰 등이다. 이것을 배우고 내면화하는 일이 필요한 것이라는 것은 많은 사회 — 비서양 사회에서 받아들여지고 있는 근대의 현실이다. 사회 내에서 개인이나 집단의 이익이 부딪칠 때, 그리고 나아가 문화가 부딪칠 때, 타협의 방책도 근대적 개방성이다. 다만 이 보편성의 공식도 특별한 역사적 지평에서 나온 것인 만큼 어떤 한계를 가지고 있으리라는 것을 생각해 보아야 한다. 하나의 관점에서의 열림은 더 큰 차원에서의 닫힘을 내장하고 있을 수 있다.

이 가능성은 하버마스의 다문화론에서도 보이는 것으로 생각된다. 앞에서 언급한 글이 그 뒷부분에서 다루고 있는 것은 난민 문제이다.(이것은 이민과는 달리 불가피한 상황에서 일어나는 이동의 경우가 된다.) 그는 정치적 난민을 수용하는 것이 모든 정상적인 나라의 의무라는 난민에 관한 제네바 협정(1947, 1992)에 동의한다. 그에게 특이한 것은, 독일을 포함한 여러 유럽 국가들에서의 일반적인 여론 그리고 정부들의 입장과는 달리, 소위 경제 난민의 수용에 대하여서도 긍정적인 입장을 취하고 있다는 점이다. 특이한 것은 그 정당성에 대한 하버마스의 이론이다. 19세기 초부터 20세기 초까지 다른 지역과 나라로 이민한 것은 유럽인이고 미국인인데, 그 동기는 대체로 경제적인 것이었고 그들은 이것으로 거대한 이익을 거두었다. 그러니 이제는 그것을 갚아야 할 '도덕적' 의무가 있다는 것이다. 물론 이민의 문을 활짝 열어야 한다는 것보다는 유연한 이민 정책을 채택하여야 한다고 그는 말한다.(물론 이것은 이론적인 것과 함께 현실적인 상황을 고려한 데에서 나온 설명일 것이다.)

여기에서 주목하고자 하는 것은 경제 이민을 위한 변호가, 도덕이라는 말에도 불구하고 반드시 도덕적 입장에서 이야기되는 것이 아니라는 점이다. 이민을 받아들이는 것이 "도덕적 근거"를 가지고 있다고 할 때, 그가 말하고 있는 것은 간단한 의미에서의 인도주의가 아니다. 여기의 도덕은 빚지고 빚을 갚는 — 물질적 호혜주의의 도덕이다. 그러나 이것이 반드시 도덕이라고 부를 수 있는 도덕인가? 호혜의 도덕만이 도덕이라면, 그러한 관계가 없는 이민자는 아무런 권리를 가질 수 없다는 말이 될 것이다. 그 도덕적 의무는 이민의 역사를 가지고 있는 유럽에는 해당하겠지만, 그러한 역사가 없거나 극히 최근의 일인 나라에는 해당되지 않을 것이다. 여기에는 한국도 포함된다. 한국 또는 다른 나라에 오는 이민자는 이러한 호혜와는 관계가 없는 경우인데, 그렇다면 그들을 대할 때의 근본 원칙은 무엇이어야 하는가? 물론 이러한 나라에서의 경제 이민자가 반드시 이익 관계를 초월하여 인간적인 대접을 받는다는 말은 아니다. 이주 노동자 자신의 입장은 경제적 도움을 필요로 하는 난민이고, 그들을 받아들이는 나라에서는 그 노동력이 필요하여 그들을 수용한다. 여기의 관계는 철저하게 이익 호혜주의에 입각한다.(독일에서 터키인들을 비롯하여 여러 외국인이 이주하여 온 것도 독일의 필요에서 시작된 것이다.) 그런데 받아들이는 나라의 필요에 의하여 이주 허가를 받는 사람이 아니라 순수하게 자신의 형편 때문에 다른 나라에 입국하고자 하는 사람들은 어떻게 할 것인가? 하버마스의 설명으로는 독일의 경우, 이러한 이민자의 경우에는 '도덕적' 원리가 작용하여야 한다. 그러나 그것은 앞에서 말한 바와 같이 이익 호혜의 원칙을 조금 더 넓게 적용하는 것에 불과하다. 그것은 현재의 이익 호혜를 넘어 역사적 과거의 이익의 관계로 전이해 놓은 것이다.

이익의 호혜 관계는 어떤 사회에도, 특히 민주주의 사회에 있어서 고려되는 사항이라고 할 수 있다. 그러나 이 호혜 관계는 아무렇게나 성립하지 않는다. 그것은 그 자체로 충족적인 것이 아니라 그것을 초월하는 어떤 전제에 기초한다. 이민이 문제가 되는 것도 사실은 이로 인한 것이다. 이민자가 이 테두리 안에 들어올 수 있는가 아닌가가 문제인 것이다. 이 테두리는 단순화된 이익 관계를 넘어가는 여러 가지 것들을 포함한다. 그리하여 이익에 기초하여 일단 이민자가 사회의 테두리에 들어오는 경우에도 그다음, 곧 사회는 단순히 경제적 기여를 넘어가는 인간으로서의 그의 필요와 요구를 수용하여야 한다. 이 테두리는 경제적 이해관계로 단순화될 수 있기는 하지만, 절대적으로 주어져 있는 사실로서의 테두리이다. 그것은 운명적 성격을 가지고 있다. 현대 사회가 공동체적 사회가 아니라 이익 사회라는 것은 흔히 이야기되는 사회학적 관찰이다. 그러면서도 이익에 기초한 사회도, 그것이 인간의 사회인 한, 이익을 초월하는 공동체적 테두리를 완전히 무시할 수는 없다. 이민자가 들어가게 되는 테두리는 이 공동체적인 테두리라고 할 수 있다.

다만 이 테두리는 공동체라는 말로만 설명하기에는 조금 더 복잡하다고 할 것이다. 그것은 일단 사람들이 수용하게 되는 필연의 구속이라고 하는 것이 옳을지 모른다. 이익의 관계는 이 구속이 있는가 없는가에 따라서 두 가지로 나누어진다. 이 테두리가 선행하는 경우 이익의 거래는 피할 수 없는 것이 된다. 그렇지 않은 경우, 그것은 간단하게 거부될 수 있다. 즉 불이익이 분명한 경우 타협 또는 거래 자체가 거부될 수 있다. 민주주의 사회의 중요한 원리는 사회생활에 있어서의 이익 —— 개인의 이익 그리고 때로는 집단의 이익을 존중하는 것이다. 그러나 그것은 하나의 테두리의 불가피성 안에서 강요되는 요건이다. 그리하여 그가 누가 되었든지 체제로부터 축출할 수 없다는 것이 전제가 된다.(아테네의 도편 추방제(ostrakismos)는 정치 공동체의 테두리로부터 사람을 축출하는 행위이고, 오늘날도 그에 해당하는 법률적, 정치적 조치가 없는 것은 아니지만, 이것은 공동체적 테두리가 많은 것에 선행한다는 것을 증거하는 일이라고 할 수도 있다.) 그리하여 개인의 이익은 주장되면서, 또 전체의 질서에 의하여 한정되지 않을 수 없다. 그 결과 이익의 추구는 동시에 협상과 타협을 포함한다. 개인이나 집단의 이익이 권력 질서에 의하여 전적으로 무시되는 경우를 생각해 볼 수 있다. 이에 대하여 민주주의는 이러한 일방적으로 부과되는 일체적 질서를 거부한다. 그리하여 개인적 이익의 타협 체제를 규범적으로 또는 법질서로 확립할 필요가 생겨난다. 권리는 이러한 질서 속에 인정되는 개인의 이익들을 말한다.

방금 말한 것은 이익과 권리와 타협 이전에 전제되어 있는 것이 공동체적 또는 필연의 테두리이지만, 역설적으로 그것은 불안정과 갈등의 원인이 되기도 한다.(하버마스의 민주주의 이해의 중요한 부분이, 앞에서 본 바와 같이 이 점에 대한 강조이다.) 한 테두리 안에서의 공존을 피할 수 없기 때문에 바로 여러 사람과 집단의 이익과 권리는 갈등 속에 들어가고, 또 무시되거나 인정되지 않을 가능성을 갖는다. 그것은 늘 부인될 수 있는 것이다. 그것은 쟁취되고 옹호되어야 하는 대상이다. 물론 다른 해결의 방법이 협상과 타협과 협약이다. 갈등도 일체성의 조건으로 일어나지만 협약도 그것으로 하여 불가피한 것이 된다. 여기에서 원칙의 차원에서 주장되는 것이 그것을 위한 배분과 공평성과 정의이다. 가치의 차원에서 윤리적 중립성을 가진 법질서의 필요도 여기에서 생겨난다.

6

그런데 다시 한 번 모든 것의 테두리가 되는 일체성은 무엇을 의미하는가? 이것은 공동체이고, 그 내용으로서 민족이나 종교 원리일 수 있다. 그러나 이것은 이민자를 수용하는 원리가 되지는 못한다. 사람들이 가지고 있는 전체성의 개념 그리고 신념의 원리들은 서로 다른 것이 될 수 있을 터인데, 그 경우에는 어떻게 할 것인가? 하나의 테두리를 만드는 보다 중립적인 개념은 생존의 근거로서의 시공간의 일체성과 같은 것이라고 할는지 모른다. 오늘날 시공간의 일체성에 대한 현실적 표현은 국가 — 역사적 기억과 업적을 포함하는 국가 내지 국가 공동체일 수 있다. 그리하여 보다 현실적으로는 국가를 시공간의 일체성의 구체적 표현으로 볼 수 있을 것이다. 물론 이것이 국가주의일 수는 없다. 자유 민주주의 국가는 이익과 권리의 충돌과 거래와 타협의 공간에 가까워 간다. 이러한 국가는 이민자도 이익의 거래에 기초하여 국가의 일원으로 수용할 수 있을 것이다. 그러나 다시 한 번 이익 관계를 초월하는 이민자의 문제는 풀리지 아니한다.

그런데 참으로 사회를 규정하는 테두리를 이익의 갈등과 협약의 공간으로서 한정하여 규정할 수 있는가? 이익과 권리를 가진 개인은 누구인가? 개인은 이익과 권리를 통하여 인정되는 존재이면서 그것을 초월한 복합적인 요구를 가진 존재이기도 하다. 인간적 존엄성이라는 말이 있지만, 개인을 말하면서 그 존엄성을 말하는 것은 개인이 윤리적 의미를 갖는다는 것을 말한다. 개체들을 개체로 인정하면서 하나로 묶는 사회적 테두리의 진정한 기초는 윤리적인 것이라고 할 수밖에 없다.

실제에 있어서 하나의 사회 안에서 인간관계를 원활하게 하고 그 자체로 만족할 만한 것이 되게 하는 것은 단순히 이익 관계가 아니라 인간의 상호 유대감이다. 이것도 현대적 정치 이념 속에서는 집단 이익을 위한 결속으로 이해될 수 있지만, 그 심리적 기초는 보다 원초적인, 인간이 인간에 대하여 갖는 어떤 유대감이다. 그것은 사람이 다른 사람에 대하여 자연스럽게 느끼는 동정이나 연민과 같은 감정에서 가장 직접적으로 표현된다. 이것을 일반화하면, 그것은 기독교의 이웃에 대한 사랑이나 불교의 자비심 또는 유교의 인(仁)과 같은 것이다. 이러한 정감은 보다 심화하여 생각될 수 있다. 생물학자 윌슨은 모든 생명체들 사이에 존재하는 '생명 친화감(biophilia)'을 말한 바 있다. 그에 유사하게 사람에게는 '인간 친화감(anthropophilia)'이 있다고 할 수도 있다. 또는 사람을 하나로 묶는 것은 (하이데거의 존재론적 관점에서의) '공존재(Mitsein)'에 대한 직관이라고 할 수도 있다. 이러한 것들은 따로 있으면서 하나로 있는 인간의 생명을 보다 원초적인 차원에서 이해하려 하는 개념들이다.

그러나 이에 대하여 자유주의의 이념에서 강조되는 것은 이익과 권리의 요인들이다. 하버마스에서도 이것은 마찬가지이다. 하버마스가 이러한 원초적 유대감을 말하지 않는 이유의 하나는 아마 이러한 감정적 또는 생물학적 요소에 대한 언급, 그에 대한 의존이 인간 문제의 현실적 해결에 장해가 된다고 보기 때문일 것이다. 그러나 그가 이민자를 옹호할 때, 자신이 그렇게 말하지 않더라도 거기에 움직이고 있는 것도 그가 가지고 있는 인도주의적 감성이다. 이것은 그의 사회 이론 전체의 근본 동기라고 할 수도 있다. 단지 이론적으로 이것을 인정하지 않는 것이다. 정치를 현실적으로 생각하는 사람들은 이념적 근거가 어디에 있든지 간에 부드러운 감정이나 원초적 생명의 기초 또는 존재론적 기초를 말하기를 두려워한다. 그것은 약한 마음을 보이는 것이고 현실적 해결을 피하는 일이 될 수 있기 때문이다. 이에 대하여 갈등과 투쟁 그리고 그 조정이라는 관점에서 현실에 접근하는 것이 해결을 가져오는 방법이라고 생각된다.

갈등의 힘으로 인간사를 설명하려는 가장 중요한 시도는 마르크스주의이다. 다만 마르크스주의는 계급의 철폐가 궁극적으로는 이 갈등을 해소할 것으로 생각한다. 자유주의는 이 갈등을 계급 갈등만큼은 강력하게 말하지 않지만 개인 간의 갈등 또는 잠재적 갈등은 사회를 생각하는 데에 있어서 중요한 요인이다. 하버마스는 마르크스의 이론을 이어받은 사회 이론가이다. 물론 다른 마르크스주의자와는 달리 그는 개인의 권리가 중요하다는 생각을 가지고 있다. 그러면서도 그의 투쟁적 현실주의는 그에게서 근본적 전제의 하나이다. 이것은 현실 문제에 대처하는 데에 있어서 방법론적 고려 때문이라고 하는 것이 옳을 것이다. 현실 개조의 방법은 현실의 동역학 사이에 틈새를 찾고 거기에 쐐기를 꽂아 그 움직임을 근본적으로 바꾸어 놓는 일이다. 이러한 탐색에서 권리, 이익, 정의, 집단 이러한 것들은 모두 힘에 관계되는 개념이다.

그러나 앞에서 말한 바와 같이, 민주주의 질서에서 개인 이익이 중요한 것은 개인들의 인간 존재와 생명 현상이 존귀한 때문이라고 할 수 있다. 문제는 이것을 일반적인 인식이 되고 현실 세계의 힘이 되게 하는 것이다. 그 하나의 방법은 이러한 윤리적 존중을 규범화하는 것이다. 개인의 관점에서 그 생명의 존엄성은 나 자신의 존재에 가치를 부여하는 데에서 출발한다. 이것은 단순한 사욕(私慾)의 입장에서의 자기주장일 수도 있지만, 보다 객관적인 존재론적 인식으로 고양된 자기 인식이 될 수도 있다. 그 계기의 하나는 나의 입장을 다른 사람의 입장으로 옮겨서 생각하는 것이다. 유교에서 말하는 역지사지(易地思之)는 공감의 객관화의 과정을 말한다. 이 과정에서 자기 존엄성은 일반적 규범 속에서 이해된다. 칸트의 지상명령의 규범도 그러한 고양된 자기 인식을 포함하는 개념이다. 칸트의 도덕 철학은 스코틀랜드의 도덕 철학자들, 섀프츠베리(Shaftesbury)나 허치슨 (Hutcheson)의 심정의 윤리 ─ 선의(benevolence)에 기초한 심정의 윤리를 대체하는, 당위적 의무의 도덕과 윤리를 밝혀내려는 기획이다. 당위로서 의 규범은 심정에 비하여 그 나름의 무게와 힘을 갖는다. 물론 이것도 진정 한 현실적 힘이 되기 위해서는 법과 제도 속에 정립되어야 한다. 그리하여 인간의 삶의 존귀함은 권리, 그리고 권리를 옹호하는 제도가 되고, 법 집행 의 문제가 된다. 이러한 변용은 납득할 수 있는 것이지만 여기에서 보이지 않게 되는 것은 사람과 사람을 묶고 있는 테두리에 대한 보다 근본적인 인 식이다.

7

보이지 않게 된 차원이 어떤 것인가를 여기에서 적절하게 설명할 수는 없다. 다만 우리에 가까운 전통 ─ 일단 우리 나름의 아시아의 전통에서 두어 개의 단편적인 가능성을 들어 그것을 시사(示唆)해 보려는 것이 필자 의 의도이다.

우리는 시험 삼아, 권리를 위한 투쟁을 핵심으로 하는 민주주의 공동체 의 담론을, 가령 『바가바드기타』의 인간의 삶의 정향에 대한 세 가지 구분 에 해당시켜 생각해 볼 수 있다. 여기에 비추어 보면 하버마스와 서방의 이 해관계 그리고 권리 투쟁의 담론은 이 세 가지 중 높은 차원의 것을 하나 빼어놓은, 좁은 사고의 지평에서 이루어지는 것이라고 생각하지 않을 수 없다. 칸트의 지상 명령은 인간의 내면에 작용하는 윤리적 규범을 확인하 려는 것이지만, 그것은 내면적으로 의식되는 당위일 뿐, 세계의 구성 원리 가 되지 못한다.(그것을 세계상으로 확대하는 것은 이성적 규칙의 한계를 넘어가는

일이다.)『바가바드기타』는 인간의 존재 방식에 사트와, 라자스, 타마스의
세 차원이 있다고 한다. 그중 위쪽의 두 차원, 사트와와 라자스에 따른 삶
의 정향은 다음과 같이 구분하여 말하여진다.

> 사트와에서 나오는 앎이 있으니,
> 그것은 모든 생명체에 있는
> 죽음 없는 하나의 존재를 앎이라.
> 그것은 모든 가름을 넘어 온전하다.

> 라자스의 앎은 차이만을 아노니,
> 거기에서 수없는 생명체에 수없는 영혼,
> 모두가 다르고 모두가
> 다른 생명체로부터 서로 떨어져 있다.

이러한 서로 다른 앎의 방식으로부터 서로 다른 행동 방식이 나온다.

> 아무런 집착도 없이 이루어지는—
> 쾌락을 탐하여 그러는 것도 아니고,
> 누를 수 없이 솟아오른 분노로
> 말미암은 것도 아닌 행동,
> 성스러운 의무의 행함,
> 사트와에서 오는 것은 이런 것이니.

> 지겨운 고역으로서의 행함,
> 주어진 사명을 거스르며,

육욕의 채찍에 밀려,

자아의 굳은 의지로 하여,

행하는 것, 그것은 라자스의 행함이라.[9]

"성스러운 의무의 행함"은 현세 너머의 피안에서 완성될 수 있을 뿐이다. 그러나 그 수련은 차세(此世)에서 시작한다. 사트와의 삶은 덕성을 닦는 수련의 삶이다. "마음의 평정, 동정, 아트만에 대한 명상, 관능의 사물로부터의 초연함, 동기의 순수성"——이러한 덕성은 현세적인 의미를 갖지 않을 수 없다. 개인과 집단의 차이를 넘는 조화를 이룩함에 있어서 평화롭고 공정하고 성찰적인 마음가짐, 이 모두가 중요한 것이라 하겠으나, 그 중에도 동정심은 적어도 고통의 문제에 있어서는 가장 중요하다. 그러나 이것이 단순히 직접적인 감정의 표현에 그치는 것은 아니다. 모든 마음의 덕은 "엄격한 기율의 실천"——"몸의 기율", "언어의 기율", "마음의 기율의 실천"으로서만 얻어질 수 있다. 즉 절제의 고통이 들어가는 단련이 필요하다.

보다 낮은 차원의 삶의 정향에서도 괴로움의 단련이 있다. 다만 라자스에 있어서 그것은 "이기적인 프라이드, 명성과 명예와 맹신"을 그 동기로 갖는다. 그러나 "그 단련의 효과는 오래가지 않는다. 그것은 해결이 없기 때문이다."——『바가바드기타』는 이렇게 말한다. "해결이 없는 것은 그 동기와 행동이 갈등의 변증법의 무궁동(perpetual motion)에 사로잡혀 있기 때문이다." 그러면서도 라자스의 차원은 타마스의 단련——"어리석은 목적 때문에, 자기 학대의 흥분감 때문에, 다른 사람을 해치고자 하기 때문에"[10]

---

9 *Bhagavad Gita*, trans. by Swami Prabhavananda and Christopher Isherwood(New York: Mentor Books, New American Library, n. d.), pp. 122~132.

10 Ibid., p. 118.

행하는 타마스의 단련보다는 한 단계 위라고 할 수 있다.

힌두이즘에 스케치된 인간 희극은 — 불교에도 비슷한 인간관이 있다고 할 수 있을 터인데 — 오늘날에도 그대로 맞아 들어가는 것이 아닌가 한다. 다만 사트와의 측면이 보이지 않게 된 것이 오늘날이다. 사트와가 반드시 인도주의적 행동을 의미하는 것은 아닐 것이다. 그것은 카스트 제도 속의 인도에서 일정한 카스트에게 주어진 의무를 충실히 행하는 것을 말할 수 있다. 그러나 그런 경우에도 그것은 개인적인 동기가 아니라 도덕적 의무 의식에서 이루어지는 카루나(karuna)를 포함할 것이다. 이 자비심의 표현은 존재의 일체성의 인식에서 나오는 당연한 행위이다.

이러한 정신적 그리고 현세로 확대되는 일체성의 세계에 대하여 민주주의가 제시하는 바 서로 갈등하는 개인의 권리에 대한 해결책이 반드시 라자스의 차원에서 일어나는 인간사를 말한다고 할 수는 없다. 그러나 프라이드, 명성과 명예와 맹신의 경쟁이 자유주의적 사회의 특징이 되어 있는 것은 틀림이 없다. 뿐만 아니라 여기에서는 쾌락과 탐욕과 분노, 육욕과 굳은 자기 의지 — 이러한 것들은 의도적으로 허용되는 것이 아니라고 하더라도 자연스러운 삶의 동기가 된다. 협약에 의한 해결이 필요해지는 것은 당연하다. 그러나 그 해결책은 앞에서 나온 비유를 되풀이하여 '무궁동'의 순환이 될 가능성이 크다. 갈등의 변증법들 — 힘으로 힘을 통제하려는 갈등에 대한 여러 방책들은 속절없는 되풀이가 되는 것이다. 라자스의 세계에 자기 훈련이 없는 것은 아니지만, 그것은 대체로 명성과 명예에 관계된 것이고, 인간의 인간 됨을 위한 것은 아니다. 또 그 세속적 훈련은 쉽게 타마스에서 풀려나는 허황된 목적과 사도 마조히즘에 의하여 침윤된다. 자기 기율이 없는 해방이 현대인의 지상 목표이다. 스스로의 몸과 마음의 단련을 요구하는 사트와의 기율은 모든 것을 외적인 관점에서만 보는 현대인에게는 너무 무리한 요구로 보인다.

8

『바가바드기타』의 인간관은 보다 일반적으로 너무 금욕적이고 피안적인 감이 있다. 이에 대하여 유교는 자주 지적되는 바와 같이 보다 현세적인 인간관을 제시한다. 그러면서도 그것이 정신적 차원을 완전히 떠나는 것이라고 할 수는 없다. 서구 근대의 사고를 규정하고 있는 지평을 생각하면서, 한국의 입장에서 되돌아보지 않을 수 없는 것은 말할 것도 없이 유교의 인간 이해이다. 그러나 여기에서 할 수 있는 것은 어떤 본질적인 문제보다도 그 가능성을 잠깐 살피는 일일 뿐이다. 잠깐 생각해 보고자 하는 것은 예(禮)의 문제이다. 이것은 유교의 핵심에 있는 인간 행동의 양식이다. 그리고 앞에서 문제 삼았던 갈등의 행동 방식에 대하여 대체적인 인간 상호 관계의 양식을 말한다고 할 수 있다. 물론 예는 삶의 피상적인 표면일 뿐이라는 인상을 줄 수 있다. 이것의 극복을 위해서는 존재론적 해석이 필요하다. 더 면밀하게 검토되어야 할 문제이기는 하지만, 여기에서는 이 연결을 시사하는 관점에서 예를 잠깐 언급하는 데에 그칠 수밖에 없다.

한 세대 전에 공자에 대하여 가장 높은 해석을 시도한 미국의 철학자 허버트 핑거렛(Herbert Fingarrette)의 저서의 제목은 『공자: 성스러움으로서의 세속(*Confucius: The Secular as Sacred*)』(1972)인데, 이 제목은 인간 존재 안의 역설적인 일체성 — 현재적인 삶과 그 정신적 바탕의 일체됨을 표현한다고 할 수 있다. 공자에 있어서 인간의 본질적인 존재 방식은 사회적이다. 그러나 그것은 개인에 대한 반대 명제로서의 사회라기보다는 그 이전에 원초적으로 존재하는 사회성 또는 공존성이다. 이 사회성은 경험적인 이해관계로부터 형성되는 것이 아니라 인간 존재에 거의 선험적으로 주어지는 초인간적인 일체성으로부터 나온다. 그리하여 그것은 성스러움의 바탕이 된다. 이 사회성 — 성스러운 사회성의 본질은 예(禮)에서 가장 잘 표현된다.

예는 사람을 하나의 기초 속에 엮어 놓는 장치이다. 그리하여 사회에 정신적이면서도 정치적인 구조를 만들어 내는 원리이다. 예의 사회 정치 질서에는 적어도 그 근원에서는 강제적인 요소가 크게 작용하지 않는다. 예의의 질서는 사회 질서이면서 개인의 인격체로서의 자기실현을 가능하게 하는 것이기 때문이다. "개체성의 마당(the locus of the personal)"은 바로 사회성의 마당이다. 개체의 본질이 거기에 맞닿아 있기 때문이다. 아름답고 위엄 있는 의례(儀禮)는 일을 저절로 이루어지게 하는 신비한 힘을 가지고 있다. 예의 수행에 숙달하기 위해서 개인은 학문과 인격의 수양의 단련을 받아들여야 한다. 그러나 그것은 개인으로 하여금 사회를 움직이는 힘을 얻게 하는 수단이기도 하다. 의례는 삶 자체의 움직임이다.

핑거렛이 말하는 사례들에는 현대적 일상에서 일어나는 일들이 많다. 그것은 예가 어떻게 삶에 자연스럽게 내재하는 것인가를 보여 준다. 악수를 위하여 내미는 손은 저절로 다른 사람의 화답을 불러낸다. 예절 있는 밥상에서의 공동 식사는 사람을 하나의 질서 속에 묶어 준다. 연주곡에 최대로 충실하고자 하는 피아니스트의 연주는 자기를 버리는 일이면서 자신을 충실하게 실현하는 일이다. 예는 내면화된 인(仁)의 외면화이다. 연주하는 곡과 자신에 충실한 피아니스트는 인을 실천하는 사람이다. 인은, 핑거렛의 해석으로는 생명의 행동 원리이다. 인의 실현은 극기복례(克己復禮)로써 이루어진다. 이것은 자기를 단련하여 예의 아름다운 양식에 자기를 일치시키는 행위를 말한다. 이러한 일치에서 주와 객, 나의 의지와 사물의 질서, 나와 다른 사람── 이러한 대립 항목들이 하나의 질서에 있다.

이것을 사회적으로 말하면, 사람들은 의례의 실천을 통해서 신뢰와 상호 존중으로 묶이는 사회를 구성하게 된다. "거대한 의례의 공연, 완전하게 수행된 제례 행위에 따르는 엄숙성과 가벼움, 이것을 특징으로 하는 절묘한 종교 절차, 이러한 것들의 성스러운 아름다움을 가진 의식"[11] ─ 예(禮)를 매체로 하는 공자의 사회는 이러한 의식 바로 그 자체이다. 이 의식은 개체와 사회가 동시에 태어나는 매트릭스이고, 여기에서 인간은 존엄성을 얻는다. 그것은 앞에서 말한 바와 같이 성스러운 바탕을 가지고 있다. 인간의 공존이 성스러운 존재의 바탕에 기초한다는 이러한 인간관은, 핑거렛이 지적하고 있듯이 인간을 생존 경쟁 속에 있는 동물 또는 기계에 비유하는 인간관과도 다르고, 상충하는 이익의 원자로서의 개체들이 사회계약을 맺어서야 비로소 일단의 질서를 찾는다고 보는 인간관과도 다르다. 되풀이하건대 성스러운 의식 속에 있는 인간은 경쟁과 투쟁의 관계에 들어가기 전에 근원적인 일체성 속에 있고, 이 일체성의 바탕 위에서 사람들은 이미 상호 신뢰와 존경의 관계 속에 있다. 인도주의, 윤리, 법 또는 모든 계약과 타협 아래에도 이 근본이 놓여 있다. 그러나 이것이 감추어져 있는 것이 현대 세계이다. 이에 대하여 고대의 인간학이 보여 주는 것은 보다 근원적인 인간의 모습, 그 정신적 차원을 잃지 않는 인간의 모습이라는 느낌을 준다.

물론 이것은 이상화된 투시도이다. 예의 질서가 많은 현실적인 문제를 가질 수 있는 것임은 새삼스럽게 말할 필요도 없다. 이론적으로도 예의 인간학은 중국 문명의 특수한 조건 ─ 또는 그러한 가르침을 윤리와 문화 전통의 핵심으로 삼았던 한국의 특수한 역사적 조건에 뿌리를 내리고 있는 인간 생존의 투시도로서 그것이 참으로 보편적인 의미를 가질 것인가 하는 것은 확실하지 않다. 예라고 할 때 그것은 역사적으로 발달한 특정한 예절, 제례 의식 그리고 행동 양식을 말한다. 이것은 현대에서 형식화된 껍질

---

11 Herbert Finagarette, *Confucius: The Secular as Sacred*(Prospects Heights, Illinois: Waveland Press, 1998), p. 76.

이 되고, 그 내적 의미를 상실하였다. 외적 표현으로서의 예절은 사회마다 지역마다 다를 수밖에 없다. 오늘날 이렇게 서로 다른 양식으로 발달하고 그 양식을 문화의 내용으로 고정화시킨 문화들이 다문화적 만남에 있어서 보편적 호소력을 가진, 조화의 의식으로 통합되리라는 것은 생각하기 어렵다. 그러나 주목할 수 있는 것은 인간을 성스러운 유대에 묶어 놓는 것이 예라는 전통적 인간학의 통찰이다. 이것은 지금은 잊힌 인간의 근원적 존재 방식을 조금은 엿보게 한다. 근대의 정치 리얼리즘에서 보이지 않게 되는 것이 인간 존재의 이러한 부분이다.

9

갈등의 변증법 저쪽에 생각되는 인간 존재의 정신적 차원 또는 근원적 차원을 말하는 것은 반드시 서구에서 시작한 근대의 인간관 그리고 그것이 가진 인간 해방의 가능성을 부정적으로만 말하자는 것이 아니다. 베다 철학이나 공자의 철학은 불평등과 억압과 계급과 신분 질서에의 순종을 옹호하는 이데올로기로 해석될 수 있다. 그리고 이러한 인간학의 역사적 운명과 결과를 볼 때 우리는 이러한 비판적 해석의 타당성을 수긍하지 않을 수 없다. 또 서양에도 보다 윤리적인 관점에서의 사회적 유대의 원리가 없었던 것은 아니다. 그러나 그것도 쉽게 계급 제도와 개체의 자유의 억압에 밀접하게 연결된 이데올로기가 되었다. 이에 대하여 전통 사회의 억압적 제도로부터의 해방을 가져온 것이 개인의 권리를 핵심으로 하는 민주주의 제도이다. 이것은 여러 가지 강제력에 의하여 또는 강제력을 내포하고 있는 정치 제도, 법률 제도로써 개인의 권익을 옹호한다. 그러면서도 그것은 인간의 정신적 차원을 등한히 하게 하는 요소들을 함유하고 있다.

이에 비하여, 그 억압적 현실 결과를 가감하고 본다면 아시아의 세계관에서 우리는 이러한 차원에 대한 통찰을 얻을 수 있지 않나 한다. 그러나 그것은 내면적인 통찰로 환원될 수밖에 없다. 그리고 너무나 약한 것이 내면적 원리에 호소하는 것이다. 그리고 그것은 쉽게 현실 권력의 도구로 전락한다. 서양의 정신적 전통에 대한 사실적 비판이 필요했듯이, 비서양의 전통도 비판적 검토를 통하여 구출되어야 한다. 이러한 비판의 한 이점은 비판 자체를 넘어 보다 넓은 인간 존재의 차원을 살필 수 있게 한다는 것이다. 동양의 전통에서 새로운 것을 발견하는 것도 여러 비판적 접근의 종합적 결과로 가능해진다. 인도나 유가의 전통에서 발견할 수 있는 정신적 차원이 이러한 전통에서만의 고유한 차원이라면, 그것은 보편적인 것일 수 없다. 이러한 차원이 어떤 전통에 고유한 것이 아니라 그것이 쉽게 소거(消去)될 수 없는 인간의 본질에 속하는 것이기에 일반적인 관심 사항이 될 수 있는 것일 것이다.

앞에서 말한 것들은 이것을 시사하는 단편적 이야기들이었다. 이것을 의미 있게 밝히는 데에는 보다 심각한 연구가 필요할 것이다. 인간 존재의 문화적, 사회적, 물질적 조건을 널리 연구하고자 하는 학문으로 문화 인류학, 사회 인류학 등이 있다. 또 이러한 경험적 인간학에 대하여 인간의 존재 방식을 보편적 또는 선험적 관점에서 성찰의 대상으로 하는 철학적 인간학이 있다. 그런데 이것을 조금 더 심화하면서 동시에 경험적, 역사적 차원으로 끌어내리는 인간학이 있을 수 있다는 생각이 든다. 인간 존재의 여러 방식을 보다 깊고 넓게 바라보고자 하는—선험적이고 초월적인 것을 포함하면서도, 인간 문화에 집적된 지혜와 그리고 인간 심성에 깊이 내재하는 요구로 볼 때, 경험적인 사실임에 틀림이 없다고 할—인간의 정신적 존재 방식을 연구하는, 정신 인류학이 있을 수 있지 않을까 하는 것이다. 그것은 선험적으로 확인될 수 있는 인간 존재의 정신적 차원에 관심을 가지되, 그것을 어떤 하나의 초월적 원리로 환원하는 것이 아니라 여러 전통에서 드러나는 정신의 다양한 이해 그리고 여러 다른 종류의 사회에서 발견되는 정신성 등을 통해 비교 연구하는 학문이 될 것이다. 여기에서 드러나게 될 인간 정신의 깊이에 대한 인식은 학문적 관심의 대상이 될 수 있을 뿐만 아니라, 오늘의 인간이 부딪치는 문제를 폭넓게 생각하는 데에 중요한 도움을 줄 수 있을 것이다.

그러나 다시 한 번 거꾸로 강조하여야 할 것은 지금의 시점에서 민주주의와 그 법치주의가 갖는 보편적 의미이다. 이것은 한 사회가 보다 인간적인 사회로 나아가는 데에 필요하고, 또 우리가 당초에 제기했던 다문화적 차이의 조절에도 필요한 가장 현실 효율적인 정치 사회 제도이다.(이것은 하버마스가 지적하는 바와 같이 여러 가지의 섬세한 또는 투쟁적 조정의 절차를 포함한다.) 앞에서도 말한 바와 같이 선진국에 이르지 못한 나라들은 경제와 과학 기술에 있어서만이 아니라 이 점에 있어서 뒤떨어져 있기 때문에 선진국이 아니라고 할 수 있다. 그러면서도 전통적인 문화 속에 보존되어 온 인간 존재에 대한 다른 차원의 이해와 통찰을 잃어버리게 된 것이다.

그러나 아이러니한 것은 전통문화 속의 인간에 대한 잃어버린 통찰들이 다시 관심을 끌게 되는 것은 비서양 국가들이 경제적 근대화를 어느 정도 이룩한 결과라는 사실이다. 경제적으로 발전한다는 것은 바로 전통적인 인간 이해를 벗어난다는 것을 말한다. 오늘날 새로이 경제 발전을 이룩한 아시아의 나라들 — 한국과 같은 나라들에서 보게 되는 것은 인간과 인간 사이의 분열과 갈등의 폭발이다. 그러면서 우리는 갈등을 이성적으로, 또 인간적으로 조절할 제도를 확립하지 못하고 있다. 경제 발전에도 불구하고 합리성의 발전은 바르게 이룩하지 못한 것이다. 그러면서 또 하나 말해야 하는 것이 이러한 합리성만으로도 해결할 수 없는 문제가 존재한다는 사실이다. 합리적 투쟁과 타협의 제도에서 개인과 집단의 권익을 바탕으로 하는 합리성은 늘 잠재적인 갈등의 요인으로 그리고 인생의 본질적 존귀함을 손상하는 요인이 될 수 있다.

되풀이하건대 사람의 현실적 삶의 운영에는 그것을 이끌어 가는 지평이 있다. 근대화된 사회에서 그것은 서구의 계몽주의의 이상이 이룩한, 현세적 인간 해방을 약속하는 이성의 지평이다. 그러나 합리적 이성의 지평 밖에는 이것을 넘어가는 다른 지평이 있다. 또는 모든 것은 무한으로 넓어지는 공간 속에 있고, 그것이 하나의 지평 속에서만 저울질될 수는 없다. 많은 전통적 인간 이해에는 이 넓어지는 공간을 위한 통찰들이 시사되어 있다. 물론 이것은 새로 인지되고 해석됨으로써만 의미 있는 것이 된다. 이것을 위한 노력은 아시아 인문 사회 과학의 핵심적 과제이다. 물론 더 중요한 과제는 이것을 참고하면서 보다 유연한 인간 이해를 획득하고 그에 맞는 현실 제도를 창출하는 일이다. 이것은 오래 걸릴 수밖에 없으면서도 반드시 있어야 하는 미래의 과제일 것이다.

(2011년)

세계화와 보편 윤리

수용, 권리, 문화 가치

1

세계화와 보편 윤리　여러 다른 문화가 존재하는 것은 세계 역사에서 변함이 없는 사실의 하나였다. 다만 오늘의 상황이 그것을 문제가 되게 하고, 그것을 성찰하고 거기에 따르는 해결책을 생각해 낼 것을 요구하는 것일 뿐이다. 그러한 오늘의 상황을 규정하는 큰 특징의 하나는 세계화이다. 그것은 여러 사회 그리고 그 사회 사람들 사이의 관계를 새로 설정할 것을 요구한다. 그중에 긴급한 것이 사회 사이, 사회 내, 그리고 사람들 사이의 관계를 규범화할 수 있는 윤리의 설정이 아닌가 한다.

역사의 어느 시대에서보다도 물자와 사람들과 정보들이 나라의 경계선을 넘어 가속적으로 이동하고 있는 것이 오늘의 세계이다. 세계의 곳곳에 널리 흩어져서 결집된 삶의 단위를 이루고 있던 여러 삶의 요소들이 함께 섞이게 되고, 전 지구를 하나의 삶의 공간으로 통합하여 감에 따라 혼란이 생기고 문제가 일게 되는 것은 불가피한 일이다. 물론 이러한 부정적인 요소 이외에 새로운 기회가 나타나게 되는 것도 사실이다. 그러나 우선적으로 걱정의 대상이 되는 것은 혼란과 갈등이고, 이 복합적인 혼융 상태에서 일어날 수 있는 삶의 위엄의 저급화이다. 그리하여 산다는 것은 피비린내 나는 싸움이 되는 것이 아니라고 하더라도 적어도 간계와 조종의 방책을 동원하는 것이 되고, 인간적 위엄이 땅에 떨어지게 될 가능성이 크다. 이러한 가능성을 품고 있는 세계화 과정에서 이러한 부정적인 부작용에 대한 대책 — 적어도 대규모의 갈등을 방지하고 평화와 공존을 보장할 수 있는 체제가 궁리되어야 한다는 요청이 인다. 이러한 요구는 특히 기존의 사회적, 문화적 경계를 넘어 사람들의 이동이 가속화되는 상황에서 절실해진다. 서로 조화될 수 없는 제도와 이념들이 한데 섞이고 얽힘에는 차이와 모순이 생기게 마련이고, 이것은 극복되어야 할 사항이 된다. 사람의 삶에 있어서 세계가 질서를 가진 전체를 이룬다는 느낌은 행복한 삶을 위한 필수적 조건이다.

궁극적으로 실현되어야 할 것은 하나가 된 새로운 세계 질서라고 할 수 있다. 그것을 통하여 지금 서로 섞이고 있는 여러 이질적인 요소들 사이에 화해를 만들어 내고, 한편으로는 비인간화의 위험에 한계를 긋게 하고, 다른 한편으로 사람의 삶 그리고 생명체 일반의 번영을 전망할 수 있게 되기를 우리는 희망한다. 이것은 적절한 정치적, 법률적 수단을 장비한 세계 정부와 같은 것을 말하는 것일 수 있지만, 그것이 단일한 국민 문화의 정립을 겨냥하는 오늘의 민족 국가의 재판을 말하는 것은 아니다. 그러나 세계 정부나 법 체제는 참으로 장기적인 관점에서는 어떨지 알 수 없지만, 쉽게 실현될 수 있는 것이라고 할 수는 없다. 또 그것이 바람직한 것인지 아닌지도 분명치 않다. 잠정적으로 그래도 기대할 수 있는 것은 지역의 단일 정치 체제, 민족 국가가 국가 안에 살고 있는 이질 문화와 이질 종족의 권익을 보호하는 책임을 지는 수밖에 없을 것이다. 그렇기는 하나 국내 정치 속에서 그러한 프로그램을 만들어 내는 일이 쉬운 일일 수는 없다. 정치는 서로 다른 이해관계와 신념 —— 많은 경우 군중 동원에 도움이 되는 민족주의적 신념을 가진 정치인들의 권력 투쟁의 장인데, 이러한 투쟁장에서 화해의 대책을 기대하기는 극히 어렵다고 할 것이다. 조금 더 쉬워 보이는 일은 단순히 아이디어의 차원에서 보편 윤리의 프로그램을 협동적 작업을 통하여 작성해 내는 일이다. 그리하여 거기에 해야 할 일과 해서는 안 될 일의 기본적인 항목을 밝혀 보는 일이다. 그리하여 서로 다른 문화의 공존의 필요에 대한 국제적인 의식을 높이는 일을 할 수 있을 것이다. 이러한 연구와 계획은 당위성의 공존에 대한 국제적인 헌장(憲章)을 만드는 일로 나아갈 수도 있을 것이다. 사실적 의의가 큰일은 아니겠지만, 오늘날과 같이 국제적 통신이 발달한 시대에 있어서 전혀 효과가 없는 일이 되지는 않을는지 모른다.

물론 현실적 가능성이나 효과의 문제를 떠나서, 극히 추상적이고 공허한 차원에서라면 몰라도 이러한 보편적 윤리가 가능하겠는가 하는 생각이 있을 수 있다. 윤리는 일정한 전통을 가진 특정한 사회에서 역사적으로 형성된 문화를 떠나서 존재할 수 없다는 생각들이 있다. 그런데 그것이 어찌 되었든 새로운 세계 현상에 적합한 보편 윤리가 필요하다는 사실은 그 자체가 세계사의 현시점에서 절실한 윤리적 요구라고 할 것이다. 전 지구가 인류 전체 또는 적어도 그 상당 부분이 공유하여야 하는 삶의 공간(Lebensraum)이 된다면, 그 공간은 살 만한 공간이 되어야 하고 그것은 인간의 가치와 권리를 보호하는 적절한 울타리를 가진 공간이 되어야 할 것이다. 윤리 규정은 사회마다 다르고 문화마다 다르다는 견해가 있는 것은 사실이지만, 서로 다른 사회의 다른 윤리 규범의 실제로부터 도출해 낼 수 있는 보편적 윤리 규범이 전적으로 없을 것이라는 것도 바른 결론이 아닐 것이다. 오랜 동안의 이질 사회와 문화 접촉이 계속되어 온 이 시점에서 말할 수 있는 것은 모든 종류의 인간이 누구나 인간이라는 것을 확인하게 된 것이라고 할 수 있다. 적어도 이방인을 생각하거나 얼굴을 보고 그것을 괴물로 그려 내던 신화적 사고는 이제 역사 또는 역사 이전의 사건이 되었다. 최소의 단초에서부터 출발하여서도 규범적으로 정의할 수 있는 보편 윤리의 틀이 없지는 않을 것이다. 여기에서 출발하여 보다 넓은 의미의 보편 윤리의 가능성을 탐색해 볼 수 있을 것이다. 이러한 노력의 한 형태는 인문 과학 연구자들이 국제적으로 협동 연구를 시도하는 일이다.

2

세계 문화의 가능성 그러나 곧 인정하지 않을 수 없는 것은 윤리가 문화의 일부라는 사실이다. 이것은 윤리를 규범적 명령으로 설정할 수는 있지만, 법질서처럼 강제적으로 집행할 수 없다는 사실로부터도 추리할 수 있다. 윤리(ethic, ethics)는 사회의 일반 관습(ethos)에서 도출되는 규범들의 체계를 말한다고 할 수 있다. 그것은 공동체의 외부에 마치 건축 발판의 구조물처럼 첨가될 수 있는 것이 아니다. 그것은 한 사회 안에서 일어나는 문화의 자기 조직화의 핵(核)으로 존재한다. 그리고 문화는 삶의 일반적인 환경이 되어 법이나 윤리로 규제되는 것이 아니라, 보다 종합적이고 자연스러운 전체로서 존재한다.

동아시아에서 정치 사회 이상은 덕화(德化) 그리고 문화(文化), 즉 덕으로 변화가 일어나고 문으로 변화가 일어나서 이루어지는 질서를 만들어야 한다는 것이었다. 다만 이것을 지향하면서 윤리까지도 이러한 자연스러운 질서 속에 녹아 들어가게 할 수 있다고 생각하지는 않았다.(물론 도교적 사회 이상은 그러했다고 할 수 있지만.) 핵심은 강제성이 없는 삶의 질서, 저절로 지탱하는 삶의 세계를 만들어야 한다는 것이다. 거기에서 사정이 그렇지 되지 못할 때에만 도덕적, 윤리적 명령이 필요해지고 법과 형의 집행이 필요해진다고 생각되었다. 어쨌든 동서양을 막론하고 인간 상호 간의 관계를 조정하는 자연스러운 매체로서 우리는 법이나 윤리 이전에 문화가 발전시킨 행동 양식 — 몸가짐이나 손님 접대에 있어서의 예절을 생각할 수 있다. 동양에서는 이것을 모두 아울러 예(禮)의 개념에 포함시켰다. 예에 따른 이러한 행동의 양식들은 문화 접촉에서도 그대로 사용될 수 있다. 그중에도 접객의 의례가 중요할 것으로 말할 수 있다. 이러한 문화 이념과 관습 가운데에서 특히 분명하게 유리(遊離)해 낼 수 있는 문화의 핵이 윤리이다. 법률도 이러한 문화의 터전에서 나온다고 할 수 있다. 이러한 자원으로서의 문화는 인간 상호 관계를 조정하는 매체이면서, 또 역사를 가진 민족에게 정체성을 부여하는 특성이다. 하나의 문화는 한 역사적 민족의 삶의 세계와 겹쳐서 존재한다. 그런데 이 삶의 세계는, 문화로서 생각되기 시작할 때 상징적인 변화를 통하여 하나의 전체성이 된다. 이 전체성이 역사적 민족의 정체성을 구성하는 요소가 된다. 이렇게 말하는 것은 많은 사회에서 문화는 의식화된 형성적 작업의 소산이라는 말이다. 그리하여 그것은 인간의 표현적 요구를 하나의 형상으로 만들어 일관성을 가진 전체가 되게 한다. 여기에서 인간이란 사실적으로 특정한 민족을 말하지만, 많은 경우 인간 일반으로 보편화되고, 이 보편화는 다른 문화를 가진 민족과의 관계에서 갈등의 원인이 되기도 한다.

전체가 된다는 것은, 한편으로 계속되는 주체화 작용을 위한 중심이 있어야 된다는 말이고, 다른 한편으로는 이 주체가 객체적, 객관적 세계에서 개방되고 확장됨으로써 강화된다는 것을 말한다. 여기의 객관적 세계는 사회를 포함한다. 이 사회는 상호 주체적으로 형성되는 세계이다. 이러한 문화적 주체가 있음으로써 개인은 주체로서의 자기 정체성을 구성할 수 있다. 집단의 경우에나 개인의 경우에나 주체 과정 방향은 전체적인 포괄성이다. 주체의 특성은 삶의 사물적 조건을 넘어서 보다 넓은 지평, 즉 보편성을 향하는 데에 있다. 단순화하여 말한다면 동양에서나 서양에서나 인문 교육의 이념은 자아로 하여금 자기 극복과 확대를 계속하여 보편성에 이르게 하자는 것이다. 헤겔이 교양의 이상으로 말한 "보편성에로의 고양(高揚)(Erhebung zur Allgemeinheit)", 한국 성리학에서 널리 인용되는 주자의 말, "주일무적수작만변(主一無適酬酌萬變, 하나에 머물러 있으면서 만 가지 변화에 대처한다.)"과 같은 것이 이러한 이념을 표현한 것이다. 이것은 개인의 자기 수련 과정을 말한 것이지만, 문화 안에는 이미 이러한 과정이 있고 이것이 교육의 과정으로 편입되기도 하고 그렇지 못하기도 한다. 개인은 자신의 문화 속에서 진행되고 있는 집단적 주체화 과정의 상호 작용 관계에 들어감으로써 자신의 주체성을 얻는다.(물론 주체 작용으로서의 집단을 개인이 객체화되어 있는 그대로 받아들이는 경우도 많다. 그런 한 경우, 자신을 객체화된 집단의 대표자로 착각한다.) 집단으로나 개인으로서 주체의 움직임은 그것이 언어로써 말하여지고 예술과 문화로써 형상되는 데에서 보는 것처럼 물질적, 사회적 조건에 관련된 실제적 필요를, 인간의 소망의 적극적인 표현으로 변화시킨다. 윤리가 이러한 문화로부터 발현하게 될 때 그것은 공동체의 생존을 위한 자기 억제의 요구가 아니라 인간 완성을 향한 소망이 이루어 내는 업적이 된다.

　세계적 윤리도 비슷한 복합적 관련 속에서 생각해 볼 수 있다. 앞에서 말한바 세계화의 긴급한 요구로서의 윤리는 오늘의 시대에 필요한 최소한의 윤리를 말한 것이다. 그러나 그러한 최소한의 윤리의 또 하나의 의의는 그것이 보다 보편적인 윤리를 탄생하게 하는 데에 촉매가 될 수도 있다는데에 있다. 진정한 의미에서의 세계 윤리는 보편적 문화의 일부일 것이다. 그것은 보다 넓어지고 풍부해지고 깊어진 인간 문화에서 나오게 될 것이다. 그 경우 윤리는 단순화되고 동질화한 일단의 개념이 아니다. 그러한 개념은 역사적으로 누적되어 온 실천의 관례(habitus of practice)와 마음의 습관(the habits of the heart)을 빈곤하게 하는 일이 된다. 새로운 윤리는 역사적으로 퇴적된 문화의 토지로부터 자라 나오는 것이어야 할 것이다. 이러한 문화의 틀 속에서 윤리는 단순한 명령 이상의 것으로 존재한다. 마찬가지로 법과 정치도 권리를 확보하고 그 침해를 방지하려는 장치가 아니라, 같은 심성을 가진 사람들이 이룩해 내는 공동선의 실현이 될 것이다. 윤리의 경우에도 궁극적으로 문제가 되는 것은 보편 문화의 가능성이다. 윤리는 이 보편 윤리의 한 부분이 되어야 하기 때문이다. 이 점에서 세계화는 하나의 세계 문화의 발전을 위한 도전이고 기회라고 생각될 수 있다.

복합 세계 문화/주체의 변증법 그런데 세계 문화가 인공 구조물이나 이데올로기의 산물이 아니라 문화적 교환을 통하여 세계의 여러 다른 문화의 실제적이고 정신적인 자산으로부터 피어나는 꽃이면 열매 — 이러한 아름다운 과실이 될 수 있는 것일까? 문화가 주체의 과정을 포함한다고 한다면, 세계 문화는 모순의 과정이 된다고 할 수밖에 없다. 그것을 구성하는 지역 문화들은 궁극적으로 하나의 문화로 지양되어야 하는 것일 터인데, 그 주체는 그 자체로 보다 포괄적이 되고 세계적인 것으로 확대되어야 한다. 그 주체의 자기 확대 운동은 다른 주체의 같은 움직임과 충돌할 수밖에 없다. 이 확대되는 포괄성은 보편성을 지향하면서도 지역의 중심으로부터 정의되게 마련이다. 그러면서 그 지역성을 스스로 알지 못한다.(식민지를 넓혀 가던 서양이 그것을 '문명의 소명(mission civilisatrice)'을 실천하려 하는 것이라고 말한 것과 같은 것이 그 대표적인 예가 될 것이다.) 이러한 모순들을 생각할 때 새로운 세계 문화는 복합 체계 연구의 물리학에서 그 개념을 빌리건대, 복합 체계로 생각하는 것이 옳지 않을까 한다. 즉 새로운 문화는 지역 문화가 이루고 있는 많은 이차 체계의 연합 체제가 된다. 이 체제 안에서, 이차 체계는 그 나름으로 일관성의 확대를 만들어 내는 독립된 역학을 유지하면서도, 다른 체제들 그리고 총제적 체제와의 상호 작용을 계속한다. 이 복합 체제를 이루는 세계 문화는 쉽게 알아 볼 수 있는 선형(線形)의 질서를 드러내지 않으면서도 총체적인 전체가 될 것이다. 이 전체는 끊임없는 재구성의 과정 속에 있는 전체이다. 이 전체를 하나의 일관성 속에 유지하는 것은 계속되는 주체화 과정이다. 이 주체는 다수의 주체들 사이에서 출현하여 드러나게 되는 것인데, 여기 다수의 주체들은 그 성질상 서로 양립할 수 없는 것이다. 헤겔의 변증법에서 주체가 되는 것은 생사를 건 투쟁의 결과이다. 물론 이것은 이론적인 이야기이고, 현실에 있어서 이 투쟁이 그러한 생사 결단의 결과에 이르게 된다고 할 수는 없다. 헤겔의 변증법에서도 의식은 이러한 갈등을 지양하면서 더 높은 차원으로 나아가게 된다. 어쨌든 세계 문화의 전체성은 다른 주체들의 주체 작업을 토대로 하여 새로 출현하게 되는 속성(emergent property)이라고 할 수 있다. 처음에 개체의 주체가 있고 그다음에 개체가 소속되는 부차적인 체계의 주체가 있고, 거기로부터 보다 포괄적인 세계적인 주체가 드러난다고 할 수 있다.

그런데 전체의 주체는 역으로 개체의 삶에서도 의미 있는 것이라야 한다. 그리고 이 개체는 초월적 주체를 구성하는 과정에 참여하여 상호 작용을 거듭하는 요인이다. 이러한 것은 우리의 경험에서도 쉽게 알 수 있는 일이다. 개체로서의 인간은 구체적인 지역에 뿌리를 내리고 살면서 더욱 넓은 세계와의 접촉을 계속한다. 따라서 그 개체적 주체성은 다층적인 것으로서 개체가 참여하고 있는 여러 사회 집단에 복합적으로 연결되게 마련이다. 사람의 주체성은 복잡한 사회생활 속에서, 관계하는 집단의 성격과 기회에 따라 여러 차원, 여러 형태로서 크게 또는 좁게 스스로를 표현한다. 가족, 친척, 친구, 공동체, 국가——이 모든 것의 상호 관계 또는 집단 관계에서 우리의 주체는 다른 모습을 드러낸다. 이에 비슷하게 세계 문화는 그 나름의 중심을 가진 문화 주체들이 여러 형태로 참여하는 다층적 총체로 생각해 볼 수 있지 않나 한다.

3

문화의 역사적 진화 이렇게 세계화의 과정을 통하여 여러 다른 문화가 하나의 복합적 체계를 이룰 수 있다고 하는 것은 현실을 벗어난 환상이라고 할는지 모른다. 그러나 이것은 인간 역사에 일어난 일을 단순화하여 추상적으로 말하는 것에 불과하다. 문화나 문명 ── 문명(civilization)은 인류학에서 말하는 문화(culture)에 비하여 보다 큰 시간과 공간의 범위를 포함하고, '문명된(civilized)'이라는 표현에서 보는 바와 같이 가치 부여적인 용어이다.(이것은 서양 언어를 두고 한 말이지만 어느 정도는 오늘의 우리말 용법에서도 그렇다고 할 수 있다.) 다시 말하여 문화나 문명은 다른 사회와 생활 방식의 상호 접촉, 보다 적극적으로는 교배와 잡종화의 소산이라고 볼 수 있다. 이러한 의미에서 세계화는 오랫동안 진전되어 왔던 것이고, 당초부터 인간 문명의 주요한 동인의 하나였다. 최근의 세계화는 그 압축된 가속화에 불과하다.[1] 사람은 개인적인 연계 관계나 기억을 통하여 자신이 살고 있는 고장에 매여 있는 존재임에 틀림이 없다. 그러나 이러한 고장을 넘어선 곳을 찾아보는 타고난 탐험자이기도 하다. 그리하여 인간 역사는 계속적으로 확장되는 물리적, 정신적 모험의 서사이다.

---

1 Cf. Jean-Pierre Warnier, *La Mondialisation de la culture*(Paris: Decouverte, 2004). 바르니에의 세계화 논의에는 오래 진행되어 온 세계화에 대한 긴 역사적 원근법이 스며 있다.

세계의 여러 곳에서 상업과 무역은 상품을 특정한 지역을 넘어 전달하는 주요한 방편이었다. 그것은 상업인이 속하는 문화에 영향을 끼치게 되는 일이었다. 그것은 물건의 교환이 문화의 교환을 동반하기 때문이기도 하지만, 물건 그 자체도 문화 교환의 매체가 될 수밖에 없었다. 그것은 인간의 심성 속에서 물건은 물자체로서 존재하는 것이 아니기 때문이다. 물건은 사람이 파악하고 상징적으로 구성하는 객관적 세계에서 하나의 상징물이 되고, 기호 체계 속에서 하나의 기호가 된다. 이 기호 체계가 문화이다. 그러나 물건의 매개 작용이 없이도 사람들은 밖에서 들어오는 세계 이해의 방식에 흥미를 갖는다. 처음에는 이에 대한 저항이 없지 않으나, 다른 한편으로 그것에 귀를 기울이지 않을 수 없게 된다. 그리하여 그들은 밖에서 들어오는 철학 사상을 받아들이고 종교적인 신앙에 귀의한다. 6세기에 한국에서 한국인을 개종하게 한 불교와 같은 것이 그 예가 될 것이다. 그 후 유교와 중국 문명의 도래 그리고 근대에 이르러 서양 문명의 도래는 조금 더 복잡한 현실 관계를 가진 것이면서도 또 하나의 외래 사상의 유혹에 대한 예가 될 것이다.

압축 시간과 공간에서의 문화 충돌　조금 전에 말한 바와 같이 문화 접촉과 혼합은 근대에 들어와서 엄청난 가속화를 겪게 되었다. 교통과 통신 수단의 발달, 제국주의 그리고 세계 자본주의의 발달은 물건과 사람과 아이디어의 움직임을 대량화하였다. 이와 함께 각종 문화적 경계를 넘어 들어오는 아이디어들이 자기중심적인 통합을 흔들어 놓게 되었다. 이 외래의 아이디어들의 많은 것은 사회 경제 역학의 모델들을 전달하는 것이어서, 현실적인 의미를 가지고 있었다. 그리고 그것을 물건과 힘의 과시를 통하여 증명하여 보여 주었다. 군사력의 뒷받침이 없어도 현대의 상품 거래는 단순한 상품의 교환이 아니라 제품과 서비스의 조직망을 이루어 다른 사회의 구조 속에 얽혀 들어가게 되어 있다. 그리고 이러한 현상은 소위 선진국이라는 사회의 모방을 촉진하였다. 산업 경제와 과학과 기술의 수입은 젊은이들의 해외여행을 조장하고, 선진국에서 교육을 받은 젊은이들은 본국으로 돌아와 선진국의 모델에 따라 자국의 변화를 도모하였다. 이것은 물론 많은 사회의 전통문화를 단편화하고 폐기하고, 그러한 사회에서의 삶의 방향과 자신감과 삶의 윤리 체계를 교란하였다. 윤리(ethic)의 훼손은, 앞에서 말한 바와 같이 윤리가 관습(ethos)의 한 부분이라고 한다면 불가피한 일이었다.

20세기의 후반으로부터 세계적 이동의 속도는 몇 배로 가속적인 것이 되었는데, 특이한 것은 제국주의 시대의 문화 충돌과 더불어 ― 중동에서 일어나고 있는 갈등은 그러한 갈등의 가장 커다란 예가 된다고 하겠다. ― 상품이나 건축, 생활 양식, 이데올로기 그리고 아이디어 등에 세계적인 획일화, 모방, 모조, 동일화가 일어난 것이다. 그렇다고 이것이 진정한 의미에서의 세계 문화의 형성을 나타내는 것이라고 할 수는 없다. 그것은 여러 다른 지역에서 역사적으로 발전되어 온 다양한 문화로부터 자라 나오는, 복합적이면서 하나인 그러한 문화가 아니다.(그리하여, 세계적으로 확산되는 소비 문화에서 사람들은, 보드리야르의 말을 빌려 가상적 현실(virtual/hyperreal reality)의 느낌을 갖게 된다.) 문화의 획일화에서 일어난 것은 문화를 거르고 합치고 하는 유기적 통합 작용의 약화 또는 진정한 문화의 공동화(空洞化)이고, 주체 기능의 손상이다. 압축된 시간과 공간은 그러한 통일과 융합의 여유를 허용하지 않는다.

다문화주의 충돌과 획일화를 동시에 일으키고 있는 세계화로 일어난 문화 변화의 최근의 양상을 포착해 보려고 하는 것이 다문화주의라는 용어이다. 날로 폭을 넓히고 있는 문화 접촉을 정리해 보려는 것은 당연하다.

그런데 최근의 다문화주의 문제는 무엇보다도 사람들의 이동 — 대체로 저개발 사회로부터 개발된 사회로 옮겨 가는 사람들의 움직임으로 촉발된다고 할 수 있다. 경제의 팽창은 새로운 인력을 필요로 한다. 그리고 경제적 부와 고용 기회는 저개발 사회의 사람들을 선진 사회로 이동하게 하는 동기가 된다. 그런데 이 이동한 사람들이 처음에는 잠정적인 체류자, 독일에서 '손님 노동자'라고 불리던 사람들이 정착하기 시작하면서부터 문화적 적응의 문제가 심각해지기 시작했다. 그들이 손님으로 찾아간 나라에 동화될 수 있는가 하는 문제가 일어나게 된 것이다. 간단한 답은 적절한 법적 위치를 마련하는 것이다. 형식적으로 그것은 수용 국가의 큰 틀 안에 이민자를 편입하는 데에 충분한 조건으로 보인다. 그러나 사실은 법적 지위를 부여받는다고 해도 그것을 받아들이는 데에는 요구되는 의무와 권리에 대한 이해가 있어야 하고, 그에 따른 규정에 자유로운 의사로써 동의하여야 한다. 그리하여 여기에도 문화적 이해가 전혀 없는 것은 아니다. 그러나 그들이 그 나라의 언어를 배우고 문화를 익히는 일을 거부하면 어떻게 할 것인가? 그러면서 이민자들은 한 세대가 아니라 여러 세대에 걸쳐서 거주를 계속하겠다는 것이다.

독일에서 터키로부터의 이민자들의 태도가 이러한 것으로 해석된다. 이러한 경우에 문화적 적응의 노력을 당연시하던 생각이 흔들리게 된다. 금년 초에 독일의 앙겔라 메르켈 수상 그리고 이어서 영국의 데이비드 캐머런 수상이 다문화주의가 실패하였다고 공언한 것은 이러한 사정을 두고 말한 것이다. 메르켈 수상이나 캐머런 수상이 이러한 말을 할 수 있는 것은 그들이 보수 정당 출신이라는 사정과 관계된다고 할 수 있지만, 의식적으로 비판적 입장을 취하여 자유주의 원칙을 옹호하려 하지 않는 한 문화 적응의 요구는 자연스러운 것이라고 할 수 있다. 대체로 문화의 정체성은 정치 공동체적 정체성의 기초이다. 다문화주의의 실패는 문화 적응의 실패이면서 정치 정체성의 거부라고 생각될 수 있다.

인정의 정치 　우리는 문제를 분석하는 방법으로서 조금 기이한 질문을
해 볼 수 있다. 형평을 생각한다면, 동화는 A가 B에 동화하는 것과 함께 B가
A에 동화하는 것을 말하는 것이 아닌가? 독일 문화가 터키 문화에 동화하
는 문제는 제기될 수 없는가? 여기에 대한 답이 분명치 않다면, 동화의 요
구에는 헤겔의 주인과 노예의 투쟁이 개입되는 것이라고 할 수 있다. 그리
하여 독일의 주체를 규정하는 의식이 터키의 주체의 복속을 요구한다고
할 수 있을 것이다. 이 요구는 최소한의 법률적 요구일 수도 있고, 더 확대
하여 시간이 걸린다는 것은 인정하여야겠지만, 언어 습득을 포함하여 문
화적 훈련을 요구하는 것일 수도 있다. 문화를 국가 공동체에 속하는 인간
의 보다 완전한 개성의 표현이라고 한다면 문제가 되고 있는 것은 주인과
노예의 갈등이고, 거기에 관련되어 있는 것은 문화의 차이와 함께 정체성
과 자존심이라고 할 수 있다. 문화 갈등을 이러한 각도에서, 그리고 거기에
다 사회적, 정치적 그리고 사실적 요인을 겹쳐서 보게 된다면, 갈등의 원인
이 단순히 주인이 되는 나라의 주체성의 지배 의도만이 아니라 손님들의
저항에도 관계되는 것이라고 할 수 있다. 손님으로 온 이주자들이 적어도
사회 안에서 소수 집단을 구성할 정도의 숫자로 불어남에 따라서 주체 국
가의 동의 요구에 저항하는 것이다.

여기에는 그럴 만한 이유가 있다. 독일의 사정이 어떠한 것인지는 정확
히 알 수 없지만, 식민지의 패권적 구조에서 그리고 다원적 집단의 통일 서
약을 요구하는 국가주의 속에서 열등한 자리에 위치할 수밖에 없었던 소
수자 집단들이 자신들의 정체성 수립과 인정을 강하게 주장하고 나서게
된 식민주의 이후의 사정 ── 미국이나 남부 아시아에서 볼 수 있는 사정
에 이것을 연결하여 생각해 볼 수 있다. 이질적 정체성의 평등한 인정을 요

구하는 인정의 정치(politics of recognition)는 오늘날 세계적인 추세이다. 미국 흑인이 동화를 거부하고 자신들의 다른 정체성과 문화를 내세우는 것이 그 대표적인 예이다. 이유와 원인은 다르다고 하겠지만, 캐나다의 퀘벡인들이 프랑스어와 문화에 기초한 자신들의 문화의 보존에 특별한 예외를 요구하는 것도 비슷한 경우라고 할 수 있다.

이종(異種) 정체성의 정치에 대한 해결의 방안은 여러 가지가 있다. 이미 말한 바와 같이 문제의 긴급성에 비추어 법과 제도를 통한 해결책은 가장 실질적인 것이라고 하겠다. 윤리 의식을 높이는 것은 현실 정치의 해결 방안을 위하여 정신적인 자원을 마련하는 일이 된다. 그러나 우리의 희망이 인간 공동체의 개화와 번영이라고 한다면, 궁극적인 해결은 세계 문화의 진전에서 찾아질 것이다. 문화는 복합적인 주체성을 확대하고 성숙하게 하고 그것을 보다 포괄적인 주체성의 발전으로 이어지게 한다. 그것은 앞에서 말한바 문화의 복합 체계를 구성하는 데에서 완성된다. 그러기 전에 여러 다른 나라에서는 갈등의 해결을 위한 다른 방책들이 시도될 것이다. 그것을 간단히 생각해 본다.

4

한국의 다문화 문제   한국에서 '다문화', '다문화주의' 등의 용어가 사용되기 시작한 것은 근래의 일이다. 서방 사회에서 마찬가지로 그것은 외부 문화나 인간들과의 접촉이 이주민들의 입국에 연결되고 나서부터이다. 이러한 움직임에 의하여 이방인과의 접촉은 일상적인 삶의 일부가 되었다. 그리고 사람들은 그것이 일으키는 문제들을 의식하기 시작했다. 외국 문화의 접촉은 오래된 경험이지만, 그것이 '다문화'라는 관점에서 생각되기 시작한 것은 인구 이동과 관련하여 일어난 최근의 일인 것이다.

물론 그것은 바깥세상과의 여러 가지 접촉이 늘어나게 된 여러 기회가 많아진 것과 겹쳐서 일어난 일이다. 사업이나 관광 목적으로 한국인이 외국으로 가거나 외국인이 한국으로 오는 경우가 빈번하여졌다. 정부의 통계 자료에 의하면, 한국인으로서 외국으로 여행하는 건수는 1981년으로부터 2010년 사이에 연 50만으로부터 1200만이 되었다. 외국인 방한객은 100만으로부터 900만이 되었다. 관광보다는 더 지속적인 이유로 한국에 거주하는 외국인은 현시점에서 130만에 가깝다. 그러나 다문화주의 문제라는 관점에서 가장 중요한 것은 앞에서 말한 바와 같이 이주 노동자의 수가 증가한 사실이다. 다문화 또는 다문화주의라는 말이 쓰이게 된 것은 앞에서 말한 바와 같이 이 인구 변화의 문제를 개념화하기 위한 것이다. 물론 이러한 용어들은 한국이 외국 담론 세계와 거기에서 나오는 개념들에 얼마나 열려 있는가를 보여 주는 일이기도 하다.

정치 주권의 상실과 다문화주의 그런데 이와 관련하여 흥미로운 사실은 다문화 문제를 의식하게 된 것은 경제 발전과 근대화로부터 성장해 나오는 국가적 자신감과 관계된다는 것이다. 이것은 전근대로부터 근대로 이동하는 데 있어서 지난 15년간 한국이 겪었던 수난과 혼란 이후에 이제야 근대 세계에 진입하게 된, 근대화 역사의 마지막 국면이다. 간단히 말하면 여기에 가장 중요한 계기가 되는 것은 주권 — 여러 가지 의미에서의 주권의 회복이다. 말할 것도 없이 역사를 가진 사회가 정치적 주권을 잃었다고 해서 현실 실천의 관행(habitus)과 마음의 습관(the habit of the heart) 모두가 상실되는 것은 아니다. 그러나 정치적 독립에 의하여 지탱되는 의식적 자기 창조 그리고 자기 진정화(眞正化)의 노력이 없이는 이러한 관행은 참으로 기계적인 습관이 될 뿐이다. 외국의 지배하에 있는 민족은 자신의 운명에 대한 통제력을 상실할 뿐만 아니라 그 문화의 중심을 상실하게 된다. 일본의 식민지 지배와 일본인들의 도래는 다문화적 상황을 만들어 냈다. 그러나 그것은 다문화적 상황으로 인식되지 아니하였다. 한국인이 가지고 있던 느낌은 다문화 상황이 되었다는 것보다는 문화의 구심력이 파괴되었거나 마비되었다는 것이었을 것으로 생각된다. 이에 비하여, 문화의 자율적 기능이 회복됨에 따라 비로소 한국인은 주인의 위치에서 손님으로 이입해 온 이종의 문화를 어떻게 접하고 처리할 것인가 하는 것을 문제 삼을 여유를 얻게 되었다. 이것은 다시 한 번 주체성과 문화 사이에 긴밀한 관계가 있다는 것을 말하여 준다.

사회 정의/인간관계   한국의 다문화 문제에 대한 태도에서 특이한 것은 그것을, 미국이나 유럽에서처럼 국가적 차원의 정치에서 처리해야 할 집단의 문제가 아니라 개인들의 인간관계의 차원에서 고려되어야 할 문제로 생각하는 경향이 크다는 점이다. 물론 그러한 문제가 공적인 문제의 성격을 갖지 않는다는 것은 아니다. 그것은 두 개의 차원에 걸치는 문제이다. 한국에서도 이주 노동자의 문제는 공적 분규의 문제가 된다. 그것은 일단은 노사 갈등의 문제와 비슷한 성질의 문제가 된다. 한국의 노동자나 노동조합이 가질 수 있는 법적인 권리가 이주 노동자에게는 보장되지 않는다는 사실이 문제가 되는 것이다. 그것은 사용자가 이주 노동자들의 약점을 한껏 이용하려고 하기 때문이다. 그리하여 이주 노동자 자신들이 집단 조직을 시도하기도 하고, 시민운동 단체들이 여기에 참여하여 인도주의적 도움을 주기도 하고, 그들의 권리를 법적으로 확보하는 것을 도우려고 한다. 이러한 경우에 다문화의 문제는 한국의 민주화와 관련된다고 할 수 있다. 민주화가 그것을 인권의 문제로 다룰 수 있게 한 것이다.

그러나 다문화 문제가 주로 인간관계의 문제가 되는 것에는 변함이 없다. 그 원인의 하나는 많아지는 국제결혼에 있다. 통계에 의하면 작년에만 해도 3만 5000건의 국제결혼이 있었고, 2002년부터 금년까지의 국제결혼은 거의 30만 건에 이른다. 전형적인 국제결혼은 한국의 남성과 동아시아 또는 동남아시아 여성과의 사이에 이루어진다. 이것은 대체로 저소득 계층의 일이다. 시골의 청년 또는 소득이 낮은 젊은이들은 결혼 연령이 되었거나 지났어도 신부감을 구하기가 어렵다. 그리하여 결혼 중개소의 도움을 받아 중국, 베트남 또는 필리핀에서 신부를 구해 오게 된다. 오늘날 행해지는 결혼 중 열의 하나는 국제결혼이라고 한다. 이 결혼에 인간관계 — 남편과 아내, 며느리와 시부모, 혼혈아와 그 학우들 — 이러한 사이에 문제가 생긴다. 국제결혼한 부부는 종종 상대방의 언어를 제대로 이해하지도 못한다. 사회적으로 문제의 하나는 남성 우위의 한국의 가부장제 가족 관계로서, 여기에서 나오는 전통적인 행동 규범은 외국인 신부에게 적응하기 어려운 것이 된다. 2005년에 발표된 한 보고서는 새로 도착하는 외국인 신부와 가족 간의 소통을 원활하게 하기 위한 다문화적 상호 이해의 방안이 있어야 한다는 것을 지적하고 있다. 외국의 신부들이 서로 만나는 기회를 마련하기 위하여 연합하는 것도 권장한다. 말하자면 거기에서 손상된 인간관계에 대한 정신 치료의 효과를 기대하는 것이다. 외국인 신부들이 자신들의 문화를 이해하고 그에 대하여 보다 분명한 자신감을 갖는 것도 필요한 일이라고 한다.[2]

접객의 규범 문제를 다시 한 번 종합해 보면 이주 노동자, 외국인 거주자, 국제결혼과 같은 일들이 다문화적 상황을 만들어 낸다. 여기에 대한 일

---

2 「국제결혼 이주 여성 실태 조사 및 보건 복지 지원 정책」, 보건복지부 연구 담당: 미래인력연구원 설동훈(2005)("Foreign Wives' Life in Korea: Focusing on the Policy of Welfare and Health", Ministry of Health and Welfare Principal Investigator, Dong-Hoon Seol, 2005).

반적인 반응은 신래자(新來者)들을 기존의 사회 공간 속에 수용할 수 있어야 한다는 것이다. 국민들의 반응은 방문자, 체류자, 정착자들이 겪게 되는 불공정성이나 불편이 시정되는 것이 당연하다는 것이다. 대부분 국민들의 호의적인 반응에는 여러 가지 이유가 있을 것이다. 하나는 물론 현실의 필요이다. 많은 이주자들이 한국에 오는 것은 저임금 노동자 수요가 있기 때문이다. 한국인이 적극적으로 받아들인 민주주의의 이상에는 공정성과 사회 정의의 이념이 포함되어 있다. 그러나 전통적인 유교 문화에도 이미 이러한 공정성에 대한 이념은 들어 있다고 할 수 있다. 물론 이 유교 윤리는 가부장적인 계급 사회를 정당화하는 이데올로기가 되기도 하였다. 유교 문화의 중요성은 말할 필요도 없다. 한국이나 아시아 신흥국들의 경제적 도약을 유교로 설명하려는 이론적 노력이 있었다. 이것을 확대하여 유교의 현세적 세계관이 경제 발전의 목적만이 아니라 정치적, 문화적 근대 이념을 쉽게 수용할 수 있게 하였다고 할 수 있다.

그런데 여기에서 특히 주목하고 싶은 것은 다문화 문제에 대한 한국적 해결의 시도에 한국의 유교 전통에서 유래하는 문화 자본이 들어 있을 것이라는 점이다. 유교는 종종 일종의 휴머니즘이라고 불린다. 유교는 난경에 처한 인간의 문제를 국경을 초월하여 고려할 수 있는 윤리적 사유를 포함하고 있다. 문화적으로 아직도 남아 있는 윤리 규범의 하나는 접객의 예의이다. 유교의 자기 수련의 기획은 어린 시절부터 어른이 된 후까지, 인간 관계에 있어서의 예의 바른 태도의 수련을 중시한다. 이것은 어른을 공경하는 일과 함께 손님과 낯선 사람에 대하여 예를 갖추어야 한다는 것을 강조한다. 수양의 완성은 이러한 예절의 몸가짐을 완성하는 것을 의미하기도 하였다. 손님에 대한 예의는 윤리적 행동 규범이다. 그것은 동시에 다른 덕성 ─ 관용의 덕성의 함양을 상정한다. 다문화 문제에 대한 한국인의 태도에는 아직도 남아 있는 한국의 유교적인 문화 자본이 작용하고 있는 것이라 할 수 있다. 여기에서 접객의 예의는 중요한 항목의 하나이다. 이것이 결국 다문화 문제를 인간관계의 문제로 생각하게 하는 깊은 문화적 요인 이라 할 것이다.

이러한 주장에는 더 많은 증거와 연구가 필요할 것이다. 그러나 이것이 증명이 될 수 있는 일이든 아니든, 한국에나 다른 나라에서나 다문화 문제 를 다룸에 있어서 손님에 대한 예의를 요구하는 윤리 규정이 있다면, 그것 은 바람직한 일이라고 할 것이다. 그렇게 되면 손님, 방문객, 집 안에 들어 오는 사람을 맞이함에 있어서 주인은 자기 공간에 들어오는 타자의 인간 적 위엄을 존중할 것이다. 물론 손님도 주인을 존경함으로써만 자신도 존 경을 받을 수 있다는 것을 알기 때문에 존경은 상호적인 것이 될 것이다.

주인과 손님의 변증법　물론 접객의 윤리에서 시작하는 인간관계에도 문 제는 일어난다. 우선 주인과 손님의 교환 관계에는 불균형이 들어 있다. 만남의 장소에서 주인은 말하지 않더라도 점유권을 가지고 있다. 이것 은 처음에 정당한 것으로 인정된다. 그러나 방문자가 항구적인 주거 의사 를 드러내게 될 때에는 갈등이 일어날 수밖에 없다. 손님의 예의 바른 행 동 ─ 공손한 행동이 권리의 주장으로 바뀌는 경우 갈등은 더 심화될 것이 다. 손님이 오래 머물게 되면 그것은 역사적인 사실이 된다. 토지의 점유 는 당초부터 시간에 의하여 정당화되는 관행의 존중에 불과하다. 집에 들 어오는 손님의 수가 불어남에 따라 그들의 힘은 더 강해지고, 주인의 점유 권은 심각한 도전을 받게 된다. 그때 주객 상호 존중의 예의는 고성의 권리 주장이 된다. 해결책은 법과 제도를 통한 당위성의 확립이다. 물론 이러한 경우에도 접객의 예의와 관용의 덕은 인정을 위한 투쟁의 강고(強固)함을 완화하는 역할을 할 것이다. 그러나 현실 정치적 사고에 익숙한 사람의 관 점에서 볼 때, 집단적 문제는 집단적 해결을 요구한다. 대책은 정치 동원과 제도적 재조정이어야 한다.

5

　민주 정치에 있어서의 다문화 문제　민주 제도의 강점은 서로 다른 가치와 정체성을 가지고 있는 사람들을 하나의 정치 질서 안에 통합할 수 있는 법률적 제도를 가지고 있다는 것이 다. 그것은 필요에 따라서 다문화 문제를 해결하는 데에도 동원될 수 있다. 아시아 인문학의 과제를 다루는 한 회의에서 나는 이 문제에 대한 하버마스의 견해를 논한 바 있다. 다문화 문제에 대처하는 여러 방향의 방법을 예시하는 데에 이때 논했던 것을 간단히 언급하는 것이 편리하지 않을까 한다.[3]

　「헌법 국가에서의 인정을 위한 투쟁」[4]이라는 하버마스의 에세이는 일단 영어를 사용하는 사람들이 압도적인 캐나다에서 독자적인 문화를 가진 퀘벡 주가 자신들의 문화유산을 독자적으로 옹호하고자 하는 것을 변호하는 찰스 테일러 교수의 주장을 비판하여 쓴 것이다. 민주 국가에서 특정한 집단 — 대체로는 소수 집단 — 이 그들의 가치를 옹호하는 데에 특전을 허용하는 것은 민주주의의 원칙에 어긋나는 일이라고 하버마스 교수는 말한다. 민주주의는 인종, 신분, 성, 가치관, 윤리관과 관계없이 모든 사람에게 동등한 권리를 인정하는 제도이다. 퀘벡인들이 다른 전통을 가지고 있다고 하여 캐나다라는 민주 국가에서 예외가 될 수는 없다.

3　중앙대학교 주최 아시아 인문과학회의, 2008년 10월 6일(Conference on Knowledge and Values of the Humanities in Asia, Chungang Univesity, Seoul, Korea, October 6, 2008).

4　Jürgen Habermas, "Struggles for Recognition in the Democratic Constitutional State" in Amy Gutman ed., *Multiculturalism*(Princeton Univesity Press, 1994).

일반적 원칙으로서 개인들이 가지고 있는 가치는 민주주의를 가능하게 하는 어떤 가치를 제외하고는 정치 공동체를 구성하는 데에서 제외되는 것이 타당하다. 거기에 공적인 성격을 부여한다면 그것은 공동의 정치 질서를 만드는 데에 갈등의 원인이 된다. 공적 질서로부터의 가치의 배제는 개인의 자율의 보장을 위한 전제이기도 하다. 개인의 자유가 그것을 요구한다. 가치 중립성, 더 나아가 윤리 중립성은 드워킨이나 롤스 그리고 다른 자유 민주주의 이론가들이 주장한 바와 같이 민주주의의 필요조건이다. 같은 절차는 여러 문화의 자기주장을 조정하는 데에도 적용되어야 한다.

민주주의와 문화 가치   이것은 서로 다른 문화를 가진 이민자들이 기존의 민주적 질서에 수용되는 데에도 그대로 적용될 수 있다. 서구에서 이민자가 수용되는 사례는 문화 차이가 수용되는 한 방법을 예시한다. 하버마스는 이민자가 북아메리카이든 유럽이든 서구 민주 사회에 입국하려고 할 때에 요구되는 조건에는 두 가지가 있을 수 있다고 말한다. 하나는 민주주의 원칙을 수락하는 것이고, 다른 하나는 문화적 동화의 의무를 받아들이라는 것이다. 하버마스는 첫 번째의 조건은 정당하다고 본다. 그러나 두 번째의 요구 조건은 부당하다고 생각한다. 물론 이것은 정치와 문화가 다 연결되어 있는 사항일 수도 있다. 민주주의 체제는 여러 가지 비민주주의적인 원리주의를 신앙으로 하는 사람을 받아들일 수 없다. 모든 것을 수용한다고 하여 민주주의가 민주주의의 근간이 되는 원칙을 거부하는 사람을 받아들이는 것은 자기모순에 빠지는 일이다. 민주 국가에 독단론적인 신앙이 설 자리는 없다. 이러한 민주주의 원리를 인정하는 것은 이주를 허가하는 기본 조건이다. 그러나 완전한 문화적 동화를 요구하는 것은 있을 수 없는 일이다. 그것은 윤리와 문화에 있어서의 개인의 자율성의 원칙에 위배된다. 달리 말하여 이민자는 정치 원리에 동의를 표하여야 하지만 윤리적, 문화적 순응을 표할 필요가 없는 것이다.

활성화된 과정으로서의 민주주의 그렇다고 이 가치 중립이 민주주의 제도의 경직성을 말하는 것은 아니다. 그리고 민주주의 제도가 모든 가치로부터 완전히 중립하는 것은 아니다. 가치 중립이라는 것 자체가 하나의 윤리적 선택을 나타낸다. 그것은 인간의 자율성의 윤리적 가치에 대한 일정한 이해를 표하는 것이 되는 것이다. 그리고 하버마스의 생각으로는 민주주의는 진행하고 있는 과정으로서만 그 활성을 유지한다. 이것은 민주적인 권리들이 법제화로서만 보장되는 것이 아니라는 사실에서도 알 수 있는 일이다. 민주주의는 "사회적 움직임과 정치적 투쟁을 통하여" "권리의 체계를 일관성 있게 현실화함으로써"[5] 활성화하는 과정이 된다. 활성화의 노력은 사회적 약자의 입장을 공론의 영역에서 문제화하는 데에서 표현된다. 형식적인 관점에서의 권리는 여러 가지 술책 또는 정책에 의하여서도 사실상의 차별과 무권리로 전락할 수 있기 때문이다.(가령 여성의 임신과 어머니로서의 양육의 기능에 대한 고려가 여성의 고용을 어렵게 하는 경우와 같은 것이 한 예이다.) 권리를 정의하고 현실화하는 데에는 사람들이 필요로 하는 것이 무엇인가, 그 사항들에 대한 일정한 이해가 들어 있다. 이 이해의 유형은 끊임없이 수정되고 바뀌어야 한다. 그렇게 함으로써 사회적 약자의 진정한 상황에 대한 보다 충실한 이해가 가능하여진다. 새로운 이해를 위한 투쟁은 과거나 현재에 이루어진 사회의 문화적, 윤리적 자원에서 그 힘을 얻는다.

---

5 Ibid., p. 113.

윤리와 정치 하버마스는 여기에 연결하여 궁극적으로는 민주주의가 윤리적 전통 — 서양에서 발원한 특정한 윤리적 전통의 산물이라는 것을 인정한다. 그의 말대로, "…… 근본 권리를 활성화하는 모든 법률 공동체의 민주적 절차는 불가피하게 윤리에 침투되어 있다."[6] 더 일반화하여 말하건대 이 윤리는 민주 체제의 이해를 위한 인식의 한 부분이 될 수 있다. "민주 국가의 구성 원리, 헌법에 대한 동의는 해석의 범위 안에서 가능하고, 그것은 한 나라의 시민과 정치 문화화에 있어서의 윤리적 정치의 자기 이해에 의하여 결정된다."[7] 여기의 "이해"와 "해석"은 일부 역사의 산물이다. 그러한 의미에서 민주주의의 원리는 당대적 인간들의 찬성과 불찬성을 넘어간다. 그러나 다른 한편으로 그것은 변화의 가능성이 존재한다는 것을 시사한다. 다만 그것은 역사적으로 정립된 절차를 존중하는 것이라야 한다. 이러한 변화는 윤리와 문화 일반에도 해당된다. 하버마스는 이 변화의 방법을 제시한다. 문화의 유산은 설득에 의하여서만 보존되고 변화된다. 또 이 설득의 과정이 간단한 것은 아니다. 그렇다는 것은 "삶의 세계의 문화적 재현에 대한 해석학적 성취"로써만 그것이 가능하기 때문이다. 이 성취는 정치뿐만이 아니라 교육을 비롯하여 문화적 양성을 위한 여러 방편들에 반영될 것이다. 어쨌든 최종적으로는 "찬반의 자유를 미리 부정하는 것은 옳지 않다."라고 하버마스는 말한다.[8]

그러면 사회적 약자의 권익을 확보하는 데 필요한 절차에 대한 하버마스의 주장이 이민자 또는 소수자 집단에 적용될 수 있는가? 가령 독일의 터키계 이민자, 미국의 흑인, 터키의 쿠르드 족, 한국을 포함한 여러 산업 국가에서의 이주 노동자들에게도 적용될 수 있는가? 더 나아가 같은 주장

---

6 Ibid., p. 126.

7 Ibid., p. 138.

8 Ibid., p. 130.

은 문화 차이를 가진 소수자만이 아니라 보다 큰 국가 경계를 넘어가는 공동체, 유럽 연합, 지역 공동체, 세계 공동체의 구성에도 적용될 수 있는가? 인간적 상호 접촉과 작용의 변경에서 이것은 어떻게 작용할 것인가?

이러한 물음들은 다시 문화 변화의 문제로 나아간다. 한계가 없을 수 없다고 하겠지만 소수자들이 일정한 불이익을 떠매고 있을 이유는 없다. 그들도 민주주의의 테두리 안에 있는 한 그들의 윤리와 문화의 이해를 위하여 협상할 수 있어야 한다. 소수 문화도 전체 사회의 자기 이해의 한 부분을 이루고, 그 이해는 변화하는 것이기 때문이다. 하버마스는 유보가 없지 않은 대로 이국 문화를 받아들이는 주인 문화의 핵심에 변화가 일어날 수 있다는 것을 인정한다. 그리하여 "[주류 문화에 뿌리를 가지고 있는] 합법성을 가진, 정치 공동체의 정체성도 장기적으로 볼 때 결코 이주자들의 물결이 가져오는 대안으로부터 방어될 수는 없다."[9]

반성적 사고 "장기적으로 볼 때"라는 유보가 있기는 하지만 서양 사회는 이미 다문화 상황이 일으킬 수 있는 문화 변화를 수용할 정치적, 정신적, 문화적 장치를 가지고 있다고 할 수 있다. 거기에서 주된 정신적 기제가 되는 것은 반성적 사고의 능력이다. 그것은 사람들로 하여금 소신을 가지고 있으면서도 그것을 수정해 나갈 수 있는 자세를 준비한다. 이 '반성적 태도'가 "근대 세계의 주관화된 '마귀와 신들을'" 퇴치하지는 못한다. 그러나 반성적 이성은 "여러 신념들 간의 문명된 토의를 허용하고, 신념의 보유자로 하여금 비록 자신의 신념의 정당성의 권리를 희생하지는 않지만, 다른 토의자들도 진정한 진리를 위한 공동 투쟁에 참여하는 투사라는 것을 인정한다." 같은 원칙에서 반성을 핵심으로 하는 문화는 문화의 다양성을 인

---

9 Ibid., p. 139.

정하고 스스로의 변화 가능성을 인정할 수 있다.[10] 하버마스는 이 점에 대하여 이렇게 말한다.

문화가 반성적인 것이 될 때에 스스로를 지켜 나갈 수 있는 전통과 삶의 양식은, 스스로를 비판적 검토의 대상이 되게 하면서 동시에 다른 문화에서 배우고, 또는 다른 문화로 전향하고, 다른 피안을 향하여 갈 수도 있게 하는 선택을 나중의 세대에 맡기면서 그 소속원들을 하나로 묶을 수 있는 전통과 삶의 양식이다.[11]

한 사회가 다른 문화와의 타협을 할 수 있게 되려면, 다시 말하여 반성적인 기능을 가지고 있어야 한다. 그리하여 스스로를 비판적 성찰의 대상으로 삼고, 그러면서 그 지평을 확대하여 될 수 있는 대로 많은 것을 포용할 수 있어야 한다. 물론 민주적인 원리는 옹호되어야 한다. 그런 경우 문화는 사회의 기본 성격을 바꾸어 놓을 수 있는 요소까지도 섭취할 수 있다.

그런데 이 반성적 기능은 변화를 위한 협상에 나와 있는 모든 참여자에게 작용하고 있어야 한다. 그것이 서양 측에서만 작용하는 것일 수는 없다. 하버마스는 변화를 자극하는 외래 문화는 단순히 수동적인 객체의 입장에 있다는 것을 상정하는 것을 보여 준다. 서양과 비서양이 하나의 테두리 안에서 하나가 되려면 서양과 교차하는 다른 문화에도 반성적 태도의 도입이라는 과제가 주어진다. 그러나 반성의 요구가 일반화되면 그것은 서양의 제국주의적인 요구가 된다고 할는지 모른다. 그 문제가 없다고 하더라도 반성적 능력은 간단히 습득되는 것이 아니다. 그것은 다분히 서양의 문

---

10 Ibid., p. 133.
11 Ibid., p. 130.

화 전통에 의한 훈련 — 말하자면 서양의 고전을 읽고 토의하는 훈련을 받고서야 가능해진다고 할 수 있다. 그러면서 다음 실질적인 문화 가치를 가설화(假說化)하고, 그것을 에둘러 가고 문화와 정치의 분리를 받아들이는 것을 배워야 한다.

6

법의 보편주의 문화 통합을 정치적으로 생각하는 것은 모순과 역설에 진입하는 일이다. 여러 문화의 공존은 문화를 정치의 영역으로 제외한다는 정치적 결정을 요구한다. 그러나 정치는 또다시 문화의 소산이다. 정치의 중립적인 듯한 과정, 그것도 문화와 윤리적 전제에 대한 서로 다른 해석으로 촉발되는 운동과 투쟁을 포함한다. 유일한 해결책은 "법의 보편주의"를 확립하는 것이다. 그리하여 "공공 공간에서의 제한 없는 소통"[12]을 허용하는 것이다. 물론 이것도 서로 합의한 절차를 따라야 하고 윤리 중립성의 원칙하에서 문화의 실질적 내용을 배제하는 것이라야 한다. 이러한 조건들은 차이의 공존을 받아들이게 하고, 또 오늘날 다문화적인 존재 방식으로 진입하고 있는 사회에서 문화적 통합과 협상을 가능하게 하는 유일한 방도라고 할 수 있다. 그것은 문화 통합의 길이 아니더라도 문화적 영구 평화의 길이다.

그러나 법과 윤리와 문화의 분리는 문제적이라고 아니할 수 없다. 그 결과는 인간성을, 말하자면 일차원적인 것이 되게 하고 인간의 가능성을 빈곤하게 한다. 특히 정치는 — 서구 민주주의에서 말하는 정치는 — 협소한

---

12 Ibid., p. 133.

공리주의적 인간 이해에 입각해 있다. 이것은 이익을 말하는 경우에도 그러하지만 권리를 말할 때도 그러하다. 침해되기 쉬운 권리는 개인 이익의 방어벽(防禦壁)처럼 이해된다. 이 방책 뒤에서 개인은 몸을 사리고 앉아 있는 것이다. 지난 8월 그라민 은행과 소액 대출 금융 운동의 창시자인 방글라데시의 유누스 씨가 한국을 방문했을 때, 나는 그의 이야기를 들을 기회가 있었다. 그는 사회 기업의 이념을 설명하면서 ── 그것은 정상적인 기업이나 마찬가지로 기업의 손익 회계 원리로 운영하면서도 완전히 이익만을 추구하는 것이 아닌 기업이다. ── 통상적인 경제학에서 상정하는 경제 인간, 개인적 이익 추구의 동기로만 움직이는 '경제 인간(homo economicus)'이 인간성을 단순화하고 왜곡하는 것이고, 그러니만큼 인간에게 고통을 가져온다고 말하였다. 인간성 안에 이기적인 목적을 추구하는 동기가 있다는 것을 무시하는 것도 잘못이지만 이타적인 면이 있다는 것을 무시하는 것도 고통을 가져온다는 것이다.

어느 쪽이나 한쪽만을 강조하는 것은 인간성의 전폭을 바르게 보는 것이 아니다. 인간을 이기적인 이익 추구의 존재로 보는 법적인 인간관은 인간성의 억압과 불만을 가져온다. 앞에 언급한 회의에서 하버마스를 논했던 것은 그의 생각 자체를 문제 삼기 위한 것이 아니라 그것을 보다 넓은 비교 문명적인 맥락에서 평가해 보고자 하였기 때문이었다. 단순화를 무릅쓰고 말하면 하버마스와 다른 서구의 이론가들에서 발견되는 법률 보편주의가 현실 문제에 대한 효율적인 해결 방안이라는 것을 인정하지 않을 수는 없지만, 그것이 인간성을 단순화하는 것이며, 그것이 인간이 지구에서 거주하는 방식의 전모를 말하는 것은 아니라는 것이 그때 발표의 주제였다. 이것을 논하기 위하여 나는 『바가바드기타』에 나오는 인간 존재의 세 가지 차원 또는 국면 '사트와', '라자스', '타마스'를 말하고, 현대적 인간관은 오로지 '라자스'의 차원을 인간 존재의 전체인 양 생각한다고 말하였다. '라자스'의 삶은 "정욕과 자아 의지의 가혹한 채찍 아래에서 영위되는 괴로움의 삶"이다. 그것은 서로 고통을 주고받는 어둠 속의 삶인 '타마스'의 삶보다는 나은 것이라 하겠으나, 쾌락도 미움과 강요도 없는, 그리하여 성스러운 의무에 충실하고 세속적 이해에 초연함으로써 이루어지는 '사트와'의 삶을 잊어버리는 것이다. '라자스'의 삶은 "이기적인 프라이드에서 또는 세속적 명성을 얻고 명예와 존경을 얻기 위하여 수행되는" 고역의 삶이다. 거기에는 아무런 안정도 없다.[13]

어느 쪽이나 인간 현실을 이해하고자 하는 것이기는 하지만 힌두교의 생각과 현대의 사상 사이에 완전한 일치가 있을 수는 없다. 그러나 힌두교가 말하는 '라자스'의 삶의 양식과 현대의 인간 ─ 이기(利己)를 인간의 본성이라고 하고, 그 범위 안에서 해석되는 현대적 인간 조건, 이 둘을 병치해 보는 것이 반드시 무의미한 것이라고 할 수는 없다. '라자스'의 차원에 있는 인간에게나 현대인에게나 삶의 주된 동기는 자기 추구, 프라이드, 명예, 사회적인 인정에 있다. 이러한 가치의 추구에서 법의 보편주의는 만인 전쟁을 피하고 에너지를 자유롭게 경제와 정치적 목적의 추구로 돌릴 수 있는 가장 좋은 방안일 것이다. 문화 충돌이 일어날 경우에도 그것은 문제를 해결할 수 있는 유일한 방책이 된다.

윤리의 마멸 당초의 의도가 그러지는 아니하였다 하더라도 이러한 추상화의 결과는 윤리와 섬세하고 복합적인 문화 감성의 마멸이다. 법 보편주의를 가능하게 하는 것은 이성의 발전이다. 그것은 개인들을 하나의 통일된 정치 질서 속에 들어올 수 있게 한다. 그러면서 개인의 권리는 요새 속

---

13 *Bhagavad Gita* translated by Swami Prabhavananda and Christopher Isherwood(New York: Mentor Books, New American Library, n.d.), pp. 122~123.

에 있는 것처럼 철저하게 방어된다. 이성은 공정하고 정의로운 민주주의에 필요한 '반성적 균형(롤스)'을 이루는 데에 있어서 핵심이 되는 인간 기능이다. 이것이 여러 다름을 하나로 모일 수 있게 한다. 그리하여 이성의 반성적 사고는 사람으로 하여금 서로 다른 가치와 정체성의 공존을 받아들이게 하고, 그 화해를 생각할 수 있게 한다. 이것은 다 이성의 작용을 말한 것이지만, 이러한 이성의 합리화 과정 속에서 윤리적 규칙과 문화적 가치는 보이지 않게 된다. 물론 개인은 법의 테두리 안에서 자기가 원하는 목적을 마음대로 추구할 수 있다. 그러나 공적인 공간에서 개인이 추구하는 가치는 대체로 사회적 지위와 부를 얻는 데에 도움이 되는 도구적 가치가 된다. 이 가치는 현대 사회의 공적 공간을 구성하는 요소이다. 여기에서 이성은 이러한 가치 개발의 주체이고 제도의 보호자이다. 그것은 과학과 기술 그리고 자본주의 경제의 원리이다. 이에 대하여 개인적인 차원에 남아 있는 윤리적 문화 가치는 그 객관적인 의미를 상실한다. 공적인 질서와 사적인 윤리의 분리에서 오는 기이한 아이러니는, 조금 우스운 그러면서 심각한 예를 들자면, 미국이나 유럽에서 센세이션을 일으키면서 보도되면서 결국은 긴 법 수행의 과정에서 방면(放免)이 되는 공인들의 추문에서도 볼 수 있다. 전체적으로 시각의 폭이 좁아지는 것은 피할 수 없다. 그리고 다른 인간 됨의 가능성 — 그것이 비록 오랜 역사적 발전의 소산이라고 하더라도 — 공적 관심의 지평의 밖으로 사라지고 만다.

정치 광장의 논의   하버마스의 다문화 논의에서도 공적 담론이 얼마나 현실 원리에 기초한 것이 아닌, 가치 근거로부터 후퇴하게 되었는가 하는 것을 볼 수 있다. 현실 논리라는 것은 스스로의 이익을 추구하거나 스스로의 정당성을 선언하는 자아의 힘을 현실의 동력으로 보는 담론의 원리를 말한다. 하버마스가 윤리나 문화 가치를 전적으로 외면한다는 것은 아니지만, 앞에 언급한 에세이에서도 우리는 그의 도덕적 담론이 현실 이성에 이어져야만 전개되는 것을 볼 수 있다. 이 글에서 그는 정치적 망명자를 받아들이는 것이 민주주의 국가의 의무라고 주장한다.(그것은 도덕적으로 정당할 뿐만 아니라 [1949년과 1967년의] 제네바 협정 그리고 독일 기본법에 규정되어 있는 사항이다.) 그런데 하버마스의 빼어난 점은, 애매한 부분이 없는 것은 아니지만, 경제 난민에 대하여도 보다 관대한 정책을 취하여야 한다는 것을 주장하는 것이다. 그러나 이유는 유럽인이 지난 몇 세기간에 세계 여러 곳으로 이민하여 커다란 이익을 거두었는데, 이제는 이것을 되갚을 의무가 있다는 것이다. 정당성에 대한 이러한 변호는 철저하게 현실 공리를 계산하는 것이다. 이것 대신에 간단한 것은 인도주의, 선의, 자비심 등에 호소하는 것일 수도 있었을 것이다. 그러나 현실 세력의 관계 속에서 생각하여야 한다는 압력은 그러한 주장을 극히 약한 것이 되게 하고, 부드러운 도덕감에 대한 호소는 사회 이론가의 입장에서는 강한 논의의 근거가 되지 못한다.

7

압축 시공간 풀기   인간의 본성과 가능성에 대한 이러한 결여에도 불구하고, 되풀이하여 말한 바와 같이 상황에 맞는 대책은 현실 세계와 맞물려 있는 것일 수밖에 없고, 민주주의에 있어서 현실적인 방안은 법의 보편주의에 의지하는 일이다. 문화 갈등과 다른 문화의 인간들과의 갈등을 피하는 길은 그것밖에 없다. 그러나 다른 가능성들이 보이지 않게 되는 것은 비인간화를 촉진한다. 그러나 사정이 달라지면 그러한 가능성들은 다시 부상할 수도 있을 것이다. 이미 주목한 바와 같이 오늘의 시대의 특징은 시

공간의 압축과 사람들의 어지러운 뒤섞임이다. 제국주의도 한 원인이지만 근본 원인은 국가적 부의 차이이다. 그것은 서로 다른 속도의 경제 발전, 그리고 종속 이론가들이 말하듯이 "저발전의 발전"으로 인한 것이라 할 수 있다. 시장 경제의 세계화와 관련하여 저개발 지역의 빈곤은 수많은 사람들의 이주자들을 만들어 냈다. 그러나 이러한 압력이 가벼워짐에 따라, 즉 다른 사회 사이의 경제적 이점의 분배가 보다 형평된 것이 됨에 따라—이것은 참으로 먼 전망을 말하는 것이 되지만—사람들의 이동은 조금 더 느릿해질 가능성이 있다. 적어도 어려운 삶의 압력으로 인한 인구 이동은 감소될지 모른다는 말이다. 그렇게 되면 역사의 긴 시간 속에서 일어났던 것에 비슷한 세계화가 다시 시작될 것으로 말할 수 있다. 물론 교통과 통신 수단의 발달로 미루어 보건대 문화 교환과 잡종화가 느려질 것이라고 말할 수는 없다. 다만 거기에 따르는 갈등이 오늘날 보는 바와 같이 격렬한 것은 아닐지 모른다. 그것은 적어도 물질적 이득이나 인간의 움직임의 압력이 줄어드는 것이 될 것이기 때문이다. 그리고 이러한 과정에 도움을 주는 요인으로서, 보다 넓어지고 풍부해지고 고양된 세계 문화가 성숙하여 인간 행동의 균형자 노릇을 할 것을 기대해 볼 수도 있다. 그렇기는 하나 이러한 문화 과정도 위험을 수반한다.

이 글의 머리에는 세계 문화를 문화의 복합 체계라는 말로 풀어 보려는 시도가 있었다. 그 개념을 도입한 것은 문화의 통일이 바람직하다는 생각 때문만이 아니었다. 문화가 인간의 객관적 필요와 욕구를 주체의 움직임으로 변형하여 일체적인 것으로 만든다고 할 때, 그것은 주체의 통일 작용을 과도한 것이 되게 할 수도 있다. 이것을 피할 수 있는 것이 부차적인 체계들을 연합하는 복합 체계이다.

지식과 권력　주체는 힘 또는 권력에 이어진다. 20세기 후반 서구에서는 주체성에 대한 활발한 비판이 있었다. 그것은 이 연결을 겨냥하는 것이었다. 이론적으로 볼 때 주체성 비판은 그 인식론적 딜레마에서 시작한다. 주체가 객관적 사실의 세계를 표상하는 것이라고 한다면, 궁극적으로는 세계의 존재론적 실체 그리고 주체의 실체 자체가 불확실성의 늪에 빠지지 않을 수 없다. 그러나 다른 한편으로 객체적 사실 세계의 표상에 대하여, 그리고 궁극적으로는 그 구성에 대하여 책임을 지는 것이 주체라고 한다면 이 주체 활동의 행위자는 세계에 군림하는, 그리고 인간에, 인간사의 지금의 시점에서, 대체로는 서구에서 시작하여 비서구의 인간에 군림하는 권력이 된다고 할 수 있다. 이성적 사고에 그 바탕을 둔 데카르트의 주체는, 흔히 지적되듯이 데카르트 자신의 표현으로 "자연의 주인이고 소유자"가 되기를 겨냥한다. 이러한 생각은 과학과 기술의 발전에 대한 기초적인 선언이 되었다. 세계 문화를 기획하는 것도 비슷한 관점에서 이러한 정복의 기획 ─ 지배적인 주체의 통합 작용을 통하여 성취될 이러한 기획의 일부로 간주될 수 있다. 그 주체가 여러 다른 문화에서 진화되어 나온 부분적인 세계상들을 자신의 일체성 속에 통합하는 것이다.

지식과 과학의 진보를 선양하고자 했던 베이컨에게 그러했듯이, 20세기의 중요한 이성 비판자였던 푸코에게 지식은 힘이었다. 그리고 권력이었다. 이러한 위험이 있는데도 불구하고 문화 세계에 대한 보편성의 시각을 발전시키는 것만이 인간이 인식론적으로 또 현실적으로 세계에서 안주할 수 있는 유일한 방법인가? 이제는 과학 기술에 의한 인간의 세계 정복에 대한 낙관적인 견해가 많이 줄었다고 할 수 있다. 거기에서 생겨난 생태계의 문제는 이러한 회의론의 한 근거가 된다. 또 우리는 과학적 탐구로 얻어진 세계관이 사람이 지각하는 세계에 대한 느낌 ─ 종교적이고 신비적이고 직관적인 비과학적 세계 인식을 완전히 대신할 수는 없다는 인상을 받는다. 물론 이러한 인식은 과학적으로는 믿을 수 없는 것이지만.

원시 사회의 인간적 성격 레비스트로스는 1986년에 일본에서 행했던 강연에서,[14] 오늘날의 세계가 지향하는 세계 문화 ── 그의 표현으로는 '세계 문명(une civilisation mondiale)' ── 에 대하여 강한 회의를 표현하였다.(그는 1981년에 한국을 방문하고, 한국의 근대화 지향에 대하여도 비슷한 회의를 표현하였다.) 그의 생각으로는 세계 문명이라는 말 자체가 자가당착의 표현이었다. 왜냐하면 "문명이라는 말 자체가 최대의 다양성을 제공하는 여러 문화의 공존을 의미하고 요구하는 것"이기 때문이었다.[15] 그러면서 그는 "세계 문명이 동질화에 가까워 가면 갈수록 그 내면에 다양성을 낳게 될 것"이고, "차이를 만들어 내는 방법이 발견될 것"이라고 예언하였다.[16] 레비스트로스에게 다양성이란 보다 나은 삶을 위한 귀중한 방법을 말한다.(물론 이 다양성에 한계가 있을 것이라고도 생각했다.) 삶이 거두어들일 수 있는 다양성의 축복은 그가 연구한 '원시 사회'로부터, 그리고 그의 인간 진화의 오랜 역사에 대한 반성에서 관찰하고 추측해 낸 것이다.

이러한 생각에 들어 있는 기본적인 직관은 그의 오랜 원시 사회에 대한 연구에서 발견한, 모든 인간 사회는 인간 문제 해결을 위하여 각각 그 나름의 해결 기술을 가지고 있다는 생각이다. 다만 이것은 서양의 또는 문명인의 눈에 괴이한 것으로 보일 뿐이다. 그러나 그의 생각으로는 원시 사회의 모델은 오히려 인간의 삶을 위하여 보다 인간적인 삶의 모형을 제공해 주는 것이었다. 그가 관찰한 바로는 원시 사회는 자연과 인간 상호 간의 관계라는 관점에서 생태적 일체성을 이루고 있는 사회이다. 이에 대하여 소위 문명 사회란 합리적 계산에 따라 능률과 이윤의 최대화를 기하는 사회이다.

---

14 『現代世界と人類學/ L'Anthropologie face aux problemes du monde moderne』(東京: サイマル出版會, 1988).

15 Ibid.(프랑스어 텍스트), p. 172.

16 Ibid.(프랑스어 텍스트에는 없는 일본어 텍스트), pp. 153~154.

그러나 지불하여야 하는 대가는 그것이 만들어 내는 문제들이다. 레비스트로스는 이것을 '엔트로피'라는 말로 요약한다. 이 엔트로피는 천부의 자원의 손실을 말하는 것이면서 사회 갈등, 정치 갈등, 심리적 스트레스, 사회 구조의 선명성 소실, 문화 정신 가치의 상실 등을 포함한다.[17] 이에 대하여 그는 원시 사회의 에토스를 이상화하여 요약한다. "원시 사회의 기초 원리는 생산된 부를 도덕적, 사회적 가치로 전환할 수 있어야 한다는 것이다. 이 가치는 노동을 통한 자아 성취, 친척과 이웃에 대한 존경, 도덕적, 사회적 성가(聲價), 인간과 자연 그리고 초자연의 세계와의 조화의 획득 등이다."[18]

진정성의 사회   이러한 공통점에도 불구하고, 이러한 특징들은 다른 사회에서 다른 사회와 문화의 형태로서 구현된다.(레비스트로스의 생각으로는 이러한 사회는 의식적으로 구성된 것이 아니다. 이러한 사회에서 사회 형성의 요인이 되는 것은 문화이지 사회가 아니다. 사회는 그의 견해로는 결국 억압의 체제로 변형된다.) 그가 강조하는 것은 이러한 원시 사회가 극히 작은 인구의 사회라는 것이다. 그것은 수십 인에서 수백 인으로 이루어진다. 거기에서 모든 관계는 의식화된 의도가 없이 자연스럽게 이루어진다.(노자가 생각한 자연스러운 사회도 소국과민(小國寡民)의 사회이다.) 전형적인 원시 사회는 성원들이 서로를 직접 알고 있는 대면(對面) 사회이다. 이것을 그는 '진정성의 사회(les société authentiques)'라고 부른다.[19] 사실 인류학은 방법적으로도 이러한 진정성의 사회를 연구 대상으로 삼는다. 이것은 다른 사회 과학에서 통계와 추상적으로 수집된 자료의 분석을 시도하는 것과 큰 대조를 이루는 점이

---

17 Ibid., p. 210.

18 Ibid., p. 205.

19 Ibid., pp. 137, 245~247. 이 개념은 『구조 인류학』에도 자세하게 전개되어 있다. Claud Lévi-Strauss, *Structural Anthropology*(Doubleday, Anchor Books, 1963), pp. 363~366.

다. 그런데 이러한 진정성이 파괴된 것이 커다란 규모로 조직되어 있는 오늘의 사회이다. 특히 그것은 책이나 사진, 라디오, 텔레비전 등의 추상적 소통 수단의 발달로 가속화되었다.(여기에다 이것을 더욱 촉진한 기술로서 인터넷을 비롯한 전자 통신 수단을 첨가하여야 할 것이다.) 작은 사회들은 마치 오랜 시간에 걸쳐 많은 실험을 한 실험실처럼 인간 문제 해결에 대한 여러 가지 해답들을 발전시켜 왔다. 이러한 사회에서 거두어들인 지혜를 배우는 것은 극히 중요한 일이다. 이 사회들은 인간의 진정한 공동체가 어떤 것이어야 하는가를 보여 준다.

보다 지혜로운 사회　그러면 이런 데에서 얻을 수 있는 지혜를 보다 나은 인간의 미래를 위하여 세계화되는 인간 사회에서 어떻게 살려 낼 수 있을 것인가? 레비스트로스는 바로 여기에 기여할 수 있는 것이 인류학이라고 말한다. 인류학은 그러한 지혜로써 세계가 보다 나은 문명, "보다 지혜로운 문명(Une civilisation plus sage)"[20]으로 이행하는 데에 도움을 줄 수 있다는 의미에서 '제3 휴머니즘'의 단초가 될 수 있다. 그것은 제한을 가진 대로 서구인의 생각을 보다 넓은 것이 되게 한 르네상스 시대의 휴머니즘 그리고 19세기의 부르주아 휴머니즘을 계승한다. 다만 제3의 휴머니즘은 문명이라는 개념에서 나올 수 있는 편견이 없이 열려 있는 마음을 가지고 세계의 다양한 문화를 흡수할 것이다. 그 현실적 의미는 어떤 것인가? '제3 휴머니즘'이라는 말 자체가 그것을 함축하는 것으로 보인다. 레비스트로스는 여러 정치적 이데올로기 ─ 마르크스주의를 포함하여 ─ 사회를 인위적으로 개조하겠다는 힘의 사회 공학에 대하여 부정적인 견해를 가지고 있다. 그러면서도 그는 무엇보다도 평등과 우애의 이상을 높이 생각한

20　Ibid., p. 209.

다. 그의 판단으로 힘의 사회 공학은 이러한 사회를 만들어 내는 데에 실패했다. 또 아마 그는 실패하게 마련이라고 생각하는 것일 것이다. 그리하여 그는 인간의 오랜 역사적 실험에서 발견된 원시 사회의 이상이 인류에게 널리 전파된다는 데에 희망을 두고 있는 것으로 보인다. 그렇게 하여 인류는 생태적으로나 인간적으로나 보다 지혜로운 사회로 이동할 수 있다고 생각하는 것이다. 아마 그것이 '휴머니즘'이라는 이름에 함축되어 있는 의도일 것이다.

이성과 원시화의 참모습　이렇게 말한다고 하여 레비스트로스가 원시 사회에로의, 그 진정한 공동체에로의 회귀를 기대하거나 희망한다고 말하는 것은 바른 판단이 아닐 것이다. 인류학이라는 학문 자체가 과학적 정당성의 기준을 핵심으로 하는 합리적 사고, 이성적 사고의 소산이다. 그의『구조 인류학』에는 인류학자를 어떻게 훈련해야 하는가 논하는 교육 방법에 대한 생각이 들어 있다. 인류학을 공부하는 데에는 인문 사회 과학의 여러 분과에 대한 광범위하고 심도 있는 지식을 축적할 필요가 있다. 언어학, 지리학, 사회사, 경제사 등을 광범위하게 읽어야 한다. 그리고 매체의 발달이 궁극적으로 인간 사회의 진정성을 손상하는 데에 큰 역할을 했다는 그의 견해에도 불구하고 인류학자는 사진 슬라이드, 기록 필름, 언어와 음악 녹음 등을 널리 사용할 줄 알아야 한다.[21] 인류학 연구가 지향해야 하는 것은 "객관성"이고 "사회생활의 모든 국면을 하나의 체계 속에 종합할 수 있는 전체성"이다.[22] 인간 존재의 다양한 표현을 하나로 객관화하고 체계화하는 파노라마적인 시각이 필요한 것이다. 말할 것도 없이 레비스트로

---

21 Claud Lévi-Strauss, op. cit., p. 369.
22 Ibid., p. 362.

스에서 시작한 구조 인류학은 과학적 객관성을 인류학 연구에 최대로 구현하고자 한 당대의 새로운 인류학의 기획이었다. 물론 지금에 와서 그 과학적 명분에 대한 비판이 구조 후기 그리고 근대 후기 사상들에서 많이 나왔지만, 이러한 비판 자체가 레비스트로스의 학문적 의도를 증거해 주는 것이다.

그런데 특기할 것은 바로 원시 사회에 대하여 열린 마음을 유지하게 하는 것이 그의 과학적 객관성의 이념이라는 사실이다. 그러나 그에게 과학을 넘어가는 낭만주의가 없는 것은 아니다. 이 두 개가 그로 하여금 진정한 열린 마음을 가질 수 있게 한다. 그러나 그의 낭만주의가 원시 사회에 대한 그의 비전에 문제를 일으키는 것도 사실이다. 앞에서 말한바 원시 사회가 인간 문제에 대한 그 나름의 해결 기술을 가지고 있었다는 것을 예시하는 데에 있어서, 그가 예를 들고 있는 것은 다양한 원시 사회의 친족 관계 그리고 혼인 규칙 등이다. 이것은 서구인들의 눈에는 괴이하게 보일는지 모르지만 사회관계의 생물학적 기초를 지속 가능한 형태로 유지해 주는 역할을 한다. 그리고 궁극적으로 그것은 친척 관계와 공동체 관계를 통하여 인간 상호 간의 유대를 지속할 수 있게 한다. 그러나 이 강한 유대감은 동시에 공동체의 성원의 자격을 엄격하게 배타적인 것이 되게 하고, 외부자에 대한 적대감을 조장하는 기능을 하기도 한다. 레비스트로스도 이 사실을 말하고 있다. 그러나 그는, 다른 인류학적 보고서에서 알게 되는바, 외부자가 ─또는 내부자라도 어떤 경우에는─ 살해와 가혹한 폭력의 대상자가 되는 경우가 있다는 사실에 대하여서는 언급하지 않고 있다. 이 살인과 폭력은 말할 것도 없이 일반적인 인간애와 휴머니즘의 원칙에 위배되는 것이다.

그러나 이러한 것이 레비스트로스의 객관성의 태도를 믿을 수 없는 것이 되게 한다고 할 수는 없다. 그리고 그것은 우리에게 주는 교훈을 가지고 있다. 그의 객관성의 이념은 문제를 가지고 있으면서도 그의 낭만주의에도 관계되어 있다. 처음부터 그가 지녔던 원시 사회에 대한 낭만적 이상화가 바로 그로 하여금 자신의 사회와 원시 사회를 비교할 때 객관성을 유지할 수 있게 한 것이라 할 수 있다. 바로 레비스트로스가 자신의 사회와 문명의 편견을 벗어날 수 있었던 것은 그의 낭만주의로 인한 것이었다고 할 수 있다. 그것이 그로 하여금 원시 사회를 객관적으로 볼 수 있게 한 것이다. 그는 이러한 선행해야 하는 자기 정화를 "이향화(異鄕化, dépaysement)"라고 부르고, 거기에서 가능해지는 객관적 눈을 "멀리 있는 눈(le regard éloigné)"이라고 부른다. 이 말은 일본 중세의 극작가이며 배우인 제아미(世阿彌)의 말, "리켄노켄(離見の見)"에서 빌려 온 것이다.(레비스트로스는 같은 제목의 책을 낸 바 있다.) 제아미의 말은 노(能)의 배우에게 진정한 연기를 하려면 자신을 관객의 입장에서 되돌아볼 수 있어야 한다는 것이다.[23] 진정한 객관성의 확보에는 과학적 태도와 함께 예술가의 관조적 태도가 개입하는 경우가 많다. 그리고 자기를 되돌아보는 것 ─ 반성적 사고는 윤리적 태도의 수련을 통해서 이루어진다.(『논어』에서 수신의 방법으로서 자신을 하루에 세 번 되돌아보아야 한다고 한 것도(吾日三省吾身) 뉘앙스는 다르지만 이에 비슷하게 자기반성의 필요를 수신의 필수 사항으로 이야기한 것이다.) 객관성에 이르는 데에는 여러 가지의 자기 수련을 요구한다. 그리고 그것은 자기 자신이나 자신의 세계에 대한 세간적 이해를 끊임없이 수정할 것을 요구한다.(하버마스의 이성의 반성적 사고도 '끊임없는 수정주의'를 통하여 보다 완전한 것이 된다.[24])

23 Ibid., pp. 27~28, 243~244.
24 Jürgen Habermas, op. cit., p. 131.

8

세계 문화의 두 개의 극 레비스트로스의 글에 들어 있는 복합적인 요소들에 주의하는 것은 이미 말한 바와 같이 그의 잘못을 밝히자는 것이 아니라 원시 사회에 대한 현대적 해석학에서의 불가피한 모순들을 주목하자는 뜻이다. 진정한 객관적 인식은 어떤 경우에나 사실성에 머물러 있는 것이 아니고, 보다 넓은 성찰을 통하여 얻어진다. 그러나 이 두 가지 측면이 간단히 하나로 모일 수가 없는 것이다. 앞에서 잠깐 살펴보았던 레비스트로스의 책에는 다 같이 물리학자 닐스 보어의 말이 인용되어 있다. "[인간 문화의] 전통적 차이가 존재하는 것은…… 물리적 체험을 기술할 수 있는, 똑같이 타당한 여러 가지 방식이 존재하는 것과 유사하다."[25] 이 보어의 말이 맞는 것이기는 하지만, 정상적인 과학의 절차에서는 이러한 똑같이 타당할 수 있는 설명 방식은 다시 과학적인 평가의 대상이 된다. 과학은 통일 이론, '모든 것의 이론'의 추구를 포기하지는 않는다.

원시 사회는 레비스트로스의 인류학에서 매우 세심한 관찰의 대상이 된다. 그리고 그것은 다시 인간 현실의 전체성 속에 놓여야 한다. 이것은 말할 것도 없이 커다란 사고의 작업을 요구한다. 이 사고의 노력은 최대로 투명하기를 지향하는 것이어야 한다. 그리하여 관찰의 대상은, 가령 원시 사회는 이 투명성 속에 그의 물적 사실성을 그대로 드러내면서 놓일 수 있어야 한다. 세계 문화는 ─ 그러한 것이 도대체 성립할 수 있다면 ─ 여러 다른 문화의 주체성을 투명한 그대로 존중하는 일과 새로 출현하는 보편적 주체성의 통일 작업을 하나로 합칠 수 있어야 한다. 이 보편적 주체는 물론 최대한의 투명성 그것이어야 한다. 이것은 그대로 윤리적 규칙이 된

---

25 Claud Lévi-Strauss, op. cit., p. 362.

다. 서두에 말하였던 보편 윤리의 한 항목은 바로 이것이 될 것이다. 여러 다른 문화로부터 출발한 인간 집단의 평화적 공존을 확실하게 하고, 동시에 보다 충실한 인간성의 실현을 위하여 발전시킬 보편 윤리의 시작은 여기에 있다고 할 수 있다.

삶의 지역성과 세계/지구와 우주 공간   이러한 윤리 기획의 현실적 종착 지점을 예견할 수는 없다. 다만 최후의 결과가 어떤 형태가 되든지 간에 거기에 두 모순되는 사실의 종합이 있어야 한다는 것은 필수적이다. 레비스트로스가 소규모의 사회를 "진정한" 것이라고 한 것은 인간의 삶의 본질에 대한 깊은 통찰에서 나온 것이다. 그러나 동시에 그는 그 작은 지역을 넘어가는 넓은 지평을 닫으려 한 것은 아니다. 사람이 그 생물학적, 심리적 필요에 합당한 생태적 환경을 구성하는 지역에 뿌리를 내리고 살아야 한다는 것은 삶의 필수적 요구이다. 그러나 이 지역이란 사람이 자신의 일상생활 속에서 그것을 의식하든 아니하든, 세계적 공간 또는 우주 공간의 일부일 뿐이다. 이 두 개의 사실을 생각할 때 이 삶의 지역, 사람이 사는 고장이란 상호 침투를 허용하는 여러 경계에 의하여 한정되면서, 동시에 우주의 광활한 공간에 열려 있는 곳이다. 앞에서 말한 대로 그것이 어떤 형태로 조직되어야 하는가를 간단히 말할 수는 없다.

이제 천문학에서 빌려 온 비유를 언급함으로써 이 산만한 글을 끝내고자 한다. 지구는 우주에 존재하는 독립된 사물이다. 그러면서 지구는 전 우주를 향하여 열려 있다. 지구를 감싸고 있는 우주는 우리가 밤하늘을 쳐다볼 때 느끼는 바와 같은 조용한 질서의 공간이 아니다. 그것은 사람의 상상력을 넘어가는 난기류의 움직임을 내장하고 있는 팽창하는 전체이다. 놀라운 것은 지구를 가까이에서 에워싸고 있는 우주 공간이 비교적 안정된 공간이라는 사실이다. 한 천문학자가 대중적 저서에서 말하고 있듯이, 그 가장 원초적인 원인은 빛이 사물과 정보의 전파에 일정한 한계를 부여하고 있기 때문이다. 물론 이 빛은 스스로도 한계를 가지고 있다.

빛의 속도가 한계를 가지고 있지 않다고 한다면, 각종의 방사선은 그 발생지가 아무리 멀다고 할지라도, 방출되면서 즉각 지구에 이르게 될 것이다. 그리하여 우리는 모든 곳에서 들어오는 신호의 영향을 받게 될 것이다. 그 결과 가까운 곳의 영향이 먼 곳에서 온 영향보다 강한 지금의 경우와는 달리, 우리는 우주의 저편에서 일어나는 엄청난 사건들의 영향에 즉각 노출될 것이다. 빛의 속도를 넘어서 정보를 보낼 수 없다는 불가능이 여러 형태의 정보를 판별하고 조직하는 것을 가능하게 한다.[26]

여기의 빛은 여러 다른 문화를 처리할 수 있는 문화 이성이다. 이 주체 과정이 문화의 질서를 유지한다. 그것은 빨라질 수도 느려질 수도 있지만 지나치게 빠른 것이 될 수는 없다. 그것은 그 나름의 한계를 가지고 있다. 그것은 지역 환경을 질서화해야 하는 삶의 필요이다. 이것은 지역이 세계적인 것으로 넓어지는 경우에도 유지되어야 하는 원리이다.

(2011년)

---

26 John D. Barrow, *Impossibility: The Limits of Science and the Science of Limit*(Random House, Vintage, London, 1998), p. 25.

윤리 국가의 이상[1]
동아시아의 현재와 전통

1. 서언

인사말

10주년을 맞는 동아시아연구원의 강연 시리즈에서 강연을 하게 된 것을 영광으로 생각합니다. 동아시아연구원으로부터 강연 부탁을 받았을 때 연구원의 사업 내용을 잘 알고 있지 못하고 있었는데, 전통적인 의미에서의 동아시아의 문제에 대하여 이야기하라는 부탁으로 생각하였습니다. 그리고 그 방면의 전문가는 아니지만 사람의 삶에 일정한 역사적 기반이 없을 수 없다고 한다면, 한국에 뿌리가 있는 사람으로서 그 뿌리가 되는 동아시아의 전통에 대하여 할 수 있는 말이 있을 것으로 생각했던 것입니다. 그러나 동아시아연구원에 대한 이야기를 조금 듣고 보니 연구원의 연구의

---

1 2012년 5월 11일 동아시아연구원에서 있었던 강연. 인사말 이하는 강연 전에 쓰인 글을 실었다.(편집자 주)

983

초점은 주로 현재와 현대가 정의하는 바 동아시아 지역의 여러 상호 관계에 있다는 것을 알게 되었습니다. 그럼에도 제 이야기는 전통적인 동아시아의 주제 ─ 물론 전공의 관심 대상인 서양의 전통과의 관계에서 생각하는 전통적인 동아시아의 주제에 대한 것이 될 것입니다. 그 점을 양해하여 주시기 바랍니다.

지정학적 동아시아, 문화적 동아시아

동아시아라는 말을 들을 때 별 생각 없이 떠오르게 되는 이미지의 차이는 우리의 상황을 되돌아보는 데에 있어서 하나의 출발점이 될 수 있다. 동아시아라는 말로 전통적인 아시아를 떠올린 것은 무반성적인 상투적 이미지이고 잠깐의 혼란이면서도, 우리의 문화적 상황, 또 넓게는 인식 지평에 존재하는 한 문제를 상기하게 한다.

얼마 전에 나는 신문 칼럼에서 독일의 대통령 선거 이야기를 하면서 신임 가우크 대통령의 취임사를 언급한 일이 있다. 가우크 대통령은 취임사에서 독일이 틀림없이 유럽의 전통 속에 서 있다는 것을 매우 길게 강조하였다. 길지 않은 취임사에서 이것을 길게 언급한 것은, 유럽 연합의 위기가 계속되고 있는 시점에서 그 해체가 불가피한 미래의 방향이고 문제 해결의 관건이라는 주장을 내놓는 사람들이 있기 때문에, 이 점에 대하여 간접적으로 의견을 표명한 것으로 생각된다. 다른 한편으로는 종교적 원리주의와 테러리즘의 위협에 대하여 유럽 전통의 확인이 필요하다고 생각한 것일 것이다. 더 깊은 관점에서 이것은 독일 근대사의 중요한 부분이 유럽의 전통에서 벗어나 있었다는 것을 말하여 독일 사회가 가야 할 바른 방향을 시사하려는 의도를 가지고 있었다고 할 수 있다. 가우크 대통령의 생각으로는 ─ 이것은 다른 사람들도 오랫동안 지적하여 왔던 것이지만 ─ 고대 그리스의 고전적인 전통, 오래된 그러면서 새롭게 계몽주의 시대에 사상적 변화와 정치적 개혁으로 확실하여진 법치(法治) 이념, 그리고 기독교와 유대로부터 내려오는 전통(다시 한 번 기독교에 유대를 추가한 것은 반유대주의를 배격하려는 정치적 의도가 있다고 할 것이다.) ── 이러한 것들을 아우르고 있는 서방의 전통이 오늘의 유럽의 정체성의 핵심을 이룬다고 할 수 있고, 이것을 확인하고 지키는 것이 그의 세대에게 그리고 오늘의 독일인에게 중대한 의무가 된다는 것이다.(이러한 유럽에 대한 강조는 독일에서는 확인을 요하는 것이라고 하겠지만, 이것은 인류 전체를 편견 없이 종합적으로 보고 그 미래를 숙고해야 할 오늘의 시점에서 그야말로 유럽 중심주의(eurocentrism)를 벗어나지 못한, 그리하여 인류 미래를 상상하는 데에 중요한 영감을 주지는 못하는 일이라는 느낌을 받을 수는 있다.)

벗어난 이야기가 길어졌지만, 이러한 이야기를 하면서 생각하게 되는 것은 우리의 현재와 미래를 위하여 정체성을 확인하고자 할 때, 유럽의 경우처럼 우리에게도 지금 불러내 올 수 있는 전통이 있는가 하는 사실이다. 전통이 왜 없냐고 하는 사람이 있겠지만, 그것이 오늘의 삶을 지탱하는 문화적 토대로서 살아 있다고 하기가 힘들다는 점에 동의할 사람은 적지 않을 것으로 생각한다. 동아시아연구원이 주력하고 있는 연구 ── 나의 이해가 틀리지 않은 것이라면 현대에 있어서의 동아시아 지역의 여러 관계를 밝히려는 연구도 이러한 관점에서 다시 비추어 볼 수 있지 않을까 한다. 한국이 지리적으로 동아시아의 일부이고 문화적으로도 같은 전통을 나누어 가지고 있다는 것은 사실이지만, 지금의 시점에서 동아시아에 문화적 동질감 또는 일체성의 느낌은 별로 많지 않다. 그것을 하나로 묶고 있는 것은 단순한 지리적 연계이다. 이것은 다시 거기에 근거하여 일어나는 현실적인 이해관계로 인한 것이다. 즉 경제, 안보의 문제, 그리고 이에 따른 인구 이동의 문제 등이 이 지역을 하나로 묶는다고 할 수 있다. 그리하여 그 관계는 지정학적인 원근법 속에서 생각되는 것이라고 할 수 있다. 이에 대하여 이러한 과제들을 상고 시대로부터 내려오는 문화적 정체성이라는 관점에서 생각하는 것은 쉽지 않은 것이다.

지정학적 현실 관련들이 중요해진 것은 한국을 비롯하여 동아시아의 여러 나라들이 일정한 국력을 갖춘 국가로서의 위상을 분명히 하게 되었기 때문이다. 그런데 동아시아의 여러 나라들이 이러한 국가로서의 위상을 확보한 것은 서양에서 들어온 산업 기술과 제도를 통하여 자기 변신을 이룩하게 된 결과라고 할 수 있다. 그러니까 새로운 동아시아의 연계성은 지리적으로나 역사적으로나 멀리 떨어져 있는 서양에 의하여 매개되어 일어난 현상이라고 할 수 있다. 반드시 일체성을 가진 것도 아니고, 또 상호적인 것도 아니면서 우리의 자기 정의의 지표가 되어 온 것은 서양이었다. 사회를 정의하는 말로서 제일 많이 쓰여 왔던 '선진', '후진'이라는 말도 그러한 관계를 나타낸다. 다시 말하여 이제 동아시아가 새삼스럽게 상호 인접된 지역이라는 사실을 생각하게 되는 것도 이러한 선진, 후진, 또는 그것의 가장 중요한 내용을 이루는 경제 발전의 매개 효과의 하나이다. 그리하여 세계 질서의 일부로서 동아시아의 관계가 성립한다. 말할 것도 없이 새롭게 중요해진 동아시아의 상호 관계를 깨닫고, 그 현실을 정확히 파악하고, 여러 가지 현실적 대책들을 강구하는 것은 무엇보다도 중요한 일이다. 다만 섭섭하다고 하지 않을 수 없는 것은 문화적 연대의 확인이 없다는 점이다. 그 이유는 물론 그것을 쉽게 확인할 수 없는 상태에 우리가 놓여 있기 때문이다.

이번의 유럽 연합의 위기에 있어서, 그리스의 국가 부채의 해결을 위하여 보다 튼튼한 경제를 가진 회원국의 지원이 논의될 때 ― 그리고 여기에서 독일의 지원이 가장 중요했는데 ― 독일 언론에는 다른 현실적 논의와 함께 그리스 문명이 서구 문명의 근원지라는 것을 언급하는 것들이 있었다. 그것은 물론 지원을 찬성하는 이유의 하나로서 말하여진 것이지만, 유럽 연합의 기초에는 경제와 현실 정치의 이해관계가 있으면서도, 그것을 넘어가는 유대 의식도 있다는 사실을 나타낸다고 할 수 있다. 그것은 공리적 계산을 넘어가는 정신적 유대이고 가치 의식의 유대이면서, 또 현실 세계의 삶을 여러 가지로 이어 주는 연줄들이다. 이것은 문화 자본을 공유한다는 말인데, 공유하는 문화 자본은 현실 세계의 행동에 보이게 보이지 않게 영향을 미치고 그 동기가 된다. 중요한 것은 그것이 사람의 행동을 단순한 공리적 전략의 관계 이상의 것이 되게 할 수 있다는 사실이다. 이것은 냉정한 현실 원리에 의하여 움직이는 국제 정치에 인간적 차원을 부여한다. 그리고 넓은 의미에서 현실의 형성에 영향을 미친다. 그렇다는 것은 그것을 보다 높은 차원으로 올려놓는다는 말이다. 공유하는 문화에 대한 의식은 현실 인식을 도와주는 개념과 가치들이 어디에서 나오는가를 분명하게 알 수 있게 한다. 유럽의 공동 문화유산을 말하는 것은 바로 존중하여야 할 세계 이해의 지평을 확인하는 것이고, 단기적인 이해타산을 넘어서 넓고 긴 안목에서 삶을 파악하고 계획하는 큰 지표를 확인하는 일이다. 그리고 그것은 우리 행동의 현실 속에 이상이 개입할 수 있게 한다. 동아시아의 상호 관계에서 이러한 차원이 없다면 그것은 권력과 이해타산의 전략 관계로 환원될 수밖에 없다.(사실 동아시아에서 우리 사회로 시야를 좁혀 보더라도 모든 문제에 있어서 우리 삶을 지배하는 것은 전략적 사고이다. 보다 큰 명분이 이야기되는 것도 사실이지만 대체로는 그 배후에 이해의 전략을 의식하게 되는 것이 우리의 담론의 풍토가 되었다는 말이다. 이것은 우리 사회가 문화 자원을 상실했다는 현실에 관계된다.)

문화의 갱생은 삶 그리고 무엇보다도 생각을 전략적 사고의 함정에서 구출하여 인간적 차원으로 옮겨 가게 하는 데에 빼어 놓을 수 없는 일이다. 그것은 단순히 자존심의 문제가 아니다. 오늘의 세계에서 전정한 인간적 가치와 시각은 궁극적으로 인간 공동체에 대한 의식 그리고 거기에서 나오는 보편적 가치에서 나오는 것이라야 한다. 이러한 보편적 가치의 문제에서 유럽 중심주의 또는 서양 중심주의가 가져오는 왜곡의 문제들이 제기된다. 그러나 그것이 간단한 비판으로 극복될 수 있는 것은 아니다. 보편적 가치는 역사적 업적들에 기초하여서만 구체적인 의미를 갖는다. 그런 다음에 비로소 그것은 보다 높은 차원의 보편성으로 나아간다. 그리고 이것은 많은 경우 문화의 상호 접촉에 의하여 매개되는 변증법적 상호 작용의 효과이다. 이러한 관점에서 볼 때 동아시아는 이 시점에서 보편적 인간 가치를 위하여 기여할 수 있는 것이 있을 것이다. 그러나 그 이전에 그것은 하나의 지정학적 지역이라는 사실을 넘어 인간적인 의미를 갖는 것으로 해석될 수 있어야 한다. 그러기 위해서는 문화의 공유, 문화적 가치의 공유가 확인되어야 한다. 그럼으로써 그것은 보편적 인간성에로 열리는 의미 공동체가 될 것이다. 물론 이것은 복고를 통하여서가 아니라 전통과 현대를 종합한 새로운 인간성의 복합체가 될 때 가능하게 될 것이다.

2. 유교의 윤리 국가

전통의 단절과 지속

그런데 오늘의 우리에게 이러한 문화의 자본은 지역 전체와의 관계에서만이 아니라 우리 사회 내에서도 탕진된 상태에 있다고 할 수밖에 없다. 오늘 생각해 보려고 하는 것은 문화 공유 구역으로서의 동아시아의 문화 그 자체가 아니라 우리 자신의 문화 자본의 소진이다. 문화 자본이라는 것이 반드시 그것에 한정되는 것은 아니지만, 그리고 지나치게 그것을 강조하는 것은 부질없는 복고주의에 떨어지고 또는 별로 아름답다고만은 할 수 없는 민족주의적 자기 예찬에 빠져드는 것이지만, 오늘의 문화 자원에 대한 생각은 결국 누적된 문화 전통의 문제에서 시작될 수 있을 것이다. 결국 문화의 모체는 시간적으로 형성되는 습관 또는 아비투스의 총체이기 때문이다.

전통의 단절이라는 말이 우리 문화를 논하면서 주요한 테마가 된 때가 있었다. 이 말은 이제 별로 쓰이지 않는 것이 되었지만, 전통의 단절은 여전히 오늘의 현실을 말한다고 할 수 있다. 그런데 유감스러운 일이면서도 이것은 불가피한 일이라고 인정하지 않을 수 없다. 전통에서 나오는 개념과 사고의 틀이 오늘을 이해하는 데에 별로 도움을 준다고 할 수 없기 때문이다. 모든 시대는 자기 이해에 입각해서 하나의 시대가 된다. 그것은 인식의 필요조건이기도 하고, 삶의 정위(定位)를 위한 지표이기도 하다. 그런데 좋든 싫든 우리가 우리 시대를 이해하는 데에 빌려 오는 기본적인 개념들은 서양에서 유래한 것이다. 민주주의, 사회주의, 자본주의가 그렇고, 경제와 경제 성장과 부의 축적 또는 그 분배가 그러하다. 또는 국회나 선거, 대통령이나 총리나 장관의 개념과 기능도 그러한데, 지금에 이것을 왕이나 영의정이나 판서로 옮겨서 생각할 수가 없다는 것은 분명하다.

이러한 것들은 오늘의 현실을 구성하는 개념들에 관계되는 일인데, 전통의 상실을 더 절실하게 느끼게 하는 부분이 있다. 그것은 오늘의 우리 사회에서 윤리의 문제이다. 전통적인 관점에서 한국 사회의 특징을 한마디로 정의한다면 그것을 '윤리 국가'라고 하는 것이 간단한 정의가 될 수 있을 것이다. 그렇다는 것은 모든 인간 문제, 사회 문제를 일정한 윤리의 관점에서 이해하고 대처하려 한 것이 조선 사회였다는 말이다. 그런데 그 관점에서 또는 어느 관점에서든지 윤리가 땅에 떨어진 것이 오늘의 시대라고 할 것이다. 우리가 날마다 듣는 것은 우리의 정치, 경제, 사회, 문화에서 일어나는, 그리고 일상생활에서 경험하는 부패, 폭력, 갈등의 소식들이다.(이것은 물론 경제 성장 또는 근대화의 한 효과이기도 하기 때문에 지나치게 단순하게 생각할 수는 없는 문제이다.) 다른 문제들이 없지는 않겠지만 이러한 윤리의 상실이 긴급한 문제의 하나인 것은 틀림이 없다. 그렇다는 것은 일정한 인간관계의 규범 없이는 사회는 인간적 삶의 그릇으로 존립할 수 없기 때문이다. 그렇다고 윤리의 회복이 간단히 이루어질 수 있는 일이 아니라는 것도 사실이다. 앞에서 비친 바와 같이 전체적인 문화의 테두리 안에서만 도덕과 윤리도 의미를 가질 수 있다. 이것이 달라지고 그것의 물질적, 사회적 토대가 달라진 상황에서 그 회복을 간단히 말할 수는 없다. 그러나 사회의 도덕과 윤리의 문제가 우리의 관심사가 되지 않을 수 없다면 그것은 문화의 상실을 생각하는 데에 하나의 초점이 될 수 있을 것이다. 그리하여 전통적 도덕과 윤리의 사회적 의의를 반성해 보는 일은 앞에서 말한바 문화 전통의 문제를 생각하는 데에 한 접근법이 될 수 있다. 그렇다고 그것을 철저하게 파헤치겠다는 것은 아니고 윤리 부재, 문화 자원 또는 자본의 상실에 대한 어떤 대책을 제안할 수 있다는 것은 아니다. 여기에서 할 수 있는 것은 문제의 일부 — 인간 사회에서의 윤리의 존재 방식, 특히 정치와의 관계에서 그것이 존재하는 방식에 대한 약간의 탐색을 시도하는 일일 뿐이다.

그런데 전통의 상실을 말하였지만, 다시 생각해 보면 수천 년까지는 아니라도 수백 년의 사고와 감정의 습관이 쉽게 사라질 수는 없다. 다만 그것은 의식을 벗어나면서 의식 속에 잠재한다. 얼마 전에 우리는 국회 의원 선거를 치렀고 이제 또 대통령 선거가 다가오고 있지만, 적어도 언론 매체들의 보도 현황을 보면 사람들의 마음을 총체적으로 지배하고 있는 것은 선거의 귀추와 의미에 대한 논의이다. 이것은 당연한 것이면서 그 논의의 강도는 강박적인 성격이 들어 있다는 느낌을 준다. 사람의 삶을 생각하는 데에 있어서 정치는 우리에게 가장 포괄적인 틀을 이룬다. 오늘날 우리는 쉽게 많은 사람들의 정열이 여야, 좌우 어느 당, 어느 사람이 권력을 장악하

990

느냐 하는 일에 집중되는 것을 본다. 물론 이것은 모든 승부전에 대하여 사람들이 갖는 흥미로서도 설명되겠지만, 여기에 전제되어 있는 것은 정치의 승부전의 결과에 따라 삶의 모습과 질이 결정적으로 달라진다는 생각일 것이다. 이것은 역사적 체험이 저절로 만들어 낸 생각의 틀이라고 할 수 있다. 일제 지배, 독립, 군사 독재, 민주주의, 또 — 반드시 정치만의 문제는 아니면서도 산업화, 근대화, 경제 성장 등 — 정치가 가장 중요한 삶의 결정 요인이 된다는 것을 경험한 것이 우리의 근대사이다.(그러면서 생각하여야 할 것은 이러한 큰 범주의 일들이 삶의 모든 것을 하나의 방향으로만 몰아가는 것은 아니라는 사실이다. 가령 미국의 한국사가들이 쓰는 말로 '식민주의 근대성(Colonial modernity)'이라는 말을 본다. 이것은 말 자체가 모순된 현상 — 식민주의를 부정적으로 보고 근대성을 긍정적으로 본다고 할 때 — 모순된 현상을 지칭하는 것인데, 이것은 하나의 큰 틀이 두 개의 다른 효과를 가질 수 있다는 것을 말하는 것이다. 특히 이러한 큰 틀과 함께 개인의 삶을 생각한다면 그것은 하나의 큰 테두리 — 부정적이든 긍정적이든 — 하나의 큰 테두리 안에서도 그 삶의 모습이 여러 가지로 달라질 수 있다는 것을 곧 발견한다. 이광수, 염상섭 또는 채만식 등 많은 한국의 현대 소설들은 바로 식민지 근대화의 모순된 효과 — 개인적 삶을 통하여 드러나게 되는 모순된 효과를 그리는 것으로 해석될 수 있다.)

그런데 이야기가 다시 샛길로 들어선 것이 되었는데, 이러한 정치에 대한 의식 — 삶의 결정 요인으로 정치를 절대화하는 것은 단순히 근대사의 경험 때문만이 아니고 우리의 전통에서 이미 일어나서 시작된 것이라는 것을 상기해 보려는 것이 이 글의 의도이다. 그것을 기억하는 것은 우리의 삶의 조건을 이해하고 해석하는 데에 중요하다. 물론 이것은 비평적 평가를 포함하는 해석이 될 것이다. 그때 그것은 시대적 자기 이해의 자원으로서 다시 의미 있는 것이 될 것이다.

수신(修身)과 치인(治人)

전통적으로 인간 이해의 근본적 틀이 된 것은 말할 것도 없이 유교의 가르침이다. 간단히 요약할 수 있는 일은 아니나 논의를 위하여 잘 알려진 사실이기는 하지만 그 줄거리라고 생각되는 것을 한번 살펴보기로 한다. 이 줄거리는 대체로 사회의 전체성 속에서 삶을 이해하고 형상하려 한 기획에서 찾을 수 있다. 공자나 맹자로부터 인간 사회의 이상으로서 요순시대 또는 주대의 사회를 사회의 모델로 상정하고, 그것에 가까이 가는 방법을 가르치려고 한 것이 유교라고 할 수 있기 때문이다. 즉 앞으로 있을 것이 아니라 옛날에 있었던 것으로 상정되지만, 유토피아를 상정하고 그것으로 돌아가는 방법을 가르치고자 한 것이다. 유토피아는 계획된 사회이고 이 계획은 정치적으로 성취되어야 할 과제이다. 이 안에서 모든 사람은 행복하거나 만족할 만하거나 인간적이라고 할 삶을 누릴 수 있는 것으로 생각된다. 정치 계획으로서의 유토피아는 모든 사람의 삶이 일정한 정치 계획 하에 편입될 것을 요구한다. 물론 이것은 단순히 강제력으로서 그렇게 된다는 것은 아니다. 다른 유토피아의 경우도 그러하지만, 유교에서 그것은 인간의 본성에 맞고 그것을 보전하는 삶이라고 생각된다. 그렇다고 그것이 주어진 대로의 인간의 충동과 욕망의 자유를 허용하는 것이 될 수는 없다. 그것은 일정한 원리에 의하여 구성되어야 하는 삶이다.

유교적 정치 이상에서 이러한 사회의 구성 원리로서 가장 중요하게 생각된 것이 윤리이다. 그것은 정치적, 사회적 필요와 개인의 자의적인 의지를 인간성의 필연이라고 주장되는 원리들을 통하여 하나로 묶어 내고자 한다. 이 윤리는 이미 사회적으로 또는 관습에 의하여 정해진 것이기는 하지만, 이 필연성을 매개로 하여 개인이 스스로의 것으로 내면화할 수 있다. 그리하여 사회적 존재로서의 필요가 자신의 필요에 일치하게 되는 것이다. 이 과정이 수신이고 수양이다. 그것은 삶의 관심을 일단 인간의 내면으로 향하게 한다. 그러나 그것이 사회적 삶을 저버리는 것은 아니다. 그것은 사회적 삶을 위한 예비적 조정의 성격을 갖는다. 그리하여 개인의 내면적 완성은 사회적 완성으로 이어진다는 것이 강조된다. 내면화된 윤리의 수련은 정치나 사회에 이어짐으로써만 완성된다는 것이다. 『대학(大學)』에 나오는 '수신제가치국평천하(修身齊家治國平天下)'는 이 이상을 가장 적절하게 요약한 구절이다. 이것은 인간의 내면으로부터 사회와 세계로 확장되는 인간의 성장의 순차적인 단계를 말한 것인데, 주의할 것은 이 수련과 그 단계는 거꾸로 최종의 목표에 의하여 강하게 규정된다는 점이다. 세계와의 관계가 적절하게 맺어지지 않는 한 내면적 수련은 성공적으로 이루어졌다고 할 수가 없는 것이다. 이 세계란 정치적으로 평정된 세계이다. 그리하여 이 수련의 목표 자체도 정치에 의하여 정당화된다.

물론 정치는 전통 사회에서 천자와 왕을 우두머리로 하는 관료적 위계질서의 확립에서 구체화된다. 이것은 왕권 정치 또는 왕의 편의를 위한 전제 정치를 말하는 것으로 생각될 수 있으나, 이러한 체제 자체를 규정하는 것도 윤리적 규칙이다. 그러한 의미에서 윤리는 이러한 정치를 넘어가는 원리이다. 그것은 결국 우주적인 질서로부터 연역되어 나오는 것으로 생각된다. 그러나 이 우주적인 질서는 거꾸로 부모 자식 간의 생물학적 관계에서 유추적으로 설명된다. 그 점에서 과연 모든 것의 근본이 되는 것은 효(孝)이다. 효는 방금 말한 것처럼 원초적인 사회관계, 즉 가족에서의 윤리적 규범을 말하는 것인데, 이것은 이상적인 정치 체제의 모델이 된 국가가 원래 매우 작은 규모의 것이었던 것에 관계되는 것으로 생각된다.

'소국과민(小國寡民)'은 노자의 관점에서의 이상적인 국가를 말한 것으로서, 이 작은 나라는 "이웃 나라가 서로 바라보이고 닭과 개 우는 소리가 들리는"(『노자(老子)』 80장 「독립(獨立)」) 그러한 곳이라고 했지만(물론 그렇게 가까워도 사람들은 서로 방문하지 않는 것이 좋다고 한다.), 유교의 원형적인 국가도 그렇게 큰 것은 아니었을 것으로 말할 수 있다. 순임금은 다섯 사람의 신하를 거느리고 있었고, 무왕은 열 사람의 신하를 거느리고 있었다고 한다.(『논어(論語)』,「태백(泰伯)」20) 이것은 인재 구하기가 어렵다는 말이기도 하지만 나라가 작았다는 사실을 시사한다. 이러한 경우에 사실 국가의 질서는 부모 자식과 같은 가족 관계의 비유로서 이해될 수 있을 것이다. 그리고 수신을 보다 넓은 세계에 펼친다는 것은 수신하여 몸에 익힌 것 — 주로 윤리적 규범을 자연스럽게 일상 속에 실천하는 것일 것이다. 다만 가족 관계를 넘어 국가에 봉사하는 것은 윤리적인 의미에서의 행동 양식을 익힌 다음(여기에서 행동 양식이라고 하는 것은 윤리는 그 많은 부분이 외면적으로 수행되는 의례(儀禮)를 말하기 때문이다.) 그것을 보다 넓은 사회 공간으로 확대하는 것인데, 사회의 규모로 보아 일상에서의 규범적 행동과 공공 공간에서의 임무 수행 사이에 큰 간격이 있지는 아니하였을 것으로 생각된다. 그러니까 유교적 인간관은 개인의 삶을 정치 공동체와 아울러서 생각하는 데에서 출발했다고 할 수 있다. 여기에서 수신제가치국평천하의 연쇄는 비교적 자연스러운 것일 수 있었을 것이다. 그런데 여기에서 중요한 것은 이 연쇄에서 절대적인 테두리가 되는 것이 '수기'보다는 '치인'이라는 점이다. 그것은 물론, 다시 말하여 삶의 사회적 테두리가 자연스러운 공동체에서 추상적인 체제로 바뀌면서 강화된다.

관료 체제 속에서의 위인(爲人)과 위기(爲己)

그런데 친족이나 이웃의 관계 또는 기본적으로 대면(對面) 공동체의 범위를 넘어 사회적 공간이 확대되고, 국가가 삶의 실천 속에 들어오게 될 때 작은 공동체에서 작용했던 많은 것은 크게 달라질 수밖에 없다. 삶의 공간에 초인격적인 조직과 제도가 개입하게 되는 것이 불가피하다. 윤리도 가족 윤리 이상의 것으로 확대되어야 한다. 그러나 이것은 전통 사회에서 기본적으로는 비유적 확대에 머무는 것으로 보인다. 확대된 비인격적 공동체 — 레비스트로스의 말을 빌려, 모든 사람이 서로 직접적으로 알아 볼 수 있는 '진정성의 사회(les sociétés authentiques)'[2]를 넘어가는 국가의 관점에서 볼 때에 핵심적인 과제가 되는 것은 기본적 윤리 — 사회와 정치의 윤리를 현실에 구현하고 유지할 수 있는 체제의 확립이다. 유교의 세계관에서 체제는 기본적으로는 예절과 의식의 체제였던 것으로 생각된다. 이것은 개인의 사회관계, 국가 체제에 중층적 의미를 갖는다. 윤리의 핵심은 물론 가족 관계에서의 돌봄의 원리이다. 이것이 관료와 백성 사이의 관계를 규정한다. 그러나 가족 관계의 확대는 감정적 관계의 형식화를 요구한다. 그리하여 많은 것이 정형화된 의례의 관점에서 이해된다. 의례는 가족 관계를 위계화하고, 그것은 다시 정치 질서의 근간이 된다. 주목할 수 있는 것은 의례가 신체적 표현을 기본으로 한다는 점이다. 이것은 적어도 출발에 있어서 대면 공동체에서의 인간관계의 표현이라는 것을 말한다. 의례는 원시 공동체에서 집단적 유대를 직접적으로 확인하는 제전(祭典)을 포함한다. 예절과 제전을 함께 아우르는 것이 임금이 집행하는 사례(四禮)이다. 궁극적으로 이러한 의례는 천지의 이치에 의하여 정당화된다. 그러나 이것도 당초의 생각에서는 천지의 이치가 직접적으로 현장에서 체험되는 것이었다고 할 수 있다.

많은 것은 돌봄의 의무 그리고 초월적 체험까지를 포함하여 이와 같이 의례 또는 제례의 관점에서 이해된다. 그러나 현실적으로 확대된 체제에서 의례는 관료 체제에 의하여 보완되어야 한다. 그리고 그것이 사실상 국가 질서의 가장 중요한 축을 이룬다. 소집단에서 사회관계를 원만하게 하

---

2   レヴィストロース, 『現代世界と人類學』(Claude Lévi-Strauss, *L'Anthropologie face aux problems du monde moderne*)』(東京: サイマル 出版會, 1988), pp. 245~246.

던 윤리 그리고 그것의 형식화로서의 의례는 이제 보다 큰 정치 공간에서 시행되어야 한다. 그리하여 관료 체제가 필요해진다. 그러면서 윤리와 의례는 한결 추상화된다. 관료 체제는 확대된 윤리와 의례의 체제이면서 불가피하게 강제력의 체제가 된다. 강제력은 원초적 감정 관계와 윤리적 이데올로기의 성스러움에 의하여 정당화된다.(그 특징의 하나는 그것이 원초적 윤리에 기초하여 있는 것이어서, 이성적 관점에서의 비판을 배제한다는 것이다.)

관료 체제 — 모든 재능 있는 자에게 열리는 관료들의 체제는 새삼스럽게 말할 필요도 없이 중국이 발명한 가장 중요한 국가 관리의 체제이다. 관료 제도와 관련하여, 수신을 한 사람이 치국평천하에 이르게 되는 것은 시험 준비를 하고 학문을 쌓아 이 체제에 참여하는 것을 말한다. 유교의 전통에서 윤리의 내면화 그리고 심화는 수신을 통하여 이루어지는 것으로 생각된다. 수신은 학문의 연수로 공식화된다. 그리하여 학문은 윤리적 인간이 되는 데에 필수적인 과정이 된다. 그리고 이렇게 학문을 닦은 사람은 사회의 인간관계 속에 일정하게 동화됨으로써 자기완성을 이룰 수 있다. 이것은 사회적 존재로서의 자연스러운 자기완성 또는 행복을 이룩한다는 것을 의미할 수 있지만 추상화된 국가 체제 안에서 그것은 결국 관료가 된다는 것을 말한다. 그리하여 수신과 출사(出仕)의 연결이 일어난다. 그런데 이 연결은 둘 사이의 관계를 전도하는 결과를 가져올 수 있다. 즉 윤리적 수신이 출세를 위한 수단이 되는 것이다. 그리고 자율성이 없이 진정한 학문이 있을 수 없다고 한다면 관료제의 중요성은 학문이 다른 목적에 — 비록 그것이 국가가 제시하는 목적이라고 하더라도 — 얽매이게 될 가능성을 열어 놓는 것이 된다. 물론 이에 대한 비판적 의식이 생기는 것은 당연한 일이다. 남에게 보여 주려고 하는 학문, 위인지학(爲人之學)에 대하여 위기지학(爲己之學)이라는 말은 학문이 자기완성을 지향하여야 한다는 뜻이지만(『논어(論語)』, 「헌문(憲問)」 25), 출사(出仕)를 지향하는 학문 수업에 대한 비판적 논의에도 인용되는 말이다. 그러나 학문에 전념한다고 하여 수신에 따르는 치국평천하의 사명이 사라지는 것은 아니다.

수신은 내면화된 진리를 향하는 역정이 되고 은둔을 뜻할 수도 있지만, 그러한 경우까지 포함하여 학문을 그 자체로 추구한다는 것은 사회와 국가를 전체적으로 비판적 거리에서 본다는 것 ─ 그리고 이 전체의 관점에서 그것을 재구성하여 자기 정체성의 일부가 되게 한다는 것을 말한다. 출사를 사양한다고 하여도 사회와 국가에 대한 전체적 비판은 수신의 핵심 부분이 된다. 물론 이것은 바른 이데올로기의 정립을 위한 논쟁을 낳는다. 그러나 더 좋은 것은 말할 것도 없이 이 이데올로기를 현실 속에 구현하는 일이다. 그리하여 국가와 삶을 하나의 설계도에 의하여 기획하는 것은 개인의 필요이기도 하고, 사회를 보는 방편이기도 하다. 그리고 이 설계도에 대한 구상 자체도 삶의 완성을 위한 필수 조건이 된다. 조선조 시대의 많은 논쟁 ─ 결국 사화(士禍)들의 원인이 되기도 한 논쟁은 바른 이데올로기의 정립에 따른 국가 체제의 확립과 개혁의 논의에 관계된다고 할 수 있다.

유교적 기획 국가

정도전 유교적 합리성의 관점에서 국가 체제를 비판하는 일은, 즉 상정된 유토피아의 관점에서 비판하고 개혁하는 일은 거의 모든 유교적 사유, 특히 조선조의 유학에서 가장 중요한 과제였다고 할 수 있다. 물론 실제로 유교 유토피아를 설계하고 그 실현에 참여한 정도전(鄭道傳)과 같은 사람에게는 유교의 이상에 따라서 국가 체제를 기획하는 것은 현실적인 실천의 문제였다. 정도전의 글들은 고려조의 정치와 이데올로기에 대한 비판과 새로운 이념에 따른 국가 ─ 유교 국가의 설계를 목적으로 하는 글들이다. 여기에서 그의 모델이 되는 것은 대체로 중국의 고대사에서 발견할 수 있는 선례들 ─ 특히 주 대(周代)의 선례들이다. 『주례(周禮)』는 조선조의 사회 기획자들에게 가장 중요한 참조 근거이다. 물론 옛날의 사례가 의미를 갖는 것은 그 당대 현실과의 관계에서이다. 정도전의 경우에 이것은 더욱 확실하다. 그의 실천적 의도는 그의 제안들에 다른 유학자의 경우보다 더 분명한 일관성과 합리성을 부여한다. 그 가운데에도 『조선경국전(朝鮮經國典)』과 같은 글은 그가 생각한 사회와 정치 계획의 전형을 가장 잘 보여 준다. 여기에서 그는 왕의 임무, 그를 보좌할 중앙 관료들의 임무와 조직, 그리고 지방의 행정 조직을 자세히 정리한다. 물론 이것은 행정 조직 이외에 군사, 경제, 재정, 농업, 민생, 문화 등 여러 문제와 담당 부서에 대하여서도 자세한 기획안을 제시한다. 또 국토와 도시 계획에 대하여서도 일정한 견해를 이야기한다. 이러한 제도와 국토 관리에 대한 정도전의 생각들은 지극히 현실적이고 합리적이다. 그러면서 그것은 국가의 윤리적 의미 — 우주론적인 이해에서 나오는 윤리적 의무에 대한 이해를 철저하게 내포하고 있다. "위로는 음양(陰陽)을 조화하고, 아래로는 모든 백성을 편안하게 하며, 작상(爵賞)과 형벌을 말미암아 매인 바이며(所由關), 정화(政化)와 교령(敎令)이 그로부터 나오는 바이다(所自出)." — 다른 글에서 재상의 임무를 정의하는 이러한 말은 정치 철학을 요약하는 말로 취할 수 있다.[3] 즉 그것은 우주적인 질서에 어긋나지 않게 백성의 삶을 안정되게 하며, 그것을 위하여 상벌, 정치와 교화(敎化)를 수단으로 활용하는 것이다.

정치는 엄격한 질서를 가지고 있어야 한다. 그것은 우주론적 요구이다. 그러면서 그것은 국가와 사회적 차원에서는 민생의 안정을 주안으로 한다. 이것은 반드시 백성의 현실적 필요에서만 주장되는 것이 아니라 그가 이해하는 우주론의 현실화를 위해서 요구되는 사항이다. 정도전은 한성의

---

3   정도전(鄭道傳), 양성지(梁誠之), 「상도당서(上都堂書)」, 『한국의 사상 대전집』(동화출판사, 1972), 47쪽.

도시 계획의 기본적인 아이디어를 내놓은 사람이다. 그의 계획 국가 안은, 앞에 비친 바와 같이 국토 기획까지를 포함한 것이었다. 한성의 구획 설정이나 사대문의 이름 등 이러한 것들은 철저하게 인의예지(仁義禮智)의 윤리 또는 풍수와 방위(方位)의 균형을 생각하는 이데올로기에 입각한 것이다. 그것은 윤리나 우주적인 이데올로기에 따라 삶의 정형화를 위한 가장 구체적인 실천이라고 할 수 있다. 정도전은 그의 아이디어에 따라 삶의 모든 것을 규제하기를 원한다.(이 규제는 왕의 역할에도 해당된다.) 정도전은 태조의 명에 따라 궁궐과 궁궐의 여러 부분들의 이름을 지었는데, 가령 경복궁의 사정전(思政殿)이라는 이름, 그리고 그에 대한 구상은 그의 이데올로기가 어떻게 구체적인 현실 기획으로 옮겨지는가를 보여 주는 좋은 예가 될 것이다. 사정전의 근거에 대한 그의 설명은 다음과 같다.

천하의 이치는 생각하면 얻고 생각하지 않으면 잃는 법이다. 대체 임금이 한 몸으로 숭고한 지위에 웅거하여 있고, 만인의 무리는 지혜롭고 어리석고 어질고 불초한 섞임이 있고, 만사의 번다함은 시비와 이해의 복잡함이 있으니, 임금이 진실로 깊이 생각하고 자세히 살피지 않으면 어떻게 일의 당연하고 부당한 것을 분별하여 사리에 맞게 갈피를 찾아 처리하며 사람의 어질고 어질지 못함을 분별하여 나오고 물러갈 수 있게 할 수 있겠는가.[4]

이것이 정치를 생각하는 별도의 건물, 사정전이 있어야 하는 이유이다.

전적으로 정도전의 발상으로 수도 건설이나 국가 체제의 수립이 모든 것이 이루어졌다고 하기는 어렵겠지만, 그가 국가와 사회의 운영에 대한 면밀한 처방들을 가지고 있었던 것은 틀림이 없다. 앞에서 말한 국가 경영

4　「기(記): 사정전(思政殿)」, 같은 책, 37쪽.

을 분담할 관직 체제나 토지 관리 이외에 『조선경국전(朝鮮經國典)』은 소소하면서도 상징적인 의미를 가질 수 있는 모든 것에 대한 처방을 내놓는다. 국호(國號)나 왕위 계승을 위한 세계(世系)에 대한 논의는 그 나름의 중요성을 가지고 있다고 하겠지만, 그의 처방은 심지어 벌목과 고기잡이의 규칙 또는 면류관이나 관복에 사용할 금은보옥(金銀寶玉)의 장식, 그리고 그 채굴에 대한 규정 같은 것까지도 포함한다. 여기에 드러나는 기획의 철저함은 아마 당대의 세계 어디에서도 찾기 어려운 것이었을 것이다. 그 나름의 합리적 사고와 그리고 그것에 방향을 지어 주고 있는 유교의 우주론과 윤리에의 충실성은 가히 찬탄의 대상이 될 만한 것이라 하지 않을 수 없다.

양성지(梁誠之) 그러나 다른 한편으로 모든 것을 이러한 윤리적이고 합리적인 기획 속에 재편할 수 있다고 생각하는 것이 현실 타당성을 가지고 있는가? 오늘의 관점에서도 그러하지만, 당대의 관점에서도 사회의 모든 것이 참으로 이렇게 한 사람의 발상 또는 이념에서 출발하여 정연한 체계로 기획되는 것이 가능한가, 그것이 정당한 것인가, 그리고 그것은 이상 국가의 건설이라는 좋은 뜻 이외에 다른 어떤 의미를 가지고 있는 것이 아닌가, 이러한 물음을 물어보는 것은 부질없는 일이 아닐 것이다. 정도전의 경우 나중에 개국 공신이 된 이성계의 막료로서, 그가 계획 국가 안을 내놓는 것은 당연한 현실의 요구였을 것이다. 특히 그가 보기에 불합리하고 비윤리적인 고려조의 관습들을 고치고 새로운 사회를 세우려면 이것은 그의 의무였을 것이다. 그런데 정도전 이후, 그러한 사회적 필요가 있는지 없는지 분명치 않은 시대에 있어서도 조선조의 유학자들은 기획 국가에 대한 관심을 버리지 않는다. 그것은 그들의 강박적 필요인 것으로 보인다.

양성지(梁誠之)는 조선조의 기본적 골격이 확립이 되었을 것으로 생각할 수 있는 태종 때에 태어나 세종 이후에 활동한 학자이다. 그의 직책은 이조 판서에 이르렀으나, 그가 주로 한 일은 사서, 지리지, 지도 등을 작성하는 일이었던 것으로 보인다. 그러나 정도전에서 보는 바와 같은 제도의 정립에 대한 관심은 그의 글들에서도 핵심이 된다. 그의 주의(奏議),「편의 이십사사(便宜二十四事)」[5]와 같은 데에서 보게 되는 것도 국가 제도의 여러 면의 개선에 대한 자세한 건의들이다. 다만 그의 제안의 많은 것이 정도전의 경우만큼 현실적 관련이 분명하다고 할 수는 없다. 정도전에서도 그렇지만, 조선조의 유학자들에게 국토를 일정한 구도 속에서 파악할 수 있게 하는 개념과 이름을 정하는 것은 중요한 의식적(儀式的) 의미를 가졌다고 할 수 있다.

양성지는 옛 중국의 왕조 그리고 고려조가 모두 오경(五京)을 설정했었다고 하면서, 조선도 그에 따라 한성과 개성, 두 서울만이 아니라 오경 ─ 경도(京都)를 상경, 개성부를 중경, 경주를 동경, 전주를 남경, 평양을 서경, 함흥을 북경으로 기획하는 것이 상징적으로나 군사적으로나 필요한 일이라고 한다. 또는 산이나 강의 중요성을 말할 때에도 전래되는 역사적 의미를 참조하되, 개성이 아니라 한성으로부터 동서남북을 가늠하는 위치를 생각하여 정하고 치제(致祭)하는 것이 옳다고 주장한다. 그는 국토의 행정 구역 체계를 언급하여 61개의 주(州), 도(道), 진(鎭), [진의] 좌우익(左右翼)이 설치되어 있는 것을 긍정적으로 보고, 이러한 구획화를 옹호한다. 물론 이것은 정치, 특히 군사적 목적에도 맞는 것이다. 그리하여 그는 익(翼)과 진(鎭) 등을 사실적 필요와 균형에 맞게끔 설치, 철폐, 통합할 것을 건의한다. 그에게 또한 중요하게 생각되는 것은 이데올로기적 의미를 가진 제도들로서, 그는 고조선 시대로부터의 왕들의 능묘(陵墓) 그리고 유교의 성인들을 모시는 문묘(文廟)를 정리 관리하는 일을 말하고, 그것을 위한 관료

---

5 같은 책, 331~341쪽.

의 임명을 진언한다. 인사 제도에 대해서도 여러 건의를 하지만, 그중에 특이한 것은 일정한 지위 이상의 관리들의 후손들에게 입학과 녹봉과 관직에 특전을 주어야 한다고 말하는 것이다. 유교에서 사회 기강을 위하여 중요한 것 — 이데올로기적 통제의 수단으로 이용되는 것은 무엇보다도 일상적 풍속의 의례화인데, 국가의 제례, 제사나 관례(冠禮)와 같은 것이 국가에서나 개인 생활에 있어서나 일정한 제도로서 확립되어야 하고, 조정의 의전에 필요한 음악도 분명한 제도가 되어야 한다고 그는 말한다. 속악(俗樂)이나 여악(女樂)과 같은 것도 일정한 규제 속에 있어야 한다. 이러한 규제가 얼마나 세부적인 데 이르는가 하는 것은 복식에 관한 규제에서 넘겨볼 수 있다.

양성지는 당상관, 육품(六品) 이상의 관리, 유품원(流品員), 성중관(成衆官), 의관자제(衣冠子弟) 그리고 위사(衛士), 군사(軍士)를 단위로 하여 서로 다른 색깔의 복장을 입게 하여야 하며, 공직자가 아니라도 양인(良人)과 이서(吏胥), 공사천구(公私賤口)와 공장(工匠)이 각각 다른 색의 옷을 입게 하여야 한다고 말한다. '나라의 풍속을 가지런히 해야 한다.'는 그의 생각을 가장 잘 나타낸 것은 여자들이 요사스러운 복장을 입는 것, 즉 복요(服妖)하는 것을 금해야 한다는 주장이다. 의상 제도는 특히 남녀와 귀천을 구별하는 데에 중요한 것인데, 여자가 남자의 옷에 비슷한 것을 입는 것은 불길한 일이다. 옛 중국에서는 여자들이 "3층으로" 된 남자에 비슷한 옷을 입는 것, 깃을 왼편으로 몰려 좌임(左袵)의 옷을 입는 것 등을 상서롭지 못하다고 하였는데, 남녀의 상의와 하상(下裳)을 비슷하게 하여 "마음대로 입게 되면" 이것이 풍습으로 정착되어 나중에는 고치기가 어렵게 될 것임을 경계하여야 한다고 한다. 따라서 허용되지 못할 옷을 입는 것은 금지하고, 그 옷을 거두어 "가난한 자와 병든 자의 옷으로 사용"함이 마땅하다. — 양성지의 정형화된 삶의 이념은 이렇게 복장의 세말한 문제에까지 미친다.

사회 기획과 개인

유수원(柳壽垣) 여기에 언급한 제반 제도와 풍속 정립 또는 재정립의 제안은 양성지의 직함이 집현전 직제학(集賢殿直提學)이었을 때에 내놓은 것이다. 아마 그의 직책은 국가 행정의 여러 부분에 대한 개혁을 구상하고 그에 대한 제안을 내놓는 것이었을 것이다. 그러나 그의 건의안이 국가 제도의 총체적인 개혁을 겨냥하는 것은 놀라운 일이다.(그것은 주로 외면적 형식을 규제하는 개혁이다. 유교 개혁주의는 주로 형식주의로서 형식의 정비가 실질적인 개선을 가져온다고 믿었다. 이것은 오늘날 한국에서도 그대로 통하는 생각이다.) 양성지의 시대는 조선조의 초창기로서 사회의 총체적인 기획이 필요한 시기였다고 할 수 있을지 모른다. 그런데 국가 체제에 대한 논의 또는 논술은 조선조 내내 유학자들에 의하여 계속 생산된다. 그것은 사회가 계속적으로 개혁안을 요구할 만큼 불안정한 상태에 있었다는 것을 말하는 것이기도 하겠지만, 이렇게 수없이 나오는 설계도대로 정부 제도나 사회 풍습의 규율을 바꾼다면 그러한 불안정은 오히려 가속화되지 않았을까 하는 느낌을 가지게 한다.

한영우(韓永愚) 교수가 『한국선비지성사』에서 「조선의 걸출한 선비」라는 항목 아래 간결하게 소개하고 있는 조선조 유학자들의 사상을 보면, 그 주제는 한편으로는 그들의 학문의 정통성이고 — 한 교수의 민족주의로 인하여 두드러져 보이는 것이기는 하겠지만, 이 정통성은 물론 중국 유학에서 말하는 성군과 학자들과 함께 기자(箕子)로 비롯되는 한국의 성군과 학자들의 계보를 확인하는 데에 집중된다. — 다른 한편으로 끊임없는 관심의 대상이 되는 것은 정치 제도의 개혁이다. 한영우 교수가 가장 높이 평가하는 학자의 한 사람인 유수원(柳壽垣)은 일반론으로 문벌 타파, 사농공상의 평등, 농업의 전문화, 상업 자본의 합작, 유통망 확대 등을 주장하면서, 이것들이 산업 발전을 진흥하여 나라를 부강하게 하는 방책이라는 것을 설파하고자 한다. 그는 이외에도 국가 제도의 많은 세부에 대한 개혁안들을 내놓는다. 과거 시험에서 시험 과목은 경학(經學)과 사학(史學)이 주가 되어야 하고, 거기에서 경서는 수험자가 선택하는 것이 좋다. 정부의 직책 가운데 예문관(藝文館), 춘추관(春秋館), 승문원(承文院), 교서관(校書館) 등과 같은 문한직(文翰職)은 폐지하고 그 직무를 실무 관료에게 맡기는 것이 마땅하고, 죄인의 심판은 언관(言官)들이 아니라 형조에서 전담할 일이고, 사헌부(司憲府)나 사간원(司諫院)의 기능도 전문적인 영역을 정하여 한정하여야 한다. 비변사(備邊司), 의금부(義禁府), 충훈부(忠勳府), 돈녕부(敦寧府), 장예원(掌隷院), 선혜청(宣惠廳), 전의감(典醫監), 제조(提調) 등의 관직도 혁파하여야 한다. 군사 문제에 있어서도, 군역(軍役)과 군포(軍布)의 제도는 경비를 분담하는 양병제(養兵制)로 바꾸어야 한다.

이외에도 유수원은 서리의 급봉, 세제, 호적 등의 창설 또는 개혁을 논한다. 한 교수가 설명하는 바로는, 그가 이러한 이용후생에 중점을 두는 개혁을 제안할 때 준거가 되는 것은 대부분의 조선 유학자들이 그러한 것처럼 중국의 주례와 주자이다. 그러면서도 그는 동시에 조선 풍속의 독자성, 음식, 의복, 언어, 혼례, 상제가 중국에 비교해서도 뛰어난 조선의 토지와 산수의 탁월함을 말하였다.[6] 유수원의 『우서(迂書)』의 논설은 다른 유학자의 저서들보다 포괄적이고 상세한 것이나, 국가 제도에 대한 총체적인 관심 그리고 세부적인 개선 내지 개혁을 거론한다는 점에서는 다른 유학자의 논설의 경우에도 대체로 비슷하다고 할 수 있다.

그런데 이러한 개혁안들이 좋은 것들이었다고 하더라도 『우서』 집필 시에 유수원은 단양 군수 등 과히 높지 않은 지위의 지방관이었는데, 요즘 식으로 말하여 프로젝트를 위촉받은 것도 아니었으니 그의 개혁안이 얼마

---

6   한영우, 『한국선비지성사』(지식산업사, 2010), 374~380쪽.

나 현실적으로 수용될 수 있는 것이었는지는 알 수 없는 일이다. 또 그것이 당대의 현실에 얼마나 정합한 것이었는지도 지금 판단하기는 어렵다. 『우서』 이후에 유수원이 사헌부 장령(掌令) 등에 임명되고 『관제서승도설(官制序陞圖說)』을 작성하면서 영조와 대면할 기회를 얻은 것을 보면, 조선조 시대의 공적 소통의 공간이 미관말직에 이르기까지 널리 트여 있었다고 할 수도 있고, 그러니만큼 논술은 그 구체적인 현실 관련성을 넘어서 조선 사회의 윤리적 기강을 유지하는 데에 하나의 중요한 역할을 수행하는 것 이었다고 할 수 있다. 그러나 사회 기획의 설계도 구상은 개인적인 의미가 큰 것이 아니었나 하고 생각해 볼 수도 있다. 그것은 적어도 관념적 차원에 서 자기 수양이 요구하는 치인이나 평천하의 요청에 응하는 행위였을 것 이다. 이것은 특히 그러한 설계를 걱정할 임무를 맡을 위치에 있는 것이 아 닌 사람의 경우 요구되는 바 정신적 훈련 또는 자기완성의 의미를 가졌을 것으로 생각할 수 있다.

3. 윤리적 사회 기획의 복합적 의미

토머스 모어의 유토피아

국사(國事)에 대한 선비의 넓은 관심은 이러한 높은 사회적 그리고 정신 적 의의 이외에도 복합적인 함축을 가진 것으로 볼 수 있다. 어떤 경우에 있어서나 사회나 정치의 유토피아적 계획은 그러한 함축을 갖는다. 그것 은 자기 존재에 대한 확신을 나타내기도 하고, 다른 사람과의 관계에서 위 압 또는 강압의 가능성을 시사하는 것이기도 하다. 이상국을 물리적으로 나 제도적으로나 총체적으로 설계하여 세계의 여러 나라에 '유토피아', '무 하유향(無何有鄕)'이라는 말을 도입하게 한 토머스 모어는 『유토피아』를 저술한 다음에 에라스무스에게 보낸 편지에서 그의 소감을 이렇게 표현하였다. "당신은 저의 의기가 얼마나 양양하게 되었는지 짐작하시지 못할 것입니다. 저는 참으로 부풀어 오르는 듯한 느낌을 가지고 머리를 높이 듭니다. 이 백일몽 속에서 저는 유토피아 백성들의 임금으로 지목되었습니다. 저는 밀대의 왕관을 쓰고, 두드러져 보이는 프란시스코 교단의 승복을 입고, 밀대의 홀(笏)을 들고, 시민들의 시종의 호위를 받으면서 행진하고, 외국의 사신과 왕들을 알현하는 저 자신을 상상합니다."[7](여기에서 밀대의 관과 홀, 승복 등은 토지, 정치, 경제, 풍습을 완전한 기획 속에 정리하는 유토피아가 검소와 절제를 사회 윤리의 기본으로 하는 비물질주의적인 공산 사회임을 나타낸다. 여기에서의 사회 기획과 검소의 윤리의 종합은 유교적 유토피아의 경우에 비슷하다.) 에라스무스에게 보낸 편지에서 모어가 유토피아와 관련하여 자신이 왕이 되는 꿈을 꾼다는 것을 실토한 것은 유토피아라는 저작의 아이러니한 의미를 말한 것이다. 유토피아는 이상 사회를 기획하는 일이면서 동시에 자기 확대를 위한 망상일 수 있다는 것을 모어는 의식하고 있는 것이다. 그는 이 편지의 다음 부분에서 곧 자기가 왕좌에서 미끄러져 떨어지는 꿈을 꾸고 실재하는 궁전의 잡무로 돌아간다고 쓰고 있다.

『유토피아』에 대한 해석은 여러 가지이지만, 앞에서 지적한 아이러니는 영문학자 그린블랫의 해석에 나오는 것이다. 그는 이 소품을 쓰는 데에 모어의 동기가 된 것은 '자기 소멸(self-cancellation)'의 희망이었다고 한다. 이것은 삶을 살아가는 데에 요구되는 '자기 형성(self-fashioning)'의 복잡한 변증법과의 관련에서 설명된다. 모어는 『유토피아』를 통해서 당대의 부패한 사회를 비판하고, 당대의 권력과 재산 제도에 승복하는 행위에 한계

---

7 Elizabeth Frances Rogers ed., *St. Thomas: Selected Letters*(New Haven: Yale University Press, 1961), p. 85; Stephen Greenblatt, *Renaissance Self-Fashioning: From More to Shakespeare*(University of Chicago Press, 1980) p. 55로부터의 재인용.

가 있다는 것을 드러내고자 했다. 이 비판은 자신에 대한 것이기도 하였다. 그러나 『유토피아』를 쓸 때에 모어는 출세 가도를 잘 달리고 있던 사람이었다. 그리하여 그의 자기비판은 자기 소멸의 동기를 가진 것이었다고 할 수 있다. 그러나 그것이 그의 소망이었다면, 그것은 다시 한 번 역설적으로 그를 더욱 유명하게 하고, 더욱 자신감을 갖는 사람이 되게 하였다. 그리하여 자기 소멸은 다시 자기 형성의 과정에서 자기 확대가 된다.[8] 여기에 드러나는 것은, 그것이 모어의 의도였든 아니든 간에 자기 소멸의 동기 또는 자기 단련, 극기(克己)와 겸손도 전도된 자기 확대의 표현이 되는 기이한 인간 심리이다. 이 주제는 톨스토이 소설들의 여러 군데에도 보이는 주제이지만—가령 모든 것을 버리겠다는 성자(聖者)가 바로 그것을 통하여 확대된 자기를 확인하는 사건이 되는 것과 같은 것이 그것이다.—반드시 자기 비하(自己卑下)의 수사에서 시작하고 끝나게 마련인 조선조 유학자의 글들에서도 느낄 수 있는 것이 아닌가 한다. 다만 조선조의 유토피아적 국가 체제론들에서는 톨스토이가 말하고자 한 진정한 겸허를 위한 노력 또는 모어가 가졌던 아이러니한 의식을 발견할 수는 없다고 할 것이다.

사회적, 총체적 기획의 구상은 자기 확대의 동기를 갖기도 하지만, 그 것은 여기에 더하여 앞에서 말한 바와 같이 타자와 타자의 세계에 대한 강압과 위압을 함축할 수 있다. 그것은 많은 경우 윤리적 명령이라는 명분으로 정당화된다. 앞에서 든 예 가운데 양성지의 엄격한 복장 규제에 대한 요구는 오늘의 관점에서는 아마 가장 쉽게 일상적 차원에서 느낄 수 있는 억압의 표현으로 느껴질 것이다. 조금 더 큰 문제에 이르게 되면 체제 개혁의 제안은 정치 투쟁의 쟁점이 되고 반대자의 죽음으로 이어지기도 한다. 이

---

8 Stephen Greenblatt, op. cit., pp. 54~55.

러한 죽음에 이르는 갈등은 보다 큰 선을 위한 작은 악이라고 생각된다. 그렇지 아니한 경우에도 큰 목적을 위하여 법술을 사용하는 것이 정치의 수단이 되고, 그 허허실실의 교차는 결국 윤리의 실체를 공허한 것이 되게 한다. 앞에 든 정도전과 유수원이 반역의 음모에 가담한 것으로 의심을 받고 처형되는 것도 이러한 맥락에서 이해할 수 있다. 조선조의 명유(名儒)로서 제 명에 죽는 것은 그렇게 쉬운 일이 아니었다.

윤리적 세계, 사실의 세계

그러나 이러한 문제점들에도 불구하고 조선조의 윤리 국가의 이상이 전적으로 잘못되었다는 말은 아니다. 그 윤리적 이상은 모든 것의 근본으로 사람의 개인적 완성을 요구한다. 그리고 개인 완성의 윤리는 사회적인 관계로 이어져, 사회에서의 사람과 사람의 관계가 도덕적 규범에 의하여 조정되어야 한다는 요청이 된다. 이것은 모든 사회에서 필요한 사회 윤리의 기본이라고 할 수 있다. 다만 이러한 윤리적 이상은 철저한 자기비판의 과정을 통하여서만 진정한 것이 된다. 그리고 이 비판은 윤리가 나오는 근거가 그 위치를 바꾸게 될 때 보다 용이한 것이 된다고 할 수 있다. 즉 한 가지 방법은 그것을 윤리 밖에 놓이게 하는 것이다.

윤리의 억압성은 일단 그것으로부터의 해방의 요구가 자연스러운 것이 되게 한다. 서구적 근대성의 한 의미는, 서구에서나 한국에서나 사람을 윤리의 구속으로부터 자유롭게 했다는 것이다. 사실 윤리는 구속을 ── 특히 외적으로 강요되는 윤리는 구속을 의미한다. 그러나 그것이 반드시 윤리의 폐기를 의미하는 것은 아니다. 보다 인문주의적 입장에서 보면 그것은 보다 넓은 인간성의 완성을 위한 기획 안에서 윤리를 재정립하자는 것이었다고 할 수도 있다. 제일 좋은 것은 객관적 조건들이 '보이지 않는 손'이 되어 윤리를 사실의 원리가 되게 하는 것이다. 말하자면 노자의 이상이 말하는 것도 이러한 것이라고 하겠지만, 애덤 스미스의 사상은 경제와 함께 윤리에도 이러한 것을 상정했다고 할 수 있다. 물건을 교환하는 바와 같이 자연스러운 자기 보호의 본능에서 사람은 상호 공감을 교환하게 되어 있다. 조금 더 적극적으로는, 근대의 약속은 칸트의 한 저서의 이름을 조금 달리하여 말하자면, '이성의 한계 안에서의 윤리'의 가능성을 열어 놓는 일이었다고 할 수 있다. 그러나 현실로 터져 나온 여러 요인들이 이러한 약속을 이행하기가 어렵게 한 것을 부정하기 어렵다. 그리하여 윤리를 윤리 이외의 요인들에 연결하는 것은 윤리를 공허하게 하는 것이 될 수 있다. 그것은 그것을 개인의 심성 안으로 옮기는 경우에도 그렇다.

그러한 이행이 가능하다고 하더라도 자유로워진 개인이 참으로 모든 것으로부터 자유로울 수 있는 것일까? 그리고 개인의 자유와 자율에 윤리를 맡길 수 있는 것일까? 밖으로부터 오는 윤리로부터 풀려난 개인은 다른 요인들에 의하여 흔들리게 되는 것은 아닌가? 앞에서 언급한 모어의 유토피아와 관련하여 인용한 그린블랫의 저서가 설명하고자 하는 주제의 하나는 개인이 된다는 것 — 적어도 자기를 자기로서 의식하는 개인이 된다는 것은 큰 것과의 관계에서만 가능하다는 사실이다. 이것은 그 외에도 많은 저자들이 지적한 바 있는 역설이다. 근대에 있어서도 개인은 큰 체제, 대체로는 민족 또는 국가를 포함한 집단에서 그 정체성의 토대를 얻는다. 또는 관념적으로 구성되는 이데올로기의 전체성이 개체의 자아의식에 중요한 역할을 한다. 시장 체제하에서 자유로운 개인은 소비주의 문화로부터 삶의 지침을 받는다. 이 시장은 하나의 체제로서 물화(物化)되고 그 안에서 제작되는 여러 상징들을 개인에게 공급하여 그 개인 정체성의 구성 인자가 되게 한다. 다만 일단 풀려 나온 개인은 대부분의 체제 또는 집단에서 얻게 되는 정체성에도 불구하고 이익과 야심의 숨은 동기를 버리지 못한다. 이에 비하면 조선의 유토피아는, 앞에서 지적한 바와 같은 문제가 없지 않으면서도 이상적인 정치 상황을 나타내는 것이라 할 수 있다. 여러 가지 숨은 동기가 있다고 하더라도 사회 기획의 구상들이 윤리적 지상 명령의 테두리를 크게는 벗어나지 않는다고 할 수 있기 때문이다. 다만 그 윤리적 지상 명령이 참으로 인간적 가능성에 대하여 열려 있는가가 문제이다.

되풀이하건대 윤리는 사람과 사람 사이에 존재하는 규범적 관계이다. 이것 없이 사회적 공존이 가능할 수는 없다. 그러나 다시 그 규범이 어떤 것인가가 문제가 된다. 조선조의 유학자들이 표방한 윤리적 명령이 비판될 수 있는 것은 이러한 관점에서이다. 아래에서 조금 더 생각해 보고자 하는 것은 이 문제이다. 그 명령은 그 자체로는 사회적으로나 개인적 인격의 관점에서나 앞으로도 우리가 지향할 수 있는 이상을 나타내는 것은 아닌, 제한된 이상이라고 생각하지 않을 수 없다. 그것이 사회적 효능을 상실한 것도 이 점에 관계된 것일 것이다. 원인의 하나는 그것이 사실적 조건의 변화에 유연하게 대처하지 못한 것인데, 그것은 본래부터 윤리를 사실적 근거와 더불어 변화 적응할 수 있는 것으로 파악한 것이 아닌 형태의 것이었기 때문이라 할 수 있다. 그리고 이것은 자유로운 탐구의 동인(動因)이 분명하게 인정되지 않은 것에 관계된다. 탐구자로서의 자유로운 개체는 윤리를 벗어날 수 있는 존재이면서 그 자유를 통하여 윤리를 확립할 수 있는 근거이다. 이것은 윤리적 위험을 무릅쓰면서 윤리를 살아 있는 인간 존재의 중요한 동인의 하나가 되게 할 수 있다.

탐구의 패러다임: 관료적 사고와 사실성

이명식(李命植) 관찰사　우선 생각할 수 있는 것은 조선조의 윤리 국가의 이상이 현실적으로도 별로 생산적인 것이 아니었다는 점이다. 이것은 윤리와는 큰 관계가 없는 현실의 문제이면서 결국은 모든 것의 위에 서 있는 윤리가 어떤 성격의 것이냐 하는 문제에 깊은 관계를 가지고 있다. 마침 이 글을 쓰고 있을 시점에 부산대 한문학과의 강명관 교수의 「충청도 관찰사 이명식의 생각」이라는 제목의 글이 인터넷에 실렸다. 이 글은 바로 여기에 대한 흥미로운 관찰을 담고 있다.

이 글에 의하면 정조는 충청도 관찰사 이명식(李命植)을 불러 충청도의 문제가 무엇인가를 물은 일이 있다. 이명식은 여기에 답하여 충청도에는 농사도 장사도 아니하는, 생업이 어려운 무리들이 있는데, 흉년이 들면 이들은 염치를 완전히 버리고 못하는 짓이 없다는 사실을 말한다. 그리하여 필요한 대책은 이들에게 산업 활동을 할 수 있게 하는 것이다. 생업이 없는 이들은 사족(士族)에 속하는 사람들로서 관직을 얻을 것을 원하지만, 그 것을 얻지 못하는 경우에도 농공상(農工商)에 종사하지 않는다. 자손이 사족 계급에서 탈락하게 될 것을 두려워하기 때문이다. 그러니 이들이 농상공의 일에 종사하더라도 그들의 자손을 차별하지 않겠다는 법을 제정하면 그것은 적절한 대책이 될 것이다. 이 이명식의 주의(奏議)의 이러한 내용을 설명하고, 강명관 교수는 이것이 "전혀 구체적 실천 방안이 없는 그냥 해본 소리"일 뿐이라고 평한다. "그 자손을 차별하지 않겠다는 법을 제정하기만 하면 일거에 문제가 해결된다는 식의 발상은 그야말로 '순진 무식'한 발상이 아니고 무엇이겠는가?" 강 교수는 이러한 의문에 붙여서, 사족이 있고 과거가 존재하는 한 이러한 부분적인 해결책이 현실성을 가질 수 없다고 말한다.[9] 이명식 관찰사가 내놓은 실업 대책이 구체적 실천 방안이 될 수 없다는 것은 맞는 진단일 것이다.

그러나 다른 한편으로 양반 제도를 폐지하고 과거를 폐지하고 유교적 정치 원리를 폐기하는 것은 참으로 어렵기 짝이 없는, 그리고 주어진 조건 하에서 실시할 수 없는 일이었을 것이라는 점도 생각해 볼 수 있다. 더 나

---

9 다산연구소, 실학 산책 제277호(2012년 4월 27일), dasanforum@naver.com.

아가 이것을 폐지한다고 흉년 곤궁의 문제가 해결될 수 있었을까? 이명식 관찰사의 의견이나 강명관 교수의 의견이 시사하는 것은 계급 제도로 또는 관료적 사고로 구성되어 있는 사회 제도의 개혁이 흉년의 문제를 해결할 수 있다는 것이다. 차이는 단지 제안된 제도 개혁의 규모이다. 이에 비슷한 사회 문제에 대한 접근은 조선 유학자들에게서도 흔히 볼 수 있는 것인데, 이러한 문제 접근 방식은 맞는 것일 수도 있고 맞지 않는 것일 수도 있다고 할 것이다. 그런데 조금 각도를 달리하여 생각할 수 있는 것은, 구체적인 현실과의 관계에서 적절한 대책이 되는가 아닌가 하는 문제보다도 여기에 들어 있는 현실 설명의 모형이다. 이 모형은 문제의 해결에 중요한 의미를 갖는다. 이 모형에 따라 물음이 달라지고 연구의 영역이 달라지고 해법이 달라지기 때문이다.

문제 전개의 패러다임 고전 시대의 그리스와 중국을 비교 연구하여 온 영국의 과학사가(科學史家) 로이드(G. E. R. Lloyd) 교수는 사물의 선후와 인과 관계를 밝히는 데에는 잠재해 있는 패러다임 또는 모델이 있다고 하고, 두 전통에 작용하는 패러다임을 찾아보려고 한 바 있다.[10] 고대 그리스에서, 이 패러다임으로서 가장 중요한 것은 법률 과정의 모델이다. 가령 어떠한 일이 있어 그 경위와 인과를 밝히려고 할 때 사고가 전개되는 방식은 일에 대한 '책임'이 어디에 있는가를 묻는 법률의 사유 방식에서 나온 것일 경우가 많다. 그러면서 그것은 물론 미묘하게 변용되기도 한다. 의학적으로 병에 대하여 생각하며, 그 병의 원인이 무엇인가를 묻는 것도 이에 비슷한 사고의 유형을 나타내는 것이다. 의료 행위는 이러한 물음에서 출발하여 밝

---

10 G. E. R. Lloyd, *Adversaries and Authorities: Investigations into Ancient Greek and Chinese Science*(Cambridge University Press, 1996), ch. 5 "Causes and Correlations," pp. 93~115. 이 부분은 로이드 교수의 보다 자세한 논의를 극히 간단히 간추려 본 것이다.

에서 들어온 병이 환자의 내부 조건을 변화시킨다는 것을 확인하고, 다시 내부 상황을 원상으로 복구하려는 것으로 설명된다. 이때 원인은 밖으로부터 작용하는 원인과 내적인 상태로 — 또는 내적인 원인으로 구별될 수 있다. 이 구별은 병과 같은 문제를 넘어서, 본래의 상태가 그렇다는 것과 외적인 힘의 작용으로 그렇다는 것을 구별하는 일이 된다. 그리하여 앞의 것은 다분히 의도적인 것이고, 뒤의 것은 본래의 성질, nature나 essence의 탓으로 생각된다. 이 본래의 성질은 아리스토텔레스의 물리학이나 형이상학에서 중요한 고찰의 대상이 된다. 사유 방법의 이러한 변형에서 '책임'의 문제는 '누구의 책임인가'로부터 '무엇에 책임이 있는가'로 바뀌고, 탐색과 사고는 보다 과학적인 방향으로 움직여 가게 된다.

사물의 구조를 설명하는 패러다임에는 '책임'과 같은 법률 과정에서 나온 것 외에, 인공 제작물, 생물체 또는 국가나 정치 체제 등이 있다. 정치 체제의 경우 그리스어에서 사물의 원인이나 근본, arche는 동시에 권좌, 통치, 행정관 등을 의미한다. 그리스인들이 세계와 우주를 왕국에 비슷한 것으로 또는 여러 힘들의 협약체로 또는 갈등이나 무정부체제로 보는 것과 같은 것은 사물의 이치를 정치의 모델로 파악하려는 것이다. 문제가 있을 때 이 패러다임은 정치 위계에 있어서 어떤 부분, 어떤 담당자가 그에 대하여 책임을 져야 하는가 하는 식으로 해결책을 찾게 한다. 여기에서 이 정치의 모델을 언급하는 것은 그것이 중국에서도 중요한 세계 이해의 모델이되기 때문이다.

대체적으로 말하여 고대 중국인의 세계 이해에서 중요한 것은 인과관계보다는 사물의 유사성, 상호 의존 또는 보완 관계, 즉 비유적 대응(correlations)이다. 가령 오행(五行)과 여러 요소들, 계절, 방위, 맛, 냄새, 음계 등등이 서로 상관관계를 가지고 있고, 그것들의 상호 작용이 세계의 여러 현상을 이해할 수 있게 한다고 하는 것이 대응에 의한 설명 방법이다.

오행과 오장(五臟)의 균형이 건강의 기본이라는 것과 같은 것은 그 하나의 예이다. 황색은 오행의 토(土)이면서 비장(脾臟)에 대응하고 비장의 황색이 너무 깊어 병이 되는 경우, 그것은 봄이 오면 환자가 죽음에 이르게 하는 원인이 될 수 있다. 그것은 봄의 목기(木氣)가 토기(土氣)를 누르게 되기 때문이다. 그러나 대응 관계를 통한 사태의 설명 이외에 더 직선적인 원인과 결과의 연계를 찾으려는 노력이 없는 것은 아니다. 한문의 원(原), 본(本), 인(因) 등은 뿌리나 씨앗, 사태의 근본, 유래 등을 지칭하는 말들이다. 이러한 말들은 유기체, 기술 그리고 사회적 정치의 모형에 의존하여 원인과 결과를 탐색하려는 발상에서 나타나게 된다. 원인을 가리키는 말로, 특히 로이드 교수에게 중요한 것은 고(故)와 사(使)이다. 고(故)는 언어 표현이 지시하는 사실을 가리킨다. 고는 이 사실을 드러내는 것을 말한다. 사(使)는 말하고 명령을 내린다는 뜻을 가지고 있다. 사태의 해명에서 중요한 것은 명령이다. 이것은 동기를 확인하고 인위적 공작물을 만들고 하는 인간 행동의 영역에서 사실의 설명에 등장한다. 로이드 교수는 그리스의 인과적 사고에 있어서 법률 과정이 중요한 것이라고 한다면, 중국에서는 명령의 전후 맥락이 중요하다. 이것과 관련하여 주의할 것은, 중국에서는 여러 이론의 실험을 그치지 않는 그리스에 비하여 이러한 것들을 하나의 통일된 체계로 발전시켰다는 사실이다. 그러니까 우주나 사회 또는 물질세계가 일관된 명령의 체계 속에 있는 것으로 이해되는 것이다.

　　로이드 교수가 반드시 강조하여 말하는 것은 아니지만 이 체계에서, 되풀이해서 말하건대 제일 중요한 것이 명령의 체계이다. 그런데 이 명령 체계는 단순한 자의적인 권력 행사의 체계가 아니다. 여기에 체계를 하나로 하는 것은 윤리의 원리이다. 그리고 구체적으로 이 체제는 관료 체제이다. 현실이 바르게 움직이는 상태에 두기 위해서 필요한 것은 관료 체제를 윤리적 합리성 속에 유지하는 것이다. 이 합리성은 물론 현실이 그 원리로서 움직인다는 것을 전제로 한다. 현실에 문제가 있다는 것은 이 현실이 충분히 그러한 합리성으로 조직화되어 있지 않거나 그것을 지탱하는 관료가 그것을 유지하는 데에 책임을 다하지 않았다는 것을 의미한다. 잘못되는 일은 이 체제를 정비함으로써 시정될 수 있다. 그것은 단순히 명령 계통을 엄격히 하는 것이 아니라 방금 말한 것처럼 현실에 내재하는 윤리적 합리성에 비추어 관료 체제를 정비하고, 명령 수행이 이루어질 수 있게 하는 일이다. 물론 여기에 근본적인 행동자가 되는 것은 윤리와 윤리의 현실화 방법에 대하여 공부한 관료이다.(되풀이하여 말하건대 여기의 연계 관계는 반드시 로이드 교수의 설명에 일치하는 것이 아니다.) 앞에서 말한 이명식의 사태 진단은 인간의 서열 질서에 문제가 있다는 것이고, 이것을 시정하면 사태가 시정될 수 있다는 것이다. 여기에 모델이 되어 있는 것은 동기의 체계 그리고 그것을 움직일 수 있는 명령의 체계로서 사태를 이해하는 것이다.

4. 세 가지 심법

윤리 인식론
그런데 이러한 패러다임의 문제를 떠나서도 동아시아적 발상, 유교적 발상은 사실적인 인식을 향한다기보다는 세계의 윤리적 인식, 윤리적 명령의 체계로서의 세계 인식을 지향한다. 인식 방법의 이러한 집중 또는 협소화로써 이루어지는 윤리적 인식은 그 성격을 규정하는 데에 중요한 기능을 한다. 이것을 다른 전통에서의 인식론적 수련과 비교하는 것은 동아시아의 윤리적 세계를 넓은 맥락에서 이해하는 것을 도울 수 있다. 이러한 비교적 관점에서 볼 때 그것은 반드시 엄밀한 사실적 근거의 확인이 없이 사람과 세계의 관계를 윤리에 한정하는 것으로 생각될 수 있다. 그리하여 현실에 대한 바른 인식을 놓치는 일이 일어나는 것이다. 이것은 인간의 현실과의 관계에 문제가 생기게 하는 일이 될 뿐만 아니라 윤리 자체를 단순화할 위험에 빠지는 일이다. 그러나 다른 한편으로 그것은 앞에서 말한 윤리의 상실과 관련하여 윤리의 중요성을 다시 한 번 의식하게 하는 면이 있다. 그렇다는 것은 유교의 심법(心法)과는 달리 현대적인 심법은 윤리를 배제함으로써 인간의 삶에 많은 문제를 일으킨다고 할 수 있기 때문이다.

유교적 윤리 수련에서 훈련의 근본이 되는 윤리는 어떻게 하여 인지되는가? 간단하게 말하여 그것은 인간이 스스로 자연스럽게 느끼는 것이라고 주장된다. 그러나 그것은 어지러운 삶의 환경 속에서 둔화되거나 잊히게 된다. 그리하여 그것을 참으로 알게 하는 것은 공부를 통하여서이다. 그러니까 박학이 윤리의 도를 깨우치는 방법이다. 옛 경서(經書)들을 읽는 것이 필요한 것이다. 널리 공부하는 것은 묻고 생각하고 변별하는 것을 수반하여야 한다. 이 일에 있어서나 원래의 직관을 회복하는 데에 있어서나 기본이 되는 것은 마음이다. 그런데 마음은 대체로 바깥세상에 나가 있게 마련이다. 그리하여 이것을 거두어들여 마음을 단련하는 일이 필요하다. 그러면 절로 사람은 인(仁)이나 의(義)를 깨닫게 된다.(구방심(求放心), 『맹자(孟子)』, 「고자(告子) 상」) 내면으로 돌아가는 것은 동서양을 막론하고 삶을 조금 더 높은 차원에서 살기 위한 자기 수련의 필수적인 요구 조건이라고 할 수 있다. 이것은 단순히 인간의 윤리적 의식을 정비하기 위하여서만 필요한 것은 아니다. 세상의 실재를 바르게 인식하는 데에도 그것은 필요하다. 주체성이 있어서 비로소 객체가 확립된다.(루카치) 그러나 유교적 수신에서 마음을 되찾는 것은, 이미 말한 바와 같이 마음속에서 밝혀지는 인의(仁義) 등의 윤리에 대한 자각에 이르는 것이다. 물론 이것은 공부함으로써 분명한 것이 된다. 수신은 공부하는 경서의 지혜를 마음에 살리고, 거기에 나와 있는 격률에 따라서 행동하고 몸을 갖게 되는 과정이다. 그러나 수신은, 대

사회적 행동의 기율로서의 윤리를 체화하려는 것인 까닭에, 사회와 정치로 돌아감으로써만 완성된다. '수신제가치국평천하'는 이 단계를 요약하는 말이다.

그런데 마음으로 돌아가는 것은 반드시 윤리와 윤리의 전통으로 돌아가는 것이 아닌 여러 가지 가능성을 가진 반성 행위이다. 유교적 사고에서도 마음으로 돌아가는 것이 불교의 일체 유심(一切唯心)을 깨닫는 것이 될 수 있다는 것을 인정한다. 그러면서 그것이 바른 유교적 수양의 목적이 아니라는 것을 강조한다. 사실 불교를 배척하는 것은 정도전을 비롯하여 유교적 성찰에서 가장 중요한 부분을 이룬다. 마음으로 돌아가는 것은 마음을 비울 것을 요구한다. 그것을 허명(虛明)하게 하는 것이다. 그것은 사물에 있어서, 서양식으로 말하여 우유적(遇有的)인 것(accident)을 버리고, 본질적이고 핵심적인 것을 볼 수 있기 위하여 필요하다. 그러니까 그것은 모든 것을 고고(枯槁), 마른 나무처럼 보고 적멸(寂滅)의 상태로 돌아가자는 것이 아니다. 그것은 불교의 가르침이다. 유교에서는 이것을 경계한다. 유교의 목표는 사물로부터의 이탈을 목적으로 하는 것이 아니라 오히려 사물을 더 면밀하게 살필 수 있는 객관적인 심리를 갖자는 것이다. 바른 마음의 상태에 이르는 심법(心法)에 있어서의 정화된 마음의 상태를 말하는 퇴계(退溪)의 비유는 매우 생생하게 이것을 알 수 있게 해 준다. "[맑아진 마음에] 사물이 통과하여 비치는 것은 마치 불이 하늘 가운데에 밝게 탐으로써 만상(萬象)이 두루 비치는 것 같고, [마음이] 사물을 좇아 비추는 것은 마치 햇빛이 일정한 사물을 좇아 내려 비추는 것, 예컨대 응달진 벼랑의 뒷면이나 오두막집의 아랫부분으로 스며드는 것과 같"다. 그러나 여기에서 밝게 비추는 작용은 반드시 인식론적 객관성을 말하는 것은 아니다. 그것은 인의예지의 도리를 깨닫는 것을 말한다. 그리하여 바른 마음은 사사로운 이익의 계산에서 나오는 "정심(正心, 마음에 예상하는 것), 조장(助長), 계공모리

(計功謀利)"등을 버릴 수 있게 한다. 마지막으로 이르게 되는 정신 상태에서 —마음의 상태에서 "하늘과 아버지, 땅과 어머니가 같고, 만민이 형제자매처럼 되며, 만물과 내가 더불게 되어, 모든 것이 뒤섞여 용납되며 측은하고 근심스러워지면서 내외, 원근의 차이가 없는 친절한 체험을 하게 된다."[11](그러나 퇴계는 이러한 깨달음이 효행에 그쳐야 하고, 묵자(墨子)가 말하는 겸애(兼愛)가 되어서는 아니 된다고 한다.)

코기토

서양 사상사에서 마음으로 돌아가야 한다는 가장 유명한 주장은 데카르트의 코기토의 발견일 것이다. 그는 회의를 통하여 자신의 사고의 핵심에 이르고, 그것에 내재하는 이성적 방법으로 세계의 법칙적 해명을 계획하는 것이 시대의 독단론들을 버리고 명확하고 분명한 진리에 이르는 길이라고 생각하였다. 그러나 이러한 사고가 펼쳐 내는 세계는 사회나 문화 또는 정신의 세계, 윤리와 가치의 세계를 배제한 세계가 된다. 그러면서 그것은 마음을 더 넓게 풀려날 수 있게 한다. 배제와 포용은 방법론적으로 모순의 엇갈림 속에 존재한다. 하여튼 그의 사유의 세계는 도심(道心)의 세계와는 다른 것이다. 그러나 사실 데카르트가 사람이 사는 세계의 그러한 국면을 적극적인 의미에서 배제하려고 한 것은 아니었다. 그의 이성적 사유의 진리를 보장하는 것은 신의 존재이다. 사유 속에 드러나는 완벽한 이념은 신의 완벽성에서 연유하는 것이라고 그는 생각하였다. 그리고 주어진 사회에서의 삶은, 사람들이 받아들이는 관습과 규칙을 받아들이는 것이 지혜로운 일임을 말하였다. 그러나 그의 핵심적 관심은 물질세계의 법칙을 밝히는 것이고, 거기에서 모범이 되는 것은 정확한 연산(演算)에 의한

---

11 윤사순 역주, 「답김돈서부윤(答金惇敍富倫)」, 『퇴계선집』(현암사, 1982), 113~136쪽.

증명을 방법으로 하는 수학이었다. 그리하여 데카르트의 이성주의는 근대의 과학과 기술에 대한 철학적 기초를 확립하는 데 기여한 것으로 간주되고, 그의 방법론은 주로 사람으로 하여금 자주 인용되는 그 자신의 표현으로 "자연의 주인이며 소유자"가 되게 하였다고 생각된다. 물론 데카르트를 비롯한 이성적 방법의 확장은 사회, 문화 또는 정신의 세계까지도 과학적 연구의 대상이 되게 하였다. 그리하여 독단론을 벗어나서 가치의 세계에 대한 객관적인 이해를 가능하게 하였다.

그러나 과학은 과학 나름의 독단성을 가지고 있다는 사실을 가볍게 생각할 수는 없고, 인간의 구체적 삶의 관점에서 볼 때 중요한 문제는 과학적 사고가 요구하는 정신 기능의 정화(淨化)가, 현상학의 용어를 빌려 '환원(reduzieren)'을 의미하고, 그것은 달리 말하여 '축소(reduzieren)'하는 것을 의미한다는 사실이다. 그리하여 그것은 구체적인 인간의 삶에서 움직이는 자아 또는 주체를 단순화한다. 물론 여기에는 성리학의 심법(心法)에서 마음으로 돌아가면서 그 마음을 단순화하여 인심(人心)을 버리고 도심(道心)을 확인하려고 하는 것에 비슷한 것이 있다. 다만 윤리의 세계는 현실 행동의 세계를 멀리하는 것이 아니다. 오히려 윤리에 초점을 맞춘 주체의 축소와 환원은 삶의 축소이면서 삶을 그 좁아진 테두리에 구속하여 끌어들이는 역할을 한다.

여기에 대하여 근대적 합리주의는 인간 행동을 이 테두리로부터 해방한다. 윤리가 삶의 목적과 수단을 규제하는 기제가 된다고 하면, 과학적 이성은 삶을 목적으로부터 해방하여, 또는 개인의 삶을 집단적 규범으로부터 해방하여, 스스로 택한 목적을 위한 수단만을 생각할 수 있게 한다. 그리하여 인간의 세계는 더없이 넓어질 수 있다. 그런데 이때 스스로 택한 목적이란 대체로 반성되지 않은 충동과 욕심을 말하고, 외부로부터 오는 여러 가지 자극을 말한다. 그러면서 그것을 실현할 수 있는 물질세계를 말한다. 그러나 합리주의적 주체의 반성은 어디까지나 객관 세계를 향한다. 그것이 진리를 매개한다면 그것은 주로 이 세계의 진리이고, 실용적 관점에서 그것은 세계를 부리고 소유하는 데에 기여하게 된다. 여기에서 시야에서 벗어나는 것이 윤리적 존재로서의 인간이다. 이 윤리 일탈이 반드시 순수한 사유를 향한 오리엔테이션으로 인한 것이라고 하는 것은 지나친 단순화이지만 사람의 생존이 완전히 가치 중립적인 도구적 가치에 맡겨지게 되는 것이 그에 따르는 위험이라는 사실을 부정할 수는 없다.

선(善) 체험: 플라톤의 심법

앞에서 유학의 인간 이상, 사회 이상이 그 핵심에 요순우탕(堯舜禹湯)의 시대와 주(周)나라가 구현하였던 것으로 생각되는 유토피아를 하나의 원형으로 한다는 것을 시사하였다. 그리고 모어의 유토피아도 언급하였다. 서구에서 최초의 유토피아는 플라톤의 『공화국』에 개진되어 있다. 그것은 단순한 정치와 사회 기획이 아니라 그것을 위한 일정한 수신의 프로그램을 전제로 하는 유토피아의 윤곽을 그려 낸다. 여기에 들어 있는 수신의 기획을 살펴보는 것은 유교적 유토피아를 이해하는 데에 도움이 될 것으로 생각한다. 물론 여기에서 플라톤을 본격적으로 논하려는 것은 아니다. 주목하려고 하는 것은 플라톤의 공화국도 유교에 들어 있는 이상처럼 윤리적 국가를 목표로 하고, 교육을 통하여 — 교사의 가르침을 통하여서이건 아니면 개인의 자기 수련을 통하여서이건, 교육의 과정을 통하여 그것을 성취할 수 있다고 한다는 점이다. 사회나 국가의 목적이 윤리적인 것인 만큼 교육을 통해서 이룩해야 할 최종적 목표가 되는 것은 어느 경우에서나 윤리적 인간의 완성이다.

여기에서 잠깐 생각해 보고자 하는 것은 이 완성의 이념 그리고 무엇보다도 거기에 이르는 도정의 일치와 차이이다. 플라톤의 윤리적 완성의 도

정도 인간 내면의 도정이다. 그리하여 그것은 또 하나의 심법의 원형이 된다. 여기에서도 정신적 수련의 최고 단계는 선(善)의 관조에 이르는 것이다. 그리고 그것이 이상적인 국가의 기초가 된다. 그러나 이 선의 관조는 유학의 심법에서보다 훨씬 더 넓은 세계 인식 속에서 얻어진다. 그것은 존재의 진리 그것에 일치하면서 일어나는 마음의 깨달음이다. 다시 말하여 선의 깨달음은 존재론적 탐구의 일부로서 얻어지는 관조의 경험인 것이다.

5. 플라톤의 이상 국가: 존재론적 선(善)

전체주의적 국가 조직

이상적 유교의 세계가 관료적 조직의 완벽성으로 이루어지는 세계라고 한다면 플라톤의 공화국도 그에 비슷하다고 할 수 있다. 그 조직의 엄격성은 거의 전체주의 국가의 경직성을 가지고 있다. 윤리에 대한 강조는 언제나 억압적 체제를 낳는 경향을 갖는다고 할 수 있는지 모른다. 플라톤의 이상국은 현실적으로 군사 조직의 국가인 스파르타를 모델로 한다는 지적이 있다. 그의 공화국은 엄격하게 구분되는 세 계급 또는 세 다른 기능을 맡은 집단 — 생산자들, 국방을 담당하는 전사들, 국가 기구 전체를 일정한 이상에 따라 수호하는 책임을 맡은 철학인들로 구성된다. 그리고 이 마지막 집단으로부터 나오는 절대 군주가 있다. 가족이나 결혼 또는 매일의 식사와 같은 개인 생활도 완전히 국가가 통제하는 틀 안에서 조정된다. 사실상 개인의 독자적인 삶은 거의 존재하지 않는 곳이 플라톤의 공화국이다. 이것이 완전히 어떤 이성적 기획에 의하여 조직화된 사회라고 한다면, 이에 비하여 유교적 윤리의 사회는, 개인 행동의 규범화를 지향하면서도 그것을 반드시 어떤 추상적인 규칙으로 기획화하는 것이 아니라 인간 생존의 자연스러운 조건 — 부모, 부부, 형제, 또는 이웃의 관계에 들어 있는 원초적인 질서를 강화하는 것에 그치는 것이라고 할 수 있다.

그러면서도 여기에서 주의하고자 하는 것은 플라톤의 이상이 인간 정신의 자유를 최대한으로 고려하는 것이라는 역설이다. 그것은 자기 형성의 핵심으로서의 인간 정신에 대한 플라톤의 이해로 설명된다. 플라톤과 그리스 문화의 인문주의적 해석을 시도한 대표적인 학자인 베르너 예거는 플라톤의 공화국은 현실의 국가가 아니라 인간 영혼의 조화스러운 조직화에 대한 비유로서의 의미를 갖는다고 한다.[12] 조화된 영혼의 소유자에게 공화국의 엄격성은 전적으로 자연스러운 것이다. 그것은 강요되는 것이 아니라 영혼의 요구이다. 사람의 영혼 또는 마음은 세 가지 요소, 욕망(eros), 의기(義氣, thymos), 이성(nous)으로 이루어지는데, 『파이드로스』의 유명한 비유로서 앞의 두 요소는 성질이 다른 두 마리의 말과 같고, 이성은 이것을 제어하는 기마 전사(騎馬戰士)이다. 앞에 말한 사회의 세 계급은 플라톤의 이러한 정신 구조의 개념에 해당된다. 이 세 요소 또는 계급이 잘 조화된 것이 이상적 공화국이다. 이 여러 기능을 조화할 수 있는 것은 물론 이성 또는 통치자이다. 이러한 기능들이 하나가 된 상태는 물론 완성된 영혼의 상태에 일치한다. 그런데 국가적으로나 개인 영혼의 관점에서나 이성적 기능은 — 사실은 다른 것도 그러하지만 — 인간에게 주어진 자질이면서 수련을 통하여서만 완성될 수 있다. 인간의 공동체적 삶의 이상으로서의 공화국은 영혼의 자기완성으로써만, 또는 그것을 향한 끊임없는 노력이 있음으로써만 달성될 수 있다.

---

12 Werner Jäger, *Paideia, The Ideals of Greek Culture*(Oxford University Press, 1984), vol. II, p. 199 et passim.

선의 행복의 추구, 교육

잘 알려져 있다시피 플라톤의 공화국은 철학자가 통치하는 나라이다. 철학자란 교육과 수련을 통하여 자기를 완성한 인간이다. 이것은 그가 최고의 선(agathon)을 알게 된다는 것을 말한다. 그러니만큼 그러한 철학자가 통치하는 나라가 윤리적인 국가일 것은 말할 나위도 없다. 그러나 이 선에 이르려는 노력은 반드시 그 의무를 밖으로부터 부과되거나 스스로 깨닫게 되기 때문에 발동되는 것이 아니다. 그것은 전적으로 자발적으로 추구되면서, 철학자의 경우처럼 스스로 맡게 되는 도덕적 자아의 의무로서 수행되는 것이다. 결국은 의무로 환원된다고 하지만, 철저한 자발성이 수련의 핵심이 된다는 점에서 플라톤의 공화국에서의 의무 또는 기능은 유교의 선의 추구와 다르다고 할 수 있다.(유교에서도 동기에 자발성이 없지는 않다고 하겠지만, 유교적 선의 추구는 윤리의 당위성 그리고 사회적 인정에 의하여 자극된다고 할 수 있다.) 자발성이 중요한 만큼 플라톤에 있어서는 사람으로 하여금 선의 길로부터 이탈하게 하는 강한 유혹들이 인간적인 현실로 인정된다. 선의 이상도 처음부터 분명하게 주어지는 것이 아니다. 그것은 유혹 가운데에서 찾아져야 하는 어떤 것이다. 이러한 점에서도 유교적인 관점과는 다르다고 할 수 있다. 그러면서도 선의 추구가 인간 정신의 기본적인 갈망에 이어져 있다.

이 갈망의 자발성은 더 간단하게는 단순히 행복을 원하는 인간의 자연스러운 마음을 나타낸다고 할 수 있다. 이 행복은 스스로의 마음속에서 알게 되는 조화된 영혼의 느낌 또는 행복이다.(이것을 함께 표현하는 것이 eudaimonia이다.) 그러나 그것 또한 주어지기보다는 추구함으로써 얻어지는 것이라고 하여야 한다. 그것이 무엇인지는 쉽게 말할 수 없지만 자신의 삶에 표현되고 있는 어떤 원형적인 모습을 성취했을 때 사람은 행복을 경험한다. 그런데 이렇게 말하고 보면 이 원형은 여러 가지가 있을 수 있다고 할 수 있다. 플라톤이 생각하는 여러 사회 계급의 사람들은 자기 일에 충실함으로써, 가령 농부나 장인은 농부나 장인의 일에 충실함으로써 또는 공화국을 수호하는 무사는 무사로서 자기를 완성할 수 있고 행복해질 수 있다. 그리스어에서 덕성을 의미하는 '아레테(arete)'는 자기 기능에 충실한 사람의 도덕적 특성을 가리킨다. 이러한 것은 물론 총체적인 이성적 질서의 보장 안에서 가능하여진다. 그런 의미에서도 철학자의 추구가 가장 중요한 것이 된다. 물론 그러한 요구가 없다고 하더라도 이성적 인간이 어떻게 최고의 선을 추구할 수 있는가에 플라톤의 관심이 있는 것은 말할 필요도 없다. 그것은 뛰어난 인간의 자연스러운 관심사이다.

이러한 정신적 추구가 중요한 까닭에 플라톤의 공화국은 교육 국가이다. 이 교육의 과정에서 출중한 자질과 노력으로 하여 최후의 단계까지 거쳐야 하는 것이 철학자-통치자이다. 플라톤이 생각하는 교육은, 우리 식으로 말하여 태교로부터 시작한다. 그러나 본격적인 교육은 두서너 살 이후가 된다. 많은 것은 놀이로부터 시작하지만 그 내용이 되는 것은 크게 나누면 체육과 음악이다. 체육은 물론 몸을 단련하자는 것이지만, 그것은 도덕적 의미도 가지고 있다. 체육은 용기, 자기 절제, 정의 등을 익히게 한다. 음악은 영혼의 조화와 리듬을 깨우치고 궁극적인 조화를 자기의 것으로 하는 데 예비 훈련이 된다. 그런데 음악은 그리스인들에게 소리만이 아니라 언어를 포함하는 것이어서, 적절하게 선택된 시 그리고 철학의 학습이 거기에 포함한다.(시에 대한 플라톤의 부정적인 견해는 널리 알려져 있지만 그가 적절하게 선택된 주제의 시를 교육 프로그램에서 배제한 것은 아니다.) 이러한 교육은 17세 내지 18세까지 계속된다. 교육은 될 수 있는 대로 자발적인 의지를 자극하는 것이어야 하지만 어느 정도의 강제력의 이용도 불가피하다. 그러나 강제력은 몸의 단련에 쓰일 수 있으나 마음의 훈련에 쓰여서는 아니 된다. 성년이 될 때까지의 교육은 모든 아이들에게 의무 교육이 되지만, 그중에서 출중한 자는 다시 공부를 계속한다. 이 시점에서 선택된 청년들은 공화 국을 지키는 군사 그리고 더 나아가 통치자를 배출하는 철인들이 된다.

이 최고 계층의 청년들의 훈련에서 가장 중요한 것은 수학이다. 수학 교육은, 교육의 첫 부분에서의 체육을 완성하는 기간인 2~3년을 지나 20세로부터 35세까지 계속된다. 수학 교육은 청소년기에도 초보적인 것을 학습하지만, 20세 이후의 공부는 제한 없는 깊은 공부가 된다. 여기의 수학은 널리 천문학이나 음악의 이론을 포함하는 광범위한 의미의 학문을 말한다. 그런데, 수학도 변증 논리(dialektike)의 학습과 중복되고, 마지막 5년간의 학습은 오로지 변증 논리의 학습에 집중된다. 변증 논리는, 대화의 예에서 볼 수 있듯이 가설을 세우고 논리의 일관성을 통하여 모순을 발견하고 의심할 수 없는 진리를 확인하려는 학문의 방법이다. 그러나 이것이 단순히 주장과 논박의 기술을 말하는 것은 아니다. 플라톤은 그에 대하여 강한 경계심을 가지고 있다. 대화는 자신의 주장을 강변하는 데 집중하는 논쟁과는 달리 서로의 대결이면서 동시에 함께 인정할 수 있는 진리에 이르려는 방편이다. 그러나 진리를 향한 변증적 훈련의 가장 중요한 목적은 단편적 진리의 확인보다는 그것을 하나의 전체적 연관 속에서 파악하는 것이다. 그리고 그 과정을 통하여 철학적 수련자들은 전체로서의 실재의 지식 그리고 조화된 영혼으로서의 자신의 참모습에 도달하게 된다.

이러한 교육과 훈련의 정점은 가장 근원적인 진리의 직관에 이르는 것이다. 수학은 철학의 수련자로 하여금 물질세계를 넘어선 추상적인 세계, 이데아 또는 형상의 세계를 규지할 수 있게 한다. 사물의 본질을 나타내는 형상들은 결국 하나의 형상, 즉 '선의 형상(tou agathou idean)'으로 통합된다. 여기서 선이라는 말은 물론 도덕적 함축을 갖는다고 할 수 있다. 그러나 그 선은 더 포괄적으로 이해되는 것이 마땅하다. 어쨌든 철학자의 수련을 거친 사람이 모든 도덕적, 윤리적 덕성을 갖춘 인물이고, 그러한 사람이 공화국의 윤리성을 보장한다. 그러나 그것이 반드시 좁은 의미에서의 도덕이나 윤리를 의미한다고 할 수는 없다. 선의 형상은 세계의 본질의 자기 동일성, 투명성의 이미지이다. 그것은 선의 형상이면서 동시에 진선미의 형상이다.

동굴의 어둠, 선의 세계의 빛

그런데 이 형상의 세계는 신비스러운 것이어서 논리적으로 설명되기가 어렵고 우화로서만 암시될 수 있다. 유명한 동굴의 우화가 그것이다. 그것을 새삼스럽게 이야기할 것은 없겠으나 간추려 보면, 보통의 사람들은 동굴의 어둠 속에 살면서 한쪽으로 향하여 자신의 뒷켠으로부터 비쳐 오는 불빛과 그림자들을 본다. 그리고 그것들을 실재의 세계로 오해한다. 철학적 수련—각고의 노력을 요하는 수련의 과정을 거친다는 것은 이러한 동굴에서 나와서 밝은 햇빛으로 나가게 된다는 것을 말한다. 이 햇빛의 세계로 나간 사람은 한동안은 높은 세계의 사물들 어떤 것도 보지 못한다. 햇빛이 너무 눈부시기 때문이다. 눈은 서서히 그 세계에 익숙해져야 한다.

처음에는 그림자를 보기가 더 쉽다. 그다음에는 물에 비친 사람과 사물의 이미지를 보고, 이어서 사물 자체를 본다. 그다음에는 조금 더 쉽게 밤중에 하늘 그리고 하늘의 별을 본다. 대낮에 해를 보고 햇빛을 보는 것보다는 밤에 별을 보는 것이 쉽다.

플라톤은 소크라테스의 말을 빌려 그 최종 단계를 다음과 같이 말한다.

이러한 과정을 거친 다음에 높은 세계에 나온 사람은 해를 보고 그 본질을 생각한다. 그가 보는 것은 물이나 다른 것에 비친 것이 아니라, 해 그 자

체이고 그 세계이다.[13]

이 경험을 통하여 수련자는 시각과 시각이 보여 주는 세계의 의미를 깨닫는다. 그 세계는 태양이 없이는 가능할 수 없는 세계라는 것을 아는 것이다. 그러나 물적 존재로서의 태양이 만물의 근원인 것은 아니다. 태양은 "선의 형상의 아들"에 불과하다.[14]

선의 비전과 정치

해가 비치는 아름다운 풍경에 비슷한 것이 선의 형상 속에 있는 세계인데, 이것을 직관하는 것으로써 철학적 수련자의 경험은 정점에 이른다. 이러한 수련의 의미는 결국 공화국 전체를 위한 것인데, 플라톤의 설명에서 흥미로운 점은 이 선의 비전이 반드시 정치에로 직접 연결되는 것이 아니라는 것이다. 이 비전은 이 비전대로의 자족성을 가지고 있다. 플라톤의 생각에서 각자의 실존적 현실, 각자가 수행하는 사회적 기능 또는 현실 인식 등은 서로 이어져 있으면서도 독자적 완성의 형식을 지니고 있다. 연계와 통일과 자족은 모순되면서도 교차한다. 최고선을 알게 된 철학의 수행자는 그 세계에 남아서 그 세계의 향수자가 되고자 한다. 이데아의 신비 그리고 그와 관련하여 세계의 진상을 알게 된 철학자들을 정치로 돌아오게 하는 데에는 강제가 필요하다. 이 강제란 물론 공동체적 의무에 대한 강한 설득을 말한다. 철학적 수련을 쌓은 사람은 공공성의 의미를 잘 아는 사람이다. 그리하여 수행자들은 "피할 수 없는 의무로서 권력에 나아갈 것"을 받

---

13 여기의 인용은 다음의 번역본을 다시 번역한 것이다. 박종현 교수의 번역이 있으나 미처 참조하지 못했다. Francis MacDonald Cornford trans., *The Republic of Plato*(Oxford University Press, 1964), pp. 229~230.

14 Ibid., p. 219.

아들이게 된다.[15] 그러나 소크라테스를 통하여 플라톤이 말하는 이 수행자의 착잡한 마음은 그 나름의 기능을 가지고 있다.

[왜냐하면] 벼슬이 있어야 살 수 있는 사람들이 아니라 더 나은 삶의 방식을 찾아낸 사람들이 정치적 지도자가 될 수 있어야만 정치가 잘 되는 사회가 존재할 수 [있기 때문이다]……. 사람들이, 자신의 삶에서 좋은 것을 찾지 못하여 어떻게인가 행복을 얻어 내려고 공공사로 눈을 돌리게 되면, 모든 것이 잘못되게 마련이다. 이들은 권력을 탈취하려는 싸움을 벌이게 되고, 이 내전(內戰)은 결국 그들을 망하게 하고 나라를 망하게 한다.[16]

플라톤적 내면 전회의 착잡성

여기에서 이러한 플라톤의 생각을 언급하는 것은, 되풀이하건대 본격적으로 플라톤이나 『공화국』을 논하는 것이 아님은 물론이다. 다만 필자의 의도는 플라톤의 내면을 향한 전회(轉回)를 잠깐 살펴보자는 것이었다. 정일집중(精一執中)이란 말로도 요약할 수 있는 유교적 심법은 도심을 찾는 것, 즉 윤리의 세계로 사람의 마음을 돌리는 것을 목표로 한다. 여기의 윤리는 이미 전통 사회 속에 배어 있는 윤리이다. 소크라테스 그리고 플라톤은 윤리의 교사가 아니라 진리의 탐구자이다. 진리란 있는 대로의 세계, 그 법칙적 구조 그리고 그 근본에 대한 인식을 말한다. 철학적 탐구가 경서(經書)의 공부가 아니라 체육, 음악, 특히 수학과 같은 학문의 학습에 중점을 두는 것 자체가 그 탐구의 방향을 나타내고 있다. 윤리는 보다 넓은 진리 탐구의 한 부분을 이룰 뿐이다. 그리하여 진리가 윤리와 일치하는 것이

---

15 Ibid., p. 235.

16 Loc. cit.

다. 또는 진리 탐구는 선의 비전에서 완성에 이른다고 할 수 있다. 그리고 진리 또는 진상에 이르려고 하는 철학적 노력 자체가 여러 윤리적 덕성 — 극기, 절제, 용기, 관용, 고고함 등의 덕성을 함양하는 데에 기능을 갖는다. 그러니까 다시 말하여 윤리는 진리의 추구, 넓은 의미에서의 존재론적 진리 추구의 바탕 속에 위치한다. 물론 유교의 윤리도 세계의 형이상학적 진리와 경험적 지식에 의하여 정당화된다. 가령 퇴계의 성리학의 매뉴얼인『성학십도(聖學十圖)』의 맨 처음에 나오는 것은 주렴계(周濂溪)의 태극도설(太極圖說)의 음양 이론이고, 이 천지의 근본에 대한 이론이 윤리 강령의 정당성의 기초가 된다.『대학(大學)』의 격물치지(格物致知)는 윤리적 도리를 확인하는 일로 취할 수도 있지만, 사물의 진리를 연구하는 것으로 취할 수도 있다. 그러나 이러한 것이 물리 세계를 포함하는 진리 탐구를 말하는 것으로, 또 (실용을 넘어) 물리적 탐구를 말하는 것으로 생각되지는 않는다.

　너무 간략하게 말하는 것이기는 하지만 학문에 대한 유교나 성리학의 접근과 그리스적인 접근에서 발견되는 또 하나의 중요한 차이는 진리에 이르는 길의 불확실성에 대한 의식이다. 주자가 중요시한 경서(書經)의 구절 "인심유위(人心惟危) 도심유미(道心惟微)"는 사람의 마음의 혼란 속에서 도를 찾는 마음을 찾아내기가 어렵다는 사실을 가리킨 것이지만, 이것은 이미 분명하게 존재하고 있는 도를 추구함에 있어서 유혹을 물리쳐야 한다는 것을 말한 것이라고 할 수 있다. 이에 대하여 플라톤의 방법은 진리보다도 진리를 탐구하는 데에 중점을 둔다고 할 수 있다. 그리하여 소크라테스의 모범을 따라, 앞에 말한 바와 같이 스승의 일방적 가르침이 아니라 스승이나 친구와의 대화가 진리에 이르는 주된 방법이 된다.[17] 대화는 이미

---

17 G. E. R. Lloyd, *Adversaries and Authorities*. 책의 제목에서도 추측할 수 있듯이, 중국의 담론이 상하 관계가 분명한 권위의 질서 속에서 이루어지는 데 대하여 그리스의 담론은 서로 길항하는 대화자 사이에 이루어진다는 것이 이 책의 주제이다. ch. 2, "Adversaries and Authorities" 참조.

나와 있는 주장을 가설화하고 그것에 반론(elenkhos)을 제기함으로써 진리를 알아내려고 하는 변증법의 실례이다. 그리하여 이 변증법에서, 사실과의 관련에서 확인되는 논리의 일관성이 중요한 진리의 기준이 된다. 이러한 방법을 통하여 사람들이 받아들이고 있는 믿음(pistis)이나 독단(doxa)에서 출발하여 그것을 진리(episteme)로 확인하려는 것이다. 그러나 받아들이게 되는 진리가 믿음이나 독단이 아니라는 보장을 얻어 내기는 극히 어려운 일이다. 그리고 삶의 현실이라는 측면에서는, 진리가 아니라 현실 생활의 실용적 지혜(phronesis, prudentia)의 현실성도 받아들여야 한다.(유교의 윤리는 이 프로네시스로 이루어지는데, 다만 그것의 가설적인 성격을 인정하지 않는다고 할 수 있다.)

진리의 추구에서 다른 또 하나 중요한 것은 동기가 반드시 합리적인 것이 아니라는 사실이다. 그것은 진리를 알고 싶은 욕망 이외에 자신의 삶을 완전히 살려는, 즉 자기완성의 소망으로 인하여 움직이기 시작한다.(이 자기완성은, 흔한 윤리관에서처럼 이미 규정된 모델에 스스로를 맞추는 과정을 말하는 것이 아니다.) 여기에서 진리의 추구는 밖으로부터 오는 강제나 강박이 아니다. 이것은 유교적 질서에 스며 있는 윤리적 강박성에 대조된다. 중요한 것은 진리에 못지않게 자신의 마음에 있는 영혼의 조화를 향한 갈망이다. 영혼의 전체가 이성 이외에 에로스와 의기(義氣)를 포함한다면, 진리에 대한 깨달음도 그러한 요소를 수용하는 것이지 않을 수 없다. 앞에서 잠깐 언급한 동굴의 신비는 이러한 영혼의 요구에 이어져 있는 것이라고 할 수 있다.

지금의 논의를 조금 벗어나는 듯하지만 이 경위에 대해서는 조금 더 길게 이야기할 필요가 있다. 동굴에서 나온 사람의 밝은 세계에 대한 체험은 진리의 근원에 대한 체험이면서 감각적인 직접성으로 접근되는 황홀의 경지이다. 이 최종의 체험이 선이 되는 것도 이 감각적인 요소에 관계되는 것이라 할 수 있다. 사실 우리는 어찌하여 철학적 수련의 최종의 깨달음이 하필이면 선의 형상인가에 대하여 의문을 가질 수 있다. 철학적 수련에서 가장 중요한 것은 수학이다.(물론 수학에 가까우면서도 감각의 세계에 존재하는 음악에 대한 체험이 그것에 선행하지만.) 수학이 드러내 주는 것은 감각적 경험으로 알게 되는 물질세계가 아니라 그것을 꿰뚫어 존재하는 추상적 법칙의 세계이다. 그리고 세계의 모든 것이 이러한 추상적 법칙으로 이루어진 "이성적 해석의 세계(intelligible world)"로 보아질 수 있다는 것이다. 그렇다면 그러한 수련의 깨우침의 마지막 단계에서 보는 것은 진리의 형상이지 선의 형상이 아니지 않을까?

그런데 선의 형상은 플라톤의 대화편들에서 자주 진리의 형상이나 미의 형상과 혼동된다. 이것은 진리가 인간에게 그 실존적 변형으로서 선을 드러낸다는 것을 말하는 것이라 할 수 있다. 결국 사람에게 절실한 것은 지금 이 일을 어떻게 해야 하는가, 어떻게 살아야 하는가, 삶은 살 만한 것인가, 사람에게 일어난 삶이라는 사건은 무엇을 의미하는가, 세상은 어떠한 곳이기에 그 속에서 삶이라는 사건이 일어나는가 — 이러한 질문들이다. 진리가 주어지는 것이 아니라 탐구되어야 하는 것인 것도 이러한 실존적 관심 그리고 거기에서 확대되는 존재론적 질문이 그 밑에 놓여 있기 때문이다. 다시 말하면 사람의 세계에 대한 질문은 구체적인, 실제적인 문제에서 출발하여 다시 일반적으로 삶이 살 만한 것인가, 또 모든 존재하는 것은 어찌하여 존재하는 것인가 그리고 이 모든 것이 있을 만한 것으로, 즉 선한 것으로 생각될 수 있는 것인가 하는 물음으로 나아가는 것이라고 할 수 있다. 그러나 또 역으로 이러한 질문에 대한 답은 세계의 진리에 기초한 것이라야 한다. 삶의 의미, 세계의 의미 또는 존재의 의미를 어떤 환상적인 신화나 이론으로 설명할 수도 있겠으나, 그것은 정당성을 가진 것이 아니다. 받아들일 수 있는 선은 세계의 진리에서 연역되는 것이라야 한다. 다른 한편으로 육체를 가진 인간에게 참으로 절실한 진리는 직접적으로 느껴질 수 있는 것이다. 진리와 선은 참으로 사람에게 의미 있는 것으로 파악되기 위해서는, 감각적으로 접근되어야 한다. 그것이 아름다움의 체험이다.

플라톤의 철학도에게 절정의 체험은 큰 감동으로 온다. 그러면서 그것은 감정에 사로잡힌, 정신을 잃는 감동은 아니다. 흔히 이야기하듯이 아름다움은 조용한 관조 속에서 감지된다. 햇빛이 비춰 주는 우주의 풍경은 간단히 물리학적 법칙으로 —— 말하자면 종이 위에 설명되는 법칙으로 설명될 수도 있지만, 그것을 눈으로 보는 것으로써, 지각 현상이 됨으로써, 아름다움에 대한 감동이 된다. 그러면서 그 황홀경은 지적인 이해를 버리는 것이 아니다. 말하자면 최종의 체험에서 수학이나 물리학의 해석이 그대로 시각 경험 속에 그것을 직관할 수 있는 것으로 드러나는 것이다. 그런 이유로 하여 그것은 정신적 존재이면서 육체적 존재인 인간에게 강한 호소력을 갖는다. 진선미는 이렇게 하여 하나가 된다. 그러면서 이것을 종합하는 것이 선의 형상이다. 이 선의 형상의 세계의 직관은 압도적인 성격을 가지고 있다. 그것은 철학적 수련의 인간으로 하여금 다시 악으로 돌아갈 수 없게 한다. 그렇다고 이것이 세계의 악으로부터 멀리 고고한 삶으로 도피해 들어가는 것을 말하는 것은 아니다. 플라톤은 선을 본 사람도 억지로라도 동굴의 세계로 다시 돌아가야 한다고 말한다. 그것은 위험에 찬 모험의 삶으로 돌아가는 것이다. 그 위험은 소크라테스의 죽음에 예시된다. 악의 세계를 바로잡는 것은 그의 의무의 하나이다. 그러나 그 방식은 큰 선을 표방하면서 작은 악을 구사하는, 정치적 전사들이 몸에 익힌 『전국책(戰國策)』, 전술전략은 아니다.

그리스적인 진리 체험의 착잡함은 —— 불확실성, 개체성, 다른 차원에서 이루어지는 추구의 독자성, 그 체험적 성격 등은 그것을 그야말로 위태로운 것이 되게 한다. 이 위태로움이, 조금 지나치게 광범위한 일반론이 되겠으나, 서양의 근대성 또는 현대성에 두드러지게 나타난다고 할 수 있다. 그리고 불확실성은 견디기 어려운 것이기에, 그것은——경제 인간이든 이데올로기로 무장한 혁명가이든——근대의 이기적 주체로 정착한다.

6. 초연한 단자적 주체와 근대의 성취

근대적 자아

찰스 테일러는 현대적 자아의 의미와 근본을 밝히려 한 한 논문에서 현대인의 자아를 "초연한 단자적(單子的) 주체(detached punctual subject)"라고 설명한 일이 있다. 데카르트가 그의 회의를 통하여 자신의 내면에서 발견하는 것은 사유하는 자아이다. 이것은 외적인 세계로부터——자아의 비이성적인 부분과 여러 검토되지 않은 가치들로부터 거리를 유지함으로써 발견된다. 이 자아는 논리적 법칙 또는 인과 법칙을 따라 움직이는 사유에 의하여 정의된다. 플라톤의 철학적 자아도 진리의 추구를 위하여 세속적 세계에 대하여 초연할 것을 요구한다. 그것은 주어진 대로의 감각적 물질세계로부터 거리를 유지한다. 그러면서도 그 너머의 선(善)의 비전에 사로잡힌다. 현대적 자아의 단자적 성격은 사람의 마음을 본유의 특성을 가지고 있지 않은 '비어 있는 문자판(tabula rasa)'이라고 생각한 로크의 개념에 가장 잘 나타나 있다. 이 마음은 자기 내면의 조건——선을 지향하는 조건으로부터도 풀려나 있으면서 밖으로부터 오는 여러 힘들에 열려 있는 마음이다. 그것은 교육을 통하여 일정한 방향으로 훈련될 수 있다. 그러나 단자적으로 이해되는 자아는 결과적으로 스스로를 완전히 외부 세계에서 오는 여러 영향에 맡겨 버리는 결과를 가져온다. 그리하여 자아는 물질주의적 세계 속에서 객체적인 존재로 전락한다. 그러면서 그러한 테두리 속에서 파악한 자아로서 진정한 내면적 지향에서 유리된다. 그리고 플라톤에 들어 있는, 또 테일러의 논의에서 아우구스투스와 같은 신앙인에서 발견되는, 사람의 내면에 들어 있는 선을 향한 지향이 상실된다.[18]

그러나 그 문제점에도 불구하고 그러한 분리되고 독립된 자아가 서양의 근대가 성취한 여러 가지 업적에 하나의 핵을 이루고 있다는 것도 사실이다. 데카르트의 사유하는 자아가 그가 예언한 바와 같이 자연의 정복과 소유, 즉 과학 기술의 발전으로 연결된 것은 흔히 지적되는 일이다. 로크의 '비어 있는 문자판'으로서의 자아는 비어 있어야 하는 문자판이라는 개념으로 쉽게 이어진다. 다른 말로 표현하면 개인의 자아가 외부로부터 — 적어도 눈에 보이는 침해, 정치적, 종교적 억압이나 압력으로부터 자유로워야 한다는 요청이 되는 것이다. 이 자유로운 자아는 자유주의적 정치 철학의 기초이다. 물론 비어 있는 자아는 감각이나 몸 그리고 생각의 면에서 여러 경험적 영향에 노출된다. 그러나 중요한 것은 여전히 인간의 특성이 의식을 가진 존재라는 것이고, 사유하는 능력을 가진 존재라는 것이다. 이 완전한 개인이 된 자아의 합리적 사유의 능력은 자연 과학적 연구에서만이 아니라 자유를 보호하고 수용하는 합리적 기구와 법 제도를 만들어 내는 데에도 중요하다.(법치의 개념에서 법은 법가(法家)들이 말하는 법술(法術)에서 형벌 제도를 말하는 법이 아니라 사회 계약의 성격을 가진 자유의 구성(constitutio libertatis)을 위한 법이다.)

근대성과 윤리의 후퇴

이와 같이 '초연한 단자'로서의 자아는, 다시 말하여, 근대 서양 문명의

---

18 Charles Taylor, "Inwardness and the Culture of Modernity", Axel Honneth et al., ed. *Philosophical Interventions in the Unfinished Project of Enlightenment*(MIT Press, 1992) pp. 98~102.

인류사적 업적인 과학 기술과 자유 그리고 민주주의의 매개자가 된다. 그러면서 그러한 개인을 중심으로 한 근대적 사회의 대두가, 이미 비친 바와 같이 윤리의 약화를 가져오게 된다는 사실은 오늘의 삶을 생각하는 데에 지극히 중요한 의미를 갖는다. 그러나 일반적으로 말하여 서양 사회가 비서양 사회보다도 더 부도덕하고 부패가 심하다고 할 수는 없다. 서양적 기준에서 측정되는 것이기는 하지만, 자주 보도되는 청렴도, 정직성, 공중 도덕의 지수는 일반적으로 다른 많은 사회보다도 서양 사회를 월등하게 높은 위치에 놓이게 한다. 이것을 단순히 물질적 번영의 한 변수로만 볼 수는 없다. 사실 이러한 증거로만으로도 근대적 자아와 그 사고의 유형이 정치적, 종교적, 그리고 더 넓게 이야기하여 도덕적, 윤리적 규범의 폐기를 의미한다고 할 수는 없다. 공리주의적 정치 철학에서 사회 윤리는 이익의 협약의 총계로 이야기되지만, 칸트의 영향을 받은 실천 철학에서는 도덕 규범은 물질적 동기 관계를 넘어가는 절대적 요구로 이해된다. 그런데 여기에서 개인의 자유는 본질적인 도덕 규범의 조건이며, 삶의 완성을 위한 바탕이 된다. 그러나 전체적으로 보아 서양 근대가 윤리와 도덕의 차원에서 내면성의 축소를 가져오고, 개인의 삶에서 지켜 마땅한 윤리 규범이 이완되게 하였다는 것도 부정할 수는 없다. 이상적으로 말하여 사회 윤리의 강박으로부터의 자유는 윤리의 심화에 대한 약속이 될 수 있지만, 동시에 그것은 대부분의 인간에게 윤리의 현실적 의미를 방기(放棄)하게 하는 원인이 된다. 많은 경우, 어떤 사실의 사실성은 사회적 인정에서 온다. 삶과 진리의 모호 영역으로 풀려나는 개인은 여러 가능성을 갖지만, 결국은 사회 전체의 장에 작용하는 벡터들에 의하여 스스로의 모호한 자유를 버리게 된다. 그리고 그것을 자신의 자유로 착각한다.

7. 동아시아의 윤리 체계: 전통과 근대

여러 가지 의미에서 세계의 근대사는 비서양 사회가 서양에서 출발한 근대에 적응하여 자기 변용을 달성해야 하는 과제를 떠맡게 되는 역사이다. 그것은 일단은 근대적 과학 기술, 경제, 정치 체제의 수용이 강요된다는 것을 말한다. 동시에 요구되는 것은 세계와 자아에 대한 인식의 지평을 새로 구성하는 일이다. 여기에서 윤리의 문제는 사회적으로나 개인적으로나 중심적인 과제가 된다. 유교 사회에서 개인과 사회의 이상은 어디까지나 윤리가 기획해 내는 세계이다. 그러나 이것은 현대 사회의 많은 요구를 안아 들이기에 충분하다고 할 수가 없다. 그것은 다른 종류의 사회에서 나온 것이기 때문이기도 하지만, 출발이 다름으로 하여 성격이 다르다는 사실에도 관계된다. 그런데 어떤 종류의 사회이든지 간에 사회에서 일반적으로 공유하는 윤리 규범이 없이는 인간적 삶은 불가능하다. 윤리는 가장 넓게 말하여 사람들이 하나의 사회를 이루면서 서로 함께 살 수 있게 하는 규약이다. 그것은 사회 계약보다도 더 깊은 차원에서 사회를 하나의 원활한 공간으로 구성하는 토대이다. 제도와 법이 사회 질서를 만들어 낸다고 할 수도 있고, 그것이 근대의 이상이기는 하지만 방금 말한 윤리의 토대가 없이 사회는 하나의 인간적 질서로서 오래 지탱될 수 없다.

유교 국가들이 이룩한 근대화 또는 산업화를 유교로 설명하는 일이 일반화되었던 일이 있다. 여러 요인이 있겠지만 막스 베버가 오래전에 지적한 바와 같은, 유교의 세속적 합리주의가 여기에 중요한 역할을 하였을 것이다. 또 학문에 대한 존중도 한 요인이라고 할 수 있다. 학문이 성학(聖學) 또는 성인(聖人)의 학문이 되어 그 나름의 도그마를 가지게 마련이라고 하더라도 학문은 그 바탕에 세계에 대한 열림을 가지고 있다. 이 열림이 유교 사회를 근대화에로 열게 하는 데 하나의 계기가 되었을 것이다. 이에 못지않게 중요한 것은 학문이 기르게 마련인 주체적 능력이다. 이것이 있어서 비서양의 사회에서도, 서양 등의 제국주의에 대항하여 근대적 민족국가의 필요와 이상의 수용이 용이했을 것으로 말할 수 있다. 물론 이것은 다시 유교의 윤리가 공공 윤리 — 윤리적 국가의 이상으로 수렴된다는 것과 관계되는 일이다. 이렇게 보면 유교 윤리가 근대화에 중요한 요인이 되었다는 말은 틀리지 않은 말일 것이다.

그러나 유교의 윤리는 이제 사회가 완전히 물질주의화된 시점에서는 거의 현실적 의미를 갖지 못하는 것으로 생각된다. 서로 다른 역사에 뿌리를 갖는 가치 체계가 충돌할 때 혼란이 일어나는 것은 당연한 일이다. 가치는 부분적인 단편으로 존재하면서도 그 전체성 속에서 힘을 발휘한다. 유교의 전통적 윤리는 오직 단편적으로 또는 물화된 형태로만 잔존하는 것으로 생각된다. 문명과 가치의 충돌에서 상실이 큰 것은 열세에 있는 문명이다. 그런 데다가 앞에서 말한 바와 같이 서양의 근대는 윤리의 약화를 수반한다. 여러 면에서 그것은 지금의 시점에서 역사적으로 축적된 윤리와 문화 자본을 탕진해 가고 있다는 인상을 준다. 이것은 단지 서양의 윤리와 도덕의 문화가 가시적 영역을 벗어나서 존재하는 까닭에 받게 되는 인상인지도 모른다. 그러나 비서양의 관점에서는 서양의 패러다임 자체가 비윤리를 강조하는 것으로 보이는 것이다. 그리하여 윤리 유산의 상실, 그리고 윤리를 강조하는 것이 아닌 서양의 근대가 합친 한국에서 사회적 윤리의 기준은 밑바닥에 이르렀다는 느낌을 준다.

설령 그렇지 않다고 하더라도, 전통적인 윤리는 적어도 오늘의 관점에서는 참으로 근대적인 인간 또는 그것을 넘어서 보다 인간적인 인간 이상을 수용할 만큼 폭넓은 것이 되지 못한다는 것을 부정하기는 어렵지 않나 한다. 윤리도, 특히 그것이 체계화될 때 끊임없는 자기 갱생의 과정이 없이는 경직된 교조가 된다. 대체적으로 말하여 전통적 윤리가 효력을 상실한 것은 그 기초가 좁았다는 것에도 관계를 가지고 있다고 나는 생각한다. 그렇다는 것은 그 윤리적 이상이 보다 넓은 정신적 탐구에로 열려 있지 않았다는 말이다. 윤리는 역설적으로 윤리를 넘어가는 초월적인 세계에 이어짐으로써만 진정한 윤리가 된다. 윤리는 존재론적 모색을 통하여 이 세계에 —궁극적으로 어떤 이념적 개념에 의하여 한정될 수 없는 존재의 영역 그리고 그 진실에 열려 있음으로써만 살아 있는 삶의 진실이 된다. 달리 표현하여 인간 존재의 본질에서 확인됨으로써만 윤리는 자신의 좁은 목적을 위하여 조작될 수 있는 전술적 수단 이상의 진실이 된다. 그러나 여러 문제점에도 불구하고 윤리에 대한 의식은 다른 어느 곳에서보다 동아시아의 전통 속에 강하게 남아 있다고 할 수 있다. 이러한 점에서 동아시아에서의 인간 존재의 윤리성의 회복을 위한 노력은 세계적인 의미를 갖는 것이 될 수 있을 것이다.

이 글의 서두에 동아시아의 국제적인 관계를 전통적인 가치의 지평 속에서 연구하는 일을 희망 사항으로 말한 바 있다. 윤리는 여러 문제점들을 가지면서도 오랫동안 동아시아의 사회 논리와 조직 그리고 삶에서 근본 원리가 되어 있었다. 지금도 그것은 강한 추억의 유산으로 남아 있다고 할 수 있다. 절실한 것은 동아시아가 가지고 있었던 윤리적 전통을 반성적 노력을 통해서 새롭게 하는 일이다. 그것은 오늘날 지정학적 일체성 속에 존재하는 지역 사회의 문제를 생각하는 데에도 중요한 기여를 할 수 있을 것이다. 또 그것은 인류 공동체의 윤리적 갱신을 돕는 일이 될 것이다.

(2012년)

윤리, 도덕, 인성[1]
사적 진리와 도덕의 형성

1. 인문 과학과 도덕 교육

　근대 사회에서의 도덕과 윤리　지금은 그러한 요구가 사라진 것으로 보이지만, 한때 사회적인 요청으로서의 인문 과학의 의무는 도덕 교육으로 생각되었다. 이것은 보다 넓게는 인성 교육이라고 말하여졌다. 인간성을 다듬어 도덕적, 윤리적 규칙에 충실한 인간을 다듬어 내는 것이 교육의 중요 목표의 하나이고, 인문 과학의 본령의 하나가 거기에 있다는 것이었다. 이러한 인성의 도덕적 단련에 대한 요청이 사라진 것은 좋은 뜻에서나 나쁜 뜻에서나 사회의 근대화가 진전된 때문이라고 할 수 있다. 도덕 교육에 대한 요구가 사라진 것은 그것이 필요 없을 정도로 도덕의 상황이 나아졌다는 것을 말하는 것은 아니다. 그것은 오히려 도덕이 없는 삶을 일반적인 것

1　이 글은 「윤리, 도덕, 인성: 대학의 인성 교육」(《서강인문논총》 제5집(1996))을 2013년에 개고한 것이다.(편집자 주)

으로 받아들이게 된 때문이다. 그리하여 그것이 문제의 영역에 들어오지 않는 것이다. 그렇다고 사회가 완전히 부도덕한 것이 되고, 그것에 따라 사회적 혼란이 가중된 것이라고 할 수는 없다. 어떤 단계에서 사회는 도덕과 윤리가 아니라 다른 사실적 규칙에서 움직인다. 물질의 세계를 움직이는 것은 물질 법칙이다. 그것이 거기에 질서를 부여한다. 사회에도 이러한 물질 법칙이 작용한다. 그리고 사회 법칙도 이에 비슷하게 작용한다. 도덕주의적인 이념들이 지배하던 사회에서는 물질세계도 도덕과 윤리의 규범에 의하여 움직이는 것으로 생각될 수가 있었다. 근대화란 이러한 마술의 세계로부터 벗어나고 사실 관계의 영역이 확대되어 가는 과정이다.

개인의 자유와 사회 제도　근대화된 사회의 사실 중심의 관점에서 볼 때 인간의 사회관계를 주도하는 것은 개인적 이익 추구의 동기이다. 이 동기들의 상호 길항과 균형은 그 나름의 사회적 질서를 만들어 낸다. 이것이 가장 두드러지게 표현하는 것은 시장의 법칙들이다. 물론 이러한 것들이 물질 세계에서처럼 자동적으로 작용하는 것은 아니다. 그리하여 궁극적으로 질서의 틀을 유지하는 것은 국가 권력이다. 경제 행위를 포함하여 모든 사회 행위의 총체적 질서 뒤에는 권력의 강제력 그리고 법률 제도가 있어야 하는 것이다. 그렇다고 이러한 법과 이익의 절충과 물질적 세계의 체계가 완전한 사회 질서를 이루지는 못한다. 그것은 제도가 완전한 상태에 이르지 못한 때문이기도 하지만, 보다 근본적인 것은 그것을 동기 짓고 있는 것이 무질서의 원리인 개인적 이득과 이점의 추구이기 때문이다. 이것은 수시로 제도의 빈틈으로 배어져 나오게 마련이고, 제도 자체를 자신의 위장 수단으로 전용한다. 그리하여 제도는 끊임없이 전복의 위험에 놓이게 된다. 그것을 움직이는 중심으로서의 정신이 존재하고 있지 않은 곳에서 제도가 제대로 움직일 수 있는가?

하나의 방법은 제도를 더없이 완전하게 하는 것이다. 그러나 그것은 다분히 제도의 관료 제도를 정치(精緻)하게 하는 것이 될 것이다. 관료 제도의 수단은 규제이다. 그러나 규제는 사람의 자유로운 활동을 억제한다는 불평을 일게 한다. 제도의 지나친 발달은 바로 제도와 질서가 인간의 삶의 증진을 위한 것이라는 당초의 의도에 역행하는 것이 된다. 삶의 증진이라는 관점에서 평가가 필요하다는 생각이 일어난다. 이것은 삶에 대한 총체적인 반성을 요구한다. 스스로를 조정하는 제도와 기구의 문제점은 사람의 삶의 관점에서 또는 삶의 환경의 관점에서, 다시 말하여 이를 그 밖으로부터 바라볼 수 있는 평가 기준이 없다는 것일 것이다. 사람의 삶의 증진은 목적도 한계도 없는 현실의 무한한 항진이 아니다. 반성적 고려는 제도 전체의 정치화(精緻化)를 위한 것이 아니라 그 과정에 삶의 움직임을 투입하는 작업이 된다.

제도에 의한 규제와 규정은 전체의 삶을 위하여 의도되어야 한다고 할 수 있다. 그러나 대체로 이것은 부분적인 삶의 행위의 제한이 되는 것이 보통이다. 이 제한이 참으로 정당한 것인가? 제한이 불가피하다고 하더라도 다른 형태로 수정될 가능성은 없는가? 삶의 전체성과 부분의 상호 관계의 전체성은 이러한 질문들의 바탕이 된다. 그러나 다른 한편으로 반대 방향으로부터 발의되는 질문도 가능하다. 삶의 삶다움은 전체가 아니라 세부에 있는 것이 아닌가? 삶이 구체적으로 움직이고 있는 것은 개체 속에서 그러한 것이 아닌가? 그렇다면 삶의 전체란 무엇을 말하는가? 개체적 삶의 총화로서의 사회적 삶 그것이 삶의 참다운 전체성을 이루는 것인가? 우리는 이러한 질문들을 생각해 보지 않을 수 없다. 그런데 사회 집단의 관점에서이든 개체의 관점에서이든 어떤 통제가 필요한 것인가? 물론 이 통제는 외적인 강제력을 말할 수도 있지만 내면화되는 규범일 수도 있다. 윤리 규범은 이 내면화된 것의 보편화에서 생겨난다. 그런데 이러한 규제의 문제를 넘어서, 규제 없는 삶은 참으로 존재할 수 없는 것인가?

자유의 제도화 이러한 근본적 질문을 받아들이고 그에 대하여 참으로 규제의 근거가 분명치 않다는 것을 인정한다고 할 때 참으로 사람이 자유롭게 자신의 삶을 살 수 있는가? 그 경우에도 나의 삶의 자유는 다른 사람의 자유와 충돌하게 마련이다. 그때 규제는 다시 필요 사항이 된다. 그러나 사회 질서의 기본을 도덕과 윤리로부터 사실적이고 법률적인 관계로 옮기는 것이 해방적 의미를 갖는 것은 사실이다. 그것은 사람의 삶의 모든 면에 개입되는 도덕과 윤리에 비하여 사람의 행동을 일정한 테두리 안에 한정하면서 동시에 그 테두리 속에서 자유를 보장한다. 그리고 이 한정은 모든 사람이 동의할 수 있는 필요와 필연성에 근거할 수 있다.

그러나 지나친 제도화는 인간을 순전히 외면적 존재로 바꾸어 놓는 결과를 가져온다. 인간의 행동은 외부적으로 규제된다. 그 대신 규제 밖에서의 행동은 완전히 자유이다. 그러나 완전히 자의적인 자유는 실질적인 의미를 상실한다. 자유는 선택의 자유이다. 선택은 두 가지의 관련 속에서 이루어진다. 그 하나는 외적으로 주어지는 조건이다. 다른 하나는 자신의 안에서 나오는 선택의 기준이다. 이 내적인 기준에는 다시 일정한 사실과의 관계에서 자신의 선호를 가리는 기준이 있고, 다른 한쪽으로 이 선호가 자신의 삶의 의미 있는 지속을 가능하게 하는가를 고려하는 기준이 있을 수 있다. 선택에 대한 이러한 반성들이 없고 거기에서 결과하는 의미 있는 삶이 없는 자유는 무의미와 부조리의 표현이 될 뿐이다. 무조건의 자유 속에서 독자적인 개인으로서의 인간은 모든 의미 연관을 상실하고, 궁극적으로는 자신을 상실하게 되고 세계 속으로 사라져 보이지 않게 되는 존재가 된다.

물질적 환경과 사회적 연관 속에 존재하는 인간은 그것이 요구하는 규칙들을 받아들이면서 그 삶을 영위할 수밖에 없다. 그러나 규칙을 받아들이는 것은 단순히 외부적으로 부가되는 한계를 받아들이는 것이 아니다. 그 불가피성에 동의하는 것은 자신의 삶의 근거를 확인하고, 그 근거에 자신을 세우는 일이다. 그러니만큼 그로 인하여 그의 삶은 더욱 튼튼하고 더 넓은 것이 될 가능성을 얻게 된다. 이 한계의 수락은 삶의 형성을 위한 새로운 가능성을 열어 놓는다. 그렇다는 것은 한계는 여러 가능성들 가운데 어떤 것들의 구조적 구성 또는 재구성의 가능성을 말하는 것이기 때문이다.

　　자기 형성의 힘　　제도화된 자유의 테두리 안에서 자의로 행동할 수 있는 자아는 어떤 것인가? 그것 또한 전체적인 환경 조건에서 형성된 것이다. 그것은 반드시 본래의 나──주어진 조건의 전체에서 최선의 현실을 나타내는 나, 또는 있을 수 있는 가능성의 최선을 구현한 나는 아니다. 나는 언제나 새로 형성되어야 할 어떤 것이다. 형성이란 자의적인 것을 말하는 것은 아니다. 그것은 상상력 또는 독일어에서 말하듯이 구상력(Einbildungskraft)에 의하여 이루어져야 하는 형태, 살아 움직이는 형태이어야 한다. 이 형성에 개입하는 것은 나를 초월하여 드러나는 형태이다. 그것은 내가 위치해 있는 세계와 사회 등 여러 질료를 드러나게 하는 힘이다. 나 자신을 형성한다는 것은 이러한 것을 나와의 관계에서 하나로 합칠 수 있는 나의 힘이다. 이 나의 힘은 자의적인 것이 아니라 세계 속에 내재하는 형성력의 일부이다. 그것은 반드시 이미 굳어져 있는 법칙이 아니라 그것을 초월하는 힘이기 때문에, 말하자면 나는 그것을 차용할 수 있는 자유를 갖는다. 나를 초월하면서 내 안에도 존재하는 이 형성의 힘에는 도덕과 윤리의 힘이 포함된다. 이 형성 과정에서 유래하는 것이 도덕과 윤리의 규칙들이다. 이것들은 사회적인 것이면서 동시에 사람의 내면 형성의 필요에 기초한 규칙이다. 그것들은 규칙이면서 창조적 힘이기 때문에 개인과 사회를 하나로 하면서 동시에 그 사이의 긴장을 나타낸다. 그러면서 최종적인 지향은 조화와 성취이다.

  윤리와 도덕의 전략화   이렇게 볼 때, 앞에서 말한바 도덕과 윤리에 대한 강조는 양의적인 것으로 생각될 수 있다. 그것은 지나치게 외면적으로 생각될 때, 자발적인 내적 형성의 한 요인으로서의 도덕과 윤리를 외적인 틀 속으로 밀어 넣으려 한다는 인상을 준다. 그것은 피상적으로 취하여진 규칙을 보여 주면서 미리부터 정해진 결론이 나오게 될 것을 기대한다. 그리하여 그것은 자유 의지의 동의를 요구하는 듯하면서 사실은 억압적인 체제를 부과하려는 것이 전략이 된다. 그러면서도 그것이 그런대로 그것을 사회적 규칙이나 법으로 대체하지는 아니한다. 거기에 작용하는 것이 반드시 강제력은 아니다. 그렇다는 것은 내적 자유 그리고 그 선택의 여지가 완전히 없어지지는 않는 것이기 때문이다. 그러한 의미에서 그것은 아직도 사회 질서의 구성의 중요한 요인이고, 인간이 인간으로서 존재하는 데에 있어서 주목하여 마땅한 요인이라고 아니할 수 없다. 시대의 혼란 속에서 그것이 인문 과학이 주의하여야 할 주요한 과제로 생각되는 것도 그것이 이러한 양면성을 가진, 삶의 질서화에 대한 요구이기 때문이다. 다만 되풀이하여 말하건대, 그것의 지나치게 외적인 접근은 논의를 참다운 인간성의 열림이 아니라 한정에로 나아가게 하는 것이 될 수 있다. 그것은 윤리 교육에 대한 요청을 지나치게 긴박하게 생각하는 경우에 그러하다. 그러면서도 제기되는 문제는 보다 넓은 각도에서의 인성의 문제에 대한 반성의 계기가 될 수 있을 것이다.

2. 인성 교육

인성　요즘에 와서 인성 교육이라는 말이 많이 쓰이고, 그 이름 아래 학교에서는 새로운 교과목이 도입되고 교육이 시행되는 것을 본다. 이때의 인성이라는 말이 무엇을 뜻하는지는 분명치 않다. 그러나 그 말이 사용되는 맥락이라든가 실제 그러한 이름으로 행해지는 교육의 내용을 보면, 그것이 도덕이나 윤리와 같은 맥락에서 쓰이게 되는 말임을 알 수 있다. 우리 사회에서 도덕과 윤리가 땅에 떨어졌다는 견해가 널리 이야기되고, 이를 바로잡는 방법으로 그에 대한 교육을 실시해야 한다든지 또는 일반적으로 도덕성 회복을 위한 운동을 벌여야 한다든지 하는 제안들이 있었는데, 인성도 같은 맥락에서 말하여지고 있다는 인상을 준다. 즉 사회의 도덕과 윤리의 타락에 대한 대증 요법으로 인성 교육이 실시되거나 강화되어야 한다고 말하는 것이다.

그러나 그것은 다시 이러한 윤리 도덕의 문제들을 조금 더 넓게 생각하려는 의도를 가진 것이라고 할 수도 있다. 그렇다는 것은 인성이라는 말은 한편으로 보면 도덕과 윤리에 비하여 더 넓은 의미 내용을 가진 말인 듯도 하고, 다른 한편으로는 단순히 교육의 복고적 성격을 강조하는, 그리고 문제에 대한 관점을 더 좁혀 잡고자 하는 말인 것처럼 들리기도 하기 때문이다. 이 말을 더 넓은 의미의 말이 필요해서 쓴 것이 아닌가 하는 것은, 도덕이나 윤리라는 인간 상호 간의 규범을 확립하는 데에 인간성의 어떤 일면만의 통제, 개선 또는 교육만으로는 문제가 해결될 수 없겠고, 인간성 전체를 문제 삼아야만 되겠다는 인식이 이 말에 들어 있을 가능성이 있기 때문이다. 그 반대로 더 좁아진 것이라는 의심이 가는 것은 인성이라는 말이 고풍스러운 말이기 때문에 그 말을 씀으로써, 오늘의 도덕이나 윤리의 문제에 대한 해결책이 옛사람들의 살던 방식에서 찾아질 수 있다는 것을 암시하려 했다고도 생각되기 때문이다.

솔성지위도(率性之謂道) 그런데 이 말 자체는 원래 모호한 것으로서 옛날부터 넓게도 좁게도 해석할 수 있는 여지를 가진 말이었다. 인성이라는 말은 성(性)을 조금 더 한정해서 쓴 말이지만 그것과 거의 같은 뜻으로 생각되는데, 동양의 고전에서 성이 들어간 가장 유명한 말은 『중용(中庸)』의 머리에 "천명지위성(天命之謂性) 솔성지위도(率性之謂道) 수도지위교(修道之謂敎)"라고 하는 부분일 것이다. 하늘이 명한 것이 성(性)이요, 성(性)에 따르는 것이 도(道)라고 할 때, 성(性)은 무엇을 뜻하는가. 천명이 하늘이 정한 것이기 때문에 사람이 어떻게 할 수 없는 조건의 뜻이라고 한다면 성(性)은 주어진 바의 것, 즉 고자(告子)가 말하듯이 생지위성(生之謂性), 타고난 바의 것을 말한다고 할 수 있다. 이러한 뜻에서 인성 교육을 한다는 것은 타고난 자질을 교육한다는 뜻이 될 것이다.

물론 교육은 타고난 것을 일정한 방향으로 다듬어 가면서 기른다는 말이다. 그런데 이 일정한 방향 또는 좋은 방향으로 다듬는다는 것은 인의예지(仁義禮智), 또 더 구체적으로 삼강오륜(三綱五倫)과 같은 윤리 규범으로 성을 다듬어 간다는 것을 말한다. 그러나 성을 좇는다는 것이 반드시 정해진 윤리 규범의 틀에 맞추어 간다는 것인지는 적어도 『중용(中庸)』의 머리에 있는 것과 같은 대범한 명제만으로는 분명치 않다. 맹자(孟子)가 「고자장구」에서 인성이라는 말을 써 "인성지선야(人性之善也)"라고 한 것은 유학의 기초가 되는 테제이지만, 이것은 고자(告子)의 다른 주장, 즉 앞에서 말한바, 타고난 바의 것이 성(性)이라거나 또는 "성무선(性無善) 성무불선(性無不善)"으로서 성(性)이 본래 선한 것도 선하지 않을 것도 없는, 있는 그대로의 것이라는 주장에 대하여 말하여진 것이다. 그런데 고자(告子)의 해석을 받아들이고 중용의 "천명지위성(天命之謂性) 솔성지위도(率性之謂道)"를 해석한다면 사람은 자기가 태어난 대로, 즉 선하지도, 선하지 않은 것도 아닌 자질에 따르는 것이 마땅하다는 말이 될 수 있다.

비슷하게 맹자의 말도 반드시 인간성을 엄하게 훈육할 것을 요구하는 것이 아니라고 해석할 수도 있다. 본래 인간성이 선하다는 것은 그렇게 할 필요가 없다는 말이 될 수 있기 때문이다. 그러나 고자(告子)나 맹자의 주장은 전혀 다른 교육론으로 나아갈 수도 있다. 즉 고자의 주장대로 사람의 본성이 도덕적 정향을 가진 것이 아니라면 엄격한 훈련의 필요는 더 절실해진다고 할 수 있다. 맹자의 경우, 사람이 본래 선하다는 것은 삶에 대한 관대한 태도를 나타내는 것 같으면서도 사실은 다른 한편으로는 삶이 선한 본성으로부터 떨어져 나갈 가능성이 있다는 것을 인정하는 까닭에, 선한 성을 지키고 기르는 일은 그대로 남아 있는 일일 뿐만 아니라, 본성으로부터 벗어져 나가는 사람은 인간성의 가능성 내에 있는 것이 아니라 비인간의 상태에 떨어지는 것이라는 무서운 판단의 대상이 될 수 있다. 근본으로부터 생각하면 사실 이러한 생각들은 어느 쪽이나 악(惡)의 가능성을 가진 인성을 엄한 훈련으로 변화시켜 인의예지로 나아가게 하여야 한다는 순자(荀子)의 생각에서 그다지 먼 것이 아니라고 할 수 있다.

인간성의 다양한 발전과 조화　그러나 방금 말한 양의적 해석의 가능성에도 불구하고 맹자의 성선설을 좇든지, 아니면 고자보다 더 분명하게 사람의 성을 악으로 규정한 순자(荀子)를 좇든지 전통적 유학에서 인성 교육이란 결국은 전통적 윤리 규범의 교육으로 환원되었다고 해야 할 것이다. 그러나 여기에 구태여 다른 가능성, 즉 성에 따르는 교육론을 생각해 보는 것은, 성을 좇아 돌을 깎고 다듬듯 사람을 형성한다고 할 때 이미 성에 대한 논쟁들에서 나오듯이, 반드시 그것을 좁은 의미의 도학으로 해석하는 것만이 유일한 것이 아니며, 또 좁은 해석에서까지도 다른 해석의 여유와 폭

을 완전히 배제하는 것은 아니라는 것을 상기하자는 것이고, 또 다른 한편
으로는 이렇게 해석할 때 그것은 상당히 근대적인 의미를 가질 수도 있다
는 것을 비쳐 보려는 것이다. 근대적이라고 하는 것은 서구의 근대화를 말
하는 것인데 사람의 모든 면을 발전시켜 하나의 통일되고 조화된 인간으
로 형성할 수 있다는 생각은 서구에서 근대적 인간상의 발전에 매우 중요
한 계기를 이루는 것이었다. 이것은 낭만주의를 전후하여 독일에서 대두
되었던 교양의 이상의 하나로, 그 이전의 어둡고 위험한 기능들을 이성으
로써 통제하고 배제할 것이 아니라 삶을 보다 풍부하고 깊이 있게 할 수 있
는 요소로서 포용·개발·형성하여야 한다는 생각이다. 넓게 해석한 인성이
란 말은 이러한 근대적 인간 이해를 연상시키기도 하는 것이다.

　이러한 연상을 짐짓 강조해 보는 것은 민주화되고 다양하고 넓어져 가
는, 또는 가야 할 오늘의 인간 이해에서, 인성이란 말은 요즘에 와서 그 말
을 재생한 사람들의 의도가 어떤 것이든지 간에 하나의 민주적 확대의 증
표처럼도 생각할 수 있기 때문이다. 즉 그것은 윤리-도덕-인간성이라는,
점점 확대되어 가는 인간 이해의 한 끝에 있는 것으로 볼 수 있지 않은가
하는 것이다. 그것은 어쩌면 인간성의 여러 면을 하나로 통제하기 어려워
지는 우리 사회의 어떤 숨은 흐름을 나타내는 것으로도 생각되는 것이다.

Moralität와 Sittlichkeit[2]　이것은 여기에 관련된 단어들의 의미를 조금
생각하는 것으로도 짐작이 될 것이다. 윤리와 도덕을 어원적으로 정의하
는 일은 매우 복잡한 논의를 요할 것이다. 그러나 오늘날 우리가 흔히 생
각하는 의미를 밝히는 데는, 그리고 또 지금의 논의와의 관련에서는 이것
을 조금 대조적으로 파악하는 헤겔의 정의와 구분들을 참조해 볼 만하다.

2　G. W. F. Hegel, *Phänomenologie des Geistes*(Frankfurt; Verlag Ullstein, 1980), pp. 247~374.

헤겔에서 Sittlichkeit와 Moralität의 구분은 대체로 우리의 윤리와 도덕의 구분과 비슷하다. Sittlichkeit는 Sitte라는 사회 관습을 뜻하는 말에 관련된 것으로서 공동체의 관습에 들어 있는 사회 규범을 말한다. 이에 대하여 Moralität는 개인의 내면에서 작용하는 양심이나 이성에서 나오는 개인적 행동의 규범을 가리킨다. 그러니까 이것은 좋게 보면 개인이 사회에서 독립한 주체로서 자의식을 가지기 시작할 때의 소산이고, 나쁘게 보면 사회적 공동체에 균열이 생겨 개인이 사회로부터 소외되고 사회와 개인의 행동 규범 사이에 어긋남이 있을 때의 의식의 형태라 할 수 있다. 더 구체적으로 헤겔에 의하면 Sittlichkeit는 공동체와 개인 사이에 일체성이 있었던 고대 그리스 사회와 같은 곳에서의 행동 규범이고, Moralität는 그러한 일체감이 사라진 부르주아 사회의 한 특징이 되는 것이다.

헤겔의 이 두 가지의 행동 규범에 대한 생각은 반드시 둘 사이의 우열을 가리려는 것은 아니다. Moralität는 사회 갈등의 한 표현이면서, 보다 높은 단계의 의식과 주체적 자유의 증거이고, Sittlichkeit는 헤겔의 생각으로는 현대인이 원하는 '주체적 자유'가 없는 사회의 한 행동 양태를 나타내면서, 동시에 공동체적 일체성의 이상을 나타내는 것일 뿐만 아니라, 사람의 내적 원리도 객관적 세계 속에 외면화됨으로써 비로소 현실이 된다는 의미에서는, 보다 완성된 인간의 존재 방식을 구현하는 것이다. 헤겔은 가장 높은 인간의 정신적 삶의 형식으로서 Sittlichkeit를 포기하지는 아니하였지만, 현대 사회에 있어서 Moralität의 불가피성과 우위를 인정하였다.

삼강오륜 꼭 이런 설명이 모두 우리의 사고 습관에 이어질 수 있다고 할 수는 없지만, 헤겔의 이러한 구분은 우리가 사용하는 윤리나 도덕의 개념에 어느 정도 맞아 들어가는 것으로 보인다. 윤리란 인륜(人倫)에 들어 있는 이치를 말한 것이고, 인륜은 간단히 말하여 사전적인 뜻대로 사람 사이의 질서 또는 서열을 말한다. 그러니까 사람이 사는 데 자연스럽게 존재한다고 생각되는 인간관계의 규범을 지칭하거나 그것을 내세우는 행동 강령을 말하는 것이다. 그런데 이 인륜은 우리 전통에서는 주로 삼강오륜 속에 규정되는 관계 ─ 군신, 부자, 부부의 관계로 집약된다. 주목할 것은 이것이 인간관계를 봉건적인 제도하에서의 사회와 가족 관계와 내포와 외연에 있어서 완전히 일치하는 것으로, 매우 좁게 파악한다는 점이다. 거기에서 나오는 윤리 규범들은 극히 외면적 명령의 성격을 띤다. 물론 오륜에 적용되는 규범적 명령들은 자연스러운 인간 감정에 기초해 있다고 말하여진다.(생물학적으로 기본적 관계인 부자 관계가 핵심이 되는 것도 이러한 면에서 설명될 것이다. ─ 물론 왜 어머니와 아이의 관계가 아니라 아버지와 아들의 관계냐를 물을 수도 있고, 또 이 비끄러짐에 들어 있는 가부장제의 허위 의식을 말할 수도 있지만.) 그런 만큼 그것을 완전히 외면적 규칙이라고 할 수는 없다. 그러나 그것이 자각되고 보편적 의식 속에서 승화된 것이 아니란 점에서 그것은 여전히 외면적인 것으로 남아 있다. 내면화된 그리하여 자율화되고 자유로워진 행동 원칙보다 행동의 형식으로 취해진 예의가 존중되는 데에서도 이러한 외면성은 볼 수 있다. 예(禮)는 다시 말하여, 가령 순자가 예의 본령을 신분적 차이의 준수에 있는 것으로 말할 때 볼 수 있는 것처럼, 인간의 주체적 자유라기보다는 외면적으로 부과되는 규칙들의 준수를 중시하는 행동 지침이라고 할 수 있다.(도덕적 행위는 규범의 필연성에 복종하는 행위이면서도 자신의 참다운 본질의 구현이기 때문에 자유로운 주체의 표현이 된다. 예를, 자유와 도덕의 결합을 미적 형식으로 표현하는 것으로, 또는 그것을 중재하는 매체로 보는 관점이 존재할 수도 있다.)

이렇게 말하는 것은 삼강오륜을 반드시 부정적으로 말하자는 것이 아니다. 헤겔의 Sittlichkeit와 마찬가지로 그것은 적어도 그것이 문제가 없이 받아들여질 수 있는 사회에서는 그 사회의 윤리적 일체성을 나타낸다고 말할 수 있기 때문이다. 그러나 봉건적 세 가지 관계 또는 다섯 가지 관계로써 사회의 모든 관계가 망라될 수 있는 사회에서만 그것은 그러한 사회적 일체성의 표현일 수 있다. 그러나 복합적 사회에서 이러한 일체성을 말하는 것은 현실을 심히 왜곡하는 것이다. 뿐만 아니라, 이미 그것은 앞에서 잠깐 비친 바와 같이 참다운 일체성을 구현했다고 볼 수 없는 하나의 고정된 질서를 위한 단순화와 왜곡을 포함하고 있다. 오늘날의 현실에 맞아 들어갈 수 없는 고대적 성격과 또 내장되어 있는 자체의 모순으로 하여, 이러한 윤리가 우리 사회에서도 일반적인 사회적 수용이 가능한 것으로 생각하는 사람은 많지 않은 것이 아닌가 한다.(물론 효도니 충성이니 등으로 오늘날의 사회 문제를 해결할 수 있다는 단순한 이데올로기론자들이 사라진 것은 아니다.)

도덕 한동안 많이 이야기되었던 도덕성의 논의는 이러한 사정에 관계된다고 할는지 모른다. 도덕이라는 말의 의미를 따지려면 오늘날의 도덕이라는 말의 의미와는 전혀 다른, 어떻게 보면 생물의 생물학적 기능에 들어 있는 힘이라는 뜻에 가까운 『노자(老子)』에 시사되어 있는 바와 같은 뜻부터 생각하여야겠지만, 오늘날 이것이 등장하는 배경에는 헤겔의 Moralität에 비슷한 면이 있다고 할 수 있다.(Sittlichkeit가 윤리에 비슷한 만큼은 비슷하다고 할 수는 없지만.) 그렇다고 하는 것은 그것이 사회의 관습이나 관행에 관계없이 개인이 선택한 규범에 따라 행동할 것을 요청할 때 쓰이는 말로 보이기 때문이다. 즉 세상이 그렇지 아니하더라도 올바른 행동을 하고 올바른 삶을 살라는 요청이 이 말에 들어 있는 것이다. 이것은 인류의 사회가 깨어졌다는 것을 말한다. 개인은 이미 사회와의 갈등 속에 있고, 그는 그의 인간적 위엄을 위하여 어떻게든지 그 갈등을 적극화하여서라도 사회와는 다른 행동 양식을 스스로의 것으로 할 수밖에 없는 것이다. 그러나 이러한 도덕은 헤겔의 그것과는 다른 것으로 생각된다. 그렇다는 것은 그것이 개인의 내적 자각에서 얻어지는 내면의 자유로운 원칙이라기보다는 윤리적인 규범과 거의 동일한 것으로 생각된다는 점에서이다. 그것은 말하자면 이미 깨어져 버린 윤리적 규범들을, 비록 사회는 그러하지 아니하더라도 개인의 의지력으로 실천해 달라는 요청인 것으로 보이는 것이다. 함께 버티어 받들고 있던 집이 쓰러지려고 함에 있어서, 비록 쓰러지는 집을 버리고 가는 사람이 많더라도 남아서 집을 버티는 작업을 계속하라는 주문인 것이다.(사실은 그보다는 흔히 말해지는 도덕적 명령들은, 그러한 것이 편리한 위치에 있는 사람이 소위 아랫사람에게 자신이 시키는 대로 하라는 명령이 되기도 한다.)

그렇기는 하나, 다시 말하여 사회와 개인의 모순을 인식한 다음에 일어나는 규범적 행동의 요청이라는 점에서 그것은 헤겔의 Moralität에 비슷하지 아니한 것은 아니다. 그러나 이미 비쳤듯이, 그것은 내면적인 듯하면서도 근본적으로 외면적 원칙이라는 점에서 있어서 헤겔의 Moralität와 같은 것은 아니다. 또 무엇보다도 Sittlichkeit와의 관계에서 생각된 Moralität와는 달리, 도덕적 행동을 지향하는 사람은 자신과 현실과의 괴리를 반성적으로 인지하지 않기 때문에 부도덕의 필요를 자신의 내면의 힘으로 극복되어야 할 어떤 것으로 또는 그것이 일어나는 상황을 현실의 궁극적 결함 ― 불가피하고 비극적인 결함으로 인식하지 아니한다. 그 결과, 그것은 기존의 도덕적 규범 또는 그것이라고 받아들이는 규범을 주장한다. 또 나아가 그것은 단순한 자기주장이 된다. 도덕성이 마치 추상적인 구호로써 이루어질 수 있는 것처럼 말하는 것은 이러한 맥락에서 설명될 수 있다.

인성에 대한 물음   윤리와 도덕에 대한 이러한 분석은, 앞에서 말한 것처럼 새로 등장한 인성이라는 말에 대하여 너그러운 해석을 시도해 보자는 뜻에서이다. 이렇게 분석하고 보면 인성이라는 큰 범주에 대한 인식은 안정된 공동체의 붕괴 과정의 또 하나의 단계를 나타낸다는 생각을 하게 한다. 그것은 적어도 사회의 행동 규범이 현실적 효력을 가질 수 없다는 생각을 반영하는 것으로 볼 수 있다. 다시 말하여 명령에 의해서 인간성의 어느 한 부분을 고쳐서가 아니라 전체를 일정한 방향으로 교육하지 않고는 인간 생활에서 윤리나 도덕적 규범이 존재할 수 없다고 생각하는 것이다. 그러나 인간성을 살펴본다는 것은 결국 인간의 주어진 자질과 가능성을 총체적으로 다시 살펴본다는 것을 의미한다. 도덕의 문제를 생각한다는 것은 결국 인간의 주어진 인간성에서 어떻게 규범적인 것이 나올 수 있는 것인가를 묻는 데서 시작하지 아니하면 아니 된다. 그렇게 하는 것은 판도라의 상자를 여는 것과 같아서 인간의 모든 것 ─ 전통적 관점에서 비윤리적이고 부도덕한 것으로 간주될 수 있는 충동과 성향까지도 일단 고려해야 한다는 것을 의미한다. 이것은 궁극적으로 윤리와 도덕적 요청의 약화, 또는 그 무근거성을 드러내는 결과를 가져올 수도 있을 것이고, 또는 앞에서 비친 바와 같이 이러한 능력의 모든 것을 조화하여 새로운 일체성을 형성하여야 한다는 독일 낭만주의적 교양주의와 비슷한 인성의 계발이라는 이상으로 나아가게 될 수도 있을 것이다.

미래의 인성 형성   그러나 그 모호한 함축에도 불구하고 인성 교육이라는 말은 아직은 대체적으로 복고적 귀환의 가능성을 시사하는 것으로 보인다. 분명한 것은 새로운 도덕 ─ 앞에서 이야기한 낡은 윤리의 잔해로서 존재하는 도덕의 의미에서가 아니라 어떤 형태로든지 사회관계를 보다 평화로운 질서에 기초하게 하고, 동시에 사람의 존엄성을 보장해 주고, 더 나아가 그것을 자기실현의 한 과정이 되게 할 수 있는 도덕률의 형성은 단순한 복고적 외침이 이루어 낼 것 같지는 아니하다는 것이다. 그것은 무엇보다도 ─ 오늘을 지배하는 현실 논리에도 맞지 아니하고, 방금 말한바 그러한 현실 논리에서 배태되는 인간 내면으로부터의 요구에도 맞지 아니한 것으로, 사실로나 심리적으로나 현실에 근거를 갖지 못함으로써 현실적 안정을 얻을 수 없을 것이다. 다른 한편으로, 우리의 사정으로는, 조금 전에 생각해본바, 넓은 의미에서의 인성의 고려에 입각한 조화된 인격의 발전 그리고 그 이상으로부터 도출되는 조화된 도덕의 성립도 기대하기는 어려울 것이다. 앞으로 도덕이 나온다고 한다면 그것은 현실의 변증법으로부터 나오는 새로운 어떤 것일 수밖에 없다.

　우리가 바랄 수 있는 것은, 사람 사는 곳에 도덕적 규범이 없을 수는 없는 까닭에 도덕이 있어야 한다면 보다 큰 인간적 행복을 약속해 주는 도덕률이 나오는 것이다. 여기에 현실과의 이론적, 실천적 씨름을 통하여 인간적 질서 ─ 도덕을 포함하는 인간적 질서를 만들어 내려는 노력이 없을 수 없다. 그러한 작업에 있어서 우선 필요한 것은 오늘의 현실 ─ 도덕적, 사회적 현실을 분명히 인식하는 것이다.

3. 도덕과 사회 현실

　오늘의 현실　우선 기초적인 사실로서 오늘날 도덕이 많이 이야기되는 것은 단순히 철학적 또는 이념적 관심에서 그러한 것이 아니라는 것을 상기할 필요가 있다. 우리 사회가 도덕적으로 커다란 문제를 가지고 있다는 것은 우리 사회에 사는 대부분의 사람이 느끼고 있는 일이다. 도덕의 문제에 대한 과도한 관심은 한편으로는 한국 사람들의 독특한 이데올로기적 사고 양식의 한 측면을 드러내 준다고 할 수도 있지만, 다른 한편으로는 사회의 도덕적 상황이 참으로 심각한 위기에 처해 있음을 나타내는 것이라고 할 수 있다. 다시 말하여 우리 사회의 도덕에 대한 관심은 추상적인 문제에 대한 관심이 아니라 매우 구체적인 삶의 상황에 대한 관심이다. 사람들은 어떤 고상한 동기나 관심에서라기보다도 인간적 생존의 가장 낮은 조건 속에서 도덕의 필요를 절감하는 것이다.

일상생활의 도덕　도덕에 대한 관심은 적어도 우리 상황에서는, 삶의 기본적 조건에 대한 관심이다. 공직자의 부패는 거의 문화의 일부가 되고 공직 체제의 구성, 공권력의 구성 자체가 금전과 이해관계로 이루어지는 것도 양해되어 있는 사항이 되었다. 공적 질서의 문란이 그것에만 그친다면 사람들이 사회의 도덕적 상황에 대하여 그렇게 관심을 가지지 아니할는지도 모른다. 그러나 일상적 생활 자체가 그러한 문제를 생각하지 아니할 수 없게 한다.

오늘의 도시화된 환경에서 먹고 자고 아이를 기르고 목숨을 유지하고 죽고 하는 일은 모두 사회관계 속에서 이루어질 수밖에 없다. 그런데 이 생명 유지의 기본적 매개체로서의 사회관계 그것이 편하지 않다고 느껴지는 것이 오늘의 현실이다. 사람들은 일상생활 속에서 ─ 물건을 사고파는 일과 움직여 다니는 일, 집을 소유하고 유지하는 일, 이러한 질서에 관계된 관리와 접촉하는 일 ─ 이 모든 일에서 도덕적 질서의 부재를 느낀다. 대체로 사람 사는 일에서 일상생활은 전쟁이나 내란 또는 공권력 부재 상태인 경우를 제외하고는 그 나름의 믿을 수 있는 질서 ─ 상당히 단단한 얼개를 가지고 있어서, 그 안에서 도덕의 문제만이 아니라 여러 가지 정신적인 문제를 별로 생각할 필요가 없는 최소 단위의 생활 질서를 이룬다. 사회의 어떤 부분에 또는 지배층에 도덕적 문제가 있다고 하더라도 그 나름의 끈질김을 가지고 유지되는 것이 이 질서이다. 그러나 우리 사회에서 사람들의 매일매일의 생활은, 특히 대도시에서 상당한 긴장 속에서 이루어진다. 이것이 사람들로 하여금 도덕을 생각하게 하는 가장 낮은 삶의 층위가 되는 것이라 할 수 있다. 그리고 사람들은 이것이 사회 전체의 도덕 문제에 깊이 관계되어 있다고 생각한다.

도덕의 혼란/현실의 혼란   우리 사회 현실에 대한 이러한 넋두리를 되풀이하는 것은 우리 사회의 도덕 문제를 생각하는 데에 그 나름의 관련을 가지고 있다. 도덕적 위기를 사회의 위기로 환치할 때 우리는 사회의 도덕적 상황을 개선하는 방법으로 제안되는 어떤 아이디어들 — 충효라든지 효도 등의 아이디어가 이러한 사회관계의 기본적 질서의 위기를 극복하는 데 걸맞은 대응책이 될 수 없다는 것을 금방 알 수 있다. 오늘의 생존 질서의 위기가 부자간의 윤리 또는 통치자와 피치자 간의 봉건적 의무라는 관점에서 해결될 수 있는가? 그러한 것이 가능하다고 하더라도 그것이 오늘의 일상생활에서, 사회생활에서, 또 공공 질서의 조직에서 어떻게 작용할 것인가를 밝히지 않고, 또 그 순조로운 작용을 확보하는 여러 조치에 대한 연구가 없이 어떤 효과 있는 해결책이 나오겠는가? 이것은 학교 교육에서 어떠한 단순한 덕목 교육을 첨가하고자 하는 여러 시도에도 그대로 해당되는 일이다.

도덕 문제의 바탕이 되는 것은 사회 현실이다. 문제를 물어보고 답하는 것도 사회 현실과의 관계 속에서 행해져야 한다. 이것은 너무나 당연하다. 도덕이 땅에 떨어졌다고 하면 그것이 절로 떨어진 것인가? 그 떨어짐의 원인은 사회 상황에 있다. 그렇다면 이 원인을 바로잡지 아니하고 도덕만을 가지고 씨름해 보아야 떨어진 도덕이 도로 위쪽으로 올라가 붙을 수는 없는 일이다. 도덕은, 그것이 현실을 잡고 돌아가는 접합점을 가지고 있지 아니하는 한, 현실적 효용성을 가진 도덕이 될 수는 없을 것이다.

도덕의 계략화　도덕과 현실에 대한 관계를 생각할 때 곧 드러나는 것은 도덕이 현실의 변화에 의하여 무력한 것이 되고 의미 없는 것이 될 수 있다는 사실이다. 도덕이 현실을 지배하는 것이 아니라 현실이 도덕을 지배하는 것이다. 또 더 중요한 사실은 현실 원리의 지배하에서 도덕도 현실이 나타나는 한 모습에 불과하게 된다는 사실이다. 그리하여 이 현실에 종속된 도덕은 현실 속의 한 계략의 성격을 띠게 된다. 이것은 도덕을 이야기하는 사람들의 놀라운 자신감에도 불구하고 우리가 일상적으로 받아들이고 있는 현실 철학이기도 하다.

정부에서 정치인들의 뇌물 수수를 조사한다고 추상같은 엄포를 놓는다. 신문이나 국민이 맨 처음에 물어보는 것은 무엇인가. 사람들이 그 발표를 믿지 아니함은 물론 그 진위조차도 문제 삼지 아니하고, 정부의 발표가 어떠한 속셈을 가진 것인가, 어떤 정치적 계산 속에서, 어떤 사람, 어떤 정파를 위하고 또 다른 어떤 사람, 어떤 정파를 누르려는 계책인가—즉 발표하는 사람들의 어떤 이해관계에 대한 고려에서 꾸며진 것인가를 사람들은 묻는 것이다. 우리는 충효 사상이란 것이 유신하에서 독재 체제의 위장된 이데올로기가 될 수 있음을 경험하였다. 또는 더 일상적 차원에서 정직을 내세우는 회사가, 그 말로 인하여 정말 정직한 회사인 것으로 받아들여지는가? 인사 잘하는 사람이 참으로 사람의 할 바를 하는 사람인가? 결혼식의 하객이 참으로 축하의 마음을 가진 사람인가? 또는 더 나아가 정의와 민족과 애국이 참으로 액면 그대로 받아들일 수 있는 것인가? 여기에 긍정적인 답을 하기에는 현실의 전략들은 너무나 철저하게 우리 사회 현실 속에 스며 들어가 있다. 민주주의는 시새움과 원한의 정치이고, 기독교적 이웃에 대한 온유함과 사랑의 도덕은 약자의 강자에 대한 보복의 흉계라고 하는 니체의 말이 오히려 맞는 말로 들리는 것이다.

현실 원리의 지배하에서 사람들의 마음을 지배하는 것은 집단적으로

나 개인적으로나—그러나 궁극적으로는 가장 좁게 해석된 개인 이익을 목표로 하는 전략적 사고이다. 도덕도 이미 말한 바와 같이 그러한 전략의 일부로 이용될 수 있다. 이렇게 하여 도덕은 부도덕의 표현이 된다. 그러나 도덕의 타락은 여기에 그치지 아니한다. 도덕의 전략적 성격에도 불구하고, 또 그것을 모르는 사람이 없음에도 불구하고 도덕적 언술이 횡행하는 것은 어찌 된 까닭인가. 어떤 도덕적 명분이 잠깐이나마 숨겨진 전략의 도움이 되는 한 그것이 풍기는 냉소주의 정도는 문제가 되지 아니할 만큼 우리의 전략적 사고는 진전된 것이다. 오늘날 우리 사회의 기본적 발상법이 되어 가고 있는 광고 전략의 사고는 그러한 심리 상태의 또 하나의 표현이다. 말은 옳고 그른 것으로 하여 평가되는 것이 아니라 되풀이되어 주입됨으로써 사람들의 의식을 지배할 수 있다고 이 전략은 말한다. 이것은 도덕의 언술가들에게도 영향을 주는 전략이 되었다. 학교 교육에서까지도—심지어 대학의 교육에서까지도 이러한 방법으로 소기의 목적을 달성할 수 있다는 믿음이 작용한다. 전략화한 도덕 교육은 궁극적으로는 도덕의 근거 그 자체에 대한 냉소적 태도를 낳는다는 사실도 고려되지 아니한다. 부도덕적 행동의 특징의 하나는 나중을 고려하지 않는 것이라고 할 수도 있다. 또 그것이 오늘날의 지배적인 도덕의 모습—어떤 종류의 것이 되었든지 사람들이 받아들이는 상호 간의 행동 규약이 도덕이라고 한다면—이것이 오늘의 도덕의 모습인 것이다.

도덕 냉소주의 그런데 이러한 일종의 도덕 냉소주의의 도덕적 입장은 보다 심각한 경우에서도 발견된다. 의도적으로 그러지 아니하여도 도덕은 자칫하면 하나의 엄포와 협잡의 수단이 될 수 있다. 그것은 한편으로는 그러한 발언의 수취인에게서 죄의식과 열패감을 불러일으킴으로써 행동을 촉발하려 하고, 다른 한편으로는 발언자에게 우월한 위치를 부여하여 수

취인으로 하여금 그 권위에 따르게 하는 심리적 작용을 일으킨다. 또는 그
것은 도덕적 발언의 주인공으로 하여금 자기 정당성을 확신할 수 있게 하
여 자기도 모르는 사이에 스스로 많은 것을 명령할 수 있는 권리를 가질 수
있는 것으로 생각하게 한다. 그리고 그것은 다른 사람의 도덕적 자율성을
부인하는 결과를 가져온다. 물론 이러한 결과에 대한 고려는 불필요한 것
이 된다. 이것은 실질적인 일의 구체적 현실에 주목하기보다는 행정 명령
으로 일을 처리하고, 광고와 홍보로써 사실을 호도하는 일에 연결되어 있
는 관습이다. 이것은 전제 통치의 유산인지도 모른다. 강압적 분위기에서
의 반복적 주입과 세뇌 작용의 기술 동원들은 대체로 도덕적 명분을 수반
한다. 이렇게 하여 도덕은 다시 한 번 비도덕으로 바뀌어 버리고 만다. 그
리고 이렇게 타락한 도덕은 사회적 평화——사람과 사람 사이의 평화를 가
져오는 것이 아니라 사회적 갈등의 원인이 된다. 모든 것이 자신의 계획의
수단이 되는 마키아벨리적 상황에서 도덕은 그러한 의도가 없이도, 남을
부리기 위한 수단으로 전락하는 것이다. 이러한 상황에서는 어떠한 관점
에서도 도덕을 말하는 것은 거의 불가능한 것이 된다.

4. 도덕과 합리적 사회

정의의 질서/이익의 질서   어떻게 보면 도덕은 사회생활의 조건이라는 관
점에서 꼭 필수적인 것이 아니라고 할 수도 있다. 앞에서 이미 말한 바와
같이 사회가 도덕을 요구하는 것은 사회적 생존을 위한 최소한의 질서를
바라는 절규이다. 그렇다면 이러한 조건이 반드시 도덕의 경로를 통하여
서만 확보된다고 생각할 필요는 없다. 필요한 것은 어떤 종류의 것이든지
간에 사회적 규범 또는 규약이다. 물론 이 규약은 사회 성원 모두가 두루

받아들일 수 있을 만큼 공평하고 정의로운 것이라야 할 것이다. 그러나 그러한 규약이 반드시 나의 이익의 극대화를 가능하게 해 주지는 아니한다. 그러면서도 그것은 나의 이익을 보장하여 주고, 무엇보다도 비교적 평화로운 상황 속에서 나 나름의 삶을 살 수 있게 해 준다. 그 조건은 내가 공평성과 질서가 나에게 줄 수 있는 이익에 대하여 합리적 계산을 할 수 있어야 한다는 것이다. 그러나 모든 사람이 그러한 합리성을 수용할 수 있는 것도 아니고, 또 궁극적으로 그러한 합리적 질서가 나의 이익의 극대화를 막는 것이기도 하기 때문에 이러한 합리적 규약의 세계에서도 사회적으로 사용될 수 있는 강제력은 필수적일 수밖에 없다. 물론 이 강제력도 사회 성원들에 의하여 납득될 수 있는 것이라야 한다. 비록 그 복판에 어떤 폭력을 간직하고 있을망정, 어떤 합리적 규약의 질서를 수립하지 못한 것이 우리 사회의 혼란—도덕적 혼란을 포함한 사회적 혼란의 원인이라고 할 수 있다.

그런데 여러 도덕적 언설—특히 전통적 권위 질서로부터 따온 부분적인 덕목은 이러한 합리적 질서의 수립을 억제하려는 움직임의 일부라는 혐의를 받을 수 있다. 그리고 사실상 유신 체제 이후에 우리가 경험한 것은 바로 권위주의 체제—또는 불공평의 체제의 유지를 위한, 궁극적으로는 별 효력을 가질 수 없는 이데올로기적 노력으로 행해지는 전통적 덕목의 선전이었다. 우리가 필요로 하는 것은 다시 말하여 합리적 질서이다. 그러나 이것이 쉽게 이루어지지는 아니할 것이다. 미국 학계에서 큰 관심을 끌었던 존 롤스의 정의론의 기본적 입장은, 모든 사람이 사익(私益)을 꾸릴 엄두를 낼 수 없는 자리에서 추상적으로 냉정하게 생각하기로 한다면 정의와 개인 이익이 합치는 사회 질서에 대하여 일치된 의견을 가질 수 있고, 결국 그것에 기초하여 합리적 질서를 만들어 나갈 수 있다는 주장이라고 할 수 있는데, 그에 대한 마르크스주의적 관점에서의 반론은 그것이 이론적으로 틀렸다는 것이 아니라 현실적으로 가능하지 않다는 것이다. 현실 세계는 합리적 설득의 세계가 아니라 힘의 각축장이다. 설령 이론적으로 공평한 질서의 확립이 궁극적으로 모든 사람의 삶에 도움이 되는 것이라고 하더라도 현실적으로 기득 이익을 점유하고 있는 사람들이 그것을 포기하고 정의의 원리를 수용할 가능성은 크지 않다.[3]

합리적 질서/창조적 자발성의 질서　다른 한편으로 그러한 질서가 성립한다고 하더라도 그것이 반드시 만족스러운 것이 될 수는 없지 아니한가라는 생각도 할 수 있다. 그것은 합리성의 원리의 관점에서도 그렇게 능률적이지도 못한 사회이다. 능률적이지 않다는 것은, 사람이 하는 일은 모두가 다 사람에서 시작한다는 것을 생각할 때, 사람의 창조적 자발성을 빼어 버린 규약과 법칙만을 가지고는 끊임없이 변하고 끊임없이 다기(多岐)해지는 일들에 유연하게 대처할 수 없다는 말이다. 공평하게 확보되는 이익을 복잡하게 생각한다고 하여도 본질적으로는 같은 결과에 이를 것이다. 이 이익은 물질적인 것 이외에 사회적 신망 또는 자기실현의 자유, 내적, 외적 행복 등을 포함할 수 있다. 그러나 이 가운데 많은 것들은 이익의 테두리에서는 증발해 버리는 경향을 갖는다. 더 근본적인 문제의 하나는, 그러한 법칙의 세계가 다양하게 마련인 인간의 필요와 욕구의 다양성과 유연성에 대응하지 못한다는 것이다. 또 그러한 세계는 인간이 가지고 있는 정서적 욕구 또는 인간의 부정하기 어려운 여러 가지 초월적 갈구를 충족시켜 주지 못한다.

3　Cf. Richard Miller, "Rawls and Marxism", Norman Daniels ed., *Reading Rawls: Critical Studies of A Thery of Justice*(New York: Basic Books, 1974).

정의에 대한 요구   사람의 관계가 결국 이익을 중심으로 이루어지는 것이라고 하더라도 그 세계의 구성 자체가 그렇지 않다는 것은 그 안에 들어 있는 다른 모순된 계기들을 보아도 알 수 있는 일이다. 이익의 관점에서 정의 사회의 실현도 당장의 이익을 넘어가는 공리주의적 정의에 대한 신념을 필요로 한다. 인간은 그렇지 아니한 경우에도 자신의 이익을 추구하는 것에 만족하지 아니하고, 이익의 추구와 함께 이러한 이익의 추구 자체가 정당하다는 확인을 필요로 하는 것으로 보인다. 그리고 이 정당성에 대한 요구는 단순히 사회적 제재에 대한 두려움이나 인정의 필요에서 나온다고 할 수 있는 것이면서, 동시에 그것을 넘어가는 또는 그것보다 더 직접적인 요구인 것으로 생각된다. 합리적 이익 사회에 있어서도 사람들은 이익의 공평성과 정당성이 없다고 보이는 상황에서는 —— 그것은 자신에게 관계되는 것일 수도 있고 다른 사람에게 관계되는 것일 수도 있다. —— 목전의 이익 자체를 전폭적으로 희생하고, 정당성의 쟁취를 위하여 노력할 수도 있다. 그리고 이 희생에서 커다란 자기실현의 느낌조차 갖는 경우가 있음도 드물지 않게 보는 일이다.

초월적 가치 지향   그리고 이것은 더 나아가 이러한 정당성을 단순히 사회적 차원에서가 아니라 초월적인 원리와의 관련에서까지 찾으려 하는 소망으로 확대된다. 다시 말하여 사회적 정당성에 대한 요구는 그 연장선상에 초월적 정당성에의 지향을 갖는다는 말이다. 그리고 이 초월적 정당성은, 그 안에 사회적 정당성에 대한 요구를 포함하면서 사람들을 경험적으로 가늠할 수 없는 세계로, 어떤 경우는 종교적 경지에로 이끌어 간다. 종교적인 경지에 이르든지 이르지 않든지, 초월적 정당성 ——사람의 사는 일 또는 일정하게 사는 방법에 대한 궁극적 추구는 자아의 깊은 차원에 속하는 일로서, 정의를 위한 분연한 마음이나 도덕적 덕목의 구호나 훈도의 과정을 통하여 이해될 수 있는 것도, 충족될 수 있는 것도 아니지 않은가 한다.

5. 사실적 명증성의 도덕적 가치

도덕과 생존의 질서 되풀이하건대 오늘날의 도덕적 요구는 쉽게 충족될 수 있는 조건을 가지고 있지 않다고 할 수밖에 없다. 한편으로는 모든 도덕적 언어의 순수성을 의심하게 하는 사정이 범람하는 가운데, 어떠한 도덕적 주장도 도덕적 정당성을 가지기가 어렵고, 또 다른 한편으로는 실존적 초월에 이어지는 도덕적 요구는 오늘의 사회에서 쉽게, 특히 사회적으로 제공되는 간단한 처방으로 충족될 수 없다. 앞에 말한 바와 같이 많은 경우 도덕을 말하는 것은 오히려 부도덕한 일이 되기까지 한다. 차라리 도덕을 말하지 아니하는 것이 도덕적일 수도 있다. 그럼에도 도덕에 대한 갈구가 강력하게 존재하는 것은 사실이다. 그것은, 많은 도덕의 종횡가들의 존재가 증거하듯이 사회적 차원에서 긴급하게 처리되어야 하는 요구이다.

필요한 것은 우리 사회가 보편적으로 수락할 수 있는 사회적 규약의 확립이다. 이것이 지금 단계에서의 도덕적 작업이라고 할 수 있다. 이것은 한편으로는 이론적 작업이지만, 다른 한편으로는 실천적 작업이다. 앞에서도 말한 바와 같이 오늘의 도덕적 혼란이 말하여 주는 것은 사람의 생각을 결정하는 것이 사회적 현실이라는 것이다. 사회 규약의 현실적 실천보다도 강력한 이론적 교사는 없다. 이론적 반성이 불필요한 것은 아니다. 그러나 그것이 설득력을 가지려면, 그것은 현실에서 나오고 현실을 움직일 수 있는 것이라야 한다. 또 그러니만큼 이론은 하나의 대원칙에서 나오는 연역적 체계일 수 없다. 새로운 도덕은 우리 사회가 보다 분명한 질서를 갖추어 가는 움직임과 함께 변증법적으로 자라 나와야 한다. 잠정적으로 그것은 아마 최소한도의 것에서 출발해야 할 것이다. 다시 말하여 모든 사람의 생존의 필요를 인정하는 질서, 더 나아가 모든 사람을 수용하는 다양한 질서 ― 그 생존과 필요와 내면적 가치를 수용하는 질서 같은 것이 출발점이다.

가장 기초적인 삶의 조건으로서 도덕보다는 삶의 현실적 조건에 주의하고, 그러한 조건을 고르게 만족시키는 합리적 질서를 만드는 일은, 사회학자들이 말하는바 계약 사회에 ― 원초적인 인간관계, 그 안에서의 정서적인 관계, 또 그에 따르는 여러 가치가 아니라 합리성과 능률에 기초한 사회에 가까이 간다는 것을 말한다. 오늘날 선진국이라고 불리는 사회가 대개 이러한 것이라고 하겠지만, 여기에서 이러한 것을 말하는 것은 그러한 사회가 선진된 것이어서가 아니라 우리 사회의 도덕적 혼란으로부터 시작하여 그것을 넘어설 수 있는 사회가 되려면 그 모델을 생각해 보지 않을 수 없다는 뜻에서이다. 물론 그것으로 완전한 의미의 도덕적 욕구가 만족되지는 아니할 것이다. 그러나 그것은 지금의 시점에서 그러한 만족으로 가기 위한 충분조건은 아니라도 필요조건으로는 생각된다. 사실 그것은 ― 또는 그러한 계약 사회의 기반이 되는 합리성의 요소는 참다운 도덕적 사회의 수립을 위해서 빼어놓을 수 없는 것으로 보인다.

이것은 다른 종류의 사회를 위해서도 하나의 단계로서 또는 불가결한 계기로서 필요하다는 것이지만, 그러한 계약 사회 자체도 어떤 종류의 도덕적 가치 ― 대부분의 사람들의 관점에서 깊이 도덕적이라고 인정하지 아니할 수 없는 도덕적 가치를 전제로 하고 있다는 것을 알 필요가 있다. 다시 말하여 도덕률이 아니라 합리성으로 ― 공리적 합리성으로 성립하는 사회도 어떤 도덕적 전제가 없이는 성립할 수 없고, 그 도덕은 단순히 피상적인 것이 아니라 깊은 도덕성의 실질을 가진 것이기도 한 것이다. 이것은 합리적 계약 사회인 서양 사회의 현실에서도 관찰할 수 있는 일이다. 물론 서양적 계약 사회의 문제점들이 지적되는 것을 우리는 많이 들어 왔다. 따라서 현대 사회의 현실 조건으로서 이러한 사회적 필요를 피할 수 없다는 것을 생각하면서, 그것이 가지고 있는 문제점 ─ 합리적 사회가 근본적으로 인간성의 도덕적, 윤리적, 형이상학적 가능성을 부인할 수 있다는 사실에도 유념해야 할 일이다.

　학문의 가치 중립　우리는 이러한 문제들을 막스 베버의 대학과 학문에서의 가치 판단에 관한 그의 입장을 살펴봄으로써 잠깐 생각해 보고자 한다. 학문이 도덕, 윤리 또는 종교와는 별개의 것이라는 주장은 베버의 학문 방법론에서 유명한 것이지만, 그것이 그의 사회에 대한 견해에도 깊이 관계되어 있는 것임은 물론이다. 그것은 서구 사회의 역사적 전개를 합리화라는 관점에서 파악한 데에서 나오는 것이다. 베버가 인식한바 서구 사회의 근대적 발전은 그로 하여금 사회가 합리적 기능의 종합으로 성립한다는 것을 보여 주었고, 따라서 그것을 설명하는 일은 주로 기능적 분석으로 가능하다고 생각하게 하였다. 그 자신이 종교 사회학에 대한 깊은 관심을 가졌던 것은 사실이지만, 그것은 종교를 그 자체의 의미로서보다는 사회적 기능의 관점에서 파악하려는 것이었다. 그렇다고 그가 인간이 가지고 있는 종교 도덕들을 비롯한 여러 정신적 가치에 대한 깊은 갈구의 현실을 인정하지 아니한 것은 아니고, 또 그러한 가치의 몰락을 깊은 불안과 위기의식으로 보지 아니한 것도 아니었지만, 그에게 종교나 정신적 가치에 의하여 움직여 나가는 사회는 지나가 버린 과거 역사의 일이 된 것이었다. 학문의 방법론으로의 가치의 배제는 학문 연구의 과학적 엄밀성을 위하여 필요한 것이었지만, 그것은 본질적인 것이라기보다는 그가 '탈마법화(Entzauberung)'라고 부른 현대 사회의 추세로 인하여 요구되는 것이었다고 할 수 있다. 이 상황에서 세계를 설명할 수 있는 것은 오로지 기능적 분석이다. 어쨌든 학문은, 특히 사회 현상을 대상으로 하는 학문은 가치의 문제를 배제하고 과학적 추구만으로 현대 사회에서 적극적인 기능을 수행할 수 있다는 것이 그의 생각이었다.

가치 중립 속의 가치 근대화하는 사회로서 한국에서 상황은 비슷한 것으로 말할 수 있다. 그렇다면 적어도 사회의 변화 과정이라는 관점에서 가치의 문제 — 도덕이나 다른 정신적 가치의 문제는 기능적 균형이 이루어질 때까지의 하나의 과도적인 현상이라고 할 수 있다. 탈마법화되고 탈도덕화된 사회가 우리가 원하는 것이든 아니든, 우리의 정신생활 — 개인적인 또는 집단적인 정신생활에 있어서 그것은 일단은 거쳐야 하는 과정일 가능성이 크다. 그러나 놓치지 말아야 할 것은 앞에서 말한 바와 같이 베버의 학문적 사고는 일단 탈가치적이면서도, 동시에 가치를 전제하고 있고, 이 계기는 보다 넓은 가치의 세계에 서로 이어져 있다는 사실이다. 또 그러한 사고의 설명과 이행의 대상이 되는 사회도 그러한 가치를 전제하고 있다고 할 수 있다. 그러는 한도에서 학문과 사회는 간접적으로나마 연관성을 가질 수 있다. 여기서 해 보려는 것은 이러한 사회의 합리화에 있어서의 가치 계기의 의의를 한국의 도덕적 상황과 관련시켜 생각하려는 것이다.

직업으로서의 학문 학문에 있어서 윤리적 중립, 가치 중립의 문제는 베버 방법론에 관한 여러 글에서 이야기되어 있지만, 이것을 가장 간단하게 그리고 강력하게 말하고 있는 것은 1918년 그의 뮌헨 대학 강연문 「직업으로서의 학문」인데, 말할 것도 없이 학문은 가치 문제에서 중립을 지켜야 한다는 것이 요지이다. 그러나 여기에서 주목하고자 하는 것은 이러한 주장에도 도덕적 입장이 들어 있다는 것이다. 이러한 점은 우리가 문제 삼고 있는 대학에서, 또 학교 교육 일반에서의 인성 교육의 문제에 대하여서도 시사하는 바가 많다. 그리고 또 그것은 도덕적 사고의 한 계기로서의 가치 중립의 의미를 드러내 준다. 가치의 중립의 큰 의미는 그것이 사회 정책에 학문이 기여하는 길이 그것이라는 사실에 있다. 그러나 잊지 말아야 할 것은 이것 자체가 사실 '사회 기여'라는 가치를 전제로 한다는 점이다. 여기에서 역설로서 주목하게 되는 것은, 방금 말한 사적 사명의 경우에도 그러하지만 학문 행위의 여러 세부 속에도 윤리와 도덕에 대한 관심이 스며들어 있다는 사실이다. 다만 그것은 매우 복합적인 상태에서, 역설적으로 그러니만큼 더욱 철저한 상태로 거기에 수반된다. 가치를 보류한다는 것은 더욱 크고 철저한 가치에 바탕함으로써 가능하다.

대학 강의의 현장에서 도덕적 입장을 표명하는 문제 같은 데에서 ─ 그것은 정치와 관련해서 일어나는 것인데 ─ 도 살필 수 있는 것이 이러한 사실이다. 앞에 말한 글에서 베버는, 대학의 인성 교육을 말하는 사람에게 가장 비도덕적인 것이 될는지 모르지만, 교수가 대학의 강단에서 개인적 색채가 강한 인생론이나 도덕적 설교나 정치적 견해를 표명하는 것은 옳지 않은 일이라고 한다. 대학에서의 학문이란 이성의 원칙에 따라서, 사실과 사실의 법칙적 관계의 규명을 목적으로 하는 것으로서, 그 작업에 어떤 종류의 것이든 가치 판단이 개입되는 순간 학문이 추구하는 "사실의 완전한 이해는 곧 중단되어 버리고 만다." 그러니만큼 강단에서의 가치에 대한 발언은 학문의 본래 사명을 저버리는 것이고, 그만큼 부도덕한 것이다. 그러한 가치에 관계되는 일이라면, 그의 생각으로는, 그것은 길거리나 대중 집회에서 말하는 것이 타당하다.(이러한 객관적 엄밀성에 대한 집착은 커다란 자기 절제를 요구한다. 이러한 집착 또는 헌신, 또는 동양의 전통적인 용어를 빌려 극기(克己)는 모든 윤리·도덕 행위의 근본이기도 하다. 물론 대중 집회에서의 행위는 그 나름의 윤리·도덕의 표명이다. 이 둘 사이에는 긴장과 길항 그리고 연계 관계가 있다. 그러나 이 관계는 적어도 정신 작용의 면에서는 따로 구분되면서 하나가 되는 일이다.)

학문의 세계는 자연 과학이나 사회 과학과 함께, 인문 과학을 포함한다. 어떤 경우에나 가치가 학문에서 전혀 추방될 수는 없다. 이 가치의 개입은 자연 과학에서 사회 과학, 인문 과학으로 감에 따라서 깊어질 수밖에 없다. 그리고 사회 과학 또는 인문 과학 — 일반적으로 리케르트의 구분에 따라 문화 과학은 물론이려니와, 가장 객관적일 수 있는 자연 과학에서도 무엇을 연구하느냐 하는 것은 연구자의 가치 선택과 불가분의 관계를 가지고 있다. 그러나(이러한 문제를 본격적으로 다루는 것은 다른 논문들에서이지만) 학문의 근본에 들어 있는 '가치 관계(Wertbeziehung)'는 학문의 범위를 넘어가는 선택의 문제이다. 그런 다음, 그러한 선택에 따라 일어나는 사실의 문제들에 대한 학문의 탐색은 가치의 선택과는 별개의 것이라고 베버는 말한다. 고찰의 대상으로 가치가 개입될 수밖에 없는 문제에 있어서도 — 사실 이것은, 다시 말하여 모든 학문의 최초의 선택에 들어 있다고 하겠는데 — 학문은 그것을 어디까지나 객관적으로 다루는 것이지, 연구자의 주관적 가치관이나 기호에 따라서 판단 평가하는 것은 아니다. 가령 강단에서 민주주의를 논한다면, 그것은 민주주의를 옹호하기 위해서가 아니라 그것을 다른 정치 체제와 비교하고, 또 민주주의적 원칙을 택하는 정치 체제가 어떠한 여러 현실적 결과를 가져오는가를 밝히기 위한 것이다. 문화 과학이란 어떤 경우에는 전적으로 가치의 현상을, 이성적 원칙에 따라서 문제 삼을 수 있을 뿐이다. 그러나 이러한 중립성은, 이미 시사한 바와 같이 그 자체로 도덕적 가치 기율을 요구하는 것이다.

그러나 얼핏 보기에 베버가 강조하는 것은 학문의 가치 중립성의 존중이다. 이것은 많은 논란의 대상이 되고, 또 여러 가지 정치적 관점에서 반박되었다. 이미 말한 바와 같이 가치 지향의 사회적 권위가 절대적인(적어도 수사적 차원에서) 우리 사회에서도 그것은 쉽게 수긍할 수 없는 주장일 것이다.(그리고 그것이 베버의 영향으로 인한 것이든 아니든, 서구에서 그리고 모방 현상이 늘 그러하듯이, 특히 우리나라에서는 더 나아가, 가치 중립적 학문이 정치적, 경제적 마키아벨리즘에 봉사해 온 것은 부정할 수 없다.) 그러나 문제의 발생으로부터 해결까지의 가장 짧은 길은 반드시 직선이 아니다. 도덕은, 다른 인간사의 중요한 부분과 마찬가지로 여러 갈래의 보이지 않는 길을 통하여 움직인다. 이것은 베버의 학문에서도 마찬가지이다. 앞에서도 지적한 것처럼 베버 자신도 가치에 무관심한 것은 아니었다. 그가 가치의 문제를 생각한 것은 비록 부정적 또는 소극적 결론을 내리기는 하였지만, 사회에서나 학문에서나 자리를 잃어 가는 가치의 상황을 괴롭게 본 때문이었다. 우리가 근본적으로 그의 중산 계급적 입장에 동조하든 아니하든, 그는 독일의 정치적 운명과 정신적 상황에 가장 깊은 관심을 가졌고, 정치적, 문화적 정열을 다른 학계의 인물에 비교해 보아도 알 수 있듯이 많이 가지고 있었다. 이것은 그의 전기에서도 드러나는 일이지만, 그의 글들에서 이미 알 수 있는 것이었다. 그의 많은 노작들이 가지고 있는 설득력은 뛰어난 과학적인 분석의 힘에 못지않게, 숨은 정치적, 도덕적 정열로 인한 것이다. 그런데 여기서 주목하고자 하는 것은 그가 말하는바 도덕적, 정치적 또는 가치 판단의 중단을 요구하는 학문적 태도에 이미 도덕이 들어 있다는 사실이다.

학문과 학문의 자세/생각하는 삶　학문은 학문을 가능하게 하는 정신적 자세를 요구한다. 현미경을 잘 들여다보기 위해서는 최소한도 신체의 활동을 중지하고, 정신을 집중할 필요가 있다. 이것은 현미경 조작을 위한 행동적 조건이지만, 또 동시에 그러한 조건은 대개는 오랜 훈련의 결과로써 충족된다. 이것은 그 나름의 도덕적 의미를 가지지 아니할 수 없다. 베버가 말하는 가치 중립론은, 인식의 방법이라는 관점에서 학문의 한 계기로서 요구되는 에포케 ── 과학적 판단을 가능케 하는 조건으로서, 사실적 판단 그리고 사실적 세계에의 행동적 개입을 중단할 것을 요구하는 것이다. 이 학문의 예비적 조작으로서의 에포케가 가치 판단 — 정치적 정열과 도덕 결의에 관계되는 판단을 중지할 것을 요구하는 것이다. 그런데 이것은 사실적 요구이며, 학문이 사회적 삶에서 일정한 자리를 차지하고 있는 한, 학문의 도덕적 의무이다. 이러한 의미에서 학문에는 이미 정신적 자세와 도덕이 들어 있다. 그리고 그것은 궁극적으로 생각하는 사람들에게 그리고 많은 사람들에게 — 생각하며 사는 것은 모든 사람의 삶의 일부이다. — 요구되는 도덕적 요구이다. 그 사람이 어떠한 도덕적 지향을 가지고 있든지 간에, 적어도 이러한 학문이 요구하는 바와 같은 엄정한 사고는 — 도덕의 중단을 요구하는 사고는, 도덕적 사고와 행동의 한 모멘트인 것이다.

공정성의 가치 그러나 도덕의 중단을 요구하는 학문의 도덕은 조금 더 적극적인 의미에서 여러 가지 도덕적 관점 — 그러면서 그것들을 하나로 종합할 수 있는 도덕적 관점을 전제로 하고 있다. 가령 베버가 강단으로부터 정치적 주장을 하거나 예언자가 할 만한 주장, 도덕이나 내면적 신앙에 관계된 주장을 배제하고자 하는 이유는, 그러한 주장들이 과학적으로 논증될 만한 것이 되지 못한다는 것 외에, 강단의 언설 구조가 적절치 못하다는 것이다. 즉 그는 강단의 교수가 주장하는 말에 대하여 청중이 비판하거나 반대할 수 있는 입장에 있지 못하다는 것을, 교수가 일방적 가치 주장을 하지 말아야 할 중요한 이유로 지적한다. 이것은 모든 연설이 공정성의 원칙을 지켜야 된다는 것을 전제로 한 말이다. 이것은 베버도 다분히 가지고 있었던 귀족적 자긍심이 만들어 낸 것이면서, 동시에 대부분의 사람들이 본능적으로 가지고 있는 페어플레이의 느낌 — 일방적으로 유리하게 만들어 놓은 조건 아래에서 싸워 이기는 일에 대한 혐오감에서 생겨나는 태도일 것이다.

　공공 공간의 논의/진리의 필연성과 내면적 자유　그러나 표면적으로 이것은 그러한 감정보다는 진리의 존재 방식에 관계되어 있는 일이다. 전제되어 있는 것은 자유로운 논의를 통하여서만 진실과 진리는 존재할 수 있다는 것은 일반적으로 인정되고 있는 사실이다. 하버마스나 과학 철학자 토머스 쿤 또는 파이어아벤트 등 많은 사람들은 과학적 진리가 한편으로는 객관적 현실에 관계되지만, 다른 한편으로는 과학 공동체의 뒷받침을 통해서만 진리로 정립된다는 것을 말한다. 그러나 이러한 진리의 존재 방식은 다른 한편으로 도덕적 의미, 인간론적 의미를 함축하고 있다.

　진리는 사람들로 하여금 복종을 강요하는 힘을 가지고 있다. 물리적 의미에서의 진리는 우리의 의사에 관계없이 필연성 속에서 움직인다. 우리가 그것을 어길 수 있는 경우에도, 불복종의 결과는 당장에 일어나는 상해나 재난이나 죽음이다. 사회적 의미, 특히 도덕적 의미의 진리가 가지는 힘은 어디에서 오는가. 사회적 제재의 가능성도 하나의 힘이 되는 것이지만, 거기에도 그러한 강제력이 분명하지 않은 경우에도 승복하지 않을 수 없는 힘이 있다고 하는 것이 옳다. 진정한 의미에서 우리가 진리에 복종하는 것은 그것이 우리 자신의 안으로부터 나오는 명령이기 때문이다. 그것은 우리 자신의 본질의 일부인 것이다. 물론 이것이 저절로 되는 것은 아니다. 진리는 진리에의 수련을 전제로 하여 수락되는 것으로 볼 수 있기 때문이다. 그러나 궁극적으로는 그것이 강제력 없이 우리의 동의를 받아 내는 힘을 가지고 있음은 분명하다. 그러나 이것은 다시 말하여 수련이 있든 없든, 내적 과정을 통하여 일어나는 일이다. 그것은 본질적인 의미에서는 강제될 수 없다. 그것은 자유를 조건으로 한다. 그리고 진리를 설득하는 조건이 자유라면, 모든 사람은 적어도 방법적으로 동등한 것으로 대우되어야 한다. 다른 한편으로 진리는 객관적인 것이면서도 진리에 승복하는 인간의 이성을 통하여 확인된다. 이것은 사람이 받아들이는 진리의 강점이면서 약점이다. 약점이라는 것은 이성의 진리가 인간 이성의 문제적 성격을 완전히 벗어나지는 못한다는 점이다. 이성은 그것이 아무리 어떤 필연성의 힘을 가지고 있다고 하더라도 인간의 이성인 한 인간의 모든 취약성을 다 나누어 가지고 있을 수밖에 없다. 그러니만큼 그것에 의존하는 진리는 똑같은 약점을 지니기 마련이다. 이것을 극복하는 방법은 여러 이성적 인간의 공동 확인뿐이다.

　과학의 진리/사회적 진리　과학적 진리의 경우에도, 그것의 원초적 관계가 사실적 세계에 대한 것이기 때문에 그것이 과학자라는 구체적인 인간을 통하여 매개되는 것이라고 하더라도, 과학적 진리는 사실적 세계의 이해의 전통에서 나오는 규범의 엄격한 규제를 받기 마련이다. 또 그러니만큼 과학의 진리는 이러한 규범의 규제하에서 어느 정도까지는 다른 사람과의 직접적 논의가 없이도 진행될 수 있다. 그러나 모든 실용적 진실 ─ 과학적 엄정성을 가질 수는 없을망정 사회생활의 규약 또는 개인적 삶의 지혜, 그리스 사람들이 프로네시스라고 부른 지혜는 그러한 과학적 진리의 엄격한 절차를 같은 정도로 누린다고 할 수 없다. 그것은 과학적 진리에 비하여 훨씬 더 공동체적 전통과 동의를 뒷받침하여 성립한다. 그러니만큼 그것은 더욱 앞에서 말한 자유로움과 동등한 상황에서의 이성적 토론을 필요로 한다. 다른 한편으로 도덕적, 종교적 진리의 권위는 특정한 개인의 비전을 떠나서 성립하기 어렵다고 할는지 모른다. 그리하여 그것은 저절로 예언자나 지도자와 그 추종자, 스승과 그 제자라는 관계의 비대칭적 구조 속에서 논하여진다고 할 수 있다. 그러나 이 비대칭적 구조가 강제적인 것일 수는 없다. 그것은 다른 무엇보다도 사람의 마음의 경로를 통하고, 마음에서 일어나는 개종의 경험 또는 자각을 중시한다. 그러한 만큼 그것은 자유롭게 부유하는 상태 속에 있는 의식의 계기를 통하지 아니하면 안 된다. 과학의 경우에도 진리의 진리 됨은 엄격한 사실적 기율과 함께 그것을 관할하는 과학 공동체적 규제 속에서 공리가 된다. 실존적 이익을 포함하는 더욱 복잡한 정치적, 실용적 선택에 있어서, 진리는 이성의 자유와 함께 실존적 평등에 의하여 일반화된다.

강단으로부터 가치론을 배제하려는 베버의 생각은 앞에서 우리가 생각한 경우들보다도 조금 더 절박한 데에서 나왔다고 할 수 있다. 베버는 정치적, 도덕적 가치의 다원적이고 경쟁적 공존을 의식하고 있었고, 이것의 선택은 과학적이라기보다는 개인적인 가치 성향으로 결정되는 것이라고 생각했기 때문에 불평등한 상태에서의 수사를 옳지 못한 것으로 생각한 것이다. 그러나 다시 말하여 베버의 생각에 진리의 존재 방식에 대한 일정한 전제가 있었고, 또 그것에 관계된 인간의 적어도 이성적 평등에 대한 생각이 있었던 것은 부정할 수 없다.

인간의 윤리적 존엄성/사회 질서의 현실 요건 되풀이하여, 진리는 인간의 평등과 자유 그리고 그 이성적 가능성을 전제로 한다. 그러니까 베버에게 이러한 생각이 있었다고 한다면, 그것은 모든 인간은 그 자체로 목적으로 간주되어야 하며 목적으로서의 인간의 위엄은 그 자유로운 이성적 기능과 도덕적 의지에서 나온다는 칸트의 인간관이 그의 입장에 스며들어 있었다는 말이다. 물론 베버가 반드시 이러한 칸트주의 입장에서 토론의 자유를 학문의 전제 조건으로 생각한 것은 아닐 수도 있다. 어쩌면 그는 칸트주의자가 되기에는 너무나 현실주의자였다고 말하는 것이 옳을는지 모른다. 그에게는 토의의 자유는 (개인의 존엄보다는) 진리의 조건이 요구하는 것이라고 생각하는 것이 더 편리했을 것이다. 여러 사람에 의한 공정한 토의에 대한 존중, 거기에 함축된 다른 사람에 대한 존중이, 그 출발점부터 대인 관계의 윤리를 고려하는 것이라고만 할 수도 없다. 그러한 것이 있다고 하더라도 그것은 그에 더하여, 인간의 존재 방식에 대한 사실적 인정에서 나오는 것일 것이다. 거기에는 한편으로는 인간의 존엄성과 평등성에 대한 도덕적 인식이 없지 아니하면서, 다른 한편으로는 그러한 존중이 없이는 사실적으로 사회 질서의 성립이 불가능하다는 인식이 있는 것이다. 그러나 이 후자의 경우 반드시 공리적 계산 또는 단순한 기능의 관점에서의 고려가 작용하고 있는 것은 아니다. 사실 철학적 인간학의 인식과 기능주의적 인식은 베버의 경우에 하나가 된다고 하는 것이 옳을 것이다. 이 점은 조금 자세히 생각할 필요가 있다.

학문과 도덕적 결단　학문에 개입하는 가치 선택, 가치 지향에 대한 베버의 회의에도 불구하고, 그에게 어떤 가치 선택이 있다면 그것은 진리에 대한 강한 결의이다. 그에게는 그렇게 생각되지 아니하였을는지 모르지만 학문적 진리도 그것을 위한 결단에 기초하여 가능하다. 그런데 이러한 결단은 어떤 도덕적 의미를 가질 수 있는가. 꿋꿋한 학문의 자세라는 것은 우리에게도 익숙한 상투 개념이다. 그것은 우리에게 한결같은 도덕적 의지와 일치되는 것으로 생각된다. 이에 대하여 베버의 경우, 적어도 일단은 그것은 도덕적 자세를 버리는 결과를 가져오는 것이다. 그러면서 그것이 도덕적 의미를 가지지 않는 것이 아니다.

필요한 것은 도덕을 버리는 도덕적 결단이다. 우리가 진리에 대한 헌신에서 도덕적 태도를 인정한다면, 이 역설적 결단에는 더욱 단호한 도덕적인 결의가 요구된다고 할 수도 있다. 도덕적 요구 또는 일반적으로 가치에 대한 요구는 어떻게 보면, 자기 만족의 요구라고 할 수 있는데, 이 역설의 결의는 그것을 희생할 만큼 엄숙한 것이다. 이것을 베버는 학문하는 사람에게 요구되는 '개인적 희생'이라고 부른다. 그는 지금 문제 삼고 있는 글에서 학문적 기율의 중요한 요소로서 자신에게 불편하고 불유쾌한 사실을 받아들여야 한다는 의무를 강조한다. 그리고 그는 학문이 사람들에게 이러한 사실을 받아들이게 하는 일이야말로 학문의 '도덕적 업적'이라고 말한다. 그리고 이 불편하고 불유쾌한 일은 진리가 편리한 것도 기분 좋은 것도 또는 선한 것도 아닐 수 있다는 사실을 포함한다. 이것은 또한 베버가 강조하는바 도덕적 가치가 학문의 내용이 되지 못한다는 사실도 포함한다. 학문의 의무 —— 앞에 말한 바와 같이 실존적으로 결단될 수밖에 없는 학문의 의무는 사실과 진리에 대한 '명증성'일 뿐이다. 다시 되풀이하여, 자신의 명증성에만 충실한 학문은 그 자체가 하나의 정신적 기율로서 도덕적 의미를 가지며, 또 그것이 어떤 것이든 간에, 자신의 호불호 또는 이해관계를 초월하는 하나의 질서에 순응하게 하는 —— 자신의 이성이 수긍할 수 있는 큰 질서에 순응하게 한다는 이외의 도덕적 의미를 가지지 아니한다.

   목적과 수단의 정합성/그 도덕적 의미   그러나 역설적으로 우리는 가치 중립적 학문이 보다 통념적인 관점에서도 도덕적 의미를 갖는다는 사실을 인정하여야 한다. 베버는 사람들이 중립적 학문에 대하여, 학문이 인생을 위하여 할 수 있는 것이 무엇이냐고 물을 경우를 생각해 본다. 학문이 할 수 있는 것은 주로 사실들의 상호 연관성을 밝히는 일이다. 이에 대한 연구를 통하여, 학문은 인생을 제어하는 수단을 가르쳐 줄 수 있고 사고의 방법을 가르쳐 줄 수 있다. 좀 더 넓게, 그것은 어떤 가치와의 관련에서 목적과 수단의 관계를 밝힐 수 있다. 학문적 연구는 하나의 가치의 관점에서 선택된 목적을 위하여 필요한 수단이 어떤 것일 수 있는가를 밝혀 줄 수 있는 것이다. 또는 그것은 어떤 일정한 세계관적 입장으로부터는 어떤 행동이 나올 수 있으며 또는 거꾸로 어떤 종류의 행동으로부터는 어떤 종류의 의미만이 연역될 수 있다는 것 — 다시 말하여 이러이러한 행동이 결국 이러이러한 의미를 궁극적으로 전제하는 것이라는 것을 밝혀 줄 수 있다.

이러한 해명의 작업은 사실들의 연관 체계를 밝히는 일에 불과하면서도 커다란 도덕적 의미를 가지고 있다. 자기의 목적에만 몰입되어 있는 사람에게 그가 채택하여야 할 필수적인 수단을 알게 할 때, 그는 자신의 목적이 그러한 수단을 써서라도 달성할 만한 것인가를 묻게 될 것이다. 또는 자신의 세계관이 가져오는 행동이 어떤 것이 될 것인가를 알게 되거나, 자신의 행동의 의미가 궁극적으로 어떠한 것인가를 알게 될 때, 사람들은 그들의 세계관이나 행동을 고칠 수도 있다. 그런 의미에서, 베버는 교사가 어떤 사람으로 하여금 자신의 행동의 궁극적 의미를 드러내게 하는 데에 성공하였을 때, 그는 '도덕적 힘'에 봉사하고 있는 것이라고 말한다. 그것은 "자기 명증화와 책임감을 요구하는 [교사로서의] 의무를 하고 있는 것"이다.

목적과 수단/목적의 변용   그런데 이러한 봉사는 베버가 유보를 두면서 매우 조심스럽게 말하고 있는 것 이상으로 도덕의 핵심에 관계된다. 자신의 행동의 의미와 결과를 분명히 알고, 또 자신의 행동 전부에 대하여 책임을 지는 것은 가장 중요한 도덕의 내용일 것이기 때문이다. 어떤 사람들의 입장에서 도덕은 전적으로 명분의 정당성이나 동기의 순수함에서 찾아진다.(단순화하여 말하면 칸트의 입장도 이러한 것이라 할 수 있다.) 그리고 어쩌면 그러한 명분에서 나오는 행동이 구체적으로 가져올 수 있는 결과 — 자신의 삶과 다른 사람들의 삶, 오늘의 삶과 함께 앞으로 올 세대의 삶에 가져올 영향과 결과는 고려의 밖에 있어도 좋은 것처럼 생각한다. 도덕이 다른 사람과의 바른 관계 그리고 나의 삶의 전체와 오늘의 나의 행동과의 바른 관계를 그 중요한 내용으로 하지 않을 수 없는 것이라고 한다면, 동기가 어떠하든지 간에 그 동기에서 결과하는 행동을 고려하지 아니하는 행동이 도덕적인 것이 될 수는 없을 것이다. 다른 한편으로, 도덕은 결과로만 따질 수 있다고 생각하는 사람들도 있다.(마키아벨리로부터 마르크스 그리고 오늘의 정책 수립자에 이르는 전략적 사고가는, 그들이 도덕적 결과에 대하여 생각한다고 한다면 대체로 이러한 생각을 가졌었다고 할 수 있다.) 그러나 동기는 결과에 모순되고, 수단은 목적에 모순되는 것일 수도 있고, 또 일의 시작은 결과에 모순되는 것일 수도 있다.

그런데 모순은 그 정합 관계를 충분히 고려하려는 경우에도 일어난다. 사람의 행동이 현재와 미래의 전체적인 파악 속에서가 아니라 미지의 미래를 두고 오늘의 시점에서 결단되어야 하는 것인 한, 목적과 수단의 완전한 부정합은 다소간에 전제될 수밖에 없다. 그러는 한, 수단에 대한 도덕적 고려는, 칸트적인 정의 — 즉 도덕적 존재로서의 인간 그 자체가 목적으로서의 인간을 넘어가는 목표를 겨냥한 행동에 의하여 부정될 수밖에 없다. 또 아무리 목적의 인간을 존중한다고 하더라도, 수단이 만들어 내는 여러 중간적 결과, 또 궁극적 효과의 면을 완전히 통제할 수는 없는 일이다. 그러나 문제는 목적을 위하여 수단을 가리지 않는 경우이다. 그리고 그렇게 하여 어떤 결과를 얻었다고 할 때 그것은 참으로 목적을 달성하는 것이 되는가? 행동의 목적, 그 결과만을 생각하여 얻게 되는 열매는 무엇을 말하는가? 행동의 마지막 결과란 무엇인가?

사람의 일은 계속되게 마련이다. 한 사람이 시작한 일이 다른 사람에 의하여 계속된다는 의미에서도 그러하고, 다음 세대에 의하여 계승된다는 의미에서도 그러하다. 그리고 그럴 때마다 한 사람이 시작한 일은 그 의미를 바꾸기 마련이다. 한 사람, 한 집단의 사람들의 행동의 최종 결과는 다른 사람과 다른 세대의 수단이 되고, 그사이에 그 의미는 전혀 다른 것으로 바뀌게 된다. 목표를 향하여 일로매진하는 일이 어떠한 일을 해내는 것은 부분적인 승리, 잠시의 정지를 의미하는 것에 불과하다. 절대 권력의 압제 하에서 수많은 사람들의 피와 땀으로 이루어진, 북방의 방위선 만리장성이 오늘 중국인의 문화적 업적이 되고 관광 자원이 되고 수입원이 되는 것은 그 가장 속된 예에 불과하다. 그 반대로 자유와 평등과 정의와 인간애를 기본으로 한 혁명이 가장 비인간적인 고통의 원천이 될 수도 있는 것은 혁명에서 자주 보는 일이다. 일상적으로도 선의의 행동이 낳는 고통의 결과를 보는 것은 드문 일이 아니다. 좋은 목적을 위하여 사용되는, 반드시 좋다고 할 수 없는 수단은 삶의 무수한 모순과 좌절 속에서 결국 좋지 않은 일로 끝나 버리고 만다.

목적과 수단, 목적의 지속 등과 관련된 이러한 착잡한 불연성에도 불구하고 도덕성을 온전하게 하려는 행동이 있다는 것도 틀림이 없다. 이것은 사람이 할 수 있는 한, 동기에서 결과까지의 모든 것을 고려하고, 그러면서도 그 고려의 불충분을 무릅쓰고 행동한다는 것을 말한다. 사람의 행동은 행동의 전 경과에 걸쳐서만 그 도덕적 의미를 완성한다. 이러한 점들을 생각할 때 '자기 명증성과 책임'은 도덕의 가장 핵심이고 최소한이라고 아니할 수 없다. 어쩌면 그것은 인간의 한계 속에서의 도덕의 전부라고 말할 수도 있다.

학문의 중립성/명증성/실존적 결단 이렇게 말하는 것은 베버의 입장을 그 자신이 허용하지 아니할 정도로 확대하는 것이다. 확실한 것은 베버가 학문의 책임이 명증성에 있다고 한 것이다. 명증성이나 그것으로 인하여 가능해지는 목적과 수단 간의 일관성, 정합성 ── 베버가 말하는 과학적 태도에서 나올 수 있는 이러한 결과는 도덕적 행위의 가장 중요한 계기이다. 다만 이 계기가 도덕적 고려와 행동의 궤도로 편입되는 데에는 과학을 넘어가는 실존적 결단이 필요하다. 그러나 다른 한편으로 되풀이하여 말하건대, 도덕에의 도약은 진리의 태도에 이미 함축되어 있다. 과학적 태도의 조건들마저도 하나하나 그것에 대한 실존적 결단이 없이는 아무런 의미도 현실적 효과도 가질 수 없다. 또 그러한 명증성이 느끼게 하는 책임감이야말로 도덕성을 전제로 한 것이다. 그러나 엄밀하게 말하여 이러한 결단은, 더구나 도덕에의 도약은 우연적이어서 임의적인 것이라고 할 수밖에 없다. 이 궁극적 우연성, 임의성을 베버도 의식하고 있었다. 그는 유보와 주저 속에서 학문의 명증성의 책임으로써 도덕적 책임을 분명히 하고, 그것이 학문의 도덕에의 봉사라고 생각하였다.

6. 감정의 자발성과 도덕

도덕적 선택/감성의 선택   어찌했든 베버의 학문의 방법론이 도덕에 전혀 무관한 것이 아니면서도 그 점이 쉽게 주제적으로 파악되지 아니함은 도덕의 존재 방식에 관계된다. 여기의 주제적 파악의 어려움은 베버의 과학적 조심성으로 인한 것이기도 하지만, 가치의 탈마법화가 일어난 시대에 있어서 도덕이 존재하는 방식이 그러한 숨음의 방식이기 때문이라고 할수도 있다. 숨는다는 것은 사실성과 그 엄밀성 속에 숨는다는 말이다. 이것은 과학의 시대에 도덕이 존재하는 방식이기도 하고, 위에서 설명한 대로 도덕의 건전성을 위하여서도 필요한 것이다. 앞에서 말한 진리를 위한 결심도 사실 도덕적 성격을 가지고 있지만, 이것은 그러한 결심의 차원에서 보다도 사실 존중의 과학의 근본 전제로부터 정당화되는 것이었다.

그런데 이것은 또한 도덕 또는 정신적 가치의 선택이 그러한 사실의 세계보다는 조금 더 감성의 영역에 존재하기 때문이기도 하다. 감성에는 드러나서 존재하는 방식이 있고 숨어서 존재하는 방식이 있다. 이 점에 대해서도 베버가 어떠한 상정을 안 한 것은 아니라고 할 수 있다. 베버식 사고에서 우리가 끌어낼 수 있는 것은 도덕이 사람의 기본적인 기능의 하나이지만, 그것은 적극적인 것으로보다는 수동적인 감성에 비슷하게 존재한다는 인식이다. 이러한 수동적 측면에서만 감성은 어떤 의미에서 사실의 확실성에 가까이 갈 수 있다. 그것은 과학의 시대에 감성이 존재하는 방식일 뿐만 아니라, 감성이 참으로 그 자발성 속에서 존재하는 방식이다. 이것은 도덕의 전부를 말하는 것은 아니지만, 도덕과 도덕 교육의 문제를 생각할 때 반성해 보아야 할 주제 중의 하나이다.

다시 베버로 돌아가, 그가 목적과 수단의 상관관계를 말하면서 그 사이의 관계가 명시될 때 사람들이 그들의 목적을 재고할 수도 있다고 한 것은 무엇을 뜻하는가? 그러한 재고의 동기는 무엇인가? 여기에 전제되는 것은 사실적 이해관계의 관점에서 지출해야 하는 대가의 크기가 너무 커지면 사람들이 당초의 행동 목표를 바꿀 수 있을 것이라는 것이다. 여기에 관계되는 것은 냉정한 공리적 계산으로 보인다. 그러나 그것이 전부일까? 사람들이 그 행동의 전체적인 경과를 바르게 알게 될 때, 그 앎이 새로운 도덕적 반성을 유발할 것이라는 것을 베버가 전제하였다고 할 수는 없는 것인가? 새로운 앎이 사람들의 책임감을 유발할 것이라는 그의 말은 앎을 통한 도덕적 각성의 가능성을 배제하는 것은 아니라 할 수 있다. 다만 그것은 사실에 밀려서 저절로 일어나는 성질의 것으로 해석할 수 있다. 이와 관련하여 우리는 이성적 고려가 들어가지 아니하는 경우에도 인간성에는 어떤 직접적인 반응의 기제가 있다는 것을 생각해 볼 수 있다.

인간성의 직접성/도덕적 직관 도덕 등의 가치 선택에 있어서 종교적 또는 다른 종류의 선험적 근거가 분명하지 아니한 때에도 도덕의 근거는 인간성에서 찾아지는 것을 본다. 이것은 반드시 사고의 단절을 말하는 것이라기보다는 인간성에 대한 통찰을 드러내는 것이다. 소크라테스는 철저한 이성주의자이지만, 어떤 행동을 하려고 할 때 그것에 대하여 안 된다고 금지의 명령을 발하는 내면의 다이몬의 존재를 말한 일이 있다. 이것은 조금 더 복잡한 이야기이지만, 루터가 자신의 신앙을 지키는 데 있어서 최후로 밝힌 입장은 그로서는 "달리 행동할 도리가 없다."라는 것이었다. 동양 철학의 전통은 일찍부터, 그것을 다시 형이상학적 근거에 연결시키려는 노력이 없지 아니한 대로, 인간성에서 도덕의 근거를 찾으려 했다.

가령 맹자는 인간 본성 내에 있는, 그렇게 아니할 수 없는 마음, 불인지심(不忍之心) ─ 가령 우물에 빠지려는 아이를 충동적으로 부여잡는 행위 같은 데서 측은지심(惻隱之心)의 근거를 발견하고 그것을 인간 유대의 인성적 근거로, 도덕의 근거로 삼았다. 맹자가 지적한, 사람이 느끼지 아니할 수 없는 도덕적 충동은 사람의 본성이 도덕적이라는 불변의 사실을 말한 것으로, 그러니만큼 오늘도 수긍할 수 있는 인간적 항수에 대한 경험적 근거를 제시한 것이다. 그러나 사람들은 맹자의 이러한 지적이 인간의 도덕적 충동을 최소한도의 부정적인 한계로서 설정하는 것으로부터 긍정적인 원리로 전환한다는 점에서 의견을 달리하게 된다. 즉 이 불인지심이 인의예지(仁義禮智)가 되고 다시 오륜(五倫)이 되고 다시, 그러한 인륜 관계의 한 구체적인 예로서, 부모의 죽음에 3년상을 지낸다거나 여막(廬幕)에서 5개월을 지낸다거나 하는 점에 이르러는 많은 사람들이 또는 시대에 따라 의견이 달라질 수밖에 없다.

부정의 소리에서 긍정의 규범으로　동양 윤리학이 설득력을 상실한 것은 원초적, 도덕적 감성의 가변적 표현 가능성을 지나치게 고정된 형태로 ─ 한 사회에서 그 사회의 여러 제도와의 일체적 관계 속에서만 현실적일 수 있었던 형태로 고정시킨 데 있다고 할 수 있다. 그러나 여기에서 중요한 것은 어떤 도덕적 요청의 정당성 여부보다도 그러한 정당성의 보편성 — 인간성의 관점에서의 보편성이고, 그것이 확인되는 확실한 방식이다. 앞에서 맹자의 당초의 직관이 보여 주는 것은 그것이 부정적으로만 확실한 것으로 존재한다는 점이다.(소크라테스의 다이몬도 이러한 부정의 원리이다.) 그리고 또 그것은 적극적 규정을 가지고 있지 아니한 만큼 보편적이다. 베버에 함축된 접근 방법도 맹자의 부정적 논법에 비슷한 것이다. 도덕적 인식은 그에 있어서 어떤 사실 전체에 대한 반응으로만 존재한다. 그러나 그러한 반응의 보편성은 명백히 표현되지 아니한 대로 어느 정도 인간성의 항수적(恒數的) 요소로 상정될 수 있는 것이다.

부정의 도덕 이러한 부정적 한계 이외에 학문 또는 과학의 관점에서 적극적인 의미의, 필연적인 도덕이나 윤리가 존재할 수 있는가? 이미 말한 바와 같이 베버는 인간의 마음속 깊이 자리 잡고 있는 도덕적, 정신적 또는 종교적 욕구 자체를 부정하지는 아니하였다. 다만 거기에서 나오는 어떤 구체적인 선택을 과학적으로 근거 지을 수 있다는 것을 회의한 것이다. 이 회의는 한편으로는, 되풀이하건대 사실에서 가치에로의 번역이 불가능하다는 생각에서 연유하는 것이지만, 다른 한편으로는 그것은 오늘이 다원적인 가치의 세계이며 여러 가치 중에서 하나의 가치만을 선택하는 일은 독단론에 이르며 사회적 억압이나 갈등의 원인이 된다는 인식으로 인한 것이기도 하다.(물론 되풀이하건대 이것도 가치의 선택이다.) 그렇다면 학문적으로, 즉 가치의 선택에 관계없이 확인할 수 있는 것은 아닐지라도 비교적 확실한 것으로 말할 수 있는 것은 불인지심, 부정적 도덕감에 극히 가까이 있는, 자연적으로 촉발될 수 있는 도덕적 감성의 최소한이다. 여기에서 조금 더 나아간다면 생명의 권리, 오늘날 세계적으로 보편적 인간의 권리로 확인되어가고 있는 인권, 거기에다가 자연법 사상에서 천부의 권리로 말하여지는 것 가운데 자유나 평등, 제도화 이전의 공동체와 복지에 관계된 사회 원리 등이 직접적으로 또는 거의 직접적으로 받아들여질 수 있는 도덕적 가치들이 아닌가 하는 생각이 든다.

감성의 존재 방식　그러나 다시 말해 여기에서 중요한 확인 사항은 감수성이 사실에 의하여 그때그때 촉발된다는 사실이다. 이것은 도덕적 감수성의 존재 방식에 대한 중요한 관찰에 이어지는 사실이다. 이로부터 우리는 도덕의 기초가 되는 것이 감성 또는 일반적으로 마음의 자발성이라는 것을 재확인하게 되는 것이다. 다시 말하여 도덕의 핵심을 이루는 것은 어떤 덕목에 대한 규칙이 아니라, 근원적이고 보편적인 도덕적 감수성의 존재이다. 감수성은 사실에 의하여 촉발되면서도 그 촉발 자체는 외적으로 통제될 수 없다. 그것은 한편으로는 철저하게 수동적이어서, 사실에 의존하는 것이면서, 또 강요될 수 없게 자유로운 것이다.

이러한 도덕의 근원으로서의 수동적이며 자발적인 감성의 중요성은, 이미 비친 바와 같이 다원적 가치의 시대, 그에 따른 갈등으로 인하여 도덕이 쉽게 그 반대로 전락하기 쉬운 시대에서 특히 환기할 필요가 있는 것이지만, 또 어느 시대에서나 많은 도덕 교사가 도덕적 심성의 발전을 위하여 필요한 것으로 강조한 것이다. 베버가 사실을 알면 거기에서 도덕적 책임이 나올 수 있다고 생각한 것은 (G. E. 무어의 말을 빌려) 이러한 감성의 '불가항력성'에 대한 서구의 심리학의 가정을 받아들인 때문이라고 할 수 있다. 맹자의 불인지심에 대한 관찰도 도덕적 감정의, 사실적 촉발에 의한 자연 발생적 성격을 말한 것이다. 전혀 다른 방향의 전개가 있었음에도 불구하고 이것은 성리 철학의 인성론에 대체로 들어 있는 것이지만, 외적으로 표현된 규범이 아니라 자연 발생적 도덕의 내적 근거로서 마음을 강조한 왕양명(王陽明)의 다음과 같은 발언에서도 잘 표현되어 있는 것이다. "아버지를 섬김은 아버지에게서 효라는 규칙을 구하는 것이 아니며, 임금을 섬김은 임금에게서 충의 원리를 구하는 것이 아니다. 벗을 사귀며 백성을 다스림은 신의와 인을 구하는 것이 아니다. 모든 것은 마음에서 온다. 마음이 근본이다."(『전습록(傳習錄)』)

사실과 도덕 교육　도덕적 감성의 이러한 기묘한 존재 방식은 도덕 교육에 깊은 의미를 갖는다. 이것은 도덕 교육이 도덕의 규칙을 주입하는 것이 아니라 도덕의 마음을 일깨우는 것이라는 것을 말하여 준다. 또는 오늘의 사실의 시대에서 마음은 교육하는 것이 아니라 보존하고 기르는 것이 중요하다는 것을 다시 생각하게 한다. 이 기름은 사실을 사실대로 밝히는 일과 밀접한 관계에 있다. 앞에서 말한 바와 같이 사실의 단초와 결과를 안다는 것은 도덕적 책임의 중요한 계기를 이룬다. 도덕적 감수성은 사실에 의하여 촉발되고, 일반적으로 사실적 명증성은 도덕의 내용을 이룬다.
　그러나 사실에 대한 개방성만을 말하는 것은 감성의 수동성만을 지나치게 강조하는 것이고 그 자발성을 잃어버리는 것이다. 사실에 의하여 촉발되는 마음은 사실에 대하여 도덕적 반응을 보일 뿐만 아니라 그것을 미리 준비된 상태로 지녀 가질 수도 있다. 인식의 대상은 수동적으로 우리에게 주어지는 것이라기보다는 관심에 의하여 구성된다. 도덕적으로 의미를 가지게 될 사실들도 도덕적 감성에 의하여 구성된다고 할 수 있다. 그러나 도덕의 간섭이 사실의 명증성을 해친다는 것도 틀림이 없는 까닭에, 사실 구성의 주관적 원리로서의 도덕적 관심은 가장 절제된 방식으로서 투명하게 존재하여야 한다. 하이데거가 진리에 필요한 태도로서 말한 '뜨거운 수동성'과 같은 것이 필요한 것이다. 그러나 이것이 좁은 열도만을 의미하는 것은 아니다. 그것은 가장 넓은 지평의 도덕적 관심을 유지하며, 그 관점에서 사실적 명증성——물리적 사실, 사회적 현실과 함께, 현실 속에서 현실적 결과를 가져올 것임에 틀림이 없는 개념이나 이상 또 가치와 도덕적 규범까지도 포함하는 사실성에 대한, 명증성을 뜨겁게 의지하는 것이라야 한다. 대학에서의 도덕적 탐구 또는 도덕 교육이 있다면 그것은 이와 같이 복합적으로 존재하는 것일 것이다.

7. 오늘의 도덕과 인간성의 이상

진리의 상황 가변성 구체적으로 이러한 도덕 교육 그리고 도덕에 대한 탐구가 어떻게 이루어질 수 있는가? 도덕 교육은 학문이 목표로 하는 사실에 대한 명증성으로부터 시작된다. 우리는 더러 도덕이 마치 학문과 별개의 것으로 따로 어떤 특별한 통로를 통하여 전수되는 것처럼 말하여지는 것을 듣는다. 이것은 학문과 도덕을 잘못 이해하는 것이다. 학문의 객관적 기율은 이미 도덕적 훈련이며, 또 그것이 충분한 것은 아니라고 하더라도 적어도 그것은 도덕의 필수 요건이다. 학문 안에서 일어나고 있는 이러한 도덕적 실천은 반성적 사고를 통하여 쉽게 도덕적 탐구로 바뀔 수 있다. 학문의 도덕성은 진리에 대한 절대적인 헌신을 말한다. 이것은 진리의 권위에 대한 복종, 또 진리를 위한 방법과 절차에 대한 존중을 말하면서, 다른 한편으로는 그 공동체적 관련과 과학적 진리의 가변성을 인정하는 것을 말하고, 이 절대성과 가변성의 바탕으로서의 이성적 인간의 자유를 인정하는 것을 말한다. 이러한 태도들이 도덕적인 것이 아니라면 무엇이 도덕적인 것이겠는가.

과학적 진리의 가변성은 개인적 이성의 한계로 인한 것만은 아니다. 그것은 조금 더 적극적인 의미에서 진리의 일부이다. 특히 사회적 삶에 관계되는 진리는 다양하고 유동적이다. 이 유동성의 원인의 하나는 행동의 원인이 되고 장(場)이 되는 사실의 세계에 있다. 이것의 변화가 우리가 필요로 하는 진리를 가변적인 것이 되게 한다. 사람의 삶은 사실성에 규정되면서도 이에 대하여 모호하고 불투명한 관계를 가지고 있다. 사람도 이 사실성의 일부이기 때문에, 단지 그 일부라는 것만으로도 그것과 일체성을 가지고 있으며 또 직관적 이해를 가지고 있다고 할 수 있으나, 그 사실성은 늘 새로 정립되고 이해되어야 하는 생존의 조건이 되고 인간적 관심에 의하여 새로 구성된다는 것을 말한다. 또 여기에 주요한 요인이 되는 삶의 행동의 동기는 얼마나 착잡한가. 그중에도 인간이 단독으로 또는 집단적으로, 의식적으로 또는 무의식적으로 만들어 내는 삶의 조건의 변화는 가장 예측하기 어려운 것이다.

　　인간성과 상황의 항수　그러나 이러한 것들을 학문적으로 전혀 이해할 수 없는 것은 아니다. 사람의 행동은 이론적으로 말하여 인간 행동의 동기 체계에 의하여 결정된다. 이 동기 체계는 시대와 삶에 따라서 다르기 마련이다. 그러나 이 동기 체계가 완전히 유동적인 것은 아니다. 그것은 유동적이면서도 어느 정도는 유형적으로 파악될 수 있는 가치 체계에 의하여 구성되고, 그것은 논리적 서열 구조를 가지고 있어서 어느 정도까지는 가장 높은 가치로부터 시작하여 이해될 수 있다. 물론 인간 행동의 동기나 동기 속에 스며 있는 가치가 분명한 것은 아니다. 이것을 논리적으로 구성할 수 있다는 생각은 학문의 방법론적 가설이라고 하겠으나(베버의 '이념형'은 그러한 논리적 구성의 한 예이다.), 그것은 어느 정도는 경험적인 사실이기도 하고, 또 학문적 연구가 해명 또는 구성해 냄으로써 인간의 현실적 삶에 도움을 줄 수 있는 사항이기도 하다. 사람들은 이 논리적 명증화를 통하여 스스로의 삶을 일관성 있게 사는 데 도움을 얻을 수 있고, 자신의 동기의 여러 결과에 대한 전체적인 판단을 가지고 행동에 임할 수도 있다. 동기가 착잡하고 변화 속에 있는 만큼 인간 행동의 사실적 결과들도 서로서로 모순과 갈등의 관계에 들어갈 수 있다. 학문의 명증화 작업은 인간 행동의 동기와 가치에 대한 일관된 구성에 더하여, 여러 다른 동기와 가치에 따른 행동의 여러 다른 사실적 결과의 체계를 드러내어 보여 줄 수 있다. 이러한 테두리 안에서 학문적 태도는 인간의 행동의 다양성과 유동성을 일정한 합리성 속에 파악할 수 있고, 그 안에 가두어 놓을 수 있다. 물론 그럼에도 불구하고 존재하는 유동성은 늘 새롭게 존중되어야 한다. 그러나 그것은 학문을 부정하는 것이 아니라 학문적 노력의 쉼 없는 지속을 요구한다. 학문은 이러한 유연한 노력으로써 진리에 봉사한다. 그리고 도덕과 윤리의 보조 역할을 한다.

보편성의 선택   지금까지의 우리 이야기는 대체로 앞에서 언급한 학문적 연구의 사회적 기여에 대한 베버의 생각에서 크게 다르지 않다. 그러나 베버는 그다음의 문제인 최종적인 가치 선택의 문제는 학문적으로 다룰 수 없다고 한다. 이론적으로는 그러하다 하겠지만 이미 말한 바와 같이 베버도 행동의 결과에 대한 명증한 이해가 직관과 감성의 차원에서 도덕적 책임을 유발할 수 있다는 점은 인정했다. 우리는 더 나아가 좀 더 분명하게 행동과 동기의 결과에 대한 이론적 이해는 여러 동기와 가치 그리고 행동의 유형 가운데 가장 보편적인 것을 선택하는 일로 연결되는 것이라고 말할 수 있지 않을까 한다. 이것은 사회적 평화 — 서로 다른 동기와 이해관계를 가진 사람들이 평화적으로 공존하는 것이 중요하다는 관점에서 불가피한 선택이다. 특히 우리 사회처럼 갈등이 첨예화되어 있는 곳에서는 그러하다고 말할 수 있다.

보편성의 사회적 성격   이렇게 말하면서 여기의 보편적 선택이 사회적이라는 점을 간과하여서는 아니 된다. 즉 그것은 사회 내에서의 평화적 공존의 관점에서만 행해지는 선택이기 때문에 사람들이 가지고 있는 개인적인 선호는 이 문제에서 제외되어 마땅한 것이다. 자유주의의 신념 — 공적인 의무와 사적인 자유를 구분하는 자유주의의 신념은 정당한 것이다. 그러므로 보편성의 입장에서의 사회적 선택은 한편으로는 강제성을 띤 선택이면서, 다른 한편으로는 최대한도로 타협과 관용성을 허용하는 것이 되어야 한다. 그러면서도 이러한 선택이 곧 절대적인 의미에서의 사회 평화를 의미하는 것은 아니다. 이러한 보편적 선택 또한 현실 속에서는 다른 특수한 선택에 대하여 억압적 관계를 가지게 되고, 그 사회적 실현은 투쟁을 통할 수밖에 없다. 그리고 보편성의 선택 자체가 본래부터 순수한 것일 수 없는 것이 인간성의 우여곡절이라고 할 수 있으므로 어떤 경우에나 선택의 보편성은, 투쟁을 통하여 현실 세력으로 성장함으로써 비로소 스스로의 보편성을 증명해 보인다.

사회적 상호성 그런데 투쟁은 갈등을 의미한다. 그렇다는 것은 이 보편성이 진정한 의미에서의 보편성이 아니라는 말이 된다. 그럼에도 그것은 사회 평화의 관점에서 이해관계의 휴전 내지 균형을 확보하는 어떤 총체적 질서이다. 또는 조금 더 적극적으로 말하여 그것은 최대 다수의 최대 행복이라는 공리주의 공식으로도 말하여질 수 있다. 그러나 다른 보편성도 존재한다. 그것은 외적으로 집계되는 것이 아니라 적어도 자발적인 동의에 근거하는 것일 수 있다. "당신의 행동의 원리가 보편적인 규범이 되기를 원하는 것처럼 그렇게만 행동하라."라는 칸트의 지상 명령이 말하는바 보편성이 그러한 것이다. 이것은 단순한 이해타산과 힘의 균형 등의 총화로서 도출될 수 있는 것이 아니다. 그것은 힘이나 다수와 관계없는 외로운 결정 속에서도 준수될 수 있다. 그것은 인간론적 전제로부터 직접적으로 나오는 것이다. 이 인간론은 인간성 안에 강박적인, 그러면서 스스로의 내면적 요구이기도 한 피할 수 없는 보편성의 인식과 의지를 인정한다. 칸트 식으로 말하면, 모든 사람은 단순한 수단이 될 수 없고 그 자체로 목적이라는 것, 이 목적으로서의 인간의 가장 큰 특성은 자유라는 것, 그리고 이 자유는 스스로, 보편적 법칙, 즉 지상 명령에 순응하는 것을 포용하거나 바로 이 지상 명령의 준수에서 가장 뚜렷하게 실현된다는 것 등이 전제하는 것이다.

이러한 인간론의 문제점들은 많이 지적된 것이지만 이러한 인간 이해의 경험적 근거가 없는 것은 아니다. 즉 우리는 우리 자신 안에서 규범적인 것에 대한 느낌을 인지할 수 있고, 또ㅡ이것은 일정한 훈련을 필요로 하는 것으로 보이지만ㅡ이 규범적인 것에서 자신의 정체성의 핵심을 발견할 수 있다. 그러나 보다 현실적으로 우리가 알 수 있는 것은 인간의 상호성이다. 즉 역지사지(易地思之)할 수 있는 능력은 사람의 생득적인 능력이라고 할 수도 있고, 또는 성장의 사회적 조건으로 하여 거의 생득적인 것처럼 가지고 있는 능력이라고 할 수도 있다. 이것은 어떤 규범적인 것이 상정되지 않는 환경에서도 사람과 사람의 관계에서 작용하는 것이고, 인간관계에서의 도덕적 관계의 기본이 되는 것으로서, 더러는 칸트가 말하는바 도덕적 보편성의 실현을 위한 바탕이 되는 것이라고 할 수도 있다.

이성과 감성 참다운 도덕적 사회는 칸트적 의미에서의 보편성이 행동의 기준이 되어 있는 사회일 것이다. 어떤 관점에서는 모든 사람을 그 자체의 목적으로만 간주하는 방식으로 행동하라는 것은 너무나 엄격한 요구일는지 모른다. 그러한 지상 명령에 따라서 사는 사람들만이 있는 사회는 지나치게 엄격하고 엄숙한 나머지 삭막한 사회가 될 수도 있을 것이다. 다른 사람과의 관계에 있어서 우리를 도덕적으로 맺어 주는 것은 단순히 이성적인 것이 아니라 감성적 작용일 경우가 많다. 18세기의 영국의 철학자들이 도덕의 기초를 도덕적 감성(moral sentiment)에서 찾은 것은 경험적 사실에 입각한 태도이다. 도덕적 행동을 위하여 필요한 것은 보편성을 지향하는 이성적 능력 이외에 보다 직접적으로 다른 사람과 교감할 수 있는 도덕적 감성이다.(칸트는 이에 회의를 느끼고 도덕을 보다 확실한 이성의 기초 위에 확립하고자 하였다.)

자아실현   그러나 이성적으로든 감성적으로든 도덕적으로 살라는 것은 늘 남을 의식하고 남에게도 모범이 되도록, 또 사회 전체를 위하여 살라는 것으로 들린다. 나는 남을 위하여서만, 사회를 위하여서만 존재하는 것인가? 나의 삶의 의미는 무엇인가? 또 내가 남을 위하여서만 존재한다는 것이 가능한 것인가? 이러한 질문에 대하여 다시 한 번 우리는 보편적 규범의 실천은 단순히 밖으로부터 오는 명령에 복종하는 것이 아니라는 점을 상기하라고 말할 수 있다. 이것은 일단 칸트적인 지상 명령에 따르라는 것이다. 다만 그것은 조금 덜 엄격하여 인간성의 보다 넓은 측면들을 포함할 수 있는 것으로 생각할 수 있다. 그것은 나의 내적 요구에 충실하는 것이고 나를 완성하는 것이다. 도덕적 감성이라는 것도 단지 다른 사람에 대한 동정이나 자비를 말하는 것은 아니다. 그것도 내 안에 있는 요구로 작용한다. 그것은 충족되어야 할 어떤 것이다. 또 그것은 그 자체로 만족할 만한 것이고 또 나의 실현의 내용을 이루는 것이다.(도덕적 행위가 쾌감을 준다고 하여 인간 행위 일체를 이기적 계산의 소산으로 보려는 입장도 생겨난다.)

도덕 밖의 충동/억압/권력   도덕적 삶에서 거기에 포함되지 않는 다른 삶은 어떻게 되는 것인가? 내 안에는 도덕적 의지 —칸트의 경우에 이성에 의하여 매개되는 도덕적 의지 또는 사회적으로나 이성적 입장에서나 긍정적으로 받아들일 수 있는 감정만이 있는 것은 아니다. 나의 이익, 나의 욕망은 어떻게 할 것인가. 그러한 것들은 이성적 도덕을 위하여 억제되고 억압되는 것이 마땅한가. 어느 정도의 이익과 욕망의 억압 없이는 사회는 성립하지 않는다고 할 수 있다. 이 억압을 거부할 때 최소한도의 인간적 생존도 어려워지는 상태가 일어난다고 할 수 있다. 그러한 의미에서 문명의 대가는 영원한 불만족이다. 이렇게 말하면서 알아야 할 것은 억제와 억압이 있다는 것을 분명하게 인정하는 것이다. 그것은 늘 당대의 사회에서 불가피한 것인가 아닌가 하는 관점에서 새롭게 가늠되어야 한다.

어떤 사람들은 사람의 개인적 욕망이 완전히 없어질 수 있는 것으로 말한다. 그러나 그러한 이상은 그것이 다른 형태로, 그러기 때문에 더 병적으로, 왜곡된 형태로 존재하게 할 뿐이다. 그 하나는 위선이다. 억압된 욕망은 위선의 그늘에서 충족된다. 그러나 그것보다도 더 두드러진 것은 욕망이, 그것이 어떤 것이 되었든지 간에, 하나의 개인 의지로 승화, 집중되는 것이다. 사회의 강한 집단적 요구의 압력하에서 개인의 모든 노력은 의지에 의한 자기 억제, 자기 억압에 집중된다. 이 의지력의 존중은 사회적으로 확산된다. 사회의 모든 노력은 욕망의 통제 —— 나의 욕망의 통제와 함께 다른 사람의 욕망의 통제에 집중되고, 결국은 사회는 다른 사람의 통제를 위한 투쟁의 공간으로 바뀐다. 사용되는 수사와 명분은 도덕이지만, 도덕은 권력 의지의 가면이 된다. 사회적 관점에서의 도덕이 가장 강하게 말하여지는 곳 —— 사회주의 사회에서, 청교도 시대의 미국이나 칼뱅이 지배하던 제네바에서, 또는 조선조의 도덕과 예의의 사회에서 충동의 억압은 일반화된 억압과 싸움과 위선의 원인이 되었다. 이러한 사회에서 도덕은 억압된 개인들의 대인(對人) 투쟁의 수단이 된다. 사회성이 강조하는 사회는 이렇게 하여 불화와 갈등으로 찬 폭력적 사회로 바뀐다.

두 가지의 자기애 미국의 철학자 에머슨은 도덕적인 사람들이 생각하는 것처럼 세상은 직선으로 이루어진 것이 아니고 원으로 되어 있어서, 얼음이 불타고, 악이 축복을 가져올 수도 있다는 것, 즉 악과 선이 돌고 돈다는 것을 말한 일이 있다. 인간 생존의 두 극으로서 개인과 사회의 구분도 확연한 것이 아니다. 사회적인 것이 개인적인 것으로, 개인적인 것이 사회적인 것으로 되는 것이 인간사이다. 앞에서 사회적인 것이 개인적 권력 의지의 가면이 된다는 것을 말하였지만, 개인적인 것은 사실 사회적인 것에 의하여 강하게 개인적인 것이 된다.

루소는 사람의 자기에 대한 애착을 두 가지로 나눈 일이 있다. 하나는 자기 자신의 분명한 필요에서 나오는 자기에 대한 애착이다. 분명한 것은 생물학적 필요이다. 여기에는 먹고 자는 것 이외에 우리의 감각적, 관능적, 감정적 요구도 포함되어야 할 것이다. 또는 더 나아가 루소가 그렇게 생각한 것 같지는 아니하지만, 보다 문화적인 욕구도 그것이 사회에 관련된 것이 아니라 진실로 자신의 내면에 있는 욕구나 이러한 원초적인 자기애에 속하는 것으로 볼 수도 있다. 루소가 말한 또 다른 의미의 자기에 대한 애착은 사람의 사회관계에서 온다. 즉 다른 사람이 자기를 사랑하기를 바라는 것이다. 그것도 그 다른 사람이 자기 자신을 사랑하는 이상으로 나를 사랑하기를 바라는 것이다. 사람들의 사회적 지위와 명예에 대한 추구는 모두 여기에 관계되어 있다. 또 더 나아가 사람들은 이러한 것이 불가능할 때, 이익과 두려움으로 다른 사람과의 관계를 얻어 내고자 한다. 오늘날 사람들의 이기주의는, 극단적인 빈곤 상태의 경우를 제외하고는, 생물학적 또는 내적 필요에서 나오는 자기애(amour de soi)보다는 허영에서 나오는 자기애(amour propre)에 그 동력이 있다고 할 수 있다. 소비 사회에서 모든 허영의 소비, 생활과 관련이 없는 무한한 돈의 추구, 생물학적 의미의 자기 보호라는 관점에서는 이해되지 않는 명예와 권력의 추구는 루소가 건전하지 못하다고 본 자기애에 관계되어 있다. 사실 오늘날 도덕을 말하는 사람들이 규탄하는 이기심이란 많은 경우 사회적으로 자극된 이기심이며, 또 사회적 욕구인 것이다.

욕망과 도덕 이렇게 말하고 보면, 앞에서 말한바 나의 삶에서 이성적으로, 또 감성적으로, 도덕적으로 간주할 수 없는 나의 이익과 욕망은 어떻게 할 것인가 하는 질문은 역설적인 답변을 가질 수 있다. 그것은 진정한 이익과 욕망은 차라리 도덕의 기초가 된다는 것이다.(물론 진정한 이익과 욕망이 무엇인가가 문제이다. 그것이 사회적으로 자극되는 것과 일치하지 않는 것은 분명하다.) 우리의 이익과 욕망은 도덕의 왜곡을 방지하기 위하여 충족되어야 하는 선행 조건이라고 할 수 있다. 또 그것은, 모든 도덕과 윤리에 대한 논의가 비논리적일망정 전제하여야 하는 생명의 존중 ─ 궁극적으로는 모든 있는 그대로의 생명의 긍정의 기초라고도 할 수 있다. 나의 생명의 원초적 움직임으로서의 나의 이익과 욕망에 대한 긍정이 없이 어떻게 다른 사람과 다른 생명체, 그들이 가지고 있는 그들 나름의 이익과 욕망에 대한 동정과 교감이 가능할 것인가. 이렇게 말할 때 전제되어 있는 것은 나의 이익이나 욕망이 나의 생명에 관계되어 있다는 것이다. 자기 보존에 관계되는 필요와 욕구가 생명 현상의 일부인 것은 분명하다. 나머지는 사회적 또는 문화적으로 일어나든, 아니면 또 다른 어떤 요인에서 기원하든, 반드시 생명 현상의 일부만이라고 할 수는 없다.

욕망의 변용 그러나 다른 한편으로 사람의 원초적 욕구 자체가 이미 원초적인 형태의 것이라고 할 수는 없다. 사람이 먹어야 하는 것은 사실이나 사람은 먹기는 먹되 사람처럼 ─ 대체적으로는 사회와 문화에서 정의하는 인간적 기준에 맞게 먹기를 원하는 것이다. 원초적인 것과 사회적 또는 문화적인 것이 분명하게 나누어질 수는 없다. 원초적인 것 자체가 문화적으로 정의된다. 그리고 그것은 요리와 요리의 예절의 발달에서처럼 무한히 확대될 수 있는 것이다. 문제는 그것이 인간 삶의 총체성 속에서 — 개인과 사회의 삶 속에서 조화될 수 있는 요소로서 존재할 수 있는가이다.

그런데 원초적 욕망의 사회적, 문화적 변용을 생각할 때 그 변용의 가능성 자체가 인간이라는 생명 현상의 일부임을 인정하지 않을 수 없게 된다. 뿐만 아니라 얼핏 보기에는 생명 현상과는 관계를 갖지 아니하는 듯한 욕망 — 극단적으로 금력과 권력과 관능의 모든 추구, 우리 사회에서 통속적으로 인정하는 무한한 인간의 욕망까지도 인간이라는 생명 현상의 일부가 아니고 무엇이겠는가. 다만 조금 전에 말한 바와 같이 문제는 이러한 것이 조화를 이룰 수 있느냐 하는 것이다. 그때그때의 욕망은 비록 우리 자신의 안으로부터 나온 것이라고 하더라도, 참으로 나의 생명의 신장에 관계되는 것이 아닐 수도 있다. 돈에 대한 나의 필요가 참으로 또 늘 삶의 필요와의 관련을 유지하는 것인가. 또는 나의 명예욕이 한편으로는 나의 깊은 삶의 충동에 이어지고, 다른 한편으로는 공동체적 지원과 사랑에 대한 깊은 욕구에 이어진다고 할 수 있는가. 이러한 질문에 대한 답변이 반드시 부정적이어야 하는 것은 아니다.

문제는 욕망이 깊고 넓은 뿌리를 상실하고 하나만의 강박이 되고, 병적 성장을 이룰 수 있다는 데에 있다. 나의 도덕적 자긍심도 나의 삶의 정신적 근본에 대한 깊은 걱정과 다른 사람의 삶에 대한 구체적인 관심으로부터 유리되어 허영의 자기애, 단순한 자기 주장에 떨어질 수 있다. 욕망들 사이에는 어떤 심층적인 질서가 있다고 할 수 있다. 나의 욕망은 이러한 점에서도 문제가 될 수 있다. 내가 지금 원하는 것은 나의 삶의 실현에 있어서 충분히 근본적인 것인가. 이러한 욕망의 내면적 관계와 의미를 떠나서 다른 문제는 우리가 원하는 일들이 서로서로 모순 갈등을 일으킬 수 있다는 데서 일어난다. 이것은 욕망의 차원에서도 그러하지만, 그 욕망 실현의 현실적 수단의 차원에서 특히 그러하다. 우리의 여러 욕망, 여러 사람의 욕망, 또 욕망의 현실적 수단 사이에 조화가 있지 아니하면 우리는 아무것도 이루어 낼 수 없는 교착 상태에 빠질 것이다.

조화의 소망/심미적 형성　그러나 조화의 문제는 이러한 갈등 조정의 문제로만, 기능상의 문제로만 존재하는 것은 아닌 것으로 보인다. 그것은 사람에게 본능적인 질서의 느낌으로 나타나고, 또 심미적 만족감으로 나타난다. 여기의 느낌은 수동적인 향수에서만 오는 것은 아니다. 그것은 질서 또는 미적 질서를 만들어 나가는 데서 오는 형성의 쾌감을 포함한다. 이 형성은 우선 자기의 욕망을 제어하려는 노력으로 나타난다. 그것은 동시에 욕망 실현의 장으로서의 현실을 향하는 것이기도 하다. 그것은 자기에 대해서나 세계에 대한 적극적인 작용이면서, 동시에 수동적으로 자기 자신의 욕망과 세계의 맞부딪침을 즐기는 수동적 행위이기도 하다. 그런데 이 맞부딪침은 이성적 질서나 미적 형상 속에서 일어난다. 그것은 나의 작업의 산물이면서 객관성에의 순응이다. 이 후자의 면에서 세계는 법칙적 규칙성과 형상으로 가득한 것으로 보인다.

세상의 근본 원리 — 공간의 제약을 비롯한 제약과 새로운 시작으로서의 형성적 노력이 만나는 것은 이성적이며 미적인 형상을 통하여서이다. 그 만남의 모양이 고정되어 있는 것은 아니다. 세계의 법칙성과 형상성은 새로운 형성의 가능성일 뿐이다. 그리하여 새로운 법칙과 형상은 끊임없이 새로 태어난다. 어쩌면 이러한 세계와의 창조적 해후는 뛰어난 과학자나 예술가들에게만 허용되는 것인지도 모른다. 그러나 창조적 과학자나 예술가들의 발견은 적어도 우리에 의하여 새롭게 추체험될 수 있다. 그러면서도 그것은 외부적으로 부과되는 것이 아니라 안으로부터 체험되는 것이다. 안으로 느끼는 것이 없이 어떻게 과학의 정열이나 예술의 감동을 알 것인가. 그것은 진정한 의미에서는 밖으로부터 소유될 방도가 없는 내적 가치이다. 그런 정도만큼은, 즉 세계의 의미가 내적으로 소유될 수밖에 없다는 만큼은, 우리는 세상에 대하여 늘 창조적 관계를 가지고 있다. 이러한 세상과 사람의 만남에서 우리는 세상과 하나가 된다. 유럽의 낭만주의자들이 예술 작품 그리고 창조적으로 생각되는 이성의 작업에서 사람의 주체적 원리와 객관적 세계가 하나라고 한 것은 이러한 점을 말한 것일 것이다. 사람은 이성적 보편성에서 세상과 하나이고, 궁극적으로는 공자가 수신(修身)의 최후의 경지로 말한 종심소욕불유구(從心所欲不踰矩)의 경지도 이러한 일치의 상태를 말한다.

수신과 교양　이러한 경지가 물론 저절로 주어지는 것은 아니다. 그리고 어떤 경우에나 나와 세계, 나와 사회 사이가 아무런 고통이나 갈등이 없이 하나가 될 수는 없을 것이다. 그러나 여기에서 중요한 것은 이러한 경지가 하나의 이상으로 있을 수 있고, 그것은 교육 밖으로 주어지는 것이라기보다는 스스로 하는 교육에서 하나의 지표가 될 수 있다는 것이다. 이 이상에의 접근은 우리의 전통에서 수양을 통해서 이루어진다고 생각되었다. 사람은 그것을 가지고 태어났으면서도 이러한 수양의 과정을 통하여 비로소 사람의 본성에 이를 수 있다는 것이다. 그럼에도 그것은 지금의 관점에서 사람의 주어진 자리의 어떤 부분 ─ 감각적, 관능적, 감정적 욕망의 억압을 지나치게 요구한 것으로 보인다. 이러한 점에서 독일의 낭만주의자들이 만들어 낸 감정 교육, 미적 교육의 이상은 그보다는 포괄적이다. 다만 이 후자는 또 그 나름으로 우리의 명상적 전통이 가진 깊은 내적 체험의 가능성을 조금은 경시하는 것으로 보인다.

사람의 모든 것은 그 나름으로 긍정될 만한 것이다. 사는 것이 고통스러운 일이라는 것 외에는, 그것을 거부해야 할 필연적 이유를 발견하는 것은, 그것을 긍정해야 할 필연적 이유를 찾는 일만큼 어려운 일이다. 그러나 동시에 사람의 가장 깊은 경험은 우리의 주어진 삶이 그 주어짐의 조건을 넘어가는 것이라는 것을 시사한다. 주어진 삶은 그것이 시간이나 공간의 면에서 확산을 갖는다는 점에서, 그리하여 어떠한 형상에의 방향성을 드러낸다는 의미에서 벌써 직접성으로 넘어가는 것이다. 모든 형상적 경험은 주어진 삶을 초월한다. 주어진 삶 그것도 근원을 알 수 없는 시작과, 그 방향을 알 수 없는 끝으로부터 오는 것이다. 그리고 이 알 수 없음은 알 수 없음으로 남아 있는 것이 아니라 우리의 내면으로부터 체험된다. 그리고 우리를 더 넓은 세계에로 이끌어 준다. 많은 철학적, 문학적 체험과 그 표현은 삶과 삶의 초월성에 대한 깊은 체험을 밝히려고 한 것이다. 이 점에 대해서는 특히 동양의 고전들이 강하게 기록하고 있는 것이 아닌가 한다.

8. 오늘의 도덕

   인간성의 이상과 그 변화   오늘날 우리가 보는 것은 이러한 체험의, 비속화된 잔영들이다. 앞에서 사람의 대부분의 욕망도 인간성의 가능성이라고 볼 수 있지만, 동시에 그것이 생명의 근원, 본연의 인간성으로부터 분리될 수 있다는 점을 언급하였다. 번쇄하고 경직된 행동 규칙이 되고 슬로건이 된 도덕의 규범은, 도덕과 무관하다고 할 수는 없지만 그 뿌리를 떠남으로써 도덕적 의의를 상실한다. 오늘날 우리에게 필요한 것은 도덕의 문제에 대한 전면적인 질문이다. 그것은 한편으로 그나마 남아 있는 옛날로부터의 삶에 대한 도덕적, 윤리적 지침을 위태롭게 할 수도 있다. 그러나 그것은 인간의 삶의 도덕적 근원에 이르기 위하여 무릅쓰지 아니하면 아니

되는 위험이기도 하다. 인간의 도덕적 삶의 근원에 대하여, 우리 사회의 도덕적 상황에 대하여, 그것의 현실적 조건에 대하여, 거기에서 나올 수 있는 새로운 삶의 제반 규칙에 대하여, 우리 고전의 도덕적 사유의 의의에 대하여, 이제는 우리 현실의 일부가 된 서양 전통에서의 도덕과 사회와 인간에 대한 사유에 대하여 — 우리 삶의 의의, 개인적인 삶과 사회적 삶의 의의와 방향에 대하여 물어보아야 한다. 그리고 우리가 무엇을 할 수 있는가에 대하여 물어보아야 한다.

근본적인 물음 물어보는 것은 오늘의 우리의 삶이 답을 구하기에는 너무나 혼란과 변화 속에 있기 때문에, 우리의 현실이 옛날의 생각으로는 대처할 수 없는 새로운 현실이 되어 있기 때문에 그러는 것이지만, 물음이란 어느 시대에 있어서나 물음의 대상의 전체를 열며, 근원을 새롭게 하는 방법이다. 어느 시대에서나 어떤 종류의 행동 규범은 필요한 것이면서도 — 사람이 사는 데에 분명히 알 수 있고 실천할 수 있는 규범이 없을 수가 없으므로 — 그것이 진정한 도덕으로부터 유리되고 생명을 신장하는 것이 아니라 압살하는 것이 되는 것은 근본적인 질문이 사라지기 때문이다. 이러한 질문이 있음으로 하여 도덕은 세부적인 규범이면서도 그것을 넘어서서 가장 간단한 규범으로 옮겨질 수 있으며, 또 근원에 뿌리를 내릴 수 있는 것이다.(이것은 도덕적 규범은 칸트의 지상 명령에서도 보는 것이지만 가장 간단하고 포괄적인 것으로 표현될 수 있어야 한다는 사실에 이어진다. 그런 의미에서 삼강오륜보다는 인(仁)이나 자비 또는 사랑이 더 근원적인 도덕의 표현이다. 당대의 도덕을 이러한 근원적 도덕에 이어 주는 것이 바른 물음이다.)

명증성의 의지 이렇게 모든 것을 물어야 한다는 말은 모든 것을 불분명하게 하고 혼란스럽게 하는 것으로 보인다. 그러한 면이 있음을 부정할 수는 없지만 그렇다고 간단한 의미의 행동 강령이 없는 것은 아니다. 모든 것을 물어야 한다는 것은 이미 하나의 도덕적 태도이다. 또 모든 것에 대한 질문은 사실과 진리를 존중하겠다는 결심의 다른 면이다. 사실과 진리가 분명해질 수 있을는지 어떨는지조차도 불분명하다고 하여야겠지만, 적어도 우리는 명증성에의 의지를 다짐할 수는 있다. 질문의 뒤에 들어 있는 것은 명증성에의 결의이다. 명증성의 의지가 향하는 것은 인간성과 인간의 도덕적 가능성, 그것의 실현의 장으로서의 사회의 현실과 가능성이고, 또 나 자신의 가능성이다.

정직성/겸허/세계/타인 이러한 방법적 필요로서의 사실적 명증성은 그것이 사람—나와 나의 상황 또 다른 사람 등—에 관계되는 것인 한, 곧 도덕적 의미를 가지게 된다. 우선 그것은 도덕의 차원에서는 정직성의 원칙으로 바꾸어진다. 이것은 또 더 확대된 도덕적 의미를 갖는다. 어려운 시대에서 다시 도덕의 원천으로, 또 인간성의 원천으로 돌아가는 기본이 되는 것은 정직성이다. 우리 사회의 혼란은 무엇보다도 정직성의 결여에서 온다.(정직성을 휩쓸어 가는 것은 전략적 사고의 강한 회오리바람이다.) 사실적 명증성은 또 도덕적으로 겸허에 이어진다. 겸허하지 않고는 사실과 진리를 있는 대로 받아들일 수 없다. 다른 한편으로 정직성과 겸허는 모순 관계에 있는 것처럼도 보인다. 사실과 진리의 소유는 우리에게 빌려 온 자긍심 그리고 오만을 줄 수 있다. 이것은 도덕적 반성을 통해서 극복되어야 할 과제이다. 그러나 물음과 회의와 암중모색과 불확실성 속에서의 사실과 진리의 어려운 탄생을 참으로 이해하고 경험하는 사람이라면, 저절로 이 오만은 다시 한 번 겸허함으로 바뀌게 될 것이다. 그리고 이 겸허함은 자연스럽게 사람에게로 연장될 것이다.

사실적 명증성의 다른 도덕적 의미는 그것이 삶을 세계와의 일치 속에서 살겠다는 결의로 나아간다는 것에 있다. 이러나저러나 사람은 세계와의 교환 관계 속에서 살게끔 되어 있다. 설령 자기의 좁은 유아론적 울 안에서 사는 것이 가능하다고 하더라도 그것이 삶을 풍부하게 사는 것이라고 할 수는 없을 것이다. 극단적으로 그것은 태어나지 않은 것과 같다. 이것은 다른 사람과의 관계에서도 그러하다. 우리는 다른 사람과도 어떻게해서든지 일치의 상태에 들어가야 한다. 다른 사람은 우리의 투쟁의 상대로서 술수나 힘으로 평정하거나 타협으로 평화 공존을 꾀하거나 해야 할대상일 수 있다. 그러나 우리 자신의 삶을 위하여 더 바람직한 것은 적어도평화 공존의 관계일 것이다. 그러나 다른 사람은 나의 행복을 위하여 절대적으로 필요한 존재이다. 협동적인 관계에 있는 다른 사람은 나의 삶을 얼마나 확대하여 주는가. 그러나 우리가 원하는 것은 그러한 의존과 이용의관계만은 아니다. 다른 사람은 나에게 순수한 기쁨의 원천이기도 하다. 이상적 상태에서는 다른 사람은 나의 목적을 위하여가 아니라 서로서로를주체적 존재로서 인정하며 공존적 유대 속에 들어감으로써 나의 삶을 고양해 줄 상대이다. 다만 이러한 관계를 위한 현실적 조건의 창조가 어려울뿐이다. 어떠한 의미에서든 우리에게 필요한 것은 다른 사람과의 공존을위한 조건의 창조이다. 규약의 규범성이 있는 사회 또는 더욱 직접적인 유대에 기초한 공동체의 창조는 우리 삶의 기본적인 필요이다. 이것을 위한노력은 어떠한 경우에나 우리에게 주어진 급선무의 하나라고 할 수 있다.

마음과 사회/세계를 떠나는 마음 여기에 추가하여 도덕의 문제를 전면적으로 문제화한다고 하더라도 받아들여야 할 또 하나의 도덕적 명제를 생각할 수 있다. 공동체의 창조 또는 정직성이나 개인적 겸허함의 확립 그리고 사실적 명증성의 결의는 내면적 문제에 그치는 것이 아니고 현실의 과제이다. 앞에서 우리는 감정의 불가항력성, 즉 수동성에 대하여 언급하였다. 대체로 사람의 마음의 특징의 하나는 이 수동성이다. 거기에 이어져 있는 다른 특징은 투명성과 조소성(彫塑性)이다. 마음이 우리를 세계와 다른 사람과 묶어 주는 매개자가 될 수 있는 것은 이러한 성질 때문이다. 그런데 마음이 일정한 방향으로 또는 그 전체성 속에서 작용하려면 그것은 현실적 조건이 그렇게 되어 있어야 한다. 부도덕한 상황에서 도덕적 태도를 창조하는 일의 어려움은 마음을 그 현실적 조건에서 떼어 내어 다른 생각, 새로운 생각을 하게 하는 것의 어려움이다. 그것은 현실과 순환 관계 속에 있다. 그러나 이러한 조건의 창조는 때로 현실로부터 멀리 떠나는 모험이 필요하다.

현실로부터 거리를 갖는 생각과 느낌이 불가능한 것은 아니다. 다만 한편으로는 그 시작이 어렵고, 다른 한편으로는 그 시작을 지속적인 습관과 제도로 만드는 것이 어려울 뿐이다. 도덕은 도덕의 심성에 관계되는 문제이지만, 다른 한편으로는 또는 그보다는 더 현실적 조건을, 현실을 만드는 일이다. 현실이 도덕적 삶을 가능하게 하는 것이라면, 도덕을 말할 필요도 없는 것이다. 완전한 도덕은 현실적 제도 그 자체이다. 거기에서 도덕은 사라진다. 그러면서 그것은 진정으로 존재한다. 노자가 생각한 것도 이러한 것이다. 이러한 것들이 새로운 도덕을 위하여 필요한 일이다. 도덕 교육도 여기에서 시작한다. 그런 다음 인성의 완성을 또는 인성에의 귀환을 생각해 봄 직하다.

(2013년)

인간에 대한 물음[1]
인문학의 과제에 대한 성찰

1. 인간성에 대한 물음

인간에 대한 물음/인간상의 물음 변화하는 사회에서 긴급하게 문제가 되는 것은, 앞에서 이미 살펴본 바와 같이[2] 의식화되고 공론화되든 그렇지 않든 도덕과 윤리의 문제이다. 사회 질서가 흐트러지는 곳에서 사람들이 비꾸러진다고 느끼는 것이 사람들 사이의 관계이고, 그것을 바르게 할 수 있는 것이 도덕과 윤리라고 생각하게 되기 때문이다. 도덕과 윤리는 사회적인 규제의 문제이지만, 그것은 외적으로 부과되는 규제가 아니라 내적인 변화 또는 변성으로 사회관계를 바로잡아 보고자 하는 소망을 담고 있다. 그리하여 이것은 결국 인간의 내면적 형성의 과제로 환원된다. 그러나 인간을 형성하고 변화한다는 것은 주어진 인간성에 일정한 작용을 가한다

---

1 이 글은 「인간에 대한 물음」(경상대 인문학연구소 편, 『새로운 인문학을 위하여』(백의, 1993))을 2013년에 개고한 것이다.(편집자 주)
2 앞의 글 「윤리, 도덕, 인성」을 말한다.(편집자 주)

는 것이다. 그런데 주어진 인간성이란 무엇을 말하는가? 인간성이란 무엇인가? 인간은 무엇인가? 결국은 이러한 질문을 물어보지 않을 수 없다. 인문학의 기능은 이러한 문제를 생각하는 것이다. 그 전에 생각하여야 할 것은, 한 사회 안에서 통용되는 인간상이 무엇인가 하는 것일 것이다. 인간을 새로 형성하고 변화하게 한다는 것은 이 통용되는 인간상에 작용을 가하는 것일 것이기 때문이다.

일상적 삶/도덕률/우주론/인간상　사람이 하는 일에는 사람이란 이러한 존재라는 전제가 들어 있게 마련이다. 반드시 어떤 의식적 판단이 작용하여 그렇다는 것은 아니다. 그것은 의식적으로 전제될 수도 있고, 의식적 반성과 고찰의 대상이 될 수도 있지만, 더 흔하게는 무의식적으로 함축되어 숨어 있는 전제로 작용한다. 사실 의식화되어 있는 경우에도 그 의식이 반드시 현실에 통용되는 인간에 대한 전제에 맞는 것이라고 할 수는 없다. 이 의식을 넘어가는 인간상은 개념화되어 있는 것이 아니고, 막연한 이미지로 작용한다. 그러면서도 일상생활의 상호 관계 안에서 중요한 역할을 한다. 그러나 일상적 관행을 넘어 보다 커다란 의미에서 정립되어 있는 인간에 대한 전제, 또는 인간상이 전제되어 그것이 일상생활에 스며든다. 이 큰 인간성의 이해 또는 인간상은 사회의 모든 기능에 있어서, 사실 사회적이든 아니든, 모든 활동에 있어서 중요한 역할을 한다. 이것은 생물학적 생존에 대한 막연한 이해, 직접적으로 또는 간접적으로 표현되는 자아의식, 그것을 넘어가는 조금 더 논리화된 도덕률, 그 근거로서의 우주론—이러한 것들의 혼성으로 구성되면서 하나의 이론적 구성으로 표현될 수 있다.

일상생활 속의 인간상　일상적 차원에서 인간에 대한 무의식적인 전제는 매우 막연하게 작용한다. 그러면서도 바로 그 차원에서도 그것은 인위적 요인을 가지고 있다. 다른 사람의 인상을 생각하거나 옷을 산다거나 하는 경우에도 우리는 사람의 있음에 대한 어떤 규범적인 모양을 마음에 가지고 있다. 사람이 하는 일로서 사람에 대한 이미지가 개입하지 않는 경우의 예로서 급한 본능의 시킴에 따라 행동하는 경우와 같은 것을 생각할 수 있지만, 사실 그러한 경우도 반드시 그러하다고만 할 수 없다. 배가 고프면 먹어야 하는 것이 사람이지만, 먹는 일 외에도 사람의 체신이라는 인간의 이미지는 들어가지 아니할 수 없게 되어 있다. 쓰레기를 뒤져 배고픔을 채우는 것이 특히 보기에 안된 것은 반드시 쓰레기의 위생적 또는 미각적 측면을 고려해서만 그런 것이 아니고, 사람답게 먹는 일이 어떠한 것인가에 대한 우리가 가지고 있는 일정한 전제에 그러한 방식이 어긋나기 때문이다.

사람이 먹을 수 있는 밥의 개념과 사람이라면 갖추어야 하는 먹는 일의 절차가 어떻게 형성되고, 또 사람의 본능을 수정하게 되는 것인가. 또는 옷을 선택할 때에 사람의 이미지는 어떻게 이루어지는 것인가. 물론 후자의 경우 유행과 광고의 영향력은 짐작되는 것이지만, 그 영향력은 또 그 나름으로 중후하다든가, 경쾌하다든가, 청초하다든가, 발랄하다든가 하는, 시대가 설정하는 인간상에 의하여 결정되는 것이라 할 수 있다. 그러니까 그것은 다시 보다 한 단계 높은 인간에 대한 판단을 내포하고 있는 것이다.

규범적 인간상　사람이 어떠한 것이라는 전제의 작용은 도덕적인 판단과 같은 데에서는 비교적 의식적인 것일 수 있다. 그것이 객관적으로 말하여 반드시 유일한 진실을 나타내는 것일 수는 없지만, 도덕적 판단은 궁극적으로 우주의 원리나 사람의 본성에 대한 판단으로부터 연역되어 나오는 형식을 취하게 된다. 종교는 인간이 지켜야 하는 율법을 신의 명령에 근거하는 것으로 말한다. 유교적 윤리의 근본인 인(仁)이 바로 사람다움을 말하고, 그것은 다시 '태극도설(太極圖說)'과 같은 우주론에 이어진다. 다른 전통에서도 사람이라든가 사람다움이란 말, 가령 휴머니티(humanity)가 단순한 서술어가 아니고 가치를 담고 있는 말이라는 것은 이러한 관계를 쉽게 예시해 준다. 이러한 큰 이론은 인간상을 규범화하는 것이다.

전통 윤리의 규범   그러니까 인간다움이란 인간의 본성에 대한 판단만이 아니고 세상이나 우주 안에서의 사람의 위치에 대한 일정한 판단을 아울러 내포한다는 말이다. 도덕과 윤리의 근거가 되는 우주론적 입언(立言) 또는 형이상학적인 입언은 반드시 공허한 주장이 아니고, 많은 경우 인간 생존의 조건 — 물질적, 사회적 조건을 집약적으로 나타낸다. 가령 인간이 하나의 통일성을 가지고 있고, 거기에 일정한 질서가 있고, 사람이 그 안에서 일정한 위치를 갖도록 하여야 한다는 것은 대체로 사람들이 가질 수 있는 생존 조건 일반을 추상적으로 표현한 것이다. 또는 이 우주적 질서 속에서 사람이 사람답게 행동해야 한다는 것도 내용이 불분명한 막연한 개념의 입언이지만, 수긍할 수 있는 인간 조건을 말한 것일 수 있다. 그러면서도 그것이 일정한 전통에서 형성되는 개념임은 말할 필요가 없다. 그리하여 그것은 인간의 보편적 조건을 말하는 것이면서도 전통과 문화에 따라 다른 것이 되고, 또 논란의 대상이 될 수 있다.

그런데 이 인간상의 이념은 행동 양식의 세부 사항을 규정하는 것이 될 때에 더욱 많은 다른 의견들을 낳게 될 수 있다. 그리하여 매우 추상적인 인간에 대한 입언이 비교적 쉽게 사람들의 동의를 얻을 수 있는 데 대하여 구체적인 의무의 규정들은 보다 논쟁적인 것이 될 수 있다는 것이다. 가령 윤리의 근본이 효(孝)에 있다고 한다면, 그 두 윤리 개념의 관계 사이에 설정된 필연성에 대하여 의심을 갖는 사람이 있을 수도 있다. 효의 필연성에 대한 설명은 그것이 가장 자연스러운 인간관계라는 데에서 발견된다. 그리하여 그것은 인간의 본질, 인간성으로부터 정당화된다. 그러나 다른 한편으로 이것이 유독 강조된 것은 역사적으로 효 사상의 출발이 사회적, 경제적, 정치적 단위로서 가족이 절대적으로 중요했던 농경 사회였기 때문이라고 할 수 있다. 이 경우에 문제 되는 인간성이란 사회 속에서 규정되는 인간성이다. 그리고 이것은 다른 사회 경제적 조건하에서는 다른 것이 될 수 있다는 것을 생각하게 한다.

현대적 인간상 도덕이나 사회를 주제로 하는 경우가 아니더라도 판단이나 행동에는 인간에 대한 전제가 늘 들어 있다. 그런데 형이상학적 또는 도덕적 인간관이 뒤로 물러가고 일상적인 인간 현실 그리고 거기에 작용하는 사회관계의 규율이 더 두드러지게 중요하게 된 것이 근대 사회라고 할 수 있다. 경제 발전은 지난 수십 년간의 우리 사회의 주제를 이루어 왔지만, 먹고살고, 잘 먹고 잘살고, 많은 물건들을 가지고 사는 것이 사람의 자연스러운 욕구라는 인간 해석이 여기에 들어 있는 것은 물론이다. 거기에다가 이러한 욕구의 충족을 위하여 사람들은 가만히 두어도 물건을 교역하며 스스로의 이익을 추구하게 되어 있다고 생각하는 것이다. 이러한 인간관을 가장 간단히 추상한 것이 경제 인간(homo economicus)이다.

인문 과학의 과제 되풀이하건대 사람의 본성에 대한 전제는 사람의 일에 두루 들어 있고 우리의 크고 작은 행동에 전제가 되는 것이라고 하더라도, 그것이 어떻게 형성되고 변화되는가 하는 것은 분명하지 않다. 한 시대의 우주관, 세계관, 인간관 그리고 윤리관이 어떤 조건하에서 타당성을 얻고 또 다른 어떤 조건하에서 그것을 잃어버리는가 하는 것도 해명하기 어려운 것이지만, 그것이 일상적 삶에 어떤 영향을 끼치는가 그리고 또 일상적 삶의 인간상은 어떻게 이루어지는 것인가, 이러한 문제들을 묻는 것이 인문 과학의 본령이라는 것은 예로부터 인정되어 온 것이다. 다만 그것을 보다 사회 경제적인 변화와 관점에서 보는 것은 오늘의 인문 과학에 새로이 추가된 과제라고 할 수 있다. 그리고 아마 일상적인 차원, 그러므로 사람의 삶에서 가장 중요한 이 일상적인 차원이 어떻게 사회 경제 관계에 반영되는가, 또 더 나아가 보다 추상적으로 승화된 차원에 이어지는가 하는 것을 밝히는 것은 조금 더 어려운 과제라 할 수 있다.

　그러나 문학이나 철학이나 역사를 연구하는 사람에게 무엇을 연구하는가 하고 물었을 때 스스로의 연구 대상이 인간 본성 또는 인간이라고 선뜻 답하기는 쉽지 않을 것이다. 다만 그 직접적인 목적이 무엇이든지 간에 문학이나 철학이나 역사 또는 다른 인문 과학에서 연구하는 결과가 우리의 인간 이해에 중요한 영향을 끼칠 것이라고 말할 수는 있다. 그리고 이것이 여러 가지 통로를 경유하여 사람들의 여러 결정과 행동에 영향을 주는 인간상의 형성에 작용하는 것이다. 여기에서 말하고자 하는 것은 바로 이 사실이다. 즉 인문 과학의 연구는 우리의 인간 이해 또 인간상의 형성에 관계되며, 이 사실을 분명하게 인식하는 것이 중요하다는 것이다. 인문 과학의 가장 중요한 과제는 여기에 있다고 말할 수도 있다. 물론 직접적으로, 또 성급하게 인문 과학의 학문적 노력이 인간 본성 또는 인간 연구를 목표로 해야 한다는 말은 아니다. 내가 말하고자 하는 것은 인간성에 대한 관심이 인문학의 궁극적인 지평이라는 점이다. 그리고 이 지평은 우리의 그때그때의 연구 작업에 가까이 또는 멀리 있을 수도 있지만, 이 지평에 대한 의식은 우리의 연구에 중요한 영향을 준다. 이 지평과의 관계 속에서 그것은 방향을 바르게 가늠할 수 있고 스스로를 정당화하며 학문의 체계와 사회의 총체적 경영 속에서 제자리를 차지할 것이다. 그리하여 다른 한편으로 이 지평 자체가 반성의 주제가 될 수도 있다.

주어진 자아의 자명성 내가 나에게 자명한 존재이듯이 인간도 인간인 나에게, 또 대부분의 사람에게 자명하다고 생각된다. 그 결과 우리는 이 자명하다는 인간에 대한 생각을 그대로 받아들이면서 우리의 일에 임하게 된다. 앞에서 말한 바와 같이 사람이 하는 모든 일에 어떤 것이 사람이라는 전제가 들어 있게 마련이라고 할 때, 우리의 자명한 인간 인식이 그 행하는 일의 핵심적 요인이 된다는 말이다. 케인스(J. M. Keynes)는 경제의 새로운 이론의 필요성을 역설하면서 이론이 필요 없다고 생각하는 사람은 낡은 이론을 빌려 쓰고 있을 뿐이라고 말한 적이 있는데, 우리가 빌려 쓰고 있는 인간의 이론도 무반성적으로 답습된 생각, 관습, 제도, 오늘에 있어서의 여러 보이지 않는 힘들, 크게는 권력과 상업적 이익, 작게는 우리를 끊임없이 자신들의 계획에 편입하고자 하는 세력들에 의하여 형성, 전파된 낡은 이론의 집적으로 형성된 것이다. 그러면서 그것은 일체성을 갖는 것이 되기도 하고, 여러 가지로 모순되는 것으로 나누어지고 하지만, 다른 한편으로는 인간의 본질적 현실에서 — 그러한 현실이 있다고 한다면 — 완전히 벗어나는 것이 되기도 한다. 오늘의 가치와 사회관계와 정치에 가득한 혼란과 갈등 그리고 왜곡은 상당한 정도 이러한 여러 종류의 괴리의 결과라고 할 수 있다. 이것은 다른 한편으로 현실에서 벗어난 이론에 대한 반성의 부족을 말한다. 그리하여 오늘의 현실이 무반성 또는 무이론의 상태에 있는 것이라고 할 수 있다.

인간에 대한 새로운 물음 이렇게 말하는 것은 인간에 대한 새로운 성찰이 필요하다는 것이지만, 그러면서 생각하여야 할 것은 인성론의 쇠퇴가 해방적인 의의도 가지고 있다는 점이다. 대부분의 전통 사회에 있어서 인간에 대한 해석을 담당하고 있는 것은 종교나 형이상학 또는 윤리 체계이다. 그것은 우주와 인간을 설명하는 총체적 이데올로기이다. 인간의 사회적,

개인적 행동은 이 이데올로기가 규정하는 바에 따라 조정된다. 그러한 테두리 속에서의 인간 행동은 그러한 체계 내에서 행해지는 한, 자연스럽게 포괄적이고 심오한 의미를 얻게 된다. 그러나 근대사의 큰 흐름의 하나를 이루는 것은 종교나 형이상학의 체계 또는 다른 종류의 총체성의 체계가 오히려 자유로운 인간성의 표현이나 실현에 커다란 구속으로 작용한다는 느낌의 확산이다. 서양에 있어서 종교로부터의 해방은, 더 나아가 모든 좁은 상징적 정통성으로부터의 해방은, 커다란 역사적 주제의 하나이다. 그리하여 세속적이고 다원적인 인간 해석이 전통을 대체하게 되고, 급기야는 어떠한 해석도 정통성을 가질 수 없기 때문에, 어떠한 체계적이거나 반성적인 인간에 대한 성찰도 필요 없는 상태가 되었다. 현대화 속의 우리 사회가 직면한 일은 이 세속적이고 다원적인 세계로 나아가는 가운데 제기되는 문제를 생각하는 일이다.

  무규정성의 자유와 이데올로기적 인간 이해 세속적이고 다원적인 사회 또는 인간성에 대한 일정한 규정이 없는 상태에서 삶을 체험한다는 것은 우리 사회에 극히 새로운 일이다. 그것이 반드시 종교적인 것은 아니었지만 우리 역사에 있어서 인간의 우주적, 윤리적 생존에 대한 정통적 해석의 뒷받침 없이 삶을 영위한 일은 일찍이 없었던 일이다. 서양에 있어서도 세속 사회의 체험은 긴 역사의 안목으로 볼 때는 비교적 최근의 새로운 일이지만, 그것은 그러한 사회를 위한 여러 가지 제도적, 문화적 발전과 병행하는 역사 과정의 일부였다. 그리고 그것은 퇴폐와 혼란의 경고 속에서 진행되었다. 우리가 한편으로는 절실하게 정신적 위기를 느끼며, 다른 한편으로는 새로운 총체적 이데올로기를 갈구하는 것은 충분히 이해할 만한 일이다. 이러한 갈구는 표면적으로 오늘의 혼란에 대한 답변을 주는 것 같으면서 근대사의 강력한 주류가 되어 있는 해방의 동기에 역행하는 것이 될 수 있다. 그러한 이데올로기는 해방을 약속하는 인상을 주면서, 오늘의 인간 현실에 모순되는 것이기 쉽다. 물론 현실 자체가 모순에 찬 것일 수밖에 없는 한, 모순 그 자체가 문제시되는 것은 아니다. 그러나 그것은 현실의 갈등적 요소를 심화하는 것이 되기 쉽고, 그러는 한 그것이 참으로 문제를 해결하는 방식인지는 분명치 않다. 하여튼 중요한 것은 이러한 현실에 더 철저해지는 것이고, 그에 대한 일시적 대책으로서의 이데올로기 그리고 현실의 모순으로부터의 탈출은 이 현실에의 움직임을 통하여 가능할 것이다.

그러나 앞에서 비친 바와 같이 새로운 인간 이해의 요청이 우리 시대의 고민으로부터 저절로 일어나는 것임을 부정할 수는 없다. 다시 말하여 무지각, 무반성의 상태에 내맡겨진 인간 이해, 거기에서 나오는 여러 행동들의 혼란과 모순의 원인이 보다 정연한 인간관으로 통합될 것을 요구하는 것이다. 그러나 이것을 편협하고 독단적인, 복고적인, 또는 새로운 정통성에 의하여 보상하려는 것은 그 나름으로의 문제를 만들어 내는 일이다. 이러한 맥락에서 볼 때 우리에게 필요한 것은 성급한 정통성의 확립보다도 인간에 대한 물음을 다시 여는 일이다. 어떤 독단론이 아니라 끊임없는 탐구와 논의의 장을 펼쳐 나가는 것이 중요하다.

2. 불확실성, 전통, 범례, 문화 비교

1. 문학과 역사에서의 범례

전통과 정통에 대한 물음 묻는다는 것은 늘 두려운 일이다. 그리하여 사람들은 물음이 일 때에 물음에 남아 있기보다는 빠른 답변을 찾아 물음을 벗어나기를 원한다. 흔히 답변은 전통에서 또는 새로운 정통성 속에서 찾아진다. 그러나 이 경우에도 중요한 것은 그 독단론적 성격을 일단 타파하는 것이다. 그리고 물음의 성찰적 성격을 유지하는 것이다. 그리하여 선판단에 의한 질문의 봉쇄를 피하고, 그러한 전통이나 정통이 내포하고 있는 인간 조건에 대한 그 나름의 업적을 재검토할 수 있어야 한다. 성찰을 통한 전통이나 정통의 회복도 물음을 통하여 가능해진다.

삶에 있어서의 자유와 필연 물음은 물음의 가능성을 전제로 한다. 물음은 이미 인간에 대하여 무엇인가를 말하여 준다. 즉 인간은 물음을 물을 수 있는 존재이다. 여기에 함축되어 있는 의미의 하나는 인간의 삶의 방식이 일정한 것이 아니라는 것이다. 새로운 질문은 우리를 당대의 인간에 대한 전제로부터 우리를 풀어 놓아줄 수 있다. 당대의 인간관으로부터의 해방이 가져오는 것은 당대의 모든 제약 ─ 인간의 사회적, 도덕적, 더 나아가 물리적 제약으로부터 필연성을 빼앗는 것이다. 그리하여 이반 카라마조프가 신이 없는 세계에서 그렇다고 말한 것처럼, 새로운 물음은 무엇이든지 가능한 세계를 열 수 있는 것처럼 보인다. 그러나 다른 한편으로 필연성이 없는 세계에서 더 두드러진 것은, 가능한 것은 아무것도 없다는 체험일 것이다. 아무것이나 가능한 세계는 아무것도 반드시 그래야 할 것이 없는, 따라서 마땅히 해야 할 필요가 없는, 행동의 필연성이 없는 세계이면서, 동시에 법칙적 예견이 불가능한 세계이다. 그러는 한 그것은 자신의 의지에 따라서 아무것도 기획하고 성취할 수 없는 세계이다.

자유와 필연의 어느 한쪽으로 환원되어도 사람은 그 조건으로 규정되는 상황에 당황할 수밖에 없다. 개인적으로나 집단적으로나 사람의 행동이 일정한 제약 속에 있다는 것은 사람의 가장 직접적이며 기본적인 체험이다. 크게 볼 때 인간성이나 인간의 환경이 운명적 제약 속에 있는 것은 분명하다. 적어도 생물학적, 물리적 법칙이 인간 존재의 최저 한계를 이루는 것을 부정할 수는 없는 일이다. 그렇다고 해서 창조와 선택의 자유가 전혀 없는 것은 아니다. 문제는 의미 있는 제약과 자유이다. 사람은 궁극적인 제약에도 불구하고 자신과 집단의 삶을 어느 정도는 자신의 뜻대로 꾸려 나갈 수 있다. 그리고 놀라운 것은 창조와 선택의 과정에서 인간 자신의 새로운 측면도 발견한다는 것이다. 개인의 삶의 범위 안에서도 삶의 조건은 항구적인 것이 아니다. 따라서 그 안에서 인간이 할 수 있는 일은 새로이 부상하게 마련이다. 인간의 창의적 변용 능력과 관련하여 삶은 큰 변화의 가능성을 가지고 있는 것으로 보인다. 사실 모든 개인이 하는 일 가운데 새로운 것이 아닌 것은 하나도 없다. 물론 이것은 사회적, 생물학적, 물리적 제약 내에서의 일이다. 인간의 행동은 이러한 제약 위에 연주되는 자유로운 변주이다.

　필연과 자유의 혼합으로서의 인간의 행동을 이야기할 때 사람들은 자유의 극에 부당하게 큰 가치를 부여하기 쉽다. 그러나 사람이 원하는 것은 자유만이 아니다. 사람이 하는 일은, 앞에서 비친 바와 같이 필연적은 아니라도 법칙적인 예측 가능성이 없이는 아무것도 이루어 낼 수 없다. 사실 삶은 끊임없이 우연적 삶 속에서 필연의 바닥을 확인하는 과정이다. 학문의 기본적 충동은 필연성의 탐구에 있다. 삶의 행동에 있어서도 학문적으로 확인하고자 하는 것은 그 법칙적 양상이다. 인간 행동을 행태 심리학에서처럼 자극과 반응의 법칙적 상관관계로 환원하는 것은 그러한 탐구의 극단적인 형태의 하나이다. 그러나 그것이 착각이든 아니든 인간의 체험은 그의 행동이 조건 반사적으로 반응하는 것이 아니라는 느낌을 준다. 그리고 적어도 일정한 범위 안에서 일어나는 자유 의지에 의한 선택은 체험적 현실이라고 할 것이다.

　형상의 자유와 법칙성　인간 행동이 자유와 필연의 결합으로 이루어진다고 할 때, 적어도 인간의 삶이라는 관점에서는 이것이 서로 이어지는 행동의 모습은 하나의 특이한 관점에서 파악할 수 있는 것이 아닌가 한다. 이 두 개를 연결하는 것이 형상(form)이라고 생각할 수 있다. 인간 행동이 엄밀한 법칙에 의하여 지배되는 것이라고 할 때, 그 필연성은 삶의 자료가 되는 물질적 측면에서 우선적으로 적용된다. 그런데 여기에 대하여 인간의 자유로운 선택이 개입하는 것은 이 물질을 서로 이어 한 과정으로 형성하는 작업에서이다.(물론 이 점만을 지나치게 중시하다 보면 물질적 조건의 확보를 경시하게 될 수도 있다.) 형성적 작업에서 드러나는 것이 형상이다. 이 형상은 반드시 법칙적인 엄밀성을 가진 것은 아니면서도 일정한 게슈탈트를 드러내게 마련이다. 그리고 그것은 개인적인 선택을 넘어가는 의미를 갖는 것으로 생각된다. 그것은 물질이 존재하는 바탕에 잠재해 있던 가능성이다. 그러니까 형성은 형상을 만들어 내면서 형상의 원리에 의하여 지배된다. 다만 이 형상의 원리는 사람의 개입을 허용하는 한 물리 법칙의 엄밀성을 갖지는 않는 것으로 생각된다. 이 형상화 속에서 자유는 다시 필연과 결합한다. 여기의 필연은 법칙성 속에 있으면서도 인간의 형성적 능력의 자유 속에 드러나게 되는 필연이다. 이 필연은 창조를 통하여 스스로를 드러낸다.

물질적 형성/삶의 형성　이러한 법칙적이면서 자유로운 형성의 결과는 물질에 가장 쉽게 표현된다고 할 수 있다. 사람이 만드는 모든 물질적 제품이 그러한 결과물이다. 이러한 것들은 사람의 실질적 필요에 관련되어 만들어지는 것이지만, 그러한 필요나 실용을 떠나서 물질을 조작할 때, 그 형상은 보다 형상적인 것이 된다. 예술 작품이 두드러지게 하는 것이 이러한 순수한 형상적 가능성이다. 그러나 그것은 자유로운 변주인 만큼 반드시 하나의 모습에 귀결되지 아니한다. 그러니만큼 그것은 이 가능성에 대한 하나의 시범이다. 비슷한 예술 작품은 하나가 아니라 많이 생산될 수 있다. 그리하여 비슷하면서 다른 작품들이 시대와 유파를 표현한다. 이러한 필연과 자유의 다양한 결합이 사람의 자신의 삶 자체를 형성하는 형상의 원리가 되기도 한다. 사람은 자신의 삶을 형성한다. 이때에 문제 되는 것이 인간성의 문제이다. 그것은 일정한 법칙적 한계 속에 있으면서 새로운 가능성의 자유로운 실현을 포용할 수 있다. 그리고 이 두 개의 결합 속에서 어떤 전범적 가치를 구현할 수 있다.

우선 분명한 것은, 사람의 삶은 주어지는 조건하에서 살지 않을 수 없다는 사실이다. 여기에서 그 제일 조건은 생물학적인 것이다. 두 번째의 조건은 사회적인 것이다. 사람의 삶은 결국 사회가 정해 놓은 테두리와 정형을 따라 살게 되기 때문이다. 이러한 조건을 조금 더 유연하게 형상의 구성에 적용할 수 있게 하는 것은 문화이다. 그러나 이 영향은 한편으로는 엄격한 관습적 요구이면서 동시에 개인의 창조적 적응력에 의하여 변주될 수 있는 요구이다. 그리하여 사람들의 삶, 한 사회와 문화 전통에서의 삶의 모양은 여러 가지로 나타난다. 위기의 시대에 있어서, 커지게 되는 것이 이 자유로우면서도 형상의 원리를 완전히 벗어나지 않는 모양의 진폭이다. 그러면서 그것은 완전히 혼란에 빠지고 형상이나 문화적 전범에 관계가 없는 것이 될 수도 있다.

범례와 전통   이러한 조건을 생각할 때, 개인의 삶은 어떤 경우에나 필연과 일정한 모양의 소산이면서 자유로운 선택과 창조의 결과이다. 그것은 이 결합을 통하여 어떤 주목할 만한 양상을 나타낼 수 있다. 그것은 동기와 행동과 결과의 조합에 있어서 그럴싸한 모양을 보여 줄 수 있는 것이다. 인간이 주어진 외적 조건의 제약하에 있으면서도 이것을 그의 자유로운 의지에 의하여 삶의 가능성을 해방하고 실현해 주는 기본 조건으로 바꾸었을 때, 그러한 창조적 행위가 주목의 대상이 되는 것은 당연하다. 그것은 삶의 새로운 가능성 또는 인간성의 새로운 가능성을 실현해 보여 준 것이다. 그것은 우리의 새로운 행동 기획에 있어서 반드시 그대로 적용될 수 있는 법칙성 또는 필연성이 되는 것은 아니면서 선례 또는 모범이 된다. 이러한 선례나 범례는 당대적인 것이기도 하지만, 동시에 역사의 유산으로서 존재한다.(역사가 약해지고 당대의 영향이 커지게 된 것이 오늘날의 시대상이라고 할 수 있다.)

전통의 의미는 이러한 관점에서, 즉 인간 행동의 필연과 자유의 두 조건으로 하여 일어나는 범례의 필요에서 이해될 수 있다. 다만 전통적 태도는 이 필요에 대한 인식보다는 경험, 특히 범례적 경험의 누적을 중시한다. 그것이 지혜의 원천이다. 이 관점에서 절대적 성격을 갖는 것은 인간의 삶의 여러 가능성에 대한 개방성보다는 범례적 삶에 대한 처방이다. 이상적이고 전통적인 삶은 도덕적 처방에 의하여 영위되는 삶이다. 도덕적 가르침에서 선례와 모범은 중요한 역할을 한다. 그리고 그것은 여기에서 거의 법칙적 당위성을 부여받는다. 그러나 인간 행동의 창조적 자유와 끊임없이 변하는 행동의 조건은 그것을 엄밀한 의미에서의 법칙이 되게 하지는 못한다. 전통과 그 당위성을 벗어나는 범례도 있을 수 있다. 그것은 보다 몰가치적으로 인간 행동의 여러 가능성의 예시일 수도 있다. 그 경우 범례는 인간성의 한계 자체를 범하는 것이 될 수도 있다. 전통을 중시하는 것은 무한한 개방의 위험을 피하려는 것이라 할 수 있다. 그러나 그 제약도 인간성의 왜곡을 가져온다. 어떤 경우나 삶의 범례는 새로운 모험을 포함한다. 그것은 단순한 성패보다는 더 복잡한 인간과 외부 세계와의 상호 작용 — 인간의 내면적 요구와 사회의 물질적 조건을 참조하면서 불확실하게 구성된다.

문학의 범례/심미성/부정적 범례 문학에서 펼쳐지는 것이 범례적 사고라고 할 수 있다. 물론 그것은 가상적 범례에 대한 사고이다. 그렇다는 것은 그것이 현실을 떠나서 이루어지는 사고라는 말이지만, 역설적으로 그러니만큼 그것은 물질과 형상의 접합 속에 존재하는 인간의 삶의 모습에 대한 보다 철저한 전범 — 적어도 그 사고의 방법에 있어서는 범례 또는 사례이면서 전범의 가능성을 시사한다. 범례의 제시는 여러 모습으로 이루어진다. 사실 문학에 있어서 범례란 도덕적인 의미에서 사람이 따라야 할 모범보다는 상황 자체에 함축된 형상성으로서 삶의 가능성을 암시한다. 문학은 도덕적 관점에 입각해서가 아니라 사실의 불확실한 경험적 상황 속에서 인간의 행동의 여러 가능성을 검토한다. 현대 문학에서 많이 보는 것은 도덕적으로나 사실적으로나 부정적인 범례들이다. 그것은 어떤 경우에는 그러한 부정적 결과의 행동만을 허용하는 사회에 대한 비판이 된다. 뤼시앵 골드만(Lucien Goldmann)이 주인공의 실패를 통한 사회 상황의 문제화를 근대 소설의 전형적 전개 방식이라고 한 것은 이러한 경우에 해당된다. 이것이 가능한 것은 문학의 사유 방식 자체에 삶의 전범에 대한 탐구가 들어 있기 때문이다. 나쁜 사례를 보여 주면서도 그 배경에는 좋은 사례를 낳을 만한 형상화의 가능성 ─ 사회 자체가 가지고 있는 또 인간성이 내포하고 있는 가능성이 암시된다.

소설이 가지고 있는 것은 사실 관계나 도덕적 기준을 넘어서 다시 말하여 심미적 관점이다. 우리는 앞에서 인간의 형성적 노력에 있어서의 형상의 매개 작용을 언급하였지만, 심미적 관점은 이것을 조금 복잡한 의미에서 예각화한 것이라고 할 수 있다. 삶에 스미는 형상은 앞에서 말한 바와 같이 문화와 사회 전통 속에 스며 있는 것이지만, 이러한 형상적 요소를 더욱 중시하는 것이 문학적 상상력이다. 문학은 형식 그 자체가, 삶을 저울질하는 기준이 될 수 있다는 관점을 숨겨 가진 경우가 많다. 그러면서 그것은 형식을 구성하는 구체적인 계기에 주의한다. 중요한 것은 밖으로부터 주어지는 큰 형식이 아니라 구체적이고 질료적인 순간들이 하나의 형상으로 지양되는 것이다. 그러니까 문학이 인간 행동을 비판적으로 평가하는 경우 그 비판은 반드시 도덕적, 기능적 또는 공리적 관점에서 인간 행동을 저울질하는 것이 아니다. 그것은 행동의 순간들과 그것이 이루는 모양을 그 것들 안에 숨어 있는 질적 성취의 가능성에 의하여, 시간 속에 이루어지는 삶의 질에 의하여 저울질한다. 이때의 기준은, 다시 설명하면 행동의 순간 이 구현해 주는 인간적 능력, 즉 감각적, 정서적, 이성적 능력의 폭과 넓이 와 그 조화에 비추어, 그리고 이러한 능력의 구현 과정이 드러내 주는 만족 할 만한 행동적 리듬에 의하여 규정된다.

비극과 소설적 사건의 일회성   그러나 다시 말하건대, 이 조화의 형성적 구성은 반드시 이야기되는 현실 속에 드러나지 아니한다. 비극은 또 하나의 부정적인 현실 구성 ─ 그 극단적인 예이다. 많은 경우 비극은 현실이 내 포하고 있는 인간적 가능성을 암시하면서 동시에 그것을 넘어가는 초월적 차원의 삶의 가능성 ─ 그에 따라 삶을 형성할 수 있는 가능성을 암시한다. 그리고 그 사이에 갈등이 있음을 느끼게 한다. 거기에 교훈이 있다면 현실적 삶의 형식이 보다 높은 형상적 가능성을 통해서 한층 더 높은 것이 될 수 있다는 시사이다. 여기에서 초월적 차원의 삶이라고 하고 초월적 원리, 보다 높은 도덕적 원칙이라고 말하지 않는 것은 비극의 계기가 되는 행동이 반드시 어떤 원리주의적 삶의 선택이 아니라 보다 높은 차원에서의 삶의 가능성 ─ 그에 따라 살아갈 수 있는 가능성을 엿보게 하는 것이기 때문이다. 대결은 원칙의 대결이 아니라 삶의 가능성의 대결이다. 어떤 드라마의 주인공이 그가 믿는 정의의 원칙을 위하여 현실 체제에 대결할 때, 드라마가 보여 주는 것은 단순히 그러한 용기 있는 행동과 그 결과라기보다는 그러한 용기를 가능하게 하는 삶의 전체적 가능성 ─ 주어진 현실과는 다른 차원에 존재하는 삶의 모습에 대한 암시이다.

어쨌든 비극적 대결의 총체적 효과는, 사실주의적 구성의 경우와는 달리 사람의 존재의 깊이를 느끼게 하는 고양감이다. 이것은 어떠한 문학 작품, 예술 작품에도 들어 있는 역설이다. 예술 작품에서의 인간 행동의 범례는 이미 말한 바와 같이 반드시 낙관적인 것일 수는 없다. 그것은 그 자체로는 인간의 현실 삶에 대한 범례 또는 사례가 될망정 전범이 될 수는 없다고 할 수 있다.(마담 보바리는 통속적 로맨스의 사례를 모방하고자 한 주인공의 참담한 종말을 다룬 작품이다.) 서사의 사례는 반드시 따라서 모방할 수 있는 또는 모방되어야 하는 것이 아니라 스스로 새롭게 생각하게 하는 계기가 된다. 그런데 이것은 단순히 사례가 부정적이고 비극적인 내용을 가질 수 있다는 의미에서만 그러한 것이 아니다. 그것은 서사적 장르의 본질적인 성격에 관련되어 있다. 널리 열려 있는 삶의 가능성은 간단히 유형화할 수 없다. 이러한 가능성이 개체적인 실존의 관점에서 평가될 때, 그것은 더욱 예측하기 어려운 것이 된다. 서사는 주인공이 있고, 많은 사건들은 대체로는 주인공의 관점에서 선택되게 마련이다. 제한된 외적 조건 속에서도 개인의 실존적 선택 — 감각과 감정과 내면적 사유의 전개와 더불어 이루어지는 선택은 극히 다양할 수밖에 없다. 그러면서 서사의 구조는 그러한 선택이 펼쳐 내는 내면적 서사의 필연성을 보여 준다. 행동의 의지와 그 외적 조건, 그리고 이 두 개의 것이 풀어놓는 인간 능력의 실현이 너무나 착잡하게 얼크러지면서 또 필연적인 전개를 보여 주기 때문에, 인간 진실은 거의 다시 되풀이할 수 없는 일회적인 사건을 이룬다. 그것이 서사된 범례를 모방하기 어려운 것이 되게 한다. 그것은 단순히 감동의 원인이 되고 삶에 대한 새로운 생각을 열어 놓는 계기가 될 뿐이다.

범례의 교훈과 그 변용 일회성은, 따지고 보면 문학에만 고유한 것은 아니다. 인간의 동기와 가치 선택이 개입하는 모든 사건은 일회적이다. 그러면서도 그것은 어떤 법칙적인 필요성 속의 사건이다.(하인리히 리케르트는 이러한 복합적인 의미에서 일회적인 사건의 서사가 역사라고 생각했다.) 그러나 전통의 전기, 사건, 교훈, 문학의 서사가 일회적인 사건에 불과한 듯하면서도 어떠한 전이(轉移) 가능성을 가지고 있다는 것은 엄밀한 필연성이 아닌 어떤 정형성이 거기에 깃들어 있다는 것을 말한다. 범례는 일회적 사건의 서사와 서사에 드러나는 사건적 필연성과 그것을 인지하는 인간 인식의 형성적 능력 사이에 일어나는 사건이라고 할 수 있다. 이 사건은 물론 인식의 사건이면서, 동시에 잠재적으로 삶 자체에 들어 있는 형상적 동기의 사건이라고 할 수 있다. 인문 과학에서 역사와 전통이 중요한 것도 이러한 관련에서 설명될 수 있는 것이 아닌가 한다. 결국 어떤 관점에서 역사와 전통은 과거의 범례들의 집적을 말한다. 이 범례는 인식의 도식이면서 동시에 사람이 사는 현실 속에 들어 있는 새로운 실행의 가능성이다. 사람의 삶은 이 변용하는 형상들 — 그것들의 새로운 형성의 가능성 속에 있다. 역사에는 소설에서나 마찬가지로 부정적인 것도 있고 긍정적인 것도 있다고 하겠지만, 이 새로운 변용과 형성의 가능성의 관점에서, 그것은 부정적인 것보다는 긍정적인 의미를 갖는다. 그리고 그러니만큼 그 자체로서 존중될 가치가 있는 것으로 간주된다. 인문 과학은 이러한 의미에서의 전통적 지혜를 보존, 전달하고 새로이 해석, 확대하는 데에 관계되는 학문이다.

2. 이(異)문화의 예

다른 사회의 범례/갈등과 열림   그러나 현대에 와서 인간 행동의 범례는 더 널리 찾아질 수 있다. 오늘의 시대의 특징의 하나는 여러 다른 사회들 간의 접촉이 더할 수 없이 빈번해졌다는 것이다. 다른 사회의 사례들이 쉽게 우리의 일을 하는 데 참조가 되는 것은 자연스러운 일이다. 다른 사회의 인간 행동 양식을 연구하는 것은 인류학의 소관이지만 사실상 오늘날 다른 사회, 특히 어떤 이유에서든지 배경을 달리하는 사회들로부터 배우는 예가 중요한 기능을 하지 않는 학문 분야는 거의 없다고 하여도 과언이 아니다.

오늘날 많은 사회에서 사회 변화의 동역학으로 작용하고 있는 것은 선진 사회의 모방이다. 그러면서 그것은 근대화라는 보다 보편적인 삶의 형태로 이해된다. 이것은 앞에서 말한바 전통의 경우나 마찬가지로 사람의 삶이 필연과 자유의 유연한 결합 속에 있고, 그것의 바탕을 이루는 것이 인간의 형상성에의 열림이라는 것을 다시 말하여 준다. 그러나 더 중요한 것은 다른 사회의 범례가 전통적 범례에 대하여 커다란 갈등의 원인이 된다는 것이다. 이 갈등 그리고 충돌에서 사람의 삶은 파편화되고 지리멸렬한 것이 될 수도 있다. 이것을 극복하는 것은 형상성에의 열림의 계기를 통하여서이다. 이것이 두 개의 범례를 넘어서는 보편적 차원을 성취할 수 있게 한다. 그러나 이것은 서로 다른 것들을 주체적으로 수용할 수 있는 능력을 요구한다. 그런데 이 주체적 능력은 전통적 범례 속에 주체의 핵심을 견지하고 그것의 변용 가능성을 수용함으로써만 가능하다.

3. 인간성의 패러다임 혁명

불확실성과 인간성의 패러다임 인간과 인간의 행동 방식을 이해하는 데 과거로부터의 범례가 중요하다고 하는 전통주의는 정태적인 또는 적어도 누적적 답습을 인간 이해와 실천에 있어서 유일하게 적절한 방법으로 보는 것 같지만 이미 지적한 바와 같이, 역설적으로 전통의 필요는 인간의 무규정성에 있다고 할 수 있다. 사실상 전통이 그대로 답습되는 것이라면 그것은 강조될 필요도 없고, 더 나아가 의식에 떠오르지도 아니할 것이다. 당대적 또는 개인적 자유와 선택의 불확실성이 이미 실험된 초당대적인, 여러 세대에 걸쳐서 시험된 이해와 방법에 권위를 부여한다. 전통의 아래에는 늘 새로운 출발의 가능성이, 적어도 철학적인 의미에서의 새 출발의 가능성이 숨어 있는 것이다. 그리고 사실상 그러한 가능성은 때때로 개인적으로 시험되기도 하고, 역사적 주제로서 등장하기도 한다. 그러한 혁명적 가능성이 있을 때 전통도 하나의 커다란 정초 작업으로부터 시작된 것임이 드러난다.

토머스 쿤은 과학의 발달이 누적적인 것만이 아니고 때때로 혁명적 격변을 거치면서 진행되는 것임을 말하였다. 평상적 과학의 평상적 절차로 보이는 누적적 발달은 혁명적 시기에 형성된 패러다임에 함축된 가능성의 전개라는 것이다. 이것은 인간관의 경우에도 해당되는 것이 아닌가 한다. 인간성의 문제는 위기의 시기에 등장한다.(또는 인간성의 위기가 시대의 위기를 가져온다고 할 수 있을지도 모른다.) 그리고 다시 인간에 대한 일정한 해석이 설정되고, 그다음의 시기는 위기의 시기의 유산으로, 또는 유산으로 산다는 것도 잊어버린 채 사는 것으로 보이는 것이다.

인간성의 투쟁 평상시에 있어서 인간성의 문제는 부질없는 사변의 유희처럼 보일 수 있다. 그런데 위기에 있어서 우리는 그것이 시대의 다른 문제들에 깊이 관계되어 있으며 이 문제들의 핵심에 위치해 있다는 것을 안다. 이런 관련 속에서 인간성의 문제의 참다운 의의, 즉 인간성의 문제가 이론의 문제이면서 더 크게는 현실의 문제라는 것이 드러난다. 사람이 어떠한 존재인가 하는 문제가 사람이 어떻게 살아야 할 것인가 하는 실존적 함축을 가졌다는 것은 앞에서 이미 말한 바이다. 그보다도 그러한 질문의 중요성은 그것이 흔히는 집단적인 삶의 선택에 관계된다는 사실에 기인한다. 그리하여 우리의 사람에 대한 물음은 심각성을 띠우고 또 투쟁적 성격을 갖는다. 투쟁적 성격은 인간의 생존 방식이 자유로운 선택의 문제라는 데 관계되어 있다. 위기에 있어서 사람들은 갑자기 종래의 것과는 다른 선택의 가능성을 예감한다. 그리고 이 선택을 위한 싸움은 거인들의 싸움 (gigantomachia)이 된다.

인간성의 문제가 정치적 선택과 불가분의 관계를 가지고 있는 것은 쉽게 역사에서 볼 수 있다. 유교 전통에 있어서 또는 동양 전통에서 사람의 본성이 무엇인가 하는 물음은 정치의 근본 원리가 도덕적 감화인가, 아니면 법과 엄격한 행형 제도인가 하는 문제로 연결된다. 공자 시대는 춘추 전국 시대였다. 거세를 하고 수족을 절단하고 코를 베고 하는 형벌이 행해지고, 이러한 형벌에 처해질 수 있는 행위의 조목이 수천 가지가 되는 때였다. 공자의 인(仁)은 이러한 상황에 대한 답변이었다.[3] 주자 또는 퇴계의 성리학의 인간에 대한 성찰이 정확히 어떠한 시대적 위기에 대응하는 것인가를 밝힐 준비가 나에게는 되어 있지 않지만, 대체로 송 대(宋代)의 유학은 "수백 년간의 불교적 절망과 초탈을 겪은 후" 사회 개조를 지향하는 인간의 현세적 창조력을 회복하려는 움직임을 나타낸 것이었다고 할 수 있다. 그리하여 그것은 두 세상을 비집고 탄생하여 그 새로운 힘을 투쟁적으로 확대해 나가지 아니하면 안 되었다. 이러한 위기적 성격은 시대만이 아니라 개인에게도 해당되는 것이었다. 주자는 성리학의 성립에서 가장 처음의 인물이 아니었으나, 역시 도학에 이르기 전에 강력한 정신적 위기를 겪지 않으면 안 되었다. 그의 도교의 불교로부터의 전향은 "바울의 기독교 개종이나 구마라집의 대승 불교에의 귀의를 상기케 하는…… 열도"를 가진 것이었다. 그가 철학에서 이 내면적 체험이 중심적 위치를 차지하리라는 것은 자연스럽게 생각될 수 있다.[4] 한국 유학이 고려 말과 조선조 초의

3　Etiemble, *Confucius* (Paris: Gallimard: Collection Idees, 1966), p. 22.

4　W. Theodore de Bary. ed., *The Unfolding of Neo-Confucianism* (New York: Columbia University Press, 1975). p. 57.

왕조의 위기에 깊이 관계되어 있는 것은 잘 알려진 사실이다. 이조 중기의 유학사에서 유명한 사칠 논쟁(四七論爭)은 일종의 인성 논쟁인데, 사람의 본성을 구성하는 기본 원리로서 이기(理氣) 어느 쪽이 중요하냐 하는 것은 사실은 그 자체보다도 그 어느 쪽에 우위를 인정하느냐 하는 것이 갖는 사회적, 정치적, 도덕적 의의에 있었을 것이다. 이것도 아마 단순히 사상 논쟁이 아니라, 그 현실 정치적 의의를 생각해 볼 때 시대의 위기를 반영하는 것이었을 것이다.

서양에 있어서의 인간에 대한 이해는 주로 신학 속에서 행해졌다. 그러나 그것도 물론 그 자체로보다 그것의 여러 관련 속에서 생각될 때 의미 있는 것이 된다. 종교 개혁 시대의 신학 논쟁에서 원죄의 비중이 인간 존재에 대하여 갖는 의의를 어떻게 이해하느냐 하는 것은 교회와 사회 조직에 깊은 의미를 갖는 것이었다. 데카르트나 로크 또는 흄의 인성론이나 이성론도 철학적인 의의와 동시에 정치적 의의를 갖는 것이다. 그들의 생각이 전제 정치의 붕괴, 자유 민주주의, 시장 경제의 성장 등에 깊이 관련된 것임은 말할 필요도 없다.

4. 데카르트 혁명

데카르트의 혁명은 여러 가지 의미에서 더 자세히 생각해 볼 필요가 있는 경우이다. 그렇다는 것은 그의 경우에 있어서 사람에 대한 물음이 보다 적극적인 의미에서 세계 구성과 관계되기 때문이다. 철학적 성찰은 오늘의 서양 세계를 탄생시키는 데 두루 관계되어 있다. 지금에 우리가 생각하게 되는 것은 데카르트의 작업이 정치를 포함하여 실제적, 이론적, 상징적 세계의 구성에 필요한 구성 원리를 정립하려는 것이었다는 것이다.

데카르트는, 또 다른 합리주의 철학자인 로크와 함께 현대 사회의 단초에 있는 철학자들이다. 그들의 인간에 대한 새로운 검토를 살펴보면, 한쪽은 이성주의적이고 다른 쪽은 경험주의적이지만 전체로 볼 때 새로운 합리적 정신을 대표한다고 볼 수 있는데, 이들의 철학적 검토는 서양의 근대 문화의 정신적 토대가 되고 있다. 그러니만큼 그들은 두 시대의 접합점, 다시 말해 '유럽 정신의 위기'를 나타내고 있다. 이 위기가 그들로 하여금 인간에 대하여 새로운 검토를 요구하였던 것이다. 그들은 인간을 주로 이성적인 존재로 규정하였다. 그런데 특이한 것은 이러한 정의가 직관적이라기보다는 방법적 엄밀성에 관계되어 있었다는 것이다. 그들에게 인간성은 ─ 그것은 주로 인간의 인식 능력의 관점에서 문제 된 것이었는데 ─ 근본으로부터 새로 확인될 필요가 있는 것이었다. 이성은 당초에 인간성의 핵심으로 전개되지만 회의로부터 시작하여 방법적으로 인간 능력을 밝혀 가는 과정에서 드러나는 것이었다. 그것은 한편으로 인간의 능력을 확인하게 하면서, 그것을 통하여 세계의 법칙적 구성을 가능하게 한다. 그것은 인간의 사고에서 확인되는 이성이 필연적 인과 관계를 인지하는 데에 작용하는 능력이기 때문이다. 그리하여 그것은 사람의 능력이면서 스스로 안에 인지하는 강제력이다. 스스로의 법칙을 따르는 것은 이 강제력을 수용하는 것이면서 동시에 사물을 지배하는 강제력을 확인하는 것이다. 그리하여 그것은 이러한 것들을 상대로 어떤 일을 할 수 있는 능력을 사람에게 부여한다. 과연 이성은 데카르트 이후 인간의 능력과 사회와 물질을 새로이 구성해 가는 데 미증유의 위력을 발휘하였다. 그것은 자연의 기술적 계발의 도구가 된다. 그리고 인간 자체도 그 도구적 성격의 지배하에 들어간다.

이성의 문제적 성격   그것은 너무나 성공적이어서, 다른 성공한 인간 해석과 마찬가지로 완전히 그것의 문제적인 탄생을 망각했다고 할 수 있다. 하이데거가 존재의 망각이라고 부르는 현상은 이것을 말한 것이라고 할 수 있다. 하이데거는 그의 저서 여러 곳에서 과학적 진리의 객관성을 부인하는 말들을 하였다. 그가 지적하는 것은 그것이 인간 존재에 대한 특정한 태도와의 관련에서 정립되는 방편적 성격을 가진 진리라는 것이다. 과학적 연구의 대상으로서의 사물은 사유하는 인간의 주관에 대응하여 설정된 것이다.

데카르트는 모든 것을 의심하고, 의심할 수 없는 근거로서 이성적 사유를 남겨 놓는다. 그리고 이 사유의 기준에 따라서 세계를 재구성한다. 그 방법으로 가장 믿을 만한 것은 수학이다. 수학은 가장 엄밀한 객관적 지식의 보증이 된다. 그러나 수학이야말로 인간의 주관의 한 측면인 이성에 기초해 있는 것으로서, 인간의 주관을 사물의 세계에 투입하였다가 마치 그것이 사물 자체에서 나오는 것인 양 그것을 되찾아오는 것이다. 서구어의 수학이란 말의 어원인 '타 마세마타(ta mathemata)'는 이미 알고 있는 것을 지칭하고, 그것에서 출발하는 지식도 이미 알고 있는 것을 더 깊게 안다는 것을 뜻한다.[5] 데카르트의 사유를 통하여 "사람은 스스로를 모든 척도에 대한 척도로 기초하고, 그것에 의하여 무엇이 확실한가, 즉 참인가, 즉 존재하는 것으로 간주되어야 하는 것을 헤아리고 계산한다."[6] 그러면서도 과학적인 진리가 잊어버리는 것은 그것이 존재에 대한 하나의 특정한 해석에 입각한 것이며, 인간의 주관의 특정한 태도에 관계되어 구성된 것이라는 사실이다. 데카르트의 주관적이며 편협하게 과학적인 존재관은 그로 하여금 "인간의 현존(Dasein)이 존재론적으로 적절한 행동의 방식들

---

5 Cf. Martin Heidegger, *Die Frage nach dem Ding*(Tübingen: Max Niemeyer, 1962), pp. 56～58.

6 Martin Heidegger, *Holzwege*(Frankfurt am Main: Vittorio Klostermann, 1952), pp. 101～102. Cf. Laszlo Versenyi, *Heidegger, Being, and Truth*(New Haven: Yale University Press, 1965) p. 62.

을 드러내지 못하게 한다. ……그리고 모든 감각적, 오성적 지각이 어떤 기초 위에 서 있는 것이며 세계 내 존재의 가능성들이란 것을 볼 수 없게 한다."[7]

이성의 혁명   하이데거가 데카르트를 비롯하여 근대 서양 철학가들을 분석, 비판하는 목적은 물론 잊힌 존재에 대한 느낌을 되돌리려는 것이다. 그러나 놀라운 것은 데카르트의 이성적 추구가 얼마나 성공적이었나 하는 것이다. 데카르트의 철학은 이미 정치적, 사회적 의도를, 더 일반적으로 현실 개조의 의도를 가진 것이었다. 그는 그의 철학이 보다 민주적이고 자유로운 사회 질서와 평화에 기여하고, 궁극적으로 과학적 지식의 진보를 통한 인간의 물질적 복지에 기여할 것이라고 믿었다. 더 중요한 것은 모든 인간에게 실질적인 이익을 가져다 줄 수 있는 것은 형이상학이나 자연 철학이 아니고, 의학, 기계학, 도덕학의 발달이라고 생각하였다는 점이다. 처음 두 학문이 비록 학문의 뿌리이며 줄기라고 하더라도 "과실을 얻을 수 있는 곳은 뿌리에서도 줄기에서도 아니고 가지 끝에서이기 때문에 철학의 중요한 이익은 최후에 겨우 배울 수 있는 그 부분에 걸려 있는 것이다." 그는 1644년 클로드 피코에게 준 「철학 원리의 서문」에서 이렇게 썼다.[8] 데카르트의 이성적 방법에 의한 학문의 탐구가 그로 하여금 철학뿐만 아니라 물리학, 수학, 심리학, 생리학 등 다방면의 분야에 있어서의 업적을 낳게 한 것은 말할 것도 없고, 개인적으로 박해와 불우에도 불구하고 17세기 말에는 벌써 그의 영향을 받지 아니한 학자나 학문적 저작을 찾아보기 어려울 정도로 전 유럽의 새 학문의 원천이 되었다. 그는 폴 아자르의 말대로 당대

---

7   Martin Heidegger, *Sein und Zeit*(Tübingen: Max Niemeyer, 1972), p. 98.
8   라이너 슈페히트, 이규호 옮김, 「데카르트 전」(삼성문화문고, 1973), 100쪽.

학문의 '왕'이 된 것이다.[9]

  서양의 근대사에 있어서 이성의 작업의 중요성은 여러 각도로부터 헤
겔에서 마르크스 그리고 베버에 이르기까지의 여러 논자들이 주장한 바
있는 명제이다. 여기서 우리가 지적하고자 하는 것은 서양의 사상사 또는
더 넓게 서양사의 발전이 아니라 그러한 발전의 전제로서의 데카르트적
이성의 원리가 필수적이었다는 점이다. 앞에서 말한 바를 되풀이하면, 어
떤 경우에나 사람이 하는 일에는 그 일의 전제로서 사람의 자기 정립이 필
요하다. 이 자아의식은 무반성의 순진한 것일 수도 있고, 보다 심각한 학
문적인 반성의 결과일 수도 있다. 또 그것은 그때그때의 개인 행동에 관계
되는 것일 수도 있고 사회의 이론적, 현실적 정비를 위하여 수행되는 집단
적이고 체계적인 기획일 수도 있다. 데카르트적 이성은, 그것이 옳은 것이
든 아니든 세계 구성의 원리로서 놀랍게 생산적이고 효과적이었다. 우리
가 서양의 근대사를 합리성의 확대라는 관점에서 볼 수 있다고 한다면 그
것은 이 주체적 극──현상학적 비유를 사용하여 질료의 객체적 극에 대
하여 노에시스의 극──에 의지함으로써 매우 효율적으로 진전될 수 있고,
또 그것의 구성적 가능성으로 하여 성취될 수 있었던 것이다. 이렇게 볼
때 철학, 경제학, 사회학 또는 정치학에 있어서 계속된 이성의 위치의 확
립을 위한 노력은──경험주의이든 대륙의 합리주의이든, 긍정적이든 또
는 비판적이든──세계의 합리적 구성에 지렛대를 마련하는 작업이었다
고 할 수 있다. 그것의 구성 원리로서의 생산성은 서구 학문의 성장과 함께
서구의 과학 기술적 변화와 정치적 변화, 그리고 더 나아가 그 압력과 영향
으로 일어나고 있는 전 세계의 변화가 웅변으로 증언하고 있다. 여기에 우

---

9 Paul Hazard, *The European Mind 1680~1715, The Critical Years*(New York: Fordham University
   Press, 1990), p. 130. *La Crise de la conscience Europeenne*(Paris, 1935)의 영역.

리 사회의 지난 100년간의, 또 지난 30년간의 변화가 포함됨은 물론이다. 그리고 그 작은 결과의 하나로서 지금 이 시간에 우리는 인문 과학의 위기 ─ 결국은 데카르트적 인간 해석과 그것에 기초한 세계의 재구성이 전통적, 인문적 수양을 붕괴하게 한 마당에서 인문 과학의 위기를 논하고 있는 것이다.

5. 다른 인간상: 독일 관념론과 동양적 인간

다른 인간상   역사의 속기술을 빌려 우리가 오늘의 세계를 데카르트 혁명의 소산이라고 할 때, 오늘의 세계에서 인간은 그 인간성이 온전하게 발휘될 수 있게 되었는가? 거기에서 인간은 행복한가? 17세기 이후의 서양 과학과 기술 발달은 인간의 삶의 조건을 엄청나게 바꾸어 놓았다. 여러 우여곡절을 통하여 이 대변화에 뒤늦게 참여한 우리에게 아직도 가장 두드러지게 눈에 띄는 것은 그 물질적 혜택, 아니면 적어도 축적과 소비이다. 그러나 이 변화가 가져온 인간적, 정신적 고통도 그에 못지않게 엄청나다. 고통의 일부는 변화의 사실 자체에서 온다.(삶의 정신은 근원적 보수성을 가진 것으로 볼 수 있기 때문이다.) 그러면서 우리는 오늘의 상황이 인간의 온전한 행복과 성취를 크게 손상하는 바가 있다고 느낀다. 그리고 그 원인의 일부는 과학과 기술, 또 그 소산인 현대 경제가 인간의 일면을 왜곡, 과장하며 그 전체적이며 온전한 발전을 저해하기 때문이라고 생각하는 것이다. 여기에 대하여 다른 대체 방안들이 여러 가지로 말하여질 수 있다. 이하에서 우리는 이 대체 방안들을 잠시 살펴보고 그것의 의의, 특히 우리가 문제 삼고 있는 인간의 문제가 어떤 의의가 있는가를 생각해 보고자 한다.

이미 말한 바와 같이 데카르트적 세계 또는 과학 기술과 산업의 세계는, 인간에 대한 일면적이고 단순화된 해석에 입각한 것이었다. 하이데거가 말하는 존재 망각에 대한 것은 아니라고 하더라도 합리주의의 인간관, 또 자연관에 대한 비판은 그것의 거대한 업적에도 불구하고 17세기부터 오늘날까지 그치지 아니하였다. 여러 반계몽주의적 흐름 가운데 가장 주목할 만한 비판은 독일의 계몽주의와 계몽주의 비판에서 행해진 것이었다. 그렇다는 것은 그것이 여러 낭만주의적 반발, 회의, 절망에 대하여, 그것만이 유독 대체 비전의 현실적 관련에 유념한 것이었기 때문이었다. 오늘날에 있어서도 가장 강력한 비판은 대체로 거기로부터 연유하는 것이다. 이 비판이 보존하고 발전시키고자 했던 것은 합리주의 체제에서 단순화시킨 사유의 인간보다 조금 더 복잡한 인간이었다고 할 수 있다.

이성의 담당자로서 인간은 그 자신도 이 물질세계의 객관적 존재로 간주하게 된다. 그는 이 물질세계의 주인이지만 동시에 그가 객관화하는 물질세계에 복종하는 한에서만 주인으로 남아 있다. 자연의 이론적, 실천적 조종에 있어서, 베이컨의 "복종함으로써 정복한다."라는 말은 옳은 말이다. 이성과 일치되는 것으로 생각되는 인간성 부분의 객관화가 불가피하다고 한다면 인간성의 여타 부분이 자연 일반과 마찬가지로 객관적인 사실로 취급되는 것은 당연한 일이다. 데카르트에 있어서 인간 이해의 주된 관점은 그의 『정념론(*Traité des Passionsn de l'Âme*)』에서 볼 수 있듯이 생물학적이다. 흄은 사람을 '지각의 다발(a bundle of perceptions)'이라고 했지만, 더 흔히는 과학적 인간관에서 인간은 충동과 반복과 욕구의 다발로 생각된다. 독일의 지식인들이 이성적 원칙의 시대적 표현인 계몽주의에 대하여 착잡한 태도를 가졌던 것은 후진국 지식인들의 민족주의에도 연유하는 것이었지만, 그들은 바로 그 후진성으로 인하여 잔존하는 보다 유기적인 인간관 그리고 그들 특유의 경건주의적 내면성으로 하여 영국이나 프랑스

의 합리주의에 대하여 보다 전인적이고 내면적이며 자율적인 인간의 현실
성을 확인하고자 하였다. 그 대표적인 사상은 찰스 테일러가 "표현적 인간
학(expressivist anthropology)"이라고 부른 인간 이해의 전통을 이룬다. 이것
은 헤르더에서 시작하여 피히테, 셸링, 헤겔의 관념론에서 주로 보이는 것
이지만, 그것은 마르크스와 같은 유물론적 인간관에서도 중요한 구성 요
소가 된다.[10]

인간 능력의 조화된 형성 헤르더에게 이상적 인간은 삶과 사유, 느낌과 이
성, 앎과 의지 간에 분열이 없는 통일된 존재이다. 그러면서 인간의 온전함
은 정태적으로 주어지는 것이 아니라 자기실현을 통하여 완성되어야 할
어떤 것이다. 이 완성은 어떤 정해진 이상으로 주어지는 것이 아니라 개체
의 독자적인 발전으로 이룩되는 것이다. "사람은 사람마다, 말하자면 그의
모든 감각적 느낌들이 서로 독특하게 어울리는 데에서 오는 하나의 독자
적인 척도를 갖는다.(Jeder Mensch hat ein einges Maß, gleichsam eine Stimmung
aller seiner sinnlichen Gefühle zu einander.)"[11] 그러나 각자의 자아실현은 내적
인 성숙만을 뜻하지 아니한다. 그것은 밖으로 표현됨으로써 완성된다. 내
적인 느낌과 의식 또는 의지의 자유는, 의미가 언어로 표현됨으로써 완성
되듯이 행동적 실천을 통해서 구체화되는 것이다. 이 실천이야말로 인간
의 모든 것을 조화하여 하나의 형상, 하나의 예술 작품처럼, 그리하여 예술
작품이 구현하는 하나의 관념처럼 삶을 완성한다. 헤르더의 표현적 인간
론은 다시 한 번 사람을 전 인간적 존재, 창조적 자유의 존재로 파악한다.

---

10 Cf. Charles Taylor, *Hegel*(Cambridge University Press, 1975), pp. 3~50. 테일러가 말하는 '표
  현주의'가 영국이나 프랑스의 계몽주의에 대한 독일적 비판의 전통을 이루는 것임은 유진 런
  의 책에도 지적되어 있다. Eugene Lunn, *Marxism and Modernism*(Berkeley and Los Angeles:
  University of California Press, 1984). pp. 28~32.

11 Charles Taylor, op, cit., p. 17.

달리 말하여 사람은 스스로의 삶을 세계 속에 실현하는 주체적 존재로 생각되는 것이다.

외적 세계와 규범과 조화된 인간   이러한 인간관은 극단적인 주관주의 또는 개인주의적 자유를 말하는 것으로 보인다. 그러나 이것을 완화시키는 요인은 표현의 필요 속에 이미 들어 있다. 예술적 표현이 작가의 자기표현이면서 매체와의 조화 또는 그것의 요구에 대한 순응이듯이, 인간 주체의 실천적 표현은 주체의 세계와의 창조적 조화를 통해서만 가능한 것이기 때문이다. 전인격적 인간의 발달된 자아의 느낌(Selbstgefühl)은 공감의 느낌(Mitgefühl)이다. 사람은 스스로에 일치하면서 자연에 일치한다. 그리고 또 사회의 동료 인간과 일치한다. 사람의 주체성은 자유로운 것이면서, 사실에 있어서는 자유롭기보다는 자율적인 것이고, 궁극적으로는 칸트에 있어서 가장 극명하게 표현되듯이 도덕적 지상 명령에 복종하는 것이다.

현실과 관념   헤르더가 말하는 개체의 자연이나 사회와의 공감이라고 하는 이상이 현실적으로 실현될 수 있는 것인가? 이것은 독일 관념론에서 계속적으로 문제가 되고, 또 그것을 넘어서 어떤 경우에서나 자연의 일부로서 사회적 존재로서의 인간의 가장 풀기 어려운 문제가 되는 것이라고 할 수밖에 없다. 관념론이라는 말 자체가 여기에 관련되어 있다. 그것은 19세기 독일 사상이 이 공감과 일치의 문제에 대하여 한꺼번에 형이상학적 해결을 시도하려는 데에서 얻어진 이름이다. 사람이 스스로의 성장적 충동에 충실하여 세계 속에서 스스로를 조화 있게 실현할 수 있다면 그것은 세계의 근본이 사람의 깊은 충동과 일치하기 때문이다. 그것은 인간의 자기실현의 시련을 통해서 구현하려는 바와 같은 관념이고 정신인 것이다. 논리는 이러하다. 그러나 현실적 조건이 무르익지 않은 가운데 정신적 자기실현은 불가능하다. 헤겔이 생각한 것은 정신과 사회가 완전히 하나가 되어 인간의 모든 가능성이 실현되는 사회였다. 마르크스는 정신적인 차원에서의 현실 조건의 혁명적 변화를 주로 생각한 이론가이지만, 서방 마르크스주의자들이 증명하려 한 바와 같이, 그의 첫 출발은 인간성의 완전한 실현이 어떤 조건하에서 가능한가 하는 보다 내면적인 문제였다.

헤르더에 비교하여 볼 때 헤겔은, 방금 말한 바와 같이 보다 분명하게 정신과 세계의 통합을 생각한 철학자였다. 그리하여 그의 철학적 논의는 현실 자체의 논리를 포용하는 것처럼 보인다. 헤겔에게 관념과 정신의 장은 인간의 전 역사이며, 그로부터 나타나는 사회이며 제도이다. 관념이나 정신의 주체는 개체라기보다 역사이다. 개체의 주체적 실현도 역사와의 관계에서 가능하다. 그리고 개체의 주체적 각성도 역사 속에서 주어지는 것이라면 개체와 사회 사이의 부조화는 당초부터 존재하지 않는 것일 수 있다. 다만 역사의 단계에 따라서 가능한 내용과 수준이 다를 뿐이다. 흔히 이야기되듯이 헤겔에게 정신과 역사의 반성적 의식 속에서의 일치는 헤겔 당대의 프로이센에서 비로소 이루어졌었다. 물론 헤겔의 생각이 이렇게 도식적으로 단순화할 수 있는 것은 아니다. 이러한 단순화된 도식으로도 역사에 있어서의 정신의 완전한 구현이야말로 조화의 상태를 말하기 때문에 그 이전의 역사 단계가 갈등과 고통 또는 적어도 충족되지 않은 인간적 갈망을 느끼는 결핍의 시대가 되는 것은 당연하다. 이것은 프로이센의 경우에도 그러하다. 프로이센의 의미는 그것이 적어도 헤겔에게는, 개체와 전체를 하나로 통합할 수 있는 국가라는 데에 있다. 그러나 그것은 현실이라기보다는 철학적 요청이라고 하는 것이 옳을 것이다. 이러한 요청은 바로 프로이센 안에 해결되어야 할 갈등이 존재한다는 증거라고 말할 수 있다.

마르크스가 강조하고 있는 것은 바로 이것이다. 그가 헤겔의 국가론을 비판하는 것은 그것이 관념을 실체화함으로써 사실상 존재하고 있는 사사로운 개인들의 사회를 국가의 '상상적 보편성' 속에 해소하려 한다는 점이다. 또 국가가 사사로운 개체와 공적인 전체를 통합하는 이념을 구현하는 현실적 매개체를 가지고 있는 것처럼 보인다 하더라도 그것은 한편으로 추상적인 통일 원리이며 다른 한편으로는 현실의 모순을 가지고 있으면서 그것을 호도하는 '신비화'에 불과하다. 현실적으로 국가는 관료에 의해 대표되고, 관료는 지주이든 귀족이든 중산 계급 출신이든, 공공 원리를 나타내는 듯하면서 그 스스로의 특수 이익을 발전 촉진하는 집단을 이룬다. 국가의 보편성을 즉자적으로 나타낸다고 말하여지는 입법부의 신분 집단에 대해서도 비슷한 모순을 지적할 수 있다.[12] 그러나 궁극적으로 국가의 보편성의 주장을 거짓이 되게 하는 것은 사회 안에서의 계급적 갈등이다. 그리고 그것의 혁명적 해결을 통해서 비로소 국가와 사회는 국가에 대한 사회의 종속이 아니라 사회 속으로의 국가의 소멸이라는 형태로 하나가 된다.

그러나 헤겔과 마르크스 어느 쪽이 더 현실적인 원근법을 가지고 있느냐 하는 것은 간단히 판단할 수 있는 문제가 아니다. 이론과 현실의 관계는 이론에 의한 현실의 포용, 또는 현실에 의한(또는 현실이라고 이론적으로 구성된 것에 의한) 이론의 포용 어느 쪽으로도 간단히 해결될 수는 없는 문제이다. 헤겔이 국가가 내포하고 있는 모순을 신비화하고 국가의 외형적 형식을 너무 이상적으로 파악했다고 한다면, 마르크스가 이 이상이 현실이 될 수 있다고 한 것도 너무 이상적인 현실 파악이라 할 수 있다. 장 이폴리트는 국가와 사회에 대한 헤겔과 마르크스의 대결에 논평을 가하면서 "헤겔

---

12 Cf. Karl Marx, "Kritik des Hegelschen Staatsrechts."

의 변증법은 매개의 핵심에 갈등의 긴장을 보존하는 데 대하여, 마르크스의 현실 변증법은 이 긴장을 완전히 없애는 쪽으로 움직인다. 그것은 이것을 현실 안에서 이룩하려 한다."라고 말하였다. 달리 말하여 헤겔은 "이념을 반영하는 '한없는 변증법'에 관계하고 있고, 마르크스는 '역사의 종말'을 내다보았다." 이폴리트에 의하면 헤겔의 입장은 우연적인 것이 아니고, 원래 마르크스처럼 생각했던 헤겔이 어떤 역사적 사건들을 성찰하는 과정에서 그의 생각을 보다 현실적으로 고쳤기 때문이었다.[13] 그러니까 얼른 보기에 현실적인 듯한 마르크스가 그 반대로 보이는 헤겔보다 덜 현실적이란 말이다. 이폴리트의 논평은 1960년대에 행해진 것이지만, 1990년대의 현실에서 이것은 새로운 타당성을 갖는 것으로 들린다. 그렇다는 것은 파국에 이른 현실 사회주의자가 보여 주는 것도 현실과의 관계에 있어서 이론의 오만, 다시 말해 현실을 완전히 스스로 안에 포용한다고 하는 이론의 오만의 소산이라고 할 수 있는 면이 있기 때문이다.

　동양 전통의 대안　서양의 인간관을 떠나서, 그리고 그중에도 이성의 인간—단편화된 이성의 인간에 대하여 우리의 전통의 인간관도 대안적인 의미를 가진 것으로 볼 수 있다. 우리가 명시적으로 또는 암시적으로 오늘의 현실을 지배하고 있는 가치와 인간에 대하여 불행한 느낌을 가지고 있다면, 우리의 전통적 가치가 어떤 도움을 줄 수 있는 것이 아닐까 하는 생각을 갖는 것은 당연하다. 인문 과학의 기본 임무 중의 하나는, 이미 시사한 바와 같이 전통의 유지, 계승, 해석 또는 비판이다. 이 사회에 사는 것만으로 얻는 상식의 관점에서도 동양적 인간관, 한국적 인간관은 인간을 보

---

13 Jean Hyppolite, trans. by John O'Neill, *Studies on Marx and Hegel*(New York: Harper Torchbooks,, 1969), p. 116.

다 조화 있게 전체적으로 파악하고 그것으로부터 개인과 사회의 윤리적 의미를 도출한 것이라는 느낌을 준다. 그러나 여기에서 이 문제를 잠깐 생각해 보는 것이 마땅하지만, 그것은 주로 전통 부활의 어려움을 지적하는 것이 될 것이다. 그것은 이 문제를 이야기할 준비가 되어 있지 않은 때문이기도 하지만, 이러한 부활을 어렵게 하는 원인이 너무나 많기 때문이다. 가치는 그것만이 독립해서 존재하는 것이 아니라 착잡한 사회적, 역사적 조건과 관계해서 존재하는 것이다. 거기에 수반하는 사회 조직이 돌이켜지지 않고 가치 또는 관념만이 되돌려질 수는 없다.

전통과 해석 현실과 관념의 관계는 주로 이론의 현실에 대한 설명 능력 속에 나타난다. 되풀이하여 말한 바와 같이 존재에 관계되지 않는 당위는 결국에 시들어 죽게 마련이다. 후자는 적어도 매우 중요한 연관에 있어서 전자에서 나오고 전자를 적어도 설명할 수 있어야 한다. 그런데 또 하나 주의할 것은, 이 설명은 이론과 현실의 정합 이외에 그야말로 설명할 수 있는 매개자의 능력과 그것의 지속에 의하여 가능해진다는 사실이다. 그것은 어떤 이론이 때와 시간, 상황을 초월하여 저절로 구비해 타당하게 되어 있는 것이 아니다. 모든 기호는 그 지시 대상으로 옮겨지기 전에 그 매개자로서 해석자를 필요로 한다는 찰스 퍼스의 기호론의 관찰은 더 일반화될 수 있다. 하나의 관념과 그 체계는 늘 해석자를 통해서 비로소 현실을 설명할 수 있다. 이것은 바뀌는 환경 속에서의 전통의 경우에 특히 그러하다. 전통은 그 해석이 계속되는 한 살아 있는 것이다. 이 해석은 끊임없는 변용을 수용하는 해석이다. 이 해석의 지속성이 끊기면서 이론과 현실의 정합성은 상실되어 버리고 만다. 이 지속성이 전통이다. 이론과 현실의 간격을 이어 주는 것은, 가령 어떤 고전 복고의 경우처럼 현실의 연계성에 뒷받침되는 해석의 작업을 통하여서일 뿐이다. 우리의 경우 전통의 해석 작업이 그친 지는 오래되었다. 그리하여 그것은, 반드시 그 본래적 설명력의 빈약성으로만이 아니라 해석 작업의 중단으로 하여, 오늘의 현실로부터 상당히 유리된 것이 되어 버리고 말았다.

역사에 단절이 없다고 한다면, 관념은 현실의 일부로 존재하여 당연한 것이라 할 것이다. 그리하여 오늘의 한국인을 설명하는 것은 무엇보다도 한국의 전통적 여러 관념들일 것이다. 이것을 거시적인 차원에까지 확대하여 서양적인 것이 중요한 역할을 한 것에 틀림없는 최근의 산업화까지도 유교적 세계관의 결과로 설명하려는 시도가 없지 않다. 그러나 오늘의 가장 중요한 사회 형성력인 경제를 추진하는 이론을, 말하자면 슈마허가 버마의 경제 모델을 불교 경제학이란 말로 설명하려 한 것과 비슷하게, 유교 경제학이라고 부를 수는 없는 일이다. 우리의 경제를 추진하는 지적 자원은 전적으로 서양에서 온다. 그리고 거기에 들어 있는 인간상은 합리적 개인주의의 동기를 가진 경제 인간이다. 우리의 정치 제도가 민주적인 것이든 아니든, 그 제도의 경우도 마찬가지다. 오늘의 우리 제도가 고려나 조선조의 제도와 관계없는 것임은 분명하다. 또는 교육의 내용은 어떠한가? 또는 우리의 일상생활을 움직이는 동력은 어떠한 것인가? 그리고 무엇보다도 우리 사회가 전체적으로 바라고 있는 것은 무엇인가? 그 통속적 단순화에도 불구하고, 또 그것이 참으로 바람직한 미래의 이상인가 아닌가 하는 것과는 상관이 없이, 소위 선진국이라는 것이 우리의 바람직한 미래상이 되어 있는 것은 부정할 수 없다.

이론과 현실 이러한 사실은, 관념과 이론의 현실에 대한 착잡한 관련을 다시 상기하게 한다. 오늘날 우리의 전통이 처한 그리고 우리가 일반적으로 처한 상황을 이해하기 위한 하나의 틀로서, 우회가 되는 일이기는 하지만 여기에서 잠깐 이 착잡한 관련을 생각해 보기로 한다. 이것은 우리의 전통에 대한 또 우리의 현실에 대한 접근을 신중하게 하는 데에 도움이 될 것이다.

이론은 현실을 설명할 수 있어야 한다. 그러나 동시에 그것은 실천적 의미를 갖는다. 그것은 미래를 위한 청사진이다. 물론 현실 이론이 유토피아의 꿈에 불과하다고 하는 것은 엄밀한 과학성의 지향을 깎아내리는 일이다. 미래의 요소는 이론 안에 막연한 소망으로만 존재하면서도 중요한 방법론적 의미를 갖는다. 이론은 현실을 단순화한다. 그러나 그것은 어떠한 관점에 서서 단순화한다. 이 단순화의 관점이 실천적 또는 미래적 관점이 개입되는 지점이다. 경제의 발전이나 균형의 유지라는 관점을 갖지 않고 어떻게 현실의 경제를 분석할 수 있겠는가. 미래 지향성은 물론 순수한 이론에서보다도 정책적 성격의 이론에서 더 강하다. 그러나 전자의 경우에도 이것을 피할 수는 없다.

그렇다고 이론이 사람의 주관적 지향에 의하여 자의적으로 구성되는 것은 아니다. 그것은 현실의 운산(運算) 가능성을 전제한다. 또는 더 나아가 이 운산 가능성이 동기를 일으켜 이론이 시작된다고 말할 수 있을는지 모른다. 그리하여 상당히 많은 경우 이론은 쉽게 현실과의 정합성을 얻는다. 그러나 정합성이 이렇듯 우연의 결합에서 가능하여지는 것이라면 그것은 또한 이론의 쇠퇴와 고물화의 원인이 되기도 한다. 이론이 파악할 수 있는 것보다는 훨씬 더 많은 변수로 이루어지는 현실은 한동안 존재하였던 운산의 가능성을 걷잡을 수 없이 사라지게 할 수도 있다. 어떠한 이론도 현실의 전부를 설명할 수는 없다. 그것은 현실이 드러내 주는, 한 국면에서 가능한 현실의 구성, 다시 말해 인간의 소망, 또는 좀 더 중립적으로 말하여 인간 존재의 어떤 방식이자 하이데거의 용어로 "인간 존재의 구조적 특성(existentiale)"의 조합으로 이루어진다. 이 구성의 가능성은 장기적 역사 변화에 의하여 또는 단기적인 격변으로 하여 불가능성으로 바뀔 수 있다.

또는 인간 심상의 변화로 인하여 그것은 옳고 그르고 간에 의미를 갖지 아니하는 것이 되어 버릴 수도 있다. 따라서 이론의 구성은 임시방편의 브리콜라주(bricolage)의 성격을 갖는다.

이론을 이렇게 설명해 보는 이점은 이론의 타당성을 반드시 그것 자체의 정오에 돌리지 않는다는 데에 있다. 오늘날 현실적으로나 지적으로나 가장 놀라운 격변의 하나는 사회주의의 소멸이다. 그리하여 현실에 대한 사회주의 이론의 파악은 전적으로 잘못된 것이며 역사의 종착점은, 유행적으로 말하여지듯이 자유주의적 자본주의인 것으로 보인다. 그러나 이것도 어느 쪽의 이론이 정당한가 하는 것보다는 오늘의 현실의 양상에서 후자의 현실 구성이 더욱 그럴싸하게 보일 뿐이라고 하는 것이 옳을는지 모른다. 그리고 어느 관점에서의 단순화를 넘어가는 현실의 새로운 연계는 다음 단계에서는 다른 이론적 구성에 타당성을 부여하게 될 가능성이 있는 것이다.

이성과 심(心)   이러한 관찰들은 우리의 전통에도 그대로 적용되는 것으로 보는 것이 어떨까 한다. 우리의 전통은 현실 구성과 기획의 계기가 되는 오늘의 욕망과 미래의 지향에 맞아 들어가지 않는다. 그리고 그 해석의 역사적 종식은 그 이론적 구조가 변화하는 욕망과 현실과 더불어 움직여 가며 현실 정합성을 유지하기가 어렵게 되었음을 뜻한다.

이렇게 이야기하면서도 사실 어떻게 하여 이론이 현실과 맞물려 돌아가게 되고 현실을 설명하고 움직이는 역학이 되는가 하는 것은 수수께끼라는 느낌을 버릴 수 없다. 동양의 인간관 그 자체는 오늘날에도 그대로 그럴싸하고 만족할 만한 것으로 보일 수 있다. 적어도 그것은 인간의 이성적 부분 이외의 것을 버림받은 지역에 두지는 아니한다. 서양의 인간학에서 인간 기능의 가장 높은 것, 인간 능력의 정점을 이루는 것으로서의 이성의 개념은 이미 플라톤의 누스(nous)의 개념에 등장한다. 동양의 인간학에서(이것은 단순화이기는 하지만 학문적 정확성보다도 우리가 가지고 있는 통념을 살핀다는 목적으로 단순화한다면), 여기에 해당하는 것은 아마 '심(心)'이라고 할 수 있을 것이다. 그러나 심 또는 마음은, 가령 영어로 번역하는 사람들이 더러는 heart라고, 더러는 mind라고 번역하는 데에서도 알 수 있듯이 전적으로 순수한 지식 자체를 목적으로 하는 인식의 기능은 아니다. 그것은 유명한 맹자의 사단(四端), 즉 측은지심(惻隱之心), 수오지심(羞惡之心), 사양지심(辭讓之心), 시비지심(是非之心)에 보이는 마음처럼, 사람의 내면에 작용하는 여러 기능을 가리킨다. 이러한 마음의 여러 가지 표현은 지적인 완성이나 그것을 통한 사물의 제어보다는 주로 도덕적 완성을 위한 단초가 되는 것이다. 그리고 중요한 것은 마음의 어떤 특정한 기능이 유독 사람의 타고난 자질 가운데에서 특히 특권적 위치를 가지고 있지도 아니하다는 것이다.

그리고 여기에 더하여 이러한 마음의 여러 표현은 물론 ── 인간의 고유한 성질을 귀중한 것으로 보는 일반적 경향에 따라 고귀한 것으로 보지만, 그렇다고 그것이 보다 낮은 기능, 예컨대 다른 동물들과 공유하고 있는 기능들과 질적으로 다르고 그것들과 억압과 투쟁의 관계에 있는 것으로 생각되지 아니한다. 사실 어떤 면에 있어서는 인간이 공유하고 있는 마음의 기능과 다른 동물들도 가지고 있는 본능적인 욕구의 유사성은 그것들이 사람에게 주는 만족감의 비슷함에서 볼 수 있다. 그것은 반드시 서양의 이성에서처럼 선험적인 근거를 가진 것은 아니다. 유교 전통에서 마음의 이성적이고 도덕적인 기능이 수행됨으로써 사람에게 주어진 것은 본능의 충족이 주는 것과 같은 기쁨의 느낌이었다. 맹자의 비유에는 자연 현상으로부터 취한 것이 많지만, 그는 "이(理)와 의(義)가 우리 마음을 기쁘게 해 주는 것은 마치 고기가 우리 입을 기쁘게 해 주는 것과 같다.(理義之悅我心, 猶

芻豢之悅我口.)"[14]라고 말하였다. 학문을 말하는 『논어』의 첫 시작은 그것이 어떤 논리적 충족감을 준다는 것이 아니라 친구를 만나는 것과 같은 기쁨을 준다는 것에서 그 근거를 찾는다. 도덕적 수양과 관련해서 편하고 기쁜 느낌의 중요성은 사실 초기 유교에서 자주 말하여지는 것이다. 정신의 온전함은 감각적 쾌락의 지표로 측정될 수 있으며 육체적 안녕과 별개의 것이 아니다.[15]

감각, 감성, 인간의 심미적 완성   이러한 점에 있어서의 유교적 인성론은 헤르더 등의 인간 이해에 비슷한 바가 있다. 그것은 인간의 모든 면을 고르게 인정하며 감성과 이성 또는 덕성의 연속성을 인정한다. 그리고 그것은 헤르더의 경우에서처럼 이러한 모든 것이 수양 또는 교양을 통해서 더욱 온전한 것이 될 수 있음을 말한다. 물론 차이가 없는 것은 아니다. 그것은 정도의 차이인 듯하면서 매우 중요한, 특히 그 오늘날의 의의를 생각함에 있어서 매우 중요한 차이이다. 맹자에 있어서 성인의 경지에까지 닦여질 수 있는 인간의 마음의 단초는 동물적인 본능, 또는 그에 유사한 여러 가지 정(情)과 같은 바탕, 즉 인간성 또는 인간의 성(性)과 생(生), 곧 삶에 들어 있는 것이지만, 인의예지(仁義禮智)의 완성에 여러 감각적, 감성적 요소들이 어떻게 작용하여야 하는가는 분명치 않다. 아마 그러한 것들은 충족되어야 하는 필요라는 것 이상의 의미를 갖지 않을 것이다. 기껏해야 그것은 마음에 의하여 통제될 수 있는 대상이었다.[16](이것은 데카르트의 경우에도 마찬가지이다. 그에게 여러 감각과 감정은, 이미 지적한 대로 이성적으로 충족되고 다스려져

---

14 「고자 장구 상」, 『맹자』.

15 Cf. Donald J. Munro, *The Concept of Man in Early China*(Stanford University Press, 1969), pp. 67~68.

16 Cf., Ibid., p. 79.

야 할 대상이었다.) 여기에 대하여 독일의 표현적 인간론의 큰 특징은 감각, 감성, 감정의 형성적 의의를 적극적으로 인정한 것이라 할 수 있다. 그것은 단순히 충족되고 조절되어야 할 어떤 것이 아니고, 계발되고 형성되고 완성되어야 할 인간적 자질인 것이며, 인간의 인격적 완성에 필수적인 바탕이 되는 것이다. 이것은 위에 비친 헤르더의 생각에도 들어 있지만 다른 어디에보다도 실러의 심미적 이상에 잘 표현되어 있다. 실러는 인간의 인격적 발전에 있어서 감각적, 감성적 요소의 핵심적 역할을 강조했을 뿐만 아니라 그것의 완성, 즉 그가 미적 교육이라 부른 과정을 통한 인간의 완성이 도덕적 인간이나 시민적 인간을 넘어가는, 그러면서 그러한 것들을 포함하는 최고의 인간적 이상이 될 수 있음을 말하였다.[17](『인간의 심미적 교육에 대하여』)

인간성 완성의 목표　또 한 가지 동양적 이상과의 차이라는 점에 있어서 주의할 것은 헤르더나 실러의 인간의 이상형이 미리 정해진 도덕적 목표에 의하여 제한되어 있지 않다는 것이다. 이에 대하여 공자, 맹자 또는 순자의 인간관에 있어서는, 그것이 아무리 자연적 인간의 실상에 기초하였다고 하더라도 자연적 인간의 수양에 있어서의 종착역은 정해진 덕목, 무엇보다도 공경하는 마음과 어진 마음, 그리고 일반적으로 인의예지의 덕목이다. 이에 대하여 실러에 있어서, 또 일반적으로 독일 관념의 전통에 있어서 인간적 완성의 최종적인 모습은, 그것이 개인적 자기실현과 사회적 조화를 가져오리라고는 생각되어 있기는 하지만, 꼭 어떤 특정의 모습을 가지고 있는 것은 아니다. 그러니까 그것은 어떤 내용으로 이야기되기보다는 미적 형식의 관점에서 이야기되는 것이다. 그것은 예측할 수 없는 독

---

17 프리드리히 실러, 『인간의 미적 교육에 대하여(*Über die Ästhetische Erziehung des Menschen*)』.

특한 형상을 나타낸다. 이것을 향한 독자적인 발전은 감각적, 정서적, 지적인 발전의 조화된 신장이 이룩하려는 것이기 때문에 미리 정해진 어떠한 척도로 말할 수 없는 것이다. 인간은 각자 독자적인 발전을 이룩하여야 한다. 여기에서 지적하고자 하는 동양적 인간관과 독일의 표현적 인간학의 핵심적 차이가 분명해진다. 후자는 되풀이하건대 인간의 감성적 요소를 적극적으로 중요시하며, 인간 발전과 완성을 한정적으로가 아니라 열려 있는 목표 속에서 보며, 인간 능력의 종합적 발전의 주체로서 개체를 존중한다.

심미적 이성과 방법적 이성주의　이렇게 말하는 것은, 이러한 인간관의 배경에 들어 있는 것이 팽창적 개인의 에너지라는 점을 지적하려는 것이다. 그것이 인간을 바르게 보았던 것인지 아닌지, 표현적 인간관의 의미는 시대와의 복합적 관련에서만 파악된다. 그것은 시대의 지평 속에서만 호소력을 가지며 현실적 효용성을 갖는다는 말이다. 독일 관념론은 봉건 사회의 붕괴, 그에 따른 개인적 에너지의 해방, 다시 말해 프랑스 혁명 전후의 시대적 상황 속에서 등장한 것이다. 그러나 그것마저도 서양사의 주류의 관점에서 볼 때 비판적 기능을 넘어간 현실적 형성의 힘을 발휘하지는 못하였다. 서양사를 지배한 것은 더 단순화된 합리주의였다. 이 합리주의가 "프랑스 계몽주의의 철학적 물리주의, '자연법'에 대한 믿음, 기술적, 물질적 '발전'의 사회적 유용성에 대한 낙관적 신념들"을 수용하면서 오늘의 세계를 만들어 냈다. 이것은 관념을 넘어가는 시대의 추이로 인한 것이라고 하겠지만 관념의 면에서도 그 현실적 관련의 효율성은 이미 예견될 수 있는 것이라고 할 수 있다. 이성의 이점은 그것이 방법적, 체계적 또는 의식적 조작을 허용하는 원리라는 점이다. 이것은 불가항력적 힘을 나타낸다. 그것은 우리가 복종하지 아니할 수 없는 필연적 법칙에 관계되어 있다. 그리고 이 법칙은 그것을 조종할 수 있는 사람에게 필연성의 힘을 빌려준다. 이러한 이성은 사람을 전통과 미신으로부터 자유롭게 하고 그에게 이성의 힘을 부여하였지만, 동시에 사람까지도 이성의 힘의 대상이 되게 하였다.

이성의 혁명의 힘에 자극되어 나온 것이면서도 표현적 인간학의 인간 이해는 그러한 힘을 가진 것이 아니었다. 인간의 감성적, 이성적, 인격적 성장은 강제적 조작을 허용하지 않는다. 그것은 조작의 원리가 아니라 성장의 현상학에 불과하다. 헤겔의 역사관은 이러한 인간 정신의 전체적 발전에 역사의 힘을 부여하려고 하였다. 이것을 보다 현실적 경제와 정치적 차원으로 옮겨 놓으려 한 것이 마르크스였다. 그러나 그러한 역사 발전의 불가항력적 힘이란, 현실 사회주의의 소멸이라는 오늘의 상황으로 볼 때, 존재하지 않는 것이든지 아니면 비밀경찰과 관료 체제에 의하여서만 그러한 것으로 위장될 수 있는 것이 아닌가 하는 의심을 갖게 한다.

인간성과 역사적 현실의 추이 이러한 관찰들은 인간을 어떻게 이해하느냐 하는 문제가 다시 한 번 바른 이론적 접근의 문제가 아니라는 것을 말해 준다. 그것은 한편으로 그러한 것을 포용하면서, 다른 한편으로 시대의 여러 요소들과의 관계에서 현실 구성, 세계 구성의 원리로서 얼마만큼의 효율을 갖느냐 하는 문제인 것이다. 인간에 대한 물음이 개인적이든 집단적이든 어떻게 사느냐에 관계되어 있다고 하는 것은 그것이 추상적인 물음이 아니라 주어진 현실 속의 물음이라는 뜻이다. 그것은 우리가 현실을 어떻게 파악하느냐 하는 문제에 관계되어 있다. 또는 더 나아가 그것은 바로 그러한 문제 이외에 다름이 아니다. 그렇다는 것은 주관적 — 그것이 개인적으로 생각되든 간주관적인 것(Intersubjective)인 것으로 생각되든 — 선택보다는 주어진 상황이 드러내 주는 가능성의 문제가 되는 것이기 때문이다. 현실적으로 의미 있는 선택이란 현실의 가능성을 구현하는 것에 다름 아니다. 물음과 선택의 장으로서의 현실을 우리는 역사라고 말할 수 있다. 일정한 모양을 가지고 있으면서도 일정하게 변하는 현실 안에서만 물음과 선택은 의미를 가질 것이거니와 이렇게 파악된 인간 경영의 전체를 역사라 부를 수 있겠기 때문이다. 그러니까 인간에 대한 물음은(또 그 존재를 위한 투쟁은) 역사 속에서의 일인 것이다.

인간에 대한 물음이 역사적이란 것은 인간성이 역사적으로 변화하는 것이고, 이 변화는 그때그때의 역사적 업적의 총화 속에 비로소 드러난다는 말이다. 따라서 그것은 이 총체에 대한 그 시점의 인간적 가능성이라는 관점에서의 반성을 통하여 포착될 수 있다. 이 총체를 파악하는 일이 쉽지 아니함은 물론이다. 이것은 극단적으로 이야기하면 인간 역사의 의미를, 그 구조와 핵심적 원리를 파악한다는 것을 말한다. 이렇게 거창하게 생각하지 않더라도 인간성을 역사적으로 생각하는 것은 역사의 어떤 국면에 있어서의 중심 원리가 무엇인가를 묻는 것인데, 이것은 한편으로 경험적 질문이면서 우리의 선택에 관계되는 질문이다. 즉 그것은 우리가 어떠한 중심으로부터 오늘을 이해하고 오늘을 조직할 수 있다고 생각하느냐의 문제이고, 이 중심의 선택은 우리 자신의 역사적 선택으로서 집단의 정치적 선택인 것이다.(여기서 경험적 질문과 선택의 문제는 다시 한 번 불가분의 관계에 있다. 선택은 현실 속의 선택이다.) 그러나 앞에서 비친 바와 같이 오늘날 우리의 질문은 역사의 진로에 대한 어떤 신뢰, 말하자면 헤겔적인 신뢰로부터 출발할 수 있는 형편에 있는 것이 아니다.

하여튼 우리가 가지고 있는 문제는 가치의 선택, 관념 체계의 선택 또는 인문 과학의 문제로서만 풀 수는 없다. 학문적으로 할 수 있는 것은 인간의 바른 이해를 위한 탐색을 계속하는 것이며, 그것을 위해서 탐구의 자세를 유지하는 것이다. 어쩌면 가장 중요한 것은 이 후자라고 해야 할는지 모른다. 우리가 인간을 무엇이라고 정의하든지 간에, 그 정의가 가능한 것은 그것에 대한 물음의 바탕 위에서이기 때문이다. 사실 인간의 가장 큰 특징은 바로 이 물어보는 일에 있고, 인문 과학의 핵심은 이 물음의 절실함에 충실한 것이라고 할 수도 있다.

6. 물음으로서의 인간

물음으로서의 인간   인간성의 문제는 어떤 선험적인, 또는 틀림이 없는 실증적 답변을 허용하는 종류의 문제가 아니다. 객관적인 사물에 대한 물음에 대하여 물음을 묻는 사람에 대하여 묻고 답하는 것은 지극히 어려운 일이다. 사람의 의식은 근본적으로 제 스스로가 아니라 대상으로 맞서는 것을 향하게 되어 있다. 쉬운 빈사(賓辭)로 규정할 수 없는 것이 사람이다. 어떤 말로 규정하더라도 다음 순간 사람은 그 말을 넘어갈 수 있다. 그는 말의 공식에 의하여 붙잡히기에는 너무 자유롭고 창조적이다. 물론 이 자유와 창조는 주어진 조건 속에 실현된다. 그것을 활용할 동기 자체도 이 조건의 촉발에 의하여 일어난다. 그것은 대상을 통하여서만 창조적이다. 그러면서 그 관계 속에서 사람은 주체로서 존재한다. 그리하여 객체로서 파악되지 아니한다. 그러면서도 그에 대한 답이 쉽지 않은 데에도 물음을 묻는 것은 중요하다. 어떤 면에서는 중요한 것은 답보다 물음이다.

물음이야말로 사람이 주체로서 주어진 사실성의 세계를 넘어갈 수 있는 존재라는 것을 나타내 주는 인간 존재의 특성이라고 할 수 있다. 그는 물음을 물음으로써 주어진 사물의 가득한 현실성을 부정하고, 그것을 새로운 가능성 속에서 바라볼 수 있다. 같은 물음의 변용은 자신의 존재와의 관계에서도 일어난다. 그는 자신의 주어진 모습에 의문을 가한다. 그것은 자신을 새로운 변용의 가능성 속에서 볼 수 있게 한다. 하이데거는 사람을 존재론적(ontologisch) 존재라고 말한 바 있다. 즉 존재에 대한 생각을 가지고 사는 것이 사람이라는 말이다. 이것은 한편으로는 스스로의 삶을 가능성 속에서 이해하며 또는 결정한다는 것을 뜻하고, 다른 한편으로는 세상의 사물을 그 자체 있는 대로 또 전체로서 이해하고 관계를 가지며 산다는 것을 말한다. 존재를 생각하는 데에 있어서 핵심적인 것은 그것에 대하여 물음을 묻는 것이다.

물음의 공간/존재의 공간 물음은 말하자면 사물들과 우리 자신을 존재하게 하는 공간이다. "우리의 물음이 존재자가 그렇게 물을 만한 상태로 태어나게 하는 구역을 연다." 사물은 사물대로 존재하는 것이지만 그것은 우리의 물음을 통해서 그것이 있는 바 그대로의 것이며 다른 어떤 것이 아니고 또 존재하는 것이 아닌 것이 아니라는 것을 드러내게 된다. 이것은 사물이 여러 가능성 속에 궁극적으로 여러 또는 모든 있음과 없음의 가능성 속에 있다는 것, 존재 전체의 넓은 지평 안에 있다는 것을 암시한다. "우리를 열림으로(ins Offene) 움직여 가는 것은 이 물음이다. 물론 이 물음은 (모든 참다운 물음이 그러하듯이) 물음의 과정에서 스스로를 바뀌게 하고 모든 것 위에 또 모든 곳 속에 새로운 공간을 던지는 것이라야 한다." 이러한 물음의 과정이 단순히 사물에만 관계되는 것은 아님은 물론이다. 이미 비친 대로 그것은 사람과 물건이 함께 관련되어 들어가는 움직임의 과정이다. 그리고 이것은 심연과 어지러움의 체험일 수 있다. 사물에 대한 물음의 과정 속에서 "사물은 '존재와 무'의 극단적인 진폭의 가능성 속에서 흔들림에 빠지고 그 단단한 바닥을 잃는다. 그리고 물어보는 인간 존재도 부유 상태에 들어가 부유 상태에 제 스스로의 힘으로 떠 있게 된다."[18]

---

18 Martin Heidegger, *Einführung in die Metaphysik*(Tübingen: Max Niemeyer, 1953), pp. 22~23.

그러나 더 직접적으로 이러한 심연의 체험은 우리의 물음이 사람의 존재 그 자체를 향할 때 경험하게 될 것이다. 그것은 이미 말한 바와 같이 사물의 경우에나 똑같이 우리의 주어진 삶의 그 현실적 사실성을 넘어가는 여러 가능성, 그리고 있을 수도 없을 수도 있는 것이라는 것을 드러내 줄 것이고, 어떤 사람에게 이것은 두려움과 전율의 체험이 되는 것이다. 그러나 이것은 동시에 현실성과 가능성의 명암 속에 펼쳐지는 새로운 지평, 밝아오는 열림의 세계를 말할 수도 있다. 이 관련에서는 사람이 존재론적 존재라는 하이데거의 말의 의미는, 사람은, 불안과 희망의 가능성을 아울러 지닌 채 스스로의 존재를 문제 삼는 존재라는 것이다. 물음은 이 존재론적 존재의 삶에 핵심적인 열쇠가 된다.

　　물음 속의 답　사람에 대하여 묻는 것은 이미 그 물음에 답을 가진 물음의 행위라고 할 수 있다. 묻는 것 자체가 이미 그것에 답하기 전에 사람이 존재하는 방식의 근본에 스스로를 여는 행위이다. 사실 사람에 대한 물음은 대개 우리를 이 물음의 공간으로 깨어나게 하는 것을 그 목적으로 하는 경우가 많다. 여기에 관련하여 우리는 데카르트 회의가 모든 주어진 사물과 명제에 대하여 물음을 제기함으로써 새로운 과학적 사고의 단초를 열었던 것을 생각할 수 있다. 그의 물음이 직접적으로 인간에 관한 것이었다고 할 수는 없지만, 그것이 서양의 인간의 존재 방식을 일정한 방향으로 결정하는 데에 매우 중요한 것이었음은 틀림이 없다. 그리고 사실상 그의 이성의 방법은 인간을 인간이 되게 하는 것이 만인 공유의 이성이라는 인간 해석을 담고 있는 것이다. 이 이성은 물음을 묻는 이성이다.

　　퇴계(退溪)에게 학문이란 인성과 그 바탕이 되는 세계의 이치를 깨닫는 것인데, 그것을 위하여 필요한 것은 깨달을 수 있는 마음을 갖는 것이다. 그가 이 마음을 '묻는 마음'으로 규정한다 할 수는 없을지 모르나, 그것

이 현존하는 것을 넘어설 수 있는, 그리하여 그것으로부터 없음의 가능성
으로 움직여 갈 수 있는 부정의 힘임을 암시하는 경우는 흔히 볼 수 있다.
"일이란 좋은 일, 나쁜 일, 큰 일, 작은 일을 막론하고 그것을 마음속에 두
어[有]서는 안 됩니다. 이 '둔다'는 유(有) 자는 한군데 붙어 있고 얽매여 있
는 것을 말하는 것으로 정심(正心), 조장(助長), 계공모리(計功謨利)의 각종
폐단이 주로 여기에서 생기기 때문에 마음에 두어서는 안 된다는 것입니
다."[19] 이러한 말에서 이야기되고 있는 것은 주로 도덕적인 관점에서의 마
음인 듯하지만, 인식 주관으로서의 마음을 포함하여, 마음은 퇴계에게 허
령하고 유동적인 것이다. 그것은 있음으로 스스로를 채우지 않고 움직이
는 것이다. 그러면서도 일체적인 것이어서 하나로 있다. 주일무적수작만
변(主一無適酬酌萬變)이 그 모습인 것이다. 마음이 그래야 하는 것은 그것
이 궁극적으로 세계의 참모습에 대응하는 것이기 때문이다. 이것은 세계
가 사실성이 아니라 가변적 존재의 장 속에 있으며 그것은 사람의 마음의
유동성에 대응하여 드러난다는 것을 말하는 것이라 할 수 있다. 물음이란
어떤 답에 이르려는 것이라기보다 이 허령한 마음, 마음의 움직임, 그것에
대응하여 나타나는 세계에 대한 깨우침에 이르려는 것이다.

　모든 학문의 근본은 이러한 마음의 각성에 있다. 학문은 주어진 사실의
사실성에 대하여 의문을 발하는 데에서 출발한다. 물음은 물음에 대한 물
음으로 나아간다. 이 재귀적인 물음이 인문 과학적 질문의 본질에 자리해
있다. 그것은 묻는 마음에 대한 깨우침을 가져온다. 이 마음은 사람의 주체
적 자유의 근본이다. 그러나 그것은 우리의 작은 의지를 넘어가는 그 나름
의 이치를 가지고 있으며, 동시에 사물의 이치와 더불어 있다. 그러므로 마
음의 자각에 이어져 있는 행위를 통해서 비로소 사람은 스스로의 자유 속

---

19 윤사순 역주, 『퇴계선집』(현암사, 1982), 118쪽.

에 있으면서 사물의 이치에 일치한다. 여러 난점들이 있음에도 오늘의 인문 과학, 인간 과학의 주된 과제는 좁게는 물음으로서의 인간을 상기시키며, 더 넓게는 그것으로부터 인간의 마음의 신비를 깨닫게 하고, 더 나아가 시대의 보다 바른 인간적 건설에 이바지하는 길을 여는 일이다.

(2013년)

문명의 에피스테메[1]

윤리와 진리

1. 서언

윤리와 에피스테메

이 글에서 주로 생각해 보고자 하는 것은 우리의 사고와 행동을 규정하
는 큰 테두리 ― 패러다임, 에피스테메 또는 다른 인식 정형화의 틀이다.
그러나 이 글의 동기가 되는 관심은 윤리적, 도덕적 질서의 문제였다. 윤리
적, 도덕적 질서는 그 자체로 온전한 것이 될 수 없다. 그것은 현실과의 관
계 또는 그것을 바르게 인식하는 결과물인 진리의 체제가 어떻게 이루어
지는가에 따라 유효한 것, 또 의미 있는 것이 되기도 하고 공허한 것이 되
기도 하는 것으로 보인다.

---

1 이 책의 3부에 실린 「문학 연구와 문화적 인식 지평」, 5부 「윤리 국가의 이상」을 바탕으로 논의
를 확장시킨 글이다. 이 두 글과 부분적으로 내용이 겹치나 독립적인 글이 된다고 간주해 수록
한다.(편집자 주)

윤리와 현실

1970~1980년대에 사회의 윤리 도덕 문제가 자주 화두가 된 일이 있었는데, 그것은 충효 사상을 부활하고자 하는 군사 정부의 전략으로 인한 것만은 아닐 것이다. 그것은 근대화가 급속하게 진행됨에 따라 사람들이 사람과 사람들을 연결하는 규범들이 쇠락해 가는 것을 감지하였다는 사실에 관계되는 것이었을 것이다. 최근에 와서는 소위 인문학이라는 학문에 대한 대중적 요구가 강해지는 것을 본다. 그것은 경제적 여유가 생김에 따라 그 여유에 상응하는 문화적 욕구가 생기는 때문이라 할 수 있지만, 그것의 상당 부분은 생활의 지침에 대한 요구에서 나오는 것이 아닌가 한다. 어떻게 살 것인가가 문제가 되는 것이다. 이 질문은 보다 근본적인 질문일 수도 있고, 급속도로 변화하는 사회 체제 속에서 어떻게 삶의 길을 찾을 것인가, 또는 처세를 어떻게 하여야 할 것인가, 또는 어떻게 새로운 삶의 체제 안에서 이로운 자리를 점할 것인가 하는 문제에 대한 고민을 반영하는 것으로 볼 수도 있을 것이다. 수십 년 전과 지금의 질문에 연속성이 있다고 한다면, 그 연속되면서도 바뀐 질문은 그간의 현실이 바뀐 것을 반영하는 것일 것이다.

사라져 가는 윤리 도덕을 어떻게 되살릴 것인가 하는 것은 아직도 전통적 윤리관이 남아 있는 증거라 할 수 있다. 그러나 어떻게 처세할 것인가, 그것도 매우 실질적인 의미에서 내 생활이 적절한 안정을 갖기 위해서는 무엇이 필요한가를 묻는 것은 전통적 윤리에서의 절대적 명령으로서의 윤리 도덕의 격률(格率)이 아니라 다분히 세속화된 세계에서의 성공의 요령을 묻는 것일 것이다. 이것만으로도 윤리 도덕은 그 자체로 어떤 의미를 가지고 있든지 현실과의 관계 속에서만 현실 효율적인 규범이 된다는 것을 느끼지 않을 수 없다.

윤리의 체제

현실과 윤리 도덕의 관계는 어떤 것인가? 그 관계가 직접적이라고 할 수만은 없다. 어떤 관점에서든지 정당한 것으로 받아들여진 도덕률이 그대로 현실에 통용이 될 수는 없다는 말이다. 우리는 불가피하게 도덕 윤리가 상부 구조의 일부로서 하부 구조 — 경제와 사회 구조에 의하여 결정된다는 주장을 생각하지 않을 수 없다. 그러나 그것이 맞는 것이라고 하더라도, 그 관계는 중간 매개자를 경유하여 이어지는 것이라고 하는 것이 옳을 것이다. 그렇지 않고서야 앞의 경우만을 보아도 경제와 사회 질서가 바뀌는 가운데 복고적인 윤리적 과제가 제기될 수는 없다고 할 것이다. 적어도 지체(遲滯) 효과의 원인을 생각하지 않을 수 없는 것이다. 물론 윤리 도덕에는 그 나름의 자명한 명제들이 있고, 그것은 독자적 체제를 구성한다고 생각해 볼 수도 있다. 그러나 그것은 현실에서 다른 체제들과 복잡한 관계를 갖는다. 일단 현실적인 의미를 갖는 윤리 도덕은 현실과 같이 움직이는 것이라야 한다. 윤리 도덕의 행위는 현실에 맞아 들어갈 수도 있고, 또는 그것에 대치되는 것일 수도 있다. 두 가지가 언제나 맞아 들어갈 것으로 생각할 수 있는 앞의 경우에도, 그것은 전술과 시기적 상황에 따라서 적절하게 조정 또는 조종되어야 하는 것이 현실일 것이다. 그때 윤리와 현실의 대결은 불가피하다. 그것은 원칙과 현실이 맞서는 것이 될 것이다. 그러나 전체적으로는 하나의 세계 속에 있는 것일 것이다. 이에 대하여 처음부터 현실과 윤리 도덕이 서로 맞아 들어가지 않는 관계, 갈등과 모순의 관계에 있다고 한다면 윤리 도덕의 행위는 어디에서 오는가? 많은 경우 그 결단은 어떤 초월적 권위에 의하여 뒷받침되는 것이 될 것이다. 이것은 보다 강력한 변증론을 요구한다.

현실과 윤리의 관계의 두 가지

정상적 현실 행동에 있어서 객체적 세계를 바르게 인식하기 위해 또는 적어도 행동의 과실을 확보하기 위해 그것을 바르게 인식하는 것은 필수 사항이다. 그런데 윤리 도덕은 구체적인 행동을 넘어 일반화된 규범과 규칙으로 표현되기 마련이다. 이러한 형식화는 거꾸로 현실 행동과 인식을 규제하는 체제가 될 수 있다. 그렇게 할 때 그 행동의 환경을 이루는 현실도 일반화되어 일정한 규칙과 체계 속에서 파악되어야 한다. 둘이 서로 조화되고 하나의 근원에서 나올 때 형식화는 이해와 설명의 목적을 위해서 필요하지만, 대결과 모순의 경우에는 심리적, 행동적 결단의 근거를 찾기 위해서도 형식화는 불가피하다.

대결 구도는 윤리와 진리의 관계를 다른 경우보다 뚜렷하게 부각해 준다. 현실에 맞서는 윤리적 결단은 초월적 세계에서 나온다. 이 세계에 근거하여, 비록 모순의 관계 속에서이지만, 두 세계는 하나의 변증법적 과정으로 편입된다. 초월적 근거를 단적으로 제공해 주는 것은 종교적 확신의 경우이다. 그러나 초월적 차원은 이성적 인간에게 주어진 직접적인 의무일 수 있다. 더 나아가 그것은 경험적 세계를 넘어가는 이데아의 세계를 가리킬 수도 있다. 인간의 본질적 성향에서 그 근거가 찾아질 수도 있다. 이때 주목할 수 있는 것은 이런 초월적 계기가 개인적 결단 속에서 드러난다는 점이다. 그 점에서 개인은 바로 초월적 차원의 담지자가 될 수 있다. 그러나 초월적 진리는 또한 단순한 개인의 결정, 곧 자의, 독단 또는 미망(迷妄)일 수 있다. 또 초월적 차원이 불확실한 것으로 남아 있는 한, 현실 속의 개인은 순수한 개인으로서 행동할 수도 있다. 그때 그는 완전히 자유로운 개인이 된다. 그러나 많은 개인이 존재하는 사회에서 그들의 행동은 다른 규범, 즉 세속적인 규범에 의하여 조정되어야 한다.

이러한 상황에 대하여 윤리적 행동과 세계가 하나의 뿌리로부터 나온다고 한다면, 윤리적 행동은 새로운 정당성을 요구하지 않는다. 이상적으로 말하여, 현실 속의 어떤 인간 행위도 윤리적인 것일 것이기 때문이다. 그러나 윤리가 특히 중요한 행동의 규범을 제시한다는 것은 그 자체로서 자연스러운 행동, 그때그때의 충동에서 나오는 행동이 그러한 규범에 맞지 않는 것일 수 있고, 반대로 현실 그것이 윤리 규범에 맞지 않는 것일 수 있다는 것을 말한다. 그런 경우에 윤리적 행동은——사람도 현실의 일부이기 때문에 행동자 자신이 자기의 보다 윤리적인 부분을 발견한다는 것을 전제하여——현실 전체를 움직이는 원리에 의하여 정당화되어야 한다. 이러한 전제하에서의 윤리적 행동에서 중요한 것은 현실 세계 전체의 원리를 바르게 인식하는 것이다. 그러나 누가 이 원리를 바르게 파악하는가? 그것을 할 수 있는 것은 권위를 부여받은 사람 또는 사람들일 것이다. 물론 이것은 전통적인 윤리 규범의 체제, 사람들이 쉽게 받아들일 수 있는 명분, 일반화된 집단의 요구 등에 의하여 뒷받침되는 것이라야 한다.

그런데 세계를 움직이는 원리가 궁극적으로 하나라고 하여도 윤리와 세계 사이에 간격이 있는 한, 한 시점에서의 윤리적 행동, 곧 세계 현실에 적극적인 영향을 미치고자 하는 윤리적 행동은 세계 그리고 그 안에서의 상황에 지배되는 사람에게는, 또 작은 규모의 상황의 윤리적 의무 속에 살고 있는 사람에게는 비인간적인 그리고 비윤리적인 행동으로 보일 수도 있다. 그때 큰 윤리는 작은 비윤리를 정당한 것이 되게 하는 원리이다. 그리하여 윤리적 행동은 힘의 투쟁 관계가 될 수 있다. 그러나 초월적 윤리의 경우와는 달리 윤리의 바른 해독에 대한 투쟁은 계속되지만, 결국은 어떤 평형의 상태가 성립할 것으로 말할 수 있다. 그리하여 윤리는 그것이 어떤 것이 되든지 간에 실질적으로 또는 명분으로 살아남는다고 할 수 있다.

윤리와 권력/담론과 인식의 체제

　이러한 생각이 부각시키는 것은 세계 속에서의 윤리의 존재 방식이 힘 또는 권력과 깊이 연결되어 있다는 사실이다. 어느 경우에나 행동한다는 것은 환경, 말하자면 물리적 환경이나 사회적 환경에 힘을 가한다는 것을 말한다. 이 힘은 사회관계 속에서 쉽게 권력으로 전환된다. 권력관계의 순치가 윤리나 도덕의 기능이고 목적이라고 할 수 있지만, 그것 자체도 권력의 체제가 되거나 또는 그 일부가 될 수 있다. 그러나 대개의 경우 윤리는 반드시 직접적인 힘과 권력을 통하여 작용하지는 않는다. 그 힘과 권력의 상당 부분은 인간의 외부 세계에 대한 인식과 표현의 체제에 내재한다. 사회적 소통에 있어서 그리고 자기 이해에 있어서 언어는 윤리와 도덕의 매개체이다. 진리나 윤리의 존재 방식은 이미 그때그때 사회에 통용되는 담론의 규범에 의하여 표현된다. 담론의 체제는 다시 인식의 제체에 이어져 있다.

　윤리와 도덕이 현실의 규범으로서의 효율을 가져야 한다면, 앞에서 말한 바와 같이 그것은 현실에 그대로 맞아 들어가든지 아니면 적어도 그에 대응하는 것이 되어야 할 것이다. 이러한 담론과 인식의 체제는 단기적인 것일 수도 있고 장기적인 것일 수도 있다. 인간 존재에 대한 존재론적 이해는 가장 긴 관점에서의 담론과 인식의 체제를 이루는 것일 것이다. 그리고 가장 짧게는 이 체제를 형성하거나 또는 기존의 체제에 현실적 변용을 가하는 것은 그때그때의 상황일 것이다. 그러나 그 중간에 위치하는 여러 체제가 있다. 역사의 시대 구분에 맞아 들어가는 것이 있을 것이고, 조금 더 장기적인 체제도 있을 것이다. 역사의 관점에서 가장 긴 것은 아마 문명사적 차원에서 생각할 수 있는 인간의 인식과 담론의 체제이다. 인간과 사회와 물질세계에 대한 인간의 인식을 정형화하는 기준과 체제를 에피스테메라고 한다면 역사의 관점에서 가장 장기적인 에피스테메는 문명의 에피스테메가 될 것이다. 그러나 문명은 또한 지역적으로 특징을 갖는 것으로 구분될 수 있기 때문에, 동아시아나 서양의 문명 또는 이슬람 문명 등이 서로 구분되는 에피스테메를 가진 것으로 생각할 수도 있다.

윤리와 에피스테메

되풀이하건대 인간 사회에 없을 수 없는 것이 인간 상호 관계를 규정하고 또 인간과 인간을 넘어가는 초월적 차원을 조정하는 윤리적 규율이다. 이것은 윤리에 대한 데온톨로지적(deontological) 접근으로 인간 존재의 존재론적 바탕으로부터 필연적인 것으로 추출해 낼 수도 있다고 하겠으나, 윤리와 도덕의 현실적 존재 방식을 생각하는 데에는 그것을 매개하는 다양한 체제를 생각하지 않을 수 없다. 윤리가 표현되는 다양한 형태, 특히 그것과의 힘과 권력의 관계 그리고 인식론적 왜곡, 그리고 그 보편성에 대한 여러 요인이 가하는 제한은 윤리를 무의미하게 하는 것으로 보이게 할 수도 있다. 그리하여 여기에도 그러한 위험이 없는 것은 아니나 경험적 세계에서 윤리와 진리가 존재하는 방식에 대한 반성은 그 나름으로 윤리와 도덕을 바르게 존재하게 하는 방식이 어떤 것인가를 더욱 깊이 있게 생각하는 데에 필요한 일일 수 있다.

아래에서 시도하는 것이 물론 이러한 근본적 문제에 답하자는 것은 아니다. 다만 여기에서 할 수 있는 것은 이러한 문제들, 즉 다양한 에피스테메의 가능성과의 관계에서 생각나는 것들을 시험적으로 적어 보는 일일 뿐이다. 다시 말하여 우리의 과제는 윤리의 에피스테메를 밝혀 보자는 것이다. 그것을 위하여 우선 요구되는 것은 에피스테메의 의미를 정리하는 것이다. 중요한 것은 주로 에피스테메가 어떻게 진리의 주장의 토대가 되고 또 강제력이 되는가를 밝히는 것이다. 윤리가 사람의 삶에 작용하는 것은 다분히 이러한 강제력을 통하여서이다. 물론 희망하는 것은 이러한 에피스테메가 여러 가지 다른 형태로 형성될 수 있다는 것을 말하는 것이다. 그리하여 다양한 윤리의 존재 방식을 생각해 보자는 것이다.

2. 과학과 인문 과학의 에피스테메

물체와 배경

사람이 지각하는 모든 사물이 그 주변의 환경적 조건하에서 인지된다는 것은 우리가 일상적으로 경험하는 일이다. 지각 현상학이나 게슈탈트 심리학은 특정한 물건과 그 환경의 관계를 단위 물체(figure)와 그 배경(background)의 관계로 설명한다. 이것은 지각 현상에 대한 관찰이지만, 이러한 물체와 그 배경의 뗄 수 없는 관계가 단순히 시각 작용이나 광학 작용의 결과가 아닐 가능성을 배제할 수 없다. 사람이 자기가 위치해 있는 자리를 확인하고자 할 때 그것을 일정한 공간 속에서의 위치로써 파악하는 것은 사람의 본능이다. 이것은 결국은 좌표로써 정형화할 수 있는 것이지만 보통은 지형지물, 그중에도 눈에 띄는 표지물로써 본능적으로 추정되고 흡수된다. 사회적 환경에 대한 직관적 이해에서도 마찬가지다.

우리의 옛 풍습에 어느 고장에 가면, 그 고장의 수령을 만나서 인사를 드리는 것이 예의에 맞는 것이라는 것이 있지만(물론 여기에 시사된 신분 제도 자체가 그런 예절 행위에 의하여 확인되는 사회적 지도(地圖)이다.) 한 고장의 행정 책임자를 만나고 유지를 만나서 서로 알게 되는 것은 사회 공간에 대하여 안심할 만한 확인을 얻는 방법이다. 지금의 시대에서 소위 명사(名士)는 사회 지형에서 표지물을 인지하는 행위와 관련된다. 발터 벤야민은 이야기꾼 또는 소설가의 기원을 추정하여 그것을 다른 고장에 관하여 산 너머 마을이나 먼 장터에 갔다 온 사람에게서 이야기를 듣고자 하는 것과 같은 데에서 찾을 수 있는 것으로 말한 일이 있다.(Cf. Benjamin, 1969) 이것은 소설의 기원이 산업화의 혼란 속에서 생활의 뉴스가 필요했던 데에 있다는 견해와 맞아 들어간다.(이언 와트) 이러한 여러 사례는 사물의 지각이나 인식이 주변적 조건에 관계되어 이루어지며 — 이러한 요구는 지적인 요구이기도 하지만 — 사람의 삶과 긴밀한 연계를 갖고 또 그것은 물리적으로나 사회적으로 에너지와 권력의 배치를 확인할 필요에서 그 동기를 가짐을 암시한다. 물론 그렇다 하여 모든 것을 실용으로 환원하는 것이 정당한 것은 아닐 것이다.

대상과 패러다임

이론적 연구에서 어떤 사실 대상이 큰 이론과 관계되어 있다는 것은 오늘에 와서 일반적 상식이 되었다. 토머스 쿤의 과학 사상사 연구에서 구체적 사실의 연구에 패러다임이 결정적 역할을 한다는 것이 그 대표적 경우이다. 이것은 설득력 있는 주장이면서도 과학의 확실성을 적이 손상하는 관찰이다. 패러다임의 전환 — 그리고 이것을 확대하면 과학 혁명이라는 보다 큰 변화가 될 것인데 — 그러한 전환이나 혁명이 반드시 믿을 만한 학문적 근거를 가지고 일어나는 사건이 아니라고 한다면 과학의 확실성은 더욱 손상된다고 할 수밖에 없다.

지식과 권력/푸코의 에피스테메

학문적 개념이 사회적으로 구성되며, 과학과 학문적 사고를 지배하는 것은 근본적으로 사회의 지배와 복속의 관계라는 것도 자주 듣는 이야기이다. 푸코의 유명한 주장의 하나는 모든 지식과 담론은 그것에 선행하는 인식의 체계, 곧 에피스테메의 체계에 의하여 결정된다는 것이다. 그러면서 그는 지식이 권력의 수급(需給)에 연결되어 있다고 말한다. 그러나 반드시 권력이 지식에게 직접적으로 지시를 내린다는 것은 아니다.(가령 스탈린 시대의 리센코의 유전학설이 정치적으로 강요되던 것과 같은 것이 그 대표적인 예이 겠지만, 이데올로기의 지배하에서 학문적 사고가 왜곡되는 예는 수없이 볼 수 있는 일 이기는 하다.) 한 인터뷰에서 푸코가 밝힌 바에 의하면 정치와 지식 사이에 연결이 있는 것은 사실이나, 이 연결은 권력의 유통망에서 하나의 "내적 체제"를 형성하고, 곧 얼핏 보기에 자율적인 것 같은 이 체제를 통하여 작용 한다는 것이다. 앞에서 말한 인터뷰에서 그는 주로 『말과 사물』에서 논하 였던 일종의 선험적 체제로서의 "담론의 체제" 논의에 결여되었던 것이 정 치 권력의 작용에 대한 충분한 주의였다고 말한다. 그리하여 거기서는 "체 계성, 이론적 형식, 즉 패러다임"에 근사한 것에 지나치게 역점을 두었었다 는 것이다.(Michel Foucault, 1980: 112∼113)

인식의 에피스테메

푸코는 그의 연구의 처음부터, 가령 광증에 관한 역사적 연구에서부터 인간성에 대한 정의, 나아가 모든 인간의 인식 체계에 있어서의 정치의 중 요성을 지적하였다. 그러나 이 인터뷰에서 말하는 수정은 1968년 이후에 강화된 푸코의 정치적 성향으로 인한 것이라고 할 수 있는데, 중요한 것은 학문의 개념들, 또 더 나아가 일반적 담론의 개념들과 그것이 지칭하는 대 상들이 큰 개념화의 틀에 의하여 결정된다는 사실을 밝힌 것이다. 그는 이 개념화의 기준을 에피스테메라고 부른다.(정치적 성격을 강조하는 또 하나의 인터뷰에서 그가 한 말이기는 하지만.) "발의할 수 있는 모든 진술 가운데 엄격 한 의미에서의 과학 이론까지는 아니라고 하더라도, 과학성의 장(a field of scientificity) 속에 들어가 진위가 문제될 수 있는 진술을 가려내 주는 전략 기구가 에피스테메이다."(Michel Foucault, 1980: 197) 그러나 다시 한 번 한 걸음 후퇴하면, 이러한 체제가 반드시 정치적인 것이라고만은 할 수 없다.

그것은 훨씬 더 복잡한 문화적 형성의 결과라고 하는 것이 옳다. 푸코가 처음에 관심을 가졌던 것도 이러한 형성의 복합적 과정이었다고 할 수 있다. 그리고 더 나아가 그것은 반드시 시대와 문화적 현실에 직접적 관계를 갖는 것도 아니었다. 그에게는 에피스테메의 형성은 거의 독자적인 지적 현상으로 파악되었다. 그 우발성은 쿤의 패러다임의 경우와 비슷하다.

수학과 삶의 현실

『말과 사물』에서 푸코는 18세기에서 19세기 그리고 20세기에 이르는 서양의 문명사적 변동을 논하면서 근대 서양의 담론 관습, 특히 19세기 초부터 담론에 특유한 근대적 지적 구조가 성립하였다고 말한다. 근대적인 에피스테메의 핵심은 과학적인 '실증성'에 있다. 이에 기초하여 모든 학문적 탐색의 모형이 된 것은 생물학과 경제학과 언어학이다. 또 수학이 그 아래에 놓여 있다. 후자의 경우는 구조적인 형식화가 모든 과학적 담론의 기초이기 때문이다. 그러나 수학의 일관성이 그대로 19세기 초 이후에 급성장한 이러한 학문들의 유일한 기초가 되는 것은 아니다. 그것은 수학으로부터의 일보 후퇴를 요구한다. 이 수학과 다른 비수학적인 사실 사이의 간격이, 말하자면 시대적인 현실이 끼어드는 틈으로 생각된다. 대체적인 논리적 사변이 중요하다는 점에서는 물론 수학은 여전히 하나의 전형으로 남는다고 할 수 있다. 그러면서도 중요한 것은 수학의 알고리즘적인 논리 자체보다도 데이터의 계량화이다. 그리고 이 계량화 — 이것의 다른 효과의 하나는 질의 문제 또는 가치의 문제를 사상(捨象)하게 한다는 것이다. — 는 이미 결정된 자료에 적용된다. 이것은 산업화 속에서 새로 형성된 환경, 즉 생존하고 노동하고(그리고 생산하고 교환하는 경제 속에 사는) 그리고 소통하는 사람의 환경에서 얻어진다. 그것을 학문화한 것이 생물학이고 경제학이고 언어학, 곧 실증적 성격을 가진 과학들이다. 여기에서 과학적 기준이 되는 것이 근대적 에피스테메이다. 그러나 조금 전에 말한 것처럼 이러한 실증 과학에서 수학의 경우와 같이 이성적 사고가 철저하게 적용될 수 있는 것은 아니다.

인간의 주체적 구성 능력

그런데 이 비과학적 요소가 더욱 분명하게 드러나는 것은 인간 과학(sciences humaines)에서이다.(Cf. Foucault, 1966: Ch. X)[2] 실증 과학에 결여되어 있는 것은 학문의 성립에 작용하고 있는 인간의 자기 이해, 인간의 "표상(representation)" 능력이다. 그것은 동시에 이것을 초월하는 주체성을 가리킨다. 그렇다고 이 주체성이 객관적으로 파악될 수 있는 것은 아니다. 그것은 주체성의 초월적 성격으로 인한 것이기도 하지만, 그것이 이미 주어진 에피스테메의 체계화를 통하지 않고는 접근되지 않기 때문이다. 그것은 체계화의 대상이 아니라 그 주체이다. 그러면서도 인간 과학은 단순히 생물학, 경제학, 언어학에 "근접해 있다는 상황(une situation de 'voisinage')"(Foucault, 1966: 377)으로 하여 과학적 성격을 갖게 된다. 그러니까 그러한 실증적 과학의 결정론에 의하여 인간을 정의하면서 동시에 그것을 반성적으로 고찰하고 그것을 부정하는 것이다. 그리하여 인간 과학은 완전한 의미에서 과학이 되지는 않는다.

그 중심에 있는 주체적인 인간 이성 자체가 복잡하게 구성된다. 이 복잡한 성격은 인간 존재의 설명을 시도하는 학문에 드러난다. 그것은 많은 경우 이중적 성격을 갖는다. 가령 인간 과학의 과학화를 결정적으로 어렵게 하는 것은 정신 분석학, 민족학, 역사학 등에 의한 과학의 근본에 대한 부

---

2 이 책, 특히 이 장(Ch. X Les Sciences humaines)의 논의를 요약해 본 것이다. 푸코의 극히 난해하고 복잡한 논의를 이렇게 간략하게 언급하는 것이 맞을지는 조금 불분명하다.

정적이고 해체적인 분석이다. 이러한 분석은 합리적 구조의 확인을 목표로 하면서도, 그러한 합리성의 근거를 해체하는 부정의 작업이다. 이러한 학문들은 무의식이나 구조 또는 구조를 초월하는 사건들의 존재를 말한다. 그러면서도 어떤 근본적인 실재에 이르는 것을 가능하게 하지는 않는다. 직접적인 접근은 불가능하다. 인식되는 현상들은 이미 주어진 구조에 의하여서만 접근되기 때문이다. 그리하여 푸코에게는 결국 사람의 지식의 대상이 될 수 있는 것은 오로지 담론의 체제일 뿐이고, 인간 존재 자체가 이 체제로 구성된다고 할 때, 그것은 이 체제 속에 소멸되어 버리는 것으로 생각된다. 담론의 체제는 독자적으로 또 이 소멸의 지점의 측면에서 다양하게 구성된다. 그러면서 그것은 하나로 합성될 수 있다. 이러한 체제의 잡다성과 또 통일을 밝혀 보려는 한 것이『지식의 고고학』이다.

인식의 에피스테메/앎의 실증적 장

그러나 그의 연구 결과의 핵심 그리고 이 글에서 말하려고 하는 중요한 점은, 어떤 연구의 대상이 ― 물론 이것이 실체를 가진 것은 아니다. 그것은 다른 연구자의 말을 빌려 '에피스테메적 물건(epistemic things)'으로서 규정된 대상이다. ― 분명하게 또는 객관적으로 드러나는 데에 에피스테메의 체제가 선행 또는 병행한다는 명제이다. 엄격한 의미에서의 과학이 아니라도 인간 과학을 포함하여 모든 과학 ― 서양의 과학 ― 은 "인식론적 지형(la configuration épistémologique)"(Foucault, 1966: 376)에 기초하여 성립한다. 이로부터 과학은 그 '객관성과 체계성'을 얻는다. 그러나 이러한 기준에 맞지 않는 인식의 지표라고 해서 반드시 거짓이 되는 것은 아니다. 어떤 것은 과학이 될 수는 없지만, 다른 어떤 것은 고고학적 발굴을 통하여 ― 이 발굴은 사라진 에피스테메를 드러내는 작업이다. ― 실증적인 차원에 옮겨질 수 있고, 다시 과학의 '객관성과 체계성'을 따르는 것으로 복원될 수 있다. 그렇지 않은 경우라도 "인식의 지표들(figures épistémologiques)"은 다른 "일관성의 원리와 대상에 대한 관계"를 가지고 있는 것으로 밝혀질 수 있다. 이때 필요한 작업은 이러한 표상이 어떻게 다른 종류의 에피스테메에 근거하여 배치되어 있는가 그리고 어떤 전체적 지형을 이루고 있는가를 밝히는 일이다. 이것은 과학이 보여 주는 "과학적 인식(la connaissance scientifique)"에 미치지는 못하지만, 이러한 지표들은 과학의 모델을 수용하면서 그것과는 다른 "지식[또는 앎]의 실증 영역(le domaine positif du savoir)"을 구성한다.(Foucault, 1966: 377~378)

담론의 힘

그런데 이미 시사한 바와 같이 이러한 지식 또는 앎의 체제가 세계의 현실이라고 할 수 있는 실재에 직접적인 연결을 갖는다기보다는 그것 자체의 독자성을 갖는다는 것이 푸코의 생각으로 보인다. 이 체제에 대한 탐구를 통하여 그것을 어떤 근본이나 시작 또는 원리로 환원하려는 것은 무의미한 일이라고 그는 생각한다. 그것은 근본적으로 담론의 체계 또는 언어적인 표의(表意) 체제 그 자체이다. 이것은 그 자체로 규범과 규칙을 가지고 있고, 그것만으로도 일종의 강제력을 갖는다. 그러나 이러한 규율의 체계는 결국 사실의 세계를 인식하고 기술적으로 조정하는 데에 필요하다. 물론 푸코에게 있어서도 사실이나 실재의 세계에 대한 전제가 완전히 없다고 할 수는 없으나 언어는 그 자체로 존재하고 그 자체로 의미를 생산하고 언어 사용자로 하여금 그것에 복종하게 하는 힘을 가지고 있다. 그리하여 푸코가 에피스테메를 통하여 어떤 인식의 구성 원리를 찾고자 한다 하여도 그것은 그 원리의 시작이나 근본을 찾자는 것은 아니다. 그것은 우발적인 자체 동일성을 가지고 있고, 그 자체가 존재의 힘을 발휘한다.

아감벤의 언어관

이 점에 관계된 푸코의 담론 형성 또는 인식의 장에 대한 생각은 조르조 아감벤이 적절하게 설명해 주는 것으로 생각된다. 아감벤이 인용하는 푸코의 글에 따르면, 푸코가 시도하는 것은 "어떤 시점에서 있어서의 지식의 상황"을 정의하는 것도 아니고, "그[것이 형성된] 시점에서 시작하여, 진리인 것으로 증명되고, 확실하게 집적된 지식의 리스트를 만들어 주는 것도 아니다."(Foucault, 1972: 181; Agamben, 2009: 14에서 재인용) 에피스테메를 말하는 것은 "어떤 주제와 관련하여 정상 과학을 구성하는 기준"을 확인한다거나 "세계관 또는 주제에 통용될 수 있는 전제나 표준을 찾아내려는 것이 아니다." 그의 관심은 "주제에 관계없이 '일군(一群)의 진술' 또는 '표상'의 발생"에 있다.(Agamben, 2009: 15)

아감벤에게 언어적 진술은 그 자체로 하나의 힘이다. "진술은 순수한 존재, 즉 어떤 있음, 언어가 일어났다는 순수한 사실 그것이다. 진술은 그 존재적 사실 속에 언어를 두드러지게 표하는 낙관(落款, signature)이다." (Agamben, 2009: 65)(signature는 아감벤의 특별한 용어로서, 적극적인 인지가 개입되는 존재를 표하는 것 또는 그렇게 표지된 것을 지칭한다.) 이러한 언어적 진술의 집합은 진리나 진리의 구조를 형성하는 것이 아니면서 힘의 공간을 이룬다. 그러면서 특이한 것은 구조가 갖는 규범성을 갖지 않는다는 것이다. 그 힘은 다른 기제를 통하여 생겨난다. 그것은 집합 현상 자체에서 생겨난다. 집합 공간의 힘은 아감벤의 비유로는, 자기장(磁氣場)에서 모든 쇠붙이가 자력을 가지게 되는 것과 비슷하다.(Agamben, 2009: 20)

패러다임의 단자성

이러한 현상을 아감벤은 패러다임의 개념으로 설명한다. 전범이라고 번역할 수 있는 패러다임은 연역이나 귀납을 통해서가 아니라 단순히 하나의 사실만으로 의미를 전달하는 경우를 말한다. 사람들이 모범적인 사례를 말할 때, 그것은 독자적인 사건이면서 동시에 그 자체로 의미를 갖는 경우를 말하는 행위이다. 이런 사례는 전체의 한 부분을 이루지도 아니하고 부분을 넘어서 전체가 되지도 아니한다. 그것이 어떤 의미를 향해서 움직인다면, 그것은 하나(singularity)에서 하나로 움직일 뿐이다. 이러한 하나하나가 모이면, 그것은 한층 높은 차원의 종합을 이루는 것이 아니면서도 힘의 장을 구성하게 된다. 이것을 가장 간단히 이해할 수 있는 것은 어떤 사람의 삶이 다른 사람의 모범이 될 때이다. 그것은 일반 법칙으로 설명될 수 있는 것이 아니면서 다른 사람에게 사실 자체를 넘어가는 의미와 규범성을 전달한다. 아감벤의 예시로는 창시자의 삶으로부터 시작되는 수도원의 삶의 규칙과 같은 것이 그런 경우이다.(다른 경우에도 모범이 될 만한 사람들의 집합은 이러한 성격을 갖는다고 할 수 있다.) 비슷하게 푸코의 에피스테메는 이러한 삶의 모범처럼 하나하나의 진술로 이루어지면서 그것들이 집합하여 일정한 관계를 가짐으로써, 그러니까 전체성을 형성하는 것이 아니면서도 일정한 관계를 가짐으로써 시대 전체의 담론을 규제하는 체제를 형성한다.

패러다임/지식과 정치의 패러다임

패러다임의 단자적 모범성, 그리하여 불가피하게 되는 우발성은 쿤이 말하는 패러다임에도 어느 정도 해당된다. 그의 패러다임도 일반화된 규칙의 체제보다는 시범이 될 만한 과학적 연구 행위의 사례를 가리킨다. 그것이 다른 연구가 따를 수 있는 모범이 되는 것이다. 그러나 여기에서 중요한 차이가 되는 것은 패러다임과 대상적 현실과의 관계이다. 쿤의 패러다임이, 비록 패러다임의 전환에서 볼 수 있듯이 우발적이고 한정된 성격을 가졌다고 하더라도 주어진 대상적 현실의 인지를 가능하게 하는 기능을 가진 데 대하여, 푸코의 에피스테메는 그러한 관계를 가지고 있지 않다. 아감벤은 이것을 푸코를 인용하면서 다음과 같이 설명한다.

> 쿤의 패러다임과는 달리, [푸코의] 에피스테메는 일정한 시대에 있어서 알 수 있는 것을 정의하려는 것이 아니다. 그것이 밝히려는 것은 일정한 담론의 인식론적 표상이 있다는 사실, 도대체 그것이 존재한다는 사실의 함의이다. 즉 "과학 담론의 수수께끼에서 에피스테메의 분석이 묻고자 하는 것은 그것이 과학으로 존재할 수 있는 권리가 있느냐 하는 것이 아니라 그것이 존재한다는 사실이다."(Agamben, 2009: 13; 인용 Foucault, 1972: 191)

에피스테메와 현실

그리고 이 존재는 그대로 힘의 주장, 권력의 주장이 되고, 권력의 그물망을 만들어 내는 매듭이 된다. 그렇다고 이것이 사람이 사는 세계에 대하여 객관적으로 알 수 있는 것이 무엇인가 하는 문제를 완전히 벗어난다고 할 수는 없다. 에피스테메나 패러다임의 존재는 사람이 알 수 있는 모든 진리를 불안정한 것이 되게 하지만, 그러면서도 이러한 문제를 조금 더 과학 실험의 관점에서 고찰한 이론가가 언급한 용어를 빌려, 과학적 탐구는 "이론과 실행, 자연과 사회의 사변형의 조정(tetragonic coordination of theory and practice, nature and society)" 속에 있고, 서구적 사고의 경우 "서양의 형이상학의 이성 중심주의적 유산"의 틀 안에 있다.(Rheinberger, 1997: 17) 과학적 연구의 대상은 과학의 이론이 만들어 내는 "에피스테메적 물건들"이다. 이이론가, 라인버거의 생각으로는 이것은 이론과 함께 실험 체제 속에서 확실한 것이 된다. 그러나 이것이 위에서 말한 "사변형"의 관계를 벗어날 수는 없다. 서로 팽팽하게 맞서는 네 개의 요인 가운데 중심이 되는 것은 아무래도 자연이다. 이러한 요인들을 합쳐서 이루어지는 에피스테메가 어떤 것이 되든지 간에, 그것이 에피스테메에 정당성을 부여한다. 다만 이 정당성은 사람의 삶이 근본적으로 자연에 기초하고 또 그것의 형식화에 기초한다고 하더라도, 에피스테메가 포함되는 진리의 주장에는 다른 요인들, 그중에도 사회적 요인, 특히 정치 권력의 수급 회로를 이루는 사회관계가 크게 작용한다는 것을 고려하는 것이 필요하다.

3. 문화의 에피스테메

문화의 에피스테메/삶의 물음의 지평

사회관계는 특히 에피스테메의 개념을 과학적 진리의 범위를 넘어 일반적 사회 질서의 담론으로 확대할 때 중요한 준거의 축이 된다. 사회적으로 규정되는 담론의 질서가 왜곡 또는 편향성을 갖는 경우가 많은 것은 너무나 자연스럽다고 할 것이다. 물론 여기에서도 역시 그것의 왜곡이나 편향은 반드시 의식되지도 않고 또 의도된 것이 아닐 수도 있다. 그것은 강압성을 가진 사회 규범이나 규율로 생각되는 것이 아니라 문화적 관습, 아비투스가 되고, 급기야는 중요한 문화유산이 된다. 그리하여 저절로 존중하여야 하는 행동의 질서가 되고 담론의 질서가 되는 것이다. 그리고 주목할 것은 그러한 문화적 에피스테메에 내재하는 편향성은 삶 자체에서 온다고 할 수 있다는 점이다. 그렇다는 것은 인식이 진리에 입각해야 한다고 할 때도 그러하다.

진리는 제일차적으로 자연의 실재를 있는 그대로 파악하는 것을 겨냥한다.(되풀이하건대 이것이 구성될 수밖에 없는 인식론적 장에 의하여 뒤틀린다는 것은 말할 필요도 없다.) 그러나 그것이 사람의 삶의 필요에 따라 일정한 방향을 가지게 되는 것은 당연한 일이기도 하다. 그것을 넘어서려는 노력이 있어야 한다고는 하겠지만, 그러한 노력이 인간과 자연 사이의 존재론적 간격을 뛰어넘을 수는 없다. 자연에 대한 객관적 이해에서 어떤 진리를 정립했다고 하더라도 그것은 인간의 질문에 대한 답변으로서의 성격을 갖는다는 것을 인정하는 것이 옳다. 다시 말해 진리는 질문에 대한 답이다. 그리고 질문은 아무리 정화(淨化)의 노력이 있다고 하더라도 삶의 세계에서 일어나는 어떤 계기 — 단순히 지적 호기심이 가져오는 계기까지 포함한 — 그러한 계기에 의하여 촉발된다고 하지 않을 수 없다. 사회적 관계가 그 바탕이 되는 윤리나 도덕의 문제에서 어떤 규범이 문제될 때, 이것은 특히 그러할 것이다. 이러한 규범과 상황적 조건의 관계는 착잡할 수밖에 없다. 그러나 그것을 문제 삼는 데에는 사고의 대상이 될 수 있는 모든 주제가 상황적 조건을 가지고 있다는 것을 상기하는 것이 도움이 될 것이다. 그런 다음 다시 도덕과 윤리 규범의 문제로 돌아가기로 한다.

물음의 지평/텍스트의 해석, 삶의 이해, 가다머

인문 전통에 있어서의 텍스트 이해 문제를 다루면서 가다머는 모든 지적 탐구에서 질문의 중요성을 강조한다. 그는 "물음이 없이는 경험이란 존재할 수 없다."라고 말한다. 플라톤은 "사물을 밝히는 모든 지식과 담론을 선행하는 것이 질문이라는 사실"을 인정하고 "어떤 사물을 해명하려고 하는 담론은 그것을 깨어 열어야 하는 작업이다."(Gadamer, 1986: 369)라고 말했다고 가다머는 말한다. 다른 또 한 가지 중요한 것은 물음이 그것에 이어져 있는 지평 속에서 제기된다는 사실이다. 이것은 일단 질문이 의미(Sinn)를 가져야 한다는 점에서 그러하고, 또 의미를 갖는다는 것은 방향(Richtung)을 가져야 한다는 것을 뜻하기 때문에 그러하다. 그리하여 "질문은 질문의 대상을 특정한 페스펙티브 속에 놓게 한다."(Gadamer, 1986: 368) 이것을 크게 보면 질문에는 "질문의 지평(Fragehorizont)"이 있다는 말이다.(Gadamer, 1986: 369) 이 지평은 닫혀 있던 사안을 관계된 맥락 안으로 열고, 그것을 특정한 이런저런 선택으로 한정한다. 열린다는 것은 주어진 사안을 이것인가 저것인가의 선택의 가능성 속에서 본다는 것이다. 그러나 이 선택은 주어진 테두리 안에서의 이야기이다. 질문을 열림 속에 자리하게 하는 것은, "질문될 만한 것이 그 안에 자리하는 전제들, 흔들리지 않는 전제들을 말로써 고정한다는 것을 함축한다." 다시 말하여 "진정한 열림(das wahrhafte Offene)"(Gadamer, 1986: 369)은 선택을 넓히는 것이지만, 이 선택은 일정한 테두리 안에 있다. 이 테두리는 질문과 그에 대한 답이 일어나게 한 역사적인 상황이다. 과거로부터의 텍스트를 두고 질문을 발한다면, 말할 것도 없이 답을 텍스트에서 찾아야 하지만, 질문도 텍스트에 의하여 한정되어야 한다. 다만 잊지 말아야 할 것은, 텍스트는 다시 한 번 당시의 상황에 대한 답이라는 사실이다.

그리하여 우리의 질문은 역사적으로 전승된 상황을 재구성하고 상황에 대하여 질문하여야 한다. "역사적 사건을 이해하려면 역사적 행위자의 행동이 그에 대한 답이 되는 질문을 재구성하여야 한다."(Gadamer, 1986: 376) 그리고 거기에서 여러 선택 가능한 행동의 계획을 살펴보아야 한다. 이것은 물론 상황 자체를 재구성한다는 것이다. 이것이 쉬운 일이 아님은 물론이다. 설사 질문과 답을 통하여 그러한 상황의 재구성, 곧 행동적 선택의 장으로서의 상황 내지 역사의 재구성이 가능하다고 하더라도, 거기에는 이해를 추구하는 우리의 상황과 그에 대한 우리의 이해 전략이 개입되지 않을 수 없다. 그리하여 이해는, 가다머의 유명한 말로 "지평의 혼융(die Horizontverschmelzung)"(Gadamer, 1986: 380)을 요구한다.

존재론적 지평/존재론적 선취

가다머가 설명하려고 하는바, 이렇게 복잡하게 꼬이게 되는 이해의 과정은 물론 주로 텍스트의 해석과 관련해서 일어나는 문제를 설명하려는 것이다. 그러나 여기에서 지적하려는 것은 텍스트가 아니라 상황을 재구성하는 문제이다. 우리의 지적 노력은 텍스트를 떠나서도 상황의 재구성을 요구한다. 그 재구성은 질문과 더불어 시작된다. 질문은 물론 인간의 개인적, 집단적인 상황에서 일어난다. 그것은 상황에 대한 반응인 것이다. 물론 이 질문과 반응 그리고 답에 대한 탐색은 이미 있던 전제들에 의하여 제한된다. 그것은 미리 판단된 것이다. 가다머가 반드시 부정적으로 받아들이지 않는 "선입견(Vorurteil)" 또는 "선판단(praeiudicium)"(Gadamer, 1986: 274~275)도 여기에 포함된다. 사실 미리 아는 것이 없이, 또는 가다머가 중시하는바 전통적 해석의 누적이 없이, 어떤 텍스트의 해석이 가능할 수는 없는 일이다. 그런데 이것은 다시 한 번 텍스트를 넘어 삶의 이해에도 그대로 해당되는 것일 것이다. 선행하는 방향의 존재는 존재론적으로 정당화될 수 있다. 가다머는 텍스트의 해석에 있어서의 선판단의 개입이 인간의 존재론적 해명에 필요한 개념으로 하이데거가 말하는 "선취(Vorhabe), 선견(Vorsicht), 선점(Vorgriff)"에 의하여 근본적으로 정당화되는 것처럼 말한다. 인간 존재를 해명하는 것은 다분히 이미 거기에 들어 있는 "이해의 선구조(Vorstruktur des Verstehens)"를 풀어 나가야 한다. 이것은 준비된 이해의 계획을 말한 것이 아니라 "거기에 있는 것(was 'dasteht')", "사물 자체(Sachen selbst)"에서 연역해 낸 것일 뿐이다.(Gadamer, 1986: 274)

상황 속의 질문

하이데거가 『존재와 시간』에서 이러한 것을 논했을 때, 그것은 인간의 실존적 구조에 원초적으로 끼어드는 계기들을 밝힌 것이다. 그러나 이것이 매우 근본적인 인간 존재의 특징들을 말한 것이라고 하여, 하이데거가 인간 이해의 역사적 성격을 완전히 무시했다고 할 수는 없다. 그의 시도는 한편으로는 그것을 매우 장기적인 관점에서 생각하는 것이고, 다른 한편으로는 존재 일반과 인간 실존의 근본을 밝히려고 한 것이다. 그가 인간 존재의 존재론적 분석을 시도하면서, 그것을 플라톤 이전의 그리스인들의 직관을 되살리려는 노력으로 말하는 것도 이 두 면의 결합을 시사한다. 다시 말하여 하이데거의 선취된 이해와 해석의 구도는 선험적인 것과 경험적인 요인을 아울러 가진 것이다. 가다머의 이해의 지평은 하이데거의 이러한 보다 근원적인 존재론적 구조를 텍스트와 인간 상황의 이해에 적용한 것이다. 사람에게 중요한 질문은 인간 존재의 근원적 구조에서 나오는 것이면서, 그 상황에 대한 질문에서 나온다. 이 질문은 삶의 상황과의 관계에서 일정한 방향을 가지고 지평을 갖는다.

이에 비하여 푸코의 에피스테메의 개념은 선험적, 경험적인 인간 상황과는 관계가 없는 것으로 보인다. 다만 그의 담론이 현실과 관계된다면 그것은 일정한 이 선이해를 가졌다는 점에서 권력과 담론의 체제가 거기에 해당한다고 할 수 있다. 그것은 경험적인 조건에 관계없이 또는 그것에 선행하여 독자성을 갖는다. 그렇다고 이것이 인간 존재의 선험적 구조와 경험적 조건에 관계되지 않는 것은 아닐 것이다. 또 그는 담론과 권력의 체제가 독자적 성격을 갖는다는 것을 강조하면서 다른 한편으로 그것이 역사적으로 변하는 것을 추적하고자 한다. 이것은 우리의 인간 이해 그리고 세계 이해가 역사적으로 형성된다는 것을 시인하는 것이다. 그것은 인간 상황에 대한 물음과 답의 교차로서, 또 그것이 여는 지평 속에서 형성된다. 어떻든 우리는 푸코와는 관계없이도 인간에 대한 질문과 답 그리고 이해가 역사적으로 변화하는 상황에 대한 반응으로 형성된다는 것을 생각하지 않을 수 없다. 그리고 이 상황은 지역의 역사에 따라 다른 것이 되는 것으로 이해할 수 있다. 그러면서 거기에서 형성되는 체제, 즉 역사적이면서 동시에 문화 전체를 관류하는 체제는 자체적인 동역학을 갖는다.

에피스테메의 짧고 긴 역사

에피스테메의 역사는 짧은 것일 수도 있고 장기적인 것일 수도 있다. 푸코가 『말과 사물』에서 말하고 있는 것은 "고전적 에피스테메"라든가 "근대적 에피스테메"이다. 그러나 그가 말하는 것에는 "서양적 에피스테메(l'épistémè occidentale)"(Foucault, 1966: 377)도 있다. 이 후자는 장기적인 역사, 사실 브로델의 "장기(la longue durée)의 역사"보다도 더 긴 역사, 또는 문명 자체에 내재하는 어떤 인식의 인자가 있다는 것을 상정하지 않고는 말할 수 없는 것이다. 동양이라든가 서양이라든가 문명 간의 차이를 이야기하는 것이 반드시 비과학적이라고 할 수는 없다. 그것은, 본질적인 차이를 말하는 것이 아니라면 역사적으로 형성되고 누적되고 전달되는 사고의 유형 그리고 그것을 결정하는 인식의 도형이 있을 수 있다는 것을 말하는 것이다.

문명적 에피스테메

이것은 지식의 에피스테메에 추가하여 문화의 에피스테메를 상정하고 다시 문명의 에피스테메를 상정하는 것이다. 이 에피스테메는 사고나 행동 양식에 있어서의 문화적 특징을 유전적(遺傳的)으로 전달하는 요소들, 즉 진화론과의 유추 관계에서 리처드 도킨스가 말한 "모방 인자(meme)"를 말하는 것일 수도 있고, 그것들을 통합하는, 그보다 큰 문명사적 담론의 매트릭스를 의미할 수도 있다. 이러한 관점에서 동서 문명의 특징과 같은 것을 말하는 상식적인 관점을 다시 되찾아보는 것도 무의미한 일이 아닐 것이다. 그러나 그렇게 하는 경우에도 이제 주목하지 않을 수 없는 것은 그것이 일정한 틀을 가지고 있다는 것이다. 그것은 사고와 행동의 가능성을 규제하고 그것을 넘어가는 것을 어렵게 한다. 문명은 문명의 인식 체제를 갖는다. 그리고 그것은 사고와 사회 질서에 하나의 규제의 틀로 작용한다. 더 간단히 말하여 그것은 "과학성의 장(場) 속에 들어가 진위가 문제될 수 있는 진술을 가려내 줄 수 있게 하는 전략 기구"가 되고, 영어 번역으로 표현된 "기구(apparatus)"라는 말이 시사하는 바와 같이 정치 권력의 규제 체제가 될 수 있다.[3] 그리하여 문명적 에피스테메에는 사고의 자유를 제한하는 요인들이 들어 있을 것으로 생각할 수 있다. 물론 이것은 반드시 규제의 의도라기보다는 그것이 가지고 있는 질문의 방향성이나 지평의 제한으로 불가피해지는 것이다. 문화의 에피스테메, 나아가 문명의 에피스테메와 같은 거대한 범주는 어떤 특정한 의도에서보다도 존재론적 장(場)에 작용하는 여러 요인, 즉 존재론, 인식론, 정치적 요인에 의하여 과결정되는 것이다.

문화와 문명의 에피스테메의 내용을 규명하는 것은 지난한 일일 것이다. 그러나 그 전체적인 방향을 짐작하고 그에 따라 열리는 지평을 재구성하는 것은 오늘의 담론의 장이 바르게 열리기 위하여 절실한 일이라고 할 것이다. 그렇다는 것은 오늘의 문제를 생각하는 데에 있어서, 그것은 근본적인 진리를, 고고학적 탐구를 통하여 회복하게 하는 데에 도움을 줄 수 있게 할 수 있다는 것을 의미하고, 다른 한편으로는 여러 담론과 권력의 체제가 — 비록 그것이 어떤 의도적인 것이 아니라고 하여도 — 바른 열림을 확보하는 데에 장애가 될 수 있다는 것을 의식하는 일이 될 것이기 때문이다. 즉 보편적 인식의 지평 위에서 생각을 넓혀 가는 것을 어렵게 할 수 있기 때문이다.

그런데 보편성은 바로 우리가 주제로 삼고 있는 에피스테메의 제약을 가늠하는 데에 있어서 핵심적인 기제가 된다. 이 문제를 고려하고 다시 이

---

3   이 말은 루이 알튀세르가 말한 국가 권력을 뒷받침하는 담론의 기구, 그리고 종종 분명한 억압적 기구가 되는 "이데올로기의 국가 기구(Ideological state apparatuses, appareils idéologiques d'État)"를 연상하게 한다.(Cf. Althusser, 1971)

제약을 생각하는 것이 필요하다. 보편성도 언제나 시대적 제약과 기성의 인식론적 공간에 제약되는 것은 물론이다. 그리하여 보편성은 보편성의 주장이다. 그리고 그것은 전체를 지향하면서, 역설적으로 말하여 부분적 전체성을 나타낼 뿐이다. 그러므로 역설적으로 우리가 되찾을 수 있는 인간적 가능성도 이 부분적 전체성, 즉 과거의 담론 체제가 가졌던 부분적 전체성 속에서 회복될 수 있다. 그러나 이 부분성은 보편성의 지향 속에 존재하는 것으로 이해되어야 한다. 그러니까 일단 닫힌 공간을 이루면서 그 너머를 시사하는 것이 되어야 한다. 현실적으로 가능한 보편성은 보편의 부분성을 비판적으로 의식하고 그것을 넘어가고자 하는 부분적 보편성이다.

오늘날 우리를 지배하고 있는 민족주의라는 명령 지시를 들으면 부분과 전체의 동역학의 과실을 짐작할 수 있다. 한국의 회화를 논하면서 그것이 한국적이기 때문에 좋다는 평가를 본다. 또는 어떤 역사적 이념을 평가하는 데에서 민족적 특성을 살린 것이라는 것이 평가의 기준이 되는 것을 본다. 이러한 평가가 나쁜 것은 아니다. 다만 그것이 어떤 것인가를 분석하는 것이 필요하다. 그래야만 그것의 의미를 이해할 수 있다. 이때 분석은 대상을 넘어가는 주체의 움직임을 요구한다. 민족의 특성은 보편적 지향 속에서만 분명해진다. 그것은 발화자의 관점을 민족 특성이 아니라 보편성으로 옮겨 가게 한다. 좁은 민족주의 관점은 이러한 변증법을 놓치는 편견에 머물러 있는 것이기 쉽다. 동양 문화에 막대한 영향을 준 중국의 사상이 중국적인 것을 구했다면 그것의 영향은 그렇게 크지 못했을 것이다. 시진핑이 중국 문화의 부흥을 말할 때, 그것은 중국적인 것을 강조하자는 것이 아니라 중국이 펼쳐 보여 주었던 보편적 인간성을 재확립하자는 것이다. 고대 그리스 철학이 문제로 하는 것은 그리스적인 것이 아니라 보편적 의미에서의 진리이고 인간이다. 물론 고대 그리스인에게 구분되어야 할 야만인(barbaroi)이 있고 중국에 화이(華夷)의 구별이 있었던 것은 사실이다. 그리고 그들이 보편적인 것으로 주장한 것들은 중국적 또는 그리스적 특징을 갖는다. 이것은 진리나 인간의 완성에 있어서의 보편적인 이념을 추구하면서 일어나는 현실적 제약이다. 보편성 지향이 결국은 새로운 부분성, 편협성을 산출해 내는 역설의 과정을 이러한 데에서 본다. 그러면서도 이러한 엎치락뒤치락하는 과정의 뒤에 있는 것은 대상의 세계를 넘어가는 주체적 사고의 움직임이다. 보편성은 고정된 것에서가 아니라 움직임에서 발견할 수 있다. 샛길에 든 이야기가 되었지만, 이것은 문명의 에피스테메, 그에 기초하여 생각해 볼 수 있는 동서 문명의 차이, 그리고 거기에서 일어나는 문제들을 다시 생각해 보는 것이 무의미한 것이 아니라는 것을 말하여 준다.

4. 문명의 에피스테메: 동서 문명의 차이[4]

초월적 도약

그것이 반드시 가치 판단을 포함하는 것이라고 할 수는 없지만, 보편성에의 열림을 특징으로 하는 문명과 그것이 없는 문명을 구별해서 생각할 수 있다. 여기에는 일단 동서양 문명이 다 포함된다고 할 수 있다. 이것을 전제할 때, 오늘의 인간의 기본적 사고의 유형을 이해하는 데에 참고가 되는 것은 카를 야스퍼스가 말한 "주축 시대(die Achzenzeit, the Axial Age)"의 도약이라는 개념이다. 주축 시대의 개념은 동서양, 특히 동양의 담론 체제를 생각하는 데에 중요한 도움을 줄 수 있다. 야스퍼스가 주축 시대를 처음

---

4 나는 2012년 5월 31일과 12월 7일에 동아시아연구원과 한국비교문학대회에서, 각각 「윤리 국가의 이상: 동아시아의 현재의 전통」 그리고 「문학 연구의 문화적 인식 지평」이라는 발표를 가진 바 있다. 이하의 내용은 이 발표문들을 요약 수정한 것이다.

말한 『역사의 기원과 목적』은 1949년 2차 세계 대전이 끝나고 얼마 되지 않아서 쓴 책으로서, 그가 보기에 기원전 200년에서 800년 사이에 시작한 역사의 기원이 되는 주축 시대는 인간 역사에서 중요한 특징을 발전시킨 시대이다. 야스퍼스가 그것을 지적하면서 말하고자 한 것은 그 자체로도 의미 있는 일이지만, 그것이 보여 주는 인간의 동질성 그리고 인간 역사의 새로운 시대를 위하여 거기에서 추출해 낼 수 있는 지혜이다. 물론 그 전제는 적어도 주축 시대의 기본적인 생각의 방향이 적어도 그때까지는 유효하다는 것이다. 그리고 그는 미래의 역사를 위하여 거기에서 배울 것이 있다고 생각한 것이다. 사실상 그의 통찰은 — 물론 자세한 역사적 연구를 나타내는 것은 아니지만 — 지금의 우리의 시대의 개념의 구도를 이해하는 데에도 도움이 되는 것으로 생각된다. 주축 시대는 무엇보다도 중국에 공자, 노자, 장자, 묵자, 인도에 부처, 이란에 차라투스트라, 유대에 엘리야나 예레미야, 그리스에 헤라클레이토스, 플라톤 그리고 비극 작가들이 살았던 시대로서, 이들의 사상이 형성했던 어떤 개념들은 야스퍼스가 보기에는 오늘날까지도 영향을 끼치고 또 중요한 의의를 갖는 것들이다.

주축 시대는 모든 과거의 확신이 깨어지고 모든 것이 새로 문제시된 시대이다. "존재 전체"가 문제적인 것이 된 것이다. 그로 인하여 인간은 세계의 두려움을 경험하고 또 자신의 무력을 경험한다. 그리하여 근본적인 질문을 발한다. 심연에 즉하여 그로부터의 해방과 구원을 갈구하고, "자기 존재의 깊이와 초월의 명증성 속에서 [존재의 한계의] 무규정(die Unbedingtheit in der Tiefe des Selbstseins und in der Klarheit der Transzendenz)"을 의식하는 것이다.(Jaspers, 1949: 20)[5] 이에 따라 반성적 사고, 즉 의식이 자기 자신을 되돌아보고 다른 사람들과의 대화를 통하여 모순과 반대를 찾아내려는 노력이

---

5   여기에 간추려 본 주축 시대의 특징들은 이 책의 제1장에 기초한다.

일어난다. 이것은 불안과 흔들림과 한계의 경험이 되지만, 다른 한편으로 이것을 통하여 오늘날까지도 통용이 되는 인간 이해의 근본 개념과 세계 종교가 생겨난다. 여기에서 중요한 것은 보편성의 대두이다.

반드시 엄격한 의미에서 그렇다고 할 수 있을는지는 불확실하나 그리스, 인도, 중국의 사상가들 그리고 유대의 예언자들은 이성적인 사상가들이다. 그들은 신화나 귀신을 거부한다. 그들은 거짓 신을 배척한다. 그리고 종교는 윤리화된다. 신을 말한다고 하여도 그것은 귀신에 대하여 "단일한 신의 초월"을 말하는 것이다. 주축 시대의 전환은 이분법적 사고의 안정으로부터 반대와 모순의 불안정으로의 전환을 의미한다. 그러나 이 시대에 인간은 자신에 갇혀 있지 않고 모든 가능성에 자신을 열어 놓으면서 동시에 스스로 심화되는 정신을 경험한다. 그리하여 시대 전체가 변화하게 된 것이다.

그러나 야스퍼스는 시대 전체의 변화를 말하면서, 이것이 결코 군중적 현상이 아니었음을 말한다. 철학하는 사람이 생겼다는 것 자체가 이러한 전환이 개인적인 깨우침을 통해서 일어났다는 것을 말한다고 야스퍼스는 생각한다. 깨우침을 가진 사람은 은둔자가 되기도 하고, 초월적인 것과의 일체성, 신비한 교감을 경험하는 사람이 되기도 하지만, 자신을 넘어서 존재 전체 속에서 자신을 의식하려 하며, 홀로 가는 길에서 "고독의 창조력"을 발견하고 다시 현자(賢者) 그리고 예언자로서 세상으로 돌아온다. 그가 고독 속에서 발견하는 것은, 야스퍼스의 생각으로는 후세에 "이성 그리고 인격(Vernunft und Persönlichkeit)"이라고 하는 인간적 특성이다. 그렇기는 하나 "인간적 가능성의 정상(頂上)과 대중 사이의 간격은 거대한 것이면서도, 개인에게 일어난 일은 모두에게 일어날 수 있다. [그리하여] 인간성 전체가 도약할 수 있다."(Jaspers, 1949: 22~23)

동아시아에 초월적 도약이 있었는가?

인간 정신에 일어난 이러한 주축 시대의 변화가 맞는 것이라면, 야스퍼스가 말하는 바와 같이 그것이 인간의 정신을 지배하는 테두리가 되었을 것임은 틀림이 없다. 그러나 사실 야스퍼스가 말한 것은 동아시아를 포함하여 세계 각지, 더 구체적으로는 그리스 중심의 유럽, 중동과 인도, 그리고 동아시아에 주축 시대의 도약이 일어났다는 것인데, 이것이 동아시아에는 그대로 적용되기가 힘들다고 보는 견해도 있다. 그런데 이 차별은 우리 생각을 지배하는 사유의 범주와 방향을 조금 더 분명하게 해 준다고 할 수 있다.

이스라엘의 사회학자 아이젠슈타트는 야스퍼스가 내세운 주축 문명의 테제를 역사적으로, 또 사회학적으로 검토하는 데에 관심을 가지고 거기에 해당하는 여러 문명을 주제로 심포지엄을 개최한 바 있다.(1983년 Bad Homburg) 그리고 그것을 책으로 편집하여 출간하였다. 여기에 실린 중국 문명의 성격에 관한 논문에는 오스트레일리아의 중국학자 엘빈(Mark Elvin)의 글이 실려 있다. 글의 제목이 「중국에 초월적 도약이 있었던가?(Was There a Transcendental Breakthrough in China?)」(Cf. Eisenstadt, 1986) 하는 것인데, 이 질문에 대한 그의 답변은, 중국에 천(天)이나 제(帝)와 같은 초월적 개념이 없었던 것은 아니나, 중국적 사고의 특징은 현실을 비추어 보는 절대적인 개념의 잣대가 있었다고 하더라도 그것을 초월적 차원에 존재하는 것이라기보다는 현실 세계에 내재하는 것으로 파악하였다는 것이다. 다시 말하여 진리와 행동의 기준이 초월적 계시나 이데아 또는 이성의 절대성에 있는 것이 아니라 이 세상에서 확인되는 어떤 것이라는 것을 받아들였다는 것이다. 생각하는 데에 있어서 또는 삶을 영위해 가는 데에 있어서, 그러한 기준이 존재하는지 존재하지 않는지는 확실하지 않다고 하겠지만(또 현대적인 관점에서는 사실 그것을 전제하지 않는 것이 보다 객관적인 것으로 생각되지만), 그것을 전제하지 않고서, 다시 말해 어떤 절대적인 진리 기준의 존재 가능성을 전제하지 않고서 진리를 말할 수 있는가, 또 진정한 의미에서 윤리와 도덕을 말할 수 있는가 하는 것은 그 전제에 못지않게 매우 심각한 문제가 될 수 있다. 그리고 그러한 진리 기준의 부재는 역설적으로 진리 또는 바른 행동의 기준을 오히려 독단적인 것이 되게 할 수도 있다. 그것은 사람에게 열릴 수 있는 진리와 그 너머에 존재하는 초월적인 것과의 변증법적 긴장이 없어지고 새로운 가능성의 실험이 본격적으로 시도되기 어렵기 때문이다. 진정으로 초월적인 것은 현세적 인간의 인식 능력을 초월한다. 그리하여 그것은 특정한 개인이나 집단이 주장하는 독단적 진리가 될 수 없다. 그것이 암시하는 방향은 끊임없는 변증의 과정에서 시사될 뿐이다. 그리고 이 과정은 대결과 모순을 포함하는 과정이기도 하다.

환경적 일체성

엘빈의 생각으로는 "중국의 문화는 유럽의 타협이 있을 수 없는 대결, 곧 극단적인 경우에 유럽의 영혼을 둘로 쪼개 놓는 대결과 같은 것에 의하여 쪼개어지지 않았던" 문화이다. 그것은, 서양의 경우와는 달리 "스스로 존재하는 완전한 신과 무상하고 불완전한 피조물", "선과 악", "영혼과 육체", "현세와 내세", "이상과 현실", "진리와 오류", "종교와 정치" 사이에 끊임없는 갈등을 생각할 필요가 없었다. 중국 사상의 특징은 많은 것이 "환경적으로 일체적(ecological)"이고 "모든 것이, 궁극적 자연이 아무런 내적 균열이 없이 존재하고 한쪽이 다른 쪽에 다소간이나마 영향을 주는 하나의 상호 작용의 체계를 이루었다."라는 것이었다. 고대 중국에는 최고의 신에 대한 믿음이 있었으나, 그것은 산이나 강 그리고 조상의 신을 대표하는 것이었고, 이러한 초월의 세계는 곧 현세의 통치자에게 이어졌다. 하늘의 제(帝)나 천(天)은 계절과 천후, 전쟁과 건축을 다스리고 왕은 천명을 바르게 수행하는 사람이었다.

이러한 일체적인 세계관에서 우리가 주목할 것은 도덕은 모든 것이 존재하는 것이면서도 절대적인 것이 아니라는 것이다. 중국사의 초기부터 도덕이 언급되기는 하지만, 그것은 주로 기계적인 또는 자연스러운 의식에 관계되는 것이었다. 도덕은 갈등과 모순을 통하여 다져지는 것이 아니라 "세상에서 살아남고 성공하는 데에 열쇠가 되는 것이었다." "천과 신령들이 베풀어 주는 것은 선행에 따른 자연스러운 보상이었다."(Elvin, 1986: 328)⁶ 공자는, 엘빈의 견해로는 자연과 신과 인간에 대한, 그리고 윤리 도덕과 세속적 이해관계에 대한 일체성을 근간으로 하는 이러한 믿음에 대하여 조금 더 비판적인 입장을 취한 사상가였다. 그에게 정치의 기초가 되는 것은 통치자의 덕이었고, 이 덕은 반드시 귀신들에 의하여 뒷받침되는 것은 아니었다. 그리하여 그에게서 "개인의 순수한 도덕적 각성"이 생기게 되는 전망이 열리기 시작했다고 할 수 있다.(Eisenstadt, 1986: 333) 그러나 공자에게 최고의 덕인 인(仁) 또는 "기소불욕물시어인(己所不欲勿施於人)"에 표현된 바와 같은 타자에 대한 고려는 사물의 자연스러운 이치이며 사물의 순리에 따르는 것임을 강조함으로써 강력한 비판적 도구가 되지는 못하였다. 맹자도 "자연"과 "규범" 사이에 차이가 있을 수 있다고 생각하였지만, 이것을 극단화하지는 아니하였다. 그는 사람의 심성에 덕의 근원이 발견될 수 있다고 생각했고, 그것은 자연스럽게 심성을 양성함으로써 강화될 수 있는 것이었다. 맹자는 현실과 이상의 대비를 인정하였으나 거기에 개입될 수 있는 초월적 요소는 강조하지 아니하였다. 결국 사람의 운명 위에 서 있는 것은 자연을 초월하는 힘이 아니고, 세계에 내재하는 힘이었다. 공맹의 전통을 떠난 비판적인 사상가들의 경우에도 여러 이질

---

6 여기의 설명은 인용된 부분만이 아니라 이 글을 넓게 참조하고 간추린 것이다.

적 요인의 갈등에 대한 인정이 초월적인 것을 향한 강한 힘이 되지는 못하였다. 장자에게서 드러난 것은 "인식론적 확실성 그리고 도덕적 권위의 위기"(Eisenstadt, 1986: 342)이지만, 그것도 결국은 극단적인 대결과 모순의 위기가 되는 것은 아니었다. 장자는 전수된 가치와 언어의 무의미함을 말하고, 보통 사람이 아는 세계가 진실된 세계가 아님을 강조했다. 그것은 엘빈의 생각으로는 사람들이 아는 세계보다는 광대무변하게 큰 것이 우주라는 것을 깨닫게 하려는 것이었다. 그러나 그것은 "전적으로 다른 성질의, 또하나의 우주"(Eisenstadt, 1986: 345)를 말하는 것은 아니었다. 그에게 중요한 것은 자연 질서, 그리고 그 "환경적 전체성에 대한 섬세한 주의(ecological delicacy)"(Eisenstadt, 1986: 346)였다. 엘빈은 묵자나 양주(楊朱) 등에게서 서양에서 보는 바와 같은 논리적 사고, 보편성, 비판적 개인 등을 발견하기는 하나 이것도 자연 질서와의 일체성을 긍정하는 것으로서, 깊은 의미에서의 초월적 도약은 중국 사상에서 발견하기 어렵다는 결론을 내린다.

프랑수아 쥘리앵/일차원적 사고의 틀

초월적 세계가 없는 세계관이 어떤 것인가? 프랑스의 중국학자 프랑수아 쥘리앵(François Jullien)은 이러한 세계관 속에서 어떤 삶의 방식이 성립할 수 있는가를 지극히 철저하게 규명한 사람이라고 할 수 있다. 물론 그의 해석이 전부를 설명한다고 할 수는 없지만, 그의 해석은 한국에서도 볼 수 있는 어떤 종류의 행동 방식 그리고 그것과 병행하는 문화적, 문학적 발상의 방식을 새삼스럽게 느낄 수 있게 한다.

쥘리앵의 중국 사상론들은 중국 사상에 대하여 서구적인 또는 현대적인 비판을 적용하는 비교 문화적 관점에서 쓰인 것이다. 그의 대표적인 저서 하나의 제목은 『우회와 접근: 중국과 그리스에 있어서의 의미 전략(*Le Détour et l'accès: Stratégies du sens en Chine, en Grèce*)』(1995)인데, 제목에서 볼 수 있는 바와 같이 그의 논설의 강점은 이 책에서는 물론 다른 글들에서도 어디까지나 비교 문명적인 데에 있다. 그의 연구는 중국의 고전을 두루 살펴보는 것인데, 이 연구에서 주축이 되는 것은, 초월과 세속 두 개의 다른 차원 또는 이항적 대비와 교차가 없을 때에 어떻게 삶과 세계에 대한 사고가 전개되는가 하는 문제라고 할 수 있다.

하나의 세계 과정과 유기체적 삶의 원리

깊은 의미에서 사물 자체 그리고 그것을 구성하는 전체로서의 세계를 생각하는 것은 대체로 하나의 원리에 따라 여러 가지 것을 일관된 질서 속에 파악한다는 것을 말한다. 이것은 사고의 원리 그리고 모든 사물의 원리로서 반성적 주체를 발견하거나 설정할 것을 요구한다. 이 주체는 객체적인 사물들을 초월하는 정신으로 생각할 수 있다. 근대에 이 정신은 단순히 사유하는 자아(ego cogitans)를 가리킬 수 있지만, 전통적으로 그것은 육체를 넘어가는 다른 세계에 속하는 것으로 생각되었다. 다시 말하여 이 정신은 어떤 초월적인 세계에 속하고, 거기에서 나오는 특별한 존재이다. 그러나 이렇게 말하는 것은 서양적 사고를 빌려 오는 것이다. 쥘리앵은 동양에 정신의 발견이 없는 것은 아니지만, 서양의 경우와는 달리 그것이 육체와 영혼의 이항 대립에서 유도되어 나오는 것은 아니라고 말한다. 그것은 개인의 삶을 위하여 그리고 인간의 사회관계의 적절한 균형을 위해서 필요한 원리인데, 인간의 생리적, 사회적 삶에 내재한다. 즉 정신은 육체를 통괄하면서 그 안에서 작용하는 원리, 곧 그의 표현으로는 "구성적 원리(constitutive principle)"이다. 그것은 동시에 단순히 생명의 과정을 넘어서 윤리 도덕의 원리에 일치한다. 그러나 거꾸로 윤리 도덕도 생존의 유기적 질서를 벗어나지는 아니한다. 그러니까 다시 말하여 중국의 사고에도 정신의 원리가 있지만, 그것은 초월적인 근거를 가진 것이 아니고 만물의 진행 과정의 일체성을 표현하는 원리이다. 일체성의 원리는 분리되어 두 개가 될 수도 있지만, 그것은 언제나 하나의 일체적인 과정으로 합치되게 마련이다. 이 과정이 도(道)의 과정이다. 도가 중요한 것은 생명의 과정이 중요하기 때문이다. 인간의 관점에서 중요한 것은 생명이다. 이 생명은 이 일체적 과정의 한 부분이다. 이런 의미에서 장자가 말하는 양생(養生)은 모든 사고의 종착점이라고 할 수 있다. 장자를 논한 쥘리앵의 『양생론: 행복에서 떠나는 삶(Nourrir sa vie: à l'écart du bonheur)』(2005)은 그의 중국 사상 해석에 있어서 중요한 지표가 된다.

생존과 윤리

그런데 독자적인 기준이 없이 윤리가 존재할 수 있는가? 윤리가 생명의 과정에 기초하는 것이라면 어떻게 절대적인 행동의 기준을 마련할 수 있는가? 맹자는 무엇보다도 윤리를 말하는 사상가이다. 쥘리앵의 생각으로는, 맹자의 윤리는 어떤 절대적인 차원, 정신세계에 기초한 규범을 말하는 것이 아니고 이성의 보편적 명령으로 증명될 수 있는 이념을 표현하는 것도 아니다. 맹자의 초점은 장자의 경우나 마찬가지로 유기적 생명체로서의 인간의 온전함을 보전하는 데에 있다. 다만 이 보전에는 더 중요한 것이 있고 덜 중요한 것이 있다. 맹자는 이 차이를 유기체에 비유하여 설명한다. "사람의 몸의 어떤 부분은 더 고귀하고 어떤 다른 부분은 비천하다. 또 더 크고 작은 것이 있다." 고귀하고 큰 것을 존중하는 사람은 큰 사람(大人)이고 미천하고 작은 것을 존중하는 사람은 작은 사람(小人)이 된다. 도덕과 윤리는 대인의 삶의 원리이다. 이 둘을 갈라놓는 윤리 도덕의 원리에 있어서의 차이는 신체 부위의 차이를 생각할 때에 드러나는 구별과 비슷하다. "손가락을 돌보기 위하여 어깨나 등을 돌보지 않는 사람은 이리가 걸리는 병에 걸린 사람이다." 행동의 차원에서도 구별은 비슷하게 말하여진다.

"먹고 마시는 것을 좋아하는 사람을 천박한 사람이라고 하는데, 그것은 작은 것을 돌보고 큰 것을 등한시하기 때문이다. 먹고 마시는 것을 좋아하면서도 보다 중요한 것을 등한히 하지 않으려 한다면, 어찌 입과 배를 한 치의 살갗에 불과하다고 하겠는가?"(『맹자(孟子)』「고자 장구(告子 章句)」상(上))
맹자에게 육체와 윤리 의식은 완전히 하나를 이루는 것이어서 "양심의 행위는 [유기체로서의 인간의] 일체성을 강화하는" 데에 핵심이 된다.(Jullien, 2007: 72~74)

생존의 전략

이와 같이 윤리와 도덕, 사람의 사회적 규범이 유기적 일체성으로서의 삶의 필요에서 나온다는 생각은, 쥘리앵의 해석으로는 중국 사상의 원형이지만, 아마 그의 해석에서 이러한 문제 설정이 중요한 것은 그것이 종교와 초월적 세계를 떠나게 된 서구의 현대에 저절로 해당되는 것이기 때문이기도 하다. 결국 과학이 대표하는 무가치의 물질주의 그리고 금전적 가치를 유일한 가치로 보는 자본주의의 물질주의에 있어서, 경험을 넘어가는 다른 세계는 존재하지 않는다. 그런데 바로 중국의 사상이 초월적 가치에 의지하지 않는 몰가치성을 극복할 수 있는 가능성을 제시하는 것으로 보이는 것이다. 그러나 참으로 삶의 일체성에서 도출되는 하나의 원리에 의하여 그러한 물질주의 극복이 가능한 것일까? (1960년대의 서양의 진보적 정치 운동에 영향을 준 헤르베르트 마르쿠제의 한 저서의 제목은 『일차원적 인간(One-Dimensional Man)』(1964)이다. 그는 물질주의적 사고로서 물질주의의 세계를 극복할 수 없다고 답한다.) 맹자의 도덕을 양생의 이념에 일치하는 것이라고 한다면, 그것이 진정으로 물질주의적 세계, 그 이해관계를 넘어서는 도덕적 원리가 될 수 있을까? 양생에서 생명을 보존한다고 할 때 그것은 너무나 쉽게 자기의 이점을 도모하는 일이 되고, 그 동기를 통하여 윤리와 도덕도 개인적 이익을 보존하기 위한 수단이 된다. 윤리와 도덕은 비도덕적 계기와 동기에서 분리될 수 없는 것이 되고 만다. 결국 윤리 도덕보다는 생존이 모든 행동의 기본 지침이 되는 것이다.

세(勢)와 윤리

생존의 전략에서 중요한 것은, 쥘리앵이 여러 곳에서 설명하는 바로는 세(勢)이다. 사회 정치 조건과 역사의 흐름은 일정한 방향과 힘을 가지고 있다. 이것에 역류하면서 살아남는 것은 불가능하다. 이것은 말할 것도 없이 군사 작전이나 정치 행동에 있어서 가장 심각하게 고려하여야 할 사항이다. 세가 불리할 때 자신의 목적을 위하여 현실 행동을 취하는 것은 패배를 자초하는 일에 불과하다. 거기에서 요체는 세의 변화를 기다리고 세를 조종하는 법술(法術)에 능통하는 것이다. 이것은 도덕의 실천 또 도덕적인 정치 질서를 위한 행동에 있어서도 마찬가지이다. 쥘리앵의 중국 사상 해석에서 핵심적인 텍스트는 손자(孫子) 그리고 한비자(韓非子)이다. 그들의 전술적 사고는 윤리 사상에도 침투되어 있다. 맹자는 바른 정치 행동에 관하여 묻는 제자 공손추(公孫丑)에게 답하여, 사회의 전체적인 형세의 중요함을 설명하면서 시기의 선택이 중요하다는 점을 강조한다. 그리고 그것을 제(齊)나라의 속담을 인용하여 요약한다. "비록 지혜가 있더라도 시세를 잘 타는 것[乘勢]만 못하고, 농구가 있더라도 시절을 기다리는 것만 못하다."(『맹자』「공손추 장구 상」; Jullien, 2004: 16) 맹자의 생각에 성인으로서의 공자의 장점은 그가 시의(時宜)에 따라 진퇴를 정할 수 있는 인물이었다는 점이다.[7] 선구적인 역사 변증법론자였던 왕부지(王夫之)는 윤리 도덕을 잊지 않으면서도 — 이 윤리 도덕은 어떤 절대적인 이념이라기보다는 적절

---

7   孔子聖之時者也(『孟子』「萬章 章句」下).

한 삶의 질서를 보장하는 정치 질서의 원리로 해석될 수 있지만—그것을 역사적 형세의 변화와 연결하여 생각하였다. 시대에 맞지 않는 변화를 꾀하는 것도 어리석지만 변화를 막아 보려는 것도 어리석은 일이다. 정치 행동의 요체는 형세와 더불어 변하는 것이다. 그리고 그는 이것을 다시 개인적인 생존의 원리와 연결한다. "불가피하다고 파악될 수 있는 변화를 차단하려는 것보다도 어리석은 일은 없다. 개인적인 자질에 관계없이, 한결같은 태도로써 현상을 유지하려는 시도는 상황을 개선하지 못하고 개인적인 파멸만을 가져온다."(『송론(宋論)』, 7장·8장; Jullien, 1999: 199) 상황의 변화의 중요성을 말하면서 그는 이렇게 말한다.

관료 체제

이것은 개인적인 처신술을 말한 것이지만, 사회 전체적으로 볼 때 중요한 것은 상황 전체의 세를 적절한 균형 속에 유지하는 것이다. 이 균형은 보신을 위한 것이지만, 보신의 궁극적인 방법은 상황 자체를 일정한 통제 속에 두는 것이다. 그때 기준이 되는 것은 윤리와 도덕이다. 윤리의 근본은 전통적인 범례의 준수에 있다. 그것은 천(天)으로부터 시작하는 위계질서를 유지하는 의례와 문(文) 그리고 법술을 의미한다. 계절과 수확과 산천 그리고 인간의 운명을 결정하는 것이 하늘과 전통으로부터 주어진 이러한 제도에 의하여 확보되는 것이다. 그 안에 들어 있는 내적이면서 외적인, 내외의 사실 관리의 원리가 윤리이다. 이러한 제도를 평상적인 상태에서 유지하기 위하여 필요한 것은 선택된 인간들, 즉 전통적 문물에 익숙하고 그것의 도덕적 기율을 체득한 인간들로 구성된 관료들이다.

모든 재능 있는 자에게 열리는 관료들의 체제는 새삼스럽게 말할 필요도 없이 중국이 발명한 가장 중요한 국가 관리의 체제이다. 관료 제도와 관련하여, 수신을 한 사람이 치국평천하에 이르게 되는 것은 시험 준비를 하고 학문을 쌓아 이 체제에 참여하는 것을 말한다. 유교의 전통에서 윤리의 내면화 그리고 심화는 수신을 통하여 이루어지는 것으로 생각된다. 수신은 학문의 연수로 공식화된다. 그리하여 학문은 윤리적 인간이 되는 데에 필수적인 과정이 된다. 그리고 이렇게 학문을 닦은 사람은 사회의 인간관계 속에 동화됨으로써 자기완성을 이룰 수 있다. 이것은 사회적 존재로서의 자연스러운 자기완성 또는 행복을 이룩한다는 것을 의미할 수 있지만, 추상화된 국가 체제 안에서 결국 관료가 된다는 것을 말한다. 그리하여 수신과 출사(出仕)의 연결이 일어난다. 그런데 이 연결은 둘 사이의 관계를 전도하는 결과를 가져올 수 있다. 즉 윤리적 수신이 그 자체로 의미를 갖는 것이 아니라 출세를 위한 수단이 되는 것이다. 그리고 자율성이 없이 진정한 학문이 있을 수 없다고 한다면, 관료제의 중요성은 학문이 다른 목적에 — 비록 그것이 국가가 제시하는 목적이라고 하더라도 — 얽매이게 될 가능성을 열어 놓는 것이 된다. 물론 이에 대한 비판적 의식이 생기는 것은 당연한 일이다. 남에게 보여 주려고 하는 학문인 위인지학(爲人之學)에 대하여 위기지학(爲己之學)이라는 말은 학문이 자기완성을 지향하여야 한다는 뜻이지만(『논어』「헌문(憲問)」25), 출사(出仕)를 지향하는 학문 수업에 대한 비판적 논의에도 인용되는 말이다. 그러나 학문에 전념한다고 하여 수신에 따르는 치국평천하의 사명이 사라지는 것은 아니다. 수신은 내면화된 진리를 향하는 역정이 되고 은둔을 뜻할 수도 있지만, 그러한 경우까지 포함하여 학문을 그 자체로 추구한다는 것은 사회와 국가를 전체적으로 비판적 거리에서 본다는 것, 그리고 이 전체의 관점에서 그것을 재구성하여 자기 정체성의 일부가 되게 한다는 것을 말한다. 출사를 사양한다고 하여도, 사회와 국가에 대한 전체적 비판은 수신의 핵심 부분이 된다. 물론 이것은 바른 이데올로기의 정립을 위한 논쟁을 낳는다. 그러나 더 좋은 것은 말할 것도 없이 이 이데올로기를 현실 속에 구현하는 일이다. 그리하여 국가와 삶을 하나의 설계도에 의하여 기획하는 것은 개인의 필요이기도 하고 사회를 보는 방편이기도 하다.

유교적 기획 국가

관료들의 의무는 무엇인가? 전통적으로 계승되는 윤리적 체제를 유지하기 위하여 국가의 행정을 책임지는 것이 관료이다. 보다 근본적인 의미에서는 이것은 행정 체제가 사회의 모든 문제, 곧 사회의 인간적, 물질적 차원의 현실을 합리적인 방법으로 장악하고 있다는 것을 전제한다. 그렇기 때문에 행정 체제의 합리화는 관료적 사고, 특히 체제의 근본 구도를 생각하여야 하는 관료들의 중요한 관심 대상이 된다. 그리고 많은 경우 그것을 바르게 하는 것이 많은 인간 문제에 대한 자동적인 해결책이 되고, 또 개인적 수신에 있어서도 수신의 완성에 요구되는 최종 항목이 된다.(이것은 물론 과대한 자존심의 망상의 결과가 되기도 한다. 모든 사람이 국가 행정 체제에 대하여, 또 그것의 적절한 정책 시행에 대하여 자기 나름의 방안을 가지고 있다는 망상을 가지게 하는 것이다.) 유교적인 관료 국가의 모습은 조선조 초기의 선비들의 국가 체제에 대한 제안에서 쉽게 찾아볼 수 있다. 조선조는 세계에서 드물게 보는 이데올로기에 기초한 계획 국가였다. 국가 체제 수립의 초기에 있어서 여러 기획이 나오는 것은 당연하다. 그러나 일정한 이데올로기에 입각하여 유토피아 — 유교적 유토피아를 창설할 수 있다는 생각은 유교적 담론에서 두루 발견할 수 있다.

정도전의 계획 국가

유교에서 상상하고 있는 유토피아의 관점에서 사회 체제를 정비하자고 하는 것은 조선조의 유학에서 가장 중요한 과제였다. 물론 수단이 되는 것은 관료 체제이다. 실제로 유교 유토피아를 설계하고 이 실현에 참여한 정도전(鄭道傳)과 같은 사람에게는 유교의 이상에 따라서 국가 체제를 기획하는 것은 현실적인 실천의 문제였다. 정도전의 글들은 고려조의 정치와 이데올로기에 대한 비판과 새로운 이념에 따른 국가, 곧 유교 국가의 설계를 목적으로 한다. 여기에서 그의 모델이 되는 것은 대체로 중국의 고대사에서 발견할 수 있는 선례들, 특히 주 대(周代)의 선례들이다. 『주례(周禮)』는 조선조의 사회 기획자들에게 가장 중요한 참조 근거이다. 물론 옛날의 사례가 의미를 갖는 것은 그 당대 현실과의 관계에서이다. 정도전의 경우에 이것은 더욱 확실하다. 그의 실천적 의도는 그의 제안들에 다른 유학자의 경우보다 더 분명한 일관성과 합리성을 부여한다. 그 가운데에도 『조선경국전(朝鮮經國典)』과 같은 글은 그가 생각한 사회와 정치 계획의 전형을 가장 잘 보여 준다. 여기에서 그는 왕의 임무, 그를 보좌할 중앙 관료들의 임무와 조직, 그리고 지방의 행정 조직을 자세히 정리한다. 물론 이것은 행정 조직 이외에 군사, 경제, 재정, 농업, 민생, 문화 등 여러 문제와 담당 부서에 대하여서도 자세한 기획안을 제시한다. 또 국토와 도시 계획에 대하여서도 일정한 견해를 이야기한다. 이러한 제도와 국토 관리에 대한 정도전의 생각들은 지극히 현실적이고 합리적이다. 그러면서 그것은 국가의 윤리적 의미, 즉 우주론적인 이해에서 나오는 윤리적 의무에 대한 이해를 철저하게 내포하고 있다. "위로는 음양을 조화하고 아래로는 모든 백성을 편안하게 하며, 작상(爵賞)과 형벌을 말미암아 매인 바이며(所由關) 정화(政化)와 교령(敎令)이 그로부터 나오는 바이다(所自出)." ─ 다른 글에서 재상의 임무를 정의하는 이러한 말은 정치 철학을 요약하는 말로 취할 수 있다.(「상도당서(上都堂書)」) 즉 그것은 우주적인 질서에 어긋나지 않게 백성의 삶을 안정되게 하며, 그것을 위하여 상벌, 정치와 교화(敎化)를 수단으로 활용하는 것이다. 정치는 엄격한 질서를 가지고 있어야 한다. 그것은 우주론적 요구이다. 그러면서 그것은 국가와 사회적 차원에서는 민생의 안정을 주안으로 한다. 이것은 반드시 백성의 현실적 필요에서만 주장되는 것이 아니라 그가 이해하는 우주론의 현실화를 위해서 요구되는 사항이다. 정도전은 한성의 도시 계획의 기본적인 아이디어를 내놓은 사람이다. 그의 계획 국가안은, 위에 비친 바와 같이, 국토 기획까지를 포함한 것이었다. 한성의 구획 설정이나 사대문의 이름 등 이러한 것들은 철저하게 인의예지(仁義禮智)의 윤리 또는 풍수와 방위(方位)의 균형을 생각하는 이데올로기에 입각한 것이다. 그것은 윤리나 우주적인 이데올로기에 따라 삶을 정형화하기 위한 가장 구체적인 실천이라고 할 수 있다. 정도전은 그의 아이디어에 따라 삶의 모든 것을 규제하기를 원한다.(이 규제는 왕의 역할에도 해당된다.) 정도전은 태조의 명에 따라 궁궐과 궁궐의 여러 부분의 이름을 지었는데, 가령 경복궁의 사정전(思政殿)이라는 이름 그리고 그에 대한 구상은 그의 이데올로기가 어떻게 구체적인 현실 기획으로 옮겨지는가를 보여 주는 좋은 예가 될 것이다. 사정전의 근거에 대한 그의 설명은 다음과 같다.

> 천하의 이치는 생각하면 얻고 생각하지 않으면 잃는 법이다. 대체 임금이 한 몸으로 숭고한 지위에 웅거하여 있고, 만인의 무리는 지혜롭고 어리석고 어질고 불초한 섞임이 있고, 만사의 번다함은 시비와 이해의 복잡함이 있으니, 임금이 진실로 깊이 생각하고 자세히 살피지 않으면, 어떻게 일의 당연하고 부당한 것을 분별하여 사리에 맞게 갈피를 찾아 처리하며 사람의 어질고 어질지 못함을 분별하여 나오고 물러갈 수 있게 할 수 있는가.(「기(記): 사정전(思政殿)」)

이것이 정치를 생각하는 별도의 건물, 사정전이 있어야 한다고 요구하는 이유이다.

전적으로 정도전의 발상으로 수도 건설이나 국가 체제 수립의 모든 것이 이루어졌다고 하기는 어렵겠지만, 그가 국가와 사회의 운영에 대한 면밀한 처방들을 가지고 있었던 것은 틀림이 없다. 앞에서 말한 국가 경영을 분담할 관직 체제나 토지 관리 이외에, 『조선경국전』은 소소하면서도 상징적인 의미를 가질 수 있는 모든 것에 대한 처방을 내놓는다. 국호(國號)나 왕위 계승을 위한 세계(世系)에 대한 논의는 그 나름의 중요성을 가지고 있다고 하겠지만, 그의 처방은 심지어 벌목과 고기잡이의 규칙, 또는 면류관이나 관복에 사용할 금은보옥(金銀寶玉)의 장식 그리고 그 채굴에 대한 규정 같은 것까지도 포함한다. 여기에 드러나는 기획의 철저함은 아마 당대의 세계 어디에서도 찾기 어려운 것이었을 것이다. 그 나름의 합리적 사고와 그것에 방향을 지어 주고 있는 유교의 우주론과 윤리에의 충실성은 가히 찬탄의 대상이 될 만한 것이라 하지 않을 수 없다.

유수원의 관료 체제의 조정

정도전이나 그에 비슷한 위치에 있었던 다른 유학자, 가령 양성지와 같은 사람의 시대는 조선조의 초창기로서 사회의 총제적인 기획이 필요한 시기였다고 할 수 있다. 그런데 국가 체제에 대한 논의 또는 논술은 조선조 내내 유학자들에 의하여 계속 생산된다. 한영우(韓永愚) 교수가 『한국선비지성사』에서 「조선의 걸출한 선비」의 항목 아래 간결하게 소개하고 있는 조선조 유학자들의 사상을 보면, 그 주제는 한편으로는 그들의 학문의 정통성이다. 이 정통성은 물론 중국 유학에서 말하는 성군과 학자들과 함께 기자(箕子)로 비롯되는 한국의 성군과 학자들이 계보를 확인하는 데에 집중된다. ― 다른 한편으로 끊임없는 관심의 대상이 되는 것은 정치 제도의 개혁이다. 한영우 교수가 가장 높이 평가하는 학자의 한 사람인 유수원(柳壽垣)은 일반론으로 문벌 타파, 사농공상의 평등, 농업의 전문화, 상업 자본의 합작, 유통망 확대 등을 주장하면서, 이것들이 산업 발전을 진흥하여 나라를 부강하게 하는 방책이라는 것을 설파하고자 한다. 그는 이외에도 국가 제도의 많은 세부에 대한 개혁안들을 내놓는다. 과거 시험에서 시험 과목은 경학(經學)과 사학(史學)이 주가 되어야 하고, 거기에서 경서는 수험자가 선택하는 것이 좋다. 정부의 직책 가운데, 예문관(藝文館), 춘추관(春秋館), 승문관(承文院), 교서관(校書館) 등과 같은 문한직(文翰職)은 폐지하고 그 직무를 실무 관료에게 맡기는 것이 마땅하고, 죄인의 심판은 언관(言官)들이 아니라 형조에서 전담할 일이고 사헌부(司憲府)나 사간원(司諫院)의 기능도 전문적인 영역을 정하여 한정하여야 한다. 비변사(備邊司), 의금부(義禁府), 충훈부(忠勳府), 돈령부(敦寧府), 장예원(掌隷院), 선혜청(宣惠廳), 전의감(典醫監), 제조(提調) 등의 관직도 혁파하여야 한다. 군사 문제에 있어서도 군역(軍役)과 군포(軍布)의 제도는 경비를 분담하는 양병제(養兵制)로 바꾸어야 한다. 이 이외에도 유수원은 서리의 급봉, 세제, 호적 등의 창설 또는 개혁을 논한다. 한 교수가 설명하는 바로는, 그가 이러한 이용후생에 중점을 두는 개혁을 제안할 때 준거로 삼은 것은, 대부분의 조선 유학자가 그러한 것처럼 중국의 주례와 주자이다. 그러면서도 그는 동시에 조선 풍속의 독자성, 음식, 의복, 언어, 혼례, 중국에 비교해서도 뛰어난 조선의 토지와 산수의 탁월함을 말하였다.(한영우, 2010: 374~380) 유수원의 『우서(迂書)』의 논설은 다른 유학자의 저서들보다 포괄적이고 상세한 것이나 국가 제도에 대한 총체적인 관심 그리고 세부적인 개선 내지 개혁을 거론한다는 점에서는 다른 유학자의 논설의 경우에도 대체로 비슷하다고 할 수 있다.

그런데 이러한 개혁안들이 좋은 것들이었다고 하더라도 『우서』 집필 시에 유수원은 단양 군수 등 과히 높지 않은 지위의 지방관이었는데, 요즘 식으로 말하여 프로젝트를 위촉받은 것도 아니었으니 그의 개혁안이 얼마나 현실적으로 수용될 수 있는 것이었는지는 알 수 없는 일이다. 또 그것이 당대의 현실에 얼마나 정합한 것이었는지도 지금 판단하기는 어렵다. 『우서』이후에 유수원이 사헌부 장령(掌令) 등에 임명되고「관제서승도설(官制序陞圖說)」을 작성하면서 영조와 대면할 기회를 얻은 것을 보면, 조선조 시대의 공적 소통의 공간이 미관말직에 이르기까지 널리 트여 있었다고 할 수도 있고, 그러니만큼 논술은 그 구체적인 현실 관련성을 넘어서 조선 사회의 윤리적 기강을 유지하는 데에 하나의 중요한 역할을 수행하는 것이었다고 할 수 있다. 그러나 사회 기획의 설계도 구상은 개인적인 의미가 큰 것이 아니었나 하고 생각해 볼 수도 있다. 그것은 적어도 관념적 차원에서 자기 수양이 요구하는 치인이나 평천하의 요청에 응하는 행위였을 것이다. 이것은 특히 그러한 설계를 걱정할 임무를 맡을 위치에 있는 것이 아닌 사람의 경우에 요구되는 바 정신적 훈련 또는 자기완성의 의미를 가졌을 것으로 생각할 수 있다.

관료적 사고의 모델/책임, 인과, 명령

관료 제도의 정비로 사회를 바로잡을 수 있다는 것은 쉽게 생각할 수 있는 것이지만, 앞에서 본 바와 같이 그것으로써 현실의 전부를 바로잡을 수 있다는 관료적 스콜라 철학의 보편화는 반드시 현실의 실상을 이해하는 데에서 오는 것은 아니라고 할 수 있다. 이것이 어떤 특정한 관점에서의 편향적 발상인 것은 틀림이 없다. 그 발상은 어디에서 오는가? 간단히 말하면 관료적 체제를 통해서, 다시 말하여 일정한 위계를 가진 행정가들의 명령에 의하여 세상을 움직일 수 있다는 것인데, 추상적인 사회 제도가 스스로를 항구화하는 경향을 갖듯이, 관료적 사고도 일단 인식의 패러다임이 된 다음에는 스스로를 항구화하는 경향을 갖는다고 할 수 있다. 그러면서 그것은 세계의 진상을 인식하는 사람의 태도를 일정한 방향으로 향하게 한다.

고전 시대의 그리스와 중국을 비교 연구하여 온 영국의 과학사가(科學史家) 로이드(G. E. R. Lloyd) 교수의 분석은 이러한 생각 ── 사고의 패러다임의 근본과 그 진리 인식에의 연관을 밝히는 데에 중요한 실마리를 제공한다. 그는 자신의 많은 비교 문화적 연구의 하나에서 사물의 선후와 인과관계를 밝히는 일에는 그것을 용이하게 하는 패러다임 또는 모델이 있다고 하고 서양과 동양 두 전통에 작용하는 패러다임을 찾아보려고 한 바 있다.(Lloyd, 1996: 93~115)[8] 고대 그리스에서 이 패러다임으로서 가장 중요한 것은 법률 과정의 모델이다. 가령 어떠한 일이 있어 그 경위와 인과를 밝히려고 할 때, 사고가 전개되는 방식은 일에 대한 '책임'이 어디에 있는가를 묻는 법률의 사유 방식에서 나온 것일 경우가 많다. 그러면서 그것은 물론 미묘하게 변용되기도 한다. 의학적으로 병에 대하여 생각하며, 그 병의 원인이 무엇인가를 묻는 것도 이와 비슷한 사고, 그러면서 변용된 사고의 유형을 나타내는 것이다. 의료 행위는 이러한 물음에서 출발하여 밖에서 들어온 병이 환자의 내부 조건을 변화시킨다는 것을 확인하고 다시 내부 상황을 원상으로 복구하려는 것으로 설명된다. 이때 원인은 밖으로부터 작용하는 원인과 내적인 상태로 또는 내적인 원인으로 구별될 수 있다. 이 구별은 병과 같은 문제를 넘어서, 본래의 상태가 그렇다는 것과 외적인 힘의 작용으로 그렇다는 것을 구별하는 일이 된다. 그리하여 전자는 본래의 성질(nature)이나 본질(essence)로 후자는 어떤 의도의 개입의 탓으로 생각된다. 본래의 성질은 아리스토텔레스의 물리학이나 형이상학에서 중요한 고찰의 대상이 되는 사물의 본질을 말한다. 그리고 거기에 외적인 작용이 가해지는 것이다. 이렇게 법률적 사고는 물리적 사고로 그리고 다시 의학으로 옮겨진다. 이러한 사유 방법의 변형에서 중심이 되는 것은 법률 관계에서의 '책임'의 문제가 '누구의 책임인가'로부터 '무엇에 책임이 있는가'로 바뀌고, 탐색과 사고가 보다 과학적인 방향으로 움직여 가게 된다는

---

8 이 부분은 로이드 교수의 보다 자세한 논의를 극히 간단히 간추려 본 것이다.

것이다.

사물의 구조를 설명하는 패러다임에는 '책임'과 같은 법률 과정에서 나온 것 외에 인공 제작물, 생물체, 또는 국가나 정치 체제 등에서 유추되어 나오는 패러다임이 중복된다. 정치 체제의 경우, 그리스어에서 사물의 원인이나 근본, 아르케(arche)는 동시에 권좌, 통치, 행정관 등을 의미한다. 그리스인들이 세계와 우주를 왕국과 비슷한 것으로 또는 여러 힘의 협약체로 또는 갈등이나 무정부 체제로 보는 것과 같은 것은 사물의 이치를 정치의 모델로 파악하려는 것이다. 문제가 있을 때, 이 패러다임은 정치 위계에 있어서 어떤 부분, 어떤 담당자가 그것에 대하여 책임을 져야 하는가 하는 식으로 해결책을 찾게 한다. 여기에서 이 정치의 모델을 언급하는 것은 그것이 중국에서도 중요한 세계 이해의 모델이 되기 때문이다.

대체적으로 말하여 고대 중국인의 세계 이해에서 중요한 것은 인과 관계보다는 사물의 유사성, 상호 의존 또는 보완 관계, 즉 비유적 대응(correlations)이다. 가령 오행(五行)과 여러 요소 ── 계절, 방위, 맛, 냄새, 음계 등등이 서로 상관관계를 가지고 있고 그것들의 상호 작용이 세계의 여러 현상을 이해할 수 있게 한다고 하는 것이 대응에 의한 설명 방법이다. 오행과 오장(五臟)의 균형이 건강의 기본이라는 것과 같은 것은 그 하나의 예이다. 황색은 오행의 토(土)이면서 비장(脾臟)에 대응하고 비장의 황색이 너무 깊어 병이 되는 경우, 그것은 봄이 오면 환자를 죽음에 이르게 하는 원인이 될 수 있다. 그것은 봄의 목기(木氣)가 토기(土氣)를 누르게 되기 때문이다. 그러나 대응 관계를 통한 사태의 설명 이외에 더 직선적인 원인과 결과의 연계를 찾으려는 노력이 없는 것은 아니다. 한문의 원(原), 본(本), 인(因) 등은 뿌리나 씨앗, 사태의 근본, 유래 등을 지칭하는 말들이다. 이러한 말들은 유기체, 기술, 그리고 사회적 정치의 모형에 의존하여 원인과 결과를 탐색하려는 발상에서 나타나게 된다. 원인을 가리키는 말로 특히 로

이드 교수에게 중요한 것은 고(故)와 사(使)이다. 고(故)는 언어 표현이 지시하는 사실을 가리킨다. 고는 이 사실을 드러내는 것을 말한다. 사(使)는 말하고 명령을 내린다는 뜻을 가지고 있다. 사태의 해명에서 중요한 것은 명령이다. 이것은 동기를 확인하고, 인위적 공작물을 만들고 하는 인간 행동의 영역에서 사실의 설명에 등장한다. 로이드 교수는 그리스의 인과적 사고에 있어서 법률 과정이 중요하고 또 그것이 사물의 세계에서 인과 관계의 독자성을 인정한 것이라고 한다면, 중국에서는 이 모든 것이 명령의 전후 맥락 속에 포괄될 수 있다고 생각한다. 중국에서는 여러 이론의 실험을 그치지 않는 그리스와 달리 이러한 것들을 하나의 통일된 체계로 발전시켰다는 사실이다. 즉 우주나 사회 또는 물질세계가 일관된 명령의 체계 속에 있는 것으로 이해되는 것이다.

윤리의 관료 체제

로이드 교수가 반드시 강조하여 말하는 것은 아니지만 이 체계에서, 되풀이해서 말하건대 제일 중요한 것이 명령의 체계이다. 그런데 이 명령 체계는 단순한 자의적인 권력 행사의 체계가 아니다. 여기에 체계를 하나로 하는 것은 윤리 원칙이다. 그리고 구체적으로 이 체제는 관료 체제이다. 현실을 바르게 움직이는 상태로 두기 위해서 필요한 것은 관료 체제를 윤리적 합리성 속에 유지하는 것이다. 이 합리성은 물론 현실 그것이 그 원리로서 움직인다는 것을 전제로 한다. 현실에 문제가 있다는 것은 이 현실이 충분히 그러한 합리성으로 조직화되어 있지 않거나 그것을 지탱하는 관료가 그것을 유지하는 데에 책임을 다하지 않았다는 것을 의미한다. 잘못되는 일은 이 체제를 정비함으로써 시정될 수 있다. 그것은 단순히 명령 계통을 엄격히 하는 것이 아니라 방금 말한 것처럼 현실에 내재하는 윤리적 합리성에 비추어 관료 체제를 정비하고 명령 수행이 이루어질 수 있게 하는 일이다. 물론 여기에 근본적인 행동자가 되는 것은 윤리와 윤리의 현실화 방법에 대하여 공부한 관료이다.

여기에서 우리는 서두에 제기했던 윤리적 행동의 패러다임에 대한 관찰을 시도할 수 있다. 동양적 사고에서 윤리는, 다른 어떤 문명의 체제에서보다도 일관된 큰 체제 속에 들어 있다. 그것은 우주론적인 테두리를 가지고 있지만, 그 우주는 근본적으로는 관료적 체제의 모델로 생각될 수 있는 어떤 것이다.

실천 윤리, 진리, 개인

관료 체제는 말할 것도 없이 합리화된 권력의 체제이다. 그것은 위계질서 속에서의 명령을 통해서 움직인다. 그러나 그것이 언제나 권력이나 명령으로 작용하는 것은 아니다. 그것은 담화의 습관 속에서 자연스러운 것이 된다. 물론 이 습관은 반드시 의식화되지는 않는다고 할 수 있는 담화 그리고 에피스테메에 의하여 형성된 것이다. 이 체제를 정당화하는 것은 권력에 의하여 뒷받침되는 또는 그것을 뒷받침하고 있는 윤리의 체제이다. 윤리에 대응하는 여러 서구어의 어원이 되는 에토스(ethos)는 사회적 풍습을 말한다. 이 에토스는 모든 사회에 존재한다. 서양에서도 그것이 사회 질서의 유지에 중요한 역할을 함은 물론이다. 그러나 동양에서 이것은 거의 유일한 사회 행동의 근거가 된다. 그러면서 주로 그것을 뒷받침하는 것은 관료 체제의 비유적 전용이 만들어 내는 강제력 또는 보이지 않는 힘의 압력이다.

다시 말하여 에토스는 강제력이 없이도 사회에서 받아들여지고 있는 사회적 규칙들이 이루는 풍습이다. 그 권위는, 감추어진 관료적 사고가 있으면서도 전통이기도 하고 사회적 합리성이기도 하다. 그런데 여기의 합리성은 엄격한 의미에서 이성적 사변의 원리를 따르는 것이라고 할 수 없다. 다른 한편으로 그것은 주어진 전통이나 문화적, 사회적 아비투스를 넘어서 초월적인 근원에 의지하는 것도 아니다. 그러니만큼 사회적 담론의 체제에 대하여 부분적으로 전체적으로 완전한 거리를 유지할 수는 없다. 특히 이 거리 그리고 거기에서 나올 수 있는 비판이 개인의 입장에서 주장될 수는 없다. 그러한 비판이 있다고 하더라도 그것은 기존 이데올로기의 원리로부터 또는 보다 바르게 정의되는 집단의 이름으로 정당화되는 것이라야 한다. 그리하여 근본적으로 모든 것은 하나의 체제, 일차원적인 체제를 형성한다. 그것은 앞에서 엘빈이 말한바 환경적 일체성 또는 쥘리앵이 맹자의 기본 원리로서 말한 일체적 유기체주의에서 나오는 자연스러운 결과라고 할 수 있다. 물론 이것은 사회의 총체, 생명의 총체가 하나라는 것이지만, 그것은 동시에 물질세계를 포함하여 우주의 모든 것이 하나라는 것을 말한다.

이것은 서구에서 처음부터 의식되던 가치와 사실의 세계의 간격을 인정하지 않는 것이다. 윤리적 가치는 사실적 세계를 움직이는 원리이다. 이에 대하여, 서구적 전통에서 윤리적, 도덕적 가치는 사실 세계에서 반드시 효용을 갖는 원리가 아닐 수 있다. 그러면서 그것을 위하여 일체의 것을 거부하는 입장이 가능해진다. 그것은 집단이 결정하는 것일 수도 있지만, 핵심은 개인의 실존적 결단이다. 물론 그런 경우에도 사실적 개인이 홀로 그 결단의 자리에 서는 경우는 많지 않다고 할 것이다. 개인의 결단은 어떤 초월적 차원에서 내려오는 윤리적 의무에 의하여 추동될 때에, 그리스의 비극에서 보는 바와 같은 고통과 죽음의 경험에 이르는 것일 수 있으면서도 본인에게나 주변 관찰자에게나 장엄함을 가진 경험이 될 수 있다.

5. 잠정적인 결론

가치와 사실과 윤리

동아시아의 윤리적 질서 그리고 그것의 뒤에 들어 있는 에피스테메의 방향은 윤리와 진리의 관계에서 찾을 수 있다. 앞에서 말한 바와 같이 그것은 하나의 유기적 질서를 이룬다. 이에 대하여 서구적 발상에서는 윤리는 현실 세계의 질서와는 별개의 차원, 즉 초월적 차원에 그 기준점을 갖는다. 그러나 그 담지자는 실존적 개체이다. 그런데 이 개체와의 관련 속에서 초월적 차원은 확실성을 상실할 수 있다. 종교적으로 또는 어떤 보편적이고 절대적인 체제에 의하여 지탱되지 않는 한 그것은 매우 취약한 기반을 가지고 있다고 할 수 있기 때문이다. 그러나 인간의 주체적 존재는 그 자체로서 초월적 지향을 가진다고 할 수 있다. 스스로를 넘어 세계를 이해하고 또 그와의 관련에서 반성적으로 자기를 이해하려는 것은 주체적 존재로서의 인간의 특성이라고 할 수 있기 때문이다. 인간은 자기 초월적인 존재이다. 그로 인하여 본질적으로 초월적 차원에의 지향을 갖는다. 초월은 인간의 자연스러운 충동에서 저절로 상정된다. 이 상정에 대응하는 실재가 있는가 하는 것은 물론 새로운 문제가 된다. 그런데 개체가 많은 것의 담지자가 된다고 할 때 외면으로 뻗는 그의 지향은 단순히 권력을 향한 의지가 될 수 있다. 그렇지 않은 경우에도 자기 초월의 의지는 권력 의지를 쉽게 수반한다. 세계를 인식하고 담론화하는 데에도 권력 의지는 작용한다. 담론 자체가 체제로 성립할 때 그것은 권력의 회로를 구성한다. 이러나저러나 초월의 담지자로서의 개인은 초월적 차원을 쉽게 망각한다. 그리하여 단순히 자신의 욕망의 담지자가 된다. 그것은 여러 가지로 표현되는 권력 의지를 포함한다. 물질적 욕망은 물론 가장 두드러진 개체의 특성이다. 그리하여 필요한 것은 이것을 사회 협약에 의하여 조정하는 일이다.

권력은 윤리가 세계의 현실에 일치된다는 것을 전제할 때에도 중요한 역할을 한다. 모든 것의 유기체적 일체성을 전제하는 가운데 성립할 수 있는 윤리 규범의 체제가 있다면, 그 일체성을 보장하는 것은 현실의 체제이고 그것의 지배 제도일 것이기 때문이다. 다만 전통적으로 세계의 질서에 대한 낙관론은 이 권력을 보다 부드러운 것이 되게 할 수 있었다. 법이나 형정(刑政)보다는 의례, 학문, 음악 등이 중요하게 생각되었던 것은 여기에 관련된다. 그러나 개인과 초월적 차원이 없는 곳에서 전승된 담론과 인식의 통제를 벗어나는 것은 지극히 어려운 일일 수밖에 없다. 그리하여 윤리 규범은 이익 추구를 위한 법술(法術)의 외면적 명분으로 전락할 수 있다. 이러한 사정 가운데 진정한 의미에서의 윤리적 삶은 현실적 선택이 되기 어려운 것이 된다.

(2014년)

참고 문헌

『論語』, 『孟子』, 『宋論』.

「上都堂書」(鄭道傳 · 梁誠之, 《韓國의 思想大全集》, 同和出版社, 1972, 47쪽).

「記: 思政殿」(鄭道傳 · 梁誠之, 《韓國의 思想大全集》, 同和出版社, 1972, 37쪽).

한영우, 『한국선비지성사』, 지식산업사, 2010.

Agamben, Giorgio, 2009, *The Signature of All Things: On Method*, New York: Zone books.

Althusser, Louis, 1971, *Lenin and Philosophy and Other Essay*, New York: Monthly Review.

Benjamin, Walter, 1969, "The Storyteller", *Illuminations*, trans. by Henry Zohn,

New York: Schocken Books.

Eisenstadt, S. N., 1986, *The Origins and Diversity of Axial Age Civilizations*, Albany, N. Y.: State University of New York Press.

Elvin, Mark, 1986, "Was There a Transcendental Breakthrough in China" in S. N. Eisenstadt, *The Origins and Diversity of the Axial Age Civilizations*, Albany, N. Y.: State University of New York Press.

Foucault, Michel, 1980, *Power and Knowledge: Selected Interviews and Other Writings 1972~1977*, ed. by Colin Gordon, New York: Pantheon Books.

Foucault, Michel, 1966, *Les Mots et les choses: Une Archeologie des sciences humaines*, Paris: Editions Gallimard.

Foucault, Michel, 1972, *The Archaeology of Knowledge*, trans. A. M. Sheridan Smith, New York: Pantheon Books.

Gadamer, Hans-Georg, 1986, *Wahrheit und Methode: Grundzüge einer philosophischen Hermeneutik*, Tübingen: J. C. Mohr.

Jaspers, Karl, 1949, *Vom Ursprung und Ziel der Geschichte*, München: R. Piper.

Jullien, François, trans. by Janet Lloyd, 1999, *The Propensity of Things: Toward a History of Efficacy in China*, New York: Zone Books.

Jullien, François, trans. by Janet Lloyd, 2004, *A Treatise on Efficacy: Between Western and Chinese Thinking*, Honolulu, HI.

Jullien, François, 2007, *Vital Nourishment: Departing from Happiness*, New York: Zone Books.

Lloyd, G. E. R., 1996, *Adversaries and Authorities: Investigations into Ancient Greek and Chinese Science*, Cambridge University Press.

Rheinberger, Hans-Joerg, 1997, *Toward a History of Epistemic Things: Synthesizing Protein in the Test Tube*, Stanford University Press.

사실의 엄정성과 규범적 가치

책을 펴내면서[1]

1

'문화의 안과 밖'의 강연 프로그램은 2014년 초에 시작하여 일단 내년 초까지 계속될 것이다. 계획하고 있는 50개의 강연에는 연구와 통찰을 온축한 각계의 학자들이 널리 참여한다. 프로그램의 취지는 이미 프로그램을 시작할 때에 밝힌 바 있다. 그 취지를 간단히 되돌아본다.

첫째로 이야기되었던 것은 산업화 그리고 민주화 등이 사회의 중요한 과제였던 지난 반세기, 문화의 문제를 종합적으로 돌아볼 기회가 별로 없었던 것이 우리의 사정이었는데 이제는 그것을 아니할 수 없는 시점에 이르렀다는 것이다. 산업화와 민주화 과제는 사회의 기본을 다지는 일로 받아들여졌기 때문에, 그러한 변화의 과정이 무엇을 의미하는 것인가에 대하여 깊이 그리고 넓게 생각할 만한 여유가 없었다. 그러나 이제는 멈추어

---

1 『풍요한 빈곤의 시대: 공적 영역의 위기』(문화의 안과 밖 1, 민음사, 2014)의 서언.(편집자 주)

서서 이것을 생각하여야 할 시점이 되지 않았나 하는 것이다. 지금까지의 여러 변화는 사회의 물질적 기초를 다지는 외에 하나의 공동체 또는 공동의 삶을 위한 사회적 조직, 즉 정치적 짜임새를 튼튼히 하는 일에 관계되어 일어난 일이었다. 이제는 그러한 기초와 사회, 정치의 조직이 튼튼한 백년대계의 출발이 될 만한가 그리고 그것의 의의와 목적이 적절한 것인가에 대하여 반성이 필요하게 되었다. 이러한 반성이 없는 사회는 참으로 의의 있는 삶의 질서로서의 일관성을 갖추지 못하고 내적 붕괴에 이르게 될 수도 있을 것이다.

문화는 이러한 문제를 총체적으로 생각하는 공간이라고 할 수 있다. 여기에서 문화라는 것은 그러한 삶의 사회적 표현을 삶의 의미 ─ 가치와 목적의 관점에서 성찰하는 기능을 가진 인간 활동의 분야를 총괄하여 말한 것이다. 그리고 정치 경제 사회는 이 성찰의 과정에서 성찰의 대상이 되어 마땅하다. 물론 반성과 성찰이 문화에 일치한다는 것은 아니다. 문화의 의미는 그러한 노력이 없이도 존재한다는 데에 있다. 인류학에서 문화를 말할 때 그것은 의식적 노력이 개입하지 않아도 알아볼 만한 행동과 사고의 감정 양식들을 의미한다. 그것은 원시와 문명을 가릴 것 없이 모든 사회에 두루 존재한다. 그러면서도 일정한 단계를 넘어가는 복잡해진 상황에서 자기반성의 노력은 삶의 질서를 위하여 불가결한 요소가 된다고 할 수 있다. 그때 쉼 없는 자기 성찰은 문화의 중심 핵을 이룬다.

'문화의 안과 밖'이라는 제목은 그러한 필요를 생각하면서 만들어진 제목이다. 경제 발전은 말할 것도 없이 국토의 외모를 크게 바꾸어 놓았다. 공장이나 산업 단지가 생겨나는 것은 당연하고, 또 산업에 필요한 인구가 집결됨으로써 도시가 크게 팽창한 것도 자연스러운 결과이다. 그러면서 산업화와 도시화에 따른 축조물들의 번창은 도시 빈민가를 비롯하여 삶의 터전에 여러 혼란을 가져왔으나, 시간이 지남에 따라서 많은 축조물들과 그 배치에 조화와 균형을 부여하려는 노력이 생겨나게 되었다. 거기에는 생활 수준의 향상 또는 사치화가 수반한다. 그리하여 문화가 발달한다는 인상을 준다. 그런데 그것이 참으로 삶의 질적인 향상을 의미하는 것인지는 더 생각해 보아야 할 문제이다.

외화내빈(外華內貧)이라는 말이 있다. 발전해 가는 사회의 외적인 표현이 화려해져도 그 내적인 의미가 빈약하고 공허하다면, 그것으로 참으로 삶을 풍요하게 하는 문화가 번영하게 되는 것은 아닐 것이다. 문화는 밖으로 표현되는 것에 그치는 것이 아니라 안으로 튼튼한 것이어야 한다. 그리고 안으로부터의 필요가 표현된 문화는 단순히 물질적 번영과 화려함을 표현하는 것에 그치지 않고, 외화를 한정하고 삶의 전반적인 균형을 기하고자 하는 동기로도 작용한다. 이렇게 말하면, 안이 밖에 우선하여야 한다는 말이 될 수도 있으나 반드시 그렇다고 할 수는 없다. 사람의 마음과 삶의 외적인 조건은 언제나 상호 작용의 변증법 속에 있다. 그리하여 안이 튼튼하기 위하여서는 그것을 북돋는 외적인 조건이 있어야 한다. 그러나 이 외적 조건이 참으로 삶을 심화하는 것이 되려면, 그것은 이미 시사한 바와 같이 삶의 전체에 대한 안으로부터의 반성에 이어지는 것이라야 한다. 문화의 안과 밖은 불가분의 관계에 있다.

그러나 다시 말하여, 다른 한편으로 문화는 그 자체로 존재하는 삶의 표현이다. 이것은 다시 확인할 필요가 있는 일이고, 그 점에서 조금 더 자세히 생각해 볼 필요가 있는 일이다. 행위나 사고(思考)는 일정한 목적에 의하여 정당화되어야 한다는 것이 인간 의식의 강박적 충동이다. 이 충동은 너무 성급하게 작용할 때 인간 활동의 바른 이해에 뒤틀림을 가져올 수 있다. 이에 대하여 예술의 존재 방식은 어떻게 인간 활동이 자체 목적적(autotelic)으로 존재하면서 동시에 문화에 그리고 사회적, 개인적 삶에 기여하는가를 보여 준다. 단순히 사람들의 감성에 호소하는 것만으로도 자기 정당성을 갖는 것이 예술이다. 물론 예술이 반성적 의식 작용을 완전히 벗어나는 것은 아니다. 그러나 그러면서도 그것은 주어진 대로의 자연스러운 삶의 표현에 가까운 인공물 또는 인간 행위이다.

그러나 조금 전에 말한 바와 같이 인간의 사고나 행위 또는 표현에서의 합목적성에 대한 요구는 예술의 자기 정당성 또는 자기 목적적인 존재를 쉽게 다른 목적에 봉사하는 수단으로 바뀌게 한다. 예술 작품으로 하여금 정치 선전 또는 이데올로기에 봉사하게 하는 것과 같은 것이 그 가장 두드러진 경우이다. 그렇다고 예술이 정치나 사회 또는 사회적, 개인적 윤리의 책임으로부터 자유로운 것은 아니다. 그 책임의 수행은 다분히 그 스스로의 부름에 따른 독자적인 통찰과 표현을 통하여 이루어진다. 이것은 사람이 하는 많은 일에서도 그러하다. 사람의 창조와 행동의 많은 것은 그 자체로 중요하면서 전체적인 삶의 깊은 의미에 관계되고 그것에 기여한다. 그러한 독자성이 보다 큰 목적에 봉사할 수 있다는 것이 쉽게 드러나지 않을 뿐이다. 일상적 예를 들어 사람이 밥을 먹는 것이, 극단적인 경우를 제외하고는, 어찌 생존의 목적만을 의식하면서 행하는 행동이겠는가? 그렇다면 보다 세련된 조리와 잔치의 즐거움은 존재하지 않을 것이다. 보다 일반적으로 자족적이고 자체 목적적이면서 사회적 삶에 봉사하는 예는 장인들의 작품에서 볼 수 있다. 어떤 사회 환경에서나 장인 정신의 귀중함을 인정하는 것은 이러한 이중적 매개를 통해 이뤄지는, 개인과 사회의 삶을 위한 보편적 기여를 인정하는 것이다. 이것은 유기적 생명체, 유기적 사회의 기본 형태이다.(물론 이 경우에도 복합적 삶의 질서 속에서는 끊임없는 반성적 재검토를 통한 매개의 심화가 필요하다.)

보다 중요한 차원에서 자체 목적성과 보다 큰 목적의 간접적 매개의 가능성은 학문 활동 일반에도 해당된다. 지난 몇 십 년 동안 급한 경제 발전과 정치 개혁의 요구는 학문 자체를 이에 봉사하는 수단이 되게 하였다. 그리하여 학문의 여러 분야는 이러한 시대적 소명의 담지자 그리고 시대적 과제를 위한 정책 학문이 되었다. 그러나 이제는 이러한 정책적 과제의 성격을 넘어 제한 없는 학문 연구를 다시 생각하여야 할 시점에 이른 것이 아닌가 한다. 이것은 적어도 일단은 가치 중립적이고 목적 중립적인 탐구를 되살려야 한다는 것을 말한다. 그렇다고 그것이 인간적 삶과 그 가치의 문제를 떠나는 것은 아니다. 좁은 가치와 목적으로부터 초연할 수 있는 학문적 반성은 물음의 심화와 확장을 의도한다. 그리하여 그것은 보다 넓은 불확실성으로의 모험을 의미하면서 동시에 보다 다양한 가능성의 지평으로 우리의 사고를 열어 놓는다는 것을 의미한다.

가령 학문적 물음은, 경제 발전이 무조건적인 긍정적 목표로 받아들여지는 현실에서 그것이 참으로 타당한가를 묻는 것이 될 수 있다. 지금에 와서 경제의 무조건적인 성장은 자연 환경과 관련하여 문제가 될 수 있는 것으로 생각되기 시작하였다. 그러나 다른 한편으로 그러한 물음에 대한 답이 반드시 풍요 지향의 경제로부터의 간단한 탈퇴를 의미하는 않는다. 다른 많은 문제를 떠나서도 역사의 논리는 세계의 역사의 큰 조류로부터의 ─지금에 와서 경제 발달을 주제로 진전되고 있는 세계 역사의 큰 조류로부터의 간단한 이탈을 허용하지 않을 것이다. 새로운 길도 옛길을 경유하지 않고는 찾아지지 않는 것이 역사의 논리가 아닌가 한다. 정치의 발전도 일시적으로 수립되는 외적 제도로 끝나는 것이라고 할 수 없다. 그것은 끊임없는 반성을 통하여 그 기초와 세부에 있어서 새로운 다짐을 요구한다. 뿐만 아니라 민주주의의 과정은 ─발전되는 정치가 민주주의에 입각한 것이라면─ 민중적 필요와 소망의 실현 과정이면서 동시에 이성적 원칙과 규범이 태어나게 되는 과정이다. 그리고 이 규범을 통하여 그것은 인류 역사의 보편적 가치 ─인간적이면서 동시에 초월적일 수 있는 가치들을 수용하는 과정이 된다. 그리하여 그것은 인류 공동의 이상이 될 수 있다.

2

　'문화의 안과 밖' 강의 프로그램의 취지는 대체로 이와 같은 전제로부터 출발한다고 할 수 있지 않나 한다. 앞에서 말한 바와 같이 그 밑에 들어 있는 요청은 현실에 대한 반성적 사고의 필요이다. 프로그램에서 맨 먼저 주제가 되는 것은 반성적 사고의 부재로 인하여 일어났다고 할 수 있는 공적 공간의 위기이다. 그리고 그러한 공간이 어떠한 조건으로 구성될 수 있는가를 생각하는 것이다. 이것은 정치와 경제와 사회의 문제를 전반적으로 검토하는 일에서 시작되지만, 문화 일반의 문제로 — 결국 여기의 문제들은 문화적 기초를 다지는 일로 종합될 수 있다고 생각되기 때문에 — 확대된다. 즉, 중요한 주제의 하나는 공공 공간 구성의 과제이다. 이것은 정치나 경제 그리고 사회의 문제를 넘어 인간적 사회의 형성에 문학과 철학과 예술이 어떻게 관계되는가를 고찰할 것을 요구한다. 이러한 고찰은 물질적 기초와 함께 그것에 부대(附帶)하는 도덕과 윤리의 문제를 제기한다. 도덕과 윤리는 물론 개인적 차원에서도 문제가 되지만, 인간 존재의 사회화가 가속화되고 있는 오늘의 시점에서 집단적인 윤리의 문제가 된다. 사회 정의가 오늘의 사회에서 커다란 과제가 되어 있는 것은 말할 필요도 없다. 그러나 이 정의의 문제는 단순히 하나의 사회 내에서의 문제가 아니고 지구 전체에서의 선진 후진의 형평성의 문제 그리고, 경제 성장이 오늘의 인간 공동체의 큰 주제가 된다고 할 때 인류의 운명에 대한 문제가 되었다.

　이러한 문제들은 물론 의식적 차원에서 생각되는 주제들과 함께 무의식적 사회 현상, 문화 현상의 검토를 요구한다. 여기의 문제들에 대한 검토는 문화와 사회, 그리고 정치와 경제의 영역에 속한다고 하겠지만, 자연 과학의 시각의 도움을 받아서 참으로 객관적인 것이 될 수 있다. 과학적 사고는 우리의 문제를 생각하는 일에 있어서, 그것이 어떤 분야에 관계되는 것이든지 간에, 참고해야 할 사고의 패러다임이 되어 마땅하다. 뿐만 아니라, 오늘날 새삼스럽게 인정하지 않을 수 없는 것은 인간의 삶을 결정하는 것이 생명 현상으로서의 삶의 조건이고 의미이며, 그 모든 것의 모태가 되는 자연 환경이라는 사실이다. 오늘날 인간이 부딪치고 있는 환경의 문제는 이것을 단적으로 의식하지 않을 수 없게 한다.

그러나 그러한 긴급한 자연의 문제 — 인간의 삶의 환경과 삶을 위한 자원으로서의 자연의 문제를 떠나서, 인간의 자연과의 관계 그리고 우주 전반과의 관계는 인간의 생명을 생각하는 데에 보다 넓은 테두리가 된다. 개체적이고 사회적인 존재로서의 인간에 대한 이해에 근래의 천문학, 물리학, 생물학, 신경과학의 연구는 보다 세밀하고 보다 넓은 배경을 새롭게 밝혀 주게 되었다. 이러한 분야에서 인간 존재의 의미를 살피는 것은 우리의 시각을 삶의 거대한 테두리로 또는 근본으로 돌리게 한다. 인간의 삶 그리고 생명 일반에 대한 진화론적 그리고 우주론적 시각은 인간 존재를 보다 넓은 관점에서 이해할 수 있게 하면서 그 신비를 새삼스럽게 깨닫게 하는 일이다. 인간의 많은 기획 — 문화, 정치, 경제, 예술, 도시, 자연의 삶 등이 이러한 배경 속에서 이루어지는 인간적 기획이라는 것은 이제 새삼스럽게 고려하지 않을 수 없는 일이 되었다. 그러면서 인간은 어디까지나 역사적 존재이다.

역사는 인간의 기획들에 새로운 동기와 전기(轉機)가 된다. 그리하여 그것은 새로운 가능성을 의미하고 제한을 의미한다. 역사는 인간의 기획에 도약이 있을 수 있다는 것을 보여 주면서 동시에 그것이 불가피하게 한계 속에서 이루어진다는 것을 알게 한다. 단지 역사적 사실에 있어서만이 아니라 우리의 사고에 있어서도 큰 테두리 — 넓은 지평을 열어 주면서 동시에 그것에 한계를 부여하는 테두리로써 흔히 사용되는 것은 동서의 구분이다. 우리는 동양에서는 이러하고 서양에서는 저러하다는 표현들을 자주 본다. 가령 동양 또는 아시아적 사고와 기술 실천의 특징은 자연 순응이고 서양적 사고의 특징은 자연 정복을 목표로 하는 것이라는 일반론을 자주 듣는다. 물론 이것이 정당성이 없는 일반론에 불과하다는 비판도 존재한다. 또는 다른 한편으로 이러한 동서양의 사고의 특징이, 마치 한 사고의 다른 사고에 대한 우위의 증거처럼 이야기되는 것도 듣는다.

말할 것도 없이 철저한 사고는 보편적 차원에 이르고자 하는 정신노동을 포함한다. 하나의 특징을 그대로 받아들이는 것은 근본적으로 보편성을 포기한다는 것을 말한다. 그러면서도 동서양의 차이의 인정이 완전히 틀린 것이라고 할 수는 없다. 인간의 사고는 구체적인 사실로부터 일반론으로 귀납하여 올라가는 과정만을 나타내지 아니한다. 일상생활에 있어서도 우리의 사고는 자주 일반론으로부터 시작한다. "인간이란……", "서양인이란……" 등의 추론은 사실에서 출발하는 것이면서도 일반적 명제를 배경으로 하여 가능하여지는 판단이라고 할 수 있다. 과학적 사고는 사실로부터의 귀납과 일반 이론으로부터의 연역의 상호 관계를 끊임없이 교환하는 작업이라고 할 수 있다. 사회적, 문화적 현상에 대한 우리의 판단도 발견을 위한 하나의 접근법으로서 발견적(heuristic) 의미를 갖는다고 할 수 있다. 다만 필요한 것은 전제되는 판단을 보다 보편적인 관점에서 반성적으로 고찰하는 것이다.

물론 여기에서 '보편적'이라고 말한 것은 그것을 향한 노력을 말할 뿐이다. 그러나 보편적 지평으로 지양(止揚)되지 아니한, 지역적이고 국소적인 그리고 역사적으로 제한된 판단도 그 나름으로의 통찰을 담고 있을 수 있다. '문화의 안과 밖'의 강의의 많은 부분은 동서양의 차이에 관한 것이다. 물론 이 차이의 복합적인 의미는 우주론적 이해를 배경으로 가지고 있는 종교적 차이 또는 문화의 근본적 형태의 차이, 소위 문명과 원시의 차이 등에서도 찾을 수 있다. 후반의 강연들은 이러한 문명적 관점의 차이의 문제들을 다룬다.

다른 비서방 사회에서도 그러하지만, 문명사적 차이가 문제로 등장하는 것은 근대성이 서양 사회를 변화시킨 이후이다. 서양의 근대를 특징짓는 것은 과학과 기술의 발달 그리고 계몽주의 이후의 합리적 사고에 의한 정치, 사회, 경제, 문화에 있어서의 비판적 사고의 등장이라고 할 수 있다. 또는 막스 베버의 용어를 빌려 서양의 근대는 탈마술화와 합리화로 설명될 수도 있다. 이러한 근대성은 서양 사회를 크게 변화하게 하였을 뿐만 아니라 서양의 제국주의적 팽창을 가능하게 하였다. 물론 이것은 또한 많은 비서양 국가에 근대화의 도전에 반응할 것을 강요하였다. 근대화의 도전은 전통적 한국에 엄청난 고통과 혼란을 가져오기도 하였지만, 동시에 그에 대하여 미증유의 자기 변화로써 대응하게 하였다. 그러나 이제 이 도전과 반응은 한 고비를 넘겼다고 할 수 있다. 그리하여 근대화에 따르는 여러 문제들이 비판적 재평가의 대상으로 부각되었다. 이것은 서양에 있어서 식민주의 후의 문제를 포함하여 포스트모더니즘의 해석이 중요한 담론의 주제가 된 것과 일치한다.

앞의 이야기는 '문화의 안과 밖'의 문제 전개도를 일단 이 강의 계획의 구분에 따라서 조감(鳥瞰)해 본 것이다. 이 계획과 그 구분은, 우리 사회와 문화의 중요한 문제를 두루 살피고자 하는 것이면서도, 그것을 총람하는 것이 아님은 물론이다. 그리하여 이 계획의 마지막 부분에는 여러 가지 남은 문제들 가운데 중요한 것들 —— 거대 정보의 세계에서의 학문적 고찰의 의의, 민주 사회에서의 여론의 의미, 어느 때보다도 강력한 삶의 심리적 동기가 된 행복의 이념 등을 생각해 보는 강연들을 편성하여 넣어 보았다. 여기에 더하여 무엇보다도 한국 민족에게 중요한 역사적 과제로 생각되는 통일 문제 그리고 그것을 넘어서 동아시아의 평화와 공동체적 발전, 그리고 인류 전체의 이상으로서의 평화의 문제들을 생각하는 강연을 배치하였다.

이것으로 '문화의 안과 밖' 강연 시리즈를 전체적으로 설명하였다. 그렇다고 모든 강연이 이러한 프로그램에 정연하게 편입되는 것은 아니다. 여기에서 말한 것은 대체적인 취지와 윤곽일 뿐이다. 앞에서 말한 바와 같이 이 강연 시리즈는 50개 이상의 강연으로 구성되어 있고, 여기에 참여하는 전문 학자들도 거의 그 수에 육박한다. 중요한 것은 주제의 일관성보다도 견해의 자발적이고 자유로운 전개이다. 거기에서 나오는 깊은 통찰이 전체적으로 우리의 상황을 조명하는 데에 도움이 될 것을 희망할 뿐이다.

이 프로그램은 당초부터 네이버 문화재단(오승환 대표)의 지원으로 가능하여졌다. 이러한 프로그램을 지원할 의도가 있다는 것은 네이버의 이영인 박사로부터 최장집 교수에게로 그리고 본인에게로 전달되었다. 그리고 자문 위원이 구성되고, 전체 계획에 대한 토의가 진행되었다. 그리고 여러 번의 회의와 토의 후에 금년 초부터 강연이 시작될 수 있게 되었다. 유종호, 최장집, 오세정, 이승환, 김상환, 문광훈 여러 교수께서 자문 위원으로 이 준비에 참여하였다.

이 강연이 가능하여지는 데에는 여러 기관들과 그곳 분들의 도움이 있었다. 민음사는 강연 중의 원고 준비 그리고 그 출판을 맡아 주었다. 장은수 대표와 박향우 팀장이 여러 가지로 노력을 기울여 주었다. 강연장을 쉽게 사용할 수 있게 된 것은 홍석현 이사장의 관리하에 있는 월드컬처오픈 화동문화재단의 너그러운 이해로 인한 것이다.

말할 것도 없이 가장 크게 감사드려야 할 것은 강연 부탁에 응하여 주신 여러 강사 분들이시다. 강연 계획을 네이버 문화재단과 중개해 준 것은 네이버의 한성숙 본부장이다. 많은 일이 그러하듯이 강의를 진행하는 데에는 실무진의 성실한 준비가 필요했다. 김현숙 부장과 주훈 차장이 모든 일이 빈틈없이 진행되도록 하는 데에 수고를 아끼지 않았다. 강주연 과장도 강좌 초에 성의를 다하여 강좌의 진수(進水)를 도왔다. 문광훈 교수는 준비·운영위원회의 총무 간사로서 필자의 일을 돕고 일의 원활한 진행을 위하여 힘과 마음을 아끼지 않았다. 그 외에도 여기에서 일일이 거명을 하지 않은 많은 분들의 도움이 있었음은 물론이다. 두루 감사의 뜻을 전하고 싶다.

(2014년)

자연과 물질과 인간의 삶[1]

『인간 문명과 자연 세계』 머리말

'문화의 안과 밖' 전체의 기획에 대하여는 이미 첫 취지문 그리고 각 권의 서문에서 설명된 바 있다. 말할 것도 없이 전체적인 구도가 있었던 것은 사실이나, 그렇다고 해서 전체가 일관성 있는 서술의 형태가 될 수 있다는 것은 아니다. 그러한 실천 요강을 가진 것이 취지가 아니다. 어쩌면 바로 그러한 것을 멀리하고자 하는 것도 당초의 의도의 일부였다고 할 수 있다.

그간 우리 사회의 특수한 필요로 하여 많은 학문적 노력은 시대의 실천적 요청에 직접적으로 반응하는 것이 되었었다. 우리가 원했던 것의 하나는 그러한 요청으로부터 일단의 거리를 두고 학문적 사고와 탐구의 객관성과 엄정성을 강화해 보자는 것이었다. 참여자들이 자신의 독자적 입장과 관심을 견지하는 것은 그 조건의 하나이다. 물론 역설적으로 그것이 참으로 다시 현실 실천에 기여한다는 것이 의도의 하나였다고 할 수 있다. 학

---

1 『인간 문명과 자연 세계: 자연, 물질, 인간』(문화의 안과 밖 5, 민음사, 2014) 수록.(편집자 주)

문과 정치에 대한 막스 베버의 제안도 비슷한 생각에 기초한 것이었다. 그렇다고 그가 학문적 탐구에서 객관성을 원했지만, 그것이 현실에 전혀 무관할 수 있다고 생각한 것은 아니다. 베버는 학문의 바탕에는 '가치 관련(Wertbeziehung)'이 있을 수밖에 없다는 것을 인정하였다. '문화의 안과 밖'의 글들에도 이러한 관련이 있을 것으로 생각한다. 적어도 '관심의 관련'이 있는 것은 분명하다. 대부분의 글들은 우리의 현실 — 정치, 사회, 경제 그리고 문화의 상황을 심각하게 걱정하고 생각하는 데에서 쓰였다고 할 수 있다. 새로운 용어를 만들어 말한다면 '관심의 관련(Besorgensbeziehung)'이야말로 사람의 사고를 심화하는 가장 중요한 거점이라고 할 수 있다. 적어도 이러한 관심의 관련이라는 점에서는 당초에 의도했던 구도도 그대로 의미 있는 것이었다고 할 수 있다. 그리하여 이 점에서 기획에 기여한 글들은 상호 연관성을 갖는다.

이미 이루어진 강연과 출간된 글들의 편성이 말하여 주고 있듯이 '문화의 안과 밖' 시리즈의 출발은 시대의 문제를 토의할 수 있는 공론의 장이 어떻게 위기에 처해 있는가 그리고 그것이 어떻게 재구성될 수 있는가 하는 것이었다. 이러한 문제들은 그 자체로 성찰의 대상이 되고, 또 인간의 여러 활동 분야 — 정치, 경제, 문화, 학문, 또는 교육, 철학, 과학, 여론, 예술 그리고 현실 참여와 은둔 등 다각도적인 관점에서 논의의 대상이 될 수 있다. 이러한 문제들을 검토한 다음에는 조금 더 각도를 좁혀, 주로 그러한 작업들의 바탕으로서 또 그 성과로서, 예술에 의한 현실 변화와 변용을 성찰하는 강연들이 있었다. 예술은 현실의 어려운 문제에 답하면서 그사이에 일단의 균형이 이루어지는 과정일 수 있기 때문이다. 그런데 삶의 심미적 균형을 시사하는 예술은 깊은 의미에서 인간 실존의 존재론적 통찰을 담고 있으면서 동시에 현실에서 이탈하는 환상의 투영이 될 수도 있다.

여기에 대하여 보완적 입장에 있는 것이 인간 현실 또는 자연계에 대한 과학적 접근이다. 이번 시리즈에서 과학적 고찰은 특히 근래에 크게 발전한 신경 과학, 오래된 통찰에서 출발한 것이면서도 많은 새로운 발전을 보게 된 지구와 생명의 역사에 대한 언급을 많이 담고 있었다. 그리고 이것이 어떻게 하나의 통합적 시각을 형상할 수 있는가 하는 문제가 강연의 주제가 되었다. 오늘의 시점에서 과학은 우리가 신뢰할 수 있는 유일한 지적인 자산을 이룬다. 그리하여 인간의 성찰적 노력은 과학의 엄밀성을 떠나서 정당화될 수는 없다고 할 것이다. 그러나 그것은 그것대로 일정한 관점에서 시험되는 가설의 성격을 가졌다고 하는 것도 틀리지 않은 관찰이다. 이것은 여러 논설의 밑에 놓여 있는 인식론적 바탕 또는, 칸트가 더러 쓰는 말로서, 형이상학(Metaphysik) — 형상을 넘어가는 개념적 구조를 말하는 것인데, 이러한 인식론적 관심이 여러 글들에 그대로 들어 있다는 것은 아니다. 그러면서도 조금 더 구체적인 문제들을 다루는 글에도 탐구의 지향에 대한 암시들이 들어 있는 것은 사실이다. '문화의 안과 밖' 시리즈에 일관된 구도가 있는 것처럼 말하는 것은 사후(事後)의 가설적 일반화에 불과하다. 저자들은 다시 말하여 서로의 관심과 주제를 미리 알고 자신의 글을 쓴 것이 아니다. 그러나 여러 글들에 드러나는 탐구의 지향 자체에 대한 물음은 이러한 가설에 일단의 근거를 제공한다고 할 수 있다.

시리즈의 다섯 번째 구역이 되는 '자연, 물질, 인간'도 자기반성적 탐구라는 점에서 일정한 방향을 가지고 있는 것으로 일반화할 수 있지 않은가 한다. 다섯 번째 구역은 그 앞의 여러 논의들의 종합으로서, 인간 생존의 총체적 환경을 생각하는 글들이다. 구역의 제목은 인간의 생존을 물질적 환경으로서의 자연에 위치하게 하고 그 관점에서 여러 문제들이 논의의 대상이 될 것이라는 것을 말하여 준다.

인간 생존의 테두리를 가장 크게 이야기하고 하는 것은 장회익 교수의

「'뫼비우스의 띠'로 엮인 주체와 객체」이다. '우주와 인간'에 관한 이 글에서 인간 존재는 "온생명"이라는 총체적 생명 현상의 일부로서 이야기된다. 일반적으로 모든 "낱생명"은 다른 생명체, "보생명"이라는 다른 생명체와의 관계가 없이 유지될 수 없다. 인간도 그러한 총체적 관계 속에 존재하는 것이다. 그런데 생명체로서의 인간 존재의 특징은 의식을 가지고 있다는 것이다. 그런데 이 의식은 개체적인 것이면서 집합적인 것이다. 그리하여 그것은 '집단 지성'이 된다. 이것은 개체적 의식의 확대를 말하면서 동시에, 장 교수의 생각으로는, 자연계 전체가 가지게 되는 의식이다.(장회익 교수의 이러한 생각은, 우주 전체를 의식을 가진 생명체로 보았던 독일의 물리학자이고 철학자였던 구스타프 페히너(Gustav Fechner)의 생각에 유사한 것으로 보인다.) 장 교수는 '온생명' 이론을 물리학의 원리에서 추출할 수 있다고 생각하면서, 동시에 주돈이(周敦頤)의 태극도설(太極圖說)의 우주론과 겹치게 한다. 이러한 생명 이론의 의의는 이론 자체와 함께 우리의 환경에 대한 느낌을 북돋는 데에서 찾을 수 있다.

사람은 본래부터 자연환경 전체와의 조화가 없이는 행복할 수도 없고 살아남을 수도 없다. '자연, 물질, 인간'을 다룬 이번 책에서 환경 문제를 다루고 있는 것은 이덕환 교수의 「환경 문제와 현대 과학 기술의 이중성」이다. 환경의 악화에 대한 책임이 과학 기술 문명의 과도한 발달에 있다는 생각은 이제 널리 퍼져 있는 생각이다. 그리고 그에 따라 과학 문명 이전의 상태로 다시 되돌아가야 한다는 생각들도 나오고 있다. 이덕환 교수도 "물질적으로 조금 어렵더라도 정신적으로 풍요로운 삶"을 지향해야 한다는 견해가 있음을 인정한다. 그러면서 이 문제를 보다 넓은 맥락 속에서 보고자 한다. 이 교수는 1만 2000년 전 수메르의 농경 목축 문화의 염화(鹽化) 흔적이 지금도 남아 있다는 사실을 지적하고, 환경 오염은 옛날부터 인간의 삶과 불가분의 관계에 있었다고 말한다. 그리하여 자연환경이 의구(依

舊)하다는 생각, 생태계가 지속적인 균형을 유지한다는 생각, 그리고 인간에 편리한 환경이 모든 생명체에 그대로 유리하다는 생각은 "비현실적인 환상"일 뿐이라고 말한다. 도대체 본래적인 자연이 존재한다는 생각 자체가 사실적인 근거에 입각한 것이 아니다. 뿐만 아니라 과학 기술이 발전하기 전의 원시적인 인간의 삶은, 이 교수의 지적으로는, 온갖 천재지변과 질병에 무방비로 노출된 야만적 삶이었다. 이런 시대에 자연 속의 좋은 삶이 있었다면 그러한 삶은, 그의 생각으로는, 극히 제한된 특권층만이 누릴 수 있는 혜택이었다. 이것을 두루 확대하여 많은 사람들의 건강이 향상되고 수명이 연장되어 인구가 늘어난 것은 과학 기술의 발달로 인한 것이다. 그에 힘입어 인간은 "역사상 가장 높은 수준의 풍요와 건강과 안전과 함께 평등과 자유"를 널리 누릴 수 있는 단계에 이른 것이다.

그러나 환경 오염이 문제를 일으키고 있는 것도 사실이다. 공기, 수질, 토양이 오염되고, 그 전과는 다른 폭우, 폭설, 폭풍이 잦아지고, 오존층의 파괴가 일어나고, 기후 변화가 가속화되고, 생물 다양성이 손상되고 하는 것은 틀림이 없는 사실이다. 이 교수가 지적하는 여러 문제 가운데, 수없이 쏘아 올린 인공위성이 쓰레기가 되고, 그것이 지구와 상호 작용하여 재난을 일으키는 것과 같은 일은 인간의 과학 기술 놀이가 어떤 결과를 가져오는가를 보여 주는 희화적인 사례라고 할 수 있다. 미국의 요세미티나 옐로스톤 공원의 산불 예방이 역효과를 낳는 것과 같은 일도 있지만, 작고 큰 방법으로 생태 환경의 보호를 위한 노력이 진행되고 있는 것도 당연한 일이다. 이 교수는 1972년 스톡홀름 유엔인간환경회의로부터 2010년 유전 자원 활용에 대한 '나고야 의정서'까지 수많은 국제 협약들을 고무적인 노력의 표현으로 본다. 환경 오염을 방지하는 방책으로 화학자로서의 이덕환 교수가 말하는 독특한 대책은, 결국 오염을 가져오는 것은 화학 물질이기 때문에 화학 물질의 독성을 줄이는 일이다. 이것을 비롯한 "지속 가능한 녹색 화학"의 연구를 적극적으로 추진하는 것은 중요한 환경 대책의 하나이다.

이 교수의 관점에서, 과학 기술의 폐해를 지나치게 비판적으로 보는 "친생명·친자연·녹색주의"의 주장은 이미 이룩한 "성과"와 "개척해야 할 미래"를 포기하는 것이다. "무엇이든지 지나치면 문제가 된다."라고 그는 말한다. 과학 기술의 지나침이 문제를 가져올 수 있지만, 과학은 환경 문제만이 아니라 "사회의 분열과 갈등을 해소하는 소통의 기반이 되어야" 한다. 이덕환 교수는 이렇게 주장한다.

자연과 적대적 관계에 있다고 볼 수도 있고 그것과의 일정한 우호적 관계 속에서 발달한 것으로 볼 수도 있는 것이 도시이다. 어떻게 보든 과학 기술 또는 그 이전의 인위적 노력에 의한 자연의 변형에 대하여 가장 두드러진 증표가 되는 것이 도시이다. 사람은 인공적 주거에서 사는 생물체이다. 또 물질 생산의 여력이 생김에 따라 도시를 구성하는 것도 인간의 존재 방식이다. 건축이나 도시 계획의 문제는 사람의 거주와 그것의 전체적인 환경을 고려하는 데에 있어서 가장 중요한 문제의 하나임에 틀림이 없다.

'자연, 물질, 인간'에 김석철 교수의 글이 들어 있는 것은 극히 자연스러운 일이다. 김석철 교수는 건축이나 도시 기획의 부분에서 가장 많은 경험을 쌓은 분이지만, 이번 글은 주로 베네치아와 제주에서의 그의 경험을 기초로 한 것이다. 김 교수는 서두에 자신이 자연의 신봉자임을 밝힌다. 건축가인 김 교수에게 맨 먼저 고려해야 할 것은 자연인데, 그것은 산, 들, 바다와 같은 지형지물, 그다음은 하늘, 비, 바람, 기온과 같은 기후와 날씨, 그리고 다시 지하수의 순환과 같은 것을 포함한다. 사람은 이러한 자연 조건 전부와 조화를 이루면서 살아야 한다. 도시도 그 안에 자리하여야 한다. 물론 도시가 순수한 자연일 수는 없다. 그러나 김 교수는 베네치아를 말하면서 그것이 자연스럽게 발달된 도시임을 강조한다. 베네치아가 "자연환경",

"인간 공동체의 강력한 의지" 같은 요소들을 적절하게 결합한 결과라고 김석철 교수는 설명한다. 그러면서도 그에게 가장 중요한 것은 공동체적 의지이다. 당초부터 어부와 농부의 땅이었던 베네치아를 도시로 발전하게 한 것은 공동체적 의지가 존재하였기 때문이라고 한다. 그것이 있어서 베네치아인들은 한편으로 자연환경에 적응하면서도 오늘의 베네치아를 아름다운 도시로 존재하게 하는 여러 계획들을 현실화할 수 있었다.

이에 비하여 제주는 아름다운 자연을 가지고 있지만, 그 안에 자리한 도시로서 아름답게 발전하지 못했다. 그것은 김 교수 생각으로는 제주가 한국, 일본, 중국, 동남아의 강력한 외세에 노출되어 스스로를 방어할 수 있는 공동체적 의지를 빚어낼 수 없었기 때문이다. 그러나 지금에 와서 제주도의 이러한 국제적 위치는 도시를 발전시키는 데 유리한 조건이 된다. 이러한 관점에서 김석철 교수는 일본과 중국의 해안 도시를 연결하는 크루즈 라인을 만들어 세계인이 방문하는 지역을 제주에 건설할 수 있다고 한다. 그렇게 하면 관광 산업이 크게 진흥될 것이다. 그가 제안하는 것은 한라산과 해안 사이의 '중산간'이라는 지역에 새로운 도시를 건설하는 것이다. 제주에는 비가 많지만 한라산의 중간 지역에는 물이 없다. 여기에 지하 수조와 지상에 흐르는 물을 만들어 "산상의 수상 도시"를 만들자는 것이 그의 생각이다. 그것을 위하여서는 거대한 국토 개발 계획이 있어야 하고, 물론 그것을 현실화할 수 있는 "결연한 의지"가 있어야 한다. 제주 발전을 위한 김 교수의 이러한 계획이 현실적으로 얼마나 진행되었는가는 그의 강연에서 발표되지 않았다. 제주도민, 제주도 행정 당국 또는 중앙 정부의 의도가 어떤 것인가도 이야기되지 않았다. 김석철 교수의 계획은 이러한 의도에 일치할 수 있어야 한다. 이러한 의도에 대하여 현실적 결단을 내리는 것은 정치 지도자들이고, 또 정치 지도자들의 결정에서 가장 중요한 것은 경제적 고려이다.

이정전 교수의 「시장과 국가, 그리고 생활 세계」는 반드시 국토 개발에 관계하여 고려하는 것은 아니지만, 제목이 말하고 있듯이 이러한 계획에 결정의 계기가 되는 경제, 문화, 정치의 문제를 다룬다. 지금의 시대는 경제의 시대이다. 정부의 정책 의지는 주로 경제 성장 또는 경제적 풍요를 지표로 한다. 그러나 말할 것도 없이 그러한 목표를 그대로 받아들인다고 하여도, 그것은 그것대로의 여러 가지 문제를 야기한다. 그 원인은 앞에서 인용했던 이덕환 교수의 말, "지나치면 문제가 생긴다."라는 데에서 찾을 수 있을 것이다. 이러한 문제들을 시정하는 데에는 정치적 결정이 있어야 한다. 이 결정에 작용하는 것은 통치자의 의지일 수도 있고 민중적 압력일 수도 있다. 그러나 그러한 결정의 성격을 방향 짓는 것은 사회 속에 작용하고 있는 가치관이라고 할 수도 있다. 그리고 이 가치는 문화에 그대로 들어있는 것일 수도 있고, 그에 위치해 있으면서 보다 깊은 성찰적 고려를 시도하는 노력에서 나오는 것일 수도 있다.

　이정전 교수는 세 항목 사이의 관계에 대한 논의를 시작하면서 우선 경제와 문화의 관계를 살펴본다. 애덤 스미스를 비조로 하는 경제 이론은 경제가 문화와는 관계없이 독자적인 원리에 의하여 발전하고 움직인다고 보고, 다른 이론은 ── 자본주의와 프로테스탄티즘의 연구에서 막스 베버가 밝혔던 주제에 따라 ── 문화와 경제 사이에 긴밀한 관계가 있다고 본다는 것을 이 교수는 소개한다. 그러나 이 교수가 말하고자 하는 것은 이러한 것들이 반드시 서로 대립하는 입장을 나타내는 것만은 아니라는 것으로 생각된다. 어느 쪽이 사태를 바르게 보는 것인가 하는 것은 역사의 과정에 따라 그리고 문화의 전체적인 성격에 따라 달라질 수밖에 없다. 애덤 스미스가 상정하고 있는바, 시장의 교환에서의 합리적 계산을 통해서 이익을 최대화하려는 존재가 인간이라는 것은 문화와 관계없이 인간 존재의 경제적 성격 자체가 경제를 발전하게 한다는 것을 말하는데, 이것은 자본주의가 발전하기 시작한 다음의 인간을 설명하는 것이라고 할 수 있다.

이에 대하여 베버의 유명한 테제는, 프로테스탄티즘이 새로이 확인해 준 신앙심이 "근면, 검약, 성실, 교육열" 등의 덕성을 북돋아 그것을 초기 자본주의의 등장에 중요한 심리적 동기가 되게 하였다는 것이다. 그러나 비슷한 세속적 근면을 자극하는 이슬람 지역에서는 왜 자본주의가 발전하지 못했는가? 이 교수의 생각으로는 거기에는 서구에 비슷한 세속적 덕성이 있기는 하였지만, 보다 철저하게 세속적인 "경쟁심" 그리고 "쾌락과 만족을 추구하는 욕망"이 없었기 때문이다. 이에 대하여 서구에서는 종교적 영감을 가진 덕성들과 보다 세속적인 욕망이 합쳐짐으로써 자본주의적 발전이 가능해졌다는 것이다. 같은 설명은 후발 자본주의 국가들, 19세기 후반으로부터 자본주의의 반열에 든 일본이나 20세기 후반의 소위 "아시아의 호랑이" 또는 "아시아의 용"이라 불린 새로운 자본주의 국가들에도 해당된다. 이러한 지역의 정신문화의 기초는 유교였다. 유교의 덕성이 세속적인 강조를 가지고 있는 것은 말할 필요도 없다.

자본주의의 초기에 문화적 가치가 영향을 주었다고 하더라도 그 발전은 모든 것이 경제에 의하여 지배되는 세상이 되게 한다. 문화가 경제에 영향을 주는 것이 아니라 경제가 문화에 영향을 — 압도적인 영향을 주는 것으로 앞뒤가 바뀌게 된다. 이것은 여러 다른 문화적 배경을 가진 사회의 가치가 단순화되는 데서도 볼 수 있다. 이정전 교수가 언급하고 있는 로널드 엥겔하트 교수가 여러 해에 걸쳐 주도해 온 세계가치관조사(World Values Survey)에 의하면 사람들은 "경제 소득의 결과 소득 수준이 높아질수록 전통적 가치보다는 세속의 합리성을 추구하며 생존 가치보다는 자기표현 가치를 중시"한다고 한다. 이러한 가치 변화는 삶의 외면적 표현에도 그대로 나타난다. 이정전 교수가 다른 필자들을 인용하여 말하는 바로는, 자본주의 경제하에서 세계의 모든 도시는 뉴욕의 맨해튼 같아지고, 세계인 모두가 '미국인'이 된다. 다시 말하여, 경제 발전은 저절로 인간의 문화적 가치를 세속화·단순화하고 문자 그대로 '경제적 인간(homo economicus)'을 인간의 원형이 되게 하는 것이다.

가치의 세속화·단순화는 그 나름으로 인간 해방의 의미를 갖는다. 그러나 그것은 온전한 인간성을 훼손하는 여러 결과를 가져온다. 이 교수는 이것을 베버가 예상하였다고 말하고 있는데, 자본주의의 단순화 속에서 인간의 온정적 사회관계는 희박하여지고 냉정한 계약, 계산의 관계가 그것을 대체하게 된다. 그러나 개인적으로 행복의 느낌은 좀처럼 소득의 상승에 병행하지 않는다. 이러한 문제들은 개인으로서, 또 사회적 존재로서 사람들이 경험하는 인격적 체험들에서 겪게 되는 부정적 효과를 말한 것이다. 물론 이러한 것은 사회적 불균형 그리고 제도에 의하여 심화된다. 소득 분배의 불공평, 빈부 격차의 심화, 그에 따른 사회적 분열과 갈등의 일상화, 또 이에 결부된 공권력의 부패 등은 이미 널리 논란이 되는 사회적 이슈이다. 물질적 이익의 추구가 절대적인 인생 목표가 된 사회에서 이것은 사회적 갈등의 원인이 될 뿐만 아니라 사회 전체의 불안정을 가져오게 된다. 이정전 교수가 말하는 바로는, 빈부 격차의 심화에 따르는 계급 갈등은 나라를 존망(存亡)의 위기로 끌어간다. 고려, 중국의 왕조들, 로마 등이 망한 것이 그러한 원인 때문이다. 민주주의 국가에서도 그에 관련하여 국가 위기론이 이야기된다고 이 교수는 지적한다. 아마 위기까지만 이르고 망국에 이르지 않는 것은 정치의 민주적 개방성이 상황을 시정할 수 있게 하는 여지를 남기기 때문이라고 할 것이다.

이 교수가 앤서니 다운스(Anthony Downs) 교수의 이론에 의지하여 지적하는 심리적 증상은 오늘날의 민주 국가가 처한 상황의 한 증표가 된다. 그것은 적어도 일부는 자본주의 사회의 심리적 동기가 되는 이익 추구의 절대성 그리고 그에 관련된 합리주의가 여기에 관계되는 것일 것이다.

그 증상이란 유권자들은 정치에 관심이 없다는 것이다. 그것은 그러한 관심이 자기에게 아무런 이익을 주지 않기 때문이다. 이것을 1950년대 말에 『민주주의의 경제 이론(An Economic Theory of Democracy)』을 쓴 다운스는 "합리적 무지"라고 했다고 한다. 정치인이나 관료를 움직이는 것도 주로 자신의 이익에 대한 합리적 계산이다. 이것은 한국 사회에도 해당된다고, 또는 더욱 해당된다고 하는 것이 옳을 것이다. 이 교수가 인용하고 있는 2012년 한국의 한 여론 조사에 의하면, 정치인이란 "자신들의 명예와 권력욕만 채우는 사람", "자리를 유지하기 위해 분쟁만 일삼는 사람"이라는 것이 조사 대상자들의 80퍼센트가 정치인에 대하여 가지고 있는 인상이라는 것이다. 물론 이러한 인상 그리고 마음가짐은 단순히 합리적 이기주의 그 자체로만 설명할 수 있는 것이 아니다. 정경 유착과 부패를 계속 산출해 내는 현실 정치의 제도가 이러한 정치 불신을 강화하는 것임은 말할 필요도 없다.

반드시 바른 것이라고 할 수 없는 이러한 여러 사회 병폐 — 자본주의의 내재적 논리에 의하여 움직이는 사회가 만들어 내는 병폐를 그대로 두고, 사회가 온전한 상태에 있을 수 없다는 것은 많은 사람들이 느끼는 것이다. 이정전 교수는 제목에 나와 있는 '경제, 문화, 정치'의 틀 안에서 문제를 다시 설정하여, 자본주의는 경제가 정치를 압도하고 최소화하는 '작은 정부, 큰 시장'의 원리를 주장하는 체제이지만, 거기에서 나오는 여러 문제를 해결하는 데에는 여러 난점이 있는 대로 '큰 정부, 작은 시장'의 도래가 불가피하다고 말한다. 그런데 이렇게 말하는 데에는 앞의 세 요인 가운데에서 문화적 요인을 충분히 독립적인 요인으로 간주하지 않았다는 것에 주목할 수 있다. 그것은 경제를 지배하고 경제에 지배되는 것 이상의 의미를 가진 것으로 말할 수 있다. 그때 문화는 가치의 담지자가 된다. 그리고 정치나 경제도 결국은 이 가치와의 변증법적 관계 속에서 일정한 균형을 찾을 수 있다.

이때 문화에서 균형을 담지하는 요인의 하나는 이성이다. 이성은 여러 부분들의 정합을 기하는 데 필요한 매체이기 때문이다. 그러나 이성의 의미는 그 외에 이러한 이성이 실현할 수 있는 더 큰 가치이다. 정치나 경제에 균형이 필요한 것은 더 큰 가치의 이 같은 실현에 이성이 기초가 되기 때문이다. 이 가치는 다분히 초월적 성격을 띤다. 그리하여 오늘날과 같은 세속적 사회에서 그것을 말하거나 찾아보는 것은 심히 어렵다고 할 수 있다. 오늘날 최고의 가치는 무색투명한 이성을 말하는 것에 그치는 것으로 보인다. 이것은 크고 작은 정부를 말하는 경우에도 그러하다.

다시 이 문제로 돌아가서 큰 정부란 어떤 것인가를 생각해 보기로 한다. 이정전 교수의 글에는 하버마스에 대한 언급이 있다. 하버마스는, 이 교수가 설명하는 바와 같이 "강압이나 강제가 없는 상태에서 모든 사람이 동등한 자격으로 자유롭게 진술하고 성실하고 허심탄회한 대화를 통해서 서로를 이해하는 가운데 합의에 도달"하는 것 ― 이것이 민주적 정치의 근본이고, 합리성을 확보하는 방법이고, 또 정치 제도의 합법성(legitimation)의 기초라고 생각한다. 그런데 이정전 교수는 자본주의적 자유 민주주의 사회에 대한 하버마스의 관찰로서 "생활 세계의 식민지화"라는 아이디어를 언급한다. 이 교수의 생각은 앞에 말한 민주적이고 합리적인 토의를 "생활 세계"가 보장하는 것처럼 말하고 있다. 그러나 물어보지 않을 수 없는 것은 생활 세계가 이미 자본주의에 의하여, 그 심리적 습관과 관습에 의하여 침해되어 있다면 어떻게 생활 세계의 대화가 그러한 토의를 위한 공적 공간을 구성하겠는가 하는 것이다.

여기에 대하여 공론의 공간과 생활 세계는 반드시 일치하지 않는다고 생각할 수밖에 없다. 그런데 공론의 공간을 보다 엄숙한 논의의 장이 되게 하는 경우 그것은 어디에, 어떤 현실적인 조건하에서 존재하게 되는가? 하버마스는 조건이 어떠한 것이든지 간에 공적 토의 자체가 이성을 탄생하게 한다고 생각한다. 그런데 그러한 것이 있고 거기에서 합의가 이루어진다고 하여도 그것이 합리적 이기주의의 테두리를 벗어날 수 있는가? 그러한 합의가 있을 수 있다고 할 때 가장 간단한 합의의 형태는 각자가 가지고 있는 이해관계를 공평한 원칙에 따라서 배분하는 것일 것이다. 이 "성찰적 균형"은 — 존 롤스의 용어를 사용하건대 — 물론 개인적 이해를 넘어선 공적 필요를 인정하는 것을 포함할 수 있다. 그러나 그것도 개인적 손익 계산의 균형에 문제가 없는 한도에서 가능할 것이다.

그런데 여기에서 다시 한 번 이러한 계산과 토의와 합의에 들어가는 개인이란 누구인가를 물어볼 필요가 있다. 그것은 인간을 지나치게 좁게 해석하는 것으로 생각되기 때문이다. 이 개인은 단순히 주어진 대로의 개체일까? 하버마스에게 개인은 무엇보다도 그 이성적 능력 — 그가 흔히 강조하는 이성적 능력의 담지자라는 특성을 가지고 있다. 그러나 이것은 의사소통의 과정에서, 그리고 다른 사람의 견해를 반성적으로 성찰하는 데에서 성립한다. 그러니만큼 그것은 보다 이성주의적인 관점에서의 확실한 주체에 의하여 담지된다고 할 필요는 없다. 그러나 이성이 닻을 내리고 있는 것은 개인의 개인 됨이고, 그러니만큼 그 이성의 거점은 개인의 이해관계를 늘 염두에 두는, 이기주의까지는 아니라도 개인주의적 입장을 벗어날 수 없다고 할 것이다. 이러한 것을 말하는 것은 그것이 개인주의를 초월하는 입장을 가진 것으로 말하기가 어렵다는 것을 다시 한 번 지적하자는 것이다. 그러한 입장의 개인에게 윤리적 판단은 어떻게 가능한가?

윤리적 판단은 어떤 경우 개인으로는 자기희생을 무릅쓰는 것일 수도 있다. 하버마스가 이 점에 대하여 어떻게 생각하는가는 다시 검토해야 할 것이다. 그러나 간단히 그에 대하여 언급해 볼 수는 있다. 이 머리말의 필자가 다른 자리에서 언급한 일이 있지만 하버마스는 라칭거 추기경(후에 베네딕토 16세 교황이 되었다.)과 세속 사회의 원리에 대하여 토론을 가진 일이 있다.(2004년 1월 19일) 교황의 주장은 종교적 경험이 세속 사회에서도 윤리 도덕의 기초가 된다고 한 데 대하여, 하버마스는 어디까지나 세속적인 이성이 오늘의 민주 사회의 원리가 된다고 주장하였다. 이 이성은 물론 개인의 이익을 옹호하는 데에도 작용하지만, '공공선'을 옹호하는 데에도 작용한다. 그것은 공공선이라는 사회 구성의 총체에 대한 헌신에서 나오는데, 이것은 개인 이익의 총체를 말하고, 또 어떤 방식인지는 분명치 않지만, 그 구성에 대한 의무감에서 연유한다.

여기에서 주목하고자 하는 것은 그러한 사회적 이성의 윤리적 규범에 대한 긍정적 관계가 서구의 종교적, 윤리적 전통에 관계된다는 것을 하버마스가 시인하였다는 사실이다. 인간의 내면은 그것을 깊이 천착해 볼 때, 반드시 개인적 이익으로만 구성된다고 할 수 없다. 작은 의미에서의 자기를 넘어가는 윤리적 실천은 보다 큰 의미에서의 개체적 가능성을 실현하는 일일 수도 있다. 플라톤 또는 아리스토텔레스는 영혼의 균형을 유지하는 것 또는 그것을 되찾는 것이 참다운 인간 행복의 실현 방법이라고 말한 바 있다. 개인을 넘어가는 가치도 보다 큰 의미에서의 자기 성취의 결과일 수 있다는 것이 동서양의 인간성에 대한 관찰이 아닌가 한다. 그리고 이것은 자연과 환경에 대한 판단에 있어서도 그러하다.

앞에서 본 이덕환 교수의 글 가운데 환경 문제를 논하는 부분에서 문학 작품과 예술에는 "자연의 장엄함과 아름다움"을 예찬하는 것이 많은데, 이러한 데에서 나오는 자연 예찬은 "자연적인 것은 모두 선하고 자연을 인공적으로 가공하는 것은 모두 악"이라는 극단적인 녹색주의로 이어질 수 있다고 이 교수는 말하고, 이러한 단순화에 대하여 주의를 환기한 바 있다. 그것은 타당한 경고이다. 다만 "자연의 장엄함과 아름다움"이 인간의 생태적 감각에 중요한 요소를 이룬다는 것도 부정할 수 없는 사실이라 할 것이다. 환경 철학자 한스 요나스는 자연의 생태계를 존중해야 하는 이유로서, 사람이 사는 조건으로서의 자연환경을 강조하고, 그에 대하여 인간이 윤리적 책임을 지는 것이 마땅하다는 것을 강조하였다. 사실 그는 이 책임 개념에 입각하여 환경 철학론을 펴고자 하였다. 사람의 과학 기술이 너무나 강력하여졌기 때문에 그것을 절제를 가지고 사용하는 것이 필수적인 일이 된 것이다. 물론 그의 주장대로 자연을 보존하여야 하는 것은 그것이 인간의 삶의 조건을 구성하기 때문이다. 이러한 논리는 다른 많은 환경론자들의 경우나 마찬가지로 삶의 수단으로서의 자연이 사라지게 해서는 안 된다는 주장이다. 그것은 다분히 공리주의적인 입장을 나타낸다. 다만 그것을 공리로서만 아니라 윤리적 책임으로 옮겨 놓은 것이 요나스를 다른 공리주의 환경론자와 다르게 한다.

다시 더 나아가면, 요나스는 사실 신학자이기도 하기 때문에 자연의 "성스러움" 그리고 "성스러움에 대하여 인간이 갖는 외경감"을 환기하고 싶기도 한 것으로 보인다. 다만 그는 물질적 목적과 수단 또는 경제적 목적과 수단에도 호소할 수 있는 이론을 전개하는 것이 시대적으로 적절하다고 생각한 것이 아닌가 한다. 사실 사람이 자연 앞에서 느끼는 것이 일종의 외경심인 것은 틀림이 없다. 칸트를 비롯한 서구 미학론에서 '숭고미'는 이러한 느낌을 중요한 미적 체험으로서 다루어 왔다. 그리고 이러한 느낌은 단순히 이론이 아니라 자연을 존중하는 사람의 마음에 직접적으로 작용하는 것이라고 할 것이다. 이것은 숭엄한 윤리적 행동의 모범 앞에서도 사람이 느끼는 것이다. 모든 진선미는 우리에게 그러한 느낌을 촉발한다. 다만 그것이 규범으로 발전하지 못하고 물질적 가치 앞에 소멸하는 것이 오늘의 세속 세계의 현상이다.

앞에서 말한 사회에 작용하는 세 요인 — 경제, 문화, 정치에서 문화에 독자적인 기능이 있다면 이러한 것들의 의미를 오늘의 세계에서도 잊히지 않게 하는 일이라고 할 수 있다. 진선미의 가치는 개인적으로나 사회적으로나 인간 문명 전체로나 인간의 인간으로서의 자기완성에 빼놓을 수 없는 매개체이다. 다만 이것이 어떻게 현실의 일부가 될 수 있느냐 하는 것은 연구되어야 할 중요한 과제라 할 것이다.

'자연, 물질, 인간' 부분의 여러 글을 소개하는 글이 너무 길어졌다. 글들이 오늘의 우리에게 갖는 의미를 생각하면서 글들의 연결을 설명하다 보니 그렇게 될 수밖에 없었다. 여기에 마지막으로 연결되어야 하는 글은 김인환 교수의 '자연과 예술'에 관한 글이다. 이 제목이 시사하는 것, 적어도 이 필자의 마음에 시사하는 것은 조금 전에 이야기되었다. 사람은 지구에 거주하면서 불가피하게 집과 도시를 짓고 정치와 경제에 종사한다. 그러면서도 한편으로는 거주지가 우주 공간 속에 있다는 것을 느끼지 않을 수 없고, 또 다른 한편으로 보다 좁게 한정된, 그러면서도 한없이 넓은 지구에서의 땅과 생명의 장엄함과 아름다움을 직접적인 감각에 접하고, 또 그크고 넓은 의미를 생각하게 된다. 이러한 것들은 철학이나 과학으로 설명될 수 있는 것이기도 하지만, 예로부터 문학과 예술의 표현 속에 기록되어 왔던 일이다. 그리하여 사람들은 거기에 비추어 자신의 중심을 잡기도 하고 위안을 얻기도 하고, 또 삶의 무상을 체감하기도 하였다.

그러나 김인환 교수는 자연과 예술 하면 쉽게 연상할 수 있는 이러한 안이한 접근을 선택하지 않았다. 그의 글은 제목이 시사하는 주제에 맞지 않는다고 할 수도 있고, 어떻게 보면 그것을 매우 높은 차원 또는 근본적인 차원에서 접근한다고 할 수도 있다. 이 글은 자연에 맞추어 생각하고 쓰고 살려고 하는 것이 무엇인가를 말하고자 하는 것으로 보인다. 그러나 텍스트는 옛날의 역서(易書)나 예언서(豫言書)처럼 해독하기가 쉽지 않다. 그리하여 다른 글들보다도 연결과 해설을 필요로 한다고 할 수 있다.

글을 이끌어 가고 있는 주제는 글의 머리에 두 번째로 인용되어 있는 예이츠의 시 「조용한 처녀(Maid Quiet)」에서 찾을 수 있지 않나 한다. 다시 한 번 그 시를 번역된 대로 인용해 보기로 한다.

> 팥빛 모자 까닥이며
> 조용한 처녀 어디를 가나?
> 별들을 깨운 바람이
> 내 핏속에 불고 있네.
> 그녀 가려고 일어설 때
> 내 어찌 태연할 수 있으랴?
> 번개를 부르는 소리
> 이제 내 가슴에 파고드네.

이 시의 핵심은 두 가지 다른 현상이 병치된 데에 있다. 처음의 사건은 말 없는 여자가 일어나 사라졌고, 그것을 보고 있던 자신도 평정을 유지하였던 것이다.(우리말 번역은 과거형과 현재형의 구별을 분명히 하지 않고 있는데, 번역에서도 이것을 밝히는 것이 필요했을 것이다.) 그런데 지금에 와서, 사건 후에야 시인은 별들을 위로 부는 바람, 천둥 번개라고 불러야 맞을 듯한 미처 하지 못한 말들이 피를 끓게 하는 것을 느낀다. 시인이 묻고 있는 것은, 아무 일도 없는 것 같았는데 어떻게 이러한 천지를 뒤흔들 듯한 감정이 이는 것인가 하는 질문이다. 그러한 감정은 어디에서 오는 것인가? 이것을 간단하게 설명할 도리는 없다. 단지 남녀 간의 사랑에는 예측할 수 없는 우여곡절과 격렬한 감정이 존재한다는 것을 하나의 신비로서 인정할 수 있을 뿐이다.

이 시를 이렇게 읽고 나서 우리가 추측하게 되는 것은 그때그때 일어나는 많은 일들의 의미는 합리적으로 설명할 수 없다는 것이 이 글의 주제라는 것이다. 합리적 설명의 불가능은 이 시의 운율을 분석하는 것으로도 뒷받침된다. 운율은 음악 일반과 함께 합리적으로 이해할 수 없는 현상이다. 이 글의 시 해석 부분에 이어서 나오는 아도르노와 몽테뉴의 에세이론, 미술과 수학의 대조, 노자 인용 등도 앞의 주제 — 즉 많은 현상적 사실은 합리적 이론으로 설명될 수 없다는 주제를 계속한다. 아도르노의 에세이론은 김인환 교수에 의하면 에세이가 논리를 좇는 논문에 대한 항의라는 주장을 담고 있다. 그러면서 그것은 생각의 대상을 더 철저하게 따져 보고 스스로를 반성하는 글 쓰는 법이다. 김인환 교수는 또 몽테뉴를 인용하여, 무엇을 아느냐고 물어보면 아무것도 아는 것이 없다고 하는 것이 세상에 가장 현명한 사람(아마 소크라테스인 듯)의 대답이었다고 말한다. 노자는, 사람이 아는 세계의 사물들은 실체를 가지고 있는 듯하지만, 사실은 그 의미는 형상적 실체의 사이에 존재한다고 말한다. 바퀴, 그릇, 집은 그러한 물질적 테두리 안에 존재하는 비어 있는 내적 공간에 그 의미를 갖는 사물들이다. 있음과 없음도 서로 보완적 관계에 있다. 사람에게는 있는 것이 중요할는지 모르지만, 있음은 없음으로 하여 좋은 것이 된다.

미술과 수학의 대조에서는 미술은 개별성에서 시작하여 개별성으로 끝나는 작업인 데 대하여, 수학은 개별성에서 시작하여 보편성으로 끝난다. 수학의 이러한 전이(轉移)의 모습은 삼각형을 그리고 거기에서 피타고라스의 일반 법칙을 추출하는 데에서 볼 수 있다. 미술은 말할 것도 없이 감각적 체험을 떠나지 않는다. 그러면서도 그것은 그 나름으로 진실을 전달한다. 원근법을 활용하는 그림은 한없이 요동하는 인간의 시각을 하나의 관점으로 고정함으로써 시각 현상을 보다 분명하게 파악할 수 있게 한다. (물론 그 고정은 동시에 시각의 세계가 끊임없이 흔들리고 있는 세계라는 것도 알 수 있게 한다.) 그림의 사실성과 그 초월 — (반드시 보편성에로의 초월이 아닌) 초월은 현실에 대한 정치적 메시지를 전달하게 하는 매체가 되기도 한다. 피카소의 「게르니카」는 전쟁과 고통에 일그러진 모든 인간의 모습을 보여 준다. 그러면서 그 모습들은 동시에 형식화되고, 그림에 나오는 형상들은 하나의 구도를 이룬다. 그럼으로 하여 그림은 김인환 교수의 표현으로, "일반적인 개괄(매거와 통관)을 천박하게 생각하고 현실의 균열을 매끄럽게 가리는 개념 체계에 반대한다." 그러면서 그림의 단위들은 서로 의존하면서 하나의 총체를 구성한다.

단편적 현실의 진실을 옹호하는 관점은 이러한 여러 예들에 이어서 나오는 퇴계와 연암의 글과 사상을 다루는 부분에 계속 발견된다. 적어도 그것이 김인환 교수의 설명이다. 데카르트적 사유, 서양적 사유에 비하여 한국 선비들의 사고는 자연을 따라 살 뿐만 아니라 자연스러운 방법으로 생각하고 쓰고자 하였다는 것으로 말할 수 있다. 퇴계에 있어서 자연스럽다는 것이 모든 것의 표준이 된다는 것은 제일 간단하게는 그의 공부 방법에서 느껴 볼 수 있다. 가령 성현의 말을 익히는 방법을 퇴계는 이렇게 말한다.

무릇 성현의 말씀하신 곳이 드러나 보이면 드러남에 따라 구할 뿐, 감히 그것을 경솔하게 숨겨진 곳에서 찾지 않습니다. 그 말씀이 숨겨져 있으면 그 숨겨진 것을 따라 궁구할 뿐, 감히 그것을 드러난 곳에서 추측하지 않으며 얕으면 그 얕음에 말미암을 뿐, 감히 깊이 파고들지 않으며 깊으면 그 깊은 곳으로 나아갈 뿐, 감히 얕은 곳에서 머무르지 않습니다.

어려운 것을 쉽게 설명하려 하지 않고 쉬운 것을 어렵게 생각하지 않는다는 것은 무엇을 말하는가? 그것은 주석을 붙이듯 설명하지 않고 있는 그대로를 음미한다는 말로 생각된다. 계속 음미 명상하는 것만이 공부의 방법이다. 공부를 지나치게 강행하면 병에 걸린다고 퇴계는 자신의 경험을 통하여 말한다. 그러니까 서서히 글로 되돌아가는 것이 방법이다. 파고들지는 않아야 한다. 그리고 휴식을 위하여 그림, 글씨, 꽃, 화초를 완상하는 것도 좋은 일이다. 요점은 마음과 기운을 늘 "화순한 상태"에 두도록 하는 것이다. 이러한 공부를 통해서 궁극적으로 이르게 되는 경지도 더욱 깊은 화순한 상태에 이르는 것이다. 비유적으로 이것을 나타내는 것은 물이다.

맑고 고요하게 흐르는 것이 물의 본성입니다. 그것이 흙탕을 지나다 흐려진다거나 험준한 곳을 만나 파도가 거세지는 것은 물의 본성이 아닙니다. 그것도 물이라 하지 않을 수는 없지만, 특별히 만난 환경이 달라서 그렇게 된 것일 뿐입니다.

퇴계의 최종적인 입장은 인식론적으로나 윤리 도덕의 관점에서나, 경(敬)에 위치하는 것[居敬], 또는 김인환 교수가 소개하도 있듯이, (영어로 번역하여) mindfulness, 즉 마음을 사물과 환경과 마음의 상태에 집중하는 경지에 이르는 것이었다. 이것은 리(理)를 존중하는 이상주의인데, 보다 혼란한 시대에 살았던 연암은 말할 것도 없이 실학의 대가이지만, 자연스러운 삶의 태도를 존중하였다는 점에서는 김인환 교수의 생각으로는, 같은 전통에 있는 선비였다고 할 수 있다.

말할 것도 없이 연암은 주자학과 관련이 있다고 생각되는 조선조의 여러 사회 제도에 대하여 극히 비판적이었다. 「양반전」, 「허생전」, 「호질」 등 여러 풍자 소설들은 이러한 모순을 신랄하면서 유머를 가지고 그려 낸 것이다. 아마 김인환 교수의 생각으로는 조선조의 제도적 모순은 그것이 자연을 떠난 삶의 방식이라는 데에 기인한 것이라고 할는지 모른다. 연암의 자연에 대한 친화감은 그의 농사에 관한 여러 저서에 잘 나타난다. 농사에 대한 그의 지침은 극히 자상하다. 1799년의 저서 『과농소초(課農小抄)』에 나오는 땅 갈기에 관한 지침은 김 교수의 해설에 따르면 다음과 같다. "거친 땅을 개간할 때에 써레와 쇠스랑으로 두 번 흙을 고르고 기장, 조, 피 따위를 뿌린 후에 흙을 덮고 흙덩어리 부수는 일을 두 번 하면 이듬해에 벼를 심을 수 있다." 김인환 교수가 보여 주고 있는 이 책의 목차만 보아도 연암이 얼마나 자연환경에 가까웠던가를 느낄 수 있다. "(1) 때, (2) 날씨, (3) 흙, (4) 연모, (5) 밭갈이, (6) 거름, (7) 물, (8) 씨앗, (9) 심기, (10) 김매기, (11) 거두기, (12) 소, (13) 소유 제한." 이것이 목차이다.

연암은 농사법에 대한 자세한 이해를 가지고 있었지만, 물론 농사 기구의 개선도 생각하고 농사 제도 그리고 사회 제도의 변혁에 대하여서도 생각하였다. 그러나 김인환 교수는 연암이 "원리로 쉽게 환원할 수 없는 사실의 완강함과 준열함을 투철하게 인식하고 있었"던 사람이었다고 말한다. 그리고 "현실의 계기는 무한하고 개념의 체계는 유한하므로 현실의 세부를 통해서 하나하나 검증하지 않은 지식은 현실 인식에 도움이 되지 않는다고 생각했다." 이렇게 연암을 철저한 미세 현실의 옹호자로 말하여, 그야말로 정신적으로만 그러한 것이 아니라 정치와 경제와 노동의 현실을 철저하게 안 사람이라고 김인환 교수는 생각한다. 그러면서 퇴계도 그러한 자연의 길을 간 사람이라고 말한다. 그러면서 그 차이를 규정하여 한 사람은 자연에서 이상적 질서를 찾아내려 한 이상주의자이고, 다른 사람은 자연에서 풀어내야 할 문제를 찾아내려 한 현실주의자라고 말한다.

김인환 교수의 글을 이렇게 풀어 보면, 당초의 인상과는 달리 참으로 자연과 인간의 관계를 깊이 있게 헤쳐 보려고 한 것이 그의 의도라고 할 수 있다. 다만 그것은 처음의 계획에서 기대한 바와 같은 자연과 예술의 관계를 밝히는 글은 아니다. 어쩌면 그의 글을 이해하기 어렵게 하는 것은 이 제목과 내용이 서로 상치한 때문인지도 모른다. 그러나 그의 글이 깊은 성찰의 소산임은 틀림이 없다. 그리고 단순히 예술을 두고 말한 것보다는 삶의 방식을 두고 말하여 '자연, 물질, 인간'의 주제, 자연 그리고 물질세계에 거주를 마련해야 하는 인간의 문제를 더 의미 있게 생각하는 글이 되었다고 할 수도 있다.

'문화의 안과 밖'은 이 책에서 일단의 정리를 하고, 다음 책부터 우리 사정이 가지고 있는 특별한 문제들 — 문명의 대립, 근대화, 양성 평등, 민주주의, 평화, 대량 정보의 발달, 평화 등의 문제에 대한 고찰로 넘어가게 된다.

(2014년)

객관성, 가치와 정신
문화의 안과 밖

요약

한스 카로사의 시 「해 지는 땅의 비가 1」은 전쟁으로 인하여 폐허가 된 독일의 참상을 이야기하면서 모든 외면적인 것이 파괴된 만큼, 정통적 독일 사회를 지키고 새로운 사회를 만드는 데 필요한 정신적 조건을 그려 보고자 한다. 거기에서 원형이 되는 것은 어린 시절의 기억에 보존된, 자연과 주택과 도서관과 사원이고, 서재에서 여러 전통의 책을 읽어 생각하는 사람이 되는 사람들의 모습이다. 무너진 독일의 부흥을 위하여 교통과 통신 그리고 문명의 이기, 무기의 발달이 말해진다.

그러나 카로사는 여기에 대하여 깊은 회의를 표한다. 그에게 핵심은 정신적 체험의 부활이다. 그리하여 삶의 일체를 알고 느끼는 것이다. 이 시는 그것을 잠의 여신으로 집약한다. 대리석에 새겨진 잠의 여신은 삶과 죽음, 낮과 밤, 지구와 별들을 포괄한다. 밤의 진리는 언어로 말해질 수 있는 것이 아니다. 그것을 의미화할 수 있다면, 그것은 침묵과 음악으로만 가능하다. 다른 한편으로 이러한 우주적인 각성과 긍정에 기초하여 나무와 화초를 기르는 것이 부활의 방법이다. 쓰레기 더미에 버려진 해바라기를 정성껏 길러내는 노(老)정원사의 모습이 그것을 대표한다. 꽃은 죽어도 그 의미는 영원하다. 그것이 예감이 되어 새로운 문명이 태어날 수 있다. 숨어서 보존되었던 영혼이, 파괴되었던 것들을 되찾고, 예로부터의 힘을 다시 찾는다면, 어둠의 세월도 견딜 만한 것이 될 것이다.

카로사의 시는 인간적 문명을 유지하는 요인들을 나열한다. 기억의 보존, 어린 시절의 삶, 풀과 나무의 환경, 예로부터의 지혜의 학습, 밤과 낮, 죽음과 삶의 순환 등을 포함하는 구체적 사실들이 유기적 공동체의 기반이 된다. 이러한 문명을 떠받치는 것은 마음에 느끼고, 하늘에 새겨지고, 마음에 감추고 있다가 내어놓는 영혼의 빛이다. 카로사의 시에 이야기된 공동체는 나치즘과 산업 문명의 반면 이미지로 이야기된 것이다. 그러나 적어도 과학 문명이 불가피한 역사의 진로를 나타낸다고 할 때, 문제는 그것을 포용하면서 인간적 공동체를 어떻게 유지할 것인가 하는 것이다.

정신의 세계로 간단히 돌아가는 것은 불가능하다. 과학적 이성만이 세계를 일관성 있게 설명할 수 있다. 막스 베버는 합리적 정신의 진전이 그 이전의 믿음, 숭고한 가치의 세계로 돌아가는 것을 불가능하게 하였다고 진단한 바 있다. 새로운 합리적 문명에서 중심에 있는 것은 과학이고 학문이다. 그 사명은 사실과 사실의 연계를 객관적으로 분석해 내는 것이다. 그러나 과학의 진리도 정신적 결단으로부터 분리하여 존재할 수 없다. 과학적 명제는 선택된 가치에 연관되어 있다. 모순은 이 가치가 논리적으로 시비될 수 없다는 것이다. 그러나 가치는 인간의 정신에서 나온다. 이 정신의 뒷받침이 있어서 과학도 그 참다운 객관성을 유지할 수 있다. 사실적 탐구에서 사실 전체를 밝히게 되면 행동자는 실용적 결정을 내려야 한다. 거기에는 저절로 도덕적, 윤리적 선택이 작용한다. 사람은 정신의 궁극적인 가치에 대한 본능적인 감성을 마음 깊이 가지고 있다. 그러나 이에 대한 이론적 설명의 시도는 대체로 편협한 광신적인 가르침에 귀착한다.

그리하여 조심스러움이 필요하다. 그런데 광신적인 믿음에 몸을 맡기지 않으면서도 근원적인 윤리 의식을 갖고 인간적인 정신의 깊이를 의식한다는 것은 불확실성으로 문을 연다는 것이고, 그에 직면하면서 스스로 실존적 결단을 수행해야 한다는 것을 말한다. 그렇게 하여 사람은 자신의 삶을 새삼스럽게 그 전체적인 테두리 속에서 이해한다. 그리고 우주적인 관점에서 스스로의 왜소함을 깨닫고, 그 깨달음 속에서 삶에 대하여 일정한 결정을 내린다. 그런데 이것은 대체로 시대의 정신적 사명을 자신의 것으로 현실화하는 행위가 된다. 그러면서 그것은 시대를 넘어가는 것이기도 하다. 이러한 복합적인 성찰에 기초한 개인적 결단은 서양 중세의 기사, 루터, 간디와 같은 인물에서 볼 수 있다. 이들이 표현하고 있는 것은 삶을 드높게 살고자 하는 실존의 진실이다.

그러나 중요한 것은 조화된 삶을 약속할 수 있는 문화를 건설하는 것이다. 여기에서 삶의 구조의 기초를 이루는 것은 노동과 경제 그리고 정치이고, 이에 보다 분명한 형상을 부여하려는 것은 학문적 연구, 과학, 문학, 철학, 예술의 활동이다. 이것이 사람이 사는 공간을 조금 더 투명하게 유연하게 창조적이게 하고 그것을 평화롭고 규범적인 질서 속에 지속할 수 있게 한다. 문화는 이러한 공간의 전체이다. 그것은 다양한 삶의 요인들을 하나의 질서로 종합하는 전체성이다. 그것은 개인적으로나 사회적으로나 사람으로 하여금 삶의 의미를 느낄 수 있게 하는 매개체이다. 그런데 서로 다른 사람들의 서로 다른 기획들이 어떻게 조화될 수 있는가? 삶의 활동은 그것이 무엇이든지 간에 목적을 지향한다. 그러나 동시에 그에 이르는 과정이다. 목적을 향하여 나아가는 과정은 그 자체로 목적이 될 수 있다. 여기에 중요한 작용을 하는 것이 심미적 요소이다. 실용성을 목적으로 하는 물건의 제작도 그 자체로 흥미로운 것이 될 수 있다. 이것은 생산품이 실용성만이 아니라 미적인 완성감을 줄 때이다. 이것은 현대 기술 생산의 과정에서보다도 장인들의 공정과 산품에서 볼 수 있다. 정치는 목적 있는 행동이면서 집단 공연의 성격을 갖는다. 이것은 사람들의 일상적 만남의 사건에서도 마찬가지이다. 그러한 과정의 목적화를 통하여 많은 인간의 작업은 자기 충족적인(autotelic) 업적이 된다. 그러면서 심미적 관조의 감동과 정지는 여러 업적들을 하나로 통합할 가능성을 연다. 그 원리는 심미적 이성이다. 그러나 그것은 반드시 의식되는 통합의 운동으로 표현되지는 아니한다. 하나하나의 작업이 자기 충족적인 것이면서 동시에 전체를 이루는 것이 이상적인 문화이다.

그러나 현실로 착각된 이상은 자기만족 속에서 보다 넓은 존재론적 진리를 벗어나는 것이 될 수 있다. 그리하여 현실의 구체적 요구를 등한히 하고, 정신의 보다 초월적인 동기 ― 생명의 구체적인 현실을 포함하면서 그것을 넘어가는 진실에 충실할 수 있게 하는 정신 또는 영혼을 잃어버린다. 그리고 이것은 문화의 인간적 의미를 타락하게 한다. 모든 문화의 외적 표현에 안정과 자기 갱신의 힘을 주는 것은 그러한 과정과 함께 있으면서 그것을 넘어서 있는, 인간의 존재론적 솟구침이고 그것을 촉구하는 정신의 작용이다.

1. 내면의 빛: 카로사의 시 「서양의 비가」

1. 서론

전쟁과 독일 현대 시 최근에 독일 시의 사화집(詞華集)에서 2차 세계 대전 중과 후의 시들을 조금 읽게 되었다. 루돌프 알렉산더 슈뢰더, 게오르크 트라클 등의 시는 생각했던 것보다 더 절망적인 심정을 많이 표현하고 있었다. 한스 카로사(Hans Carossa)가 1943년에 ── 히틀러 치하의 독일에서는 출판하기가 어려워 ── 스위스에서 발표한 시 「서양의 비가(Abendländische Elegie)」는 그러한 심정을 표현한 시 가운데 대표적인 것인데, 그 배경이 지금의 우리 상황과 전혀 다른 것이기는 하지만, 사회와 문화의 존재 방식에 대하여 시사하는 바가 있다고 느껴졌다. 이러한 관점에서 이 시를 여기에서 읽어 볼까 한다.

　　인간의 환경/고향/내면의 원리　이 시의 소재는 2차 세계 대전이다. 따라서 시가 전쟁의 참상을 말하는 것은 당연하다고 하겠지만, 그러는 사이에 시인의 생각은 그 원인에 미치고, 더 나아가 전쟁을 넘어 문명화된 공동체의 이상이 무엇이어야 하는가에 대한 통찰에 이르게 된다. 주목하고자 하는 것은 주로 이 마지막의 주제이다. 시인의 추억 속에서 회상되는 고향은 반드시 이상향은 아니다. 그러나 어린 시절은 그리운 곳으로 그려진다. 그러나 바로 그런 이유로 하여 시인이 그리워하는 추억의 고장은 그리워할 만한 곳으로 절실한 느낌을 준다. 그리움은 이상향의 한 시제(試劑)이다. 그러나 현실적 내용이 거기에 없는 것은 아니다. 시인이 생각하는 것은 하나의 조화된 공동체인데, 그곳은 자연과 문명 그리고 시로써만 환기될 수 있는 우주 전체의 느낌이 일체적으로 느껴지는 곳이다. 중요한 점의 하나는, 그것이 어떤 추상적인 이념으로 공식화되어 말해진 것은 아니면서도, 이러한 고장을 뒷받침하는 데에는 정신적 중심이 존재해야 한다는 직관이다. 도덕적인 기초 또는 더 넓게 말하여 내면의 깊이에 이어지지 않고는 조화된 사회 공동체가 성립하기 어렵고 참다운 모습의 인간적 삶이 실현되기 어렵다는 사실을 생각하게 한다.(다만 이 도덕은 어떤 공식이나 독단을 넘어간다. 그리하여 그것은 시적으로 시사될 수 있을 뿐이다. 그러면서 할 일과, 해서는 아니 될 일에 대하여 한계를 긋게 된다.)

사람이 만드는 환경/조화된 문화   사르트르의 인간 존재에 대한 실존주의적 설명에서 중요한 점의 하나는 '사람은 상황적 존재'라는 것이다. 사람의 지적 인식이나 행동을 결정하는 것은 언제나 상황이다. 물론 사람이 자유로운 개인일 수 있다는 것도 부정할 수는 없지만, 그 자유는 상황과의 관계를 통해서 획득된다. 그러나 무엇보다도 중요한 것은 자유로운 행동의 가능성을 얻은 만큼 그것으로 만들어지는 새로운 상황에 대한 책임이다. 이러한 상황의 철학을 떠나서도, 환경과의 상호 작용 관계가 사람의 모든 것을 결정한다는 것은 일반적으로 시인할 수밖에 없다. 그러면서 환경의 많은 것은 인간 스스로가 만들어 낸 것이다. 그 가장 중요한 부분은 삶을 위한 노동이고, 그것이 연관된 사회관계와 그 조직이다. 이러한 것들은 적어도 이상적으로는 모두 하나의 조화된 이념, 주제, 이미지 또는 그것들의 변주로서 파악될 만한 것이다. 이것들은 또한 창조적인 이미지 그리고 물리적인 건조물들로 표현되고, 그것에 의하여 매개된다. 이러한 것들의 통합된 전체가 이상적으로 말하여 문화 ─ 조화를 이룬 문화이다. 구체(球體)는 여러 전통에서 이상을 나타내는 형상인데, 말하자면 하는 일과 하지 않은 일과 해야 될 일이 적절한 한계 속에서 둥그런 전체를 이루게 되는 것이다.

인간 너머의 자연   더 보탠다면 인간의 이념과 창조물을 넘어 삶의 가장 큰 환경적 조건은 자연이다. 자연도, 적어도 사람의 관점에서는 사람과의 관계 속에서 정의되는 것으로 존재한다. 사람이 침범하지 못하는 또는 침범하지 않는 자연, 영어로 wilderness라고 표현하는 자연이 있지만, 그것도 그렇다고, 그래야 한다고 인정하는 조건하에서 그러한 자연으로 존재하는 것이 오늘의 실상이다. 그리하여 상징적으로 말하여 자연은 사람이 만들어 놓은 건조물 사이에 편입된 자연, 정원이나 공원과 같은 것으로 가장 적절하게 표현된다.

내면/욕망/우주적 일치   이러한 것들이 사람의 삶의 전체 환경을 이루는 데, 사람의 삶의 조건으로서 가장 중요한 것은 그 환경이 인간의 내면의 요구에 합당한 것이라야 한다는 것이다. 그것이 환경 전체를 하나의 조화된 공간이 되게 한다. 그렇다고 이 공간이 인간의 욕망을 그대로 표현한다는 말은 아니다. 욕망 자체도 주어진 것이기도 하면서 환경적으로 형성되고 또 적절한 형성을 통해서 스스로의 참모습을 얻게 된다. 인간의 내면은 환경에 반응하는 주체적 원리이다. 단순화하면 그것은 생존의 본능이라고 할 수도 있다. 이것이 주어진 상황과의 관계에서 사람을 움직이는 동력일 수 있다. 그러나 안으로부터 솟구쳐 나오는 충동만이 사람의 내면의 전부가 되는 것은 아니다. 침범이 없는 자연, 그것을 허용하지 않는 자연의 존재는 바로 인간의 내면적 요구에 대응하는 것이기도 하다. 사람의 내면에는 그러한 것에 대한 갈망이 있다. 이 뚜렷하지 않은 갈망과 같은 것은 내면의 요구가 단순히 생명 보존의 본능, 인간 중심의 공리적 계산에 일치하지 않는다는 것을 증거해 준다. 자연 또는 인간의 외면에 있는 세계의 의미는 공리적 동기를 넘어서 보다 깊은 심미적 자기실현의 요구, 초월적 정신의 암시 또는 여러 가지 어려운 상황에서도 스스로의 도덕적 중심을 보전코자 하는 의지에 관계된다고 할 수도 있다. 그것은 기이하게 인간을 넘어가는 우주 공간과의 관계를 통해서 확인된다. 사람의 내면과 그 문명적 표현을 생각하는 것은 이러한 모든 것의 관계를 생각하는 일이다.

인간/문화/초자연의 자연/ 정신의 불빛　앞서 말한 카로사의 시가 느끼게 하는 것은 사람이 스스로 만든 문화적 환경과 그것을 넘어가는 자연과, 그리고 그것이 시사하는 어떤 정신적 원리에 의하여 정의되는 존재라는 암시이다. 이 정신의 원리는, 카로사가 그리는 것이 문화적 환경이 완전히 파괴된 공간이기에 더욱 분명하게 확인된다. 그것은 문화의 외면을 넘어서 존재한다. 그러면서 그것의 참의미는 문화의 외면이 그것으로 지탱된다는 데에 있다. 이미 말한 바와 같이 카로사의 시가 묘사하고 있는 것은 전쟁으로 인하여 완전히 폐허가 된 건물들과 길거리와 생활의 참상이다. 시의 제목은 다시 말하건대 '서양의 비가'이다. '서양'은 독일어에서 원래부터 '저녁의 땅'이라는 뜻을 가지고 있기 때문에 '석양(夕陽)'이 암시하는바 조금 불길한 뜻을 가질 수 있는데, 이 제목은 20세기 초에 출판되어 한때 큰 예언서처럼 생각되었던, 오스발트 슈펭글러의 『서양의 몰락(Der Untergang des Abendländes)』을 연상하게 한다.

시의 첫 부분은 예언자들이 이 몰락을 예언했다는 것을 언급하고 있는데, 이러한 몰락이 완전히 눈앞에 보이게 된 것이 폭격으로 파괴된 독일 도시의 모습들이다. 그러나 카로사가 시사하는 몰락이 사회의 기간 시설이 완전히 파괴되었다는 것만을 말하는 것이 아님은 물론이다. 시에서 중요한 이미지의 하나는 몇 번에 걸쳐 언급되는 불빛이다. 불빛의 의미가 분명하다고 할 수는 없지만, 그것은 막연하게나마 정신의 중심을 나타내는 것으로 생각된다. 이 불빛은 문명 전체를 밝히는 것이면서 동시에 사람의 마음 깊이 들어 있는 또는 감추어져 있는 정신의 힘이다. 그것은 문명의 외적인 표현을 밝히는 것이기도 하지만, 어떠한 시대에나 감추어진 모습으로라도 지속되는 정신의 불빛이다. 카로사는 별로 길다고 할 수 없는 이 시에서 전쟁의 황폐함 속에서 독일 그리고 서양의 문명을 일으켰던, 그리고 그것을 지탱했던 불이 꺼졌다고 느끼고, 그것을 다시 살릴 수 있는 방도에 대하여 우수 어린 명상에 잠긴다.

문명과 정신 문명과 정신의 관계는 두 가지로 생각할 수 있다. 하나는 정신의 쇠퇴 또는 소멸이 문명의 몰락 그리고 그 외적인 표현을 가져온다는 것이고, 다른 하나는 문명과 그 물질적 표현의 몰락 또는 타락이 정신의 상실을 가져온다는 것이다. 후자의 경우, 사람의 정신은 끈질긴 것이면서도 연약한 것이기 때문에, 물질적 사회 표현의 약화는 바로 정신이 소멸하게 되는 원인이 된다. 카로사에게 서양의 몰락, 그 정신의 몰락을 생각하게 하는 것은 파괴된 건물, 문명의 업적으로서의 도시와 도시 건조물들의 파괴이다. 카로사가 사람의 내면에 존재하는 정신의 불꽃이 꺼졌다고 느낀 것은 그것의 외면적 표현이 파괴된 것과 밀접한 관계가 있다. 그러나 보다 긴 안목으로 볼 때, 그러한 파괴를 가져온 것 자체가 정신의 불꽃이 꺼진 데에서 시작되었다고 할 수 있다. 인간의 삶의 안과 밖은 유기적인 일체를 이룬다. 내면의 약화가 외면의 쇠퇴 또는 파괴를 가져오고 외면의 파괴, 즉 그 문화적 표현의 물질적 업적들의 소멸이 내면의 소멸을 가져온다고 생각할 수 있다.

문명의 존재 방식   그것이 어찌 되었든, 2차 대전 또는 두 번의 세계 대전, 냉전의 부정적인 효과 등에도 불구하고 유럽 그리고 독일은 세계에서도 가장 뚜렷하게 번영을 다시 누리게 된 지역이고 나라이다. 이것을 보면 슈펭글러의 예언이나 카로사의 진단이 반드시 맞는 것이었다고 할 수는 없다. 그렇다고 전쟁의 파괴 속에서 그가 느꼈던 것이 완전히 설득력을 잃어버린 것은 아니다. 전쟁의 참담한 현실은 적어도 문명의 핵심을 드러내 보여 주는 계기가 되었다고 할 수 있다. 그리고 그것은 빈곤의 시기에서나 번영의 시기에서나 보이지 않는 인간의 삶의 핵, 촉매가 있다는 것을 깨닫게 했다. 세상의 종말에 이른 듯한 느낌에서 나온 카로사의 이러한 직관은 문명의 존재 방식에 대한 하나의 비전을 제시한다.

독일과 한국   현시점에서 우리의 상황을 전쟁 중 또는 전후 독일의 상황과 비슷하다고 할 수는 없다. 우리 사회는 역사상 어느 때보다도 큰 외면적 번영을 누리고 있다고 할 수 있다. 다만 그간의 역사적 시련은, 사실 물질적 파괴라는 점에서보다도 정신의 파괴라는 점에서는, 독일의 시련과 비슷하면서 그것을 능가한다고 할 수 있다. 그리고 지금에도 일정한 균형을 갖춘 사회 문화를 이룩하지 못하고 있다고 하는 것이 옳을 것이다. 경제적 성취에도 불구하고 많은 사람들이 반드시 그것만으로 삶의 보람을 느끼지 못한다는 것을 실감하게 하는 것이 우리 사회가 아닌가 한다. 흔히 지적되듯이 소위 행복 지수라는 관점에서 세계적으로 한국의 순위가 별로 높지 않은 것은 그 한 증표라고 할 수 있다. 물론 카로사의 정신의 불빛이 이 행복에 관계된다고 하더라도, 그것은 단순히 행복 지수로 헤아릴 수만은 없는 어떤 정신적 깊이를 나타내는 것이라고 할 것인데, 우리가 분명하게 느낄 수 있는 것은 보람 있는 삶이 물질만으로는 충족될 수 없다는 것이다. 물론 그와 동시에 마음속에 느끼는 보람은 그 외면적 표현 없이는 참으로 현실 속에 실현된 보람이 될 수 없다.(이것은 예술 작품이 매체에 표현됨이 없이 머릿속의 구상만으로 예술 작품이 될 수 없는 것과 같다.) 인간적 삶의 구체적 실현으로서의 문화나 문명은 전쟁의 파괴와 전체주의의 싹쓸이에 의하여 없어지기도 하지만, 그것을 지탱하는 정신의 빈곤 내지 소멸로 인하여 내면 폭발(implosion)을 겪을 수도 있다는 생각이 든다. 이러한 점에서 카로사의 시는 반드시 우리에게서 완전히 동떨어진 상황만을 말하고 있다고 할 수는 없다.

2. 시 읽기

이러한 점을 생각하면서 카로사의 시를 조금 더 자세히 검토해 보기로 한다. 이 시를 역사의 관점에서는 물론 문학사의 관점에서 충분히 설명할 수 있는 준비가 되어 있는 것은 아니다. 그리고 시의 주제가 반드시 앞에서 말한 문화에 대한 성찰이라고 할 수는 없다. 또 하나 조심스러운 것은 그의 시의 경험적 토대가 된 것이 전쟁의 참화이기에, 우리의 사정 — 위태위태한 것이었기는 하지만 60년 이상의 평화가 있었던 우리의 사정과는 사뭇 다르다는 것이다. 그렇기는 하나 어떤 의미에서는 문화의 동역학은 근본적으로 같은 것이 아닌가 한다. 시를 조금 더 자세히 읽으면 유기적인 삶의 질서, 다시 말해 정신과 물질이 하나가 되어 있는 그러면서 서로 길항하고 있는 문화의 모양을 조금 더 실감할 수 있을 것이다.

서양의 몰락에 대한 예언/추억의 고향　시의 첫 부분은 참으로 서양이 몰락의 시점에 이르렀는가 하는 질문으로 시작한다. 그리고 예언자들이 그것을 이미 예언한 바 있다는 것을 말한다. 그리고 이에 덧붙여 카로사는 자신이 여기에 대하여 말하는 것은, 그가 예언자의 반열에 오를 수 있는 사람이기 때문이 아니라, 자기 나름으로 자신의 삶의 기억을 가지고 있는 사람이기 때문이라고 한다. 모든 사람은 각각 다른 기억을 가지겠지만, 그런대로 그 기억은 하나의 조화된 삶을 상기하게 하는 것이라 할 수 있다.(대체로 개인의 기억은 없고 무의미하고, 종족의 기억 — 개인 기억과는 관계없이 구성된 역사만이 의미 있다는 것이 인간에 대한 정치적 이해의 주류가 된다. 한국에 있어서 이것은 특히 그렇다. 개인의 기억이나 역사는 완전히 말소해도 상관이 없는 것이 우리의 도시 계획이다.)

　　나는 그대의 숲에서 나이 들고,
　　그대의 학교에서 가르치는 것을 배웠다.
　　그런데 지금 나는 내 기억을 불러내어 다시 한 번 짐작하느니,
　　초목이 아는 것, 창밖으로 보이는 해바라기가 아는 것,
　　우리가 살고 있는 곳이 하나의 별이라는 것을,
　　누가 이것을 잊게 하는가?
　　초침이 멈춘다면, 천년을 계획하는 것,
　　그것이 무슨 소용이 있는가.

기억은 삶의 질서 의식에서 중요한 기능을 한다. 그것은 낯선 환경을 내면화하여 자신의 삶의 일부가 되게 한다. 카로사에게 기억은 시간적으로

는 성장의 기억이고, 공간적으로는 자연을 크게 하나로 포괄하는 일체성이다. 기억의 자연은 한편으로 꽃과 초목을 포함하고, 다른 한편으로 우주적인 공간 — 지구 전체와 그 환경에 대한 의식을 포함한다. 중요한 것은 이러한 것들이 알고 있는 것, 해석을 보태건대 이것들이 나타내고 있는 유기적인 삶의 지혜를 체득(體得)하는 것이다. 그리고 이러한 시공간의 현재성을 깊이 아는 것이다. 기억은 모든 것들이 하나의 시간의 질서 속에 있다는 것을 알게 해 주기도 하지만, 그때그때 체험되는 현실로서만 존재한다는 것을 말해 준다. 카로사는 말한다. — 천년의 계획을 반드시 폄하하는 것은 아니겠지만 인간의 삶은 오늘의 시간에 존재한다. 이 현재가 없이는 삶은 있을 수 없다.(나치즘에서 '천년의 왕국(das tausendjährige Reich)'은 중요한 선전 모토였다.) 그러나 조용한 삶의 질서가 잊히고, 어둠 속에 가라앉게 된 것이 오늘의 시대이다.

정신적 붕괴/파괴되는 건조물들 그것은 어찌 된 까닭으로 인한 것인가? 그것은 "은총이 사라진 것 가운데에 빛을 찾았기" 때문이고, "빠져나갈 길을 밝혀 줄 빛을" 잘못 찾은 때문이다.(카로사의 이 말은 시대의 환난을 일단 종교적인 기초가 무너진 것에 연결해서 해석하는 것으로 들을 수 있지만, 그것은 조금 더 일반적인 뜻을 가진 것으로 읽을 수도 있는 것이 아닌가 한다. 기독교적인 해석을 떠나서도 주어진 자연에 대한 감사의 뜻이 없는 인간 중심의 생각을 "은총이 사라진 것"에서 구원을 찾는 것이라 했다고 할 수 있다.) 카로사는 말한다. 잘못된 곳에서 찾은 불빛으로 하여, 복수의 신들이 풀려나오고 탑이 무너지고 도시가 잿더미가 되었다. 옛날에는 "봄이면, 사원에서 아이들은/ 볼에 스치는 정신의 바람으로/ 보이지 않는 존재를 깨달았다." 그러한 옛 사원이 아직도 서 있다면, 그것은 적군이 눈을 감았기 때문일 것이다. 모든 것이 잿더미가 된 터에 어떤 옛 사원이 서 있다면, 그것은 순전히 우연한 일이라는 말이다. 이제 "평형을 헤치고 나온 용"이 하늘을 날고 모든 것이 무너지고, 요람과 무덤이 다 같이 땅에 묻히게 될 것이다. 카로사의 파괴의 묘사는 이렇게 계속된다. 불 밝혀 손님을 영접하던 공원 근처의 집도 사라지고, 생각하는 사람이 책을 읽고 여러 나라에서 온 글들의 지혜를 배우고 모두가 진리를 찾던 도서관도 사라져 버렸다. 오로지 폐허가 그 자리에 남을 뿐이다.

불행의 일상화/갈등　옛 삶의 자취가 파괴되고 모든 것이 부정되는 곳에서 사람들이 길을 잃고 헤매는 것은 당연하다. 그러면 어떻게 해야 하는가? 도망갈 수도 없지만, 증오를 맹세해도 해결될 수 있는 일이 아니다.

> (이제) 불행한 사람들은 무서운 일들에 익숙해진다.
> 이제 곧 그들의 사랑의 촛불은 꺼지고
> 한 사람이 말하면, 다른 사람은 그것이 틀렸다 한다.
> 아직도 빛을 가지고 있는 사람은 그것을 숨겨야 한다.

(빛을 가지고 있는 사람은 그것을 숨겨야 한다! 이것은 우리 정치 투쟁의 역사에서 자신이 착한 사람이 아니라고 주장한 정치 지도자를 생각하게 한다.) 빛을 숨겨야 한다는 것은 그것이 오히려 유해한 일이라는 말인가? 물론 그것은 어둠이 지배하는 시대에 있어서 위험스러운 일일는지 모른다. 그러나 시인이 말하고자 하는 것은 좋은 빛이 너무 쉽게 빈 장식에 불과하게 된다는 사실일 것이다. 빛을 이야기하는 좋은 말이 공허한 이념이 되고 구호가 되고 마는 것은 우리도 너무 자주 보는 일이다.

올리브 나무/금방/성장　빛이 아직도 존재한다면 그것은 감추는 것이 좋겠다고 한 다음에 시인은 자신의 삶의 여러 층을 벗겨 내고 옛 추억을 되살려야겠다고 말한다. 그것은 아마 추상적인 것보다는 구체적인 체험으로 말하는 것이 좋겠다는 뜻일 것이다. 그 체험은 다시 한 번 어린 시절의 추억인데, 그것은 자신이 겪은 것이기도 하고, 또 구체적인 사물과 장면으로 기억되는 것이기도 하다. 중요한 것은 성장하고 있었다는 사실이다. 그것은 그가 의식화될 필요도 없는 유기적인 삶의 진화 속에 있었다는 것을 말한다. 또 말하는 것은 그와 비슷하게 생명의 과정 속에 있었던 것들—언덕 위의 올리브 나무 숲, 어두운 정원의 숨 쉬는 듯한 귤꽃 등이다. 그러한 식물들의 세계에서 멀지 않던 옛날의 삶은 오래된 다리 위의 금세공업 상점, 바람이 스쳐 가는 성벽, 계단, 예로부터의 지혜가 흐르는 듯한 분수를 포함한다.

밤의 여신/낮과 밤/죽음과 삶: 긴 순환의 삶 추억의 삶을 감싸고 있었던 하나의 원리가 있다. 그것은 자연의 원리이기도 하고 정신과 감성의 원리이기도 하다. 그것은 말로써 표현될 수 있는 것이 아니다. 모든 것을 감싸는 상징적 존재는 밤의 여신이다. 흰 돌에 새겨진 잠들어 있는 밤의 여신은 "모든 우리들의 날들의 어머니이고/ 그 곁을 수백 년이 스쳐 지난다." 여신은 "우리의 유산"이기도 하고, 사랑을 통하여 하늘을 찾게 하는 존재이기도 하다. 또 서로 반대되고 모순된 것을 하나가 되게 하는 것이 밤의 여신이다. 밤의 여신은 시간의 유구함을 기억하게 한다. 그 유구한 지속 안에서 삶과 죽음, 영고성쇠(榮枯盛衰)를 거치는 것이 사람의 역사이다. 여신을 새긴 석상에서 죽음의 창백함과 삶의 빛은 하나가 된다. 여신의 머리는 죽은 젊은이의 관(棺) 위에서 편히 쉬고, 그 위로 달과 별이 비치고, 그 눈에는 눈물이 빛난다. 여신의 주변에는 양귀비가 자라고 마법의 새가 눈을 뜨고 있다. 이러한 것들을 다스리는 꿈의 신은 몽환(夢幻)의 탈을 쓰고 있으면서 정적을 요구한다. 음악으로 변용될 수 있는 것이 아니면 언어는 이러한 잠의 정적을 흔들지 못한다.

언어와 음악 삶과 죽음을 아우르는 어머니로서의 밤을 향하여—우주의 원리 그리고 그것을 흰 돌에 새겼던 문명의 원리로서의 어머니에게는 어떻게 말을 건넬 수가 있는가? 그리고 사랑의 울림을 깨어나게 할 수 있는가? 카로사가 음악만이 그러한 언어가 될 수 있다고 하는 것은 현실의 예술적 고양만이 현실의 깊이에 이르는 언어가 될 수 있다는 뜻으로 생각할 수 있다.

과학 기술의 발전/내면의 소리　그와 달리 새로운 길을 닦고, 다리를 세우고, 날아다닐 수 있는 배를 만들고, 보다 효과적인 무기를 만들고, 진실이든 거짓이든 상관치 않고 공중으로 송신하는 기계를 만들고 하는 것이 밤의 여신에게 말을 건네는 방법이 될 수 있을까? 오늘의 세계에서 진실의 언어가 과연 지속될 수 있을까? 한마디의 말이 옳다고 주장되어도 그것은 곧 다른 말에 의하여 대치될 것이다. 우리가 궁리하고 만들어 내는 명제는 얼마나 오래 타당성이 있을 것인가? 이 모든 것은 밤의 여신의 깊이에 이르는 것일 수 없다. 이러한 말들이 아니라 모든 것은 "그것을 고귀하게 하고 확실하게 할/ 내면으로부터의 가르침을 기다리고 있는 것이 아닌가?"

진실/내면의 소리/슬픔　그러나 내면의 소리는 쉽게 말로 표현되지 않는다. 진실한 말은 오랫동안 마음속에서 자라 나와야 한다. 마음으로부터의 느낌이 없는 말은 진실의 거죽을 스쳐 가는 수사일 뿐이다. 마음의 공백을 위하여 개인으로든 집단으로든 열광을 좇는 일도 바른 지혜의 길이 아니다. 카로사는 말한다. ──"그것을(내면으로부터의 가르침을) 이렇다 저렇다 말하는 것은 깊고 넓은 그 정신을 손상하는 것이다." 해야 할 일은 밤의 여신의 말 없는 슬픔의 모습에서 배우는 일이다.

밤은 아름다움과 아픔이 가득한 모습으로 침묵하고
우리는 밤의 여신으로부터 슬픔을 배우고자 한다.
위로를 멀리하고 오래 견디며 슬퍼하는 것을.
거기에서 생각은 크게 헤매지 않고 여신을 위하여
인간의 모든 고뇌보다 오래된

단순한 표지를 남길 것이다.

단순한 증표/식물 재배　이 표지는 어떤 것인가? 카로사의 생각으로는 식물이고 그것은 식물을 가꾸는 노동에 들어 있다. 옛 그리스에서 "성스러운 선물"로 생각했던 것은 아테네 여신의 올리브기름이고, 승리자에게 주는 보상은 싱싱한 종려나무의 가지였다. 그러한 모범을 따라 지금 할 수 있는 것은 잠들어 있는 밤의 여신에게 꽃을, 해바라기 꽃을 바치는 것이다. 이 시점에서 그러한 꽃은 찾을 수 없을는지 모른다. 그러나 그것은 버려진 쓰레기에서 가꾸어 낼 수 있다. 어느 늙은 정원사는 낯모르는 사람이 울타리 너머로 던진 작은 나무, 잎사귀는 벌레가 먹고 뿌리도 시들어 버려 쓰레기 더미에 던지려던 그러한 나무를 살려 내어 가꾸었다. 그리하여 어느 아침에 그것은 몰라볼 수 없게 아름다운 식물로 자라났다.

> (그리하여) 줄기는 빛을 향하여 꼿꼿이 서고
> 죽은 잎사귀로부터 새싹이 하나 싹터 나오고
> 또 다른 싹이 쫓아 나온다.
> 닫혀 있던 장미 꽃받침
> 성장을 착실하게 지키며 숨어 있었는데,
> 이제 그 조심스러운 가꿈에서 태어남을 보라!
> 불꽃의 찬란한 수레바퀴 열렸다.
> 둥근 씨앗의 바구니에 꽃들의 둘레가 짜여,
> 마치 합창하는 목소리들처럼 단단히 하나가 되고,
> 잎사귀들 위로는 금빛 꽃가루가 숨 쉰다.

삶/죽음/영원　죽어 가다가 아름다운 꽃이 되는 꽃나무의 이미지로써 카로사가 말하려는 것은 유기적 생명의 배양이야말로 삶의 대원리라는 뜻일 것이다. 어렵게 자라 나오는 꽃은 태양에 대하여 또 하나의 태양이 된다. 이 삶의 "표지"는 잠들어 있는 여신의 잠을 교란하지 않는다. 그러면서 주의할 것은 그 삶의 원리는 영원한 것이면서도 오늘의 이 시점, 현재 속에 실재한다는 사실이다. 카로사는 말한다. "꽃은 죽는다. 그러나 그 의미는 영원하다." 이것은 그다음 부분에 나오는 "지나간 일은 지나가게 하라."라는 말로도 연결된다.

새로운 예언   이러한 꽃과 관련하여 카로사는 그가 말하고자 한 문명의 의미를 요약한다. "그대 (꽃을 통하여) 동방으로부터 은밀한 인사가 온다." 이러한 알기 어려운 말로 시작하는 부분은 여러 기이한 이미지들을 중첩시킨다. 카로사가 요약하는 문명의 의미는 풀어내기가 쉽지 않다. 그는 동방과 관련하여, 호랑이, 곧 성스러움으로 다스려진, 그리하여 원초적인 힘과 성스러움의 합일을 말하는 것으로 생각되는 호랑이, 그리고 새로운 시작, 그 상징으로서의 꽃을 애모(愛慕)하여 순례의 길을 가는 동방의 임금 또는 박사, 또 새로 태어날 아이 또는 꽃을 말한다. 이러한 이미지들은 아마 새로운 문명의 탄생을 예수의 탄생에 비교하여 말하려는 것일 것이다. 그것들의 의미가 불투명한 것은 카로사가 새로운 문명의 탄생을 반드시 기독교적인 신앙의 부활로 말하고 싶어 하지 않기 때문으로 보인다. 새로운 문명은, 다시 하나로 풀어 보건대 호랑이가 나타내는 야생적인 힘, 존재의 성스러움에 대한 느낌, 어린아이와 꽃이 나타내는 순진성과 연약함, 그리고 이러한 것들의 가르침을 따르고자 하는 정치 권력자들을 포괄하는 것이어야 한다. 그다음, 카로사의 시는 서양 문명의 재탄생을 바라는 소망을 표현하는 것으로 끝난다.

(그리하여) 열병 앓는 해 지는 땅이여, 희망을 가지라!

생각 없이 부셔 버린 것을 스스로 버티어 낸 영혼이
또다시 세우려 할 때, 용기를 가지라, 그때 영혼은
우리 모두에게 사랑스러운 새 일을 주리.
폐허로부터 새로운 축복의 날이 떠오르리.
그때는 밝은 빛을 감추지 아니하여도 되고
우리는 태고로부터의 힘들과 함께 노닐 것이니.
하루가 아니라, 한 시간만이라도
순수한 시작에 임하여 서서
지구의 별 모양을 짤 수 있다면,
우리는 어둠의 세월도
기꺼이 견디리니.

3. 유기적 공동체의 구성

유기적 공동체의 구성 요소   카로사의 비전은 삶의 주요한 요소들이 균형을 이루고 있는 일체적 삶의 질서에 대한 향수를 표현한다. 그것은 유기적 삶, 건축물, 학문의 진리, 별들의 세계에 대한 의식, 언어를 넘어서는 침묵의 평화, 밝음과 어둠, 삶과 죽음, 기쁨에 못지않게 슬픔, 영원한 것과 함께 오늘에 피어나는 삶의 현재적 성격, 그리고 이 모든 것에 일관되는 정신의 빛 ― 이러한 것들을 포괄한다. 그리고 그것들이 하나의 조화된 질서를 이룰 수 있음을 시사한다. 그것은 기획되는 것이기보다는 절로 자라 나온 전통이고, 또 조심스럽게 가꾸어지는 것이며 개인적 체험 속에 기억되는 삶의 질서이다.

작은 공동체   전체적으로 그의 비전은, 좌우 편 가르기를 사고의 기본 양식으로 받아들이는 오늘의 입장에서 볼 때 보수적인 것이라 평가될 것이다. 그러나 어떤 정치적 입장에서 보든지, 카로사의 이상향에 대한 비전은 이해할 만하다. 나치즘과 2차 대전의 잔혹한 시대에 소위 '내적인 망명(Innere Emigration)'을 택한 작가에게, 당대에 비하여 옛 추억의 고장은 이상적인 삶의 모습을 보일 수밖에 없었을 것이다. 그러나 그러한 사정을 넘어서도 카로사가 환기하는 어린 시절의 세계, 다시 말해 일정한 지역에 한정되어 영위되었던 평화로운 삶은 많은 사람에게 공감을 불러일으킬 것이다.

작은 공동체가 사라진 것이 오늘의 세계이다. 그것은 서양의 지성계에서 여러 가지로 표현되어 왔다. 19세기 말에 공동체(Gemeinschaft)가 일반적인 사회(Gesellschaft)와 다르다는 것을 밝히려 한 페르디난트 퇴니스는 그러한 사실을 분명하게 주목한 최초의 사회학자의 한 사람이다. 영국의 비판적 문화 연구의 한 출발점이 된 리처드 호가트의 저서 『글 읽기의 쓸모(*The Uses of Literacy*)』(1957)는 대중 사회의 대중문화가 진정한 민중의 자족적이고 보수적인 문화의 일체성을 파괴한 사실을 비판적으로 기록한 책이다. 20세기 말부터 주목을 받았던 찰스 테일러나 마이클 월저의 공동체주의(communitarianism)는 보다 추상적인 관점에서 과히 넓지 않은 공동체의 가치를 중요시하는 철학 사상이다. 그러나 철학적 논쟁에서 이야기되는 공동체보다도 카로사에서 보는 바와 같은 구체적인 정서로서의 공동체의 추억은 보다 호소력을 갖는 체험을 환기한다. 어쨌든 사회와 정치를 논함에 있어서 보수주의와 진보주의에 못지않게 의미 있는 구분은 거대주의와 소공동체주의일 것이다.

공동체의 원리와 거대 산업 사회　공동체가 사라지고 사회가 그것을 대체하게 된 것이 오늘의 시대라는 것도 부정할 수는 없다. 카로사의 공동체는 시적인 정서로써 가장 잘 파악될 수 있는 유기적 거주지이면서 동시에 정신에 의하여 뒷받침되고 있는 삶의 터전이다. 그것을 뒷받침하고 있는 것은 지형, 인간관계, 개인적이면서 집단적인 기억, 정서 등으로 이루어진 단위이다. 카로사의 시에서 이 정신은 '빛'으로 상징된다. 이 정신은 공동체적 유대를 넘어 더 넓게 또 일관성 있게 작용하며 인간의 삶을 하나로 유지하는 힘이다. 그것은 여러 가지 형태와 형식으로 표현된다. 그렇다는 것은 그로 인하여 인간 사회는 어떤 현상을 하나로 유지하면서도 다른 형태로 변용할 수 있다는 것을 말한다. 그것은 분명하게 이념적으로 공식화되지 않더라도 어디엔가 존재한다.

그렇다면 사회와 정치의 거대화가 불가피한 현실이라고 하더라도, 이 거대화하는 사회 — 호가트가 주목한 바와 같이 정보 매체 발달을 포함하여 여러 가지 '거대 대중화(massification)'가 진행되는 산업 사회의 환경 속에서 작은 공동체의 유기적 자족성을 어떻게 보전할 수 있는 것일까? 카로사의 시에서 숨은 빛은, 많은 것이 파괴된 가운데, 그리고 밖으로 드러난 형태로만이 아니라 숨어 있는 상태에서 스스로를 유지한다고 말해진다. 그렇다면 구체적인 공동체가 없어진 세상에서도 적어도 그 정신은 보전될 수 있다는 것이 아닐까? 그러한 경우 사회의 거대화 속에서도 공동체의 원리 또는 인간의 삶 곧 개인적이면서 사회적인 인간의 삶의 핵심이 보전되고, 그것의 새로운 환경의 인간적 변용이 가능하다고 할 수 있지 않을까?

과시 소비/진위/과학 문명   호가트가 말한 거대 대중화는 매체의 발달에 관계되어 있고, 그것은 여러 현대적인 경제의 발달에 관계되어 있다. 카로사의 시에는 현대 사회의 하부 시설과 편의 기계 — 도로, 교량, 최신의 교통수단, 무기, 송신 수단 — 진실이든 거짓이든 상관없이 전달하는 송신기의 발달에 대한 언급이 나온다. 여기의 문명의 '이기(利器)'들은, 무기를 제외하고는 주로 교통과 통신의 발달에 관계된 것인데, 그러한 이기에는 오늘의 상황으로 보건대 일상생활의 도구의 발달 — 냉난방 시설, 냉장고나 취사도구, 텔레비전이나 인터넷 등 그리고 여러 과시 소비를 위한 상품들, 그것을 조장하는 '디자인', 문화 콘텐츠 등이 추가될 수 있을 것이다. 공동체의 쇠퇴는, 앞에 말한 바와 같이 산업 경제가 만들어 내는 문화, 곧 교통과 통신의 발달과 소비문화의 팽창 그리고 사회 조직의 규모의 확대와 하나를 이루는 현상이다. 그리고 산업 문명, 시장 경제의 발달 그리고 거대 사회의 출현은 도덕적 의미를 갖는다. 카로사의 시에서, 되풀이하건대, 송신 수단의 발달은 진위에 상관없이 메시지를 전달할 수 있는 것으로 말해진다. 매우 간단히 이야기된 것이면서도 그것은 결국 산업 문명의 발달이 인간 정신의 온전함을 유지하는 일에 문제를 가져온다는 것을 말한 것이라 할 수 있다.

카로사의 비가는 말할 것도 없이 전쟁으로 모든 것이 파괴된 독일의 상황에 의하여 자극된 것이다. 그러나 전쟁의 비극은 그로 하여금 그것을 넘어가는 원인에 대한 진단을 시험하게 한다. 전쟁은 유기적 공동체를 파괴하였다. 그러나 그것의 보다 큰 원인은 과학 문명 자체에 있다. 그것은 인간의 문제들을 산업 문명의 기술로써 해결할 수 있다고 생각하게 하였다. 현대적인 전쟁도 그와 관련되어 있다고 할 수 있다. 기술은 진실과 거짓을 초월한다. 그리고 인간의 정신을 숨어 들어가게 한다. 카로사의 시는 전쟁의 참혹상을 말하는 시이지만, 동시에 현대 문명의 숙명을 예감하는 시라고 할 수 있다.

2. 현실과 가치와 그 근원

1. 과학적 객관성과 그 정신적 지주

카로사가 말하는바 정신이 숨어 들어간다는 것은 정신이 쇠퇴하고 소실된다는 것이기도 하지만, 이미 비친 바와 같이 어떤 상태에서라도 그것이 지속된다는 것을 말하는 것일지도 모른다. 그렇다면 참으로 정신은 사라지지 않는 것일까? 그리고 정신은 자리를 옮기고 성격을 바꾸는 것일까? 또는 정신도 사라지고 마는 것인가? 정신이 사라진 다음에도 문명은 지속하는 것일까? 또는 그런 경우 문명도 결국 괴멸하고 마는 것일까?

탈마술의 세계/사실적 탐구　막스 베버가 서양의 근대를 지배하는 정신적인 또는 심리적인 지향을 '탈마술화(Entzauberung)'와 '합리화(Rationalisierung)'라는 말로 진단한 것은 유명한 이야기이다. 그것은 궁극적인 가치 또는 그 담지자로서의 정신이 설 자리가 없는 때가 근대라는 것이다. 그는 20세기 초 뮌헨 대학에서 행한 강연 「직업으로서의 학문」(1918)에서 학문은 철저하게 과학적이어야 한다는 것을 주장하였다. 이것은 그의 시대 진단에 그대로 맞아 들어간다. 물론 이 강연은 대학의 교수와 연구의 사명에 관한 것이지만 합리화의 시대에 있어서 사람이 가져야 할 자세가 어떤 것이어야 하는가를 시사한다. 그가 이 강연에서 주장하는 것은 대학의 강단에 서는 사람이 해야 할 일은 도덕적, 정신적 가치나 정치적 정당성의 주장을 펼치는 것이 아니라 과학적 방법에 따른 사실 탐구에 종사하는 것이라는 점이다. 강단에 선 학자는 궁극적인 문제 그리고 사회나 정치적인 문제에 대하여, 그에 대하여 취할 수 있는 입장의 옳고 그름에 대하여 일정한 입장을 밝혀 달라는 압력을 받는다. 그러나 과학과 학문[1]이 할 수 있는 것은 사실의 의미가 아니라 사실 자체를 정확하게 보고 또 사실들의 연관 관계를 설명하는 것이다.

가령 대상이 정치라면, 그것은 실제적인 정치적 입장을 천명하는 것이 아니라 "정치의 구조와 정당의 입장을 분석하는 것"이다. 가령 민주주의가 문제라면, 그것을 옹호하는 것이 아니라 그것을 다른 제도와 대비하여 분

1　독일어의 Wissenschaft가 학문을 의미할 수도 있고, 과학을 의미할 수도 있다는 것은 알려진 바와 같다. 여기에서는 맥락에 따라서 '학문' 또는 '과학'을 선택하여 쓰기로 한다.

석하는 것이 교단에 선 교수가 할 수 있는 일이다. 그리하여 분석의 결과에서 학생이 스스로 구체적인 정치 선택의 옳고 그름을 판단할 수 있게 하여야 한다. 문화가 문제 되는 경우에도, 학문의 의무는 "사실을 기술하고, 논리적, 수학적 연관 관계, 문화적 가치의 내적 구조를 규명하는 것"이지 그 가치를 옹호하는 것이 아니다.[2] 특정 문화의 가치를 평가하는 것은 보편적인 의미를 갖지 못한다. 문화들은 서로 다른 가치들을 받들어 모신다. 프랑스, 독일, 그리스의 문화들이 높이 생각하는, 서로 다른 가치들, 또는 기독교 신자의 신앙의 내용을 과학적으로 평가할 도리는 없다.

　　문화 가치/정신　　그러면서도 문화적 가치의 근본에 들어 있는 정신의 원리는 문화의 일관성을 유지하는 데 없을 수 없는 중심이다. 문화를 생각하면서 우리는 정신의 문제를 조금 길게 살펴볼 수밖에 없다. 문화는 방금 말한 바와 같이 시비를 가릴 수 없는, 또 서로 차이를 가질 수밖에 없는 가치의 덩어리이다. 그러면서도 문화는 공식화될 수 있는 가치를 넘어 일관성의 원리를 내포하고 있다. 그리하여 그것은 문화와 문화 사이의 차이를 넘어 하나의 근본으로 귀착할 가능성을 갖는다. 그것은 문화의 뒤에 하나의 근본 원리가 숨어 있기 때문이다. 이것은 가치를 만들어 내는 근본적 동력이다. 이것을 우리는 정신이라고 부를 수 있다. 그것은 천박한 것일 수도 있지만, 실로 인간 존재의 깊이에 들어 있는 원리일 수도 있다. 이 정신은 문화 가치를 배제하고자 하는 인간 기획에도 스며 있게 마련인 것으로 보인다. 그리고 이 정신은 그 나름의 구조와 구성 인자를 가지고 있어, 결국 서로 다른 문화 가치 그리고 기획을 서로 대화할 수 있게 하고 하나의 내면의 깊이로 열어 놓을 수 있다.

2　"Science as a Vocation", H. Gerth and C. Wright Mills trans., *From Max Weber: Essays in Sociology*(New York: Oxford University Press, 1967), pp. 145~147.

앞에서 말한 대로 베버는 "마술"에서 오는 가치와 학문을 분리하고자 한다. 그러나 그에게서 둘의 관계를 간단하게 분리해 낼 수는 없다. 다만 그의 가치는 문화적 가치라기보다는 그것을 넘어가는 어떤 정신적 태도이다. 되풀이하건대 학문은 직접적으로는 어떤 정신적 입장이나 가치에 대한 설법과는 엄격하게 분리되는 이성의 작업이다. 그러나 이 분리는 정신을 현실에 뿌리내리게 하는 일이기도 하다. 또는 이것은 바로 정신이 현실에 임하는 또 하나의 방식이라고 할 수도 있다. 뿐만 아니라 정신의 극기(克己) 상태를 벗어날 때 결국은 학문도 타락하게 마련이다.

학문과 정신, 이 두 가지의 연결은 베버의 글에서도 확인할 수 있다. 그의 합리주의 테제에도 불구하고 베버의 글들의 특징은 인간적 요구와 필요를 단순화하지 않은 데에 있다. 합리화에 대한 베버의 관찰에는 사실과 가치의 관계에 대한 변별이 들어 있고, 또 가치를 만드는 인간 정신 그리고 학문을 지탱하는 정신에 대한 직관이 들어 있다고 할 수 있다. 크게 보든지 또는 섬세하게 나누어 보든지, 베버의 학문과 문화 가치에 대한 관찰에는 그 대결의 복잡한 관계가 시사되어 있다. 여기에서 이것을 잠깐 살펴보는 것은 합리적인 문화가 어떻게 그것을 초월하는 인간의 존재론적 요청을 수용하는가, 또는 그 반대로 이 요청을 수용하면서 합리적인 문화가 성립할 수 있는가를 생각하는 데에 도움을 줄 것으로 생각한다. 살아 있는 문화는 그 가치의 보편적 의의에 지탱되고, 그 보편성은 가치를 만드는 인간 정신의 한 특성이기 때문이다. 문화의 의미는 상당 정도 이 깊은 의미의 정신과의 관계에 의하여 정의된다고 할 수 있다.

가치 관계/정신의 통일성 과학적 객관성을 강조하면서도 베버의 유명한 테제의 하나는 과학적으로 변별할 수 있는 사실적 명제들이 그 배경에 가치 관계(Wertbeziehung)를 가지고 있다는 주장이다. 연구 대상이 되는 명제의 선택 자체가 가치에 의하여 지배되는 것인 까닭에 모든 사실 명제 뒤에는 가치가 있는 것이다. 그런데 이 주장이 맞는 것이라면, 이 가치는 "마술적인" 것이라고 부를 수 있는 근거, 또는 조금 전에 말한 바와 같이 보편화될 수 없는 문화적 배경에서 나오는 것인데, 거기에 일정한 관계를 가진 사실적 명제들은 어떻게 하여 과학적 타당성을 가질 수 있는가? 이에 대한 답은 여기에서 간단히 주어질 수 없다. 이것은 베버에게 영향을 준 하인리히 리케르트 등의 신칸트학파로부터 시작하여 오늘까지 계속되는 방법론적 인식론적 논의의 대상이다. 다만 우리가 여기에서 확인할 수 있는 것은, 그의 합리주의에도 불구하고 베버에게는 문화적 가치와 사실적 연구—문화의 형식이나 구조를 분석해 내는 것을 포함한 사실적 연구가 별개의 것으로 분리될 수 없는 것이었다는 점이다.(앞에 든 민주주의라는 부가가치의 정치 개념이, 베버가 말하는 것처럼, 가치 선택에 관계없이도 분석될 수 있다는 것은 타당한 것으로 보인다. 그러나 민주주의에, 또 그것을 분석하는 입장에 여러 가지가 스며 있다는 것도 부정할 수 없다.)

또 하나의 확인할 수 있는 사실은, 방법론적 논의에 관계없이 과학과 학문은, 진정으로 주어진 사명에 충실하려는 경우 반드시 문화 가치라고 한정할 수 없는 정신적인 기초가 없이는 성립할 수 없다는 것이다. 이것은 바로 베버가 학문의 작업에 필요한 정신적 자세를 말하는 데에서 분명하게 드러난다. 그러니까 피할 수 없는 것은 방법론에 관계없이 일정한 정신적 자세가 있어야 가치를 멀리하는—스스로는 정신을 멀리하는 것이라고 생각하는—학문이 수행된다는 역설이다. 가치 중립의 자세 자체가 정신적 가치 또는 정신에서 나오는 보다 직접적인 가치의 수호를 요구하는 것이다. 또는 달리 말하면, 사실에 대한 존중도 그 가치를 믿는 데에서 나오는 선택이다. 그러면서 그것은, 그것이 정신 가치의 선택이라는 것을 스스로 알게 될 때 더 철저한 것이 된다. 엄격하게 말하여 사실 존중은 모든 가치의 근본을 이루는 가치, 곧 정신적 통일성의 선택인 것이다.

과학의 소명/양심　과학이 정신 가치의 선택에 의하여 뒷받침된다는 것은 — 비록 스스로 그렇게 의식하지 않았더라도 — 방금 말한 바와 같이 베버가 도처에서 시사하는 것이다. 그는 되풀이하여 과학의 '진리 탐구' — 사실의 논리적 관계, 문화 가치의 구조들을 밝히는 과학적 탐구는 개인적 충실, 도덕적 의무, 양심 등을 요구한다고 말한다. 그 근본 정신에 있어서도 과학이나 학문의 연구는 '내면의 부름'에 대한 대답이고, 냉정한 계산의 소산이 아니라 정열의 소산이다. 그것은 냉정한 머리만이 아니라 심장과 영혼을 요구한다. 그것은 정신의 정열을 불러일으킨다. 어떤 것도 "사람의 일로서 뜨거운 헌신으로 추구할 수 있는 일이 아니면, 그것은 할 만한 값이 있는 일이 아니다."[3] 베버는 이렇게 말한다.

불편한 사실/도덕 윤리적 딜레마　성실성의 요구는 학문적 결과를 수용하는 사람에게도 적용된다. 학문이 하는 일의 하나는, 적어도 사회 그리고 문화 과학의 분야에서는 '불편한 사실'을 들추어내는 일이다. 불편하다는 것은 사실이 선입견이나 편견 그리고 당파적 견해에 불리하다는 것이다. 조금 더 확대하면, 학문적 작업 자체가 바로 그러한 것이다. 그것은 우리의 편의와 소원에 맞춘 사실을 보여 주는 것이 아니라 주관적 선호에 관계없이 있는 그대로의 사실을 보여 주는 것을 겨냥한다. 물론 현실적인 관점에서 볼 때, 학문 또는 과학이 하는 일은 삶을 적절하게 통제할 목적으로 물리적 대상과 인간 활동을 계산하는 일이다. 그것을 위하여 사고하는 방법과 도구를 익히게 하는 것이 실용적 관점에서의 교육의 목표이다. 그러나 이러한 관점에서 일을 계획한다고 하여도 학문이나 행동인은 그 일의 전후를 분명히 하는 사이에 불편한 진실에 부딪치게 된다.

사실을 밝힌다는 것은 일단 일정한 입장을 취하고 목적을 추구하는 것

3　Ibid., pp. 134~135.

이고, 그다음 그에 필요한 수단을 생각하는 것이다. 그러나 그에 관련된 모든 것을 밝히고 나면 목적과 수단의 선택을 다시 고려하지 않을 수 없게 된다. 수단, 목적의 결과, 부작용 등이 분명해지면 목적이 포기되어야 하는 경우가 생기기도 한다. 이것은 결과가 현실적으로 반드시 이로운 것이 아니라는 것이 드러나기 때문이기도 하지만, 그러한 선택의 도덕적, 윤리적 의미가 의심스러운 것으로 생각될 수도 있기 때문이다. 후자의 경우, 본인은 검토하지 않았을 수 있으나 자신의 마음속에 감추어 있던 윤리 도덕의 척도가 움직이는 것이다. 베버가 학문적으로 가치 판단을 하지 않고, 목적과 수단 그리고 부작용을 밝혀 주는 것이 행동적 선택을 촉구하는 데에 관계된다고 할 때, 그것은 이러한 숨은 감성의 세계나 가치 판단의 세계를 상정하는 것이라 할 수 있다.

더 나아가 반드시 그것을 도덕 윤리적 관점에서 밝히는 것은 아니지만, 사실 해명의 노력이 드러나게 하는 것은 선택된 입장이나 목적이 궁극적으로 겨냥한다고 할 수 있는 세계관이다. 그것을 통하여 정치적 행위자는 그의 행위의 "궁극적인 의미"를 생각할 수 있게 된다. 그리고 그것은 다른 선택의 가능성을 열어 놓게 된다. 베버의 생각에 사실의 객관적 분석을 통하여 학문하는 사람은 "도덕의 힘"에 봉사하게 되고, 행위자의 "자기 투명화"와 "도덕적 책임감"에 이르게 하는 의무를 다하는 것이 된다.[4]

책임의 윤리   불편한 진실의 해명 작업의 의의는, 그의 다른 논문 「직업으로서의 정치」에서 더 강력하게 "책임의 윤리"의 내용으로서 설명되어 있다. "책임의 윤리"는 확신의 행위 — 여기에서 "확신의 윤리"가 나온다. — 또는 구호화된 행위가 아니라 행위의 전후 관계를 완전하게 검토한 정치 행위만이 완전한 도덕적 책임 의식을 가지고 수행되는 것이라는 점

---

4   Ibid., pp. 150~152.

을 말하는 베버의 기본 신조를 밝히는 개념이다. 그는, 정치 행위는 "삶의 현실을 직시하고 그것을 내면적으로 수용할 수 있게 하는 엄격한 수련"을 조건으로 해서만 책임 있는 것이 된다고 말한다. 이렇게 직시한다는 것은 선택된 정치 행위의 목적과 수단, 그리고 그 수행에 따르는 부작용을 깊이 검토한다는 것이다. 물론 이러한 검토가 없는 정치 행위가 없는 것은 아니다. 이것은 정의의 이름으로 수행되는 정치 행위의 경우에도 해당된다. 그러한 행위도 악의 수단을 사용하지 않을 수 없다는 결정을 내릴 수 있기 때문이다. 그 경우 단순한 정치적 행동자의 눈에 보이는 것은 오로지 세상의 사악함이다. 어떻게든지 그것을 제거하는 것이 지상의 목표가 된다.

그러나 베버의 생각에 그것은 낭만적인 흥분을 제공하는 것이 될 수 있지만, 참으로 책임 있는 정치 행위가 되지 못한다. "성숙한" 인간은 자신의 행동의 경과와 결과에 대한 책임을 알아야 하고, 그 책임을 "심장과 영혼"으로 느껴야 한다. 그런 다음에 행동의 결단이 있다. 이 결단의 순간은 사고와 검토의 책임을 초월한다. 책임의 인간도 "나는 달리 어찌할 수 없다."라고 한 루터의 경우처럼, 변호로만 설명할 수 없는 실존적 결단을 맞이하지 않을 수 없는 것이다. 이러한 결단의 순간에 이르러 "궁극적 목적의 윤리"와 "책임의 윤리"는 절대적인 의미의 모순이 아니라 하나로 합치게 된다.[5] (베버가 정치 행위가 요구하는 조건으로 "악마의 협상"이란 것을 말한 바 있지만, 이것을 흔히 생각하듯이 마키아벨리즘에 대한 간단한 동의로 보는 것은 지나친 단순화라고 할 수 있다.) 그러니까 베버가 말하는 현실 행동으로부터 초연한 학문적 태도 또는 가치 중립적이고 객관적인 태도는 반드시 도덕적 가치로부터 멀리 있는 삶의 지향을 말하는 것은 아니다.

초연한 학문적 태도 또는 과학적 태도는 바른 정치 행동에 빼놓을 수 없

---

5 "Politics as a Vocation", Gerth and Mills, p. 127.

는 계기이다. 물론 이 계기는 상당히 넓은 시공간, 사회적 공간을 차지한다. 행동은 사실에 대한 자세한 검토——특히 행동의 경과와 결과에 대한 자세한 검토에 의하여 뒷받침되어야 하고, 학문의 기능은——물론 그것이 전부일 수는 없지만, 이 검토를 가능하게 하는 것이다. 그러면서도 학문은 정치적 견해를 급하게 발표하거나 지지하는 것을 삼가야 한다. 그러면서 그것으로 나아가기 위한 하나의 단계가 된다.

2. 문화의 정신: 개인의 실존적 결단

불인지심(不忍之心)   행동은 어떤 믿음에 입각하지 않을 수 없다. 그것은 어떤 믿음인가? 베버의 경우에 그것이 마술 또는 여러 신들에서 나오는 것이 아니어야 함은 분명하다. 행동 방안을 생각하는 데에는 무엇보다도 삶의 현실을 직시하는 것이 필요하다. 초월적, 종교적 관점을 포함하여 삶의 현실 이외에 다른 차원의 관점이 삶의 해석에 지침을 제공할 수는 없다. 그런데 삶을 있는 그대로 받아들인다면, 그것을 개조하려는 정치 행동은 어떻게 정당화될 것인가? 철저한 현실주의는 어쩌면 만인의 만인에 대한 전쟁 또는 전제 정치나 전체주의를 정당화하는 것이 될 수 있다. 그러나 베버가 생각하는 현실은 이미 시사한 바와 같이 도덕적 감수성을 포함한다. 베버가 강조하는 행동의 총체에 대한 계산은 단순한 손익 계산일 수도 있지만, 그보다는 인간적 관점에서의 득실과 희생을 생각해 본다는 것을 말한다고 하는 것이 옳을 것이다. 상정되고 있는 것은, 맹자가 말한바 정치 행동자의 마음에 자연스러운 불인지심(不忍之心), 측은지심(惻隱之心)이다. 즉 행동자——문제를 널리 통찰하는 행동자는 절로 그의 윤리적 감성과 판단의 능력이 작용하게 되는 것을 억제하지 못하는 것이다.

불인지심의 바탕/인간의 위엄   이러한 심리적 기작(機作)을 상정할 어떤 절대적인 근거가 있는 것인가? 자신의 시대에 베버의 근본적인 판단은, 되풀이하건대, 종교적인 확신이 가고 새로운 세속적인 견해 — 그러면서 예로부터 상호 투쟁의 관계에 있던 신들이 새로운 모습으로 나타나게 된 잡다한 견해로 대치된 것이 근대라는 것이다. 절대적인 윤리가 사라진 근대적 상황을 논하면서, 베버는 현실적으로 일어나는 인간 행동을 적까지도 사랑하라는 산상수훈(山上垂訓)의 절대적인 명령에 비교한다. 그리스도의 가르침에 따라 악을 보고 그것에 저항하지 않은 것이 참으로 정당할 수 있는가? 베버의 기이한 답은, 절대적인 근거를 내세우는 "종교의 위엄"에 대하여 "인간의 위엄"이 그것을 허용하지 않는다는 것이다.[6]

그런데 인간의 위엄이란 무엇인가? 이것은 아마 베버의 생각에 "기사"의 기사도와 같은 것으로 설명될 수 있는 것이라 할 수 있을 것이다. 앞에 말한 것은 학문을 논하는 자리에 나오는 것인데, 정치를 논하는 자리에서 베버는 전쟁과 평화의 문제와 관련하여, 전쟁의 결과는 승자든 패자든 옳고 그름을 가릴 것이 없이 사실 그대로를 받아들이는 것이 옳다고 말한다. 그것이 "객관성과 기사도" 그리고 "위엄"에 맞는 것이며 명예로운 것이라는 것이다. 정치인에게 중요한 것은 과거사의 잘잘못이 아니라 미래이고, "미래에 대한 책임"이다. 이미 일어난 일에 대한 얕은 차원의 윤리적 집념은 과거의 잘잘못, 시비에 집착하는 일이다. 그럴 때 "윤리는 진정한 의미에서의 윤리보다도 자기 정당성의 명분을 내세우는 수단이 된다."[7] 좁은 윤리관은 자기 정당성의 구실이 되고, 삶 전체를 보지 못하게 한다. 그보다는 자존의 느낌이 고집하는 진실이 오히려 바른 행동의 바탕이 된다. 이렇게 보면, 앞에 말한 "인간의 위엄"은 확실한 근거가 없는 감정의 상태를 말하는 것에 불과한 것으로 생각될 수 있다.

---

6 Ibid., p. 148.

7 Ibid., p. 118.

기사도 그러나 이것이 반드시 비윤리를 옹호하는 것이라고 할 수는 없다. 어떤 좁은 이념에서 나오는 행동보다는 삶의 전체를 생각하고 행동하는 것이 옳다는 것이 그의 논리인 것은 틀림이 없다. 그러나 이 논리는 근거를 제시할 수 없는 기분이나 감정으로부터 유도되어 나오는 것이라고 할 수도 있다. 그러나 이러한 생각에 있어서 베버가 행동과 고려의 축으로 생각한 것은 개인이다. 여기의 개인은 자신의 삶을 가볍게 생각할 수 없는 존재로서의 인간이다. 그것은 베버의 생각으로는 "기사"적인 떳떳함 또는 당당함을 가지고 있는 개인이다. 이 개인은 한편으로는 데카르트적인 사유의 담지자이고, 다른 한편으로 또는 그보다는, 앞에 말한 바와 같이 소신과 명예로 행동하는 기사와 같은 존재이다. 이것은, 베버를 논하는 사람이 더러 지적하듯이 그의 계급적 관점 또는 편향을 드러내는 것인지도 모른다. 그러나 개인적인 선호를 떠나서 이것은 윤리적 행동에 어떤 초월적이거나 이념적 근거가 있기 어렵고, 설사 그러한 것이 있다고 하더라도 그것을 공적인 전제로 받아들이게 하기가 어렵다는 것을 인정하는 데에서 나오는 선택이라 할 수 있다. 결국 윤리적 선택은 자신의 삶을 심각하게 받아들이는 개인에 맡겨질 수밖에 없다. 물론 그것은 여러 위험을 무릅쓰는 일이기도 하다. 그것은 개인의 이해타산 또는 권력 의지가 그 기준이 된다는 것도 인정하는 것이다. 결국 갈등 그리고 대결에 의한 해결을 불가피한 것으로 수용하는 것일 수도 있다. 이것은 바르다고 할 수 있는 윤리적 선택에 있어서도 그렇다.

베버가 이미지로 빌려 온 기사는 바로 실력 대결 또는 결투로써 문제를 해결하는 사람이다. 이념 또는 이데올로기는 갈등을 넘어설 수 있는 정치 질서를 제시하려 한다. 그러나 그것은 바로 다른 이념적 차이를 무시하는 결과를 가져오고, 그것을 위하여 억압적 질서의 확립을 요구한다. 통일의 질서에 이르기까지의 과정은 더욱 큰 갈등과 탄압을 산출하게 된다. 어떤 경우에나 개인의 선택 또는 자기 정당성의 선택은, 초월적 가치의 기반이 사라진 시대에 있어서 도덕과 윤리에 역행하는 행위를 낳을 수 있다. 정치 행동의 사례와 역사는 악과 싸운다는 명분이 악의 수단 — 폭력과 사술(詐術)이나 교지(狡智)의 사용을 자연스러운 것이 되게 하고, 그것이 지속적인 체제로 발전하는 경우를 너무나 자주 보여 준다. 그러면서 이러한 가능성에도 불구하고 바른 윤리적 선택은 개인의 결단에 의지한다. 이것은 불가피하다. 이것은 윤리의 기초가 존재하지 않는다는 것을 말하는 것이라고, 또는 그것이 쉽게 공식화할 수 없는 인간 영혼의 깊이에 있다는 것을 말하는 것으로 생각할 수도 있다.

3. 개인 윤리의 실존적 깊이

정신적 존재로서의 인간   다시 말하여 개인사에서만이 아니라 집단적 결정이 관계되는 행동에 있어서의 선택을 개인에게 맡긴다는 것은 자의와 갈등의 가능성에 문을 열어 놓는 일이 된다. 그리하여 그것은 윤리를 반윤리의 가능성으로 열어 놓는 일이다. 그러나 개인의 윤리적 선택이야말로 윤리의 깊은 근거를 이룬다고 하는 것도 부정할 수 없는 사실이다. 개인이 없이는 윤리의 진실은 있을 수 없다. 윤리는 개인의 삶에서의 선택으로서만 높은 정신적 의의를 갖는다. 선택의 자유도 그러하지만, 윤리적인 책임도 개인을 떠나서 존재할 수 없다. 종교적, 윤리적 가르침은, 사람의 심성에는 인인애(隣人愛), 자비심, 인(仁) 또는 측은지심 등 타자를 고려하는 마음이 있고, 이것이 인간으로 하여금 절로 도덕적, 윤리적 존재가 되게 한다고 한다. 그러나 이러한 타자를 향한 덕성은 어떤 경우, 단순히 타자를 위한 것이 아니다. 그것을 행사하는 일은 행위자가 자신의 삶을 한 차원 더 높은 것이 되게 한다. 그러나 이것이 반드시 업적이나 세속적인 명예를 통해서 자신의 자격을 높이는 것과 같은 일이 된다는 뜻은 아니다. 이러한 덕성의 수행은 정신적 요구를 충족한다. 그것은 어떤 경우 개인이 깊이 내장하고 있는 정신적 욕구를 충족시키는 일이다. 그러한 덕성의 행사를 통해서 행동자는 자신의 정신적 본질에 이르고 정신적 존재로서의 자신을 깨닫게 된다.

개인의 덕성/공동체적 가치　이러한 덕성의 실천은 세속적인 의미에서의 선행(善行)일 수도 있고, 개인의 깊은 실존적 자기 실천일 수도 있지만, 정신적 요구에서 나오는 많은 덕성은 물론 공동체적 의의를 갖는다. 그러나 특히 어떤 덕성과 그 실행 방식은 공동체적 가치와 교환 또는 통섭을 통하여 의미를 갖는다고 할 수 있다. 그리고 개인의 개체성은 사회적 차원을 대표함으로써 성취된다. 시대가 인간 됨의 어떤 가치를 추출하고 양식화하여 그것을 개체 속에 구현할 수 있게 하는 것이다. 어떤 경우에나 덕성의 실현에는 물론 강한 개인적 결단이 개입한다. 베버가 "인간의 위엄"을 말할 때, 그것은 일단 분명한 근대적 세속주의의 입장에서, 윤리적 선택을 영웅적인 개인의 행동 양식에 귀속시킨 것으로 말한 것이라 할 수 있다. 물론 그것은 동시에, 그의 생각에 관계없이 그러한 개인의 강조 자체가 조금 더 복잡한 변증법을 가지고 있는 것으로 이해하여야 하지 않나 한다.

기사와 중세적 가치　베버가 든 "인간의 위엄"의 예로서의 기사의 행동은 개인의 결단에 역점을 두는 것이면서 동시에 중세 사회의 관점에서 이해되어야 한다. 기사에게 무엇보다도 중요한 것은 명예롭게 행동하는 것이다. 명예는 스스로 선택한 자신의 최선의 이상 ── 현세적 이상에 따라 행동하는 것을 말한다. 그러면서 그것은 군주에 대한 충성, 타인에 대한 공정성, 야비하거나 거짓스럽다고 할 수 있는 일에 대한 혐오, 그리고 이 모든 것이 자신의 손익이나 위험을 무릅쓰고 용기 있게 수행되어야 한다는 심정 ── 이러한 것을 포함한다. 이러한 행동 양식에는 물론 사회적 관습이 스며들어 있다. 그러면서 그것의 근거는 스스로를 높은 이상으로 파악하는 자존심이다.(『롤랑의 노래(*Chanson de Roland*)』 등을 비롯하여 중세 기사도의 이야기에는 두루 이러한 명예로운 행동의 규범들이 시사되어 있다.)

　　루터/"나는 어떻게 달리 할 수 없다." 정치에서의 책임 있는 선택을 말하면서, 베버가 드는 결정적 행동의 예에는 기사 이외에 마르틴 루터가 있다. 중세의 기사는 스스로 받아들인 명예에 따라 사는 사람이면서 봉건 사회에서 가능한 인간 됨의 가능성을 종합한 사람이듯이, 루터도 자신의 독자적인 실존에 적극적으로 동의하고자 한 사람이다. 그러나 그러한 독자성은 시대적 정신의 본질을 자신 속에서 구성한 결과 형성된 것이라 할 수 있다. 베버는 앞에 언급한 바와 같이, 루터가 보름스 제국 의회에서 했다는 말 "나는 어떻게 달리 할 수가 없다."라는 말을 인용한다. 말할 것도 없이, 루터의 발언은 종교 개혁의 역사적 전개에서 중요한 계기가 되는 것이고, 그러니만큼 신앙과 교회 그리고 유럽 중세사의 맥락 안에서 특정한 의미를 갖는 말이지만, 그 말 자체는 가톨릭교회에 대한 입장을 밝히는 그의 발언이 철저하게 루터 자신의 책임으로 말하여진 것이라는 것을 강조한다. 정신 분석학자 에릭 에릭슨은 루터에 관한 저서에서 루터가 공적 행동에 대한 책임을 일체 자기 자신으로 돌리는 것을 정신 분석적으로 설명하면서 궁극적인 자아 책임의 태도를 다음과 같이 말하고 있다.

　　……보름스에서 루터는 출교(黜敎)나 죽음에 직면했다. 그것은 기성 신앙이나 가문이나 전통 때문이 아니었다. 그것은 내면의 갈등 곧 아직도 진행될 갈등으로부터 나온 '개인적 확신' 때문이었다. 그가 말한 양심은 마음에 쌓였던 기존 도덕의 찌꺼기가 아니라 하늘과 지옥과 세상 사이에서 단독자가 알 수 있는 최선의 것을 말한다. 루터가 그 유명한 말 "나 여기에 섰다."라고 했다는 것이 사실이 아니라고 하여도, 그 전설은 그 계기를 적절하게 표현한다. 거기에 표현되어 있는 믿음은 자기 자신의 발을 딛고 서겠

다는, 정신적으로나 정치적으로나 경제적으로나 지적으로나 자신의 발을 딛고 서겠다는 굳은 결심으로부터 나오는 자기 정체성을 가진 사람의 믿음이다.[8]

에릭슨은, 흔히 말하듯이, 루터가 표현한 개인적 정체성이 종교 개혁을 거쳐 근대적 민주 사회의 기초가 되었다고 말한다. 다만 루터에 있어서 그것은 단순화된 이념으로서의 근대적 개인을 되풀이하는 것이 아니라 자신의 내면으로부터 많은 갈등을 통합하고자 하는 노력의 결과로서 획득된 개인적 정체성이다. 그 내면의 과정이 그의 말을 개체적 표현이 되게 하는 것이다.

간디/현장적 현실/우주적 전체　또 하나의 정신 지도자, 즉 간디에 대한 연구에서 에릭슨은 이 홀로서기의 계기를 다시 한 번 확인한다. 개인에 책임을 가지고 떠맡게 되는 윤리의 문제를 생각함에 있어서, 이 경우도 잠깐 참고해 볼 만하다.(진정한 개인적 정체성의 문제에 관심을 많이 가지고 있던 에릭슨이 루터에 이어 간디에 대한 연구를 발표한 것은 우연이 아니다.) 간디는 루터의 경우보다도 더 자신의 시대와 문화 속에 자리했던 사람의 경우라 할 수 있다. 그러면서 더욱 개체적인 인간이기도 하다. 간디가 보여 주는 것은, 적어도 에릭슨의 해석으로는 전통적 문화의 행동 윤리 속에 있다고 하더라도 믿음에서 행동으로 이행하는 데에는 개인적인 결단──홀로 해야 하는 개인적인 결단의 계기가 있다는 사실이다. 그사이에 개인만이 아니라 사회의 정신생활이 새롭게 탄생하게 된다. 이 과정은 자신의 내면 의식의 일체성을 확실히 하는 집중을 요구한다. 이 집중이 개인이 그 실존적 결단을 통하

8　Erik H. Erikson, *Young Man Luther: A Study in Psychoanalysis and History*(New York: Norton, 1962), p. 231.

여 현실 행동에 개입하는 계기를 구성한다.

　에릭슨은 간디를 "종교적 현실인(religious actualist)"이라고 부른다. 에릭슨은 흔히 진실(real)이라고 부른 것을 둘로 나눌 수 있다고 말한다. 그것은 "옳다고 증명될 수 있는 것", 즉 "사실적 진실(factual reality)"과 "행동 속에서 진실이라고 느낄 수 있는 것", 즉 "[현장적] 현실(actuality)"로 나눌 수 있다는 것이다. 인도의 전통적 사고에서 "진리(sat/ truth)"는 추상적인 것이 아니라 현실 속에 움직이는 것이다. 이 진실은 전통적인 종교와 문화 속에 설명되어 있는 것이라 하겠으나, 그것은 개인의 의식과 행동에 밀착해서 존재해야(또 행동에 일치함으로써) 현실이 된다. 간디는 이 진리를 삶의 모든 부분과 단계에서 현실이 되게 하고자 했다. 그것이 종교적으로 사는 사람의 본분이다. 그것을 위해서는 "한 사람 한 사람이 독자적인 의식과 자신만의 책임을 가지고 존재한다는 포괄적 상황에서 눈을 떼지 말아야 한다……." 이것은 베버가 강조하던 "삶의 현실"을 직시하는 것과 유사하다. 그러면서 이 직시하는 일은 베버의 경우보다 정신적 집중을 요구하고, 또 다른 한편으로 인간의 형이상학적 전체성에 대한 인식으로 확장되어야 한다. ── 에릭슨은 간디가 이것을 보여 준다고 말한다. 즉 개체적 실존의 각성은 존재의 넓은 테두리에 비추어 인간 존재의 독특한 의의를 깨닫는 것에 관계되어 있다. 그리고 그것이 세상 속에서 행동할 수 있는 힘의 근본이 된다.

　여기의 깨달음은 독자적인 존재로서의 인간이 "영(零)의 존재, 아무것도 아닌 존재이면서 모든 것이며, 절대 침묵의 중심이며 종말의 소용돌이에 참여하는 자"라는 것을 아는 것이다. 역사와 문화의 양식과 이념들 그리고 사회적 신분이나 집단적 강대함을 꿰뚫고 보면, 사람은 결국 "인간 존재의 허무함의 진리"에 직면한다. 그러면서 그 허무의 진실로 하여 힘을 얻게 된다. 에릭슨은 이러한 현실 직시와 형이상학적 인식이 간디의 "현장 현실주의"의 내용을 이룬다고 설명한다.

간디의 현실 현장주의(actualism)는 이렇게 하여 무엇보다도 이 세상에는 의식된 무(無)보다 강력한 것은 없다는 사실에 대한 앎, 그리고 거기에서 힘을 얻을 수 있는 능력을 나타낸다. 물론 이 앎은 현장적 현실을 주고받을 수 있는 자질에 이어져야 한다.

에릭슨은 이렇게 말하면서 자신이 설명한 '힘'이 어떤 것인지 정확히 알수 없다고 한다. 그것은 과대망상을 낳을 수도 있고 자기 파괴에 이르는 힘일 수도 있다. 그러나 간단히 말하면, 그것은 (프로이트적으로 말하여) "모든 사실 가운데에도 가장 분명한 사실인, 삶이 무(無)에 닿아 있다는 사실을 직시하지 않으려는 기이한 노력으로부터 사람을 구출해 준다."⁹ 다시 말하면 삶의 무상(無常)과 그러니만큼 그것을 완전하게 살아야 한다는 각오에서 나오는 삶의 의지가 힘의 근원이 되는 것이다.

4. 형이상학적 불확실성 속의 인간

사실/가치/정신의 별   이러한 깨우침의 과정은 상당한 수련과 연구를 필요로 한다고 하겠지만, 실제 사람들이 일상적으로 체험하는 삶의 진실의 하나라고 할 수 있다. 삶의 허약함과 무상과 죽음 또는 광대무변한 우주에서 개체적 삶의 왜소함을 느끼는 순간들은 누구에게나 존재한다고 할 수 있기 때문이다. 다만 그것이 지속적인 의식이 되지 못할 뿐이다. 그리고 그것은 새로운 방향의 지표의 바탕이 되지 못한다. 베버는 현실을 있는 대로 직시하고 어떤 행동이 복합적인 상황 속에서 펼쳐지는 시종(始終)을 헤아려 볼 것을 강조한다. 그만큼 그는 현실주의자이다. 그러나 다른 한편으로,

---

9   Erik H. Erikson, *Gandhi's Truth: On the Origins of Militant Nonviolence*(New York: Norton, 1967), pp. 396~397.

그는 모든 현실적 행동이 가치에 대해 일정한 관계를 가지고 있음을 안다. 그리고 가치는 다시 한 번 그것을 초월하여 광대한 우주의 어둠 속에서 임의적으로 추출해 낸 것이면서 인간에게 주어진 어떤 직관적인 지표에 이어진 것이라는 것을 의식한다. 물론 이 가치는 가변적이면서, 어떤 직관적인 근원의 계시에서 나오는 것인 만큼 반드시 몰가치에 일치하는 것은 아니라고 할 수 있다. 베버의 사회 과학의 객관성을 강조하는 글 「사회 과학과 사회 정책에 있어서의 '객관성'」은 이 착잡한 관계를 거의 시적으로 이야기하는 것으로 끝난다. 세계의 불가해성, 가치, 가치에 연관된 사실 탐구의 구도를 이해하는 데에 이 시적인 부분은 많은 시사를 담고 있다. 이 마지막 부분을 인용해 보기로 한다.

전문화의 시대에 있어서 모든 문화 과학의 연구는 일단 특정한 문제 설정에 따라 주어진 주제로 방향을 잡고 방법론적 원칙을 세우면, 주어진 자료의 분석 자체를 목적으로 삼게 된다. 그리하여 개개의 사실을 궁극적인 가치 이념과 관계하여 평가하기를 그치게 된다. 궁극적으로 가치 이념 일반에 뿌리를 가지고 있다는 의식을 상실하게 되는 것이다. 그것은 당연한 일이라고 하겠다. 그러나 분위기가 바뀌는 때가 온다. 그때는 무반성적으로 의지하던 관점이 불확실한 것이 되고 황혼이 깃든 시간에 길을 잃는다. 그러면 커다란 문화적 문제들의 빛은 다른 데로 옮겨 가게 된다. 그와 더불어 과학은 그 서 있는 자리와 그 분석의 도구를 바꾸고, 사실들의 흐름을 생각의 높은 자리에서 바라볼 준비를 한다. 과학은 그 노동에 유일하게 의미를 줄 수 있는 별들을 따르게 된다.

베버는 이렇게 과학의 특정한 과제, 궁극적인 가치, 그리고 가치의 신비스러운 근원, 곧 별로서 상징할 수 있는 신비의 근원을 이렇게 간추려서 설명하고, 정신적 방황과 추구의 환경이 되는 어둠을 『파우스트』에서 인용한 시로써 그의 논문을 마감한다.

……새로운 충동이 눈을 뜬다.
나는 서둘러 간다, 그 영원한 빛을 마시려고,
내 앞으로는 밝은 낮, 내 아래는 어두운 밤,
머리 위로는 하늘, 발아래는 물결을 두고.[10]

『파우스트』로부터의 인용만이 아니라, 이러한 부분은 과학과 학문의 현실 이성에 대한 집착에도 불구하고 베버가 얼마나 시적인 감각을 가지고 있는가를 보여 준다고 할 수 있다. 그런데 이것은 베버의 지적 그리고 감성적 성향을 나타낼 뿐만 아니라 학문적 추구가 이미 비친 바와 같이 얼마나 문화적 가치에 그리고 시적 영감에 그 뿌리를 두고 있는가를 설명하면서, 또 그것을 예시해 준다고 할 수 있다. 말할 것도 없이 파우스트는 지혜와 삶의 탐구자이다. 그의 탐구 정신으로 하여 그는 길을 잃고 방황하고 과오를 범하게 된다. 그럼에도 불구하고 그의 방황은 구원으로 끝나게 된다. 이렇게 말하는 것은 지나치게 유사성을 강조하는 것일 수 있지만, 앞에 거론하였던 카로사의 시에서 모든 것이 파괴된 것 가운데에 새로운 시대를 열 수 있는 숨은 빛 그리고 별의 이미지를 상기하게 한다. 그의 시는 하늘의 별과 관계하여 "지구의 별 모양을 짤 수 있다면,/ 우리는 어둠의 세월도 기꺼이 견딜" 수 있다는 말로 끝난다.(카로사의 첫 시집 제목은 『신비의 별 (Stella Mystica)』이다. 이 제목은 삶의 모든 시련을 극복할 수 있게 하고 고향을 알게 하

---

10 Max Weber, "'Objectivity' in Social Science and Social Policy", *The Methodology of the Social Sciences* (New York: The Free Press, 1949), p. 112.

는 별을 가리킨다.)

3. 문화의 안과 밖

1. 문화의 질서와 혼란/닫힘과 열림

학문/문화/독단론　베버와 같은 합리주의자는 물론 시인들이 어둠과 그 안에 뜨는 별의 이미지로써 말하고자 하는 것은 현실의 불투명 속에서도 정언적 명제로 고정되기보다는 시적으로 암시되면서 존재하는 지침이 있다는 것이다. 그러면서도 그것은 완전히 불확정성 속에 있는 것만은 아니다. 시적으로 표현하여 그것은, 한편으로 인간 존재의 전체 환경 — 별이 가리키는 우주와 그 아래에 있는 산하(山河)나 초목(草木)이 이루는 환경에 의하여 또는 인간을 에워싸고 있는 포괄자(包括者, Umgreifende)에 의하여, 다른 한편으로 인간 존재의 무의미함의 가능성에 의하여 한계 지어진다. 이러한 한계가 인간의 삶을 일정한 방향으로 규정하면서 불확실성으로 열어 놓는다. 그리하여 그것은 위기가 되어 삶의 과제에 대한 여러 가지 결단 — 실존적 결단을 요구한다. 물론 이러한 위기적 조건이 평상 상태에 있는 과학적 탐구나 사회의 문화적 존재에 그대로 드러나는 것은 아니다. 베버의 인용이 시사하는 것처럼 그것은 문명사적 전환기에 의식 위로 부상한다. 그러면서도 학문과 문화의 위기적 계기는 학문의 연구나 개인 행동 속에 언제나 개입되어 있다. 그것이 문제를 열고 그 문제를 착실하게 풀어낼 것을 요구한다.

학문의 사실과 사실적 연관의 분석에 요구되는 충실성, 그것을 위한 개인의 학문적 양심, 행동적 선택은 이와 비슷한 윤리적 결단에 근거한다. 그러면서도 다시 말하건대, 그것은 의식의 표면에 드러나지 않는다. 가령 학문에서 객관성의 규칙이 지켜지고 있다면, 또 개인과 사회가 일정한 윤리적 규범에 따라 움직이고 있다면, 구태여 그러한 형이상학적 위기의식이 존재하지도 않을 것이고 또 존재할 필요도 없을 것이다. 그러나 그것이 가장 좋은 상태를 말하는 것은 아니다. 그렇다는 것은 일정한 입장에서 채택된 학문의 규칙이나 윤리 규범은 너무나 당연한 것이 되고 독단론이 되어 학문과 인간 그리고 사회의 보다 유연하고 넓은 가능성을 봉쇄하는 결과를 가져올 수도 있기 때문이다. 뿐만 아니라 인간 존재의 자연적, 사회적, 개인적 가능성의 탐구에 학문적 연구 또는 과학적 사색이 필수적이기 때문에, 또 어떤 경우에도 모든 학문적 또는 윤리적 담론은 심리적 그리고 정치적 압력을 수반하는 것이기 때문에, 독단론이 되는 규칙이나 규범은 억압적 정치 질서의 명분이 될 수도 있다.(또 이것은 역설적으로 현실 위기에서 유달리 강조되고 사회 조직을 열파(裂破)하는 역할을 한다.)

문화의 열림과 닫힘　　이러한 사실들은 일정한 우주론적 전제 또는 세계관을 수용하면서 발전하게 되는 문화에도 그대로 해당되는 일이다. 문화는 개방적일 수도 있고 폐쇄적일 수도 있지만 대체로는, 조금 다른 맥락에서 사용한 말이기는 하지만 베버의 용어를 빌려서, 문화의 "철갑 우리 (stahlhartes Gehäuse)"가 된다. 단순히 문화라는 것이, 문화 인류학에서 말하듯이 일정한 모형이며 거푸집이 되는 무늬(pattern)를 가지고 있다는 사실만으로 그것을 헤쳐 밖으로 나오기가 쉽지 않게 마련이다. 시도한다고 하더라도 아무 이정표도 지표도 없는 황무지에 노출되는 것을 각오하지 않고서야 문화의 거미줄을 어떻게 벗어날 수 있겠는가? 게다가 문화는 대개 국수주의적 자긍심으로 그리고 한 걸음 더 나아가 국가와 민족의 집단 이데올로기적 지상 명령으로 뒷받침되는 것이 보통이다.

문화의 보편성　　아이러니는 스스로 보편성의 주장을 담고 있어야 한다는 강박을 지니고 있는 것이 문화라는 사실이다. '유럽 중심주의(eurocentrism)'와 같은 용어는 그러한 주장이 자기 과대의 편견에 불과하다는 것을 가리키는 말이다. 그러나 동시에 참으로 자신을 의식하는 문화가, 유럽 문화의 관점에서든 중국 문화의 관점에서든, 자신의 보편성을 주장하는 것이 반드시 허무맹랑한 것은 아니다. 보편성을 주장하는 문화는 보편성을 향하여 열려 있다는 것을 말한다. 그리하여 설사 보편성의 주장이 억압적이고 전체주의적 성격을 갖는다고 하더라도 그것은 그것을 넘어가는 보편성의 주장에 스스로를 닫지 못한다. 어떤 경우나 보편성은 경험적 사실의 세계에서 보편성으로의 지향을 나타낼 수 있을 뿐이다. 그러면서 그 지향은 완전히 그 요구를 거부하지 못하는 것이다.(국제 관계에서 제국주의는 늘 보편성의 주장을 가지고 있다. 제국주의와의 대결은 대결일 뿐만 아니라 그 보편성에의 도전이다. 이것은 밖으로부터의 도전이기도 하고, 안으로부터의 도전이기도 하다. 국제 관계를 힘과 전략과 대결로만 접근하는 것은 이러한 복잡한 변증법을 잘못 파악한 것이다. 중국이 한국의 종주국이 되었던 것은 단지 중국과 중국적인 것에의 복종이 아니라 중국이 지향하는 보편적 인간 문명의 주장으로 인한 것이다.)

보편성/불확실성/열린 우주/지경　앞의 괄호 속 이야기는 조금 샛길로 들어선 것이지만 다시 문화의 보편성으로 돌아와서, 문화가 보편성으로 열려 있다는 것은 결국 불확실성으로 열려 있다는 것을 말한다. 이 불확실성은 궁극적으로, 앞에서 말한 바와 같이 정신의 우주적인 열림과 그로부터 지표를 얻게 되는 일이기도 하다. 그리하여 그것은 허무의 의식에 이어져 있으면서 신비에 대한 경의를 내포한다. 이렇게 하여 얻어지는 마음의 상태는 간단히 말하여 존재론적 의식이라고 할 수 있는데, 이 존재론적 의식은 사람의 존재를 둘러싼 모든 것, 초월자, 주변의 사물이나 생명체 그리고 자신의 삶에 대하여 집중과 조심성을 가지고 생각하고 행동하게 하는 바탕이 된다. 전통적 유학에서 말하던 지경(持敬), 곧 경을 지키고 있는 심신의 태도, 또는 유럽의 윤리 사상에 있어서 더러 강조되는 외경감

(Ehrfurcht) ── 칸트에 있어서 도덕률 앞에서 사람이 갖지 않을 수 없는 경건한 마음, 슈바이처나 환경 철학자 한스 요나스의 "생명 앞에서의 외경" 등이 이러한 것이라고 할 수 있다.

2. 문화의 질서

문화의 구성/유토피아/낙원　이러한 존재론적 의식은, 이미 말한 바와 같이 인간 삶의 기획의 출발점 또는 거점이 된다. 그것은 인간이 포용하지 않을 수 없는 존재의 불확실성에 대한 불안한 의식이기도 하고, 그로 인하여 오히려 요구되는 윤리적 결단의 필요에 대한 의식이기도 하다. 그러면서 그것이 늘 그러한 기획의 목적이 될 수는 없다. 그것은 인간의 개인적, 사회적, 학문적 기획의 기초를 이룰 뿐이다. 이 기획이 지향하는 것은 사람이 살 만한 안정된 ── 또는 비교적 안정된 세계의 구성이다. 여기에 필요한 것은 문화와 윤리 가치의 명제들을 수립하는 일이고, 현실의 기술적 과제들을 풀어 나가는 일이다. 다만 되풀이해서 말하건대, 문화와 윤리의 명제들은 독단론에 이를 수 있고, 현실의 기술적인 과제들은 삶의 전체적인 균형과 조화에 대한 느낌을 잃어버릴 수 있다. 흔히 지적되는 도구적 이성, 물질주의, 소비주의의 폐단은 여기에서 벗어난 ── 존재론적 반성을 벗어난 안이한 태도에 관련된다. 그러면서도 이러한 요소들이 삶의 중요한 층위를 이루는 것임을 간과하는 것은 그 나름으로 사람의 삶에 왜곡을 가져오는 것이라고 하지 않을 수 없다.

그러나 보이지 않는 삶의 정신적 지표와 물질적, 사회적 필요 그리고 그 모든 것을 넘어서 생태 환경의 필요를 종합하는 과제가 쉬운 답을 얻을 수 있다고 말할 수는 없다. 문제를 제기하고 답을 찾는 일을 위한 모든 노력을 유지하는 것만이 가능하다고 할 수 있을는지 모른다. 인간의 문제에 항구적인 답이 있다고 하는 입장 자체가 문제를 만들어 낸다. 그 단적인 예가

20세기에 실험된 그리고 인류 역사상 오랜 주제이기도 했던 유토피아적 정치 사상과 계획이다. 날씨를 설명하는 데에 어떤 공간에서 나비 한 마리가 날개를 퍼덕이는 것이 나중에 엄청난 기상 변화의 결과를 가져올 수 있다는 생각이 있다. 인간이 완전한 사회 조직을 구성해 낸다고 하더라도 새로 태어나는 개체는 이 체제 안에서 새로 퍼덕이기 시작하는 나비와 같다. 모든 개체는 새로운 시작이다. 세계의 이치가 선형이 아니라 복합적인 것이라는 것은 역사적 체험에도 맞는 것이라 할 수 있다. 그러나 여러 복합적인 요소에도 불구하고 사람의 삶은 일정한 질서로 조직되게 마련이다. 그것은 세계 이치의 일부를 비추는 것이기도 하지만, 인간 스스로의 노력으로 만들어 내는 질서의 공간이 없이는 인간적인 삶이 불가능하다. 이렇게 하여 만들어지고 유지되는 것이 사회이고 문화이다.

공공 공간의 투명성/정치 담론/우주적 지표   공론의 광장이라는 말이 있다. 살아 움직임에 필요한 것이 공론의 광장이다. 이것은 개인의 사적인 입장을 초월하여 여러 개인이 공적인 문제를 자유롭게 토의할 수 있는 실제적인 또는 비유적인 공간을 말한다. 이 말은 많은 사람에게 곧 하버마스의 '공공성(Öffentlichkeit, 영어로는 public sphere, 곧 공공 영역)'을 생각하게 한다. 하버마스는 이 개념으로 민주주의를 중심으로 한 개인적 이해를 초월하는 이성적 담론의 공간을 말하지만, 정치를 떠나서도 이해관계의 거래와 협상이 아닌 공적인 토론의 광장이 없다고 할 수는 없다. 사적인 것을 초월한 공적 이성 또는 이치의 변별력은 모든 인간의 사회적 관계 또는 사물에 대한 성찰에 핵심적인 동인(動因)이다. 이것은 개인적인 것이면서 사회적인 관계, 또는 하버마스 식으로 말하여 상호 주관적인 관계에서 활발해진다.

앞에 말한 문제, 모든 인간 기획의 균형과 조화를 위하여 생각할 수 있는 것의 하나는 그에 대한 현실적 답이 무엇이든지 간에, 비록 항구적인 답이 되지는 않더라도, 하나의 매개와 교환의 공간을 열고 그것을 유지하는 일이다. 이것은 반드시 정치적인 의미만을 가진 것은 아니다. 그것은 높은 차원의 학문적, 윤리적 탐구가 지속될 수 있는 공간이고, 정치적 문제를 합리적으로 해결하고자 하는 노력의 공간이고, 또 일상적 차원에서의 이성적 교환 또는 의견과 견해의 공간이기도 할 것이다. 어떤 것이든지 간에 그것은, 정치적인 합의까지 포함하여, 앞에 말한 존재론적 의식 또는 인간 존재의 우주적 지표에 의하여 이끌어지는 것이라야 한다. 그렇게 함으로써만 균형의 유지가 가능하다. 이러한 공공 공간에서 중요한 것은 그것을 넓고 맑은 상태로 유지하는 것이다. 그것은 베버의 학문의 객관성론에서 볼 수 있듯이, 정신의 숨은 존재가 그 장(場)을 떠나지 않음으로써 가능하다. 그러나 필요한 것은 다시 한 번 공공 논의의 장의 객관성, 투명성 그리고 책임성을 유지하는 것이다.

3. 자족적 공간과 심미성

공공 공간의 여러 활동   공공 공간이 정치 논의의 공간이 되는 것은 당연하다고 할 것이다. 그러나 그것은 다른 인간 활동이 함께 구성하는 공간이다. 이 활동은 경제와 생산적 노동, 정치, 그에 대한 공공 논의, 자연에 대한 과학적 탐구, 철학적, 형이상학적 사색은 물론 예술 등을 포함하여 마땅하다.

심미성   공공 공간은 인간의 삶을 위한 활동의 공간이다. 물론 그 가장 중요한 특징은 그것이 이성의 공간이라는 데에 있다고 할 수 있다. 그것은 활발한 이성적 토의가 오갈 수 있는 공간이다. 그러나 그것을 커뮤니케이션의 공간으로만 보는 것은 인간의 삶을 지나치게 논리화하고 ─ 또 정치화하는 것이다. 토의의 목적이 없다고 하더라도 공공 공간이 투사해 주는 투명성은 인간의 자유를 가능하게 하고, 또 공간에 완전히 지표들이 없는 것이 아닌 만큼 규율을 준다. 이와 관련하여, 조금 샛길에 드는 듯하지만, 모든 인간 활동에서 특히 공공 공간에서의 예술의 특별한 기능을 지적할 필요가 있다. 예술은 독자적인 인간 활동의 영역이면서 동시에, 그 미적 특성은 다른 활동에 따르는 부차적인 현상으로 나타날 수도 있다. 그러면서 이 심미적 요소는 다른 활동을 그 자체로 의미 있는 것이 되게 한다. 그리하여 그것은 우리의 생각을 이상적인 상태에서의 인간 활동의 총체가 어떤 것일 수 있는가 하는 데로 이끌어 간다. 이상적인 인간의 상태란 우리가 하는 일이 그 자체로 독자적인 의의와 보람이 되면서 동시에 다른 일들과 합하여 조화된 전체가 된 상태일 것이기 때문이다.

사람이 하는 일의 많은 것은 분명하게 의식되든 아니 되든 어떤 목적을 가진 것으로 파악된다. 이것은 높고 낮고의 세간적 판단을 떠나서 모든 인간 활동에 해당한다. 말할 것도 없이 생산 과정에서 만들어지는 모든 물건들은 공리적 목적을 가지고 있다. 그러나 생산 과정에서 물건의 제조는 완성을 위한 —— 심미적 요소를 포함하는 완성을 위한 노력이 되고, 거기에서 제작자는 일정한 만족감을 얻게 된다. 장인의 공정이 그러한 것은 잘 알려져 있지만, 어떤 제작 과정에도 장인적 만족감은 따르게 마련이다.(물론 상품 생산이 소외 노동의 과정이라는 마르크스의 지적도 틀렸다고 할 수는 없으나, 그것을 완화하는 데에 장인적 요소가 개입될 수 있다는 것도 틀림이 없다.) 이것을 넘어 고급 노동으로서의 지적 과정에 그리고 사회 과정에 심미적인 요소가 강하게 작용하는 것은 당연하다.

과학의 우아함 과학은 삶의 기술적 문제들을 해결하거나 —— 그러한 경우 그것은 과학에 연결되어 있으면서도 별개의 분야로 구성되는 기술로 분류되지만 —— 단순한 지적 호기심의 충족을 위한 활동으로 생각된다. 그리고 과학적 연구가 직업이 되는 경우 그것은 물론 사회적 분업에서 주어지는 직업적, 경제적 보상에 의하여 동기가 부여된다. 그러나 과학 그 자체는 자체 목적적(autotelic)이고 자기 충족적인 인간 활동으로 간주될 수 있다. 그것에서 얻는 만족감은 다분히 과학적 추구의 심미적 완성에서 온다.

이것은 과학자들 자신이 그들의 연구에 대하여 쓰는 표현들에서도 볼 수 있다. 쉽게는 과학을 일반 독자에게 전달하는 책들의 제목, 가령 브라이언 그린의 스트링 이론을 중심으로 한 천체 물리학에 대한 저서 『우아한 우주(*The Elegant Universe*)』 또는 수학자 서지 랭의 저서 『수학하는 아름다움(*The Beauty of Doing Mathematics*)』과 같은 데에서 추측할 수 있는 사항이다.

정치와 의례/일상적 예절 오늘날 별로 주목을 받지 못하고 있는 것은 사회적, 정치적 행동에서도 심미적 요소가 중요한 기능을 갖는다는 사실이다. 정치는 언제나 의례(儀禮)로서의 의미를 가지고 있다. 오례(五禮)의 제주(祭主)라는 것은 조선 시대에 임금의 위치를 정의하는 일에서 중요한 요소의 하나였다. 의례는 종교적인 의미를 갖는 행사지만, 그것은 다른 사회에서의 의식(儀式)이 그랬던 것처럼 공연(公演, public performance)으로서의 심미적 성격을 가진 것이기도 했다고 할 수 있다. 한나 아렌트가 "행동하는 것을 보게 하자.(Let us be seen in action, Spectamur Agendo)"라는 것이 정치 행동의 중요한 계기라고 보고, 그것을 사람이 정치에서 얻는 "공공 행복(public happiness)"의 핵심이라고 규정했을 때,[11] 그 이념은 동아시아에서 정치에 공연적인 성격을 부여한 것에 비슷하다고 할 수 있다. 여기에 이어서 예절이나 예의가 조선조에서, 또는 다른 전통 사회에서 중요한 사회 행동의 규범이었던 것도 상기할 수 있다. 사실 오늘날에도 사람과 사람 사이의 예절은 계급적 이해관계 그리고 다른 이해관계에서 오는 갈등에도 불구하고 공동체의 공동성을 유지하는 데 긴요한 일상생활의 사회적 교환의 조정 기제라고 할 수 있다.(이것이 완전히 붕괴되어 가고 있는 것이 오늘의 한국 사회이다. 그리고 모든 부정적 감정의 선양이 정의를 위한 투쟁으로서 정당화된다.) 공공 공간은 개인이나 집단이 자기 목적 ─ 사회와 정치가 허용하는 목적을 추

---

11 Hannah Arendt, *On Revolution*(New York: Viking Press, 1965), p. 133.

구하는 공간이면서 그 자체로 의미가 있는 공연의 공간이다.

4. 문화의 이상

인간 활동의 자기 목적화   심미성은 이와 같이 인간 활동의 도처에서 그것을 목적화하는 기능을 맡고 있다고 할 수 있다. 앞에서 본 바와 같이, 인간 활동에서 많은 미적 요소는 과정으로서의 삶과 자연에서 만족을 찾을 수 있게 하고, 그것을 긍정할 수 있게 한다. 그러면서 그것은 과정과 목적 ─ 자족적 목적을 통합하여 하나가 되게 하는 삶의 공간을 상상하게 한다. 사람들의 구체적인 활동이 모여 그러한 공간을 이룰 수 있다고 한다면, 그것을 우리는 사람들이 그려 보는 이상적인 문화의 총체라고 할 수 있을 것이다. 현실적인 문화 ─ 인류학자가 말하는 문화가 아니라 이상화된 문화란 모든 인간 활동이 승화되어 하나의 조화된 전체를 이룬 상태를 말하는 것으로 생각할 수 있기 때문이다. 그렇다고 예술이 이러한 이상적 인간 조건을 이룩하는 데 주된 역할을 한다는 말은 아니다. 이상적 문화를 이루는 데에는 그보다 훨씬 힘든 작업이 필요할 것이다. 예술이 강조하여 표현하는 자연과 인간의 작업의 심미성은 그러한 이상적 상태에 대한 비유가 될 뿐이다. 그러나 사실에 있어서도 여러 인간 활동은 심미적 완성을 통하여 만족할 만한 것이 된다.

감각에서 형상으로   그에 따르는 위험이 없지 않은 대로 이 심미적 비유 또는 사실을 더 확대하면 그것은 사회 전체의 문화적 조화의 가능성을 생각하게 한다.(위험이란 사실적 작업을 피상적인 것이 되게 할 수 있다는 말이다.) 아름다움이란 무엇인가? 프로이트가 생각했듯이 예술은 억압되어 있던 관능적 충동에 대한 보상이라는 의미를 가질 수 있다. 그러나 많은 경우 아름다움의 느낌은 단순히 충동의 만족이 아니라 감각적으로 만족의 가능성을 시사하여야 한다. 그런 의미에서 억압된 충동이 예술이 되었을 때, 그것은 벌써 객관적 세계로 그 자리를 옮겨 간 상태에 있다. 감각은 인간과 세계의 매개체이기 때문이다. 그리하여 그에 의하여 매개되는 세계는 관조적 거리를 통하여 객관화된다. 그리고 예술의 문전에 이르게 된다. 아마 감각적인 만족을 보다 직접적으로 줄 수 있는 것은 색채일 것이다. 그러나 그것은 동시에 공간적으로 식별될 수 있는 것이라야 한다. 공간적 질서는 불가피하다. 그리고 이것은 공간의 보다 만족할 만한 구성의 가능성을 시사한다. 그것은 순수 형상화를 생각하게 한다. 형상의 세계는 늘 사람의 마음을 떠나지 않는 것으로 보인다.(그런 의미에서 플라톤적인 이데아는 모든 인식론적 움직임에 그 그림자를 비추고 있다고 할 수 있다.)

낙원/권력 의지/관조적 향수 공간적 구성의 가능성이 나타내는 것은 부분적인 만족일 수도 있고 전체적인 만족일 수도 있다. 아름다움 안에 들어 있는 두 가지 요인 — 관능과 공간적 형상 — 은 전개에 따라 두 가지의 절대적인 경지를 시사할 수 있다. 한 가지는, 한없는 만족을 줄 수 있는 서비스를 제공하는 미인들이 있는 이슬람의 천국의 경우처럼 관능의 천국이다. 여기에 대하여 앞에서 말한바 수학이나 물리학적 알고리즘의 아름다움은 형상적 우아함에 관계되어 있다. 형상적 요소가 두드러지게 하는 아름다움은 완전한 형상의 세계, 플라톤적인 이데아의 세계를 암시한다. 동시에 낮은 차원에서 형상의 강조는 인위적으로 완전하게 설계된 유토피아를 생각하게 할 수 있다. 완전하게 설계된 유토피아는 형상적 완성보다는 기계적 완성에 기초하여 심미감에 못지않게 지배와 조종을 원하는 인간의 권력 의지를 충족시킨다고 할 수 있다.

공간의 심미적 완성과 인과율의 법칙에 따른 기계적 완성은 서로 가까이 존재하고 교환될 수 있는 것이면서 질적인 차이를 가진 세계를 보여 주고, 그리고 그에 대한 경험을 제공한다. 그 효과에 있어서 형상적 완성감은 심미적 만족감의 평화를 주고, 기계적 완성감은 권력 의지의 만족감을 수반한다. 철학적인 관점에서 수학이나 물리학이 궁극적으로 시사하는 것은 이미 말한 바와 같이 플라톤적인 이데아의 세계이다. 그러나 이러한 학문들도 이데아 세계의 실재 가능성에 대해서는 별로 확신을 주지 못한다. 여기에 대하여 완전한 사이버네틱스의 천국 또는 반(反)천국은 오늘의 기계와 전자 매체의 발달로 보아 실현 가능한 세계라고 할 수 있다. 이러한 가능성에 대하여, 감각과 형상이 조금 더 원시적이고 단순한 관점에서 타협을 이룬 것이 흔히 사람들이 갖는 그리고 지상에서도 실현 가능할 듯한 낙원의 이미지이다. 꽃의 아름다움은 저절로 정원으로 일단의 완성에 이른다. 그리고 그것은 또 하나의 낙원의 이미지가 된다.

아름다움과 그 저급화/낙원 이러한 확대된 아름다움의 이미지들은 여러 가지 의미를 갖는다. 관능적 쾌락의 암시는 쉽게 상업주의 시대에 있어서 판매 전략의 일부가 된다. 현실을 변형시키는 상상력의 힘도 현실을 초월하고자 하는 사람들의 마음을 자극하는 요소가 된다. 오늘날 창조성을 강조하는 것은 대체로 상업적인 의미를 가진 소위 문화 콘텐츠의 생산에 그것이 필요하기 때문이다. 낭만주의 시대에서 콜리지(S. T. Coleridge)가 상상력(imagination)과 기상(奇想, fancy)을 구분하여, 앞의 것을 진정한 창조 행위에 관계되는 것으로, 뒤의 것을 기계적인 인상의 종합으로 구분하였지만, 우리는 이것을 조금 달리하여 상상의 대상에는 사물의 핵심을 밝히는 데 도움을 주는 것이 있고 단지 호기심을 자극하는 데 수단이 되는 것이 있는데, 뒤의 것이 오늘날 상업주의 세계에서의 창조적 상상력과 동일하다고 할 수 있을지 모른다.

유토피아의 실현이 간단히 이루어질 수 있다는 생각이 가져오는 인간적 피해는 역사적으로 유교적 이념 국가에서, 또 더욱 강력한 형태로 현실 마르크스주의의 여러 실험에서 이미 충분히 드러난 바 있다고 해야 할 것이다. 그럼에도 불구하고 그것의 이상 사회를 향한 희망이 사회와 정치에 중요한 자극이 되는 것도 사실이다. 그중에도 앞에서 말한 심미적인 이상 사회 가운데 자연의 낙원의 이미지는 인간 삶의 자연과의 조화를 시사하는 비교적 위험성이 적은 이상 사회를 생각하게 한다고 할 수 있다. 서두에 언급했던 한스 카로사가 그리는 유기적 사회 ─ 행복한 추억과 자연에서의 노동과 학문과 진리의 추구가 조화를 이룬 공동체, 그러면서 어떤 정신적 깨달음에 의하여 인도되는 공동체의 이상은 사회를 생각하는 데 있어 중요한 모델이 된다고 할 수 있다. 다만 보다 현실적으로 생각할 때 그러한 공동체를 위한 기본 조건이 사라진 후기 산업화 시대, 세계화 시대에 있어서 그 본질적 의미를 살리는 사회가 어떻게 가능할 것인가 하는 것이 과제로 남는다고 할 것이다.

현실의 자기 승화   이것이 과제라고 하여 물론 이 문제에 대하여 어떤 답을 여기에서 제시할 수 있다는 것은 아니다. 여기에서 주제가 되는 것은 공론의 광장 또는 공공 공간의 구성의 문제이고, 이 공간을 구성하는 것이 여러 분야의 인간 활동의 총체라는 것이다. 그리고 이 총체 중에서 심미적 요소의 중요성을 말하려고 한 것이 마지막 부분이다. 심미적 요소는 전체적으로 말하여 사람이 직면하는 현실과 인간성의 자기실현의 꿈을 조화할 가능성을 시사한다. 그것은 미래를 위한 비전을 제시한다. 그러나 그보다 중요한 것은 그러한 미래의 꿈이 현실을 멀리 떠나지는 않아야 한다는 점이다. 다시 말하건대, 삶의 과정 그리고 자연의 과정 자체가 아름다움을 통하여 보다 높은 차원으로 지양될 수 있는 가능성 ─ 자기 승화의 가능성을 암시하는 데 그쳐야 하지 않을까 하는 것이다.

그렇다고 그것이 자기만족을 의미하지는 않는다. 그것의 자족 상태는 다시 삶의 불확실성, 그것이 요구하는 결단을 포함한다. 이것이 있어서 공공 공간의 전체는 표피적인 완성이나 허구에 떨어지지 않는다. 많은 인간 활동을 포용하면서 하나의 조화된 질서를 이루는 전체를 문화라고 한다면 그 질서의 허구로의 전락을 방지하는 것이 문화의 외면적 질서를 넘어가는 정신의 어둠과 밝음이라고 할 수 있다. 그것이 문화의 실질적 내용을 반성할 수 있게 하는 내면의 원리로 작용한다.

5. 정신의 어둠과 밝음: 고뇌의 조화

학문/정신/광신 우리는 앞에서 사회 과학의 객관성에 관한 베버의 논문 끝 부분을 인용하였다. 이미 길게 말한 바 있지만 베버는 그의 과학적 엄정성에 대한 강조에도 불구하고 정신적 맹렬성을 가지고 있었다. 이것을 다시 돌아봄으로써 문화의 조화에 대한 낙관적인 희망의 문화가 내포하고 있는 위기적 계기를 상기하고자 한다. 그는 앞에서 본 바와 같이 「직업으로서의 학문」 또는 「소명으로서의 학문」에서 강단에 선 교수로부터 현실 정치에 대한 분명한 입장의 천명을 원하고 특히 궁극적인 정신적 가치의 확인을 얻고자 하는 학생들을 나무라면서, 과학의 엄정한 사실 추구와 가치로부터의 중립을 강하게 주장하지만, 실제에 있어서는 스스로 학생들의 요청에 대하여 깊은 공감을 가지고 있다는 것을 도처에서 드러낸다. 사실 앞에 언급한 강연의 끝 부분에서 그는 시대정신을 규정하는 합리주의를 유감스럽게 느낀다는 인상을 준다. 자유롭게 선택한다면 어쩌면 그가 원하는 것은 이성적 학문이 아니라 정신의 세계였을지 모른다. 그는 정신의 후퇴를 다음과 같이 말한다. "독특한 합리화와 지식화(Intellektualisierung) 그리고 무엇보다도 세계의 탈마술을 특징으로 하는 시대의 운명으로 하여 궁극적이고 숭고한 가치들이 공공 공간에서 물러가 신비한 삶의 초월적 세계로 또는 개체들 사이의 형제 동맹으로 후퇴해 가게 되었다." 완전히 세속화된 세계에서 그가 보기로는 "[지금에 와서] 극히 작고 친밀한 사람들 사이, 개인적인 인간관계에서만, 극히 작은 목소리로, 무엇인가가 살아 있다는 것 ─ 옛날에 불꽃처럼 위대한 공동체들을 휩쓸면서 그것을 하나로 묶었던 숨결, 정신, 프네우마(pneuma)에 비슷한 것이 맥동(脈動)한다는 것은 우연이 아니다." 그러나 오늘의 시대에 있어서 "진정한 새로운 예언이 없이" 학문이 그러한 예언을 시도한다면 그것은 "광신자의 파당을 만들 수는 있을지 몰라도 진정한 공동체를 만들 수는 없을 것이다." 이것은 지금에 와서 거대한 예술품이 거짓이 되고, 개인적인 표현을 담은 작품에만 진정한 예술이 존재하는 것과 같은 일이다.

과학과 정신의 양자택일　그러나 개인적으로 정신의 세계, 궁극적인 가치의 세계를 선택하는 것은 개인의 자유에 속하는 일이다. 그리고 그것을 환영하는 곳이 없는 것은 아니다. (베버의 관점에서는 그것이 교회이다.) 이것은 지적인 삶을 제물로 바칠 것을 요구한다. 그러나 "내가 보기로는 그와 같이 종교로 돌아가는 것은 교단에서 [지적인] 예언에 종사하는 것보다는 고고한 일이다." 다만 지적인 일에 종사하는 사람은 그 일에 종사하기로 함으로써 스스로 받아들이는 의무가 있다. 그것은 "순수하게 지적인 떳떳함 (schlicht intellektuelle Rechtschaffenheit)"이다. 그리고 그것은 오지 않을 낙원을 고대하는 것보다도 주어진 현실을 받아들이고, 그것을 사실적으로 이해할 것을 요구한다.[12]

이렇게 베버는 정신적 추구의 선택에 공감을 표명하고 그것을 높이 말하면서도 지적인 추구는 궁극적인 정신적 가치의 추구와는 별개의 것이며, 이 구분을 분명하게 지켜야 한다고 말한다. 그러나 이 구분을 지키는 것 자체가 궁극적인 정신적 가치의 세계가 존재한다는 것을 의식하는 것이다. 다만 그것은 오늘의 상황에서 쉽게 접근될 수 없을 뿐이다. 그러나 우리는 그것을 의식하는 것이 결국 지적 정직성 그리고 문화의 내실을 보증한다고 하지 않을 수 없다. 많은 사람들이 함께 살며 서로 다른 생각을

---

12 Ibid., pp. 155~156.

가진 세계에서 모든 사람이 참여할 수 있는 공간을 유지하는 것은 학문과 예술 활동의 기본 사명이다. 이 공간에서 의미 있는 문화가 번성할 수 있다. 그리고 그것은 삶의 어둠 그리고 그 전체의 불확실성과 긴장을 유지하는 일이다. 질서와 긴장을 유지할 수 있는 것은 그 너머에 있는 정신의 존재론적 기초로 인한 것이다. 세속적 사실과 정신의 긴장 속에서 지적 활동과 문화는 건전성을 유지한다. 그리고 문화는 바깥의 장식 이상의 안을 지니게 된다. 어느 쪽에 역점을 두든지 문화는 이 바깥과 안의 전체를 의미한다.

부록

해 지는 땅의 비가(悲歌)[13]

한스 카로사

이제 밤이 오는가, 아, 해 지는 땅이여!
우리가 지금 괴로워하는 것은 이미
그대의 예언자가 겪었고 말한 바 있다.
그들은 멀리서 다가오는 것을 보았다.
그들은 잘못이 무엇인가를 알았지만,
아무것도 하지는 않았다. 운명이 다가왔을 때,
그들은 알아보지 못하고, 구원을 말했다.

---

[13] 여기의 번역은 앞의 본문에서 인용한 것과 반드시 일치하지 않는다. 전후 맥락에 따라 번역을 달리하였다.

나는 예언자가 아니다. 그러나 그대의 벗이고자 한다.

그러나 그대는 그렇게 많은 얼굴을 가졌고,

한 얼굴은 다른 얼굴을 알아보지 못한다.

나는 그대의 숲에서 나이 들었고

나는 그대들의 학교에서 배웠다.

그러나 오늘 나는 기억을 긁어모아서야

나무나 풀, 유리창 앞의 해바라기가 아는 것,

우리가 살고 있는 곳이 별이라는 것을 안다.

누가 이것을 잊게 했는가?

초침이 멈추었는데, 천년 계획을

세워서 무슨 소용이 있을 것인가?

우리는 은총이 없는 것에서 빛을 찾아,

숲 속의 우리 길을 밝혀 줄 것이라 했다.

그리고 깊어 가는 어둠을 의아해했다.

잿빛의 복수 여신들을 부른 것은 우리 자신이다.

이 마녀들은 우리의 고향을 휘몰아 가면서,

공포를 뿌리고, 도시마다 짓눌러 놓는다.

아직도 서 있는 사원은 오직 적들의 자비 때문,

봄이면 언제나 아이들은 그곳에서 불어오는

정신의 바람을 볼에 가볍게 맞고, 그들은

보이지 않는 존재를 예감했다.

높이 선 탑은 스스로의 오래됨을 기뻐하고,

흘러가는 구름에 맞닿은 높이를 기뻐한다.

그러나 어쩌면 이미 용이 하늘에 떠서,

탑들을 그 평안으로부터 끌어낼지 모른다.
마지막 종은 울리고, 무너지는
요람과 무덤이 함께 내려앉고
제단(祭壇)의 성화들은 무덤을 장식할 것이다.

우리는 너무나 많은 부정(否定)을 보았다.
공원 가의 집에 상냥한 불빛이 밝고
생각하는 사람들은 서재에서 갖가지 전통의 저작들에
귀 기울이며 고요히 생각에 잠기고,
사람들은 진리를, 진리만을 찾았거니 —
이제 그곳에 무엇이 있는가? 부서진 폐허,
숯이 된 들보. 조각난 지구의(地球儀),
화염에 제껴진 책들에서 연기가 솟는다.
곁으로 검고 어두운 묘지의 화환이 시들고
부서진 것들로부터 썩는 내음이 올라온다.

사람들은 어질러진 일들 가운데 넋을 잃었다.
누가 그들을 위로할 것인가? 누가 말할 것인가,
앞으로 나아감도 증오의 맹서도 소용이 없다는 것을.
빈궁한 사람들은 두려운 일들에 이내 익숙해진다.
얼마 가지 않아 사랑의 촛불은 꺼져 버리고,
한 사람은 다른 사람의 미친 소리를 듣는다.
가슴에 불빛을 지닌 사람, 그 사람은 이를 감춘다.

그래서 나는 나의 삶의 지층을 파내어

잊힌 옛 시절을 다시 굴착해 내련다.
살포시 나도 모르게 내가 자라던 시절을.
올리브 숲은 황토빛 언덕 위에 서 있고,
어둑한 정원에서 감귤이 숨 쉬는데,
태고로부터의 다리 위로 빽빽하게
줄지어 있는 금세공 가게가 있는 곳,
나는 그대의 더없이 아름다운 도시로 돌아간다.
바람은 거칠게 성벽을 쓸어 만지고
계단이 여러 색깔의 문장(紋章)의 벽을 타고 오른다.
흘러내리는 분수 소리에서 지복(至福)의 앎이 노래한다.
벗들은 그곳에 가는지? 아무도 만나지 못하지만,
그 서늘한 사원으로 나를 이끌어 가는 것은
조용하게 거대한 나체로 자는 사람, 밤,
우리들의 모든 날의 시간을 넘어 있는 어머니,
그 곁으로 수백 년이 스쳐 지난다.

일찍이 위대한 예술가는 흰 돌에서,
빛나는 흰 돌에서 찾아냈다. 주검의 창백함과
생명의 찬란한 빛이 장엄하게 하나가 되는 자리에서.
그를 그리는 우리의 향수(鄕愁)는 우리의 세 물림.
사랑은 그에게서 하늘을 찾는다.
보라, 젊은이의 석관(石棺) 위에 쉬고 있는 그를,
고개를 숙이고, 달과 별을 머리에 이고,
감은 듯한 눈에는 눈물의 빛!
곁에는 양귀비가 자라고, 요술의 새 지켜 서고,

꿈의 신은 환영(幻影)의 탈을 쓰고
침묵하라고 한다. 이 잠 속으로 말할 것은
아무것도 없다고, 음악으로 변용하는 것 외에는.

완벽한 사랑의 소리를 깨우기 위하여
우리가 무엇을 말하리, 무엇을 찬양하리,
새로운 기적의 이야기를 전할 것인가?
먼 곳으로 달리고 싶은 편편한 도로를?
화물선을? 자랑스러운 디자인의 다리,
세상을 가로질러 가는 비행선을?
엄청난 기술로 만든 파괴의 도구들을?
진실이든 허위이든 관계치 않고
공중으로 전파하는 음파의 도구를?
아, 침묵하라, 이 모든 것은 그대가 아니다.
이것들은 모두 소리를 달리하여 되뇌이는 것.
우리가 궁리하고 세워 놓는 것은 그래도
맞다 할 것인가? 그것은 아직도 내면으로부터의
가르침을 기다리는가? 드높이고 확인을 해 줄 가르침을.

말로 말하는 것은 그대를 괴롭게 하는 것.
밤은, 아름다움과 아픔에 가득하여, 할 말이 없다.
우리는 그대로부터 슬퍼하는 법을 배우리 ―
위로를 멀리하고 오래 견디는 슬픔을.
그 슬픔에서 생각은 잘못된 길로 들지 않고,
우리는 인간의 모든 노동보다도 오래된

순박한 표지만을 남기리.

옛 그리스 사람들에게는 아테네의
올리브 나무의 기름은 은혜의 과일이었으니,
승리의 대가로 받는 싱싱한 종려나무였으니.
오라, 잠자는 여신에게 꽃을 바치자,
커다란 해바라기를 그 팔에 안기자.
그것은 일찍이 낯모르는 사람이
울타리 너머로 던져 버린 죽어 가는 풀,
뿌리는 마르고 잎은 벌레 먹고,
우리는 급히 그것을 쓰레기 더미에 넣으려 했다.
그러나 한 늙은 정원사 있어 그것을 주워
높이 자란 백합 곁 땅에 심었다.
줄기는 시들어 벌레처럼 꼬였고,
가꾸는 떨리는 손 우리는 우습게 보았다.
그 손은 죽어 가는 줄기에 물을 주고
힘없는 줄기에 막대 받침을 세웠다.
어느 아침 알아볼 수도 없게,
줄기는 빛을 향해 바로 서고
시든 잎의 가장자리에 잎이 움트고,
또 한 개의 잎이 잇따라 나왔다. 오랫동안
닫혀 있던 둥그런 푸른 꽃받침은,
착실하게 성장을 지키면서 숨어 있었는데,
보라, 조심스러운 치유(治癒)로부터의 새로운 탄생을!
불꽃 찬란한 수레바퀴가 개화하였다.

둥그런 씨앗의 바구니에 꽃의 둘레가 짜인다.
합창 속에 목소리들이 짜이듯이.
금빛의 꽃가루가 스스로의 잎사귀 위에 숨 쉰다.

이 표지, 이 작은 반(反)태양,
이 태양은 잠든 이의 꿈을 흩트리지 않으리.
꽃은 죽는다. 그러나 꽃의 의미는 영원하다.
꽃을 통하여 아침의 나라 우리에게 인사하노니
그곳은 성자들이 순치한 호랑이가 빛나고
임금의 순례자가 그대를 그리워하는 곳.
아, 저녁의 나라여! 그대의 빈곤 속에서
눈을 위로 올려 보라. 지난 일은 지나게 하라.
지구에서 땅에 지는 것이 하늘에서도 지는 것은 아니니.
모든 것을 구하고자 하는 자는 아무것도 구하지 못한다.
아직도 운명의 자매들은 세상을 스쳐 간다.
나는 이들에게 말하고 싶다. 빛나는 자들이여!
우리를 잊지 말라. 우리를 위하여 아기를 골라서
잉태의 순간에 아기를 요술의 그물에 싸고
병든 세상에 건강하게 태어나게 하라.
그리고 마물(魔物)과 같은 말벌로부터 지키라,
말벌들은 고귀한 싹들을 찾아 침을 꽂고
뛰어오를 힘이 생기기도 전에
지나감을 주사할 수 있다.

다시 한 번 희망하라, 열병 앓는 서양이여!

김우창

1936년 전라남도 함평 출생. 서울대학교 문리과대학 정치학과에 입학해 영문학과로 전과했다. 미국 오하이오 웨슬리언대학교를 거쳐 코넬대학교에서 영문학 석사 학위를, 하버드대학교에서 미국 문명사 박사 학위를 취득했다. 서울대학교 영문학과 전임강사, 고려대학교 영문학과 교수와 이화여자대학교 학술원 석좌교수를 지냈으며《세계의 문학》편집위원,《비평》편집인이었다. 현재 고려대학교 명예교수, 대한민국예술원 회원으로 있다.

저서로『궁핍한 시대의 시인』(1977),『지상의 척도』(1981),『심미적 이성의 탐구』(1992),『풍경과 마음』(2002),『자유와 인간적인 삶』(2007),『정의와 정의의 조건』(2008),『깊은 마음의 생태학』(2014) 등이 있으며, 역서『가을에 부쳐』(1976),『미메시스』(공역, 1987),『나, 후안 데 파레하』(2008) 등과 대담집『세 개의 동그라미』(2008) 등이 있다. 서울문화예술평론상, 팔봉비평문학상, 대산문학상, 금호학술상, 고려대학술상, 한국백상출판문화상 저작상, 인촌상, 경암학술상을 수상했고, 2003년 녹조근정훈장을 받았다.

김우창 전집 11

문학의 경계와 지평 :현대 문학과 사회에 관한 에세이, 2010~2014

1판 1쇄 찍음 2016년 8월 12일
1판 1쇄 펴냄 2016년 8월 26일

지은이 김우창
발행인 박근섭·박상준
펴낸곳 (주)민음사

출판등록 1966. 5. 19. 제16-490호
주소 서울시 강남구 도산대로 1길 62(신사동)
강남출판문화센터 5층 (우편번호 06027)
대표전화 515-2000 | 팩시밀리 515-2007
홈페이지 www.minumsa.com

ⓒ김우창, 2016. Printed in Seoul, Korea

ISBN 978-89-374-5551-3 (04800)
ISBN 978-89-374-5540-7 (세트)